Vikram Chandra

Né à New Delhi en 1961, écrivain, scénariste et journaliste, Vikram Chandra est l'un des plus grands romanciers indiens de langue anglaise. *Le Seigneur de Bombay* (Robert Laffont, 2008).a obtenu le Hutch Crossword Book Award en 2006 (le « Goncourt » indien). Professeur de littérature à Berkeley, Vikram Chandra partage son temps entre Bombay (Mumbai selon la nouvelle dénomination) et la Californie.

LE SEIGNEUR
DE BOMBAY

VIKRAM CHANDRA

LE SEIGNEUR
DE BOMBAY

Traduit de l'anglais
par Johan-Frédérik Hel Guedj

ROBERT LAFFONT

Titre original :
SACRED GAMES

Pour Anuradha Tandon et S. Hussain Zaidi

Avertissement au lecteur

Bombay/Mumbai : Personnage omniprésent de ce roman, Bombay est devenue Mumbai, sous l'impulsion du Parti nationaliste hindou, le Shiv Sena, en 1995. Vikram Chandra place tour à tour l'une ou l'autre appellation dans la bouche de ses personnages, manière de marquer leur adhésion ou leur refus (souvent ironique) de ce nouveau nom et de ce qu'il implique. L'un de ses personnages pousse même l'ironie jusqu'à appeler la ville « Bumbai ».

Un glossaire placé à la fin du livre donne la signification du vocabulaire indien utilisé par l'auteur. Une liste des personnages suit. (*N.d.E.*)

La journée d'un policier

Un loulou blanc de Poméranie baptisé Pluchy s'envola par la fenêtre du cinquième étage de l'immeuble Panna, un bâtiment neuf encore ceinturé d'échafaudages. Tout le long de sa chute, Pluchy poussa un cri, de sa voix de chien d'appartement, comme une petite bouilloire qui s'essouffle, avant de rebondir sur le capot d'une Cielo, de partir en dérapage contrôlé sur le trottoir et de s'immobiliser devant une file d'écolières qui attendaient le bus de l'institution privée St. Mary. Étonnamment, il y eut peu de sang, mais le spectacle de la matière cervicale de Pluchy suffit à mettre les collégiennes au bord de la crise de nerfs. Entre-temps, là-haut, l'homme qui venait de balancer le loulou de Poméranie dans le vide après l'avoir fait tournoyer au-dessus de sa tête en le tenant par une patte, un certain M. Mahesh Pandey, de la société Mirage Textiles, cet homme se penchait par sa fenêtre, et il rigolait. Mme Kamala Pandey qui, lorsqu'elle s'adressait à son Pluchy, se présentait à lui sous le nom de « Mammy », recula de quelques pas en titubant, puis se rua dans sa cuisine, où elle cueillit un couteau sur le support magnétique, une arme longue de vingt-cinq centimètres et large de cinq. Quand Sartaj et Katekar enfoncèrent la porte de l'appartement 502, ils découvrirent Mme Pandey plantée devant la porte de sa chambre, fixant de son regard intense le bois marqué d'entailles en tir groupé, longues de cinq centimètres chacune et toutes situées à peu près à hauteur d'homme. Elle lâcha un soupir, leva le poing et donna un dernier coup. Et elle dut agripper le manche du couteau des deux mains pour arriver, non sans mal, à en extirper la lame.

11

— Madame Pandey, fit Sartaj.

Elle se tourna vers lui, le couteau brandi et toujours empoigné à deux mains. Elle avait le visage pâle, sillonné de larmes, les pieds nus et menus sous la chemise de nuit blanche.

— Madame Pandey, je suis l'inspecteur Sartaj Singh, reprit-il. J'aimerais que vous posiez ce couteau, s'il vous plaît. – Il avança d'un pas, les mains levées, les paumes en avant. – S'il vous plaît, répéta-t-il.

Mais Mme Pandey avait les yeux écarquillés, le regard vide et, à part le tremblement de ses avant-bras, elle était totalement immobile. Le couloir où ils se trouvaient était étroit ; Sartaj sentait Katekar, juste derrière lui, qui avait très envie de passer. Il cessa d'avancer. Un pas de plus, et il serait à portée d'un coup de couteau.

— C'est la police ? fit une voix derrière la porte de la chambre. C'est la police ?

Mme Pandey sursauta, comme si quelque chose lui revenait en mémoire.

— Salaud ! Salaud ! s'écria-t-elle aussitôt, et elle se remit à taillader la porte.

Cette fois, comme la jeune femme fatiguait, la pointe de la lame ricocha sur le bois, ripa sur le panneau. Sartaj lui tordit le poignet et n'eut guère de mal à lui retirer le couteau des mains. Mais elle frappa contre la porte de ses deux paumes, cassant tous ses bracelets, et ce dernier accès de colère frénétique ne fut pas facile à maîtriser. Enfin, les deux policiers réussirent à l'asseoir dans le canapé vert du salon.

— Abattez-le, éructa-t-elle. Abattez-le.

Et elle s'enfouit la tête dans les mains. Elle avait à l'épaule des hématomes bleuâtres et verts. Katekar était retourné à la porte de la chambre en grommelant.

— Vous vous êtes disputés à cause de quoi ? demanda Sartaj à la jeune femme.

— Il ne veut plus que je vole.

— Quoi ?

— Je suis hôtesse de l'air. Il s'imagine que…

— Oui ?

Elle avait des yeux saisissants, couleur noisette clair, et le point d'interrogation de Sartaj la mit en colère.

— Depuis que je suis hôtesse de l'air, il croit que je joue aussi les hôtesses avec les pilotes, aux escales, continua-t-elle, et elle détourna le visage vers la fenêtre.

Katekar amenait le mari en le tenant par la nuque. D'un geste sec, M. Pandey remonta son pantalon de pyjama en soie à rayures rouges et noires, et sourit à l'inspecteur Sartaj Singh d'un air entendu.

— Merci, dit-il. Merci d'être venus.

— Alors, ça vous plaît, de frapper votre femme, monsieur Pandey ? aboya Sartaj en se penchant vers le mari.

L'homme avait encore la bouche ouverte lorsque Katekar le força à s'asseoir, sans ménagement. Un geste propre et net. Katekar était brigadier, un vieux subordonné, un bon collègue, vraiment – voilà près de sept ans maintenant, bon an mal an, qu'ils travaillaient ensemble.

— Ça vous plaît de la frapper, et ensuite de balancer son pauvre toutou par la fenêtre ? Et après, vous nous appelez pour qu'on vienne à votre secours ?

— Elle vous a raconté que je l'avais frappée ?

— J'ai des yeux pour voir.

— Alors regardez un peu ça, se défendit M. Pandey en tordant la mâchoire. – Et il releva la manche de sa veste de pyjama, révélant une montre en argent étincelante et quatre griffures, à intervalles réguliers, profondes et violacées, qui remontaient depuis l'intérieur du poignet vers le coude. – D'autres, hein, j'en ai d'autres, insista M. Pandey, et il se plia en deux, il baissa la tête, écarta son col de pyjama pour révéler la peau.

Sartaj se leva et contourna la table basse. L'omoplate de M. Pandey conservait en effet une marque de coup, l'épiderme était rouge et tuméfié, mais il ne put voir jusqu'où se prolongeait cette marque.

— D'où ça vient ?

— Elle m'a fracassé une canne de marche du Kashmir sur le dos. Épaisse comme ça, elle était, se plaignit M. Pandey, en dessinant un cercle avec son pouce et son index.

Sartaj alla à la fenêtre. En bas, un groupe de jeunes garçons en uniforme jouaient des coudes autour du petit corps blanc ; c'était à qui s'en approcherait encore un peu plus. Les filles de St. Mary poussaient des glapissements suraigus, la main plaquée sur la bouche, et suppliaient les garçons d'arrêter. Dans son salon, Mme Pandey, le menton rentré dans la poitrine, atomisait son mari du regard.

— L'amour, lâcha Sartaj d'une voix feutrée. L'amour tue, l'amour, ce gaandu, cet enfoiré. Pauvre Pluchy.

— Namaskar, Sartaj Saab, s'exclama le sous-inspecteur Kamble en guise de salut, depuis l'autre bout du commissariat. Parulkar Saab a demandé après vous.

La pièce mesurait à peu près huit mètres de large, avec quatre bureaux de front, alignés d'un bout à l'autre. Il y avait une affiche de Guru Sai Baba punaisée au mur, un mètre quatre-vingts de haut, et, sur le bureau de Kamble, un Ganesha sous verre. Sartaj s'était senti obligé d'ajouter une photo de Guru Gobind Singh sur l'autre mur, manière certes un peu retorse d'affirmer sa laïcité. Cinq policiers se mirent au garde-à-vous dans un mouvement brusque avant de retomber dans leur posture habituelle, affalés sur les chaises en plastique blanc.

— Où est Parulkar Saab ?

— Avec une meute de journalistes. Il leur sert le thé et leur expose notre nouvelle opération de lutte contre le crime organisé.

Parulkar était le commissaire divisionnaire adjoint pour la Zone 13. Son bureau se trouvait dans un immeuble indépendant, le quartier général de district. Il adorait les journalistes, possédait une aptitude naturelle à se montrer jovial avec eux, et un talent tout récent pour les distiques poétiques, dont il émaillait ses interviews. Sartaj se demandait s'il ne lui arrivait pas, la nuit, de veiller jusqu'à une heure avancée pour s'exercer devant un miroir, recueil de poèmes en main.

— Bon, commenta Sartaj. Il faut bien que quelqu'un les tienne informés de tout le sale boulot qu'on se coltine.

Kamble s'étrangla de rire.

L'inspecteur Sartaj Singh s'assit à son bureau, voisin de celui de Kamble, et, d'un coup sec, ouvrit l'*Indian Express*. Deux membres du gang Gaitonde avaient été abattus lors d'un échange de coups de feu avec la brigade volante de Bhayander. La police avait agi sur la base de renseignements qu'on lui avait fournis, et intercepté les deux hommes alors qu'ils se dirigeaient vers les bureaux d'une usine sise dans cette localité. Les deux extorqueurs de fonds avaient été interpellés et sommés de se rendre, mais ils avaient aussitôt ouvert le feu sur la brigade, qui avait répliqué, *et cætera*. Il y avait une photo en couleurs, des policiers en civil penchés au-dessus de deux taches rouges sur le sol, de forme rectangulaire. Dans d'autres articles, on évoquait deux cambriolages à Andheri East, et un à Worli, ce dernier s'étant achevé par une agression à coups de couteau, un jeune couple poignardé à mort.

Tout en lisant, Sartaj entendit le vieil homme assis en face de Kamble parler de la mort lente. Sa mausi, sa tante, âgée de quatre-vingts ans, avait dévalé un escalier et s'était fracturé la hanche. Ils l'avaient examinée au Shivsagar Polyclinic, où elle avait supporté la douleur implacable qui tenaillait ses vieux os avec son stoïcisme habituel. Après tout, elle avait défilé avec Gandhi, en 1942, époque à laquelle elle avait souffert de sa première fracture – de la clavicule, provoquée par un coup de lathi, le gourdin d'un policier à cheval –, sans parler, après cela, des sols nus de sa cellule. La vieille femme possédait cette force à l'ancienne, où le sacrifice de soi était perçu comme un devoir inhérent à l'homme en ce monde. Mais à présent que les escarres fleurissent en blessures écarlates sur mes bras, mes épaules, mon dos, il est peut-être temps que je meure, avait-elle fini par se dire, oui, elle. Le vieil homme ne l'avait jamais entendue tenir un langage pareil, mais maintenant, c'était la vérité, j'ai envie de mourir, gémissait-elle. Et il lui avait fallu vingt-deux jours pour enfin trouver le soulagement, vingt-deux jours avant d'accéder à la bénédiction de l'obscurité. Si vous l'aviez vue, ajouta le vieillard, vous aussi, vous auriez pleuré.

Kamble feuilletait les pages d'un registre d'un geste vif. Sartaj croyait au récit du vieux, et il comprenait son problème : la polyclinique Shivsagar ne l'autoriserait pas à récupérer le corps sans un permis d'enlèvement délivré par la municipalité et validé par la police. La note écrite sur papier à en-tête de la Brihanmumbai Municipal Corporation certifierait que les services de police confirmaient la cause naturelle du décès et que, ne suspectant aucun acte criminel, ils acceptaient que le corps soit remis à la famille. Ces mesures étaient censées éviter que l'on ne fasse passer les meurtres – liés à des captations d'héritage et autres – pour des accidents, et c'était ce document que le sous-inspecteur de police Kamble était censé signer en tant que représentant des toujours vigilants et toujours impeccables gardiens de la paix de Mumbai. Mais il le gardait sous le coude et griffonnait dans son registre, l'air studieux. Le vieil homme avait les mains jointes, le front chargé d'une masse de cheveux blancs et, de ses yeux humides, scrutait Kamble l'indifférent.

— Je vous en prie, monsieur, implorait-il.

Dans l'ensemble, Sartaj trouvait le numéro du bonhomme assez bien troussé, et son chagrin sincère, mais le laïus sur Gandhi et les clavicules cassées lui avait paru trop hanté, trop réprobateur, trop mélodramatique. Le vieux et Kamble savaient fort bien l'un et l'autre que le versement d'une somme d'argent devait précéder la remise du certificat. Kamble tenait à ses huit cents roupies, et le vieil homme ne voulait en verser grosso modo que cinq cents, mais comme les sacrifices des anciens, on ne voyait que ça, dans les films, à n'en plus finir, Kamble restait totalement imperméable au petit laïus autour de la décadence de l'Inde. Il referma son registre rouge et tendit la main pour en attraper un autre, de couleur verte. Il l'étudia attentivement. Le vieillard recommença toute son histoire, depuis la chute dans l'escalier. Sartaj se leva, s'étira et sortit dans la cour du commissariat. Dans l'ombre de la galerie qui courait le long de la façade du bâtiment, jusque sous l'auvent de tôle, c'était la foule ordinaire des camelots, des parasites, des parents de tous les individus enchaînés à l'intérieur en salle de garde à vue, des coursiers et des représentants d'hommes d'affaires locaux, des quêteurs de prébendes et, ici ou là, de ces êtres marqués par l'infortune et la misère subite qui, en cet instant, levaient les yeux vers lui avec un espoir mêlé d'amertume.

Sartaj passa devant eux tous. Le bâtiment était entouré d'un mur de deux mètres cinquante de hauteur, de la même brique brun rougeâtre que l'immeuble du commissariat et le quartier général de la zone. Les deux édifices comptaient chacun un étage, avec leurs toits de tuile rouge et leurs fenêtres ogivales. Ces arcades sévères, l'épaisseur des murs et la masse incorruptible de leurs façades exprimaient l'assurance d'un pouvoir imposant, et d'un ordre public à l'avenant. Quand Sartaj monta l'escalier, une sentinelle en faction se mit au garde-à-vous. Il louvoyait encore dans un dédale de réduits hérissés de hautes piles de documents, quand il entendit le rire, bien avant d'arriver en vue du box cossu où officiait Parulkar. Il frappa d'un coup sec au bois lustré de la porte du commissaire divisionnaire, puis poussa le battant. Aussitôt, ce fut une levée de visages rigolards, et il comprit que même les journaux nationaux étaient de sortie pour écouter l'exposé de son chef sur la future opération, ou du moins pour l'entendre réciter des vers. Pour la presse, c'était un bon client.

— Messieurs, messieurs, s'écria le personnage en pointant sur lui un index orgueilleux. Le plus audacieux de tous mes inspecteurs, Sartaj Singh. – Les correspondants accrédités posèrent leurs tasses de thé, il y eut un long trémolo de porcelaine, et tous dévisagèrent l'intéressé, non sans scepticisme. Parulkar contourna son bureau, en tirant sur sa ceinture. – Une minute, je vous prie. Je vais sortir m'entretenir un petit instant avec lui, et puis je reviens vous parler de notre opération.

Il ferma la porte et conduisit Sartaj sur l'arrière du box, vers une minuscule cuisinette où trônait une fontaine à eau filtrée Brittex flambant neuve, fixée au mur. Le commissaire appuya sur une série de boutons et un jet d'eau claire se déversa dans le gobelet en métal qu'il maintenait dessous.

— Elle a un goût très pur, monsieur, fit Sartaj. Vraiment bonne, cette eau.

Son supérieur tirait de longues goulées de son gobelet.

— Je leur ai demandé de m'installer leur meilleur modèle, l'informa-t-il. Parce qu'une eau propre, c'est une nécessité absolue.

— Oui, chef. – Il but une gorgée. – Au fait, chef… « le plus audacieux » ?

— L'audace, ils aiment. Et si tu veux durer, dans ce métier, tu as intérêt à l'être, audacieux.

Parulkar avait des épaules tombantes et un corps en forme de poire qui avaient de quoi mettre en déroute les meilleurs tailleurs. Son uniforme était déjà tout fripé, mais il n'y avait rien d'exceptionnel à cela. En revanche, la voix trahissait un fléchissement, ses regards obliques une résignation que Sartaj ne lui avait jamais vus.

— Quelque chose ne va pas, chef ? Une complication, avec cette nouvelle opération ?

— Non, non, non, aucune complication avec notre nouvelle opération. Il s'agit d'autre chose.

— Ah oui, chef ?

— Ils en ont après moi.

— Qui, chef ?

— Qui, à ton avis ? lui répliqua l'autre avec une rudesse inusitée. Le gouvernement. Ils veulent m'éjecter. Ils estiment que je suis monté assez haut comme ça.

Parulkar était désormais commissaire divisionnaire de police adjoint, lui qui n'avait jadis été qu'un humble sous-inspecteur. Il avait effectué toute son ascension dans la police de l'État du Maharashtra, puis il avait réussi l'impossible, le grand saut, pour intégrer l'auguste Service de la police indienne à l'échelon fédéral, et il y était parvenu seul, avec de l'efficacité, de l'humour et de longues heures de veille. Il avait eu une carrière étonnante, sans égale, si bien qu'il avait fini par devenir le mentor de Sartaj. Il vida son gobelet, et le remplit au robinet de sa fontaine filtrante Brittex toute neuve.

— Pourquoi, chef ? fit Sartaj. Pourquoi ?

— J'étais trop proche du précédent gouvernement. Ils me prennent pour un homme du parti du Congrès.

— Et de ce fait il se pourrait qu'ils veuillent vous mettre hors course. Cela n'a pas de sens. Vous avez encore beaucoup d'années de service devant vous, avant la retraite.

— Tu te souviens de Dharmesh Mathija ?

— Oui, c'est le type qui nous a construit notre mur.

Mathija était un promoteur, l'une des réussites les plus ostentatoires de la périphérie nord, un homme à l'ambition aussi voyante que le voile de transpiration qui luisait sur son front fiévreux. Dans un délai record, il avait édifié le prolongement du mur d'enceinte, autour du terrain vague récemment comblé. À cet emplacement se dressaient désormais un temple à Hanuman, une petite pelouse et de jeunes arbrisseaux que l'on pouvait apercevoir depuis les bureaux donnant sur l'arrière de l'immeuble. Parulkar avait une passion pour les embellissements. Il le répétait souvent : il faut s'embellir. Et Mathija et Fils avait embelli le commissariat – à titre gracieux, évidemment.

— Et alors, quoi, Mathija, chef ?

Parulkar but encore quelques petites gorgées d'eau, qu'il fit tourner dans sa bouche.

— J'ai été convoqué au bureau du directeur général de la police, hier.

— Oui, chef.

— Le directeur général avait reçu un appel du ministre de l'Intérieur. Mathija a menacé de porter plainte. Il raconte qu'il a été forcé de s'occuper de certains travaux, pour moi. Des travaux de construction.

— C'est absurde, chef. Il est venu de lui-même. Il vous a rendu visite combien de fois, ici ? On l'a tous vu. Il était trop content de s'en charger.

— Pas des travaux pour notre mur, pas ici. À mon domicile.

— À votre domicile ?

— Le toit nécessitait des travaux urgents. Comme tu le sais, c'est une maison très ancienne. En fait, c'est la demeure de mes ancêtres. Et puis, elle avait besoin d'une salle de bains. Car, comme tu le sais aussi, Mamta et mes petites-filles sont revenues s'installer à la maison. Voilà.

— Et ?

— Mathija s'en est chargé. Il a fait du bon travail. Mais maintenant voilà qu'il prétend posséder une bande, un enregistrement, où je le menace.

— Je vous demande pardon, monsieur ?

— Je me souviens de lui avoir téléphoné pour le prier de se dépêcher. De terminer le travail avant les dernières moussons. Il se peut que j'aie employé un langage un peu vif.

— Bon, et puis alors, chef ? Laissez-le se présenter devant un tribunal. Qu'il agisse comme bon lui semble. Il va voir la vie qu'on va lui faire, dans le quartier. Sur ses chantiers, dans tous ses bureaux…

— Sartaj, cette histoire, pour eux, ce n'est qu'un prétexte. C'est un moyen d'exercer une pression, et de me faire savoir qu'on ne veut plus de moi. Ils ne se satisferont pas de mon simple transfert, ils veulent se débarrasser de Parulkar.

— Vous allez contre-attaquer, chef.

— Oui.

Dans ce jeu très politique, Parulkar était le meilleur joueur que Sartaj ait jamais vu à l'œuvre : il était passé maître dans l'art subtil du contact, du double contact et des voies détournées, savait cultiver les ministres et les chefs d'entreprise, veiller à leur pleine et entière satisfaction, ménager les intérêts commerciaux en laissant de quoi dégager des profits, pratiquait l'art de la tape dans le dos et des échanges avec les commissaires de police, des faveurs pesées, distribuées et remémorées en finesse, des accords conclus et oubliés – il s'était imposé comme un aficionado de ce sport subtil, et il était le meilleur, tout simplement. C'était incroyable de le voir si fatigué. Le col affaissé, et l'embonpoint sans plus rien d'enjoué, lesté par les seuls regrets. Il but encore un gobelet d'eau, en vitesse.

— Tu ferais mieux d'y retourner, Sartaj. Ils t'attendent.

— Je suis désolé, chef.

— Je sais que tu es désolé.

— Chef.

Sartaj songeait à ajouter autre chose, un propos plein de gratitude, une formule définitive résumant tout ce que Parulkar avait signifié pour lui – ces années passées ensemble, les affaires résolues et celles qu'ils avaient délaissées, abandonnées, les manœuvres qu'ils avaient apprises, comment vivre et travailler, et survivre quand on est un policier dans la ville – et pourtant, Sartaj ne sut rien faire d'autre que se mettre au garde-à-vous, dans une posture pleine de raideur. Parulkar hocha la tête. Sartaj était certain qu'il comprenait.

Devant le box, Sartaj vérifia que sa chemise était bien à sa place dans son pantalon, lissa son turban d'un geste de la main. Puis il entra, et il parla aux journalistes de tous ces policiers supplémentaires dans les rues, des relations entre les communautés, d'étroite supervision et de transparence, et de tout ce qui allait s'améliorer.

Pour le déjeuner, il resta au poste et se fit livrer un uttapam à base de riz et de lentilles par le restaurant Udipi tout proche. Les piments lui donnèrent un bon coup de fouet, mais quand il eut terminé, il fut incapable de s'extraire de sa chaise. Pourtant, le plat était plutôt léger. Il se sentait accablé, moulu. Il finit par se redresser péniblement, écarta le banc du mur, le tira vers lui, retira ses souliers et s'allongea à plat sur le bois, le corps raide. Il avait les bras croisés. Un profond soupir, un autre, la douleur que l'angle du banc lui infligeait au gras de la cuisse s'estompa et, dans cette somnolence et ce vertige, il parvint à oublier les détails, le monde se fondit en une masse blanche et fuyante. Pourtant, subitement, une tension aiguë, surgie du tréfonds, le mit en colère et, l'espace d'un court moment, il parvint à se remémorer la cause de cette agitation. Tous les triomphes de Parulkar seraient réduits à néant, vidés de leur sens, à cause d'une disgrâce manigancée de toutes pièces. Et ensuite, après l'éviction de Parulkar, qu'adviendrait-il de Sartaj ? Que deviendrait-il ? Ces derniers temps, il avait eu le sentiment de n'avoir rien accompli de toute son existence. Il était inspecteur de police, la quarantaine révolue, divorcé, avec des perspectives de carrière plutôt médiocres. D'autres, issus de la même promotion, avaient déjà su grimper plus haut, et lui se contentait de pédaler son bonhomme de chemin, de faire son boulot. Il considéra son avenir et comprit qu'il n'irait pas aussi loin que son père, et bien moins loin que le redoutable Parulkar. Je suis complètement inutile, se dit-il, ce qui le mit d'humeur sombre. Il se redressa, se frictionna le visage, s'ébroua en secouant violemment la tête et enfila ses chaussures. L'air digne, il entra dans la pièce principale, côté rue, où le sous-inspecteur Kamble se massait doucement l'estomac d'un mouvement circulaire. Il avait l'air très satisfait.

— Bien déjeuné ? lança Sartaj.

— Un biryani absolument top classe, dans ce nouveau restaurant, Laziz, sur S.T. Road, lui répondit son collègue. Dans une jolie cassolette fantaisie, vous voyez le genre. Ça devient très chicos, du côté de Kailashpada. – Il se redressa et se pencha vers lui. – Écoutez. Vous les connaissiez, ces deux gaandus sur qui la brigade volante de Bhayander est tombée, hier ?

— Ceux du gang Gaitonde, là ?

— Exact. Vous savez que le gang de Gaitonde et le gang de Suleiman Isa sont repartis sur le sentier de la guerre, d'accord ? Donc, j'ai entendu dire que les deux qu'ils ont dégommés hier correspondaient à un supari, un contrat lancé par la S-Company. D'après ce que je crois savoir, les gars de la brigade volante se sont empoché vingt lakhs. Deux millions de roupies.

— Eh bien, dis-moi, tu aurais intérêt à y entrer, dans cette brigade.

— Patron, pourquoi j'économise, à votre avis ? D'après ce que je sais, le droit d'entrée est à vingt-cinq lakhs.

— Très cher.

— Très, confirma Kamble. – Il avait le visage rougeaud, les pores dilatés, luisants. – Mais l'argent mène à tout, mon ami, et pour gagner de l'argent, il faut en dépenser.

Son supérieur opina, et le sous-inspecteur se replongea dans un registre. Sartaj avait déjà entendu la chose de la bouche d'un marchand de sommeil inculpé de meurtre, l'amer secret de la vie dans la métropole : *paisa phek, tamasha dekh.* « Jette l'argent par les fenêtres, et admire le spectacle. » Ils s'étaient rentrés dedans, littéralement, au coin d'une rue, dans un basti, un bidonville du côté d'Andheri City. Ils s'étaient reconnus instantanément, malgré les vêtements civils de Sartaj et la panse toute neuve du marchand de sommeil. Arre, Bahzad Hussain, lui avait lancé Sartaj, tu n'es pas censé purger une peine de quinze ans pour avoir buté Anwar Yeda ? Et Bahzad Hussain était parti d'un rire nerveux, avant de lui répondre : Inspecteur saab, vous savez comment c'est, j'ai obtenu d'être libéré sous caution et maintenant, dans mon casier, c'est écrit que je me suis enfui à Bahreïn, *paisa phek, tamasha dekh.* Ce qui était absolument vrai : si vous aviez de l'argent à balancer, vous pouviez profiter du spectacle – la haute voltige des juges et des magistrats, les politiciens sur la sellette, les flics tout contents, avec leurs nez de clowns. Bahzad Hussain avait eu la grâce et le bon sens de l'accompagner tranquillement au commissariat, il se sentait très sûr de lui, il voulait juste qu'on lui serve une tasse de thé et qu'on lui accorde la latitude de passer quelques coups de fil. Il blaguait et il rigolait beaucoup. Oui, il avait balancé son argent et il avait contemplé le spectacle. Tout ce jhanjhat de la police, tous ces tracas, ce n'était que perte de temps, et rien d'autre. *Paisa phek, tamasha dekh.*

Et maintenant, Kamble avait devant lui une famille, une mère, un père, et un fils en short d'uniforme bleu. Le père était tailleur. En début d'après-midi, il était rentré chez lui depuis son échoppe, récupérer du tissu qu'il avait oublié, pour ses complets. Sur le chemin, il avait pris un raccourci et là, il avait vu son fils, supposé être à l'école, en train de jouer aux billes contre le mur de l'usine avec des gamins des rues, des faltus, de vrais vauriens. C'était la mère qui causait, à présent. « Alors moi, saab, je le bats, et son père lui hurle dessus, ça n'arrange rien. Les enseignants, ils ont baissé les bras depuis longtemps. Et lui, mon fils, il nous crie après. Il se trouve trop intelligent. Il estime qu'il n'a pas besoin d'aller à l'école. Moi, je suis fatiguée de tout ça, saab. Prenez-le. Mettez-le en prison. » Elle eut ce geste, pour montrer qu'elle s'en lavait les mains, et elle se sécha les yeux, par petites touches, avec son pallu bleu. En observant les doigts de cette femme et les muscles fuselés de ses avant-bras, Sartaj eut la certitude qu'elle travaillait comme bai, qu'elle lavait la vaisselle et les vêtements des épouses des cadres de la résidence Shiva Housing Colony. Le fils avait la tête baissée, et raclait ses souliers l'un contre l'autre.

L'index en crochet, Sartaj lui fit signe d'approcher.

— Viens ici, toi. – Le garçon obtempéra, marchant de travers, traînant les pieds. – Comment t'appelles-tu ?

— Sailesh.

Il devait avoir dans les treize ans, l'air très sage, une coupe de cheveux floue, branchée, les yeux noirs traversés d'éclairs.

— Salut, Sailesh.

— Salut.

Sartaj frappa de la paume sur la table. Le bruit fut si fort que Sailesh sursauta, et recula. Le policier l'empoigna par le col et le retourna d'un coup, à l'extrémité du bureau.

— Tu te prends pour un dur, Sailesh ? Tu es tellement dur que tu n'as peur de personne, Sailesh ? Laisse-moi te montrer ce qu'on leur réserve, aux taporis, aux petits durs chefs de bande dans ton genre, Sailesh.

Et il lui fit faire le tour de la salle, franchir une porte, entrer dans la salle de garde à vue, en le décollant du sol à chaque enjambée. Katekar et un autre gardien de la paix étaient assis tout au fond de la salle, non loin de la file des prisonniers accroupis, enchaînés.

— Katekar, s'écria Sartaj.

— Chef.

— C'est lequel, le plus coriace, dans le tas ?

— Celui-ci, chef, il se prend pour un vrai dur. Naraim Swami, un pickpocket.

Sartaj secoua Sailesh, si fort que sa tête dansa comme une calebasse.

— Ce grand gaillard, ici, il se prend pour un dur, plus dur que nous tous. Il va voir. Fais-lui donc un peu tâter de ta dum, à notre Narain Swami, qu'il voie ça, notre grand gaillard.

Katekar souleva Narain Swami, qui se recroquevilla pour se protéger, il le courba en avant, et Swami se débattit en secouant ses chaînes, mais quand il reçut un premier coup asséné dans le dos, du plat de la main ouverte, avec un claquement horrible, il saisit tout de suite l'idée. Au deuxième coup, il poussa un hurlement tout à fait honorable. Après le quatrième, il était en sanglots.

— Je vous en prie, saab, je vous en prie. Assez.

Au sixième coup, Sailesh pleurait à chaudes larmes. Il détourna le visage et l'inspecteur Singh l'empoigna par le menton.

— Tu aimerais en voir plus, Sailesh ? Tu sais ce qu'on leur fait, ensuite ?

Il pointa du doigt la grosse barre blanche qui courait d'un mur à l'autre, tout près du plafond.

— On attache Swami, on le ficelle à cette barre, par les mains et par les pieds, et on lui fait tâter de la patta. Montre-lui donc un peu, Katekar.

— Non, s'il vous plaît, murmura Sailesh, les yeux rivés sur l'épaisse et longue courroie en toile.

— Quoi ?

— S'il vous plaît, non.

— Tu veux finir ici, Sailesh ? Comme Narain Swami ?

— Non.

— Ça veut dire quoi, ça ?

— Non, saab. Je vous en supplie.

— C'est là que tu vas finir, tu sais. Si tu continues comme ça.

— Je vais pas continuer, saab. Je vais pas continuer.

Sartaj le retourna, en lui tenant les épaules à deux mains, et le dirigea vers la porte. Narain Swami était encore courbé en deux, il exhibait son sourire renversé. Dehors, assis sur une chaise en métal, avec une bouteille de Coca coincée entre les genoux, Sailesh écoutait Sartaj, en silence. Il sirotait son Coca, et le policier lui racontait comment finissaient les types du genre de ce Narain Swami, déglingués, vidés, accros, à force d'entrer en prison et d'en ressortir, gâchés, fatigués et, pour terminer, morts. Tout ça parce qu'ils n'étaient pas allés à l'école et parce qu'ils avaient désobéi à leur mère.

— Je vais y aller, à l'école.

— Promis ?

— Promis, jura Sailesh, et il s'effleura la gorge du bout des doigts, le geste de la promesse.

— Tu as intérêt à tenir parole, le prévint le policier. Sinon, je reviendrai te chercher. Je déteste les gens qui ne tiennent pas leurs promesses.

Sailesh hocha la tête, et Sartaj le conduisit vers la sortie. À la porte du commissariat, sa mère hésita un instant. Elle s'approcha de Sartaj, brandit ses deux poings en l'air et les ouvrit tout grands. Dans la main droite, il y avait le bout entortillé de son pallu et, dans la gauche, un billet de cent roupies soigneusement plié.

— Saab, fit-elle.

— Non, se défendit Sartaj. Non.

Elle avait les cheveux huilés et les yeux rougis. Elle sourit, à peine, et leva les mains plus haut, les ouvrit encore davantage.

— Non, répéta-t-il.

Il tourna les talons et s'éloigna.

Katekar conduisait avec une grâce et un sens du rythme dignes d'un danseur de ballet, traquant la moindre faille dans la circulation. Sartaj recula son siège. À moitié assoupi, il le regardait passer les vitesses et glisser le fourgon Gypsy entre les camions et les voitures à quelques centimètres à peine des carrosseries. Toutes les deux ou trois minutes, une collision était évitée de justesse mais, au contact de Katekar, il avait appris à ne plus trop s'en soucier. Affaire de confiance. Il suffisait de foncer ; au dernier moment, il y en avait toujours un pour s'écarter, et c'était toujours l'autre gaandu. Katekar se gratta l'entrejambe, en grognant « Hé, bhenchod, va donc baiser ta sœur ! », et il fusilla du regard un chauffeur de bus à impériale, l'obligeant à piler sec. Ils obliquèrent à gauche, en un virage si large que la fanfaronnade tira un grand sourire à Sartaj.

— Dis-moi, Katekar, lui demanda-t-il, qui est-ce, ton héros préféré ?

— Quoi, mon héros ? Au cinéma ?

— Tu en connais d'autres ?

Katekar était gêné.

— Quand il m'arrive de regarder un film… – Il taquina son levier de vitesse, et essuya une tache de poussière sur son parebrise. – Quand il y a un film à la télévision… – ce qui arrivait tout de même à peu près tous les jours – … j'aime bien Dev Anand.

— Dev Anand ? Vraiment ?

— Oui, chef.

— Tiens, c'est mon préféré, moi aussi.

Sartaj appréciait ces vieux films en noir et blanc, Dev Anand et son allure penchée, à peine, selon un angle impossible, fringant, suave, sublime. Il émanait de sa perfection bancale une aisance étrange, la nostalgie d'une simplicité que Sartaj n'avait jamais connue. Il se serait plutôt attendu à ce que Katekar se révèle un fanatique d'Amitabh Bachchan, ou un enthousiaste du tandem des musclés, Sunil Shetty et Akshay Kumar, que les affiches montraient comme des spécimens d'une espèce inconnue, énorme, tout en bosses et saillies.

— Et ton film préféré de Dev Anand, c'est lequel, Katekar ?

L'autre eut un sourire, et il inclina la tête de côté. C'était pile le dodelinement de Dev Anand, imité à la perfection.

— Eh ben, chef, *Le Guide*, chef. Forcément.

Le chef approuva.

— Forcément.

Le Guide, c'étaient les couleurs éclatantes des années soixante, qui permettaient de savourer d'autant mieux l'amour intense, extatique que Dev se découvrait pour Waheeda, avant l'amère tragédie finale. Sartaj avait toujours trouvé la mort interminable du guide à la limite du soutenable, toute cette solitude, et cet amour flétri. Mais voilà, il avait ici, à ses côtés, un Katekar inattendu, qui lui avouait sa sympathie pour Dev. Cela le fit rire, et il chantonna. *Gata rahe mera dil…* « Laisse ton cœur chanter… » Katekar accompagna la mélodie en secouant la tête et, comme son supérieur avait oublié les paroles après *Tu hi meri manzil*, « Je te suis destiné », il entonna le couplet suivant, jusqu'à l'antra. Et là, ils se sourirent à belles dents.

— Des films pareils, on n'en fait plus, déplora Sartaj.

— Non, c'est fini, chef, lui répondit son équipier.

Ils avaient devant eux une portion de route dégagée, jusqu'au carrefour de Karanth Chowk. Ils dépassèrent à toute vitesse des groupes d'immeubles d'habitation, sur la droite, retranchés derrière un long mur gris et, sur la gauche, les cabanes négligées d'un basti dont les portes donnaient directement sur la route. Katekar s'arrêta au feu en douceur, sans un à-coup malgré un freinage fulgurant.

— Au sujet de Parulkar Saab, il y a des rumeurs, reprit-il, en essuyant l'intérieur du volant du bout de son index.

— Quel genre de rumeurs ?

— Il serait malade, et il penserait à quitter la police.

— Malade de quoi ?

— Du cœur.

En fait de rumeur, celle-ci n'était pas mal du tout, songea Sartaj. C'était peut-être bien Parulkar en personne qui l'avait lancée, en partant du principe qu'un secret étant impossible à garder, tout le monde finirait par savoir quelque chose et que, dès lors, il valait mieux s'occuper de façonner soi-même les théories délirantes qui iraient se multipliant, les orienter et en tirer parti.

— Je ne suis pas au courant de son départ, prétendit-il, mais le divisionnaire réfléchit, il n'exclut rien.

— Pour son cœur ?

— Quelque chose dans ce goût-là.

Katekar opina. Il n'avait pas l'air de trop s'en préoccuper. Sartaj savait que son adjoint n'était pas un grand fana de Parulkar Saab, même s'il n'aurait jamais osé dire du mal de lui devant son chef. Enfin, un jour, il avait quand même admis qu'il ne se fiait pas au personnage. Il n'avait pas fourni ses raisons, et Sartaj avait mis ses soupçons sur le compte d'un antibrahmanisme tenace. Katekar n'avait pas confiance dans les brahmanes, et il avait les Marathas en aversion à cause de leur mentalité de petits-bourgeois, d'accapareurs, de leur rapacité et de leurs prétentions de kshatriyas. Comme s'ils appartenaient à la caste supérieure des rois et des guerriers. Singh comprenait bien que, du point de vue de Katekar, celui des basses castes, cela suffisait à justifier ses préjugés. Regardez l'Histoire, lui avait-il répété plus d'une fois. Et Sartaj avait toujours accepté l'idée, sans poser de questions, que ces basses castes avaient été traitées d'horrible façon pendant des siècles et des siècles. Mais s'il discutait volontiers de la politique des castes avec Katekar, celle du passé et celle du présent, il contestait ses conclusions. Ils avaient toujours abordé ces sujets dangereux avec assez d'aménité. En fin de compte, Sartaj n'était pas mécontent que la vision de l'Histoire selon Katekar n'ait jamais englobé ces bêcheurs de Jatt Sikhs, ni de près ni de loin. Ils se connaissaient depuis suffisamment longtemps, et Sartaj avait fini par se reposer sur lui.

Ils se garèrent sur un petit parc de stationnement en face du restaurant Sindoor, « Fine cuisine indienne et continentale ». Sartaj tendit le bras derrière son siège pour attraper un sac Air India, sortit en se glissant le long d'une Peugeot, effaça la guérite d'un paan-wallah, qui vendait ses paans à côté de la porte du restaurant, puis attendit qu'une file de cadres en chemise blanche passe devant lui. De l'endroit où il se trouvait, il pouvait voir, en diagonale, de l'autre côté de la rue, un grand écriteau blanc au lettrage rouge : « Delite Dance Bar Restaurant ». Sa chemise était trempée, elle lui collait tout le long du dos, des épaules à la ceinture. À l'intérieur du Sindoor, le décor était dans le style « wedding shamiana », dais de cérémonie nuptiale ; tout y était, depuis les instruments de musique, derrière la caisse, jusqu'aux enluminures qui encadraient le menu, façon tatouage au mehndi. Katekar s'assit en face de Sartaj dans un box pour quatre, et tous deux plongèrent la tête avec reconnaissance dans le puissant flot d'air froid qui coulait d'une bouche d'aération située juste au-dessus d'eux. Une serveuse apporta deux Pepsi, qu'ils engloutirent sans autre forme de procès, mais ils n'en avaient pas vidé la moitié que déjà Shambhu Shetty les avait rejoints. Il se glissa en douceur à côté de Sartaj, propre et net, comme toujours, en jean et chemise du même tissu.

— Salut, saab.

— Tout va bien, Shambhu ?

— Oui, saab.

Shambhu leur serra la main à tous les deux. Sartaj eut sa seconde de jalousie habituelle pour la poigne de fer de Shambhu, pour ses épaules fermes et son visage lisse de jeune homme de vingt-quatre ans. Un jour, un an plus tôt, dans ce même box, il s'était calé contre le dossier de la banquette, avait soulevé sa chemise et leur avait exhibé ses plaquettes de chocolat, de petits carrés de muscles qui lui capitonnaient le ventre jusqu'à la poitrine. Une serveuse apporta à Shambhu un jus d'ananas frais. Il ne buvait jamais de boissons gazeuses, ni rien qui contienne du sucre.

— Alors, tu es revenu de ton trekking, Shambhu ? s'enquit Katekar.

— Non, mon ami, je pars au début de la semaine prochaine. Le glacier de Pindari.

Sur le Skaï rouge de la banquette, entre Sartaj et Shambhu, était posée une épaisse enveloppe brune. Sartaj la fit glisser sur ses genoux, et en souleva le rabat. À l'intérieur, il trouva la liasse habituelle de billets de cent roupies agrafés et attachés par la banque avec un bandeau, en briquettes de dix mille roupies.

— Le glacier de Pindari ? fit Katekar.

Shambhu eut l'air surpris.

— Patron, vous sortez jamais de Bombay ? Pindari, c'est dans l'Himalaya. Au-dessus de Nainital.

— Ah ! dit Katekar. Et tu pars combien de temps ?

— Dix jours. Vous inquiétez pas, d'ici la prochaine fois, je serai rentré.

Sartaj tira le sac Air India d'entre ses pieds, fit coulisser la fermeture Éclair et y enfouit l'enveloppe. Le commissariat et le Delite Dance Bar avaient conclu un petit arrangement mensuel. Shambhu et lui n'étaient que les représentants des deux entités, chargés de la distribution et de la collecte. Cet argent n'était pas destiné à leur usage personnel. Ils se fréquentaient depuis un an et quelques mois, maintenant, depuis que Shambhu avait pris la direction du

Delite, et ils avaient appris à s'apprécier. C'était un bon type, Shambhu, efficace, discret, et très en forme. Il essayait de convaincre Katekar d'escalader les montagnes.

— Ça va t'aérer la tête, lui expliquait-il. Pourquoi tu penses que les grands yogis sont toujours montés accomplir leur tapasya là-haut ? C'est l'air. Ça améliore la méditation, ça leur apporte la paix. Ça te fera du bien.

Katekar leva son verre de Pepsi vide.

— Ma tapasya, elle s'accomplit ici, mon frère. Il n'y a que là que je trouve l'illumination, tous les soirs.

Shambhu éclata de rire, et trinqua avec le policier.

— Ô maître, ne nous foudroie pas de ta farouche austérité. Il va falloir que je t'envoie des apsaras, quelques danseuses célestes, histoire de te distraire.

Les deux hommes gloussèrent, et Sartaj fut obligé de sourire à l'idée de Katekar, assis en tailleur sur une peau de bête, rayonnant d'énergie intérieure. Il tira sur la fermeture Éclair du sac et, d'un petit coup de coude, sollicita l'attention de Shambhu.

— Écoute, Shambhu-rishi, le prévint Sartaj, il va falloir qu'on organise une descente.

— Quoi, encore ? On vient d'en avoir une il y a cinq semaines.

— Plutôt sept, je crois. Presque deux mois. Mais voilà, Shambhu, maintenant, on a un nouveau gouvernement. Les choses ont changé.

Les choses avaient vraiment changé. Les rakshaks avaient formé le nouveau gouvernement de l'État. Cette ancienne organisation d'extrême droite musclée, fière de ses cadres disciplinés et farouches, s'efforçait de se transformer en parti d'hommes d'État. Une fois devenus ministres et directeurs de cabinet, ils avaient baissé d'un ton dans leurs vociférations nationalistes, sans renoncer pour autant à leur bataille contre la dégénérescence culturelle et la corruption occidentale.

— Ils ont promis de réformer la ville.

— Oui, admit Shambhu. Ce salopard de Bipin Bhonsle. Tous ces discours sur le grand nettoyage de la corruption, depuis qu'il est devenu ministre. Et c'est quoi, tout ce raffut qu'il nous a sorti ces derniers temps sur la protection de la culture indienne ? On n'est pas indiens, peut-être ? Et on ne la protège pas, notre culture ? Les filles, ici, elles ne dansent pas des danses indiennes ?

Mais si, c'était très exactement ce qu'elles dansaient, relativement bien couvertes de leurs saris et cholis, ondulant sous les spots disco au son de musiques filmi devant des hommes qui brandissaient des éventails de billets de vingt ou de cinquante roupies. Pourtant, présenter le Delite Dance Bar comme un temple de la culture était d'une audace qui cloua le bec à Sartaj et à Katekar. Ils clamèrent son prénom, tous les deux en chœur, « Shambhu ! », et l'autre leva les mains en signe de capitulation.

— D'accord, d'accord. Alors, quand, la descente ?

— La semaine prochaine, précisa l'inspecteur Singh.

— Organisez-moi ça avant que je ne parte. Lundi.

— D'accord. À minuit.

En vertu du nouveau règlement, les bars étaient supposés fermer à onze heures et demie.

— Oh, allez, allez, saab ! Les pauvres filles, vous leur retirez les rotis de la bouche. C'est trop-trop tôt, ça.

— Minuit et demi.

— Pas avant une heure, s'il vous plaît. Ayez un peu pitié. C'est déjà la moitié de la recette de la soirée qui part en fumée.

— Une heure, alors, d'accord. Mais tu as intérêt à nous garder des filles sur place, pour notre arrivée. Il va tout de même falloir qu'on en arrête quelques-unes.

— Ce salopard de Bhonsle. Fermer tous les bars, mais c'est quoi cette nouvelle shosha, d'arrêter les filles ? Pourquoi ? Pour quoi faire ? Elles essaient de gagner leur vie, c'est tout, et rien d'autre.

— La nouvelle shosha nous impose une discipline sans pitié et une honnêteté sans faille, Shambhu. Je veux cinq filles dans le fourgon. Demande des volontaires. Elles peuvent fournir le nom qu'elles veulent. Et ça sera bref. Retour à la maison vers trois heures, trois heures et demie. On les déposera.

Shambhu hocha la tête. Il avait vraiment l'air de les aimer, ses filles, et elles le lui rendaient bien. D'après ce qu'avait entendu Sartaj, il n'essayait jamais de forcer sur sa part de pourboire, jamais au-delà des soixante pour cent standard. Et, avec les plus demandées, il se limitait à quarante. Une fille qui est contente rapporte toujours plus, avait-il confié un jour à l'inspecteur. Un bon homme d'affaires, ce Shambhu. Sartaj plaçait en lui de grands espoirs.

— OK, patron, acquiesça l'autre. On vous organise ça. Pas de souci.

Dehors, il suivit le fourgon Gypsy des deux policiers, qui reculaient pour retourner se fondre dans la circulation, et il avait le sourire. Le sourire…

— Quoi ? fit Sartaj.

— Saab, tu sais, si je peux promettre aux filles que c'est toi qui seras là pour cette descente, toi, en personne, je parie que je te dégotte dix volontaires.

— Écoute-moi, chutiya, jeune crétin…, l'interrompit l'inspecteur.

— Douze, même, si c'est toi qui les accompagnes dans le fourgon, insista Shambhu. Cette Manika, elle réclame tout le temps après toi. Il est tellement courageux, elle dit. Et si bel homme.

Katekar prit la remarque très au sérieux.

— Je la connais, approuva-t-il. Une chouette fille, très casanière.

— La peau claire, compléta Shambhu. Très bonne en cuisine, et en broderie.

— Vous êtes deux dégueulasses, grogna Sartaj. Deux bhenchods. Allez, Katekar, roule. On est en retard.

Katekar roula, sans chercher à dissimuler un sourire, aussi béat que celui de Shambhu. Une nuée de moineaux plongea du haut du ciel, un piqué de folie, et frôla le capot du Gypsy. Le soir tombait, presque.

Au commissariat, c'était un meurtre qui les attendait. Majid Khan, l'inspecteur gradé de permanence, lui expliqua qu'il s'était écoulé une demi-heure depuis l'appel en provenance de Navnagar, du Bengali Bura.

— Il n'y a personne d'autre pour s'en charger, le prévint-il. À toi de jouer, Sartaj.

Sartaj opina. Une affaire de meurtre trois heures avant la fin de son service, les autres inspecteurs seraient ravis d'avoir loupé ça, à moins que ce ne soit spécialement intéressant. Le Bengali Bura de Navnagar, c'était la grande pauvreté, et les cadavres, c'étaient des morts, un point c'est tout, des sources taries, rien à espérer côté louanges professionnelles, rien côté presse ou côté monnaie.

— Sers-toi une tasse de thé, Sartaj, lui proposa Majid.

Il éplucha la liasse de billets de banque du Delite, et la rangea dans le tiroir de droite. Plus tard, il irait enfermer cet argent dans le casier de l'armoire Godrej, derrière son bureau, où l'on enfermait le plus gros des fonds de roulement du poste de police. Tout était en liquide, et rien ne provenait des subsides étatiques, qui ne suffisaient même pas à payer le papier sur lequel les inspecteurs chargés d'enquête rédigeaient les panchnamas, procès-verbaux initiaux, établis sur les lieux du crime et contresignés par deux témoins réputés impartiaux, même pas à payer les véhicules à bord desquels ils se déplaçaient, ni l'essence qu'ils brûlaient, ni, d'ailleurs, les tasses de thé qu'ils buvaient, eux, et les milliers de visiteurs. Majid garderait pour lui une part de l'argent du Delite, cela faisait partie de ses gratifications d'inspecteur de rang supérieur, et il en transférerait une autre part, qui remonterait plus haut.

— Non, je ne préfère pas, fit Sartaj. Il vaut mieux que je file sur place. Plus vite je serai sorti de là, plus vite je dors.

Majid se lissait la moustache, des bacchantes ostentatoires en guidon de vélo comme celles de son militaire de père. Il l'entretenait avec une fidèle complaisance, la nourrissait de crèmes d'origine étrangère et la taillait avec délicatesse, une manière de répliquer aux moqueries.

— Ta Bhabhi s'est souvenue de toi, fit-il. Quand viens-tu dîner ?

Sartaj se leva.

— Dis-lui que je la remercie, Majid. La semaine prochaine, d'accord ? Mercredi ? Un hachis de khima, d'accord ?

En réalité, l'épouse de Majid n'était pas très bonne cuisinière, mais son khima était honorable, et Sartaj professait donc une grande passion pour ce plat. Depuis son divorce, les épouses des inspecteurs mettaient un point d'honneur à le nourrir mais il les soupçonnait de mijoter en même temps quelque projet, au-delà de ces invitations.

— Bon, allez, je suis parti.

— Ça marche, fit Majid. Mercredi. Je m'arrange avec la générale et je te tiens au courant.

Dans sa jeep, Sartaj songea à Majid et Rehana, un couple heureux. À leur table, en goûtant leur cuisine, il percevait l'économie de leurs gestes réciproques, il savait saisir la phrase toute simple qui contenait des années d'histoire commune, et il suivait du regard Farah, seize ans, et les taquineries exaspérées qu'elle échangeait avec Imtiaz, treize ans, son impatience, son aplomb. Et puis ensuite, Sartaj était de la fête, il s'affalait à son aise sur les tapis, et ils regardaient leur émission de jeux préférée, tous ensemble. Ils tenaient à l'avoir avec eux et pourtant, très souvent, ça lui donnait envie de fuir, c'était plus fort que lui. Chaque fois, il était impatient de se retrouver là-bas, d'être en famille. Mais leur bonheur lui serrait le cœur. Il prenait l'habitude de la solitude, il le sentait, il y était obligé, mais il savait aussi qu'il ne s'y résignerait jamais tout à fait. Je suis une sorte de monstre, se dit-il, tu ne veux pas ceci et tu ne veux pas cela. Et aussitôt il se retourna, il jeta un rapide regard coupable vers l'arrière du Gypsy, où quatre policiers étaient assis dans des postures identiques, avec leurs deux fusils et leurs deux lathis serrés contre la poitrine. Les quatre hommes contemplaient le plancher métallique et sale, en se balançant doucement d'un côté, de l'autre. Derrière eux, le ciel était jaune, zébré de filets bleus en lente dérive.

Le père du mort les attendait au coin de Navnagar, au pied de la déclivité couverte de taudis depuis le fond du nullah jusqu'à la route. L'homme était petit, quelconque, un type qui avait passé sa vie à s'effacer. Sartaj lui emboîta le pas dans les ruelles au sol inégal. Ils avaient beau monter la pente, il avait l'impression de descendre. Ici, tout était plus petit, plus resserré, ces venelles qui sinuaient entre ces cloisons en carton, en tissu, en bois, et ces toits en cascade recouverts de plastique. Ils étaient déjà loin dans Bengali Bura, le coin le plus pauvre de Navnagar. La plupart des baraques n'arrivaient même pas à hauteur d'homme, les citoyens de Bengali Bura étaient assis sur leur pas-de-porte, loqueteux et crasseux, et les enfants couraient pieds nus devant le détachement de police. Le visage de Katekar trahissait son mépris plein de colère des habitants de ces jhopadpattis, qui laissaient les ordures et les détritus s'entasser à moins d'un mètre de leur porte, qui laissaient leurs filles s'accroupir pour faire leurs besoins là où jouaient leurs fils. Les gens qui abîment Mumbai, ce sont eux, avait-il souvent répété à Sartaj, ces ganwars, ces péquenauds qui arrivent du Bihar ou d'Andhra, ou encore du Bangladesh, la terre de ces enfoirés de maderchods, pour venir vivre ici comme des animaux. En effet, ils venaient du Bangladesh, cette terre de maderchods, se dit Sartaj, cela ne faisait aucun doute, même s'ils possédaient tous des papiers déclarant qu'ils venaient du Bengale, comme s'ils étaient d'authentiques citoyens indiens. Quoi qu'il en soit, dans leur delta gorgé de flotte, il n'y avait nulle part où les renvoyer, pas la moitié d'un bigha de terre susceptible de tous les contenir. Il en arrivait par milliers, ils travaillaient comme domestiques, sur les routes et sur les chantiers. Et c'était l'un de ceux-là, ici, qui était mort.

Il s'était écroulé par terre, en travers du pas de la porte, la poitrine à l'intérieur, les pieds, écartés, à l'extérieur. Il était jeune, encore un adolescent. Il portait des chaussures chères, un jean de bonne facture et une chemise bleue sans col. Les avant-bras présentaient de profondes entailles, jusqu'à l'os, blessures courantes dans les agressions au hachoir, dès lors que la victime tentait de parer les coups. Les entailles étaient nettes, plus profondes d'un côté que de l'autre. À la main gauche, en lieu et place de l'auriculaire, il ne restait qu'un moignon suintant, et Sartaj savait que cela ne servait à rien de chercher le doigt manquant. Il y avait des rats, dans le coin. À l'intérieur de la cahute, il était difficile d'y voir, difficile de rien discerner dans cette obscurité confuse. Katekar appuya sur l'interrupteur de sa lampe torche Eveready et, dans le rond de lumière, l'inspecteur Singh chassa les mouches en battant des mains. D'autres entailles étaient visibles sur la poitrine, au front, et un coup particulièrement puissant lui avait quasiment traversé le cou. Rien qu'avec les autres blessures, c'était déjà un mort-vivant, mais celle-là, elle l'avait tué, abattu sur place. Le sol d'argile était d'un noir mouillé.

— Le nom ? s'enquit Sartaj.

— Le sien, saab ? fit le père.

Il se détournait de la porte, s'efforçait de ne pas regarder son fils.

— Oui.

— Shamsul Shah.

— Le vôtre ?

— Nurul, saab.

— Ils se sont servis de hachoirs ?

— Oui, saab.

— Ils étaient combien ?

— Deux, saab.

— Vous les connaissez ?

— Bazil Chaudhary et Faraj Ali, saab. Ils habitent tout près. Ce sont des amis de mon fils.

Katekar griffonnait dans un carnet, et ses lèvres pincées formaient muettement les noms de ces inconnus.

— D'où êtes-vous ? demanda encore Sartaj.

— Du village de Duipara, bloc Chapra, district de Nadia, Bengale-Occidental, saab.

C'était débité un peu trop vite, et l'inspecteur comprit que le vieux avait passé des heures à se répéter encore et encore ces noms lus dans les papiers qu'il s'était achetés dès son arrivée à Mumbai. Une affaire de meurtre impliquant des Bangladeshis, c'était inhabituel, parce que en général ils veillaient à faire profil bas, ils travaillaient, tâchaient de gagner leur vie, déployaient de gros efforts pour éviter d'attirer l'attention.

— Et les autres ? Ils sont de là-bas, eux aussi ?

— Leurs parents sont de Chapra.

— Du même village ?

— Oui, saab.

Il avait cette élocution bangladeshie, émaillée de vocables urdus, que Sartaj avait appris à reconnaître. Il ne mentait que sur le territoire auquel appartenait le village, c'est tout. Le reste était vrai. Les pères de la victime et des meurtriers avaient probablement grandi ensemble, à patauger dans les mêmes ruisseaux.

— Ils ont un rapport avec vous, ces deux-là ? Des parents ?

— Non, saab.

— Vous avez vu ce qui s'est passé ?

— Non, saab. C'est des gens qui m'ont crié de venir.

— Quels gens ?

— Je ne sais pas, saab.

Un grommellement collectif, une houle de voix sourdes se fit entendre du bout de la ruelle, mais personne ne se montrait. Aucun de ces voisins n'avait envie de se retrouver embringué dans une affaire de police.

— C'est la maison de qui, ici ?

— D'Ahsan Naeem, saab. Mais il n'était pas là. Sa mère était toute seule dans la maison, et maintenant, elle est partie chez des voisins.

— Elle a vu toute la scène ?

Nurul Shah haussa les épaules. La vieille femme, elle, ne pourrait pas éviter de témoigner. Peut-être prétexterait-elle la myopie.

— Votre fils, il a couru, non ?

— Oui, saab, depuis là-bas. Ils étaient tous dans la maison de Faraj.

Donc le garçon avait tenté de rentrer chez lui. Il avait dû fatiguer, il avait dû essayer de se réfugier dans une baraque, n'importe laquelle. La porte n'était qu'une plaque en fer-blanc accrochée au bambou vertical par trois fils de fer. L'inspecteur s'écarta du corps, de cette forte odeur de sang et d'argile humide.

— Pourquoi ont-ils fait ça ? Que s'est-il passé ?

— Ils avaient tous bu, saab. Ils se sont disputés.

— À propos de quoi ?

— Je n'en sais rien. Saab, vous allez les attraper ?

— On va se le noter.

À onze heures, Sartaj se tenait sous le martèlement d'un jet d'eau froide, le visage levé. La pression était excellente, donc il s'attarda sous la douche, déplaçant la morsure du jet d'une épaule à l'autre. Malgré lui, et en dépit du flot qui lui noyait les oreilles, il réfléchissait au sujet de Kamble et de l'argent. Quand il était encore marié, il avait mis une certaine fierté à ne jamais accepter de billets, mais après son divorce, il avait compris à quel point l'argent de Megha l'avait protégé contre le monde, contre les servitudes des rues où il vivait. Une allocation transport de neuf cents roupies par mois payait tout juste trois jours d'essence pour sa Bullet et, sur la quantité de billets de banque qu'il lâchait quotidiennement dans les mains de ses khabaris, ses informateurs, il y en avait peut-être un ou deux provenant de la minuscule dotation qui leur était allouée ; en tout cas, il ne lui en restait rien pour enquêter sur la mort d'un jeune homme à Navnagar. Alors maintenant, Sartaj acceptait du liquide, et il ne le regrettait pas. Sala Sardar n'est plus le sala des richards, il a fini par se réveiller : il savait que les gradés comme les hommes étaient trop contents de pouvoir parler de lui en ces termes, et ils avaient raison. Il s'était réveillé. Il inspira profondément et remua la tête, pour que le centre du jet, sa partie dense et solide, lui pétrisse le front, entre les deux yeux. Le fracas cinglant de l'eau lui emplit le crâne.

Une fois sorti, il trouva le salon très silencieux. Pourtant, il savait que le sommeil ne viendrait pas, en dépit de toute la fatigue et de son envie si forte de dormir. Il s'allongea sur le sofa, une bouteille de whisky Royal Challenge et une autre d'eau posées sur la table, devant lui. Il but à petites gorgées mesurées. À la fin de ses journées de travail, il s'accordait deux grands verres et, ces derniers temps, il avait résisté au besoin pressant de passer à trois. Il était allongé, la tête face à la fenêtre afin de pouvoir observer le ciel éclairé fixement par la ville. Sur la gauche, il y avait une longue lame grise, l'immeuble voisin, transformé par l'encadrement de la fenêtre en abstraction crénelée et, sur la droite, ce que l'on appelait l'obscurité qui, sous le regard, se désintégrait lentement en illumination jaune, amorphe, inexorable. Il connaissait l'origine du phénomène, la cause, mais comme toujours, cela le laissait quelque peu interdit. Il se souvenait d'avoir joué au cricket dans Dadar Street, il se rappelait le *poc* rapide de la balle et les visages des amis, la sensation de pouvoir contenir la ville entière dans son cœur, de Colaba Causeway à Bandra. Maintenant, la ville était trop vaste, elle lui échappait, chaque famille s'ajoutant à la dernière en date, jusqu'à engendrer cette lueur froide et sans fin, impossible à saisir, impossible à fuir. Avait-elle réellement existé, cette petite rue assez déserte et assez propre pour accueillir les matches de cricket des enfants, et les parties de cache-cache, de dabba-ispies, et le disque en pierre des tikkar-billas, ou l'avait-il dérobée dans il ne savait trop quel film en noir et blanc ? Se l'était-il offerte en cadeau, en souvenir d'autres lieux plus heureux ?

Il se leva. Appuyé contre le flanc de la fenêtre, il vida son whisky, renversa la tête très loin en arrière pour en recueillir la dernière goutte. Il se pencha au-dehors, tâchant de capter un filet de vent. L'horizon était brumeux et lointain, avec des lumières aux éclats durs, en contrebas. Il baissa les yeux, et entrevit un reflet sur l'aire de stationnement, tout en bas, un morceau de verre ou de mica. Subitement, il songea combien il serait facile de se pencher encore un peu plus, de s'incliner jusqu'à ce que son poids l'entraîne. Il se vit tomber, sa kurta blanche claquant follement au vent, la poitrine nue, le ventre un peu plus bas, son nada dans le sillage, un chappal, une sandale de bain en caoutchouc bleu et blanc tournoyant dans les airs, la rotation des pieds et, avant d'avoir accompli une révolution complète, le crâne qui craque, un craquement bref, et le silence.

Il recula. Il posa le verre sur la table basse, très prudemment. D'où m'est venue cette vision ? Il se posa la question à voix haute. « D'où m'est venue cette vision ? » Et puis il s'assit par terre, et s'aperçut que plier les genoux lui faisait mal. Ses cuisses étaient douloureuses. Il posa les deux mains sur la table, paumes à plat, et regarda le mur blanc, face à lui. Il était apaisé.

Katekar mangeait les restes du mouton de dimanche. Il avait un muscle dans le dos, vers les reins, à droite, qui tressaillait, mais il y avait aussi cette chaude consolation du mouton, avec la profusion toute simple de patates et de riz, et la morsure des piments marinés – ses lèvres brûlantes lui permettaient d'oublier la douleur des spasmes, du moins de les ignorer.

— Encore ? lui demanda Shalini.

Il secoua la tête. Il se cala contre le dossier de sa chaise et rota.

— Toi, prends-en un peu, suggéra-t-il.

Shalini secoua la tête à son tour.

— J'ai dîné, dit-elle.

Elle était capable de résister au mouton du soir, mais ce n'était pas seulement cela qui lui conservait des bras aussi minces qu'au jour de leurs noces, dix-neuf ans plus tôt, presque jour pour jour. Katekar la regarda tourner le bouton du four vers la gauche, d'un mouvement net. Ses gestes, quand elle récurait et empilait les ustensiles en vue de la vaisselle du lendemain, étaient d'une exactitude plaisante, d'une efficacité fonctionnelle, dans cet espace si exigu qui était le sien. C'était une femme sobre, à l'intérieur comme à l'extérieur, et elle savait satisfaire les appétits de son mari.

— Viens, Shalu, dit-il, en s'essuyant la bouche d'une main décidée. Il est tard. Allons dormir.

Il la regarda essuyer la table en frottant fort dans le tintement de ses bracelets de verre. Leur kholi était petite, mais très propre. Quand elle eut terminé, il replia les pieds de la table, la rabattit contre le mur. Les deux chaises se retrouvèrent dans les coins. Pendant qu'elle rangeait la cuisine, il déroula deux chatais, leurs tapis de sol en bambou, à l'emplacement qu'occupait la table. Ensuite, un matelas sur son chatai à elle, un oreiller, et un autre pour lui, mais son dos ne tolérerait qu'un sol dur, et donc ce serait tout, les lits étaient prêts. Il prit un verre d'eau dans la jarre, et une boîte de poudre dentifrice Monkey, puis il sortit et se rendit au bout de la ruelle, en faisant attention où il mettait les pieds. Les kholis se succédaient en rangs serrés, surtout des puccas en dur, avec leurs fils électriques tendus au-dessus des toits et en travers des seuils. À cette heure-ci, évidemment, le robinet municipal était à sec, mais il restait une flaque d'eau, derrière, au pied du mur de brique. Katekar se pencha contre le mur, saupoudra un peu de poudre sur son index et se nettoya les dents, en gérant cette réserve d'eau de façon que la dernière gorgée qu'il recracherait lui laisse la bouche propre et nette.

À son retour dans la kholi, il trouva Shalini couchée sur le flanc.

— C'est fait, tu y es allé ? demanda-t-elle, toujours le dos tourné.

Il posa le verre sur une étagère, dans la cuisine.

— Vas-y, insista-t-elle. Sinon, tu vas te réveiller en pleine nuit.

À l'autre bout de la ruelle, il y avait un tournant, puis un autre, et ensuite, une ouverture sur une déclivité, qui dévalait jusqu'à l'autoroute, sans rencontrer aucun obstacle. Une odeur forte montait de la terre, Katekar s'accroupit. Il fut surpris du torrent impétueux qu'il déversait dans le raidillon, soupira et suivit les phares, tout en bas, leur approche et leur disparition. Il retourna dans leur kholi, éteignit l'ampoule électrique, un déclic, retira son banian et son pantalon, et se baissa pour s'allonger sur son chatai. Il était étendu sur le dos, la jambe droite étalée, le bras et la cuisse gauches contre le matelas de Shalini. Au bout d'un moment, elle changea de position et vint se blottir lentement contre lui, de tout le poids de son corps. Il sentit son omoplate contre sa poitrine, sa hanche contre l'éminence de son ventre. Elle sombra en lui, et il resta comme ça, sans bouger. Maintenant, dans ce calme et son propre silence, il pouvait entendre, de l'autre côté du drap noir qui divisait leur kholi en deux, les respirations jumelles de leurs deux fils. Ils avaient neuf et quinze ans, Mohit et Rohit. Katekar écouta sa famille et, au bout d'un moment, même dans l'obscurité, il réussit à discerner l'aménagement de sa maison. De son côté du drap, il y avait une petite télévision en couleurs installée sur un rayonnage et, tout près, des photos de ses parents et de ceux de Shalini, ornées de guirlandes, et aussi une grande photo des enfants, au zoo, dans son cadre doré. Il y avait également un calendrier, don du savon Lux, ouvert à la page de juin, celle de l'actrice Madhubala. Au-dessous, un téléphone vert avec un cadenas sur le cadran. Au pied de leurs deux chatais, un ventilateur de table vrombissait. Derrière sa tête, il le savait, trônaient un appareil hi-fi intégré et sa collection de cassettes, de chansons de vieux films marathis. Deux coffres noirs, empilés l'un sur l'autre. Des vêtements suspendus à des patères, sa chemise et son pantalon sur un cintre. L'étagère de Shalini avec ses figurines en cuivre d'Ambabi et de Bhavani, et une photo de Sai Baba, ornée d'une guirlande. Et la cuisine, avec ses étagères accrochées du sol au plafond, des rangées et des rangées d'ustensiles en acier luisant. Et ensuite, de l'autre côté du drap noir, les rayonnages de livres de classe, deux posters de Sachin Tendulkar la Batte, un petit bureau encombré de stylos, de carnets et de vieux magazines. Une armoire métallique avec deux compartiments jumeaux.

Katekar sourit. La nuit, il aimait bien passer ses possessions en revue, les sentir, consistantes et réelles sous son regard à la paupière lourde. Il restait en équilibre sur une frontière crépusculaire, encore loin du sommeil, avec ce tressaillement nerveux qui lui parcourait le dos de haut en bas, mais incapable de franchir la masse de son corps pour atteindre Shalini, et ces objets qu'il avait tirés de la vie l'encerclaient, et il savait combien cette forteresse était fragile, mais comme elle était confortable. Au milieu d'elle, il se sentait au calme. Il sentait le poids de ses bras et de ses jambes s'alléger, et il flottait dans le courant d'air, les yeux clos. Il s'endormit.

Sa petite télécommande ultraplate en main, Sartaj zappait d'une course automobile à un reportage américain, doublé, sur les femmes inspecteurs de police, en passant par l'image d'une souche d'arbre, glissante et brune, emportée dans un fleuve immense et sinueux. Il tomba finalement sur un Countdown Show, une émission de musique filmi. Deux héroïnes en minijupe, tout en sourires et en courbes, pas plus de dix-huit ans, dansaient sur les arches enveloppées de vigne vierge d'un palais en ruine. Il zappa encore. Sur un fond tremblant de coupures de journaux en montage rapide, une vidéo-jockey blonde jacassait à toute blinde, il était question d'un chanteur de bhangra londonien et de son nouvel album. La vidéo-jockey était indienne, mais elle s'appelait Kit et ses cheveux d'une blondeur éclatante cascadaient sur ses épaules nues. Sa main jaillit vers l'objectif de la caméra et elle se retrouva aussitôt dans une immense salle tapissée de miroirs, remplie d'un bout à l'autre de danseurs à l'air heureux, aux mouvements synchronisés. Kit éclata de rire, la caméra resserra le cadre sur son visage, Sartaj admira de près son visage émacié aux traits délicats et se laissa délicieusement combler par le galbe longiligne de ses jambes. Puis, d'un coup sec, il éteignit la télévision et se leva.

Il s'avança vers la fenêtre, d'un pas raide. Au-delà du halo jaune et mousseux des réverbères plantés autour de l'immeuble voisin, c'était la noirceur de la mer et, loin devant, ce saupoudrage de bleu et d'orange, c'était Bandra. Avec une bonne paire de jumelles, on pouvait même apercevoir Nariman Point, pas si éloigné que ça, en face, de l'autre côté de la mer, mais à une heure d'ici au moins par les routes nocturnes, et très loin de la Zone 13. Il sentit une douleur subite lui envahir la poitrine. Comme deux pierres érodées frottées l'une contre l'autre, créant non pas du feu mais une lueur sourde et constante, un désir trouble et persistant. La douleur lui remonta dans la gorge, et sa décision fut prise.

Douze minutes de conduite nerveuse et rapide le menèrent par le passage souterrain jusqu'à l'autoroute. La route dégagée et le volant qui glissait avec aisance entre ses doigts eurent sur lui un effet jubilatoire, et il rit de toute cette vitesse. Mais à Tardeo, entre les boutiques brillamment éclairées, le trafic se transforma en bouchon, cela le mit en colère contre lui-même, et il eut envie de faire demi-tour et de rentrer. La question lui était soufflée par le tambourinement de ses doigts sur le tableau de bord : qu'est-ce que tu fabriques ? qu'est-ce que tu fabriques ? Où est-ce que tu vas, dans la bagnole de ton ex-femme, qu'elle t'a laissée par pure bonté, qui pourrait tomber en morceaux sous ton gaand, là, sous ton derrière, sur cette route, une horreur criblée d'ornières ? Mais il était trop tard, il avait déjà parcouru la moitié du trajet, et pourtant, le premier élan, la joie, avait disparu ; il continua de rouler. Le temps qu'il arrive, qu'il s'arrête, qu'il se gare et termine à pied jusqu'à la Grotte, il était presque une heure, et il se sentait très fatigué. Mais il était sur place, et il vit la foule massée autour de la porte de derrière, celle qui était ouverte après onze heures et demie, l'heure de la fermeture.

Ils s'écartèrent pour lui céder le passage et le laisser entrer. Il était plus âgé, oui, peut-être même carrément plus vieux, mais ces regards curieux, ce silence, il n'y avait pas de raison. Ils étaient vêtus de chemises amples et voyantes, de robes courtes, il n'en avait jamais vu d'aussi courtes, et ils lui tapaient sur les nerfs. Il se battit maladroitement avec la poignée de la porte et finalement, une fille à la lèvre inférieure percée d'un anneau en argent tendit la main et la lui ouvrit. Le temps qu'il songe à la remercier, il était déjà à l'intérieur et la porte se refermait derrière lui. Il redressa les épaules, repéra un angle, vers le bar. Avec une bière pression en main, il avait de quoi s'occuper, et donc il se tourna face à la salle. Il était cerné de près, il était difficile d'y voir à plus de quelques pas, partout les gens discutaient, très animés, se penchaient les uns tout contre les autres et hurlaient pour rivaliser de bruit avec la musique. Il but sa bière en faisant mine de s'y intéresser. Une fois sa chope vide, il en commanda une autre. Il y avait des femmes de tous côtés ; il les observa tour à tour, tâchant de s'imaginer avec chacune d'elles. Non, c'était voir trop loin, donc il s'efforça de réfléchir à ce qu'il leur dirait, à chacune. Bonsoir. Non, salut. Salut, je m'appelle Sartaj. Essaie de t'exprimer uniquement en anglais. Et avec un sourire. Et après, quoi ? Il tenta d'écouter la conversation, sur sa gauche. Ils discutaient musique, un groupe américain dont il n'avait jamais entendu parler, mais ça, il fallait s'y attendre ; une fille qui lui tournait le dos lâcha : « Le dernier morceau était trop lent », et Sartaj perdit la réponse du jeune homme aux cheveux tirés en catogan qui se trouvait en face d'elle, mais l'autre fille protesta, avec son petit nez en trompette, elle s'exclama : « C'était super, merde. » Sartaj vida sa chope, cul sec, et s'essuya la bouche. Le désir qui l'avait poussé à traverser toute la ville venait subitement de disparaître, laissant place à un sombre résidu d'amertume. Il était très tard, et il était cassé.

Il paya en vitesse et s'en alla. Devant la porte, il y avait un groupe d'un tout autre style, maintenant, mais là encore, le même silence, les mêmes regards fixes, les mêmes colliers de perles, les mêmes piercings, le même débraillé très étudié, et il comprit que son élégant pantalon bleu le désignait comme n'étant pas des leurs. Le temps qu'il atteigne le bout de la ruelle, il n'était plus trop sûr de sa chemise blanche à col boutonné non plus. Il négocia prudemment le virage à droite qui menait à la rue principale, enjamba deux jeunes garçons qui dormaient sur le trottoir, traversa en direction de Crossroads Mall, où il s'était garé. Ses pas foulaient sans bruit le trottoir jonché de détritus et il sentait l'ombre des portes fermées des boutiques se dessiner en surplomb. Je ne peux pas être saoul à ce point avec deux bières, se dit-il, mais les réverbères lui semblaient très lointains, et il avait très envie de fermer les yeux.

Il rentra chez lui. Il s'affala sur son lit. Cette fois, le sommeil était au rendez-vous ; il se déposa sur ses épaules comme un glissement de terrain, noir, étouffant. Et puis, instantanément, ce fut le matin et le grincement strident du téléphone lui remplit l'oreille. Il le chercha à tâtons.

— Sartaj Singh ?

La voix était celle d'un homme, péremptoire, autoritaire.

— Oui ?

— Vous le voulez, Ganesh Gaitonde ?

État de siège à Kailashpada

— Vous n'arriverez jamais à entrer là-dedans, lança la voix de Gaitonde dans l'interphone.

Il y avait trois heures qu'ils s'échinaient sur la porte. Ils avaient d'abord travaillé la serrure au ciseau à froid, mais ce qui, à quelques pas, ressemblait à du bois, s'était révélé une sorte de métal qui virait au blanc sous la lame en rendant un son aussi aigu qu'une cloche de temple. La porte n'avait pas cédé. Ensuite, ils s'étaient attaqués aux linteaux avec des outils empruntés à une équipe de cantonniers, qui, finalement, avaient pris eux-mêmes la relève. Tandis qu'ils balançaient d'une poigne experte le marteau de forgeron en ahanant comme des bœufs, le béton renvoyait allégrement l'écho de leurs coups et, dans l'interphone Sony installé à côté de la porte, ça ricanait.

— Vous êtes en retard sur l'horaire, lâcha dans un crépitement la voix de Gaitonde.

— Si je n'entre pas, c'est toi qui sors, prévint Sartaj.

— Quoi ? Je ne t'entends pas.

Sartaj s'approcha. Le bâtiment formait un cube exact, blanc, avec des fenêtres vertes, sur un grand terrain situé à Kailashpada, vers la lisière nord de la Zone 13, encore en cours d'aménagement. Là, au milieu des machines qui fouillaient le marais à tâtons, qui agrandissaient Mumbai, repoussaient peu à peu ses limites en largeur et en profondeur, Sartaj était venu appréhender le grand Ganesh Gaitonde, gangster et patron de la G-Company, un rusé, un éternel survivant.

— Combien de temps vas-tu rester là-dedans, Gaitonde ? s'écria l'inspecteur, le cou tendu.

Au-dessus de la porte, l'œil rond et insondable de la caméra vidéo pivota latéralement et vint se fixer sur lui.

— Tu m'as l'air fatigué, Sardar-ji, remarqua Gaitonde.

— Je suis fatigué.

— Il fait très chaud, aujourd'hui, commenta le gangster avec compassion. Vous autres, les sardars, je ne comprends pas comment vous faites, sous vos turbans.

Il y avait deux commissaires sikhs dans la police, mais Sartaj était le seul inspecteur sikh de toute la mégapole, et il avait l'habitude qu'on l'identifie à son turban et à sa barbe. Il était tout autant réputé pour la coupe de ses pantalons, qu'il faisait tailler dans une boutique de Bandra fréquentée par les stars de cinéma, et pour son profil, qui lui avait valu un portrait publié dans le magazine *Modern Woman* sous la rubrique : « Les plus beaux célibataires de Mumbai ». En revanche, Katekar, lui, arborait une panse imposante, une véritable valise posée sur la ceinture, un visage parfaitement carré et des mains très épaisses, Katekar qui, en cet instant, contournait le bâtiment pour aller se poster à l'angle, jambes écartées, mains dans les poches. Il secouait la tête.

— Où vas-tu, Sardar-ji ? demanda Gaitonde.

— Juste deux ou trois trucs que je dois vérifier, fit Sartaj.

Katekar et lui s'en allèrent jusqu'à l'angle du cube, et l'inspecteur découvrit l'échelle qu'ils avaient installée pour atteindre la bouche d'aération.

— Sauf que ce n'est pas une bouche d'aération, précisa Katekar. Ça y ressemble, mais derrière, ce n'est que du béton. Toutes les fenêtres sont pareilles. C'est quoi, cet endroit, chef ?

— Je n'en sais rien, avoua l'inspecteur.

En un sens, il y avait quelque chose de profondément gratifiant dans le fait que même son adjoint, natif de Mumbai et adepte de cette forme très supérieure de cynisme propre à Bhuleshwar, soit décontenancé par ce cube blanc imprenable, subitement sorti de terre, à Kailashpada, avec, au-dessus de la porte, sa caméra vidéo Sony montée sur pivot.

— Je n'en sais rien. Et puis tu vois, Gaitonde, il me paraît très étrange. Triste, presque.

— D'après ce que j'ai entendu raconter à son sujet, il jouit de la vie. Il mange bien, il a des tas de femmes.

— Non, aujourd'hui, il est triste, je le sens.

— Mais qu'est-ce qu'il fabrique, ici, à Kailashpada ?

L'inspecteur haussa les épaules. Le Gaitonde décrit par les rapports de police et les articles de journaux qu'ils avaient lus badinait avec des starlettes parées de bijoux, finançait des politiciens qu'il achetait et revendait à sa guise – les fonds frauduleux qu'il puisait chaque jour dans ses divers dhandas criminels dépassaient, disait-on, les revenus annuels de son entreprise et, en règle générale, son nom seul suffisait à effrayer les récalcitrants. Gaitonde Bhai ordonnait, et le plus rétif finissait par entendre raison, tout s'aplanissait, et la paix régnait. Mais il était resté de nombreuses années en exil – sur la côte indonésienne, à bord d'un yacht doré, selon la rumeur –, loin d'ici, mais jamais très loin d'un téléphone. Autrement dit, il aurait aussi bien pu se trouver à deux pas ou, en fin de compte, révélation en soi assez étonnante, ici même, dans la poussière de Kailashpada. L'homme qui avait appelé tôt ce matin, celui qui l'avait tuyauté, avait raccroché brusquement, et Sartaj avait sauté du lit, enfilé son pantalon tout en appelant le poste, et le convoi policier, hérissé de fusils, avait foncé en trombe vers Kailashpada.

— Je n'en sais rien, répéta-t-il. Mais maintenant qu'il est ici, on le tient.

— C'est une grosse prise, chef, observa Katekar. – Il avait ce regard snob qu'il prenait toujours quand il trouvait Sartaj trop naïf. – Mais vous êtes sûr que vous le voulez pour vous ? Pourquoi ne pas attendre l'arrivée d'un supérieur ?

— Ils vont mettre beaucoup de temps à nous rejoindre. Ils ont d'autres affaires en cours. – Il espérait ardemment qu'aucun commissaire ne viendrait s'emparer de sa grosse prise. – De toute manière, Gaitonde m'appartient déjà, sauf qu'il ne le sait pas encore. – Il fit demi-tour pour repartir en direction de la porte. – Parfait. Coupez-lui le courant.

— Sardar-ji, s'écria Gaitonde, tu es marié ?

— Non.

— Moi, j'ai été marié, jadis...

Et sa voix s'éteignit, comme tranchée net par la lame d'un couteau.

Sartaj se détourna de l'entrée. Maintenant, il suffisait d'attendre et, d'ici une heure ou deux, sous le chaud soleil de juin, le bâtiment privé de ventilation, privé d'électricité, allait se transformer en une fournaise que même Gaitonde, pourtant diplômé de quantité de prisons, de trottoirs et de taudis, aurait autant de mal à supporter que les corridors de l'enfer. Et puis, ces derniers temps, Gaitonde avait remporté de grands succès, ça l'avait ramolli, et donc cela prendrait peut-être même moins d'une heure. Mais Sartaj ne s'était guère éloigné de plus de deux pas quand il sentit un vrombissement sourd lui remonter entre les orteils, jusque dans les genoux, et Gaitonde fut de retour.

— Quoi, tu croyais que ce serait si facile ? ironisa la voix. Rien qu'avec une coupure de courant ? Allons, tu me prends pour un imbécile ?

Donc, il y avait un générateur quelque part à l'intérieur de ce cube. En prison, Gaitonde avait été le premier, peut-être le premier de tout Mumbai à posséder un téléphone portable. Ainsi, depuis sa cellule, en sécurité, il avait dirigé ses commerces essentiels, le racket, les paris sur le matka, la contrebande et les chantiers de construction.

— Non, je ne te prends pas pour un imbécile, se récria le policier. Ce… ce bâtiment, c'est très impressionnant. Qui te l'a dessiné ?

— Peu importe qui me l'a dessiné, Sardar-ji. La question, c'est comment tu vas entrer dedans.

— Et pourquoi tu n'en sortirais pas, toi, tout simplement ? Cela nous permettrait de gagner beaucoup de temps. Il fait vraiment chaud, là, dehors, et ça commence à me donner la migraine.

Il y eut un silence, rempli des murmures des badauds qui se rassemblaient à l'extrémité de la ruelle.

— Je ne peux pas sortir.

— Pourquoi ?

— Je suis seul. Il n'y a que moi, seul.

— Je croyais que tu avais des amis partout, Gaitonde. Partout, il y a quelqu'un qui est un ami de Gaitonde Bhai, non ? Au gouvernement, dans la presse, même dans la police, hein ? Comment se fait-il que tu sois seul ?

— Sais-tu que je reçois des candidatures, Sardar-ji ? Je reçois sûrement plus de demandes que vous autres, les chutiyas de la police. Tu ne me crois pas ? Tiens, je vais t'en lire une. Ne quitte pas. En voilà une. Elle vient de Wardha. Tiens, voilà.

— Gaitonde !

— « Très respecté Shri Gaitonde. » Tu entends, Sardar-ji ? « Très respecté ». Alors, ensuite… « Je suis un jeune homme de vingt-deux ans, j'habite à Wardha, dans l'État du Maharashtra. Actuellement, je fais mon mastère de commerce, j'ai déjà obtenu ma licence d'école de commerce, avec une note de soixante et onze sur cent. Je suis aussi connu comme le meilleur athlète de ma faculté. Je suis capitaine de l'équipe de cricket. » Il continue par tout un galimatias, à quel point il est intrépide et fort, et comme tout le monde en ville a peur de lui. OK, après, il ajoute ceci : « Je suis sûr que je peux vous être utile. Cela fait longtemps que je suis vos exploits dans nos journaux, qui publient souvent toutes sortes d'articles sur votre grand pouvoir et votre politique si affirmée. Vous êtes l'homme le plus important de Mumbai. Souvent, quand on se retrouve avec mes amis, on parle de vos aventures. S'il vous plaît, Shri Gaitonde, je vous soumets respectueusement mon curriculum et quelques petites coupures de presse sur moi. J'accepterai toutes les tâches que vous me confierez. Je suis très pauvre, Shri Gaitonde. Je suis sûr que vous allez m'offrir une chance de me construire un avenir. Salutations distinguées, Amit Shivraj Patil. » Tu entends ça, Sardar-ji ?

— Oui, Gaitonde, fit Sartaj, j'entends. Il m'a l'air d'être une bonne recrue.

— Moi, il m'a l'air d'un locdu, un vrai couillon, oui, Sardar-ji, répliqua Gaitonde. Je ne l'engagerais même pas pour lui confier mes voitures à laver. Mais comme flic, il se débrouillerait.

— Je commence à me fatiguer, Gaitonde, fit Sartaj.

Katekar avait les épaules contractées, il lançait à son supérieur des regards mauvais, il aurait voulu qu'il injurie le gangster, qu'il le force à se taire en lui rappelant très exactement quel genre de bhenchod il était, qu'ils allaient le ligoter et lui fourrer un lathi dans son sale gaand. Mais Sartaj considérait que hurler des injures à un cinglé enfermé à l'intérieur d'un cube inexpugnable serait d'une spectaculaire inutilité, en dépit de l'éphémère satisfaction que cela lui procurerait.

Gaitonde s'esclaffa, d'un rire amer.

— Tu es vexé, saab ? Je dois me montrer plus respectueux ? Dois-je te parler des exploits merveilleux, des hauts faits étonnants de la police, de nos protecteurs qui sacrifient leur vie au devoir, sans jamais songer un instant à leur profit personnel ?

— Gaitonde ?

— Quoi ?

— Je reviens. J'ai besoin d'une boisson fraîche.

Gaitonde se fit paternel, affectueux.

— Oui, oui, bien sûr, comment donc. On meurt de chaud, là, dehors.

— Tu veux quelque chose ? Un Thums Up ?

— J'ai un frigo, ici, mon joli chikniya. C'est pas parce que tu es beau gosse avec une dégaine de héros que tu es plus intelligent pour autant. Va déjà te chercher ta boisson.

— J'y vais. Je reviens.

— Ah oui, ça, je m'en doute, Sardar-ji. Allez, allez, vas-y.

Sartaj repartit au bout de la rue, et Katekar lui emboîta le pas. Le macadam noir, fendillé, flottait et miroitait sous l'effet de la chaleur. Faute de coups de feu et d'explosions, la rue s'était vidée ; les badauds avaient fini par s'ennuyer, puis la faim était venue, l'envie de déjeuner. Entre Bhagwan Tailors et Trimurti Music, ils trouvèrent le Best Café, un nom sans équivoque, avec ses tables disséminées sous un arbre, un neem, et une batterie de ventilateurs noirs et bruyants montés sur pied. Sartaj buvait son Coca au goulot, comme un désespéré, et Katekar sirotait un jus de citron vert-soda à peine sucré. Il essayait de perdre du poids. De là où ils étaient assis, ils pouvaient apercevoir le bunker blanc de Gaitonde. Qu'est-ce qu'il fabriquait, à revenir en ville ? Quel était cet informateur qui l'avait livré à Sartaj ? Les questions seraient pour plus tard. D'abord prendre le mec, songea-t-il, ensuite on s'inquiéterait du pourquoi, du quand et du comment, et il but encore une gorgée.

— On n'a qu'à le faire sauter, proposa Katekar.

— Avec quoi ? Et puis il y resterait, c'est sûr.

Katekar se fendit d'un sourire.

— Eh oui, chef. Et alors, chef ?

— Et que diraient les gars du renseignement ?

— Sahib, excusez-moi, mais les gars du renseignement, c'est un ramassis de maquereaux et d'inutiles. Pourquoi ils étaient pas au courant qu'il se construisait ce bazar ?

— Alors, là, pour le coup, il aurait fallu être très, très intelligent, non ?

Il se redressa contre le dossier de sa chaise et s'étira.

— Tu crois qu'on pourrait dégotter un bulldozer ?

Sartaj se fit apporter une chaise en métal devant le bunker, et il s'y assit, en se tamponnant la figure avec une serviette mouillée. Il avait sommeil. La caméra vidéo était immobile et silencieuse.

— Hé, Gaitonde ! s'exclama-t-il. T'es là ?

La caméra émit son tout petit grésillement de machine, fouina au jugé et dénicha Sartaj.

— Je suis là, répondit Gaitonde. Tu t'es trouvé à boire ? Je dois téléphoner pour te commander de quoi te sustenter ?

Subitement, Sartaj se dit que c'était dans les films que le gangster avait appris à parler de cette grosse voix digne d'un Prithviraj Kapoor en smoking manifestant sa magnanimité envers les humbles.

— Ça ira. Et toi, pourquoi tu ne te commandes pas un truc ?

— Aucune envie de manger.

— Tu supportes la faim ?

Le policier calculait ses chances de le contraindre à sortir en l'affamant. Puis il se souvint que le mahatma Gandhi-ji avait tenu des semaines rien qu'avec de l'eau et des jus de fruits. Le bulldozer allait arriver d'ici une heure, une heure et demie, au plus.

— J'ai plein à manger ici, assez pour tenir des mois. Et j'ai déjà connu la faim, lui lança Gaitonde. Plus que tu ne peux l'imaginer.

— Écoute, ici, dehors, il fait trop chaud, insista Sartaj. Sors et viens avec moi au poste me raconter comme tu as eu faim.

— Je ne peux pas sortir.

— Je vais prendre soin de toi, Gaitonde. Il y a toutes sortes de gens qui ont essayé de te tuer, je le sais. Mais là, pas de danger, c'est promis. Cette histoire n'a aucune chance de se transformer en bataille rangée. Tu sors et, en six minutes pile, on est au poste.

Tu seras en sécurité absolue. De là-bas, tu pourras appeler tes amis. En sécurité, ekdum sécurité. Tu as ma promesse.

Mais Gaitonde ne s'intéressait guère aux promesses.

— Quand j'étais jeune, j'ai quitté le pays une première fois. Je suis parti en bateau, tu sais. À l'époque, c'était le plan : monter sur un bateau, partir pour Dubaï, partir pour Bahreïn, revenir avec plein de biscuits en or. J'étais tout excité, parce que je n'étais encore jamais sorti du pays. Même pas pour aller au Népal, tu comprends. OK, Sardar-ji, on commence. Plan de situation : il y avait ce petit bateau, on était à cinq dessus, la mer, le soleil, ce genre d'atmosphère débile, totalement chutmaari. Le chef, c'était Salim Kaka, un Pathan, un mètre quatre-vingts, avec une longue barbe, un bon gaillard, armé de son sabre. Ensuite, il y avait Mathu, étroit et maigre de partout, toujours à se curer le nez, qui était censé être un dur. Et moi, dix-neuf ans, qui ne savais rien de rien. Et puis il y avait Gaston, le propriétaire du bateau, et Pascal, son assistant, deux petits bonshommes à peau sombre, originaires de quelque part dans le Sud. C'était l'affaire de Salim Kaka, ses contacts sur place et son argent qui payaient la location du bateau, et son expérience, quand sortir, quand revenir, tout dépendait de lui. Mathu et moi, on était ses garçons, tout le temps collés derrière lui. Tu piges ?

Katekar leva les yeux au ciel.

— Oui, répondit Sartaj, Salim Kaka, c'était le chef, Mathu et toi vous étiez les porte-flingues, et Gaston et Pascal manœuvraient le bateau. Pigé.

Katekar s'appuya contre le mur à côté de la porte et se renversa un peu de paan masala dans la paume. Le haut-parleur brillait d'une lueur dure, argentée. Sartaj ferma les yeux.

Gaitonde reprit :

— Je n'avais jamais vu un ciel pareil. Mauve, et doré, et mauve. Mathu n'arrêtait pas de se coiffer et de se recoiffer pour se composer une mèche crantée à la Dev Anand. Salim Kaka était assis avec nous, sur le pont. Il avait des pieds immenses, carrés, rugueux, qui craquaient comme un bout de bois, une barbe lisse et rouge, on aurait dit une flamme. Ce soir-là, il nous a raconté son premier boulot, dévaliser un angadia, un convoyeur qui acheminait du cash de Surat à Mumbai. Ils ont chopé l'angadia à sa descente du bus, ils l'ont flanqué à l'arrière d'une Ambassador, ils ont démarré en trombe, ils ont filé vers un godown, un entrepôt chimique désaffecté sur la zone industrielle de Vikhroli. Dans le godown, ils lui ont retiré sa chemise, son banian, son pantalon, le tout, et ils ont trouvé, cousus à l'intérieur du froc, à hauteur des cuisses, quatre lakhs, quatre cent mille roupies en billets de cinq cents. Et une ceinture-portefeuille qui contenait seize mille roupies. Quand ils sont repartis, il se tenait là, debout, nu comme un bébé, sa grosse bedaine toute tremblante, en se masquant des deux mains son lauda tout ratatiné. Est-ce que je suis clair ?

Sartaj ouvrit les yeux.

— Un convoyeur de fonds. Ils l'ont eu, ils se sont fait un peu d'argent. Et alors ?

— Et alors, l'histoire n'est pas terminée, mon Sardar-ji si futé. Salim Kaka refermait déjà la porte, mais tout d'un coup il se retourne et il rentre dans le hangar. Il prend le type à la gorge, il le soulève, il le secoue et lui colle son genou entre les cuisses. « Allez, Salim Pathan, lui hurle quelqu'un. C'est pas le moment de t'en prendre au gaand d'un grand garçon. » Et Salim Kaka, qui pelotait le derrière de l'angadia, lui rétorque ceci, à l'autre : « Quelquefois, quand on serre un beau cul aussi fort que si c'était une belle pêche, il révèle tous les secrets du monde », et il brandit en l'air un petit paquet en soie marron que l'angadia s'était scotché derrière les couilles. Dedans, il y avait une bonne dizaine de diamants de la plus haute qualité, tout scintillants, tout miroitants, qu'ils ont fourgué la semaine suivante à cinquante pour cent du prix, rien que la part de Salim Kaka, ça faisait un lakh, et c'était à l'époque où un lakh, ça voulait encore dire quelque chose. « Mais, fit Salim Kaka, le lakh, c'était pas le plus beau, l'argent, ce n'est jamais que de l'argent. » Car après cet épisode, il s'est surtout fait connaître pour son magnifique talent, un mec pointu, quoi. « Je vais te broyer comme une pêche », il disait, le sourcil broussailleux en accent circonflexe, et le pauvre malheureux qui en faisait les frais crachait la monnaie, la cocaïne, les secrets, n'importe quoi. « Comment tu as su, pour l'angadia, Salim Kaka ? » je lui ai demandé, et il m'a dit : « C'est très simple. Une fois arrivé à la porte, j'ai jeté un dernier coup d'œil dans sa direction, et il avait encore peur. Quand je lui tenais mon couteau tout contre sa gorge, il m'avait seriné, de sa petite voix tremblante de gamin : "Je t'en supplie, ne me tue pas, baap." Je ne l'avais pas tué, il était encore vivant et il s'accrochait toujours à son lauda. L'argent avait filé, mais ce n'était pas le sien, nous partions, alors de quoi avait-il encore peur ? Un homme qui a peur est un homme qui a encore quelque chose à perdre. »

— Très impressionnant, commenta Sartaj.

Il changea de position sur sa chaise, et le regretta aussitôt, car son omoplate entra en contact avec un arc de métal brûlant. Il ajusta son turban et s'efforça de respirer lentement, avec régularité. Katekar s'éventait avec un journal du soir plié en deux, les yeux dans le vague et le front relâché tandis qu'à travers les nappes d'air chaud, retentissait la voix de Gaitonde, accompagnée d'un grésillement froid, électronique.

— Après ça, j'ai résolu de me montrer extrêmement attentif, car j'étais ambitieux. Ce soir-là, je me suis allongé de tout mon long à la proue, aussi près que possible du jaillissement du flot, et j'ai rêvé. Je t'ai précisé que j'avais dix-neuf ans ? J'avais dix-neuf ans et je m'inventais toutes sortes d'histoires avec des voitures, une maison à étages et moi-même arrivant dans une réception, sous le crépitement des flashes.

« Mathu est venu s'asseoir près de moi. Il s'est allumé une cigarette et il m'en a donné une. J'ai tiré dessus à fond, comme lui. Dans l'obscurité, je pouvais entrevoir sa touffe de cheveux, ses épaules défaites, et j'essayais de me remémorer ses traits, trop osseux pour qu'ils puissent évoquer de près ou de loin ceux de Dev Anand, mais il n'empêche, tous les jours il talquait son museau de rat et il essayait quand même. Subitement, je me suis senti pour lui des envies de bienveillance. « Ce n'est pas magnifique ? » je lui ai fait. Il a ri. « Magnifique ? On pourrait se noyer, il m'a répondu, et personne ne saurait ce qui nous est arrivé. On disparaîtrait, *phat*, terminé. » Sa cigarette décrivit des spirales dans le noir. « Qu'est-ce que tu veux dire ? je lui ai demandé. – Ah, pauvre crétin, lamentable, dehati, espèce de plouc, il m'a répliqué. Tu n'es pas au courant ? Tout le monde ignore notre présence par ici. – Mais les gens de Salim Kaka, ils savent, et son patron aussi », j'ai dit. Je le sentais qui riait de moi, la menue secousse de son genou contre mon épaule. « Non, ils n'en savent rien. » Il s'est penché plus près, en chuchotant, et j'ai senti l'odeur de son banian, et j'ai vu la pâle phosphorescence de ses yeux. « Personne ne sait rien, il n'a rien dit à son patron. Tu ne saisis pas ? C'est un marché qu'il a monté tout seul. À ton avis, en fait de bateau, pourquoi tu penses qu'on se retrouve sur son petit khatara, et pas sur un chalutier ? Pourquoi tu penses qu'on se retrouve collé avec celui-là, un dehati qui sent la bouse de ferme et un très, très jeune employé de la compagnie ? Hein ? Pourquoi ? Cette petite opération, c'est Salim Kaka qui se l'est montée dans son coin. Il veut devenir indépendant, et pour devenir indépendant, il te faut quoi ? Du capital. Voilà, quoi. C'est pour ça qu'on se retrouve à barboter dans ce chodu de piège de ferraille poussif, à un cheveu des gros poissons. Il s'imagine qu'il va gagner assez pour se relancer, tout beau, tout neuf, impeccable. Du capital, du capital, tu comprends ?

« Là, je me suis redressé. Il m'a posé une main sur l'épaule et s'il s'est hissé d'un coup. « Gaandu, il m'a dit, si tu veux vivre dans la ville, il va falloir que tu réfléchisses avec trois coups d'avance, et que tu saches regarder au-delà du mensonge pour voir la vérité, et encore au-delà de cette vérité pour voir le mensonge. Et puis, et puis, si tu veux la belle vie, il te faut des fonds. Penses-y. » Mathu m'a tapoté sur l'épaule et il s'est retiré. L'espace d'une seconde, j'ai entrevu son visage dans la vague lumière de la cabine avant qu'il ne s'y enfonce. Et j'y ai pensé, en effet.

Sous l'interphone, Katekar tourna la tête, à droite et à gauche, et Sartaj entendit le discret cliquetis des os de son cou.

— Je m'en souviens, de ce Salim Kaka, souffla-t-il à voix basse. Je me souviens de l'avoir vu à Andheri, il se baladait en lungi rouge et en kurta de soie. La couleur de ses kurtas variait, mais le lungi était toujours rouge. Il travaillait avec la bande de Haji Salman, et je me rappelle, j'avais entendu dire qu'il avait une femme, à Andheri.

Sartaj opina. Katekar avait le visage bouffi, comme s'il venait de se réveiller.

— Une histoire d'amour ? demanda l'inspecteur à son adjoint.

L'autre eut un grand sourire.

— Vu la soie qu'il portait, apparemment, oui, lui répondit-il. Ou alors c'est juste qu'elle avait dix-sept ans et qu'elle avait le derrière alerte de la biche qui caracole. C'était la fille d'un mécanicien auto, je crois.

— Tu ne crois pas en l'amour, Katekar ?

— Saab, je crois à la soie, et à tout ce qui est doux, et à tout ce qui est dur, mais...

Au-dessus de leurs têtes, l'interphone grogna :

— Qu'est-ce que tu marmonnes, Sardar-ji ?

— Continue, continue, fit Sartaj. Juste quelques instructions de rien du tout.

— Alors écoute. L'après-midi suivant, on a repéré des branches dans l'eau, des morceaux de vieux cageots, des bouteilles qui dansaient sur les vagues, des pneus, et même à un moment un toit de maison entier, en bois, qui flottait la tête en bas. À partir de là, Gaston n'a plus quitté le pont, un bras enroulé autour du mât ; il scrutait l'horizon de tous côtés, à la jumelle, il ne s'arrêtait jamais. J'ai demandé à Mathu : « On est près ? » Il a haussé les épaules. Salim Kaka est monté sur le pont dans un kurta tout neuf. Il se tenait à la proue, il regardait vers le nord, et je le voyais tapoter du bout des doigts sur le taveez, l'amulette en argent qu'il portait à la poitrine. J'avais envie de lui demander où nous étions, mais son visage était d'une telle gravité que cela m'empêchait de proférer un mot.

Sartaj se souvenait des photos de Gaitonde, ce corps de taille ordinaire, ce visage ordinaire, ni beau ni monstrueux, si peu mémorables qu'on oubliait aussitôt le tout malgré les pull-overs en cachemire d'un bleu ou d'un rouge éclatant, le tout franchement très ordinaire. Mais à présent, il y avait cette voix, à la fois sereine et pressante, et l'inspecteur renversa la tête vers l'interphone.

— La nuit tombait et, dans la lumière qui baissait, nous avons aperçu un point rouge clignotant, droit vers le nord. Nous avons jeté l'ancre, et nous nous sommes dirigés vers ce point à bord d'un dinghy. Mathu ramait et Salim Kaka était assis en face de lui, il surveillait notre fanal, et moi j'étais entre eux deux. Je m'attendais à une digue, comme celle que j'avais vue près de la porte des Indes, mais à la place il n'y avait que la voûte des roseaux au-dessus de nos têtes. Salim Kaka a attrapé une perche, il nous a halés, et de chaque côté, la berge murmurait et grinçait de tous ses joncs. Sans qu'on me l'ait demandé, j'avais pris mon ghoda en main, chargé et prêt à tirer. Et puis, sous mes pieds, il y a eu le raclement du bois contre un sol dur. Lampe torche en main, Salim Kaka nous a conduits sur les hauteurs de l'île – c'était cela, une éminence molle et humide au-dessus du marais. Nous avons marché un long moment, une demi-heure peut-être, Salim Kaka devant, sous une lune montante. Il portait une poche en toile brune jetée sur l'épaule, aussi grosse qu'un sac de blé. Et puis j'ai revu le fanal, au-dessus des joncs. C'était une torche attachée à un poteau. Je sentais l'odeur du suif. Les flammes jaillissaient soixante bons centimètres au-dessus de la torche. Sous les flammes, il y avait trois hommes. Ils étaient habillés comme des gens de la ville et, dans les flaques de lumière inégale, j'ai vu leur peau claire, leurs sourcils noirs, broussailleux, leurs grands nez. Des Turcs ? Des Iraniens ? Des Arabes ? Je n'en sais toujours rien, mais deux d'entre eux étaient armés de fusils, le canon quasi pointé sur nous. Le contact de la détente, contre mon doigt, était frais et moite. Je me suis accroupi et je me suis dit : Tu tires et tu nous fiches tous en l'air. J'ai inspiré un bon coup, mon poignet a pivoté, j'ai senti la crosse contre mon pouce, et je les ai surveillés du regard. Salim Kaka et l'un des types se parlaient, leurs deux têtes tout près l'une de l'autre. Ensuite, il a proposé le sac au type, et il y a eu une mallette en échange. J'ai vu une lueur jaune, et le déclic des serrures qui se fermaient. Mon bras était douloureux.

« Salim Kaka a reculé, et nous nous sommes éloignés de ces étrangers, à pas comptés. J'ai senti le contour lisse et mouillé d'un jonc contre mon cou, et je n'arrivais plus à trouver la sortie, il n'y avait plus que la masse élastique de la végétation, et la panique. Ensuite, subitement, Salim Kaka a bifurqué et s'est enfoncé dans les taillis, le vague faisceau de sa lampe traçant le chemin, avec Mathu derrière lui. Je fermais la marche, en crabe, la main baissée, celle qui tenait mon revolver, la nuque raide. Je les revois encore, nous observant, ces trois hommes. Je revois la lueur des bagues de métal autour des canons de leurs fusils, et leurs yeux ourlés d'ombre. Nous marchions vite. J'avais l'impression que nous volions, et les hautes herbes qui, auparavant, me griffaient, m'effleuraient maintenant les flancs avec douceur. Salim Kaka a tourné la tête, et j'ai vu son sourire fiévreux. Nous étions heureux, à courir ainsi.

« Salim Kaka s'est arrêté au bord d'un ruisseau où l'eau avait creusé une chute d'un mètre, peut-être un mètre vingt de haut, il a tâté le sol de son pied droit, a trouvé un appui où caler le talon. Mathu m'a regardé, le visage anguleux, taillé par ce clair de lune squelettique, et je l'ai regardé. Avant que Salim Kaka n'ait achevé son mouvement, j'ai compris ce qui allait suivre. La détonation du revolver s'est répercutée à la surface de l'eau, avant de me revenir dans le ventre de plein fouet. Je savais que la crosse m'avait contusionné la base du pouce. Ce n'est que lorsque l'éblouissement s'est effacé de mon regard que j'ai pu y voir de nouveau, j'avais le ventre noué, et dénoué, et renoué, et tout en bas, dans le fond du fossé, les pieds de Salim Kaka avançaient d'un pas assuré, comme s'il poursuivait son chemin. L'eau giclait sous ses semelles. « Tire, Mathu, lui ai-je soufflé. Tire, maderchod. » C'étaient les premiers mots que je prononçais depuis que nous avions touché terre. Ma voix était ferme, bizarre, d'une sonorité qui m'était étrangère. Mathu a incliné la tête et braqué son canon. Une fois encore, un éclair a débusqué les herbes des ténèbres, mais toujours, cette paire de pieds qui marchaient, qui s'éloignaient à pas réguliers. J'ai visé en plein dans le clapotis, dans ce remous rond et mousseux. Là, dès la première décharge, tout mouvement a cessé, mais j'en ai placé encore une, histoire d'être sûr. « Allez, j'ai fait, on rentre à la maison. » Mathu a hoché la tête, comme si c'était moi qui commandais, il a sauté dans le fossé, il a cherché la mallette à tâtons. Sous l'eau, la lampe torche diffusait une lueur floue, une bulle lumineuse jaune qui englobait exactement la moitié du crâne de Salim Kaka. Je l'ai attrapée au passage, pour rien, puisqu'une lune grassouillette, basse dans le ciel, nous a guidés gentiment jusqu'au dinghy, jusqu'à la sécurité.

Sartaj et Katekar entendirent Gaitonde boire. Ils perçurent distinctement chaque longue gorgée, et le verre qui se vidait.

— Whisky ? murmura l'inspecteur. Bière ?

Katekar secoua la tête.

— Non, il ne boit pas d'alcool. Il ne fume pas non plus. Il est très soucieux de sa santé, le parrain. Tous les jours il fait de l'exercice. Il boit de l'eau. De la Bisleri, avec un zeste de citron vert.

Gaitonde reprit son récit, en accélérant le débit, cette fois.

— Le lendemain, quand le soleil s'est levé sur notre bateau, nous étions encore éveillés, Mathu et moi. Nous avions passé la nuit assis dans la cabine, l'un en face de l'autre, avec la valise calée sous la couchette de Mathu, mais visible. J'avais mon revolver sur les genoux, et je pouvais voir celui de Mathu logé sous sa cuisse. Nous avons raconté à Gaston et à Pascal que nous avions été pris dans une embuscade, par la police, la police du pays où nous étions. Pascal avait pleuré, et depuis, tous deux allaient et venaient avec des gestes mesurés, comme par respect pour notre deuil. Derrière la tête de Mathu, il y avait le brun foncé du bois, et le blanc de son banian qui flottait et tanguait au rythme de la houle. Une distance brumeuse s'était creusée entre nous, et je savais à quoi il pensait. Donc je me suis décidé. J'ai glissé le revolver sous mon oreiller, j'ai allongé les deux jambes sur ma couchette. « Je vais dormir, je lui ai dit. Réveille-moi dans trois heures et ensuite tu pourras te reposer. » Je me suis tourné vers la cloison de bois, et j'ai fermé les yeux. Dans mon dos, tout en bas, je sentais un cercle sur ma peau, et cet endroit me démangeait, j'en avais la chair de poule. Ce cercle de peau attendait la balle du revolver. Impossible de calmer la démangeaison. Mais je conservais une respiration égale, mon poing tout contre mes lèvres. Il y a des choses que tu peux contrôler.

« Quand je me suis réveillé, c'était le soir. Une lumière orange, dense, pénétrait dans la cabine par l'écoutille, colorant le bois comme un feu. J'avais la bouche et la gorge pleines de ma langue, et quand j'ai essayé de remuer la main, c'était devenu un poids mort, une masse gonflée, détestable. J'ai cru que la balle m'avait trouvé ou que j'avais trouvé la balle, mais ensuite, je me suis contracté, mon cœur cognait douloureusement, et je me suis redressé. J'avais le ventre couvert de sueur. Mathu était endormi, le visage enfoui dans l'oreiller. Je me suis fourré le revolver dans la ceinture et je suis monté. Pascal m'a souri, un sourire surgi de sa petite bouille noire. Les nuages s'amoncelaient au-dessus de nous, énormes, gonflés, de plus en plus haut dans le ciel écarlate. Et ce bateau, sur l'eau, c'était une vraie brindille. J'avais les jambes tremblantes, je me suis assis, et je tremblais. Je tremblais, ça s'arrêtait, et ça se remettait à trembler. Après la tombée de la nuit, j'ai demandé à Pascal deux sacs bien solides. Il m'a apporté deux sacs blancs en toile fermés par des cordons.

« Réveille-toi », j'ai lancé à Mathu en redescendant dans la cabine, et j'ai flanqué un coup de pied dans sa couchette. Il a fini par se réveiller en cherchant son revolver à tâtons, sans le trouver, avant que je le lui pointe du doigt, entre le matelas et la cloison. « Du calme, espèce de chutiya, abruti, tu es trop nerveux. » Il s'est étiré les épaules en grommelant comme un coq qui hérisse ses plumes. Je lui ai souri. « Écoute, je lui ai fait, espèce d'endormi, espèce de bhenchod, fils de ce maderchod de Kumbhkaran, tu veux ta moitié, ta part, tu la veux ou pas ? » Il a réfléchi un moment, encore enflé de colère, puis ça s'est tassé dans un rire. « Oui, oui, il a fait. Moit'-moit'. Moit'-moit'. »

« L'or, c'est bon à prendre. Ça bouge et ça te glisse sous les doigts, c'est lisse et c'est plaisant. Quand il est quasi pur, il a ce reflet rose, qui rappelle de bonnes joues pleines de santé. Mais ce que j'ai préféré, quand on a sorti les lingots de la valise pour les ranger dans les sacs, un par un, tour à tour, un lingot dans un sac, et le deuxième dans l'autre, c'était leur poids. Ils étaient de petite taille, un peu plus longs que la paume de la main, bien plus petits que je ne m'y étais attendu, mais ils étaient si compacts, si dodus que je les enfournais à contrecœur dans les sacs. J'avais le visage bouillant, le cœur congestionné, et je savais que j'avais fait ce qu'il fallait. Quand nous sommes arrivés au dernier lingot, qui était pour moi, je l'ai glissé dans la poche gauche de mon pantalon, où je pouvais le sentir battre contre ma chair. Et ensuite, le revolver dans la ceinture, derrière, du côté opposé. Mathu a hoché la tête. « Presque fini, a-t-il dit. À ton avis, il y en a pour combien de roupies ? » Il avait un sourire lent, hésitant. Il s'est curé le nez, comme il faisait toujours quand il était sur les nerfs, autrement dit presque tout le temps. Je l'ai considéré de haut, il ne m'inspirait que du mépris. En un instant, j'ai compris, absolument et claire- ment, qu'il resterait toujours un tapori, rien de plus, même avec dix ou douze personnes travaillant à son service, mais rien d'autre qu'un bouffon local à la petite semaine, les nerfs en pelote, dressé sur ses ergots, avec sa brutalité hésitante, un pistolet et un hachoir sous la chemise, point final. Si tu penses en roupies, tu ne vaux pas plus qu'un bhangi, un porte-balai, quoi. Parce qu'un lakh en billets, ça fait peut-être cent mille roupies, mais c'est de la crotte, et un crore en billets, ça fait peut-être dix millions de roupies, mais c'est de la merde. Ce qui est en or, je me suis dit, c'est l'avenir. C'est l'avenir que tu as dans ta poche, les possibilités infinies qu'il renferme. Donc j'ai fourré le sac sous ma couchette, en repoussant du pied le peu qui dépassait, sous les yeux écarquillés de Mathu. Je lui ai tourné le dos et j'ai grimpé sur le pont en riant tout seul. Je n'avais plus peur. Je le connaissais, maintenant. Cette nuit-là, j'ai dormi comme un bébé.

Katekar eut peine à réprimer un ricanement.

— Et pendant des années, il a dormi toutes les nuits d'un sommeil paisible, pendant que les corps n'arrêtaient pas de tomber autour de lui.

Sartaj leva la main pour le faire taire. Son adjoint s'essuya la sueur du visage et marmonna à voix basse :

— Ils sont tous pareils, des porcs, des salopards, des rapaces, des maderchods. L'ennui, c'est que, s'il y en a un qui se fait tuer, il y en a cinq autres qui prennent sa place.

— Du calme. Je veux entendre la suite.

De nouveau, un grognement s'échappa de l'interphone.

— Le surlendemain, au-delà de l'eau, j'ai vu une colline, au loin. « Qu'est-ce que c'est que ça ? » j'ai demandé à Gaston. « On est arrivés », il m'a fait. De la proue, Pascal a hélé un autre bateau, en se penchant en direction de l'horizon. « Hé-hooooo. » Il a crié, et ce long cri, avec l'écho de la réponse, m'a enveloppé. J'étais à la maison.

« Nous leur avons donné un coup de main pour hisser le bateau sur la plage, et puis on s'est séparés de Pascal et de Gaston. Mathu leur a chuchoté des menaces, mais moi, je l'ai repoussé, pas trop gentiment, et j'ai dit : « Écoutez, les gars, si vous savez la boucler, vraiment la boucler, on refera affaire avec vous. » Je leur ai offert un lingot d'or à chacun, prélevés sur ma part, on s'est serré la main, ils nous ont fait de grands sourires, ils étaient devenus mes potes pour la vie. Mathu et moi, on a marché un bout jusqu'à la route, jusqu'à l'arrêt de bus, avec nos sacs en toile blanche jetés sur l'épaule. D'un signe de la main, j'ai arrêté un auto-rickshaw et, d'un signe de tête, j'ai fait au revoir à Mathu. Je l'ai laissé planté là, un doigt dans le nez, dans les gaz du pot d'échappement.

Je savais qu'il aurait préféré venir avec moi, mais il avait une trop haute idée de lui-même, et il m'aurait forcé à le tuer, tôt ou tard. Je n'avais pas de temps à perdre avec lui. Je partais pour Bombay.

L'interphone se tut. Sartaj se leva, fit demi-tour, tourna la tête d'un côté, de l'autre.

— Hé, Gaitonde ?

Il s'écoula un moment, et puis la réponse vint.

— Oui, Sartaj ?

— Le bulldozer est arrivé.

Et il était là, en effet, un géant noir qui surgissait à l'instant même, au bout de la rue, dans un fracas de ferrailles guttural, levant la foule sur son passage. La machine n'était pas sans dignité, et le conducteur portait sa casquette vissée sur la tête avec la classe du spécialiste.

— Dégage-moi ces gens de la rue, ordonna l'inspecteur à Katekar. Et cet engin, fais-le rappliquer par ici.

— Je l'entends, maintenant, s'écria Gaitonde.

L'objectif de la caméra s'agitait dans son logement.

— Tu ne vas pas tarder à le voir, le prévint Sartaj.

Les policiers postés autour du fourgon vérifiaient leurs armes.

— Écoute, Gaitonde, la farce ne m'amuse pas du tout. On ne s'est jamais rencontrés, mais on vient quand même de consacrer l'après-midi à causer. Agissons en gentlemen. Tout cela est inutile. Tu sors, c'est tout, et on peut tous rentrer au poste.

— Cela m'est impossible, se défendit Gaitonde.

— Arrête-moi ça, s'écria l'inspecteur. Cesse de jouer les bandits filmi, tu vaux mieux. On n'est pas dans la cour de récréation. Ce n'est pas un jeu.

— C'est un jeu, mon ami, rectifia le gangster. Ce n'est qu'un jeu, le leela, le jeu du dieu.

Sartaj se détourna de la porte. Il éprouvait l'envie, le désir irrépressible d'une tasse de thé.

— Très bien. Quel est ton nom ? demanda-t-il au conducteur appuyé sur une chenille titanesque.

— Bashir Ali.

— Tu sais comment t'y prendre ?

Bashir Ali tordit sa casquette bleue entre ses mains.

— Bashir Ali, cela relève de ma responsabilité. En tant qu'inspecteur de police, je te donne un ordre, donc tu n'as pas à t'inquiéter. Abattons cette porte.

Bashir Ali se racla la gorge.

— Mais là-dedans, inspecteur sahib, c'est Gaitonde, bredouilla-t-il, d'une voix hésitante.

Sartaj prit Bashir Ali par le coude et le conduisit à la porte.

— Gaitonde ?

— Oui, Sardar-ji ?

— Voici Bashir Ali, le conducteur du bulldozer. Il a peur de nous aider. Il te craint.

— Bashir Ali, tonna Gaitonde.

La voix était autoritaire, c'était la voix d'un empereur, sûre de ses consonnes et de sa générosité.

Bashir Ali avait le regard posé au centre de la porte. L'inspecteur pointa le doigt là-haut, vers la caméra, et Ali leva le nez, cligna des yeux dans la direction.

— Oui, Gaitonde Bhai ? dit-il.

— Je ne te pardonnerai pas... – Bashir Ali blêmit – ... car il n'y a rien à pardonner. Nous sommes tous les deux pris au piège, toi de ce côté de la porte et moi du mien. Fais ce qu'on te demande, finissons-en et rentre chez toi, auprès de tes enfants. Il ne t'arrivera rien. Ni maintenant ni plus tard. – Il y eut un temps de silence. – Parole de Ganesh Gaitonde.

Le temps que Bashir Ali grimpe sur son siège, au sommet du bulldozer, il avait compris, semblait-il, le rôle de vedette que lui donnait la situation. Il se planta sa casquette sur le crâne et la fit pivoter, visière vers l'arrière. Le moteur éructa, puis s'installa dans un rugissement égal et rectiligne. Sartaj se pencha sur l'interphone. Il avait le côté droit de la tête, de la base du cou à la tempe, traversé d'une irrésistible pulsation de chaleur et de douleur.

— Gaitonde ?

— Parle, Sardar-ji, j'écoute.

— Ouvre cette porte, c'est tout.

— Tu veux que j'ouvre cette porte, et ce sera tout. Je sais, Sardar-ji, je sais.

— Tu sais quoi ?

— Je sais ce que tu veux. Tu veux que j'ouvre cette porte, et ce sera tout. Ensuite, tu veux m'arrêter et m'emmener au poste. Tu veux être un héros, dans les journaux. Tu souhaites une promotion. Deux promotions. Au fond de toi, tu en veux même davantage. Tu veux devenir riche. Tu voudrais être un héros pour toute l'Inde. Tu voudrais que le président te remette une médaille le jour de la fête de la République. Tu voudrais que la médaille passe en couleurs, à la télévision. Tu voudrais être vu aux côtés des stars de cinéma.

— Gaitonde…

— Mais tu sais, moi, tout cela, je l'ai déjà eu. Et je vais te battre. Même à ce tout dernier jeu, je vais te battre.

— Comment ? Tu as quelques-uns de tes gars là-dedans, avec toi ?

— Non. Pas un de mes gars, personne. Je te l'ai dit, je suis seul.

— Un tunnel ? Un hélicoptère dissimulé à l'intérieur ?

Gaitonde eut un gloussement.

— Non, non.

— Alors quoi ? Tu possèdes une batterie de canons Bofor ?

— Non. Mais je vais te battre.

Le bulldozer attendait sur la chaussée noire, frémissant, flanqué de policiers à la prunelle sévère. L'éventail des choix s'amenuisait de plus en plus, les ramenait inévitablement à cette porte de métal, ils étaient déterminés, et impuissants, et ils avaient peur.

— Gaitonde, reprit Sartaj, en se frottant les yeux. Une dernière chance. Sors, mon grand yaar. C'est stupide.

— Je ne peux pas. Désolé.

— Très bien. Seulement, quand on va entrer, reste à l'écart de cette porte. Et n'oublie pas de lever les mains en l'air.

— Ne t'inquiète pas, lui assura Gaitonde. Je ne suis pas dangereux.

Le policier se redressa, droit comme un I, dos à la porte, et vérifia son revolver. Il fit pivoter le barillet, les balles étaient bien là, jaunes, rondes et lourdes, logées dans le métal. La chaleur traversait les semelles de ses souliers, elle gagnait les pieds.

Soudain, tout contre son omoplate, l'interphone revint à la vie.

— Sartaj, tu m'as appelé ton grand yaar. Alors je vais te dire quelque chose. Qu'elle soit grande ou petite, aucune maison n'est sûre. Gagner, c'est tout perdre, et le grand vainqueur, c'est le jeu. Toujours.

Sartaj pouvait sentir jusque dans sa poitrine la vibration ténue de l'interphone. La machine, devant lui, lâcha un beuglement qui le plaqua de nouveau contre la porte. Cela suffisait comme ça. Il escamota le barillet dans le corps de l'arme, et s'écarta du porche.

— Très bien, hurla-t-il. Allez, allez, on y va.

Du revolver, il désigna la porte. L'interphone se remit à bourdonner, mais Sartaj n'écoutait plus. En s'éloignant, il crut entendre un dernier fragment de question, sous le rugissement du moteur.

— Sartaj Singh, tu crois en Dieu ?

— Allez, Bashir Ali, avance, s'exclama le policier. – Bashir Ali leva une main en l'air, et l'inspecteur pointa sur lui un index raide. – Remue-moi cet engin.

Bashir Ali se tassa dans son siège, là-haut, et le monstre partit dans une embardée, dépassa l'inspecteur Singh, et vint s'écraser contre le bâtiment avec un craquement sourd, soulevant un nuage de plâtre qui fusa vers le ciel. Mais quand la machine eut reculé, le bâtiment se dressait toujours là, entier, sacro-saint, sa porte même pas cabossée. Seule la caméra vidéo avait souffert : elle gisait sur le côté du battant, proprement aplatie sur la moitié de sa longueur. Une vague de quolibets s'éleva de la foule toujours massée au bout de la rue. Quand Bashir Ali coupa son moteur, elle reprit de plus belle.

— Qu'est-ce que c'est que ça ? s'écria Sartaj, quand Bashir Ali descendu de son perchoir eut posé le pied dans l'ombre de l'engin.

— Vous ne me laissez pas traiter ce truc comme il faudrait, alors vous vous attendez à quoi ?

Ils s'essuyèrent tous deux de la poussière de plâtre du nez. Côté ensoleillé du bulldozer, la foule scandait : « Jai Gaitonde ».

— Tu sais comment il faut s'y prendre ?

Bashir Ali eut un geste dédaigneux.

— J'ai mon idée.

— Très bien, fit Sartaj. Parfait. Vas-y donc, à ta manière.

— Alors dégagez-vous de mon chemin. Et éloignez vos hommes, qu'ils reculent loin du bâtiment.

Lorsque Bashir Ali fit pivoter son étalon sur le gravier de la chaussée, Sartaj comprit qu'il avait affaire à un artiste. Il opérait des deux mains, enchaînait les chiquenaudes et les coups secs sur les leviers de commande, se penchait dans le sens du virage en une attitude de compassion pour les pignons d'embrayage qui grondaient sous lui. Il releva sa lame, puis il l'abaissa, la plaça avec précision, le bord inférieur calé en bout de course, à hauteur de la porte. Il partit en marche arrière sur cinq mètres, dix mètres, quinze mètres, le bras lestement posé sur le dossier de son siège. Il revint vers le bâtiment selon une trajectoire en diagonale et passa devant l'inspecteur avec un sourire éclatant de blancheur. Cette fois, il y eut un cri du métal, et quand la violente trépidation du bulldozer eut cessé, Sartaj constata que la porte s'était décollée, repliée vers l'intérieur. Une fente courait le long de la maçonnerie sur presque un mètre de hauteur.

— Recule ! hurla Sartaj. – Il se précipita devant l'engin, revolver braqué. – En arrière, en arrière.

Là-dessus, Bashir Ali ayant reculé, Sartaj se plaqua contre un côté de la porte, Katekar de l'autre. Un vent glacé s'en échappait ; l'inspecteur le sentit lui sécher la sueur du visage et des avant-bras. Subitement, l'espace d'un instant, il envia à Gaitonde ses climatiseurs, ce glacial dispositif de contrôle climatique, récompense de son audace. Et, l'espace d'un instant, il sentit une minuscule bulle d'admiration monter en lui, du creux de ses hanches, une bulle écœurante, imprévisible, comme un filet de bile élastique. Il respira à fond.

— Tu penses que le bâtiment va tenir ? s'enquit-il.

Katekar hocha la tête. Le visage noir de rage, il jeta un œil à l'intérieur, par la porte. Sartaj se tâta la lèvre supérieure du bout de la langue, il la sentit sèche, et puis ils entrèrent. L'inspecteur précéda son second et, une fois à l'intérieur, dès la première porte, Katekar vint à sa hauteur. Ils furent suivis par le bruissement des autres policiers, derrière eux. L'inspecteur tâcha de tendre l'oreille malgré les coups de tonnerre de son cœur dilaté. Il avait déjà fait ce genre d'entrée en matière, mais c'était toujours aussi pénible. Il faisait très froid, dans le bâtiment, la lumière était tamisée, luxueuse. Ils avaient de la moquette sous les pieds. Les lieux comptaient quatre pièces carrées, toutes blanches, toutes vides. Au centre exact de l'édifice, un escalier de métal très escarpé, presque vertical, s'enfonçait dans le sol. Sartaj fit un signe de tête à Katekar, qui s'exécuta, et il le suivit en bas. La porte métallique, au pied des marches, s'ouvrit facilement, mais elle pesait très lourd ; quand son adjoint l'eut enfin tirée à lui, l'inspecteur vit qu'elle avait l'épaisseur d'une porte de salle des coffres. À l'intérieur, il faisait sombre. Il fut saisi d'un frisson incontrôlable. Il dépassa Katekar et entrevit une lumière bleuâtre, sur sa gauche. Son adjoint lui frôla les omoplates et s'écarta de lui, puis ils s'avancèrent d'un pas glissant, leur arme tendue à bout de bras. Encore un pas, et là, dans un nouvel angle de la salle, Sartaj entrevit une silhouette, des épaules, devant une rangée d'écrans de télévision remplis de neige, une main brune posée sur un tableau de bord noir.

— Gaitonde !

Sartaj n'avait pas eu l'intention de crier – il préférait adopter le ton ferme de l'admonestation –, et il s'obligea à reprendre dans les tons graves :

— Gaitonde, lève les mains en l'air, très lentement. – La silhouette, dans l'obscurité, n'eut pas un mouvement. Il crispa douloureusement l'index sur la détente et réprima son envie pressante de faire feu, encore et encore. – Gaitonde. Gaitonde ?

Sur sa droite, là où se trouvait Katekar, il perçut un léger déclic et, à l'instant où il tournait la tête, la salle fut inondée d'un rayonnement de néon blanc, généreux, propre, enveloppant. Et c'est dans cette illumination universelle que Gaitonde se révéla, assis, un pistolet noir dans la main gauche, et la moitié de la tête emportée.

Il avait l'œil droit saillant, injecté de sang, une intensité frénétique dans le regard. Sartaj pouvait discerner les fragiles nervures des filaments roses, le noir dur de la pupille, le fluide luisant au coin de l'orbite, qu'il vit malgré lui comme une larme – mais c'était juste une réaction physique au coup gigantesque qui avait tout arraché à partir du menton, en remontant vers la joue, entaillant la narine gauche dans l'épaisseur du front et vaporisant une souillure crémeuse sur le plafond blanc. Une dent pointait, perle ironique, entière et intacte, de la chair rouge, à vif, là où la lèvre pincée et grimaçante de Gaitonde cessait brusquement d'exister.

— Chef, souffla Katekar.

Sartaj sursauta. Il suivit l'axe du canon de son adjoint, pointé, le poignet raide, vers une embrasure dessinée dans le mur blanc. Dans cette pénombre, à la frontière de la lumière crue et de l'obscurité, il avisa deux petits pieds nus, les orteils tournés vers le plafond. L'inspecteur s'avança ; il ne distinguait pas le corps nettement, rien que les revers d'un pantalon blanc, mais il comprit, à la courbe des hanches, que c'était une femme. Son adjoint, encore lui, trouva un interrupteur et elle était là, bien visible, en effet, oui, une femme, en pantalon blanc moulant porté bas sur le creux des reins – Sartaj savait qu'on appelait ça des « tailles basses ». Son haut rose était moulant, lui aussi, plutôt élégant. Il dévoilait le ventre, elle devait être fière de la finesse de sa taille et de la perfection de son nombril. Et elle avait un trou dans la poitrine, juste au-dessous de ce bout de peau veloutée, sur le thorax, là où son haut était fermé par une agrafe.

— Il l'a abattue, constata Sartaj.

— Oui, fit Katekar. Elle devait se trouver sur le seuil de la salle.

Elle avait le visage tourné vers la gauche, et ses longs cheveux lui retombaient sur la joue.

— Inspecte le reste, ordonna son supérieur.

Dans la pièce carrée où gisait la fille, il y avait trois lits alignés, défaits, et trois tables de nuit blanches. Cela ressemblait plutôt à un dortoir. Contre le mur, un vélo d'appartement et une rangée de poids gradués, alignés sur un râtelier. Des DVD de vieux films en noir et blanc. Une armoire en acier renfermant toute une rangée de fusils AK-56 et, au-dessous, des pistolets. Et puis il y avait une salle de bains, équipée de douches, et des toilettes à la mode occidentale, trois placards remplis de vêtements, de chaussures et de bottes pour homme. Katekar avait terminé sa visite, et ils se penchèrent ensemble sur Gaitonde.

Une foule de policiers se pressait derrière Sartaj ; les épaules se cognaient, les crosses de fusils s'entrechoquaient, tous, ils tendaient le cou pour voir ce qu'il était advenu du grand Gaitonde et de sa maîtresse assassinée.

— Ça suffit ! s'écria l'inspecteur Singh. Qu'est-ce que c'est que ça, un spectacle de danse, du genre tamasha gratuit au village ? La première d'un film ? Je veux que tout le monde sorte d'ici !

Mais il savait que sa voix trahissait le soulagement, le relâchement après la tension et, quand ils se détournèrent, ce fut en lui adressant un grand sourire. Il s'appuya contre le bord du long bureau et attendit que se dissipe cette étrange sensation d'élasticité qu'il ressentait dans sa poche de liquide synovial, derrière ses rotules. Un goutte-à-goutte régulier s'écoulait du siège de Gaitonde, sur le sol.

Les doigts emmaillotés dans un mouchoir bleu, Katekar ouvrit et referma les placards blancs qui tapissaient le mur de la salle centrale. Après une fusillade, il se montrait toujours extrêmement méthodique. La largeur de ses robustes épaules, la crispation sévère de la mâchoire inspiraient à Sartaj un certain réconfort.

— Rien par ici, chef, lui dit-il. Rien du tout.

Sur le bureau, à la hauteur de la jambe de Sartaj, il y avait un tiroir. À son tour, il sortit son mouchoir et tira sur la poignée. Un petit livre noir était posé là, exactement au milieu, aligné parallèlement à la paroi intérieure du meuble.

— Un journal intime ? s'étonna Katekar.

C'était un album, aux pages noires recouvertes d'un film adhésif sous lequel étaient insérées des photographies. Il le feuilleta avec précaution. Des femmes, certaines très jeunes, des prises de vue de studio, des clichés posés, le regard par-dessus l'épaule, ou le visage dans une main, ou déhanchées, toutes décemment vêtues mais très glamour.

— Ses femmes, commenta Sartaj.

— Ses randis, corrigea son adjoint. Ses putains.

D'un geste preste, il s'enroula son mouchoir bleu autour de l'index et entrouvrit l'armoire de classement installée à l'autre extrémité du bureau, et qui lui arrivait à la taille. Malgré le bourdonnement sourd des générateurs, Sartaj percevait sa respiration.

— Chef.

L'armoire de rangement était remplie de billets de banque. De l'argent neuf, des billets de cinq cents roupies en petites liasses bien propres encore attachées par leurs élastiques de la Banque centrale, et ces liasses étaient maintenues ensemble, en briques de cinq, sous film plastique impeccable. Katekar repoussa la couche supérieure, enfila la main dans la fente, entre les piles. Il y en avait encore, là-dessous. Et d'autres, plus bas.

— Combien ? s'enquit son chef.

Katekar tapota le flanc de l'armoire, l'air songeur.

— C'est plein jusqu'au fond. Cela fait beaucoup d'argent. Cinquante lakhs ? Davantage.

Jamais ils n'avaient vu autant d'argent d'un coup. Il y avait une décision à prendre ; ils échangèrent un regard, un regard franc, et c'est Sartaj qui prit la décision. Du genou, il repoussa le tiroir, pour refermer le meuble.

— Trop d'argent, décréta-t-il.

Katekar souffla. Une expression de regret passa sur ses traits, fugitive mais indubitable, ce fut tout. C'était lui qui avait donné à son supérieur cette importante leçon de survie : se précipiter sur les grosses prises sans s'être suffisamment informé au préalable, c'était courir au désastre. Il se ressaisit, se libéra de l'envoûtement de l'argent avec un soupir râleur et un grand sourire.

— Les gros bras vont se charger du fric de Gaitonde, lâcha-t-il. Et maintenant, on patiente ?

— On patiente.

Le bunker était plein. Il y avait des techniciens, des photographes du labo, et des officiers de police de grade supérieur des trois sections de la brigade criminelle. Gaitonde était assis au centre, bien éclairé et quelque peu ratatiné. L'inspecteur Singh observait Parulkar penché sur le gangster, qui désignait quelque chose à un autre commissaire de district. Parulkar évoluait dans son élément ; il discutait d'une opération couronnée de succès avec des interlocuteurs de poids, et Sartaj lui en était reconnaissant. Il était certain que Parulkar allait soigner, enjoliver cette histoire, et prêter à son protégé plus de mérite qu'il n'en avait. Son supérieur possédait ce talent. Et, rien que pour cela, il dépendait de lui.

Trois hommes descendaient l'escalier d'un pas rapide. Il ne les avait encore jamais vus. Le personnage qui ouvrait la marche avait les cheveux tellement ras qu'il pouvait discerner la peau du crâne sous la grisaille coupée net. Il s'entretint avec Parulkar, exhiba sa carte d'identité, et Parulkar se figea – ce que son adjoint fut le seul à voir. Après avoir opiné, il mena Tête plate et les deux autres jusqu'à Sartaj.

— Voici l'officier de police en question, fit Parulkar à Tête plate. L'inspecteur Sartaj Singh.

— Je suis le commissaire Makand, du CBI, Bureau central d'investigation. – Tête plate s'exprimait sur un ton très cassant. – Avez-vous trouvé quelque chose ?

— L'argent, répondit-il. Un album. Nous ne lui avons pas encore fouillé les poches, nous attendions que…

— Bien, l'interrompit Makand. À partir de maintenant, nous prenons la relève.

— Pouvons-nous être utiles à quelque chose ?

— Non. Nous resterons en contact. Que vos hommes évacuent les lieux.

Les deux ailiers de Makand s'affairaient déjà dans la salle, priant les techniciens de remballer.

Singh hocha la tête. Qu'on lui retire Gaitonde, il s'y était attendu. Que Gaitonde ait refait surface en Zone 13, c'était assez inexplicable, et que sa carrière ait soudain connu son terme à Kailashpada, c'était un cadeau professionnel trop parfait pour qu'on laisse le seul Sartaj en bénéficier. La vie n'accordait pas de telles félicités sans partage. Mais la rebuffade infligée par Makand – même si l'homme appartenait à une agence centrale d'élite –, c'était vraiment trop brutal. Et pourtant, voilà que Parulkar se montrait aussi inconsistant, aussi fade qu'un bloc de beurre clarifié, de ghee desi, incapable d'opposer la moindre protestation, l'objection la plus minime. Et donc Sartaj lui emboîta le pas, appela Katekar et sortit.

C'était le soir. Il resta dans l'ombre, à l'abri de la porte métallique. Les journalistes attendaient, de l'autre côté de l'alignement des jeeps de la police. Parulkar, à ses côtés, se pomponnait déjà.

— Monsieur, lui demanda Sartaj, pourquoi nous ont-ils flanqués dehors ? Le CBI n'a plus besoin de l'aide locale ?

Son supérieur rentrait sa chemise dans son pantalon et tirait sur sa ceinture.

— Ils m'avaient l'air très tendus. Mon sentiment est qu'ils avaient peur de voir un secret révélé au grand jour, mais lequel, je l'ignore.

— Ils tenteraient de couvrir quelque chose ?

Parulkar inclina la tête et voulut prendre un air futé.

— Beta, fit-il, très paternel, quand quelqu'un se montre aussi grossier avec nous, en général, cela veut dire qu'il essaie de cacher un truc. Viens, fils. Allons raconter à nos amis de la presse comment tu as déboulonné le grand parrain Ganesh Gaitonde.

Et c'est ainsi que Sartaj s'avança dans le feu des flashes et qu'il raconta son coup d'éclat aux journalistes. Il leur expliqua qu'il s'était entretenu avec Gaitonde avant qu'ils n'enfoncent sa porte, que le gangster n'avait pas semblé effrayé, qu'il avait gardé toute sa raison. Il ne fit aucune allusion à l'or de Gaitonde. Et il ne mentionna pas, non plus qu'à Katekar ou à Parulkar, la question qu'il croyait l'avoir entendu poser, à la toute fin. Il n'était pas sûr de l'avoir entendue, d'ailleurs. Donc, il parla aux journalistes de ce tuyau anonyme qui lui était parvenu le matin, de ce qui s'était ensuivi, et il leur avoua que non, il n'avait aucune idée de ce qui avait pu pousser un chef de la mafia à se suicider.

Mais plus tard, chez lui, ce soir-là, il se remémora la voix grandiloquente de Gaitonde, son débit rapide, sa tristesse. Il n'avait jamais rencontré Ganesh Gaitonde, et maintenant que leurs deux existences s'étaient croisées, l'homme était mort. Au bord du sommeil, il se remémora tout ce qu'il avait lu et entendu au sujet de Gaitonde, les rumeurs et les légendes, les rapports des informateurs et les interviews lues dans les magazines. Il s'efforça de rattacher cette image publique du personnage à la voix qu'il avait entendue, et il en fut incapable. Il y avait ce gangster fameux, et puis il y avait l'homme de l'après-midi. Mais quelle importance, tout cela ? Gaitonde était mort. Sartaj se retourna, frappa ses oreillers avec autorité, les arrangea, y posa la tête et s'endormit.

Ganesh Gaitonde vend son or

Alors, Sardar-ji, tu m'écoutes encore ? Es-tu avec moi, quelque part en ce monde ? Je te sens. Tu as envie de savoir ce qui s'est passé ensuite, et plus tard. Je marchais sous ce ciel bouillonnant déchiré de nuages, avec le poids de cet or qui me tiraillait l'épaule, et j'avais la ville qui m'attendait. J'avais dix-neuf ans et j'avais de l'or sur le dos. Me voici, moi, Ganesh Gaitonde, vêtu d'une chemise bleue et sale, d'un pantalon marron, de chaussures élimées à semelle de gomme et pas de chaussettes, avec quarante-sept roupies en poche, un revolver à la ceinture, et de l'or sur le dos. Je n'avais nulle part où aller, parce que je ne pouvais pas retourner dans cet immeuble de Dadar où j'avais un endroit pour dormir, juste devant la réserve d'un restaurant, qui sentait les épices. Si les gens de Salim Kaka me cherchaient, ou si quelqu'un, n'importe qui, en avait après moi, j'aurais disparu, je ne me serais pas laissé prendre comme un nigaud auquel est réservée une mort de chien. Depuis que j'avais trouvé cet or, je n'avais plus confiance. J'avais les soucis d'un homme riche. Je pensais : en ce monde, je n'ai que quarante-sept roupies et un revolver, plus cette énorme masse de métal. L'or ne me fait pas trop de bien aux vertèbres, je dois le vendre. Il n'est rien tant que je ne l'aurai pas vendu. Comment vendre de l'or, et en telle quantité ? Où le vendre ? Tant que je ne l'aurai pas vendu, je serai un homme pauvre. Un homme pauvre avec des soucis de riche.

J'en ai souri, puis j'ai ri. Il y avait un besoin urgent de trouver une planque, tout de suite, vite, mais la situation était drôle, quand même. Je me suis mis à chanter : *Mere desh ki dharti sona ugle,*

ugle heere moti. « La terre de mon pays regorge d'or, elle regorge de perles et de joyaux. » Mais, à dix heures et demie du matin, ce n'était pas le moment de se balader à la périphérie de Borivali avec un ghoda chargé et de l'or, plié en deux sous le poids du métal, et totalement crevé. Il y avait des champs au loin et des bosquets d'arbres, quelques constructions ici ou là, de petits cottages blottis les uns contre les autres, vraiment comme dans un village, mais tôt ou tard, quelqu'un allait remarquer, demander, exiger. Il ne me restait plus que trois balles. Trente balles, trois cents balles, quelle différence, si quelqu'un découvrait ce que je transportais ?

Sur la droite, une clôture en fil de fer barbelé défendait un bouquet d'arbres. J'ai regardé derrière moi, devant, et ma décision a été prise. Je me suis faufilé sous le dernier fil de fer, celui du bas, j'ai tiré le sac après moi et j'ai marché vite, sans courir, d'un pas rapide, sous les arbres. Une fois à l'ombre, je me suis accroupi et je me suis installé dans l'attente. J'ai bougé les mains pour tâcher de me débarrasser de cette crampe qui m'était venue à force d'agripper mon sac, de porter mon fardeau. S'il devait se produire quelque chose, ce serait maintenant. Aussitôt, je me suis retrouvé pris dans un tourbillon d'insectes minuscules ; j'acceptais volontiers leurs piqûres, mais ils m'enveloppaient les épaules d'un nuage tournoyant, frémissant, un tremblement dans l'air. Au centre de ce frissonnement circulaire, je me suis remémoré la pente d'une montagne vue par la fenêtre, le vent dans les pages d'un livre de classe, le sanglot sans fin de ma mère, dans la pièce voisine. Sans fin. Assez – j'ai agité la main devant mon visage et je suis sorti du cercle. J'ai avancé droit devant moi, cassé en deux, à travers l'obscurité, sous les branches, vers une étendue d'eau que je venais de découvrir. Un petit étang tapi au fond d'une dépression en forme de soucoupe, bordé d'herbes jaunissantes. Je me suis rassis, accroupi, le sac devant moi. Dans la boue molle, autour de l'étang, il n'y avait pas une seule trace de pas, pas de piste au travers de l'herbe drue, pas un homme, pas une femme entre moi et le fil de fer barbelé, sur l'autre rive de l'étendue d'eau, et pas davantage au-delà, sur la route. Mais j'avais envie de m'accorder encore une demi-heure. Je me tenais fermement au volume de métal lisse que j'avais en poche, et j'inspirais, je respirais. J'ai

74

suivi le vol rapide, irisé des libellules au-dessus de l'étang. J'étais déterminé à ne plus glisser, à ne plus jamais me laisser engloutir dans le tourbillon du passé. Il y avait eu une vie, que j'avais quittée. Pour Ganesh Gaitonde, il n'existait plus que ce jour, la nuit de ce jour et tous les autres jours qui l'attendaient.

Quand il fut temps, j'ai reculé jusqu'aux arbres, dans l'ombre la plus obscure. J'ai choisi un arbre et j'ai commencé de creuser. La terre était meuble, mais sèche, cela progressait lentement, et j'ai vite eu les doigts à vif. J'aurais d'abord dû chercher un outil pour creuser, un morceau de ferraille, n'importe quoi. Mauvaise organisation. Mais maintenant que j'avais commencé, je continuais, en déplaçant la terre à pleines poignées. J'ai atteint la couche plus dure, sous la surface, je me suis assis et je l'ai raclée avec mes talons, pour la rendre plus friable. La tâche était rude, j'étais en nage, et, quand je me suis arrêté, ce n'était même pas vraiment un trou, juste une espèce de poche, pas très profonde, au pied du tronc très noir. J'étais fatigué, j'avais faim, et il faudrait bien que ça suffise. Ma poitrine se soulevait à force de halètements. J'ai tiré sur le cordon du sac, j'en ai sorti deux biscuits d'or, et j'ai perdu une minute ou deux à en éprouver la douce brûlure de bronze, sous les ombres pommelées. Le sac a fini dans la poche de terre, et j'ai repoussé l'humus pour l'en recouvrir. Cela faisait un monticule, et je me suis activé en tous sens pour récolter des touffes d'herbe sous les arbres, que j'ai tassées, et des feuilles, et des brindilles. Je me suis relevé, j'ai reculé et j'ai contemplé mon petit arrangement. On aurait cru au fruit du hasard, une vague éminence sous un arbre quelconque et, dans l'obscurité, ça passerait, à moins que quelqu'un ne s'asseye dessus. Mais pourquoi viendrait-on par ici, pourquoi s'aventurer là-dessous, et s'y asseoir ? C'était un endroit sûr. J'en étais certain, je le sentais. Pourtant, à peine parvenu à la clôture en fil de fer, je me suis senti obligé de revenir sur les lieux, rien que pour m'assurer être capable de retrouver mon chemin. Mais juste une fois. Après quoi, j'ai roulé sous la clôture, j'ai marché jusqu'au bout de la rue, j'ai tourné à l'angle d'un pas résolu, malgré cette vertigineuse sensation de perte qui s'emparait de mon ventre, une dégringolade si douloureuse que j'ai dû me tenir le bide à deux mains. Le risque, c'est le risque, et c'est de là que naît le profit. Si ça doit disparaître, ça disparaîtra. Il faut conclure un marché. Conclure un marché.

Tout ce que je possédais, c'était un nom : Paritosh Shah. Je l'avais entendu prononcer à deux reprises, une fois par un homme, dénommé Azam Sheikh, qui venait à peine de ressurgir après avoir purgé une peine de quatre ans pour un cambriolage. Il était sorti de prison et, dans les deux jours, il avait ficelé un boulot bien propre, une effraction, en pleine journée, je-force-j'entre-je-ramasse, dans l'appartement d'un couple de jeunes mariés, à Santa Cruz East. « Cette bonne petite épouse était allée au marché acheter des légumes pour le dîner de son mari, m'a raconté Azam, et nous avons pu lui soutirer son collier en or, ses bracelets, ses boucles d'oreilles, son anneau de nez, tout sauf le mangalsutra, son collier de perles noires, et pour tout le lot, Paritosh Shah nous a offert un bon prix. » Je me trouvais derrière la porte de la cuisine, dans le restaurant où je travaillais comme serveur ; je m'accordais une pause en écoutant ce vantard, et quand Azam a vu mes pieds sous la porte, il m'a insulté et m'a forcé à la boucler. Je me suis éloigné. Après coup, le serveur qui s'était occupé de lui m'a raconté que Azam Sheikh avait laissé un pourboire de trois roupies, après une heure et demie d'agapes. On lui avait servi des tangdis kebabs, des shammi kebabs et de la bière. Mais dans le mois, j'ai eu la satisfaction d'apprendre que le bougre était de retour en prison, pris en flagrant délit, toujours à Santa Cruz East. Une servante s'était réveillée en hurlant, et il s'était fait attraper par les voisins, qui l'avaient cogné jusqu'au sang. Azam Sheikh marchait bizarrement, depuis, j'avais au moins cette satisfaction – cela, et le nom de Paritosh Shah.

Que j'avais de nouveau entendu, après être devenu un proche de Salim Kaka, après avoir gagné sa confiance. Mathu, Salim Kaka et moi, nous étions sortis à Borivali pour nous entraîner au tir. Dans une clairière en pleine jungle, Mathu et moi, nous avions tiré six coups chacun, et Salim Kaka nous avait montré la position, la prise de l'arme, que nous avions chargée et déchargée jusqu'à ce que ça devienne rapide et facile, et que j'y arrive sans regarder. Mon numéro avait plu à Salim Kaka, et il m'avait flanqué une tape sur l'épaule. Il nous avait laissés tirer deux coups de plus chacun. Le choc des détonations me remontait dans l'avant-bras, plus fort que je ne l'aurais cru, jusque dans la colonne vertébrale ; j'exultais, et au-dessus de moi, les oiseaux tournoyaient. « Ne serre pas ton samaan, me conseillait Salim Kaka. Tiens-le en douceur, tiens-le fermement, tiens-le avec amour. » Il y avait une cible tracée à la craie sur un tronc d'arbre, et j'avais fait éclater des copeaux de bois, en plein cœur de cette cible. « Avec amour », j'ai répété, et Salim Kaka riait avec moi. Durant la longue marche qui nous a conduits hors de la jungle, sous les branches nues et brunes, à travers les buissons enveloppants d'épineux, Salim Kaka nous a effrayés avec des histoires de léopards. Une jeune fille qui ramassait du bois avait trouvé la mort dans cette même jungle, il n'y avait pas dix jours de cela. « Le léopard arrive si vite que tu ne peux même pas le voir, tout ce que tu sens, ce sont ses dents, plantées dans ta nuque, nous racontait-il. – Je lui ferai sauter les yeux, je lui avais répliqué, en faisant pirouetter mon revolver. – Bien sûr, maderchod, avait renchéri Mathu, après tout, toi, tu es médaille d'or de tir. » J'avais craché par terre. « La peau de léopard, ça rapporte de l'argent, j'avais fait. Ce bhenchod, je me le dépèce et je revends sa peau. – À qui, chutiya ? » m'a lancé Mathu. Et moi, j'ai désigné Salim Kaka. « Au fourgue de Kaka. – Non, a fait Salim. Il ne s'intéresse qu'aux bijoux, aux diamants, à l'or, à l'électronique de prix. – Pas à ta peau de léopard toute galeuse », a ironisé Mathu, et il a rigolé. Ensuite, Mathu poireautait le long de la grande route, il attendait un auto-rickshaw, le bras levé, et Salim Kaka s'est collé à côté de moi, on s'est accroupis côte à côte près d'un mur, on a pissé. Je regardais ce mur fixement, en tenant mon bout, impatient subitement à cause du long trajet en train qui nous attendait, et puis en bus, et puis la marche jusqu'au bercail, et puis dormir. « Qu'est-ce qui t'arrive, yaara ? m'a demandé Salim Kaka. Tu penses encore à ta peau de léopard ? » Salim avait les dents tachées de tabac, des dents fortes et solides. « Ne t'inquiète pas, tu pourras la porter à Paritosh Shah, cette peau, lui, d'après ce que j'ai entendu, il prend tout. – Qui ? je me suis écrié. – Un nouveau fourgue, à Goregaon. Un ambitieux, celui-là », m'a répondu Salim. Là-dessus, Mathu a arrêté un auto-rickshaw, Salim s'est secoué, il s'est relevé, et moi aussi, j'ai remonté ma fermeture Éclair, Salim Kaka m'a souri, et on a rejoint l'autre, assis épaule contre épaule. Dans le rickshaw brin-quebalant, ballottés en tous sens, on était serrés comme des sardi-nes, et Salim, au milieu, tenait le sac noir contenant les revolvers. C'étaient les siens, ils lui appartenaient. Il tenait le sac contre lui.

Donc ensuite, j'y suis allé, à Goregaon, ce qui était assez facile, mais Paritosh Shah n'était jamais qu'un homme parmi d'autres, dans cette localité où les hommes, on les comptait par lakhs. À la gare, aucune trace de lui sur les panneaux publicitaires, rien que des annonces de sexologues, agents immobiliers, marchands de ciment. Je me suis acheté un journal, je suis tombé sur un vadapau-wallah juste devant la gare et j'ai mangé en réfléchissant à mon problème. Un stand plus loin, celui d'un chai-wallah, un verre de thé à la main, j'ai fini par entrevoir une solution praticable. « Bhidu, mon pote, j'ai demandé au chai-wallah, où est le commis-sariat de police, par ici ? »

J'ai marché jusqu'à ce commissariat par des rues étroites, des enfilades de boutiques et de thelas. Je me suis faufilé d'un pas rapide, tête baissée, fendant la foule de l'épaule, revigoré par mon thé et impatient de négocier le prochain tournant de mon exis-tence. Je l'ai donc trouvé, ce poste de police, et je me suis appuyé contre le capot d'une voiture, face à la longue façade basse et brune. En fait, même à cette distance, je pouvais voir par la porte principale la salle d'accueil, avec ses longues tables, et je savais ce qui se trouvait derrière, les bureaux surpeuplés, les prisonniers accroupis en rangs, et les cellules nues, tout à fait dans le fond. La petite foule massée devant changeait sans cesse, serpentait, se reformait, mais elle était toujours là, et moi, je feuilletais le jour-nal, et j'observais. Je m'arrangeais pour repérer les flics, même ceux qui étaient en civil, à leur cou tendu comme un ressort et à leur manière de se tenir légèrement renversés en arrière, une pos-ture qui rappelait le cobra prêt à la détente, au creux des sillons fraîchement tracés dans la terre, capuchon déployé en éventail, tremblant de puissance et d'arrogance. Leurs yeux scintillaient d'une lueur belliqueuse. Moi, je cherchais autre chose.

Il m'a fallu deux heures et demie et deux faux départs avant de dénicher mon informateur. Il y avait eu d'abord un type aux han-ches étroites, sorti furtivement par un côté du portail et parti au bout de la rue avec la réticence onctueuse d'un pickpocket-né, et je l'avais suivi sur près de huit cents mètres, puis j'ai commencé à me méfier de lui, de ses longs doigts qu'il n'arrêtait pas de fermer et d'ouvrir avec une avidité gourmande, presque canine. De retour au poste, j'ai repris ma surveillance, et je me suis fixé sur un bonhomme plus âgé, la cinquantaine, sans doute. Celui-là, il est sorti par les portes principales, il est resté sur le seuil le temps d'ouvrir un paquet de cigarettes d'un coup d'ongle, celui du pouce. Il en a tapoté une sur le paquet, trois fois, un geste précis, calculé, puis il l'a allumée et il a tiré dessus avec la même confiance paisible. Je lui ai emboîté le pas et j'ai apprécié la courbe soignée de ses cheveux blancs, dans la nuque, ainsi que la chemise saharienne d'un gris discret. Mais au carrefour, quand je me suis porté à sa hauteur pour me retrouver face à lui et lui demander une cigarette, s'il vous plaît, l'homme m'a regardé avec une gentillesse si manifeste, avec une telle absence de suspicion que j'ai compris qu'il était complètement respectable. C'était un banal employé de bureau qui s'était présenté au poste pour déclarer un vol de bicyclette ou se plaindre de voisins trop bruyants, et il n'aurait aucune idée de qui était Paritosh Shah. J'ai accepté une cigarette, je l'ai remercié et je suis retourné au poste.

J'écrasais déjà le mégot sous mon talon quand je l'ai entendue. Une voix profonde, une voix de femme à n'en pas douter, mais basse et sonore, et elle se disputait avec le chauffeur de son autorickshaw, lui expliquant qu'elle effectuait le même trajet toutes les semaines, que son compteur était resté éteint et qu'il pouvait toujours espérer soutirer vingt-six roupies à un chutiya fraîchement débarqué de l'Uttar Pradesh, mais pas à elle. Je n'arrivais pas à voir grand-chose de cette femme, à moitié masquée par le véhicule et le chauffeur, rien que des bras potelés et un haut jaune, moulant, mais quand le conducteur a démarré, lesté de neuf roupies, dans un crissement de pneus, j'ai brièvement entrevu un sari d'un rouge profond, un dos bien en chair, une taille pleine, une démarche rapide et chaloupée, le tout, je ne sais trop pourquoi, carrément peu recommandable. Là, maintenant, j'étais impatient. Je ne me suis plus donné la peine d'étudier les autres, tous ceux qui entraient et sortaient, c'était elle que j'attendais. Quand elle est ressortie, trois quarts d'heure plus tard, j'étais rodé, j'étais prêt.

Elle a traversé la rue et s'est arrêtée en face, pour attendre un auto-rickshaw, une main forte posée sur la hanche et l'autre hélant d'un geste impérieux tous les rickshaws qui passaient, klaxon beuglant. Je me suis rempli les poumons un bon coup, je me suis approché, et j'ai entrevu, sous le mouvement des cheveux teints au henné, les joues rondes, les sourcils fournis, les grandes boucles d'oreilles en or, en forme de lotus. Elle était vieille, plus vieille, marquée par le temps, la quarantaine ou la cinquantaine, pas de la première jeunesse, de loin. J'aimais bien sa silhouette rondelette, sa posture, penchée en avant, les pieds charnus et écartés. Son pallu pendait négligemment de son épaule, une tenue pas très pudique.

— Les rickshaws sont tous pris, à cette heure-ci, je lui ai dit.

— Va-t'en, mon garçon. Je ne suis pas une randi, a-t-elle grondé. D'ailleurs, tu n'as pas l'air du genre à avoir les moyens de t'en offrir une.

Je n'aurais pas cru qu'elle avait déjà eu le temps de m'observer.

— Je ne cherche pas une randi.

— C'est ce que tu dis. – Là-dessus, elle a tourné le regard vers moi, les yeux légèrement à fleur de tête, pas vilains, mais sortant de la norme, ce qui lui déséquilibrait le visage, lui donnait l'air d'être prête à se jeter sur le monde dans un sursaut de surprise. – Alors, qu'est-ce que tu veux ?

— J'ai une question à vous poser.

— Et pourquoi y répondrais-je ?

— J'ai besoin d'aide.

— Tu m'en as l'air. Tu n'arrives pas à baisser ta braguette et tu veux que je te l'ouvre à ta place. Pourquoi je me salirais les mains ? Tu me prends pour une maman ?

Je me suis esclaffé, et je savais qu'on voyait mes dents.

— Non, pas du tout. Vraiment pas. Mais vous pourriez quand même m'aider.

Un auto-rickshaw qui venait à contresens a ralenti, il a viré vers nous, et il a traversé la route en donnant de la bande. Il ne s'était pas encore immobilisé que la femme avait attrapé l'arceau métallique au-dessus du compteur, et s'installait prestement sur le siège.

— En route, a-t-elle ordonné au chauffeur.

— Paritosh Shah, j'ai lancé, les épaules voûtées en avant, à moitié penché dans l'habitacle du rickshaw.

Et là, j'ai capté son attention.

— Quoi, Paritosh Shah ?

— Il faut que je le trouve.

— Tu as besoin de le trouver ?

— Oui.

Elle a glissé sur le siège, s'est approchée de moi, et j'ai eu droit à son regard morne, menaçant.

— Tu m'as l'air trop crasseux pour être un khabari. Ceux-là, ils essaient de se donner un air propre et digne de confiance.

— Je ne suis pas un khabari, non. Mes informations, je ne saurais pas à qui les fournir.

— Monte, m'a-t-elle répliqué.

Elle m'a fait de la place sur la banquette en skaï rouge fendillé, elle a donné ses indications au chauffeur et nous nous sommes engagés en pétaradant dans des ruelles inconnues. Les immeubles resserraient les rangs, entassés les uns contre les autres, mur à mur, et les rues étaient bondées de gens qui s'écartaient devant le rickshaw. J'ai jeté un œil sur la gauche, puis à travers la lunette ovale pratiquée dans la toile, à l'arrière.

— Du calme, m'a-t-elle dit. Tu ne risques rien. Si je voulais te faire du mal, ce gros ghoda que tu as dans ton pantalon ne suffirait pas à te tirer d'affaire.

J'ai baissé les yeux. Je serrais le revolver dans ma main, à travers l'étoffe bleue et tachée. Je l'ai lâché et je me suis massé la main droite.

— Je ne suis jamais venu par ici, je lui ai avoué.

— Je sais. – Elle s'est penchée vers moi. – C'est quoi, ton nom ?

— Mon nom, c'est Ganesh. Et le vôtre ?

— Je m'appelle Kanta Bai. Qu'est-ce que tu lui apportes, à Paritosh Shah ?

J'ai répondu, tout près de son oreille.

— J'ai de l'or. – Je me suis encore approché un peu plus. – Des biscuits.

— Tais-toi, Ganesh, attends qu'on soit descendus de ce rickshaw.

Le taxi s'est arrêté sur une place animée du bazar, pleine de boutiques de vêtements en gros, et la femme m'a entraîné dans une succession de tournants rapides, au fond de ruelles de plus en plus étroites. Elle était bien connue, dans le coin, et les gens qui nous croisaient la saluaient par son nom, mais elle se dépêchait, sans marquer de temps d'arrêt. Tout au bout d'une ruelle, se dressait un mur, et dans ce mur il y avait une faille, un orifice déchiqueté dans la brique fracassée et, de l'autre côté, c'était un basti. J'ai suivi son pas rapide, en regardant où je mettais les pieds. Là, la masse des taudis était encore plus dense et, à certains endroits, les puccas étaient si proches les unes des autres, des deux côtés de la chaussée, qu'on croyait marcher dans un tunnel. Des hommes, des femmes et des enfants se tenaient sur les rebords de fenêtres et les pas de porte, je sentais leurs yeux posés sur ma nuque, je tendais le dos et je ne lâchais pas Kanta Bai d'une semelle.

J'ai d'abord senti l'odeur oppressante, pleine et capiteuse du gur, le sucre brut, et puis celle du vomi. Nous avons pris à droite et nous sommes passés devant une porte basse, j'ai entrevu des tables en métal, et des hommes assis autour, qui buvaient. Un garçon a déposé une assiette avec deux œufs durs sur la table la plus proche de l'entrée, et le client, d'une secousse, a vidé dans sa bouche les dernières gouttes d'un liquide laiteux. Kanta Bai a obliqué, longé le flanc d'un immeuble, et le gémissement d'une turbine électrique s'est épaissi dans le grave. Elle m'a laissé dans une pièce sombre remplie du sol au plafond de sacs de gur. « Attends ici », m'a-t-elle soufflé, et donc j'ai attendu. L'odeur chaude m'a pesé sur les épaules, une odeur aussi brune que la terre au fond de la rivière. À travers le grincement sans fin du moteur, j'ai pu discerner les notes les plus aiguës d'une radio dans la salle côté rue, le bar, les crêtes métalliques d'une chanson, qui venaient à moi comme une mousse, et je m'interrogeais sur la qualité des produits de Kanta Bai. Il y avait pas mal de clients, une vingtaine peut-être, par un après-midi de semaine, constamment en train de siroter leurs verres de saadi et de satrangi, qu'on distillait dans le fond, à huit ou dix roupies le verre. C'était un bon commerce, des matériaux bruts, pas chers et en vente légale, des frais généraux modiques. Et la demande, pour une bonne liqueur de desi, était régulière et constante, aussi vaste et ininterrompue que le piétinement des pas dans les ruelles, dehors. Je me suis penché ; par-dessous le rideau du seuil, j'ai aperçu les pieds nus des ouvriers de Kanta Bai, le fond des sacs traînés sur le sol et, de temps à autre, la lueur ronde des bouteilles. J'ai reconnu son sari, si bien que, au moment où elle a écarté les plis du rideau, j'étais déjà reparti à l'autre bout de la salle. Quand j'ai entrevu son regard, chauffé à blanc malgré le bourbier obscur des sacs de gur, j'ai eu peur.

— Je viens de causer avec Paritosh Shah, au téléphone, m'a-t-elle annoncé.

J'étais incapable de prononcer un mot, brutalement submergé par la terreur, seul et inexpérimenté, seul avec l'or. J'ai hoché la tête et, dans le même mouvement, j'ai appuyé l'épaule contre le chambranle de la porte, l'air très décontracté. Une main sur la hanche, j'ai encore opiné.

Kanta Bai avait l'air amusé. Un petit pli de plaisir est apparu à la commissure de ses lèvres.

— Voyons un peu ton or, m'a-t-elle dit.

J'ai de nouveau fait oui de la tête. J'étais mal à l'aise, vague-ment nauséeux, mais il fallait bien en passer par là. J'ai tâtonné dans ma poche droite, transféré les lingots dans ma main gauche, et je les lui ai tendus, bien en vue, deux pains d'or, qui pesaient lourd dans ma paume.

Kanta Bai me les a pris, elle les a soupesés pour en évaluer le poids précis, puis elle me les a rendus. Ses yeux sont restés rivés sur mon visage.

— Il va te recevoir, tout de suite. Je vais te faire conduire par un de mes gars.

— Bien, j'ai dit.

Je retrouvais ma voix et ma confiance. Les biscuits ont regagné ma poche, où j'ai farfouillé pour en ressortir un mince rouleau de billets, que j'ai déployés en éventail.

— Tu n'as pas de quoi me payer.

— Quoi ?

— Combien as-tu sur toi ?

J'ai tourné ma main de côté, vers la lumière.

— Trente-neuf roupies.

Elle a eu un rire de gorge, ses joues se sont chiffonnées, les paupières plissées, presque closes.

— Bachcha, va donc rencontrer Paritosh Shah. Si tout se passe bien, il me devra une faveur. Trente-neuf roupies, ça ne fera pas de toi le Raja Bhoj de Mumbai.

— Moi aussi, je vais vous devoir une faveur, je lui ai répliqué. Si les choses se passent bien.

— Très malin, a-t-elle fait. Tu es peut-être un bon garçon, après tout.

Paritosh Shah était un père de famille. Je l'ai attendu sur un palier, au deuxième étage, près d'un escalier qui, par intervalles, exhalait de cuisantes bouffées d'urine. Le bâtiment était haut de six étages et ancien, avec une charpente de soutènement en bambou, encordée et clouée à sa façade chancelante, et d'inquiétantes fissures dans les volutes ornementées des balcons. Le deuxième étage était plein de sbires, les mâles du Shah, qui passaient devant ce coin de palier où le gars de Kanta Bai m'avait laissé, et ils se donnaient mutuellement du Chachu, du Mamu et du Bhai, en m'ignorant totalement. Ils frôlaient ma chemise sale et mon pantalon en lambeaux, en y jetant à peine l'ombre d'un regard. Ils formaient une petite bande, avec leurs bagues en or clinquantes, presque tous vêtus de sahariennes blanches. Je pouvais voir leurs souliers blancs et leurs chappals blancs, alignés en désordre, à côté du garde en uniforme posté à la porte. Quelque part à l'intérieur, il y avait le sanctuaire de Paritosh Shah, gardé par un vieux et vénérable muchchad perché sur un tabouret et armé d'un fusil au canon d'une longueur invraisemblable. Il était vêtu d'un uniforme bleu à galons jaunes, et ses bacchantes aux pointes recourbées étaient énormes. Au bout de vingt minutes d'allées et venues et de cette puanteur de pisse, je commençais à me sentir vraiment insulté et, je ne sais trop pourquoi, mon ressentiment s'est cristallisé sur la cartouchière que le vieil homme portait enroulée autour de la poitrine, sur cette bande de cuir craquelé et ses trois cylindres rouges. Je m'imaginais sortant mon revolver et lui perçant un trou pile au centre de la cartouchière, juste au-dessus de son ventre avachi. C'était une pensée absurde, mais j'en retirais une certaine satisfaction.

Dix minutes se sont encore écoulées, et j'en ai eu assez. Soit c'était tout de suite, soit ce serait une balle dans la poitrine. J'avais une migraine tenace.

— Écoute, mamu, j'ai dit au garde, qui explorait maintenant son oreille gauche avec un bout de crayon. Préviens Paritosh Shah que je suis venu pour faire affaire, pas pour rester planter là debout à renifler ses latrines.

— Quoi ? – Le crayon est ressorti de l'oreille. – Quoi ?

— Avertis Paritosh Shah que je suis parti. Parti voir ailleurs. Tant pis pour lui.

— Attends, attends. – Le vieil homme s'est renversé en arrière et il a pointé ses bacchantes dans l'entrebâillement de la porte. – Badriya, viens voir un peu ce que raconte ce gaillard.

Badriya est venu, il était bien plus jeune, et très grand, un culturiste aux gestes tranquilles ; ses pieds nus lui donnaient une démarche délibérément amortie. Il se tenait sur le pas de la porte, les bras écartés du buste, et j'étais persuadé qu'il avait une arme fourrée dans le creux des reins, sous la saharienne noire.

— Il y a un problème ?

Il me lançait un défi, pas de doute là-dessus, et l'homme avait le visage inexpressif et dur, mais moi je me suis laissé porter par la folie de cette minute tendue à craquer, l'épuisement de cette longue journée et un sursaut de colère revigorant.

— Oui, en effet, un problème, j'ai rétorqué. Je suis fatigué d'attendre ton maderchod de Paritosh Shah.

Le vieil homme a regimbé, et il a fait mine de descendre de son tabouret, mais Badriya ne s'est pas départi de son calme.

— C'est un homme très occupé.

— Moi aussi.

— Ah oui ?

— Ah oui.

Et il n'en a pas fallu davantage. Le mouvement de panique était perceptible dans les épaules du garde. Sa prise sur son fusil était maladroite, il le tenait par l'extrême haut de la crosse, un pied par terre et l'autre sur un barreau du tabouret, de guingois, déséquilibré. Je les surveillais du regard, Badriya et lui. C'était absurde de se retrouver soudain à deux doigts de la mort dans un couloir crasseux, les narines offensées, et déraisonnable d'être presque un nanti, un possédant, mais bon, pas encore, et grotesque d'être Ganesh Gaitonde, pauvre dans la ville et toujours relégué, tout cela n'avait aucun sens, et je sentais donc monter en moi une impatience jubilatoire, un courage fou et joyeux. Ici. Tout de suite. Me voici. Et après ?

Badriya a levé lentement la main gauche.

— Très bien, a-t-il répondu. Je vais aller voir s'il est libre, maintenant.

J'ai haussé les épaules.

— Okay, j'ai dit, un mot anglais que j'aimais bien, un des très rares mots de cette langue que je connaissais, à l'époque. Okay, je vais attendre.

Au cours des quelques minutes qui ont suivi, j'ai adressé un grand sourire au muchchad, ce qui a eu le don de l'effrayer encore plus, et de faire trembler ses mains sur le fusil. Le temps que Badriya réapparaisse, j'étais convaincu de pouvoir pousser l'ancien soldat et ses martiales bacchantes droit à la crise cardiaque. Mais j'avais à faire.

— Viens, m'a dit Badriya, et je l'ai suivi, non sans avoir ôté mes chaussures.

L'annexe menait à un labyrinthe de couloirs ponctués de portes noires toutes identiques.

— Lève les bras en l'air, m'a-t-il ordonné.

J'ai acquiescé de la tête, puis j'ai relevé le devant de ma chemise, en creusant l'estomac pour qu'il puisse gentiment me subtiliser mon revolver. Il l'a fait basculer d'une rapide rotation du poignet, côté pile, côté face, en examinant le canon sur toute sa longueur, d'un œil de professionnel. Il l'a porté à son nez, l'a reniflé attentivement. Le type avait le torse puissant, la nuque épaisse.

— Il a tiré une balle il n'y a pas si longtemps, celui-ci.

— Oui, j'ai reconnu.

D'une pirouette – un truc très stylé et très compliqué que je n'ai pas bien compris –, Badriya a fait passer l'arme dans sa main.

— Retourne-toi, a-t-il ordonné.

Il m'a palpé en vitesse, de haut en bas, de ses deux mains voltigeuses, sous les bras et vers le haut des cuisses, avec à peine un temps d'arrêt sur les lingots fourrés dans mes poches. Du travail de professionnel, sans animosité, et la présence de ce Badriya dans l'équipe de Paritosh Shah a suffi à faire remonter l'homme dans mon estime.

— Dernière porte sur la gauche, m'a-t-il indiqué, après sa palpation.

Paritosh Shah était allongé sur le flanc, sur un gadda blanc, soutenu par un oreiller rond. La pièce était dans le genre sobre, lambrissée de panneaux bruns et brillants, avec de hauts vitrages en verre dépoli, le tout climatisé à une température glaciale que j'ai trouvée instantanément pénible. Il y avait une rangée de trois téléphones noirs à côté du gadda. Paritosh Shah était très détendu, et il a levé une main languissante pour me désigner un tabouret bas.

— Assieds-toi, m'a-t-il fait. Je me suis assis, conscient de la présence de Badriya derrière moi, sur ma gauche, et du cliquetis de la porte noire, quand elle se referma.

— C'est toi, le garçon ?

Il n'était lui-même pas très vieux, peut-être six ans, sept, dix au maximum de plus que moi, mais il donnait une extraordinaire impression de confiance, empreinte de lassitude.

— Nom ? a-t-il fait, et tout dans son attitude, le drapé alangui, le gadda moelleux, la jambe repliée sous l'autre, l'immobilité, tout lançait le même avertissement : « N'essaie pas de m'entourlouper, mon garçon. »

— Ganesh.

— Tu es un garçon imprudent, Ganesh. Ganesh comment ?

— Ganesh Gaitonde.

— Tu n'es pas de Bombay. Ganesh Gaitonde, tu es d'où ?

— Peu importe.

Je me suis redressé et j'ai extrait deux lingots de mes poches. Je les ai disposés côte à côte sur le bord du gadda de Paritosh Shah.

— Tu aurais pu essayer de les vendre à un quelconque bijoutier marwari. Pourquoi venir me voir ?

— J'en veux un bon prix. Et je peux vous en procurer d'autres.

— Combien d'autres ?

— Beaucoup. Si j'en obtiens un bon prix.

Paritosh Shah s'inclina, bascula en position debout, comme un culbuto sur son socle. Je me suis alors aperçu qu'il avait des épaules et des bras osseux mais un ventre rond, une boule sur laquelle il a croisé les bras.

— Des biscuits de cinquante grammes. S'ils trouvent preneur, sept mille roupies la pièce.

— Le prix du marché est à quinze mille les cinquante grammes.

— Le prix du marché… C'est pour cette raison que l'or circule en contrebande.

— Moins de la moitié, c'est vraiment trop bas. Treize mille.

— Dix. C'est le maximum que je puisse consentir.

— Douze.

— Onze.

J'ai opiné.

— Vendu.

Paritosh Shah a murmuré quelques mots dans l'un des trois téléphones noirs et, de sa main libre, il m'a tendu une boîte en argent remplie de paan, de supari et d'elaichi pailletés d'argent. J'ai fait non de la tête. L'argent, je le voulais dans ma poche, de l'argent à saisir, à empoigner, je voulais d'épaisses liasses de billets, d'une épaisseur suffisante pour acheter toutes ces boîtes en argent, ces gaddas moelleux, ces étoffes rouges, ces chaînes hi-fi et ces jolies salles de bains, et de l'amour, assez de papier bruissant pour acquérir la confiance, la sécurité et la vie. J'en avais la bouche sèche. Et les mains crispées. Mais je n'ai pu m'empêcher de les contracter encore à chaque coup menu frappé à la porte, et, lorsqu'elle s'est refermée, quand Badriya a posé une petite balance et deux piles de devises, une épaisse et une plus maigre.

— Juste histoire de vérifier, m'a expliqué Paritosh Shah. – Et il a pris les lingots, un par un, du bout des doigts, il les a déposés sur la balance, a équilibré sa pesée au moyen de petits poids précis. – Bien. – Il a souri. – Très bien.

Il m'a observé, l'air d'attendre quelque chose. L'argent était étalé sur le gadda, et j'ai bridé ma volonté comme un ressort d'acier, je me suis calmé, je n'ai donné aucun signe d'émotion, pas montré mon intérêt, jusqu'à ce que Paritosh Shah étire ses doigts longilignes pour faire glisser la liasse de billets dans ma direction, de cinq centimètres. Et là, je l'ai prise, d'une main qui tremblait à peine.

Je me suis levé. La pièce oscillait, la lumière blanche captée par les prismes de verre dépoli s'est déversée dans le fond de mes yeux, il y a eu un éclair, un clignotement de ciel sans couleur, sans horizon.

Et puis Paritosh Shah a émis une remarque.

— Tu n'es pas très loquace.

— Je parlerai plus la prochaine fois.

Badriya tenait la porte ouverte, et le couloir était très long. J'en suis sorti avec mon argent liquide en poche et mon vertige fermement tenu en lisière. Je me suis baissé avec aisance pour enfiler mes souliers et, quand je me suis relevé, j'avais une mince virgule de trente-neuf roupies dans la main gauche. Je l'ai fourrée derrière la cartouchière du vieux garde, bien calée, et je me suis offert le luxe de lisser encore le cuir d'un petit geste.

— Tiens, mamu, j'ai fait. Et la prochaine fois que je viendrai, ne me laisse pas poireauter dehors.

L'homme bredouilla, et Badriya rit à gorge déployée. Il m'a tendu mon revolver, le sourcil en accent circonflexe.

— Tu as gardé un lingot d'or.

D'une rotation sèche et rapide du poignet, un geste aussi vif que possible, j'ai contrôlé le contenu du barillet.

— Celui-ci n'est pas à vendre.

— Pourquoi ?

J'ai mis le revolver de côté, et j'ai levé la main en guise d'au revoir.

— Tout n'est pas à vendre.

Dehors, dans la rue, je suis resté vigilant. Je me suis arrêté devant un magasin Bata et j'ai scruté les reflets dans la vitrine, en quête d'éventuels rôdeurs. Il y avait de fortes chances pour que je sois suivi, que Paritosh Shah, ses calculs promptement faits, ait envoyé quelqu'un, pourquoi pas Badriya, me prendre en filature jusqu'à l'or, jusqu'à tout cet or. Ce n'était que trop logique. Mais aucun reflet de poursuivant ne m'est apparu, et j'ai abandonné la vitrine pour baguenauder, pour flâner d'un pas tranquille, avec des pauses dans les recoins aveugles, histoire de surveiller les visages qui passaient. J'étais prêt, mais je restais détendu, je me sentais comme chez moi dans ces rues où je n'étais jamais venu. J'éprouvais une noble compassion pour les jolis petits pavillons que je longeais à présent, dans le doux crépuscule du soir, pour les enfants heureux et riches que je voyais entrer et sortir en courant. Rien de tout cela ne m'était plus étranger, désormais. Et je m'efforçais de résister au confort, de conserver intact le fil tranchant de la méfiance, contre l'euphorie d'un coup profitable, l'extase de voir rouler jusqu'à la victoire les dés que j'avais lancés dans le monde. Ne cède pas à l'insouciance. Observe, surveille. Les chiffres tombent juste, mais le tapis bouge. Ce qui est blanc sera noir. Grimpe haut et vite, les longs reptiles attendent couchés. Joue ta partie.

Je me suis retrouvé devant un temple. J'ai regardé à droite et gauche, et je ne comprenais pas du tout comment j'étais arrivé là. D'un côté de la rue, il y avait des immeubles, et, de l'autre, des constructions plus basses aux toits de tuiles, logements des ouvriers des filatures, des expéditionnaires, des postiers. Le temple se dressait à un angle, et c'était sans doute l'écho largement répercuté de la cloche qui m'avait attiré dans cette cour, sous le faîte couleur safran de son toit. Je me suis appuyé contre un pilier et je me suis encore assuré de l'éventuelle présence de poursuivants, d'ombres mortelles cachées au milieu des auto-rickshaws et des berlines Ambassador. S'ils étaient dans les parages, fleurant la malveillance et la rapacité, le temple était l'endroit idéal pour les attendre. Je me moquais des temples, je méprisais l'encens, les mensonges confortables et la piété, je ne croyais pas dans les dieux et les déesses, mais j'avais là un refuge. J'ai retiré mes chaussures et je suis entré. Les fidèles étaient assis en tailleur sur le sol patiné, massés les uns contre les autres sur toute la longueur de la grande salle. Les murs étaient d'un blanc austère, éclairés par des tubes au néon, mais les têtes sombres oscillaient sur un champ de saris de couleurs vives, mauve, vert vif, bleu, rouge sang, tout du long, jusqu'à la statue de Hanuman, figé en plein vol, l'air doux et affable, brandissant sa fameuse montagne au-dessus de la tête. J'ai repéré une place, contre le mur du fond, et je me suis accroupi, à mon aise, les pieds calés sous mes fesses. Un homme en tunique safran était assis sur une estrade, en face de Hanuman, et sa parole forte me parvenait facilement, il nous racontait cette vieille histoire de Balit Sugreev, le conflit, le défi, le duel, le dieu posté en embuscade au milieu des bois. J'en connais bien les tours et les détours, aussi je hochais la tête au fil du récit, de l'action et des rythmes de la leçon. Quand le prêtre récitait les couplets, les deux bras tendus, l'assemblée des fidèles psalmodiait après lui, et les voix des femmes s'élevaient haut dans la salle. Et Bali se tordait au sol, percé d'une flèche nocturne, ses talons raclant la terre de la forêt, et moi, j'ai relevé les genoux, j'y ai posé ma tête, je me sentais bien.

Je me suis réveillé, secoué par le prêtre à la tunique safran.

— Beta, m'a-t-il fait, il est temps de rentrer chez toi. – Il avait des cheveux blancs et un visage impie. – C'est l'heure de fermer, ici. Hanuman-ji doit aller se coucher.

J'ai massé ma nuque endolorie avec vigueur.

— Oui, j'y vais.

J'étais le dernier de la salle.

— Hanuman-ji comprend. Tu étais fatigué. Tu as travaillé tard. Hanuman-ji voit tout.

— Bien sûr, ai-je répondu.

Quelles histoires fantastiques la faiblesse et la vieillesse peuvent-elles se raconter, j'ai pensé. J'ai étiré les jambes, je me suis levé et je me suis dirigé en titubant vers le tronc cadenassé, installé devant Hanuman. Prélevant un billet de cinq cents roupies de la plus mince de mes liasses, je me suis souvenu que je n'avais pas compté les billets quand Paritosh Shah me les avait remis. Du travail d'amateur, une bêtise à ne jamais rééditer. J'ai glissé l'argent dans la fente, et j'ai découvert le prêtre, sur ma droite, tout prêt, qui tenait à deux mains un thali rempli de prasad. J'ai tendu la main en conque, et j'ai croqué un petit peda en marchant vers la sortie. J'avais la bouche submergée de salive, j'étais reposé, et la vie était douce.

À présent, les assassins n'avaient plus de foule où se dissimuler ; regagnant en vitesse le bout de la rue, escorté par le craquement sonore de mes semelles, je me sentais en sécurité. Sur ce long parcours, les réverbères ne laissaient subsister aucune obscurité, et j'étais complètement seul. J'ai hélé un auto-rickshaw ; trois virages et cinq minutes plus tard, j'étais à la gare. J'ai payé la course, et j'étais presque à la vitre du guichet quand un homme adossé contre la grille en fer a levé le menton avec un regard interrogateur : qu'est-ce que tu veux ? Je l'ai regardé juste un instant de trop, mais sans m'arrêter, et voilà maintenant le type qui marchait à ma hauteur, avec le chuchotement jovial et plein d'insinuation du racoleur :

— Qu'est-ce que tu cherches, patron ? Tu veux t'amuser un peu, haan ? Un joint de charas, du Calmpose, j'ai tout ce qu'il te faut. Tu veux une femme ? Regarde cette auto là-bas. Toute prête pour toi.

Il y avait une voiture en stationnement de l'autre côté de la rue, garée en épi devant une boutique fermée. Le conducteur était appuyé contre la carrosserie, j'ai aperçu la lueur rougeoyante de son bidi, et j'ai su que l'homme regardait droit vers moi. Le bidi a remué, et le chauffeur a tapé contre la lunette arrière de la berline, une silhouette a remué à l'intérieur, et la tête d'une femme s'est penchée au-dehors, côté gauche, sous le réverbère. Tout ce que j'ai pu entrevoir d'elle, c'étaient ses cheveux noirs et luisants, le jaune intense de son sari, mais je n'avais pas besoin d'en voir davantage pour comprendre quel genre de randi tapée pouvait vendre son chut dans les gares, à l'arrière d'une auto. J'ai ri, et j'ai payé mon billet.

Mais le maquereau est resté collé à moi.

— D'accord, patron, m'a-t-il encore chuchoté, comme un bon copain, en m'accompagnant vers le portillon d'accès au quai. Je t'ai mal jugé, saab. Tu veux quelque chose de mieux. Tu es un homme qui a des goûts raffinés, au temps pour moi. Tu avais juste l'air un peu, tu sais… Mais j'ai la fille qu'il te faut, patron.

Il s'est baisé le bout des doigts avec un bruit de succion.

— Son mari travaillait dans une banque, c'était un gros saab, le pauvre type, ensuite, il a eu un accident. Il est devenu complètement infirme. Peut plus travailler. Donc elle est forcée de gagner leur vie à tous les deux. Alors, que faire ? Hyper sélect. Uniquement pour certains messieurs, tu vois, chez elle, dans son appartement. Je peux te conduire directement là-bas. Tu vas voir, cette cheez, c'est la super classe, patron. Bien élevée dans un pensionnat religieux.

Je me suis arrêté.

— Elle a la peau claire ?

— Comme Hema Malini, bhidu. Dès que tu lui touches la peau, tu reçois une décharge. C'est comme un fromage de malai tout frais.

— Combien ?

— Cinq mille.

— Je ne suis pas un touriste. Mille.

— Deux mille. Ne dis rien. Tu verras la fille, et si tu penses qu'elle ne les vaut pas, tu me donneras ce que tu voudras, je partirai en silence, sans un mot de plus. Crois-moi, si tu la voyais devant la banque de son mari, jamais tu ne croirais qu'elle est obligée de faire des choses pareilles, la pauvre femme. Elle a tellement d'allure, cette phataak memsaab, c'est de la bombe.

— Comment tu t'appelles ?

— Raja.

J'ai glissé le billet de train dans ma poche arrière.

— Très bien, Raja, j'ai dit. Seulement, ne me mets pas en colère.

Raja a gloussé.

— Non, saab, non. Viens, je te prie.

Elle avait la peau claire, pas de doute. Elle a ouvert la porte et, même dans la lumière blafarde de l'ascenseur, j'ai bien vu qu'elle avait la peau claire, pas tout à fait de la même pâleur que Hema Malini, mais claire comme le blé de l'après-midi. Elle était assise dans un sofa brun, tandis que Raja comptait ses deux mille et sortait en s'inclinant. Elle portait un sari d'un vert terne liséré d'or, des anneaux d'or aux oreilles, et elle était assise, très respectable et très réservée, les épaules droites et les mains sur les genoux.

— Quel est ton nom ? ai-je demandé.

— Seema.

Elle n'a pas croisé mon regard.

— Seema.

J'étais sur le seuil de la porte, à me dandiner d'un pied sur l'autre, pas trop sûr de la suite. J'avais assez l'expérience de la chose, d'accord, mais dans un autre genre d'établissement. La table en verre, avec son vase de fleurs et ses reflets, le tableau au mur, juste un paquet de couleurs jetées sur la toile, la moquette rase, marron, tout cela me bloquait totalement. Mais elle s'est levée, elle s'est enfoncée dans l'appartement, alors je me suis avancé d'un pas viril, j'ai vu, et j'ai apprécié le tombé de l'étoffe sur la rivière engloutie de sa colonne vertébrale, et le téléphone blanc au fond de la niche du mur, à mi-couloir. Une fois dans la chambre, elle a actionné l'interrupteur de la lampe, et, quand elle a rabattu le dessus-de-lit, je me suis raidi : c'était vraiment trop professionnel. J'avais déjà vu des draps rabattus avec ce même geste, déjà vu la même serviette.

— Attends, j'ai dit, et je suis retourné dans le couloir.

Les toilettes étaient propres, et j'ai pissé à l'occidentale, debout devant la cuvette, longuement, et non sans satisfaction. Mais ensuite, j'ai vu qu'il n'y avait pas de savon à côté du robinet, pas de seau. J'ai remonté ma braguette. Les placards de la cuisine étaient vides, pas une assiette, pas une casserole, même pas de cuisinière ou de four, rien que deux verres qui séchaient, retournés, à côté de l'évier. Maintenant, j'avais la certitude d'avoir été berné. L'appartement n'était le domicile de personne, ni d'un saab de la banque, ni d'une bonne épouse, il n'y avait pas d'infirme et pas de memsaab, rien qu'une putain pomponnée. Elle était allongée sur le lit, entièrement nue, avec juste ses boucles d'oreilles, les bras croisés sur ses petits seins et son ventre qui se soulevait en cadence sous l'ombre diaphane de la hanche, une cheville sur l'autre. Je me tenais debout devant elle, je respirais par la bouche.

— Parle anglais, j'ai exigé.

— Quoi ?

J'ai lu une réelle surprise dans ses yeux, et cela m'a mis encore plus en colère.

— Je viens de te demander de parler anglais.

Elle avait un petit nez pointu et un petit menton rentré ; elle est restée encore décontenancée un court instant, et puis elle a ri, vaguement amusée, avec un brin d'amertume.

— Je dois parler ? m'a-t-elle lancé.

Et puis elle a parlé, en anglais, les mots se sont entrechoqués dans ma tête, et j'ai su que c'était vraiment de l'anglais, je l'ai senti au claquement des consonnes. Bas ? m'a-t-elle demandé. Stop ?

— Non. – J'étais raide, ça vibrait à la racine, tout au fond de moi. – Ne t'arrête pas.

Elle a continué pendant que je me déshabillais. Je lui ai tourné le dos pour retirer mon pantalon et lui cacher mon revolver. Quand je suis revenu face à elle, Seema fixait le plafond du regard et elle parlait anglais. D'un petit coup de coude, je lui ai décroisé les chevilles. « Ne t'arrête pas », j'ai répété. Je l'ai chevauchée, ruades et rotation du bassin, elle a tourné la tête de côté, sans cesser de parler. Je me suis redressé ; sous la lampe de chevet, la peau de son cou était couleur de sable, et je pouvais entendre ses mots. Je n'en comprenais pas un seul, mais rien que le son suffisait à m'exciter furieusement la tête. Ensuite, j'ai senti un lointain débordement, tout en bas de moi, et je suis resté immobile.

J'étais très fatigué, Sardar-ji. Je marchais courbé. Je retournais auprès de mon or. À chaque pas, je manquais de basculer en avant, et c'est ce qui me permettait d'avancer, mais quand, à force d'épuisement, mes genoux se sont dérobés, j'ai vraiment eu peur. J'étais tout près de mon or, à présent, je reconnaissais chaque croisement à la silhouette des bâtiments et aux ombres des arbres. Il n'y avait pas de lune, mais la nuit était claire et, dans ce terrain vague, j'ai distingué nettement le tracé noir de la route et le blanc d'une borne. L'or n'était plus là, disparu. J'ai senti un trou se creuser dans ma poitrine. Il n'était plus là, il était sorti de mon existence. J'allais devoir renoncer. Et si je cherchais un carré d'herbe près de la route, pour m'y renverser, et dormir. Arrête. Ganesh Gaitonde, avance. À ce jour, toutes les parties, tu les as gagnées. Alors gagne encore. Tu sais exactement où tu te trouves.

Repérer cette portion précise de fil de fer barbelé n'était pas un problème. J'ai compté les piquets, j'ai jeté un œil d'un côté du chemin, de l'autre, et j'ai fait un roulé-boulé. Au pied des arbres, je me suis enfoncé dans un noir désastreux, et j'étais perdu. Une main devant moi, je suis parti en glissade, dans un froissement de l'espace environnant, incertain des distances, mais j'y suis allé bras tendu et, au moment prévu, je me suis arrêté pour obliquer sur la droite. Encore un pas, et j'étais arrivé à mon arbre. J'ai glissé une main au bas du tronc. Le sol était plat. J'ai continué, tout autour du tronc, en tâtonnant des deux mains. Après deux tours complets, peut-être trois, j'ai couché une épaule contre terre et j'ai lâché un long bêlement. Ganesh Gaitonde, Ganesh Gaitonde. Je me suis dirigé au jugé vers l'arbre voisin, ma tête est venue s'érafler contre l'écorce, je me suis arrêté. J'ai tourné autour, tourné autour. Et après ça, le suivant. Mon cri avait viré au suraigu, un cri perçant, ininterrompu, sous la voûte du feuillage et dans l'obscurité. Un cri sans pic ni chute, un cri sans courbe. Subitement, je me suis arrêté, j'avais les deux mains plaquées sur une éminence. Le renflement montait de la terre et me remplissait les deux paumes. J'ai suivi délicatement ce renflement, je suis remonté jusqu'à l'arbre et redescendu à la base du monticule pour en cerner la forme. En gémissant, j'ai creusé à deux mains. J'ai fouaillé la terre comme un dément, et j'ai accueilli la douleur dans mes doigts avec reconnaissance. Le tissu est apparu, puis la forme familière et divine d'un biscuit. J'en avais les épaules qui tremblaient. J'ai encore déplacé ma main, et tout était bien là. Tout, intact, tout à moi. J'avais de la terre jusqu'aux avant-bras ; j'ai laissé ma tête retomber, je me suis gorgé de l'odeur de l'herbe, de mes aisselles et de mon corps, et j'ai su que le monde était à moi. Alors que l'aube approchait, je me suis enroulé autour de cette éminence et j'ai dormi, le revolver sous mon sein.

En route vers la maison

Sartaj fut réveillé par un journaliste qui voulait savoir ce qu'il pensait de l'utilisation que les politiciens faisaient de Ganesh Gaitonde, de la corruption du système judiciaire et des récents scandales au sein de la police. Il arrêta le flot des questions d'un brusque « Sans commentaire » et reposa violemment le combiné. Il se retourna dans son lit, s'enfouit le visage dans l'oreiller, mais la lumière filtrait à travers ses paupières, et son cerveau commençait à mouliner. Avec un soupir, il se força à se lever. Être une célébrité mineure, une célébrité de trois jours, n'allait pas être commode, il le sentait bien. Il fit le tour de son lit, les yeux mi-clos, en se remémorant à quel point Gaitonde adorait accorder des interviews. Ce salopard aimait causer, songea-t-il, et il poussa la porte de sa salle de bains.

Pour le petit déjeuner, il avala trois toasts beurrés, une orange ramollie et une tasse de chai laissé trop longtemps sur le brûleur de la cuisinière. Dans l'*Indian Express*, Gaitonde occupait la une, il posait, très sûr de lui, au sommet d'une montagne, et l'article s'étalait sur trois colonnes bien longues. Il le lut entièrement, son ascension soudaine, son vaste pouvoir, les querelles complexes, les exécutions et les embuscades, le grand jeu. Sartaj Singh était mentionné, naturellement, comme le chef intrépide du détachement policier, mais pas un mot sur la morte, pas un mot. Aux yeux du monde, Gaitonde était mort seul.

Le téléphone sonna. Il ne réagit pas, laissa le bruit de crécelle de la sonnerie lui étriller la nuque. Un journaliste, il était sûr, mais il finit par céder, et décrocha.

— Inspecteur Singh ?

C'était l'assistant personnel du commissaire Parulkar, reconnaissable à son chuchotement nasillard et si singulier.

— Sardesai Saab, répondit-il. Tout va bien ?

D'ordinaire, les appels en provenance du bureau de Parulkar transitaient par une opératrice. Sardesai ne l'appelait lui-même que si c'était urgent, quand il s'agissait d'une mission confidentielle ou d'un quelconque trafic dans le service.

— Oui, bien, il n'y a aucun problème. Mais Parulkar Saab souhaite que vous passiez à son bureau dès que possible.

— Tout de suite ?

— Tout de suite.

Sardesai ne lui livrerait aucune information supplémentaire au téléphone. Même de vive voix, il était réputé très secret, comme on l'attendait d'un assistant personnel. Singh raccrocha, se précipita sous la douche. Il connaissait Parulkar depuis longtemps, et il ne l'avait jamais vu appeler un subordonné chez lui sans une bonne raison. D'autres officiers de police étaient familiers de ce genre de pratique, traitaient leurs subalternes comme des serviteurs. Mais Parulkar était dénué d'arrogance, il se bornait à se montrer fier du travail accompli par ses hommes, à juste titre. C'était la raison de sa réussite. Donc, quand il l'appelait, Sartaj accourait.

Les fils de Katekar étaient là, debout près de lui. Quand il ouvrit les yeux, ils s'agenouillèrent avec des petits rires, juste au bord de son chatai, en lui tirant les orteils. Ils portaient tous les deux un short gris repassé, une chemise blanche et une cravate à rayures bleues et rouges. Ils avaient tous les deux la même coiffure, la même raie tracée au cordeau, côté gauche, absolument rectiligne.

— Où est votre mère ? marmonna-t-il.

Il avait la bouche chargée d'oignon viré à l'aigre, au déplaisant.

— Partie au marché aux légumes, répondit Rohit.

— En rang dehors, dans cinq minutes pile.

Il se leva en grondant, feignant de leur bondir dessus, et ils s'enfuirent. Dans la cuisine, il s'aspergea le visage et les épaules. Ils l'attendaient à l'extérieur, juste devant le mur, pieds écartés et mains dans le dos. Ils se mirent au garde-à-vous et Katekar inspecta leurs souliers, leurs chemises et les livres rangés dans les sacs de classe bleus. Le rituel s'acheva quand il leur remit dix roupies à chacun. Il mit fin à cette revue de détail, et les deux garçons s'éloignèrent dans la ruelle, leur père à leur suite. Mohit était content d'avoir ses dix roupies, mais il savait que Rohit, lui, considérait déjà que ce n'était jamais que dix roupies, et mourait d'envie d'avoir toutes les choses du monde qu'il ne pouvait s'acheter avec dix roupies. Un homme en scooter s'avançait lentement, tourna le coin de la rue, et les deux frères se rangèrent pour le laisser passer. Dans le soleil matinal, leur père entrevit un duvet doré sur la joue de Mohit, et détourna promptement le regard, par crainte de l'avenir qui gonflait son cœur.

— Papa ?

— Vite, vite, s'écria-t-il. Sinon nous allons manquer le bus.

Après leur avoir fait signe de monter dans le 180, après avoir regardé le lourd autobus s'insérer lentement dans le trafic, il s'acheta un numéro de *Loksatta* et le plia sous son bras. Il le lut dans la file d'attente de l'urinoir municipal, avec une boîte de Dalda remplie d'eau posée entre ses pieds. Explosion d'une bombe en Israël, quatre morts. Échange de coups de feu sur la ligne de démarcation entre Kashmir indien et Kashmir pakistanais, situation tendue à Srinagar. À Ghatkopar, une escroqueuse soutire leurs bijoux à des mères de famille. Les dirigeants du parti du Congrès nient des rumeurs de querelles internes. Il y avait un article sur Gaitonde en première page, relatant sa longue carrière d'aventurier, de perpétuel survivant. Pourquoi avait-il mis fin à ses jours ? se demandait le journaliste, et il était incapable d'avancer la moindre hypothèse. Autour de Katekar, ses voisins échangeaient des ragots et des rires, mais lui, il fallait le laisser à son journal, ils le savaient. Quand la file d'attente s'ébranla, il déplaça sa réserve d'eau sans lever le nez des nouvelles.

Après avoir eu son tour à l'urinoir, il longea la file en sens inverse, à grandes enjambées, détendu et soulagé. Il saluait les uns et les autres avec chaleur, mais sans s'arrêter. Il rentra chez lui sans se laisser retarder, d'un pas décidé, et arriva à l'heure. Au moment même où il tournait au coin de la ruelle, Shalini faisait coulisser son gros cadenas en acier. Katekar ferma la porte derrière lui, repoussa le loquet en position haute. Il retira sa kurta, la posa sur le dernier crochet, celui du bout, à gauche, sa place habituelle. « Il y a suffisamment d'eau pour ton bain », lui annonça Shalini depuis la cuisine. Elle lui tendit une serviette verte, mais quand elle se retourna vers la cuisine, il lui effleura le cou, juste à la naissance de la courbe de l'épaule. Elle frissonna, avec un petit rire. « Non », se défendit-elle, mais quand il s'allongea sur son chatai, elle se blottit sur lui, se lova tout contre. Il lui prit la main et la plaça sur lui, dans le creux de son entrejambe – avec un cliquetis de bracelets. Elle avait la tête nichée au creux de sa poitrine. Même après toutes ces années, elle refusait de le regarder, il savait qu'elle ne l'autoriserait pas à lever son visage vers lui, pas encore, mais il exhala lentement, le tintement des bracelets s'accéléra, se mua en léger carillon. Shalini changea de position et, d'un geste rapide, elle releva son sari, leurs mains se cherchèrent, et elle finit par le trouver. Katekar la saisit par les hanches, à deux mains, et ferma les yeux. Puis il sentit ses lèvres, petites, chaudes et agiles, suivre la ligne de son menton.

Shalini le congédia avec une poignée de prasad rapportée du temple de Devi Padmavati. Katekar croqua les morceaux de noix de coco avec un plaisir particulier. La religion, c'était l'affaire des femmes, et le fléau de la nation, mais la chair laiteuse de la noix de coco était un cadeau voluptueux, et il marchait les épaules parcourues de picotements.

La ruelle était étroite, assez étroite par endroits pour lui permettre de toucher les murs de part et d'autre, de ses deux mains tendues. Les portes étaient presque toutes ouvertes – on aérait les maisons, à cette heure. Une grand-mère assise sur son pas-de-porte tenait son petit-fils sur ses genoux, la peau enduite d'une huile sombre, et elle riait au spectacle du bouton de rose de son sourire de bébé. Katekar tourna au coin, passa devant une échoppe minuscule où l'on vendait des cigarettes, des paquets de shampooing, des paans, des piles, et puis il s'écarta pour laisser passer une file de jeunes femmes, qui enjambèrent avec précaution le caniveau, toutes poudrées et proprement vêtues de salwar-kameez, en route vers leurs boutiques ou leurs bureaux. Il suivit du regard ce bruissement d'étoffe rouge et jaune, le pied calé sur un tuyau qui courait au bas du mur, un truc de cinq centimètres d'épaisseur, pas plus. L'an dernier, le comité mohalla avait collecté des fonds pour la pose de cette dérivation de distribution d'eau, mais il ne fonctionnait que si la pression, dans la conduite principale, près de la grand-route, était suffisante. À présent, ils réunissaient de l'argent pour une pompe.

Sur Maganchand Road, les thela-wallahs avaient déjà empilé leurs fruits en hautes pyramides, et les marchands de poissons disposaient des bangdas, des bombils et des paaplets sur leurs étals. L'heure de pointe pressait les voitures pare-chocs contre pare-chocs. À l'arrêt de bus, Katekar vint se placer aux abords du groupe informe qui se trouvait là, à attendre. Il ouvrit son journal et lut l'éditorial, qui évoquait l'échec du gouvernement civil au Pakistan. À l'arrivée du bus à impériale, il leva la main, et le receveur lui fit aussitôt de la place sur la marche avec un petit signe de tête respectueux. Katekar effectuait le trajet depuis huit ans, depuis qu'il avait acheté sa kholi, et tous les receveurs de la ligne savaient qu'il était policier. Celui-ci, un dénommé Pawle, passa devant lui et se dirigea vers le fond de l'autobus, jouant de la poinçonneuse sous le nez des passagers, puis revint vers l'avant. Katekar écouta la chute des piécettes. Les citoyens adoraient se plaindre des horreurs de la circulation matinale, chaque année surpassant la précédente, mais lui adorait l'énorme grouillement de ces millions d'êtres en mouvement, les trains régionaux qui fonçaient, leurs lourdes grappes de corps humains accrochées aux portières en équilibre précaire, le piétinement sonore et le bourdonnement de la foule dans le hall aux plafonds immenses de la gare de Churchgate. Cela lui donnait l'impression d'être en vie. Le beuglement impatient des klaxons lui filait la chair de poule, jusque dans les avant-bras. Il se pencha au-dehors en s'étirant de tout son poids depuis la barre de métal à laquelle il se retenait. Des collégiennes gambadaient entre les voitures, s'interpellaient et riaient. Il pianota du bout des doigts contre le flanc du bus, chantant à mi-voix : *Lat pat lat pat tujha chalana mothia nakhriya cha…* « Tu te balades avec une telle allure, un tel style. »

Il y avait une femme, dans le box de Parulkar. Et Makand, l'homme du CBI venu prendre les affaires en main dans le bunker de Gaitonde, était également là, assis en face du bureau du commissaire,

101

le crâne aussi lisse que de l'acier gris. Sartaj resta debout, dans un silence complet, pour ainsi dire au garde-à-vous, jusqu'à ce que son supérieur l'invite à s'asseoir.

— Ils ont besoin de votre aide, Sartaj, lui annonça-t-il, sur un aspect de l'affaire Gaitonde.

— Bien, chef, fit-il, et il garda le dos droit et raide.

— Ils vont vous expliquer de quoi ils ont besoin.

Il opina.

— Oui, chef.

Il fit pivoter sa chaise vers Makand, se pencha en avant avec le degré d'empressement et d'attention requis, du moins l'espérait-il. Mais ce fut la femme qui prit la parole.

— Nous voulions revenir avec vous sur la mort de Gaitonde.

Elle s'exprimait d'une voix sèche et ferme. Elle n'avait rien manqué de sa mimique, elle avait perçu l'automatisme de son acquiescement.

— Oui, fit Sartaj. Oui, euh… madame.

— Voici le commissaire adjoint Mathur, fit Parulkar. Le commissaire adjoint Anjali Mathur. Elle est chargée de l'enquête.

Il voyait bien que son supérieur était amusé, tant par elle que par lui, par eux tous et l'ironie de ce nouveau monde dans lequel ils vivaient.

Anjali Mathur hocha la tête, et parla sans regarder Parulkar.

— Hier, vous avez reçu un appel qui vous a dirigé vers l'endroit où vous avez trouvé Gaitonde ?

— Oui, madame.

— Pourquoi vous, inspecteur ?

— Madame ?

— Pourquoi pensez-vous avoir reçu cet appel ?

— Je n'en sais rien, madame.

— Connaissiez-vous Gaitonde, auparavant ?

— Non, madame.

— Vous ne l'aviez jamais rencontré ?

— Non, madame.

— Avez-vous reconnu la voix au téléphone ?

— Non, madame.

— Vous avez dialogué avec Gaitonde, un long moment, avant de pénétrer dans la maison.

— Nous attendions le bulldozer, madame.

— Quelle a été la teneur de votre dialogue ?

— Il a été le seul à parler, madame. Il nous a raconté une longue histoire, il a évoqué le début de sa carrière.

— Oui, sa carrière. J'ai lu votre rapport. Vous a-t-il révélé pourquoi il était à Mumbai ?

— Non, madame.

— Vous en êtes sûr ?

— Oui, madame.

— A-t-il dit quoi que ce soit au sujet de ses objectifs, de cette maison ? Rien d'autre, vraiment ?

— Non, madame. J'en suis certain.

Le commissaire adjoint Anjali s'intéressait à Gaitonde, et elle était en quête de détails, mais Sartaj n'en avait aucun à lui fournir. Il la regarda, l'œil vide, et il attendit.

Enfin, elle reprit la parole.

— Et cette femme morte ? Vous savez qui c'est ?

— Non, madame. J'ignore qui elle était. Je l'ai écrit dans mon rapport. Femme à l'identité inconnue.

— Avez-vous une idée à ce sujet ?

Il subsistait cette théorie toute prête de Katekar sur les randis filmi, mais elle ne se fondait sur rien de plus substantiel que les vêtements de la morte. Sartaj avait vu les mêmes vêtements portés dans les clubs les plus chers de la ville. Il n'y avait aucune raison de supposer que cette femme ait été une putain.

— Non, madame.

— Vous en êtes certain ?

— Oui, madame.

Elle était sceptique, elle le jaugea d'un regard scrutateur, et il soutint ce regard sans broncher. Il la sentait sur le point de trancher.

— Inspecteur, j'ai besoin que vous vous chargiez d'un certain travail pour nous. Tout d'abord, il faut que vous sachiez que nous ne faisons pas partie du CBI. Nous appartenons au RAW, le contre-espionnage. Mais cette information vous est réservée, à vous seul. Personne ne doit être tenu au courant. Est-ce clair ?

La raison qui amenait le RAW, la célèbre Research and Analysis Wing, l'Aile de recherche et d'analyse, avec sa mystique de la clandestinité et sa réputation d'exotisme, ici même, dans le bureau de Parulkar, n'était pas claire. Ganesh Gaitonde étant un grand criminel, alors oui, le Bureau central d'investigation devait être appelé à enquêter sur lui, cela tombait sous le sens. Mais le RAW était censé combattre les ennemis de l'État, à l'extérieur des frontières de l'Inde. Pourquoi étaient-ils ici, pourquoi s'intéressaient-ils à Kailashpada ? Et cette Anjali Mathur faisait un agent international bien peu vraisemblable. Mais c'était peut-être son atout. Elle avait un visage rond, lisse, la peau claire. Elle n'avait pas de poudre orange de sindoor dans les cheveux, mais les femmes, désormais, n'affichaient plus leur heureuse situation d'épouses. L'ex-femme de Sartaj s'en était toujours abstenue. Il avait l'impression gênante de patauger dans des eaux en reflux rapide, d'être emporté par des courants inconnus, et il appliqua donc le principe de Parulkar, celui de la politesse obséquieuse propre à la langue officielle sarkarie.

— Oui, madame, répondit-il. Très clair.

— Bon, fit-elle. Trouvez. Trouvez qui était cette femme.

— Oui, madame.

— Vous devez bien disposer de sources au plan local, alors vous allez nous trouver ça. Mais nos intérêts dans cette affaire nous imposent la confidentialité la plus stricte. Nous souhaitons que vous opériez pour nous, vous et ce brigadier, Katekar. Vous deux, uniquement. Et vous serez les seuls informés de cette mission. Personne d'autre dans le commissariat ne doit savoir. Nous avons des impératifs de sécurité au plus haut niveau. Est-ce clair ?

— Oui, madame.

— Et menez cette enquête en faisant aussi peu de vagues que possible. Première priorité, vous devez découvrir qui était cette femme, quelle était la nature de ses relations avec Gaitonde, ce qu'elle faisait dans cette maison. Deuxièmement, nous avons besoin de savoir ce que Gaitonde fabriquait à Mumbai… pourquoi il était ici, depuis combien de temps, quelles ont été ses activités pendant toute la durée de son séjour dans la ville.

— Oui, madame.

— Dans la mesure du possible, retrouvez tous ceux qui ont travaillé avec lui. Mais procédez avec discrétion. Nous ne pouvons pas nous permettre de provoquer trop de tapage autour de cette affaire. Quoi que vous tentiez, pas de vagues. Il est naturel que vous manifestiez un certain intérêt pour ce Gaitonde, pour l'avoir débusqué. Donc, si quelqu'un vous questionne, vous répondrez que vous procédez à quelques éclaircissements concernant des détails demeurés inexpliqués. Est-ce clair ?

— Oui, madame.

Elle fit glisser une épaisse enveloppe en travers du bureau. Blanche, unie, avec un numéro de téléphone inscrit à l'encre noire, au centre.

— Vous me rendrez compte à moi, et à moi seule. Cette enveloppe contient des tirages des photographies placées dans l'album que nous avons retrouvé à l'intérieur du bureau de Gaitonde. Et des clichés de la morte. D'autre part, voici les clefs qui étaient dans la poche de la femme. L'une ressemble à une clef de porte, l'autre à une clef de voiture, une Maruti. La troisième, je ne sais pas. Les trois clefs étaient accrochées à un anneau en acier.

— Oui, madame.

— Des doutes ? Des questions ?

— Non, madame.

— Si vous avez des demandes ou des informations à me communiquer, vous m'appelez au numéro inscrit sur cette enveloppe. Parulkar Saab m'a certifié que vous étiez l'un de ses officiers de police les plus fiables. Je suis certaine que vous allez nous apporter de bons résultats.

— Parulkar Saab est aimable. Je ferai de mon mieux.

— Shabash, fit Parulkar, impassible, impénétrable. Vous pouvez aller.

Sartaj se leva, le salua, prit l'enveloppe et sortit d'un pas vif. Dehors, dans la lumière éclatante du matin, il cligna des yeux et resta là, près de la rambarde, un instant, à soupeser l'enveloppe. Ainsi, l'épisode Gaitonde n'était pas clos. Il restait peut-être encore des coups à compter, et des lauriers à récolter. Peut-être le grand Ganesh Gaitonde détenait-il encore quelques cadeaux pour lui, en réserve. C'était très bien, d'être chargé d'une enquête secrète pour le compte de la sécurité nationale, mais cela le mettait mal à l'aise. L'insistance d'Anjali Mathur dégageait une odeur, celle de la peur. Gaitonde était mort, mais la terreur qu'il inspirait lui survivait.

Il s'étira, roula des épaules à gauche, à droite et, du revers de la main, chassa une mouche qui bourdonnait près de son visage. Il descendit l'escalier en vitesse ; il allait se mettre au travail.

Le bureau de Majid Khan était rempli de monde, tous des représentants d'associations de commerçants de la zone. Ils protestaient contre l'inaction choquante de la police face à la vague de tentatives d'extorsion de fonds dont leurs adhérents étaient la cible depuis ces derniers mois. Sartaj prit une chaise dans le fond de la salle, et il écouta Majid les réconforter, les calmer, non sans réclamer leur aide en retour.

— Nous ne pouvons pas tout faire, si vous ne nous aidez pas, si vous cédez et si vous les payez, les prévint-il. Mais avertissez-nous en temps et en heure, et nous agirons de notre mieux.

Un quart d'heure de ce régime, et les commerçants se levèrent comme un seul homme, bougèrent leurs panses et s'en allèrent, mais pas avant que leur président, un type particulièrement lardé qui mâchait un paan, n'ait mentionné le fait qu'en plus de ce fardeau particulier, il allait devoir supporter de lourdes dépenses pour le mariage de sa fille, prévu pour le mois suivant. Même si les temps étaient durs, le mariage restait coûteux, de nos jours, c'était inévitable, les gens en attendaient tant, et puis après tout, le Saab député du parlement serait présent, le Saab Ranade serait présent. Le président des commerçants serra la main de Majid en s'inclinant très bas. Il avait jugé inutile de souligner sa familiarité avec le saab député et, du même coup, la forte probabilité qu'il soit en mesure de réclamer la mutation de certains policiers vers des postes arides et lointains.

— Salopards, fit Majid sur un ton dénué de passion, lorsque le bureau se fut vidé de tous les commerçants.

— Salopards, répéta Sartaj, en se levant pour venir s'asseoir de l'autre côté du bureau.

Le bois de la chaise était encore chaud. La chaleur d'un postérieur de commerçant, cela le gênait ; il changea de position.

— Alors, j'ai entendu dire que tu avais eu une réunion très importante avec des gens du CBI ?

— Oui, oui. – Que Majid soit au courant de cette réunion, cela n'avait rien de surprenant en soi, mais il s'étonnait encore parfois de la vitesse à laquelle les nouvelles circulaient dans le commissariat. – C'est à ce propos que je voulais te consulter, patron. Tiens. – Il étala les photographies de l'album de Gaitonde sur le bureau de son collègue. – Tu connais l'une de ces femmes ?

Majid se caressa la moustache des deux mains, manière d'en vérifier l'élégance et la netteté.

— Actrices ? Mannequins ?

— Oui. Ou quelque chose dans ce goût-là.

Majid parcourut les clichés du regard.

— Un rapport avec Gaitonde ?

— Oui. Simple curiosité.

— Tu essaies de rester discret, mon ami. Ne me raconte rien. Je n'ai pas envie de savoir. – Il secoua la tête. – Il y en a une ou deux qui me disent quelque chose, mais je serais incapable de te donner leurs noms. Mumbai est plein de filles de ce genre. Elles se ressemblent toutes. Elles vont, elles viennent.

— Et celle-ci ?

C'était la morte, prise en gros plan. Elle était bel et bien morte, ça se voyait, avec ses lèvres bleues et ses épaules inertes, sa totale indifférence à l'objectif qui l'observait d'en haut, de près.

— C'est la femme qui se trouvait à l'intérieur de la maison de Gaitonde ? souffla l'autre d'une voix feutrée. Celle qu'ils cachent aux journaux ?

— Oui.

Son interlocuteur rassembla toutes les photos et les fit glisser vers Sartaj. Il se cala dans le dossier de son siège, et croisa les bras.

— Non, baba, je ne sais pas. Je ne sais rien. Et toi, fais attention, Sardar-ji. Ne joue pas les braves. Parulkar Saab essaiera de te protéger, mais il est dans les ennuis, lui aussi. Pauvre diable, il n'est pas assez hindou pour les rakshaks.

— Et toi, et moi, alors, qu'est-ce qu'il faudrait dire ? Je ne suis pas très bon hindou non plus.

L'autre sourit, une large fente pleine de dents qui lui donnait l'air d'un gamin, malgré la moustache épouvantable et grandiose.

— Sartaj, ironisa-t-il, tu n'es même pas un bon sikh.

Sartaj se leva.

— Enfin, je dois bien être bon à quelque chose. Mais je ne sais pas encore à quoi.

Majid gloussa de son long et lent rire de gorge.

— Arre, Sartaj, tu as toujours été plutôt bon avec les femmes. Alors, si tu veux en savoir plus sur ces femmes-là, interroge d'autres femmes.

Sartaj eut un geste dédaigneux de la main et repartit. Mais il ne pouvait nier que Majid – en Pathan encombrant et mal dégrossi qu'il était – avait eu l'idée juste, pour ce qui était d'interroger des femmes à propos de ces femmes. Enfin, il était encore tôt ; les femmes et la sécurité nationale allaient devoir attendre. Il avait d'abord à enquêter sur un meurtre.

— Tout ce quartier pue, s'écria Katekar en garant le Gypsy sur une place de stationnement coincée entre deux camions.

Il régnait en effet une odeur lourde, que les deux hommes durent supporter le temps de gagner à pied le bout de la rue, mais Sartaj trouvait un peu injuste, de la part de Katekar, de stigmatiser cette puanteur-là plutôt qu'une autre. Toute la ville puait, à telle ou telle heure du jour ou de la nuit. Après tout, il fallait bien que les citoyens de Navnagar entassent leurs détritus quelque part. Ce n'était pas leur faute si les camions poubelles municipaux ne passaient qu'une fois tous les quinze jours, sans autre résultat, d'ailleurs, que d'écorner, à peine, la ligne de crête de la montagne d'immondices, sur leur gauche.

— Patience, Maharaja, fit Sartaj. On sera bientôt sortis de la puanteur.

Katekar refusa d'oublier son aigreur. Son supérieur comprenait que sa bouderie ne visait pas l'odeur infecte, mais leur présence même à Navnagar. Un garçon du Bangladesh avait été assassiné par ses yaars, et alors ? C'était une affaire mineure, porteuse de possibilités mineures, qui pouvait aisément se régler sur le papier, tout comme, sur le papier, les camions poubelles circulaient quotidiennement. Si cette affaire passait inaperçue, personne n'y verrait trop d'inconvénients ; il était donc idiot de s'imposer une sortie dans ce taudis, de s'infliger ces odeurs et le caractère odieux de ces étrangers. Mais Sartaj voulait investiguer. Il se dit que cela relevait de l'ambition légitime d'un officier de police, de résoudre des affaires, d'aller de l'avant, ne serait-ce qu'un tout petit peu, mais c'était aussi de l'entêtement pur et simple, il l'admettait. Il n'appréciait pas que les gens se fassent tuer quand il était en service, et il détestait l'idée que des meurtriers s'en tirent à trop bon compte. Si Sartaj se sentait obligé de mener certaines affaires à leur terme, ce n'était même pas par idéalisme, Katekar ne l'ignorait pas. C'était juste une sorte de keeda qu'il avait en lui. Un ver, une obsession. Ils avaient déjà vécu ce genre de situation à plusieurs reprises, Sartaj suivant obstinément une piste, et Katekar le désapprouvant sans le lâcher pour autant. À l'occasion, l'inspecteur Singh se demandait pourquoi son adjoint ne cherchait pas, tout simplement, à travailler avec quelqu'un d'autre, ou à obtenir un transfert vers un poste plus juteux. Il avait besoin d'argent, c'était certain. Et pourtant, Katekar se prêtait encore et toujours à ce rituel du déplaisir, et l'épaulait, quoi qu'il arrive. À cet instant, l'inspecteur quitta la route et s'engagea dans la pente, sûr d'avoir Katekar sur son flanc arrière gauche.

Dans la matinée, Navnagar était légèrement moins surpeuplé, mais en se frayant un chemin par ces ruelles, Singh sentait encore la présence oppressante des kholis. Dès qu'ils apercevaient son uniforme, les gens se plaquaient contre les murs, ce qui ne l'empêchait pas de devoir effacer le torse pour éviter de les toucher. Dans cette ville, les riches jouissaient d'un peu de place, la classe moyenne en avait déjà moins, et les pauvres, aucune. C'est pourquoi Papa-ji s'était retiré à Pune. Il disait qu'il voulait pouvoir se réveiller et regarder dehors, au loin, avec le sentiment qu'il subsistait encore quelques espaces vides en ce monde. Papa-ji avait trouvé son petit carré de pelouse, et un jardin potager derrière la maison, mais Sartaj le soupçonnait d'avoir quelquefois regretté ces ruelles des taudis de Mumbai, de véritables tunnels, ces cabanes qui grignotaient chaque année un peu plus de terrain, chaque pièce rajoutée s'emparant d'un morceau de terre, et s'y accrochant. En tout cas, Papa-ji n'avait sûrement jamais cessé de se les remémorer.

Papa-ji n'avait jamais raconté d'histoire bien précise sur Navnagar, peut-être parce qu'il ne s'y était jamais rien produit de spectaculaire ni de particulièrement choquant. Mais, il l'avait assez souvent dit à son fils, le chemin qui menait à l'apradhi passait par la famille. Trouve la mère et le père, lui répétait-il, et tu trouveras le voleur, le meurtrier, le faussaire. Et c'est ainsi que Sartaj et Katekar se retrouvaient dans Navnagar à la recherche des parents de Bazil Chaudhary et de Faraj Ali, qui avaient tué leur ami Shamsul Shah. Comme il fallait s'y attendre, la famille proche des tueurs avait filé. Ils avaient emballé leurs possessions, tout ce qu'ils avaient pu emporter avec eux, ils avaient fermé leurs kholis à clef, et ils avaient décampé le jour même du meurtre. Les deux policiers brisèrent les verrous. À l'intérieur des kholis, ils découvrirent de vieux matelas, des sacs vides en toile de jute et une vieille photographie en couleurs de la famille Chaudhary. Sur la photo, Bazil n'était encore qu'un garçon de dix ans en chemise rouge vif, mais maintenant, au moins, Sartaj savait à quoi ressemblaient les parents. Il ne doutait pas de les retrouver, tôt ou tard. Ils étaient pauvres, ils allaient devoir revendre leur kholi et, pour leur survie, ils resteraient dépendants de leurs relations dans Navnagar. Il était bien plus difficile de disparaître qu'on ne se l'imaginait. Pour le policier, la tâche consistait à exhumer le fil de leur existence, et à le suivre.

Ce matin-là, leurs entretiens dans Navnagar leurs permirent de glaner quelques informations, certes pas déterminantes, mais assez pertinentes. Les voisins de la victime originaires du Bangladesh et les apradhis se montrèrent hautains et secrets, déclarèrent ne rien savoir. Cependant, quand Katekar se fut dressé devant eux de toute son imposante carrure, que l'inspecteur les eut menacés d'un détour par le commissariat et d'une expulsion à brève échéance, ils admirent en savoir peut-être un petit peu plus, enfin, rien que du très insignifiant. Shamsul – le mort – et Nazil travaillaient comme coursiers, et Faraj dégottait des petits boulots temporaires ici ou là. Pourtant, ces derniers mois, ils avaient tous les trois beaucoup d'argent, et personne ne pouvait dire pourquoi ni comment.

Dans les kholis désertées que Sartaj et son second avaient fouillées, ils n'avaient trouvé aucune trace de cet argent. Si elles avaient eu des objets de luxe, les familles des apradhis les avaient emportés avec elles. Mais, dans la maison du garçon assassiné, il y avait une télévision en couleurs toute neuve, une grande cuisinière à gaz, des casseroles d'un métal brillant, et son père leur avouait maintenant que son défunt fils avait acheté une nouvelle kholi, quelques jours à peine avant sa mort.

— C'était un bon garçon, leur soutint Nurul Shah.

Cette kholi-ci était minuscule, juste une pièce divisée en deux par un drap rouge décoloré. Derrière ce rideau, Sartaj entendait des femmes s'agiter, des bruissements et des chuchotements. Ils avaient besoin d'être plus au large, et le bon fils leur avait procuré cet espace plus vaste. La famille était sur le point d'emménager dans la nouvelle kholi, quand on les avait cruellement privés de ce fils.

— Mais, remarqua Sartaj, un nouvel endroit, plus grand, cela a dû coûter beaucoup d'argent.

Nurul Shah baissa les yeux vers le sol. Il avait des cheveux blancs clairsemés et des épaules nouées, endurcies par une vie entière de rude labeur.

— Vos voisins nous signalent que votre famille s'est subitement enrichie, reprit l'inspecteur. Ils m'ont expliqué que votre fils traitait ses sœurs avec largesse. Ils m'ont aussi indiqué qu'il avait acheté de nouvelles lunettes à sa mère.

Nurul Shah avait les deux mains nouées, agrippées l'une à l'autre, et le bout des doigts blanchi à force de tension. Il se mit à sangloter, sans émettre aucun son.

— À mon avis, continua Sartaj, si je jette un œil derrière ce rideau, je vais découvrir encore d'autres objets de prix. Où votre fils s'est-il procuré tout cet argent ?

— Hé ! grogna Katekar, le saab inspecteur vient de te poser une question. Réponds-lui.

Sartaj posa une main sur l'épaule de Nurul Shah, et l'y maintint malgré la soudaine réaction de panique du vieil homme à ce contact.

— Écoutez, promit-il, très doucement. Il ne vous arrivera rien, ni à vous ni à votre famille. Je n'ai aucune envie de vous créer des embêtements. Mais votre fils est mort. Si vous ne me racontez pas tout, je ne pourrai pas vous aider. Je ne pourrai pas retrouver les salauds qui ont fait ça.

L'homme était terrorisé par la présence de ces policiers chez lui, par ce qui s'était passé et par ce qui pourrait se passer, mais il s'efforçait de puiser en lui le courage de répondre.

— Votre fils s'était lancé dans une affaire, je ne sais trop quel hera-pheri. Si vous me racontez tout, je les retrouverai. Sinon, ils nous échapperont.

Il ponctua son propos d'un haussement d'épaules, puis il se redressa.

— Je ne sais pas, saab, fit Nurul Shah. Je ne sais pas. – Il frissonnait, courbé en deux. – J'ai demandé à Shamsul ce qu'il fabriquait, mais il ne m'a jamais répondu.

— Lui et ses deux camarades, Bazil et Faraj, ils étaient tous les trois dans le coup ?

— Oui, saab.

— Il y avait quelqu'un d'autre ?

— Il y avait Reyaz Bhai.

— Un ami à eux ?

— Il était plus âgé.

— Son nom complet ?

— Je n'en sais pas plus. Reyaz Bhai.

— De quoi a-t-il l'air ?

— Je ne l'ai jamais rencontré.

— Où habite-t-il ?

— Quatre ruelles plus loin, saab. Du côté de la grande route.

— Il vit ici, à Navnagar, dans le Bengali Bura, et vous ne l'avez jamais rencontré ?

— Non, saab. Il ne sortait pas beaucoup de sa maison.

— Pourquoi ?

— C'est un Bihari, saab, précisa Nurul Shah, comme si c'était une explication.

Mais l'homme du Bihar avait lui aussi disparu de sa kholi, et une nouvelle famille s'était déjà installée à sa place. Sartaj et Katekar trouvèrent le propriétaire, un Tamoul corpulent qui habitait à l'autre bout de Navnagar. Il avait découvert la pièce inoccupée, le jour du meurtre et, dès le lendemain, il l'avait nettoyée et aussitôt relouée. Non, il ignorait tout de ce Reyaz, si ce n'est qu'il avait payé d'avance, et qu'il ne lui causait aucun tracas. Il avait quelle allure, ce Reyaz ? Grand, mince, le visage jeune, mais d'épais cheveux blancs. Oui, des cheveux complètement blancs. L'homme pouvait avoir la quarantaine, la cinquantaine, impossible de savoir. Il s'exprimait sur un ton mesuré, c'était visiblement quelqu'un d'instruit. Dans sa kholi, Reyaz n'avait rien laissé sauf quelques livres que le propriétaire avait revendus l'après-midi même à un marchand de journaux et de raddi, sur la grande route. Non, il ne savait pas ce que c'était, comme livres.

Ainsi, Sartaj et Katekar se retrouvèrent en lisière de Navnagar, en contrebas du petit monde que renfermaient ces lieux.

— Très bien, conclut l'inspecteur, les yeux levés vers la pente du terrain, ce désordre de toitures en tôle rouillée, donc ce Bihari est le chef.

— C'est lui qui organise. Ces trois-là, ce sont ses boys. – Katekar s'essuya le visage, puis le dos de la main et les avant-bras, avec un immense mouchoir bleu. – Ils lèvent de l'argent.

— En faisant quoi ? Escroqueries ? Cambriolages ? En jouant les flingueurs pour le compte d'un gang ?

— Peut-être. Mais des Bangladeshis qui s'associent, je n'avais encore jamais entendu parler de ça.

— Ces garçons ont grandi là-haut, et ils sont sans aucun doute indiens, plus que tout. Ce Bihari, c'est lui la clef, en effet. Il est plus âgé, c'est un professionnel. Il mène une vie tranquille, il n'étale pas son argent, et dès qu'il y a un souci, il dégage vite fait. Où qu'il soit, c'est là que nous retrouverons ces garçons.

— Oui, saab, acquiesça Katekar. – Il rangea son mouchoir. – Donc, on va dénicher le Bihari.

— On va dénicher le Bihari.

La poursuite du Bihari dut attendre, le temps que l'inspecteur Singh satisfasse à certaines obligations. Le métier de policier était une activité souvent dispersée, qui leur imposait de mettre une première affaire de côté pour se pencher sur une deuxième. Ce qu'il était tenu de faire à présent était strictement officieux, cela n'avait aucun rapport avec tel ou tel dossier en cours, et il fallait qu'il s'en occupe seul. Il déposa Katekar au poste et roula vers le sud, en direction de Santa Cruz. Il devait retrouver Parulkar dans un bâtiment flambant neuf, juste derrière Linking Road, près du glacier Swaraj Ice-Cream. Il se gara derrière l'immeuble, admira le marbre vert du hall d'entrée et l'ascenseur aux portes en acier satiné. L'appartement où l'attendait son supérieur était censé appartenir à une nièce. Cette nièce travaillait dans une banque, et son mari dans l'import-export, mais ils avaient à peine plus de vingt ans ; or l'appartement était très grand et très coûteux. Les lettres d'or de la plaque gravée indiquaient un nom, « Namjoshi ». Sartaj n'en était pas moins persuadé que ce logement de trois chambres était la propriété de l'oncle. La posture pleine d'aisance de Parulkar, assis en tailleur sur l'immense sofa du salon, image d'un sage replet en uniforme kaki, suggérait l'homme à la tête de sa première acquisition immobilière et de sa destinée.

— Entre, entre, Sartaj, lui fit-il. Il va falloir qu'on se dépêche.

— Désolé, chef. Ça circule mal.

— À cette heure-ci, ça circule toujours mal.

Mais Parulkar n'avait pas le goût de réprimander son subordonné ; il se montrait paternel et patient, simplement attentif à son propre emploi du temps, toujours mouvementé. Il désigna de la main un verre d'eau voilé d'une buée glacée posé sur la table. Sartaj en retira le couvercle en argent et but, puis il suivit son supérieur, traversa la pénombre du salon dans toute sa largeur jusqu'à une chambre.

L'autre referma la porte derrière eux et, à pas feutrés, contourna le lit et gagna le fond de la pièce. Il ouvrit une armoire et en tira un sac marin noir.

— Aujourd'hui, ça nous fera quarante.

— Oui, chef, confirma Sartaj.

Parulkar voulait parler de quarante lakhs. C'était le montant des revenus officieux récemment encaissés par son chef, qu'il allait devoir acheminer dans le quartier de Worli pour les remettre à son conseiller financier, Homi Mehta, qui les ferait transiter vers un compte en Suisse en prélevant au passage une commission tout à fait raisonnable. Une semaine sur deux, il se chargeait de convoyer l'argent de son patron, et il avait depuis longtemps cessé de s'étonner des montants. Après tout, Parulkar était commissaire d'une zone urbaine très riche. C'était un poste juteux, et il se gorgeait du murmure de cette source d'argent. Il était attaché à ses revenus, mais sans rapacité, et se montrait fort prudent dans le maniement des sommes. Son assistant personnel, Sardesai, gérait la collecte des fonds, mais ignorait tout de ce qu'ils devenaient après leur remise à son patron. Celui-ci les confiait à Sartaj qui, à son tour, les remettait à Mehta, le conseiller financier. Sartaj savait simplement qu'à partir de là, l'argent disparaissait du territoire indien pour réapparaître à l'étranger, où il était placé, en toute sécurité, et produisait des intérêts dans des devises fortes.

Parulkar vida l'argent liquide sur le dessus-de-lit et lui tendit le sac.

— Quatre-vingts liasses de billets de cinq cents roupies, annonça-t-il.

Ils se vouaient une confiance totale, mais ils observaient ce même rituel chaque fois que de l'argent partait chez son conseiller financier. Sartaj regroupa un paquet de billets de bonne taille, qu'il glissa dans le sac. Il réédita ce geste quatre-vingts fois sous le regard de Parulkar, en progressant dans le décompte, qu'ils se confirmaient mutuellement.

— Que vas-tu faire, à propos de cette histoire Gaitonde ? lui demanda-t-il sans cesser d'observer les mains de son adjoint.

— J'allais vous poser la question, chef.

Parulkar allongea les jambes sur le lit et reprit sa posture méditative.

— Je ne sais pas grand-chose de la compagnie de Gaitonde. Il y avait bien un type, un dénommé Bunty, qui gérait leurs affaires à Mumbai. Un type intelligent. Les gars de Suleiman Isa l'ont abattu, ils l'ont collé dans une chaise roulante, mais comme c'était l'homme de confiance de Gaitonde, il est resté à son poste, depuis son fauteuil roulant. À une certaine époque, tu pouvais te rendre à Gopalmath et tomber sur ce Bunty, mais après s'être fait tirer dessus, il a préféré se cacher. Demande un peu à Mehta le numéro de ce gaillard, il devrait l'avoir.

En sa qualité de gestionnaire des fonds, Mehta occupait dans la guerre des gangs une position neutre. Toutes les factions recouraient à ses services, sans discrimination, et toutes faisaient grand cas de lui.

— Bien, chef.

— Mais naturellement, ta meilleure source de renseignements sur Gaitonde se situera du côté de ses ennemis. Laisse-moi le temps de passer deux ou trois coups de fil, et je te mettrai en relation avec quelqu'un. Quelqu'un de très…, enfin, quelqu'un, disons, qui s'y connaît.

— Je vous remercie, chef.

Ce que Parulkar entendait par là, c'était qu'il allait user de ses contacts à l'intérieur de la compagnie Suleiman Isa pour obtenir que l'on informe Sartaj. Comme les liens que son supérieur entretenait avec cette compagnie remontaient à des années, si ce n'est à des décennies, la source qu'il lui fournirait serait sans nul doute haut placée. C'était donc un grand service qu'il lui rendait, un de plus dans la longue série de largesses que son supérieur lui avait déjà accordées.

— Quarante, chef, confirma-t-il en rangeant la dernière liasse dans le sac. Qu'est-ce que c'est que toute cette histoire ? Maintenant que Gaitonde est mort, pourquoi veulent-ils en savoir davantage sur son compte ?

— Je n'en sais rien, Sartaj. Mais fais attention. D'après mes sources, ce que j'ai cru comprendre, c'est que l'Intelligence Bureau est aussi impliqué dans cette histoire Gaitonde.

— L'IB, monsieur ? Pourquoi ?

— Qui sait ? Mais il semble que toute cette enquête soit en réalité une opération conjointe. L'IB laisse le RAW gérer les détails et, par conséquent, le RAW s'adresse à toi et moi. Quand ce genre de grosses machines s'impliquent dans un dossier, les simples policiers ont intérêt à regarder où ils mettent les pieds. Fais ton travail, mais n'essaie pas de jouer les héros, pas pour ces gens-là.

Sartaj fit glisser la fermeture Éclair du sac. Les agents du contre-espionnage n'étaient donc pas les seuls à s'intéresser au décès de Gaitonde. L'Intelligence Bureau, avec son propre domaine de compétence en matière de contre-espionnage intérieur, se montrait tout aussi curieux. Face à cela, il se sentait tout petit.

— Bien sûr que non, chef. Je ne joue jamais les héros. Je ne suis pas de taille.

Parulkar s'étrangla de rire en se balançant d'avant en arrière.

— De nos jours, même les individus de petite taille deviennent des héros, Sartaj. Le monde a changé, mon cher.

L'espace d'un instant, il crut que son chef allait se lancer dans son couplet favori, mais il était pressé, et il en resta à ce « mon cher », avant de congédier l'inspecteur Singh et son argent. Il se contenta d'ajouter un mot :

— Mes hommages à Bhabhi-ji, puis il leva la main, et ce fut tout.

Sur le trajet vers Worli, il songea à Papa-ji. La plupart des gens gardaient en mémoire l'image d'un homme de haute taille, et pourtant, il ne mesurait qu'un mètre soixante-six. Le maintien raide, les bras musclés, la moustache sémillante et, surtout, le turban toujours parfaitement ajusté, c'était l'ensemble, dans son souvenir, qui lui conférait une stature propre à le magnifier. Lui, son fils, il mesurait trois bons centimètres de plus, mais il se savait beaucoup moins impressionnant que Papa-ji, tant par sa personne que par sa réputation. Papa-ji était toujours resté honnête. Il insistait sur le port du turban le plus impeccable, du costume de la meilleure coupe, mais il avait réussi à conserver cette allure en puisant dans ses seuls émoluments et, en une décennie de mariages et de réceptions officielles, il n'avait jamais porté que le même blazer croisé. Après sa mort, Sartaj avait retrouvé ce blazer dans une malle, soigneusement semé de boules de naphtaline et enveloppé de papier neuf. Aujourd'hui, longtemps après sa disparition, des inconnus s'écriaient encore, en s'adressant à lui : « Oh, vous êtes le fils de Sardar Saab ? Quel homme bon c'était. » Un an plus tôt, à Crawford Market, un négociant en diamants lui avait tapé sur l'épaule, de petites tapes tristes, en lui disant : « Beta, ton père était le seul policier honnête que j'aie jamais croisé. » Il avait hoché la tête en marmonnant : « Oui, c'était un homme bon », et il s'était éloigné, les épaules contractées.

Il se dirigea droit vers le front de mer, puis exécuta un rapide demi-tour devant un bus et revint se ranger le long du trottoir. Le magasin d'alimentation générale, sur sa droite, était plein d'écoliers en uniforme en train de s'acheter des glaces. Des élèves de cours élémentaire ou de cours moyen, semblait-il, chargés de sacs de classe énormes et lourds. Ils étaient trop jeunes pour savoir que les places dans les facultés de médecine étaient à vendre, que les documents d'inscription pour les écoles de gestion allaient à ceux qui pouvaient les payer. Sartaj sortit le sac de Parulkar de derrière le siège avant et traversa lentement le groupe de gamins. À leur âge, il connaissait déjà le personnage depuis un an et plus. C'était alors un inspecteur de police, jeune et mince, le chela de Papa-ji, son disciple préféré. Papa-ji avait apprécié ce Parulkar, il le trouvait intelligent, travailleur et dévoué. Il l'avait souvent ramené à la maison pour le dîner, il disait : « Ce garçon n'est pas marié et il faut bien qu'il mange une fois de temps en temps de la bonne nourriture familiale. » Mam, elle, ne s'était jamais vraiment faite à Parulkar. Elle se montrait polie, mais, dès le début, elle s'était méfiée de lui. « Ce n'est pas parce qu'il écoute sans arrêt tes histoires que tu dois croire qu'il te suivra partout comme un bhakt dévoué, répétait-elle à Papa-ji. Retiens bien ce que je te dis, ces Marathas sont trop malins. » Il ne servait à rien de lui expliquer que Parulkar n'était pas un Maratha, mais un brahmane. Elle insistait : « Peu importe, c'est un futé. » Son aversion pour l'inspecteur avait crû en intensité au fur et à mesure de sa constante ascension dans la hiérarchie et, quand il avait dépassé le grade de Papa-ji pour grimper encore plus haut, elle avait complètement cessé de parler de lui. Elle ne l'appelait plus que « cet homme », et ne discutait même pas quand Papa-ji plaisantait au sujet de la destinée des hommes, et de la gratitude que chacun d'eux aurait dû témoigner à Vaheguru pour sa générosité.

Sartaj s'engagea dans l'étroit escalier jouxtant le magasin d'alimentation générale, qui conduisait au minuscule bureau de Mehta. Il avait travaillé dans ces quatre petits compartiments toute sa vie, et il habitait à deux pas de là, dans un appartement spacieux mais simple qui dominait la mer. C'était un monsieur soigné, discret, un Parsi, tout de blanc vêtu, en ce jour comme toujours.

— Arre, Sartaj, entre, entre, fit-il, en lui tendant une main fragile au-dessus de sa table, pour serrer la sienne d'une poigne molle.

Il était mince, élégant, et Sartaj admirait chaque fois la coupe de ses fins cheveux gris. Homi Metha lui rappelait un peu les films en noir et blanc qui passaient à la télévision le dimanche après-midi ; il était facile de se l'imaginer glissant le long du front de mer au volant d'une Victoria noire.

— Cela vient du Saab, annonça l'inspecteur, et il posa le sac marin sur le bureau.

— Oui, oui, approuva Metha. Mais quand m'apporteras-tu un peu de ton argent liquide à toi, jeune homme ? Il faut que tu épargnes, pour ton avenir.

— Je suis un homme pauvre, mon oncle, se défendit l'inspecteur. Comment épargner, quand je gagne à peine de quoi survivre ?

C'était une conversation que les deux hommes reprenaient à chacune de ses visites, mais, aujourd'hui, Mehta n'était pas enclin à lâcher prise.

— Arre, qu'est-ce que tu me racontes là ? L'homme qui a réglé son compte à Ganesh Gaitonde ne possède même pas un peu d'argent ?

— Aucune récompense n'était proposée.

— Certaines personnes racontent que tu aurais perçu une jolie somme en provenance de Dubaï pour lui loger une prune dans le crâne.

— Mon oncle, je n'ai pas tué Gaitonde. Il s'est suicidé d'une balle dans la tête. Personne ne m'a payé.

— D'accord, baba. Moi, je n'ai rien dit. Ce sont les gens, tu sais, les gens qui racontent ça.

Mehta comptait l'argent de Parulkar, disposant les briques de billets de banque en piles soigneusement alignées sur le côté de son bureau. Le personnage était méticuleux, et tenait une comptabilité scrupuleuse. Voilà longtemps déjà, lors d'une de leurs premières rencontres, il avait tenu ce propos à Sartaj : « Dans un monde de malhonnêteté, je suis un homme d'une totale honnêteté. » Il avait dit cela sans fierté, comme un simple constat. Finalement, avait-il expliqué, tous les mouvements d'argent de ce pays, entrants et sortants, dépendaient des conseillers financiers. On les appelait aussi les « gestionnaires » et, à Delhi, c'étaient les « directeurs », mais quel que soit le nom qu'on leur donnait, tout dépendait de leur honnêteté. L'argent provenait de transactions secrètes et de la corruption, des pots-de-vin et des détournements de fonds, de l'extorsion et du meurtre, et les gestionnaires le maniaient dans la discrétion et avec intégrité. Ils le faisaient disparaître, puis réapparaître. Ils étaient les magiciens secrets qui tenaient un rôle essentiel dans tout ce marché, et c'est pourquoi ils connaissaient tout le monde.

— Mon oncle, j'ai besoin d'un peu d'aide, lui confia-t-il.

— Dis-moi.

— Parulkar Saab m'a dit que tu pourrais savoir comment me mettre en relation avec un des hommes de Gaitonde.

— Lequel ?

— Bunty.

Le vieil homme ne laissa rien paraître. Il s'essuya les doigts sur un mouchoir en papier, et entama une nouvelle pile de billets.

— Je vais devoir lui demander, fit-il. Que faut-il lui dire ?

— Que je veux juste lui parler. Je voudrais lui poser quelques questions au sujet de Gaitonde.

— Tu veux lui poser quelques questions au sujet de Gaitonde. – Mehta hocha la tête, puis il écarta le dernier paquet d'argent, non sans l'avoir aligné au cordeau. – Tu as un portable, maintenant, je vois, alors note-moi le numéro.

L'inspecteur eut un grand sourire, puis il griffonna sur une page de carnet. Le vieux Mehta voyait le moindre détail, fût-ce un simple renflement sur sa poche de poitrine. En effet, après avoir invoqué pendant des années le prix du matériel et le tarif des opérateurs pour refuser d'acheter un téléphone mobile, Sartaj avait fini par succomber. En fin de compte, le minuscule Motorola lui avait coûté une fortune, sous prétexte qu'il était couleur argent et que ça faisait chic. L'appareil était à peine sorti de l'emballage, et il n'avait encore donné à personne son numéro, mais Homi Methta était un ancien, un sage à l'œil vif.

— Tiens, mon oncle. Merci.

— OK. Quarante au total, annonça le vieil homme, en tapotant les piles de billets.

L'inspecteur se leva.

— Exact. À la prochaine fois.

— La prochaine fois, apporte-moi quelque chose pour tes économies. Songe à tes vieux jours.

Sartaj leva une main, et laissa là Mehta et l'argent. À une certaine époque, quand il était marié, Megha lui répétait tout le temps d'économiser pour ses futurs enfants. Après leur divorce, elle avait cessé, mais elle s'était mise à lui rabâcher des avertissements sur l'âge et le temps qui passait. Je dois avoir pris un coup de vieux, songea-t-il.

Cette fois, le magasin était investi par une bande de gosses tout à fait différents, plus grands, le début de l'adolescence, plus élégants, plus soucieux de leur apparence. Ils buvaient du Pepsi et du Coca et chuchotaient entre eux. Il avait franchi la moitié de la distance qui le séparait de sa jeep, quand il revint sur ses pas s'acheter un Chocobar. On vendait maintenant des glaces plus sophistiquées, mais il aimait bien les saveurs anciennes de la marque Kwality, ce goût de chocolat un peu gras fourré à la crème de vanille ; c'était le parfum de son enfance. Les ados s'échangèrent des petits coups de coude : mate un peu le drôle de sardar, ce policier qui mâchonne son Chocobar. Il sourit, s'éloigna et, le temps qu'il atteigne la jeep, il léchait déjà le bâtonnet de bois dénudé. Il l'écrasa d'un coup de dents, comme il l'avait toujours fait, gamin, l'expédia d'une chiquenaude et démarra.

Les files de véhicules de l'heure de pointe serpentaient dans les rues, de plus en plus compactes, jusqu'à former une masse solidement coagulée. Il prit son mal en patience, le trajet serait long. On voyait l'air trembler au-dessus du métal des capots, puis ce fut le silence. Les conducteurs avaient coupé leurs moteurs en attendant que le trafic se fluidifie. Il décolla du dossier le dos de sa veste trempée de sueur ; les avant-bras posés sur les genoux, la tête pendante, il contempla le noir poussiéreux de ses souliers. Le soleil concentrait sa chaleur sur son épaule et sa nuque, mais il n'avait nulle part où s'échapper. Par la fenêtre, un chauffeur d'autobus l'observait d'un œil sans émotion ; quand il croisa son regard, l'homme détourna la tête, et changea de position sur son fauteuil surélevé. Plus loin, un mannequin présentait sa hanche offerte derrière un panneau de verre. Il suivit le défilement des vitrines, elles refluèrent dans l'éblouissement du ciel, et il imagina la longueur immense de l'île où il se trouvait, la totalité de cet espace bloqué, immobile, dans la multitude du soir, congestionnée, qui progressait par saccades, ricochets et bonds. Il soupira, puis il sortit le téléphone de sa poche et composa le numéro.

— Mam ? fit-il.

— Sartaj.

— Peri pauna, mam, je te touche les pieds.

— Jite raho, beta, longue vie à mon fils chéri. J'ai lu un article sur toi, dans le journal.

— Oui, mam.

Le grondement des moteurs qu'on relançait balaya la route, et il remit le contact.

— Tu as capturé un gros criminel, comment se fait-il qu'il n'y ait pas ta photo ?

— Mam, c'est le travail qui importe, lui répondit-il, amusé par le ton solennel. Pas les photos dans le journal.

Il attendit avec impatience sa réplique cinglante, mais elle était déjà passée à autre chose.

— D'où appelles-tu ?

— D'où ? De Mumbai, mam.

— Non, je veux dire, où, à Bumbai ?

Rien ne lui échappait, à cette épouse de policier.

— Je rentre de Worli, en voiture.

— Ho-ho, alors tu as un portable, enfin.

— Oui, mam.

En ce qui la concernait, elle était indifférente aux progrès technologiques, et ne voulait pas d'un magnétoscope, se sachant incapable de le faire fonctionner, mais elle souhaitait depuis longtemps que son fils ait un téléphone portable.

— Quel est le numéro ?

Il le lui donna.

— N'oublie pas : pas d'appels pendant les heures de service, ajouta-t-il.

Elle rit.

— Je faisais déjà mon devoir avant que tu ne sois né. Et c'est toujours, toujours toi qui m'appelle du travail. Comme en ce moment.

— Oui, oui.

Elle devait être assise dans le canapé du salon, les jambes repliées sous elle, le grand combiné noir dans sa petite main, collé sur l'oreille. Il pouvait l'entendre sourire. Toute cette dernière année, elle avait perdu du poids et, en dépit des fines rides et des cheveux blancs, elle ressemblait parfois à la jeune fille svelte qu'il avait vue en photo.

— Mais là je ne suis pas en train de travailler. Je suis juste pris dans les embouteillages.

— Ce Bumbai, c'est devenu invivable, maintenant. Tellement cher. Et trop de monde.

C'était vrai, mais où aller ? Bien plus tard, peut-être, il y aurait une petite maison quelque part, ailleurs, rien que pour lui. Mais pour l'heure, il avait du mal à s'imaginer s'éloignant à jamais de ce désordre, de cette ville impossible. Des petites vacances par-ci, par-là, c'était tout ce qu'il réclamait.

— Nous sommes samedi, mam, je vais venir te voir à Pune.

— Bien. Voilà des mois que je ne t'ai vu.

Il s'était rendu à Pune très exactement quatre semaines auparavant, mais il se garda bien de la reprendre.

— Tu as besoin de quelque chose ?

Elle n'avait envie de rien pour elle, mais elle lui dressa toute une liste d'articles pour les mausis et les taus, et les neveux et nièces. Il était inutile de répondre à Mam que ces articles-là étaient très certainement disponibles dans une ville de taille respectable comme Pune car, selon elle, il subsistait à Mumbai des boutiques bien précises auxquelles il convenait d'accorder sa clientèle, et des instructions à formuler à certains vendeurs qu'elle fréquentait depuis des décennies. Il arrivait toujours à Pune avec un sac de vêtements et une valise remplie de tenues taille enfant, de mithai, d'amuse-gueules pour l'apéritif et de shampooings qu'elle distribuerait ensuite à tous les êtres chers, et ils étaient nombreux. À Pune, elle vivait au contact de tous ses proches, et il lui faisait confiance pour le tenir au courant de la vie du cercle familial, qui s'étendait jusqu'au Punjab et au-delà. Elle restait enchâssée dans cette famille, il le sentait, alors que lui-même prenait ses distances. Il ne s'en coupait pas tout à fait, mais il s'en écartait, à sa manière, comme une planète dont l'orbite s'est trop éloignée du soleil. Il aimait écouter les récits qu'elle lui faisait des luttes, vengeances et anciennes tragédies de la lignée, pourvu qu'il puisse échapper à leur force de gravité fatale. Un livre de comptines qu'elle l'avait prié de lui apporter lui remit en mémoire un épisode dont elle entama le récit. Il y était question de son chacha, le frère de son père, qui insistait tant pour qu'il sache parler l'anglais. Il avait entendu cette histoire maintes et maintes fois, mais l'écouter, à cette minute, lui plaisait, et il prit soin de rire aux moments opportuns.

Arrivé à hauteur de Siddhi Vinayak, il dit au revoir à Mam, et se renfonça dans son siège avec un sourire. C'était bon, la perspective de cette escapade à Pune. Une foule de gens grouillait à l'entrée de l'allée menant au temple de Siddhi Vinayak, une cohorte de fidèles venus là apporter leurs offrandes, leurs suppliques et leur gratitude. Le temple dressait sa flèche d'or, portant avec aisance son imposante symétrie vers le ciel. Il se demanda si Ganesh Gaitonde avait eu un lieu où se retirer quand il quittait la ville, une bourgade ou un village qu'il aurait appelé sa terre natale. Il poserait la question à Katekar.

À la toute fin, Ganesh Gaitonde avait évoqué Dieu et la foi. À présent, il devait savoir s'il existait un Dieu en qui croire, ou non. Sartaj ne se préoccupait pas particulièrement de l'âme de Gaitonde, mais il savait qu'il était temps d'aller procéder à l'examen du corps du gangster, et de celui de la morte. Jusqu'à présent, il l'avait évité, mais il le faudrait bien. Il maudit Ganesh Gaitonde, et accéléra.

Le lendemain matin, comme Sartaj s'y attendait, Katekar protesta contre ce projet de rendre visite à Gaitonde. L'homme était mort, argumentait-il, et il le resterait, et cette femme aussi, donc il était devenu inutile, absolument inutile, de s'en approcher.

— Tu peux rester dehors, lui proposa Singh. Mais enfin, maintenant, les cadavres, tu devrais avoir l'habitude.

La morgue était un bâtiment de grès ancien criblé de trous et maculé de taches, mais encore élégant, avec ses grandes arcades et sa pierre ciselée. Il se dressait, ombragé de verdure, sous un banyan immense, derrière le KD Hospital. Sartaj déposa son équipier au portail de l'établissement, contourna l'édifice et alla se garer près d'un mur souillé de traces de paan. En dépit de son rationalisme, Katekar avait la morgue, son médecin légiste, ses employés, et cette lumière couleur d'émeraude, sous le banyan, en horreur. Il soutenait que l'endroit puait, qu'il pouvait le sentir dès qu'il mettait le pied dans l'enceinte de l'hôpital, qu'un miasme jaune venait imprégner les vêtements et s'incruster jusque dans les poches. Sartaj jugeait plutôt divertissants ces accès de superstition jaillis du plus profond de la carcasse impavide de Ganpatrao Popat Katekar, homme de science. Ils lui fournissaient un contre-feu, quand Katekar opposait une grimace ricanante et un air supérieur aux penchants romantiques de l'inspecteur Singh.

Sartaj passa devant l'hygiaphone de l'accueil, occupé par une grappe de messieurs anxieux venus s'enquérir de parents ou d'amis. Il alla au bout d'un corridor sombre et franchit la double porte vitrée marquée « Entrée interdite ». Un fonctionnaire en short et en chemise marron était assis derrière un bureau en métal éraflé, sous le halo des tubes au néon. L'homme donna du salaam à Sartaj qui, après avoir pris une profonde inspiration, cligna des yeux et passa une autre double porte battante, de bois peint en vert, cette fois. La pièce qui s'ouvrait devant lui était vaste, de la taille d'une salle des mariages, bien éclairée par deux fenêtres à tabatière carrées et deux rangées de néons. Le sol en pierre lisse et brune suivait une pente qui conduisait jusqu'à l'ouverture d'un conduit d'écoulement. Il y avait là deux corps bruns et nus, tous deux de sexe masculin, allongés sur les tables en pierre situées sur le côté gauche. Le cadavre de celle du fond n'avait plus sa calotte crânienne, on la lui avait retirée en suivant une découpe ronde et précise. On aurait dit un personnage de dessin animé dont on aurait dévissé le sommet de la tête. Son cerveau, posé sur un plateau, à hauteur de son coude, formait un monticule bien propre. Et là, sur la droite, il y avait le docteur Chopra, analyste des abysses, maître d'œuvre efficace. Il était occupé à soulever des intestins qu'il allait transférer dans un grand plateau. Sartaj détourna la tête.

— Docteur Chopra ?

— Ah, Sartaj ! Attendez, attendez.

L'inspecteur observa le mur, suivit le tracé des fissures dans le plâtre gris, jusqu'au plafond, redescendit. Puis ce furent les barreaux rouillés, à la fenêtre fermée, il les compta et jaugea leur épaisseur. Pendant tout ce temps, sur sa droite, il y eut des petits bruits de succion bien audibles, et un grincement humide. Lors de sa première visite dans le pavillon des dissections du docteur Chopra, la première d'une longue série, il s'était imposé de regarder, au motif qu'un policier devait être capable de supporter tout et n'importe quoi, de voir de quoi le monde est fait, d'un œil inébranlable, sans flancher, sans répugnance et sans fascination perverse. Et il avait vu ce que le docteur Chopra avait mis à nu ; il avait eu la force de regarder. En fait, et ce n'était pas si horrifiant que cela, juste l'horlogerie interne et complexe du corps, une machinerie fluide empreinte d'une harmonie rigoureuse et élaborée. Mais la vision l'avait suivi et accompagné dans son sommeil, cet anneau de peau plus claire au troisième doigt d'une main serrée, le tatouage tribal au menton d'une femme, les mouchetures de rouge à la lèvre inférieure d'une autre, à peine visibles, mais tout à fait caractéristiques. Il avait accumulé ces fragments de défunts, de minuscules souvenirs de leurs vies qu'il était coûteux de transporter avec soi et, en fin de compte, passant outre son orgueil de jeune homme, il avait tranché : il économiserait ses forces pour les consacrer aux affaires dont il avait la charge. Et donc il ne regardait plus.

— Terminé, fit Chopra.

Il entendit le claquement des gants de caoutchouc, et se retourna, la tête haute. Il vit le visage du mort, et le dévisagea un instant. Puis il avisa l'épaisse crinière du médecin. C'était l'homme le plus poilu qu'il ait jamais vu. Une épaisse toison noire saillait de son col jusque dans le milieu du cou, et, en ce milieu de journée, ses joues étaient déjà sombres. Il se lavait les mains dans une cuvette.

— Saab docteur, dit Sartaj, j'ai besoin de voir Gaitonde et son amie.

— Bien. Ils sont dans la chambre froide.

— L'autopsie est déjà terminée ?

— Arre, Gaitonde était un Bhai de premier ordre, n'est-ce pas ? Son amie et lui sont vite montés vers le sommet de la pile. – Le docteur Chopra s'esclaffa, d'un rire joyeux et parfaitement sincère. – Vous voulez que je demande aux garçons de nous les sortir de la chambre froide ? Mais ça ira plus vite si nous y allons nous-mêmes.

Dans le haussement des sourcils broussailleux, en surplomb de l'œil, le défi était perceptible : si tu résistes au choc, monsieur le policier. La chambre froide était l'endroit que Katekar détestait absolument. Il n'y était entré qu'une seule fois, un jour que Sartaj et lui recherchaient le corps d'un khabari. Son adjoint avait pénétré dans la pièce une main plaquée sur la bouche, avant de faire volte-face pour filer droit dehors, sous le banyan. Son chef, lui, était resté, et il avait trouvé ce qu'il cherchait. Ce qu'il avait déjà fait, il pouvait le refaire. Il eut un haussement d'épaules.

— La chambre froide ? Je n'ai aucune objection.

Un passage ombragé y conduisait, une voie tracée dans la lumière éblouissante de l'après-midi, qui effaçait tout. Sartaj cligna de l'œil, s'avança, mais maintenant il n'y avait plus moyen d'échapper à l'odeur. Ils passèrent une porte, longèrent un couloir sombre, et l'odeur lui creusa les joues. Les fenêtres étaient fermées, à cause de la chaleur, à cause de la pulsation solaire, et l'air, dans le hall d'entrée, était gorgé des exhalaisons fétides venues des deux rangées de cadavres empilés contre les murs, enveloppés dans des draps, sur deux niveaux de casiers. Les draps étaient humides et le sol, sous les casiers, était glissant, visqueux.

D'un signe de tête, il salua les employés assis au bureau, tout au bout du couloir. Il sentait un hoquet tapi dans le fond de sa gorge, et il n'avait aucune envie d'ouvrir la bouche.

— Saab inspecteur, lui dit un employé. Cela faisait longtemps.

Il était en train de lire un roman hindi, et son camarade d'écrire une lettre. Tous deux se levèrent.

Sartaj leur répondit en articulant avec précaution.

— L'odeur est encore pire que la dernière fois.

— Arre, saab, fit le lecteur de roman, attendez que les climatiseurs retombent en panne. Et là vous sentirez vraiment quelque chose.

— Attendez qu'il pleuve et que l'eau commence à suinter par les murs, renchérit l'autre avec une satisfaction considérable. Et là, vous vous amuserez vraiment.

Nous prenons un certain plaisir à songer combien tout va mal, se dit l'inspecteur, puis à imaginer qu'inévitablement, cela finira par empirer. Et pourtant, nous survivons, et la ville avance comme elle peut. Un jour, peut-être, elle tombera en morceaux, et cette pensée avait elle aussi quelque chose de gratifiant.

Le docteur Chopra adressa un signe de tête à ses assistants. La porte d'accès à la chambre froide était d'un acier scintillant, lisse et neuf, gage de haute technologie et de stérilité. Le lecteur de roman effleura la lourde poignée, porta la main à sa gorge et prononça un mantra. Il s'agrippa, se pencha en arrière, et le vantail pivota.

— Venez, fit le docteur Chopra.

C'étaient les rangées de corps en vrac dont l'inspecteur conservait le souvenir. Ils gisaient nus sur le sol carrelé, calés les uns contre les autres, une épaule chevauchant l'autre, sur toute la longueur de la salle. Chaque corps était recousu – une couture frontale, de grands nœuds aux larges boucles, faits d'un épais fil noir, là où l'on avait pratiqué l'incision lors de l'autopsie. Une peau rouillée, sombre, devenue aussi opaque, aussi épaisse que de la boue, et une toison pubienne hérissée, pétrifiée. Il ne faisait pas si froid, constata Sartaj. On appelle cela une chambre froide, mais il y a des restaurants où il fait plus frais, la salle du premier au Delite Dance Bar, par exemple. Il percevait le souffle morne, haché, de l'air conditionné.

— Les dames, c'est par là, lui signala le médecin.

Dans ce monde où la chair avait perdu tout attrait, la décence était cependant préservée. Les dames étaient empilées les unes sur les autres dans une espèce de box, sur la gauche, doté de sa propre porte métallique. Les employés y plongèrent les bras et déplacèrent les corps en tirant un coup sec, et quelque chose cogna contre la porte avec un *bong* joyeux. Sartaj s'inquiéta pour ces deux hommes, qui maniaient toute cette chair humaine sans gants ; ils allaient se laver les mains, se prit-il à espérer.

— Saab, lui glissa l'épistolier.

Ils l'avaient trouvée.

L'inspecteur recula. Ses souliers collaient au sol.

Elle présentait la longue incision rituelle, le long du torse. Ses lèvres avaient viré au blanc bleuâtre fendillé des vieilles bougies, et elles s'étaient rétractées, dévoilant les dents du haut. La photo d'autopsie versée à son dossier lui avait aplati les pommettes, gommant le nez aquilin. Mais on voyait que ce nez avait été fracturé, une petite bosselure distincte. Dans la mort, cette jeune femme était ordinaire, mais elle avait les épaules et les flancs musclés ; Sartaj se l'imagina dans une posture de danseuse, leste, rayonnante et fière de sa silhouette.

Chopra lut une longue fiche. « Femme inconnue, décédée. Un mètre cinquante-neuf, cinquante-cinq kilos, cheveux noirs, à hauteur des épaules, yeux noirs, cicatrice de dix centimètres au genou droit, a ingéré des aliments pour la dernière fois huit heures avant la mort, cause du décès : un traumatisme par coup de feu au sternum, la balle est entrée selon un angle ascendant, blessure de sortie au niveau T4, provoquant des lésions considérables aux poumons et à la moelle épinière. La mort a été instantanée. »

Mort instantanée. L'inspecteur Singh se demandait si elle l'avait vue venir, cette mort, le canon levé avec, au-dessus, l'œil écarlate de Gaitonde.

— Pas de marques distinctives, en dehors de cette cicatrice ?

— Aucune.

— Très bien, fit le policier.

Il arrivait quelquefois que le corps livre des vérités sur l'histoire du défunt, mais ici, l'histoire était brève. Cette jeune femme n'était pour ainsi dire pas marquée par la vie.

— Et ensuite, Gaitonde ? s'enquit le docteur Chopra en se retournant.

— Gaitonde. Oui.

Il suivit le médecin légiste à l'autre bout de la salle le long de l'étroite allée aménagée entre les corps. Le sol était zébré de ruissellements, coulures d'albumine de couleur claire, épaisses déjections noirâtres. Sartaj posait un pied, puis l'autre, avec précaution. Gaitonde gisait au milieu d'une rangée, impossible à différencier du reste des cadavres si ce n'est au gâchis de son crâne. Les chairs intérieures mises à nu avaient viré au noir. « Un mètre soixante-trois, soixante-quinze kilos, il a survécu à deux blessures par balle. Détail intéressant, releva le docteur Chopran, l'une d'elles est située sur le postérieur. Celle-là, le grand Gaitonde a dû la recevoir alors qu'il était en pleine course. L'autre blessure est sur l'épaule gauche, ici. »

L'inspecteur se pencha sur le gangster, et s'aperçut qu'il avait un beau profil, le front noble. Il était né pour être un roi, songeat-il, ou un sage, qui sait. Il avait dû se regarder dans le miroir, et se demander lequel des deux il deviendrait.

Le docteur Chopra se lissait les poils du dos de la main. Un climatiseur s'enclencha avec un bourdonnement sourd, une odeur fétide monta de Gaitonde et de ses semblables.

— Merci, saab docteur.

Sartaj en avait assez vu. Il se redressa et sortit d'un pas rapide. Il s'effaça devant les employés, qui soulevaient le corps de la femme décédée pour lui faire repasser la porte du box. De la lumière filtrait par les pourtours de l'embrasure et, sous cette luminosité, il vit, par terre, une pelure de chair noire tout abîmée, un petit morceau de mâchoire rattaché à trois dents. Il l'enjamba et s'enfuit vers le soleil.

— Est-ce que ça va ? s'enquit le docteur Chopra.

L'inspecteur se tenait près du banyan, une main posée contre son écorce granuleuse, et il soufflait.

— Ne pouvez-vous pas maintenir cet endroit de gaandu au froid ?

— Les climatiseurs tombent en panne, le câblage électrique est vétuste, les fusibles sautent, et la population des morts est trop importante. La morgue est trop petite.

Oui, il était injuste d'accabler le bon docteur Chopra. S'il n'y avait pas assez d'argent, trop peu d'électricité, un espace exigu et beaucoup trop de morts, ce n'était en rien sa faute.

— Désolé, doc, s'excusa-t-il.

Il eut un grand geste, un mouvement maladroit enveloppant tout. Le docteur Chopra opina avec un sourire.

— Merci, ajouta le policier.

— J'espère que les voir vous aura été utile.

— Oui, oui. Très utile.

Cependant, tout en marchant vers sa jeep, il se dit qu'il n'en était pas si sûr. À cette minute, le désir de voir les corps, qui lui avait paru si cohérent un moment auparavant, lui semblait bizarre. Qu'avait-il appris ? Il n'en avait pas la moindre idée. Tout cela n'avait été qu'une perte de temps. Il était impatient de s'éloigner de là, d'être de retour au commissariat, mais une fois arrivé devant sa jeep, il se sentit incapable de monter à bord. Il franchit un muret de demi-briques peintes pour poser le pied dans ce qui restait d'un jardin, repéra un carré de pelouse brune et desséchée et s'essuya les chaussures jusqu'à casser les brins d'herbe sous ses semelles avec force petits clics, jusqu'à apaiser son cœur enrayé.

Chez lui, Katekar trouva Shalini aux fourneaux. Elle faisait le ménage dans la maison d'un médecin, à Saat Bungla, mais rien d'autre, au contraire de certaines qui accumulaient trois ou quatre de ces boulots de jhadoo-katka. L'argent était bienvenu, mais Katekar et Shalini jugeaient indispensable qu'elle soit à la maison quand les garçons rentraient de l'école, qu'elle soit là les après-midi et en début de soirée, qu'ils puissent sentir sa présence et

qu'elle puisse garder un œil sur eux. Mais cet argent était bienvenu, vraiment. Et puis il était bon de connaître un médecin, propriétaire d'une clinique, en cas de besoin. Katekar installa son
matelas et son oreiller. Sa femme cuisinait, et il aimait la sensation de ses gestes, des gestes qui le berçaient, le tintement des
cuillers, la course folle du couteau, le bouillonnement des flammes de la cuisinière, le crépitement d'une poignée d'épices goda
masala jetée dans le plat. Il se sentait à son aise, dans l'air tranquillement brassé par le ventilateur réglé en position « lent ».
Dans la journée, il s'accordait volontiers une sieste. Il emmagasi-
nait le sommeil comme le chameau l'eau. Dans la vie d'un brigadier de police, c'était nécessaire. Il prit une longue inspiration.

Quand il se réveilla, il faisait noir dans la kholi, et dehors, dans
la ruelle, on percevait l'animation du soir. Il fit pivoter son poignet ; il était six heures et demie.

— Où sont les garçons ? demanda-t-il.

Il n'avait pas besoin de tourner la tête pour savoir que Shalini
était assise sur le seuil.

— Ils jouent, lui répondit-elle.

Il s'assit, se frotta les yeux. Il y eut un fracas métallique en provenance de la cuisinière dont elle tisonnait le feu, le visage subitement surgi de l'ombre, virant au bronze.

— Ils se disputent, remarqua-t-il, et il n'avait pas besoin de préciser qu'il ne s'agissait plus des enfants.

— Oui.

Depuis onze ans que Amritrao Pawar et son épouse Arpana
habitaient à deux kholis de là, leurs voisins pouvaient à toute
heure du jour affirmer sans grand risque de se tromper qu'ils
étaient en train de se disputer. Quatre ans après leur mariage,
Pawar avait pris une autre femme. Arpana était retournée chez ses
parents, puis elle avait reçu de son mari l'assurance qu'il avait
quitté l'autre femme, que tout était terminé. Elle était revenue,
mais ensuite, l'autre avait mis au monde un enfant, et désormais
Pawar entretenait deux foyers. Arpana et lui refusaient de rompre,
refusaient de se rapprocher ou de se séparer, et ils se disputaient,
se disputaient. Pour les voisins, l'autre femme demeurait « l'autre
femme » ; en onze ans, Arpana ne l'avait jamais appelée par son
nom, et Pawar ne parlait jamais d'elle.

131

Katekar et Shalini burent leur thé, assis face à face. Elle disposa dans un plat le kaande pohe, ragoût de légumes et d'épices qu'il appréciait, entre eux deux.

— Hier, j'ai parlé à Bharti.

Bharti était sa sœur cadette, mariée à un ferrailleur de Kurla. Apparemment, il y avait pas mal d'argent dans le ferraillage, car Bharti venait leur rendre visite avec chaque fois un nouveau sari. L'année précédente, elle était arrivée la veille du Gudi-Padwa parée de bracelets en or d'une épaisseur et d'un brillant franchement peu discrets ; elle n'était pas seulement venue chargée de guirlandes de batasha, mais aussi de grandes boîtes odorantes de puranpoli et de chirotes, pour les garçons. Katekar s'était délecté du spectacle de ses fils léchant leurs doigts luisants de sucre ; il avait observé le visage de son épouse occupée à ranger les boîtes et le nouveau sari que sa sœur lui avait apporté, et il s'était fait la remarque que la générosité pouvait être la plus subtile des armes, surtout entre sœurs. Il but une longue gorgée de thé.

— Oui ? s'enquit-il.

— Ils s'achètent la kholi d'à côté, reprit Shalini.

— Dans leur chawl ? Dans la même cour intérieure ?

— Où veux-tu que ce soit ?

La réplique avait jailli, vive et tranchante, et le regard interrogateur de son mari ne la fit pas battre en retraite. Donc, sa sœur et son beau-frère allaient abattre les cloisons, réunir les pièces, disposer d'un foyer assez vaste pour les contenir eux et leurs aspirations.

— Ils ont trois enfants, observa-t-il. Ils en ont besoin, de cet espace.

Shalini s'étrangla de rire et souleva le plat de biscuits.

— Quoi, ces petits taporis, il leur faut un palais, pour vivre ?

Elle se leva et commença de rassembler les cuillers, et le métal s'entrechoquait dans le bol qu'elle maniait.

— Depuis qu'elle est haute comme ça, Bharti est un panier percé. Ces deux-là ne réfléchissent jamais à l'avenir. Leurs enfants vont mal tourner. Attends, tu verras.

Elle adorait ses neveux et nièces, elle les couvrait de baisers et se montrait plus coulante avec eux qu'avec ses propres fils, Katekar le savait fort bien. Il attrapa sa chemise, enfila son pantalon.

Elle avait récuré la casserole, et l'avait déjà accrochée au mur. Il lui adressa un grand sourire.

— J'ai entendu une blague, hier.

— Laquelle ?

— Un jour, Laloo Prasad Yadav rencontre des hommes d'affaires japonais venus en visite dans l'État de Bihar. Les hommes d'affaires japonais lui déclarent : « Ministre en chef-ji, votre État possède de superbes ressources. Laissez-nous carte blanche pendant trois ans, et nous transformerons l'État de Bihar en un nouveau Japon. » Laloo a l'air très surpris. Il leur répond : « Et vous autres, Japonais, vous prétendez être efficaces ? Trois ans ? Laissez-moi carte blanche pendant trois jours, et je vous transforme le Japon en nouveau Bihar. »

— Pas très drôle.

Mais elle sourit quand même.

— Arre, fit Katekar, c'est simple, ta famille n'a jamais eu le sens de l'humour.

C'était un thème qu'ils revisitaient depuis des années : sa famille à lui était dépensière, mais elle aimait s'amuser, et la sienne était économe, mais ennuyeuse. Les variations autour de cette théorie englobaient les garçons, Rohit tenant de Katekar, et Mohit de sa mère. À cette minute, Shalini pensa à ses fils.

— Tu auras terminé assez tôt pour t'arrêter chez Patil ?

Patil était le tailleur qui tenait une échoppe deux ruelles plus bas, coincée dans un long bâtiment étroit qui se dressait là où, avant, il y avait un mur effondré et un caniveau désaffecté. Patil avait comblé ce caniveau, colmaté le mur, ajouté un toit, et là, il avait installé deux tailleurs à plein temps devant des machines à coudre. Il fabriquait des uniformes pour les écoliers, de bons uniformes suffisamment solides pour que Mohit puisse porter celui qui n'allait plus à Rohit.

— Pas aujourd'hui, lui répondit-il. J'irai chercher ça demain. Une culotte courte et une chemise, exact ?

— Oui, fit Shalini.

Son irritation s'était dissipée. Elle appréciait qu'il n'ait pas oublié, il le voyait bien.

Dehors, les nuages s'étageaient en somptueux gradins orangés. Il était trop tôt pour la pluie, mais il la sentait venir. Le ciel était

133

spectaculaire, mélodramatique ; pourtant, personne ne s'arrêtait pour le contempler. Il marchait d'un pas énergique, en coupant par un raccourci commode, histoire de gagner l'arrêt de bus en traversant le terrain de jeu. Il pensait au sexe. Dans les premières années de leur mariage avec Shalini, avant la naissance de Rohit, il avait multiplié les infidélités. En y repensant, cela lui faisait l'effet d'une fièvre, d'une folie, ces visites dans les dance bars et l'argent qu'il avait dépensé en filles, en chambres glauques, en taxis de nuit. À l'époque, Shalini ne valait guère mieux qu'une de ces filles, il s'enfouissait la tête dans le creux de son cou, la nuit, et il percevait dans cette manière qu'elle avait de s'agripper des deux mains à ses épaules une faim vorace, une réponse plus prudente et plus silencieuse que son avidité à lui mais pas moins insistante et pas moins farouche. Et pourtant, il allait fréquenter d'autres femmes, des randis. Il n'avait aucun motif pour cela, si ce n'est un besoin pressant qu'il éprouvait devant ces ventres anonymes et inconnus qui s'offraient sous des bas nylon bon marché. C'était une forme de folie très courante, acceptée par tous les hommes à travers le monde, et il avait eu le bon sens et la conscience de porter un préservatif – en des temps lointains où les filles elles-mêmes étaient surprises qu'il fasse attention. Après la naissance de Rohit, après avoir tenu le petit corps de son fils contre sa poitrine, éprouvé le poids énorme, inéluctable de son amour, il lui était devenu presque impossible de dépenser ailleurs son argent durement gagné. De nouvelles urgences s'étaient imposées, qui prenaient le pas sur tous les désirs : les uniformes scolaires, les livres, les chaussures, l'huile capillaire, les battes de cricket, les soirées à Chowpatty. Pourtant, même après avoir compris tout le bonheur enfantin que pouvait contenir un billet de vingt roupies, que recelaient deux kulfis au coucher du soleil sur une mer calme, malgré ses deux fils et les deux avenirs qu'il bâtissait, il était encore allé fréquenter les femmes. Mais rarement, ces femmes-là s'étaient comptées sur les doigts d'une main en deux fois plus d'années. Les hommes, soupirait parfois Shalini, il y a chez les hommes de la folie. Il se taisait, invariablement, mais il avait envie de lui répondre que cette folie résidait dans leurs os, et non dans leurs cœurs, ni dans leurs têtes. La raison ne faillit jamais, il arrive simplement qu'elle s'use, qu'elle se fatigue, qu'elle ait juste envie de s'allonger. Mais moi, je me bats pour vous.

Apparemment, le maidan accueillait une dizaine de parties de cricket, sur une mosaïque de terrains. Des joueurs ne cessaient de se croiser en tous sens. Il devait y en avoir deux cents, comme ça, qui couraient à toute vitesse sur cette étroite bande de terre jaune surpeuplée, coincée entre un nullah boueux et le mur du fond d'un shamshan ghat municipal. Katekar longeait le crématorium à ciel ouvert, son épaule droite effleurant l'embrouillamini des graffitis en volutes et des affiches déchirées. Parfois, cela le préoccupait que les jeux des enfants ne soient séparés des corps brûlés que par un mur, avec ces tourbillons de fumée déposant une cendre sale sur les terrains de cricket. Mais il fallait bien un endroit pour la crémation des morts, et la seule solution de rechange aurait consisté à jouer en bordure du basti, en plein sur la route, avec la circulation qui passait à quelques mètres de là. Enfin, ce jour-là, il n'y avait ni feux ni fumée. Il n'y avait plus de morts. Mohit était assis sur une petite éminence du terrain, à côté d'une collection de chappals. Il contemplait la mer d'un regard rêveur, heureux, et son père ressentit un pincement dans sa poitrine, quelque chose cédait en lui. Rohit était un fils à l'image paternelle : il avait confiance en lui, l'esprit pratique, souvent drôle. Mohit, lui, avec son introversion pensive, laissait Katekar inquiet, désarmé. L'ambition de Rohit et son tempérament coléreux pourraient lui valoir des ennuis, mais le petit Mohit, si sensible, qu'adviendrait-il de lui, de tant de douceur ? Katekar vint s'accroupir à son côté.

— Tu ne joues pas ? s'étonna-t-il.

— Papa.

Mohit haussa les épaules. Il se mit à se mordiller la lèvre inférieure, le regard perdu au loin, comme chaque fois qu'il se sentait mal à l'aise.

— Tout va bien, lui dit son père, avec une petite tape sur l'épaule. – Il leur avait souvent répété, à ses fils, que le sport formait le caractère. – Ça ne te faisait pas envie ?

Mohit secoua la tête, vite. Katekar avait envie de lui demander : à quoi pensais-tu, à l'instant ? Qu'est-ce que tu voyais, dans ce petit coin d'horizon aquatique, entre les immeubles ? Mais il sourit et il lui frictionna le sommet du crâne.

— Où est ton frère ?

— Là-bas.

Rohit était au lancer. C'était une balle rapide, un peu désordonnée, mais dotée d'une bonne impulsion. Le batteur la manqua totalement, c'est le gardien de guichet qui, dans le même mouvement, la rattrapa et la renvoya à Rohit. Rohit recula à petites foulées vers le guichet avec aisance, calculant déjà sa prochaine intervention. C'était un bon joueur, ça se voyait rien qu'à sa posture, cette assurance, cette facilité, sa confiance et la précision de ses gestes, quand il faisait signe à ses équipiers, pour les placer, toi sur la gauche, un peu plus, oui, là, voilà. C'est alors que Rohit s'aperçut de la présence de son père, et il s'arrêta net. Puis, un instant, Katekar le vit tressaillir, se raidir dans une expression désapprobatrice, mécontent d'avoir été interrompu, de cette ingérence de son père, de la présence de l'intrus au pas lourd. Puis il sourit et s'avança vers lui. D'un geste rond du bras, Katekar l'invita à faire demi-tour : lance ! Rohit retourna sur sa ligne tracée à la craie, devant son guichet ; il jaillit de sa course d'élan et cette fois, son lancer fut meilleur, mais la balle était trop longue. Et la suivante trop courte.

Katekar se leva.

— Mohit, s'écria-t-il. Ne rentre pas trop tard à la maison. Étudie bien. On se reverra demain.

— Oui, papa, lui répondit son fils.

Après une petite pression de la main sur l'épaule, il s'éloigna sans tarder. Il était tenté de tourner la tête pour voir Rohit jouer le coup suivant, mais il s'en abstint.

Le sous-inspecteur Kamble se joignit à eux pour la descente du Delite Dance Bar.

— Je serai votre infiltré, s'exclama-t-il, et il rit de sa propre blague.

Le personnel du Delite, en effet, le connaissait encore mieux qu'il ne connaissait leurs danseuses. Il s'installait toujours dans un box de première catégorie, en plein centre, en face de la piste de danse, et ils lui offraient toujours de petites compensations. Dans le fourgon, en route pour le Delite, il se montrait d'humeur radieuse, et il sortait ses blagues. « Comment s'y prendre, pour faire rentrer trente Marwaris dans une Maruti 800 ? Tu jettes un billet de cent roupies à l'intérieur. »

Les agents assis dans le fond, dont deux femmes, éclatèrent de rire.

— Qu'est-ce qui te rend si joyeux, Kamble ? C'était combien, le score du jour ?

Kamble secoua la tête d'un air pincé, avant de retrouver sa jovialité. Et ils roulèrent au son de ses rires. Une fois au dance bar, ils garèrent le fourgon puis, après avoir attendu l'heure convenue, Kamble sortit du bâtiment avec un whisky allongé d'eau. Il entraîna Sartaj à l'écart des agents, un peu plus loin dans la rue. Il sentait fort, un parfum musqué d'après-rasage, il portait un T-shirt Benetton aux manches à rayures vertes rentré dans un blue-jean. Il leva un pied après l'autre en arquant le dos, pour exhiber une paire de chaussures de jogging multicolores d'une complication impressionnante.

— Super classe, ces pompes, non ? s'écria-t-il.

— Super. Importées ?

— Oui, chef. Des Nike.

— Très chères.

— Cher, tout est relatif. Quand on a de l'argent en poche, la dépense diminue d'autant. Pas un sou en poche, et la dépense grossit d'autant.

— Et il est arrivé jusque dans ta poche, cet argent ?

Kamble considéra son supérieur un instant, tête baissée sur son verre.

— Supposons…, fit-il. Supposons qu'un jeune et brillant officier de police ait eu un khabari, un khabari très utile qui rapportait des informations, pas souvent mais toujours du solide, ekdum solide.

— Comment cela, quel khabari ? Qui ?

— Peu importe le khabari. Pas grave. Ce qui est important, c'est que ce jeune officier de police judiciaire si intelligent a reçu un tuyau, ce matin même : un voleur à la petite semaine, un dénommé Ajay Mota, avait un lot de téléphones portables cachés dans sa kholi. Du matériel flambant neuf, vous comprenez, ramassé à l'occasion d'un cambriolage, trois jours plus tôt, dans une boutique, à Kurla.

— Très bien. Donc cet officier de police se rend sur place et il arrête Ajay Mota ?

— Non, non, non. Ce serait trop simple, chef. Non, ce khabari sait où habite Ajay Mota. Mais le policier ne le ferre pas, pas encore, ce salopard. Non, il investit un peu de temps dans l'affaire, il s'habille en civil, il emmène le khabari avec lui, il va attendre devant le basti d'Ajay Mota et il obtient que le khabari lui désigne la crapule à sa sortie, un sac sur l'épaule. Il court un risque, c'est évident… et si Ajay Mota était parti dans une autre direction ? Mais non. L'officier de police plante là le khabari, et il suit Ajay Mota. Encore une prise de risque, cette filature, avec la circulation chargée. Pas facile, mais l'officier de police a une moto, et Ajay Mota est en voiture. Donc, la voiture de l'apradhi roule une dizaine de minutes, et puis l'apradhi en descend, il entre dans une boutique. Vingt minutes plus tard, il en ressort, son sac sur l'épaule. Cette fois, l'officier de police lui met la main dessus, khata-khat, il l'empoigne par le col, il lui exhibe un revolver, deux claques, tu es en état d'arrestation, bhenchod, tu veux coopérer ? Ensuite, sans transition, l'officier de police le fait entrer dans la boutique, le pousse dans le fond, et là, il y a le receleur, une panoplie de téléphones portables étalés devant lui. Donc, le policier cumule deux arrestations, les biens volés sont récupérés et, dans le sac d'Ajay Mota, il trouve quarante mille roupies.

— Quarante mille seulement ? Combien de téléphones y avait-il en tout ?

Kamble éclata de rire, vida son verre, en recueillit les dernières gouttes, la langue dardée. Il était très content de lui.

— Peu importe combien de téléphones il y avait, Sartaj Saab. L'important, c'est qu'on a capturé les méchants, lui répliqua-t-il, en se redressant bien droit, et en agitant le doigt. J'ai besoin de remplir mon verre, chef. De me resservir, encore et encore.

Et il s'éloigna, en fredonnant.

Ils effectuèrent leur descente, et Sartaj songea au triomphe de Kamble. Le sous-inspecteur avait raison : on avait capturé les méchants. Kamble lui-même avait ramassé un bon paquet de liquide, sans doute la moitié de ce que contenait le sac, avec un ou deux portables en prime, pourquoi pas. L'argent, c'était sa récompense pour son excellent travail de policier, pour sa vigilance et la prise de risque. Il s'était bien débrouillé, en cette journée, et il fêtait ça. Il le méritait.

En tant que telle, la descente se déroula dans la discipline. Shambhu avait placé les cinq filles en rang, dans son bureau, où elles attendaient leur arrestation. Elles mangeaient des payas, échangeaient des blagues sur les policiers et leurs gros bâtons pendant que leurs collègues sortaient attraper leurs taxis attitrés pour rentrer chez elles. Elles formaient un groupe clinquant, tapageur, des jeunes pour la plupart. Certaines d'entre elles étaient franchement jolies, avec leur maquillage format grand écran, et toute la fierté du monde se lisait dans la courbe racée des hanches.

Shambhu vint vers Sartaj, suivi par Kamble, en retrait de quelques pas. Ils étaient amis, à peu près du même âge, tous deux culturistes, mais là où Shambhu était mince et découplé, Kamble était massif, taillé en volumes et en saillies.

— Très bien, saab, fit Shambhu. Arrêtez tout ce que vous voudrez.

Une des policières se tenait près du fourgon, les autres ouvrirent la porte du Delite, et firent l'appel. Les prévenues sortirent dans la rue, se regroupèrent à l'arrière du panier à salade, grimpèrent dedans en un mouvement chaloupé, leurs hauts talons luisant dans la lumière rouge de l'enseigne au néon du Delite.

— À propos... et cette marche, ça tient toujours ? lança Katekar à Shambhu.

— Expédition, rectifia le gérant. Une marche, c'est quand on va chez le vendeur de paan, au coin de la rue.

— Expédition, d'accord, et alors, tu pars ?

— Demain.

— Ne va pas tomber.

— On est plus en sécurité là-bas qu'ici, chef.

Sartaj observa Kamble, qui fredonnait. Il se tenait les pieds très écartés, les épaules en arrière, les coudes dégagés. Il le contourna.

— Tu feras part de mon commentaire à ce jeune officier. Du bon travail.

Kamble eut un grand sourire.

— Je le lui dirai, chef.

Il se remit à fredonner, et cette fois Sartaj reconnut la chanson : *Kya se kya ho gaya, dekhte dekhte*. « Je ne peux plus rien cacher. » Kamble leva les bras, baissa la tête d'un coup sec et enchaîna quelques pas de danse. *Tum pe dil aa gaya, dekhte dekhte*. « Ce cœur est fou de toi. »

— On y va, fit l'inspecteur. Tu nous accompagnes ?

— Non, répondit l'autre. – Par-dessus son épaule, d'un mouvement de la tête, il désigna le Delite, derrière eux. – J'ai un rendez-vous.

On n'avait pas arrêté toutes les filles du dance bar, et toutes n'étaient pas rentrées chez elles.

— Amuse-toi bien, lança Sartaj.

— Toujours, chef.

L'inspecteur frappa un coup sourd contre le flanc du fourgon, et ils démarrèrent. Il entendit la voix de Shambhu, dans son dos.

— Sartaj Saab, vous pourriez vous amuser un peu, vous aussi, cher monsieur. Vous devriez, une fois de temps en temps. C'est bon de s'amuser.

Et Kamble de s'esclaffer, Sartaj l'entendait de l'extérieur.

Une fois au poste, ils s'aperçurent qu'ils avaient arrêté six danseuses, et non cinq. Elles étaient assises en rang sur un banc, dans la salle de garde à vue, et Sartaj vit que la sixième était Manika. Elle baissa la tête d'un air faussement timide, et le regarda de ses yeux noirs, et les autres filles éclatèrent de rire. Il respira à fond et sortit de la pièce.

— S'amuser… Ce doit être ce que Kamble et Shambhu entendent par là, glissa-t-il à Katekar.

— Je n'ai rien à voir là-dedans, chef.

Son adjoint avait l'air tout à fait sérieux, et il le crut.

— Envoie-les-moi une par une, lui souffla-t-il. Je vais m'installer là-bas.

— Oui, chef.

Katekar resta posté près de la porte, et les policières amenèrent les filles à Sartaj, l'une après l'autre, avant de se retirer elles aussi vers la porte. L'inspecteur nota leurs noms : Sunita Singh, Anita Pawar, Rekha Kumar, Neena Sanu, Shilpa Chawla. Elles déclinèrent bien volontiers leur identité, se montraient détendues, en rien perturbées par sa présence. Jusqu'au moment où il sortit l'album de photos de Gaitonde, pour en tourner les pages, une à une. Tout à coup hésitantes, elles secouèrent la tête chacune leur tour, l'air déterminé, le visage vide de toute expression.

— Non, non, non, lança Shilpa Chawla devant les poses aguicheuses prises sous éclairage tamisé.

— Regarde donc le cliché avant de me répondre, lui ordonna Sartaj. – Il tapota de l'index sur l'image d'une jeune femme coiffée d'un chapeau bleu. – Regarde-la.

— Je ne la connais pas, insista Shilpa Chowla, la mâchoire crispée. – Quand il lui montra la photo de la morte, qu'il avait gardée pour la fin, elle se redressa sur sa chaise et croisa les bras. – Pourquoi vous me posez ces questions ? Pourquoi vous me montrez tout ça ? Je ne sais pas qui c'est, moi.

Shilpa Chowla, avec son pseudonyme de star – et même de deux stars, Shilpa et Chowla –, avait l'air dégoûté, rageur, effrayé. Mais Sartaj n'avait aucune preuve qu'elle lui mentait.

— Très bien, dit-il, en s'adressant à Katekar. Envoie-moi Manika.

Elle était plus âgée que les autres, au début de la trentaine, sans doute, même s'il fallait l'observer de très près pour s'en apercevoir. En fait, ce qui trahissait son âge, c'était cet aplomb un peu las, la franche rectitude de son dos et sa manière de s'adresser à lui sans détour. Près de la porte, Katekar et les policières échangeaient des sourires, et l'inspecteur s'estimait heureux qu'ils soient tous trop loin pour entendre sur quel ton cette Manika s'adressait à lui.

— *How do you do ?* commença-t-elle.

— J'ai quelques questions à vous poser, madame, lui répliqua-t-il, en hindi, sur un ton sec.

— Posez toujours, répliqua-t-elle.

Elle était très brune de peau, mince, très grande, peut-être un mètre soixante-dix, et pas exactement jolie, mais elle avait des fossettes, le menton impertinent, des yeux vifs, et elle le mettait mal à l'aise.

— Connaissez-vous ces femmes ?

Elle feuilleta les pages de l'album, en étudiant attentivement chaque photo.

— Oh ! s'écria-t-elle à la troisième, quel corsage horrible ! Regardez-moi ces manches à volants, on dirait un joker. Jolie fille, remarquez. Il faudrait que quelqu'un lui apprenne à s'habiller.

— Vous la connaissez ?

— Non. – Elle lui prit le reste des photographies des mains, se cala contre le dossier de sa chaise. Elle portait un ghagra-choli noir, brodé d'argent au point que l'étoffe fine du choli avait une allure de cotte de mailles. Elle était la seule à s'être fait embarquer dans sa tenue de danseuse. – Qui sont ces femmes, saab inspecteur ? – Elle reprenait son attitude faussement sage. – Des filles avec qui vous voulez vous lier d'amitié ?

— En connaissez-vous ?

Elle garda le silence, et cessa de remuer les mains. Il comprit que son regard s'était arrêté sur la morte.

— Et elle, est-ce que vous la connaissez ?

Elle secoua la tête.

— Si vous la connaissez, il faut me le dire, c'est très important.

— Non, je ne sais pas qui c'est. Que lui est-il arrivé ?

— Elle a été assassinée.

— Assassinée ?

— Abattue d'une balle.

— Par un homme ?

— Oui, par un homme.

Elle reposa les clichés, face contre le bureau.

— Par un homme, bien sûr. Parfois, je ne comprends pas ce qui nous attache tant à vous. Franchement, je ne comprends pas.

De sa place, l'inspecteur percevait le bourdonnement du tube au néon dans le couloir et des bruits de pas au-dehors, dans la rue, devant l'immeuble.

— Vous avez raison, dit-il. Moi non plus, la plupart du temps, je ne comprends pas.

Elle haussa le sourcil avec un scepticisme approbateur, dénué d'hostilité, juste une sorte d'incrédulité lasse.

— Je peux y aller, maintenant ? demanda-t-elle d'une voix feutrée.

— Oui. Quel nom dois-je inscrire ?

— Celui que vous voulez.

Il commença de noter, mais quand elle se leva, il s'interrompit. Elle se retourna, son chunni glissa de son épaule, et il vit que le choli était maintenu par des lacets noirs dénudant les contours gracieux de ses omoplates et la longue colonne brune de son dos. Sur la piste de danse, se dit-il, elle devait enchaîner les pirouettes et lancer par-dessus l'épaule des éclairs de ces yeux-là aux hommes installés dans leurs boxes, qui la dévisageaient depuis l'obscurité.

— Je vais vous dire, ajouta-t-elle sur le seuil.

En quatre pas, de son siège à la porte, elle avait retrouvé ce sourire insolent, cette ironie enjouée.

— Me dire quoi ?

Elle revint au bureau, tourna les photographies, négligea celle de la morte, en écarta d'autres d'une chiquenaude de son ongle long et rouge, tout en maintenant son chunni bien fermé de l'autre main.

— Celle-ci, fit-elle.

— Oui, eh bien ?

— Il faudra être très gentil avec moi, le prévint-elle. Elle se nomme Kavita, en tout cas c'est comme ça qu'elle se faisait appeler quand elle dansait au Pritam. Elle s'est dégotté des rôles dans des clips vidéo, et elle a arrêté de danser. Ensuite, j'ai entendu dire qu'elle était dans une série. Après avoir décroché cette série, elle est partie habiter à Andheri Est, dans une location. Elle a eu beaucoup de chance, cette Kavita. Il n'y a pas des masses de filles parmi nous qui vont aussi loin. Pas une sur mille. Pas une sur dix mille.

— Kavita. Vous êtes sûre que c'est elle ? C'est son vrai nom ?

— Évidemment que je suis sûre. Et pour ce qui est de savoir si c'est son vrai nom, il faudra le lui demander à elle. Alors, vous allez être gentil avec moi ?

— Oui, bien sûr.

— Vous mentez, mais vous êtes un homme, donc je vous pardonne. Vous savez pourquoi je vous l'ai dit ?

— Non.

— L'homme qui a commis cet acte est un rakshasa. Et ne faites pas trop le fier, vous en êtes un, vous aussi. Mais vous au moins, vous allez peut-être le choper, ce rakshasa. Et le punir.

— Peut-être, acquiesça-t-il.

Ils l'avaient déjà chopé, l'homme qui avait commis cet acte, et pourtant, il leur avait échappé et, s'agissant du châtiment, il n'avait jamais eu trop de certitude, car cela lui paraissait toujours trop ou trop peu. Je les attrape parce que c'est mon métier, ils m'échappent parce que c'est le leur, et cela n'empêche pas le monde de tourner. Mais il ne servait à rien d'expliquer cela à Manika. Et il se contenta donc d'un « merci ».

Après son départ, après qu'ils les eurent toutes embarquées dans un fourgon et renvoyées chez elle, il déposa son adjoint au coin de Sriram Road, pas trop loin de chez lui. Katekar porta la main à sa poitrine, en guise de salut.

— À quoi ça ressemble, un rakshasa ? demanda Sartaj.

Katekar se pencha, s'accouda à la fenêtre.

— Je ne sais pas, chef. À la télévision, ces démons ont de longs cheveux noirs, des cornes. Et parfois des dents pointues.

— Et ils dévorent les humains ?

— Je crois bien que c'est leur occupation principale, chef.

Ils rirent ensemble. Ils avaient passé la journée à travailler, ils avaient un peu progressé dans leurs enquêtes, et donc ils étaient contents.

— Ce serait sympa de disposer de ce genre d'armes, nous aussi, pour certains interrogatoires, reprit Singh. Des cornes, et des dents de loup.

Mais sur le chemin de son domicile, il songea qu'à en juger par la peur des gens qu'ils interrogeaient, il aurait pu en avoir sans le savoir, de ces canines surdimensionnées. C'était l'uniforme qui les terrifiait, qui faisait remonter à la surface des histoires de brutalités policières accumulées sur des générations. En présence d'un policier, même ceux qui venaient quérir de l'aide s'exprimaient avec prudence, et ceux qui n'en avaient pas besoin se répandaient malgré tout en amabilités excessives, au cas où. Les policiers étaient des monstres, des êtres à part. Mais un jour, Parulkar s'était confié :

— Nous sommes des bons qui doivent jouer les méchants pour tenir en respect ce qu'il y a de pire, chez les hommes. Sans nous, il ne resterait plus rien, il n'y aurait plus qu'une jungle.

Sartaj roulait. Un brouillard jaune et bas flottait derrière les bâtiments. Les rues étaient tranquilles. Il s'imaginait des citoyens dans leur sommeil, par millions, en sécurité, une nuit de plus. Cette image lui procura une certaine satisfaction, mais pas autant que jadis. Il n'aurait su dire si c'était parce qu'il était de plus en plus rakshasa – ou de moins en moins. Enfin, il avait un travail à accomplir, et il ne s'y dérobait pas. Pour l'heure, il avait besoin de sommeil. Il rentra chez lui.

Ganesh Gaitonde acquiert de la terre

Je me suis approprié la terre située entre N.C. Road et la colline. Tu connais le basti de Gopalmath, en partant de N.C Road, toute la montée, jusqu'en haut de la colline, et sur six kilomètres de large, de Sindh Chowk jusqu'à G.T. Junction ? À l'époque, c'était désert et vide, juste un champ de mauvaises herbes et de broussailles – et un terrain municipal. Le gouvernement en était propriétaire, autant dire personne. Je me le suis approprié.

Tu sais comment on procède, Sartaj. C'est facile. Tu paies trois chutiyas de la municipalité, tu leur graisses la patte comme il faut et ensuite tu liquides le dada local, qui s'imagine avoir droit à un pourcentage de ton opération, comme si c'était un privilège acquis à la naissance, à ce bhenchod. Voilà. Ensuite, la terre est à toi. Je l'ai prise, et elle était à moi.

J'avais vendu mon or, et j'avais de l'argent. Paritosh Shah, en bon gros Gujarati qu'il était, m'a conseillé de mettre tout mon argent liquide dans des affaires : d'acheter par-ci, de revendre par-là. « Je peux te faire doubler le tout en moins d'un an, il m'assurait. Te le tripler. » Il savait parfaitement combien j'avais, puisqu'il m'avait acheté mon or, la totalité.

Je l'ai écouté, élégamment affalé sur son gadda, un coussin sous l'épaule et un autre sous les genoux. J'ai réfléchi, mais je savais, dans la moelle de mes os, que si on ne possède pas de la terre, on n'est rien. On peut mourir pour de l'amour, on peut mourir pour de l'amitié, on peut mourir pour de l'argent, mais en fin de compte, la seule vraie chose qui compte, dans le monde, c'est la terre. La terre, on peut se reposer sur elle. Je lui ai dit : « Paritosh Bhai, je te fais confiance, mais laisse-moi suivre ma propre voie. » Il m'a pris pour un sot, mais cette terre, je l'avais vue, je l'avais arpentée en tous sens, et je savais que c'était l'emplacement idéal, près de la route et pas si loin que ça de la gare. Donc on a versé de l'argent à la municipalité, à un employé et à deux fonctionnaires, et la terre a été à moi. Je pouvais bâtir dessus.

Ensuite, il y a eu le problème Anil Kurup. On avait fait dégager les broussailles, mon entrepreneur avait attelé ses hommes au creusement des fondations pour les kholis, et on attendait un camion plein de ciment. Les gars d'Anil Kurup ont intercepté le camion sur la grand-route, ils l'ont conduit un ou deux kilomètres plus loin, au village de Gopalmath. On n'a jamais vu arriver le ciment. À la place, ils nous ont envoyé un bout de papier avec un numéro de téléphone inscrit dessus. « Tu es un bachcha débarqué de nulle part, m'a hurlé Anil Kurup quand j'ai appelé. Et tu t'imagines que tu vas pouvoir entrer comme ça dans mon village et me cracher à la figure. Maderchod, ici, pas une poule ne se vend sans que je sois au courant. Je vais te flanquer un camion de ciment sur le gaand et te réexpédier dans le caniveau d'où tu sors. » J'ai gardé mon calme et je lui ai tranquillement demandé une journée de réflexion. Il m'a injurié de plus belle et, à la fin, il m'a prié de le rappeler le lendemain. Il avait raison, évidemment. Il avait grandi à Gopalmath, et ce coin était le sien, pas de doute là-dessus, il y régnait en roi. Il n'y avait pas grand-chose, dans son raj, juste quelques échoppes, un ou deux garages, mais tout lui appartenait.

Quatre jours plus tard, je suis allé le voir à Gopalmath. Je me suis fait accompagner par Chotta Badriya. Tu te souviens de ce grand sbire de Badriya, le costaud qui servait de garde du corps à Paritosh Shah ? Ce Badriya avait un petit frère. En fait, il s'appelait Badrul-Ahmed, et le nom de son frère aîné, c'était Badruddin – je ne sais trop quel pir, quel prêtre soufi avait conseillé à leur père de donner à tous ses fils des noms commençant par « Ba » pour garantir leur réussite et leur bien-être. Donc ils possédaient ces noms à rallonge, mais pour nous, ils étaient juste Badriya et Chotta Badriya. Badriya et moi, on se voyait chaque fois que j'allais rendre visite à Paritosh Shah, et on s'appréciait. Si bien que, quand j'ai lancé mon projet, il m'a demandé de prendre son frère cadet sous mon aile, de lui mettre le pied à l'étrier. En réalité, ce Chotta était plus grand, encore plus grand que son grand frère, une vraie montagne. Et un bon garçon, bien élevé et obéissant, donc j'étais content de l'avoir avec moi. J'ai dit à son frère : « Il suffit que tu me le demandes. »

Cet après-midi-là, face à Anil Kurup, il s'agissait de conserver mon bien. Chotta Badriya et moi, on est entrés à pied dans Gopalmath, et à l'époque, ça se limitait à une petite décharge triste, une rue « kachcha » – amas d'abris provisoires devenus permanents, entourés de palmiers et de champs, avec quelques boutiques dans la rue principale. Anil Kurup nous attendait sur l'arrière d'un dhaba, un petit restau en retrait de la rue principale, et à l'époque, le seul endroit de Gopalmath équipé du téléphone.

Ses gars nous ont fouillés, délestés de nos ghodas, l'air très impressionnés ; à mon avis, ils ne s'étaient pas attendus à ce qu'on soit armés de pistolets. Ils étaient cinq. Ils nous ont conduits dans la pièce du fond, on a franchi une porte, en passant devant d'énormes karhais remplis de puris et de bhajiyas en train de frire. Anil Kurup était assis à une table, devant une bière. À deux heures de l'après-midi, ce vilain salopard avait les yeux rouges et il rotait. Il avait des lèvres épaisses, les cheveux qui lui retombaient sur le front, des chappals blancs aux pieds. J'ai posé un paquet sur la table, vingt mille en espèces, enveloppés dans un journal.

— Pas assez, il a décrété.

— Bhai, je t'apporte le reste bientôt, la semaine prochaine, je te promets. Et si j'avais su, je t'aurais déjà apporté cette partie-là plus tôt.

— Quel genre de bhenchod sans cervelle tu es, toi ? il m'a répliqué. Avant de débarquer quelque part et de te mettre à creuser, tu te renseignes pas ?

— Désolé, j'ai dit.

Et j'ai haussé les épaules, je me suis fait tout petit, je me suis fait impuissant.

Alors là, il a rigolé, en postillonnant de la bière sur la table.

— Asseyez-vous, il a fait. Tous les deux. Prenez une bière.

— Pour moi, juste un peu de thé, Anil Bhai.

— Si j'offre une bière, tu prends une bière.

— Oui, Anil Bhai.

Et il a encore rigolé, et ses trois gars, qui n'avaient pas quitté la pièce, ils ont ri aussi. Ils nous ont apporté de la bière, une bouteille chacun, et des verres, et on a bu.

— Tu es d'où, toi, bachcha ?

— De Nashik.

— Maintenant que tu es à Mumbai, il va falloir que tu arrêtes tes bêtises, va falloir que tu comprennes comment ça marche, il m'a dit. Tu ne peux pas te contenter de débarquer et de te comporter comme un chutiya, sinon tu vas finir la cervelle tartinée sur la chaussée.

— Oui, Anil Bhai, j'ai dit. Il a absolument raison, Badriya, j'ai ajouté. Il faut qu'on écoute les conseils d'Anil Bhai.

À ce stade, Anil Kurup était déjà gonflé comme un crapaud, bouffi de condescendance paternelle.

— Arre, va nous chercher de quoi manger, des bhajiyas, il a ordonné. Et rapporte-nous aussi des œufs.

Deux des gars se sont mis au garde-à-vous et ont filé. Ça nous en laissait encore un, appuyé contre le mur, sur ma droite.

— Bhai, il faut que je te demande un conseil, j'ai dit.

— Demande, demande.

— C'est à propos de la municipalité et de l'eau.

Et je me suis gratté le nez. Juste à cet instant, Chotta Badriya a renversé sa bière, un coup de coude dans la bouteille, et elle a valsé de la table.

— Maderchod, il s'est exclamé, et il s'est penché vers le sol.

Subitement, il s'est redressé, et s'est projeté en avant, vif comme l'éclair, son bras a filé de l'autre côté de la table, si vite qu'on n'a rien vu et, l'instant d'après, Anil Kurup basculait en arrière dans son siège, un manche en bois lui sortant de l'œil droit.

J'avais une bouteille en main. Je l'ai fracassée dans la figure du gars, sur ma droite. Il a glapi, il s'est agrippé le visage, je me suis précipité devant lui, j'ai claqué la porte, fait coulisser le verrou et plaqué l'épaule contre le panneau de bois. Je savais qu'aucun des gars d'Anil Kurup n'avait de pistolet, et nos ghodas n'étaient pas chargés, donc il n'y avait pas de danger qu'une balle traverse la porte, juste les sbires d'Anil Kurup tapant et braillant derrière.

— Stop ! je leur ai hurlé. Stop ! Prashant. Vinod. Amar. Il est mort. Anil Kurup est mort. Et mes gars sont dehors, alors vous

149

pouvez toujours nous tuer, mais ils vous tueront tous après. Je connais vos noms. Je vous connais tous par vos noms, et mes gars savent qui vous êtes. Vous pouvez toujours nous choper, mais ils vous tueront, tous. Recule donc d'un pas, Amar, et réfléchis. Il est mort.

Anil Kurup était mort, du sang lui suintait de la joue. Certes, ils nous avaient délestés de nos pistolets, mais ils n'avaient pas fouillé plus loin, et ce que Chotta Badriya avait conservé, glissé dans sa jambe de pantalon, c'était un de ces pics à glace avec un manche en croix ; il avait gardé cet instrument sous la jambe gauche de son pantalon, collé à l'intérieur du mollet par trois bouts de sparadrap. Il était trop fort, ce Chotta Badriya, il avait planté son instrument droit dans le globe oculaire d'Anil Kurup, le lui avait enfoncé de tout son poids, de tous ses muscles. Très rapide, il était, et ils n'auraient rien pu tenter contre ça. Si ce n'est qu'après coup, une fois l'autre mort, ils auraient pu essayer de nous tuer. Mais je leur ai causé, je les ai calmés. Je leur ai promis de les rendre riches, je leur ai expliqué qu'Anil Kurup était un salaud et un crétin, qu'il les volait, et depuis des années, qu'il les trompait, et maintenant qu'il était mort, ce serait de leur part une folie de vouloir mourir pour lui. S'ils tentaient quoi que ce soit contre nous, ils mourraient, c'était sûr, car mes garçons avaient juré de me venger. Je leur ai conseillé de regarder dehors, et en effet, il y avait six de mes gars postés en rang de l'autre côté de la rue.

Nous sommes sortis de là en vie, Chotta Badriya et moi, non sans avoir récupéré nos pistolets, glissés sous nos chemises.

— Toi, Ganesh Bhai, tu sais parler, m'a fait Chotta Badriya une fois Gopalmath loin derrière nous.

Et puis il a rigolé, au point qu'il a été forcé de s'arrêter au milieu du chemin, tête baissée, les deux mains posées sur les genoux, en train de rigoler. Je lui ai flanqué une tape dans le dos, et j'avais le sourire. On y était arrivés. On y était vraiment arrivés, Sardar-ji. Demande à n'importe qui de te raconter l'histoire de Ganesh Gaitonde et ils commenceront par là, par cette scène, dans ce dhaba de Gopalmath. Je sais que la manière dont je m'y suis pris pour éliminer Anil Kurup a été racontée tant et tant de fois qu'elle ne semble même plus véridique. L'histoire a été reprise dans cinq films différents et, dans le dernier en date, c'est moi qui le tue... enfin, le personnage censé être moi... avec un petit pistolet scotché contre sa cheville. Mais en réalité, c'est ainsi que ça s'est passé. En réalité, en vérité, cela s'est passé comme ça, malgré toute la fausseté dont l'histoire s'est imprégnée à force d'être racontée et répétée.

La nouvelle de ma victoire contre Anil Kurup s'est répandue dans les localités avoisinantes et, petit à petit, les gens sont venus me voir, pour arranger leurs problèmes, leur donner travail et protection, pour les aider à traiter avec la police et avec le gouvernement local. Ma guerre contre lui avait été courte, décisive, et peu après, je me suis rendu compte que j'avais mené cette lutte non seulement pour défendre mon territoire, mais aussi pour établir ma légitimité. Désormais, j'étais reconnu comme Ganesh Gaitonde de Gopalmath, et personne ne pouvait plus me contester le droit de rester dans la ville. C'était ma réussite, à plus d'un titre.

Mais pourquoi un tel succès ? J'avais gagné parce que, avant d'entrer dans la maison d'Anil Kurup, je connaissais tout de lui. Je connaissais son histoire, sa force, ses armes, les noms de ses séides, et je savais depuis combien de temps ils opéraient avec lui. J'avais pris le temps d'enquêter sur le personnage, de l'étudier, et lui... ce gaandu arrogant... il ne savait rien de moi. Donc j'ai gagné. Mais pourquoi Chotta Badriya m'avait-il suivi dans la gueule de la mort incarnée ? Il me connaissait à peine, et il savait à quel point mon plan était risqué, insensé. Pourtant, il m'a accompagné. Il est venu avec moi, je te dis, parce que je lui en ai donné l'ordre. La plupart des hommes veulent être dirigés, et ils sont très rares, ceux qui peuvent diriger. J'avais un problème, j'étais face à un choix, et j'avais pris ma décision. J'avais tranché, et du coup, Chotta Badriya et les autres m'ont suivi. Ceux qui sont incapables de trancher sont de la glaise entre les mains de ceux qui savent. J'ai pris mes gars et je les ai façonnés, ils sont devenus mon arme, aussi dure que le diamant, et j'ai construit ce basti de Gopalmath. Je n'ai pas lésiné sur les matériaux de construction, nous avons construit des kholis robustes, spacieuses et très puccas, nous les avons érigées en respectant les plans. Rien qu'à les voir, rien qu'à tâter cette brique et ce plâtre costauds, on voyait que c'étaient des maisons construites pour durer, que ces ruelles échapperaient aux inondations, même sous les pires moussons. La nouvelle s'est répandue : Ganesh Gaitonde ne dilue pas le ciment avec du sable, il vous en donne pour votre argent.

Gopalmath s'est vite rempli, les citoyens faisaient la queue pour ces kholis bien avant que nous les ayons construites, avant que nous n'ayons dégagé le terrain, avant, même, que nous n'ayons imaginé ces rangées de maisons. Le basti s'étendait d'un bout à l'autre de la rue, s'élevait à flanc de colline, donnait l'impression de croître de jour en jour. Dès le début, nous avions des dalits et des membres des basses castes, des Marathas et des Tamils, des brahmanes et des musulmans. Les communautés avaient tendance à se regrouper, à s'agglutiner ruelle par ruelle. Les gens préfèrent vivre avec ceux qui leur sont familiers, qui leur ressemblent. Parmi les millions de la multitude, au milieu de la grande cité, dans cette jungle où un homme peut perdre jusqu'à son nom et se transformer en un autre que lui-même, le plus humble des humbles recherche son semblable, et vivra avec lui sa misère noire et sordide, fièrement, en public. J'ai vu tout cela, et j'ai trouvé cela étrange, que pas un homme sur des milliers n'ait le courage de vivre seul. Mais c'était bien. Ils se regroupaient, se massaient, et c'est parmi eux que j'ai sélectionné les garçons qui ont formé ma compagnie. La Gaitonde Company, comme elle s'appelait, ou G-Company, et nous sommes vite devenus célèbres. Pas dans les journaux, pas encore, mais dans le nord et l'est de Mumbai. Les habitants des bastis nous connaissaient, et la police, et les autres compagnies.

Ensuite, les mères sont venues me voir.

« Ganesh Bhai, un emploi à la poste, pour mon garçon », me demandait l'une. « Installe-le quelque part, Ganesh Bhai, me suppliait une autre. Tu es le mieux placé. » Elles voulaient des emplois, et de la justice, et des bénédictions. Et je leur ai donné tout cela, et de l'eau, et de l'électricité grâce aux câbles qu'on tirait depuis le réseau, sur la grand-route. J'habitais dans une maison pucca au pied de la colline de Gopalmath. Elle avait deux chambres et un grand couloir central, et, chaque matin, sur les marches, devant la maison, une foule se regroupait, des quémandeurs, des suppliants, des demandeurs, et, oui, des fidèles dévoués. Ils venaient réclamer toutes sortes de choses, incliner la tête devant moi. « Nous voulions juste avoir ton darshan, Ganesh Bhai, une vision sacrée de toi », me disaient certains, et je leur offrais cette vision de moi, et eux, ils me scrutaient, et ils refermaient les mains, et ils se retiraient après avoir fait provision de bienveillance contre les désastres inéluctables du futur. Leurs bénédictions me parvenaient, et l'argent, le cash des boutiquiers, des négociants, des gérants de garages et des propriétaires de dhabas du quartier, et nous les protégions, eux et leurs établissements. Des hommes d'affaires englués dans des querelles et des disputes venaient me voir, j'écoutais toutes les parties en présence et je rendais une décision, un jugement rapide et équitable dont l'application était garantie par mes garçons, par la force si nécessaire, et en échange de ce mandvali auquel j'étais parvenu, pour leur avoir épargné des procédures inutiles et sans fin devant les tribunaux, les parties concernées me versaient un pourcentage sur la valeur du litige, à titre d'honoraires. L'argent entrait et sortait, sans cesse. Huit mois plus tard, il y avait déjà trente-huit personnes qui émargeaient sur mes registres de paie, des gros bras pour fracasser les têtes, oui, mais pas seulement, car il y avait aussi des garçons de course et d'autres qui veillaient sur les personnels, les wallahs de la police, les wallahs de la municipalité, et les wallahs de l'électricité. Au fond de moi, je comprenais une chose que Paritosh Shah ne m'avait jamais enseignée : pour gagner de l'argent, il faut en dépenser. J'entretenais de bonnes relations avec l'inspecteur principal responsable de notre quartier, depuis G.T. Station. Il s'appelait Samant. Semaine après semaine, nous rencontrions ses sous-inspecteurs, et nous leur glissions des enveloppes. Des milliers de roupies circulaient, mais ce n'était que de l'argent. Je le dépensais de bon cœur, il m'en rapportait davantage.

Cette année-là, nous avons fêté Diwali avec des guirlandes de lampes électriques tendues le long des ruelles principales, une grande estrade sur le chowk central, des chants bhajans de dévotion et du mithai, des douceurs, et finalement, après la tombée de la nuit, je suis resté devant le portail de ma maison pour distribuer aux enfants du basti des pleins paniers de pétards atomiques, de fusées et de cierges magiques, que nous appelons des phuljadis. C'était un déluge tombé du ciel, au-dessus de Gopalmath, un ruissellement d'étincelles d'or et d'argent, et ces détonations sonnaient le retour du bien et la victoire de la vertu sur la mort. Les contours de ma maison étaient ponctués de clignotements, impossible d'en voir les murs, mais les flammes de ces milliers de diyas me soufflaient que je possédais un endroit, ma terre, et que j'étais chez moi. C'est alors que Paritosh Shah est arrivé, avec Kanta Bai et Bada Badriya, il m'a trouvé là, debout, dehors, et il m'a entraîné à l'intérieur.

— Rendons grâces à Lakshmi, a-t-il proposé.

Nous nous sommes assis sur deux gaddas que l'on avait rapprochés, et nous avons joué aux cartes. Je l'ai prévenu.

— Je ne suis pas très bon, à ce jeu-là.

Kanta Bai a rigolé.

— Ganesh Gaitonde, tu es le joueur le plus déchaîné que j'aie jamais rencontré, et tu ne serais pas bon au teen-patti, à trois cartes ? Comment est-ce possible ? Mais je vais t'apprendre.

Elle était assise en tailleur avec un oreiller sur les genoux, les coudes posés sur cet oreiller, et elle a battu les cartes, vite, très vite, un bruissement entre ses doigts.

— Dis-moi, Paritosh Shah, sors-nous ce que tu as de meilleur, a-t-elle ajouté.

Là-dessus, il a fallu envoyer chercher des glaçons, et nous avons expédié trois des garçons au Vyas Bazaar, où ils ont interrompu le dîner du droguiste Parthiv Household Goods pour qu'il descende ouvrir sa boutique, car Paritosh Shah refusait de boire du Johnny Walker dans des gobelets en fer-blanc – c'était tout ce que nous avions. Paritosh Shah a levé à la lumière les verres tout neufs qu'ont rapportés mes gars, et jugé que ce n'était pas trop mal. J'ai levé le mien, passé le doigt sur les angles aigus taillés dans ses flancs, j'en ai jaugé le poids et la masse, et j'ai dû admettre qu'il y avait du vrai là-dedans. Je savais désormais que la bonne gnôle exigeait de bons verres. Paritosh Shah a levé son verre et l'a remué doucement, tout près de son visage, tout près de son sourire.

— Écoute-moi ça, chef, a-t-il fait. Écoute, écoute.

J'ai approché mon verre de mon oreille, je l'ai remué à mon tour, et j'ai entendu la petite musique parfaite de la glace.

— *Cheers* ! s'est exclamé Paritosh Shah.

J'ai hésité, c'était un mot anglais, que j'avais déjà entendu, sans jamais l'avoir prononcé.

— *Chee-yers*, a insisté Paritosh Shah.

— *Cheers*, j'ai répété après lui.

Kanta Bai a ri, et elle a distribué les cartes. J'ai siroté mon Johnny Walker, et j'appréciais le tout, le goût de l'alcool, la glace contre l'émail de mes dents, cette surface froide et lisse sous ma lèvre inférieure.

— *Cheers*, ai-je encore répété, et j'ai compris : pour Johnny Walker, il me fallait une maison différente, un cadre différent.

Nous avons joué aux cartes. J'ai perdu, toute la nuit j'ai perdu. Les billets de banque passaient de ma place à la leur, mais j'étais heureux. Je savais qu'ils seraient de retour, ces billets, laisse Lakshmi partir avec bonheur, ne crains rien, et elle reviendra te couvrir de généreux bienfaits, elle te prendra sur ses genoux et elle te serrera contre elle, comme un fils. C'est dans ce va-et-vient que Lakshmi trouve son bonheur. Donc nous abattions les cartes, et l'argent filait, mais j'étais content, l'argent serait de retour, après avoir crû et multiplié, il émanerait de Paritosh Shah, de ses affaires, de sa fréquentation de tous les hommes d'affaires du coin qui avaient réalisé des fortunes, qui mangeaient et buvaient dans mon royaume et me payaient tribut, de Kanta Bai et de la gnôle de satrangi qu'elle distillait, et des centaines de ceux qui buvaient son breuvage, et des milliers de ceux qui le boiraient si je lui venais en aide, et cette nuit de Diwali était une nuit d'or. Quelqu'un avait allumé le magnétophone à cassettes et les chansons coulaient à flots – *Jab tak hai jaan jaan-e-jahaan*. « Tant que je vivrai, que je vivrai la vie de ce monde... je danserai » – et dehors, il y avait le fracas des fusées, les longs crépitements hystériques des ladhis de pétards, et nous jouions, et le cercle des joueurs allait s'élargissant, et Paritosh Shah racontait des blagues. L'inspecteur Samant est arrivé, et s'est joint au cercle des joueurs, et nous a montré comment on joue au paplu, et le pallu de Kanta Bai a glissé de son épaule, et elle a explosé de rire quand Chotta Badriya a timidement détourné le visage de l'abondant débordement de chair qui s'est ensuivi et les cartes volaient, et je perdais, je perdais.

Je me suis réveillé sous un drap sorti du gadda. J'avais dû m'en couvrir dans la nuit pour me protéger du souffle du ventilateur réglé sur « maximum ». La pièce était déserte, jonchée de mégots, d'assiettes sales et de verres vides. Je me suis levé, et la douleur qui m'enserrait la nuque remontait jusque dans mon crâne. J'ai cherché mes chappals, et puis j'ai renoncé et je suis sorti pieds nus. Chotta Badriya s'était endormi devant la porte, sa chemise maculée de vomissures. La puanteur était telle que j'en ai suffoqué ; je me suis précipité au portail, je me suis cassé en deux, incapable de dominer mes haut-le-cœur, mais je n'ai pu sortir de mes entrailles qu'une gorgée de bile, et encore, c'était chaud et amer, du vrai poison. C'était juste avant l'aube et la route, des deux côtés, était complètement déserte ; n'importe qui aurait pu franchir les limites de Gopalmath, pénétrer dans ma maison et me tuer dans mon sommeil. Cela aurait été facile. Je me suis retourné, et je suis rentré, j'ai emprunté l'escalier, je suis monté sur le toit. Je me suis assis sur le réservoir d'eau et j'ai attendu le jour. J'avais soif, mais je refusais de boire. Je voulais conserver le souvenir de la souffrance et du dégoût.

Les contours de ce que j'avais construit sortaient lentement de l'obscurité, par paliers. Le ciment que nous avions employé était déjà taché, et les gens qui s'étaient installés dans les kholis y avaient ajouté des touches colorées, le bleu et le vert de leurs vêtements suspendus à des fils, devant leur entrée, et le clignement nacré du plastique des toits. Il y avait aussi les slogans peints en rouge sur les murs, des femmes parées de couleurs vives étalées sur les affiches, les kholis blotties les unes contre les autres, un patchwork dense tendu de fils électriques, des branchements partis d'ici pour atterrir là, qui tricotaient le tout en un réseau serré.

Chotta Badriya a pointé la tête au bord du toit.

— Bhai ? a-t-il fait.

— Par ici.

Il est monté, et j'ai vu qu'il avait les cheveux plaqués en arrière, encore mouillés. Il s'était lavé, avait enfilé une chemise propre. C'était un bon garçon.

— On va vendre de l'alcool, je lui ai annoncé, mais dans cette maison, nous n'en boirons plus une goutte, plus jamais.

— Bhai ?

— Plus de satrangi, plus de narangi, plus de Johnny Walker, terminé, rien.

— Oui, Bhai.

— Maintenant, va nous préparer un thé. Et vois si tu peux nous trouver quelque chose à manger.

Les affaires s'étoffent. J'ai envoyé les gars collecter le hafta hebdomadaire auprès des boutiquiers et des hommes d'affaires, partout dans Gopalmath, jusqu'à Gaikwad Road, qui traçait la frontière entre mon territoire et celui du Gang Cobra. Je n'invente pas, ils s'appelaient vraiment le Gang Cobra, on aurait dit le nom d'une boîte de nuit tenue par le tandem Pran et Ranjit dans un film vieux de trente ans. Ils tenaient le quartier est, jusqu'aux villages de pêcheurs de Malad Creek, donc ils géraient aussi de la contrebande et, au total, ils étaient forts, très forts, plus gros que nous, avec une trésorerie qui coulait à flots. Je n'avais jamais rencontré leur homme de tête, un certain Rajesh Parab, un vieil artiste. Il était arrivé là avec Haji Mastan et il devait avoir dans les cinquante, soixante ans. Mais j'avais vu ses gars dans les rues et, de temps à autre, dans les bars. Je n'y allais pas pour boire, tu m'as compris : après cette première nuit au Johnny Walker, je n'ai plus jamais bu. Presque. Mais j'y allais pour les femmes, les serveuses et les danseuses. Là-dessus, mes garçons m'imitaient. Aucun d'eux ne touchait à l'alcool, même pas une bière. Je ne le leur avais jamais demandé, je n'avais jamais édicté de règle, mais quand j'ai arrêté l'alcool, Chotta Badriya a arrêté aussi, et ensuite, dans nos rangs, c'est devenu une tradition. J'étais content : ce renoncement à quelque chose, décidé en commun, rapprochait les garçons, les soudait en une véritable équipe. Quand j'avais arrêté de boire, cela ne m'était pas venu à l'esprit, mais j'avais clairement vu que ça fonctionnait, et j'avais encouragé la chose. Un homme de la G-Company ne perd jamais la tête, je leur ai dit, il garde son sang-froid. Il reste éveillé, même quand il dort. Ayez des femmes, je leur disais, c'est un plaisir d'homme, une diversion digne d'un tireur, ayez-en cinq, ayez-en dix. Mais vous verser du poison dans le gosier, vous abrutir, vous ralentir, c'est un jeu d'imbéciles, de maderchods. Laissez cela au Gang Cobra.

Je savais qu'une guerre se préparait. C'était inévitable. Il se produisait déjà des heurts, entre mes garçons et les leurs, des regards durs quand ils se croisaient dans la rue, quelques bourrades dans le hall d'entrée d'un cinéma, un gaali lâché en chuchotant. Mais nous restions en paix. Je montais m'asseoir sur le toit, la nuit, à tourner et retourner mon avenir dans ma tête, à le soupeser. Quel que soit le chemin que j'emprunterais, et celui dans lequel je m'engagerais par la suite, il menait au conflit, et au massacre. Ils étaient gros, nous étions petits. La seule paix durable supposait qu'ils restaient gros et nous petits, que nous ramassions leurs miettes, leurs surplus, que nous nous effacions sur leur passage en nous inclinant, et que nous mangions leur merde, aujourd'hui, demain et le surlendemain. On pouvait l'envisager, ce calme inégalitaire, mais il y avait ma personne. Je n'étais pas fait pour rester petit. La G-Company, c'était moi, et j'ai plongé mon regard en moi-même sans tromperie et sans pitié, et j'ai compris que je ne pourrais jamais rester petit. J'étais plus grand que le jour de ma naissance, plus grand que le jour de ma venue dans cette ville, et j'allais encore grandir. Aussi, ce serait la guerre. Donc, j'ai pensé : acceptons ce combat qui se présente à nous, et préparons-nous. Et lorsque le jour viendra, nous combattrons sans haine et sans colère. Et nous l'emporterons.

— Trouve-moi des noms, des visages, j'ai ordonné à Chotta Badriya. Je veux savoir qui ils sont.

Et donc, nous avons dépensé de l'argent, nous sommes venus en aide aux petites gens, de façon bien modeste et, avant longtemps, nous avons disposé de notre propre réseau de khabaris, certains d'entre eux profondément infiltrés dans le territoire du Gang Cobra. Il y avait un paan-wallah qui tenait son échoppe à l'entrée de Nabbargali, où était l'appartement de Rajesh Parab, en haut d'un immeuble de deux étages, et toute la journée ce paan-wallah les regardait entrer et sortir, et quand il rentrait chez lui, dans la soirée, un de nos gars allait lui rendre visite, une dizaine de minutes, et du coup, nous connaissions leur tableau de service du jour. On le payait, ce paan-wallah, mais ce n'était pas seulement pour l'argent qu'il acceptait de jouer le rôle. Six ans plus tôt, très tard, un soir d'hiver, Rajesh Parab roulait, saoul, au volant d'une Toyota toute neuve, il a commandé un paan, et puis il s'est plaint au paan-wallah que son maghai paan lui restait sur l'estomac, une vraie brique, et lui a conseillé de retourner dans l'Uttar Pradesh réapprendre son métier. Le lendemain après-midi, Rajesh Parab s'arrêtait de nouveau au même endroit, à jeun, tout sourire, et s'achetait son paan quotidien comme si de rien n'était, ayant tout oublié des propos qu'il avait tenus la veille, quand il était bourré, au volant de sa nouvelle monture nippone. Mais une insulte peut vivre longtemps dans le cœur d'un homme, s'y enfouir comme un ver minuscule, la tête pas plus grosse qu'une tête d'épingle, grossir, grandir jusqu'à s'enrouler autour de ses boyaux, et serrer, serrer. Et donc, le paan-wallah s'est souvenu, il nous a aidés, et d'autres aussi nous sont venus en aide.

Derrière Rajesh Parab, il y avait un quatuor de Numéros Deux, chacun gérant des aspects différents de ses affaires ; je connaissais leurs noms et je savais où ils habitaient. J'avais des pages entières d'un cahier noir couvertes des noms de leurs contrôleurs et de leurs gars, qui ils étaient, leurs histoires, et aussi des listes des associés de Rajesh Parab, ses financiers, les entrepreneurs qui s'alignaient sur lui. Je l'ai étudié, ce cahier noir, au point que mes garçons ont fini par sourire. « Bhai est en train de lire son Gita », murmuraient-ils entre eux. Cela m'était égal. Je cherchais un accès, une fissure par où lancer mon attaque sur le Gang Cobra, le déchirer et le dévorer morceau par morceau. Il y avait un nom dans mon cahier que je ne comprenais pas, un nom que je ne réussissais pas à situer dans la formation que je voyais déployée contre moi. Un homme qui s'appelait Vilas Ranade. Il accompagnait Rajesh Parab de longue date ; personne n'était capable de dire depuis combien de temps, et ce Vilas Ranade ne faisait rien pour Rajesh Parab. Il ne gérait rien, ni la contrebande, ni le hafta, ni les accords avec les entrepreneurs. Parfois, on ne le voyait plus dans les parages de la maison de Rajesh Parab pendant des semaines, des mois. Personne ne savait où il habitait. Personne ne pouvait me dire s'il était marié, s'il avait des enfants, le goût du jeu, rien. Et pourtant, quand il arrivait dans cet immeuble, il montait directement à l'appartement de Rajesh Parab, et même s'il trouvait le boss en pleine discussion avec un député, le boss sortait accueillir Vilas Ranade. Vilas Ranade n'était jamais allé en prison, et on n'avait mentionné son nom dans les journaux qu'à deux reprises. En fin de compte, j'ai demandé à Chotta Badriya de s'en charger :

— Je veux savoir à quoi ressemble ce salopard. Procure-moi une photo de lui.

Il y avait aussi la question des armes. Je ne voulais pas confier ma vie à des pistolets *made in India* et, en ces temps-là, un pistolet Chinese Star coûtait dix, douze mille. Je n'avais pas les moyens de me permettre un Glock, évidemment, mais nous avons caché des munitions de 9 mm et des Chinese Star dans ma maison, dans une dizaine de kholis de Gopalmath, et dans le temple de Gopalmath qui, en ce temps-là, n'était qu'un petit sanctuaire avec une salle réservée aux prêtres, les pujaris. Il a fallu des semaines, des mois d'une lente élaboration, et beaucoup de réflexion : combien d'argent dépenser en achats d'armes, combien payer les gars, et combien pour les améliorations du basti, pour que les gens soient contents. C'est ainsi que nous nous sommes préparés à la guerre.

Un soir, Chotta Badriya est venu m'apprendre que nous avions négocié avec succès un chargement de munitions dont nous avions reçu livraison. J'étais installé dans un bar, le Mahal, là-bas, sur Link Road, à Jogeshwari, avec quatre de mes garçons, je me souviens clairement desquels, Mohan Surve, Pradeep Pednekar, Krishna Gaikwad et Qariz Shaikh. Chotta Badriya est entré dans ce bar, il est venu droit vers nous, à notre table habituelle. Il s'est glissé dans le fond du box, tout sourire. « Une bonne opération, Bhai, il m'a annoncé. Trois cents kanchas. Toutes bonnes et garanties. » Désormais, nous avions notre langage, les kanchas et les gullels pour les balles et les pistolets. Le Gang Cobra et toutes les autres compagnies pouvaient toujours appeler les balles des daanas, et les pistolets des samaans, nous, nous disions kanchas et gullels. J'encourageais moi-même la création d'un code, cela nous distinguait de tous les autres, cela renforçait notre sentiment d'appartenance mutuelle, parce que nous parlions une langue cryptée et, pour devenir l'un des nôtres, il fallait l'apprendre, et le simple fait de l'apprendre suffisait à vous transformer. Je voyais ça chez les nouveaux garçons, je les appelais les boys, maintenant, qui travaillaient dur pour s'élever du rang de simples taporis de quartier à celui de bhais respectés. Ils apprenaient notre langue, et puis notre façon de marcher, et ils se comportaient comme s'ils étaient quelque chose et, enfin, ils devenaient ce quelque chose. Et donc, pour désigner les dollars américains, nous parlions de choklete, et pas de dalda comme les autres de ce monde. Pour les livres anglaises, c'était lalten, et pas peetal. Pour l'héroïne et le brown sugar, c'était gulal, et pas atta. Pour la police, Iftekar, et pas le nau-number, le numéro 9. Une opération qui tournait mal, c'était ghanta, et pas fachchad. Et une fille si bien roulée, si ferme et si juteuse qu'elle faisait mal rien qu'à la regarder, ce n'était pas une chabbis, mais une churi.

Donc on a commandé un lassi à la mangue à notre Chotta Badriya, et Qariz Shaikh a continué son histoire. On discutait d'une très ancienne vendetta entre Haji Mastan et Youssouf Patel, qui avaient été associés, autrefois ; quand la trahison et la rivalité les avaient poussés à la guerre, Haji Mastan avait décidé d'éliminer son ami. Qariz Shaikh avait entendu ces histoires-là dans la bouche de son père. Haji Mastan avait confié le supari sur Youssouf Patel à Karim Lala, a-t-il poursuivi. Mais Youssouf Patel a survécu à ce coup-là.

— Je l'ai vu, ce Karim Lala, une fois, s'est écrié Mohan Surve. Près de la gare de Grant Road. Il y a deux ans.

— Ah oui ? j'ai fait. Et il ressemblait à quoi ?

— Un grand salopard de Pathan, m'a répondu Mohan Surve. Vraiment grand, et fort. Il a des mains énormes. Il s'est retiré, à présent. Il vit par ici. Même maintenant, à son âge, il a une de ces démarches, comme un badshah. Un empereur. Quelle terreur ce devait être, à son époque !

J'essayais de m'imaginer Karim Lala et sa démarche fanfaronne de frontalier, cet accent que je n'avais pas oublié, à cause du personnage de ce Pathan incarné par Pran, dans *Zanjeer*. J'avais déjà entendu ces vieilles histoires de bain de sang, mais en cette minute j'écoutais avec une attention inégalée, car j'étais prêt à tout. À présent, j'étais en quête de leçons, de principes de défaite et de victoire, de tactiques employées jadis par ceux qui étaient encore en vie, par ceux qui avaient survécu depuis le temps où Haji Mastan et Youssouf Patel se faisaient la chasse sur Mohammed Ali Road et d'un bout à l'autre de Dongri. J'écoutais Qariz Shaikh, mais j'étais insatiable. D'être assis là, de parler et de réfléchir, cela ne me suffisait pas. Je voulais rentrer à Gopalmath, regagner nos ruelles. Je me suis levé.

— Chalo, j'ai dit.

— Déjà, bhai ? s'est étonné Mohan Surve. Il n'est que onze heures.

Chotta Badriya a levé son verre de lassi, il a renversé la tête en arrière, il l'a vidé d'un trait et j'ai vu danser sa pomme d'Adam.

— J'en ai marre de cet endroit, j'ai dit. On file.

Je me suis dirigé en vitesse vers la porte. Dehors, la rue descendait vers les étoiles filantes de la voie rapide. Sur la gauche, trois rickshaws attendaient, en rang. Nous étions garés sur la droite, de l'autre côté du réverbère – un vieux taxi Ambassador décrépit que le père de Qariz Shaikh conduisait le jour. J'aurais préféré mieux, mais nous n'avions d'argent que pour les armes. Un jour, bientôt, songeais-je. J'ai traversé la rue, j'ai coupé dans l'ovale du réverbère. J'entendais les autres, derrière moi. J'ai tourné la tête, par-dessus mon épaule, et il y avait Chotta Badriya, qui fourrait un mouchoir dans sa poche et, juste derrière lui, les autres. Ils avançaient, ils marchaient, et leurs épaules dansaient à la cadence de leurs pas et soudain, entre les silhouettes mouvantes, dans une brèche, j'ai aperçu Mohan Surve. Il était sous l'enseigne au néon, encore tout près de la porte, dos contre le mur, et il ne bougeait pas, lui. Il était trop loin pour que je discerne ses yeux, mais il ne marchait pas, il ne bougeait pas. Je me suis rué hors de la lumière, vers l'obscurité, et j'ai senti un choc à l'épaule, un choc qui m'a emporté avec lui, à me flanquer par terre, mais j'ai retrouvé mes jambes ; j'ai couru le long de l'immeuble, et j'ai compris que j'avais été touché sans avoir entendu les coups de feu. Je me suis arrêté à l'angle, une main appuyée contre le mur, je me suis retourné et j'ai entrevu du mouvement dans le passage, j'ai basculé au coin de la rue, je me suis remis à courir, et j'ai sorti mon pistolet. Cette fois, je les ai entendus, les coups de feu. J'ai risqué un regard derrière moi, et c'était Chotta Badriya, au coin, qui tirait sur je ne sais quoi, derrière cet angle de rue.

— Badriya, je me suis écrié. Viens.

Nous avons escaladé un mur, traversé l'enceinte d'un immeuble et franchi son portail pour nous retrouver dans une autre rue. Encore deux tournants et j'ai dû m'arrêter. Je me suis appuyé contre un camion, et puis je me suis cassé en deux, j'ai vomi sur la chaussée. Mon bras droit était agité de tremblements, il se contractait sous l'effet de la douleur, saisi de spasmes.

— Tu es touché ? j'ai demandé à Chotta Badriya.

— Pas une égratignure, il m'a répondu. Pas une. Je suis intact.

Il a ricané, un petit crépitement, comme de la friture.

— Bon, j'ai fait, en tournant la tête, pour mieux le voir. Je sais que ce n'est pas toi.

— Qu'est-ce qui n'est pas moi ?

— Celui qui nous a vendus. Parce que si c'était toi, tu ne serais pas là, à cette minute. Et si c'était toi, tu pourrais me tuer, là, tout de suite.

Le canon de son pistolet était à vingt centimètres de ma tête, un seul geste bref me séparait de ma mort.

— Bhai, il a dit. Franchement, bhai.

Il était choqué. En cet instant, je l'aimais, je l'aimais comme un frère.

— Essuie-toi, j'ai dit. Tu as du lassi à la mangue sur le visage, là. Et trouve-moi un docteur.

Depuis la table d'opération, pendant que le médecin me recousait et s'inquiétait de mon épaule, j'ai passé des coups de fil. J'ai appelé Paritosh Shah et Kanta Bai, et quelques autres de mes boys, et je leur ai demandé de se tenir prêts. Paritosh Shah m'a répondu que la police était déjà sur la scène, et que trois de mes boys étaient morts. Pradeep Pednekar, Krishna Gaikwad et Qariz Shaikh. Morts. Pradeep Pednekar avait reçu une première balle dans les hanches, et puis une autre à bout portant, en pleine tête. On n'avait pas de nouvelles de Mohan Surve. Et j'avais survécu.

Se faire tirer dessus, c'est une expérience particulière, qui ne ressemble à aucune autre. De prime abord, je ne m'en suis pas vraiment aperçu, je voulais tellement m'en sortir qu'il ne m'était même pas venu à l'esprit que cette présence, dans mon épaule, c'était une balle qui me labourait les chairs. La douleur, je ne l'ai sentie que plus tard, après avoir goûté dans ma bouche la possibilité de la vie, aussi succulente qu'une mangue. Maintenant, j'avais l'épaule et la poitrine glacées, comme si on m'avait gelé les os jusqu'à la moelle, comme si on me poignardait avec une écharde de glace. J'ai dit à Chotta Badriya :

— Ramène-moi à Gopalmath.

Trois de nos boys avaient amené une voiture chez le médecin. Chotta Badriya et ces trois boys m'ont conduit jusqu'à la voiture ; ils m'entouraient, ils faisaient un bouclier de leurs corps. Ils me suivaient. Nous avions été des étrangers, mais à présent, nous étions liés. Nous avions été attaqués, nous avions survécu, donc maintenant ils m'aimaient un peu. Ils m'ont demandé :

— Bhai, est-ce que ça va ? Est-ce que tu es bien installé ?

Nous avons foncé sur la route nocturne en direction de Gopalmath. J'avais créé cette vélocité, et, dans son sillage, ils me suivaient. J'étais un homme solitaire qui avait frôlé la mort, cette nuit-là, et ils s'accrochaient à moi.

— Qu'est-ce qu'on fait, maintenant ? m'a demandé Chotta Badriya.

— Trouve-moi Mohan Surve, j'ai dit.

Ma maison avait déjà été contrôlée ; mes boys l'avaient fouillée à deux reprises. J'y suis entré sain et sauf, et j'étais de retour dans ma chambre, assis sur le gadda. J'ai posté des boys aux périphéries de Gopalmath, pour déjouer une éventuelle attaque, mais je savais que j'étais en sécurité, au moins pour le moment. Les ruelles surpeuplées formaient ma garde rapprochée, ces enfants qui vagabondaient dans les rues, ces femmes assises sur le pas de leur porte. D'un bout à l'autre du quartier, ils se connaissaient tous. Il était hors de question que l'ennemi les efface, pas sans pertes.

— Tu devrais dormir, m'a conseillé Chotta Badriya.

C'était déjà le matin.

— Oui, j'ai dit. – Je savais qu'il me fallait du repos, il ne servait à rien de m'épuiser. – Toi aussi, d'ailleurs. Mais veille à ce qu'il n'y ait pas de trou dans les tours de garde.

Je me suis allongé sur mon lit, je frissonnais sous mon drap. Des vibrations, des tremblements issus de mon ventre se sont propagés à ma poitrine pour me remonter dans la gorge. Tout le côté droit de mon corps me faisait mal. Mais ce n'était pas la douleur qui me maintenait éveillé. C'était la colère. Contre moi-même, contre ma propre stupidité. Rien que d'y repenser, c'était évident : on ne peut pas surveiller les gens sans modifier le monde dans lequel ils vivent, et, s'ils sont un tant soit peu sur leurs gardes, ils décèlent ces changements, perçoivent l'écho atténué de vos questions qui sillonnent la terre. Et ils vous surveillent à leur tour. Ils nous avaient surveillés, en étaient venus aux mêmes conclusions que moi, avaient su lire en moi. Ils m'avaient précédé et ensuite ils m'avaient empoigné par le gaand. Ils avaient repéré l'endroit, l'heure, la méthode, et ils nous avaient déclaré la guerre. S'il n'y avait eu ce coup d'œil, ce hasard, ce tour de passe-passe du temps et de mon corps, une balle forant l'espace suivant une trajectoire et pas une autre, s'il n'y avait eu, s'il n'y avait eu, s'il n'y avait eu, je serais resté là, mort, sur la chaussée, devant Mahal, ramené au néant, petit homme devenu encore plus petit. La guerre aurait débuté, et elle aurait cessé aussitôt. C'était cela que je ne pouvais pas supporter, mon idiotie, mon aveuglement.

Finalement, j'ai mis le passé de côté, car on ne peut rien y changer, on ne peut que le laisser là où il est. Je l'ai découpé au scalpel, je m'en suis amputé. L'avenir, c'est ce qui va exister, pour toi, je me suis dit. Tu es un homme de l'avenir. J'ai échafaudé des plans. Et j'ai dormi.

Le lendemain, j'ai porté la guerre sur leur territoire. Ils savaient que nous les avions surveillés, mais ils ne pouvaient pas tout nous cacher. Nous savions au moins une chose : quelles affaires ils menaient, où ils se rendaient. Ce lendemain-là, nous en avons tué cinq. Nous avons lancé deux attaques distinctes, et j'ai conduit l'une d'elles. Il m'était difficile de me déplacer ; pour soulever le bras, je devais lutter contre la douleur. Mais j'étais sous le regard de mes boys, et l'heure était cruciale. Donc, j'ai pris place dans la voiture, à l'avant, à côté de Chotta Badriya, qui a pris le volant. Il y avait trois autres boys sur la banquette arrière. Nous sommes allés attendre l'ennemi devant l'Hôtel Kamath's, où nous savions qu'il devait rencontrer un entrepreneur pour une collecte d'argent liquide. Il était six heures, et la rue était pleine d'ouvriers qui rentraient chez eux, traînant à leur suite de longues ombres crépusculaires. Quand je fermais les yeux, je voyais encore le soleil, sa brûlure m'incendiait le crâne.

— C'est eux, a soufflé Chotta Badriya.

Ils étaient trois, tous jeunes, vêtus de chemises blanches et de pantalons bien repassés, de bonne coupe, comme de braves hommes d'affaires occupés à gagner leur vie en ce bas monde. Celui du milieu tenait un sac à provisions en plastique, dans sa main gauche.

— Passe derrière eux, j'ai dit.

Nous nous sommes approchés en traversant le parking, nous avons tourné à droite au moment où ils atteignaient le pied de l'escalier, devant l'hôtel, et nous avons glissé lentement à leur hauteur dans un murmure du moteur, en les laissant nous dépasser. Je les ai laissés encore s'avancer de deux pas, et puis j'ai ouvert ma portière, de la main gauche, je l'ai écartée en grand, et j'ai empoigné le pistolet que je tenais posé sur mes genoux. Nous avons tous jailli en même temps. Chotta Badriya a tiré le premier coup de feu, et ensuite, ç'a été un rugissement sans fin. Ils n'ont même pas eu le temps de se retourner. Je n'avais pas la main ferme, et je crois qu'aucune de mes balles n'a fait mouche. Mais je me souviens d'une fleur de sang éclose de l'autre côté de la tête de l'homme, il a dû la voir en suspens devant son œil, avant de s'écrouler, mort. Tout a été simple et rapide. Chotta Badriya est remonté en voiture.

— Prends l'argent, j'ai ordonné.

Deux minutes plus tard, nous étions en sécurité, sur S.V. Road. Dans le sac à provisions, il y avait trois lakhs, et une bouteille neuve de Halo, un shampooing antipelliculaire.

— Bhai, ça, c'est pour moi, s'est écrié Chotta Badriya.

Il jubilait.

— Tiens, j'ai fait, en lui jetant la bouteille sur les genoux. Tu as des pellicules, toi ?

— Non. Mais maintenant, j'en aurai encore moins. Je vais me faire un traitement préventif. Tu saisis ?

Là, j'étais obligé de rire.

— Tu es vraiment un chutiya complètement givré, j'ai fait.

— Je crois que je devrais me laisser pousser les cheveux, il a ajouté. Je trouve que les cheveux longs, ça me va bien.

— Oui, oui, tu auras l'air du bhenchod Tarzan soi-même.

Sur la route du retour à Gopalmath, j'ai réussi à m'accorder une petite sieste et, quand nous sommes arrivés au bercail, j'ai appris que l'autre mission – prendre en embuscade quelques-uns de leurs boys qui fréquentaient un club de jeu de carrom, près de la gare d'Andheri – nous avait valu deux autres guichets, comme on dit au cricket. Donc, nous reprenions l'avantage sur eux, mais le match n'était pas terminé, il venait à peine de commencer. Dans la série de frappes qui a suivi, nous avons conservé notre avance, mais de peu. À la fin du mois, ils avaient perdu douze joueurs, et nous onze. Pour eux, douze de chute, c'était mineur, ils conservaient des cohortes de batteurs remplaçants qui attendaient de prendre la place, alors que chez nous, presque la moitié de l'effectif avait disparu, effacée de Gopalmath. Samant, l'inspecteur principal, m'avait plus d'une fois ri au nez, au téléphone. « Gaitonde, il me disait, ils sont en train de te faire danser sur un air de baja, tu aurais intérêt à fuir et à te cacher, sinon tu es foutu. »

Le lendemain, après notre treizième mort, trois de mes boys qui étaient de service ne se sont tout simplement pas présentés à l'appel. Je savais qu'ils n'avaient pas été abattus, non, ils étaient tout simplement sortis d'une partie perdante. Je saisissais leur logique. Nous étions des frères, vraiment, et les batailles que nous avions subies ensemble avaient soudé notre fraternité, mais quand la défaite est certaine, quand vous vous terrez, épuisé, sans plus d'espoir, quand l'ennemi approche, déjà prêt à vous trancher les tendons, alors là, il y en a qui vous abandonnent, un point c'est tout. Ce n'était qu'une défaite de plus parmi toutes nos défaites, mais j'ai encaissé, et je me suis tourné vers ceux qui restaient encore près de moi. Nous avons continué, nous avons fait progresser nos affaires, histoire d'assurer la vie au quotidien. On ne se déplaçait plus qu'à deux ou trois, confortés par le métal dur que nous portions sous nos chemises, nos armes, que l'on nettoyait, graissait, caressait jusqu'à l'obsession. J'ai vu Sunny, un de mes boys, lever son pistolet, et se le plaquer sur le front en chuchotant une prière, tout ça rien que pour sortir dans la rue, et j'ai ri, et je lui ai demandé s'il allumait des diyas et s'il respectait le rituel du puja tous les matins devant sa porte, et il a baissé la tête, il a souri, l'air confus. Nous avions tous un besoin criant de protection divine ; si j'avais été certain que cela pouvait aider, je me serais moi-même prosterné devant un Tokarev couvert de guirlandes sans hésiter une seconde.

C'est finalement une femme qui m'a montré la voie. Je suis allé avec Kanta Bai et les boys à Siddhi Vinayak, et nous nous avons pris la longue file d'attente qui serpentait sur les marches du temple. Cela me paraissait absurde, toutes ces prières et tous ces geignements, mais les boys y croyaient, ils voulaient y aller, c'était bon pour le moral, donc je les ai accompagnés. En dépit de sa monstrueuse vulgarité et de son cynisme, Kanta Bai était elle aussi une vraie dévote. Elle tenait en mains un thali chargé d'offrandes, et elle s'était coiffée d'un pan de son pallu d'une manière fort respectable. Devant et derrière nous, dans la queue, il y avait mes boys, épaule contre épaule. Le parfum capiteux d'eau de rose et de bâtonnets d'agarbatti m'emplissait la tête, je me sentais en sécurité.

— Je sais ce que tu vas demander, m'a soufflé Kanta Bai.

— C'est évident. Même lui, il le sait déjà, s'il existe et s'il est ce qu'on dit, j'ai répondu en désignant d'un mouvement sec de la tête le haut des marches, où trônait Ganesha, censé tout savoir sur tout.

Elle a secoué la tête.

— Il ne peut pas te donner ce que tu ne prends pas de tes propres mains.

— Que veux-tu dire ?

Elle baissa la tête sur le thali, et elle disposa les monticules de riz, de sindoor et de pétales de roses. Elle avait le cou renflé de plis de chair.

— Ils vont te tuer, a-t-elle décrété. Tu vas mourir.

Nous avons avancé de trois pas saccadés, nous avons monté les marches. Sur le seuil, en sens inverse, c'était un flot régulier de fidèles ; ils descendaient les marches précipitamment, pleins d'un regain d'espoir maintenant qu'ils avaient été face au dieu, qu'ils l'avaient vu et qu'ils s'étaient montrés à lui, qu'ils avaient étalé devant lui leurs besoins et leurs souffrances, sans pudeur aucune.

— Pourquoi ? j'ai demandé.

— Parce que tu te bats comme un imbécile. Tout ce giri du héros, ces fusillades par-ci, ces fusillades par-là, tu ne peux pas gagner, comme ça. C'est eux qui vont gagner. Ils ont déjà gagné. Tu te figures que la guerre, c'est juste leur montrer que tu as un gros lauda.

J'avais mon pistolet glissé dans ma ceinture, il pesait lourd contre mon ventre, et j'avais les yeux posés sur elle, et elle me racontait tout ça, sans même me regarder, et moi, je n'avais qu'une envie : dégainer et l'abattre. J'aurais pu. Pour moi, c'était facile, c'était clair, je me voyais le faire, et la colère m'est remontée dans la gorge, elle m'a envahi le crâne comme un bourdonnement rauque, jusqu'à m'assombrir le regard. J'ai essuyé mes larmes du dos de la main.

— Ah oui, et alors, je la gagne comment, cette guerre ?

— En la livrant pour la gagner. Peu importe qui tuera le plus d'hommes. Peu importe que tout Mumbai considère que c'est toi qui perds. La seule chose qui compte, c'est la victoire.

— Mais comment vaincre ?

— Coupe-leur la tête.

— Tuer Rajesh Parab ?

— Pourquoi pas ? Mais en réalité, ce n'est qu'un vieil idiot. Il est le patron en titre, seulement il est englué dans ses petites habitudes.

— Alors la cible, c'est Vilas Ranade. C'est lui.

— Oui. Si tu supprimes Vilas Ranade, tu les rendras sourds et aveugles.

Vilas Ranade, c'était lui, le seul, l'unique. C'était lui, le général de Rajesh Parab, lui qui nous avait décimés, piégés, lui qui s'était présenté de face quand nous nous attendions à ce qu'il nous prenne à revers, lui qui nous avait tués. Je savais désormais qu'il les dirigeait tous, dans ce conflit. Mais je ne savais toujours rien de lui, s'il avait une femme, des fils, à quoi il ressemblait, les endroits qu'il fréquentait. Il n'obéissait à aucun scénario, il n'avait pas d'adresse, aucun désir visible. J'ignorais comment pister un homme qui ne vivait que pour la guerre.

— Je n'ai même pas une photo de lui.

— Ils le maintiennent en dehors de la ville, m'a-t-elle répondu. Pune, Nashik, quelque part par là. Ils ne l'amènent en ville qu'en cas de barouf.

— Il dort jusqu'à ce que sonne l'heure du réveil ?

— On ne gâche pas un tireur d'élite en visites dans les bureaux de la municipalité. C'est trop risqué. Et lui, c'est le meilleur tireur de tous. Ça fait longtemps qu'il est dans le circuit, dix, douze ans.

— Tu l'as vu ?

— Jamais.

Le reste du temps que nous avons passé sur ces marches, et jusqu'à notre entrée dans le temple, j'ai gardé le silence, et finalement, quand nous nous sommes retrouvés devant Ganesha, je ne lui ai rien demandé. Je l'ai juste dévisagé, j'ai examiné son nez en forme de trompe, son aiguillon à éléphant, son bol rempli de petits laddoos sucrés et sa défense brisée, et je ne comprenais pas trop de quelle manière il allait déployer son armée de ganas pour la soustraire à la défaite, comment le destructeur de tous les obstacles allait détruire un obstacle qu'il était impossible de repérer et de circonscrire. Ensuite, il a fallu bouger, la pression des fidèles était implacable, mais j'ai emporté cette image avec moi, et je l'ai gardée pendant tout le trajet du retour. À Juhu, nous sommes restés coincés dans un embouteillage épouvantable, et Kanta Bai s'est endormie à côté de moi, serrant dans sa main, posé sur ses genoux, le prasad qu'elle avait rapporté du temple. J'avais son ronflement à l'oreille, et je réfléchissais, je réfléchissais. Mon épaule me brûlait, pleine de petits maelströms silencieux d'un feu mordant, mais ce qui tournait en rond dans ma tête était encore plus douloureux : je voyais les joueurs de la partie, les ruelles et les bâtiments où ils entraient, d'où ils sortaient, Gopalmath, Nabargali, le tout s'étalait devant moi dès que je fermais les yeux, et je tournais en rond, en rond, sans relâche, je cherchais une ouverture, un moyen de réduire la partie en miettes et de la recomposer. Dehors, il y avait le grondement étouffant du trafic, et nous étions en plein dedans, toujours en vie, respirant toujours.

— Laisse-moi sortir, j'ai fait.

Je me suis penché en travers, j'ai ouvert la portière, et je suis sorti de la voiture. Chotta Badriya s'est dégagé du volant, il s'est glissé dehors.

— Non, non, toi, remonte.

— Mais, bhai...

— Écoute-moi, remonte en voiture, c'est tout. Je veux marcher un peu.

Il craignait la coïncidence, un type de l'autre bord qui se serait trouvé parmi les promeneurs du soir et les mangeurs de bhelpuri. C'était possible, mais n'empêche, tout à coup, j'avais envie d'être seul. D'une main levée, je l'ai arrêté, et je crois que l'expression de mon visage a dû l'effrayer, parce qu'il s'est tout de suite remis au volant.

J'ai descendu la rue en courbe vers la plage, je suis passé devant les étalages de chaat et j'ai posé le pied sur le sable. Des familles marchaient avec moi, des enfants aux rires excités par les chevaux qui trottaient au bord de l'eau, par les wallahs de jouets sous leurs nuages de ballons argentés, par les glacières alléchantes des kulfi-wallahs et leur rosée humide. Ici, il n'y avait pas de guerre. Ici, régnait la paix. J'ai marché d'un pas léger entre les vieux couples tranquilles et les jeunes gens fébriles. La mer envahissait la terre avec constance et, en fin de compte, je me suis assis sur un quai de brique à moitié construit, face aux vagues. J'étais fatigué, l'esprit vide, et c'était bon d'avoir dans les cheveux la lente respiration de la mer. Sur ma gauche, j'ai perçu du mouvement. J'ai mieux regardé, et sous un tas de détritus, de feuilles de palmier, de sacs en papier détrempés et de coques de noix de coco, j'ai vu quelque chose remuer, par saccades, puis soudain immobile, aux aguets. Il y avait là d'autres ombres enchâssées dans l'ombre, en mouvement rapide, et j'ai vu une petite boîte en carton se déplacer en zigzag, tremblant d'une faim pressante. Je me suis levé, je me suis approché, je suis resté là, au-dessus de cette boîte, et je sentais maintenant la forte odeur de pourriture, tous ces restes de nourriture, tout ce qu'on avait jeté là. Mais plus de mouvement, à présent. J'ai ri.

— Les rats, je sais que vous êtes là. Je le sais.

Ils étaient trop malins pour moi. Ils ne bougeaient plus. Si j'avais voulu, j'aurais sans doute pu en tuer quelques-uns, mais au bout du compte, ils survivraient à mon attaque, ils me survivraient.

— Bhai !

Le hurlement venait de l'autre bout de la plage. J'ai levé le bras.

— Ici, j'ai crié.

Ils ont accouru, Chotta Badriya et deux autres.

— Est-ce que ça va ?

— Très bien, j'ai dit.

C'était vrai, réellement. Quelque chose bougeait en moi, un sauve-qui-peut à peine perceptible, mais bien présent. Il fallait attendre que ça émerge, je le savais.

— On rentre à la maison.

Le lendemain, j'ai organisé une rencontre avec l'inspecteur Samant. Nous nous sommes retrouvés dans un hôtel, à Sakinaka.

— Ce Vilas Ranade, je lui ai déclaré, je veux son territoire. J'ai dix petis. Cent mille roupies.

Il m'a ri au nez. Il avait une épaisse moustache, pas beaucoup de cheveux sur la tête et de grandes dents blanches. Il transpirait, sa chemise imprégnée de sueur était marquée de grandes auréoles sombres.

— Dix lakhs ! s'est-il exclamé. Pour un Vilas Ranade. Tu es un optimiste.

— Alors quinze.

— Sais-tu de qui tu parles ? Il existait déjà ici quand tu étais encore au biberon.

— Exact, j'ai dit. Mais vous pouvez vous en charger, non ?

— C'est faisable.

— Vous savez quelque chose. Qu'est-ce que vous savez ?

Ses yeux étaient fixes, impénétrables. Il avait raison, c'était une question très stupide. Il n'avait aucune raison de me donner ce qu'il savait. J'étais sur les nerfs, j'étais trop pressant. Alors il m'a questionné.

— Et pourquoi je devrais faire ça ?

— Je serai encore là, moi, longtemps après qu'il aura disparu, Samant Saab. Vous le savez. Vous avez pu suivre mes progrès. Si nous réussissons à travailler ensemble, pensez à ce que nous réserve l'avenir. Ces chutiyas du Gang Cobra n'ont aucun avenir, aucune vision du futur. Ce qu'ils font, bon, ils le font, mais ils ne réussiront jamais rien de neuf. Le futur vaut plus qu'un paquet de cash.

Il m'écoutait. Il a essuyé son takli luisant avec un mouchoir.

— Trente, il m'a dit.

— Je peux aller jusqu'à vingt, saab. Et quand tout sera terminé, il y en aura beaucoup plus.

— Vingt-cinq. Et le tout d'avance.

Du jamais vu, du démentiel. Mais voilà…

— Oui, saab, j'ai répondu. Je vous apporte le tout dans trois jours.

Il a opiné, et pris un peu de saunf dans le plat posé au milieu de la table. La note, il me la laissait, elle était pour moi.

— Et puis, dans trois jours, j'ai ajouté, vous auriez tout intérêt à m'arrêter.

172

Je ne disposais absolument pas de vingt-cinq lakhs en liquide. J'avais cinq lakhs, peut-être six et demi si j'encaissais quelques petits prêts consentis à des citoyens de Gopalmath pour des médicaments ou des saris de mariage. Je ne pouvais pas faire ça, et je me suis bien gardé de demander à Paritosh Shah une somme aussi considérable. Lui, c'était un homme d'affaires et, à ce moment-là, je ne représentais pas un bon investissement, mais d'un autre côté, il aurait du mal à me dire non, car un refus aurait pu nous séparer. Donc je ne lui ai pas demandé. En revanche, je lui ai suggéré de me confier un gros coup. « Une cible ? a-t-il fait. Pour vingt-cinq lakhs ? Dans les trois jours ? » Je savais que je réclamais beaucoup, mais il a compris l'urgence.

— Peu importe le niveau de risque, j'ai dit. Pense juste à la prime.

Il n'a pas eu besoin de réfléchir très longtemps. Mahajan Jewellers, une bijouterie sur Advani Road. Cela m'a fait plaisir parce que la cible était située en plein territoire du Gang Cobra, à deux kilomètres de la maison de Rajesh Parab. Ces Mahajan, nous les avons surveillés pendant une journée et une nuit entières, et j'ai décidé que nous tenterions le coup de jour. La nuit, c'était peut-être plus sûr, mais nous aurions été obligés de franchir la lourde grille coulissante, en façade, les trois verrous, puis le rideau de fer, baissé tous les soirs, et enfin les portes vitrées. Non, nous sommes entrés là-dedans à quatre heures de l'après-midi, par la porte grande ouverte. Il y avait un vigile posté devant, armé du fusil à un coup habituel et, quand il nous a vus arriver avec nos sept pistolets et nos hachoirs, il l'a lâché, sans hésiter. Quand nous sommes ressortis, il nous a tenu la porte. Deux voitures volées nous attendaient dehors, et nous nous sommes tirés en douceur. Sans problème.

Donc, maintenant, nous avions l'argent. Les valeurs n'avaient pas suffi. Paritosh Shah nous avait versé quinze lakhs en échange du butin, et nous avait prêté le reste. J'avais accepté. J'avais de nouveau confiance, je voyais le chemin qui s'ouvrait devant moi. Il le sentait, je le savais. Ce n'était pas une faveur qu'il m'accordait, mais un investissement sur des gains futurs. À présent, j'étais plein, et il ajoutait à ma plénitude. Je méritais son argent, et plus encore. Donc je détenais cette somme, et aussitôt, avec une journée d'avance, j'ai rendu visite à Samant et je la lui ai remise. Et il m'a arrêté.

On s'est retrouvés sous les verrous, trois de mes boys et moi. On nous avait arrêtés pour présomption de complicité dans le cambriolage des Mahajan Jewellers, et retenus en garde-à-vue ; c'était ce qu'écrivaient les journaux. À l'extérieur, mes boys ont disparu des rues, disparu de Gopalmath, et le Gang Cobra a fêté l'événement. La G-Company était nettoyée, c'était terminé, plié, très vite et sans le moindre pépin, ils en étaient convaincus. Moi, je restais dans ma cellule et j'observais le mur. J'avais le dos contre un mur, et j'en regardais un autre. Mes boys étaient assis tout autour de moi. Je supportais bien l'espace exigu, la chaleur, je me forçais à avaler les rotis secs et le dal gorgé d'eau, mais l'inertie, le repos, le calme, ne pas bouger, ne pas travailler, ça rampait sous mon épiderme, me démangeait, me donnait envie de m'arracher la peau. Un essaim d'insectes me bourdonnait dans les veines. Mais j'ai appris la patience. Je regardais le mur. Et je le sentais qui me regardait, de toute sa force vide. Ce mur voulait me survivre. Il savait que c'était à sa portée. Moi, je l'ai considéré de haut. Et j'ai patienté.

Il a fallu neuf jours. Quand les policiers sont venus nous chercher, mes boys ont monté la garde et j'ai pissé sur le mur. J'ai tracé des cercles dans l'indifférence de ce mur, et eux, ils m'ont regardé faire, ensuite j'ai obéi et je les ai suivis dehors. Un avocat s'était chargé de remplir la paperasse dans le bureau de l'inspecteur chef, et il nous a fait sortir. Quelqu'un avait versé notre caution. Dehors, il faisait noir, une nuit nuageuse, sans lune. Chotta Badriya nous attendait avec une voiture. Il avait l'air très fatigué, les cheveux tirés en arrière et retenus par un de ces bandeaux comme en portent les gamines.

— Qu'est-ce que tu as dans les cheveux, chutiya ? j'ai demandé.

— C'est juste une envie, bhai, il m'a assuré, en rougissant comme une jeune fille, la tête inclinée sur le côté. – Et il a souri.

Quand il a souri, j'ai compris que tout était réglé.

Il nous a conduits à tombeau ouvert dans l'épaisseur de la ville, jusqu'au sommet de la crête, vers la grand-route, il a dépassé Goregaon, et la vue de la foule m'a requinqué, les files de camions et de voitures entrelacées, les enfants qui couraient sur le bas-côté après un ballon, le vacarme incessant. J'étais silencieux, mais tout à fait réveillé, aussi vif que le serpent. Chotta Badriya ne parlait pas, et je n'avais pas envie de lui poser de questions, pas encore. Il flottait une promesse dans l'air étouffant, une attente délicieuse à conserver en bouche – ne pas savoir. Nous sommes sortis de la grand-route par la bretelle de raccordement, que nous avons quittée en passant devant un jhopadpatti de bicoques avant de plonger dans l'obscurité. Les rayons de nos phares ont fait naître une route poussiéreuse, des arbres surgissaient, existaient, cessaient d'exister, c'était comme de tomber dans un tunnel. Je me laissais engloutir, rongé d'impatience. Nous avons pris un virage sec sur la gauche, et la route s'est transformée, de la terre a craqué sous nos roues. Il y avait une voiture garée au bout du chemin, la silhouette dure et noire d'un bâtiment, visible à travers les branches, et nous sommes descendus de voiture, nous avons marché vers ce bâtiment, tourné au coin. Et là, il y avait juste une ampoule électrique au-dessus d'une porte. Et là, assis sur un cageot, à côté de la porte, Samant et sa cigarette, un fanal rouge.

— Trop long, il a ronchonné. Vous êtes en retard.

— C'est à cause des avocats et tout le reste, a expliqué Chotta Badriya.

Samant a tiré d'un coup sur la porte, qui s'est ouverte avec un long couinement métallique. Juste en deçà, un homme gisait face contre terre. Une chemise bleue et un pantalon noir, les hanches pliées, raides.

— Vilas Ranade, nous a annoncé Samant avec un petit geste de la main, paume vers le haut, comme s'il se chargeait des présentations.

— C'est toi qui t'en es occupé ? j'ai demandé.

— C'était un sniffeur de brown sugar, a poursuivi Samant. Pauvre crétin de bhenchod. Il s'imaginait que personne ne savait. Il avait l'habitude d'aller se fournir lui-même, seul. Je connais le dealer qui lui vendait sa poudre.

— Le dealer t'a signalé quand Vilas Ranade allait se pointer ?

— Il était forcé, s'il voulait continuer à vendre.

— Tu es sûr que c'est Vilas Ranade ?

— Je l'ai vu deux fois au commissariat de Mulund, où j'étais en poste. Il avait des amis, là-bas.

— Je veux voir son visage.

Chotta Badriya a enjambé le corps, l'a tiré par l'épaule. Le devant de la chemise de Vilas Ranade était noir et trempé. Chotta Badriya est venu se placer derrière lui, et Vilas Ranade s'est redressé en pleine lumière. Il avait l'air endormi, les paupières mi-closes. Je le connais, je me suis dit. Il me ressemblait. Je me suis accroupi face à lui, je me suis penché, plus près. Oui, c'était mon double. J'ai attendu qu'un des autres le fasse remarquer, mais personne n'a rien dit.

— Qu'est-ce qui se passe, bhai ? a finalement demandé Chotta Badriya. Elle ne te plaît pas, sa figure ?

— Non, je trouve que ce salopard a une sale gueule.

J'ai tapoté la joue de Vilas Ranade, et puis je me suis relevé.

— Tu as joué une sacrée partie, Samant Saab, j'ai dit.

J'ai pris la main de l'inspecteur Samant, et je la lui ai secouée violemment. Je lui ai flanqué une bonne tape sur l'épaule, j'ai ri, et tous, ils ont ri avec moi, tous autant qu'ils étaient. Mais au fond de moi, je jouais la comédie. Je multipliais les grands gestes et les clameurs, je fêtais l'événement, mais en moi, au fond de moi, je demeurais abasourdi : quel était le sens de cette ressemblance, de cette incroyable ressemblance entre Vilas Ranade et moi, et pourquoi les autres ne s'apercevaient-ils de rien ? Nous avions passé notre temps à nous pourchasser, lui et moi, comme des fantômes entrevus dans des miroirs, pour finalement nous entretuer. Qu'est-ce que cela signifiait ? Quelle voie m'indiquait-elle, cette coïncidence, où me menait-elle ?

Quand nous sommes remontés en voiture, j'étais encore sous le choc de l'éblouissement. De nouveau, nous avons dérivé dans la longue nuit sans lumière et, le temps qu'on se rapproche de la grand-route, j'avais résolu l'énigme. J'avais tranché, c'était une illusion d'optique, un jeu de lumière. Si Vilas Ranade m'avait ressemblé, Chotta Badriya l'aurait vu. Samant aurait dit quelque chose. C'était la fatigue, après toutes ces journées passées sous les verrous. J'avais besoin de sommeil, de repos, de bien manger. Il n'y avait aucune raison de s'inquiéter.

Le tueur Vilas Ranade abattu lors d'une fusillade, titraient certains journaux du soir, le lendemain. *Le Seigneur de la Guerre du gang de Parab meurt dans une fusillade.*

Et ensuite, nous avons détruit le Gang Cobra. Nous avons tendu des embuscades à leurs boys, nous les avons délestés de leur argent, nous avons intimidé leurs hommes d'affaires, nous avons sillonné leurs rues. Nous avons encore perdu quatre boys, et l'un d'eux était mon Sunny, un adorateur des pistolets, il en portait deux sur lui. Une balle tirée dans le dos lui avait brisé quelque chose dans l'échine et l'avait laissé pissant sa vie sur la chaussée. Mais nous avons réduit le Gang Cobra en miettes, et nous leur avons pris leurs territoires. Nous restions les plus petits, mais maintenant, cela semblait être un avantage. Une frappe, un dégagement, un virage sur l'aile, demi-tour, et une nouvelle frappe. Ils étaient perdus, ils étaient vieux, comme leur Rajesh Parab qui, en dernier recours, a fini par quémander l'aide d'autres compagnies plus importantes ; il s'est répandu ici et là, il est même allé jusqu'à Dubaï, et tout le monde lui a donné des assurances, des promesses, et rien d'autre. Nous formions l'équipe gagnante, autour de nous brillait une auréole de lumière cuivrée, qui n'échappait pas à ceux qui suivaient la bataille, à ceux qui plaçaient leurs paris. Ils avaient retenu la leçon, ils l'avaient déjà apprise : un petit groupe de combattants soudés par les épreuves, liés par un amour fraternel, vaincra facilement une vaste organisation peu maniable, au courage déclinant et dont la foi s'est évanouie.

Six semaines plus tard, Rajesh Parab est mort dans son lit, pendant son sommeil, la nuit, d'une crise cardiaque. « Dans ses cauchemars, il devait te voir franchir sa porte », m'a dit Paritosh Shah. Mais j'étais content de ne pas l'avoir tué. Je me serais senti comme un agent de la fourrière abattant un vieux cabot glapissant, et même l'idée ne me procurait aucun plaisir.

Cet hiver-là, j'ai contracté une fièvre. Un sifflement me transperçait le crâne, les secousses me soulevaient dans mon lit trempé de sueur. Rien ne me calmait, ni les films, ni la musique, ni la fille que Chotta Badriya m'avait ramenée. Je crachais, crachais, j'essayais de me débarrasser d'une salive amère. J'avais des comprimés, je buvais de l'eau salée, je mangeais du riz blanc sans garniture. La fièvre me restait collée au corps.

Donc, quand, vers deux heures du matin, Chotta Badriya a frappé d'un coup léger à ma porte, il m'a trouvé tout à fait éveillé.

— On a trouvé Mohan Surve, m'a-t-il annoncé.

— Vous l'avez ici ?

— Dehors, dans la voiture.

— Amène-le-moi.

Je me suis levé, je me suis habillé. Depuis sa trahison, Mohan Surve avait disparu de Bombay. Depuis cette nuit-là, depuis cette seconde où j'avais entrevu son visage devant le Mahal Bar, éclairé par le néon rouge, il avait filé, pfuit, envolé. Dès qu'il s'était mis à grêler des balles, personne ne l'avait plus revu, ni à Bombay, ni à Wadgaon, où habitaient sa sœur, son mari et leurs enfants.

Chotta Badriya est entré dans ma chambre et m'a aidé à enfiler mes souliers.

— On a surveillé sa sœur, m'a-t-il expliqué. Le facteur nous a montré les lettres qu'elle lui envoyait.

— Bien. Et après ?

— Et après, pas grand-chose d'autre. Surve s'est cru très malin. Des mandats postaux, tous les mois, expédiés par un certain Manmohan Pansare, à Pune. Repérer de quel bureau de poste provenaient les mandats, c'était assez facile. Ensuite, on s'est contentés de faire le guet au bureau de poste. Il s'était laissé pousser la barbe.

Cette barbe au visage de Mohan Surve était clairsemée, et ne le dissimulait guère. Il conservait ses joues rebondies, ses yeux de fouine. Je l'aurais reconnu à vingt mètres. Dès qu'il m'a vu, il s'est mis à bredouiller.

— Bhai, j'ai juste eu peur, à cause des coups de feu, et j'ai couru, je me suis caché. Je ne voulais plus me laisser embarquer là-dedans, je ne supporte plus, je suis un lâche, pardonne-moi, bhai, mais je suis comme ça, pardonne-moi. *Sorry*, bhai, *sorry*.

Il n'arrêtait pas de répéter ce mot en anglais, *sorry*, et ça m'irritait, ça faisait monter la colère plus que ce qu'il avait commis.

— Il y en avait pour combien, de ses mandats postaux ? j'ai demandé à Chotta Badriya.

— Cinq mille, six mille, ce genre-là. Le premier était de dix mille.

Alors j'ai regardé Mohan Surve.

— Laisse tomber, Mohan. Vraiment, laisse tomber.

Ma voix n'était qu'un chuchotement paisible. Surprenant, même pour moi.

Et là, il a craqué, il s'est jeté à terre, il s'est agrippé à mes chevilles, il s'est lâché. J'ai senti l'odeur de la pisse qui se déversait sous lui. Chotta Badriya lui avait ligoté les poignets avec un câble électrique vert, et il gigotait, et il tortillait les mains, ça lui pénétrait dans la peau, et le sang suintait le long du câble. Et il s'est répandu, Mohan Surve, il ne pouvait plus s'arrêter : c'était le Gang Cobra qui était venu le trouver, il leur avait dit non, mais ils avaient menacé de tuer sa sœur et son mari, et les enfants, Vilas Ranade en personne l'avait menacé avec un sabre. Donc il leur avait raconté que je serais au Mahal ce soir-là, et ils avaient préparé leur embuscade.

J'ai prié Chotta Badriya de me l'ôter des jambes, et j'ai regagné ma chambre. Je me suis assis sur mon lit. J'ai d'abord pensé aux boys qui étaient morts, à Krishna Gaikwad, à Pradeep Pednekar, et à Qariz Shaikh, avec ses histoires, et je me suis souvenu de ce que j'avais ressenti quand j'avais couru au flanc de ce bâtiment, quand j'avais fui la mort, ces ombres fouettant l'air et qui fondaient sur moi, et le battement du sang au creux de ma poitrine. Et j'ai entendu Mohan Surve gémir dans la pièce voisine, un gémissement qui avait la force d'un cri mais pas la portée, et pourtant, cette longue plainte grinçante traversait le mur. J'ai appelé Chotta Badriya.

— Fais-le taire, j'ai ordonné. Je ne veux plus l'entendre sortir un bruit. Calme-le. Sers-lui quelque chose, du whisky, n'importe quoi. Et rassemble les boys. Tous ceux qui se trouvent dans les parages, tous ceux qui sont disponibles, demande-leur d'être là dans une demi-heure.

Et donc Chotta Badriya a délié les mains de Mohan Surve, il lui a servi un verre de nimbu pani avec trois comprimés de Calmpose écrasés dedans. Le temps que les boys soient tous réunis, Mohan Surve s'était écroulé, couché par terre, pelotonné, un bras lui masquant la tête. Les boys l'ont redressé, ils l'ont soulevé par les poignets et les chevilles, sa tête est retombée en arrière, et ses yeux vitreux, sombres et mobiles roulaient comme deux billes. Ils portaient Mohan Surve par les quatre extrémités, ils étaient quatre à le porter, et ils m'ont suivi. Mohan Surve était silencieux, à présent. Nous l'avons emporté par les ruelles désertes, nous avons laissé les maisons derrière nous, et nous avons gravi la colline, vers les hauteurs de Gopalmath. J'étais muni d'une torche Eveready, et j'éclairais le chemin. Je ne me suis retourné qu'une fois parvenu à la cuvette du sommet. Le temps qu'ils montent tous, la lente colonne de ma compagnie, j'ai contemplé la brume de lumières, en contrebas. Ma fièvre émoussait les pointes de diamant, réduites à des halos circulaires, et l'horizon flottait sous ce fourmillement de lueurs changeantes, le souffle ondoyant de la ville.

— Nous sommes tous là, s'est écrié Chotta Badriya.

Je me suis tourné vers eux.

— Écartelez-le, j'ai commandé.

Et ils se sont exécutés. Les quatre boys qui l'avaient porté se sont assis par terre, de part et d'autre de Mohan Surve, en amont et en aval, et ils l'ont tiré, ils l'ont étiré en croix. Il gisait, immobile, éclairé par les ronds de lumière des torches électriques. Je me suis adressé à la compagnie.

— Vous savez ce qu'il a fait. Beaucoup de nos boys sont morts.

J'ai tendu une main à Chotta Badriya, et il y a glissé le pommeau froid d'un sabre. J'ai contourné Mohan Surve jusqu'à me trouver face à son visage, face au feu flottant de la ville, et j'ai soupesé l'arme dans ma main. Elle était étonnamment lourde pour un objet si mince, si long. Du bon acier bien dense. J'avais une cicatrice sur le haut de l'épaule, et de temps en temps je la sentais, un petit tiraillement, près du cœur, et pourtant, mes bras avaient récupéré leurs forces. J'ai modifié ma position, les jambes écartées, j'ai levé le sabre au-dessus de ma tête, j'ai pris une profonde inspiration et je l'ai violemment abattue, dans la chair du bras droit, juste au-dessous de l'épaule. Sous le coup, il a relevé la tête, regardé autour de lui, tourné les yeux d'un côté, de l'autre. J'avais déjà relevé mon sabre et, cette fois, d'un deuxième coup, je lui ai détaché le bras du corps. Le boy qui le tenait par le poignet droit a basculé en arrière, et un jet de sang noir a jailli dans la lumière tremblotante. Une espèce de grognement s'est échappé de la compagnie, et Mohan Surve a parlé. Un fouillis de syllabes emmêlées, il n'y avait rien à en tirer. Il bredouillait encore quand Chotta Badriya lui a sectionné le bras gauche d'un seul coup de son sabre, j'ai entendu le raclement métallique de la lame contre le rocher, j'ai vu gicler une éclaboussure d'étincelles blanches, Mohan Surve a encore élevé la voix, et il conservait la tête droite, et l'un de mes boys est sorti des rangs, s'est emparé du sabre, pour s'attaquer à sa cuisse gauche. Alors il a crié. Mais quand ce fut le tour de sa jambe droite, il était déjà retombé dans le silence, la tête sur le côté. Je pense qu'il était mort.

— Ramassez les morceaux, j'ai ordonné, et jetez-les quelque part. Et je ne veux plus jamais entendre prononcer son nom.

Ensuite, je suis redescendu de la colline, j'ai regagné mon basti, mon foyer. Dans le miroir de l'alcôve, à droite de la porte, j'ai pu constater que ma chemise était fichue, pleine de sang. Je l'ai retirée, et mon pantalon aussi, trempé sur le devant, et mes chaussures humides. J'ai pris un bain, de l'eau très chaude. J'ai mangé un petit sabudane ki khichdi, j'ai bu un verre de lait assaisonné d'amandes. Et puis j'ai dormi.

L'enquête côté femmes

Le lendemain, Sartaj rejoignit Parulkar pour sa marche matinale. Ils firent plusieurs fois le tour de Bradford Park, qui formait un petit terre-plein en rotonde au carrefour de sept rues, non loin du domicile de son supérieur. Il était cinq heures et demie, et l'herbe sous leurs pieds était un peu mouillée. Parulkar portait des keds rouges, une tunique vague en coton blanc, et il pressait le pas, dépassait les autres marcheurs, leur prenait un tour. Sartaj faisait de gros efforts pour rester à sa hauteur.

— Je ne comprends pas l'enseignement de ces nouvelles écoles, s'étonna Parulkar. À cinq ans, comment se peut-il qu'Ajay ne sache pas lire ? Ils se présentent comme la meilleure école de Mumbai. Rien que pour obtenir une place, sais-tu, il a fallu solliciter au moins une dizaine de contacts.

Ajay était son petit-fils, élève en dernière année de maternelle dans la très moderne école Dalmia.

— C'est une méthode d'enseignement novatrice, monsieur. Ils ne veulent pas mettre les enfants sous pression.

— Oui, oui, mais au moins, à leur âge, qu'on leur apprenne à lire « chat » et « rat ». Et puis, cette pression, toi et moi, on nous la mettait, et ça ne nous a pas trop mal réussi.

Ils dépassèrent les gardes du corps de Parulkar, entamèrent un autre tour.

— Elle ne m'a pas si bien réussi, chef. Les examens me terrorisaient.

— Arre, tu n'étais pas si mauvais. Sauf que tu avais toujours autre chose en tête, le cricket, les films, et plus tard, mon Dieu, les filles.

Parulkar ponctua d'un grand sourire.

— Tu te souviens de cette époque où je devais monter la garde pendant que tu étudiais ?

Sartaj avait quinze ans. Il avait pris la mauvaise habitude de faire le mur au lieu de potasser ses examens, si bien que Parulkar s'était porté volontaire pour le surveiller le soir précédant son examen de mathématiques. En réalité, ils avaient passé un bon moment, à coups de Nescafé, d'oranges et de bananes naines, et c'est alors que Parulkar avait révélé son talent pour réduire les problèmes complexes en questions simples. Sartaj avait obtenu une note de cinquante-huit sur cent, la plus haute jamais décrochée par lui en mathématiques.

— Oui, chef. Et nous avons vu le chowkidar.

Ils avaient jeté des pelures d'orange au chowkidar qui somnolait, et ce souvenir les fit rire, tout comme à l'époque.

— Passons à nos affaires, Sartaj.

— Oui, chef.

Cela signifiait qu'ils arrivaient au terme de la promenade, censément affranchie de toute préoccupation professionnelle.

— J'ai un contact pour toi, au sein de la S-Company. Elle s'appelle Iffat-bibi. C'est la tante maternelle de Suleiman Isa. Elle a longtemps été l'un de ses principaux contrôleurs, ici, à Mumbai. Elle est âgée, mais il ne faut pas t'y tromper. Elle est très intelligente, tout à fait impitoyable, elle a longtemps été une carte maîtresse, pour lui.

— Oui, chef.

— Voici le numéro où tu peux la joindre. – Il glissa un papier plié à Sartaj. – L'après-midi, elle y est toujours. Elle attend ton appel.

— Merci, chef. C'est une grosse touche, chef.

Parulkar haussa les épaules, en agitant une main dédaigneuse.

— Et fais attention. Quelles que soient les informations qu'elle te fournira, ce ne sera pas gratuit. Tôt ou tard, elle te réclamera quelque chose. Donc ne lui promets rien que tu ne puisses tenir.

— Vu, chef.

— Une femme intéressante. Dans le passé, d'après ce qu'on m'a raconté, des hommes se sont fait tuer pour elle. Mais quand j'ai fait sa connaissance, elle était déjà âgée. Et tu sais, à l'époque, je me suis dit qu'elle avait dû être belle femme, en effet, mais pas le genre d'épouse que l'homme aime exhiber en société pour afficher sa réussite. Si un homme est mort pour elle, c'est qu'elle a organisé la chose. Il n'y a aucun doute là-dessus. Absolument aucun doute.

— Je serai prudent, chef.

La promenade de Parulkar était finie, mais il regagna sa voiture sans ralentir le pas. Sartaj le regarda s'éloigner en songeant qu'il n'avait jamais vraiment payé son supérieur de retour pour ce qu'il lui avait apporté. « Rien dans la vie, rien n'est gratuit », telle avait été l'une des premières leçons de Parulkar, et pourtant, Sartaj estimait ne lui avoir jamais rendu la pareille. Un jour, peut-être, lui serait-il redevable du tout.

Ce matin-là, Sartaj et Katekar suivaient la piste donnée par Manika, au sujet d'une Kavita qui avait dansé dans un bar, le Pritam, avant d'accomplir ce premier bond si rare sur l'échelle du show business. En réalité, Kavita s'appelait Naina Aggarwal, et était originaire de Rae Bareli. Le gérant du Pritam Dance Bar avait jeté un œil sur sa photo, et leur avait appris le nom de la série dans laquelle elle jouait : *47 Breach Candy*. Il la regardait, cette série, tous les jeudis, il était très fier d'elle, même si elle ne lui avait plus fait signe depuis qu'elle était apparue à la télévision. Le propriétaire de Jazz Films, qui produisait *47 Breach Candy*, communiqua au policier son numéro de téléphone et son adresse, et lui suggéra de regarder l'émission, qui remportait un succès honorable, avec de fortes parts d'audience, de très bonnes critiques, c'était très divertissant, cela s'inspirait d'une émission américaine, mais sous une forme complètement indianisée, en immersion totale dans notre culture. Naina Aggarwal n'habitait plus à Andheri East, mais dans un appartement de Lokhandwalla avec trois autres filles qui travaillaient elles aussi à la télévision. Elle était de petite taille, plus jolie que sur sa photo, et dès que Sartaj lui demanda d'où elle venait, ce que faisait son père, si elle avait des frères et sœurs, elle fondit en larmes. Le temps qu'il en vienne au fait, elle avait le visage noirci de mascara, et son maquillage avait coulé jusqu'au menton.

— Nous savons que vous avez été impliquée dans des activités très répréhensibles. Mais nous n'avons pas l'intention de vous harceler. Si vous nous aidez.

Elle hocha la tête, très vite, les mains plaquées contre la bouche. Elle était assise sur le lit, toute petite, recroquevillée, et elle avait peur d'eux, dans cette chambre qu'elle était parvenue à se payer seule. Au-dessus du lit, une étagère boulonnée au mur était surchargée de photographies de citoyens de Rae Bareilly, petite ville de l'Uttar Pradesh, tous en chemises de couleurs vives, et Sartaj reconnut le père de la jeune femme, principal de collège. Elle était issue d'une très respectable famille, et elle n'avait dansé dans ce bar que durant quelques mois après son arrivée dans la ville, une période où l'argent lui avait filé entre les doigts à une vitesse qu'elle n'aurait pas crue possible. Elle hochait la tête avec empressement. Elle voulait surtout que la police parte avant que ses colocataires ne rentrent, avant que ses voisins n'apprennent qu'elle était impliquée dans une sale histoire, et qu'elle avait dansé, naguère, dans un bar sordide.

— Tenez, fit l'inspecteur.

Il posa la photographie de la morte sur le lit, à côté de Naina.

— Vous connaissez cette personne ? – Cette fois, elle était terrorisée, mais incapable de détourner le regard de la photographie. – C'est bon. Dites-nous juste son nom.

Il lui fallut avaler plusieurs fois sa salive, trois tentatives, avant de pouvoir proférer sa réponse.

— Jojo.

— Jojo ? J-o-j-o ?

— Oui. Que lui est-il arrivé ?

— Elle est morte.

Naina replia les jambes sur le lit, et elle eut l'air soudain particulièrement juvénile. La série dans laquelle elle jouait avait beau fourmiller d'intrigues, d'adultères et de meurtres, il vit bien qu'elle n'osait pas lui poser la question suivante : comment Jojo était-elle morte ?

— Ne vous inquiétez pas, reprit-il. Si vous vous montrez sincère avec nous : morte comment ?

— Mascarenas.

— Jojo Mascarenas. Et vous avez travaillé pour elle ?

— Oui.

— En faisant quoi ?

Naina avait la tête baissée sur ses genoux et, sans la lever, elle ébaucha un geste désabusé.

— Elle est coordonnatrice, pour les mannequins, et productrice. Elle me recommandait à des agences, elle me mettait sur des clips vidéo.

L'inspecteur fit preuve de douceur, de gentillesse.

— Mais cela ne se limitait pas à cela, n'est-ce pas ?

Katekar était adossé contre la porte. il laissait son supérieur mener l'interrogatoire. Au fil du temps, ils avaient constaté que, dans certaines situations, avec les femmes, la sollicitude et le tact de Sartaj fonctionnaient mieux que les éclats de voix et les outils d'intimidation habituels. Ils usaient chacun de leurs talents en toute objectivité, selon le contexte et l'affaire. Aussi, pour l'instant, Katekar se faisait tout petit dans un coin, immobile.

— Naina-ji, continua l'inspecteur Singh, c'est une affaire très grave. Un meurtre. Mais si vous ne vous montrez pas d'une totale honnêteté avec moi, je ne peux pas vous protéger. Ne vous inquiétez pas. Je vous promets que je ne vous mettrai pas en cause, votre nom ne sera jamais mentionné. J'essaie juste de comprendre ce qu'il en est, au sujet de Jojo. Je ne m'intéresse pas du tout à votre cas, vous n'êtes exposée à aucun danger. Alors, s'il vous plaît, parlez-moi.

— Elle… elle me trouvait des clients.

— Des clients.

Et là, elle pleura de plus belle, pliée en deux, et elle tremblait. Ils repartirent dix minutes plus tard avec le numéro de téléphone de Jojo Mascarenas, l'adresse de son bureau, et quelques données : Jojo était coordinatrice de mode pour les mannequins, et elle possédait aussi une maison de production de télévision, elle produisait des émissions et, quand aucune production n'était en cours, quand elle n'avait ni rôles ni campagnes à gérer, elle ajustait l'offre et la demande, expédiait les jeunes beautés dans le besoin chez les riches et les exigeants, l'affaire de quelques clichés sur papier brillant et de quelques coups de fil, c'était simple, efficace, et tout le monde avait ce qu'il voulait.

Les deux policiers attendaient l'ascenseur dans la pénombre d'un corridor.

— Et donc Naina l'éplorée a décroché son rôle dans la série, conclut Katekar. Après tout ce temps passé à danser.

— Oui, confirma Sartaj. Mais que se passera-t-il si la série fait un flop ?

— Retour à Rae Bareilly.

L'ascenseur sans éclairage arriva, ils montèrent dedans, Katekar s'y reprit à trois fois pour fermer la porte télescopique et la claquer brutalement dans un fracas de ferraille, et ils plongèrent dans un flot vertical de bandes lumineuses.

— Personne ne retourne jamais à Rae Bareilly, observa Sartaj.

Et même si elle y retournait, pensa-t-il, est-ce qu'on voudrait d'elle, à Rae Bareilly ? Elle avait parcouru tout ce chemin jusqu'à Lokhandwalla et *47 Breach Candy*, et jusqu'à Jojo, et Jojo l'avait renvoyée en d'autres lieux.

— Il serait peut-être temps d'appeler la Delhi-wali, chef, non ? fit Katekar.

De longues barres noires lui glissaient sur le visage.

— Pas encore, pas tout à fait. Je veux savoir qui était cette Jojo.

Jojo Mascarenas était une personne soignée. Il y avait cinq jours qu'elle était morte, mais son appartement était propre, brillant, récuré, ciré. Il y avait une rangée de louches en inox scintillant suspendues au mur de la cuisine en ordre croissant. Les deux téléphones et le répondeur posés sur le comptoir, à côté de la table, étaient alignés avec précision, et les surfaces carrelées de la salle de bains, de l'autre côté du couloir, miroitaient d'un bleu profond.

— Cette femme gagnait de l'argent, constata Katekar.

Mais elle le dépensait avec mesure. L'adresse du bureau qu'on leur avait fournie se révélait être son appartement, au troisième étage du « Nazara », sur Yari Road. Elle gagnait de l'argent, mais elle s'y entendait aussi sur le plan des économies : la première petite chambre, dans le couloir, sur la droite, tenait lieu de local pour la production ; elle était bourrée à craquer, trois bureaux, des dossiers, un ordinateur, deux téléphones et un télécopieur, toutes choses élégamment ordonnées, toutes choses nécessaires au métier qu'elle exerçait. Même sa chambre n'avait rien d'extravagant, juste un matelas d'une personne sur un châlit très bas, sans tête de lit. Il y avait un haut miroir fixé au mur, et devant ce miroir, une table où s'alignaient des cosmétiques, avec un tabouret noir. Il n'y avait pas de canapés en cuir, pas de lustres, pas de statues en or, aucune de ces extravagances auxquelles Sartaj se serait attendu chez une personne qui faisait commerce d'images et de corps. Quand il avait introduit la clef sortie de sa poche, quand il l'avait tournée dans la serrure sans rencontrer de résistance, il s'était attendu à découvrir un bordel filmi tendu de satin rouge, ou un désordre de souillon, sûrement pas ce sobre refuge, logement et lieu de travail tranquille. Cette découverte le mystifiait.

— Bon, dit-il. Allez, on fouille.

— Qu'est-ce qu'on cherche ?

— On cherche qui était cette femme.

Katekar se mit au travail, mais on le sentait impatient et rapide, il désapprouvait. Sartaj savait qu'il préférait le récit dépouillé et lourd de sous-entendus des affaires de meurtre ordinaires, avec un cadavre, un tueur inconnu ou des tueurs inconnus, et un mobile. Ici, on avait deux morts, dont l'un avait tué l'autre, c'était l'évidence – en quoi la nature de leur relation importait-elle ? Comment savoir ? Pourquoi s'en soucier ? Qui se souciait d'un gangster et d'une maquerelle ? Katekar gardait le silence, mais Sartaj savait qu'il pestait. Pour Katekar, c'était une affaire d'aaiyejhavnaya, une affaire d'enfoiré, il en était persuadé, et cette femme de Delhi était une aaiyejhavnaya, ce n'était rien que du jhav. Une enculade. « Jhav-jhav-jhav », fredonnait Sartaj tout en s'attelant à la besogne. Il s'occupa d'abord de la chambre, parce que c'était le plus simple. Ce qui leur serait utile se trouverait plutôt dans le bureau, mais il fallait quand même s'occuper de la chambre, et donc il s'y attaqua. Une penderie profonde, encastrée dans le mur sur toute la longueur de la pièce, contenait deux rangées serrées de saris, de chemisiers, de ghagras, de pantalons, de jeans, de T-shirts et de chemises. Tout cela suivant un ordre, une logique personnelle et féminine que Sartaj ne comprenait pas tout à fait, mais qui rappelait les gradations de couleur des chemises dans sa propre penderie, du rouge au bleu. La garde-robe de Jojo suffit à lui faire apprécier la jeune femme. Cela lui plaisait, cet amour des chaussures, le soin qu'elle accordait au cuir, sa conception claire des différentes fonctions du soulier, pourquoi il était nécessaire d'avoir trois paires de baskets, du modèle le plus sobre jusqu'au super-technologique, et cela lui plaisait qu'elle les ait rangées tout à fait sur la droite, à l'extrémité de la rangée du bas, de ces trois étages de sandales, de bottes, de chappals et de talons aiguilles. L'appartement était simple, presque nu, mais les vêtements, eux, étaient ostentatoires. Sartaj approuva.

Comme il fallait s'y attendre, il n'y avait dans la chambre rien qui soit digne d'un intérêt particulier. La salle de bains rose et bleu contenait une multitude de shampooings et de savons, deux culottes et un soutien-gorge pendus à la tringle du rideau. Il y avait encore d'autres vêtements, quelques plats et de vieilles lampes dans les espaces de rangement situés au-dessus de la penderie, du nécessaire de maquillage, toutes sortes de fils et d'aiguilles dans les tiroirs de la coiffeuse, et une pile de *Femina*, de *Cosmopolitan*, de *Stardust* et de *Elle* à côté du lit, et c'était tout. Quand Sartaj sortit dans le couloir, Katekar achevait de fouiller le salon.

— Son sac à main se trouvait derrière le comptoir de la cuisine, annonça-t-il. Par terre. Juste posé là.

— Rien dedans ?

— Rouge à lèvres et tout le tralala, rien d'autre. Pas de permis de conduire, mais une carte d'électeur et une carte de crédit permanent.

Il lui tendit les deux cartes. Juliet Mascarenas, indiquaient-elles l'une et l'autre. C'était la première fois que Sartaj la voyait sourire. Elle était si vivante, sur ces deux clichés, à la fois nonchalante et étincelante, sûre de vous avoir deviné.

— Rien d'autre ? s'enquit Sartaj.

— Rien. Mais il n'y a pas de photos.

— Pas de photos ?

— Pas de photos. Pas une seule dans toute la maison. Je n'ai jamais vu de femme qui ne colle pas de photos partout chez elle.

Il avait raison. Quand Megha l'avait quitté, elle avait emporté une tonne de photos avec elle, et même après son départ, il avait encore consacré un dimanche après-midi à retirer des murs des clichés qu'il avait rangés dans une boîte à chaussures. Et Mam en avait des murs entiers, toutes les histoires de la famille, de ses différentes branches, tous ses parents, proches et lointains, tous les êtres perdus.

— Peut-être que cette Jojo les conserve dans ses dossiers, suggéra Sartaj.

Et ils se rendirent dans le bureau. Les dossiers étaient classés dans une armoire à classeurs noire, sur quatre compartiments superposés. Ils étaient soigneusement étiquetés : « D'Souza Pub Chaussures » ; « Campagne Restaurant Sharmila ». L'étage du bas était bourré à craquer, lourd, et coulissait lentement.

— Des acteurs ? demanda Katekar.

— Oui, et des actrices.

Les hommes étaient à droite, les femmes à gauche, des rangées de photos sur papier brillant, par ordre alphabétique, avec des curriculum vitae agrafés au dos. Anupama, Anuradha, Aparna. Pas tout à fait des actrices, mais des jeunes filles pleines d'optimisme. Remplies d'espoir. Il y en avait un tas, il y en avait tout simplement trop. La plupart d'entre elles ne connaîtraient jamais le succès, et pourtant, il en arrivait toujours davantage dans cette cité de l'or. C'était dans ce surplus, dans cette soif, dans cette équation évidente, que Jojo puisait ses revenus. Ils continuèrent de fouiller, ouvrirent des tiroirs, vidèrent les dossiers des rayonnages. Il y avait aussi une armoire métallique, pas très haute, qu'ouvrait la troisième clef de l'anneau de Jojo. À l'intérieur, ils trouvèrent ses livrets de banque, ses chéquiers, ses relevés de comptes bancaires, ses bijoux dans un coffret métallique : deux colliers en or, trois paires de bracelets en or aux dessins différents, un rang de perles, des boucles d'oreilles en diamant et une pile d'autres en argent.

— Où est son argent liquide ? s'étonna l'adjoint. Où garde-t-elle son cash ?

Le liquide, c'était avec le liquide que certains clients s'acquittaient de leurs dettes, payaient certaines denrées. Il y avait certes un peu d'argent noir dans les affaires télévisuelles tout à fait légales de Jojo, mais pour l'essentiel, ces transactions-là s'effectuaient par chèques, en toute intégrité, sans dessous-de- table. Son petit commerce complémentaire de prostitution, lui, ne générait que du cash, certainement, des monceaux de cash. Mais l'argent ne se trouvait pas dans le coffret métallique. Or Jojo ne pouvait pas le déposer en banque. Où était-il ? Sartaj passa dans le couloir, fit le tour de la cuisine et du salon. Il décolla du mur une gravure encadrée. Une scène de forêt, mais sous la clairière verdoyante il n'y avait rien d'autre qu'un pan de mur. Dans la salle de bains, il monta sur le rebord de la baignoire et tapa sur les dalles isolantes du plafond. Tout était massif, pas de niches discrètes, pas de logements secrets non plus derrière le ballon d'eau chaude accroché au-dessus de la porte. De retour dans le couloir, il vit que son second, dans le bureau, avait écarté les armoires et les tables des murs, et s'était mis à genoux ; il sondait les contours du revêtement de sol. Par le passé, il leur était arrivé de découvrir de l'argent dans des cachettes subtiles, dans des trous habilement aménagés. On possédait dans cette ville une compétence d'expert pour dissimuler l'argent : les entrepreneurs avaient perfectionné l'art de la fabrication d'étagères et de têtes de lit qu'un bouton juste effleuré suffisait à faire coulisser. Un jour, ils avaient découvert des lingots d'or dans les ourlets d'opulents rideaux de brocart rouge. Cela s'appelait de l'argent noir, mais Sartaj y pensait comme à de l'argent gris : c'était illégal, c'était une plaie, mais les impôts, c'était légal, et c'était une plaie aussi. Donc, s'il recherchait cet argent gris, il n'éprouvait jamais le moindre mépris pour ses détenteurs. Mais Jojo avait gagné ces sommes en vendant des jeunes filles aux appétits poisseux des hommes, et donc son argent était beaucoup plus noir que d'autres, en dépit de la propreté qu'elle observait dans son existence. Où était-il, cet argent puant, ce tas de papier qui sentait les draps d'hôtel rances et la sueur séchée ? Où ? Pas dans la salle de bains rose et bleu, et pas à l'intérieur du matelas non plus. Sartaj sortit les vêtements de la penderie et les jeta sur le lit, créant un empilement de soieries cramoisi, blanc et vert sombre. Il sonda les murs du placard, frappa dessus, s'y appuya des deux mains, s'imprégna de l'odeur de Jojo, de la respiration de son corps et de ses parfums. Il resta là, debout, un moment, les paumes plaquées contre le plafond de la penderie, puis il alla s'asseoir sur le lit. Juché sur une cascade de chemisiers et de jupes, il posa la question : Où l'as-tu caché ? Où ? L'endroit le plus vraisemblable restait la salle de bains, à cause des carreaux, derrière lesquels il était facile d'aménager un compartiment, mais on tombait dans le cliché : Hema Malini et Meena

Kumari, et une demi-douzaine d'autres héroïnes de cinéma s'étaient fait prendre avec du cash dans leurs toilettes, et Jojo était plus raffinée que cela. Sartaj en était persuadé.

Le dos appuyé sur le tas de vêtements, il étudia le mode de rangement des chaussures. Il y en avait trois étages, sur trois supports fixés à la cloison du fond de la penderie, taillés dans le même bois, et qui en occupaient presque toute la longueur. L'étage du bas, tout à fait à droite, était le plus informel – des baskets et des chappals Bata en gomme de couleur vive, et puis des chappals Kolhapuri, un assortiment. Le deuxième étage était celui des chaussures confortables, les souliers pratiques, professionnels, robustes et faciles à porter pour une journée de travail. L'extrémité de gauche du deuxième étage se terminait sur des solides chaussures montantes à gros lacets, genre impressionnant, et l'étage supérieur débutait sur la droite par une paire de bottes noires à talons aiguilles dont la tige molle devait monter jusqu'à mi-cuisse. À partir de là, les talons étaient de plus en plus délicats, de plus en plus dangereux, empeignes et lanières fines, de plus en plus fines, et finalement, tout à fait à gauche, la dernière paire du dernier étage était une chose diaphane couleur d'ambre brûlé, un rien de chaussure, talon aussi effilé qu'une lame, bride unique, en diagonale, conçue pour mettre en valeur un pied à la fois nu et habillé.

— Bien vu, Jojo, s'écria-t-il. Ça, c'est de la chaussure, Jojo.

Il se leva, écarta les modèles de l'étage du milieu, saisit la planche et tira dessus d'un coup sec. Du solide. Il pencha la tête et inspecta le sol, le fond du placard, sous les rayonnages. La rangée du haut allait des bottes aux talons aiguilles. « Tu vas de droite à gauche, Jojo », en conclut-il. Il se baissa, à ras du plancher, les bras écartés, il empoigna la planche supérieure par les deux bouts, et tira. Toujours aussi solide, mais ses doigts coulissèrent et il sentit une rainure, deux rainures, une de chaque côté. Elles couraient sur toute la tranche, juste sous le rebord saillant de la planche du haut, sur un doigt d'épaisseur, et une quinzaine de centimètres de longueur : des poignées. Il avait le nez à deux centimètres des talons aiguilles noirs de Jojo, et il en avait le pouls bourdonnant. Je te tiens. Je te tiens. Il agrippa les deux poignées et tira en arrière. Rien, pas de jeu. Encore du solide. Mais sur la partie supérieure de la poignée droite, il y eut un petit mouvement, une contraction sous ses doigts. Il cala le gras de la paume contre le haut du rayonnage et serra comme s'il serrait la manette de frein très raide d'une moto, et oui, oui, ça bougeait, c'était net, un loquet cédait. Il répéta le geste des deux côtés, tira en arrière, et toute l'installation, les trois planches avec leur chargement de chaussures, tout l'édifice céda et se déboîta de la penderie. Il partit en arrière avec un grand sourire, éparpillant les chappals, les bottes et les sandales à lanières autour de lui.

— Hé, Katekar, beugla-t-il. Katekar.

Ensemble, joyeux, ils contemplèrent le compartiment profond de soixante centimètres où Jojo avait entassé ses secrets. Son argent était là, naturellement : des piles de liasses de billets de cent et cinq cents roupies soigneusement alignées tout au fond, sur la gauche. Katekar en prit les mesures d'un geste de professionnel, entre le pouce tendu et l'index de sa main gauche.

— Pas grand-chose, lâcha-t-il. Cinq ou six lakhs. Ça me rappelle le magot de Gaitonde.

Les liasses de cinq cents roupies étaient neuves, encore entourées de leur bandeau de la Banque centrale, et enveloppées dans ces mêmes films plastique si pratiques.

— Gaitonde devait la payer, en conclut l'inspecteur.

— Pour ses services de pourvoyeuse de randis.

Sur la droite, également dans le fond de la niche, étaient couchés trois albums de photos noirs, les uns sur les autres. Sartaj n'éprouvait aucun besoin urgent, aucun désir de s'en emparer, de les ouvrir et de se plonger dans la vie cachée de Jojo. Il restait concentré sur l'argent, et il savait que son adjoint aussi. Il entendait le lent piston de la respiration de Katekar, comprimé par son inconfortable position accroupie et penchée. Ce cash demeurait problématique : six lakhs en liquide découverts dans l'appartement d'une femme morte devaient rejoindre le panchnama et, de ce fait, aboutir dans la gueule du gouvernement, point final. Personne n'irait poser de questions gênantes sur le magot d'une sous-maîtresse morte. Le montant était assez limité pour que personne ne remarque son absence, et les règles de prudence de Katekar ne s'en trouvaient pas violées. Personne ne remarquerait, à moins que Jojo ne tienne des registres, ou qu'elle n'en ait parlé à quelqu'un.

Peu probable, mais possible. Dans une affaire à haute tension, dont l'axe pointait du côté de New Delhi, et impliquant le RAW, c'était trop risqué ; il y eut un simple échange de regards entre eux, et c'était décidé.

— Les albums, s'écria aussitôt Sartaj, et il les tira de leur logement.

La première photographie du premier album était celle d'une Jojo plus jeune, bien des années plus jeune, et beaucoup moins expérimentée. Elle portait une robe rouge, en fait une robe de fillette à col Claudine à taille haute, et elle paraissait à peu près seize ans. Elle était assise sur un canapé noir, bras dessus, bras dessous avec une jeune fille plus âgée, elle aussi tout sourire, les dents blanches. Les quelques pages suivantes montraient le même duo, riant sur un lit, sur la plage, sur un balcon, l'horizon des toits de Mumbai en toile de fond.

— Deux sœurs, hasarda Katekar.

— Exact, acquiesça l'inspecteur. Mais qui donc prend les photos ?

Il continua de tourner ces pages pleines de bonheur et d'amour. Puis il y eut une page vide, blanche. Mais il y avait eu une photo, on en voyait l'empreinte sous la fine feuille plastifiée. Sur la page d'après, de nouveau les deux sœurs, cette fois dans les Jardins suspendus. Au total, toutes les deux pages environ, une photo avait disparu. Vers le milieu de l'album, les sœurs fêtaient un anniversaire. Ce n'était pas vraiment une fête, elles étaient seules, avec des cadeaux sur la table du dîner et un gâteau rose couvert d'un épais glaçage blanc.

— Dix-sept ans, fit Katekar.

Fort de son talent pour le calcul mental, il avait compté les flammes des bougies. Sartaj tourna la page, et tomba encore sur un blanc, cette fois sans trace d'aucune image. Le reste était vide. On avait cessé de prendre des photos. Il posa l'album de côté, et passa au suivant. Celui-ci remontait à l'enfance. Les deux sœurs étaient en chemises blanches et jupes sombres d'écolières. Puis pieds nus, heureuses, leurs paires de nattes identiques pointant comme des ailettes, devant une maison au lourd linteau de pierre et aux épaisses portes de bois, dans une cour intérieure inondée de soleil.

— Un village, fit Sartaj. Mais où ?

— Dans le sud, répondit son adjoint. Quelque part au sud. Konkan.

À présent, on était dans un studio ; les sœurs, dans deux robes bleues identiques, à manches bouffantes, deux salves de dentelle à hauteur de la gorge, étaient en compagnie de leur mère, sobrement vêtue de noir, manches longues jusqu'aux poignets, chevelure éclaircie çà et là de mèches grises, et, pris dans l'éclat des spots, le crucifix qu'elle portait à son cou étincelait. Elle souriait, mais avec réserve.

— Et pas de père, observa Katekar. Qu'est-ce que c'est, une ferme ?

Les sœurs jouaient sous les arbres, sous des frondaisons débordant d'une lumière verte, elles couraient entre de longues rangées de plantes à larges feuilles aux bords recourbés.

— Je ne sais pas, fit Sartaj.

Il n'y connaissait rien aux arbres, aux plantes, aux fermes. C'était un autre monde.

Le dernier album était du genre démodé, comme on n'en faisait plus, avec d'épaisses pages noires, et la première photo était collée par d'élégants petits coins dont Sartaj avait oublié le nom. Katekar et lui s'écrièrent en chœur : « Le père. » Il était assis, avec cette raideur particulière aux hommes et aux femmes des générations antérieures devant l'objectif, une solennité de rigueur pour un événement rare. Il portait un uniforme blanc. Il avait les épaules dégagées, la main droite fermée, un poing calé sur la hanche.

— La marine, en conclut Katekar.

— La marine marchande.

Le père avait les grands yeux de ses filles, le regard franc. En fait, les deux pages suivantes, il n'y avait encore qu'une fille, debout entre lui et son épouse, leur tenant les mains à tous les deux. Et puis, sur une autre page, la nouvelle venue était là. Elle avait les deux mains et les deux pieds tendus vers l'objectif, un sourire édenté, les cheveux fins et le visage rond. Elle pointait la main vers le nom inscrit au-dessus de la photo, le nom écrit à l'encre blanche sur la page noire, une écriture ourlée d'ornements et de motifs décoratifs : Juliet.

— Ju-li-et ? s'étonna Katekar.

— Oui, confirma l'inspecteur. Comme la Juliette de Roméo.

Katekar partit d'un long rire sonore.

— Alors Juliet est devenue Jojo ? Et Gaitonde était son Roméo ?

Il avait prononcé « Roo-mio », à l'anglaise, et Sartaj trouva le plaisir qu'il y prenait injuste et monstrueux, et ses éclats de rire un peu gras lui démangèrent la nuque. En cet instant, il trouva Katekar grossier, très ganwar, très basse classe, mais il ne prit pas la peine de le corriger. Il se sentait protecteur à l'égard de feu Juliet, cette Juliet qui avait précédé Jojo. Dans les pages suivantes, elle avait grandi, sous la garde attentive de sa sœur et de sa mère. Peu de temps après, Juliet commençait à marcher, la mère habillait les deux sœurs à l'identique, même robe, même coiffure, même bandeau dans les cheveux. La première de la série était une prise de vue de studio sur fond de tour Eiffel. Elles étaient debout, la main dans la main, sous l'arc gracieux du monument tendu vers un ciel rouge, et il y avait maintenant deux noms inscrits à l'encre blanche sous le cliché : « Mary » et « Juliet », séparés par des arabesques fantaisie.

— Mary Mascarenas, chuchota Sartaj – la sœur.

Le jumelage vestimentaire s'achevait avec les dix ans, ou peut-être les onze ans de Juliet, avec les dernières images de l'album. Sur la photo d'anniversaire, elle avait les cheveux coupés court, un joli petit carré pimpant, bien plus court que Mary, et portait un collier de perles de couleurs claires. La robe était la même que celle de sa sœur, à quelques différences près. Elle lui allait mieux. Juliet s'affirmait, elle savait qui elle était et elle résistait à sa mère. Sartaj aimait bien le côté exubérant de la posture, dressée sur la pointe des pieds, son impudence. Et puis il y avait Mary, la sérieuse.

Dans l'épais carnet d'adresses de Jojo, à la lettre « M », il trouva « Mary », deux numéros de téléphone, celui du bureau et celui du domicile, et une adresse, à Colaba. Mais le numéro était ancien, périmé, il savait que le central de Colaba s'était converti au numérique depuis sept ou huit ans. Jojo n'aurait-elle plus adressé la parole à Mary depuis huit ans ? Sartaj médita la question, et puis ils remirent l'appartement en ordre, rangèrent les objets à leur place initiale, tout, sauf le placard de la chambre. Ensuite, Sartaj appela la Delhi-walli.

Ils s'assirent dans le bureau de Jojo. Pivotant lentement dans le fauteuil, Sartaj réfléchissait aux sœurs et aux disputes. Mam parlait souvent de sa propre sœur aînée, Mani-musi, de son entêtement, de son refus gauchisant et stupide de recevoir une aide à domicile malgré la maladie, sa faiblesse, et si elle tombait dans son escalier, victime d'un évanouissement ou quelque chose de ce genre, combien de fois lui ai-je répété de venir ici s'installer avec moi, mais elle est si têtue. Sartaj n'avait jamais osé lui rappeler qu'elle, Mam, la sœur cadette, n'était pas moins inébranlable, pas moins jalouse de sa propre indépendance, pas moins attachée à la maison qu'elle avait construite, à ses hauts murs, à ses sols chatoyants et à ses lumières familières, à ses corridors de silence.

Jojo s'était construit un foyer, elle aussi, chèrement gagné. À côté de l'évier de la cuisine, dans un petit placard au niveau du sol, ils avaient trouvé une boîte à outils, et deux rangées de pots de peintures de couleurs diverses. Elle avait peint toutes les pièces de l'appartement elle-même. À l'intérieur du frigo, il y avait des boîtes en plastique remplies de restes de nourriture. Jojo ne jetait rien. En dépit de l'extravagance de ses chaussures, elle était économe. Et puis, elle était énergique, songea-t-il. Cela se voyait sur les photos. Elle devait être efficace dans ce qu'elle entreprenait.

La Delhi-walli arriva rapidement. Dans les vingt minutes, peut-être même moins, à bord d'une Ambassador noire. Depuis la fenêtre du salon de Jojo, les deux policiers regardèrent le véhicule s'arrêter sur l'esplanade de l'immeuble, en un rien de temps. Il y eut le *rat-rat-rat* rapide des portières de voitures qui claquent et, à peine deux minutes plus tard, on frappait à la porte.

Le souffle court, Anjali Mathur précéda ses gens à l'intérieur. Aujourd'hui, sa salwar-kameez était brun foncé. Immédiatement derrière elle, il y avait Makand, l'homme qui avait jeté Sartaj hors du bunker de Gaitonde.

— La chambre à coucher ? demanda Anjali.

Sartaj la lui désigna du doigt. Au téléphone, il lui avait déjà livré le nom de Jojo, sa profession, ses professions, le secret de la niche dans la penderie, et la sœur prénommée Mary. Le numéro qu'il avait appelé était une ligne fixe, mais on avait dû lui transférer l'appel sur le téléphone portable qu'elle tenait dans la main gauche.

— Pourriez-vous patienter dehors ? lui lança-t-elle par-dessus l'épaule tout en traversant la pièce au pas de charge.

Un de ses larbins à poil court empoignait déjà le bouton de porte, et Katekar l'avait à peine franchie qu'elle se refermait brutalement. Sartaj et lui restèrent dans le couloir, trop déconcertés pour se mettre en colère.

Il n'y avait rien d'autre à faire qu'attendre, et c'est ce qu'ils firent.

— Ces chutiyas, là, avec elle, murmura Katekar, c'étaient les mêmes que ceux de l'autre jour, chez Gaitonde.

Sartaj opina. Les trois hommes qui accompagnaient Anjali Mathur étaient en effet présents dans le bunker du gangster, et ils arboraient tous la même coupe de cheveux, les mêmes chaussures. Et elle, quelles chaussures portait-elle, avec sa salwar-kameez brune ? Il n'avait pas remarqué, tout s'était déroulé trop vite. Quelque chose d'éminemment pratique et raisonnable, il en était persuadé, une paire de robustes souliers à talons plats. C'était son genre, avec ses cheveux attachés, tirés en arrière, sa dupatta soigneusement nouée en écharpe, et son sac carré en cuir marron, à larges bandoulières, assez grand pour contenir tout ce qu'un agent international pouvait avoir à emporter en mission. À l'endroit où ils se tenaient, devant l'ascenseur, l'air était très chaud et dégageait une odeur de renfermé, et il sentait la sueur lui couler sur les avant-bras. Il se mit à respirer profondément, sur un rythme qu'il avait mis au point au cours de ses milliers de planques. S'il parvenait à régler sa respiration comme il fallait, la chaleur et la sueur allaient refluer, le temps allait s'enrouler sur lui-même jusqu'à créer un maelström d'immobilité, et tant qu'il demeurerait là, sans bouger, il serait soulagé du monde. Mais il fallait trouver le rythme juste, le rythme exact. Il respirait, et il entendait Katekar, de l'autre côté de la porte, s'efforçant lui aussi de trouver refuge dans une immobilité close. Ils transpirèrent ensemble et, au bout d'un certain temps, ils respirèrent ensemble. Sartaj flottait, s'élevait, disparaissait dans les chambres de son enfance où, avec une concentration inquiète, il blanchissait sa paire de keds pour le cours d'éducation physique du matin, et il les montrait à Papa-ji, fort pointilleux sur la perfection de la blancheur, bien plus que les surveillants de l'école, et qui avait imprégné son fils de cette leçon cardinale : la plus élégante des tenues pouvait être gâchée par une paire de chaussures négligée, et à l'inverse, une tenue quelconque pouvait être magnifiée par des mocassins à glands, souples, d'un brun profond, polis comme des miroirs. Qu'avait fait Mam des chaussures de Papa-ji ? De cette double colonne empilée dans une étroite armoire spécialement conçue, installée à la gauche de la penderie ? Et qu'étaient devenus ses costumes, cette odeur de laine mêlée de naphtaline, cette laine des montagnes gorgées de pluie ? Donnés, emballés, expédiés. Perdus, même la chemise blanche des Philippines qu'un ami lui avait rapportée de Manille, qui mettait en valeur les moustaches blanches aux pointes retroussées de Papa-ji, et le galbe de sa barbe, qu'il portait avec une extravagance enchanteresse, le jour de son soixante-septième anniversaire, assortie d'un pantalon de twill gris et d'un turban noir de jais. D'abord, lorsqu'il l'avait vu prendre le chemin gravillonné devant la maison, Sartaj avait éclaté d'un rire admiratif. Mais plus tard dans la soirée, au retour du restaurant, alors qu'ils grimpaient trois volées de marches dans une nouvelle galerie marchande, Papa-ji avait dû s'arrêter au deuxième palier pour reprendre son souffle, et Sartaj avait détourné le visage. Il avait regardé fixement par une fenêtre, les enseignes au néon, et il avait écouté ce souffle alternatif et papillonnant, la vie qui se cherchait, se trouvait, la vie encore à l'œuvre, et il avait eu peur.

— Inspecteur Singh ?

C'était Makand, qui pointait sa tête ronde, rase et grise dans le couloir.

— Entrez, je vous prie.

L'invite ne s'adressait qu'à lui.

Anjali Mathur était assise à la table de la cuisine. Elle désigna la bouteille d'eau fraîche et les verres posés dessus.

— Désolée de vous avoir fait attendre à l'extérieur. L'affaire est telle que nous devons nous montrer d'une extrême prudence.

Le reste de sa petite armée s'était absenté du salon. Pour fouiller la chambre, peut-être. Sartaj se versa un verre d'eau, but et attendit. L'eau était froide, délicieuse. Il était content de boire et de garder le silence, car il ignorait de quelle sorte d'affaire il s'agissait. Anjali Mathur avait un regard direct, des yeux brillants, et elle attendait maintenant qu'il lui dise quelque chose. Il se versa un autre verre, et le but lentement cette fois, à petites gorgées. Si l'affaire était telle, quelle qu'en soit la nature, il n'avait rien à gagner en parlant. Il but, à petites gorgées, et soutint son regard, sans défi, avec décontraction, tout en buvant, mais sans céder.

Elle changea de position, à peine, et s'installa dans un sourire des plus vagues.

— Voulez-vous savoir de quelle sorte d'affaire il s'agit ?

— Vous ne me direz que ce que je dois savoir.

— Je ne peux pas vous en dire beaucoup. Mais je peux vous assurer que c'est une très grosse affaire.

— Oui.

— Qu'est-ce que cela vous inspire ?

— Cela m'effraie.

— Cela ne vous enthousiasme pas d'avoir été choisi pour travailler sur une grosse affaire ?

Il rejeta la tête en arrière, il éclata de rire.

— L'enthousiasme est une chose. Mais les grosses affaires peuvent dévorer les petits inspecteurs.

Cette fois, ce fut son tour de lui soutirer un large sourire.

— Mais vous allez travailler dessus ?

— Je fais ce qu'on m'ordonne.

— Oui. Je suis désolée de ne pas pouvoir vous en révéler beaucoup plus. Mais disons que cela concerne la sécurité nationale, un grand danger qui pèse sur la sécurité nationale.

Là encore, elle attendait une réponse de sa part.

— Vous comprenez ce que je vous dis ?

Il haussa les épaules.

— Ce genre d'histoire, ça me paraît toujours un peu filmi. En général, mon travail le plus excitant consiste à boucler les taporis locaux pour extorsion. Un meurtre ici ou là.

— Cette affaire-là est une vraie affaire.

— OK.

— Et une très grosse affaire.

— Je comprends.

Il ne comprenait pas grand-chose, mais si c'était une grosse affaire, et de la bonne espèce, il n'était peut-être pas si mal de s'y trouver mêlé. Peut-être qu'il y aurait des honneurs et des récompenses à retirer d'être intervenu dans une si grosse affaire, fût-ce modestement.

— Il nous en faut davantage sur les activités conjointes de cette Jojo et de Gaitonde. Quel genre de commerce ils géraient ensemble.

— Oui.

— Vous l'avez trouvée très vite, cette Jojo. Shabash. Mais nous avons besoin d'en savoir plus. Poussez l'enquête du côté de Gaitonde. Insistez du côté de ses associés, de ses employés, de tous ceux que vous pourrez dénicher. Voyez ce qu'ils racontent.

— Je vais m'en occuper.

— Je vais faire vérifier le numéro de téléphone de la sœur par un contact, au commissariat de Colaba. Quand nous posséderons ses coordonnées, vous irez lui parler, voir ce que vous pourrez obtenir d'elle, concernant Jojo.

— Je dois aller m'entretenir avec la sœur ?

— Oui.

Il était impossible d'enquêter sans modifier l'objet de l'enquête, sans que les sujets concernés se mettent sur leurs gardes. Or, pour des raisons qu'Anjali Mathur n'avait pas l'intention de lui révéler, elle tenait fortement à ce que les suspects concernés croient à une enquête locale. Il se dit qu'elle avait une bonne tête d'enquêtrice, curieuse, mais neutre, ne laissant rien paraître.

— Bien, madame, fit-il. Je peux lui annoncer que sa sœur est morte ?

— Oui. Voyez si elle sait quelque chose des transactions de Jojo avec Gaitonde. Et, comme précédemment, c'est à moi que vous rendrez compte, en direct. À moi seule. À ce numéro de téléphone.

C'était tout, du moins en ce qui concernait les instructions et les éclaircissements d'Anjali Mathur. Il prit la bouteille et un verre, sur la table, et les emporta dans le couloir, pour Katekar, à présent trempé de sueur des épaules au bas du dos. Il était moins gêné par la chaleur estivale que son supérieur et ne voyait aucun inconvénient à marcher trois kilomètres par un après-midi de mai, mais il transpirait bien plus que lui. Sartaj mettait cette résistance à la chaleur sur le compte d'une vie entière de conditionnement : Katekar avait grandi sans ventilateurs, et donc il survivait allégrement aux vagues de chaleur. Tout était affaire d'habitude. Katekar but un verre d'eau.

— On a bientôt terminé ou quoi ? fit-il, avec un signe de tête en direction de l'appartement, de Jojo et d'Anjali Mathur.

— Pas encore.

Son adjoint ne répondit rien.

— Bois tout, lui conseilla-t-il encore, tout sourire. On a du pain sur la planche. La sécurité nationale dépend de nous.

Un autre personnage souhaitait évoquer la sécurité nationale ; il attendait l'inspecteur Sartaj Singh au commissariat. Il s'appelait Wasim Zafar Ali Ahmad, et son patronyme était imprimé en hindi, en urdu et en anglais sur la carte de visite qu'il tendit au policier. Sous le nom, un titre était inscrit, « Travailleur social », et deux numéros de téléphone.

— J'ai été surpris, saab inspecteur, fit l'homme, d'apprendre que vous vous êtes rendu deux fois à Navnagar sans me contacter. J'en ai conclu qu'il était difficile de me trouver. En général, je ne suis pas à mon domicile. Je me déplace beaucoup, pour mon travail.

L'inspecteur retourna la carte du bout des doigts et la posa.

— Je me suis rendu à Bengali Bura.

Ils étaient assis de part et d'autre du bureau, face à face.

— Qui se trouve bel et bien dans Navnagar. Je travaille souvent par là-bas.

Il devait avoir la trentaine, cet Ahmad, avec son nom à rallonge, un peu grassouillet, un peu haut sur pattes, et très sûr de lui. Il avait attendu le policier devant le commissariat et l'avait suivi à l'intérieur, en tenant sa carte prête. Il portait une chemise noire ornée de broderies aux poignets, un pantalon blanc impeccable, et l'expression du visage était déterminée.

— Connaissiez-vous le garçon qui a été assassiné ? lui demanda l'inspecteur.

— Oui, je l'avais rencontré, en quelques occasions.

Sartaj avait déjà vu Ahmad, lui aussi, il en était certain. Il ne lui était pas inconnu, il devait passer au commissariat, comme c'était souvent le cas des travailleurs sociaux.

— Vous vivez à Navnagar ?

— Oui. Du côté de la grand-route. Ma famille a été une des premières à s'installer là-bas. À cette époque, il y avait surtout des gens de l'Uttar Pradesh, du Tamil Nadu. Ces Bangladeshis, ils sont arrivés plus tard. Ils sont trop nombreux, mais que peut-on y faire ? Donc je travaille avec eux.

— Et vous connaissiez ces apradhis ? Et ce Bihari, qui était leur chef ?

— Uniquement de vue, saab inspecteur. Pas assez pour lui dire salut-comment ça va. Mais je connais des gens qui les connaissent. Et maintenant, ce meurtre qu'ils ont commis. C'est très mal. Ils arrivent dans notre pays, de l'étranger, et ils commettent de mauvaises actions. Et ils souillent le nom de braves gens d'ici.

Il désignait par là les Indiens musulmans, qui subissaient la calomnie et la haine sommaires des fondamentalistes hindous. Sartaj se redressa contre le dossier de son siège, se lissa la barbe. Wasim Zafar Ali Ahmad était décidément intéressant. Comme la plupart de ceux que l'on appelait les travailleurs sociaux, il avait envie d'avancer, de devenir un personnage dans son quartier, un homme doté de relations qui attireraient une clientèle, un homme qui se ferait remarquer par les partis politiques en tant qu'organisateur local, comme bénévole et, finalement, comme candidat potentiel. Des travailleurs sociaux étaient devenus parlementaires, et même membres de la chambre haute ; il avait fallu beaucoup de temps, mais cela s'était produit à plusieurs reprises. Ahmad avait ce talent propre aux politiciens de formuler des clichés sans se rendre ridicule. Il semblait intelligent, et peut-être possédait-il la volonté et la dureté nécessaires.

— Donc, fit Sartaj, pour le bien du pays et de ses bons citoyens, vous souhaitez me venir en aide dans cette affaire ?

— Bien entendu, saab inspecteur, bien entendu.

On sentait le bonheur de se sentir compris lui remonter des tripes, suinter de son corps. Il posa les coudes sur la table et se pencha en avant, vers l'inspecteur.

— Je connais tout le monde, à Navnagar, et même à Bengali Bura, j'ai beaucoup de relations, je travaille avec ces gens, je les connais. Donc, je peux les interroger en toute quiétude, vous savez. Essayer de découvrir ce que les gens racontent, ce que les gens savent.

— Et vous, là, tout de suite, que savez-vous ? Vous savez quelque chose ?

Ahmad eut un petit gloussement.

— Arre, non, non, saab inspecteur. Mais je ne doute pas de pouvoir faire une découverte ici ou là, une petite découverte.

Et il se redressa, avec son air joufflu et son quant-à-soi. Sartaj se résigna. Ahmad n'était pas assez stupide pour lâcher de bons tuyaux ou communiquer ses sources pour rien.

— Bon, fit-il. Si je peux vous rendre un quelconque service, je saurai me montrer reconnaissant. Y a-t-il quoi que ce soit que je puisse faire pour vous ?

On s'était compris.

— Oui, saab, en réalité, oui. – Ahmad quitta son côté enjôleur et formula tranquillement ses conditions, en termes clairs. – À Navnagar, il y a deux frères, deux jeunes garçons, l'un a dix-neuf ans, l'autre en a vingt. Tous les jours, ils viennent embêter les jeunes filles, quand elles partent à leur travail, ils leur débitent des sornettes, et patati, et patata. Je les ai priés de cesser, mais du coup, ils m'ont menacé. Ils m'ont ouvertement prévenu qu'ils me briseraient les deux bras et les deux jambes. Je pourrais réagir moi-même, mais jusque-là, je m'en suis abstenu. Toutefois, quand l'eau monte, qu'elle menace d'engloutir un homme, qu'elle lui arrive à hauteur de la tête, saab inspecteur…

— Leurs noms ? Leur âge ? Où puis-je les trouver ?

Ahmad avait déjà soigneusement noté tous les renseignements dans son agenda, et, avec précaution, il déchira la page pour la remettre à Sartaj. Il fournit les signalements, et quelques éléments au sujet de leurs familles, et puis il s'excusa.

— Je vous ai pris assez de votre temps, saab, dit-il. Mais je vous en prie, si vous avez besoin de quoi que ce soit, appelez-moi, à n'importe quelle heure du jour et de la nuit.

— Je vous appellerai après avoir vu ces deux gaillards, lui promit l'inspecteur.

— Si vous pouviez soulager leurs sœurs et leurs filles de cette nuisance quotidienne, les citoyens de Navnagar en seraient très heureux, saab.

Là-dessus, Wasim Zafar Ali Ahmad porta une main à sa poitrine et fit sa sortie. Il avait invoqué le peuple de Navnagar, mais

Sartaj et lui savaient que, s'il fallait mettre ces deux frères au pas, c'était uniquement parce que Ahmad le voulait ainsi. Il s'agissait d'une première offre, dans le cadre de leur marché, une épreuve de confiance et de bonne volonté. L'inspecteur allait appréhender ces Roméos des bas-côtés, dont le principal délit n'était certainement pas de harceler les femmes qui passaient par là, mais leur manque de respect envers Ahmad lui-même. L'inspecteur irait les voir, et Ahmad lui livrerait certaines informations. Ahmad serait considéré dans le basti comme un homme qui avait des relations au sein de la police, on prononcerait son nom, et alors un nombre de gens encore plus grand se présenteraient à sa porte pour quérir aide et protection. Si tout allait bien pour lui, d'ici quelques années, ce serait au tour de Sartaj de lui donner du « saab ». Mais on en était encore loin, et il y aurait tout d'abord la petite mission consistant à châtier les deux frères, les tourmenteurs d'Ève. Toutes les grandes carrières débutaient par de tels menus échanges, et puis elles s'en nourrissaient. L'intérêt mutuel, tel était le lubrifiant qui faisait tourner la grande et la petite machinerie du monde, et l'inspecteur en usait pour faire tomber des criminels et les envoyer en captivité. Il sentit l'excitation lui titiller la nuque, lui parcourir les avant-bras, ce vieux frisson qui lui venait quand il une affaire prenait forme. Bien, bien, c'était bien. S'attendre au succès, c'était stupide, mais il ne pouvait s'empêcher de savourer une jouissance anticipée. Il allait démasquer les tueurs, il allait les arrêter, il allait vaincre : la seule pensée de sa victoire suffisait à allumer un incendie d'étincelles dans sa poitrine, comme une minuscule brûlure et, tout le reste de la journée, il y puisa de l'énergie.

Ce soir-là, devant un verre de scotch, Sartaj fit part à Majid Khan de sa nouvelle source, avec ce nom à rallonge. Majid n'était pas un buveur, mais il gardait toujours une bouteille de Johnny Walker Black Label à l'intention de Sartaj, qui en profitait chaque fois qu'il était invité. Ce soir-là, il y était allé un peu fort, goulûment, même. Il évoquait ce Wasim Zafar Ali Ahmad à Majid, tandis que les gosses disposaient les assiettes sur la table, et que leur mère remuait ses couverts à grand bruit, quelque part dans la cuisine.

— Oui, je le connais, cet Ahmad, acquiesça Majid Khan. Plus exactement, c'est son père que je connais.

— Comment cela ?

— Je suis tombé sur lui, pendant les émeutes, tout près de la grand-route qui mène à Bandra. Je me rendais à Mahim avec quatre agents. De loin, j'ai aperçu ces trois salopards, plantés devant je ne sais quoi, par terre. Les rues étaient désertes, tu sais, et donc il n'y avait que cette rue déserte et ces trois gaillards. Alors, j'ai dit au chauffeur : Avance, avance. Et on a accéléré, et dès qu'ils ont vu la jeep, les trois chutiyas ont déguerpi. Maintenant, je revois cet homme qui gisait sur le sol. Tu sais, barbe grise, une kurta blanche toute propre, un topi blanc, juste un vieux monsieur, un musulman. Il avait essayé de fuir en courant, ils l'avaient rattrapé, ils l'avaient poussé à terre. Il avait très peur, mais il n'était pas blessé.

— Il aurait fini par l'être. Si tu ne l'avais pas sauvé, il serait mort.

— Arre, je ne l'ai pas sauvé. Il se trouve qu'on est passé par là.

Majid ne jouait pas les modestes, il évoquait les faits bruts. Il se gratta la poitrine, et but une gorgée de son nimbu pani.

— Quoi qu'il en soit, on l'a installé à l'arrière de la jeep, et on l'a emmené avec nous. Pendant une heure, il a été incapable de parler. Mais depuis ce jour-là, à chaque fête de Bakr'id, il me rend visite à mon bureau, il m'apporte un peu de gosht, j'y touche un peu, et je le renvoie, il repart avec. Et il revient, sans faute. Sympathique vieux bonhomme.

Ils étaient sortis sur le balcon de son appartement, au huitième étage, accoudés au garde-fou. Une lune d'une rondeur parfaite flottait très bas au-dessus des rectangles étagés des toits, au-dessus de la ligne noire des plaines humides, de la rangée de kholis, avec leurs toitures en tôles, et la mer, tout là-bas. Sartaj était incapable de se rappeler quand il avait vu cette lune toute ronde pour la dernière fois. Peut-être fallait-il monter à cette hauteur pour la voir, très loin au-dessus de toutes ces rues.

— Et le fils ? Il n'est jamais venu avec son vieux ? Pour te remercier et te demander de l'aide ?

— Non.

— Un type intelligent.

Ahmad démontrait son intelligence en n'abusant pas de la gratitude qui liait son père et Majid, en ne tirant pas sur cette ficelle-là. Il se conduisait de la manière qu'il fallait en préférant passer par Sartaj, l'inspecteur de police local. Si Ahmad pouvait les contenter, lui et ses agents, ils le recommanderaient à Majid, qui permettrait peut-être à Ahmad de gagner encore en influence et de se livrer à des activités d'une légalité douteuse qui lui rapporteraient la prospérité et un peu plus d'avancement social.

— Oui, acquiesça Majid. Il n'est pas aussi innocent que son père.

— Les innocents ont parfois beaucoup de chance, non ?

— Parfois. Le père nous a expliqué qu'un de leurs parents avait été tué, pendant ces émeutes. Un cousin.

— Un proche cousin ?

— Non, un cousin éloigné, à ce qu'il semblait. Le vieux en a fait toute une histoire, la première fois qu'il est venu me voir. Je lui ai répondu qu'il avait de la chance : il ne s'agissait que d'un cousin éloigné. Dans ce pays, il suffit d'examiner n'importe quelle famille sur un laps de temps suffisant pour dénicher un cousin éloigné frappé par la malchance. Si cela n'avait pas été une émeute, ç'aurait été autre chose.

C'était vrai. Sartaj avait entendu dans sa propre famille ces mêmes histoires de gens qui fuyaient leur foyer en plein milieu de la nuit.

— Allez, vous deux, s'exclama Rehana depuis l'intérieur de l'appartement.

Elle tenait en main le saladier en plastique habituel, couvercle bien ajusté et décor de rose rouge. Elle avait cuisiné des rotis. Le khima avait dû être préparé plus tôt dans la soirée, avec l'aide de sa bonne. À elles deux, elles étaient capables de concocter des délices, ou le chaos. Cela relevait de la loterie ; il tira sa chaise à lui, heureux d'avoir bu un whisky. Imtiaz et Farah s'installèrent en jouant des coudes. Il les connaissait depuis qu'ils étaient bébés ; maintenant qu'ils avaient grandi, le petit appartement semblait avoir encore rapetissé.

Imtiaz lui passa un bol.

— Mon oncle, lui lança le jeune garçon, tu as déjà consulté le site Internet de la CIA ?

207

— La CIA, le truc des Américains ?

— Oui, ils ont un site, et ils te laissent regarder leurs documents secrets.

Farah servit un bol de raita à Sartaj.

— S'ils te permettent de les lire, intervint-elle, c'est que ce ne sont pas des secrets, idiot. Oncle Sartaj, il passe des heures sur Internet, à chercher des articles bizarres et à causer avec des filles.

— Toi, tais-toi, protesta Imtiaz. Personne ne te parle, à toi.

Majid avait le sourire.

— C'est pour ça que je dépense des milliers et des milliers de roupies, pour que mon fils puisse discuter avec des filles en Amérique ?

— En Europe, rectifia Farah. Il a une petite amie en Belgique, et une autre en France.

— Tu as des petites amies ? s'étonna Sartaj. Quel âge as-tu ?

— Quinze.

— Quatorze, riposta Farah. – Elle avait le sourire, elle aussi. – Il leur a raconté qu'il en avait dix-huit, je parie.

— En tout cas, quand je discute, on m'en donnerait vraiment dix-huit. Pas comme certaines personnes qui se comportent comme si elles en avaient onze.

Farah passa la main sous la table, et Imtiaz tressaillit. Il leva le bras en l'air.

— Les ongles de la femelle, proclama-t-il, l'air très content de lui, sont plus mortels que ceux du mâle.

— Arrêtez, vous deux, ordonna leur mère. Laissez dîner l'oncle Sartaj.

Singh goûta le plat, et il fut soulagé de constater que, ce soir-là, et sans qu'il sache trop pourquoi, il avait échappé à un désastre culinaire.

— Une nouvelle coupe de cheveux ? demanda-t-il à Farah.

— Oui ! Tu es le seul homme au monde qui soit capable de remarquer ce genre de chose. Depuis trois jours, mon cher papa cherche pourquoi j'ai l'air changé.

— Très joli.

Elle était ravissante, en effet, avec quelques rondeurs, et il se demanda si elle avait des petits amis en Belgique ou même à Bandra, pourquoi pas. Il garda la question pour lui, sachant que la tolérance de Majid pour les idylles éphémères ne s'étendait pas à sa fille. Il pouvait dépenser son argent chèrement gagné dans un ordinateur pour ses enfants, pour son fils, mais sa moustache terrible d'officier de cavalerie n'était pas seulement une coquetterie. Les garçons qui tomberaient sous le charme nouveau de Farah devraient être follement courageux pour oser escalader les murs de son château, haut de huit étages. Elle était rayonnante, et il était convaincu qu'un tel éclat avait déjà suffi à dissiper la peur de quelques jeunes soupirants. Il avait lui-même escaladé certains murs, en des temps reculés, et bravé quelques pères farouches pour un joli minois.

Après le dîner, Rehana lui apporta une tasse de thé et prit place à ses côtés, sur le sofa. Elle avait les mêmes pommettes saillantes que ses enfants, et un confortable embonpoint. Sur la photo accrochée au mur dans son cadre doré, elle était une jeune mariée très mince, le cheveu teint au henné, mais déjà, même la tête baissée et dans cette posture solennelle, on voyait qu'elle avait les yeux brillants.

— Alors, Sartaj. Tu as une amie ?

— Oui. Oui.

— Qui ? Dis-moi.

— Une fille.

— Ah ben oui, une amie, que veux-tu que ce soit, un ananas ? Sartaj, pour un policier, tu es très, très mauvais menteur.

— C'est un sujet de conversation qui ennuie tout le monde, Bhabhi.

— Mon fils n'est pas de cet avis. – Le fils de Rehana s'était rendu à la boutique du coin avec son père et sa sœur pour aller chercher une glace. – Sartaj, tu n'es pas si âgé que ça. Comment veux-tu affronter l'existence de cette façon ? Il te faut une famille.

— Tu parles comme ma mère.

— Parce que nous avons raison. Nous voulons te voir heureux.

— Je le suis.

— Quoi ?

— Heureux.

— Sartaj, n'importe qui, rien qu'en te regardant, comprend exactement en quoi tu es heureux ou non.

Et, rien qu'à la regarder, dans ce havre de contentement qui était le sien, il aurait pu en dire autant à son sujet, se dit-il. En cette minute, il percevait avec acuité la lassitude moite, la sueur et l'aigre misère qui imbibaient son corps. Il était contrarié de sentir l'élan professionnel de la journée passée entraîné vers le bas, dans cette vaine discussion sur le bonheur avec Rehana la bienheureuse. Mais le complément d'enquête sur la nature du bonheur lui fut épargné par un petit coup frappé à la porte.

— C'est la glace ! s'écria-t-il. C'est la glace.

Il avala un bol de glace, et il fila.

Il fut réveillé par un violent bourdonnement qui le tira d'un rêve où il volait à tire-d'aile au-dessus des océans à la rencontre de lointaines étrangères, une intrigue compliquée impliquant des mères vigilantes et des jeeps lancées à pleine vitesse. Le tout s'évanouit dès qu'il ouvrit les yeux. Il se releva sur un coude, désorienté, incapable de comprendre d'où provenait le bruit. L'espace d'un instant, il crut que la sonnette de la porte d'entrée s'était déréglée, puis il se souvint : c'était son téléphone portable. Il le chercha à tâtons sur la table de chevet, le fit tomber, le rattrapa en tirant sur le câble du chargeur. Enfin, il réussit à l'ouvrir.

— Saab Sartaj ?

— Qui êtes-vous ? beugla-t-il.

— Bunty, saab. Quelqu'un m'a prévenu que vous vouliez me parler.

— Bunty, oui, oui. C'est bien que vous m'appeliez.

Sartaj fit basculer ses deux jambes hors du lit, posa les pieds par terre, tâcha de reprendre ses esprits, de se remémorer une stratégie pour converser avec l'homme de Gaitonde. Mais il était incapable de se rappeler s'il en avait jamais élaborée une.

— Je veux vous rencontrer, finit-il par lui dire.

— D'après la rumeur, c'est vous qui auriez abattu Bhai.

— Je n'ai pas tiré sur Gaitonde. Oubliez les rumeurs. Vous, Bunty, qu'est-ce que vous en pensez ?

— D'après mes informations, quand vous êtes entré dans les lieux, il était déjà mort.

— Vous disposez de bonnes informations, Bunty. La scène était très étrange, d'ailleurs. Pourquoi un homme pareil se suiciderait-il ?

— C'est de ça que vous voulez causer ?

— De ça et d'autre chose. Je vous expliquerai quand je vous verrai.

— Qu'est-ce que j'en sais, moi, pourquoi il s'est tué ?

— Écoutez, Bunty. Je veux juste vous parler. Si vous m'aidez, je pourrai éventuellement vous aider. Gaitonde est mort, et les boys de Suleiman Isa vont vous rechercher. J'ai entendu dire que certains de vos gens avaient déjà pris la tangente.

— C'est là un jeu auquel je joue depuis des années.

— Certes, mais maintenant ? Et seul ? Tu peux courir loin, comme ça ?

— Vous voulez dire, dans mon fauteuil roulant, saab ?

La voix de Bunty était rocailleuse, ponctuée d'un souffle à la fin de chaque respiration, le sifflement de l'effort. C'était peut-être à cause de la position assise qu'il était contraint d'adopter, une certaine constriction des poumons. Mais il n'était pas triste, juste amusé.

— Je cavale plus vite avec cet engin que bien des types capables de courir.

Sartaj s'assit, prêt à saisir au vol l'occasion de se montrer à la fois intéressé et amical.

— Vraiment ? Je n'ai encore jamais vu de fauteuil roulant de ce genre.

— Un modèle étranger, saab. Un engin qui monte et descend les escaliers, en plus. J'arrive à faire toutes sortes de trucs.

— Incroyable. Cela doit coûter très cher.

— C'est Bhai qui me l'a offert. Il aimait les machins dernier modèle.

— Donc Gaitonde était un homme moderne ?

— Oui, très moderne. Mais c'est compliqué de maintenir ce fauteuil en bon état de marche, vous savez. Personne ne sait comment le réparer, les pièces de rechange et tout le reste, il faut tout faire venir de vilayat. Ça tombe trop souvent en panne, trop.

— Pas fabriqué pour le contexte indien.

— Non. Comme certaines de ces voitures récentes. Elles ont l'air bien, mais, en fin de compte, il n'y a qu'une Ambassador pour vous conduire sain et sauf dans un village perdu.

— Rencontre-moi, Bunty. Je pourrais peut-être te conduire sain et sauf jusqu'à ton village.

— Je suis de Mumbai, de Guru Tegh Bahadur Nagar, saab. Et je trouve que vous êtes trop impatient de me rencontrer. Peut-être même que Suleiman Isa vous a prié de me renvoyer chez moi.

— Bunty, tu peux interroger qui tu veux. Je n'entretiens aucun rapport avec Suleiman Isa ou ses hommes.

— Vous êtes proche de Parulkar Saab.

— Cela se peut. Mais je ne me charge pas de ce genre de tâche pour lui, Bunty. Tu le sais. Je suis un homme simple, un point c'est tout.

Il se leva, contourna le pied du lit. Il y allait un peu trop fort, avec cet homme qui tentait de déjouer les manigances de la mort en manœuvrant plus habilement qu'elle, depuis son fauteuil formule 1.

— Écoute, tu ne veux pas me rencontrer, pas de problème. Tu réfléchis à la question, et c'est tout, d'accord ?

— Oui, saab. Il faut que je sois prudent, surtout maintenant.

— Oui.

— Saab, mais je peux vous aider par téléphone. Qu'est-ce que vous vouliez savoir ?

Ainsi, Bunty ne fermait pas la porte à Sartaj, pour le cas il aurait à son tour besoin d'un coup de main, plus tard. Après tout, il avait ses soucis, et il préférait rester en vie. L'inspecteur se détendit, remua les épaules pour se les dénouer, et s'étira la nuque. Désormais, il existait entre eux la possibilité d'une relation.

— Dis-moi, tu ne sais vraiment pas pourquoi Gaitonde s'est fait sauter le caisson ?

— Non, saab. Je ne sais pas. Franchement, je l'ignore.

— Tu savais qu'il était de retour à Bombay ?

— Je le savais. Mais je ne l'avais pas revu depuis des semaines. On ne se parlait qu'au téléphone. Il se cachait dans ce truc.

— Cette maison ?

— Oui. Il refusait d'en sortir.

— Pourquoi ?

— Je ne sais pas. Il était toujours prudent.

— Il avait l'air de quoi, au téléphone ?

— L'air de quoi ? L'air de Bhai.

— Oui, mais est-ce qu'il était triste ? Heureux ?

— Il était un peu khiskela. Mais il était tout le temps comme ça.

— Comment ça, khiskela ?

— Dérangé. Comme s'il avait la cervelle remplie d'un tas de trucs. Parfois, il me parlait pendant une heure d'un machin qui n'avait rien à voir avec nos affaires, juste histoire de causer, de causer.

— Comme quoi par exemple ?

— Je ne sais pas, moi. Un jour, c'était au sujet des ordinateurs de l'ancien temps. Il me racontait qu'il y avait déjà des ordinateurs et des armes secrètes dans le Mahabharata, et il continuait, il n'arrêtait plus, sur Ashwathamma, le fils de Drona, l'adversaire de Krishna. Moi, je n'écoutais pas. Et même avant, quand il était à bord de son bateau, il aimait bien causer au téléphone. C'était un gros gâchis d'argent. Mais c'était Bhai, alors on se contentait de ponctuer, haan haan, et lui, il continuait.

— Qui était cette femme, avec lui ?

— Jojo. Elle lui envoyait des bons coups.

— À lui ?

— Oui. Pour Bhai, rien que des bons coups de première classe. En général, il les faisait embarquer dans un avion pour la Thaïlande ou n'importe, enfin, là où il se trouvait, quoi. Des vierges. Jojo, c'était sa pourvoyeuse.

— Des vierges qu'il faisait venir d'ici jusque là-bas ?

— Oui, il aimait bien les Indiennes vierges.

— Combien ?

— Je ne sais pas. Une par mois, peut-être.

— Et Jojo, elle était aussi sa femme ?

— Il a dû l'emmener, elle aussi. C'était un vrai hobby, pour lui.

— Pourquoi est-il revenu à Mumbai, Bunty ?

— Je l'ignore.

— Tu étais son second, à Mumbai, un grand patron, Bunty. Bien sûr que tu sais.

— J'étais juste un de ses seconds.

— Je me suis laissé dire que tu étais le plus proche de tous.

— Moi, je suis resté avec lui.

— Et les autres l'ont quitté. Pourquoi ?

Il y eut un crépitement diaphane sur la ligne, de cellophane et de carton. Sartaj attendit que Bunty ait allumé sa cigarette et tiré une bouffée.

— Certains l'ont quitté. Les affaires ne marchaient plus.

— Pourquoi ?

— La question importe peu, maintenant.

La question importait, elle était cruciale. Sartaj le comprit rien qu'à la réticence que manifestait Bunty à lâcher le morceau, rien qu'à entendre sa nonchalance savamment étudiée. Prudemment, avec lenteur, il reprit la conversation.

— Tu as raison, Bunty. La question importe peu, maintenant. Alors, réponds-moi.

Bunty tira sur sa cigarette. Il laissa filer la fumée, respira un peu, avec difficulté. L'inspecteur attendit.

— Saab, les affaires ne marchent bien pour personne.

— Mais encore moins pour la compagnie Gaitonde que pour les autres. Bunty, ne joue pas les chutiyas. Si tu es honnête avec moi, je peux jouer franc jeu avec toi. Réponds-moi.

— Bhai ne se concentrait plus sur les affaires. Il nous faisait tous courir, par-ci, par-là.

— Courir après quoi ?

Bunty rigola, subitement.

— Il nous faisait courir après un sadhu. Il répétait sans arrêt qu'il fallait trouver un sage.

— Un sadhu ? Et vous le cherchiez où, ce sadhu ?

— Pas un sadhu, mais trois, carrément, et l'un des trois était le chef. Vraiment, saab, je ne peux pas vous en raconter davantage.

— Pourquoi pas ?

— Je n'en sais pas beaucoup plus.

— Dis-moi ce que tu sais.

— Pas comme ça, saab.

— Alors rencontrons-nous.

— Saab, vous en parlez d'abord à Parulkar Saab.

— De quoi ?

— Moi, je voudrais me rendre. Mais eux, ils vont me tendre un guet-apens, saab.

Ça tombait sous le sens, Bunty voulait se faire mettre au trou. Il serait plus en sécurité derrière les barreaux, la prison le protégerait de ses nombreux ennemis. Mais il avait peur de se faire exécuter avant même que son nom n'apparaisse au registre des arrestations.

— Si tu as quelque chose de convenable à nous livrer, lui assura Sartaj, je suis persuadé que Parulkar Saab veillera sur toi.

— Je possède tout, saab. Bhai, je suis resté avec lui pendant longtemps.

— OK. Je vais parler à Parulkar Saab. Ensuite, je veux savoir qui était ce sadhu, ce chef, là.

— Une fois que je serai en sécurité, saab, je vous raconterai tout ce que je sais. Je vous livrerai son nom. Je suis le seul à le connaître.

— Très bien. Je vais parler à Parulkar Saab, et je te rapporterai ce qu'il m'aura répondu. Laisse-moi un numéro de téléphone.

— J'appelle depuis une téléboutique, saab. Je ne suis pas à Mumbai. Je vous rappellerai.

— Parfait.

Pour se montrer aussi prudent, alors même qu'il cherchait le moyen de gagner un abri sûr, Bunty devait avoir très peur.

— Quand seras-tu de retour ?

— Lundi, saab.

— Appelle-moi lundi soir, et je te dirai ce que Parulkar Saab m'aura répondu.

— Oui, saab. Je vais raccrocher, maintenant.

La communication coupée, Sartaj alla se préparer un chai en réfléchissant aux vicissitudes de la vie de gangster. Que la mort puisse prendre Bunty par surprise, c'était entendu, mais ce qui le frappait, ce qu'il trouvait poignant, c'était qu'il fasse confiance à Parulkar, son prédateur redouté. Tout au long de ces années, Parulkar avait traqué les hommes de la G-Company. Il avait usé de ses sources multiples pour obtenir des renseignements et localiser les affidés de Gaitonde, avait lancé ses meutes pour les piéger et les tuer. À moins que les morts ne soient des tireurs d'élite ou d'éminents seconds, les journaux rapportaient leur décès dans des entrefilets d'un paragraphe relégués en dernière page. Le cas échéant, Bunty aurait pu mériter une mention en première page de la rubrique Mumbai. Si ce n'était pour sa mort, au moins pour son fauteuil roulant d'un modèle spécial, pourquoi pas.

Sartaj termina son thé, puis il appela la Delhi-walli, histoire de la tenir informée de ses recherches.

— Un sadhu aurait été le chef du groupe ? s'étonna Anjali Mathur.

— Oui, madame.

— Quel sadhu ? Y avait-il un nom ?

— Non, madame. La source a refusé de livrer aucune autre information pour le moment. Il se pourrait que j'en sache plus dans quelques jours.

— Fort bien. C'est assez étrange. Nous savions que Gaitonde était extrêmement religieux, qu'il se livrait très souvent à des pujas. Mais nous ignorions tout lien entre des sadhus et lui. Et pour quel motif aurait-il recherché cet homme ?

— Je l'ignore, madame.

— Oui.

Elle marqua un temps de silence. Il patienta. Il commençait à s'habituer aux lents délibérés d'Anjali Mathur.

— J'ai une adresse pour vous, reprit-elle. Notez-la.

— La sœur ?

— Oui, la sœur. Elle a déménagé. Elle est à Bandra, maintenant.

Avant d'aller à Bandra rendre visite à la sœur, il s'arrêta au poste. Il allait passer un coup de fil. Le bout de papier sur lequel Parulkar avait mentionné son contact au sein de la S-Company ne comportait qu'un numéro de téléphone, pas de nom. Il dut faire un effort de mémoire. Iffat-bibi. Oui, c'était ça. Iffat-bibi, tante maternelle de Suleiman Isa et sa complice dans ses affaires criminelles. Lorsqu'il composa le numéro, il était incapable de lui associer un visage, mais quand elle répondit à l'autre bout de la ligne, dès qu'il entendit sa voix, il songea instantanément à Begum Akhtar. Elle avait cette même douceur rugueuse de la voix, cet immense chagrin du vieux monde qui flottait à la surface des vieux albums trente-trois tours usés, une voix pleine de douleur, mais aussi dure que le fil de la lame courbe d'une dague du royaume d'Avadhi.

— Alors, tu es l'homme de Parulkar ? commença-t-elle.

— Oui, madame.

— Arre, ne m'appelle pas comme ça, tu n'as pas à te montrer aussi cérémonieux avec moi. Après tout, tu es le fils de Sardar Saab.

— Vous le connaissiez ?

— Si je le connaissais ? Depuis qu'il était un jeune rangroot, quasi. Il était si beau, en jeune recrue… Baap re, ô mon père !

Papa-ji ne lui avait jamais parlé d'Iffat-bibi, mais elle était peut-être le genre de femme dont les pères ne disent rien à leurs enfants.

— Oui, il était très attentif au choix de ses vêtements.

— Ton père, continua Iffat-bibi, adorait le reshmi kabab qu'on servait dans un endroit que nous possédions, qui s'appelait Ashiana. Mais ce restaurant n'existe plus.

Il se souvenait des kababs, mais il ne savait pas qu'Iffat-bibi avait un quelconque rapport avec ce souvenir. Iffat-bibi était en veine d'histoires sur Sardar Saab. Elle lui raconta qu'il avait un jour déniché un garçon de douze ans qui vagabondait autour de la gare terminus de Victoria, et Sardar Saab lui avait acheté à manger avec son propre argent, à manger et un billet de train avec une place réservée, un retour simple pour le Punjab.

— Sardar Saab était un homme bon, soupira-t-elle. Très droit et très simple.

Sartaj considéra sa main, le kara en acier qu'il portait au poignet et la marque qu'il avait fini par y laisser au fil du temps, et il hocha la tête.

— Oui.

Il attendit.

— Tu devrais venir nous rendre visite, à l'occasion. Je te servirai des reshmi kababs meilleurs que ceux d'Ashiana.

— Oui, Iffat-bibi. Je viendrai, à l'occasion.

Iffat-bibi avait respecté les convenances, et maintenant elle acceptait d'en venir aux choses sérieuses.

— Que puis-je faire pour toi ?

— J'ai besoin d'informations au sujet de Gaitonde.

— Ce maderchod ?

Cela lui fit un choc d'entendre ce mot prononcé par cette voix qui ne promettait que chansons, mais il comprenait à présent comment elle pouvait être à la fois conseillère et dame de compagnie d'un bhai, et pas seulement une aimable grand-mère vous invitant à vous sustenter.

— Pendant des années, il nous a embêtés. Une très bonne chose que tu te sois enfin occupé de lui.

— Je ne me suis pas occupé de lui, Bibi, se défendit-il. Mais parle-moi du personnage. Quelle sorte d'homme était-ce ?

— Un intrigant, un lâche, un rustre, lui répondit-elle. Il avait fui une bataille, et il avait trahi ses hommes. Un coureur de jupons immoral qui utilisait et détruisait des jeunes filles.

— Mais il dirigeait une grande compagnie, Bibi.

Elle admit qu'il était bon gestionnaire, et qu'il avait gagné quelque argent, en son temps. Non, elle ignorait ce qu'il fabriquait, de retour en ville. La dernière fois qu'elle avait entendu parler de lui, il partait rôder en Thaïlande ou en Indonésie, le salopard. Elle lui raconta des histoires sur Gaitonde, sur ses perfidies. Il avait tué des innocents en prétendant que c'étaient des amis de Suleiman Isa. C'était un insecte.

— Bibi, connaissez-vous un sadhu avec lequel il aurait été en relation ?

— Un sadhu ? Non. Toutes ces prières et cette piété, tout cela n'était qu'une comédie. De toute sa vie, il n'a jamais fait le moindre bien à personne, puisse-t-il brûler et se consumer.

Il la remercia.

— Maintenant, je dois y aller, Bibi.

— Tu discutes avec quelqu'un, du côté de Gaitonde ?

— Ici ou là, Bibi.

Elle éclata de rire.

— Parfait, ne me réponds rien si tu ne veux pas me répondre, beta. Mais si tu as un problème, viens me voir. Après tout, tu es le fils de Sardar Saab.

— Oui, Bibi.

— Téléphone-moi, à l'occasion. Je suis une vieille femme, mais bon, garde quand même le contact. Je pourrais t'être utile. C'est mon numéro personnel, note-le.

Il inscrivit le numéro et le nom dans son agenda, mais il en conclut qu'elle ne lui servirait pas à grand-chose, cette vieille femme volubile. Elle n'avait rien d'utile à lui fournir, ou peut-être ne possédait-il rien qu'elle jugeait digne d'un échange d'informations utiles. Il reposa le combiné, et sortit arpenter le commissariat à la recherche de Katekar. Maintenant, ils devaient rendre visite à une autre femme.

Mary Mascarenas était assise sur son lit, secouée de frissons. Elle se tenait le ventre de ses deux bras croisés, tête baissée, et elle tremblait. Sartaj attendit. Peut-être était-elle fâchée avec sa sœur, peut-être avait-elle même souhaité sa mort, mais à présent que son souhait s'était réalisé, un morceau de vie lui était enlevé et elle tremblait sous le coup de l'amputation. Il était inutile d'essayer de lui parler tant que qu'elle ne se serait pas calmée, et donc Sartaj et Katekar attendaient, en regardant autour d'eux, le minuscule appartement, une pièce unique en fait, avec cuisine attenante, et un placard en guise de salle de bains. Il y avait un dessus-de-lit vert et noir sur le lit étroit, quelques plantes discrètes sur le rebord de fenêtre, un vieux téléphone noir à cadran, deux tableaux encadrés sur le mur, un dhurrie à motif gris par terre. Assis sur l'unique chaise en bois, au pied du lit, l'inspecteur put constater qu'elle avait aménagé son refuge pour elle seule. Les murs vert pâle avaient été peints par elle, il en était sûr, en harmonie avec le vert plus sombre des plantes et la jungle émeraude des tableaux, où on voyait des cottages nichés au cœur d'une végétation exubérante, des perroquets voleter entre les cimes des arbres. En cet instant, le soleil éclatant de Mumbai qui filtrait à travers les volets blancs allumait toutes ces nuances de couleurs que Mary Mascarenas avait agencées pour son propre plaisir, et le rideau chatoyant de ses cheveux, parcouru de soubresauts, masquait son visage.

Katekar leva les yeux au ciel. Il passa dans la cuisine, de son pas lourd ; Sartaj le vit tendre le cou par-ci, tourner la tête par-là. Il dressait l'inventaire. Ensuite, il irait dans la salle de bains, et se livrerait à un repérage attentif des cuvettes, de la brosse à dents, des crèmes pour le visage. C'était un trait qu'ils avaient en commun, la foi dans les détails, dans les particularités. Il l'avait remarqué la première fois que Katekar lui avait remis son rapport, des années auparavant, au sujet d'un pickpocket qui opérait sur la ligne de train de Churchgate à Andheri Station. Après l'habituelle litanie – nom, âge, taille –, Katekar avait ajouté que le salopard s'était marié à trois reprises, qu'il avait un faible pour le papri-chaat et le falooda à la pakistanaise, que c'était un fait bien connu dans le basti où il avait grandi. Ils l'avaient pincé trois semaines plus tard au terme d'une heure de pointe des plus profitables, à la Mathura Dairy Farm, près de la gare de Santa Cruz, le front penché très bas sur un plat de bhelpuri, assis en face d'une donzelle bigleuse qui était bien partie pour devenir l'épouse numéro quatre. L'observation rapprochée ne conduisait pas toujours à l'arrestation, mais ce que Sartaj appréciait, chez son adjoint, c'était cette compréhension essentielle des diverses manières de décrire un homme. Noter qu'il était hindou, pauvre et criminel ne donnait aucune prise sur le cours des événements. Il fallait savoir quel shampooing il préférait, quelles chansons il écoutait, quel genre de fille il aimait choder, et comment il les prenait, quel genre de paan il mangeait ; c'était avec ça qu'on le pinçait, qu'on le tenait, même on n'arrivait pas à l'arrêter, finalement. Donc Katekar était entré dans la salle de bains de Mary. Il reniflait son savon, Sartaj en était sûr.

— Pourquoi ? s'écria-t-elle subitement. – Elle écarta ses cheveux de son visage, les ramena en arrière d'un geste sec, avec colère. – Pourquoi ?

Elle avait les pommettes de sa sœur, le dessin de la mâchoire plus arrondi, et, en cet instant, brouillé par la nouvelle qu'elle venait d'encaisser. Elle ne sanglotait pas, mais elle tremblait encore, un frémissement qu'elle réprimait, si bien qu'il n'était plus visible qu'au bout des doigts et du menton.

— Miss Mascarenas était impliquée dans des activités scélérates, avec le parrain Ganesh Gaitonde, lui apprit-il. Cela a entraîné le…

— Je vous ai entendu, vous m'avez déjà fait cette réponse. Mais pourquoi ?

Pourquoi tout cela ? C'était ce qu'elle voulait savoir. Pourquoi une balle dans la poitrine, pourquoi un sol en béton, pourquoi Ganesh Gaitonde ? Il haussa les épaules.

— Je n'en sais rien.

Pourquoi des hommes tuent-ils des femmes ? Pourquoi s'entretuent-ils ? C'étaient autant de questions qui venaient parfois le tenailler, mais il les noyait dans le whisky. Sinon, pourquoi ne pas se demander : pourquoi la vie ? Cette voie cachait des gouffres vertigineux, le vertige des grandes altitudes. Mieux valait accomplir son travail. Mieux valait flanquer un apradhi en prison, et ensuite un autre, dès que possible. Katekar était à la porte de la salle de bains, les yeux allumés par le soleil. Je n'en sais rien, miss, répéta Sartaj.

— Vous ne savez pas, dit-elle. – Elle hocha la tête, un mouvement lourd, comme si cela confirmait un fort soupçon. – Je la veux, lâcha-t-elle.

— Pardon, miss ?

— Je la veux, insista-t-elle lentement avec une patience forcée. Pour l'enterrer.

— Oui, bien sûr. Tant que l'enquête est encore en cours, la remise du corps est difficile, vous comprenez. Mais nous allons nous arranger pour autoriser la levée du corps. Toutefois, j'ai besoin de vous poser quelques questions.

— Je souhaite ne répondre à aucune question pour le moment.

— Mais ce sont des questions au sujet de votre sœur. Vous venez de dire que vous vouliez savoir ce qui lui était arrivé.

Elle s'essuya la figure et changea de position, à peine, et il devenait à son tour un objet d'étude. Ses yeux étaient couleur noisette, plus clairs qu'il n'avait cru, et, un instant, il saisit les mouchetures qui en parsemaient l'iris. Il se sentait mal ; le regard scrutateur de Mary Mascarenas était impudique, direct, il dura longtemps. Or son statut aurait dû le garantir contre l'intimité inattendue de ce regard sans fin. Mais il refusa de baisser les yeux. Enfin, elle parla.

— Quel nom m'avez-vous donné, déjà ?

— Inspecteur Sartaj Singh.

— Sartaj Singh, vous est-il déjà arrivé de perdre une sœur ? – Elle éleva la voix. – Vous est-il déjà arrivé de perdre une sœur, assassinée ?

Son absence totale de peur était irritante. Face aux policiers, les citoyens se montraient normalement soumis, prudents, apeurés, solennels, surtout les femmes. Mary Mascarenas était d'une décontraction dédaigneuse. Mais elle venait de perdre sa sœur, et donc il respira un bon coup et contint son agacement.

— Miss, je suis désolé de vous demander ce genre de chose en un moment pareil…

— Alors ne me demandez rien.

— C'est une affaire très importante. Un dossier qui concerne la sécurité nationale, souligna-t-il.

Il ne voyait plus quoi ajouter. D'une certaine manière, il se sentait en tort, ce qui le mettait en colère. Mary Mascarenas n'avait pas l'air effrayé, mais ce n'était pas du courage non plus. Elle était triste, lasse, et n'attendait rien de lui, excepté un surcroît de souffrance. Elle allait tout simplement se montrer entêtée, et lui hurler dessus n'aiderait en rien. Il respira à fond.

— Sécurité nationale. Vous comprenez ?

— Vous allez me frapper ?

— Quoi ?

— Vous allez me briser les os ? Ce n'est pas votre genre, à vous ?

— Mais non, absolument pas, rétorqua-t-il d'un ton sec. – Il se reprit, se maîtrisa, et leva la main. – Miss, nous allons prendre les dispositions pour la levée du corps. Et puis aussi, il y avait quelques biens personnels, actuellement confisqués pour les besoins de l'enquête. Mais ils vous seront également restitués à une date ultérieure. Dès que toutes les dispositions auront été prises, je vous téléphonerai. Voici le numéro où vous pouvez me contacter, au commissariat.

Avec un geste précis et pondéré, il glissa sa carte au pied du lit, tout au bord, et se détourna.

Dans l'escalier, Katekar pencha la tête vers Sartaj.

— Elle parlera, chef.

— Pourquoi chuchotes-tu ?

En général, son adjoint incarnait la menace brute. Il représentait la promesse imminente de gifles, de coups de poing et de coups de pied, et Sartaj, lui, jouait le rôle de l'ami compréhensif, le visage barbu de l'autorité, d'une bienveillance inattendue. Avec les femmes, il se montrait toujours prévenant. Mais Mary Mascarenas avait adopté une attitude hostile, et cela l'irritait. D'en bas, dans la cour, il leva les yeux vers sa porte, qui se refermait à l'instant où il regarda. Elle jouissait d'un bon petit logement sur l'arrière d'une vieille demeure, dans une rue résidentielle et tranquille, ombragée par les branches entrecroisées de deux vieux arbres. La maison était l'un de ces trésors inattendus qui survivaient à Bandra, un ancien cottage gris avec ses volets à lattes, ses balcons à balustrades en fer forgé et ses entourages de portes et de fenêtres immaculés. La cour était couverte de feuilles mortes qui craquaient sous les pas. Le tout très joli, et très contrariant.

Mais Katekar avait raison, elle parlerait. Sartaj se dirigea vers le bout de la rue. Elle alimenterait sa colère, se répéterait que cette espèce de sardar d'inspecteur était un animal, quel salopard, mais en fin de compte elle demeurerait avec sa culpabilité, et elle éprouverait le besoin de lui confier ce qui s'était passé, ce qu'il était advenu de Mary et Juliet Mascarenas. Elle avouerait, parce qu'elle avait besoin de lui faire comprendre. Le pardon n'était pas ce qu'il fallait aux survivants ; il était toujours trop tard pour cela. Ce qu'ils voulaient, les survivants, c'était qu'un personnage, n'importe lequel, en uniforme ou en robe, un personnage à l'épaule blasonnée de trois lions leur réponde, oui, je vois comment c'est arrivé, il s'est d'abord produit ceci, et ensuite cela, et vous avez fait ceci, et puis cela. Donc, elle parlerait. Mais pour l'heure, il convenait de la laisser seule. Pour l'heure, il était temps de sauver le corps de la destruction par incinération, afin que Mary Mascarenas puisse enterrer sa sœur. Les gens attachent un grand prix à de menues dignités, à de menues illusions. Mary Mascarenas ne verrait jamais la chambre froide, il lui épargnerait de voir ce qu'il advenait des sœurs mortes, dans la réalité. Qu'on la laisse enterrer Jojo. Ensuite, elle parlerait.

Il s'abrita les yeux et jeta un coup d'œil vers la mer, écharpe vif-argent aperçue entre les arbres et les deux immeubles, en contrebas. Il était tard, il était temps pour lui de rentrer chez lui, dans sa famille.

Prabhjot Kaur était assise dans un fauteuil, dans sa chambre, et elle écoutait sa maison. La maison était noire. La nuit, elle paraissait plus vaste, ses contours familiers étaient repoussés par l'obscurité mouvante, une absence de lumière qui était vivante, en un sens, avec ces éclats de couleur fantomatiques. Prabhjot Kaur était capable d'entendre Sartaj dormir. Il était loin d'elle, de l'autre côté du couloir, tout au fond, mais à cette heure-ci, elle était capable d'entendre bien des choses : le lent affaissement de la table très ancienne de la salle à manger, le *plit-tap*, *plit-tap* régulier des gouttes du robinet, sur l'arrière de la maison du voisin, le mouvement frissonnant des petits animaux sous la haie, devant la maison, le fredonnement de la nuit elle-même, cette vibration sourde et vivante qui amplifiait les autres bruits. Elle entendait tout et, très fort, au milieu du tout, la respiration de son fils. Elle savait comment il était allongé, sur le dos, à plat, la tête tournée de côté, un oreiller contre la poitrine. Il était arrivé tard, chargé de deux sacs pleins, comme d'habitude, fatigué par le voyage en train, mais aussi par d'autres choses, elle le voyait bien. Après un bain rapide, il avait mangé le rajma-chawal qu'elle avait gardé pour lui, il l'avait dégusté en silence, avec soulagement. Elle s'était assise à table, en face de lui, réchauffée par cette manie familière qu'il avait de manger le riz de gauche à droite, toujours, et de tapoter sur les aliments avec sa fourchette pour les aplanir. Il avait déjà ce geste, petit garçon, avec la fourchette tenue perpendiculairement dans son poing fermé. Le rajma-chawal était son plat favori, son régal du dimanche, et il appréciait le riz agrémenté d'oignons frits.

De temps en temps, elle lui posait des questions : si la fuite dans le mur de la salle de bains, à Bombay, avait été réparée, s'il avait écrit une lettre à son Chach-ji, à Delhi. Ce n'étaient pas tant ses réponses qu'elle désirait entendre que le son de sa voix. Son repas terminé, il s'était redressé contre le dossier de sa chaise, s'était immobilisé, les deux bras de part et d'autre de la chaise, et avait cligné lentement des yeux. Elle avait débarrassé son assiette. « Va dormir, beta », lui avait-elle suggéré.

Le fauteuil où elle avait pris place était vieux, c'était le plus vieux meuble de la maison. Il avait été rapiécé, recordé, retapissé, bricolé, opéré, sauvé, rien que pour elle. Le père de Sartaj l'avait rapporté à la maison, un soir, l'avait sorti d'un geste lent de l'arrière d'une Tempo, avec un sourire radieux de ses dents éclatantes, seule réponse à ses questions. « Qu'est-ce que c'est ? Combien d'argent as-tu dépensé ? » Il lui avait fallu une heure pour la convaincre de s'y asseoir et qu'elle admette qu'il n'était pas inconfortable. Il avait été leur premier gros achat, la première pièce de leur petit ménage qu'ils n'avaient pas reçue en dot. À présent, la nuit était un vaste territoire inconnu qu'elle explorait seule, une plaine à la dérive qui n'en finissait pas de dérouler ses horizons, éternellement. Elle préférait subir cette vision assise dans son fauteuil parce que rester au lit quand on était éveillé, c'était de la paresse. Mais non, ce n'était pas vrai, la souffrance n'est jamais pure et sans mélange, même si quelquefois la solitude parlait son langage de fer, un fredonnement de sauterelles derrière ses globes oculaires, même si elle lui emplissait l'estomac d'un vent de sable, cinglant, mordant et cruel. Il y avait autre chose qui l'empêchait de vivre avec son fils ou de s'installer dans les spacieux volumes de la maison de son frère, juste au bout de la rue à droite, dans la chaleur désordonnée de ses nièces et de ses neveux, de ces cris querelleurs et de ces visages maculés de kulfi. C'était une monstruosité qu'elle gardait pour elle seule. Mais elle la sentait, tard le soir, dissimulée sous les contours de son visage, qu'elle touchait et palpait comme s'il s'était agi d'un masque, tout en savourant avec lenteur le plaisir indicible d'être seule.

Elle secoua la tête avec colère pour se défaire de ce délice, pour le repousser. Il lui fallut une minute entière pour se lever du fauteuil, en quatre gestes distincts du bras, de la hanche et des jambes. Pour gagner le couloir et marcher jusqu'au bout, il était inutile d'allumer la lumière. Le buffet se trouvait sur la gauche, les bonnes assiettes sur la première étagère, sur la deuxième il y avait les assiettes chères, avec leur décor de fleurs dont elle aimait les cercles spiralés, nets, d'un bleu vif et, à son épaule droite, le miroitement des photographies qu'elle pouvait énumérer, dont elle gardait le souvenir, une photo de mariage plastifiée sur un support dur, le rouge de son sari devenu noir intense, et elle se rappelait les chaussures bicolores du photographe, sa tête cachée sous un tissu, et son jeune devar, avec sa cravate rouge et son sourire impertinent. « Allons, allons, Pabi-ji, où est passé ton joli rire ? » Ensuite il y avait eu un halo de lumière radieux, et elle était parvenue à sourire, un sourire qui s'attardait jusque maintenant, par-delà toute déchéance. Et puis il y avait Sartaj à dix ans, coiffé

225

d'un turban trop grand, vêtu d'un blazer bleu à boutons dorés, neufs et luisants. Ce que l'on ne pouvait voir, sur la photographie, c'était son genou gauche, sous le pantalon de flanelle, qu'il s'était ouvert le matin sur un fil de fer barbelé, en escaladant une clôture pour rejoindre l'arrêt du car scolaire par un raccourci à travers un lotissement vide, et elle le lui avait défendu cent fois. Il y avait eu la piqûre antitétanique, et la glace que son père lui avait achetée, une Kwality entière, à la vanille, la préférée de Sartaj. Ils avaient les mêmes goûts, le père et le fils, le même besoin pressant de voir miroiter le cuir du soulier, de s'acheter une nouvelle veste une année sur deux. Au bout du corridor, lui, le père, se tenait debout devant un décor de studio gris, dans son avant-dernière veste en tweed vert et noir, portée avec une chemise blanche et un foulard en soie vert, et sa barbe, d'un blanc velouté, désormais, car il avait finalement cessé de se battre avec les colorants et les teintures. Une barbe blanche donne une allure tout à fait distinguée, lui avait-elle répété deux fois par jour, pendant des mois, jusqu'à ce qu'il la croie. Mais elle allait le laisser derrière elle, maintenant ; elle était sur le seuil d'une chambre où dormait Sartaj.

Il parlait, à présent, il marmonnait quelque chose dans le drap roulé près de sa tête. Au pied du lit, elle se baissa, lentement, et trouva par terre son pantalon, sa chemise, son slip. Il disait quelque chose, elle distingua clairement le mot « bateau ». Elle ferma la porte en silence, car il aurait envie de dormir tard, et les domestiques arrivaient tôt. Sur le chemin de la salle de bains, elle retourna ses poches, trouva un mouchoir, et envoya le tout dans le baquet à lessive, pour que la bai s'occupe de les laver.

Dans son fauteuil, elle écouta le bâton du lathi, le veilleur de nuit, frapper le sol dans le dernier virage de la route – il était l'heure. Sa ronde décrivait un large cercle autour des pâtés de maisons, toutes les heures. Et, tendant l'oreille, elle perçut le grincement infime du ressentiment dans ses os, une très légère friction de résistance, à peine audible au milieu de la musique plus enveloppante du bonheur, d'une vie sans douleur, mais vécue pleinement : un foyer, un mari, un fils, et elle, l'épouse. Après toutes ces années, c'était inconvenant, cette étincelle menaçante, invaincue, surgie d'un petit tas de vêtements sur le sol, ce sursaut de colère d'être obligée de faire toutes sortes de choses pour les hommes, toujours. Oui, inconvenant, surtout avec Sartaj qui était si fatigué, qui venait chercher le réconfort, près d'elle. Elle le savait. Il lui avait confié qu'il dormait bien, dans cette maison, qu'il dormait mieux. La première nuit qu'il avait passée seul dans sa chambre, il avait dormi courageusement, il y avait bien longtemps de cela, il devait avoir six ans, peut-être un peu plus ; c'était quand ils avaient fini par prendre un appartement où il avait sa chambre à lui, agrémentée d'une petite véranda donnant sur un jardinet, où elle avait planté des roses, où étaient mis à sécher, sur une corde à linge, des saris et des uniformes. Combien de vêtements avait-elle lavés, en ces premiers temps, combien de journées assaisonnées à la lessive Rin, de journées bleues, de shorts bleus déchirés et de chaussettes assorties, et n'avait-elle pas réprimé, certains matins, cette même démangeaison grinçante de la contrariété, combien de fois ne l'avait-elle pas enfouie en elle-même, sous des avalanches d'amour ? Prabhjot Kaur repoussa ces pensées, posa les mains sur le bois ancien de ses accoudoirs, s'y retint, avec force, bascula la tête en avant, en arrière, et tâcha de repenser à une période de vacances, dans les collines, Karamjeet, leur fils et elle sur une crête sinueuse. Au lieu de quoi elle vit une maison, dans une ville très lointaine, à une distance encore plus incalculable maintenant qu'elle se situait de l'autre côté d'une nouvelle frontière, de l'autre côté d'une longue clôture en fil de fer qui irradiait une électricité meurtrière, et cette maison avait des volets peints en vert et un grand baithak en façade, rempli d'un mobilier neuf, ensuite, on empruntait le sombre corridor, et il y avait une cour en briques entourée d'arcades et de chambres. Dans cette cour, il y avait le père de Prabhjot Kaur et sa mère, ses deux frères aînés et ses deux sœurs. Et l'une de ses sœurs s'appelait Navneet, la bien-aimée, la meilleure d'entre eux tous, désormais perdue à jamais. Disparue, Navneet-bhenji avait disparu. Des deux mains, Prabhjot Kaur s'essuya le front, le visage. Il était inutile de se souvenir. Ces histoires avaient été déjà écrites, et ce qui s'était passé était passé. Être en vie, avoir une famille, tout cela s'accompagnait d'une part inévitable de douleur. Il n'y avait aucun moyen d'échapper à la vie, et souhaiter le départ de la souffrance ne la rendait que plus présente. Elle respira profondément : supporte.

Supporte la charge, ces petites insatisfactions de tous les jours et les immenses tragédies meurtrières d'un passé révolu, supporte la charge avec l'aide et la grâce de Vaheguru. Supporte, pour ceux que tu aimes. Prabhjot Kaur inspira à fond et tâcha de penser aux tâches du lendemain.

Sa respiration était lisse et lente. Dehors, de l'autre bout du jardin, lui parvenait le tapotement régulier, le petit éclaboussement explosif de l'eau sur les pierres.

Insert : Une maison dans une ville lointaine

Tous les matins, on lavait la cour, et Prabhjot Kaur s'y trouvait elle aussi, à récurer un karhai avec de la cendre, sous la pompe à main. Elle était la plus jeune, la meilleure des trois filles : Navneet, Maninder et Prabhjot. Ou plutôt, Navneet-bhenji, Mani et Prabhjoty, surnommée Nikki en raison de sa petite taille. Prabhjot Kaur aimait bien aider leur Mata-ji, qui répétait tout le temps : « Regardez-la, Prabhjot Kaur, ma fille, ma petite Nikki, elle n'a que dix ans et elle m'aide davantage que vous deux réunies », et Nikki devait s'attendre à un pinçon de Mani, qui adorait attraper entre ses doigts de fer, aussi implacables qu'un chimta, la peau du bras, tout en haut, sous l'aisselle, et tourner, tourner, en lui chuchotant : « Petite dégueulasse, je vais te montrer, espèce de dégueulasse. » Nikki supportait ses contusions avec équanimité, et même avec de la compassion envers Mani, qui avait de grandes oreilles et qui ressemblait à un épouvantail dehati, ayant grandi de presque dix centimètres dans sa quatorzième année. Mani errait sans but, elle poussait des cris perçants, elle était difficile, pleine de colère, pas trop bonne dans ses études, coincée entre ses deux sœurs, ce qui voulait dire qu'elle n'avait rien de remarquable, ni par la position, ni par l'âge, jamais vraiment là et jamais tout à fait ailleurs. Nikki, elle, était dorlotée par ses deux frères, Iqbal-veerji et Alok-veerji, qui, à dix-huit et dix-sept ans, étaient plus jeunes que Navneet-bhenji, mais plus distants, à cause de leur virilité imposante et de leur passion pour le cricket. Son père aimait feuilleter les cahiers de Nikki, qu'elle recouvrait d'un papier brun ordinaire mais impeccablement replié, coins et bordures, qu'elle marquait de son nom, à l'encre verte, avec les initiales de « Prabhjot » et de « Kaur » dessinées en boucles raffinées. Ses professeurs de punjabi et d'urdu admiraient son écriture, dans les deux langues, et caressaient l'espoir de la présenter au concours de composition patronné par Sir Syed Atallulah Khan. « J'ai une nouvelle maison », écrivait-elle en lettres vertes et fluides, sans une faute, sans un pâté – un aleph trop allongé aurait suffi à lui faire déchirer la page entière. Elle avait partout la réputation d'être une bonne fille, sérieuse et obéissante et, dans sa nouvelle maison, elle aimait bien aider à la cuisine.

— Est-ce que tu as terminé, Nikki ? lui lança Mata-ji de sa voix chantante.

— J'arrive, Mata-ji, s'écria Prabhjot Kaur, et d'un bond elle se releva pour aller pomper de l'eau, en pesant sur le levier de tout son poids.

L'eau coulait en flots joyeux, étincelant sous la lumière du soleil. Dans la cuisine, Mata-ji retournait lestement entre ses mains les paraunthas, côté pile, côté face, en une musique rapide, et les jetait dans le tava chaud d'un dernier tour de poignet. Prabhjot Kaur posa le karhai par terre, avec soin. Mata-ji tamponna l'humidité qui perlait sur ses joues avec le coin de son dupatta, et Prabhjot Kaur observa intensément son visage rouge et rond, son nez retroussé qui lui valait tant de taquineries.

— Rentre-moi ceux-là, fit Mata-ji, en déposant un parauntha luisant, parfait, sur une pile de quatre. Ensuite, tu vas t'asseoir, toi aussi.

Prabhjot Kaur mangeait toujours l'avant-dernière. Ses deux frères dévoraient des dizaines de paraunthas, des boîtes entières de ghee. Mani était assise à côté d'eux, un genou calé sous le menton ; elle avait attrapé une pile de bhindis qu'elle disposa en cercle. Elle ne prêtait aucune attention à Prabhjot Kaur, pas même un regard fixe de ses yeux de fouine. Elle écoutait Iqbal-veerji et Alok-veerji, qui parlaient cricket. Accroupie, Prabhjot se servait dans les plats disséminés sur le chatai, et mangeait en silence, absorbée par la nourriture. C'était un dimanche matin, jour de congé, et son père était sorti acheter une dernière charretée de briques. Ils habitaient la nouvelle maison depuis presque un an, mais l'arrière restait inachevé. Il devait y avoir là une pièce de rangement et une maisonnette indépendante composée d'une chambre et d'un patio, pour les domestiques. La construction de cette maison lui paraissait avoir duré une éternité. Car aussi loin que remontaient les souvenirs de Prabhjot Kaur, elle avait été la maison d'Adampur, pour laquelle son père disparaissait le soir après le travail, à laquelle ses frères avaient consacré leurs week-ends, un foyer définitivement lointain. Il leur avait fallu trois jours pour emménager, et quand enfin ils y avaient passé leur première soirée, tous ensemble dans la cour, sur des charpais neufs, aucun d'eux n'avait trouvé le sommeil avant le point du jour. Le lendemain matin, au-delà du drap blanc encore tiède, par-delà le voile cotonneux des rêves, Prabhjot Kaur avait entendu le rire de sa mère venu du toit. Cette sonorité était imprégnée d'une telle liberté, d'une absence de souci si inhabituelle que Prabhjot Kaur s'en souvenait encore. Dans leur nouvelle maison, ce rire avait persisté, il en avait éclairé les corridors et s'était mêlé à l'odeur du plâtre frais. Mata-ji s'assit à côté de Prabhjot Kaur, avec ce petit grognement qui lui échappait lorsqu'elle pliait les genoux, fatiguée de sa matinée de travail, mais il y avait tout de même en elle quelque chose de changé, un contentement rond et plein qui n'avait jamais existé toutes ces années où ils avaient habité deux pièces, dans le fond de la maison de Narinder Dhanoa. Elle mangeait, concentrée, penchée très bas sur sa nourriture, claquant des lèvres à chaque bouchée, et Mani se leva brusquement, les dominant de sa haute stature, avant de s'éloigner à grandes enjambées vers la cuisine.

— Alors, Sethani-ji, s'écria Alok-veerji, une main posée sur l'épaule de sa mère. Quand ta servante commence-t-elle le travail ?

— Je pense que je peux m'occuper de tout moi-même, lui répondit Mata-ji. Que ferais-je de mon temps, sinon ?

Alok-veerji s'écroula de rire sur l'épaule de sa mère.

— On va lui demander de venir dès demain, voilà tout, la prévint Iqbal-veerji. Sinon, tu vas encore continuer dix ans comme ça.

En qualité de fils aîné, il faisait preuve envers elle d'une autorité nuancée d'indulgence, d'une patience souriante.

231

— Exact, exact, fit Alok-veerji. Sinon, notre kanjoo-le-plus-grand-du-monde ne va jamais laisser la servante s'approcher de la maison.

— Quand tu commenceras à gagner de l'argent, lui répliqua Mata-ji, en se dégageant du menton de son fils d'un haussement d'épaules, alors tu sauras le prix de tes paraunthas.

— Quand je commencerai à gagner de l'argent, répliqua Alok-veerji, je t'achèterai une voiture, avec deux fanions à l'avant.

— Et tu deviendras aussitôt un laat-saab, ironisa Mata-ji. Lui, ça lui a pris vingt et un ans, de construire cette maison.

Vingt et un ans, avec encore quelques arrivages de briques à venir, songea Prabhjot Kaur, mais elle voyait bien qu'en dépit de ce brusque mouvement de la tête, l'idée d'Alok-veerji dans une voiture de laat-saab amusait Mata-ji. Cela la faisait sourire, de ce sourire tremblé, fugitif, en accent circonflexe. Cet après-midi-là, quand Prabhjot Kaur s'installa sur un coin du chatai, un bras glissé sous son gadda préféré, la tête posée dessus, sombrant dans un profond sommeil, elle entendit les deux veerjis qui bavardaient encore, allongés côte à côte, et ils continuaient au sujet de la mystérieuse servante, qu'il fallait dénicher et convaincre de venir, qui devrait travailler, qui devrait balayer la maison, l'intérieur, toutes ces pièces nombreuses, si nombreuses, et aussi l'extérieur, qui devrait passer le pocha jusqu'à ce que les sols carrelés brillent comme des miroirs, qui devrait battre la lessive et la pendre aux cordes à linge, sur l'arrière, flottante et encore humide de rosée, qui devrait vanner le blé, allumer les lampes, nettoyer les chaussures, réunir les livres, aller chercher du lait, acheter des légumes, qui devrait, qui devrait, qui devrait. Prabhjot Kaur songea que seule une femme très forte serait capable de tout cela.

Mais trois jours plus tard, lorsque la servante se présenta, c'était une femme minuscule. Nommée Ram Pari, vêtue d'une drôle de salwar-kameez rouge, avec un dupatta effiloché, et qui s'exprimait dans un dialecte âpre et braillard, compréhensible mais hilarant. Ram Pari appelait Mata-ji « Bibi-ji », et elle s'accroupit dans la cour pour marchander le montant de ses gages. Quand elle se releva, après avoir accepté cinq roupies la semaine, Prabhjot Kaur vint se placer à côté d'elle, de toute sa hauteur, et vit que, oui, Ram Pari la dépassait à peine d'une tête. Et découvrit une odeur.

Elle recula promptement. Ce n'était pas précisément une mauvaise odeur, mais elle était forte, comme de la terre humide ou comme l'arrière d'une boutique de halwai, dont tous ces relents de lait aigre finissaient par étourdir. Prabhjot Kaur s'écarta de l'odeur capiteuse d'un pas chancelant, et alla s'asseoir à côté de Navneet-bhenji, dans le baithak, où sa sœur, comme d'habitude, avait le nez plongé dans un gros livre. Prabhjot Kaur appuya la tête contre l'épaule confortable de sa sœur, et lut le titre, en haut de la page : « Wordsworth ». Sous le parfum de propre, vif et frais, de la salwar-kameez, il y avait la nuance sucrée du savon et de la peau chaude. C'était une fragrance que Prabhjot Kaur connaissait depuis toujours ; elle la huma, s'en imprégna, écrasant le nez contre l'étoffe avec de petits reniflements. « Qu'est-ce que tu fabriques, jhalli ? » lui demanda Navneet-bhenji, et elle faufila une main dans son dos pour aller pincer ce nez fouineur. Prabhjot Kaur ne se sentait pas folle, loin de là, mais il était difficile d'expliquer pourquoi elle avait eu ce besoin, à cet instant. Ram Pari était sortie de la cour, et Mata-ji la traversa avec un plat rempli de haricots. Elle s'assit près de ses filles et se mit à fendre les cosses et à faire rouler d'un coup de pouce les grains dans le plat, *soc-soc-soc*, si vite que les bruits se fondaient en un long murmure assourdi. Mata-ji était absorbée par ses haricots, et Navneet-bhenji tenait le livre bien haut sur ses genoux. Elles étaient désormais en bons termes, cordiales et sereines, mais Prabhjot Kaur n'avait pas oublié qu'un an plus tôt, elles s'étaient violemment disputées. Navneet-bhenji avait achevé son premier cycle, et voulait aller à l'université commencer une licence de lettres. Mata-ji lui avait demandé de penser à ses frères et sœurs que son égoïsme privait du mariage et du bonheur, et quand Navneet-bhenji avait fait remarquer, à raison, que ses frères et sœurs étaient encore loin du mariage, Mata-ji lui avait crié dessus, et s'était lancée dans des propos bizarres sur le déshonneur infligé à la famille, et ensuite elle avait refusé de manger pendant deux jours. Finalement, Papa-ji avait posé là-dessus son grand pied paternel. Si Navneet voulait faire une licence de lettres, décidait-il, elle la ferait, et c'était tout. Mais Mata-ji possédait des pouvoirs qui s'exerçaient de mystérieuse façon. Elle s'était retirée dans sa chambre, et Papa-ji avait levé les yeux au ciel avant de la rejoindre et, quand il en était ressorti, le lendemain matin, il avait été convenu que le mariage pouvait être retardé, mais pas tant que ça. Donc, à présent, Navneet-bhenji était fiancée à Pritam Singh Hansra, un ingénieur stagiaire des travaux publics, en poste à Gujranwalla. À l'annonce des fian-çailles, Papa-ji s'était caressé la barbe, à peine blanchie sous la lèvre inférieure ; le bonheur, avait-il déclaré, réside dans la réflexion et dans la raison. Mata-ji avait gardé le silence. Et Prabhjot Kaur, bien qu'impressionnée par cette manière qu'avait Papa-ji de comman-der aux choses – un garçon pour Navneet-bhenji, une maison pour eux tous –, avait compris que ce n'était pas toujours vrai.

Ram Pari venait à la maison tous les jours, et Mata-ji engageait avec elle des disputes épiques. Lui apprendre à faire la vaisselle selon les critères de propreté souhaités, cette seule leçon se pro-longea trois jours, avec quantité de démonstrations pratiques et de critiques cinglantes. Ram Pari ne répliquait pas, indifférente aux sermons de Mata-ji, suivait les instructions pour un ou deux bols, voire un plat avant de retomber dans son joyeux laisser-aller. Sa technique de balayage minute était efficace, à condition de pas regarder dans les coins et sous les almirahs, où Mata-ji trouvait des moutons de poussière qui lui inspiraient des crescendos d'indignation. Pendant ce temps, les deux frères de Prabhjot Kaur se moquaient avec force ricanements de « Pari la Puante ». Prab-hjot Kaur riait avec eux par signe de solidarité, mais, en son for intérieur, elle trouvait que l'odeur de Pari n'avait rien de puant ; son odeur était plutôt prenante. Elle était petite mais son ventre était tissé de muscles maigres, visibles quand elle levait un coin de sa kameez pour essuyer sa bouche, son visage ridé de vieille femme. Elle avait ce geste en fin d'après-midi, alors qu'elle aurait pu utiliser le dupatta dont elle se coiffait la tête ; elle cherchait à se procurer un peu de fraîcheur, pensait Prabhjot Kaur, à profiter d'un souffle d'air sur la peau, mais ainsi elle dégageait à l'entour un relent aussi réel et inévitable que le nuage d'étincelles qui monte du feu dans le chaunka. C'était au point de la faire tres-saillir, mais Prabhjot Kaur se maîtrisait, recevait sans broncher cette sorte de brûlure sur sa peau. Elle l'attendait, même, avec honte, et elle gardait la chose secrète. C'était son secret le plus secret, encore plus secret que la pièce d'une roupie qu'elle avait trouvée sous le coussin du sofa, dans le salon côté rue, qu'elle savait appartenir à Papa-ji, mais qu'elle avait emportée à l'école, dans sa trousse, et qui lui avait suffi pour s'acheter une semaine de kesar kulfis, par seulement pour elle, mais pour ses deux meilleures amies, Manjeet et Asha. Elle n'avait parlé à personne de l'ardent désir que lui inspirait l'odeur de Ram Pari, cette senteur âpre et la saveur qu'elle y trouvait, même pas aux autres membres du Terrific Trio, celles qui faisaient attention d'arranger leurs tresses dans le même style bien net, et s'asseyaient ensemble au deuxième rang de la classe depuis la petite section.

En ce jour d'avril, le Trio se balançait à l'arrière du tanga de Daraq Ali, Manjeet au milieu, comme d'habitude. Elle était la meneuse incontestée, en dépit des meilleures notes des deux autres, et des meilleurs métiers de leurs pères. Le père de Manjeet n'était que gérant d'hôtel, mais elle était grande, svelte, d'une personnalité forte, vigoureuse, et d'un franc-parler que Prabhjot Kaur et Asha admiraient, sans imaginer un instant l'imiter. Elles se contentaient de s'abriter sous cette ombre, ce qui n'allait pas sans risque.

— Chacha, roule plus vite, lançait Manjeet à Daraq Ali, le bras sur le dossier du siège. Roule plus vite, s'il te plaît, sinon, on va se transformer en charbon de bois, ici même, sur Larkin Road. On va griller et disparaître dans un éclair de fumée et ça va sentir très mauvais. Roule plus vite, plus vite.

Il était trois heures et demie passées, et Prabhjot Kaur ne se souvenait pas d'avoir jamais eu si chaud. Le soleil cognait droit sur l'arrière du tanga, la route devant eux était sans fin, et Daraq Ali était le conducteur de tanga le plus âgé et le plus lent de toute la ville. Il passait les prendre une à une, le matin, et les conduisait à l'école au trot, non, au pas, puis il venait les attendre à trois heures de l'après-midi pour le trajet du retour, interminable, traînant et brinquebalant. Il tournait vers elles sa broussaille de barbe teinte au henné, le menton sur son épaule moite de sueur, et il leur faisait toujours la même réponse :

— Bibi, elle a travaillé dur toute la journée, par ce soleil. Regarde comme elle est fatiguée. – Et puis il s'adressait à l'arrière-train brun et osseux qui dansait sous ses rênes : – Ho, Shagufta, plus vite, plus vite. Plus vite, Shagufta, pour les grandes Mems qui se dessèchent sous le chaud, chaud soleil.

— Cette carne, elle est encore plus vieille que toi, Chacha, se moquait Manjeet. Vends-la chez l'équarrisseur et trouve-toi une jument plus solide.

— Mais regarde les efforts qu'elle fait, protestait le bonhomme. Regarde comme elle avance. Comment peux-tu dire des méchancetés pareilles, bibi ? Tu vas lui briser le cœur.

Manjeet s'étranglait de rire en tenant son basta devant son visage, pour se protéger du soleil.

— Oh la, oui, maintenant, on fonce. On risque nos vies dans une poursuite fantastique. J'ai vraiment, vraiment peur.

Prabhjot Kaur gloussa, et puis, aussitôt, elle eut envie d'un grand verre puisé au surahi où Mata-ji mettait l'eau à filtrer. Elle se vit basculer le surahi, elle vit son bec d'argile arrondi dans sa paume, le filet d'eau régulier qui remplissait le verre, petit remous circulaire, de plus en plus profond, et la route noire défilait entre les bouts poussiéreux de ses souliers, et le *ploc-plac*, *ploc-plac* monotone des sabots de Shagufta cognait lentement à ses tempes. Elle fermait les yeux, mais elle savait qu'ils passaient devant le Kalra Shoe Emporium, sur leur droite, où il y avait le présentoir à tourniquet d'escarpins pour dames, puis devant Manohat Lal Madan Lal Halwai avec, dans le fond, ses boxes réservés aux familles et un énorme miroir gravé, l'image d'un homme enturbanné et d'une femme assis au bord d'un ruisseau, et ensuite, c'était Kiani Food Furniture, et son long sofa exposé dans la vitrine, « À votre service depuis cinquante ans » – pas le sofa, mais le vieux M. Kiani et ses trois fils. Prabhjot Kaur fit un pari et elle ouvrit les yeux, et oui, ils se trouvaient bien à la hauteur de la boulangerie Tarapore, un paradis de gâteaux et de sodas, où elle n'était entrée qu'une fois de toute sa vie, le jour de son neuvième anniversaire, et elle se souvenait encore du claquement sonore du cabochon s'enfonçant dans la bouteille de soda à la fraise sous le poids de la paume de Papa-ji. Lorsque ce souvenir se fut tout à fait recomposé, Prabhjot Kaur en eut mal aux commissures des lèvres, une authentique douleur, une éruption rose dans la bouche, un picotement à l'intérieur des lèvres, et Shagufta avançait, entraînait son petit monde avec elle. Ils dépassèrent la boulangerie Tarapore, et c'est alors qu'elle aperçut Ram Pari. Elle marchait le long de la rue, les bras droit le long du corps, les pans de son dupatta voletant dans son dos. Saisie d'une honte inexplicable, Prabhjot Kaur se renfonça dans son siège en se tortillant. Quelque chose, dans cette vision – Ram Pari à cet endroit, à côté de deux dames blanches avec leurs chapeaux en jardins de dentelle, leurs chaussures à bride éclatantes de blancheur, leurs robes vaporeuses venues des profondeurs étrangères et mystérieuses de la boutique Perreira's Ladies Wear – quelque chose dans la démarche de Ram Pari, jambes écartées, lui donnait envie de ne pas la connaître, pas pour le moment. Donc elle détourna la tête, comme si elle regardait ailleurs, du côté opposé de la rue, mais son cou la brûlait, non à cause du soleil, mais à cause, croyait-elle, du regard de Ram Pari, et elle céda à la tentation de lancer un coup d'œil. Shagufta les entraînait lentement loin de Ram Pari, dont le visage était aussi tendu qu'un drap gonflé sous le vent chaud de l'été, dont les yeux durs ne voyaient rien, bien que dirigés droit sur Prabhjot Kaur. La méchante voussure de ses épaules refluait lentement dans la lumière de Larkin Road, et elle finit par la perdre de vue, juste avant qu'elles ne tournent dans Fulbag Gali pour s'engager dans Chaube Mohalla, où Manjeet sauta de la carriole pour courir jusque chez elle, ses deux lourdes tresses sautant dans son dos.

Quand Prabhjot Kaur arriva à la maison, elle trouva son père assis dans son baithak, avec son ami Khudabaksh Shafi, qui prenait le thé dans la tasse réservée à son intention. Pour elle, c'était la tasse du musulman, celle que Papa-ji se chargeait de laver lui-même sous la pompe à eau – ce qui mettait de la tension dans l'air ; Mata-ji faisait la moue, Navneet-benji et Mani levaient les yeux en la traitant d'idiote. Prabhjot Kaur aimait bien Khudabaksh Shafi, qui avait le visage barré d'une superbe moustache et n'arrivait jamais sans cadeaux. Aujourd'hui, il avait apporté une corbeille de litchis.

— Spécialement pour toi, beta, s'était-il exclamé, avec un rire. Déguste-les après le dîner. Et ne te laisse pas filouter par ces deux mustandas, là.

Ses deux frères étaient affalés sur des charpais, dans la cour, en tenue blanche de cricket, occupés à boire leur khari lassi dans de gigantesques gobelets en cuivre. Iqbal-veerji se leva d'un bond et attrapa sa batte – qu'il enduisait un jour sur deux d'une huile spéciale – et montra à sa sœur comment il avait frappé un triple six en une série de lancers, comment il avait dépassé ce Shahidul Almansoor, qui se prenait pour le meilleur lanceur de toute la province. Prabhjot Kaur oscillait sur la pointe des pieds, faisait mine de s'intéresser, mais se déroba dès qu'elle put, s'éloigna en crabe pour gagner la chambre de sa mère, s'appuya contre la porte jusqu'à l'apparition d'un triangle de lumière, sur le sol. Elle se glissa par l'entrebâillement et grimpa sur le lit, côté Papa-ji. Le lit était assez haut pour qu'elle fût obligée de s'y hisser des deux mains, et elle eut devant elle la silhouette de sa mère, dessinant une crête dans l'obscurité opaque. Un ventilateur de table soufflait l'air d'un côté, de l'autre.

— Qu'y a-t-il ? fit enfin Mata-ji, toujours dos à elle.

— Il y a un souci, avec Ram Pari ?

Mata-ji lâcha un profond soupir.

— Ces gens…

— Est-ce qu'elle a fait quelque chose, Mata-ji ?

— Non, non. C'est son mari.

— Elle a un mari.

— Beta, elle a neuf enfants, neuf. Cela fait un an et demi que le mari n'est plus au foyer. Elle pensait qu'il avait une autre femme, ailleurs. Et puis, hier, il est revenu. Comme un laat-saab, il s'est mis les pieds sous la table, et il a réclamé son dîner. C'est ma maison, il a dit.

— Est-ce que c'est sa maison ?

— De toute sa vie, il n'a jamais gagné dix roupies.

Très concluant. L'épaule de Mata-ji changea de position, elle s'installa, le rythme de sa respiration se modifia, Prabhjot Kaur sentit un picotement lui venir aux joues et se laissa lentement glisser au sol. Ram Pari était encore quelque part à traîner les pieds sur une ligne aussi droite que la destinée, mais Prabhjot Kaur n'avait qu'une idée en tête, qu'elle-même n'avait jamais gagné une roupie de sa vie, et que la seule roupie qu'elle possédait, elle l'avait volée. Elle s'immobilisa dans l'ombre des colonnes cannelées, sur le seuil de la cour, observa ses frères, les taches rouges laissées sur leurs pantalons par la balle de cricket, leur bel épuisement, et se demanda si cette maison était aussi la sienne. Ce soir-là, le sentiment du foyer, qu'elle n'avait pourtant jamais cessé d'éprouver depuis le premier jour, quand elle avait découvert les

madriers dressés dans un trou à demi tapissé de briques, ce sentiment la fuyait. Alors que le soleil glissait le long des colonnes,
qu'elle arrosait la cour, que montaient les odeurs dans la fraîcheur
du soir, la sensation persistait, par bouffées. Cette nuit-là, Prabhjot
Kaur s'endormit dans ses rêveries, papillon léger emporté par la
brise au-dessus des toits de la ville de Sabhwal, où elle était née.

Une chamaillerie la réveilla, au matin. Mani soutenait que Ram
Pari devait rester.

— Elle n'a nulle part où aller, disait-elle, et Prabhjot Kaur
entendait que cela lui coûtait de ne pas élever la voix, de rester
raisonnable, la gorge serrée par l'effort.

— Tout cela est très triste, admettait Mata-ji. Mais depuis
quand est-elle devenue ma mausi, que je doive me charger d'elle ?
Elle n'a qu'à retourner chez ses parents.

— Mata-ji, je te l'ai dit, ici, elle n'a personne. Son mari l'a fait
venir du village où elle vivait. Tu veux qu'elle dorme dans la rue,
avec tous les enfants qu'elle a ?

— Quand t'ai-je dit que je voulais lui imposer quoi que ce
soit ?

Mata-ji était assise en tailleur, près de la cuisine, un grand thali
posé sur les genoux, sur lequel se dressait une pyramide de blé.
Sous ses doigts agiles, les grains filaient sans relâche d'un côté
vers l'autre du thali en ricochant sur le métal ; au sol, près d'elle,
il y avait un monticule de cailloux noirs, d'éteules et de balles de
blé.

— Je ne lui impose rien, moi.

Prabhjot Kaur traversa la cour en courant jusqu'au portail. Ram
Pari se tenait accroupie là, les deux poignets appuyés sur un matelas bleu roulé. Elle était entourée d'enfants, incroyable marmaille.
Un bambin nu, le ventre ceint d'un cordon noir, escaladait un
méli-mélo de chevilles et de mollets en pédalant de ses jambes
potelées. Quand il fut sur le point de s'échapper du cercle des
corps, une fille de l'âge de Prabhjot Kaur le saisit par le bas et le
rattrapa.

— Ram Pari, fit-elle. Que s'est-il passé ?

— Que te dire, Nikki ? lui répondit Ram Pari. Que te dire ?
Mon homme, il est revenu.

Elle ouvrit grand les mains, d'un geste englobant non seulement les enfants et Prabhjot Kaur, mais le monde entier.

— Mais il ne peut pas te mettre à la porte. Ce n'est pas juste.

Ram Pari garda le silence, Prabhjot Kaur avait l'impression gênante que tous ces yeux noirs et brûlants la regardaient, dénués d'expression, tous, même le bébé, jusqu'à la forcer à détourner le regard en quête d'un endroit où s'effacer. Elle amorça un mouvement de recul, puis soudain fit demi-tour et se rua vers la maison. Dans sa poitrine, c'était la panique, une terreur âpre, noire et cramoisie, qui avait le goût de la pomme pourrie dans laquelle elle avait mordu, un jour, spongieuse et brune sous la peau croquante. Elle se jeta contre l'épaule de Mata-ji, le visage enfoui dans les cheveux de sa mère, haletante.

— Oh, Mata-ji, laisse-la rester.

— Toi aussi, tu t'y mets ? – Sa mère leva les yeux au ciel. – Des saintes et des assistantes sociales, voilà ce que sont devenues mes filles.

Navneet-bhenji éclata de rire. Elle était assise à la table de l'entrée, une petite tasse d'huile devant elle, et se peignait les cheveux avec de longs mouvements lents, les laissant retomber en vagues ondoyantes. Son visage en forme de cœur rougeoyait dans la lumière nouvelle, ses lèvres ourlées étaient rouges, et Prabhjot Kaur ne l'avait jamais vue si belle.

— Navneet-bhenji, s'écria-t-elle, au bord des larmes. Demande à Mata-ji de l'autoriser à rester.

— Se mêler des disputes de ces gens n'apporte que des embêtements, répliqua Mata-ji. Tu veux que cet homme vienne rôder dans l'allée, qu'il entre dans notre maison ? Et que sa progéniture crasseuse…

— Mata-ji, fit Navneet-bhenji, tu peux les laver, trois fois.

— Ne commence pas, Navneet, s'emporta Mata-ji. Et vous deux, habillez-vous pour l'école.

Quand elle avait cet air-là, le visage gonflé, Mata-ji était aussi inflexible qu'une boîte de desi ghee en conserve. Les doigts tremblants, Prabhjot Kaur boutonna son uniforme, et toute la journée elle fut distraite de ses cours par la vision de Ram Pari marchant dans un désert d'épines, un désert sans fin, avec ses enfants gémissant de soif et tombant l'un après l'autre. Perplexes, Manjeet et Asha observaient leur amie qui peinait à prendre des notes. À la récréation, elle leur apprit la triste situation de Ram Pari, mais elles ne s'en émurent pas, en tout cas pas moitié autant qu'elle, pas le quart autant qu'elle. Et encore.

— Ces gens n'arrêtent pas de se disputer comme ça, lui dit Asha.

Prabhjot Kaur entendit ces mots, elle vit la bouche pincée d'Asha, son petit rictus guindé, et réprima une montée de larmes. Manjeet se contenta de hausser les épaules. Et puis elles passèrent l'une et l'autre à la question plus urgente de savoir s'il serait possible de convaincre le père de Manjeet de leur organiser une sortie le week-end prochain. Leurs deux têtes étaient proches, elle voyait leurs tresses brillantes, leurs dupattas immaculés, elle avait envie de parler, mais ses sentiments pour Ram Pari restaient logés dans un pli intérieur de son être, dans un coin de grotte d'où il était impossible de les extraire, de les tirer jusqu'à la lumière dure de l'été, effrayés et fuyants. Donc elle respira à fond, et demeura silencieuse. Elle garda le silence toute la journée, et encore dans le tanga de Dariq Ali, sur le chemin du retour.

Les enfants étaient toujours devant la maison, à crapahuter dans le carré d'ombre, qui avait rétréci et glissé vers l'autre bout de la cour. Ram Pari était à l'intérieur de la maison, à récurer les dernières marmites. Navneet-bhenji somnolait, un livre ouvert à plat sur son ventre, en agitant paresseusement un éventail. Sans ouvrir les yeux, elle lui rapporta les disputes de la journée : sans demander la permission, Ram Pari était entrée et s'était mise à balayer la cour, comme d'habitude. Elle s'était affairée à ses tâches diverses, sous le regard de Mata-ji, et les deux femmes se croisaient en silence. Elles n'avaient pas échangé un mot de toute la journée. Au même instant, sous le regard inquisiteur de Prabhjot Kaur, Mata-ji traversa en diagonale la cour de briques surchauffées, un paquet de vêtements mouillés dans la main, vers l'escalier qui conduisait sur le toit ; elle passa à moins de cinquante centimètres de Ram Pari ; mais elles se détournèrent vivement l'une de l'autre, comme si les vêtements et les casseroles accaparaient toute leur attention.

— Elle ne l'a pas regardée, hein ? fit Navneet-bhenji, les yeux toujours clos.

— Qui ?

— Mata-ji. Elle n'a même pas regardé Ram Pari ?

— Non, elle ne l'a pas regardée.

— C'est comme ça depuis ce matin. Ouh, Nikki, elle me rend dingue. Ces silences lourds, et tout le monde autour d'elle serait censé comprendre et faire ce qu'elle veut. Et pour ça, elle sait s'y prendre. Car tout le monde fait ce qu'elle veut.

Prabhjot Kaur resta là sans répondre. Elle avait déjà éprouvé quelques pointes de ressentiment envers sa mère, quand elle n'était pas autorisée à se rendre à un pique-nique de l'école, ou quand elle était servie la dernière de kheer, et moins bien que son frère, mais au jour le jour, ces petites colères disparaissaient sous la présence ample et chaleureuse de sa mère, sous l'étreinte enveloppante de ses bras maternels, perceptible dès que l'on franchissait le portail de la demeure, dans les demi-briques peintes en blanc dont elle avait tapissé le couloir, dans les parements de dentelle des nappes posées sur les tables du baithak. Mais entendre cet accent de mépris, étrange, métallique, dans la voix de Navneet-bhenji, c'était découvrir une scission entre mère et fille, entre Mata-ji et elle-même, que Prabhjot Kaur n'avait pas imaginée. Elle se sentit mal, et très seule.

Navneet-bhenji ouvrit les yeux. Elle planta le regard dans celui de sa sœur, les prunelles encore brumeuses, incertaines. Et cligna deux fois des paupières.

— Arre, pourquoi prends-tu cet air-là, bachcha ? fit-elle. Ne t'inquiète pas. Elle peut être exaspérante, mais tu partiras de cette maison, toi aussi.

Prabhjot Kaur dut ravaler deux fois sa salive avant de pouvoir prononcer un mot.

— Partir ?

— Oui, fit Navneet-bhenji, et elle l'attira près d'elle. – Elle la nicha dans le pli de son coude et chuchota tout contre ses cheveux. – Tu ne savais pas ? Qu'une fille naît dans une maison, mais que son foyer est ailleurs. Cette maison ne t'appartient pas. Ton foyer est ailleurs.

Ayant dit cela, Navneet-bhenji s'étira et soupira avec volupté, et Prabhjot Kaur ressentit jusque dans sa tête et ses orteils la joie de vivre de sa sœur, son impatience du futur, son bonheur de partir, d'être ailleurs, alors que, pour sa part, elle n'envisageait qu'une perte inexplicable et de mauvais augure. Et le bruit rond et terreux de la marmite que l'on frottait se mêla au pouls de sa sœur, qui palpitait juste sous son oreille.

Elle se recouvrit la tête avec le dupatta de Navneet-bhenji et chercha le sommeil. Une heure et demie plus tard, à la façon dont Mani balança sur le sol son sac de classe, Prabhjot Kaur comprit qu'elle avait croisé Ram Pari et les enfants, toujours devant le portail, et qu'elle était hors d'elle, prête à se battre. Mais Mata-ji lança à Mani un tel regard, sourcils froncés, yeux exorbités, qu'elle hésita, elle aussi, et c'est sans un mot qu'elle vint s'asseoir à côté de Prabhjot Kaur. Elle se décortiqua un ongle de pied avec colère.

— On va devoir attendre Papa-ji, dit-elle enfin.

Mais Papa-ji n'était pas d'humeur à batailler. Il était épuisé. Il s'allongea, se passa les doigts dans la barbe, et Mani eut beau lui exposer le cas sans ambages, en quelques phrases courtes et précises, Prabhjot Kaur voyait qu'il pensait à autre chose.

— C'est compliqué, lâcha-t-il.

Il se protégea les yeux de ses deux mains en conque. Mani était penchée en avant, les doigts entrecroisés en une sorte de maille.

— C'est compliqué, répéta-t-il, et puis il se leva.

Il alla dans sa chambre et, c'était clair, il avait déjà oublié Ram Pari et ses difficultés. Mani carra les épaules et leva les mains en l'air en signe de défaite. Prabhjot Kaur tambourina des talons contre le sol. Que faire, que faire ? Le silence se prolongeait, s'amplifiait. À l'heure du dîner, Ram Pari fit son entrée pour préparer les phulkas, et la seule chose que Prabhjot Kaur entendait, c'était le *flap-flap* de ses mains sur l'atta. Ses frères étaient à la maison, mais ils dînèrent en silence, eux aussi. Tout le monde avait l'air soucieux, sauf Navneet-bhenji. Finalement, le couvert fut débarrassé ; Mata-ji mordillait un dé de gur qu'elle tenait entre le pouce et l'index au-dessus de son autre main ouverte. Ram Pari entra, se tint debout près du mur, s'y adossa. Elle avait le poing sur la hanche, les chevilles croisées.

— Bibi-ji, annonça-t-elle. J'y vais.

— Va, fit Mata-ji, et Prabhjot Kaur sentit quelque chose se tordre et céder au milieu de sa poitrine, très exactement.

Ram Pari était au milieu de la cour quand Mata-ji reprit la parole.

— Où vas-tu ?

Prabhjot Kaur voyait à quel point Ram Pari était immobile. Ses épaules étroites formaient deux angles sombres épinglés sur le fond blanc du mur éclairé par la lune, derrière elle, contre le bord aigu du toit. Elle ne répondit rien.

Mata-ji regardait le petit morceau de gur qu'il lui restait, posé sur le bout du doigt comme si elle le soupesait, envisageant diverses possibilités.

— Très bien, fit-elle. Tu peux rester ici, pour une nuit, derrière la maison.

— Oui, Bibi-ji.

— Mais une nuit seulement. Tu m'entends ?

— Oui, Bibi-ji. Une nuit.

Ram Pari fila en vitesse. Prabhjot Kaur savait qu'elle se dépêchait de s'éloigner avant qu'il ne soit rien dit d'autre ; elle-même n'aurait pas supporté que l'on parle encore. Elle se sentait fatiguée, moulue, comme si elle avait marché tout le long du chemin de l'école et retour, un gros sac accroché à ses épaules. Elle se pencha, s'affaissa un moment contre les genoux de Mata-ji, puis se leva sans qu'on le lui ait demandé et s'apprêta à se mettre au lit. Mais, une fois dans la chambre où elle dormait avec Mani, en dépit de ses genoux flageolants et de ses paupières lourdes, elle se hissa sur un tabouret et risqua un œil au coin de la fenêtre, tendant le cou pour apercevoir les sombres silhouettes affairées qui rassemblaient leurs affaires pour aller vers l'arrière de la maison. Il n'y avait pas d'autre lumière que celle tombant en ligne brisée de deux fenêtres, mais elle vit Ram Pari et ses enfants installer leur domaine. Ils avaient des baluchons qu'elle ne se rappelait pas avoir vus durant cette longue journée, et de ces baluchons ils sortirent des draps et des tapis, de longues bandes de tissu et des loques qui, une fois disposés sur le sol, tout contre la maison, en un cercle approximatif et irrégulier, se changèrent en habitation. Prabhjot Kaur s'aperçut que l'ombre d'un mur pouvait en soi constituer un abri. Elle alla dormir, pleine, débordante de ce nouveau savoir. Elle se souvenait de tous les dessins intitulés « Ma maison » qu'elle avait faits au cours de sa longue existence, et elle songeait que toutes ces demeures si simples, en forme de boîtes, étaient d'une certaine manière un mensonge ; il était plutôt satisfaisant d'y repenser, de se dire quelle grosse bête j'étais.

Le lendemain après-midi, quand elle rentra de l'école, elle se rendit droit à l'arrière de la maison. Il y avait deux draps épais cloués au mur du fond pour la partie haute, bloqués par des briques cassées à l'autre extrémité, le tout formant une sorte d'auvent sous lequel le bébé s'était assoupi. Les autres enfants s'étaient éparpillés aux quatre coins du jardin qui n'était pas encore tout à fait un jardin, mais plutôt un lopin de terre poussiéreuse, avec deux arbres tristes et un mur, au fond. Prabhjot Kaur s'approcha de l'entrée de la tente et se pencha. Deux briques saillantes avaient été transformées en un petit support où l'on avait posé une photo aux couleurs vives de Sheran-walli-Ma, la resplendissante divinité de marbre, sur son tigre. Un sac en toile suspendu à un clou contenait des vêtements. Deux autres clous retenaient un autre sac de jute rempli de céréales. Dans le coin le plus reculé, dans la partie la plus ombragée de la tente, on avait installé un tas de sacs, et c'était là-dessus que le bébé dormait. Dans ce petit monde vert, abrité par le drap, elle se sentit prise d'un violent frisson, le frisson de la nouveauté dont elle sentait l'effet le long de ses bras, comme autant de décharges électriques. Elle était remplie d'admiration. Quel savoir-faire il fallait pour créer tant avec si peu ! Elle baissa les yeux sur le bébé. Il portait un fin bracelet au poignet droit, et un cordon noir autour du bras gauche, d'où pendait un taveez ; son pénis était tout pareil à un petit robinet. Elle résista à l'envie de prendre le bébé dans ses bras et de le bercer, et se retourna. À trente centimètres d'elle, la sœur aînée la surveillait, les mains dans le dos. Elle avait une tresse sale et très longue qui pendait de l'épaule, des yeux noirs, éveillés, et une dent qui dépassait, sur le côté gauche de la bouche. Prabhjot Kaur lui donnait à peu près quatorze ans, mais elle avait l'impression immédiate, évidente, d'être plus vieille qu'elle.

— Comment tu t'appelles, toi ? lui demanda-t-elle.

— Nimmo.

— Tu sais lire, Nimmo ?

Nimmo secoua la tête. Une demi-heure plus tard, Prabhjot Kaur avait appris leurs noms par cœur – Nimmo, Natwar, Yashpal,

Balraj, Ramshri, Meeta, Bimla, Nirmala, Gurnaam, dans cet ordre –, qu'aucun d'eux ne savait lire, qu'aucun d'eux, pas même les garçons, n'avait jamais vu l'intérieur d'une salle de classe. Elle était horrifiée : l'inculture de son pays était là, devant elle, dans son arrière-cour. Mais elle éprouvait en même temps un plaisir secret : la voie était clairement tracée, celle d'une tâche à accomplir. Elle allait s'occuper de leur apprendre à lire. Mais combien de temps allaient-ils rester, la question était posée. Mata-ji s'en tiendrait-elle au délai accordé, les jetterait-elle sans pitié dans le vaste monde ? À l'intérieur de la maison, Ram Pari tranchait des oignons, Mata-ji avait les mains enduites de besan, et des pakoras rissolaient dans le karhai. Elles échangeaient des cancans à propos du voisin, à quatre maisons de là, un veuf dont le fils cédait aux mauvaises manières et à l'alcool. Elles semblaient contentes d'être ensemble. D'un bout à l'autre de la soirée, Prabhjot Kaur leur tourna autour sur la pointe des pieds, terrorisée, incapable de soulever la question de cette nuit unique, par crainte de remémorer la chose à Mata-ji, et incapable de l'oublier. Quand vint l'heure du coucher, quand elle pointa la tête à la fenêtre, elle vit que la petite famille était toujours là, cette grappe arrondie de têtes luisantes, dans le noir. Tout cela était très déconcertant, se dit-elle en attendant le sommeil, la tête pleine de projets. Les gens prenaient des positions, lançaient des avis, lâchaient des bruits féroces, mais souvent les décisions se prenaient dans une rafale de silences contradictoires, et ce qui se taisait comptait davantage que ce qui se disait. Le monde se compliquait de jour en jour, songea-t-elle.

Le lendemain après-midi, un vendredi, Prabhjot Kaur aligna les enfants en trois colonnes par trois, du plus petit, devant, au plus grand, derrière, et commença par l'alphabet punjabi. « Ooda, aida », leur fit-elle ânonner après elle. En guise de tableau noir, elle se servit de la partie inférieure d'un plateau de carrom cassé en deux. Elle traça les lettres à cheval sur les lignes effacées du jeu, toujours aussi précise, recherchant non seulement la justesse des signes, mais aussi leur beauté. Elle découvrit immédiatement qu'il était plus facile d'enseigner aux plus jeunes. Meeta et Bimla s'attaquaient à leurs lettres avec passion, courbés très bas sur leur bout de papier, le bout de la langue entre les lèvres, et ils traçaient des formes maladroites, mais correctes. Nimmo, en revanche, musardait, rêvassait, le regard fixe, perdu au loin ; elle se couchait sur le flanc, la tête posée sur le bras, et dessinait des lettres qui ressemblaient plus à des cerfs-volants fracassés ou à des écheveaux de brin d'herbe qu'aux constructions en col-de-cygne, élégantes et déliées, que souhaitait Prabhjot Kaur. Dès que Nimmo eut appris la troisième lettre, elle oublia la première et, quand Prabhjot Kaur insista – « Ooda, aida, Nimmo, ooda, aida » –, elle vit sa dent pointer et son visage se tordre en un sourire d'une telle stupidité ravie qu'elle se sentit perdre patience et regretta de ne pas avoir l'autorité de lui administrer une tape cinglante sur l'oreille, comme celles que la maîtresse de dessin, à l'école, lâchait avec une soudaineté à glacer le sang. Mais Nimmo demeurait obtuse, aussi obstinément gluante et molle que la graisse d'une vieille roue de charrette. Quant à Natwar, il disparut, tout simplement. Quand, en ce premier vendredi, après avoir écrit sur son plateau de carrom, Prabhjot Kaur se retourna, elle s'aperçut qu'il manquait un élève au bout de la rangée du milieu. Elle tapa du pied et courut au coin de la maison, mais il avait déjà franchi le portail, et ne daigna pas tourner la tête à son appel. Il ne suivit aucune leçon, mais réapparaissait ponctuellement dès que c'était fini.

— Peu importe Natwar. Encore un qui tient de son père, avait décrété Ram Pari. Au moins, tu leur mets quelque chose dans le crâne.

Tous les après-midi, sur le tard, après avoir terminé la vaisselle du déjeuner, elle se montrait. Il lui restait encore un peu de temps avant le chai, et elle venait s'asseoir en tailleur, le dos contre le mur, pour regarder ses enfants travailler. Prabhjot Kaur l'observa en train d'observer et, au bout d'une semaine, jugea qu'elle ne lui témoignait pas assez sa gratitude. Certes, Ram Pari houspillait les gamins – « Apprenez donc quelque chose, bande de ganwars ! » –, mais elle semblait considérer l'affaire comme un jeu et, dès qu'elle avait besoin d'aide pour une tâche que Mata-ji lui avait confiée, elle embrigadait son monde au pas de charge, sauf le bébé, comme si suspendre une rangée de dhurries et en battre la poussière était plus important que la table de trois. Les deux frères de Prabhjot Kaur affichaient pour elle une admiration sincère, mais, quand ils l'appelèrent « Adhyapika-ji », elle comprit que, surtout, cela les amusait de la traiter de maîtresse, et elle leur répondit en haussant une épaule mutine. Navneet-bhenji était trop rêveuse pour s'intéresser à son entreprise, et Mani n'avait pas le temps d'en discuter, ses examens approchaient. Seul Papa-ji en saisissait l'importance. Lorsqu'elle eut hissé sa classe, du moins pour partie, au niveau de la table de neuf, il prit l'habitude de venir régulièrement au coin de la salle de classe boire son thé du soir, assis dans une chaise à haut dossier installée face au jardin, où bientôt des arbres pousseraient.

— Tu fais une bonne action, beta, lui dit-il un jour.

Elle s'appuya contre son bras, elle le regarda verser son thé, proprement, de sa tasse dans sa soucoupe. En toute chose, il était économe de ses mouvements, sans le moindre gâchis. Il avait la moustache et les poils de son menton d'une blancheur argentée, mais les joues tapissées d'une douce toison noire, et elle aimait la morsure du blanc dans le noir. Il but en inclinant la soucoupe et se débrouilla, sans qu'elle comprenne trop comment, pour ne pas mouiller sa moustache. Il travaillait pour une compagnie anglaise. Elle connaissait l'appellation anglaise de son métier : « Assistant Regional Manager », directeur régional adjoint d'une société de matériel médical. Elle savait qu'il avait travaillé dur pour gravir les échelons depuis son premier poste de vendeur, sans avoir la moindre idée de ce que recouvrait au juste ce titre de « directeur ». Elle savait aussi que leur famille possédait un terrain dada-pardada dans le village endormi de Khenchi, qui produisait tous les ans onze quintaux de bon blé à l'hectare, et que cette terre, don du grand-père, leur était d'une grande aide. Elle savait à quoi ça ressemblait, un quintal, car aussi loin que remontaient ses souvenirs, elle s'était rendue à Khenchi chaque hiver dans la maison jaune, délabrée, solitaire, tapie au milieu des champs de verdure. Elle savait que, de la maison jaune à cette autre, la leur, toute neuve, il y avait un progrès, et le progrès était arrivé grâce à l'instruction, parce que Papa-ji avait été le premier garçon de son village à passer son diplôme du secondaire, à entrer à l'université.

— Encore six mois, et je les aurai amenés au niveau de la petite section, lui annonça-t-elle. Et de la moyenne section dans un an.

C'est alors qu'il la regarda, sous ses sourcils blancs.

— En un an ?

— Oui.

Il posa dans la soucoupe sa tasse encore au tiers pleine, et la lui tendit. Elle le regarda se lever, tourner autour de leur parcelle en effleurant le mur de sa manche. Quand Mata-ji rappela Prabhjot Kaur à l'intérieur de la maison, il était toujours là, dehors, à décrire des cercles d'un pas lourd et la tête basse.

Pourquoi les vieilles personnes étaient-elles tristes ? En règle générale, elle n'en avait pas la moindre idée. Mata-ji se querellait sans cesse avec ses tantes, ses cousines et ses voisins, et il lui arrivait de marmonner à leur sujet une journée entière à propos d'une ancienne trahison ou affront, et il y avait d'autres jours où, sans raison connue, elle était assaillie de soupirs, d'une tristesse nébuleuse qui lui décolorait le visage. Navneet-bhenji elle aussi succombait parfois à cette mélancolie floue, même après que ses fiançailles et quelques lettres l'eurent rendue langoureuse et ravissante. De ce fait, Prabhjot Kaur n'accorda guère d'importance à l'humeur de Papa-ji. Le lendemain matin, il semblait avoir retrouvé son état normal, son caractère alerte. Des ouvriers travaillaient sur l'arrière de la maison et, alors qu'elle partait pour l'école, elle supposa qu'ils posaient les grilles sur les volets. Mais ce qu'elle découvrit à son retour ressemblait davantage à des barreaux, à de grosses barres de fer rectangulaires fixées en travers des fenêtres, qui en fermaient aussi le haut et le bas.

— Quand ils auront terminé, ils seront peints en vert, expliqua Papa-ji. Comme les volets.

Maintenant, la fenêtre de Prabhjot Kaur ne s'ouvrait même plus complètement, si bien que la famille de Ram Pari lui était cachée. Elle se plaignit à son père de cette erreur dans la construction et, chose assez incroyable, sa réaction se limita à ceci :

— On n'a pas le temps de régler ça tout de suite, beta. Et ta fenêtre s'ouvre complètement, enfin, presque.

C'était ce même homme qui avait imposé à un fournisseur de remporter quatre charretées de briques parce qu'elles ne correspondaient pas exactement à la commande. Le lendemain matin, elle s'apprêtait à en parler avec Manjeet et Asha, quand, au moment de monter dans le tanga, elle s'aperçut, stupéfaite, qu'elle était suivie par Iqbal-veerji, qui grimpa prestement sur le siège de devant et s'installa à côté de Daraq Ali, batte de cricket entre les genoux, manche fermement tenu de ses deux grandes mains. Il ne prononça pas un mot de tout le trajet. Comme les trois filles se tournaient plus ou moins le dos, le silence régnait à bord de la carriole. C'est seulement après qu'ils eurent franchi le portail de l'école que Manjeet, d'un hochement de tête plutôt sec, convoqua une réunion en petit comité. Elles trouvèrent un coin où parler, debout, les épaules voûtées, leurs trois fronts presque collés.

— À Minapur, chuchota Manjeet, la nuit dernière, il y a eu trois meurtres. Trois hindous ont été tués. – Elle tremblait, Prabhjot Kaur sentait son coude tressaillir contre son bras. – L'un de ces trois hindous était une fille.

Prabhjot Kaur fut incapable de rien retenir de ses cours, ce jour-là. Elle n'écrivit pas un mot dans ses cahiers. Pendant la récréation, les élèves s'éparpillèrent en petits groupes, et pas une seule partie de kidi kada ne fut lancée. Quand retentit la cloche en fin de la journée et qu'elles se présentèrent au portail, Prabhjot Kaur découvrit Iqbal-veerji debout près du tanga. Son soulagement fut tel qu'elle courut vers son grand frère, s'arrêta à un pas de lui, au bord des larmes, si bien qu'il finit par lui poser une main sur la tête, et l'accompagna à la carriole. Elle fit le tour pour monter prendre place sur son siège. Ce fut de nouveau le silence, aussi épais, aussi pesant que des couvertures de laine en été. Daraq Ali ne lança pas un seul encouragement à Shagufta, et c'est ce détail qui l'effraya plus que tout le reste. La foule paraissait moins dense que d'ordinaire, et les passants se croisaient sans échanger un mot, sans s'attarder dans la rue ni devant les boutiques pour bavarder. Quand enfin le tanga tourna au coin de chez eux, quand enfin elle vit le haut rectangle familier du portail, elle éprouva la sensation de plonger dans un bain de miel tiède : elle était en sécurité. Elle courut à l'intérieur, serra Navneet-bhenji dans ses bras, s'assit à côté d'elle et, sans même son glapissement rituel de protestation, engloutit un gobelet de lait en une seule longue gorgée. Ce n'est qu'après qu'elle remarqua l'absence d'Iqbal-veerji ; il était reparti en tanga escorter Asha chez elle. Cette nuit-là, elle fut heureuse d'avoir sur sa fenêtre des barreaux, à cause du métal qui, même s'il ne pouvait effacer la peur, tenait au moins la terreur en respect. Elle avait de la chance de ne pas avoir à coucher dehors.

La lumière passa sur son visage, et elle se réveilla. Dehors, la cour était pleine de soleil ; elle comprit qu'il était déjà tard, très tard. Quand elle vit l'heure à la pendule, sur le manteau de la cheminée, elle sentit son cœur cogner. La première cloche allait sonner dans moins de dix minutes. Elle sauta hors de son lit, franchit la porte en courant.

— Pourquoi ne m'avez-vous pas réveillée ? demanda-t-elle, haletante, à Mata-ji. Il est très tard.

D'une main, sa mère l'arrêta.

— Tout va bien, beta, lui souffla-t-elle d'une voix feutrée. Aujourd'hui, il n'y a pas d'école. Pas d'université. Tout est fermé.

— Pourquoi ?

— Il y a du désordre, en ville. Va te débarbouiller et ensuite tu prendras ton petit déjeuner. – Elle tendit encore un peu plus la main, effleura celle de sa fille, la retint un peu par le poignet. – Va.

Ce fut la journée de congé la plus calme qu'elle ait jamais vécue. Elle resta dans sa chambre, à ranger ses livres et à nettoyer son sac de classe. À onze heures, n'y tenant plus, elle traversa la maison à pas de loup et se glissa par la porte d'entrée. Devant le portail, elle perçut l'absence totale de mouvement dans les rues, comme si ses habitants s'étaient tous mis d'accord pour quitter la ville en même temps. Et pourtant, ils étaient là, elle le savait. Elle repassa le portail, fit le tour de la maison et, sur l'arrière, découvrit la progéniture de Ram Pari blottie là, même Natwar, qui d'ordinaire écumait les alentours, les pieds nus et crasseux, plongé dans une vie secrète et mystérieuse dont elle ne savait rien.

— Rentre à l'intérieur, Nikki, lui conseilla Ram Pari. Tu ne devrais pas venir par ici. Reste dans la maison.

— Pourquoi ?

— Il se passe des mauvaises choses, Nikki.

Ram Pari fixait du regard le mur dans le fond du jardin, et, au-delà, Prabhjot Kaur vit ce qui n'était auparavant qu'une ruelle négligée, un ruban insignifiant de boue desséchée nappé d'un voile mouvant de bouts de papier, changé en un lieu obscur d'où montait le danger. Elle examina le sommet du mur, se demanda s'il était assez haut. Elle avait envie d'aller en mesurer la hauteur et, par là même, la protection qu'elle offrait. Mais, en cet instant, le jardin lui était une terre étrangère et sauvage, et elle ne put se résoudre à quitter le sol de brique pour marcher sur la terre. Elle hocha la tête, retourna à l'intérieur, et s'assit en tailleur sur son lit. Elle attendait, sans trop savoir quoi.

Le déjeuner fut un temps de murmures et de chuchotis, sauf pour Navneet-bhenji qui ne dit pas un mot. Papa-ji et les deux frères étaient assis à l'écart, en un cercle étroit, et ils se parlaient la tête baissée. Ensuite, pour Prabhjot Kaur, ce fut le retour au lit, et elle se retrouva de nouveau assise, puis allongée, tambourinant des talons contre le couvre-lit.

— Tu veux bien arrêter ça ? éclata Mani. Tu me rends folle.

La folie, c'était cette tension qu'elle sentait s'accumuler entre ses omoplates tandis que s'écoulait l'après-midi comme une lente procession de fourmis lui rampant le long de la jambe. Quand la chaîne du portail s'agita, l'écho du fracas métallique se répercuta dans toute la maison, et Prabhjot Kaur fut prise d'un violent accès de terreur teinté de soulagement. Mani était recroquevillée, les coudes au corps, la bouche grande ouverte, le cou noué comme un mince faisceau de cordes affleurant sous la peau. Prabhjot Kaur sauta du lit. Elle atteignit la porte, la repoussa vers le mur d'une main, aperçut Iqbal-veerji et Alok-veerji qui franchissaient le portail, et Papa-ji qui faisait un pas au-dehors. Elle courut vers eux et vit Papa-ji de l'autre côté de la ruelle, le cou tendu, puis il y eut des bruits de pas précipités et un brouhaha de voix. Ensuite, elle sentit un halètement, tout près d'elle ; c'était Natwar. Ils s'appuyèrent ensemble contre le portail. Il avait les yeux aussi brillants que de noires agates. Il se faufila devant elle, et se retrouva dans la ruelle. Sans un instant d'hésitation, elle partit à sa suite, et se retrouva instantanément au milieu d'un groupe d'hommes qui couraient. Elle ne quittait pas Natwar des yeux, et suivait ses mouvements d'esquive, ses embardées soudaines et ses diagonales en travers d'une foule de corps au souffle court. Des corps qui, en cet instant, se figeaient en une masse épaisse et dense. Natwar lui tendit la main, et, sans regarder derrière lui, l'attira à lui. Sa tête butait contre des hanches, contre des postérieurs. Elle trébucha, manqua tomber, son nez vint s'écraser contre l'épaule de Natwar ; devant eux, la voie était libre. Un tanga se dressait un peu plus loin, basculé vers l'avant, suivant un angle qu'elle n'avait jamais vu. Enchevêtré dans le harnais et les traits de l'attelage, un cheval gisait, l'encolure arc-boutée, comme s'il essayait désespérément de ramper sur le sol, de se hisser encore un peu plus loin. C'était Shagufta. Prabhjot Kaur la reconnut aussitôt. La jument avait les lèvres retroussées en un rictus d'effort exhibant des dents énormes. Elle avait les antérieurs enchevêtrés, les postérieurs écartés, et des volutes bleuâtres se déversaient de son ventre, sous les jambes et au-delà. Le regard de Prabhjot Kaur pénétrait dans les entrailles de Shagufta, dans cette cavité qui avait la couleur d'un jamun d'hiver très mûr. Les matières intérieures avaient été expulsées avec force et, même si elles ne remuaient plus, on sentait qu'elles forçaient encore le passage pour s'extraire de ce corps dans un débordement de spirales huileuses. La chaussée, sous le tanga, était humide et noire. De l'autre côté de la carriole, un groupe d'hommes essoufflés – tous des musulmans, Prabhjot Kaur l'avait compris confusément, et pas seulement à cause des vêtements. Au premier rang, il y avait Daraq Ali. Il hurlait quelque chose, et elle devinait l'éclat de ses dents blanches. Ils avaient tous la bouche béante, et elle devinait l'éclat de leurs dents blanches. Cette troupe s'avançait, par à-coups, puis elle reculait. Une bourrade dans le dos l'expédia dans leur direction, et elle découvrit les yeux de Shagufta, grands ouverts, et humides. Elle se dit que la jument devait être encore en vie, et elle fit encore un pas vers elle, quand elle se sentit attrapée par un bras, tirée douloureusement sur l'arrière, et elle cria. C'était Papa-ji. Il plongea dans la masse en la serrant contre lui. Il courait, courait. D'un bout à l'autre de la ruelle, elle sentit ses doigts fermement agrippés à son bras. Ils franchirent le portail, le jardin, ils étaient dans la maison ; il la saisit par l'épaule, la secoua, et la tête de Papa-ji chavirait d'avant en arrière, il avait le visage en sueur, sa tête chavirait sous le coup de la colère, et elle n'en avait plus qu'une vision floue.

— Pourquoi es-tu sortie ? s'écria-t-il. – Et il la gifla. – Pourquoi es-tu sortie ? Haan ? Pourquoi ?

Et il la gifla encore.

— Laisse-la tranquille, dit Navneet-bhenji.

Elle conduisit sa sœur jusqu'à son lit. Elle la coucha, s'y installa à son tour et lui prit la tête sur ses genoux. Elle lui caressa le visage, les épaules, et Prabhjot Kaur sentait les palpitations de son cœur. Mani était assise par terre, les genoux remontés, dos au mur. Mata-ji entra, ferma vite la porte derrière elle et accrocha la chaîne. Elle s'assit sur le lit, la tête couverte de son dupatta. On entendait au loin des hurlements confus, une rumeur ininterrompue, semblable au crépitement d'un feu étouffé. « Vaheguru, vaheguru », souffla Mata-ji. Elles restèrent toutes quatre assises là, jusqu'à la tombée de la nuit. Et puis ce fut le silence.

Après cette nuit-là, aucune des femmes ne sortit de la maison. Prabhjot Kaur ne quittait son lit que pour prendre ses repas à l'appel de Mata-ji, et y retournait le plus vite possible. Papa-ji vint s'asseoir en tailleur près d'elle, un oreiller sur les genoux, la taquina, lui chatouilla la plante des pieds pour la faire rire ; elle comprit qu'il tenait à se faire pardonner son moment de panique. Sa main blottie dans la sienne, elle réussit enfin à sortir dans la cour, mais une fois dehors, l'angoisse la saisit malgré elle, boule dure de la taille d'un oignon qui grossissait dans sa poitrine, gênant sa respiration. Elle rentra vite dans la maison, dans sa chambre. Les murs blancs la rassuraient, et les barreaux. Elle glissait un regard de temps à autre par la fenêtre, pour voir Ram Pari, Natwar et tous les autres blottis en contrebas, mais elle évitait de lever les yeux jusqu'au jardin et ce qui se trouvait au-delà. Quand elle se retournait, se voyait en sécurité dans sa chambre, sur son lit, tout allait mieux.

Dehors, tous les soirs, tous les jours, des hommes et des femmes se faisaient tuer. Prabhjot Kaur savait à présent le nom que cela portait : khoon. Elle gardait ce mot sur la langue. Il lui faisait l'effet d'un instrument métallique et carré avec un trou au milieu. Aux arêtes acérées, brillantes, dégoulinant de fluides visqueux. Manjeet lui avait montré cet objet, un jour, dans un livre d'histoire d'une classe supérieure, un engin de mort et, à cette minute, la vision lui revint. Khoon. Papa-ji et ses frères rentraient dans la maison lestés des noms de ceux que l'on avait éliminés. Un sardar du nom de Jasjit Singh Ahluwalia, à l'angle où Pakmara Street rejoignait Campbell Road, près de la boulangerie Tarapore, tailladé à coups de sabre par des hommes, changé en une masse de lambeaux de chair pendante. Ramesh Kripalani, âgé de seize ans, retrouvé la gorge tranchée de part en part d'une main experte, la tête renversée dans le caniveau, pour qu'Ali Jafar Road ne soit pas souillée d'une seule goutte de son sang.

— On raconte que c'est un boucher de Karsangani qui a fait ça, rapporta Alok-veerji. Ils l'ont rattrapé sur la route de chez lui, il rentrait de la maison de son oncle.

Khoon. Il y en avait d'autres, beaucoup d'autres. Mata-ji et ses filles écoutaient la liste qui s'allongeait. Le jour où auraient dû débuter les examens de fin d'année, le mari de Ram Pari fut tué. Abattu par la police avec deux autres pillards, sur Larkin Road, à l'aube, à six heures – Prabhjot Kaur le sut le lendemain, avant que la rumeur ne se mue en certitude. Un sanglot plaintif s'élevait derrière la maison, un chœur brouillé qui enflait et retombait, impossible de s'y soustraire, et pour la première fois, elle entendit prononcer son nom. Kuldish. Toute la journée, ils pleurèrent Kuldish, le méchant homme qui n'était jamais venu menacer Ram Pari, et ces lamentations vinrent se loger sous la peau de Prabhjot Kaur, avec leur cortège de frissons.

Ce soir-là, Mata-ji ordonna aux frères de rester à la maison, de ne pas sortir dans la rue. Iqbal-veerji éclata de rire, et le cliquetis de ferraille de ce rire vint rouler jusque dans la chambre de sa sœur. Les frères sortirent. En refermant la porte, Alok-veerji lança un dernier coup d'œil derrière lui. Prabhjot Kaur vit qu'il la regardait, elle, elles toutes, ses sœurs et sa mère, avec de la colère et autre chose, qui ressemblait à du mépris. Mata-ji se mit à injurier les musulmans.

— Personne ne peut vivre avec ces gens, jamais, siffla-t-elle. Ils sont incapables de vivre en paix avec qui que ce soit. – Elle avait le visage injecté de sang, écarlate, gonflé de sang. – Les sales menteurs, ajouta-t-elle.

Prabhjot Kaut dressa dans sa tête des listes de musulmans qu'elle connaissait. Daraq Ali, naturellement, l'ami de Papa-ji, Khudabaksh Shafi, qui venait leur rendre visite chargé de corbeilles de fraises, de pommes ou de mangues, et ses fils, et ses filles, et ses petits-enfants, Parveena et Shaukat Shah, qui tenaient l'Excellent Store, où ses frères et sœurs et elle-même allaient depuis toujours acheter leurs uniformes scolaires et leurs chaussures, toutes les élèves musulmanes de l'école, en particulier Nikhat Azmi, une fille au visage rond avec qui le Trio jouait chaque fois qu'elles se retrouvaient dans la maison de Manjeet. La liste était interminable. Chaque fois qu'elle la déroulait, Prabhjot Kaut découvrait une nouvelle personne, lui semblait-il, un nouveau visage qu'elle se remémorait, le soir, quand elle dérivait vers le sommeil. Mais Mataji se répandait en injures. Et Pritam Singh Hansra écrivit des lettres à Papa-ji. Il avait cessé d'écrire à Navneet-bhenji ; à la place, il écrivait à Papa-ji, le priant de venir à Amritsar, d'y amener la famille, tout le monde, surtout Navneet-bhenji. Il était à Amritsar depuis un mois et demi déjà. « Tu comprends ce qui se passe, lui écrivait-il. Et la situation ne peut qu'empirer. »

Mais Papa-ji était paralysé. Le matin, il secouait la tête à la lecture des journaux, qui faisaient état des flammes, des meurtres, des trains de réfugiés pris en embuscade et, l'après-midi, il restait sans bouger. Assis en tailleur dans un fauteuil, au milieu de la cour, il ne changeait même pas de position, comme s'il était attaché par des chaînes qui ralentissaient même sa respiration. Ensuite, il cessa de changer de vêtements ; il restait assis toute la journée en banian et pyjama, les cheveux défaits sous un patka, les pieds nus. Il attendait quelque chose, Prabhjot Kaur le savait. Il s'était vidé de toute sa vigueur, de toute sa volonté, comme un seau renversé. Elle se le remémorait tel qu'il était lors du creusement des fondations, quand il avait tendu lui-même des cordes d'un bout à l'autre de l'excavation ; il se moquait d'avoir les bras maculés de boue à force de charrier de la terre ; il en puisait des poignées dans le fond de la fosse pour qu'elle en tâte l'humidité ; elle l'avait vu se débarrasser de la poussière en se frappant les mains l'une contre l'autre avec de grands gestes, des claquements secs qui l'avaient fait sursauter. De gestes, il n'en avait plus. Même ses clignements d'yeux étaient ralentis, un glissando mélancolique des paupières dont elle suivait la lente descente et la lente remontée. Un jour, se disait-elle, je vais sortir et ce sera fini, et cela aussi, ce sera l'absence de mouvement. Elle s'efforçait de ne pas y penser, mais la pensée persistait, aussi sournoise et tenace qu'une mouche, et le bourdonnement s'amplifiait encore et encore, jusqu'à ce qu'elle se plaque les paumes des mains contre le front. Je vais devenir folle, se dit-elle. Folle.

Enfin, Mata-ji prit la situation en main. L'été était passé, et toutes leurs connaissances étaient parties, Manjeet et Asha, et leurs familles aussi. Un soir, un policier pathan avait secoué le portail. Quand Iqbal-veerji avait entrebâillé la porte de quelques centimètres, la chaîne bien en place, l'homme avait lâché une enveloppe qui avait atterri aux pieds d'Alok-veerji.

— Je reviens chercher la réponse dans une demi-heure, avait-il chuchoté, et il s'était éloigné dans la ruelle. À l'intérieur de l'enveloppe, il y avait une lettre, sans signature.

Sardar Saab, je ne signerai pas de mon nom, car cette lettre pourrait être lue. Mais vous savez qui je suis. Je suis votre ami, celui qui vous apporte des fruits des montagnes. Maintenant, écoutez-moi comme un ami. Vous devez partir. Ils parlent de vous, et aujourd'hui ou demain, ils attaqueront votre maison. Comprenez ce que je vous dis là. Votre maison, tout particulièrement. Vos fils sont connus et ils parlent de ce qu'ils ont fait, vos fils sont en danger, en grand, grand danger. Il faut partir. Je vais prendre des dispositions. Nous nous connaissons depuis trente ans, je suis venu m'asseoir sous votre toit, et vous êtes venu sous le mien. Vous devez partir, mon ami. Je veillerai sur votre demeure.

Papa-ji écouta Iqbal-veerji, qui lisait à haute voix, et son visage demeurait impassible, comme un bloc d'argile ramolli. Mata-ji prit la lettre des mains de son fils, rabattit son dupatta sur la tête et s'en enveloppa la face. Elle attendit près du portail et, quand on frappa, d'un petit coup qui sonnait creux, elle approcha la bouche des veines du bois.

— Dites-lui que nous allons partir, souffla-t-elle.

— Tenez-vous prêts, demain soir à neuf heures, répondit le policier. Un tempo va venir vous chercher. Ce sera mille roupies par personne. Pas plus, pas moins. Compris ?

— Oui, dit Mata-ji. J'ai compris.

Toute la nuit et toute la journée du lendemain, ils bouclèrent leurs paquets. Prabhjot Kaur découvrait avec étonnement la foule d'objets que contenait la maison. Des papiers, des vêtements, des livres, des pots en argent, des photographies, des chaises, encore des vêtements, des matelas, des peignes de prix, des souliers, chacun d'entre eux possédait une masse de choses qui lui étaient rattachées par les nœuds serrés d'un temps tissé de fils innombrables, chacun d'entre eux possédait un lourd chargement de ces choses qui ne pouvaient être abandonnées. Elle contempla les rangées de poupées avec lesquelles elle ne jouait plus, les têtes défraîchies, élimées, qu'elle n'avait plus bichonnées depuis des années, et pourtant elle força pour les faire entrer dans un sac en papier, tira sur le sac, le bourra de ces compagnes d'un temps reculé jusqu'à ce que le papier se déchire d'un coup sec. En fin d'après-midi, la cour et le baithak se trouvèrent remplis de paquets noués dans des draps, de lourdes valises d'un poids à faire trébucher, de malles en fer qu'il fallait soulever à deux. Prabhjot Kaur tâchait de se décider sur les livres qu'elle allait emporter quand Mata-ji surgit précipitamment : « Tiens, enfile ça. » C'était une salwar-kameez bleue à motif géométrique imprimé sur un coton épais qu'elle avait classée trois mois plus tôt dans la catégorie des vêtements à ne porter qu'à la maison. Mais Mata-ji se montrait impatiente. « Prends, prends. » Elle prit le vêtement et s'étonna de son poids sur elle. Mata-ji était déjà repartie. Des deux pièces du vêtement, c'était le salwar qui pesait lourd. Elle le retourna et découvrit de petits paquets en tissu cousus sur l'envers, à hauteur de la taille, juste sous le nada. Ces poches contenaient du métal, de l'or, elle sentait sous ses doigts le mouvement dense et fluide des colliers, des bracelets. Quand elle sortit dans la cour après s'être changée, elle vit que Mata-ji et ses sœurs portaient le même vêtement ample et grossier, prêtes pour un étrange voyage, et qu'elles se déplaçaient avec une gaucherie lourde, comme si elles ne connaissaient plus les contours de leurs propres corps. Un tintement métallique se fit entendre quand Mani passa devant elle. Pourtant, les efforts que sa sœur déployait pour rester silencieuse, sa curieuse façon d'enrouler le pied depuis le talon jusqu'à la pointe, ne réussit pas à l'amuser. Personne ne disait plus un mot. Le soleil avait disparu, coulé ; Prabhjot Kaur s'assit sur une malle, et regarda les pans de sa maison refluer dans l'obscurité. Iqbalveerji fit son entrée, les bras boueux, et se lava les mains sous la pompe à eau. L'eau gicla sur la brique avec un bruit de tonnerre, et elle tressaillit. De nouveau, le silence.

— Bibi-ji. – C'était Ram Pari. – Bibi-ji.

Elle chuchotait. Mata-ji ne répondit rien. Ram Pari entra et vint s'accroupir par terre, à côté d'elle, à côté du charpai.

— Qu'allons-nous faire ? dit-elle encore. Qu'allons-nous faire ?

— Tiens, fit Mata-ji. Voilà un peu d'argent.

Prabhjot Kaur était contente d'être cachée dans l'obscurité. Elle avait les deux mains devant la bouche. Depuis des jours, peut-être des semaines, elle n'avait plus pensé à eux. Elle n'avait plus pensé à Ram Pari, à Natwar, à Nimmo, à aucun autre, à cette famille qui vivait sous sa fenêtre. Ils avaient été ses élèves, et elle les avait complètement oubliés. Elle s'était retirée dans son lit, elle les avait abandonnés.

— Bibi-ji, où irons-nous ? Comment ?

— Je n'en sais rien, Ram Pari. Prends ça.

Elle vit la forme longue du bras tendu de Mata-ji. Et la masse sombre, au bout du charpai, c'était Ram Pari.

— Prends, répéta Mata-ji.

Les deux silhouettes demeuraient inchangées, légèrement inclinées, se refusant l'une à l'autre, à égale distance, à portée de bras l'une de l'autre. Une goulée d'air pénétra de force dans la poitrine de Prabhjot Kaur, la transperça, et elle puisa dans la douleur soudaine la certitude que le monde ne serait plus jamais le même. Elle avait envie de dire quelque chose, mais il n'y avait rien à dire.

— Tu vas nous quitter, Bibi-ji, souffla Ram Pari. Nous allons mourir.

— Vaheguru veillera sur nous tous.

Mata-ji tendit un peu plus la main, d'un geste plein d'assurance. Déjà prostrée, Ram Pari s'affaissa encore un peu plus en elle-même. Prabhjot Kaur crut qu'elles allaient rester ainsi pour l'éternité, sous ce ciel immense et immobile. Et puis Alok-veerji sortit de sa chambre, les dominant de sa haute stature.

— Tiens, dit-il.

Il prit l'argent de la main de Mata-ji, souleva Ram Pari par l'épaule, la fit avancer, et Prabhjot Kaur la vit passer devant elle.

— Il y a un kafila qui part dans deux jours. Des milliers de personnes vont partir d'ici, à pied. Vous pourrez partir avec elles.

Prabhjot Kaur se laissa glisser de la malle, vint placer ses pas dans ceux d'Alok-veerji, se colla derrière lui. Même si elle n'avait pas vu son geste, elle savait qu'il avait posé l'argent de force dans la main de Ram Pari.

— Nous ne pouvons plus rien pour vous, maintenant. Va.

Alok-veerji la força à franchir le seuil de la porte, et retourna à ses préparatifs. Ram Pari se tenait dans le passage, entre la cour et l'extérieur, près du mur. Prabhjot Kaur avança d'un pas et plaqua ses deux mains contre le flanc de Ram Pari, s'agrippa à elle, se serra contre elle. Elle sentait le contact de l'étoffe sur sa face, sur ses paupières, et il y avait cette exhalaison vivante, l'odeur âcre et aigre de la sueur, qu'elle huma. Ram Pari lui rouvrit les mains, de force. Elle s'éloigna vers le fond du passage, une ombre le long du mur, et Prabhjot Kaur la regarda s'en aller.

Le tempo, quand il arriva, avec une heure de retard, n'était pas un camion, mais une voiture noire et grinçante. Le chauffeur était minuscule et chauve, accompagné du policier de l'après-midi.

— Dépêchez-vous, fit le policier. Pressons.

Iqbal-veerji et Alok-veerji chargèrent le coffre de la voiture et l'attachèrent au moyen d'une corde. Deux malles et divers ballots se retrouvèrent sur le toit. Des paquets furent placés à l'intérieur, par terre, autour des sièges. Après cela, la voiture fut pleine.

— Venez, fit Iqbal-veerji.

Lorsque, à pas de loup, ils dépassèrent le baithak, Prabhjot Kaur vit les silhouettes agglutinées dans un coin, sur la gauche ; elle ne distinguait pas les visages, mais elle savait c'était Ram Pari, Nimmo, Natwar et les autres. Tout le long de la distance qui les séparait du portail, elle trébucha sur des paquets abandonnés. Le moteur du tempo était déjà secoué de cognements sourds. Papa-ji s'assit à droite, sur la banquette arrière, puis Mata-ji, ensuite Navneet-bhenji et Mani, et enfin Iqbal-veerji. Prabhjot Kaur prit place devant, entre Alok-veerji et le chauffeur chauve. Le policier tapota sur le capot du véhicule.

— Partez, fit-il. Partez vite.

Ils démarrèrent, et elle se retourna dans son siège, sur ses genoux, pour mieux y voir derrière. Mais tout ce qu'elle vit, ce fut le policier, raide comme un piquet, devant le portail, et Mata-ji, Navneet-bhenji et Mani recroquevillées sur la banquette arrière, la tête baissée, comme trois poulettes installées pour le sommeil.

— Descends de là, lui ordonna Alok-veerji, et il attrapa sa sœur par le cou pour qu'elle se baisse.

Sa voix tremblait. Et là, elle eut vraiment peur. Elle se retrouvait le visage contre la hanche de son frère, mais elle garda les yeux grands ouverts, écarquillés, et elle pouvait voir dehors par-delà le coude du conducteur, à travers le volant et le pare-brise, elle devinait la forme des boutiques et des maisons, le blanc des enseignes, les trous noirs des rues adjacentes. Ils tournaient et tournaient encore, et le moteur grognait, s'étouffait, et Prabhjot Kaur ne savait plus où elle était. Ensuite, une série de claquements résonna dans le ciel, qu'elle apercevait à travers la vitre sale, *plap*, *plap-plap-plap*, comme si un enfant faisait éclater un ballon, et puis encore une autre série, très rapide. Un bruit joyeux. Mais la voiture se déporta, tangua, finit par s'arrêter, projetant Prabhjot Kaur vers l'avant. Et la voiture repartit, cette fois vers l'arrière. Elle recula, recula, si vite que Prabhjot Kaur glissa ses mains autour de la chemise d'Alok-veerji et se mit à pleurer. Elle entendait des voix d'hommes, des hurlements, des échos. Et Iqbal-veerji :

— Prends là, à gauche, ici, et après ce sera Ravi Road.

La voiture repartit en avant, prit à gauche, bousculant à nouveau Prabhjot Kaur. Ils roulaient vite, maintenant, elle le sentait aux vibrations qui lui secouaient le corps. Des lueurs orange emplirent l'habitacle, dessinèrent des spirales derrière les vitres, illuminant le moindre recoin, et elle aperçut la roupie en argent pendue à la chaîne du porte-clefs, le visage de l'Empereur-Roi, côté face, dans ses moindres détails. Il y eut un fracas, comme la roue d'un moulin frappant l'eau, des flammes se dressèrent très haut, emplirent le pare-brise, et elle ferma les yeux. Encore un tournant, cette fois sur la gauche, du verre se brisa quelque part, il y eut un bruit proche, si monstrueux qu'elle comprit qu'il s'agissait d'un coup de feu. La voiture partit dans plusieurs violentes embardées, un crissement lui emplit la tête, elle s'envola vers l'avant, sentit le choc du métal contre son front, et l'écho de ce choc, qui s'ouvrit comme une fleur et l'avala tout entière. Maintenant, elle était allongée sur le côté. Elle entendit un bredouillis de voix, un cri interminable, pas très loin de là, et elle ne savait plus où elle était – jusqu'à ce que la barre noire au-dessus d'elle bascule, s'amenuise, et elle vit que c'était le volant, puis il y eut encore cette explosion, un jappement au-dessus de sa tête, cette fois elle vit un éclair, se retourna et s'enfonça encore dans l'obscurité, sous le volant, il y eut encore un coup de feu, et elle ferma les yeux.

Elle entendit les pleurs de Mata-ji. À part ce bruit de gorge rauque et liquide, tout était très calme. Elle tenta de maîtriser le mouvement de ses genoux, un tremblement venu de l'estomac qui allait la trahir, elle en était sûre. Elle colla la main contre sa cuisse droite, et appuya fort. Un raclement de métal. Elle comprit que c'était la portière, et qu'il n'y avait nulle part où aller, et elle avait envie de crier, mais elle retint son cri, de tous ses muscles.

— Nikki, Nikki.

C'était Iqbal-veerji. Il l'attira doucement, elle quitta sa position recroquevillée, se retint à ses bras et pleura. Il la sortit de la voiture et elle l'enlaça.

— Tout ira bien, l'assura-t-il.

Mais Mata-ji était assise sur le bord de la chaussée, et Mani tentait de la réconforter. Papa-ji, lui, était appuyé contre l'arrière du véhicule, la tête baissée et les mains sur les genoux, et un filet de salive pendait de sa bouche. Un peu plus loin, Alok-veerji se tordait le cou à l'angle de la rue, scrutant la nuit. Juste derrière lui, une forme sur le sol, comme un ballot de vêtements qui aurait éparpillé son contenu au hasard. Le corps d'un homme. Une tête, et une main. C'était le chauffeur.

Alok-veerji se retourna.

— Il faut qu'on se sorte d'ici.

— Je ne sais pas conduire, fit Iqbal-veerji, penaud.

Ils avaient tous deux l'air abasourdi ; cette discipline qu'ils avaient oublié d'ajouter à leur répertoire sportif révélait soudain son importance cachée, sa signification secrète.

Mata-ji cessa de pleurer.

— Tuez-les.

À présent que les pleurs de sa mère s'étaient tus, Prabhjot Kaur sentait au fond d'elle-même à quel point tout était devenu silencieux. C'était plutôt agréable. Mais qu'est-ce que cela signifiait ? Mata-ji regarda son mari, puis un de ses fils, et l'autre.

— Tuez-les, répéta-t-elle. Avant qu'ils ne les emmènent, elles aussi.

Prabhjot Kaur tourna la tête vers la voiture, puis vers la rue. Navneet-bhenji avait disparu. Jusqu'à cette seconde, elle n'avait rien remarqué, mais désormais il était impossible pour elle de l'ignorer. Ils avaient enlevé Navneet-bhenji.

Alok-veerji s'approcha de Mata-ji, et Prabhjot Kaur vit qu'il avait un pistolet dans la main droite, et un long objet incurvé dans la gauche. Le devant de sa chemise pendait, révélant l'arc concave de sa poitrine. Il avait du noir dans le cou, et elle vit le sang qui coulait. Et, près de son visage à elle, dans la main d'Iqbal-veerji, un kirpan, non, un sabre.

— Tuez-les, répéta Maat-ji.

Le visage de Mani, plongé dans le noir, échappait à Prabhjot Kaur. Elle ne discernait que ses épaules d'une finesse si reconnaissable, et ses avant-bras, quand elle s'accrocha à Mata-ji. Prabhjot Kaur s'écarta d'Iqbal-veerji, leva la tête vers lui. Son frère avait le pagdi défait et les cheveux sur le front, en torsade floue. Sa bouche tremblait. Il la regardait, et elle le vit lutter pour se maîtriser, se mordre la lèvre pour l'empêcher de trembler. Elle avait peur, mais la peur ne lui faisait plus le même effet, c'était comme de tomber depuis une hauteur infinie ; pourtant, malgré la chute et le vertige, elle éprouvait de la gêne pour son frère. Elle baissa la tête et attendit. Elle attendait la mort, le khoon ordonné par sa mère.

— Je vais conduire. Je sais conduire.

Papa-ji avait parlé, elle l'avait entendu.

Bien sûr, songea-t-elle. Il avait été représentant de commerce. La voiture démarra dès la première tentative, mais ensuite ils durent la pousser, la sortir du caniveau où s'était bloquée sa roue avant gauche. Prabhjot Kaur tournait en rond, en rond dans la rue sombre, incapable de rester immobile, tâchant de faire face de tous côtés, à tout ce qui pouvait surgir dans son dos. Quand ils furent tous à bord, elle se tassa dans le siège avant, aussi profondément que possible. Elle repoussa un ballot des deux pieds et logea de force ses jambes et ses hanches dans le petit espace qu'elle s'était créé. Si seulement elle avait pu se cacher sous le ballot. Elle aurait aimé qu'il existe une cachette sous ce siège, où elle puisse se nicher. Elle aurait aimé un petit trou sombre dans la tôle, où rien ne pourrait pénétrer, où elle échapperait aux sanglots enroués de Mata-ji, à ses « Vaheguru, Vaheguru » et à son Japji Sahib encore perceptibles malgré le fracas du véhicule et la respiration de Prabhjot Kaur et, à bout de désespoir, elle se plaqua les deux mains sur les oreilles, de toutes ses forces.

Elle ne voyait rien. Elle gardait les yeux fermés. Mais la route rendait un bruit différent ; il y eut un changement de texture de l'étendue noire installée sous ses paupières, et elle comprit qu'ils avaient laissé la ville derrière eux. L'aube pointait quand ils tombèrent sur deux camions de soldats stationnés près d'un puits. Alok-veerji avait peur, mais Papa-ji expliqua qu'ils n'avaient pas le choix. Ils s'approchèrent lentement. Prabhjot Kaur rouvrit les yeux juste avant que la voiture ne s'arrête. Le ciel était d'un gris neutre, à mi-chemin exactement entre le noir et le blanc. Jamais elle n'avait veillé ainsi toute la nuit.

— Des musulmans.

C'était Mata-ji qu'elle venait d'entendre. Et, en effet, il s'agissait de musulmans, et leur chef était un major, un dénommé Sajid Farooq. Elle lut son nom sur sa poche de poitrine tandis qu'elle se tenait assise, toute frissonnante, sur un charpai de villageois. Sajid Farooq plaça leur voiture entre deux camions de soldats. Plus tard, dans l'après-midi, leur caravane comptait trente et un véhicules. Le lendemain matin, en se réveillant, Prabhjot Kaur vit sur la route une file, un flot, un fleuve de gens, jusqu'à l'horizon. Des hommes, des femmes, des enfants qui marchaient à la queue leu leu, en silence, d'un pas traînant, dans la même direction que les camions de Sajid Farooq, et toutes les voitures. Ils avançaient avec lenteur, et les véhicules les dépassaient facilement ; pourtant, il leur fallut trois heures pour les voir s'effacer derrière eux. Ce soir-là, ils furent accueillis par d'autres soldats, dans les mêmes uniformes, et les mêmes camions, sauf qu'il s'agissait d'hindous qui escortaient un convoi de musulmans. Ces soldats étaient des Madrasis, leur dit Alok-veerji. C'étaient les premières paroles qu'il prononçait en deux jours. Il avait les yeux rouges et, parfois, des larmes lui coulaient sur le visage sans qu'il paraisse s'en apercevoir. Sajid Farooq prit en charge les voitures et les camions arrivés avec les Madrasis, plaça ses soldats en tête et en queue de convoi et repartit. Prabhjot Kaur regarda les musulmans passer, dans leurs camions, en route pour le Pakistan. Puis les Madrasis conduisirent les sikhs et les hindous en Inde. Le voyage se déroula sans encombre. En deux jours, ils arrivèrent à Amritsar.

Là, ils vécurent dans une cité de trois mille tentes. Des gens venaient du centre-ville avec des vêtements et de la nourriture pour les réfugiés ; un membre du Congrès avait déambulé entre ces murs de toile, le long des allées répugnantes labourées par des centaines de pieds. Quand Prabhjot Kaur avait vu les photographes, elle s'était cachée dans sa tente. Elle éprouvait de la honte, une brûlure nébuleuse qui s'emparait de ses bras, ses épaules. Elle vit la même honte sur le visage de Papa-ji quand il accepta un demi-sac de blé d'un bania qui avait apporté un chariot entier de nourriture depuis la ville. Et dans la position de Mata-ji, dans sa manière de s'accroupir, le dupatta rabattu de façon à dissimuler la moitié de son visage, et aussi dans les longues plages de sommeil de Mani, dans la détermination qu'elle mettait à se tourner sur le côté alors que le soleil tapait sur la toile et que la chaleur montait du sol. Ils avaient tous honte. Plus qu'ailleurs, elle le voyait sur le visage de Mata-ji, son nez, sa bouche, son front plissé de rides et, du coup, elle ne la regardait pas. Elle gardait les yeux en l'air, ou de travers, ou alors elle s'examinait les mains, ou, quand elle passait devant elle, elle fermait un œil pour ne pas risquer de voir. Cette honte était insupportable chez Mata-ji, mais elle existait chez eux tous, elle flottait comme une mauvaise odeur de mallavé. C'était la honte qui serrait la gorge d'Alok-veerji au point que chaque mot lui coûtait un effort et lui émergeait de la bouche lent et compact.

— C'était une embuscade, expliquait-il. C'était ce Khudabaksh Safi. Tout était prévu.

Prabhjot Kaur se tenait devant la tente, chargée d'une pile de vêtements humides qui lui arrivait plus haut que la tête.

— Tu veux dire, pour la maison ? Il voulait la maison, alors il nous a fait peur ?

C'était Iqbal-veerji qui parlait.

— Oui, fit Alok-veerji. La maison. Et le reste.

Prabhjot Kaur avait la tête bourdonnante d'un afflux de sang. Ce « reste » était une chose dont ils ne parlaient jamais. Rien n'était jamais dit, pas un mot. Un nom avait disparu du monde, emportant une vie avec lui.

— Je n'arrive pas à y croire, dit Iqbal-veerji. Je ne peux pas.

— Crois-moi, insista Alok-veerji. Ils ont pris la maison, ils nous ont pris notre terre, mais cela ne leur suffisait pas. Tout était prévu. Le chauffeur nous a conduits droit dans une embuscade, ils nous attendaient. Ils étaient assez nombreux... pour nous enlever ce qu'ils convoitaient. Mais ils ne s'attendaient pas à ce que nous soyons si bien armés. Donc ils ont eu ce qu'ils voulaient, mais ils n'ont pas pu nous tuer. Donc ils se sont enfuis en courant. La vérité de ces gens, elle est là. J'aimerais en avoir fait plus. Au lieu de trois maisons, j'aurais préféré en brûler mille. Et en tuer tout un lakh, de ces gens.

— Alok. Garde ton calme.

— Pourquoi ? Pourquoi garder mon calme ? Je vais le crier haut et fort. Les musulmans sont des bhenchods et des maderchods. Si toutes leurs femmes se trouvaient là, devant moi, je les pendrais et je leur ouvrirais la panse comme à des chèvres. Je leur arracherais les intestins de mes mains. Avec plaisir, je le ferais. Les bhenchods. Les maderchods.

Prabhjot Kaur courut. Elle laissa tomber ses vêtements mouillés et elle courut. Les paroles de sa mère la poursuivirent : « Tuez-les. » Elle trébucha sur des cordes de tente et s'écorcha les paumes sur le gravier noir, elle dépassa en courant des enfants qui tapaient du pied dans un morceau de bois, l'expédiaient d'un côté du chemin à l'autre, elle passa devant des femmes accroupies à l'entrée de leur tente, occupées à repriser des chemises déchirées, elle passa devant des marmites en ébullition posées sur des choolas de fortune, six briques empilées, elle dépassa tout jusqu'aux limites du camp, au-delà de toute habitation. Devant elle, il n'y avait plus qu'un sentier de terre brune et, au-delà, un maidan dénudé, semé de rocailles, et puis des champs à l'infini, une végétation verte et drue. Elle s'arrêta et elle se tint le côté, se pencha en avant et la sueur lui coula du front sur le sol, creusant de petits anneaux sombres dans la terre. Elle se redressa. Elle avait envie de partir. Elle mourait d'envie d'avoir un endroit où aller, quelque part, très loin, à des centaines de kilomètres de sa famille, à des milliers de kilomètres. *Tu ne savais pas ? Qu'une fille naît dans une maison, mais que son foyer est ailleurs. Cette maison ne t'appartient pas. Ton foyer est ailleurs.* Si je pouvais continuer de marcher, songeait-elle. Mais elle avait trop bien retenu sa géographie, les leçons qu'elle avait apprises avec le Trio, celles qu'elle avait notées de sa belle écriture dans des livres recouverts de papier marron. Et maintenant, maintenant elle en savait davantage. Il y avait des mers d'un côté, des montagnes de l'autre, nulle part où aller, et de la peur partout. Il faudrait la traverser, cette peur, pour aller nulle part. Le maidan était immobile, et les champs attendaient dans le silence. Elle se tenait là, debout, seule, en bordure du camp de réfugiés. Enfin, elle tourna les talons, et rejoignit son père, sa mère, ses frères, sa sœur.

Enfin, ils réussirent à gagner Delhi. Mata-ji sortit de sous ses vêtements une partie des bijoux qu'ils avaient emportés, et cette fois ils voyagèrent en train. Les deux frères laissèrent la famille chez Gunjan Singh Parvana, qui n'était pas vraiment un parent, mais le fils d'un homme originaire du village de Khenchi. Une vieille histoire circulait selon laquelle le père de Papa-ji avait sauvé le père de Gunjan Singh Parvana, un policier, d'un licenciement sommaire et du chômage, et donc il les accueillit tous dans sa demeure, une maison de deux pièces minuscules avec une véranda sur l'arrière. Ensuite, les deux frères retournèrent vers ce qui était désormais devenu la frontière et, au-delà, un pays étranger. Telle n'était pas leur intention mais Mata-ji leur avait crié : « Allez retrouver ma fille. » Prabhjot Kaur l'avait entendue alors qu'elle faisait semblant de dormir. Nombreuses étaient désormais les discussions entre les adultes de la famille d'où Mani et elle étaient exclues. Mani dormait réellement, en geignant parfois, mais Prabhjot Kaur, elle, s'imposait de rester éveillée, toutes les nuits. Elle avait envie de savoir, il fallait qu'elle sache. Rester éveillé devenait de plus en plus facile. Certaines pratiques évitaient de glisser en soi, chute d'une plume dans le vide du repos : il fallait rester attentive aux détails, maintenir son esprit en fonction, en marche, écouter. Et Prabhjot Kaur avait entendu la voix de Mata-ji, sourde et farouche, et comme chargée de mucosités : « Allez retrouver ma fille. » Le reste n'avait été que murmures mêlés, une nébuleuse difficile à saisir, mais elle avait saisi cet ordre au vol : « Allez retrouver ma fille. » Un ordre qui ne souffrait aucune résistance. Donc ils étaient partis. Ce que Prabhjot Kaur ne parvenait pas à comprendre, c'était pourquoi ils répugnaient tant à y aller. Évidemment qu'il fallait y aller, se disait-elle, pourquoi refusaient-ils ? Et chaque fois qu'elle y pensait, elle ressentait instantanément un choc à l'estomac, comme un poing remonté du bas-ventre pour lui tordre le cœur, si fort qu'elle était sur le point d'éclater en sanglots. Mais elle demeurait silencieuse, éveillée et silencieuse, nuit après nuit. Elle attendait.

Ils furent de retour un mois et demi plus tard, quarante jours et quarante nuits plus tard, pour être exact. Prabhjot Kaur, qui maintenant mesurait précisément l'écoulement du temps, fut tirée en sursaut d'un sommeil qui, elle en était persuadée, n'était vieux que de quelques minutes, et elle comprit qu'ils étaient rentrés. La porte de la chambre de Mata-ji était fermée, et les voix feutrées, mais elle les entendit quand même, sans doute possible. Elle se leva, resta une minute près de la porte, posa la tête sur le bois gris et brut, et les voix se transmirent à son front. Elle ne nourrissait aucun espoir. Nuit après nuit, elle s'était imaginé l'heureux moment, le glissement du salwar sur le sol, ce bruit qu'elle connaissait si bien, et comme elle s'agripperait à Navneet-bhenji, la tête enfouie dans le doux réconfort du foyer, le sang bien-aimé qui chanterait dans les bras qui l'étreindraient. À présent, elle savait que cela ne serait pas. Elle se détourna, sortit sous la véranda. Il y avait une clôture en fil de fer et, au-delà, une rangée d'arbres, des gulmohars, puis, à quelque distance, une corniche. C'était tout ce qu'elle connaissait de Delhi. À côté de la clôture, il y avait une femme accroupie, et elle comprit aussitôt qui c'était : Ram Pari. Elle connaissait cette position accroupie, cette aisance à se tenir si près du sol, cette posture qu'elle était capable de conserver des heures.

— Ram Pari ?

Mani sortit sous la véranda, courut à la clôture. Elle se pencha sur Ram Pari, et Prabhjot Kaur vit le visage levé d'une vieille femme, la peau des pommettes pendant en courbes molles. Un dupatta lui enveloppait les épaules ; il était rouge, et elle s'en souvenait très bien, du temps d'avant. Il avait viré au brun rouille, à présent, et il était déchiré.

— D'où viens-tu ? demanda Mani à Ram Pari.

— Iqbal-veerji, répondit Ram Pari, et ce fut un choc d'entendre sa voix rauque, ses accents familiers de villageoise. Je l'ai croisé à la gare des autocars. Nous avons traversé la frontière. À pied.

— Et... et où est tout le monde ?

Prabhjot Kaur voulait crier sur Mani. Cela lui semblait une question insoutenable, et elle n'avait aucune envie de l'entendre, ni d'entendre la réponse. Mais elle demeura, là, debout, absolument immobile, incapable de bouger.

Ram Pari secoua la tête. Lentement, elle secoua la tête. D'un côté, de l'autre.

Il y eut le grincement de la porte, et Papa-ji, puis ses frères, passèrent devant elle. Les trois hommes se tenaient sous la véranda, hésitant, semblait-il, sur ce qu'ils devaient faire. Mani tenait l'épaule de Ram Pari. Prabhjot Kaur s'obligea à bouger et rentra dans la maison. Dans la petite pièce sans air, sa mère était en pleurs. Assise par terre à côté d'un charpai, les bras jetés sur les draps, elle sanglotait, tête baissée. Le son évoquait un nouveau-né. Pas la colère, pas l'indignation, juste la surprise. Prabhjot Kaur entra et s'approcha ; elle percevait dans ses genoux des vibrations venues du lit, elle sentait monter en elle une colère immense, dure comme le roc, et gonfler aussi un torrent de pitié, irrépressible raz de marée. Mata-ji avait des cheveux gris, secs, cassés, très vilains, une auréole de calvitie naissante à l'arrière du crâne ; le cuir chevelu, en cet endroit, était tendre et lisse comme celui d'un bébé. Prabhjot Kaur ferma les yeux un moment, puis tendit la main et la posa sur la tête de sa mère. Mata-ji se redressa, tâtonna en aveugle, s'accrocha à sa fille, lui enveloppa la taille de ses deux bras, s'appuya contre elle. Tout en luttant pour conserver son équilibre, Prabhjot Kaur lui caressait les épaules, le cou, s'efforçait d'aider comme elle pouvait cette femme noyée dans la douleur.

Ensevelir les morts

Sartaj se réveilla à sept heures. Mam était déjà assise à la table du petit déjeuner, occupée à lire un journal derrière ses lunettes à double foyer. Elle s'était baignée, vêtue d'une salwar-kameez blanche et propre, les cheveux parfaitement coiffés. De toute sa vie, il n'était pas arrivé une seule fois à se lever avant elle, et il se demandait parfois si elle dormait jamais.

— Assieds-toi, lui dit-elle.

Elle lui apporta une assiette, une tasse. Il lut le journal : le processus de paix transfrontalier prenait forme. Pourtant, à Rapouri, vingt-deux hommes avaient été tués par des militants kashmiris, peut-être des mercenaires d'origine étrangère. Ces militants avaient arrêté un bus de la compagnie nationale de transport, aligné les hommes qui étaient à bord, des hindous, contre le flanc du véhicule, et tiré sur eux à coups d'AK-47. Un voyageur avait survécu, coincé sous le monceau de corps, une balle logée dans l'entrejambe. Il y avait une photo des morts, rangée de cadavres inégale. Sartaj huma le parfum des œufs qui cuisaient. Il songea : Pourquoi les aligne-t-on toujours ainsi ? Pourquoi ne pas les disposer en cercle ? Ou en V ? Ou n'importe comment, dans tous les sens ? Cela faisait partie des réflexes ; dès que les victimes étaient nombreuses, on les alignait, comme si cela permettait de contrôler, de maîtriser le chaos de l'événement, l'explosion du métal dans la chair vivante. Sartaj avait lui-même traîné des corps sans vie pour les disposer en rangées bien ordonnées, et s'en était senti mieux.

— Ces musulmans ne nous laisseront jamais vivre en paix, se plaignit Mam en déposant l'omelette devant lui.

C'était ainsi qu'il l'appréciait, très baveuse, avec quantité de piments et d'oignons.

— Mam, lui rappela Sartaj, c'est une guerre. Ce n'est pas comme si tous les musulmans étaient des monstres, cela n'a rien à voir.

— Je n'ai pas dit ça. Toi, tu ne sais rien.

Elle avait débarrassé les verres, et les essuyait avec son dupatta. Elle posa sur lui un regard sans expression, fermé comme une fenêtre barrée par un volet d'acier.

— Tu ne connais pas ces gens. Ils sont différents de nous, c'est tout. Et nous ne pourrons jamais les laisser vivre en paix, nous non plus.

Il retourna à son omelette. Il ne servait à rien de discuter avec elle, elle était braquée, elle lui débiterait ses affirmations à la fois simplistes et pénibles, qu'elle jugeait incontestables, et elle s'y accrochait, elles étaient ses points d'ancrage à elle. C'était agaçant et inutile ; poursuivre la discussion ne ferait qu'augmenter sa tension. Sartaj tourna la page du journal et lut un long article à dimension humaine, le portrait édifiant d'un paan-wallah et de ses moustaches exubérantes.

Plus tard, dans le calme surpeuplé du gurudwara, il observa sa mère. Elle était assise, les bras autour de ses genoux relevés, dans cette posture qui évoquait une petite fille. Tandis que s'élevait la masse des voix entonnant le kirtan, il la sentait perdue dans ses souvenirs. Il connaissait ce regard, si doux, vaguement chaviré, perdu dans un demi-lointain, cet air pensif et absorbé. Elle était très petite, très fragile ; la vue de ses poignets si fins l'emplit de crainte, et il se dit encore une fois qu'il ferait mieux de l'emmener vivre avec lui. Combien de temps les gardons-nous, nos parents ? songea-t-il. Combien de temps ? Mais elle était très entêtée, et elle s'accrochait à sa maison comme un soldat qui mène une guerre. La dernière fois qu'ils s'étaient disputés à ce sujet, elle lui avait répondu : C'est ma maison. Je n'accepterai de la quitter que d'une seule manière, le moment venu. Et il avait saisi à quel point on peut être seul en ce monde quand le temps vous a pris votre père et votre mère, et il lui avait répondu en bafouillant : Ne parle pas comme ça.

Tarai gun maya mohi aayi kahan baydan kaahii, psalmodiaient les chanteurs. « Maya est venue me troubler avec ses trois tentations ;

à qui puis-je faire part de ma douleur ? » En ce voyage, nous sommes tous des marcheurs, pensa-t-il encore, et nous tombons, les uns après les autres. De l'autre côté de Mam, il y avait son frère aîné, Iqbal-mama, qui oscillait de tout son torse, depuis les épaules jusqu'aux hanches. C'était un homme très religieux, un curateur du gurudwara, toujours occupé de bonnes œuvres et de charité. Sartaj l'aimait bien, mais il trouvait son état de piété permanente proprement étouffant. Il y avait bien eu un autre mama, l'oncle Alok-mama, que les enfants appréciaient beaucoup plus. Il se souvenait avec un émoi teinté de respect de ce que dévorait ce sardar éléphantesque, des poulets rôtis au petit déjeuner, du rogan josh au déjeuner, suivi de jalebis frais, et le dîner était un combat épique, avec un whisky pour clore le tout, et le visage rougeoyant d'Alok-mama. Les cousins aimaient à plaisanter au sujet d'une trappe cachée au fond d'Alok-mama, disaient qu'elle conduisait à une grotte énorme où disparaissait toute cette nourriture, car il était incroyable qu'un homme puisse dévorer autant. On l'entendait déambuler d'une pièce à l'autre, la respiration sifflante. Un matin, son épouse l'avait retrouvé mort dans la salle de bains, avec l'eau du robinet qui lui coulait sur le visage. Sartaj avait quatorze ans.

Iqbal-mama était très religieux, mais Mani-mausi ne l'était pas du tout. Et ces dévotions permanentes d'Iqbal-mama la rendaient sarcastique, créaient des affrontements, des querelles et des hurlements. Mam dispensait ses conseils à Mani-mausi, voulait l'empêcher de provoquer leur frère. Mais quand Mani-mausi était dans ces humeurs-là, personne ne pouvait la retenir. Avec son divorce, ses convictions communistes et son athéisme déclaré, elle était le scandale de la famille. Sartaj savait-il dans quelle mesure il demeurait lui-même croyant ? Naturellement, il conservait la barbe, la chevelure, le kara, mais il y avait des années qu'il n'avait plus prié de sa propre initiative. Il gardait chez lui des photos des gurus, mais ne leur demandait plus conseil, n'en attendait plus de miracles, pas même qu'ils lui facilitent sa journée. Les couleurs lui semblaient trop bariolées, désormais, ces blancs immaculés du turban de Guru Nanak, trop éloignés de la vie dans toute sa crasse. Pourtant, se disait-il, il était bon de venir avec sa mère en ces lieux. Il y régnait une lumière bénéfique, et il trouvait une sensation de compagnonnage, de réconfort, dans les épaules alignées des fidèles.

Mam ajusta son salwar pour s'en couvrir les pieds, et il songea alors à cette femme, à l'intérieur du bunker de Gaitonde. Il revit l'écart de ses longues jambes, son pantalon dernier cri. Ils n'avaient trouvé dans son appartement aucun signe de religiosité, pas une croix, aucune bible, aucun rosaire. Elle était peut-être donc athée, ou simplement indifférente. Mais elle frayait avec Gaitonde, dont les prières et les dons à caractère religieux étaient légendaires. Pendant un temps, durant les années quatre-vingt-dix, il avait fait passer dans les médias l'image d'un parrain hindou, adversaire courageux des activités antinationales de Suleiman Isa. Dans l'interview qu'il avait accordée à *Mid-Day*, Sartaj s'en souvenait, il prédisait la fin prochaine de Suleiman Isa : « Nous avons des équipes très actives au Pakistan, qui le recherchent », avait-il déclaré. Une vieille photo d'archive figurait en tête de l'article, celle d'un très jeune Ganesh Gaitonde en sweat-shirt rouge et lunettes noires. Sartaj avait été impressionné par son allure. Il avait son style à lui, ce Ganesh Gaitonde, mais finalement, c'était lui qui était mort, et sans aucune intervention de son vieil ennemi – jusqu'à plus ample informé. Pourquoi ? Le mystère était intéressant, plutôt plaisant, et Sartaj se laissa aller à théoriser sur le sujet le reste de la matinée.

Il y était encore quand Mam et lui rentrèrent à la maison, tard dans l'après-midi. Après avoir quitté le gurudwara, ils avaient passé deux heures dans la maison d'Iqbal-mama, au milieu d'une multitude virevoltante de nièces et de neveux. Enfant unique, ayant grandi comme tel, Sartaj appréciait le chaos rassurant des grandes familles – à petites doses. En cet instant, il éprouvait une fatigue agréable, mais les questions et les hypothèses continuaient de tourner et retourner paresseusement dans sa tête, autour de Ganesh Gaitonde. Il était allongé sur son lit, derrière l'obscurité des rideaux, N'y aurait-il pas eu une aventure amoureuse avortée entre Gaitonde et Jojo Mascarenas ? se demandait-il, une histoire compliquée de désir et de trahison qui aurait débouché sur ce meurtre-suicide. C'était vraisemblable, conclut-il. Les hommes et les femmes s'infligeaient volontiers ce genre de traitement.

— Sartaj, je veux aller à Amritsar.

Il se redressa en sursaut. Mam se tenait debout dans l'embrasure de la porte.

— Quoi ?

— Je veux aller à Amritsar.

— Maintenant ?

Il se frotta les yeux, fit basculer ses deux jambes, posa les pieds au sol.

— Arre, non, beta. Mais bientôt.

Il ouvrit un rideau, laissant se déverser un flot de lumière.

— Pourquoi aussi subitement ?

Mam borda le drap défait.

— Pas si subitement que ça. Cela fait un moment que j'y pense.

— Tu veux aller rendre visite à oncle Chacha et le reste ?

— Je veux aller rendre visite à Harmandir Sahib une dernière fois, avant de mourir.

Il se figea, la main sur le mur.

— Mam, ne parle pas ainsi. Tu y retourneras encore plein de fois.

— Emmène-moi, juste une fois.

Un poids s'installa dans sa poitrine, sa voix s'étrangla. Il marcha vers Mam, la dépassa, prit sa valise vide, et lui posa une main hésitante sur l'épaule.

— Je vais voir si je peux obtenir un congé. – Il toussa. – Et nous irons.

Tandis qu'il bouclait son bagage, elle lui apporta une pile de vêtements fraîchement repassés, s'assit sur le lit, le regarda. Il lui était arrivé des centaines de fois de quitter ainsi la maison, et jamais elle n'avait eu cette attitude. Son regard l'entravait. Il avait toujours fait ses bagages soigneusement, mais là, c'est avec une lenteur maniaque qu'il cala ses chaussettes dans l'espace qui séparait ses chemises et ses pantalons. Pendant ce temps, Mam lui racontait toutes sortes d'histoires sur la famille, à Amritsar, et, lorsqu'il eut fermé sa valise, il sut qu'il partait pour la gare un peu tard. Pourtant, il s'attarda encore à la porte d'entrée, lui répéta ses peri paunas en tâchant de ne pas penser à la dernière fois qu'il avait eu l'occasion de dire au revoir à Papa-ji, à cette même porte.

Il arriva juste à temps pour attraper son train. Mais il fut incapable de dormir pendant le voyage jusqu'à la gare de Dadar, contrairement à son habitude. À travers la fenêtre sale, il suivait le défilement des montagnes familières, dont les crêtes assombries se découpaient sur le reflet de son propre visage. Il avait fait souvent le trajet, et il l'aimait : le long tunnel de Monkey Hill à Nagnath, qui le passionnait, enfant, les descentes raides et les virages soudains qui ouvraient le flanc des collines comme un rideau de scène, pour dévoiler le spectacle stupéfiant des vallées verdoyantes, un sentiment d'exaltation et d'émerveillement gonflait alors la poitrine, et on était content d'avoir quelque part où aller. Il l'éprouvait encore, cette petite bouffée d'excitation, même si elle cachait en elle, à présent, le tiraillement léger de la perte, de la nostalgie. C'était peut-être pour cela que les gens avaient des enfants, pour que de jeunes yeux donnent une nouvelle fraîcheur à tous ces voyages en train. Alors ils pouvaient voir apparaître les lumières de Mumbai, et jouir pleinement du bonheur de se retrouver chez eux.

— Oui, coffre-moi Bunty, fit Parulkar. Coffre-le-moi pour de bon.

— C'est moi qui dois m'en charger, monsieur ? Pourquoi pas un de vos types ?

Sartaj désignait par là les gaillards triés sur le volet par Parulkar pour s'occuper plus particulièrement des gangs.

— Non, avec toi, Bunty se sentira plus en confiance. Si j'envoie l'un de mes inspecteurs, ça va l'effrayer.

— Bien, monsieur.

Ils étaient dans la voiture de Parulkar, à Haji Ali. En route pour le siège central de la police, ce dernier l'avait prié de le rejoindre sur le trajet. Sartaj le trouvait morose, il avait l'air usé.

— Vous avez une réunion, chef ?

— Oui. Je n'ai plus que ça, des réunions.

— Avec notre saab inspecteur général adjoint ?

— Pas seulement lui. Avec tous ceux que j'arrive à voir. Le gouvernement à l'intention de me pousser vers la sortie, Sartaj. Donc il faut que je voie qui pourra m'aider à me maintenir. Donc je cours dans tous les sens.

— Vous allez vous en sortir, monsieur. Comme toujours.

— Je n'en suis pas si sûr. Cette fois, même l'argent que je suis disposé à dépenser ne ferait aucune différence. Il y a trop de vieilles histoires qui traînent. Ils me détestent, leur haine vise ma personne. Ils me trouvent trop promusulman.

— À cause de Suleiman Isa ?

Son supérieur haussa les épaules.

— Et pour d'autres motifs. Mais surtout, c'est vrai, ils me soupçonnent d'aider Suleiman Isa. Ce sont des imbéciles. Ils n'ont pas l'air de comprendre que pour opérer efficacement contre ce gang, je suis forcé d'échanger des informations avec cet individu. Ils savent juste qui ils haïssent. Ce sont des politiciens, et eux-mêmes des gangsters, mais c'est ainsi qu'ils voient le monde. Les imbéciles.

— C'est pour cela que vous saurez vous montrer plus malins qu'eux, monsieur.

— N'en sois pas si sûr, Sartaj, répliqua Parulkar en pointant une main leste vers l'alignement de bâtiments qui décrivaient une courbe ascendante. À l'heure actuelle, ici, c'est la stupidité qui l'emporte, rien d'autre.

La mer s'ouvrait derrière lui, étale et calme. Son chauffeur et ses gardes du corps, postés à proximité, s'abritaient les yeux de la lumière aveuglante.

— Les temps ont changé.

Il était vain de contester cette vérité, les temps avaient changé, en effet.

— S'il y a quoi que ce soit que je puisse faire, monsieur, proposa-t-il, je vous en prie, dites-le-moi.

C'était le seul réconfort qu'il pouvait offrir au vieil homme. Il suivit du regard le convoi de trois véhicules qui s'éloignait lentement, et il songea que c'était la première fois qu'il pensait à Parulkar comme à un homme âgé. En raison de son goût pour le métier, de sa gaieté et de son inlassable amusement devant les absurdités de la vie de policier, de son énergie, de sa progression professionnelle si régulière et si stupéfiante, il lui avait toujours paru sans âge. Peut-être était-il monté trop haut, peut-être était-il inévitable qu'à ces altitudes, son ambition même finisse par le trahir, oui, qu'elle l'ait déformé, qu'elle l'ait coupé de la confiance qu'il avait en lui-même, qu'elle l'ait vidé de toute joie. Peut-être valait-il mieux se cantonner à un niveau passable, respectable, à l'exemple de Papa-ji, faire convenablement son travail et rentrer chez soi dormir du sommeil du juste.

Mais non, il était impossible d'y croire en ces temps de changement, quand l'absence de passion carriériste était considérée comme un défaut de caractère fatal. Il enfourcha sa motocyclette et, d'un coup de pied, la rendit à la vie. Il reprit la chaussée en sens inverse, en roue libre, dépassa l'entrée du Domaine Shiv Sagar, où Harshad Mehta avait jadis possédé sept appartements – ou huit ? Sartaj était venu là, il y a longtemps. Il appuyait une grosse équipe du CBI chargée de perquisitionner les appartements de Mehta en quête de preuves de ses activités malhonnêtes de grande envergure. La contribution de Sartaj s'était limitée à contenir la foule, celle des badauds et celle des supporters de Mehta, et de préserver l'accès à la porte principale de l'immeuble. Ce soir-là, et le lendemain, tous ceux qu'il avait croisés – policiers, amis, Megha – lui avaient demandé : « Alors, tu as vu la maison de Harshad Mehta de l'intérieur ? À quoi ça ressemblait ? Ce devait être superbe, non ? » Au début, cela lui était égal de leur avouer qu'il n'avait vu que l'extérieur du bâtiment, les curieux étaient si déçus qu'il s'était finalement senti obligé d'inventer une histoire autour des extravagances de Harshad Mehta. Certes, il y subsistait quelques fragments de réalité, mais en fait, il avait surtout mixé des images puisées à la télévision et au cinéma. Il leur décrivait des salons de réception en duplex, avec leur escalier conduisant aux appartements privés, des portes qui coulissaient dans les murs, des chambres à elles seules aussi vastes qu'une maison, les sols couverts de marbres italiens, avec le système d'interphone reliant le tout. « Dix mille mètres carrés. Vous imaginez un peu ? Il vit dans dix mille mètres carrés. » Et ses auditeurs, qui pouvaient à peine se permettre de vivre dans cent cinquante, parfois trois cents mètres carrés, en avaient les yeux humides. Cette admiration irrépressible qu'ils éprouvaient, Sartaj l'avait lui-même ressentie : Harshad Mehta était un voleur, mais il avait rêvé en grand et il avait vécu au large. On l'avait arrêté une première fois, et une seconde fois, et il était mort d'une crise cardiaque, mais en son temps, l'homme avait été un héros.

Il fit ronfler son moteur, il en aimait le mugissement. À cette époque de Harshad Mehta, l'ambition s'était propagée comme un virus ; depuis, il y avait eu des krachs, des bulles, qui avaient éclaté, mais la contagion avait poursuivi sa course. Désormais, avoir des aspirations démesurées était la condition humaine à l'échelle de la planète. Peut-être était-ce une forme de santé – après tout, cela donnait de l'énergie, de l'entrain, de la vélocité. Dernièrement, il avait lu un éditorial où l'on relevait avec bonheur que les joueurs de l'équipe indienne de cricket avaient enfin acquis une mentalité de tueur. Oui, ils avaient acquis le goût de tuer, et celui de l'argent. Tout à fait exact. Sartaj accéléra. Il était temps de partir à la chasse aux tourmenteurs d'Ève.

Wasim Zafar Ali Ahmad, avec son nom à rallonge et ses aspirations politiques à l'avenant, lui avait fourni les noms et adresses des deux frères, ces taporis qu'il voulait ramener à la raison. Sartaj et Katekar s'y rendirent donc tout droit. Ils n'espéraient pas y trouver les adolescents, mais ils avaient l'intention de flanquer une belle frousse à la famille, ce qui les persuaderait de laisser tomber. Ils pénétrèrent dans la kholi avec force bousculades et hurlements. Sartaj ouvrit la porte d'un coup de pied et rugit :

— Où sont-ils, ces deux gaandus ? Où sont-ils, hein ?

Son adjoint fit sortir la famille de ses trois pièces exiguës. Il y avait là un vieil homme titubant, une femme et une gamine de onze ou douze ans. Celle-ci se mit débiter des insultes d'une voix monocorde, jusqu'à ce que sa mère lui plaque une main sur la bouche.

— Qu'ont-ils fait ? demanda le grand-père, tout tremblant. Qu'ont-ils fait ?

Sartaj préféra s'adresser à la femme.

— Êtes-vous la mère de Kushal et de Sanjeev ?

— Oui.

— Où sont-ils ?

— Je ne sais pas.

— Vous êtes leur mère, mais vous ne savez pas où ils sont ?

— Non, je ne sais pas.

C'était une femme robuste, trapue, forte d'épaules et plus forte encore de hanches. Elle portait un sari rouge vif, dont elle drapa le pallu autour de ses épaules en l'ajustant d'une main, tout en retenant sa fille de l'autre.

— Quel est votre nom ?

— Kaushalya.

— C'est votre père ?

— Non, le sien.

Le père de son mari, voulait-elle dire.

— Et où est-il, votre mari ?

— À sa fabrique.

— Quelle fabrique ?

— Ils font du mithai.

— C'est près d'ici ?

Elle eut un geste sec du menton, du côté de son épaule gauche.

— Vers le dépôt des autobus.

Il désigna la fillette qui, la bouche toujours couverte par la main de sa mère, avait cessé de marmonner. Elle le dévisageait, d'un regard intense, sans ciller.

— Quel est son nom ? demanda-t-il.

— Sushma.

— Sushma, va chercher ton père.

Kaushalya retira sa main, mais sa fille ne bougea pas. Sartaj avait l'habitude d'être peu apprécié du citoyen, mais la haine de la fillette le piquait au vif.

— File, gronda-t-il.

— Écoute le saab, fit Kaushalya, et la fillette sortit par la porte en courant.

Il s'installa dans une chaise, à côté de la porte d'entrée, les genoux écartés, les pieds fermement plantés. Katekar se tourna vers le coin cuisine, sur la gauche, et entama ses recherches, secoua les casseroles, repoussa les assiettes avec fracas. Il souleva une bouteille d'une étagère et en renifla bruyamment le contenu. Kaushalya et son beau-père se retirèrent dans l'autre pièce. Sartaj pouvait entendre leurs chuchotements insistants.

La chasse aux apradhis aurait dû évoquer poursuites en voiture, sprints à travers la foule, tumulte et adrénaline sur fond de musique trépidante. C'était ce qu'il aurait souhaité, mais la réalité était autre : il était là, à intimider une femme et un vieil homme sous leur propre toit. C'était une technique policière dûment éprouvée :

perturber la vie de la famille jusqu'à ce que l'informateur craque, que le criminel s'effondre, que l'innocent avoue. Katekar s'étala sur une banquette recouverte d'un drap bleu éclatant, Sartaj appela Kaushalya, réclama du thé et des biscuits. Il l'entendit derrière le mur pépier avec colère, puis elle consentit à sortir demander à un voisin de se rendre au dhaba du coin. Elle rentra, tête basse, vraiment très basse, mâchoire crispée, et passa devant eux avec raideur pour regagner son refuge.

Les murs étaient blancs et nus, mais il y avait, sur une étagère unique, une rangée de cadres, le certificat de mariage de Kaushalya et les photos des trois enfants. On y voyait Sushma heureuse, son sourire enfermé dans un cadre rose en forme de cœur. Sartaj inclina la tête contre le mur et ferma les yeux. Mais il était trop tendu pour s'accorder un petit somme. Il se redressa, et vit Katekar occupé à examiner attentivement un vieil exemplaire de *Filmi Kaliyan*. Dans le coin gauche de la première page, Bipasha Pasu avait les bras croisés sous les rondeurs généreuses de sa poitrine. Sartaj lui en voulut du vif accès de désir qu'il sentit monter de son entrejambe. Il reprit une posture plus convenable, se remit discrètement en ordre, et pencha le buste pour mieux se dissimuler. Va te faire voir, Bipasha. La dernière fois qu'il avait fait l'amour, c'était huit mois plus tôt, avec une correspondante locale à temps partiel d'un journal du soir marathi. Elle était venue le voir avec des questions délicates tournant autour des dance bars et des girls, pour un grand article à la une, et lui avait fait forte impression avec ses larges épaules, son ample jean vert, son cynisme et son vaste champ de compétences. Ils s'étaient rencontrés à trois reprises, dans trois restaurants différents, et elle avait chaque fois pris soin de mentionner son mari, lui aussi journaliste, pour un autre quotidien marathi. Mais le troisième après-midi, à la troisième tasse de thé, elle était à court de questions sur les bar-balas, et il était devenu évident qu'il allait se produire autre chose. Ils s'étaient dit au revoir avec gaucherie, et elle s'était abstenue de le gratifier d'une de ses vigoureuses poignées de main parties du haut de l'épaule, dont elle avait le secret. Dix jours plus tard, elle l'avait rappelé, et ils avaient marché sur la plage de Chowpatty, et leurs doigts s'étaient effleurés. Il ne la trouvait pas jolie, pas précisément, mais il avait une envie irrépressible de poser la main au creux de ses reins, sous son ample chemise blanche à manches longues. Pendant quatre mois, ils avaient fait l'amour toutes les semaines, toujours dans la chambre du sous-inspecteur Kamble, à Andheri East. « Ghochi karo, patron », répétait son subordonné. Baiser, faire l'amour, ghochi, peu importait le terme, évoquer la chose plongeait Sartaj dans une solitude précaire, lui nouait un nœud indissoluble dans la gorge. Sentir sa peau contre la sienne, c'était bon ; elle était traversée d'orgasmes qui parcouraient son corps longiligne avec une facilité déconcertante, et elle était si peu exigeante que c'en était rassurant, à la fois reposante et reposée, dans sa méfiance du pathos. Et pourtant, elle ne lui avait inspiré aucun attachement profond ; avec elle il ne souffrait pas de ces manques déchirants qui l'avaient torturé jadis, avec Megha, et cette absence de profondeur rendait insupportables les moments où il gisait, pantelant, sur les draps fleuris de Kamble. Il se sentait petit et perdu à l'intérieur de son propre corps, submergé, très loin sous l'épaisseur de sa peau, au bord de la noyade. Au bout du compte, il avait dû mettre un terme à l'affaire, y mettre fin. Et maintenant, elle se sentait blessée, mais elle avait dissimulé la chose par un haussement d'épaules de journaliste blasée : *Marad sala aisaich hota hai*. Les hommes, tous des salauds.

Oui, les hommes étaient ainsi faits. Avant elle, il y avait eu d'autres femmes. Une call-girl, cadeau de Kamble pour le premier anniversaire de Sartaj après son divorce : « Un joli petit lot, patron, super classe, la totale, genre actrice. » Sartaj avait été incapable de se montrer à la hauteur, et le joli petit lot lui avait tapoté sur l'épaule pour le réconforter. Et puis il y avait eu une amie de Megha, une femme mariée, qui avait attendu que le jugement de divorce soit définitif pour lui rendre visite, que tout se déroule dans une moralité incontestable. Après l'amour, elle réclamait des histoires de meurtre, de coups de feu dans des rues sombres, d'hommes violents poussés à bout ; elle restait allongée à côté de lui, ronde et dorée, deux petits crochets de lumière dans les yeux, entourée des volutes de son parfum, menues bouffées d'*Obsession*. Il y avait même eu une firangi, une Autrichienne qui était venue porter plainte au poste après avoir été détroussée par un pickpocket dans un train de banlieue. La brusquerie de son accent lui avait plu, ses phrases heurtées, cette façon de buter sur les mots et le bleu impénétrable de ses yeux, mais elle était tellement loin de son monde qu'il ne voyait pas quoi faire d'elle, même quand elle était revenue, deux jours plus tard. Il lui avait avoué qu'il n'avait pas du tout progressé, et qu'il était peu vraisemblable qu'il progresse ; mais ensuite, il s'était senti honteux de l'inefficacité indienne. En Autriche, le voleur aurait déjà été inculpé et condamné. Il y avait eu une pause, et elle lui avait demandé s'il n'avait pas envie de sortir prendre un café. Au bout de trois jours de cafés, il lui avait demandé si elle n'avait pas envie de monter voir son appartement. Là, elle l'avait prié de retirer son turban. « Je voudrais voir vos cheveux à l'air libre », lui avait-elle dit. « Espèce d'Amitabh Bachchan, avait ironisé Kamble, quand il lui avait raconté ça, en serrant la main de son chef dans la sienne, avec un gloussement, espèce de foutu Rajesh Khanna, vous êtes le roi de tous les étalons sardars. » Pour une bonne part, Sartaj avait reconnu dans ce frisson d'exubérance du sous-inspecteur son propre sentiment de triomphe, cette griserie, cette bouffée de bonheur devant la pâleur pornographique des seins de l'Autrichienne, à la découverte de la toison blonde et claire sous le blanc de la culotte. En la pénétrant, il avait pénétré dans mille films porno, et il accueillait en lui les fantômes sur papier glacé de son adolescence, immaculés, fascinants et inaccessibles. Après, elle avait gardé le silence, et il n'avait aucune idée du sens de ce silence. Le roi de tous les étalons gisait, la bouche ouverte, terrifié par la béance blanche de la déception qu'il percevait dans ses os.

Il secoua la tête et se leva. Le mari de Kaushalya aimait bien être photographié. Il trônait au milieu de chaque cliché, entouré de femmes et d'enfants. Sartaj se tenait près du mur, dos à Katekar, et il examina les photos. Voici donc le père des deux harceleurs. Avait-il des maîtresses, en plus de sa femme ? En observant, sur le plus grand de ces clichés, la poussée belliqueuse du ventre contre le kurta d'un blanc éclatant, Sartaj en fut convaincu. C'était un homme, et donc il avait des femmes. Ayant lui-même depuis longtemps la réputation d'être un policier pour dames, il n'avait avoué à personne qu'il avait renoncé au sexe. Kamble, Katekar et les autres, au poste, se vantaient de leurs ghochis ; les histoires ne cessaient d'enfler et de retomber, on riait grassement, et il était question du chut et du khadda de ces dames, du gros tope et du hathiyar de ces messieurs, et du petit daana des filles, et de leurs mausambis, oui, elle avait des mausambis si ronds et si doux qu'on en pleurait rien qu'à les regarder. Mausambis, grenades, dudh-ki-tankis et noix de coco. Et puis, oui, sans oublier les maals, les chabbis et les chaavis. Je suis peut-être le seul, songeait-il, à avoir des histoires de sexe silencieux, de sexe lointain, de sexe douloureux, de sexe morne, de sexe lugubre, de sexe interrompu, de sexe inutile, de sexe douloureux hanté par la mélancolie, amer et solitaire. Sexe. Quel mot. Quelle chose.

Le chai et le père arrivèrent en même temps. Le mari de Kaushalya déboula sur les talons d'un garçonnet chargé de tasses de thé, qu'il portait dans un panier spécial en fil de fer. Le gamin pointa un sourcil circonflexe vers Sartaj et, en réponse à son signe de tête, lui tendit la tasse d'un geste leste du poignet, très professionnel. « Biskoot ? » demanda-t-il, et il leva un paquet de Parle Glucose. Au moment de le payer, Sartaj laissa échapper une pièce de cinq roupies. Le garçon la ramassa entre ses orteils, du pied droit, et la fit passer dans sa main gauche en un vrai pas de danse, fluide, le mollet en l'air, parallèle au sol. Sartaj lui laissa les cinq roupies en pourboire, et le petit serveur s'en fut avec un grand sourire.

Kaushalya était réapparue, suivie du vieil homme. Sartaj alla se placer entre elle et son mari, but une gorgée de chai et prit la parole.

— Quel est ton nom ?

— Birendra Prasad.

— Tu fabriques du mithai ?

— Oui, saab. Cham-chams sucrés au fromage, burfis au lait caillé, et aussi des pedas. Nous fournissons des restaurants et des magasins.

— Tu es propriétaire de la fabrique ?

— Oui, saab.

— Et tes fils travaillent avec vous ?

— Parfois, saab. Ils vont à l'école, encore.

— Et c'est une bonne chose.

— Oui, saab. Je veux qu'ils avancent dans la vie. Dans le monde d'aujourd'hui, sans instruction, on n'arrive nulle part.

Et dans ce monde, Birendra Prasad en avait vu de belles, cela ne faisait aucun doute. Aujourd'hui, il ne portait plus de kurta argentée, mais une chemise verte et un pantalon noir ; avec son allure râblée, il était tout à fait assorti à son épouse. L'air énergique et déterminé, il n'appréciait guère de recevoir un policier sous son toit, manifestement, mais il faisait un effort pour se montrer calme et poli. Sa fille, derrière lui, se retenait à son pan de chemise et lançait à Sartaj des regards mauvais. Il y avait beaucoup de monde, à présent, dans cette petite pièce, et Sartaj vit la transpiration s'accumuler dans le cou de Birendra Prasad. Il lui sourit de toutes ses dents, et but une gorgée de chai.

— Saab, fit Birendra Prasad.

Katekar contourna l'homme en passant derrière lui, sur sa gauche. Sartaj s'aperçut que ce changement de position mettait l'homme au mithai très mal à l'aise, il vit ses yeux filer sur la gauche, sur la droite, et encore à gauche.

— As-tu fait de la prison, Birendra Prasad ? s'enquit-il.

— Oui, il y a longtemps.

— Sous quel chef d'inculpation ?

— Rien, saab. C'était un malentendu...

— Tu es allé en prison pour rien ?

Katekar se rapprocha encore.

— Le saab t'a demandé quelque chose, insista-t-il, d'une voix très feutrée.

La fillette se mit à pleurer.

— J'y suis resté un an, répondit le père. Pour vol.

Sartaj posa son verre sur la chaise, et s'avança d'un pas vers l'homme.

— Tes fils, ils vont aller en prison, eux aussi.

— Non, saab. Pourquoi ?

— Tu sais ce qu'ils fabriquent, par ici ? Tu sais comment ils se conduisent avec les femmes ?

— Saab, ce n'est pas vrai.

Katekar bouscula le bonhomme, sans trop de brusquerie, juste la main sur une épaule, et une brève secousse.

— Es-tu en train de prétendre que le saab ne dirait pas la vérité ?

— C'est les gens qui répandent ces rumeurs. Ce ne sont que de jeunes garçons. Mais…

— Tu m'envoies tes jeunes garçons au poste dès demain, reprit l'inspecteur Singh. À seize heures. Sinon je reviens rendre visite à ta famille, et à toi, dans ta fabrique. Et je colle tes fils en prison.

— Saab, je sais qui est responsable.

Sartaj se pencha tout près et lui chuchota dans l'oreille.

— Ne discute pas avec moi, gaandu. Tu veux que je te prive de ton izzat, devant toute ta famille ? Tu as envie de perdre ton honneur, de perdre la face, devant ta fille ?

Birendra ne répondit rien.

Katekar lui flanqua encore une petite bourrade à l'épaule, et s'écarta. Sartaj contourna Sushma et sortit. Son adjoint et lui traversèrent la ruelle ensoleillée, dispersant un groupe d'adolescents qui venaient en direction opposée.

— Le Wasim Zafar, c'est un retors, commenta Katekar. Sa manœuvre vise autant le père que les fils.

— Oui, acquiesça-t-il. Ce Birendra Prasad doit lui poser un problème. Il aurait dû nous en informer, le salopard.

Il était fort possible que Prasad possède ses propres réseaux. Mais cela ne l'inquiétait pas outre mesure. Tous les hommes, toutes les femmes que l'on arrêtait, ou que l'on effleurait, appartenaient à un réseau ou un autre, et on pouvait consacrer sa vie professionnelle à se soucier de savoir qui connaissait qui. Ce qu'il fallait, surtout, c'était se montrer prudent et, si un problème surgissait, le traiter. Il n'empêche, Wasim Ali Zafar Ali Ahmad aurait dû les tenir au courant.

— Tiens, fit-il, et il confia son paquet de biscuits Parle Glucose à Katekar. Il composa un numéro sur son portable, et Wasim Zafar décrocha à la seconde sonnerie.

— Allô, qui est à l'appareil ?

— Ton baap, répliqua Sartaj.

— Mon père ? Saab ? Qu'est-ce qui ne va pas ?

— Où es-tu ?

— Je suis près de la gare, saab. Je suis venu ici pour un travail. Que puis-je pour vous ?

— Tu peux nous dire la vérité. Pourquoi ne nous as-tu pas prévenus qu'en réalité, tu t'attaquais à Birendra Prasad ?

— Le père ? Saab, franchement, ce n'est pas vraiment lui, le problème. Mais il gâte ses fils, et dès que quelqu'un leur dit quelque chose, il le prend de haut. Ce sont eux qui l'influencent. C'est un homme simple, en réalité, un dehati, un bouseux, quoi, mais ce sont eux les haramzadas qui se croient trop malins. Une fois qu'on leur aura mis la pression, qu'on les aura calmés, il s'assagira, lui aussi.

— Tu as déjà tout prévu, n'est-ce pas ?

— Saab, je n'ai rien voulu vous cacher.

— Mais tu ne nous as pas fourni toutes les informations.

— C'est mon erreur, saab. Saab, où êtes-vous ?

— Dans ton raj.

— Saab, où ça, dans Navnagar ? J'arrive dans cinq minutes.

— Disons dans dix. Je te retrouve à Bengali Bura, dans la bicoque de Shamsul Shah.

— Oui, saab. Dans leur nouvelle kholi ?

— Oui, dans leur nouvelle kholi.

— OK, saab. Je raccroche.

Katekar croquait un biscuit.

— Il se dépêche de nous rejoindre ?

— Oui. Il est tellement dévoué à la justice.

Son adjoint s'étrangla de rire. Sartaj prit un biscuit, et ils traversèrent le basti en direction de Bengali Bura. Wasim Zafar Ali Ahmad était impatient de se montrer en compagnie de la police – une occasion d'afficher ses relations avec le pouvoir, son aptitude à obtenir que l'on agisse. Il allait sans doute répandre la nouvelle qu'il les avait convoqués lui-même, qu'il les avait priés de ne pas négliger l'enquête sur le meurtre de Shamsul Shah, qu'il avait insisté pour qu'ils s'y attellent avec énergie. Dans sa version de l'affaire, il se présenterait comme le chef communautaire impliqué, celui qui poussait la police à l'action. Sartaj ne lui tenait pas rigueur de la manipulation. Malgré son erreur au sujet de Birendra Prasad, ce père si gênant, l'homme se révélait un politicien avisé.

Il s'arrêta à un croisement. La ruelle étroite, en face d'eux, menait à Bengali Bura, et l'autre, plus large, rejoignait directement la grand-route. Il se débarrassa des quelques miettes qui lui restaient collées au bout des doigts.

— Passons d'abord rendre visite à Deva, proposa-t-il à son équipier.

Il possédait en effet un vieux contact dans Navnagar, un Tamil nommé Deva. Il avait fait sa connaissance neuf ans auparavant en arrêtant un gang de quatre voleurs de pneus, à Antop Hill. Deva habitait sous une petite véranda fermée, à l'entrée de leur kholi. Il avait protesté de son innocence, expliqué qu'il n'était qu'un locataire, qu'il n'avait rien à voir avec ces voyous, qu'il venait d'arriver de son village et qu'il était nouveau en ville, et il avait cru que d'empiler des pneus dans une maison, c'était une pratique de citadins. Sartaj avait apprécié la jovialité du personnage, les chants tamils aux sonorités étranges qu'il fredonnait, ses dix-neuf ans pleins de détermination et de courage, en dépit des tressaillements réflexes de ses jambes aussi minces que des piquets. Et donc il avait décidé de le croire. Et il avait veillé sur lui. Il n'avait pas inscrit son nom dans son rapport d'enquête, il avait parlé à deux ou trois personnes pour l'aider à dénicher un boulot, et aujourd'hui, Deva était devenu tout à fait respectable, installé, marié, père d'un fils, avec un deuxième en route, et il s'était laissé pousser une petite moustache et une bedaine. Il dirigeait un atelier de forge dans Navnagar, où un quarteron de Tamils transpiraient à la fabrication de clôtures, de ferrures, d'énormes roues en fer destinées à équiper les métiers à tisser, et d'autres articles réalisés sur commande spéciale.

Sartaj tourna donc à droite et, sans s'arrêter, il rappela Wasim Zafar Ali Ahmad, pour le prévenir qu'ils seraient en retard. La route avait été récemment goudronnée, et il y circulait tout un trafic de cycles et de scooters. Dans cette partie de Navnagar, les maisons étaient anciennes, avec des fondations solides ; elles avaient l'eau courante et l'électricité. Beaucoup s'élevaient sur deux ou trois étages, au-dessus des boutiques et des ateliers qui donnaient sur la rue. Un visage flottait au-dessus des toitures disséminées, d'immenses yeux lumineux et bruns, plus grands que les fenêtres, qui oscillaient derrière les parapets, d'un côté, de l'autre, sous un sourcil caressé par le halo d'un éclairage bleu, des lèvres entrouvertes et une chevelure en volutes, le tout dans une sorte d'apesanteur paradisiaque. Ce n'était qu'un mannequin astucieusement illuminé qui s'étalait sur un immense panneau d'affichage, au-delà de la grand-route, mais de se sentir observé son regard indiscret, il y avait de quoi être perturbé.

Dès qu'il les vit, Deva demanda que l'on apporte des rafraîchissements – il n'aurait toléré aucun refus. Un garçon surgit avec deux Limca, que les deux policiers burent debout, devant l'entrée de l'atelier. À l'intérieur, il n'y avait pas de lumière, juste deux rayons de soleil tombés du toit, réchauffant la lueur rougeâtre du fer en fusion qui s'écoulait des moules et les visages des hommes. Quasi nus, ceux-ci actionnaient les soufflets avec les pieds en levant très haut la jambe avant de l'enfoncer très bas en un mouvement lent, interminable.

— Voilà un bout de temps que je ne vous ai vu, saab, fit Deva, vous m'avez oublié.

— C'est que les Tamils se sont bien conduits, Deva.

Deva rugit de rire. Il se pencha sur le seuil et cria une traduction de la réplique à ses ouvriers. Il y eut l'éclair fugitif de sourires éclatants au milieu d'une pluie d'étincelles. Il était possible de vivre à Navnagar sans parler d'autre langue que le tamil. Il entendit une réponse jaillir du vacarme des martèlements. Deva traduisit la réponse.

— Il dit qu'on se conduit tellement bien, maintenant, que même les rakshaks nous aiment.

À une certaine époque, les rakshaks, en bons fils de la terre de Mumbai, pourchassaient les immigrants tamils. Sartaj posa sa bouteille de Limca vide à côté de la porte.

— C'est sûr. Et maintenant, ils en pourchassent d'autres que vous.

Le chauvinisme musclé pouvait encore avoir des avantages électoraux, à condition de savoir choisir ses ennemis. Donc, aujourd'hui, les rakshaks protestaient plutôt contre la menace bangladeshie, et priaient les Indiens musulmans, ces « antipatriotes », de quitter le pays. Le même jeu, mais contre d'autres cibles. Sartaj fit signe à Deva de s'éloigner de la porte et des exhalaisons de chaleur, et ils firent ensemble quelques pas vers le bout de la ruelle, d'un côté et de l'autre du caniveau. Son adjoint les suivait de près.

— Vous enquêtez sur un meurtre, commença Deva. Le garçon qui a été tué par ses amis.

— Oui. Tu saurais quelque chose à ce sujet ?

— Non. Je ne connaissais aucun d'eux.

— Jamais entendu parler d'un travailleur social nommé Wasim Zafar Ali Ahmad ?

— Si, si. Cet enfoiré. Un fortiche.

— Fortiche jusqu'à quel point ? C'est quoi, ses dhandas, à lui ?

— Son père est boucher dans le quartier. Le fils s'occupe surtout de travail social, je crois. Mais il a tout un tas de cousins, et ces cousins ont des garages. Deux par ici, et un autre quelque part du côté de Bhandup. C'est une famille bien installée.

— Et ces garages, ils sont réglos ou tordus ?

— Moitié-moitié, saab. J'ai entendu dire qu'ils s'occupaient de pièces détachées d'occasion.

Deva avait un sourire extraordinaire, la mâchoire proéminente, les yeux plissés, et une rangée de dents étincelantes qui lui fendaient le visage en deux. Les pièces détachées d'occasion pouvaient provenir de n'importe où, aussi bien de sources licites que du véhicule d'un pauvre pigeon.

— Il y a bien eu un ou deux de ces cousins qui ont eu des ennuis. Jamais au point de se faire arrêter, saab, juste quelques petites salades par-ci, par-là.

— Tu connais les noms de ces cousins ?

— Non. Mais voyons un peu.

Deva conduisit les deux policiers à l'angle de la ruelle, dans une boulangerie. Une grande salle fermée par un toit en fer-blanc, des fours imposants d'un côté, et des hommes alignés qui pétrissaient la pâte de l'autre. Tout au fond, il y avait une guérite, presque entièrement remplie par un propriétaire fort corpulent. D'un geste, il ramassa son lungi et son ventre protubérant, et sortit faire quelques pas au milieu de ses ouvriers pendant que Deva se servait de son téléphone. Sartaj écouta ces accents méridionaux et nasillards qui lui rappelaient, comme toujours, Mehmood, le rire de l'enfance, et il se retint de soupirer trop profondément. L'odeur des miches de pain sorties du four était envahissante, capiteuse, trop, dans cette chaleur étouffante. Deva passa deux coups de fil ; Sartaj comprit qu'il tirait les ficelles du réseau tamil de Navnagar ; il jouait de cette corde-là et tendait l'oreille, guettant quelques signaux en retour. Les Tamils avaient été jadis de nouveaux venus très redoutés, dans la ville, ceux-là mêmes que haïssaient et

dénonçaient les rakshaks, des étrangers aux dents longues, menaçant le travail et la terre. À présent, ils étaient de vieux Mumbai-
kars, de véritables piliers de Mumbai.

Deva se cala contre le dossier de sa chaise. Il leva la main, les
doigts joints en cône.

— Prêt, saab ? Alors note, fit-il.

Il lui confia cinq noms, leurs filiations précises, la nature de
leurs liens avec Wasim Zafar Ali Ahmad, et une évaluation de
l'implication de ce dernier dans leurs activités, tant légales qu'illé-
gales. Du renseignement efficace.

— Bon travail, Deva, approuva-t-il.

Katekar opina avec bienveillance. Sartaj posa deux billets de
cinq cents roupies sur le bureau, devant le Tamil. Ils étaient de
vieux amis, mais sur le long terme, mieux valait mener les affaires
en professionnels. S'échanger des services, cela n'avait qu'un
temps, celui qu'il fallait pour que le ressentiment s'installe de part
et d'autre. Un échange d'argent contre des informations consoli-
dait les flux futurs.

Les deux inspecteurs prirent congé, et se dirigèrent vers Bengali
Bura. Tandis qu'ils gravissaient la pente, Sartaj contemplait les
toits de Navnagar, blancs et bruns, couleur de boue, une mer sans
fin, en vagues serrées, traçant un arc de cercle d'un bout à l'autre
de l'horizon sous le soleil déclinant. Comme toujours, il fut
impressionné par cette vision d'un gigantisme rouge, sordide,
mélodramatique, par la force vitale qui s'en dégageait ; il était
incompréhensible qu'un tel lieu, Navnagar, puisse exister. Pourtant elle était là, cette vaste bouche cramoisie, bien réelle, elle le
prenait en tenailles, dessus et dessous. Il s'en détourna. À cet instant, il s'aperçut que son équipier avait en main un grand sac en
papier rempli de pavs frais à partager avec sa famille ces prochains jours. Une bonne part de la nourriture que consommaient
Katekar et ses semblables provenait de Navnagar ou d'autres
nagars identiques à celui-ci. Navnagar confectionnait des vêtements, du plastique, du papier et des souliers, c'était le moteur qui
insufflait la vie dans la cité.

Wasim Zafar Ali Ahmad les attendait près de la kholi de Shamsul Shah, entouré d'une grappe de quémandeurs. Il fit signe aux
deux policiers, son téléphone portable miroitant au creux de sa

main. Il adressa quelques phrases rapides en bengali à une femme qui le tirait par le coude, avant de se dégager en multipliant les gestes d'assurance.

— Saab, fit-il. Désolé, ces gens-là, une fois qu'ils m'ont mis le grappin dessus, ils ne me lâchent plus.

— Tu parles le bengali ?

— Un peu, un peu. Dans leur bengali, il y a pas mal d'urdu, vous savez.

— Et quelles autres langues parles-tu ?

— Le gujarati, saab. Le marathi, un peu de sindhi. Quand on grandit dans Mumbai, on touche à tout. Et puis j'essaie d'améliorer mon anglais. – Il brandit un numéro de *Filmfare*. – J'essaie de lire un magazine anglais tous les jours.

— Très impressionnant, Ahmad Saab.

— Arre, monsieur, je suis plus jeune que vous. Je vous en prie, appelez-moi Wasim. Je vous en prie.

— Très bien, Wasim. As-tu déjà causé à la famille de Shamsul Shah ?

— Non, non, monsieur. Je pensais que vous voudriez vous en charger vous-même. Mais l'une de ces personnes m'a signalé que le père n'est pas à la maison, il travaille. La mère, elle, est bien là.

— À l'intérieur ?

— Oui.

— Tiens-moi ces gens à l'écart, le temps que je discute avec elle.

Le garçon disparu avait tenu à offrir un meilleur toit à sa famille, ça se voyait à la façade imposante que la propriété occupait dans la ruelle. Il frappa. Debout devant la porte, il entraperçut quatre pièces, une cuisine séparée et des placards revêtus de formica. La mère du mort expédia ses filles dans les pièces du fond, et se présenta très droite.

— Vous êtes Moina Khatun ? s'enquit Sartaj. La mère de Shamsul Shah ?

— Oui.

Les filles de Moina Khatun étaient semblait-il tenues d'observer un purdah très strict, mais elle, bénéficiait du régime assoupli que lui valait son âge, tout au moins quand elle se tenait sur le seuil de sa maison. Elle paraissait la soixantaine, mais pouvait être tout aussi bien dix ans plus jeune. Elle portait une salwar-kameez bleue, la tête coiffée d'un dupatta blanc.

— C'est une bonne kholi que ton fils t'a trouvée là.

Moina Khatun restait impénétrable mais Sartaj n'aurait pu dire si c'était par tactique ou par nature.

— C'était un bon garçon. Comment a-t-il pu se laisser entraîner par les deux autres ?

Elle inclina la tête sur le côté. Elle n'en savait rien.

— Connaissais-tu leur ami Bihari, ce Reyaz Bhai ?

De nouveau, Moina Khatun remua la tête.

Dans la ruelle, il y eut un silence étouffé et, sous ce silence, le gouffre de la perte. Sartaj avait le sentiment d'avoir trébuché et basculé, et ne savait plus trop quoi tenter, sur quoi peser, ni même si peser était encore une bonne idée. Dans ce calme, c'est Katekar qui parla.

— C'est contre nature, qu'un fils meure avant ses parents. C'est impossible à accepter. Mais Lui... – et il pointa le doigt vers le haut... – Il donne et Il reprend, et Il a ses raisons, car Il écrit nos destinées.

Moina Khatun se mit à sangloter. Elle se tamponna les yeux, et ses épaules se voûtèrent.

— Il faut l'accepter, souffla-t-elle d'une voix rauque. Il faut l'accepter.

Katekar avait les mains croisées devant lui, il inclina légèrement le buste en avant, plein de sollicitude, pas le moins du monde menaçant.

— Oui. Quel âge avait Shamsul ?

— Seulement dix-huit ans. Le mois prochain, il en aurait eu dix-neuf.

— C'était un beau garçon. Est-ce qu'il avait l'intention de bientôt se marier ?

— Il avait déjà reçu des propositions.

Soudain, Moina Khatun s'anima, égayée sous ce voile de larmes par le souvenir de discussions passées.

— Mais il répétait qu'il voulait d'abord marier ses sœurs. Et moi je lui répondais que la cadette avait neuf ans, et d'ici à ce qu'elle ait son mala badol, il serait un vieil homme. Mais Shammu, il me répondait, se marier trop jeune, c'est une bêtise qu'on fait, nous autres. Laisse-moi d'abord m'installer, que je trouve une jolie maison. À quoi ça sert de se marier si c'est pour coucher chez ses parents, se chamailler avec sa femme et avec sa belle-mère ? Il refusait de nous écouter. Elles en premier, et moi plus tard, c'était ce qu'il me disait sans arrêt.

— C'était un bon garçon. Il vous a installé une belle kholi.

— Oui. Il a travaillé très dur.

— Est-ce que vous saviez quel genre de travail faisait votre fils ?

— Il travaillait pour cette compagnie, il s'occupait de livrer des colis.

— Oui. Mais il avait aussi un autre travail avec Bazil et Faraj, non ?

— Je ne suis pas au courant.

Sartaj vit bien que Moina Khatun ne leur cachait rien ; elle ignorait vraiment tout des agissements de son fils avec les meurtriers. C'était compréhensible, il n'y avait aucune raison pour que le garçon ait mentionné ses activités criminelles à sa mère. Mais Katekar ne voulait pas renoncer, pas encore.

— Ils étaient bons amis, ces trois-là. Ils ont grandi ensemble, dans ce basti ?

— Oui.

— Pourquoi se battaient-ils ?

— Ce Faraj, il était tout le temps jaloux de mon fils. Il n'avait pas de travail, il ne travaillait jamais. Même quand ils étaient plus jeunes, il se disputait tout le temps avec Shammu.

Son visage s'assombrit, elle agita le poing, et poursuivit en bengali. Ses gestes de colère, comme autant de coups de couteau, finirent par faire glisser son dupatta de sa tête, sa voix mua, monta d'un ton, et maintenant elle hurlait. Un tel chagrin, Sartaj en avait la gorge serrée, il recula, sollicita Wasim du regard.

— Elle maudit Faraj et sa famille, saab, lui expliqua-t-il. Elle dit que ce sont des démons. Voilà, c'est tout.

La rigidité anguleuse du visage de Moina Khatun s'était dissoute en une vision pénible à regarder. Sartaj s'éclaircit la gorge.

— Rien d'utile ?

— Rien, confirma Wasim.

— Très bien. Allons-y.

Il s'éloigna. Katekar leva une main, un geste à l'intention de la femme, et leur emboîta le pas. Ils avaient presque tourné à l'angle de la ruelle, quand elle les rappela, en hindi.

— Ne les laissez pas échapper, fit-elle. Attrapez-les. Ne les lâchez pas.

Sartaj se retourna vers elle, puis il continua son chemin. La ruelle allait s'élargissant, ils approchaient de la grand-route, et il sentait la présence de son équipier dans son dos. Il ralentit le pas, le laissa le rattraper, et lui adressa un signe de tête. Ils débouchèrent sur la grand-route, en direction du Gypsy.

— Wasim, fit Sartaj.

— Oui, saab.

Wasim se précipita à leur hauteur, mielleux, lisse, débordant de sincérité.

— OK, écoute-moi, salopard. À propos de ce Birendra Prasad…

— Saab, franchement, celui-là ne nous créera aucun problème. Comme je vous l'ai dit, ce sont les deux fils qui font de lui un problème.

Sur leur gauche se dressait un mur couvert de publicités peintes, pour du ciment, pour de la poudre de riz. Sartaj s'en approcha, baissa la fermeture Éclair de son pantalon.

— Écoute, tu m'as expliqué que j'étais plus âgé que toi. Alors permets-moi de te donner un petit conseil. Ne te crois pas plus malin que les gens pour qui tu comptes travailler. Ne leur cache pas ce qu'ils ont besoin de savoir. – L'urine gicla bruyamment au pied du mur, et Sartaj se rendit compte qu'il s'était longuement retenu. – Ne me surprends pas. Je n'aime pas les surprises. Je préfère les informations. Si tu sais quoi que ce soit, tu me le dis. Tu me le dis même si tu te figures que cela n'a aucune importance. Trop d'information vaut mieux que pas assez. Compris ?

— Saab, franchement, je ne cherchais pas à vous entourlouper.

— Si tu me prends pour un imbécile, tu risques de trouver devant toi le genre d'imbécile qui se sent obligé de se pencher sur certaines affaires de ce quartier, et d'investiguer sur certaines personnes. Voyons voir, comment c'était déjà, les noms de tes cousins ? Salim Ahmad, Shakil Ahmad, Naseer Ali, Amir…

— Saab, j'ai compris. Cela ne se reproduira plus.

— Bon. Alors nous finirons peut-être par entretenir une longue relation.

— Saab, c'est exactement ce que je souhaite. Une association durable.

Sartaj appuya, secoua, rentra le bassin, rangea le tout et remonta sa braguette.

— Tu peux aller jouer les politiciens ailleurs. Pas avec nous.

— Bien entendu, saab.

L'inspecteur Singh fourra la main dans sa poche, en sortit son mouchoir, se retourna. Wasim lui tendait son exemplaire de *Filmfare*.

— Je vous en prie, saab, tenez.

— Quoi ?

— Il y a de bonnes informations, dans ce magazine, saab.

Le sourire de Wasim était à la fois narquois et discret. Sartaj lui prit *Filmfare* des mains, glissa le pouce sur la tranche, et le magazine s'ouvrit naturellement. Une photo en noir et blanc de Dev Anand apparut, partiellement cachée par une mince liasse de billets de mille roupies, soigneusement espacés, de la droite vers la gauche, et maintenus par un trombone.

— Un petit nazrana, saab. En gage de notre amitié future.

— Nous verrons cela.

Sartaj roula le magazine et se le cala sous le bras.

— J'ai prié Birendra Prasad de m'amener ses fils au poste, dès demain. Au cas où il ne s'exécuterait pas, tu me suis les garçons à la trace, que nous puissions les pincer, en cas de besoin.

— Pas de problème, saab. Et, saab, si vous pouviez aussi mentionner mon nom à Majid Khan Saab, et lui transmettre mon salaam…

— Je n'y manquerai pas, ajouta le policier. Mais pour quatre mille roupies, ne t'attends à devenir l'invité d'honneur du commissariat. Quatre mille roupies, c'est juste un peu de chillar, ça.

— Non, non, saab. Comme j'ai dit, ce n'est qu'un nazrana.

Ils plantèrent Wasim là, et partirent. Sartaj était convaincu que l'autre avait saisi la nature de leur dépendance mutuelle. Dans le Gypsy, il déroula l'exemplaire de *Filmfare*, en détacha un billet et le remit à Katekar, qui le glissa dans sa poche de poitrine. Sartaj ferait de même avec Majid. Certes, il n'était nullement obligé de remonter à l'échelon supérieur. Des montants de cet ordre, inférieurs à un lakh, restaient l'apanage de l'enquêteur de terrain ; les inspecteurs de grade supérieur, les commissaires adjoints n'entraient dans le partage que si le gâteau était suffisamment conséquent. Mais il transmettrait à Majid les salutations de Wasim Zafar Ali Ahmad et lui remettrait un billet de mille, que Majid refuserait dans un éclat de rire. Ils se connaissaient depuis un bail, et un billet de mille – ou même quatre billets de mille –, c'était de la menue monnaie. Chillar.

— Saab, fit Katekar. Et concernant ce soir ?

— Je n'avais pas oublié. – Son adjoint lui avait demandé une soirée de repos, car il sortait en famille. – Prends donc en direction de Juhu, je vais te déposer et je continuerai.

— Chef, ce n'est pas la peine de…

— Tout va bien. Roule…

Il sentait monter une bouffée d'affection pour son Katekar, si solide et si fiable. Megha le lui répétait : son équipier et lui formaient une sorte de vieux couple marié. C'était peut-être vrai, mais son adjoint était encore capable de lui réserver des surprises, et de belles.

— Je croyais que tu ne les appréciais pas, les Bangladeshis.

— Les Bangladeshis, je les préfère au Bangladesh.

— Bon, et cette femme ? Moina Khatun ?

— Elle a perdu un fils. C'est très dur de perdre un enfant. Même s'il était voleur. C'était comment déjà, ce dialogue, dans *Sholay* ? La réplique de Hangal ? « Le fardeau le plus lourd qu'un homme puisse porter sur ses épaules, c'est l'arthi funéraire de son fils. »

— Tout à fait vrai.

En plus de ça, pour rester dans la logique filmi, ce fils bengali avait commis des vols pour marier ses sœurs. Ils empruntèrent un autopont, passèrent au-dessus d'un train, tas de ferraille bringuebalant croulant déjà sous les foules de la fin d'après-midi accrochées aux portières. Le garçon mort ne s'était pas limité au mariage de ses sœurs, il avait voulu une télévision, un fourneau à gaz, une cocotte-minute et une grande maison. Sans nul doute, il avait rêvé d'une voiture neuve, identique à la Toyota Camry qui les doublait à cette seconde. Son rêve n'avait rien d'impossible, il existait des personnages, des Ganesh Gaitonde et des Suleiman Isa, qui avaient débuté comme des voleurs à la petite semaine et qui avaient fini par posséder leur flotte d'Opel Vectra et de Honda Accord. Et il y avait des garçons et des filles venus de villages poussiéreux et qui considéraient les passants depuis les hauteurs des panneaux publicitaires, beaux, irréels. C'était possible. Cela arrivait. C'était le rêve, le grand rêve de Bombay.

— C'était comment, cette chanson ? fit Sartaj. Tu sais, l'air que chante Shah Rukh, je ne me souviens pas du film. *Bas khwab itna sa hai...* « Je poursuis juste un petit rêve... »

Katekar hocha la tête et, Sartaj le savait, il saisissait pourquoi il lui posait cette question, ils avaient passé tellement de temps ensemble, à sillonner la ville en voiture, qu'ils pouvaient lire dans l'esprit l'un de l'autre.

— Oui, oui. – Il fredonna l'air, en marquant la cadence de l'index sur le volant. – *Bas itna sa khwab hai... Shaan se rahoon sada...* « Vivre dans le luxe éternel... Chavirer le cœur des jolies femmes... » Mmmm, mmmm, et ensuite ?

— Ah oui, oui. *Bas itna sa khwab hai... Haseenayein bhi dil hon khotin, Dil ka ye kamal khile...* « Vivre dans le luxe éternel... Que mon rêve s'épanouisse. »

Et ils chantèrent ensemble : *Sone ka mahal mile, Barasne lagein heere moti... Bas itna sa khwab hai.* « M'offrir un palais en or, Que les perles et les diamants me tombent du ciel... Vivre dans le luxe éternel. »

Sartaj s'étira.

— Ce Shamsul Shah, remarqua-t-il, il en poursuivait, lui, un grand khwab.

Katekar s'étrangla de bonheur.

— Exact, saab, mais son grand khwab a fini par lui éclater le gaand.

Ils partirent tous deux d'un grand éclat de rire. Dans l'auto-rickshaw, sur la droite de Sartaj, deux femmes détournèrent leurs visages stupéfaits et se renfoncèrent dans la banquette, bien à l'abri sous le toit du véhicule. Cela fit rire Sartaj de plus belle. Il savait ce que cette hilarité grinçante et déchaînée avait d'effrayant pour les autres, surtout venant de deux policiers dans un Gypsy, et la situation n'en était que plus hilarante. Megha ne disait-elle pas : « Vous vous racontez vos horribles histoires de flics, et ensuite vous gloussez comme deux bhoots, on dirait deux fantômes grimaçants, c'est vraiment effrayant » ? Il avait bien essayé de perdre cette habitude pour elle, sans jamais y parvenir tout à fait. En tout cas, à la minute présente, cela lui faisait du bien de rouler dans la ville avec Katekar, et de rire comme un fou sans avoir à se retenir, alors il rit encore un peu.

Lorsqu'ils s'immobilisèrent dans le virage de Juhu Chowpatty, après une traversée du caillot automobile de l'heure de pointe, ils avaient retrouvé leur calme. Sartaj descendit du Gypsy, le contourna par l'avant et sentit une légère brise venue de l'océan. Les stands de chaat étaient déjà éclairés au néon. Depuis la route, les clients affluaient.

— Transmets mon salaam aux garçons, lui glissa-t-il.

Katekar eut un grand sourire.

— Oui, saab.

Il resta là un moment, une main posée sur la poitrine, puis il marcha en direction de la plage.

Sartaj le regarda s'éloigner, avec sa démarche confiante et chaloupée, ce lourd balancement des épaules, ses cheveux taillés court. Un œil expérimenté pouvait repérer le policier à la seconde, et pourtant Katekar avait un certain talent pour la filature ; ils avaient réalisé quelques belles arrestations, ensemble. En traversant Villa Parle, il fredonna *Man ja ay khuda, itni si hai dua*, « Écoute-moi, mon Dieu, accorde-moi juste ce petit souhait », mais il était incapable de se rappeler la fin de la chanson. Cet air allait lui tourner dans la tête toute la journée, sûr, et le dernier antra lui reviendrait sur le tard, quelque part entre la nuit et le sommeil. *Man ja ay khuda...*, chanta-t-il encore. « Écoute-moi, mon Dieu... »

Katekar retrouva les garçons et Shalini qui l'attendaient, comme convenu, près du stand Great International Chaat House. Il frictionna la tête de Mohit, lui flanqua un petit coup gentil dans le ventre. Mohit laissa échapper un gargouillis, un petit ricanement sot qui fit sourire Rohit et Shalini.

— Ils sont encore en retard ?

Shalini tordit la bouche en coin. Il connaissait cette mimique : ce que l'on ne pouvait changer, il fallait s'en accommoder. Bharti et son mari étaient toujours en retard.

— Allons nous asseoir, proposa Rohit. Ils savent à quel endroit on se met.

Katekar regarda d'une extrémité à l'autre de la rangée des étalages, et de l'autre côté de la rue. Deux bus se suivaient, collés l'un derrière l'autre, et il était difficile d'y voir.

— Rohit, va vérifier, ils sont peut-être en train de traverser.

Rohit n'en avait pas envie, mais il y alla quand même, en faisant claquer d'un pas rageur ses chappals sur le béton. Avec sa récente poussée de croissance, il s'était allongé mais les vingt ans passés, une fois marié et installé, il se remplirait, c'était certain. Tous les hommes de la famille finissaient par épaissir, avec des bras et des épaules impressionnants, un ventre respectable. Rohit était déjà de retour, en secouant la tête.

— Papa, je voudrais un sev-puri, fit Mohit, en tirant d'un coup sec sur la chemise de son père.

— Allons nous asseoir, suggéra Shalini. Ils pourront toujours nous retrouver.

Rohit n'était pas allé voir bien loin, manifestement, mais Katekar s'en accommoderait. Bharti était la sœur de son épouse, et si son épouse considérait qu'ils pouvaient aller s'asseoir, alors il s'assiérait.

Ils trouvèrent deux nattes, aussi loin vers la droite que possible, et ils prirent leurs aises. Katekar retira ses chaussures, s'assit en tailleur, soupira. Le soleil était encore assez haut pour lui chauffer les genoux, mais il sentit un début de brise lui caresser le torse. Il ouvrit sa chemise, s'épongea la nuque avec son mouchoir, écouta Shalini, Rohit et Mohit passer commande auprès du garçon qui leur avait attribué leurs places. Il n'avait pas envie de manger, pas encore. Il savourait cette sensation d'être au repos, de ne pas avoir à se dandiner d'un pied sur l'autre comme ce serveur, qui fonçait maintenant vers son stand.

Il fut vite de retour, manœuvrant entre les badauds, la nourriture en équilibre sur son plateau.

— Eh, tambi, fit Katekar, apporte-moi un narial-pani.

— Oui, seth, fit le garçon, et le voilà reparti.

— Un narial-pani ? s'étonna Shalini, l'air malicieux.

Le mois dernier, il lui avait résumé un article lu dans un journal du soir, selon lequel les noix de coco étaient remplies de graisses nocives pour la santé. Elle l'avait rembarré d'un revers de main ; elle ne croyait pas à toutes ces théories à la mode qu'il lisait dans les journaux, qui donc était jamais tombé malade d'avoir mangé des noix de coco ou bu du narial-pani ? Elle n'oubliait jamais rien. Et l'occasion était trop bonne de rappeler à son mari ses sentences pseudo-scientifiques. Il inclina la tête de côté, avec un sourire.

— Juste aujourd'hui.

Elle lui rendit son sourire, et lâcha prise. Donc il s'assit et but son narial-pani en observant ses fils. Mohit se consacrait corps et âme à son sev-puri, tandis que Rohit suivait les filles du regard. Un bateau se balançait dans le miroitement de l'horizon. Il le fixa du regard, comprit qu'il bougeait bien qu'il fût incapable de le voir se déplacer.

— Dada !

Il se retourna, c'était Vishnu Ghodke, qui agitait le bras comme un fou. Il les rejoignit, suivi de Bharti et des enfants. Il y eut la vague habituelle des salutations, et toute une agitation, puis la famille finit par s'installer sur deux autres nattes. Shalini avait Bharti près d'elle, et Vishnu était à côté de Katekar. Les enfants étaient encadrés par Bharti et Vishnu. Les deux filles étaient dans leurs habituelles robes à froufrous, et le garçon, venu au monde après force prières et rituels, était habillé comme s'il allait à la noce. Il avait un petit nœud papillon bleu, portait une grosse montre-bracelet rouge qu'il n'arrêtait pas de remonter et de remonter. Mohit et Rohit se penchèrent vers lui, histoire de le taquiner un peu, et Katekar se sentit une affection subite pour ses deux fils, pour leur irrésistible envie d'introduire un peu de désordre dans la mise soignée de ce petit bêcheur. Tandis que Shalini et Bharti se lançaient dans une conversation animée au sujet d'une quelconque intrigue familiale concernant des parents de parents, il pinça les joues de ses deux nièces. Il appréciait particulièrement l'aînée, déjà jeune fille, qui, avec une compréhension et une résignation croissantes, voyait son frère devenir le centre du monde de ses parents.

300

— Tu as grandi, Sudha, lui dit-il. Déjà, si vite.

— Elle dévore comme un cheval, commenta son père, avec un gros rire et une main posée sur la tête de sa fille.

Il vit Sudha contracter la mâchoire de colère, et baisser vivement la tête pour chuchoter quelque chose à l'oreille de sa sœur. Vishnu avait une voix qui se passait de haut-parleurs.

— Elle veut être aussi grande que moi. Sudha, viens t'asseoir ici à côté de moi. J'ai très faim, moi aussi. Arre, tambi.

Et donc Sudha alla s'asseoir à côté de lui ; ils parcoururent ensemble la carte constellée de taches de gras et firent leur choix, un festin de bhelpuri et de papri-chaat, et le plat préféré de Sudha, un pav-bhaji. Ils mangèrent. Katekar se délectait de la rupture du doux-amer sous sa langue. La nourriture était le plus merveilleux des plaisirs, le plus digne de foi, et de s'asseoir ici, à Chowpatty, de manger avec sa femme et sa famille devant la houle légère de la mer, il y avait de quoi se sentir plus proche de la félicité que jamais. Et donc il resta assis là à écouter Bharti qui continuait son bavardage. Elle portait un sari vert taillé dans une étoffe brillante. Un sari neuf, songea-t-il. La première fois qu'il l'avait vue, elle était encore une petite jeune fille mal dégrossie et trop timide pour lui adresser un seul mot. Quelques brèves années plus tard, Vishnu lui offrait un mangalsutra plus lourd que Katekar n'en avait jamais vu dans aucun des mariages de la famille, et depuis lors, elle parlait sans interruption. Elle l'avait sur elle, le mangalsutra, doublé d'une chaîne en or qui faisait deux tours de cou.

— Ce Bipin Bhonsle, quel haraamkhor, un escroc, s'écria-t-elle. Avant les élections, il nous a raconté qu'il allait équiper le lotissement d'un nouveau tuyau d'adduction d'eau, une conduite supplémentaire. Et à l'heure où je te parle, il n'y a toujours pas de tuyau, mais en plus, l'ancien fuit, une semaine sur deux. Trois enfants et pas d'eau, ce n'est pas possible.

— Votez contre lui la prochaine fois, suggéra Katekar.

— Impossible, dada, objecta Vishnu. Il a trop de ressources, trop de relations. Et puis, dans cette circonscription, les autres partis présentent tous des candidats gadhavs. Rien que des niais. Aucun d'eux n'est en position de gagner. Accorder son bulletin à un autre que ce Bipin Bhonsle, c'est un vote de gâché.

— Alors trouvez-vous un autre candidat.

— Arre, dada, qui osera se dresser contre Bhonsle ? Et où est-ce qu'on trouve un candidat, de nos jours ? Il faut quelqu'un de costaud, qui soit capable de prononcer un discours vraiment jha-kaas, un truc ébouriffant qui sache séduire les gens. Ce genre-là n'existe plus. Il nous faudrait un géant, et de nos jours, tout ce que tu dégottes, c'est des nains.

Shalini se renversa sur le flanc, rejeta sa chevelure en arrière, elle lissa son sari à hauteur de ses genoux.

— C'est que tu cherches partout, sauf au bon endroit, lâcha-t-elle.

Vishnu montra sa surprise.

— Tu connaîtrais quelqu'un ?

Des deux mains, Shalini désigna Bharti.

— Oui.

— Quoi ? s'écria Vishnu.

Katekar bascula en avant, puis en arrière, secoué de rire. Plus encore que la plaisanterie de Shalini, il s'amusait de l'expression de Vishnu, piteuse et horrifiée – sa femme en géante ! Les enfants réagirent à leur tour et, bientôt, tout le monde s'esclaffait.

— Écoute, reprit Shalini, ma sœur Bharti est une personne courageuse, elle a une allure qui impressionne tout le monde, et personne ne sait prononcer des discours comme elle. Tu devrais en faire une mantri. Une femme d'État.

Vishnu avait enfin compris la plaisanterie ; il afficha un sourire pincé, la lèvre retroussée sur ses dents du bas.

— Oui, oui, taai, elle ferait un bon ministre en chef, c'est vrai. Au moins, elle saura tenir tout le monde à l'œil.

Bharti se plaqua les deux mains sur la bouche.

— Arre, devaa, mais je n'ai pas du tout envie de ce genre de chose. Taai, qu'est-ce que tu racontes ? Je suis déjà bien assez occupée avec mes enfants, je n'ai aucune envie de m'asseoir sur cinquante mille personnes.

Katekar avait bien envie de faire une remarque au sujet du poids de Bharti et les cinquante mille personnes en question, mais il s'en garda bien et se contenta de ricaner en imaginant le visage de Vishnu sous les hanches généreuses de sa moitié. Vishnu eut l'air d'hésiter, puis il finit par rire avec son beau-frère.

Après le repas, Vishnu et Katekar allèrent bavarder au bord de l'eau. Katekar avait remonté son pantalon et laissé ses chaussures à côté de Shalini. Il aimait marcher sur le sable mouillé et lissé par la mer, ce contact sous ses plantes de pied. Vishnu marchait à un bon mètre cinquante de lui, anxieux de préserver ses sandales. Il fit un écart pour éviter une vaguelette menaçante.

— Dada, dit-il, un de ces jours, il faudra que tu me laisses payer. Sinon, la prochaine fois, ça va nous embarrasser de revenir.

— Vishnu, ne recommence pas avec cette discussion. Je suis le plus vieux, c'est moi qui paie.

Un relent d'aigreur lui remonta du creux de l'estomac. C'était stupide, cette fierté qu'il avait de refuser de se faire offrir à manger par Vishnu, mais il ne supportait pas le ton suffisant de son beau-frère, son autosatisfaction d'homme qui a réussi.

— Oui, oui, dada, acquiesça l'autre, en levant les mains. Désolé. Tu gagnes bien ta vie, en ce moment ?

— Je m'en sors.

Vishnu avait évidemment remarqué le billet de mille roupies qu'il avait sorti pour payer le serveur. Rien ne lui échappait jamais.

Il enjamba avec précaution une branche de palmier déchiquetée.

— Dada, à ton âge, tu devrais t'en sortir beaucoup mieux.

— C'est-à-dire, à quel âge ?

— Tes fils grandissent. Ils vont avoir besoin d'instruction, de bons vêtements, de tout.

— Et tu me crois incapable de le leur donner ?

— Dada, tu te remets en colère. Tant pis, je vais me taire.

— Non, dis ce que tu penses.

— Je ne dis qu'une chose, dada… ton sardar inspecteur, cette espèce de chutiya, là, il ne gagnera jamais un revenu décent.

— J'ai ce qu'il me faut, Vishnu.

Son beau-frère baissa la tête et se fit bonasse.

— D'accord, dada, parfait. Mais je ne comprends pas pourquoi tu restes avec lui. Il y a d'autres postes que tu pourrais aisément décrocher.

Katekar ne répondit pas. Il tourna les talons et rejoignit le reste de la famille. Mais plus tard, ce soir-là, allongé dans son lit, Shalini près de lui, il repensa à Sartaj Singh. Ils travaillaient ensemble depuis de longues et nombreuses années. Ils n'étaient pas précisément amis, ils ne se rendaient pas visite, ne partaient pas en vacances ensemble. Mais ils connaissaient leurs familles respectives, et ils se connaissaient. À chaque minute, il était capable de lire ce que ressentait Sartaj Singh, de déchiffrer sa mélancolie et son ravissement. Il se fiait aux instincts du sardar. Ils avaient levé d'assez beaux lièvres et, quand ils avaient échoué, c'était après avoir essayé de toutes leurs forces. Oui, on ne gagnait pas autant d'argent qu'ailleurs, mais il y avait la satisfaction propre au métier. C'était un aspect que Vishnu ne comprendrait jamais. Les gens de son espèce ne croiraient jamais qu'un homme ait envie de devenir policier pour des motifs autres que l'argent. L'argent était le bienvenu, naturellement, mais il y avait aussi le désir de servir la collectivité. Oui, vraiment. *Sadrakshanaya Khalanighranaya.* « Protéger la vérité, anéantir le mal. » Il savait qu'il ne pourrait jamais avouer ce besoin, à Vishnu moins qu'aux autres, parce que ces jolis discours sur la protection du bien et l'anéantissement du mal, sur seva, sur le service, ne pouvaient que faire rire. Même devant les collègues, il ne fallait jamais aborder le sujet. Pourtant, il était bel et bien là, cet idéalisme gênant et dénué de sens, même s'il était enfoui sous des couches d'un cynisme sinistre. Il l'avait perçu de temps à autre chez Sartaj Singh. Évidemment, aucun des deux n'aurait jamais fait allusion au romantisme de l'autre, mais c'était peut-être aussi pour cette raison que leur association se révélait si durable. Une fois seulement, quand ils avaient arraché à ses ravisseurs une fillette de dix ans enfermée dans une cabane de Vikhroli, Sartaj Singh s'était gratté la barbe en maugréant : « Aujourd'hui, on a fait du bon travail. » Et cela avait suffi.

Et cela suffisait encore. Il soupira, tourna la tête, s'étira le cou, et plongea dans le sommeil.

L'inspecteur Sartaj Singh aperçut d'abord la foule, une épaisse grappe de gens agglutinés devant la haute porte vitrée. Le bâtiment était un nouveau et superbe complexe commercial tout en pierre grise et acier brossé, où s'était installée récemment son agence bancaire. Venu là pour déposer quelques chèques de dividendes sur le compte de sa mère, Sartaj s'était trouvé étourdi par le déploiement des guichets neufs et la jovialité inédite des employés. Il jeta un œil vers le groupe de têtes sombres, entrevit un éclair rouge foncé.

— Saab, venez voir, à l'intérieur.

Un vigile en costume bleu, sur sa gauche, invitait Sartaj à s'approcher.

— Ganga, fit-il. et il franchit la porte que gardait Ganga.

Il connaissait le garde pour l'avoir croisé dans l'immeuble ancien où était précédemment sa banque, dans lequel il surveillait une bijouterie, armé d'un fusil et de son regard fixe et menaçant.

— Est-ce que ton seth a été muté ici, lui aussi ?

— Non, saab, je travaille pour une autre société, maintenant, lui répondit le vigile, désignant son épaule galonnée où un carré de tissu bleu et blanc annonçait sa nouvelle allégeance : Eagle Security Systems.

— Elle est mieux, cette société-là ?

— Elle paie mieux, saab.

Il existait quantité de sociétés de sécurité, et la demande en anciens militaires comme Ganga était forte. Il referma la porte derrière l'inspecteur, et se tourna vers la vitrine.

— Des sadhus tibétains, saab, fit-il, avec une fierté de propriétaire.

Ils étaient cinq, cinq personnages d'allure sereine et réservée, le cheveu coupé ras, vêtus d'amples tuniques flottantes de couleur écarlate. Ils travaillaient autour d'une large plate-forme en bois, sur laquelle était tracé le contour multicolore d'un cercle, à l'intérieur d'un carré, à l'intérieur d'un cercle.

— Que font-ils ?

— Ils créent un mandala, saab. Il y a eu des reportages sur eux à la télé, hier, vous n'avez pas vu ?

Sartaj n'avait pas vu, mais ce qu'il pouvait voir, en cet instant, c'étaient les ouvertures qu'ils ménageaient aux quatre côtés du carré, et le vert sombre dont usait l'un des sadhus pour combler l'espace situé juste à l'intérieur du cercle central. Un autre sadhu remplissait de la même manière une petite figure qui ressemblait à une déesse.

— Qu'est-ce qu'ils emploient, de la poudre ?

— Non, saab, du sable, du sable de couleur.

Il était reposant de suivre l'écoulement du sable entre les mains des sadhus, leurs mouvements sûrs et gracieux. Au bout d'un moment, la structure d'ensemble du mandala apparut sous ses yeux, cernée d'un blanc incertain. À l'intérieur du dernier cercle, ils traceraient plusieurs régions indépendantes les unes des autres, des cartouches en amande, chacun renfermant une scène composée de figures, humaines, animales et divines. Entre ces cartouches, en plein centre de la roue prise dans son entièreté, il y avait une forme qu'il était incapable de reconnaître. À l'extérieur des cartouches, il y avait la paroi intérieure du carré, et, à l'extérieur de ce carré, une autre roue, et d'autres figures, puis une frise, avec ses motifs propres, tous d'une complexité hypnotique, et relativement agréables à l'œil. Sartaj s'y perdait avec plaisir.

— Quand ils auront terminé, saab, ils vont effacer.

— Après tout ce travail ? s'étonna-t-il. Pourquoi ?

Ganga eut un haussement d'épaules.

— Je suppose que c'est comme pour le rangoli de nos femmes. De toute manière, comme c'est en sable, ça ne durera pas.

Pourtant, songea Sartaj, il était cruel de créer un monde pour ensuite le détruire brutalement. Mais les sadhus avaient l'air ravis. L'un d'eux, plus âgé, le cheveu grisonnant, croisa le regard de Sartaj et lui sourit. Ne sachant pas trop quelle attitude adopter, l'inspecteur inclina la tête, porta la main à sa poitrine et lui sourit en retour. Il les regarda travailler encore quelques minutes, avant de s'éloigner.

— Revenez demain soir, lui lança Ganga. Le mandala sera terminé.

Sartaj passa la journée au tribunal, à attendre de faire sa déposition dans une vieille affaire de meurtre. Il n'avait pu honorer les deux précédentes convocations, ce dont l'avocat de la défense avait fait beaucoup de tapage, mais ce jour-là, le juge était lui-même en retard, et donc les diverses parties en présence attendaient patiemment. Sartaj lut dans le magazine *Afternoon* un article sur les Tibétains aperçus le matin ; on les décrivait comme des « moines », et on expliquait que leur mandala avait pour but la paix dans le monde. Le juge arriva enfin, après le déjeuner, l'inspecteur

Singh fit sa déposition puis rentra au poste. Birendra Prasad et ses deux fils se tenaient sous le portique.

— Tu m'attends ici, ordonna-t-il au père. Vous deux, vous me suivez.

— Saab ? fit Birendra.

— Du calme. Allez.

Les garçons le suivirent à l'intérieur. Il traversa les diverses salles devant eux, jusqu'à son bureau. Il était fatigué, et il mourait d'envie de boire une tasse de thé, mais il y avait ces deux petits cons. Deux beaux jeunes hommes, fringants, en T-shirts éclatants.

— De vous deux, qui est Kushal, qui est Sanjeev ?

Kushal était le plus âgé. Il se mordillait la lèvre. Pas trace de peur, cependant, chez lui, juste un peu de tension. Il avait confiance en son père et en lui-même.

— Il t'est souvent arrivé de manger du mithai, dans ton existence, Kushal ?

— Non, saab.

— C'est pour ça que tu es devenu un héros, avec de gros muscles ?

— Saab...

Il le gifla en pleine face.

— La ferme, merdeux, et écoute-moi. – Kushal avait les yeux écarquillés. – Je sais que vous embêtez les filles du quartier. Je sais que vous traînez autour des gallis et que vous vous prenez pour les rajas de toutes celles que vous croisez. Mais vous n'êtes pas des bhais, vous n'êtes même pas des taporis, vous êtes de minuscules insectes. Qu'est-ce que tu regardes, bhenchod ? Viens ici.

Sanjeev eut un mouvement de recul, puis s'avança d'un pas traînant. L'inspecteur lui flanqua son poing dans le ventre, pas trop fort, mais le garçon se plia en deux, et s'écarta de lui. Sartaj lui cogna dans le dos.

C'était une vieille méthode. Un rituel qu'il exécutait de manière automatique, mélange de violence et d'intimidation. Si Katekar avait été là, ils l'auraient mis en œuvre avec une coordination si bien rodée qu'il en devenait presque beau. Mais Sartaj avait chaud, il était fatigué, et donc il écourta la séquence. Il avait envie d'en finir. Ces garçons étaient des amateurs, et ils ne requéraient ni grande subtilité, ni grand talent. En une dizaine de minutes, ils avaient déjà le souffle court, et ils étaient terrorisés. Une tache s'étalait sur le devant du pantalon de Sanjeev.

— Si j'entends encore parler de vous, si j'apprends que vous avez provoqué le moindre trouble, je viens vous chercher et je vous flanque une vraie dum. Vous m'avez compris ? Et j'embarque votre père aussi, pourquoi pas. Et peut-être qu'en plus, je le pends au plafond.

Kushal et Sanjeev frémirent, ils ne trouvaient rien à répondre.

— Dégagez d'ici, hurla-t-il. Filez !

Ils sortirent, il s'assit, se renversa en arrière dans son fauteuil, sortit son mouchoir et le trouva déjà humide. Pas trop ragoûtant, mais il s'essuya tout de même la nuque et ferma les yeux.

Son téléphone portable sonna.

— Sartaj Saab ?

— Qui est-ce ? fit-il, bien qu'il eût reconnu le grondement rocailleux de la vieille de Parulkar Saab, le contact haut placé au sein de la S-Company dont son supérieur lui avait parlé quelques jours plus tôt.

— Votre admiratrice, Iffat-bibi. Walaikum as salaam.

— Salaam alaikum, Bibi. Dites-moi.

— J'ai appris que vous vous intéressiez à un chutiya, un certain Bunty ?

— Cela se pourrait.

— Si vous ne vous étiez pas encore décidé, il est trop tard. Bunty est mort, lurka, balancé, terminé.

— Ce sont vos gens qui ont arrangé ça ?

— Mes gens n'ont rien à voir là-dedans. – Le ton était convaincant. – De toute manière, le type était inutile, minable infirme, *sala langda-lulla*.

— Où ça ?

— Ce sera sur la fréquence radio de la police dans quelques minutes. Goregaon. Il y a un ensemble d'immeubles du nom d'Evergreen Valley. Dans l'enceinte du complexe.

— Je connais l'endroit. Très bien, Iffat-bibi, j'y vais.

— Oui. Et voyez-vous, la prochaine fois que vous voudrez quelque chose ou quelqu'un, n'importe qui, parlez-m'en d'abord.

— Promis, je viendrai vous voir en courant.

L'ironie du ton la fit s'esclaffer.

— Je vais couper, maintenant, prévint-elle, et elle raccrocha.

Il roula vite, accélérant aux carrefours et slalomant entre les files de voitures. Il y avait déjà un fourgon de la police stationné devant Evergreen Valley, et une foule d'officiers de police en civil avait investi le parking, sur l'arrière. Il aperçut plusieurs fonctionnaires dont il savait qu'ils appartenaient à la brigade volante. En s'avançant vers le corps, il reconnut leur patron, l'inspecteur chef Samant, et eut d'emblée la certitude que Bunty s'était fait liquider.

— Arre, Sartaj, s'écria Samant, quel bon vent vous amène ?

— Le boulot monsieur, rien que le boulot. Bas.

Il désigna le corps qui gisait face contre terre, tourné sur la gauche. Le fauteuil roulant était renversé sur le flanc, à un mètre de là.

— Vous le connaissiez, ce maderchod ? lui demanda Samant, le sourcil en accent circonflexe. Parulkar Saab s'intéressait à lui ?

— C'est Bunty ?

— Oui.

— C'était moi qui m'intéressais à lui.

Il s'accroupit. Bunty avait un profil intéressant, taillé à la serpe, très caractéristique, le nez finement découpé. L'arrière de la tête avait disparu, de la matière cervicale et du sang s'étalaient en éventail sur le crâne. Le dos de sa chemise à carreaux en était imbibé aussi.

— Une dans la tête, deux dans le dos ?

— Oui. Le dos en premier, à mon avis, et la deuxième dans la tête. Je ne savais pas que vous opériez sur le crime organisé.

— Non, généralement pas. Mais j'avais un contact avec Bunty.

Il se releva.

— Ayant dégommé Ganesh Gaitonde, je pensais que vous auriez pu vous voir confier une mission spéciale par Parulkar Saab.

Samant était chauve, replet et prospère, et il observait Sartaj d'un œil dur, inquisiteur. On disait qu'il avait tué au moins une centaine d'hommes de ses mains lors d'engagements armés, et c'était vraisemblable.

— Non, rien de ce genre. Cette histoire Bunty faisait partie d'une autre affaire.

— L'histoire Bunty est terminée, observa Samant avec un gloussement tonitruant. Ce maderchod a tout essayé pour s'en sortir. Cette chaise roulante, elle devait foncer plus vite qu'une bagnole.

Il désigna des traces de dérapage, de l'autre côté du parking ; elles s'arrêtaient non loin du corps de Bunty.

— C'est vous qui l'avez thoko ?

— Non, non. J'aurais bien aimé, ce salopard, je lui courais après depuis un bout de temps. Mais ce sont ses propres boys qui l'ont liquidé. Enfin, pour l'heure, c'est notre théorie. Personne n'a rien vu, naturellement.

— Pourquoi ses propres boys se seraient-ils chargés de ça ?

— Arre, yaar, Gaitonde mort, l'influence de Bunty était aussi malade que ses pauvres jambes. Il ne pesait pas grand-chose. Peut-être que ses boys ont basculé dans le camp d'en face, peut-être que le camp d'en face les a payés.

— Suleiman Isa ?

— Oui. Ou quelqu'un d'autre.

Conclusion, Bunty n'avait pas pu assurer sa sécurité. Sartaj s'approcha du fauteuil roulant. C'était franchement impressionnant, ces deux grosses roues dignes d'une voiture de course. La carrosserie était solidement usinée, le tout moulé dans une espèce de métal moderne, très résistant, réalisé avec grande précision. Le bloc-moteur et la batterie étaient logés sous le siège, doté d'un épais rembourrage noir. Un mini-manche et quelques commandes disposés sur l'accoudoir droit devaient permettre de diriger l'engin, de surélever le châssis sur les vérins de sa suspension hydraulique, de monter ou descendre les escaliers et autre manœuvre dont était capable ce char aérodynamique. Mais tous les trucs de l'étranger n'avaient pas pu sauver Bunty de ses propres amis et, de ce fait, l'enquête menée par Miss Anjali tombait dans une impasse. Sartaj se releva. De toute manière, cette affaire n'était pas vraiment la sienne.

— Le fauteuil roulant m'a l'air intact, observa-t-il.

— Oui. Quand nous sommes arrivés sur place, les roues tournaient encore. Il y a un bouton unique, là, qui coupe tout. Nous allons le conserver. Tôt ou tard, un de ces gaandus se fera abattre, ce sera son tour de se retrouver langda-lulla... – là, Samant relâcha le visage et laissa pendre ses bras – ... et cet engin nous servira pour le conduire au tribunal.

— Très malin, fit Sartaj, en se frappant le front. Qu'est-ce que Bunty fabriquait par ici ?

Le complexe d'Evergreen Valley était composé de trois immeubles imposants qui formaient un ensemble rectangulaire, bordé de petites maisons à deux étages. La seule végétation digne de ce nom consistait en quelques haies inégales disposées entre les immeubles selon des angles inattendus.

— Nous n'en savons encore rien. Peut-être qu'ils rendaient visite à quelqu'un, ses boys et lui. Peut-être qu'ils avait un appartement par ici.

— Si vous découvrez quoi que ce soit, s'il vous plaît, tenez-moi informé, monsieur.

— Oui, oui. – Samant le raccompagna vers le portail. – Maintenant, si vous vous intéressez aux affaires de cette compagnie, Sartaj, on va travailler ensemble. C'est une très bonne chose, vous savez, au plan professionnel, et puis pour le reste. On peut s'échanger des informations.

Samant lui tendit une carte de visite.

— Bien sûr.

Ce que voulait Samant, c'était qu'au prochain tuyau concernant une grosse prise du genre de Ganesh Gaitonde, Sartaj l'appelle, lui, le spécialiste des affrontements armés. Hormis les honneurs professionnels et les articles dans les journaux, loger une balle dans la carcasse du bhai d'une grosse compagnie pouvait rapporter pas mal d'argent. En échange d'une besogne rondement menée, les autres compagnies payaient. À lui seul, disait-on, Samant avait bâti un grand hôpital très moderne dans son village de Ratnagiri.

— Si j'apprends quoi que ce soit, l'assura Sartaj, je vous appelle.

— Mon numéro de portable personnel est inscrit sur cette carte. Appelez-moi, à n'importe quelle heure, de jour comme de nuit.

Sartaj quitta Evergreen Valley, Samant, Bunty et le fauteuil roulant, et regagna le commissariat. Assis dans son bureau, il étudia la carte de l'inspecteur divisionnaire. À en croire le lettrage doré très alambiqué, Samant s'appelait en réalité « Dr. Prakash

V. Samant ». Il était « Homéopathe certifié », en plus de ses autres titres, dont la médaille du mérite de la police. Sartaj soupira en songeant à la médiocrité de sa propre carrière, puis il appela Anjali Mathur et lui annonça le décès malheureux de sa source.

— Donc, tout ce que nous savons, c'est que Gaitonde recherchait un sadhu ?

— Oui, madame.

— C'est intéressant, mais pas suffisant.

— Oui, madame.

— Ce genre d'accidents peut arriver. Continuez du côté de la sœur. Au moins, cela vous fournira du contexte.

— Oui, madame.

— Shabash, et elle raccrocha.

Sartaj était content qu'elle le comprenne. En effet : ce type d'accident pouvait arriver. Il ne fallait jamais dépendre d'une source et, même quand la source parlait, être conscient que l'information demeurait incomplète. Vous ne pouviez qu'élaborer des conjectures, construire une hypothèse autour de ce qui s'était produit. Et si votre source était un bhai soucieux d'esquiver les périls liés à ses occupations, il était inévitable qu'un jour ou l'autre elle finisse avec une balle dans la tête. Vous ne pouviez rien y faire, ni vous ni lui. Il y aurait toujours un policier pour tirer cette balle, ou un ennemi, ou un ami. Et si, à la seconde où son crâne se comprimait et explosait sous l'impact du métal, il n'avait pas encore craché l'information attendue, c'est que vous étiez dans un très mauvais kismet. Bas. Terminé, Bunty, et terminée, votre affaire.

Mais Sartaj le savait, dans les formules du genre : « Ce type d'accident peut arriver », il recherchait avant tout le réconfort. La vérité, c'était qu'il ne s'était jamais habitué à la mort violente. Il ne connaissait pas ce Bunty, il ne lui avait parlé que quelques minutes, mais maintenant qu'on l'avait abattu, il demeurerait quelques jours en lui. Et quelques nuits. Il lui apparaîtrait, agiterait son nez aquilin devant Sartaj, le réveillerait aux petites heures du jour. Il avait lutté contre cette faiblesse tout au long de sa vie ; elle l'empêchait d'effectuer les choix professionnels que des hommes comme Samant s'empressaient de faire. Pour sa part, dans sa carrière, il n'avait tué que deux hommes et il n'ignorait pas qu'il était incapable d'en tuer cent, ni même cinquante. Il n'avait tout simplement pas la force d'âme nécessaire, le courage. Il savait cela de lui-même, au moins.

Il se renfonça dans son fauteuil, posa les pieds sur la table et composa le numéro d'Iffat-bibi.

— Alors, tu t'es offert le darshan de Bunty, lui dit-elle. Vision divine, hein ?

Il eut un grand sourire. Il commençait à apprécier la brusquerie de ses déclarations.

— Oui, je l'ai vu. Il n'avait pas l'air trop ravi.

— Puisse-t-il pourrir, et toute sa lignée avec lui. Il a été une crapule et un lâche toute sa vie, et c'est ainsi qu'il a fini : en fuyard.

— Alors, même ça, tu es au courant, Bibi ? Tu es sûr que ce ne sont pas tes gens qui ont fait ça ?

— Arre, je t'ai déjà répondu, non ?

— Selon une théorie, ce seraient les boys de Bunty qui s'en seraient chargés.

— Cet idiot de Samant t'a raconté ça ?

— Samant réussit sa carrière, lui, Bibi.

— Samant est un chien qui se nourrit des restes. Méfie-toi, il va s'approprier cette mort comme si c'était un guet-apens qu'il lui aurait lui-même tendu. Et ce chutiya ne sait même pas que les boys de Bunty l'avaient lâché depuis deux jours. Il ne rapportait plus assez, donc ils sont allés chercher du boulot ailleurs.

— Tu sais tout, toi, Bibi, hein ?

— J'ai beaucoup vécu. Ne t'inquiète pas, on ne tardera pas à apprendre qui lui a fait sauter le caisson, à Bunty.

— J'aimerais le savoir.

— Très bien, beta… quand tu veux savoir, tu me demandes.

Sartaj éclata de rire.

— Très bien, Bibi. Je m'en souviendrai.

Il raccrocha, et imagina Bunty fonçant à travers la ville dans son fauteuil roulant de cachette en cachette. Il devait se sentir seul, terrorisé, sans ses gardes du corps, et quelqu'un l'avait repéré, l'avait devancé. Il sentit un petit frisson de sympathie lui gagner le creux des reins, et se retourna avec colère, se leva en posant brutalement les pieds au sol. Bunty avait provoqué beaucoup de malheurs, en son temps, et ce gaandu méritait son sort. Celui qui l'avait supprimé, lui, méritait une prime, tout au moins une médaille. Il espéra qu'on y avait veillé.

Sur le trajet de son domicile, ce soir-là, Sartaj fit un détour pour voir où en étaient les sadhus, avec leur mandala. La foule s'était clairsemée, mais les sadhus travaillaient encore, dans le crépuscule, au milieu d'une flaque de lumière éclatante. Il se planta devant la vitrine. Le sadhu âgé l'aperçut, inclina la tête et sourit au namaste que lui adressa Sartaj. Il exécutait un travail particulièrement raffiné sur un panneau intérieur, coloriant de fauve le flanc d'un cerf. L'animal aux yeux sombres se détachait sur les verts profonds d'une clairière dans la forêt. Sartaj observa la chute du sable doré. La sphère était à moitié terminée, ou à peu près. Elle était désormais habitée par une pléthore de créatures, grandes et petites, et un tourbillon d'êtres divins enveloppait l'entièreté de ce nouveau monde. Sartaj ne comprenait rien, mais c'était beau de voir cette chose prendre vie, et donc il la regarda, longuement.

Ganesh Gaitonde remporte une élection

Kanta Bai mourut un vendredi de février. Quatre jours plus tôt, tout juste, le mardi matin, elle s'était réveillée fiévreuse. Elle s'enorgueillissait de sa résistance à la maladie et professait un souverain mépris des médecins. Elle m'avait raconté que les gens mouraient de l'hôpital plus que de leurs maladies. Donc, elle but verre après verre de jus de mausambi, et sortit s'occuper de ses affaires comme à son habitude. Elle avait rejoint ses employés et procédé à ses expéditions. En fin d'après-midi, très fatiguée, elle était rentrée chez elle se coucher, dormir. Elle s'était réveillée à onze heures du soir, tremblante, avec une douleur persistante dans les bras et les jambes, et des gestes flous. Mais l'écervelée en elle se croyait capable de survivre à tout, qu'il s'agisse des bactéries ou des êtres humains ; elle refusa d'appeler un médecin. Elle avait avalé un plat de riz avec du lait caillé, pris deux comprimés de Lopamide, et renvoyé son personnel de maison. À huit heures le lendemain matin, sa sœur l'avait découverte, les yeux basculés au fond de leurs orbites, le torse entortillé dans des draps souillés. Quand on me l'avait appris, à neuf heures, ils l'avaient déjà emmenée dans un hôpital privé d'Andheri. Elle avait la malaria, diagnostic des médecins. Je l'avais fait transférer à Jaslok, et j'avais demandé à ce qu'il lui soit administré un médicament occidental, n'importe lequel, le traitement approprié. Mais vendredi après-midi, elle était morte.

Nous l'avons accompagnée au crématorium électrique de Marine Lines. Quand on l'a étendue sur le rail qui conduisait au brasier, j'ai vu que ses joues s'étaient affaissées, et son corps, sous le drap, aplati, comme si la maladie l'avait ratatinée. Sa peau avait perdu l'éclat sombre et riche qui était le sien ; elle était couleur de boue pâle. Je me suis obligé à regarder la fermeture des portes métalliques qui la coupaient de nous pour toujours. Et puis je suis resté jusqu'à ce que l'on remette ses cendres à sa sœur. Je ne pouvais rien faire d'autre que m'asseoir en silence à côté de cette sœur, attendre avec elle, puis la déposer à son domicile.

Je n'avais rien fait pour sauver Kanta Bai – ce jour-là, cette pensée m'a tourmenté, et les nuits qui l'ont suivi. J'ai dit aux boys de veiller à leur santé, d'aller consulter dès qu'ils sentaient une maladie arriver. J'ai offert des bilans médicaux à mes contrôleurs, et j'ai lancé une campagne antimalaria dans le basti. J'ai fait drainer les égouts, j'ai pris des mesures pour que l'on pompe les mares d'eau stagnante. Mais c'était pour me donner une façade. Je savais que je venais d'essuyer une défaite.

C'est à cette époque qu'ils sont venus me voir. Je veux que tu le saches, Sartaj Singh. Je ne suis jamais allé voir les politiciens, ce sont eux qui sont venus à moi. Je tenais Gopalmath, je tenais le quartier qui avait appartenu au Gang Cobra, j'avais la haute main sur quantité d'activités, l'argent affluait et, sauf quand je pensais à Kanta Bai, j'étais heureux. J'avais souvent conclu des accords avec des entrepreneurs, notamment quand nous avons organisé la desserte de Gopalmath en eau courante, mais je n'éprouvais aucune sympathie pour ces gens, des menteurs-nés. Je n'avais aucune affection pour les politiciens, et donc je n'ai jamais essayé de cultiver les députés des deux chambres. Mais Paritosh Shah m'en a amené un. Il m'a dit : « Bhai, voici Bipin Bhonsle. Il se présente aux élections de l'assemblée le mois prochain et il a besoin de ton aide. » Ce Bipin Bhonsle, il était élégamment vêtu, un beau pantalon bleu, une chemise imprimée, des lunettes noires, il n'avait pas du tout le même air que ces enfoirés en khadi-kurta et coiffés de leurs topis à la Nehru qu'on voyait tout le temps à la télévision. Bipin Bhonsle était jeune, il avait mon âge, et il était respectueux.

— Namaskar, Ganesh Bhai, il a commencé. J'ai beaucoup entendu parler de vous.

— Ce gros, là, t'a parlé de moi ? j'ai dit, en désignant une chaise à Bhonsle. – J'ai pris Paritosh Shah par la main et je l'ai fait asseoir à côté de moi sur le divan. Depuis plusieurs années que je le fréquentais, il s'était enveloppé, et enveloppé si bien que le Paritosh Shah que j'avais connu avait maintenant disparu sous une masse de chair capitonnée. – Regarde-le, comme ça siffle quand il respire. Je m'inquiète pour son cœur. – Il respirait âprement, d'avoir grimpé mes deux volées de marches.

Paritosh Shah m'a tapoté le bras.

— Je prends des remèdes ayurvédiques, Bhai. Inutile de s'inquiéter.

Il m'avait parlé de son nouveau médecin ayurvédique, de ses cinq ordinateurs et de sa clinique climatisée.

— Il vaudrait mieux que tu coures dix kilomètres tous les jours, je lui ai répondu.

Il m'a mimé la course à pied avec un mouvement de piston de ses deux bras, et il avait l'air si drôle, les tétons secoués et le ventre oscillant d'un côté et de l'autre, que j'ai éclaté de rire, et il m'a imité. Mais Bipin Bhonsle, lui, s'est contenté de sourire, et encore, pas tant que ça. J'appréciais. Il avait des manières. Entre-temps, un boy nous a apporté du thé et des biscuits. Nous avons bu et parlé. La besogne est assez simple, je me suis dit. Bipin Bhonsle était le candidat rakshak pour la circonscription de Morwada, en limite nord de Gopalmath. La population électorale de son quartier était constituée pour moins de la moitié de cols blancs marathas, des gens qui s'étaient installés là bien avant le boom de la construction, avant que les promoteurs ne se mettent à bâtir les résidences huppées des périphéries. Bipin Bhonsle était sûr de ces Marathas, des employés de bureaux, des fonctionnaires gouvernementaux et des agents de classe II, comme il l'était des commerçants et des négociants gujaratis et marwaris disséminées çà et là. Le problème, c'était l'autre moitié, les électeurs du parti du Congrès et les conservateurs à tous crins du PRI, le parti républicain de l'Inde, ceux qui vivaient dans la Résidence Narayan et autour des domaines de Satyasagara, ou dans les bastis de Gandhinagar et Lalghar. Si les rakshaks n'avaient jamais été en mesure de remporter une seule élection à Morwada c'était par la faute de ces enfoirés de tout acabit, des seths et des indépendants, des navigants de compagnies aériennes et des retraités. Mais Bipin Bhonsle en voulait surtout aux pauvres chutiyas qui créchaient dans les taudis de Lalghar.

— Des landyas, des bhenchods, disait-il. Bien entendu, aucun d'eux ne vote pour nous, là-bas. Et si vous leur tendez la main, ils tournent le dos.

Lalghar était un basti musulman, donc évidemment, là-bas, pour les rakshaks, il n'y avait pas une voix à glaner. Espérer les suffrages de gens que leurs slogans poussaient à haïr, c'était stupide, et typique des rakshaks, mais moi, je me suis contenté de poliment sourire à Bipin Bhonsle.

— Donc, Bhonsle Saab, j'ai dit. Que puis-je faire pour vous ?

Il a posé sa tasse de thé et s'est avancé dans son siège, l'air très empressé.

— Bhai, d'abord, il nous faut de l'aide dans la campagne. Ils intimident nos permanents quand ils vont faire du porte-à-porte, rien qu'hier, ils ont bousculé des gens à nous et leur ont arraché leurs affiches. Ils nous ont pris deux cent cinquante affiches. Ensuite, d'après ce que nous avons entendu dire, ils les auraient brûlées sur un bûcher.

— Et vous, les rakshaks, vous êtes impuissants ? Je n'ai jamais entendu raconter que vous aviez besoin d'embaucher du monde. Vous avez vos propres boys et vos propres armes.

Il a perçu mon ton sarcastique, et ça ne lui a pas plu. Mais il restait encore suave et poli.

— Bhai, nous n'avons peur de personne. Mais je suis encore novice au sein de notre organisation ; c'est ma première élection ; de toute manière, cette circonscription n'est pas considérée comme importante. Les ressources iront ailleurs. Et je sais que ceux du Congrès et les salopards du PRI ont mis pas mal de muscle dans la bataille. Même les types du Samajwadi, d'après ce que je sais, ont prévu de se renforcer.

— Très bien. Et donc ?

— Une fois que la campagne sera arrivée à son terme, le jour du scrutin, nous allons vivre des heures cruciales. Nous voulons nous assurer que certaines personnes ne votent pas.

J'ai rigolé.

— D'accord. Vous voulez qu'on vous offre l'élection sur un plateau.

Il n'a pas eu l'air embarrassé du tout. Il a souri.

— Oui, Bhai.

— Je croyais que vous, les rakshaks, vous vouliez éradiquer la corruption de ce pays.

— Quand le monde entier est sale, Bhai, pour pouvoir le nettoyer un peu, il faut bien se salir. Face à l'argent d'en face, nous ne pouvons pas lutter sans quelques tours de passe-passe. Une fois que nous serons au pouvoir, ce sera différent. Nous changerons tout ça.

— À ce moment-là, ne m'oubliez pas. N'oubliez pas de me nettoyer, moi aussi, dans le ménage généralisé.

Il tendit les deux mains vers moi.

— Vous, Bhai ? Non, non, vous êtes notre ami, l'un des nôtres.

Il voulait dire par là que j'étais hindou, et du Maharashtra. Je me moquais de toutes ces histoires, tant que ça ne touchait pas aux affaires, mais que je sois Ganesh Gaitonde, ça le rassurait. Je lui ai serré la main.

— On se revoit d'ici un jour ou deux. À ce moment-là, on causera de la somme d'argent nécessaire.

— Bhai, l'argent, ça peut s'arranger. Je vous en prie, prenez votre temps pour y réfléchir, et exposez-nous juste vos exigences. Je pense que nous aurons besoin de cinquante, soixante gars. – Il s'est levé, il a croisé les mains. – Faites-moi savoir quand je dois revenir.

Après son départ, je me suis adressé à Paritosh Shah.

— Un garçon pondéré, ce chutiya.

— Il est un peu marteau, comme tous ces rakshaks.

Paritosh Shah n'avait qu'un seul dieu : le profit. Donc quiconque laissait la religion interférer avec l'argent lui semblait bizarre. Les rakshaks, eux, croyaient en un âge d'or révolu, au sang, au sol et autres sornettes qui n'avaient aucun sens à ses yeux. J'ai dit :

— Pas si marteau que ça. Il nous embauche autant parce qu'il ne veut pas nous voir travailler pour ses adversaires que pour nous avoir à ses côtés.

— C'est vrai. Je n'ai jamais prétendu qu'il était stupide. Ces Marathas sont fous, mais futés. Tu le sais.

— D'où es-tu, toi ? je lui ai demandé. De Bombay ?

— Je suis né ici. Mon arrière-grand-père est venu d'Ahmedabad, et nous avons encore des parents par là-bas.

Il semblait déconcerté. Nous nous connaissions depuis de nombreuses années, mais je ne lui avais jamais posé ces questions-là. Et comme je les lui posais, il a fait de même :

— Et toi ? il m'a dit. D'où es-tu ?

D'un geste du bras, j'ai indiqué une direction, derrière moi.

— De quelque part. – Je me suis levé. – Combien on leur fait payer, pour une élection ?

Et donc nous avons causé fric. Il me semblait que livrer une élection sur un plateau, c'était transformer ce quelqu'un en raja, ou en tout cas en petit nawab, et donc notre aide valait un paquet. D'un autre côté, ce genre de commerce devait déjà exister, avec des tarifs convenus, rien de princier. Vingt-cinq mille pour chaque boy, peut-être cinquante pour les contrôleurs. Donc, contre un montant de seulement vingt-cinq, trente lakhs pour nous, Bipin Bhonsle deviendrait un membre de l'Assemblée.

— On peut acheter la démocratie, pour ce prix-là ? j'ai demandé à Paritosh Shah.

— Voilà que tu veux devenir politicien.

— Même pas s'ils distribuaient les sièges pour rien.

— Pourquoi ?

Il a eu un sourire indulgent. J'ai eu un geste dédaigneux. J'avais la gorge serrée, enflée de souvenirs et de colère, et je me méfiais de ce que je pourrais répondre. Donc j'ai craché par la fenêtre, sur ce commerce répugnant, les affiches de mensonges, les discours putassiers et l'humilité feinte, et Paritosh Shah me connaissait suffisamment bien pour ne plus jamais me poser la question. Enfin, quoi qu'il en soit, il était content de discuter affaires.

Après son départ, je suis retourné à mes livres d'anglais. J'apprenais seul, en m'aidant de livres d'enfants et de journaux, et d'un dictionnaire. Seul Chotta Badriya était au courant, parce que c'était lui qui m'avait acheté la documentation. Quand j'étudiais, je fermais ma porte, je ne voulais pas qu'on me voie accroupi sur le sol, suivant les lettres d'un doigt hésitant, des lettres que j'entrechoquais laborieusement, les lèvres mobiles, jusqu'à ce qu'elles adhèrent entre elles et forment un mot : « p-a-r-l-i-a-m-e-n-t... *parliament* ». C'était humiliant, mais indispensable. Je n'ignorais pas que l'essentiel des affaires, dans ce pays, se traitait en anglais. Moi, mes boys, nous utilisions l'anglais ; il y avait certains mots que nous employions couramment dans nos phrases, et sans buter. *Bole to voh edkum* danger *aadmi hai !* C'est un homme absolument *dangerous* ; ou *Yaar, abhi ek* matter *ko* settle *karna hai* ; ou bien encore *Us* side *se* wire *de, chutiya*. Mais si on n'était pas capable de débiter des phrases entières sans bafouiller, sans avoir à les bâtir mot par mot, et si on n'était pas capable de sortir des blagues, on restait coupé d'un morceau de sa propre existence, d'un bout de soi-même. Que l'on vive dans un monde marathi, dans une résidence hindi ou dans une ruelle tamil, quelle langue parlaient les publicités, les panneaux d'affichage qui projetaient leurs ombres imposantes aux angles durs de la maison ? Quand vous achetiez un nouveau shampooing, « Produit du savoir-faire américain », qu'est-ce qui était écrit en rouge sur l'étiquette ? De quoi s'amusaient-ils, les gens qui roulaient en Pajero, moteur ronronnant et banquettes moelleuses ? Il y en avait beaucoup comme moi, nés loin de la langue anglaise, qui étaient contents de vivre dans l'ignorance. La plupart d'entre eux étaient trop paresseux, trop apeurés pour se demander comment, pourquoi, quoi. Mais moi, il fallait que je sache. Donc je me suis attaqué à l'anglais, je me suis débattu avec et je l'ai forcé à se livrer à moi, bouchée par bouchée. C'était difficile, mais j'étais opiniâtre.

À quatre heures de l'après-midi, j'ai refermé mes ouvrages et je me suis allongé par terre pour m'accorder une sieste. J'avais un bon lit, des oreillers profonds, mais ces derniers temps, je dormais mal, la nuit. Un tressaillement nerveux, incontrôlable, me réveillait dès que je m'enfonçais dans le sommeil. Je réussissais parfois à me reposer une heure dans l'après-midi, mais ce jour-là, je me suis agité en tous sens, la tête pleine de projets, de perspectives d'avenir, de plans d'expansion, de soupçons sur l'un, de certitudes sur l'autre. Je régnais en maître sur mon îlot, mais pas sur mon esprit. Le contact froid du sol m'aidait, son inconfort et sa dureté m'attiraient à la surface de ma propre peau et m'y maintenaient dans une somnolence brumeuse. Quand le boy a frappé à la porte, il était cinq heures, je me suis relevé en sursaut, le cœur compressé. Je me suis rafraîchi, j'ai respiré à fond et nous sommes sortis. Une fois par jour, à des heures différentes mais tous les jours sans faute, j'emmenais mes boys marcher dans le quartier. Je voulais me montrer, être vu. Nous n'empruntions jamais les mêmes itinéraires, je n'étais pas stupide. Je ne vous dirai pas que je n'éprouvais aucune peur ; simplement, j'avais appris à l'enfouir, à la recouvrir d'épaisses couches d'indifférence. Depuis cette balle qui m'avait transpercé, je savais combien la mort était réelle. Je ne nourrissais aucune illusion. J'avais vu qu'une femme pouvait être vivante un jour, manger du mouton, plaisanter et bomber la poitrine, les yeux vibrants de rire et de faim, et la retrouver le lendemain dans un lit d'hôpital, la bouche béante, le souffle court. Je savais que j'allais mourir, je savais qu'on allait me tuer. Il n'y avait pas d'échappatoire. Je n'avais aucun avenir, aucune vie, pas de retraite, pas de vieillesse heureuse devant moi. M'imaginer quoi que ce soit de ce genre, c'était de la couardise. Une balle me trouverait avant. Mais je vivrais comme un roi. Je mènerais ma vie comme un combat ; cette garce qui nous condamne à mort, j'allais la dévorer tout entière, en consommer chaque minute, chaque jour. Donc je marchais dans les rues comme un seigneur, flanqué de mes boys.

Et c'est ainsi que je maintenais mon emprise, ma puissance. La peur en faisait partie, la peur qu'éprouvaient les boutiquiers à ma vue, la peur dans les yeux des femmes qui reculaient dans l'embrasure de leur porte pour nous laisser passer. Mais ce n'était pas tout, loin de là. Il y a l'excitation propre à l'exercice du pouvoir, et il y a le confort de la soumission au pouvoir. Je te le dis, c'est la vérité. Je le sentais quand ils me proposaient du poulet tikka et du bhakri, et quand ils me demandaient si je désirais une boisson fraîche ou un thé ; je le percevais dans le cercle dilaté de leurs pupilles, quand ils sortaient pour moi leur meilleur siège, et l'époussetaient avec leur pallu. La vérité, c'est que les êtres humains aiment être gouvernés. Ils discuteront, discuteront de liberté, mais ils en ont peur. Dominés par moi, ils étaient en sécurité, et heureux. Leur crainte à mon égard leur enseignait où ils pouvaient vivre ; elle dressait une clôture à l'abri de laquelle ils avaient leur foyer. Et j'étais bon avec eux. J'étais équitable, je ne leur réclamais que des sommes d'argent supportables, j'apprenais la modération à mes boys, et surtout, je me montrais généreux. Un ouvrier d'usine avait eu la jambe brisée sous une chargeuse basculante ; pendant six mois, j'avais entretenu la famille. Une grand-mère devait être opérée, il fallait lui dilater les veines pour sauver son cœur ; je lui ai offert la vie, je lui ai offert une chance de jouer avec les enfants de ses enfants.

— Ganesh Bhai, m'a dit un imprimeur, un après-midi, permets-moi de te fabriquer une carte de visite de première classe.

Mais je n'avais aucun besoin de carte de visite. Dans mon raj, mon nom était connu, et ils étaient nombreux à le bénir.

Ce soir-là, après ma conversation avec Bipin Bhonsle et ma promenade, je me suis rendu au domicile de Paritosh Shah. Sa fille aînée, la première des quatre, devait se marier sept jours plus tard. La maison étincelait, trois étages d'illuminations en cascade, rouges, vertes et bleues, qui clignotaient de bonheur. C'était une grande maison, qu'ils n'avaient achevée que l'an passé, ses deux frères et lui, et qu'ils occupaient tous ensemble, épouses et cousins, avec d'innombrables mamas et kakas en visite, un tourbillon gujarati. Accomplir la danse rituelle dandia raas avant le mariage, c'était déjà franchement démodé, mais en dépit de toutes ses innovations dans le domaine des affaires, Paritosh Shah demeurait un ferme partisan de la tradition. Donc, il y avait dans la cour un tumulte de jeunes filles surexcitées et de soieries. Elles m'attendaient pour commencer. Une fois assis dans mon fauteuil, j'ai vu hommes et femmes se répartir en quatre cercles, les enfants en deux cercles intérieurs, et le chanteur lever la main dans un geste déclamatoire ; il a entonné *Radha game ke game Mira*, et là-dessus, les cercles se sont mis à tournoyer lentement, puis plus vite, et le *clap-clap* des mains a fait écho à ce rythme joyeux. Quand ils ont sorti les bâtons pour le dandia, je me suis levé et j'en ai réclamé une paire. Ils ont ri de me voir trébucher, incapable de garder la cadence à l'intérieur de ces cercles qui se chevauchaient, incapable de trouver le rythme, le déclic. Je pense que c'était autant la faute des autres danseurs que la mienne, et surtout celle des hommes, qui avaient peur de danser avec moi, dépouillés de toute grâce par ma seule présence. Ils hésitaient à choquer leurs dandias contre les miens, ils avaient peur d'y mettre trop de force, ils se dérobaient à mes coups. Mais quand ils m'ont vu rire de moi-même, de bon cœur, quand ils ont vu mes boys, appuyés contre les colonnes, secouer la tête et sourire, tout le monde s'est détendu. Les chansons disco-dandia se sont enchaînées dans l'allégresse, et j'ai senti mon bassin se relâcher, mes épaules se délier, et je flottais, je trouvais mes pas sans effort, et le dandia pointait vers le plafond, il s'abattait, une fioriture par-ci, un balancement par-là, et *clac*, un visage rond filait en vrille droit sur moi, et *clac*, je dansais.

Chez moi, j'ai trouvé une femme que Chotta Badriya m'avait gardée au chaud. J'étais heureux, je fredonnais, j'esquissais des pas de danse. Mais elle m'a abattu. Rien de plus déprimant qu'une randi déprimée. Elle avait de jolies rondeurs, un petit nez, et dix-neuf ans, mais elle était allongée là, le visage gonflé d'avoir abusé des beignets de batata-wada, et moi, j'ai essayé de l'égayer un peu avec quelques pinçons et autres mordillements, mais elle sursautait à chaque fois, la mâchoire contractée, alors je l'ai attrapée par les cheveux et je l'ai jetée dehors. Ensuite, j'ai bu du lait, je me suis couché sur le flanc, enroulé autour d'un oreiller, et j'ai essayé de dormir. Impossible. Le sommeil s'esquivait avec un pied de nez, et j'avais la tête pleine de dandias, de Paritosh Shah et de ses illuminations qui clignotaient du haut en bas de sa façade, alors je me suis tourné de l'autre côté, et là, j'ai pensé aux hommes que j'avais tués. Je les ai alignés en rang, j'ai comparé leurs caractères et leur force, et j'en ai conclu que je valais mieux qu'eux ; ensuite j'ai dressé des plans de contrôle et de surveillance des abords de ma maison, juste au cas où. Il était tard à présent, très tard et, pour la première fois depuis des mois, je me suis servi de ma main pour me faire du bien, et toutes les femmes que j'avais croisées dans ma vie sont venues se glisser sur moi, même Rati Agnihotri, avec sa peau de malai, une crème. Après avoir terminé, je me suis encore retourné, de l'autre côté, je me suis installé confortablement et j'ai respiré, profondément, régulièrement. Finalement, j'ai rejeté les couvertures et j'ai attrapé le réveil. Quatre heures moins cinq. À ce moment-là, j'aurais bu n'importe quoi, une bouteille de whisky ou de rhum, mais il n'y avait rien dans la maison. J'aurais pu envoyer les boys me chercher quelque chose, mais rien qu'à l'idée de ce qu'ils allaient penser, et ne pas dire, j'ai eu honte, alors je suis resté étendu sur le dos, et j'ai décidé d'attendre. Je me lèverais de mon lit à six heures et je commencerais la journée tôt.

J'ai regardé le ventilateur luire dans son cercle, et je me suis réveillé, il faisait grand jour, et je pouvais entendre vivre la rue, dehors. Midi. J'avais dormi six heures, peut-être sept, mais j'étais fatigué.

À mesure que les jours passaient, que nous nous occupions de ces élections, mon épuisement s'aggravait. Mes boys sortaient avec les rakshaks, et nous poussions leur campagne jusque dans les moindres recoins. Leurs affiches interpellaient l'électeur depuis le moindre bout de mur, le moindre support, des kilomètres à la ronde. Il suffisait que deux de mes boys armés de pistolets accompagnent un groupe de rakshaks pour que ceux-ci puissent accomplir leur travail tranquillement, pas de bhangad, pas de problème. Une réputation impitoyable peut faire des merveilles pour la paix. Pour nous, c'était de l'argent facile. Entre-temps, le moment du mariage était presque arrivé. Avant même la fête proprement dite, je me suis rendu à la maison de Paritosh Shah pour la cérémonie du mehndi, le tatouage des futurs époux, et j'ai bien vu qu'il appréciait le geste, que je partageais ses joies et ses peines. Même au milieu des milliers de détails qu'il avait à régler en vue de la noce, de la nourriture et des cadeaux, des dispositions à prendre avec les hôtels pour les parents du marié, il a remarqué que j'étais faible, épuisé.
— Tes doshas sont déséquilibrés, a-t-il remarqué. Je vais t'organiser un rendez-vous avec mon bonhomme ayurvédique.
— Je ne vais pas me coller entre les griffes de ce foireux, j'ai dit. Ce n'est rien, juste de l'insomnie. Ça passera.
— Rien n'est jamais juste rien. Le corps te parle. Mais tu refuses d'écouter.
Il devait aller rejoindre les femmes, s'asseoir avec elles et les bijoutiers. La question se posait de savoir combien de tolas d'or il fallait mettre dans les colliers, les bracelets et les boucles d'oreilles de la dot, quel versement il faudrait prévoir pour la fabrication. Je l'ai regardé descendre les marches de la cour d'un pas délicat, et je me suis demandé ce que lui disait son corps. Comment lisait-on ces plis et ces replis de graisse qui débordaient et déferlaient de sa carcasse ? Je me suis frotté les yeux. Il avait été bon avec moi. Il ne m'avait jamais menti sur l'argent, il

n'avait jamais prétendu faire abstraction de son intérêt personnel, il m'avait soutenu, dans toute la mesure du possible, au risque de sa vie et même, par la suite, un peu au-delà, et il m'avait montré comment, dans son monde, les choses s'enchaînaient, les points où les affaires se rattachaient à la politique et au bhaigiri, comment on doit vivre quand on est un bhai. En ce sens, nous avions été amis. C'était un homme bon, dans toute la mesure du possible, et s'il avait grossi, c'était à force de travailler dur. Sa corpulence était donc une vertu. C'est pourquoi sa graisse ne lui pesait guère.

La maison tout entière sentait la cuisine. J'avais faim, mais j'étais très fatigué, et manger me fatiguerait encore plus, je le savais. Mais partir sans rien goûter aurait été une insulte, donc je me suis muni d'un thali et j'ai tâté un peu de la nourriture, j'ai fait l'effort de rester debout, j'ai fait signe aux boys, et j'ai prié Paritosh Shah, qui tenait à me raccompagner à la porte, de s'occuper de ses invités et, après les politesses d'usage, on a fini par partir, mes boys et moi. Je cherchais mes chaussures dans le grand alignement de souliers près de la porte d'entrée quand Dipika est venu me voir. Dipika était la deuxième fille de Paritosh Shah, un visage grave, calme, de grands, grands yeux. Elle m'a tendu un thali chargé de puris, et un verre, et m'a dit :

— Mais vous n'avez pas pris un seul ras, Ganesh Bhai.

J'en avais pris, mais je voulais bien goûter encore un puri, celui qu'elle me proposait, tant elle était polie. J'ai choisi, et elle m'a chuchoté quelques mots, sans relever la tête :

— S'il vous plaît, est-ce que je peux vous parler, Ganesh Bhai ?

Sur les bords du thali, ses pouces étaient blêmes.

Donc j'ai emmené le tout dehors, à la voiture, elle, le thali, le verre et le reste, et nous avons parlé.

— Ils parlent déjà de mon mariage, m'a-t-elle confié avec de l'amertume dans la voix. Et ma sœur qui n'est même pas encore mariée.

— Ce sont vos parents, j'ai dit. C'est normal, qu'ils en parlent. Et vous serez heureuse, et c'est une bonne chose.

Je savais qu'elle fréquentait l'université, et j'ai présumé qu'elle opposait au mariage un argument de jeune fille dans le vent, un projet de métier et de carrière, le tout pioché dans un magazine idiot, donc je me suis employé à lui faire la leçon, sur son devoir, sur la nature de la vraie vie. Elle n'arrêtait pas de se dandiner, dans les bruissements de son ghagra rouge et vert et de son chunni doré.

— Mais Ganesh Bhai, a-t-elle protesté.

— Il n'y a pas de mais, j'ai dit. Vos parents ont raison.

— Mais, Ganesh Bhai, a-t-elle insisté, d'une petite voix plaintive, je veux bien me marier.

À la vue des fines rides douloureuses de son front lisse, j'ai compris que c'était plus compliqué que les fantasmes de carrière d'une fillette.

— Quoi ? j'ai fait. Tu as quelqu'un en tête ?

— Oui.

— Où est-ce que tu l'as rencontré ? À la fac ?

Elle a secoué la tête.

— Au NN College, il n'y a que des filles. Sa sœur est mon amie. Elle est au NN College.

— Comment s'appelle-t-il ?

Elle avait au moins la grâce d'être timide. Deux tentatives plus tard, avec beaucoup de rouge au front, elle m'a lâché son nom.

— Prashant.

— Quel est le problème ? Il n'est pas gujarati ?

— Non, Ganesh Bhai.

— Quoi, alors ? Maratha ?

Un rapide va-et-vient de la tête, et de nouveau ses doigts crispés, sur les bords du thali.

— Alors, quoi ?

Elle avait presque le nez dans le thali, à présent.

— C'est un dalit, a t-elle fait. Et il est pauvre.

Le problème de Dipika était gigantesque, aussi éléphantesque que son père. J'avais toujours trouvé les Gujaratis plus évolués, plus tolérants que les autres communautés, mais là, c'était trop pour la bienveillance paternelle. Il acceptait de faire affaire avec n'importe qui, mais le mariage était une autre histoire. S'il l'avait envoyée à l'université, ce n'était pas dans ce but, pas pour épouser une espèce de gaandu, un dalit, et un dalit pauvre, en plus. Peut-être un très riche dalit aurait-il eu des chances d'obtenir son approbation, mais j'entendais déjà Paritosh Shah s'exclamer : « C'est à cette famille-là que tu veux nous unir ? » Quant à sa mère et à ses tantes, elles se montreraient encore plus fermes, encore plus violentes. La jeune Dipika s'était lancée dans un rude combat.

— Pourquoi veux-tu infliger cela à ta famille ? j'ai demandé. On n'est pas au cinéma. Ce Prashant, ton père, il va le réduire en miettes.

Elle a plongé son regard dans le mien, elle s'est redressée, le dos bien droit et, dans la colère, la ligne de son cou n'était pas dénuée de grâce.

— Je sais qu'on n'est pas au cinéma, a-t-elle fait. Je mourrais, Ganesh Bhai. S'il lui arrive quelque chose, n'importe quoi, je me tue.

C'est inouï, le peu de prix que les jeunes attachent à l'existence, eux qui sont si pleins de vie. Inouï, le peu qu'ils ont vu de la mort. Ils se la représentent comme un petit entracte dans une pièce de théâtre, ils s'imaginent leurs parents, ces oppresseurs, se frappant la poitrine et se lamentant, ils se perdent dans cette vision qui leur plaît et ne voient jamais la chute, la finalité de la disparition d'un être. C'est ce que j'ai confié à Dipika, et elle a ri.

— Je ne suis pas une enfant, elle a fait, et là j'ai vu jusqu'où elle était allée, avec ce Prashant, sa splendide fierté de jeune femme, née des plaisirs qu'elle avait pris et donnés.

— Qu'est-ce que tu attends de moi, Dipika ? j'ai dit.

— Parlez à papa. Vous, il vous écoutera.

Elle m'a pris la main et l'a posée sur sa tête.

— Depuis que je suis petite, vous avez toujours été gentil avec moi. Et je sais que vous n'avez pas du tout des idées traditionnelles, vous.

Ce qu'elle entendait par là, c'était que, dans ma compagnie, il y avait des brahmanes, des Marathas, des musulmans, des dalits et des basses castes, que tous travaillaient ensemble sans faire de différence et sans suspicion aucune. Nous avions des gens de ces basses castes qui étaient contrôleurs, et des brahmanes qui étaient fantassins, et personne n'y trouvait rien à redire. Les musulmans et les hindous étaient tous des yaars, tous amis, et chacun d'eux, tous les jours, toutes les nuits, tenait la vie de l'autre entre ses mains. Mais cela n'était pas propre à ma compagnie, c'était vrai de beaucoup d'autres. Nous qui étions des bhais, nous étions frères, nous vivions en marge de la loi et nous étions liés les uns aux autres. Il n'empêche, une compagnie, c'était une compagnie, et le mariage – surtout dans une famille unie comme celle de Dipika –, c'était bel et bien une autre histoire. Mais comment l'expliquer à cette enfant qui retenait ma main entre les siennes, comment ?

— Rentre, je lui ai conseillé. Ne fais rien. Ne dis rien à personne, absolument personne. Laisse-moi y réfléchir.

Elle était en pleurs, le menton dégoulinant de larmes. Je lui ai essuyé le visage avec son pallu, et je l'ai renvoyée dans la maison, elle et son thali branlant. Et j'ai signalé à Chotta Badriya que nous irions faire un tour à Film City.

— Tout de suite, Bhai ?

— Non, chutiya, la semaine prochaine, j'ai ironisé. Allez, monte donc en voiture.

C'était un drôle de garçon, bâti comme un camion, pas du tout effrayé par les mots, amateur de coups de feu, mais effarouché par Film City parce qu'il avait entendu quelqu'un raconter que des léopards descendaient des collines, la nuit, dans le noir. Il a pris place à côté du chauffeur, le bras sur le dossier du siège, et il tambourinait nerveusement des doigts. J'ai fini par lui bloquer la main, gentiment.

— OK, OK, je lui ai dit, arrête de trembler comme ça. Tu pourras rester dans la bagnole.

Il a remué la tête de droite à gauche, de gauche à droite, l'air réjoui.

— Oui, Bhai. Je vais garder la bagnole.

Mes hommes en ont rugi de rire. Je lui ai flanqué une tape derrière la tête.

— Bhadwe, tu vas la garder, hein, et tu seras féroce, d'accord ? Faut être sûr que les moustiques ne viennent pas nous la voler, compris ? Et si un gros cafard se pointe, tu le tailles en pièces, tu lui catapultes des cailloux avec ton gullel, vu ?

Jusqu'à Film City, on a bien rigolé. On a ralenti un peu au portail, pour les gardes, et ensuite on a enfilé la montée dans l'obscurité silencieuse de ces pentes broussailleuses. C'était déjà le crépuscule, donc la route était dégagée. Des grappes d'ombres sous les feuillages, l'énigme fugitive des branches, et puis subitement, l'espace s'est ouvert sur un château en surplomb, aux hautes tourelles, piqué d'étendards flottant au vent sous le clair de lune qui se levait. Un château de bois et de toile, évidemment, mais cette lumière le rendait absolument réel. Nous sommes passés devant une place de Goa, le décor complet, couronné d'une haute église qui portait haut son crucifix, et ensuite ce fut un quai de pêcheurs, avec ses alignements penchés de bateaux endormis les uns contre les autres. Ici, à Film City, on fabriquait des rêves d'amour parfait, on chorégraphiait les chansons que se chantaient Dipika et son amoureux. Un virage sec, le moteur a gémi, et nous sommes encore montés, montés, jusqu'à l'hélistation. La lune était basse et proche, en suspension au-dessus des hautes collines. Les vallées se découpaient nettement, noires et argent, et j'ai senti une petite brise me grimper dans le cou. C'était ce silence que je convoitais, profond, loin de la ville, que je venais chercher là, sans relâche. J'ai posé le pied au bord de l'hélistation et les boys ne m'ont pas retenu ; ils sont restés à distance, en arc de cercle, compréhensifs. Je me suis assis au bord de la plate-forme, et j'ai cherché un léopard dans le tapis de végétation, en contrebas. Allez, léopard, j'ai dit. Tire-moi de ce problème. J'avais promis à cette jeune fille de l'aider, mais comment ? C'était une petite futée, d'avoir pris les devants, de m'avoir mis de son côté. Si son père avait été le premier à découvrir l'histoire, et s'il m'avait abordé, moi, sans réfléchir une seconde, j'aurais fait enlever son amoureux, ce loqueteux de dalit, et je l'aurais fait jeter du haut d'une falaise. Aussi simple que ça. Et maintenant ? La fille était venue crier miséricorde, et j'étais Ganesh Gaitonde. Mais le père était mon ami.

Je suis resté assis là jusqu'à ce que la lune se soit retirée dans les hauteurs du ciel ; le léopard ne s'était pas montré, et ne m'a donc apporté aucune réponse simple. Il n'était pas question de résoudre le dilemme en tuant quelqu'un, et aucune somme d'argent n'achèterait la paix. Entre le père et la fille, il y avait de l'amour, mais l'affaire les mènerait à se haïr, à se blesser, en tranchant des nerfs qu'aucun assassin ne pouvait atteindre. Je me suis levé, j'ai tourné les talons et j'ai franchi la haie de mes boys, tous affalés au sol en rang d'oignons, et tous plus ou moins somnolents. Ils se sont relevés en titubant et m'ont emboîté le pas jusqu'à la voiture. Chotta Badriya y était, endormi contre la vitre, la joue aplatie, les lèvres retroussées. J'ai toqué à hauteur de son nez, il s'est réveillé et s'est mis aussitôt à farfouiller sous sa chemise, avant de me reconnaître. Sa première réaction au monde était la frousse. Je l'avais vu. Nous avions tous la frousse. Pour seulement sortir de la maison, faire un pas dans la rue, oser s'avancer dans l'air déjà vibrant des balles prêtes à jaillir, pour accomplir ces simples gestes il fallait évacuer la peur ; nous devions la larguer, la balancer, l'expédier jusque dans une vallée profonde où la lune ne brille jamais. Mais la peur remuait encore, vivante et vorace comme un animal dans la nuit. Chotta Badriya appréciait les filles, les très jeunes filles. Même les vraies femmes, il les aimait menues, sans mausambis, plates devant et plates derrière, et leur demandait de se natter les cheveux, de s'asseoir sur ses genoux, de parler poupées en penchant la tête sur le côté avec de petits rires. Il leur faisait parfois chodo, mais à mon avis, c'était parce que les autres boys se seraient moqués de lui, autrement. Pour sa part, il se serait volontiers contenté de les tenir contre lui, de jouer à un jeu rêvé, de vivre une enfance libérée de l'avenir. Là, à cet instant, il s'est raclé la gorge et a baissé la vitre pour cracher.

— Salopard, j'ai grogné. Quelle belle sentinelle tu fais !

— Désolé, Bhai, s'est-il excusé. Des léopards, j'en voyais partout autour de moi. J'ai bien cru que je n'arriverais jamais à m'endormir. J'ai dû finir par tomber de sommeil, ça m'a pris subitement.

— Et comment, chutiya. Tu dormais comme un bébé.

Je me suis contenté de lui ébouriffer les cheveux. C'était un bon garçon. Courageux et vigilant, vigilant à mon égard, et intelligent. Il remarquait les choses, l'expression des visages, les voitures garées là où elles n'auraient pas dû, et puis, grâce à ses terminaisons nerveuses, il savait capter les rumeurs. Mais à cette minute, dans le dilemme où j'étais, face à un casse-tête susceptible de briser les cœurs et les crânes, il était incapable de m'aider. Aucun de mes boys n'en était capable. Cela me mettait en colère, cette glissade, cette descente régressive dans le foutoir d'une famille. Je m'en étais arraché, de la famille, je l'avais laissée derrière moi. J'étais resté seul. Mais il n'y avait pas d'échappatoire. Les roues ont giflé la route et nous avons regagné la ville.

Le lendemain, nous avons livré l'ultime bataille des élections. Bipin Bhonsle n'arrêtait pas de nous rendre visite, toujours aussi poli, mais les nerfs à vif, en quête d'assurance : oui, on allait le lui livrer, son précieux siège de député. Le candidat du parti du Congrès avait écumé les bastis, distribué des billets de cent roupies, du rhum et des moutons entiers aux braves citoyens. Du bon mouton frais, c'était le fondement de beaucoup de carrières politiques nationales, j'avais fini par le comprendre. Cela tombait sous le sens. Un pauvre homme se remplit l'estomac, il prend plaisir à son dîner, il le lubrifie avec deux whiskys-sodas gratuits, peut-être trois, pas trop, parce qu'il veut rester en forme pour la suite, il chevauche sa femme et, au matin, dans la brume qui se lève, le corps léger, ils vont tous les deux se présenter devant l'isoloir, et ils oublient totalement que ce bhenchod de politicien vêtu de son khadi n'a rien fait pour eux pendant des années, qu'il a passé son temps à piller, à voler, peut-être même à tuer. Tous les griefs se sont effacés, évanouis, et l'heureux couple glisse son bulletin dans l'urne, et voilà le serviteur du peuple remonté en selle, prêt à leur offrir le roti, le kapda et le makaan. Une fois la viande digérée, affamés, nus et sans abri, ils ne conservent plus aucun souvenir de rien. Il suffit donc de servir du mouton aux moutons pour guider le troupeau dans la bonne direction, vers le portail de l'abattoir. Très simple.

Mais j'avais mes propres plans. Depuis deux jours, j'alimentais la rumeur. Mes boys étaient sortis sur les marchés, dans les bazars et les restaurants des quartiers du parti du Congrès et du RPI, et ils se répandaient en murmures. « Les goondas arrivent, pour le jour de l'élection, ils ont embauché des gros bras. » La rumeur est l'arme la plus efficace et la moins coûteuse qui soit, où que ce soit ; vous la lancez, c'est gratuit, et elle grossit, elle mute, elle engendre. Dans la matinée, vous introduisez dans l'oreille d'un boutiquier un petit vers de terre rouge qui se tortille, et le soir des Ghatotkachas sanglants de la taille d'un gratte-ciel sillonnent la terre. Donc, j'avais joliment amorcé les électeurs de l'ennemi, je les avais enduits d'une marinade de frousse bien poisseuse. À présent, l'heure était venue d'attiser la flamme. J'avais trente motocyclettes prêtes, auxquelles on avait retiré les plaques d'immatriculation.

On s'est organisé pour que chaque bécane soit enfourchée par deux boys, le visage masqué d'un foulard de dakoo avec, derrière, des sacs remplis de bouteilles de soda, l'équivalent d'un cageot de soda par moto. Ils entraient dans les ruelles en rugissant. Ils sillonnaient les territoires ennemis, moteur grondant, klaxon hurlant. Les bouteilles étaient là pour nettoyer les rues. Secouées un bon coup, expédiées en chandelle, elles atterrissaient au milieu des quelques citoyens assez courageux pour oser encore circuler sur la voie publique. Le verre vole comme du shrapnel, mais c'est surtout le bruit de l'explosion qui fait le boulot ; les civils se carapatent chez eux en flageolant, le pantalon lesté de pisse. Les boys se sont bien amusés, à exercer leurs talents de lanceurs dans la fraîcheur du matin. Chotta Badriya est arrivé à la maison écarlate, et il chantait à tue-tête.

— Encore, Bhai ? m'a-t-il hurlé depuis la route. – J'étais assis sur la citerne d'eau, sur le toit. – Il nous en reste encore à faire ?

— Bas, Badriya, bas, j'ai répondu. Du calme. Ça suffit. Maintenant, la police va débarquer.

— *Phataak, phachak*, les bouteilles claquent, Bhai.

— Je sais.

— Super marrant, Bhai.

— Je sais. Maintenant, assieds-toi, en silence, et peut-être qu'on recommencera, mais l'an prochain.

La police est venue, comme de juste, elle a accouru vers les quartiers touchés. Ils sont arrivés avec leurs fusils et leurs lathis tout prêts. L'inspecteur Samant s'est faufilé au coin d'une rue, a déniché un téléphone, et m'a appelé.

— Le saab commissaire divisionnaire adjoint et le saab commissaire assistant sont là, Bhai, m'a-t-il annoncé. Tu as réussi à déplacer tout le monde. Nous patrouillons dans les rues. Pour empêcher les troubles, comme tu vois.

— Bien, bien, j'ai fait.

Bipin Bhonsle avait payé les policiers aussi, du bas de l'échelle jusqu'en haut. Ils allaient organiser la paix, la bonne.

— Il ne devrait plus se produire aucun trouble. Vous voyez du monde, dans les rues ?

— Pas un homme, pas une femme. Je ne vois que trois chiens.

— Bon, j'ai fait. Le chien, c'est l'électeur type du parti du Congrès. Les chiens, on les laisse circuler.

Là-dessus, j'ai rigolé et j'ai reposé le combiné. Ça suffisait, il n'en fallait pas plus pour cantonner l'ennemi chez lui, pour se rendre maître du champ de bataille. Pas de prise de bureaux de vote en otage, pas de bourrage d'urnes, rien de plus que cela, un point c'est tout. Entre-temps, les boys s'étaient déployés dans des zones à nous, et nous avons conduit les électeurs à l'isoloir. Ils se présentaient (« Nous sommes le Comité pour une élection équitable »), et ils escortaient nos électeurs, par dizaines, par vingtaines, jusqu'aux bureaux de vote. « Tout est calme, disaient-ils. Venez, venez. » Et les électeurs les suivaient, en toute sécurité, et les hommes de Bipin Bhonsle étaient là, tout sourire, avec leurs jolis insignes jaunes du parti, postés devant les isoloirs. Et les électeurs se rangeaient dans la file d'attente, ils entraient dans l'isoloir, seuls, traçaient leur petite marque noire sur le bulletin, et les bouts de papier pliés en deux tombaient dans les boîtes en bois percées d'une fente, avec un froissement discret, la file avançait, le tout dans la plus grande efficacité, la journée défilait, et la machinerie de la démocratie était en marche, la machine tournait, moyennant un petit coup de pouce.

À Gopalmath, je suis monté m'asseoir sur mon toit et j'ai vaqué à mes affaires du jour. Dans la cour, en contrebas, et dehors, dans la rue, c'était l'attroupement, les grappes de quémandeurs habituels. L'argent rentrait, et je le redistribuais. On m'amenait des vies, et je les raccommodais. Je rendais la justice. Je gouvernais. Le soleil formait une flaque, il flottait et mourait de sa mort journalière. J'ai mangé, et je me suis retiré dans ma chambre. Encore une nouvelle journée, ordinaire et tranquille.

Bipin Bhonsle a gagné par six mille trois cent quarante-trois voix d'écart.

Je redoutais ce mariage. Naturellement, il fallait y aller, mais je ne savais pas quelle attitude prendre face à Dipika, comment oser montrer mon visage sans la formule magique du bonheur éternel. Cette sensation d'impuissance, cette paralysie de la volonté me mettaient en colère. Le problème ne me quittait plus, il me rongeait de ses mille crocs minuscules, en lisière de mon esprit, comme une marée de fourmis infatigables. J'étais furieux contre Dipika. Qui était-elle ? Que signifiait-elle à mes yeux, pour que je me sente redevable à ce point ? Une fille de rien du tout qui venait s'interposer entre mon ami et moi, me tracasser, me hanter, avec ses yeux immenses qui me fixaient, et elle n'était même pas jolie, alors qu'est-ce qui m'empêchait de lui dire de se tirer avec son sale mashooq et d'aller au diable ? Qu'est-ce qui m'en empêchait ? Mais non, j'en étais incapable. Elle m'avait supplié, et j'avais fait une promesse. Il n'y avait aucune logique à cela, mais c'était la vérité, c'était ainsi. Donc, il fallait que j'agisse. Mais je ne savais toujours pas quoi faire.

J'ai emporté mes cadeaux – des bracelets, des boucles d'oreilles et un collier, le tout en or – et je me suis rendu à la demeure de Paritosh Shah. J'avais à peine retiré mes chaussures que Dipika arrivait à la porte en courant, si vite qu'elle a dû se retenir de tomber en se rattrapant au chambranle. Elle est restée là, en équilibre instable, dans son sari doré, et j'ai senti mes boys qui détournaient le regard. Je savais à quoi ils pensaient : Il fait quoi, là, Bhai ? Il n'en fallait pas plus pour amorcer une histoire qui n'en finirait plus, qui grossirait à mesure qu'elle circulerait dans la ville. « Beti », j'ai dit. Je lui ai donné une petite tape sur la tête, un geste paternel. Ensuite, je l'ai prise par l'épaule et je l'ai conduite à l'intérieur. Dans un couloir, frôlé par les tenues scintillantes de ses tantes et cousines, je me suis penché tout près d'elle et j'ai fait semblant de sortir quelque chose de mon portefeuille et de le lui remettre.

— Du calme, espèce d'idiote, je lui ai dit. Si tu fais la folle, je ne pourrai rien pour toi. Alors, maintenant, tiens-toi à carreau. Dès que j'aurai quelque chose à te dire, je te le dirai.

— Mais, a-t-elle protesté. Mais.

— Tais-toi, j'ai repris. Si tu veux sauter ce grand pas, sois courageuse. Maîtrise-toi. Apprends la maîtrise de soi. Débarrasse-toi de la peur. Regarde-moi. Apprends en me regardant. Tu m'as soutenu que tu n'étais pas une enfant, mais tu te comportes comme une enfant. Es-tu capable d'être une femme ?

Elle a cligné des yeux pour chasser ses larmes, s'est essuyé le nez avec le bord de son pallu. Et puis elle a hoché la tête.

— Bon, j'ai dit. Va prendre part au bonheur de ta sœur. Sois heureuse, ou les gens vont s'en apercevoir.

Elle était encore toute craintive et tremblante, le cou, les joues parcourues d'infimes décharges d'émotion.

— Écoute-moi, j'ai ajouté. Je suis Ganesh Gaitonde, et je t'affirme que tout va bien se passer. Ganesh Gaitonde te le dit. Tu le crois ?

— Oui, a-t-elle fait et, le disant, elle s'est mise à y croire. Oui.

— Va.

Elle a déguerpi ; sur le seuil de la cour, elle a pris deux fillettes par la main, est partie avec elles dans un tourbillon, et il y avait du bonheur dans le carillon de leurs rires, aussi palpable que le souffle des centaines de fleurs accrochées au-dessus des portes et sur les murs. Elle était heureuse. Je lui avais insufflé au moins cela, que pourtant je ne possédais pas, ce bonheur dont j'ignorais tout, ne sachant ni où ni comment le trouver. Et donc, assis sous le mandap, le dais des mariés, aux côtés de Paritosh Shah, tandis que les prêtres entonnaient leurs chants dans l'épaisse fumée sacrificielle jaillie du feu par bouffées et que l'on invoquait le bonheur d'une sœur aînée pour qu'il advienne en ce monde, moi, je demeurais impuissant face à la vie de sa cadette. Oui, Dipika était heureuse, à présent, assise derrière sa sœur, appuyée contre l'épaule de sa mère, le rouge aux joues, le front moite, les yeux pleins de reflets miroitants, sous l'effet de la chaleur et de la fumée. En la regardant, j'ai songé : qu'est-ce qui rend les femmes prisonnières, pourquoi ? Pourquoi un homme est-il dalit et pauvre, alors qu'un autre ne l'est pas ? Pourquoi une femme est-elle morte, et pas l'autre ? Pourquoi ne sommes-nous pas libres ? Et les chœurs en sanskrit me rentraient sous la peau, je les sentais qui faisaient frémir mon âme, et la question m'est venue : Ganesh Gaitonde, c'est quoi ?

Au terme de tout ce cérémonial, après avoir mangé et bu, après les rituels d'adieu, j'ai pris congé de Paritosh Shah, de son épouse, de ses parents, et de ses bataillons de Gujarati. Il m'a raccompagné à la voiture et, là, il a remarqué mon air perturbé, et il m'a questionné :

— Que se passe-t-il, Bhai ? Tu as l'air fatigué. Tu ne dors toujours pas ?

— Oui, je suis très fatigué.

— Alors, écoute-moi. Tu ne peux pas continuer comme cela. Ce soir, prends un Calmpose, et demain, nous nous pencherons sur ta santé.

— Demain, j'aurai besoin de te demander une faveur.

— Une faveur ? Quoi ? Dis-moi, tout de suite.

Il s'est penché vers moi, et il m'a pris par l'épaule. Il avait sur le front le grand point rouge du tika, et je pouvais discerner les minuscules grains de riz collés dans la pâte de santal.

— Dis-moi.

— Non, demain, Paritosh Shah. Pas aujourd'hui.

— Très bien, alors demain.

Il est venu tout près de moi, il m'a attiré à lui, il m'a enveloppé de son étreinte molle et rassurante, et m'a tapé dans le dos.

— Je passerai chez toi, dans la matinée.

— Non, c'est moi qui vais venir chez toi. – Avec une petite pression sur l'épaule, je me suis dégagé. – Je t'en prie.

— Très bien, comme tu voudras, patron. Quand tu voudras. Demain, je serai là toute la journée.

Il était déconcerté. Il n'était pas habitué à ce Ganesh Gaitonde-là. À la vérité, c'était un Ganesh Gaitonde que je ne connaissais pas bien non plus. Dernièrement, j'avais dû lutter pour trouver un peu de sommeil, et voilà que je partais à la dérive, livré à des eaux inconnues et agitées, tout ça à cause d'un bout de fille que je connaissais à peine, et à laquelle je ne devais rien.

— Demain, j'ai répété.

J'ai levé la main, et je suis rentré chez moi. Ce soir-là, je me moquais de paraître faible, et ma propre honte levait en moi une irritation lointaine. J'ai pris un Calmpose, et j'ai dormi, mais j'ai rêvé d'une mer noire, sans rien de vivant, rien ne vivait sous le ciel blanc et terne, et j'étais seul.

Le lendemain, Bipin Bhonsle est venu me rendre visite, les bras chargés de cadeaux. Il m'a apporté le cash qu'il me devait dans quatre sacs en plastique, mais il m'a aussi apporté un lecteur vidéo Sony tout neuf, quatre cassettes de films américains, et quatre grosses boîtes de mithai. Il m'a déclaré :

— Mon père insistait : « Apporte-lui du bon scotch. » Mais moi, je lui ai répondu : « Ganesh Bhai ne touche pas à ce genre de trucs, et je comprends pourquoi. C'est pour ça qu'il est si efficace. » – Il était assis au bord de son siège, sérieux, enthousiaste. – Tu sais quoi, Ganesh Bhai ? J'ai pris ma décision. À partir d'aujourd'hui, plus d'alcool pour moi non plus. Je vais prendre exemple sur toi. Maintenant que nous avons gagné, il y a beaucoup à faire. Pas le temps de picoler. Il faut enchaîner les victoires.

— Oui, j'ai dit.

Je m'étais réveillé plus fatigué encore, et les jambes lourdes, pesantes à déplacer, comme si le sang y avait épaissi, coagulé. Mais l'empressement de Bipin Bhonsle m'a donné un coup de fouet.

— Bien, Bipin, bien. Un homme sobre est un homme concentré, éveillé, attentif. Pas besoin de whisky ni de rhum. La vie suffit.

C'était un discours que j'avais servi quantité de fois auparavant. Mais pour lui, il était de l'inédit.

— Exact, Ganesh Bhai, bien entendu : la vie suffit. Mais je t'en prie, fais-toi plaisir. – Il m'a tendu les cassettes. – Chacun de ces films est un grand succès international, Ganesh Bhai. Bourré d'action. Ça va te plaire.

Son débordement de gratitude était tel qu'il m'a fallu une heure pour le mettre dehors, et encore, seulement après lui avoir expliqué que j'étais déjà en retard à mon rendez-vous au domicile de Paritosh Shah. Il est parti, non sans m'assurer avec vigueur de sa loyauté éternelle, et si j'avais besoin de quoi que ce soit, je n'avais qu'à me rappeler à son bon souvenir, il n'était qu'un petit homme, certes, mais si je désirais quelque chose, n'importe quoi, je n'avais qu'à l'appeler et puis, en matière de plaisirs internationaux, il était expert. « Cassettes chaudes, appareils électroniques, cigares, n'importe quoi, Ganesh Bhai, n'importe quoi », et il me le répétait encore en descendant l'escalier. Il portait une chemise orange à fleurs, un pantalon en gabardine marron, et des souliers brun-rouge à boucles dorées. Quand il s'est retourné pour me saluer une dernière fois de la main, un éclair de lumière a jailli de la chaîne qu'il portait au cou. Cet homme-là brillait des pieds à la tête.

Nous avons foncé chez Paritosh Shah. J'aurais préféré rouler lentement, car je n'avais toujours rien en tête, je n'avais forgé aucun plan, élaboré aucune tactique. Mais je ne pouvais pas dire à Chotta Badriya, vas-y doucement, n'y va pas, n'y va pas, plus du tout, jamais, parce que je suis désemparé. Après, tout, j'étais Ganesh Gaitonde. J'avais endossé ce rôle, alors il fallait que je le joue jusqu'au bout. Donc le héros est descendu de voiture, s'est avancé vers la porte de Paritosh Shah qui, c'était de bon augure, était encore couverte de fleurs et de vigne, puis je suis entré dans la maison. Le temps que je me retrouve pieds nus dans la cour, j'avais déjà perdu de ma superbe, j'avais cessé de plastronner. Je suis entré très humblement dans le bureau de Paritosh Shah.

Il était au téléphone, occupé à l'une de ses tractations intermi-nables, organisant un transfert d'argent, multipliant les billets de banque au passage, posant une main subtile et prudente dans le flux des affaires. L'argent accourait vers lui, et il se délectait de ses cabrioles. Je lui ai fait signe de ne pas interrompre sa conver-sation. Parle, parle, je lui ai fait en le saluant, et je me suis assis, je l'ai observé. Derrière lui, dans un cadre doré, il y avait une peinture de Krishna en joueur de flûte. J'ai contemplé Krishna, sa posture nonchalante, son regard oblique, son sourire bridé, et je l'ai haï. Tu es arrogant, dieu. J'ai changé de siège, mais les yeux de Krishna m'ont suivi. Impossible de lui échapper.

Paritosh Shah reposa son combiné, radieux, électrisé par le fris-son de l'argent.

— Namaskar, mon ami, s'est-il exclamé.

Il s'est frotté les mains et s'est renversé dans son fauteuil, l'air satisfait du monde. Et Krishna, au-dessus de son épaule, me sou-riait.

Paritosh Shah se souvenait à présent de notre conversation de la veille.

— Alors, Bhai. Que se passe-t-il ? Que puis-je pour toi ?

À cet instant, j'ai compris de quoi Krishna souriait. J'ai compris les limites de mon pouvoir. J'ai révélé à Paritosh Shah tout ce que je savais, ce que j'avais découvert à propos de Dipika et son amoureux, qu'il s'appelait Prashant Haralkar, que son père tra-vaillait pour les services d'assainissement, que sa mère, vingt ans plus tôt, avait quitté cet alcoolique et pris leurs enfants avec elle.

Et aussi que Prashant Haralkar était un garçon sérieux, qu'il avait étudié à la lumière des réverbères et suivi des cours du soir, qu'il occupait maintenant un emploi permanent au sein de la Brichanmumbai Municipal Corporation, vivait dans une petite maison assez bien entretenue de Chembur, et subvenait aux besoins de sa mère et de ses sœurs cadettes.

Paritosh Shah s'est couvert le visage des deux mains.

J'ai contourné son bureau et me suis assis sur la banquette, près de lui. Je lui ai posé la main sur le genou, j'ai risqué quelques tapes maladroites. Il a tressailli, s'est dérobé à mon contact.

— Qui va encore vouloir épouser mes enfants ?

Il sanglotait, ses doigts lui masquant le visage à demi.

Je n'avais pas de réponse. J'avais promis le bonheur à Dipika, mais qu'en serait-il des deux autres filles et des deux fils de Paritosh Shah, qu'allaient-ils faire ? J'étais capable de remporter les élections, j'étais capable de faire grimper des hommes sur l'échelle escarpée de la réussite, de les tuer l'instant d'après, j'étais capable de brûler des maisons, de saisir de la terre, de mettre la moitié de la ville au point mort en proclamant arbitrairement un bandh, si tel était mon bon plaisir. Mais comment combattre les rangées de matrones débonnaires et guindées que j'avais vues trôner au mariage de la fille de Paritosh Shah ? Qui conduirait leurs maris corpulents à l'illumination ? En réponse à ses invitations, les natevaiks de Paritosh Shah se déclareraient trop occupés, tous ces gens auxquels il était rattaché par les liens de la famille oublieraient de le convier à leurs réceptions, leurs fils, leurs filles iraient se fiancer et se marier ailleurs, et peu importaient son argent et nos relations. Chaque fois qu'il croiserait une connaissance, chaque fois qu'il marcherait dans la rue, il en éprouverait de la honte. Assis à côté de lui, mortifié par ses larmes et incapable de croiser son regard, je mesurais à quel point j'étais désemparé. J'aurais bien frappé ses parents, je les aurais bien rossés à coups de pompe, tous autant qu'ils étaient, je les aurais brisés, eux et leur suffisance, leur mine douillette, ouverte à la modernité. Si seulement cela avait pu faire la moindre différence. Mais la tradition est là, flottant entre les hommes et les femmes, dissimulée dans le ventre des enfants, elle s'échappe, se propage et s'évanouit à chaque respiration, vous ne pouvez pas la tuer, vous ne pouvez pas la contenir, vous ne pouvez que la subir.

— Est-ce que tu l'as rencontré, cette fripouille, ce maderchod ? s'est enquis Paritosh Shah.

Il était en colère, à présent.

— Non, pas du tout. Écoute, ce n'est pas pour lui que je suis venu. À mes yeux, il compte moins qu'une fourmi. Non, c'est Dipika. Elle m'a supplié.

— Tue-le, il m'a ordonné. Tue-le, c'est tout.

— Facile à faire, j'ai répliqué. J'en donne l'ordre, à l'instant même. D'ici une heure, ce sera terminé, on ne retrouvera plus un morceau de son corps, pas un ongle, rien, jamais. Mais ensuite ? Il aura disparu et du coup, elle sera en position de l'aimer pour le restant de ses jours. Et de te haïr jusqu'à la fin de son existence.

— Elle est jeune. C'est de la sottise. Elle va pleurer une semaine, et ensuite elle l'oubliera.

— Tu penses connaître ta fille ?

Il avait les joues luisantes de larmes, la mâchoire crispée, je l'ai vue s'ouvrir, cette mâchoire, se refermer, transmettre à ses yeux, à son front les assauts de l'angoisse et du martyre.

— Elle m'a prévenu qu'elle se suiciderait, et je l'ai crue. Tu comprends ? Je l'ai crue. Tu la retrouveras morte.

— Et alors, donc ?

Il arpentait la pièce en décrivant de petits cercles.

— Laisse-la l'épouser, j'ai dit. Qu'ils se marient discrètement et expédie-les loin d'ici. Installe-les à Madras, à Calcutta. À Amsterdam, si tu préfères.

— Cela ne changera rien, il m'a rétorqué. Tout le monde l'apprendra. Si elle s'en va sans crier gare, si elle disparaît, ils poseront des questions, ils inventeront des histoires. Tout le monde finit toujours par tout savoir. Tu ne peux pas tenir une chose pareille éternellement secrète. Je suis un homme connu. – Et en effet, il l'était. – Bhai, il a ajouté, qu'allons-nous faire, Bhai ?

— Tu ne veux pas la marier à ce garçon ?

— Non. Je ne peux pas. Tu le sais.

Donc, nous en étions là. J'étais pris au piège, et je ne pouvais rien tenter. Marie-la à quelqu'un d'autre, et aujourd'hui même, j'ai proposé. Marie-la dans l'heure. Trouve un garçon, attrape un pandit et marie-la tout de suite. Ensuite, tu les expédies loin d'ici. Quelque part. Peut-être qu'elle ne se suicidera pas. Peut-être que si, mais peut-être que non.

Il avait le souffle court.

— Oui, il m'a répondu, et il a décroché le téléphone.

Je suis sorti de chez lui par la porte de derrière. J'avais trahi Dipika, et j'étais incapable de me retrouver face à elle. Ils l'ont mariée ce même après-midi, à un garçon qui était arrivé par avion d'Ahmedabad. Dipika et son époux repartirent dès le lendemain matin, par avion, pour Ahmedabad. Les beaux-parents informèrent Paritosh Shah qu'après quelques jours de mélancolie, elle semblait avoir pris sur elle, qu'elle avait retrouvé le sourire et s'était remise à rire. Paritosh Shah était convaincu que la réalité du mariage avait effacé la sotte illusion de cette idylle. Au téléphone, les parents du garçon lui avaient rapporté que Dipika parlait beaucoup aux filles de la famille, toutes plus jeunes qu'elle, et qu'elle était sortie deux fois au cinéma avec son mari, ses devars et leurs épouses. Et donc, deux mois plus tard, on envoya Dipika et son époux en voyage de noces, en Suisse, à Berne. La cinquième nuit de leur lune de miel, elle était sortie de leur suite, à l'hôtel, pendant que son mari dormait. Elle avait traversé la réception, elle avait franchi le portail et s'était retrouvée sur la route. Une voiture surgie d'un virage à vive allure l'avait heurtée de plein fouet. Le conducteur avait déclaré plus tard qu'elle marchait au milieu de la chaussée, très exactement, sur la ligne peinte au sol, qu'il n'avait pas eu la moindre chance de l'éviter, et qu'il ignorait même ce qu'il avait percuté jusqu'à ce qu'il s'immobilise et recule. Dipika avait été tuée sur le coup. Le mari avait souligné qu'elle semblait heureuse, que leurs relations étaient gaies, comme toujours entre jeunes mariés. Dans leurs dossiers, les Suisses avaient imputé le décès à une cause accidentelle.

Trois mois après la mort de Dipika, j'étais en train de visionner une cassette, un des films américains de Bipin Bhonsle, quand Paritosh Shah est venu me rendre visite. J'étais resté éveillé toute la nuit, si atrocement éveillé que je discernais même le grincement des solives qui travaillaient, le cliquetis des griffes des chiens qui passaient sur le béton, dehors. Je surveillais la trotteuse rouge de mon réveil qui fauchait le temps en douceur selon un cercle éternel, et je la sentais déchiqueter je ne sais quoi à l'intérieur de mon crâne. Alors j'avais inséré dans le lecteur une des cassettes de Bipin Bhonsle, j'avais allumé l'écran et appuyé sur le bouton de la télécommande, et là où il n'y avait, l'instant précédent, qu'une neige noire, un lion était apparu, un bâillement, la gueule béante, aux crocs jaunis. J'avais donc regardé et, la première fois, je n'avais pas compris grand-chose. Mais à force de manier la touche de retour rapide, au petit matin, j'avais compris l'histoire, qui voulait quoi, quels étaient les obstacles, et qui devait se faire tuer. C'était une bonne histoire, mais pour moi, le plaisir était dans les mots. Je venais de terminer une scène, et le héros s'était mis à courir à reculons sous un maillage de lignes blanches, il sautillait à la cadence d'un clown, la bouche tordue en tout sens, il en jaillissait des bruits fugaces qui accompagnaient sa colère, et je revenais dessus, retour rapide, et je repartais, et je revenais, et ces syllabes me tombaient dans les oreilles, un crépitement de gouttes d'eau ; subitement, elles se sont emboîtées, et leur sens m'est apparu. Le héros demandait : « Où est-il allé ? » Il tenait son pistolet prêt et il demandait : « Où est-il allé ? » Et, à cette minute, je fus envahi par la joie. « Là, j'ai hurlé au héros, en anglais. Il est parti par là. »

Une fois ce film-là terminé, j'en ai mis un autre, et je l'ai étudié. Paritosh Shah est arrivé à neuf heures, il s'est assis sur le lit et il a regardé avec moi, il a regardé un autre héros et ses hommes descendre une rivière, dans la jungle, de l'eau jusqu'à la poitrine, le visage noirci.

— Ce sont des commandos, j'ai expliqué. Un enfoiré leur a volé le missile secret développé par leur pays. Donc ils vont le récupérer en allant s'attaquer à l'enfoiré dans son repaire, en pleine jungle.

Paritosh Shah a souri.

— Un repaire dans la jungle ? Coûteux à entretenir et à approvisionner. Cela m'étonne toujours. Comment s'y prennent-ils pour acheminer l'huile et les oignons pour tous leurs hommes de main ?

J'ai éteint la cassette.

— C'est que tu es vraiment trop bania, j'ai décrété, pour apprécier une bonne histoire.

— Je ne comprends pas ces films étrangers.

— Je vois ça. Tout va bien, chez toi ?

Après la mort de Dipika, son épouse avait gardé la chambre, prise de palpitations. Elle restait faible, sujette aux crises de larmes.

— On se débrouille, il m'a fait. Et toi ? Tu as dormi ?

Il savait que je passais mes nuits allongé, sans fermer l'œil, que je regardais la télévision aux heures grises du petit matin, que je piquais du nez en voiture. J'ai secoué la tête.

— Ce soir, je vais prendre un comprimé.

Il a eu un grand geste du bras, dans la part d'espace qui nous séparait, comme un homme qui lave une vitre.

— C'est de ça que je voulais te parler.

— Des somnifères ? Ton ved-maharaj a de nouvelles recettes ?

J'avais essayé ses pilules Dhanwantri, j'en avais eu des gaz et une indigestion sans trouver le sommeil pour autant, et j'en étais revenu au médecin allopathe.

— Non. Pas ça, m'a-t-il dit, avec gravité. Écoute, Bhai, je pense que tu devrais te marier.

— Moi ?

— Regarde-toi. Tu n'es pas heureux. Tu n'arrives pas à dormir. Tu es perturbé, tu t'occupes de ceci, de cela, et rien ne marche. Tu es agité. Un homme a besoin de s'installer. Tu as tout, maintenant, il faut que tu deviennes un grahastha, que tu fondes une famille, car il y a une place et une heure pour tout.

— Le mariage n'apporte pas le bonheur à tout le monde.

— Tu songes à Dipika. Bhai, elle était ma fille. Ce n'était pas le mariage qui n'allait pas, c'était le reste. Une fois qu'elle avait franchi les limites, où étaient ses chances de bonheur ? Mais toi, il faut que tu te maries. Les saintes écritures nous enseignent qu'il y a des étapes, dans la vie. D'abord, on est élève, ensuite, on est chef de famille. Mais toi, tu vis comme si tu avais déjà renoncé au monde. Regarde-moi ça. – Il parlait de la pièce, de ces murs nus, de ces draps blancs, du thali posé sur le sol, incrusté des reliefs de mon repas. – Chotta Badriya et les boys, c'est très bien, mais ils

344

ne peuvent pas représenter toute ta vie. Il te faut une femme, elle te donnera un foyer.

— Qui va m'épouser, moi, Paritosh Shah ? Quelle jeune fille respectable ?

— Tu t'inquiètes trop, Bhai, il m'a répondu. Nous avons de l'argent. Tout est possible.

Tout est possible. Oui, lui et moi, nous avions créé toutes sortes de possibilités, nous avions arraché des rêves à l'air même et nous les avions ancrés dans la réalité palpable. Tout était possible. Et pourtant, Kanta Bai et Dipika étaient mortes. Et, en observant Paritosh Shah, je me rappelais le sourire du dieu, au-dessus de son épaule, ce prestidigitateur bleuté qui m'avait considéré de ses yeux ensommeillés. Lui aussi, il avait une famille, de nombreuses familles. Et maintenant, il tentait de me prendre au piège d'une famille unique. Oui, je savais désormais que certaines choses étaient inaccessibles, même pour moi, et il était vrai que l'argent rendait le mariage accessible. La plupart de nos boys entretenaient des chaavis, et certaines de ces chaavis se transformaient en épouses. Parfois, les parents s'y opposaient, ils protestaient à cause de la profession du garçon, avant de finalement accepter. Après tout, le boy gagnait sa vie, et il la gagnait bien.

— Oui, j'ai fait, amer. L'argent peut rapporter une épouse. Il peut au moins rapporter cela.

— Est-ce que tu as quelqu'un à aimer, à épouser ?

Paritosh Shah avait proféré cette question avec la satisfaction d'un joueur qui progresse rapidement vers l'échec et mat.

— Non.

J'avais des femmes à foison, des filles de bar, des putes, des actrices en herbe. Mais certainement personne à épouser.

— Alors ne m'éconduis pas, Bhai, il m'a conseillé. Tu es venu me voir, ce jour-là, et tu m'as demandé une faveur. Et je ne pouvais pas t'offrir ce que tu voulais. Mais aujourd'hui, ne me dis pas non. Je te demande une faveur. Dis-moi oui, Bhai.

En cet instant, j'ai compris que nous étions pour toujours pris au piège des liens qui nous enveloppaient de la tête aux pieds, qui nous rattachaient l'un à l'autre, aussi invisibles que la gravité, mais tout aussi puissants. Il n'existait pas d'échappatoire. J'étais arrivé dans cette ville, seul, pour y exister seul, mais ma solitude demeurait une illusion, une histoire que je m'étais racontée pour me convaincre de ma force. J'avais trouvé une famille, une famille m'avait trouvé. Ce Paritosh Shah était mon ami, et il était ma famille. Tous les autres, Chotta Badriya et Kanta Bai, mes boys, ils formaient ma famille. Je faisais partie de cette famille, et ils voulaient que je me marie. Je ne pouvais lutter contre eux. J'étais vaincu. J'ai hoché la tête. J'ai dit :

— Très bien. Je ferai ce que tu veux.

Alors que nous recherchions une fille, nous sommes entrés en guerre. Paritosh Shah voulait monter mon janampatri, mon thème astrologique védique, il voulait tout savoir sur mes parents, mon gotra, mon village.

— Ce n'est qu'en connaissant le passé d'un homme, m'a-t-il affirmé, que l'on peut organiser son avenir.

— Oublie tout ça, j'ai rétorqué. Je n'ai rien de tel, j'ai de l'argent. Le passé est passé. L'avenir est à venir, alors crée-m'en un.

Je croyais alors qu'un homme pouvait devenir tout ce qu'il voulait devenir. Je souhaitais que ce soit vrai : pas de passé, un avenir, n'importe lequel. Mais Paritosh Shah, ce gros salopard, ce Gujarati, cet intrigant insaisissable, cet ami fidèle, il m'a regardé comme si j'étais fou, et il m'a rêvé un passé. Il a commandé un janampatri, un long rouleau qui s'est déployé en travers de la pièce, semé d'étoiles, de hachures secrètes, de caractères sanskrits vermillon et de toutes sortes de bons augures.

— Mais attention, pas un passé trop parfait, a-t-il nuancé. Sinon, aucun papa ne voudra y croire.

Donc, selon Paritosh Shah, j'avais connu de rudes épreuves dans ma prime jeunesse, la pauvreté, le danger, et j'avais frôlé la mort, à cause d'un Shani mal aspecté, mais j'avais surmonté ces fatalités, j'avais défié le destin en personne, grâce à la seule force de ma volonté et à mon dévouement sans partage à Krishna-maharaj, et j'avais transformé ma destinée en misant sur les énergies de mes prières innombrables. Cela aussi, il l'avait inventé, mes pieux poojas quotidiens, un temple que j'aurais édifié, mon amour de Krishna.

— C'est de la bonne publicité, Bhai, m'a soutenu Paritosh Shah. Alors renonce à tes manières impies, personne n'apprécie ce genre d'écarts. Les gens te croiront communiste. De toute manière tes enfants auront besoin d'un bon foyer, bien religieux.

Le janampatri sur mesure qu'il avait commandé pour la bonne cause me prédisait de nombreux fils, une ou deux filles, et une longue vie de puissance, de stabilité et de renom. On ne prévoyait qu'une ou deux périodes de maladie, comme des grains de beauté sur un visage parfait, et ces épisodes seraient aisément surmontés grâce au port des bonnes amulettes. Paritosh Shah a enroulé le manuscrit par petites rotations rapides et expertes du pouce et de l'index des deux mains, dans un tressautement des aisselles, et il m'a souri.

— Tu es un très bon parti, mon garçon. Tu vas avoir une file de candidates, attends un peu.

J'avais des doutes. Nous avions beau déplacer les planètes pour faire briller un soleil doré sur mon avenir, il n'en demeurait pas moins que des hommes étaient morts de mes mains. Les journaux m'avaient baptisé « Ganglord Gaitonde ». J'étais haï et craint. Je le savais. Et pourtant, les photos sont arrivées. Les papas ont envoyé des photos de leurs filles, par des intermédiaires et des agences matrimoniales. Paritosh Shah a étalé une liasse de ces portraits sur son bureau doré, comme un jeu de cartes à jouer.

— Choisis, il m'a fait.

J'ai pris la première. Elle était assise devant un fond rouge, elle portait un sari de soie vert, avec un dupatta or, ses cheveux lisses et soyeux tirés en arrière afin de dégager un front haut.

— Celle-ci, elle ressemble à une institutrice, j'ai dit.

— Alors évite-la. Opère une première sélection. Ensuite, nous nous pencherons sur le milieu familial, l'éducation, le caractère de la fille, son horoscope et, à partir de là, nous prendrons des initiatives.

— Des initiatives ?

— Nous rencontrerons les jeunes filles, naturellement.

— Nous irons en visite au domicile de la fille ? Et elle me servira un thé, sous le regard de ses parents ?

— Eh bien, oui, évidemment. Que veux-tu d'autre ?

D'une chiquenaude, j'ai expédié la photo sur la table, et elle a réintégré le tas en douceur.

— C'est complètement dingue, j'ai dit.

— Quoi, qu'est-ce qui est dingue ? Le mariage ? Bhai, le monde entier le pratique. Les Premiers ministres. Les dieux. Je veux dire, que veux-tu faire d'autre de ton existence ? L'homme serait né pour quoi, à ton avis, si ce n'est pour ça ?

Pourquoi l'homme est-il né ? Je n'avais pas de réponse à cette question, alors j'ai emporté les photos chez moi, je les ai étalées sur le sol de ma chambre, par rangées de dix. Ils ont frémi dans le courant d'air du climatiseur, ces visages lissés de poudre, chatoyant d'un doux espoir. On était en avril et, sans cette rafale d'air réfrigéré, même avec le ventilateur sur « maximum », j'aurais trempé de sueur mon matelas et laissé des auréoles humides sur les sièges. J'avais le sang brûlant, j'avais besoin d'un air hivernal, d'un air plus froid que celui que cette ville pourrait jamais en exhaler. Dehors, sous le soleil, mon pantalon me collait aux cuisses, ce qui me rendait fou, et mes chaussures me laissaient des anneaux rouges autour des chevilles. Dans ces cas-là, j'étais sujet à des accès de colère ou d'inattention. Donc les boys avaient fait tirer des câbles électriques spéciaux, percé une nouvelle fenêtre dans le mur de ma chambre, installé l'appareil, de sorte que j'ai pu vivre au frais. J'étais dans le confort et le calme. Pourtant, à mes yeux, ces visages sur le sol étaient tous les mêmes, aucun n'était plus plaisant ou déplaisant que les autres. Elles étaient plutôt jolies, pas d'une beauté phatakdi – qui souhaite avoir une bombe pour épouse ? –, mais agréables, accueillantes et réservées. Elles étaient instruites, plutôt cultivées, elles savaient toutes cuisiner et broder, elles étaient toutes qualifiées, sans nul doute, alors pourquoi retenir celle-ci, et pas cette autre ? Elles voletaient sous cette rafale d'air froid, et j'attendais un signe, un clin d'œil. Et j'étais là, moi, Ganesh Gaitonde, chef de ma propre compagnie, maître de milliers de vies, fauteur de mort et généreux bienfaiteur, complètement et totalement incapable de prendre une décision.

— Bhai, il y a un souci.

Chotta Badriya frappait avec insistance à la porte. Je l'ai prié d'entrer et il m'a répété sa phrase.

— Un très gros souci.

— Quoi ?

— La cargaison de ce soir, Bhai. La police l'a saisie. Ils les attendaient, à Golghat. Ils s'étaient postés sur les hauteurs, au-dessus de la plage, derrière la haie d'arbres. Ils ont attendu que ça soit chargé dans les camions, ensuite ils sont sortis, ils ont arrêté tout le monde, et ils ont emporté le maal.

Le maal, soit l'équivalent de quarante lakhs en puces informatiques, en complexes de gélules de vitamine B et autres caméras vidéo. Il avait été acheminé jusqu'à la côte, non loin du village de pêcheurs de Golghat, à bord d'un dhow de trente mètres, puis transbordé sur de jolis petits bateaux de pêche pour le trajet jusqu'à la plage, où trois camions attendaient, leur plateau recouvert d'une bâche en plastique, tout prêts à recevoir mon précieux chargement. Et maintenant, il était entre les mains de la police.

— Ils étaient au courant, j'ai tranché. Ils détenaient l'information.

— Oui, a acquiescé Chotta Badriya.

— Il n'y avait que la police ? Pas les douanes ?

— Oui, uniquement la police.

— Qui ? Quelle police ?

— Des officiers de la Zone 13. Kamtah, Bhatia, Majid Khan, ces types-là. Des gars de Parulkar.

Nous savions l'un et l'autre ce que cela pouvait signifier. Il était possible que la police ait disposé de ses propres sources, qui l'avaient rencardée, ou qu'un de nos concurrents leur ait livré mon maal. À cette époque-là, il existait encore quatre grandes compagnies à Bombay, la Pathan Company, sur Grant Road, l'équipe de Suleiman Isa à Dongri, Jogeshwari et Dubaï, les frères Prakash et leur compagnie dans les périphéries nord-est, et l'Ahir Company, à Byculla. N'importe laquelle de ces quatre entités – non, cinq, si tu comptais les rakshaks – aurait pu nous considérer comme un menu fretin facile à croquer. Les Pathans ne devaient pas être concernés, ils étaient trop affaiblis par leur longue guerre avec Suleiman Isa, à laquelle ils avaient tout juste survécu. Mais pour les autres, nous étions un amuse-gueule, léger mais savoureux ; nous étions de loin les plus jeunes, les plus inexpérimentés, les moins bien introduits, avec le capital et l'arsenal le plus modeste. Alors, laquelle ?

Parulkar venait d'être nommé commissaire divisionnaire en second de la Zone 13. On le disait proche de Suleiman Isa. Et Suleiman Isa et ses frères dirigeaient le gang doté des meilleures relations politiques, le mieux armé, le plus nombreux que Bombay ait jamais vu. Peut-être nous considéraient-ils comme une menace en pleine croissance, et peut-être voulaient-ils prendre les devants.

— C'est tout ce que nous savons ? j'ai demandé.

— C'est tout, Bhai.

J'étais tellement en colère que j'en avais mal dans les jointures, et un élancement dans les entrailles. J'avais envie de tuer. Lentement, lentement. Suleiman Isa, c'était un gros morceau. Il fallait que je sois sûr.

— Appelle Samant. Où qu'il soit, trouve-le-moi. J'ai besoin de lui parler.

Qui chassait qui ? Samant a enquêté, à l'intérieur du département, il a collecté des rumeurs, il a distribué un peu de liquide par-ci, une bouteille de Black Label par-là. Il avait des amis partout, des agents, des employés de bureau, des péons ; l'info leur passerait nécessairement entre les mains. Mais c'était trop long. Ma compagnie abritait un espion en son sein ; quelque part, près de moi, un chutiya avait vendu le secret de ma cargaison et, à chaque minute qui s'écoulait, le danger se renforçait, il me menaçait comme une colline sur le point de glisser. Il fallait que je la redresse, sinon elle allait m'engloutir et m'écraser. J'étais capable de soulever cette masse, je le savais. Mais il fallait d'abord que je débusque le serpent niché sous mon toit, que je lui écrase la tête. Où se cachait-il ? Comment le forcer à sortir au grand jour ? Dans ma chambre climatisée, je déplaçais les têtes de ces jeunes filles, je créais des motifs, des agencements, et je réfléchissais. Le dernier jour du mois de mai, je suis allé voir Paritosh Shah.

— Je veux tenter quelque chose, je lui ai hurlé. Je reste assis là comme un chutiya pendant qu'une bande de bhenchods me rit au nez. Mes propres boys me rient au nez.

— Personne ne te rit au nez, il m'a répondu. Sois patient. C'est une grande affaire, et rien de grand ne se crée en un jour.

J'étais encore sur le point de me défouler contre lui, mais on a frappé à la porte. Bada Badriya a pointé un œil, et introduit un petit tailleur timide. Mon ami se faisait couper de nouvelles sahariennes. Le tailleur lui déroulait son mètre à ruban d'une extrémité du corps à l'autre pendant que Paritosh Shah enchaînait les appels sur son téléphone sans fil. Moi, j'étais assis, et j'observais. Il avait été très occupé, ces derniers temps, par le lancement de sa compagnie aérienne. Mon gros bonhomme avait envie de voler. Il possédait des dizaines de commerces, s'enorgueillissait de ses entreprises de construction, de ses restaurants, de son parc locatif, de ses usines de plastique, de sa fabrique de vêtements près d'Ahmedabad, mais il rêvait de s'élever loin de la terre, et c'est à ce titre qu'il était apparu récemment dans les journaux, splendide, tiré à quatre épingles, depuis la chevelure chatoyante jusqu'à la chaîne en or avec fermoir à l'effigie de Krishna, en passant par la Rolex, en or elle aussi, qui soulignait l'éclat précieux des pierres de naissance qu'il avait aux doigts. J'aimais l'imaginer passant au-dessus des falaises à degrés des immeubles de Bombay, au-dessus des basses terres brunes de ses bastis, gros dirigeable lisse et rond promenant sur la mégapole aux dents longues l'umbra de sa saharienne bleue, ombre bienveillante d'un bleu plus enchanteur que le ciel délavé de soleil. Peut-être un jour son ombre s'étendrait-elle à l'ouest et au nord, jusqu'à Delhi, et au-delà. Il avait l'intelligence, l'ambition, et l'œil froid. Mais pour l'heure, sa compagnie aérienne assurait la liaison entre Bombay, Ahmedabad et Baroda. Il était en train d'organiser les festivités et les formalités entourant le vol inaugural.

— Écoute, il me disait. Écoute, c'est tout. Cette randi, je la connaissais quand elle suçait un lauda la nuit entière contre cinq mille roupies. Et maintenant, elle serait devenue une si grande star, qu'elle veuille trois lakhs rien que pour s'asseoir une heure dans un avion ? Pour couper un ruban ? Un peu de sérieux.

Il négociait avec la secrétaire de Sonam Bandhari l'apparition personnelle de l'actrice. Il a écouté, avant d'opter pour le ton du diplomate plein de bon sens :

— Je peux verser un lakh. Je lance une compagnie aérienne, pas un fonds de soutien pour starlettes finissantes. Un lakh.

Le tailleur prenait la mesure, de la taille au talon.

— Combien ? OK. Un et demi. Vendu. Je t'envoie un acompte de cinquante mille, aujourd'hui même. OK.

Il a raccroché.

— Vendu, il m'a annoncé. Une star de cinéma va participer au vol inaugural. On va passer à la télé.

— Toi, tu vas passer à la télé, j'ai dit. Moi, pas question que je me montre à ton vol inaugural, ni de près ni de loin.

— Même pas avec Sonam Bandhari à bord ? il m'a lancé. Si tu la vois agiter ses noix de coco, tu oublieras totalement ta cargaison.

— Aucune femme n'a les noix de coco assez belles pour me faire oublier ça.

Il a gardé le silence jusqu'à ce que le tailleur ait ramassé ses gribouillis et ses échantillons, et qu'il soit parti.

— Tu as tenté tout ce qui était possible, il a insisté. Maintenant, nous n'avons plus qu'à attendre.

Et attendre, attendre, attendre. Attendre, pour moi, c'était dur, ça me rongeait.

— Écoute, j'ai dit. Je ne veux pas attendre. Il faut agir.

— Dans des périodes comme celle-ci, il nous faut de l'aide, il m'a répliqué, l'air rusé. On va réciter un pooja.

— Une prière. D'accord.

— Vraiment ? Tu es sérieux ?

Qu'il soit stupéfait, c'était naturel : durant toutes nos années communes, je n'avais jamais prononcé de prière, jamais imploré les faveurs divines, et si j'avais consommé un prasad, c'était en guise d'amuse-gueule, une offrande vite grignotée. En fait mes raisons ne l'intéressaient pas, tout ce qu'il voulait, c'était s'engouffrer dans cette ouverture inattendue. Il décrochait déjà l'un de ses téléphones.

— On va procéder à un Satyanarayan Katha. Je connais pile le pandit qu'il faut. Tu vas voir, tous ces kathas portent leurs fruits sans faillir. Pas la peine de s'inquiéter. En un clin d'œil, on aura la situation en main.

Il me souriait presque avec bienveillance. Je voyais bien l'histoire qu'il avait en tête, j'entendais déjà le katha qu'il allait prononcer, aussi clairement que s'il me le braillait par un haut-parleur dans l'oreille : Bhai est rentré au bercail, il allait annoncer ça aux boys, il a réintégré la maison du Seigneur, par la grâce de Dieu, il a enfin connu l'éveil, dans son cœur la dévotion est devenue aussi vive qu'une flamme. La vérité, c'était que je ne me sentais pas très éclairé, juste inerte. Au moment de me noyer, alors que l'eau m'arrivait aux joues, ma main s'agrippait à ce qui pouvait flotter par là. Ce pooja, c'était une brindille, et je m'y suis accroché.

Je voyais le lourd navire immobile à la surface mouvante et argentée de ces eaux immenses. Pour son pooja, Paritosh Shah avait alpagué un pandit que je puisse comprendre. C'était un conteur très spectaculaire, avec des voix différentes pour chaque personnage, et plein d'expressions à la Dilip Kumar. Nous en étions au moment où le marchand et son gendre étaient sur le chemin du retour, avec un bateau chargé d'or, de perles, de parfums et d'ivoire, bénéfices pesants d'un long voyage tempétueux loin de leur foyer. Un dandi-swami apparaissait sur la rive, le vieux Satyanarayan, rusé et déguisé, pour poser cette simple question : « Bachcha, qu'y a-t-il sur ce bateau ? » Et le marchand, ce salopard rapace et bigleux, s'écriait, par crainte d'avoir à faire l'aumône : « Oh, rien, Swami-ji, juste un peu de lata-pata », et le dandi-swami hochait la tête, puis répondait : « Tathastu », qu'il en soit ainsi, et subitement le bateau se mettait à danser comme un bouchon, et tout à coup il n'était plus chargé que d'herbe légère et de foin sec. Le dandi-swami est alors entré dans une transe méditative, et c'est exactement à cet instant, avant que le marchand ne récolte ce qu'il avait bien mérité et n'en arrive au chapitre de ses regrets, que Chotta Badriya m'a tapé sur l'épaule, et m'a chuchoté :

— Viens, Bhai.

À l'extérieur de la pièce, il m'a tendu un téléphone. J'ai pris l'appel sous les regards de Paritosh Shah, Chotta Badriya et son frère Bada Badriya. Nous la tenions, notre piste. La nuit précédente, un de nos agents chargés du débarquement sur la grève de Golghat avait passé la soirée avec une fille, une dénommée Sinky, à Colaba. Cet agent, un Kontani nommé Ashok Khot, émargeait chez nous depuis quatre ans. Il était venu à Bombay pour mettre sa femme dans un train à destination de Delhi, où elle allait assister au mariage de la fille de son frère. Elle est montée à bord du Rajdhani, bien installée avec ses deux fils, et là-dessus, voilà que Khot a décidé de goûter aux délices de la ville. Il a appelé cette

Simky depuis la gare même, est passé la prendre, une heure plus tard, devant le Lido Bar, près de Regal. Khot avait les poches pleines. Il a réservé un taxi limousine climatisé avec vitres teintées, et l'a emmenée dîner au Khyber, puis faire un tour à Marine Drive. Pendant tout le repas, il a bu du Johnny Walker Black Label et lui a débité toutes sortes d'histoires au sujet des types qu'il avait floués, de l'argent qu'il avait gagné, des hauts fonctionnaires qu'il avait ruinés et ensuite, dans la voiture, en lui pelotant les mausambis et en riant tout seul de blagues qu'il ne terminait jamais, il a siroté encore à petites gorgées dans un gobelet en argent attaché à une flasque par une chaîne. Enfoncée dans la banquette arrière, la fille l'a écouté en fredonnant sur les chansons du lecteur de cassettes. Ils sont allés manger un kulfi à Chowpatty, et il est entré dans l'eau en titubant, il a encore essayé de chanter une chanson, et il a vomi dans la mer, ensuite il a encore bu un autre whisky-soda, rien que pour lui montrer quel homme il était. Sur le trajet du retour, il a exigé du chauffeur qu'il monte le volume sur *Makhmali andhera hai,* il a ouvert largement le choli de Simky, est venu fouiner en elle avec des petits bruits baveux et des bredouillis feutrés, et elle l'a encore entendu se vanter, des vantardises à moitié noyées par la musique : « Saali, tu as intérêt à être bonne avec moi, tu sais qui je suis ? Dans cette ville, personne n'a le droit de me regarder de travers. Masood Meetha en personne vient me rendre visite chez moi. » Dans la chambre d'hôtel, à Colaba, Khot lui a tripoté la jupe, l'œil vide, puis il a glissé sur le flanc et sombré dans le sommeil. Simky lui a retiré ses chaussures, ses chaussettes, et puis elle a tiré sur son pantalon et son slip Jockey. Au total, dans ses diverses poches, elle a dégotté vingt mille roupies en billets de cinq cents, elle en a prélevé cinq mille, qu'elle a cachées dans son sac à main rouge. De ce sac, elle a discrètement extrait un petit pudi de papier plié, s'est sniffé une lignette de brown sugar, a inspiré à fond, à pleines narines, et un frisson de volupté lui est remonté jusque dans les seins. Après quoi, elle s'est allongée sur le dos et elle a dormi. Dans la matinée, Khot s'est retourné, s'est étiré, et malgré la puanteur d'égout de son haleine, Simky s'est tenue bien tranquille. Quand il a essayé de lui monter dessus, elle a détourné la tête, elle l'a supplié de sa petite voix de Simky. « Raja, tu m'as tellement fait mal, cette nuit, je ne peux plus, vraiment, je ne peux plus. » Il a ri, tout fier, et, magnanime, l'a laissée filer. Le lendemain, elle déjeunait avec un de nos boys, Bunty Arora, originaire de la banlieue, de Guru Tegh Bahadur Nagar. Quand elle était arrivée de Chandigarh, Bunty avait veillé sur elle, elle avait été sa chaavi. Maintenant, il n'osait plus la toucher, elle avait cette sale manie du brown sugar, mais enfin, elle avait encore du sentiment pour le vieux mashooq et, de temps à autre, quand il se trouvait de ce côté-là de la ville, il lui faisait signe. Elle lui a parlé de sa nuit avec Khot. Bon, c'était notre Bunty qui avait présenté Khot à Simky. Donc il a réagi. « Ce salopard de bevda, quand il se met à boire, il est insupportable. » Et elle de renchérir. « Oui, il parle et il parle, il ne s'arrête plus ! Je suis ci, je suis ça, personne n'a intérêt à me regarder de travers, Masood Meetha vient me rendre visite chez moi, dans ma maison. J'avais envie de le frapper à coups de batte de cricket. » Elle s'ébouriffe les cheveux et, l'espace d'un instant, elle retrouve l'allure de l'ancienne Simky. Ensuite, elle se remet à siroter son falooda couleur d'or et repart dans son fredonnement brumeux. Notre Bunty reste impassible, alimente la conversation, cause de films et de stars, et patati, et patata, et quand ils ont fini, il lui dit au revoir, se rend à pied dans la téléboutique la plus proche et passe un coup de fil. Comme disait le sage dandi-swami : « Tathastu. » Ainsi soit-il.

C'était donc cela. Masood Meetha était le numéro un de Suleiman Isa dans la ville ; il occupait cette fonction depuis que Suleiman lui-même s'était envolé pour Dubaï. L'ennemi qui nous avait volé nos biens, c'était Suleiman Isa, lui et ses salauds de frères. J'ai reposé le combiné et j'ai appris la nouvelle à Paritosh Shah, à Baba Badriya et à Chotta Badriya.

— C'est Suleiman.

— Tu es sûr ? s'est écrié Chotta Badriya.

— Évidemment que je suis sûr. J'en étais déjà sûr avant, et maintenant nous en avons la preuve. Ces deux bhenchods de Parulkar et de Suleiman, ils sont proches depuis des années et des années.

C'était de notoriété publique, et l'expression du visage de Chotta Badriya suffisait à le montrer ; il a baissé les yeux et n'a pas commenté. Parulkar et Suleiman avaient mené leur ascension ensemble, ou tout au moins en parallèle. Beaucoup d'arrestations fameuses et de coups de filet de Parulkar s'étaient fondés sur des renseignements que lui avait transmis Suleiman, et ceux qui s'étaient retrouvés en prison ou qui avaient saigné à mort au fond d'une ruelle anonyme avaient été des ennemis de Suleiman, ses rivaux, assez grands, en tout cas, pour qu'il les considère comme des concurrents. Son clan et lui en avaient avalé un bon nombre, dans la ville, et s'ils avaient grossi, et s'ils se pavanaient dans les rues, c'était grâce à ce régime journalier. Suleiman Isa et sa ribambelle de frères, les Nawabs de Bombay.

— Je vais les tuer tous, j'ai déclaré.

Le ventilateur dansait au-dessus de nos têtes, il tournait à toute vitesse, de guingois, en laissant par intermittence échapper un grincement. C'était le seul bruit. C'était très grave. Les Pathans avaient livré une guerre contre Suleiman, avaient tué l'un des frères et quantité de boys, mais il avait contre-attaqué et il les avait saignés. Finalement, la trêve avait été conclue ; fini les pistolets qui pétaradaient à tout-va dans les restaurants et les AK-47 aux pompes à essence, mais les Pathans en étaient sortis éclopés. C'était folie de douter de la détermination de Suleiman, ou de sa cervelle, ou de sa richesse, ou de ses contacts au sein de la police et des ministères. Donc mes amis gardaient le silence. En fin de compte, c'est Paritosh Shah qui a pris la parole.

— Il n'y a pas d'autre choix.

La guerre nous tombe dessus. Elle nous mène au champ de bataille par une enfilade de méandres. Vous pouvez tenter de l'éviter, mais finalement, vous vous apercevez que le virage fleuri que vous avez pris était l'entrée d'une arène où l'on patauge dans le sang. Donc, nous y voilà.

— Bon, j'ai dit. Allons-y.

Au début, nous avons été victorieux. Nous avions l'avantage de la surprise. Le tout premier jour, j'avais fait enlever Khot. Son épouse était encore à Delhi, donc quelques-uns de mes boys se sont présentés chez lui, et ils l'ont simplement tiré de son lit, l'ont ramassé et me l'ont amené. Je n'avais pas envie de lui sous mon toit, donc on s'en est occupés dehors, derrière la maison. D'emblée, il a essayé de me raconter qu'il ne savait rien au sujet de Suleiman Isa, qu'est-ce qui m'amenait à croire qu'il irait même tenter de commettre un geste aussi bas et aussi fou, tout le monde connaissait sa fidélité à Ganesh Bhai, depuis des années et des années, il le jurait sur la tête de ses enfants. Au bout du compte, ce bhenchod sans vergogne, il a misé sur la religion.

— Pourquoi j'irais me coller avec ce connard de kattu ? s'est-il défendu. Ganesh Bhai, pense un peu. Comme toi, je suis un homme très croyant. Toutes les semaines, je vais faire un don au temple. Ce n'est qu'une espèce de complot des musulmans pour briser notre amitié.

Je lui ai cogné dessus, si fort que je me suis écorché une phalange.

— Écoute-moi, salopard, j'ai rugi – mais après, j'étais trop en colère, j'ai senti le sang gonfler derrière mes orbites. – Butez-le, c'est tout ce que j'ai pu ajouter. Butez-le, j'ai répété, et je me suis éloigné.

Il a fait tout un raffut, il toussait, il suffoquait, il appelait son père au secours. « Papa, papa », il gémissait. Intéressant. La douleur change les hommes en bébés mais, en général, c'est leur mère qu'ils réclament. Peut-être que Khot n'avait pas de mère. Je suis revenu jeter un œil, en me massant la main. J'ai appuyé sur la deuxième première phalange de ma main droite ; une vague de douleur m'a pris les doigts en éventail. J'ai appuyé plus fort. Et là, ce fut un mouvement froid, rapide, affûté, un coup de couteau dans le poignet. Une dent insaisissable qui mordait sous la peau. Par terre, sous la pluie dense des coups, Khot était secoué de convulsions. J'ai appuyé encore plus fort. Mais c'est lui qui a craqué le premier.

Il nous a tout raconté. Il n'y avait pas grand-chose à dire. Masood Meetha et lui se connaissaient depuis leur jeunesse. Leurs deux familles étaient originaires de villages voisins, quelque part vers la côte. Masood l'avait approché un an et demi plus tôt, à Bombay. Il l'avait appelé, l'avait invité à boire le thé et à croquer quelques biscuits dans ses bureaux de Dongri. Khot avait refusé de le rencontrer à Dongri, donc ils avaient bu un chai dans un restaurant pas cher de Ghatkopar. Cette première fois, ils s'étaient contentés de parler de leurs villages du Konkani et de nourriture, et de ce qu'avait pu devenir ce vieil Untel dont le père était facteur.

Un mois plus tard, le soir, Masood avait fait un saut, mine de rien, au domicile de Khot, situé près de Golghat, sur un coup de tête, il se trouvait qu'il était dans les parages, et il lui avait suggéré de lui préparer à dîner, il avait demandé à goûter les plats traditionnels konkanis que l'épouse de Khot savait cuisiner, et donc on lui avait servi de cette cuisine bhabhi en tous points semblable à celle de sa mère. Après ce dîner, il y avait eu des échanges de coups de téléphone, des cadeaux, des montres et des bouteilles de whisky, mais jamais aucun contact en tête à tête. Khot n'était pas innocent à ce point, il avait compris dès leur première rencontre, dès la première gorgée du thé de Meetha, à quoi rimait tout ce petit jeu, pourquoi, après toutes ces années, Masood Metha s'était souvenu de lui. Et quand était venue l'heure de prendre des dispositions pour ma cargaison, ma cargaison à quarante lakhs, c'était Khot qui avait décroché son téléphone pour appeler Masood : « Bhai, et si on dînait ensemble ? » Il nous a raconté tout cela, et il était en larmes.

— Tuez-le, j'ai dit.

Je me suis détourné, je me suis éloigné et, avant que je n'arrive aux marches menant à la porte de derrière, c'était fait. Deux détonations sourdes, et le Khot était liquidé. Chotta Badriya m'a suivi à l'intérieur, j'ai entendu le déclic du cran de sûreté avant qu'il ne rentre son Glock dans sa chemise.

— Ne te débarrasse pas du corps tout de suite, j'ai ajouté. On le renverra à Suleiman, demain. Après.

— Après, il a répété, en souriant de toutes ses dents.

Et donc, on s'est attelés à la besogne. On s'était préparés. Nous avions nos listes, nos plans dessinés à la main, nos informations. Alors nous avons délimité notre champ d'action. Le lendemain, entre huit heures du matin et quatre heures de l'après-midi, nous avons tué Vinay Shukla, Salim Sheikh, Syed Munir, Munna, Zahed Mechanic et Praful Bidaye. Ce même soir, Samant affrontait, les armes à la main, Azam Lamboo et Pankaj Kamath, une action qui lui a valu de grands articles dans les journaux (« Le roi du coup de feu abat deux tueurs d'élite de Suleiman »), et trois lakhs de ma part. Cette même nuit, en fait à quatre heures et demie du matin, une voiture s'est arrêtée près de l'hôtel Imperial, à Dongri, et le corps de Khot a glissé sur le trottoir, la tête enveloppée dans une serviette imbibée de sang séché. De la sorte, on leur signifiait qui on était. Nos réponses étaient écrites dans le sang.

Ce que je voulais, c'était la tête de Suleiman, pour shooter dedans comme dans un ballon de football. Mais il était en sécurité à Dubaï, où il s'était enfui après que les Pathans avaient abattu son frère, après qu'il en avait lui-même tué un bon nombre. Bombay était devenue trop dangereuse pour lui, et donc il avait fui, ce bhadwa, mais il menait ses opérations dans la ville par l'intermédiaire de Masood Meetha et les autres. Nous nous étions armés pour affronter la contre-attaque et, pendant une journée, nous avons attendu ; après quoi, il arriva ce qui devait arriver. Ils ont pris trois de nos boys en embuscade, au moment où ils sortaient de la maison d'un de leurs parents, à Malad. Ils sont morts, tous les trois, avant d'avoir pu dégainer leur pistolet. Ajay Kumble, Noble Lobo, Amir Kenkda. Le lendemain, ce fut le tour des inspecteurs de Parulkar d'attendre, en embuscade, que nous entamions le petit circuit de notre collecte hebdomadaire, dans Darya Mahal Bazaar, où les boutiquiers tenaient leurs contributions toutes prêtes. Les hommes du détachement de police, conduit par Majid Khan le muchchad, s'étaient habillés comme des ouvriers agricoles. Ils avaient tiré quarante-quatre balles sans sommation. Vinay Karmarkar, Shailendra Pawar, Ziauddin Qazalbash.

Nous avons combattu Suleiman Isa tout au long de l'été, puis sous la mousson et ses déluges. Quand nous allions récupérer les corps à la morgue, que nous les portions sous les cascades de pluie, il nous semblait combattre de toute éternité, que cette guerre avait toujours existé. L'ennemi nous faisait souffrir, mais il ne pourrait pas nous tuer. Et nous les avons grignotés, nous les avons saignés, chaque jour un peu plus. Entre-temps, la Rajhans Airlines, la compagnie de Paritosh Shah, avait pris son envol ; comme il s'était trouvé l'air trop vieux, à la télévision, il s'était fait poser des implants capillaires, et il me serinait sa leçon sur le pouvoir de son dandi-swami.

— Tu as vu comme il a répondu à ta demande. Tu as demandé, et il a donné. Alors, maintenant, comment peux-tu refuser de croire ?

J'étais tenté de croire. Mais très tôt dans mon existence, j'avais vu en quoi la foi était une pourriture interne qui creusait un homme, qui le vidait au point de le transformer en eunuque. Je savais qu'elle était une béquille commode pour les couards et les mauviettes. Non, je ne voulais pas d'une telle maladie à l'intérieur de moi.

Donc j'ai résisté, j'ai invoqué la coïncidence, le fait que l'information nous soit parvenue en pleine pooja n'était que l'aboutissement d'une série de mouvements concomitants, des particules aléatoires entrées en collision pour former une illusion, comme une apparition. Et qu'en était-il de ces milliers de mouvements nés au cœur de chaque minute sans la moindre étincelle de sens susceptible de relier un événement à un autre ? Paritosh Shah voyait le dandi-swami partout, derrière le surgissement de chaque seconde, il le suppliait à coups de cadeaux et de bhajans, il insistait à force de pierreries, d'amulettes et de mantras secrets, et il se querellait avec lui, à l'occasion. Et il présentait ses excuses au dandi-swami avant de prendre son envol sur les ailes de ses bénédictions. Il était convaincu que, si je voulais cesser de résister et m'enfoncer dans le mariage, je glisserais automatiquement dans la foi. « Une fois que tu seras bien installé, me soutenait-il, tout ce fouillis se remettra d'aplomb, lui aussi. Ça ne fera ni une, ni deux, c'est comme ça, tu verras. » Et il a claqué des doigts, et une, et deux.

Tous les jours, il me réclamait ma première sélection de filles.

L'année s'est écoulée. Septembre, octobre. Début novembre, Samant m'a appelé. De combat en combat, nous avions continué de faire affaire et d'en profiter mutuellement, lui, en liquide, moi, en cadavres. Mais il nous était devenu difficile de nous rencontrer en chair et en os depuis que les journaux avaient évoqué notre existence à tous les deux. Nous étions pris au piège de la célébrité. Jusqu'à présent, celle-ci se limitait à Bombay, elle ne s'étendait pas à toute l'Inde, mais cela suffisait à nous rendre prudents. Donc nous nous parlions au téléphone, et nous changions de numéro toutes les semaines.

Ce que Samant avait à m'annoncer était assez simple. Un mois après la saisie de ma cargaison, le gouvernement avait distribué des sommes presque équivalentes au quart de la valeur totale, à divers fonctionnaires et à un informateur anonyme. Nous savions que le salaud sans nom n'était ni Khot ni aucun de ceux qui lui avaient survécu – nous les avions tenus soigneusement à l'œil.

Alors qui était-il, ce gaandu qui m'avait volé ce qui m'appartenait ? À présent, Samant détenait un nom : « Kishorilal Ganpat. » Je connaissais ce nom-là. Tout Bombay le connaissait. C'était celui d'un promoteur immobilier ; il couvrait depuis dix ans l'est de la ville de béton. Depuis l'autoroute, au beau milieu de champs verdoyants, vous pouviez voir ses immeubles pointer la tête au-dessus des villages et des vieux ensembles de résidences. Il pesait lourd. On avait parlé de ses tractations avec Suleiman, mais leurs relations ne sortaient pas de l'ordinaire, rien que le nécessaire, celles que n'importe quel entrepreneur aurait entretenues avec Suleiman Isa dans le cours normal des choses. Rien d'intime, rien de particulier. Nous-mêmes avions eu des contacts avec Kishorilal Ganpat quand il avait eu besoin d'aide pour nettoyer les taudis qui encombraient quatre terrains résidentiels, à Andheri. Mais s'il m'avait pris mon argent, s'il m'avait volé, alors cela signifiait qu'il était plus proche de Suleiman Isa qu'on ne croyait. Cela signifiait qu'il était un de banquiers de Suleiman, qu'il mangeait au même râtelier que ce maderchod.

J'ai remercié Samant, et j'ai raccroché. Sa récompense suivrait, plus tard, et nous n'avions pas d'autre sujet de discussion. J'avais le choix : ravaler cette nouvelle en silence, oublier même que je l'avais entendue, ou agir. J'ai gardé cette information pour moi, je l'ai verrouillée tout au fond de mon ventre. J'avais envie d'y réfléchir soigneusement.

Avant l'aube, le téléphone a sonné de nouveau. Encore un mort parmi les nôtres. Un boy de Gopalmath même, un boy que j'avais vu grandir dans les ruelles que j'avais construites. Il s'appelait Ravi Rathore, et il rentrait en autocar d'Aurangabad, où il avait de la famille. Les chiens de Suleiman Isa l'avaient coincé à Dadar, à l'arrêt du car. Un ice-cream-wallah avait remarqué un peu de bousculade. Il y avait une camionnette noire garée à proximité. À une heure du matin, quelqu'un avait repéré un corps dans un tas d'ordures puantes, non loin de la gare de Goregaon East, et ce quelqu'un avait passé un coup de fil anonyme à la police. Le corps de Ravi Rathore présentait un impact de balle dans chaque cuisse et un autre en plein front. En fin d'après-midi, nous l'avons ramené dans sa kholi. Il n'avait pas de famille à Bombay, donc j'ai mis moi-même le feu à son bûcher funéraire. Dans son linceul blanc, sous le tas de bois, sous la pluie de flammes, le corps était minuscule. Il était très maigre, Ravi Rathore, la poitrine creuse, et sa ceinture préférée, avec ses lourdes boucles en argent, faisait deux fois le tour de sa taille. Quand les boys jouaient au cricket, le dimanche, sur le terrain en pente, près de la colline, rien qu'à courir d'un guichet à l'autre, Ravi Rathore était à bout de souffle, flageolant, pantelant. Et maintenant, il était mort. Nous l'avons incinéré et nous sommes rentrés chez nous. Je me suis assis sur la terrasse, et nous avons suivi le retour de la nuit. Cette vallée où nous vivons et mourons est une vallée de lumière et d'ombre. Nous y entrons et nous en sortons sans autre effet qu'un tremblotement de l'air. Comme il a facilement renoncé à son petit espace dans cette vallée, notre Ravi Rathore. J'ai renvoyé mon thé, et mon dîner, et je me suis souvenu d'une mousson lointaine et des jambes maigrichonnes de Ravi Rathore, en short, pataugeant dans une flaque entre deux ruelles tortueuses. C'était tout ce que je savais de lui, cela, et sa ceinture, et son enthousiasme d'asthmatique pour le cricket.

— À quoi tu penses, Bhai ? m'a demandé Chotta Badriya.

Il était assis par terre, au bout de la terrasse.

— Bachcha, qu'est-ce qu'il y a, dans ce bateau ?

— Quoi ?

— Tu veux savoir à quoi je pense ? Je pense au dandi-swami.

Chotta Badriya m'a écouté, la tête basse, très basse, en se massant les chevilles. Il tâchait de percevoir dans quelle humeur j'étais, s'il pouvait risquer une autre question. Il s'est attaqué au toit, il en a décollé une écaille de peinture avec son ongle.

— Laisse ma maison tranquille, j'ai lâché. Voilà ce qu'on va faire. On va s'occuper de couler un navire.

Kishorilal Ganpat était un grand Shiva-bhakt. Il révérait Shiva. Tous les matins, il rendait grâces à Bholenath pour les crores qu'il avait escroqués, pour les pots-de-vin qu'il avait versés, pour le ciment mélangé de sable, les câblages électriques de mauvaise qualité qui dégueulaient des murs mal finis, les constructions sans permis, les empiètements de terrain, les étages qui s'empilaient bien au-delà des limites fixées par le plan d'occupation des sols, pour l'argent des classes moyennes qui désespéraient de se loger, et pour la main-d'œuvre affamée, pour les taudis, pour ses boys, des durs qui maniaient le sabre, pour Suleiman Isa. En ces temps difficiles, Kishorilal Ganpat se montrait prudent, comme il convenait, donc il s'entourait de deux gardes du corps aux muscles si durs qu'ils marchaient cuisses écartées, comme si quelqu'un leur avait noué les golis dans un élastique. Kishorilal Ganpat appréciait aussi que l'on respecte les apparences, donc il habillait le chauffeur de sa Mercedes en costume blanc, avec casquette, et ses deux gardes du corps en saharienne grise. Kishorilal Ganpat aimait thésauriser le temps comme le reste. Il collectionnait les raccourcis qui lui faisaient gagner deux ou trois minutes dans ce magma de ville de maderchods, il faisait à ses employés des discours sur la ponctualité japonaise, se rendait au temple de Shiva, sur Satyagrahi Jamunanath Lane, tous les mardis matin à huit heures et demie précises, « à huit heures trente pile », comme il aimait à le souligner. Tout cela nous rendait la partie facile. Nous avons préparé le terrain. Six boys, six pistolets Star. Quant à Shiva, nous savions où il s'asseyait, sur quel piédestal le trouver, nous connaissions les marches qui menaient à la ruelle où s'alignaient les maisons et les colporteurs, nous savions où la Mercedes attendait son maître, nous savions où seraient postés les gardes du corps. Tout s'est déroulé en douceur, comme un lauda bien lubrifié enfilé dans une chut bien mouillée. Kishorilal Ganpat a descendu les marches, il tenait levé un thali spécial en argent, ses prasads en offrande posées dessus. Au pied du monument, avant la descente, il s'était placé, les pointes de ses souliers tournées vers les marches, ce qui lui a fait gagner trois bonnes secondes. Les gardes du corps étaient encore courbés en deux ; dos tournés, ils enfilaient leurs sandales, et Kishorilal Ganpat enjambait une flaque d'eau, le pied levé très haut, quand mon boy Bunty est venu le prendre en écharpe pour lui couper la route, Kishorilal Ganpat s'est retourné pour mieux voir, Bunty a brandi son bras droit, et il a éclaté l'œil gauche de Kishorilal Ganpat. L'un des gardes du corps a plongé la main sous sa chemise, mais il a été fauché net. L'autre s'est assis sur les marches du temple et n'a plus jamais décollé les mains de la pierre, qu'il agrippait de ses ongles blanchis. Kishorilal Ganpat s'avançait dans la ruelle en titubant, trébuchait d'encoignure en encoignure, de porte en porte, cherchant une issue, n'importe quelle issue. Bunty lui a emboîté le pas, et lui a tendrement logé quelques balles dans le dos et dans le postérieur. Finalement, Kishorilal Ganpat s'est agenouillé devant une porte rouge vermillon, sous un Om élégamment peint en blanc, la tête en bas, le gaand dressé très haut en l'air, les vêtements imbibés de sang, tout ce qu'il y a de plus mort.

Bunty et les boys se sont éloignés, à pied, ni trop vite ni trop lentement. La fuite a été aussi peu compliquée que la besogne : ils sont montés dans deux voitures et ils ont filé. Ensuite, ils ont laissé les deux véhicules à un coin de Malad et ils ont embarqué dans un fourgon. En trois heures, ils étaient tous sortis de la ville. Et ceux d'entre nous qui étaient restés ont fait attention à eux. Nous avions déclenché l'escalade, nous le savions, et nous nous y étions préparés. J'habitais désormais trois maisons différentes, et j'en changeais régulièrement. Paritosh Shah caressait ses rêves aériens à bord d'une lourde Mercedes bardée de panneaux blindés et de vitres renforcées. Chotta Badriya avait déployé des boys très loin aux alentours du quartier pour veiller sur nos intérêts. La mort de Kishorilal Ganpat est passée des premières pages des journaux aux entrefilets de dernières pages, avant de disparaître totalement. Mis à part deux interventions armées montées par les sbires de Parulkar, qui nous ont coûté trois boys, la vie a continué, comme toujours. Ne cédez pas à l'autosatisfaction, je répétais à mes boys. Ne vous endormez pas. Les autres, eux, ne s'endorment pas, c'est sûr, ils mijotent quelque chose. Ça va tomber : la hache, la balle, la chute. C'est forcé. Nous faisons la guerre à Suleiman Isa. Suleiman Isa.

Ganesh Gaitonde : le nom avait du poids, une certaine robustesse. Il se tenait droit, il ne reculait pas, c'était un nom fort. Imprimé, il affichait une solidité symétrique, il sonnait à l'oreille comme le double martèlement d'un tambourin nagada. Les gens s'y fiaient, et ils en avaient peur. Encore : Suleiman Isa. Les sons sifflants trahissaient sa fourberie. Une fourberie méchante, retorse, de rat écorché. Qui nous a cueillis un matin de fin novembre. Quelques minutes plus tard, on m'a téléphoné. Paritosh Shah avait quitté les bureaux de Rajhans Airlines dans son imprenable Mercedes. Des vigiles ont refermé le portail à double battant derrière la voiture, qui a accéléré dans la ruelle avec la puissance d'un tank. Devant, il y avait un chauffeur, un vieil employé de confiance, et un garde du corps ; pas Bada Badriya, en vacances pour une semaine dans son village de l'Uttar Pradesh, mais un remplaçant nommé Patkar. Paritosh Shah était installé à l'arrière ; il saisissait des noms dans un agenda électronique qu'il avait reçu le matin même de Singapour. Il voulait pouvoir mener ses affaires depuis sa voiture, gagner encore plus d'argent. La ruelle des Rajhans Airlines débouchait dans Ambedkar Road. Au moment où la Mercedes approchait du carrefour, une camionnette est venue se coller derrière. Et un camion s'est calé devant, en travers, bloquant le virage ; la Mercedes était coincée, prise au piège : plus d'issue. La camionnette s'est encastrée dans le pare-chocs arrière, propulsant la Mercedes vers le camion. Des balles ont fait éclater les pneus arrière. Deux hommes ont abattu des marteaux de forgeron contre la vitre arrière gauche de la Mercedes qui, en dépit de ses renforts à l'épreuve des balles, s'est étoilée, creusée. Le garde du corps a sorti son pistolet, mais un homme a pointé sur lui un AK-47, à travers la fenêtre. Pour protéger Paritosh Shah, Paktar était obligé de baisser la vitre, au risque de laisser pénétrer le canon de l'AK-47. Le garde du corps a braqué son pistolet, vitre fermée. Entre-temps, les marteaux de forgeron écrasaient la lunette arrière. Paritosh Shah s'est écroulé sur la banquette et ses doigts se sont mis à taper fébrilement sur le clavier de son portable. Sur la vitre, au sommet de la grosse l'excroissance apparue dans le verre blindé, un petit orifice s'est ouvert, s'est émietté sous les impacts des marteaux, un trou à peu près de la taille d'une roupie. Suffisant pour qu'un canon s'y infiltre, un second AK-47. Un magasin entier a été déchargé à l'intérieur de la voiture. Le garde du corps a tenté d'ouvrir le feu, de répondre au déluge assourdissant qui se déversait dans l'habitacle de la Mercedes, mais ses balles ne pouvaient rien, et il se peut même qu'elles aient ricoché.

Mes boys ont tenté de m'empêcher de me rendre auprès de mon ami. Je les ai écartés sans ménagement et j'ai pris le volant moi-même. Je suis arrivé sur place trois minutes après la police qui, elle, au moins, n'a pas essayé de m'arrêter. Le pare-brise, la lunette arrière, les vitres latérales de la Mercedes présentaient une

toile d'araignée cristalline maculée d'une gelée noire, côté intérieur. La portière avant gauche était béante. Le chauffeur avait
survécu, s'était échappé en rampant par-dessus le cadavre du
garde du corps une fois le torrent de feu passé. Je me suis penché,
j'ai posé une main sur le cuir satiné de l'appui-tête avant, et j'ai
risqué un regard dans l'espace prévu pour les jambes, à l'arrière.
Pas trace de Paritosh Shah. Mais une masse de chair dégonflée,
percée, trouée, déchiquetée. Pas de visage. Sous le large front, un
bol brisé de chair à vif truffée d'échardes d'os pointues et blanches. Pas de Paritosh Shah. Jamais il n'aurait pu tenir dans cet
étroit chenal entre les deux sièges, pas Paritosh Shah, pas mon
gros bonhomme. En revanche, il y avait bien là une main, baguée,
sertie de pierres protectrices. Et ici, un pied, encore chaussé de
son mocassin tout neuf à glands en cuir bordeaux. Il m'avait
expliqué avec beaucoup de patience et d'indulgence : « Pas rouge,
Bhai, cette couleur s'appelle bordeaux. Borr-deaux. » Et là, une
touffe de cheveux noirs, bien coupés. Mais lui, Paritosh Shah, où
était-il ? Pas ici.

Je me suis rendu à son domicile, où les femmes ne m'ont pas
adressé la parole. Pourtant, je percevais leur haine. Il était mort
à cause de moi. Il était mort pour moi. Je l'avais tué. Personne
n'a osé le dire, mais cela allait sans dire. Devant son corps
gisant dans la cour, enveloppé de draps blancs, alors que ses
filles gémissaient, personne n'a osé. Devant la chaleur du
bûcher, personne n'a osé. Je suis retourné à Gopalmath sans rien
avoir entendu prononcer de tel, et pourtant l'écho de ces mots se
répercutait dans chaque sifflement de mon souffle, dans chaque
contraction de mon pouls. J'ai bu un whisky. J'ai demandé aux
boys de m'apporter quelque chose, n'importe quoi, pourvu que
ce soit tout de suite. Tout de suite. Ma gorge me brûlait, à cause
du whisky, et je me suis vu mourir. J'étais poignardé, sabré,
fusillé, pendu. Mon corps s'est écroulé. Et puis il s'est écroulé
encore. Des balles me sectionnaient les coudes, me cisaillaient le
torse en deux. Chaque écroulement était le bienvenu. Où était la
mort ? Cette vie m'enserrait la tête dans son cercle de fer. La
chair rebondie de Paritosh Shah se vidait de son sang, de son air.
Comme la vie s'échappe. Comme elle s'en va. Est-ce que ce

déversement accidentel produisait un bruit ? Ou n'entendait-on que le crépitement déchaîné des balles ? J'ai levé la main, je l'ai portée à mes yeux, j'ai enfoui mon visage dans le refuge velu de mon avant-bras, j'ai senti la vie qu'il recelait. Chaque poil, chaque follicule était vivant. Une simple rotation de mon autre poignet a suffi pour briser le verre de whisky contre un montant du lit. Armé d'un tesson en forme de demi-lune, le poing serré, j'ai taillé dans la ligne des muscles, entre les poils, et le sang a suinté. J'ai tourné le bras, et j'ai senti le cognement du pouls contre mon poignet. Facile à trancher, facile à arrêter. Facile, ô combien.

J'étais dégoûté de moi-même. Paritosh Shah avait vécu. Il avait vécu pleinement, il avait nourri ses femmes, ses enfants, ses centaines d'employés. Il avait nourri le monde et, au moment de mourir, il avait lutté pour composer un numéro sur son téléphone, pour dire quelque chose. Il avait tenté de m'appeler. Je le savais. Pas son épouse, pas ses enfants, non, moi. Qu'aurait-il dit, par la voie de cet arc électrique et magique ? La mort était déjà sur lui, et je n'aurais pas pu le sauver. Il devait le savoir. Que m'aurait-il soufflé, à la toute fin ? À moi, son ami ? J'ai scruté la demi-lune de verre brisé, moucheté de mon sang, et j'ai su. J'ai rampé jusqu'à l'autre bout du lit, j'ai trouvé la pile de photos. Du milieu de la pile, sans regarder, rien qu'au toucher, j'en ai extrait une. Et j'ai appelé les boys.

— C'est celle-ci que je veux.

Chotta Badriya était assis là avec une demi-douzaine d'autres, en train de nettoyer son pistolet. Ils étaient déconcertés. Ils s'étaient attendus à un conseil de guerre. Chaque fois que nous avions perdu quelqu'un, après les funérailles, nous nous étions toujours réunis pour choisir les cibles du jour suivant, de la semaine suivante. Qui tuer, et comment, c'était de cela que nous discutions. Mais maintenant, ce que je voulais, c'était une femme.

Chotta Badriya a pris la photographie posée sur la table, où je l'avais laissée tomber.

— Tout de suite, Bhai ?

— Non, non, pas comme ça.

Je le voyais bien, il s'imaginait que j'avais juste envie de tirer un coup de minuit, de dénouer les tensions vite fait, mais devant cette fille d'allure respectable, je le sentais perplexe. Je lui ai tapé gentiment sur l'épaule. Pas ça, dhakkan.

— C'était la volonté de Paritosh Shah. Et du dandi-swami. Je veux l'épouser.

Elle s'appelait Subhadra Devalekar, et je l'ai épousée quatre jours plus tard. Au début, son père trouvait très déplacé que je me marie si peu de temps après la mort de mon ami. C'était le sentiment de la majorité de mes boys, je le savais. Mais j'ai expliqué que j'honorais la dernière volonté de mon ami, et là, ils se sont souvenus de ses sermons, de ses remarques continuelles, de sa liste de prétendantes. Une rumeur a surgi de nulle part, et s'est solidifiée jusqu'à se muer en certitude, selon laquelle Paritosh Shah m'aurait effectivement téléphoné depuis sa Mercedes, alors que les coups de marteau entamaient déjà sa vie, pour me souffler : « Tu dois te marier. » Le temps que nous fassions le tour du brasier nuptial, Subhadra et moi, notre mariage était devenu l'accomplissement du vœu ultime d'un ami mort. Les boys sont tous venus, sortis par dizaines d'un peu partout dans la ville pour assister à l'austère cérémonie célébrée au temple de Gopalmath, les yeux humides, les pistolets prêts, avec une loyauté féroce.

Ensuite, nous nous sommes réunis devant la maison et les gens de Gopalmath sont venus nous présenter leurs hommages. Le père de Subhadra recueillait les enveloppes. Il était conducteur de bus, retraité de l'itinéraire 523, et il avait quatre filles. Quand Chotta Badriya était venu lui rendre visite, alors que tous les quotidiens populaires du soir publiaient encore des photos de la « Mercedes de la Mort », il s'était montré hésitant, mais une pile de liasses de billets de cinq cents roupies posée sur son plateau de thé avait achevé de le convaincre. Les filles, c'est un souci. Maintenant, le conducteur de bus se tenait à ma droite, devant la file des invités et recevait les enveloppes. Celle de Bada Badriya était épaisse et rouge. Rentré précipitamment de son village, il supportait la honte de n'avoir pas su veiller sur son patron, je le voyais bien. Mais il n'était pas retourné dans son village depuis cinq ans, et ce qui s'était passé n'était nullement sa faute. Je l'ai rassuré, et je l'ai serré dans mes bras.

Après quoi, je me suis retrouvé assis sur un lit, un lit semé de pétales de roses blanches. Une chanson s'est fait entendre, quelque part, tissée d'un filet de flûte. Sur un coin du lit, j'ai découvert une sorte de tente étroite faite d'un sari rouge où j'ai trouvé blotti un corps maigre et tremblant. Mon épouse. J'étais marié. J'avais l'esprit flottant, comme si je venais de me réveiller d'un long rêve. J'ai demandé : Comment est-ce arrivé ? Il n'y a pas eu de réponse.

Vieille douleur

Mary Mascarenas était prête à parler. Sartaj l'attendait, seul, de l'autre côté de la rue, en face du salon de beauté Pali Hill où elle travaillait. Tout en bas de la descente, la rue était très animée, remplie d'adolescents aux tenues coûteuses, de jeunes gens slalomant au volant de voitures racées, cadeaux d'un père fortuné, de filles qui tournicotaient par petits groupes de trois ou quatre. Il attendait à côté du stand d'un vendeur de cigarettes, non loin d'une rangée de domestiques et de chauffeurs qui partageaient clopes et potins du soir. Il avait appelé Mary le matin, l'avait aimablement prévenue qu'il voulait lui parler. Après le travail, lui avait-elle répondu, et elle n'avait plus aucune colère dans la voix, juste de la résignation. Donc il était convaincu de recueillir de bonnes informations : elle éprouverait le besoin d'expliquer, maintenant, et de s'expliquer à elle-même ce qui s'était produit, et pourquoi. Il était arrivé avec un peu d'avance, et maintenant les chauffeurs discutaient du prix des actions et de la bonne santé des entreprises. Les chauffeurs en savaient plus que quiconque, ils écoutaient les conversations de Saab et Memsaab, dans la voiture, ils connaissaient leurs faits et gestes, transportaient les documents et le liquide. Sartaj regarda les garçons et les filles flirter en s'efforçant de ne rien perdre des informations boursières, ne serait-ce que pour Katekar. Katekar ne jouait pas en Bourse, mais il soutenait que le marché était logique, il suffisait d'en connaître les règles. Si on pouvait en saisir les fluctuations, on était le roi. Tout ce qu'il fallait, c'était de l'information, et de l'éducation. Donc Sartaj écoutait, mais les chauffeurs en savaient davantage que lui, et il ne saisissait pas le sens de leurs argumentations enflammées. Leurs luxueuses Memsaabs sortaient du salon de beauté une à une, le petit troupeau des chauffeurs se resserrait, se dilatait, mais le bavardage ne faiblissait pas. Ils fumaient des cigarettes et croquaient de petits paquets de channa. Ils étaient bien payés, ces chauffeurs à la mise élégante, conforme au statut social de leurs employeurs.

Il était sept heures passées quand Mary franchit la porte en verre du salon. Elle était tout en noir, T-shirt, jupe étroite coupée aux genoux, ballerines, et portait les cheveux noués en queue-de-cheval. Subitement, il fut frappé de son élégance. Image de tranquillité absolue, elle passait inaperçue au milieu des reines adolescentes qui se pavanaient dans le quartier. À moins qu'on ne cherche précisément ce dos droit, cette symétrie des épaules, les deux mains posées sur le sac à main. Elle le vit, et il lui fit signe.

Il traversa, la rejoignit de son côté de la rue, devant l'alignement chatoyant des boutiques de luxe, Gurlz, Expressions, Emotions.

— Je suis en retard, désolée, fit-elle. Il y a une grande soirée au Taj, ce soir. J'ai dû accepter trois rendez-vous supplémentaires.

— Une soirée au Taj, ça mérite une coiffure super chic.

— Je n'y suis jamais allée, donc je n'en sais rien. Mais les cheveux, je m'y connais.

Son hindi était teinté d'un accent fonctionnel et fluide, mais improvisé, et elle trébuchait avec aplomb sur les féminins possessifs et les temps passés. Il était persuadé que son anglais devait être meilleur, mais le sien à lui était rouillé, et fleurait bon la maladresse. Ils s'en tireraient en recourant à une mixture rafistolée, un mélange spécial Bombay. On se débrouille très bien avec les langues cuisinées façon khichdi, songea-t-il.

— Ma voiture est par là, dit-il.

Au téléphone, elle avait refusé qu'il se présente sur son lieu de travail, et il l'avait rassurée, il ne serait pas en uniforme, il ne roulerait pas dans une jeep de la police, et il serait seul. Il s'engagea sur la chaussée en marche arrière, sous le regard des chauffeurs, et il attendit que Mary monte.

— Nous allons tout au bout, vers Carter Road, lui annonça-t-il, et elle opina.

Elle ne tenait pas non plus à ce que ses voisins se posent des questions sur des visites de policiers, ou de sikhs bizarres.

Il déboucha sur une courbe, au bout la digue, un terre-plein gravillonné où la population de colporteurs, d'amoureux et de mendiants était moins dense.

— Ce bateau, il a complètement disparu, fit-il. Il n'en reste rien, même pas un morceau. Comment s'appelait-il, déjà ?

Un cargo étranger avait été contraint par une avarie de moteur à s'échouer en plein orage de mousson. Pendant un temps, son épave dressée très haut au-dessus de la grève était devenue une espèce d'attraction touristique. Un soir, il était venu s'asseoir sur un banc, en face du bateau, et il avait embrassé Megha. Ils s'étaient séparés peu de temps après.

— Le *Zhen Don*, lui rappela Mary. Ils l'ont découpé, expédié à la casse. Il n'est plus là depuis des années.

— Je croyais qu'ils allaient le transformer en hôtel flottant.

— Il valait davantage à la ferraille.

Sous le ciel qui conservait le même ton gris indistinct que ces deux derniers jours, les vagues contours des navires battant pavillon étranger rasaient l'horizon. Mary tourna la tête vers lui.

— J'ai lu dans les journaux que, pour interroger une femme, il fallait la présence d'une policière.

— Je ne vous interroge pas. Vous n'êtes pas une suspecte. Personne n'est suspect. J'essaie juste de comprendre ce qui s'est passé, pourquoi votre sœur se trouvait là-bas. Et j'ai pensé que vous refuseriez de parler devant des tiers. Il s'agit plutôt d'une sorte de conversation privée. Ce que vous raconterez restera entre nous.

— Je n'ai rien à raconter.

— Vous n'avez rien à raconter au sujet de votre sœur ?

— Je ne l'avais pas revue depuis longtemps. Je ne lui avais plus parlé depuis des années.

— Pourquoi ? Vous vous étiez disputées ?

— Nous nous étions disputées.

— À quel propos ?

— Quel besoin avez-vous de le savoir ?

— Cela pourrait être révélateur. Sur le genre de femme qu'elle était.

— Et vous apprendrait comment elle s'est retrouvée dans cet endroit ?

— Qui sait.

— Ce n'était pas quelqu'un de mauvais.

Mary était tendue, crispée, elle maintenait le plus de distance possible, dans ce siège de voiture exigu, d'un bleu crasseux. En posant le regard sur son petit sac noir, qu'elle avait pris soin de placer entre eux deux, Sartaj comprit qu'elle avait peur de lui, de ce parking sur la digue, de ce qu'il pouvait exiger d'elle. C'est pourquoi elle venait d'évoquer la présence d'une policière. Il était habitué à ce que les gens craignent l'uniforme, mais que cette femme puisse imaginer qu'il allait la violenter, l'idée l'écœurait. Il chercha le démarreur à tâtons, enclencha une vitesse dans un raclement de métal. Il roula vite et, une fois atteint le bout de la route, s'arrêta à l'endroit où la foule des promeneurs était la plus dense, devant un groupe d'ados turbulents qui mangeaient des glaces. Mary le regarda avec de grands yeux.

— J'ai très envie d'un narial-pani. Et, comprenez-moi, je ne vous veux aucun mal. Je souhaite juste vous parler. C'est clair ?

Elle opina, et l'observa attentivement, le temps qu'il hèle le camelot et lui paie deux noix de coco. Elle tint la sienne à deux mains et la vida à grandes gorgées assoiffées. Il lui tendit la sienne.

— Vous en voulez encore ?

— Non, le remercia-t-elle, et elle était soulagée, pas tout à fait à l'aise, pas encore, mais moins méfiante.

Il sirota son narial, la regarda, et attendit.

— Quand ma sœur est arrivée à Bombay, elle avait quinze ans, commença-t-elle. – Mary regardait dehors, par la fenêtre, le roulement lent de la mer. – J'habitais à Colaba avec mon mari. Elle est venue s'installer chez nous. Nous avions grandi ensemble, dans la ferme de mon père, à la périphérie de Mangalore. Notre père est mort quand j'avais onze ans. Je me suis mariée, je suis venue m'installer à Bombay. Donc, Jojo est venu habiter chez John et moi. Elle était jeune, mais elle voulait devenir infirmière, disait-elle, et l'école de notre village n'était jamais qu'une école de village. Elle avait passé son brevet avec mention. Elle voulait apprendre l'anglais et devenir infirmière. Chez nous, c'était petit, elle dormait dans le canapé et, après tout, c'était ma petite sœur. Elle était petite, oui, si menue, à cette époque. Elle s'attachait les cheveux en trois mini-queues-de-cheval. Je trouvais qu'elle regardait trop la télévision, ça, j'en ai fait part à John. Elle restait plantée devant, assise en tailleur, toute la journée, toute la nuit. John m'expliquait que cela lui faisait du bien, qu'elle avait besoin d'apprendre l'anglais et le hindi. Il la taquinait tout le temps et la faisait rire, il lui disait qu'elle ne retenait que les jingles. Vico-Vajradanti ! Et qu'elle n'avait que deux sujets de conversation, les dents et les cheveux, rien d'autre. Mais elle était très intelligente, vous savez. Elle intégrait tout, jour après jour. Vite, elle n'a plus eu peur de sortir s'occuper des courses toute seule. J'avais un poste de vendeuse à plein temps dans une maroquinerie, donc cela m'aidait beaucoup de l'avoir à la maison. Elle avait tellement pris confiance en elle, subitement. Et elle avait cessé de porter ces robes imprimées, elle avait changé de coiffure, sa façon de marcher était différente. En six mois, elle était devenue quelqu'un d'autre. Une fille de Bombay. Puis, un jour, elle a parlé de devenir comédienne. Elle imitait les héroïnes des films et des séries, les présentatrices des clips vidéo. Je peux en faire autant, affirmait-elle. Au début, ça m'a fait rire, et j'ai oublié. Elle a insisté, ça revenait tout le temps. John a pris son envie en compte. Il disait : Elle a raison, tu sais. Regarde-la. Elle est au moins aussi bonne que ceux qu'on voit à la télé, meilleure, même. Qu'est-ce qui l'empêcherait d'en faire autant ? En effet. Elle était éclatante. Je ne m'en étais jamais aperçue. C'était ma petite sœur, mais sans ses queues-de-cheval, c'était une star. Elle se plantait devant le miroir de l'armoire, se regardait dans les vitres de l'appartement. J'ai remarqué que les voisins la regardaient, le matin, quand elle descendait les escaliers en courant pour aller chercher le pain. Le soir, les garçons de la rue l'attendaient, pour la voir passer. Cet été-là, je me suis mise à y croire, moi aussi. Les héroïnes viennent bien de quelque part, après tout. Personne ne naissait les projecteurs braqués sur le visage. Celle-ci était originaire de Bangalore, cette autre de Lucknow. Certaines étaient issues de familles tout à fait ordinaires. Et maintenant, elles avaient l'argent et la célébrité. Alors, pourquoi pas Jojo ? Pourquoi pas ma sœur ? Nous nous sommes tous laissé gagner par ce fantasme. Cela arrivait à d'autres. Alors pourquoi pas Jojo ? John avait un ami qui travaillait pour MTV, enfin, comme comptable. Mais ce comptable connaissait des responsables de la chaîne. Alors John a pris un après-midi de congé, à son bureau, et a conduit Jojo à Andheri East pour y rencontrer des gens de MTV. Ils ont pris le train, et ensuite un auto-rickshaw. Ils sont revenus tout excités. Le cadre de MTV, un Anglais, l'avait trouvée charmante et belle. Imaginez. L'entretien n'avait pas débouché sur un emploi, mais rien que d'obtenir un rendez-vous avec quelqu'un de si important, c'était palpitant. Il y avait une telle distance entre notre petit appartement et MTV, et ils l'avaient franchie, en un après-midi. L'impossible devenait possible. On était à la fin de l'été, et Jojo avait pu s'inscrire dans une école, mais cette école ne semblait plus si importante. Elle prenait des cours de danse et de comédie. Elle parlait à des producteurs, des réalisateurs. John l'emmenait quelquefois, souvent, à ces rendez-vous, à Bandra, à Juhu, à Film City. À son bureau, ils se sont inquiétés, puis ils se sont énervés. Je me suis fait du souci. Mais lui, il me répondait que les grandes récompenses imposent de prendre de grands risques. Il faut être capable de voir loin, ne pas avoir peur. N'aie pas peur. J'ai essayé. Mais j'avais peur. J'avais peur pour Jojo. Je voyais bien à quel point elle y croyait. Tout le monde se bat, me disait-elle. Il faut se battre. Aishwarya, l'ancienne Miss Monde, s'est battue, et même une actrice comme Madhubala s'est battue, dans les années cinquante. Donc je dois me battre, estimait-elle. Et je gagnerai, insistait-elle. Je vais gagner.

Une brise voluptueuse monta de la mer et gonfla comme une voile pourpre le sari d'une promeneuse. Les cheveux de Mary lui voltigeaient devant les yeux. Mais elle était loin, ce n'était plus à lui qu'elle parlait, mais à elle-même.

— Nous nous sommes tous engagés dans le combat. J'économisais de l'argent pour les leçons de Jojo. John téléphonait sans arrêt à ses nouveaux amis du genre MTV, il maintenait le contact. Mais ce n'était plus le même John. Je ne l'avais pas vu aussi enthousiaste depuis très longtemps. Je les ai accompagnés, John et Jojo, à une ou deux de ces soirées organisées par des gens du milieu filmi et télé. Des soirées avec les visages connus de la télé. Archana Puran Singh par-ci, Vijayendra Ghatge par-là. J'ai vu comment s'y prenait John, à serrer les mains, à rigoler, à embrasser tout le monde, à leur taper dans le dos. Ce soir-là, au lit, il m'a serrée contre lui et il m'a expliqué. C'est comme ça que ça marche, dans ce métier. C'est comme ça que tu décroches des contrats. Tout est dans les contacts, tout est question de se faire bien voir. C'est ainsi que ça marche. C'est donc ainsi qu'on a passé cette année-là, sur la brèche, à guetter la grande occasion. On le vivait comme ça. Jojo a décroché un contrat de mannequin, et puis un deuxième. Le premier, c'était une petite pub, à la télévision, pour les chaussures Dabur ; elle dansait avec deux autres filles sur le terre-plein central d'une autoroute. Un mardi soir, on a allumé la télévision pour voir ça. Ce qu'on a pu crier, quand elle est apparue sur l'écran, comme ça, tout à coup. Jojo à la télévision, en train de danser. On a dansé, tous les trois, et John a ouvert un quart de champagne, une petite bouteille qui venait d'une compagnie aérienne, donnée par son ami comptable ; on a bu directement à la bouteille. Après cette danse sur l'autoroute, on était sûrs de réussir. Rien ne pouvait plus nous arrêter, maintenant. Une simple question de temps. John le répétait sans arrêt, une question de temps. Mais rien d'autre n'est venu. Jojo était sur la brèche, toujours partie pour d'interminables rendez-vous. « Revenez nous voir, on réfléchit », mais en fin de compte, sans qu'elle comprenne pourquoi, c'était toujours une autre fille qui était choisie. Elle y pensait, elle en parlait tout le temps : pourquoi pas moi ? John et elle discutaient vêtements, maquillage, pose, attitude. La prochaine fois, on essaiera ça. La prochaine fois, j'irai comme ça. Ils en échafaudaient, des projets, des projets. Pour la prochaine fois. Et alors, je les ai surpris.

Elle s'interrompit net, se dégagea les cheveux du visage. Elle détourna le regard, loin de Sartaj, mais c'était bien avec lui qu'elle était, à présent, et plus dans son souvenir.

— Surpris ? fit-il, très posément.

Elle se racla la gorge.

— J'étais à mon travail. Je me suis sentie mal, très faible. Il y avait un virus qui circulait, à cette période. Tout le monde l'attrapait. Il suffisait de me toucher pour savoir que j'avais une forte fièvre. Le gérant de la boutique m'a dit de rentrer chez moi. Donc je suis rentrée chez moi. Ils étaient dans mon lit.

C'était le moment le plus dangereux, celui où le sujet révélait l'humiliation subie. Un geste, un contact trop appuyé, fût-ce en signe de sympathie, et vous perdiez votre interlocuteur, qui se recroquevillait sur sa douleur mise à nu, se renfermait et dissimulait un détail essentiel.

— Je comprends, dit Sartaj. Il a dû essayer de vous raconter que tout allait bien, que cela ne changeait rien.

Il l'avait étonnée, et il vit luire ses pupilles.

— Oui, acquiesça-t-elle. Je pense qu'il avait dans l'idée que nous pourrions vivre heureux tous les trois ensemble. Que je continuerais à gagner de l'argent pour eux, pour les envoyer bien habillés à leurs rendez-vous.

— Et elle ?

— Elle… elle était en colère contre moi. Comme si j'avais fait quelque chose de mal. Je l'aime, voilà ce qu'elle m'a répondu. Elle n'arrêtait pas de me répéter ces mots-là. Comme si je ne l'aimais pas, moi. C'est finalement ce que je lui ai répondu. John est mon mari, lui ai-je rappelé. Et elle m'a répliqué : Non, tu ne l'aimes pas. Tu en es incapable. Elle criait. Et moi, j'étais en rage. D'entendre ma sœur parler comme ça. De savoir ce que ma sœur et mon mari avaient fait. Sors d'ici, voilà ce j'ai dit. Va-t'en.

— Et ensuite ?

— Il est parti avec elle. Et il est revenu deux jours plus tard, récupérer leurs vêtements.

— Oui…

— Nous avons divorcé. C'était très dur. J'étais incapable de payer le loyer. J'ai essayé d'obtenir une place dans un foyer pour femmes seules, mais il n'y en avait pas. Pendant un temps, je suis restée au YMCA. Ensuite, j'ai dû vivre dans un jhopadpatti, à Bandra East. J'ai connu toutes sortes d'endroits.

— Vous ne vouliez pas retourner chez vous.

— Chez ma mère ? Dans cette maison où j'ai grandi, avec Jojo ? Non, j'aurais été incapable de vivre là-bas. J'étais incapable d'y retourner.

Mieux valait un taudis, que ce foyer laissé loin derrière elle.

— Vous avez une bonne place, maintenant, remarqua-t-il.

— Cela m'a pris du temps. Dans ce salon, j'ai débuté en balayant les cheveux, en nettoyant les ciseaux et les peignes.

— Vous l'avez revue ?

— Deux, trois fois. Avant de prononcer le divorce, le juge impose de consulter un conseiller conjugal. Jojo était là, à la sortie. Je ne lui ai pas adressé la parole. Je l'ai revue encore quand le juge a prononcé la séparation.

— Et après cela ?

— J'ai eu de leurs nouvelles, à une ou deux occasions, par l'intermédiaire de la famille, d'amis. Ils vivaient à Goregaon. Ils essayaient encore de trouver un tournage, n'importe quoi mais un tournage. Je l'ai aperçue une fois, à la télévision, une publicité pour des saris. Bas, c'est tout.

— Vous ne lui avez plus jamais parlé ?

— Non. Ma mère était très en colère contre elle, elle aussi. Maman était malade, et Jojo a essayé de garder le contact, mais maman a refusé, elle ne voulait plus lui adresser la parole – une pécheresse, une fille impudique. Elle est morte sans jamais avoir reparlé à Jojo. Et moi, je n'avais plus vraiment envie de savoir.

— Donc, même pas de petites nouvelles d'elle, de temps en temps ?

Elle secoua la tête.

— Une fois. Il y a de ça peut-être deux, trois ans. J'ai une tante à Bangalore. La sœur de ma mère. Elle m'a dit qu'elle avait aperçu Jojo à l'aéroport.

— Votre tante lui a parlé ?

— Non. Elle était au courant de ce qu'elle avait fait.

— Jojo embarquait dans un avion ?

— Oui. Elle avait dû gagner de l'argent. J'ignore comment. Je ne sais rien d'elle. Rien de ce qui lui est arrivé.

Rien de ce qui lui est arrivé. Comment une adolescente ambitieuse et éperdue d'amour était devenue une marchande de corps, comment elle avait fini assassinée par un bhai suicidaire. Il n'en voyait pas trop les détails, mais il pouvait se l'imaginer, cette chute, cette descente des soirées filmi vers les mille et un univers de la pègre.

— Nous détenons nous-mêmes très peu d'informations à son sujet, admit-il. Elle a travaillé pour la télévision, elle a produit quelques émissions. Et puis elle a eu d'autres activités.

— Des activités ?

— Nous enquêtons. Quand nous en saurons davantage, je vous informerai. Si vous apprenez quoi que ce soit, appelez-moi, je vous prie.

Elle l'appellerait, jugea-t-il. Elle plaçait de l'espoir en lui, désormais. Et peut-être pourrait-elle, à partir de ces miettes et fragments, reconstituer la femme qu'était sa sœur, lui pardonner, et se pardonner à elle-même.

— Je suis content que vous m'ayez parlé, ajouta-t-il.

— C'était une fille si douce, fit Mary. Quand nous étions petites, elle avait peur de l'orage. Elle venait se blottir de mon côté du lit, dans la nuit, elle nichait la tête au creux de mon ventre, et elle dormait comme ça.

Sartaj approuva. Oui, Jojo était aussi cette fillette apeurée, qui se raccrochait à sa sœur. Une bonne chose à savoir. Il ramena Mary chez elle. Depuis sa voiture, il la regarda monter les marches qui menaient à sa chambre. La lumière s'alluma, à l'intérieur, et il ressortit en marche arrière, vers la rue. Sur le chemin du retour chez lui, alors qu'il obliquait à gauche, dans le virage de Juhu Chowpatty, il se mit à pleuvoir.

Iffat-bibi appela Sartaj alors qu'il terminait son dîner, un poulet afghan et un roti tandoori achetés au Sardar's Grill, au bout de la rue.

— Saab, j'ai une réponse.

— À ma question ?

— Oui. Bunty s'est fait thoker par deux tueurs à gages.

— Qui travaillaient pour le compte de qui ?

— Personne. Affaire personnelle. Bunty avait piqué une fille à l'un des deux gars, il y a de ça trois ou quatre ans.

— Piqué ?

— Elle appréciait l'argent de Bunty plus que son petit tueur indépendant. Cet idiot d'indépendant était amoureux.

Donc Bunty n'était pas mort pour de la terre ou de l'or, mais pour une femme. Ni pour un quelconque motif en rapport avec Ganesh Gaitonde.

— OK, fit-il.

Bunty avait contrarié un amoureux, et l'amoureux avait attendu, couvé sa colère, il s'était montré patient jusqu'à ce que la bonne fortune de Bunty connaisse un franc déclin.

— OK.

— Vous les voulez ?

— Qui ?

— Les deux électrons libres. Nous savons où ils sont, en ce moment même, où ils vont passer la nuit. Et où ils seront demain.

— Tu veux me les livrer ?

— Oui.

— Pourquoi ?

— Prenez ça comme un cadeau, au nom de notre amitié nouvelle.

Elle s'exprimait dans un urdu impeccable, et sa voix pouvait se faire moelleuse et douce.

Il se leva, s'étira et se rendit au balcon. Il s'accouda à la rambarde et observa les cimes des arbres oscillant dans la brise moite. Les réverbères projetaient les ombres de leurs feuilles sur les surfaces lisses des voitures.

— Saab ?

— Iffat-bibi, je ne suis pas digne d'un tel cadeau. Vous entretenez une très ancienne relation avec Parulkar Saab. Pourquoi ne pas les lui livrer, à lui ? Je ne gère pas ces affaires de bhais, de compagnies et de tueurs.

— Ah oui, vraiment ? À moins que vous ne me jugiez pas digne de vous faire un cadeau ?

— Arre, non, Bibi. J'ai juste peur que, le moment venu, je n'aie rien d'équivalent à vous donner en retour. Je suis un petit homme, moi.

Elle réagit par un claquement de langue exaspéré.

— Le fils est semblable au père. Très bien, très bien.

— Soit dit sans vouloir vous offenser, bibi.

— J'ai compris. Mais franchement, comme je le répétais à Sardar Saab, comment veux-tu avancer si tu te refuses à traiter les grosses affaires ? Et il me répliquait : Iffat-bibi, j'ai volé aussi haut que je pouvais. Que mon fils aille plus loin.

— Il vous a dit cela ?

— Oui, il parlait souvent de toi. Je me souviens, quand tu as passé ton bac, il a distribué des douceurs à tout le monde. Des pedas et des burfis.

Sartaj se souvenait de ces pedas, de cette saveur safranée qui contenait en elle le futur.

— Peut-être que je suis aussi comme lui. Parulkar Saab, lui, il a progressé.

— Oui, mais avec l'aide de Sardar Saab, d'un bout à l'autre. Parulkar, dès le début, c'était une lame, vois-tu. Toujours à réfléchir, à réfléchir. Il y a eu cette affaire, un gang de cambrioleurs, sur les docks.

Elle lui raconta l'histoire de ce gang, qui avait des gens à l'intérieur et à l'extérieur des docks. Ils chapardaient des marchandises, bien entendu, mais ils raflaient aussi des équipements et du carburant, tout ce qui valait un peu d'argent. Parulkar avait révélé l'affaire, surtout grâce à Sardar Saab, à ses contacts et à ses sources, toutes choses que Sardar Saab était heureux de lui apporter. Pourtant, au stade des arrestations, Parulkar a laissé un inspecteur de grade supérieur boucler les apradhis et s'attribuer tout le mérite.

— Pour Parulkar, c'était une affaire de taille, mais il a su voir plus loin, tu comprends ? Lâcher quelques grosses arrestations pour encaisser les bénéfices plus tard.

— Il a cette rapidité, en effet.

— Tu n'imagines même pas à quel point. Mais je vois que tu n'as pas appris grand-chose, à son contact.

Il savait qu'elle avait le sourire, et ne put s'empêcher de sourire à son tour.

— Que faire, Bibi ? Nous sommes qui nous sommes.

— Oui, nous sommes ce qu'Allah nous a faits.

Ils se saluèrent, et il retourna décortiquer son poulet. Il mourait d'envie d'un peda, mais il était tard et il était fatigué. Il se réconforta avec une deuxième goutte de whisky, et se fit la promesse de se trouver deux pedas pour le déjeuner du lendemain. Ce serait une bonne journée, il en était certain.

Le matin, la pluie s'était transformée en l'un de ces déluges de mousson, interminables, qui donnait l'impression que le ciel s'effondrait sous le poids de l'eau. Il courut de sa voiture jusqu'au poste mais il arriva les épaules trempées. Il sentait l'eau à l'intérieur de ses chaussures.

— Votre fiancée vous attend, Sartaj Saab, lui annonça Kamble de la balustrade du premier étage, juste au-dessus de lui.

Il était penché, la tête à quelques centimètres du rideau liquide qui s'écoulait du toit, une cigarette à la main.

— Kamble, mon ami, lui lança-t-il, tu es plein de mauvaises habitudes et de croyances frelatées.

Il devait élever la voix pour couvrir le bruit de l'eau qui tambourinait sur la brique. Kamble lui retourna un grand sourire, pas gêné du tout par ce mal supposé habiter en lui. Le temps que l'inspecteur ait grimpé l'escalier, il avait préparé sa réponse et allumé une autre cigarette.

— Il faut parfois des mauvais sujets de mon espèce, Sartaj Saab, pour se charger de tout le sale boulot qui doit être accompli en ce bas monde.

— Depuis quand es-tu philosophe, chutiya ? Tu n'as jamais eu besoin d'excuses, jusqu'à présent, ce n'est pas maintenant que tu vas t'en prendre au monde. Qui m'attend ?

— Arre, votre fiancée du Bureau central d'investigation, patron. Vous en avez tellement que vous ne savez même plus qui vient vous voir ?

Anjali Mathur était donc au commissariat.

— Où ça ?

— Dans le bureau de Parulkar Saab.

— Et Parulkar Saab est là, lui aussi ?

— Non, il a reçu un appel, il a dû foncer à une réunion avec le ministre en chef, au Juhu Centaur.

— Le ministre en chef. Très impressionnant.

— Notre Parulkar Saab est un homme très impressionnant. Mais je ne pense pas qu'il apprécie beaucoup votre chaavi, Sartaj Saab. Je l'ai vu à son regard. Peut-être qu'il la veut pour lui.

Sartaj lui expédia une bourrade dans l'épaule.

— Tu as vraiment l'esprit mal tourné. Laisse-moi un peu me renseigner.

Il prit le couloir. Kamble avait franchement l'esprit mal tourné, peut-être parce qu'il prenait du plaisir à voir cette boue dans laquelle tout le monde pataugeait. Il comprenait fort bien les luttes internes au commissariat, c'était certain, et il était informé de tout ce qui s'y tramait. Sartaj adressa un signe de tête à Sardesai, l'assistant de Parulkar qui, d'un geste de la main, l'invita à franchir la porte. Sartaj frappa et entra. Anjali Mathur était assise, seule, sur le sofa, dans le fond de la pièce, à l'extrême opposé du bureau de Parulkar.

— Namaste, madame, fit-il.

— Namaste, répondit-elle. Je vous en prie, asseyez-vous.

Il prit place et lui exposa ce qu'il venait d'apprendre de Mary, en somme très peu de chose. Comme à son habitude, elle prit l'information pour ce qu'elle valait, et resta d'une parfaite immobilité. Elle réfléchissait. Elle était vêtue d'une salwar-kameez rouge foncé. Couleur lie-de-vin, songea-t-il. Une nuance intéressante, sur sa peau brun foncé, mais elle était ample, et la couvrait de la façon la plus impersonnelle qui soit. Ce vêtement était d'une coupe informe, sans personnalité. Le port de tête était à l'avenant, le visage totalement fermé. Pas hostile, juste sur ses gardes, fermé.

— Shabash, fit-elle. Le moindre détail peut revêtir de l'importance. Vous le savez. On ne peut jamais prévoir ce qui va faire avancer une affaire. Maintenant, j'ai deux informations à vous communiquer. La première : Delhi a décidé de suspendre l'enquête. Nous nous intéressions au retour de Ganesh Gaitonde à Mumbai, à ses motivations, à ce qu'il venait y chercher. Mais considérant ce que nous avons découvert jusqu'à présent, Delhi estime que cela ne justifie pas de plus amples investigations. Franchement, cela n'intéresse plus personne. Pour eux, Gaitonde est mort, point final.

— Mais vous, vous ne pensez pas que ce soit un point final.

— Je ne comprends pas pourquoi il était ici, pourquoi il s'est suicidé, ce qu'il venait chercher. Quoi, ou qui. Mais j'ai été rappelée à Delhi. Il y a d'autres dossiers plus importants, estime-t-on.

— À l'échelon national.

— Oui. À l'échelon national. Cependant, j'apprécierais énormément que vous continuiez de suivre un peu cette question. Je vous suis très reconnaissante, vous avez travaillé dur. Si vous pouviez continuer, peut-être finirions-nous par trouver quelques réponses.

— Pourquoi vous intéressez-vous tant à Ganesh Gaitonde ? C'était un gangster ordinaire. Et il est mort.

Elle demeura songeuse un instant, elle pesait les mots qui s'offraient à elle.

— Je ne suis pas autorisée à dire grand-chose à ce sujet. Mais je m'intéresse à lui parce qu'il était en relation avec des individus très importants, avec des événements de portée nationale. Quel que soit le motif qui l'a poussé à rentrer à Mumbai, cela pourrait affecter le cours des événements à venir.

Et vous souhaitez que je place ma tête sous le derrière de ces mastodontes, en déduisit Sartaj. Que je pose mes deux golis sur la trajectoire de bolides qui nous foncent dessus en broyant tout sur leur passage. Vous voulez que je me mêle des affaires de la division de recherche et d'analyse. Hauts faits et prouesses en territoires étrangers, James Bond à la mode desi. Il savait que l'agence existait quelque part, on lui avait certifié qu'elle existait bel et bien, mais elle était de l'ordre du fantastique, très éloigné de son pain quotidien. Il ne l'avait jamais vraiment perçue comme étant très réelle, cette sinistre salade d'espions. Et pourtant il y avait Anjali Mathur, si sérieuse et si menue, dans sa salwar-kameez de couleur sombre, assise sur ce sofa, à quelques pas de lui. Et elle s'intéressait à la mort de Ganesh Gaitonde.

La question suivante tombait sous le sens, mais il se retint de la poser : pourquoi le RAW manifestait-il un tel intérêt pour notre Ganesh Gaitonde ? Peut-être certains des individus importants avec lesquels le gangster entretenait des relations faisaient-ils partie du RAW, peut-être y avait-il eu certaines transactions entre l'agence et Gaitonde. Mais il n'avait pas envie de savoir. Il avait envie de quitter la pièce, de s'éloigner de la silencieuse Anjali Mathur. Il avait envie de réintégrer sa vie à lui.

— Oui, fit-il. En effet.

Il garda le silence. Ces histoires du RAW se déroulaient loin de lui, et c'était bien ainsi. Il n'avait plus de questions, il ne voulait pas de réponses. Il en avait terminé.

— Il faut que je reparte, annonça-t-elle enfin. Pour Delhi. Mais je vous serais reconnaissante de bien vouloir poursuivre vos investigations dans cette affaire. Venant de vous, cela paraîtra tout à fait logique, rien n'inattendu à cela. Si vous apprenez quoi que ce soit, voici mon numéro à Delhi. Appelez-moi, je vous en serais reconnaissante.

Il prit sa carte, et se leva.

— Je vous appellerai, promit-il.

Elle opina, mais il savait qu'elle percevait sa nervosité, son désir de sortir, de partir. Dehors, Kamble était confortablement assis sur le banc des visiteurs, les jambes croisées.

— Alors, patron, qu'est-ce qui se passe ? lança-t-il avec son habituel regard de concupiscence.

— Rien, fit Sartaj. Absolument rien. Il ne se passe rien. Il ne se passera rien.

La vie ordinaire avait ses plaisirs. Il dégustait un poulet brûlant à la mode hyderabadie avec Kamble, quand son téléphone mobile sonna en dérapant lentement en travers de la table. D'une phalange leste, il le ramena à lui. L'appel émanait de Wasim Zafar Ali Ahmad.

— Arre, serviette en papier, serviette en papier ! cria-t-il au serveur et, du pouce, il prit la communication. Ne quittez pas, réussit-il à éructer avant de s'étrangler.

— Saab, buvez donc une gorgée d'eau, lui suggéra Wasim Zafar Ali Ahmad à l'autre bout du fil, sur un ton paternel, quand Sartaj parvint enfin à coller le téléphone à son oreille.

— Qu'est-ce que tu veux ?

— Vous êtes en plein déjeuner, saab. Et moi, j'ai votre dessert.

— Le Bihari et les garçons ?

— Oui.

— Où ? Quand ?

— Ce soir, après minuit, ils viennent récupérer de l'argent auprès d'un receleur.

— Après minuit, quand ?

— Je sais seulement que le rendez-vous est fixé après minuit, saab. Peut-être qu'ils sont prudents. Mais j'ai une adresse précise.

Sartaj nota la rue, les éventuels points de repère et le nom du receleur. Wasim était très précis, en effet.

— Saab, il y a beaucoup de kholis du côté non asphalté de la route, et il y a aussi toutes sortes de gens qui circulent, là-bas, même tard le soir. Donc il faut y aller avec des pincettes, sinon il y aura du remue-ménage.

— Chutiya, nous en avons bouclé des milliers, de ces arrestations. Celle-ci n'aura rien de spécial.

— Oui, oui, saab. Bien sûr que vous êtes le maître en ces matières. Je ne voulais pas insinuer...

— Ce qui importe, c'est que l'information soit fiable. Est-ce qu'elle est fiable, cette information ?

— Saab, c'est du solide. Vous n'imaginez même pas ce que j'ai dû endurer pour l'obtenir.

— Ne m'en parle pas. Laisse ton portable allumé, ce soir.

— Oui, saab.

Il reposa le téléphone. Il se remit à son tandoori roti et avala une grosse bouchée de poulet. C'était délicieux.

— Qu'est-ce que tu fais, ce soir ? lança-t-il à Kamble.

Sartaj et Katekar attendaient. Leur déguisement consistait en banians loqueteux, pantalons crasseux, vieilles keds à semelles de gomme. Sartaj s'était enveloppé la tête dans un vieux patka un peu lâche coincé derrière les oreilles – ce qui lui donnait, trouvait-il, l'élégance nonchalante qu'ont certains thela-wallahs. Ils s'étaient installés, mi-assis, mi-couchés, sous un thela calé contre le trottoir, en face d'une grille en fer forgé qui bordait les voies ferrées. Katekar se plaignait de la foule dans les trains.

— Ce pays est impossible, ronchonnait-il. Les gens font des bébés sans plus réfléchir que les chiens des rues. C'est pour ça que rien ne marche, tout le progrès est bouffé par ces nouvelles bouches. Comment pourrait-il y avoir développement ?

C'était l'un de ses thèmes favoris. D'ici une seconde, il allait plaider en faveur d'une dictature scientifique, un numéro d'immatriculation et des cartes d'identité universelles, plus une politique stricte de contrôle des naissances. Mais un train passa dans un fracas de ferraille, qui remontait la ligne quasiment à vide, et ils se turent. Dans la journée, des grappes d'hommes étaient pendues aux portes, en surplomb des rails qui défilaient sous eux à toute vitesse, se retenant du bout des doigts et des orteils.

— Bientôt une heure depuis le dernier train, observa Katekar. – Il était presque deux heures et demie. – Attends de voir. Qu'il pleuve un bon coup, et les trains s'arrêteront. Cette chutiya de ligne centrale, il suffit d'aligner en rang dix écoliers qui pissent sur les voies, et leur service de bhenchod est interrompu.

Sartaj hocha la tête. Tout cela était vrai, et c'était un plaisir reposant que d'être couché sous un thela à se plaindre. Ils s'étaient déjà plaints de la municipalité, des entrepreneurs, des mutations des fonctionnaires et des policiers honnêtes, des mangues trop chères, de la circulation, des constructions trop envahissantes, des immeubles qui s'écroulaient, des égouts engorgés, d'un Parlement indiscipliné et peu civilisé, des extorsions de fonds auxquelles se livraient les rakshaks, des mauvais films, qu'il n'y ait rien de bien à regarder à la télévision, de l'ingérence américaine dans les affaires du sous-continent, de la disparition du Rimzim des éventaires de boissons sans alcool, des querelles autour des eaux fluviales entre États de la fédération indienne, de l'absence de bonnes écoles anglophones pour les enfants dont les parents ne disposaient pas de charretées d'argent, de l'image donnée de la police sur les écrans, des longues heures de travail non rémunérées, du boulot, du boulot, et du boulot. Quand vous vous étiez plaint de tout le reste, il restait toujours le boulot, avec ses horaires innommables, sa monotonie, ses complications politiques, son caractère ingrat, épuisant.

Sartaj bâilla. Près de la clôture en fer forgé, il y avait une rangée de kholis, coiffées de leurs toits en tôle. Certaines avaient un étage, avec une échelle appuyée contre leur flanc, en fait de simples poteaux hérissés de chevilles. Aux deux tiers à peu près de la rangée, il y avait une maison en pucca d'allure robuste, neuve et inachevée. À l'étage, une lumière brillait derrière un rideau confectionné avec des journaux, et cette pièce était l'endroit où les apradhis étaient attendus, cette nuit-là. Non loin de la fenêtre éclairée, à l'extrémité de cette même rangée de kholis, l'inspecteur Kamble et quatre agents s'étaient allongés sur le trottoir, emmaillotés dans des draps, histoire de se faire passer pour des manœuvres plongés dans un sommeil bien gagné. Ils étaient en train de se plaindre, eux aussi, Sartaj en était sûr. De ce côté-là des kholis se dressait un tas de détritus plus haut qu'un homme de grande taille. À maintes reprises au cours de ces dernières années, Sartaj était passé devant cette montagne méphitique, qui avait tour à tour grandi et rétréci sans jamais disparaître. À cette distance, il pouvait discerner le bleu, le vert et le jaune fluo des sacs plastique, comme autant de signaux clignotants remontés à la surface des diverses strates archéologiques. En sa qualité d'officier de police de grade supérieur présent sur l'opération, Singh avait eu le privilège de s'éviter la puanteur monumentale et, du coup, c'étaient Kamble et ses équipiers qui s'étaient retrouvés couchés là-bas, sous l'emprise directe de l'immonde, et il savait qu'ils devaient le maudire. La seule pensée de Kamble se plaquant un mouchoir imprégné de parfum sur le nez le fit sourire.

Soudain, Katekar s'interrompit au milieu d'une plainte. Deux hommes arrivaient du bout de la rue, épaule contre épaule. « Saouls », souffla Katekar, et il avait raison. Ils n'étaient que deux, et il était peu probable que de véritables apradhis se rendent en titubant chez leur receleur. Pourtant, Sartaj se raidit, et observa la scène. Les deux ivrognes passèrent devant eux en gloussant. Plus bas sur la droite, trois ruelles plus loin, il y avait un bar de campagne et un tripot. Les hommes circulaient de l'un à l'autre avant de rentrer chez eux. Ces deux-là étaient heureux ; ils ne découvriraient pas l'ampleur de leurs pertes avant leur réveil, plus tard dans la matinée. Sartaj les regarda s'éloigner, et sentit une bouffée de chaleur lui remonter dans les épaules, un fourmillement de satisfaction anticipée. Il allait les alpaguer, ces apradhis, cette nuit. Il allait coffrer ces salopards, et ensuite il dormirait du sommeil du juste. Il s'était bien débrouillé avec Wasim Zafar Ali Ahmad, et maintenant, c'était à son tour d'engranger les gains.

Pour le moment, Katekar était à court de sujets de plaintes, et donc il s'était rabattu sur une histoire policière. En des temps reculés, disait-il, au tout début de sa carrière, il avait connu un vieux et vénérable inspecteur nommé Talpade. Ce Talpade était desséché et noueux, la physionomie souillée non seulement par le paan qu'il mâchait en permanence, mais aussi par quatre accusations de corruption qu'il avait su repousser et auxquelles il avait survécu. On disait – et en général on y ajoutait foi – qu'il avait tué plus d'une dizaine d'innocents au cours de sa carrière, dans des émeutes et fusillades. Un jour, pour avoir frappé un apradhi à mort, en garde à vue, il avait été suspendu onze mois avant de s'extirper de ce gâchis en distribuant de l'argent aux niveaux inférieurs et supérieurs de la hiérarchie, au point d'émerveiller même ses plus fervents admirateurs et ses ennemis les plus ardents.

Deux ans avant la retraite, Talpade était tombé amoureux d'une danseuse. Il y a quelque chose d'admirable chez un homme de cet âge saisi d'une grande passion. Bien entendu, il était ridicule : il s'était fait couper de nouveaux vêtements, ses cheveux, teintés au mehndi, avaient soudain viré au noir de jais, ses dents brillaient d'une blancheur surnaturelle. Force était de reconnaître et de respecter la complétude de son attachement. Tous les soirs, il allait rendre un culte devant l'autel de sa bien-aimée, la ramenait chez elle depuis le bar où elle travaillait, lui remettait les messages de ses amoureux. Oui, elle avait d'autres hommes, plus jeunes et plus beaux, mais Talpade acceptait avec une humble gratitude ce prix à payer pour rester dans son ombre. Il était transformé. Quelque chose de neuf s'agitait sous les rides de l'âge qui creusaient son visage, sous ces vallées amères – il suffisait de rester une minute à ses côtés pour comprendre que c'était de la joie.

Au sein de la police, on se moquait de lui. Ce n'était pas à cause de sa démarche de vieux coq ou des nouvelles lunettes de soleil qu'il arborait. Le problème, c'était qu'il aimait Kukoo (« Oui, Kukoo, exactement comme cette actrice d'autrefois ») et, ainsi que Talpade le répétait à qui voulait l'entendre, Kukoo était aussi belle qu'une pomme du Kashmir, et personne ne pouvait nier le charme fragile, fatal, des nakhras de Kukoo. Or, cette femme était un homme. Elle prétendait avoir dix-neuf ans, mais elle avait déjà dansé dans divers bars au cours des cinq dernières années, donc elle en avait plus vraisemblablement vingt-cinq, du moins vingt-deux. Elle avait une abondante chevelure qui lui tombait dans le creux des reins, clairs, d'une nuance presque dorée, un derrière ferme et d'une rondeur stupéfiante, des lèvres opulentes qui, à elles seules, méritaient une ode. Mais il n'avait jamais fait le moindre doute que Kukoo était un homme. Elle n'avait jamais tenté de le dissimuler. Elle possédait un torse svelte et longiligne, une voix rauque. Pourtant, de bar en bar, d'année en année, la cohorte de ses adeptes – et sa cagnotte – ne cessaient de grossir.

Alors pourquoi Talpade était-il devenu si majnoo de Kukoo ? Était-il après tout – malgré son long mariage et ses trois enfants –

un gaandu au sens littéral du terme ? Au sein de la police, ils étaient une majorité d'hommes et de femmes à le croire. Mais ses amis et les proches de Kukoo savaient que Talpade ne la touchait jamais. Non qu'elle aurait refusé, non. Kukoo avait une inventivité très développée dans l'art d'aguicher un homme et, surtout, elle avait l'esprit pratique. Elle savait quand se montrer timide et quand jouer l'effrontée. Mais Talpade n'avait pas envie de l'attraper, de la serrer contre lui, de la prendre ; il se contentait de rester assis à sa table d'habitué, sur la gauche de la piste de danse, et de la regarder. Elle offrait effectivement un sacré spectacle, flottant sur le lotus virevoltant de son ghagra, la taille tournoyant comme de l'eau qui coule. Sous les lumières noires et rouges si calculées, elle était plus belle que toutes les autres filles du bar, plus gracieuse que n'importe quelle femme prise au hasard dans la rue. Talpade s'asseyait et buvait son Old Monk en contemplant Kukoo. Il lui laissait de l'argent avant de s'en aller, ne l'appelait jamais à sa table pour l'obliger à venir chercher son argent, comme les autres spectateurs, il n'en attendait rien, sauf un coup d'œil et un sourire, à l'occasion. Il était heureux de parler aux clients et amis du club, plaisantait avec les serveurs, et sa fascination pour Kukoo n'était jamais assez univoque, assez obsessionnelle pour que cela devienne effrayant, même s'il était évident qu'il ne se souciait que d'elle.

Un soir, son meilleur ami, David, salement poivré, lui avait agrippé la main.

— Viens, mon salaud, touche-moi un peu ce bidule qu'elle a entre les jambes. Tu sauras qui elle est.

— Je sais que ce n'est pas une femme, lui avait répondu Talpade.

— Ben alors, quoi ?

— J'aime bien la regarder.

— Dis-moi pourquoi.

— Ça me fait du bien, c'est tout.

Et il n'en avouerait pas davantage. David maudit Talpade de s'offrir en ridicule, de dépenser de l'argent sans rien recevoir en retour, et le voua aux gémonies pour sa stupidité pure et simple. Talpade lui sourit, et se retourna vers Kukoo.

Deux mois plus tard, Kukoo appela David. Elle lui annonça que Talpade n'arrêtait plus de sangloter. Ça l'avait pris les trois derniers soirs, il la regardait pendant des heures, comme à son habitude, mais ensuite, sur le tard, il fondait en larmes, sans un bruit, sans rien dire qui livre la clef de son malheur. « Enfin, il est devenu fou, quoi ! » conclut Kukoo. Elle voulait que son ami éloigne Talpade. Il finissait par la déprimer, avec ses grands yeux mouillés, cela devenait insultant vis-à-vis des clients venus là pour s'amuser et pas pour pleurnicher.

Cette fois, David demanda gentiment à Talpade : « Pourquoi ? », et Talpade lui répondit : « Elle me rappelle mon enfance. »

Ils le sortirent du bar, le ramenèrent chez lui, le couchèrent. La famille fit venir des médecins, organisa une veille attentive, le réconforta, l'obligeant à respecter le repos qui lui avait été prescrit. Deux lundis plus tard, il reprit le travail et, le même soir, il était au Golden Palace, où Kukoo dansait désormais. Cette fois, dès qu'il se livra à son tamasha habituel, elle le fit expulser par les videurs, et cria à Talpade : « Arrête de me suivre. » Au début, elle avait eu peur de lui, mais maintenant, c'était plus fort qu'elle. « Connard, tu fais un drame de rien. Je ne veux plus revoir ta gueule. »

Talpade lui obéit. Il ne tenta jamais de la revoir. Il reprit le cours de son existence, mais il était devenu un homme privé de ressort, vidé de sa force et de son énergie. Il est mort quatre mois plus tard, il s'est éteint dans son sommeil, paisiblement.

Sartaj soupira. C'était la fin de l'histoire. Comme toutes les autres histoires policières de son adjoint, celle-ci s'interrompait subitement et demeurait une énigme, sans morale ni aucune raison d'être. Sartaj l'avait déjà entendue, dans la bouche d'autres personnes, et il la croyait vraie. Bien sûr, à force d'être répétée et de se transmettre, elle avait été sans nul doute enjolivée, altérée.

— Ce sont eux, fit-il.

Cette fois, trois silhouettes projetaient leurs ombres sur la chaussée, là-bas au bout, trop loin pour qu'on puisse vraiment les distinguer, mais Sartaj comprit qu'il s'agissait d'individus de sexe masculin, et que c'étaient des assassins. Il le sentait dans ses narines, dans ses dents. Sous le coup de l'impatience, il redressa le torse, puis s'obligea à reprendre la position couchée, dans un faux-semblant de sommeil. Il attendit.

— Comment s'appellent-ils ? chuchota-t-il.

— Bazil Chaudhary, Faraj Ali et Reyaz Bhai.

Plus loin, il y eut le gémissement caractéristique d'une Fiat qui tournait au coin, et le bourdonnement électronique, monotone, à peine audible, d'une lumière, un cliquetis métallique le long de la voie ferrée, tout le silence de la ville. Les trois hommes passèrent devant l'endroit où était posté Kamble, puis devant la fenêtre éclairée. Katekar souffla. Ils s'arrêtèrent, firent demi-tour, revinrent. L'un d'eux étendit la main et secoua le bas de la porte de l'étage.

— OK, fit Sartaj.

Katekar rampa de sous son chariot, partit sur la droite. Sartaj obliqua vers la gauche.

— Police, hurla-t-il. Les mains en l'air. Pas un geste.

Les types de Kamble vinrent se placer aux limites du champ de vision de Sartaj, quelque part sur sa gauche. Les trois apradhis se serrèrent, s'enroulèrent sur eux-mêmes, se figèrent, saisis dans un enchevêtrement de dessin animé, puis ils rompirent la figure, foncèrent à droite, à gauche. L'un d'eux fila vers le bout de la rue, Sartaj le laissa s'échapper hors de sa vue. Il préférait se consacrer à celui du milieu, qui courut droit devant avant de faire volte-face. Le type s'avançait, reculait, par bonds désordonnés, un éclair au poing, un éclair mouvant, affûté.

— Lâche ça, maderchod. Lâche ça. Mains en l'air ou je te fais sauter la tête.

Quelque chose heurta la chaussée, les mains se levèrent et Sartaj put risquer un coup d'œil sur sa droite. Katekar braquait son arme vers une étroite anfractuosité visible entre les cabanes, une lézarde qui ouvrait sur la palissade.

— Sors de là, bhenchod, fit Katekar. Jette-moi ça.

Une lame carrée pivota dans la lumière. Un hachoir, se dit Sartaj. Ces crétins, ces enflures se baladaient encore avec des hachoirs. Il sentait encore le pouls de la victoire battre dans sa gorge, quand une silhouette sombre jaillit de la crevasse dans la pénombre et bouscula Katekar. Sartaj entendit le sifflement, la chair entaillée, il vit son équipier assis par terre, et l'apradhi qui détalait. L'inspecteur Singh recula de deux pas, stabilisa son bras, repéra les marques lisses, fines, brillantes du viseur, puis l'éclair de la silhouette en kinescope de l'apradhi, et il tira, deux, trois, quatre fois. L'apradhi glissa au sol. L'éclair sortit lentement du champ visuel de Sartaj. Katekar était toujours assis.

Il s'agenouilla à côté de lui. Un liquide noir gouttait de la base du cou de son adjoint, par pulsations régulières.

— Une artère, fit Kamble, quelque part au-dessus de la tête de l'inspecteur.

— Le Gypsy, hurla Sartaj. Approchez le Gypsy.

Il fouilla fébrilement dans sa poche, plaqua son mouchoir sur la plaie et le sang s'écoula doucement entre ses doigts, enfla, déborda sur son poignet.

— Ici, fit calmement Katekar. Ici.

À trois, ils le soulevèrent et l'installèrent dans le véhicule. Sartaj lui allongea les jambes, tant bien que mal, et Kamble lui chuchotait à l'oreille, si près qu'il sentit ses lèvres lui effleurer la barbe.

— Les trois apradhis sont morts dans la fusillade. Hein ?

Sartaj perçut la sonorité discrète de ces mots, couverts par le mugissement de sa propre peur panique. Il secoua la tête, fit le tour du fourgon en courant et se hissa sur le siège.

Kamble claqua la portière côté opposé. La lumière tombée d'en haut lui divisait le visage en triangles noir et or.

— Les trois, dit-il encore. Les trois, liquidés.

Ce n'était pas le moment de parler. Ils démarrèrent sur les chapeaux de roues, dépassèrent la clôture qui s'effaça dans le flou, et Sartaj tâchait de maintenir Katekar immobile, tout en gardant la main plaquée contre la blessure. À présent, il comprenait le sens des propos de Kamble. Tandis que la jeep partait sur la gauche dans une embardée, il entendit les coups de feu, de simples claquements secs, en série rapprochée.

Deux heures quarante-six du matin, à la polyclinique Jivnami. Ganpatrao Popat Katekar fut déclaré mort dès son arrivée.

Sartaj se sentait vieux. Les documents administratifs qu'il fallait remplir lui avaient appris, lui avaient remis en mémoire que Katekar avait cinq ans de plus que lui. Pourtant, il l'avait toujours perçu comme plus jeune, toujours cru jeune. Katekar avait une plainte toute prête pour chaque heure du jour, il connaissait des chansons marathies antédiluviennes, des anecdotes scientifiques obscures, des histoires interminables sur les vies brèves d'hommes endurcis. Il prenait un plaisir ventripotent à se repaître de la cruauté recuite de la ville, de ses scandales, de ses dépressions cruelles, de son injustice rancie, il se faisait un festin de sa chair resplendissante et pourrissante. Et maintenant, Sartaj était obligé de remplir une case du formulaire : « Cause du décès. » Il traça les lettres avec soin, convaincu, en quelque sorte, que bien remplir le formulaire de service serait une marque de respect envers le défunt. Il repassa dessus, lentement, jusqu'au bout, jusqu'à l'arrêt, et ses mains se mirent à trembler. C'était une vibration née dans les coudes, une douleur puisée au cœur de l'os, qui se transmettait directement dans les paumes. Il posa les mains sur ses cuisses, sous la table, et attendit que le tremblement s'apaise. Il serra les poings, les desserra. Le tremblement cessa, avant de reprendre. Il regarda autour de lui. Deux agents étaient assis juste devant la porte, il voyait leurs souliers. L'inspecteur de service, Apte, se trouvait dans le bureau situé de l'autre côté du couloir, sur la gauche. Apte l'avait laissé tranquille, par égard, par sympathie, il avait respecté son désir d'être seul. Sartaj inspira un bon coup, recula son fauteuil. Ses mains restaient posées sur le coton blanc et sale du pantalon, parcourues de palpitations. C'était le mot : palpitations. Elles n'étaient pas prises de convulsions, elles ne tremblaient pas, non, c'était un frisson qui prenait sa source sous la peau. Comme c'est mélodramatique, songea-t-il. Il pensa le mot en anglais. *Melodramatic*. Il s'en souvenait. Il fit un effort et le frisson se calma. D'une main ferme et précise, il retourna le formulaire. Il reprit son stylo, le tint la pointe levée, puis dut l'abaisser. Quels objets étranges, les mains. Une forme en creux, rembourrée de coussinets de chair, le dos rehaussé d'une fine fourrure. Il appuya un doigt sur le bois de la table, le recourba, et il savait que s'il pesait dessus en y mettant tout le poids de son épaule, le doigt se romprait. La douleur aiguë jaillit du brouillard bourdonnant où le plongeait son état de confusion, comme une balise bleue dans la brume. Il connaissait le craquement du doigt qui casse. Il avait ordonné à Katekar d'en briser un, une fois, le doigt d'un apradhi, un kidnappeur, un type qui était venu réclamer de l'argent en échange de l'enfant, la fille d'un homme d'affaires qu'il avait enlevée à la sortie de l'école maternelle. C'était l'auriculaire, celui de la main droite. Ils avaient récupéré la fillette dans un hôtel de Bhandup. Le craquement du doigt qui se brise n'est pas un bruit très présent, mais il est sec, plus perçant qu'on ne le croirait. Rapide, grinçant, un crépitement de pétard. Katekar s'était exécuté. Sartaj l'avait forcé, il l'avait fait pour la fillette. Katekar avait des mains fortes, Sartaj se les remémorait. Il soulagea son doigt, relâcha la pression et se leva. C'était de l'apitoiement sur soi, tout ça, ces mains, ces souvenirs, ce formulaire. Il voulait s'éviter de penser à ce qu'il allait devoir faire ensuite, à ce qu'il avait repoussé jusque-là : la visite à la famille de son collègue. Laisse-les dormir, avait-il conseillé à Apte. Pourquoi les réveiller maintenant, au beau milieu de la nuit ?

Mais la lumière venait, inévitable. Il était temps d'endosser l'uniforme.

Dès que l'épouse de Katekar le vit, elle comprit. Il le vit à son visage. Il avait secoué légèrement le moraillon placé très en hauteur sur la porte, elle lui avait ouvert l'œil embrumé, chancelante, et la phrase qu'il avait préparée – « Babbhi, pardonne-moi, je t'en prie » – fut anéantie par la conscience nauséeuse de sa propre responsabilité. Elle referma la porte derrière elle, croisa les bras sur le feston de dentelle blanche de son ample chemise de nuit. Elle était imprimée d'un motif de roses, cette chemise de nuit, avec des épines sur les tiges vertes. Jusqu'à ce jour, Sartaj ne l'avait jamais vue que dans des saris chatoyants, pour des occasions très formelles. À trois ou quatre reprises peut-être, en autant d'années. Elle ferma les yeux un long moment, puis les rouvrit. Subitement, elle avait changé. Elle tendit son visage osseux comme une figure de proue, et sa main vint effleurer son avant-bras. Il s'aperçut alors que ses palpitations avaient repris.

— Que s'est-il passé ? demanda-t-elle.

Le lendemain, à deux heures de l'après-midi, ils ramenèrent le corps de Katekar au domicile familial. Ils l'allongèrent sur son lit, retirèrent le drap dans lequel on l'avait enveloppé après l'autopsie.

Ensuite, ils l'installèrent dans un fauteuil, pour la toilette. La blessure, très bas dans le cou, sur la gauche, avait été recousue. Elle semblait trop petite pour tuer cet homme au ventre respectable, aux lourdes épaules. La longue incision de l'autopsie avait été refermée au moyen d'un épais fil noir. La peau de son adjoint avait désormais la couleur et la texture du carton détrempé par un déluge de mousson, après qu'il a séché, et Katekar s'efforça de ne pas regarder. Il se rencogna dans un angle de la pièce, détourna les yeux des hommes et des femmes qui se pressaient à la porte et s'attacha à lire les étiquettes de la pile de cassettes posée à côté du lecteur, à l'autre bout de la pièce. Il écouta la femme de Katekar parler à un membre de la famille du nombre de bouteilles de kérosène qui seraient nécessaires, de la quantité de bouses de vache, de la quantité de bois. Et maintenant, ils enfilaient à Katekar de nouveaux vêtements, ils lui bouclaient sa lourde montre en acier au poignet. Sa femme s'agenouilla et lui enfila ses chappals aux pieds. Elle dut forcer, en tenant le talon de son époux, et elle poussa, lui écarta doucement les orteils pour en glisser un dans la boucle de cuir. Elle lui enduisit le front de gulal, y imprima le point rouge du tika. Elle renversa la tête, absorbée, concentrée, grave. Une femme lui apporta un thali en acier, une allumette grésilla, décrivit dans l'air un arc de cercle flamboyant et il sentit l'odeur de l'encens, de l'huile qui se consume. Elle fit osciller le thali en cercles lents autour des épaules de son mari, autour de sa tête. Elle sanglotait.

Ils se rendirent à pied au shamshan ghat. Un homme, un agent de police, portait une jarre d'eau. Sartaj percevait le clapot cadencé de l'eau tandis qu'ils marchaient. Le thali rempli de fleurs et de gulal était porté par un autre agent, juste derrière eux. Celui-ci puisa des grains et du gulal dans le thali, qu'il jeta autour de lui, le long de la procession. Ils entrèrent dans le shamshan par un haut portail en métal noir. Sous le toit en tôle ondulée de l'imposante resserre ouverte de part en part, il entendait encore le bruit de la circulation, assourdi. Il entendait des voix, des écoliers hurler, les cris stridents d'un wallah qui vendait ses légumes. Par-dessus le mur, à travers les branches affaissées, il entrevoyait des panneaux, de l'autre côté de la rue, un immeuble commercial vertical. Katekar fut étendu sur l'empilement de bois. Un homme s'avança, il le reconnut, c'était Potdukhe, un directeur de la police qui avait pris sa retraite un an auparavant. Potdukhe tenait une lame dans sa main, une lame de rasoir. D'une main, il écarta la manche blanche du corps et, d'un mouvement rapide, découpa l'étoffe, de la clavicule au poignet. Sartaj rentra les épaules : le sifflement de la lame lui parvenait, tranchant net toute l'épaisseur des bruits de la rue. Il déglutit et s'imposa l'immobilité. Potdukhe tailla l'autre manche, puis ouvrit les boutons du pantalon de Katekar : aucune entrave ne devait gêner l'envol de l'âme.

Le grondement mécanique et distant des véhicules s'interrompit et, l'instant d'après, Parulkar pénétrait dans le shamshan ghat. Il se rendit droit vers Katekar, resta un moment devant lui, puis recula. Il vint se placer à côté de Sartaj, lui posa une main sur le poignet, le lui serra. Ils attendirent.

Les femmes se tenaient à l'écart, à l'autre bout de la cour, près du mur. Des policiers en uniforme, disposés en rang, se retournèrent, frappèrent le sol de leurs talons, épaulèrent leurs fusils et visèrent haut, une cible située loin, très loin au-dessus d'eux. Les fils de Katekar, qui étaient auprès des femmes, tressaillirent sous le roulement cinglant des détonations. On les invita à s'approcher, ils fendirent la grappe d'hommes massés autour de la bière. Potdukhe posa la main sur l'épaule de l'aîné, et lui fit décrire un cercle, contourner le corps de son père. Le fils – quel était son nom ? son nom ? – portait la jarre d'eau ; l'eau gouttait, elle aspergeait le sol, elle dansait dans le récipient, projetant de brèves éclaboussures, comme autant de balbutiements. Un prêtre vêtu d'un dhoti tenait dans sa main un morceau de bois dont l'extrémité oscillait. Sartaj eut subitement envie de revoir le visage de son adjoint. Il s'écarta sur la gauche, mais le bois était empilé très haut, et tout ce qu'il put voir, ce fut un entortillement de linge blanc, un menton, l'arête d'un nez. Vu sous cet angle, il n'y avait pas de Katekar, rien que quelques fragments. Il se déplaça sur la droite, il était important pour lui de revoir son collègue en entier, mais il était trop tard, le prêtre tenait l'enfant par la main, il lui montrait comment procéder pour frapper sur la tête de son père avec le bâton. C'était un tapotement symbolique – le vrai coup, celui que porterait le prêtre allait fendre ce crâne. Sartaj ravala sa salive. C'était toujours à ce moment des funérailles qu'il se sentait défaillir. Une précaution nécessaire, se répétait-il, sans quoi, sous l'effet de la chaleur, le crâne éclaterait. Mais il se sentait le ventre noué. Quelqu'un, c'était Parulkar, lui prit le bras et, en réglant son pas sur celui des autres hommes présents, il recula, de trois, quatre, cinq pas. Ce qui ne l'empêcha pas d'entendre quand même le craquement rond et plein du crâne lorsqu'il se fendit. Désormais, Katekar était ouvert au ciel, complètement et pleinement ouvert. Son fils se pencha en avant, le brandon de bois en main. Au cœur du bûcher, il y eut de menus remous, une série de convulsions rapides, un emballement fugace. Il y eut ce mouvement et l'odeur douce du ghee, l'odeur des mariages et des fêtes religieuses de l'enfance. Ensuite, avec un halètement pressant, le feu s'empara du bois, du corps, et de Katekar. Désormais, le feu n'était plus que mouvement, il bondissait, de plus en plus haut, et la chaleur vint frôler le visage de Sartaj. Il regarda le feu brûler, et ne détourna pas le regard.

Après le départ des amis et de la famille, après que les cendres eurent refroidi, après que les cendres eurent été récupérées, rapportées à la maison et suspendues près de la porte, après tout cela, il rentra chez lui. Il avait du whisky, une bouteille presque intacte. Il la sortit, il la posa sur la table basse, avec une bouteille d'eau, mais après s'être versé un verre, rien qu'à l'odeur, il eut un haut-le-cœur. Donc il ferma les yeux et s'allongea sur le canapé. Katekar était mort, le meurtrier était mort, les amis du meurtrier étaient morts, tout était fini. Rien à faire, personne à poursuivre. La mort de Katekar était un meurtre, un accident, un acte du destin. Telle que Kamble et les autres la raconteraient, l'histoire était simple : une fois les trois apradhis cernés, on aurait dû tirer, ouvrir le feu sur ces ordures, mais Singh dirigeait les opérations. Katekar s'était approché de trop près, il n'avait pas tiré, et donc il était mort. Affaire classée. Ces choses-là arrivent. C'est le métier. Mais au bout du compte, Sartaj était incapable de se satisfaire du résumé, de se laisser réconforter par ce bel ordonnancement, par sa vitesse, son élan, sa netteté, et le point final. Il était assailli de questions : où était-ce, le Bangladesh ? Qu'est-ce que c'était ? Où était-ce, le Bihar ? Comment trois hommes parcourent-ils des milliers de kilomètres jusqu'à une ville bien précise, jusqu'à une portion de route bien précise, jusqu'à un fonctionnaire de police posté sous un thela ? Nous sommes des débris, songea-t-il, ballottés au gré du hasard, et nous nous bousculons les uns les autres, en jouant des coudes, en brisant nos existences respectives. Il ouvrit les yeux, et la pièce était toujours la même, les ombres, dehors, lui étaient connues, connues depuis plus d'un millier de nuits. C'était son coin de monde à lui, sûr et familier. Et pourtant, la question subsistait, elle lui pesait sur la poitrine : pourquoi Katekar était-il mort ? Comment était-ce arrivé ?

Insert : Le grand jeu

« L'objectif, la signification, l'intention et la méthodologie du renseignement visent à un seul résultat : savoir isoler certains schémas. » Les étudiants attendent, impatients d'entendre cette révélation qui les fera accéder à la compréhension, qui affûtera leur réactivité, leur permettra de survivre et de triompher. « L'aptitude à percevoir une méthode, un ordonnancement, une intention, reste le plus grand talent qu'un officier de renseignement puisse posséder, proclame K.D. Yadav, en projetant la voix vers le fond de la salle. Le vieux dicton nous le rappelle : une fois, c'est un hasard, deux fois, c'est une coïncidence, trois fois, c'est l'ennemi en action. Souvenez-vous-en. Si vous êtes capable de percevoir les liens existant entre certains points de coordonnées, de voir le contour qu'ils forment, de lire l'histoire que les données vous racontent, vous vaincrez. Une patrouille remarque des empreintes de bottes sur une crête de la chaîne du Karakoram, un agent de terrain en poste à Bruxelles rédige un rapport mentionnant la vente de kilomètres de câbles de télécommunications blindés. Celui qui sait repérer le sens de tout cela, celui-là est vainqueur. » K.D. vient de dire « celui qui... », mais il y a là une femme au premier rang, une jeune fille. Il la connaît depuis des années ; il l'a vue grandir, devenir une jeune personne au visage sérieux. Un des plus grands plaisirs de son existence a été de voir cette personnalité très singulière, le regard levé vers lui, du fond de son landau, se muer en une femme indépendante et forte, celle qui est assise en face de lui, à cette minute. Il se plaît à penser qu'il a été pour quelque chose dans cette évolution, en nourrissant, en alimentant ce courage. Mais quel est son nom ? Comment peut-il ignorer son nom ? Comment a-t-il pu l'oublier, alors qu'il l'a prononcé durant des années, des décennies ?

Cela lui revient. Il comprend comment il a pu l'oublier. Il n'a pas oublié son nom dans cette maison de Safdarjung, dans cette pièce qu'il avait transformée pour elle en salle de classe. Il l'a oublié, ici, maintenant, dans cette chambre d'hôpital où il est couché. Je suis ici, je suis Karpuri Dwarkanath Yadav, indiscutablement mieux connu sous ses deux initiales, « K.D. ». Je suis dans une petite chambre blanche aux rideaux tirés. Je suis allongé dans un lit en métal blanc. Je n'enseigne pas. Je suis malade, et c'est pour cela que j'ai oublié son nom. Dans la salle de classe, il y a de cela des années, je le connaissais, ce nom. Maintenant, je ne le connais plus.

En cet instant, elle est assise devant lui, dans la chambre d'hôpital. Elle lit un livre. Il se souvient d'elle, enfant, toujours en train de lire. Elle passait d'une pièce à l'autre avec un livre, elle le prenait avec elle à la table du dîner, et elle entendait toujours sa mère la prier de le poser quelque part, ailleurs. K.D. lui donnait des livres, il retrouvait en elle sa propre soif de lecture, cette soif inextinguible de son enfance, et sa précocité l'attirait vers elle. Il lui avait offert des bandes dessinées, de la collection Comics Illustrated, des classiques illustrés d'Enid Blyton, et par la suite de P. G. Woodehouse. Elle lit toujours avec une concentration sans partage, penchée sur le livre qu'elle tient à deux mains. Il se souvient d'elle, de cet arc tendu, de ce besoin, comme si elle voulait dévorer les mots.

— Qu'est-ce que tu es en train de lire, en ce moment ? lui demande-t-il.

Elle lève les yeux, ravie de la question, ravie qu'il parle.

— Cela s'appelle *L'Inde secrète*.

— Le livre de Paul Brunton.

— Est-ce qu'il existe un auteur que tu n'aurais pas lu ?

— Je l'ai lu il y a des années.

Il se souvient précisément de la période où il l'a lu. C'était en juin 1970, dans un mess de l'armée, à Siliguri. Le livre était un vieil exemplaire relié cuir aux lettrages dorés à moitié effacés, le dos rehaussé de trois nerfs protubérants. Il sent le contact du volume entre ses mains. Il l'a trouvé sur une étagère en verre, au-dessus des vases Ming rapportés d'une expédition punitive à Pékin, il y avait très longtemps. Devant le mess, il y a une véranda que balaie un lance-naik, un caporal de l'armée indienne. Une clôture en fil de fer barbelé. Une chaussée qui se craquelle et des champs. Mais il ne parvient toujours pas à se rappeler le nom de cette femme, dans cette chambre d'hôpital jaune.

— Ils ont dû le réimprimer. Qu'est-ce que tu en penses ?

— Absurdité orientaliste. L'homme blanc à la recherche des sadhus et de l'illumination dans une terre sombre et mystérieuse. Toujours les mêmes vieux fantasmes.

K.D. éclate de rire.

— Ce n'est pas parce que c'est le fantasme d'un individu que ce n'est pas vrai.

Entre eux deux, la controverse était ancienne. Il lui répète tout le temps qu'elle doit se sevrer, s'affranchir de ses propres fantasmes de citoyenneté mondiale, d'anti-impérialisme et de paix éternelle inspirés par la Jawaharlal Nehru University. Elle lui réplique invariablement que son réalisme à lui relève aussi du fantasme. Avec les années, la discussion a fini par devenir un exercice de pure forme, un rituel qui ressemble à une dispute mais n'est qu'une démonstration d'affection. Et il a conscience de disposer d'un avantage. Après tout, c'est lui qui l'a recrutée au sein de l'organisation. Désormais, elle est des nôtres, elle fait partie des soldats de l'ombre. Elle n'a pas d'autre choix que celui du réalisme. Je l'ai formée, je lui ai appris les ressorts du métier, l'analyse, l'identification, l'action. Je l'ai entraînée dans le monde du secret, dans nos conflits, dans la trame des causes secrètes. Il lui sourit.

— Entendrais-tu par là que les sadhus n'existent pas ? Ni l'illumination ?

Elle pose l'ouvrage, rapproche sa chaise du lit.

— Je suis certaine que les sadhus existent.

— Et ils existent en effet. Les vrais et les faux. Les deux sont utiles.

Elle hoche la tête, et il est persuadé qu'elle comprend, qu'elle n'a pas oublié ses leçons. Il insistait sur l'importance de l'histoire de l'organisation, de ses antécédents, et donc il leur avait tout appris des grands pandits, Nain et Mani Singh Rawat, explorateurs et cartographes du Tibet, sur Sarat Chandra Das, agent britannique à Darjeeling, auteur du *Voyage à Lhasa et au Tibet central*, et d'autres encore, des individus plus modestes, méconnus qui, un siècle plus tôt, avaient pénétré dans les territoires interdits du nord déguisés en pèlerins, qui avaient sillonné l'Himalaya, au nord et à l'ouest, qui avaient parcouru des milliers de kilomètres de routes en comptant leurs pas. Les moulins à prières cachaient des boussoles, les cannes de marche des thermomètres, et les distances ainsi mesurées avaient fourni les premières cartes de ces terres sauvages. Or, une carte est une forme de conquête, l'acte précurseur de toutes les autres. K.D. l'avait expliqué à ses étudiants : souvenez-vous de ces moulins à prières, une forme de connaissance peut en dissimuler une autre. L'information se niche à l'intérieur de l'information. Surveillez tout, écoutez tout. L'utile se cache à l'intérieur de l'inutile, la vérité se niche au creux des mensonges. Et donc, à cette minute, cette jeune fille, son étudiante, lit *L'Inde secrète*, credo d'un Anglais en quête de paix, qui, selon elle, relèverait d'une contradiction dans les termes. Bien. C'est une bonne étudiante. Une bonne lectrice. Elle lui tient la main, à présent. K.D. lui pose une question.

— Pourquoi lis-tu ce livre de Brunton ?

— Mon oncle, lui répond-elle tranquillement. J'ai besoin d'aide. J'ai besoin d'en savoir davantage au sujet de Gaitonde. Il m'en faut plus. J'ai besoin de savoir ce qui aurait pu l'amener à s'intéresser aux sadhus.

Ganesh Gaitonde était un mauvais sujet, mais il avait été l'allié des hommes de bien, jadis. K.D. lui-même l'avait recruté, lui aussi. L'organisation avait quelquefois besoin de ces mauvais sujets, pour certaines tâches, spécifiques. Dans certaines régions, seuls les mauvais sujets avaient accès à des informations concrètes. Et donc K.D. avait déniché Gaitonde dans une prison, et l'avait recruté. Et Gaitonde s'était révélé une bonne source, ses renseignements avaient été recoupés, corroborés et vérifiés, et la preuve avait été faite qu'il était un interlocuteur sûr et utile. Il avait accompli des missions de commande, exécuté les tâches avec efficacité et discrétion. Mais en fin de compte il avait trahi les services. Il avait inventé des données de toutes pièces en se servant de leurs ressources pour élargir son empire. Avant cela, Ganesh Gaitonde était déjà un mauvais sujet, certes, mais du bon côté de la barrière, et K.D. avait été son officier traitant. Pour jouer le jeu correctement, il fallait savoir les manier, ces mauvais sujets, il fallait leur faire commettre de mauvaises actions qui se révélaient finalement bénéfiques. C'était nécessaire. Seuls ceux qui n'étaient jamais entrés sur un vrai champ de bataille pouvaient se poser en défenseurs de la morale, provisoirement, mais le grand jeu, lui, était éternel. Alors, Ganesh Gaitonde était-il mauvais ? Nehru était-il mauvais ?

Attends, raccroche-toi fermement à ce qu'il te reste de lucidité. Ne pense pas à Nehru, il n'est là que pour te détourner de l'essentiel. Ton esprit s'égare, ton esprit dérape. Tu es malade. K.D. serre les poings, relève la tête. La jeune fille est concentrée, elle a le front plissé. Tout comme son père. Son père s'appelle Jagdeep Mathur, et ils se sont rencontrés très tôt, à leurs débuts, un jour d'hiver, dans une salle de conférences, à Lucknow, sur le campus de l'université. La table de conférence était tapissée de feutre vert et dominée, sur les quatre murs, par des portraits de grands Européens en toge académique. Il y a là dix-sept hommes, assis autour de la table, tous de vingt ans à peine, tous l'œil vif, intelligents et instruits. K.D. n'avait encore jamais vu aucun de ces jeunes gens, que l'on avait priés de se présenter dans cette salle à neuf heures précises.

Ils ne bavardent pas entre eux, ils patientent, veillent à rester discrets car ils savent tous qu'ils sont recrutés pour l'action secrète, au sein d'une agence dont on ne leur a pas encore dévoilé le nom, et dont ils n'ont, pour la plupart, jamais entendu parler. K.D. a déjà été reçu deux fois en entretien, après avoir été approché très discrètement par le vice-président de son université, à Patna. Il croit savoir pourquoi : il est titulaire d'une licence de lettres avec mention, d'une licence de droit, et d'un certificat « C » du National Cadet Corps, sans compter une renommée sportive à l'échelle de l'État. Il est strict, tendu, il a reçu une éducation ambitieuse. Il a envisagé une carrière juridique, mais maintenant il s'intéresse à ce nouveau monde particulier, à ces entretiens secrets et à cette promesse d'une activité pétrie d'urgence et d'importance. Donc il attend à cette table, aux côtés de ces hommes en qui il reconnaît des images-miroirs de lui-même ; leurs avant-bras puissants et leurs regards en alerte lui révèlent qu'ils sont à la fois des sportifs et des érudits. Au fond de la salle, les grandes portes à double battant s'ouvrent d'un coup, et deux hommes à la coupe de cheveux militaire font leur entrée. Un autre personnage plus âgé, en veste grise, un professeur, à en juger par ses épaisses lunettes cerclées, les suit de près. Le professeur se dirige vers la table, puis se tourne en direction de la porte, le cou tendu, dans une posture d'attente. Et Nehru entre. K.D. se sent rougir. C'est incroyable, mais c'est vraiment Jawaharlal Nehru. « Messieurs », s'écrie Nehru, et il a la voix rauque, presque fêlée. Tous ces jeunes hommes se lèvent d'un coup, dans un raclement de semelles sur le plancher et, d'un geste impatient de la main, il les invite à se rasseoir. Sans plus de cérémonie, il prend place, se penche et pose les coudes sur la table. Ses mains sont blanches, et K.D. découvre comme ses ongles sont propres. Mais il a l'air fatigué, Nehru. Il a le fond des yeux jaune, les joues bouffies. Nous sommes le 18 février 1963. « Messieurs, vous avez tous vécu la crise que l'Inde vient récemment de traverser. Nous vivons une époque dangereuse, nous luttons pour sortir de cette période de crise. Nos frontières ont été envahies, notre confiance anéantie. Et tout cela à cause des Chinois, que nous avions pris pour nos amis. Nous devons nous assurer qu'une situation pareille ne se reproduira plus jamais. Par conséquent, la nation doit en appeler à ses jeunes hommes, aux meilleurs, aux plus intelligents. Quand je vous regarde, je lis sur vos visages la lumière bénie d'un passé ancien, et je reprends confiance. Je vais vous demander beaucoup. Votre pays attendra de vous l'impossible. Mais vous devez l'accepter. Notre avenir repose sur vos épaules. Je me fie à votre force, et j'ai confiance en votre dévouement sans faille à votre devoir. *Jai Hind.* » Subitement, il se lève, et serre la main du jeune homme le plus proche, puis du suivant. En attendant son tour, K.D. a le temps d'observer Nehru, et s'aperçoit qu'il respire fort, comme s'il venait de courir un sprint. Voilà que Nehru lui tend la main et lui glisse quelques mots. K.D. est pris par surprise : « Pardon, monsieur ? » Nehru est déjà passé au suivant, mais il répète sans regarder K.D. : « Fais de ton mieux, fils. » Il y a dans sa voix un soupçon d'impatience, K.D. observe la scène attentivement ; Nehru n'adresse la parole à personne d'autre, pas même au professeur. K.D. conservera les mots entendus comme un trésor. Nehru s'en va, les portes se referment derrière lui. Jawaharlal Nehru n'a parlé qu'à lui, K.D.

D'un signe, le professeur les invite à regagner leurs chaises. « Messieurs, déclare-t-il, comme le Premier ministre vient de vous le dire, vous avez été choisis parce que vous êtes les meilleurs. Bienvenue au sein de l'organisation. » En fin de compte, il s'avère que le professeur n'est pas un professeur, mais un commissaire adjoint de l'Intelligence Bureau, qui – il les en informe – est le plus ancien service de renseignement du monde. S'ils choisissent de signer leurs papiers de recrutement, ils seront membres, travailleurs et soldats de cette vénérable organisation. Tous s'empressent de signer, éblouis par Nehru.

Plus tard ce matin-là, cinq d'entre eux fêtent l'événement chez Youssouf, dans le Chowk Bazaar, où les a conduits Jagdeep Mathur, un camarade qui a grandi à Lucknow. Ils mangent ce qu'il leur présente comme les meilleurs Kakori kebabs de Lucknow, et ils discutent de l'apparition magique de Nehru parmi eux. Mathur rend Nehru responsable de la débâcle récente devant les Chinois, dans l'Himalaya, de toutes ces défaites et de tous ces morts, et K.D. ne peut s'empêcher d'acquiescer même s'il se surprend à défendre l'idéalisme du vieil homme, sa foi dans l'avenir de la paix et de la rationalité. « K.D., yaar, lui rétorque Mathur, tu es comme ma mère, toujours à rabâcher que Pandit-ji a sacrément belle allure, qu'il est plein de bonnes intentions, que Gandhi-ji l'aimait comme un fils, quel homme bon, quel homme très, très bon c'est, ce Nehru-ji. Et moi, je soutiens qu'un personnage qui se veut bon à ce point ne devrait pas être notre Premier ministre. En général, les hommes qui sont bons sont aussi des idiots. Les hommes bons font tuer les gens. Quand on vit dans un monde infesté par ces foutus Chinois, ces foutus Américains et ces foutus Pakistanais, on n'a pas besoin d'hommes bons, on a besoin d'hommes qui mangent des Kakori kebabs et qui manient un gros bâton. » K.D. hoche la tête et répond. « En fait, un gros lathi. » Mathur éclate de rire, son visage aux mâchoires massives et tendineuses forme un cube parfait, mais c'est un visage saisissant, avec la peau claire et les yeux noisette. K.D. lui trouve l'air d'un brahmane de Lucknow. Il a bien conscience que Mathur a repéré son nom de famille dès qu'il a été prononcé, qu'il lui a peut-être assigné la place réservée aux yadavs et aux autres basses castes, comme l'ont sans doute fait tous ses nouveaux collègues. Cela n'a pas échappé à K.D., pas plus que le caractère très ancien de l'organisation qui, sans conteste et comme toutes les organisations, est investie par les brahmanes, avec un léger saupoudrage de kayasths et de rajputs. Pourtant, le grand sourire de Mathur n'est pas feint ; il n'a pas une hésitation quand il lui tend la main par-dessus la table et lui tape sur l'épaule en gloussant de rire. « Un sacré gros lathi, s'exclame-t-il. Tout à fait exact. Un sacré gros lathi. Serais-tu un adepte du lathait, K.D. ? – Oui, en effet répond K.D. J'ai passé de nombreuses années en shakha. » Et c'est la vérité, il a passé de nombreuses soirées au sein d'une cellule de base du RSS, le mouvement nationaliste Rashtriya Swayamsevak Sangh, dans un bac à sable éclairé d'une lumière crue, à faire tournoyer des lathis, à multiplier les moulinets autour de ses épaules, à apprendre les parades et les attaques que lui enseignaient des instructeurs en tenue kaki. Mathur approuve, K.D. le voit bien. Il vient de passer là une espèce de test. Mathur l'apprécie déjà.

Après cette matinée Kakori, Mathur est rebaptisé par ses collègues d'un surnom affectueux, il est devenu ce Sacré Mathur, et le restera sans faillir jusqu'à sa disparition, deux décennies plus tard. Sur une route, à soixante-trois kilomètres d'Amritsar, il abandonne une Ambassador blanche avec deux pneus éclatés, un chauffeur mort, un garde du corps mort et un informateur, mort, un dénommé Harbhajan Singh, tous abattus à bout portant par les balles tirées par trois AK-47 au moins. Ce jour-là, cette année-là, K.D. est très loin, à l'autre bout de ce monde en ébullition, à Londres. Il apprend la disparition de Mathur, informé par le bureau Europe à Delhi ; il repose le combiné du téléphone et contemple par la fenêtre l'enfilade régulière des perrons autour d'une place anglaise, les façades grises et blanches des maisons sous un ciel automnal. L'un des côtés de la place est occupé par un hôpital vieux de six cents ans, un autre par un musée. K.D. a rendez-vous dans un quart d'heure, dans un pub à trois rues de là, avec un militant sikh dont il sollicite les faveurs depuis six mois. Il doit se montrer vigilant et prudent, car il sait que ce militant est piloté par un officier pakistanais, un homme de l'Inter-Services Intelligence, Shahid Khan, mais il ne peut se retenir de penser à Anjali, la petite Anjali.

Anjali. Elle s'appelle Anjali. C'est la fille de ce Sacré Mathur. Elle est assise devant moi, là, à cette minute, dans cet hôpital qui fait partie du Secteur V de Rohini, à New Delhi. Je ne suis pas à Lucknow, je ne suis pas à Londres. Je suis ici. Anjali. Raccroche-toi à ça. Ne mélange pas les époques, les dates, les lieux. Raccroche-toi à la chronologie. Il y a eu Lucknow, où tu as rencontré Mathur, et il y a eu sa disparition au Punjab, mais entre les deux, il s'est écoulé plusieurs décennies. Il y a eu la North Eastern Frontier Agency, la NEFA, le soulèvement de Naxalbari, le Kerala, le Bangladesh, Londres, Delhi, Bombay. Souviens-toi des dispositions, des distances ; dans les lignes qui relient les points, une forme se dessine. Le sens est dans la forme. La forme de ma vie, elle doit renfermer une signification. Quelle est la forme ? Applique l'analyse aux événements, recherche la proximité, la conjonction, la répétition, la similarité, repère l'impulsion derrière la vitesse acquise, l'intention d'en face, sur le versant opposé de l'action. C'est le métier du renseignement. K.D. Yadav se souvient d'avoir enseigné cela, dans une maison de Safdarjung. Avec cette jeune fille assise au premier rang. Anjali.

— Anjali, fait K.D. Anjali.

Sa voix n'est plus rouillée, elle est empreinte d'un grincement douloureux, et il se demande combien de temps s'est écoulé depuis la dernière fois qu'il a parlé.

— Où étais-tu ? lui demande-t-il.

— Mon oncle, j'ai besoin d'aide, concernant Gaitonde.

— Gaitonde est mort.

Gaitonde était mort. K.D. le sait, mais il ignore comment il le sait. Je n'ai pas toute ma tête, songe-t-il. Sa plus grande fierté, sa fierté la plus secrète et la plus durable était dans l'excellence de sa mémoire, justement, dans la précision de son œil pour le détail, sa logique tranchante, sa capacité d'analyse, le maillage vibratile et incandescent de son intellect. Il avait arpenté les corridors des brahmanes et les jardins royaux de Nehru à cause de son esprit. Mais qu'en était-il de ma raison ? Et la NEFA, et Londres, était-ce de l'ordre du rationnel ? Dans la perte de ses facultés, dans la brume flottante des séquelles de son attaque, un grand vide le menace. C'est un vide absolu, une totale absence devant laquelle il recule. Mais elle est là, la perte, et la possibilité que sa vie soit réduite à presque rien. Il dit à la petite fille, son Anjali, il lui dit : « L'araignée tisse les rideaux du palais des Césars, la chouette fait le guet dans les tours d'Afrasiab. »

Elle se rembrunit.

— Qu'est-ce que le sultan Mehmet aurait à voir avec Gaitonde ?

Il est ravi, il a envie de rire. Quel esprit elle a ! Elle est titulaire d'un doctorat d'histoire. Elle comprend ses allusions les plus obscures, elle a lu les textes les plus ésotériques et les plus inutiles, elle en a besoin autant que lui, elle est son héritière, sa fille autant que celle de ce Sacré Mathur. Elle seule aurait pu se souvenir, sans un instant d'hésitation, qu'après avoir conduit ses armées devant les murs de Byzance, après que ses hommes et lui eurent mis un terme flamboyant à un empire qui avait duré 1 123 ans et 18 jours (Retenez les détails ! Soyez précis !), après une journée de tueries, de captures, de viols et de pillage, au-delà de tout cela, au-delà de Byzance, le sultan Mehmet était entré dans le palais des Empereurs, où les maîtres byzantins avaient durablement mené des vies de luxe et d'intrigue. Il avait vaincu. Et, à l'instant de sa victoire – nous rapportent les chroniqueurs –, levant les yeux vers le ciel crépusculaire, le sultan Mehmet avait chuchoté ces quelques mots, pour lui seul : « L'araignée tisse les rideaux du palais des Césars, la chouette fait le guet dans les tours d'Afrasiab. » Mais K.D., maîtrise-toi. Anjali a besoin de toi. Quel rapport Gaitonde entretiendrait-il avec Mehmet ? Lequel, en effet ?

— Navré, dit K.D. Je suis navré. Gaitonde…

— Oui, dit-elle. Gaitonde.

— Quelle était la question ?

— Selon la plus récente information en ma possession, Gaitonde, avant sa mort, est venu chercher trois sadhus, à Bombay. Pourquoi ? Pourquoi des sadhus ? Quel est le rapport ?

— Quand je l'ai recruté, en prison, Gaitonde apprenait le yoga. Les professeurs venaient de je ne sais quelle école de yoga.

— Abhidhyana Yoga. Une très vieille école, très établie, très respectable. Je me suis renseignée. Pour autant que nous sachions, Gaitonde n'a conservé aucun contact avec ces gens-là après être sorti de prison.

Les professeurs de yoga s'habillaient en blanc, enseignaient le yoga dans la cour principale du pénitencier en s'accompagnant d'extraits du *Mahabharata* et du *Ramayana*. Le yoga était censé adoucir le tempérament des criminels, en faire de meilleurs citoyens. Mais K.D. se demandait ce qui leur permettait d'y croire, ces professeurs. Pourquoi le yoga ne produirait-il pas au contraire de meilleurs criminels, plus équilibrés, plus sereins, plus efficace ? Le maître des scélérats, Duryodhana, était un yogi, c'était certain. Ils l'étaient tous, ces guerriers du mal. Gaitonde avait l'air plus calme, plus illuminé dans sa combinaison blanche de prisonnier, dans le bureau du directeur de la prison. Cet homme était mauvais. Duryodhana était-il mauvais ? Il avait trouvé la mort à la suite d'une supercherie, et il était monté au paradis des guerriers. Existe-t-il un paradis des soldats, qui attendrait K.D. Yadav ? J'ai fait de mon mieux, Nehru-ji, Pandit-ji, monsieur le Premier ministre. Non, non, réfléchis, réfléchis. Gaitonde. Pourquoi était-il à la recherche de ces sadhus ? Aide Anjali, aide-la.

— Gaitonde était religieux, reprit K.D. Il se livrait tout le temps à des poojas, il donnait de l'argent à des temples. Il distribuait de l'argent à tous les muths, nous avons des photos de lui avec les représentants religieux. Il en connaissait, des sadhus, c'est certain, il en connaissait plein. Qu'est-ce que ces trois-là avaient de particulier ?

— Nous n'en savons rien. Trois sadhus, c'est tout ce que nous savons. Ils présentaient assez d'importance à ses yeux pour qu'il sorte de la clandestinité et revienne en Inde. Il savait que nous étions mécontents de lui ; il devait forcément redouter que nous ne le sanctionnions. Il devait craindre de se faire tuer. Et pourtant, il est revenu. Pourquoi ? Sais-tu quelque chose ? Peux-tu te rappeler quelque chose, mon oncle ?

Oui, il se souvient. Elle recherche du détail, de la texture, un ou deux éléments particuliers qui s'agenceront ensemble pour résoudre l'énigme, pour conférer un sens à Gaitonde, à sa vie et à sa mort. C'est ce que K.D. Yadav lui a enseigné. Et maintenant, K.D.

Yadav a les souvenirs, mais pas la chronologie. Il possède quelques éléments, mais pas la distance qui les sépare. Pour lui, entre le passé et le présent, la frontière n'est plus nette, tout est au présent, tout est relié, tout est ici, maintenant. Pourquoi ? Que m'est-il arrivé ? K.D. est incapable de s'en souvenir. Mais il peut se rappeler. Il est à bord d'un hélicoptère, il survole une vallée, qu'il remonte. K.D. sourit parce qu'il ne peut s'en empêcher, parce qu'il ne s'est encore jamais élevé au-dessus de la terre ferme, et les voilà qui suivent le long ruban de mercure d'une rivière, ils basculent en virage et sont ballottés au-dessus de cet épais tapis de verdure, les ombres au pied de ces arêtes tombent droites, d'un noir profond. Il règne la lumière éclatante d'un or matinal, qui emplit le plexiglas secoué de vibrations, et le ciel au-delà est d'un bleu que K.D. n'avait encore jamais vu, une teinte vive, saturée, qui lui baigne le visage. Il sourit, et l'un des pilotes se retourne et rit avec lui. Ce sont des militaires de l'armée de l'air, affectés à la base de Pasighat. Le pilote lui désigne une tache brune, non loin du rivage, près des gerbes liquides qu'il voit maintenant pétrir la roche. Aussitôt les méandres de la rivière remontent vers eux, et les voilà au sol. L'hélicoptère reprend l'air dès que K.D. s'en extrait et, en un instant, l'appareil disparaît, en emportant avec lui son sillage de tonnerre. Ensuite, K.D. perçoit un autre bruit, un gazouillis ténu, mais retentissant. C'est un oiseau comme il n'en a jamais entendu, il en est certain. Et puis il en entend un autre qui sonne comme une boîte en fer-blanc remplie de cailloux, que l'on agiterait. Et encore un autre, mais K.D. n'est pas sûr que ce soit un oiseau ; c'est une sorte de cri triomphal ponctué d'un déclic final, un claquement. En bordure de la clairière, les troncs des arbres closent une lumière bleu-vert d'une profondeur infinie, un monde nébuleux dont K.D. ne sait absolument rien : la NEFA. Il est seul au sein de la North Eastern Frontier Agency, un sac vert de l'armée au côté. Il porte une chemise de brousse jaune et des chaussures de ville en cuir, des Bata, pas chères. Subitement, il a peur, complètement peur. Deux foutus mois d'entraînement, songe-t-il, deux mois seulement, et pas pour ça, pas pour cette jungle et ce ciel inconnu, au-dessus de moi.

Un peloton de l'Assam Rifle le rejoint deux heures plus tard, et ils expliquent qu'ils ont été retardés par un glissement de terrain, à trois kilomètres de là ; ils ont dû effectuer un détour. K.D. écoute attentivement le hindi étrange que parle le sous-officier, un subedar, et demande : C'est loin, l'endroit où nous allons ? Le subedar sourit de toutes ses dents, et ne dit rien. Il a apporté des bottes pour K.D. Les bottes sont trop grandes, mais cela vaut mieux que trop petites. K.D. enfile trois paires de chaussettes, et il marche. Il marche vingt et un jours. Le troisième matin, il a les jambes saisies de crampes si violentes qu'il ne peut même plus s'accroupir pour se soulager, alors il s'appuie contre un arbre, et sanglote. C'est un chêne, il le sait, et de le reconnaître le rassure, il se sent mieux. Quand il a appris qu'il allait venir dans ces montagnes, il s'est acheté un livre sur la flore et la faune qu'il a étudié à ses moments de loisir. Donc il sait que ces arbres-ci sont des magnolias, et ceux-là des peupliers, et là-bas, un noisetier. Ils ont suivi le cours de la rivière, ils ont marché sans interruption vers l'amont, en suivant un chemin qui serpente à travers la forêt, et ne cesse de gagner en altitude. En cette première semaine de marche, ils passent devant des maisons sur pilotis, implantées deux à deux ou en groupes, entourées de lopins de cultures, du riz et du millet, encore encerclés par les cendres des brûlis. Des femmes sont assises devant ces maisons. Elles tissent, et les garçons-soldats échangent des moqueries sur les boucles qu'elles portent au nez. Les hommes ont tous des lames droites, des daos, glissés dans leur ceinture, et le subedar lui explique que, quelques années auparavant, ils s'en servaient encore pour couper les têtes. Ces hommes ont l'air assez athlétiques pour manier le dao et trancher des membres, mais ce ne sont pas eux qui l'effraient, malgré leurs yeux bridés d'étrangers sous le casque conique en bambou. Non. C'est le souffle de la forêt qui le terrifie, ce soupir grinçant du bambou qui se faufile sous les genévriers. Un mugissement et un rugissement qui s'étirent dans la lumière profonde et bleue, sous la canopée. La jungle se parle à elle-même ; ce sont de longs appels et de longues réponses qui le surprennent chaque fois, qui le font tressaillir, qui le rendent nerveux. Quand un cri perçant, juste au-dessus de leurs têtes, le fait sursauter malgré lui, les soldats rient de lui. « Ce n'est qu'un singe », lui assure le plus jeune en remontant d'un coup sec son fusil sur son épaule. Son mépris est évident, et K.D. en perçoit les raisons. Il sait que ce n'est qu'un singe, et pourtant, toutes les nuits, il se blottit sous ses couvertures, se les remonte au-dessus de la tête. Tous les matins, il se réveille plus épuisé que la veille. Dans la matinée, la masse des montagnes les domine, très haut, noire et engloutie par l'épais couvert, de contrefort en épaulement, dans le ciel qui rosit.

Ils franchissent une crête et redescendent, ils se dirigent vers une autre rivière, qui grossit bientôt en un torrent violent. Ils la traversent à gué, non sans mal, et mangent sur la rive opposée, les flancs d'un cerf que le subedar a tiré deux jours plus tôt. De part et d'autre, les montagnes sont à pic, de véritables murailles, et le ciel n'est qu'un reflet lointain de la rivière, un étroit ruban qui serpente tout là-haut. Ils reprennent leur marche. Ils grimpent, et K.D. sait qu'ils vont monter plus haut encore, maintenant. Ils crapahutent dans une forêt de pins bleus, la tête baissée sous le poids de leur paquetage, et K.D. a la sueur qui lui coule dans les yeux. Il est trop fatigué pour s'extasier devant le chatoiement d'orchidées surnaturelles, d'une blancheur éclatante sur ce fond d'herbe. Dans un champ de bambous verts parcouru de soupirs, les oiseaux viennent voleter au-dessus de sa tête. Ils avancent pas à pas dans une dernière peupleraie, et un pré s'étend au-dessus d'eux, dans une étroite déclivité. Ils la traversent, ne cessent de s'élever. Quand il regarde derrière lui, vers le sud, K.D. peut apercevoir la crête qu'ils ont franchie et, au-delà, des dizaines d'autres, de loin en loin, sous le ciel immense et rouge. Cette nuit-là, ils campent dans le pré ; il se couche dans une saillie et s'endort dès qu'il tire la couverture à lui. Le lendemain matin, ils se contentent d'un petit déjeuner froid et reprennent leur marche, jusqu'à un col creusé en V dans la crête. Il leur a fallu deux jours de trekking jusqu'à cette dernière pente, immense. Ils s'engagent dans le défilé en file indienne, K.D. au milieu. Il contourne une forteresse de grosses roches rondes. Il prend garde de ne pas se tordre les chevilles dans les failles qui parcourent le rocher, puis il lève les yeux, et il en a le souffle coupé. D'autres prairies s'étagent dans la vallée, mais au-delà, au-dessus de ces déclivités successives, une masse blanche, déchiquetée et coiffée d'un dais de nuages blancs court vers les cieux. Les grands pics argentés sont encore loin, et pourtant K.D. sent déjà leur inhumanité, leur indifférence. Il essaie de calmer sa respiration, et il sent les exhalaisons glaciales des montagnes comme une griffe au fond de sa gorge. L'homme qui le suit lui donne un coup de coude, sans trop de délicatesse.

— Qu'est-ce que tu regardes, Raja Saab ? C'est le Tibet, là-bas.

— La Chine, lance le subedar, sans se retourner. La Chine.

Le subedar a trente-neuf ans, c'est un vétéran des récentes batailles contre les Chinois, qui se sont déroulées non loin d'ici. Sa peau a la couleur et la dureté du vieux papier huilé. Il s'appelle Lalbiaka Marak, un nom que K.D. n'avait jamais entendu auparavant. Parmi ces jeunes jawans, il y a un Das et un Gauri Bahadur Rai, mais les autres ont des noms comme Vaiphei, Ao, Lushai et Thangrikhuma, aux consonances exotiques, comme originaires d'un autre pays. K.D. ne doute pas qu'ils le jugent bizarre, étranger. Ils ont fini par l'appeler Raja Saab, il ne sait pas tout à fait pourquoi. Il ne se sent nullement raja, franchement pas d'extraction royale, avec sa barbe naissante, ses lèvres gercées, ses pieds couverts d'ampoules suintantes. K.D. Yadav est sur le seuil du paysage majestueux et mortel ; il lui fait face, avec ces hommes supposés être ses compatriotes, et il se sent complètement seul. Ginzanang Dowara se tient derrière lui, et K.D. sent cette odeur laiteuse de sueur qu'il dégage. D'un coup d'épaules, il remonte son paquetage, baisse la tête et reprend sa marche. Au bout d'un périple de vingt et un jours, ils atteignent leur cantonnement.

Cent soixante hommes vivent dans ce petit campement grossier composé de cabanes en bois et de tentes, tous des soldats de l'Assam Rifles. Il y a là deux lieutenants et un capitaine en détachement de l'armée.

— Nous sommes un peu sous-encadrés, confie le capitaine à K.D. Mais les temps sont durs.

Le capitaine s'appelle Khandari. Il a grandi au milieu d'autres montagnes, à Garwhal, mais il déteste celles-ci.

— À Garwhal, les montagnes ont une âme, souligne-t-il. Ici, même les montagnes sont une jungle.

Cela fait rire K.D. Il fait remarquer que ce sont les mêmes montagnes, elles font partie de la même chaîne, qui étend ses convulsions d'est en ouest, d'un bout à l'autre du sous-continent. Pourtant il comprend très bien ce que le capitaine entend par là : les vallées qui dévalent sous leurs pieds sont très éloignées de tout ce qu'il connaît, elles lui sont étrangères. Au cours du récent conflit, le capitaine Khandari est allé au feu dans les recoins les plus septentrionaux du Ladakh, et il déteste Nehru avec la dernière violence, car, dit-il, les hommes sont morts en combattant sans munitions, sans soutien, sans espoir. Le capitaine Khandari boit sec, tous les soirs, de vastes quantités du rhum distribué au sein de l'armée, et tous les soirs les deux lieutenants et lui – Rastogi et DaCunha – jouent au flush dans la hutte du capitaine. K.D. se joint à eux, refuse de s'associer à leurs paris, à leur manière d'abattre brutalement les cartes, mais il partage leur gnôle. Le rhum efface l'épouvantable sentiment d'isolement, d'être coupé du monde par ces montagnes et cette obscurité impénétrables. On se sent en sécurité dans cette hutte douillette où brûle un feu, on se sent au chaud et dans les vapes, à raconter des histoires. En quatre soirées, K.D. apprend à connaître ses nouveaux amis, ses potes ; il découvre l'amour sans espoir de DaCunha pour Sadhana, pour son magnifique arrière-train en Technicolor ; l'amour de Rastogi pour les faits mathématiques obscurs, les énigmes et les devinettes ; il écoute très tard dans la nuit les récits bredouillés, à peine intelligibles, de manœuvres de retraite terrorisées sur des hauts plateaux dénudés. Quand K.D. les quitte pour grimper en titubant jusqu'à sa propre hutte, guère plus grande qu'un placard, il distingue les dernières lueurs ambrées des feux de camp, de l'autre côté du terrain d'exercice, les formes des tentes alignées en rangs dans la pénombre. Au-delà, il y a le noir absolu de ces immenses parois rocheuses, sous un ciel froid percé d'étoiles.

Le cinquième après-midi, après l'épuisement de cette longue marche, K.D. se sent assez requinqué pour se rendre à la tente de commandement, pour se confronter à l'impossibilité de sa tâche. Il s'est vu confier la mission d'investiguer sur la présence chinoise dans la région, d'établir un réseau d'informateurs et un pôle d'information, pour s'assurer que la Chine ne prépare pas de nouvelles incursions, pour déterminer les intentions futures, celles des Chinois et celles des autres, dans cette région frontalière sensible. K.D. ignore tout de ces Chinois, de leur langue, de leur histoire et de leur politique ; il n'a aucune expérience, aucune connaissance de cette région, de ses habitants ni de sa géographie. Il est désemparé, mais il va trouver le capitaine Khandari. Le capitaine, il en est convaincu, saura par où il doit entamer ses recherches. Mais le capitaine souffre d'une très forte gueule de bois. Il est d'humeur maussade et K.D. a du mal à lui tirer l'information que l'on envoie une patrouille par semaine qui suit la même route du nord-est sur quatre kilomètres, jusqu'à une casemate désaffectée, au sommet d'un promontoire. Voilà qui représente la totalité des efforts de cette unité pour imposer sa présence dans la région et recueillir des renseignements. La stupeur se lit sur le visage de K.D., mais le capitaine Khandari hausse les épaules.

— Il n'y a personne par ici, vous savez, lui affirme-t-il. Absolument personne. Les Chinois ont filé. C'est vide, complètement bhenchod vide.

K.D. garde le silence. Il essaie de trouver le courage de répondre. Finalement, Khandari incline la tête et rompt ce silence.

— Alors, s'enquiert-il. Que comptez-vous faire ?

Trois jours plus tard, deux patrouilles quittent la base pour suivre des itinéraires que K.D. a tracés sur des cartes au millième. À présent, il perçoit l'hostilité de ces hommes dont il est venu troubler le confort, et vit retranché dans le silence. Même Marak – son ami le subedar – refuse de lui parler autrement que par monosyllabes. K.D. trouve un rat mort sous son lit. Rastogi et DaCunha ramènent leurs patrouilles plus tôt que prévu – Rastogi avec trois jours d'avance sur les sept prévus. Naturellement, dans leur rapport, ils disent n'avoir rien vu, absolument rien, et K.D. est certain qu'ils se sont contentés de contourner la première crête et qu'ils se sont installés là pour quelques jours de détente et de repos. La semaine suivante, il organise une autre patrouille pour DaCunha, Marak et un peloton, mais cette fois, il les accompagne. Sur le premier kilomètre, il souffre d'élancements dans les pieds, puis, une fois que ses muscles se sont dénoués, il prend plaisir à cet effort. Il est chaussé d'une bonne paire de bottes, à présent, il a perdu du poids, et il se sent fort. Il est heureux de mettre en pratique ses nouvelles aptitudes en matière de lecture de cartes ; à chaque halte, il scrute les crêtes lointaines à la jumelle. Les hommes le regardent manier ces jumelles avec amusement, et DaCunha se montre à peine poli. K.D. supporte sans mot dire, il fait son travail, il a l'intention de le faire bien. Le quatrième jour, ils montent leur campement à l'abri d'une muraille rocheuse qui scintille de filets gris métallisés. K.D. ouvre son sac à dos, en sort un livre, vite, car ce sont les derniers moments de soleil. Il a soif de livres, de lecture, de n'importe quelle lecture. Il a terminé depuis longtemps *L'Énigme des sables. Rapport des services secrets* qu'il avait apporté avec lui, et s'en trouvait réduit à lire les étiquettes sur les flacons de médicaments, les petits caractères imprimés en bas des formulaires de réquisition de l'armée ; une fois épuisées ces dernières ressources, il avait éprouvé une espèce de peur panique, comme s'il était sur le point de se noyer. Mais au moment de partir en patrouille, dans un coin de la tente de commandement, derrière une pile de formulaires de nourriture et d'approvisionnements, il a trouvé deux livres laissés là par un officier parti depuis longtemps, sans doute mort. Et donc, avec le Tibet dans son champ de vision, le voilà maintenant qui lit *Le Livre Benham de la chiromancie : un traité pratique sur les lois de la lecture scientifique des lignes de la main.* Il le lit lentement, il en savoure chaque phrase, parce qu'il faut qu'il dure, ce livre-là. Donc il s'attarde sur les absurdités contenues dans chaque page, qui traitent toutes des contours du futur présents dans les lignes du passé, et prêtent une signification particulière aux hiéroglyphes charnels de la paume. Il doit durer, parce que l'autre livre qu'il garde dans son sac, *Chiromancie : le langage de la main*, par Cheiro, n'a guère plus de plus de deux centimètres d'épaisseur, et il serait insupportable d'affronter ces montagnes sans rien à lire.

Marak se penche soudain sur lui, faisant barrage à la lumière. Il baisse les yeux sur les pages ouvertes du livre, sur un passage dans lequel Benham décrit les proportions qui s'appliquent entre les différents monts et les doigts. Marak reste cloué sur place. Il s'accroupit, les bras posés sur les genoux, et il regarde K.D. droit dans les yeux.

— Vous lisez l'avenir ?

— Oui, fait promptement K.D. Oui.

Marak lui brandit sa main sous le nez.

— Lisez, dit-il.

K.D. tient la main taillée à la serpe de Marak dans les deux siennes et lui fait un récit de son avenir. En réalité, ce n'est pas compliqué. Il se sert de certains des préceptes étranges de Benham, mais surtout, il laisse Marak lui confier ses inquiétudes sur la santé de sa femme, ses démêlés avec ses frères pour une histoire de terres agricoles et il extrapole, il devine.

— Ton père était un homme très travailleur, il a travaillé jusqu'à la fin de sa vie, tous les jours du matin au soir, expose-t-il à Marak, qui le regarde avec un respect inédit, mêlé de crainte.

Son affirmation ne repose nullement sur une lecture benhamienne, mais sur de simples déductions faites à partir des indices dont l'autre a semé ses questions, tout à son impatience de connaître les contours du bonheur à venir, de détenir un talisman contre les ravages qui finiront forcément par s'abattre, tôt ou tard. K.D. le balade gentiment, puis il sent qu'il ne faut pas trop en offrir, que le sujet doit rester en état de manque – il faut lui faire plaisir, le rassurer, mais pas le rassasier.

— Cela suffit pour aujourd'hui, décide-t-il avec autorité. Je suis fatigué.

— Bien, monsieur, fait Marak. Je vais vous apporter un peu de thé.

Et il s'exécute. Entre-temps, K.D. étudie la chute spectaculaire de la lumière sur la montagne qui leur fait face, les variations de ces bandes d'un rouge et d'un noir profonds. Il prend le mug de thé.

— Nous allons en voir, des Chinois, prévient-il, sur un ton vague.

Il n'est pas tout à fait sûr de ce qu'il raconte, si ce n'est qu'il a évoqué l'avenir, et qu'il espère assez les voir, ces Chinois, en effet. Non qu'il souhaite une confrontation. Il n'est pas sûr de son courage physique, et il sait, après trois brèves séances d'entraînement de tir au pistolet, qu'il est un très mauvais fusil. Mais repérer des Chinois donnerait un sens à sa mission, de la substance à ses propos initiatiques, rendrait l'ennemi réel. Et comme il n'a plus parlé à personne depuis des jours, il laisse encore échapper ceci :

— Nous allons en voir, des Chinois.

Et ils en voient, en effet. Le lendemain, juste après trois heures, Thangrikhuma, qui est de guet, leur lance : « Dushman. » L'ennemi. Ils grimpent jusqu'à la ligne de crête et scrutent, par-delà la vallée desséchée, quelques points gris dispersés sur la roche grise. C'est l'ennemi, oui. Thangrikhuma a une très bonne vue, K.D. le distingue à peine, le dushman, mais dans ses jumelles, ces points deviennent des hommes, tout à fait reconnaissables, l'équivalent d'une section de soldats chinois qui progressent lentement vers l'ouest. Les gars montent rejoindre K.D., s'allongent les uns à côté des autres, et ils observent. DaCunha défroisse une carte.

— Ils sont de leur côté de la frontière. Je crois, décrète-t-il.

Leur côté de la frontière est indiscernable du nôtre : sur ces terres désolées, il n'y a pas de repères, pas de clôtures. Mais eux, ils sont là-bas, et nous, nous sommes ici.

Pendant les deux jours qui suivent, K.D. et ses hommes longent la crête parallèlement aux Chinois, veillant à ne pas se montrer. L'ennemi les conduit à ce qui est visiblement un nouveau poste avancé, trois casemates bâties sur un promontoire en surplomb du col, et une tranchée-abri abritant un mortier lourd. C'est du très bon renseignement, mais les hommes sont surtout impressionnés par la prédiction de K.D., qu'ils attribuent non à sa sagacité, à son entraînement ou à ses connaissances tactiques, mais à une prescience d'ordre mystique. Et, sur le chemin, ils viennent tous le voir et lui parler un par un, de sorte qu'il ne tarde pas à entrer dans l'intimité de leurs existences, dans leurs peurs et leurs hantises, qu'il respire lorsqu'ils viennent se blottir près de lui. s Même DaCunha succombe à la tentation, si bien que, au moment de reprendre la direction de la base, K.D. sait tout de sa sœur attardée mentale, et de Violet qui l'attend, à Panjim. Alors qu'ils démontent leur dernier campement avant la base, Marak aide K.D. à rouler son sac de couchage, et lui sourit.

— Saab, dit-il sur le ton de la confidence, le premier jour qu'on était par ici, il y a eu une grande discussion. L'avis de tous, c'était qu'il serait très facile de te pousser dans le vide, du haut d'un à-pic, juste un petit coup de coude. Le nouvel officier est tombé, oui, il était inexpérimenté, qu'aurions-nous pu faire ?

Marak rit en tirant d'un coup sec sur les sangles. K.D. lui répond en souriant à son tour de toutes ses dents, mais il est terrorisé. Toute la journée, il s'écarte de l'à-pic, effleure de son épaule gauche la roche et le schiste argileux. La possibilité de sa propre mort ne lui était jamais apparue ; elle n'avait jamais provoqué la moindre réaction dans sa chair ; il était incapable d'imaginer sa propre désintégration. Dans les histoires de réussite qu'il se raconte à lui-même, il est toujours victorieux, quelquefois blessé, mais toujours en vie. Mais ici, de véritables étrangers ont envisagé sa mort bien réelle. Certains d'entre eux ont déjà tué, et tueront à nouveau, et ils auraient fait peu de cas de sa disparition. Une brève bousculade, et fini. Il est allongé dans son lit, ce soir-là, dans sa hutte, et il tremble. Il a peur de fermer les yeux.

Il se réveille dans l'obscurité. Il lève la main, mais il n'a pas de montre, il ne voit pas de chiffres lumineux. Il faut qu'il se lève, qu'il se rase, se baigne, qu'il rédige son rapport, qu'il arrache le capitaine Khandari à l'hébétude de sa gueule de bois, qu'il le pousse à transmettre son rapport par radio, qu'il remonte la chaîne de commandement. Quelle heure est-il ? Il y a beaucoup à faire. K.D. rabat le drap de côté et se redresse, il a la tête qui tourne, et il est pris de nausées. Pourquoi se sent-il si faible ? Hier soir, il n'était pas fatigué au point d'avoir cette palpitation dans la poitrine, ce tremblement qui le fait s'effondrer sur son oreiller. Le plafond blanc le plaque contre le présent, et il comprend, avec un borborygme de terreur, qu'il n'est plus dans sa jeunesse, dans l'enchantement initial du travail bien fait sur les pics arides du Nord. Il est au fond d'un lit d'hôpital à Delhi, et il perd l'esprit.

Il soupèse cette phrase : perdre l'esprit. Que reste-t-il si l'esprit s'égare ? S'il n'y a plus d'esprit, un moi subsiste-t-il encore ? Il se souvient de la parabole : pour connaître le Moi, il faut qu'il existe un autre Moi, un œil qui observe les oiseaux de l'être se repaissant du nectar du monde. Mais si vous supprimez toute structure mentale, les façades du langage, les fondements de la logique, les trames enchaînant la cause et l'effet, subsistera-t-il encore un observateur ? Que restera-t-il, quand tout se sera écroulé ? La félicité ou la torpeur ? Une présence, ou une absence ? « L'araignée tisse les rideaux du palais des Césars, la chouette fait le guet dans les tours d'Afrasiab. » Soudain, il est vibrant de rage, de colère contre la violence qui lui est infligée. J'ai agi de mon mieux. J'ai fait ce que l'on m'a demandé. Le raidissement révolté de ses tendons se transforme en spasme et, pendant un moment, il se débat, et son pouls lui cogne dans l'oreille comme un tambour Mishmi. Il lève le bras, tâtonne dans l'obscurité qui le noie. Je suis lucide. J'arrive à me souvenir de ma vie, à retrouver le fil des histoires de ma vie. J'ai appris mon métier au NEFA, en créant un réseau de renseignement là où il n'y en avait aucun, en créant des sources, des cellules et des itinéraires. J'y suis parvenu mieux que n'importe lequel de mes collègues, ici ou ailleurs, j'ai travaillé plus dur, j'ai couru plus de risques, j'ai été plus authentique, plus sincère que tous les autres parce que j'étais un yadav et qu'ils s'attendaient à ce que je me conduise autrement, je le savais, en tout cas certains d'entre eux. C'étaient des brahmanes, et ils avaient leurs opinions bien arrêtées sur les basses castes. Je n'en ai jamais parlé à personne, pas même à ce Sacré Mathur. J'ai travaillé, c'est tout. Après la NEFA, il y a eu les rizières de Naxalbari, où j'ai circulé en me faisant passer pour un marchand, où j'ai débusqué les tueurs de policiers, de juges et de percepteurs de district, où j'ai poursuivi les garçons hantés d'illusions qui abandonnaient leurs confortables foyers bourgeois de Calcutta pour monter dans le Nord faire la révolution. J'en ai tué un, ce prétendu maoïste qui avait tenté de me supprimer. Je me souviens encore de son nom, Chunder Ghosh, et le sang qui lui giclait des oreilles quand je lui ai tiré une balle dans le front. Je me souviens précisément des opérations du Kerala contre les partis communistes, contre leur propagande électorale, leur prolifération et leurs machinations, contre leur infrastructure même. Nous avons accompli cela pour la fille de Nehru, dans la plus complète illégalité, mais avec joie, car nous savions d'où ces partis tiraient leur idéologie et leur orientation, et nous montions sur les remparts, nous repoussions ces hordes dirigées par Pékin et Moscou. Et ensuite, je me suis retrouvé dans l'est du Pakistan à recueillir les témoignages des soldats bengalis qui avaient fui leurs maîtres du Punjab. Les informations que j'avais réunies ont permis la destruction d'aérodromes entiers, transformés en amas de décombres et de gravats par des bombardements de précision. Après le Bangladesh, retour à Delhi, aux manœuvres auprès des diplomates étrangers, aux déjeuners avec des employés d'ambassade, au lent développement de relations qui finissaient par rapporter des bribes d'informations. Ensuite, Londres, le Punjab, Bombay. Ma vie, dépensée dans cette lutte. Cette longue guerre permanente, avec ses victoires soudaines et méconnues. J'ai accompli cette tâche. Je me souviens de chaque paiement, de chaque source, de chacune de ces attaques menées par le dushman. J'ai organisé la défense. C'est grâce à cela que cette Inde-ci tient encore debout.

K.D. suffoque dans l'obscurité. Il ne s'est jamais marié. « K.D. a épousé son métier », disaient ses collègues. Mariés, la plupart d'entre eux l'étaient, et ils avaient une famille, des enfants, des petits-enfants. Lui, il était seul, il est seul. Il a eu des femmes, il a connu des femmes respectables et d'autres qui ne l'étaient pas. Il a été amoureux, et il a payé pour s'offrir du sexe. On l'a présenté à des parents d'amis dans l'intention claire de le pousser au mariage. Il considère le mariage comme une bonne chose, et ne saurait en contester les vertus. « Pour quoi d'autre travaillons-nous ? s'est écrié ce Sacré Mathur, un jour, à la fois exaspéré et plein de sollicitude. Si ce n'est pour nos enfants, pour leur avenir, pour quoi d'autre ferions-nous tout cela ? » K.D. n'avait rien à objecter, il ne pouvait opposer aucun désaccord au contentement replet de son ami, à son épouse qui parlait à sa cuisinière avec des murmures feutrés, à sa fille de cinq ans, Anjali, penchée sur un livre de contes de fées étalé sur le tapis. Et pourtant, il était tout aussi incapable d'offrir un « oui » aux offres de mariage que son ami lui soumettait, de lui apporter une explication satisfaisante ou une description éclairante de ce qu'il souhaitait réellement. « Que veux-tu ? lui demandait Mathur. Quoi, quoi, quoi ? Qui est-elle, cette héroïne que tu attends ? » Et K.D. était incapable de nommer cette femme, de la réduire à une liste de dix qualités, à formuler avec des mots ce refus vague qui sourdait de ses os.

K.D. est allongé dans son lit d'hôpital, et il se demande ce qu'il a attendu. Il est trop tard maintenant, il va mourir seul. Son père avait évoqué les réconforts de la camaraderie, mais Mam avait-elle réellement fait office de camarade ? Cette Mam si simple, timide, coiffée de son perpétuel ghoonghat, silencieuse, plongée dans des corvées ménagères qui n'en finissaient pas. Elle avait soutenu son mari dans l'éprouvante ascension qui l'avait extrait de la pauvreté, elle parlait fièrement aux membres de sa famille du métier de professeur d'éducation physique de son époux, et tous les jours c'était elle qui lui apportait un déjeuner chaud jusque dans son minuscule bureau, à côté du terrain de football de l'école, avec ses plats préférés emballés dans un panier-repas à cinq étages. Mais elle avait été incapable de le suivre sur les territoires étrangers de la langue anglaise et, jusqu'à la fin de sa vie, elle était restée perdue devant les téléphones, les télécommandes et les distances qui la séparaient de ces pays étrangers, affolée par l'immensité du monde. Ils s'étaient mariés jeunes, Rajindeer Prem Yadav, le futur entraîneur d'athlètes, et la toute simple Snehlata, aux temps à peine formés de l'adolescence, et ils s'étaient étoffés comme deux moitiés laissant une double empreinte dans la vie du jeune K.D. : les épaules chocolat de Papa sur le blanc de son banian, sa voix hurlant des ordres à des rangées de garçons en nage, son anglais maladroit, hésitant, sa rigueur, sa fascination envieuse pour l'entraînement des athlètes russes, et Maman, les mains enduites de besan, avec ses fêtes religieuses, ses jeûnes et ses cérémonies innombrables qui s'enchaînaient en cycles sans fin, son rire impressionnant qu'elle dissimulait derrière son pallu, sa fierté de femme illettrée pour la réussite universitaire de son fils. Ils étaient restés ensemble pendant des décennies, Papa et Maman. Que se disaient-ils, dans leur compagnonnage, tard la nuit, derrière la porte de leur chambre ? S'étaient-ils mutuellement épargné cette première heure du petit matin, cette absence destructrice de lumière ? K.D. frémit, et il se souvient d'avoir couru chez lui, après une bagarre sur le bas-côté de la route avec deux garçons d'une école rivale, dont il était sorti avec une mâchoire douloureuse et la chemise de St. Xavier déchirée à hauteur de la poche. Maman l'avait harcelé avec un cataplasme de haldi jusqu'à ce que K.D. lui impose, physiquement, d'arrêter. Papa était resté droit comme un poteau métallique, les yeux plissés, et il avait exigé de K.D. qu'il retrouve ces garçons pour les rosser. « À partir du trimestre prochain, on va se mettre à la boxe, ce sera au programme de l'école, lui avait-il annoncé. Tu dois apprendre à te défendre. » Ce soir-là, Maman lui avait apporté son verre d'Ovaltine et conseillé d'ignorer tous ces voyous, ces barbares des écoles publiques. « Ils sont jaloux de toi parce que tu fréquentes une très bonne école. Oublie-les. Beta, travaille dur et tu progresseras. Ne te mêle pas de ces bêtises, pense à ton avenir. » Maman attendait toujours de K.D. qu'il soit premier ou deuxième de sa classe, en dépit de son ascendance paysanne, et elle était pleine d'espoir, confiante en son avenir.

Et voici K.D. dans cet avenir, qui n'a confiance en rien, incertain même quant à l'origine de cette douleur qu'il a derrière la nuque et sous son crâne, transpercé par elle, mais incapable de savoir avec certitude si elle appartient au présent ou si elle est un souvenir qu'il revit. À cet instant, dans cette panne de son corps, il comprend que tout ce qu'il a pu voir dans son existence n'était que fantômes, qu'un caillou serré dans une main vaillante n'est qu'un fantôme reconstitué à l'intérieur de la boîte crânienne, que les illusions constituent la seule réalité. Le futur est une illusion, mais le présent demeure la plus insaisissable de toutes les illusions.

Il suit le soleil qui glisse vers le haut du mur. Il réfléchit à sa couleur, un orangé tacheté de rouge, qui se nuance d'un jaune plus clair à mesure qu'il grimpe. La couleur, en soi, n'existe pas. Il existe des photons qui rebondissent en tout sens dans l'univers, qui pénètrent une fine membrane à la surface de ses yeux et la traversent. Il existe des événements électriques et chimiques qui se déclenchent comme des novas. Mais la couleur, en soi, n'existe pas. Une infirmière se déplace dans la chambre, le secoue doucement et lui parle, mais il n'y prête aucune attention. Il est facile de l'ignorer, elle et la morsure infime de l'aiguille qu'elle lui enfile dans le bras, ce sont de pures données individuelles qui circulent dans les méandres de sa conscience, aussi irréelles que la couleur du plâtre, qui revêt à présent la nuance exacte de la peau d'une papaye du Kerala, autour de l'aréole de la queue. C'est une papaye bien spécifique qu'il revoit, celle qu'il a dégustée en juin 1977, accueilli pour une nuit dans un dak bungalow, à Idukki. La papaye est présente à son esprit, avec son parfum de pourriture vaguement écœurant, sa chair qui dérape, qui saute entre les doigts. Elle est aussi réelle que ce mur, qui vire au blanc sale. Il s'aperçoit que la partie inférieure du mur reste dans l'obscurité.

Ce n'est pas l'obscurité de la nuit, c'est une absence de vision. La partie inférieure du mur est absente, comme si quelqu'un lui avait fixé des œillères horizontales. S'il renverse la tête en arrière, avant de la pencher en avant, cela lui permet de déplacer la frontière entre la vision et la non-vision, de la décaler plus haut sur le mur, puis plus bas. Cette perte de la moitié de son champ visuel persiste s'il se tourne vers la fenêtre, ou de l'autre côté, vers la porte qui donne sur le couloir : une moitié de fenêtre, une moitié de porte. C'est une perte latitudinale, équatoriale. La moitié inférieure de son monde s'est effacée.

Quand il évoque son nouveau symptôme à une infirmière, l'équipe passe aussitôt à l'action. On le roule en civière hors de sa chambre, des machines l'examinent, le sollicitent, le passent au crible. Plus tard ce jour-là, le docteur Kharas lui expose sèchement les faits.

— Votre scanner montre une autre lésion, une petite lésion, ici. Nous pensons qu'il y a atteinte du cortex visuel.

Elle pointe du doigt un diagramme en coupe du cerveau humain, avec ses segments dûment étiquetés. Les couleurs sont vives, un bleu primaire pour le cortex cérébral, un rouge profond pour le thalamus.

— Les dégâts provoqués par la tumeur entraînent un scotome, une oblitération d'une partie de votre champ visuel. C'est à peu près tout ce que je peux vous en dire. Avez-vous ressenti quelque chose, la nuit dernière ? Une nausée ? De la douleur ?

K.D. a envie de lui répondre : J'ai senti un air glacial me cisailler la gorge alors que je me démenais pour gravir une crête, docteur. J'ai senti éclater les ampoules que j'avais aux pieds, mes pieds enfermés dans des bottes.

— Non, répond-il. Rien.

Elle hoche la tête, et note quelque chose dans son bloc. Docteur Anaita Kharas, trente-huit ans, mariée, deux enfants. Elle et son mari sont tous deux nés à Delhi, ils ont grandi là-bas. Anjali a procédé à un petit contrôle, sur place. Elles se méfient un peu l'une de l'autre, Anaita et Anjali, elles sont un peu ombrageuses, toutes les deux, mais K.D. voit bien à quel point elles se ressemblent, cette efficacité, leurs tenues raisonnables, leur manière de s'affirmer dans l'espace où elles évoluent, l'effort quotidien qu'elles doivent déployer pour préserver leur indépendance et leur dignité de femmes contre le scepticisme et l'agressivité des hommes.

— Je crains fort que nous ne puissions pas tenter grand-chose pour remédier à la perte de ces fonctions, admet le docteur Kharas. Aucune intervention chirurgicale, aucun traitement ne peuvent inverser le processus. À ce stade, il y a beaucoup d'éléments de la mécanique qui nous échappent.

— Je comprends, fait K.D. Mais cela va-t-il empirer ?

— Là encore, c'est difficile à prévoir. Un gliome reste la moins prévisible des tumeurs. Des cas de rémission spontanée ont été observés. Nous allons faire de notre mieux. Tâchez de ne pas trop vous inquiéter.

Mais ce n'est pas la sympathie, ni le réconfort, qu'il recherche. Il sait où il va. Ce qu'il aimerait connaître, ce sont les pourcentages, les chiffres. Combien de temps son esprit va-t-il tenir, à quelle vitesse va-t-il s'affaiblir, défaillir ? Elle n'a pas de réponse. Elle lui fait la leçon non sans brusquerie sur la nécessité de se détendre, de ne pas se laisser déprimer, de ne pas renoncer. Il lui sourit. Il l'aime bien. Il n'y avait qu'un seul Parsi dans l'organisation, quand il y est entré, et pas de musulmans, pas un seul, non, pas un. Il avait l'habitude de protester contre cet état de fait, cette injustice flagrante, de relever l'ironie de la situation : il fallait protéger un État séculier au moyen d'une organisation non séculière. Mais les vieux messieurs des hautes sphères considéraient que le risque était trop grand, et non justifiable au regard des enjeux. Pensez, s'entendait toujours répondre K.D., à qui nous combattons. Oui. Le dushman. L'ennemi. Ils sont là-bas, et nous sommes ici. Eux et nous.

Elle s'en va, le bon docteur Anaita, suivie par une cohorte d'internes et d'infirmières. K.D. s'assied dans son lit, il regarde le liquide s'écouler goutte à goutte dans le tuyau et pénétrer dans son avant-bras. Il se souvient de la question d'Anjali, à présent : pourquoi trois sadhus, pourquoi Gaitonde essayait-il de les retrouver ? K.D. se remémore son association avec Gaitonde, la première approche, en prison, les entretiens, le degré d'entente qu'ils ont pu atteindre, et ensuite les missions qu'il lui a confiées, les services échangés. C'était une nécessité. Le monde est investi par le crime, il en est criblé, il en est pourri. Les Pakistanais et les Afghans gèrent le commerce de l'héroïne, vingt milliards de dollars qui transitent en partie par l'Inde, Delhi et Bombay, vers la Turquie et l'Europe, puis les États-Unis. L'Inter-Services Intelligence et les généraux engraissent grâce à ce commerce, achètent des armes et des guerriers moudjahidine. Les criminels fournissent le support logistique, ils déplacent les hommes et l'argent par-delà les frontières. Les politiciens accordent leur protection aux criminels, les criminels apportent leurs muscles et leur argent aux politiciens. Ainsi va ce monde. Les services du dushman recrutent un gangster indien mécontent, Suleiman Isa, pour qu'il pose des bombes dans sa ville natale, ce qui le transforme en acteur majeur d'une guerre sans fin. Pour combattre leur gangster, il nous en faut un autre. L'acier entame l'acier. Les criminels ont une bonne compréhension de leurs rivaux. Il est nécessaire de traiter avec Gaitonde, pour le meilleur. Et donc le voici, Gaitonde, dans son T-shirt et pyjama blanc, en chaussons de bain, dans le bureau du directeur de la prison. K.D. essaie de revivre l'événement. Peut-être y trouvera-t-il une explication à ces trois sadhus, grâce à un détail. Il ferme les yeux et se glisse dans cet après-midi, retourne dans cette pièce, rayonnages et dossiers noirs, photo de Nehru encadrée de noir. Sa respiration se fait irrégulière, sans qu'il comprenne pourquoi. Cesse. Calme-toi. Du calme, sinon tu vas aggraver ton état. Réfléchis. Pourquoi trois sadhus ? K.D. n'a que faire de la religion, et il a toujours considéré la piété de Gaitonde comme la béquille d'un homme hanté par la peur des assassins. Même les hommes forts, les hommes durs, les hommes qui sont les chefs de leurs compagnies, demeurent incapables d'affronter le néant de la mort, le coup de ciseaux irréversible dans le fil fragile de la conscience. Un coup de ciseaux, et puis plus rien. Terminé. C'est insupportable, et donc, Gaitonde, même lui, monstre souillé de sang, nourrissait ses fantasmes de l'au-delà. Nous sommes incapables de supporter l'obscurité. K.D. essaie d'examiner son scotome, d'y prêter attention, mais ce n'est rien, le néant, le vide. Comme elle est obscure, cette perte, sous mes paupières, sous mon pouls écarlate et palpitant.

— Oui, c'est l'écriture de Papa, affirme la mère d'Anjali à sa fille.

Anjali a trouvé un vieux texte universitaire ayant appartenu jadis à son père, une très ancienne histoire de l'Inde, et elle désigne à sa mère, électrisée, les notes inscrites dans la marge à la plume, en bleu, les soulignements. Ce Sacré Mathur n'est plus là depuis presque un an maintenant, mais pour sa fille, il demeure une présence quotidienne, une figure qui se dresse de toute sa stature, d'autant plus imposante qu'il n'est plus présent, il est le père romantique et mystérieux qui n'est pas là. On lui a raconté qu'il était « parti pour un moment », qu'il était « en tournée ». Au sein de l'organisation, l'opinion la plus communément partagée était qu'il a été enlevé par ces militants sikhs qu'il essayait de recruter, qu'il s'est heurté à plus rusé que lui, qu'il a été pris dans une embuscade, qu'il a été probablement torturé, puis mis à mort. Une petite minorité croit qu'il a été retourné, que l'embuscade n'était qu'une mise en scène montée par lui-même, qu'il a filé de l'autre côté de la frontière, dans l'autre camp. Mais personne ne s'attend à le revoir sauf Anjali, à qui l'on a raconté qu'il « voyageait pour le travail ». K.D. n'a que mépris pour ce mensonge, car il lit l'attente dans les yeux d'Anjali chaque fois que le téléphone sonne, il voit un désir ardent dans sa course vers la porte, ses genoux qui s'entrechoquent lorsque le facteur secoue le portail. Mais elle a onze ans, et sa mère pense qu'un départ, c'est tout ce qu'elle peut comprendre ou supporter. K.D. sait que des enfants font face à la terreur tous les jours, qu'ils marchent au milieu d'horreurs que leurs aînés refusent, auxquelles ils se dérobent. Et qu'y a-t-il de plus dur à supporter que cette attente, ce manque ? Mais il n'a aucune autorité en la matière. Il doit se montrer très prudent. Rekha lui verse un thé. Elle fait preuve d'une hospitalité de pure forme envers l'ami de son époux mort, cet ami à peine rentré de Londres. K.D. sait qu'il n'y a là aucune affection, aucune chaleur. Elle a toujours été polie, mais distante ; sous la couche de bonnes manières, un sentiment de caste est à l'œuvre, aussi dur qu'une armure, c'est plus que vraisemblable. S'il tient le langage qu'il ne faut pas, il pourrait se voir banni, éloigné d'Anjali pour toujours. Et il sait que ce bannissement lui serait insupportable. Pas supportable. K.D. n'a pas de parents, nulle part en ce monde. Son père et sa mère sont morts, et il n'est pas en relation suivie avec ses cousins du Bihar. Il n'a personne. Ce Sacré Mathur l'a toujours accueilli sous son toit, et K.D. a vu Anjali grandir, le nouveau-né devenir une jeune fille. Elle le connaît depuis toujours. Il a été présent tout au long de son existence. Certes, K.D. comprend que cette petite personne descend de ce Sacré Mathur et de Rekha, mais en un sens, elle est aussi sa fille. En un sens, il est devenu son père. Il n'a aucune autorité, mais il a l'amour. Il comprend que cette fillette, dans sa jupe d'uniforme bleue, constitue son ancre en ce monde. Elle le maintient d'un seul tenant, avec ses longs regards dont elle a le secret. Il ignore comment c'est arrivé, ou quand, mais il sait que c'est vrai. Elle s'appuie contre son genou, à présent, elle tient en l'air la poupée anglaise qu'il lui a rapportée de Londres.

— La poupée, elle ne veut pas parler, mon oncle.

La poupée a les yeux bleus, des cheveux de lin, un sourire froncé en forme de fraise et une voix de crécelle. K.D. s'aperçoit qu'il ne l'a plus entendue dire « Maman », depuis quelques minutes. Il retourne la poupée et voit sous la robe rose, dans le dos, la trappe déverrouillée. Il la soulève d'un coup d'ongle. Les fils électriques, à l'intérieur, sont entortillés autour de la pile, et une puce verte pendouille.

— Qu'est-ce que tu as fabriqué ? lui demande-t-il.

— Je voulais voir comment ça marchait, lui répond Anjali.

K.D. éclate de rire, pétillant de plaisir et rayonnant d'amour. Le sentiment qu'il éprouve en son for intérieur est plein, sans entraves, sans rien de cette retenue qu'il éprouve dans tous les échanges de son existence. Elle a un petit rire nerveux.

— Mon oncle, de toute manière, pour les poupées, je suis trop vieille, le prévient-elle, sans impolitesse aucune. J'ai arrêté de jouer avec, depuis longtemps. Les filles, tu n'y connais pas grand-chose. Maintenant, ce que j'aime bien, c'est lire. Tu devrais m'apporter des livres.

Et ils rient ensemble, ils se poussent l'un l'autre à des éclats de rire qui dégénèrent et montent en spirale. La mère d'Anjali les observe, soupçonneuse. Pour le moment au moins, K.D. n'en a cure, et il conserve avec lui la chaleur d'Anjali jusque dans la journée du lendemain, dans le bureau où il est assis, à la direction du Fondamentalisme islamique. Dans ce box fermé, sans fenêtre, il recueille des rapports issus du monde entier, il collationne, relie, tamise, analyse. Les croyances et les haines d'hommes et de femmes lui parviennent en fragments ; il en reconstitue les morceaux. Ensuite, il rédige ses rapports, les fait taper sur papier de riz et, à travers eux, l'information remonte jusqu'au commissaire adjoint, puis jusqu'au commissaire, et peut-être plus haut, jusqu'au Premier ministre. L'information remonte, et les ordres descendent. Une action est entreprise, qui produit des résultats et génère de nouvelles cascades d'informations. K.D. a le sentiment d'être assis au point nodal d'un réseau, à l'intersection des lignes d'énergie qui parcourent le globe, qui bourdonnent, tournoient et changent de forme. Il pince une corde ici ; à quinze mille kilomètres de là, un homme s'effondre sur un porche. Il rédige un paragraphe ; deux semaines plus tard, il l'entendra paraphrasé dans un discours fait par le ministre de l'Intérieur. Dans cette pièce poussiéreuse, il met en mouvement des chaînes d'événements, il modifie la vie de millions de gens.

Mais il est incapable de trouver les hommes qui ont enlevé ce Sacré Mathur. Il détient un dossier, un épais document plein de rapports de police et d'évaluations effectuées par des équipes d'enquêteurs de l'organisation, et de l'investigation conduite par les autorités du Punjab. Les faits sont à la fois maigres et transparents : ce Sacré Mathur travaillait avec un certain Harbhajan Singh qui avait fréquenté l'université durant deux ans et restait sans travail ; il était le fils d'un petit fermier, arrêté à deux reprises pour de menus larcins. Cet Harbhajan Singh entretenait des contacts avec un groupe de militants baptisé l'Armée de Libération du Punjab et, pendant des mois, ce Sacré Mathur avait versé de l'argent à Harbhajan Singh qui remettait ces sommes à un ami proche qui avait abordé ces militants. En retour, ils avaient recueilli des informations solides, des matériaux vérifiables, mais rien de très utile. La source au sein de l'ALP avait exigé une rencontre en tête à tête – elle amènerait, disait-elle, un autre de ses amis mécontents. Ce Sacré Mathur avait eu un pressentiment, il s'était rendu sur place, et il avait disparu. Laissant derrière lui une Ambassador cabossée et trois morts. Et c'est là que s'interrompait la piste, qu'elle s'effaçait. Ce Sacré Mathur avait disparu, un point c'est tout.

Mais K.D. ne s'en contente pas, il refuse de laisser les choses en l'état. Il suit la famille de Harbhajan Singh ; il suit ses amis, il conclut des accords. Ce Sacré Mathur répétait : « Si ce n'est pas l'argent, c'est la luxure. Et si ce n'est pas la luxure, c'est la sécurité, la peur pour sa famille. Tous les hommes sont à vendre, on peut tous les acheter, tous. Il suffit de savoir quel est le prix à payer. » Et donc ce Sacré Mathur était allé manger du poulet tandoori dans des dhabas sur le bord des routes avec Harbhajan Singh, parce que le dushman avait lancé de vastes opérations au Punjab, qui était leur théâtre, leur refuge, la voie d'accès la plus facile vers l'Inde. Et donc il avait disparu. Et maintenant, K.D.

pousse ses agents sur le terrain. Il fait suivre et surveiller le frère de Harbhajan Singh, demande des éléments de fond sur ceux de ses acolytes que l'on connaît, des listes de comptes bancaires. Il manipule des hommes, des ressources et de l'argent, parce qu'ils sont en pleine bataille, en pleine guerre. K.D. riposte. Il n'oubliera pas. Donc, le grand jeu se joue dans les rues et les campagnes du Punjab.

Le jeu dure, le jeu est éternel, le jeu ne peut être interrompu, le jeu s'engendre et se donne naissance à lui-même. K.D. joue cette partie, et il la joue bien. Il possède une vaste mémoire, une perception sensuelle des détails : une paire de lunettes de lecture aux verres teintés aperçue sur la photo floue d'un groupe de prêcheurs prise à Francfort lui reste pendant six ans en tête, de sorte qu'il est en mesure de repérer l'homme sur une autre photo, prise à Peshawar au moment où des chefs talibans sortent d'une réunion avec un major de l'ISI. Ces exploits, ces connexions et ces identifications, cette création de sens valent à K.D. sa renommée et sa place dans l'organisation. Il reçoit de l'avancement. Il est désormais commissaire adjoint, à un grade inférieur mais prometteur. Il bouge. Quatre ans, et il bouge encore, cette fois à Berlin. Dans cette ville divisée en deux, il distribue des accolades pleines d'une franche sympathie à des médecins afghans et les invite à dîner. Il envoie des colis à Anjali, qui saute des classes, qui obtient toujours les meilleures notes, qui dépasse tous les autres. Elle poursuit ses lectures sur Berlin, réclame des biographies de Hitler qu'elle ne peut trouver à Delhi, des livres sur des généraux qui portent des noms aussi ronds et roses que les saucisses servies là-bas au petit déjeuner.

— Nous avons ici des lésions invasives, dans la région du lobe frontal de ce patient.

Le docteur Kharas se tient debout, face à K.D., entourée d'une rangée d'internes attentifs.

— Les effets du gliome sont intéressants. Le patient présente des épisodes de paramnésie réduplicative, au cours desquels il se trouve ailleurs, au sens littéral du terme. En général, les patients qui souffrent de ce type de paramnésie s'imaginent être chez eux, ou dans un endroit qu'ils aiment. Ce patient-ci semble parcourir les endroits où il est allé au cours de son existence, toutes sortes de lieux, un peu partout dans le monde.

C'est parce que je n'ai jamais eu de chez-moi, ma belle Anaita. Mon domicile était un lieu imaginaire, une terre superbe et prospère qui n'existe pas encore. C'est là que je vais au cours de mes voyages, dans ce pays paisible de mon futur.

— Les patients atteints de cette forme de détérioration de la mémoire sont aussi sujets à l'affabulation. C'est-à-dire qu'ils apportent des réponses incorrectes à des questions sur une expérience qu'ils se remémorent. Même des réponses sur des sujets triviaux, comme des détails concernant une profession exercée dans le passé, des dates, des emplacements, suscitent des réponses qui semblent cohérentes, mais qui relèvent du fantasme. Les patients décrivent des expériences impossibles, aventureuses, épouvantables. Monsieur Yadav ? Monsieur Yadav ?

Le docteur Anaita veut une démonstration de ces symptômes devant ses étudiants. K.D. réagit d'un signe de tête. Il va lui accorder cela, il va lui accorder tout ce qu'elle veut. Il le lui doit, il le lui doit en raison de son ardente curiosité, de son talent, de sa passion pour son métier, il le lui doit parce qu'elle lui apporte de l'espoir. Pas l'espoir de sa propre survie, mais l'espoir que sa vie ait été bénéfique, que les actes monstrueux qu'il a commis produisent quelque chose de bien. Elle représente l'espoir.

— Monsieur Yadav, pouvez-vous m'indiquer votre date de naissance ?

Il est incapable de s'en souvenir. Peu importe, il ne doit pas la décevoir. Il choisit une série de chiffres au petit bonheur la chance.

— 9 juillet 1968, répond-il.

Un pétillement d'excitation parcourt le rang des internes. Ils apprécient les symptômes, car ils dévoilent les mécanismes internes de la machine défectueuse. Suivant une impeccable inversion logique, une anomalie révèle une vérité quant au fonctionnement normal de l'organisme. 1968 se situe bien des années trop tard, K.D. s'en rend compte, il est bien plus âgé que cela. Mais que s'est-il passé, en 1968 ? Cette date est rugueuse, elle colle, elle lui griffe l'esprit de part en part comme un fruit de bardane. Il se souvient. Il voit. Dans la partie inférieure de son monde, dans cette semi-obscurité de sa vision, il voit un village en flammes. Il n'est pas nébuleux comme un village que l'on se remémore, et il ne s'agit pas d'une hallucination. C'est un village réel, et il le voit. Il voit les flammes lécher le bois sous les planchers des cabanes, une truie aux yeux rouges grogner de panique au milieu des rangées vertes et ordonnées d'un carré de navets, il entend les détonations sèches du bambou qui explose. Les couleurs sont profondes, incandescentes, comme dans la réalité, et plus encore, il voit le scintillement de la salive sur les dents d'un chien noir dont la tête est percée d'une balle, les poils de ses pattes postérieures grandes ouvertes. Il n'est jamais allé dans ce village, mais il sait exactement où il se situe. C'est le village de Chezumi Song, dans le district de Mon, en plein Nagaland, qui, le 9 juillet 1968, a reçu la visite d'une unité de l'Assam Rifles commandée par le capitaine Rastogi, un Dakshesh Rastogi qui, lors de la première affectation de K.D. sur le terrain, était cet homme qui aimait les mathématiques. Rastogi a grandi ; de lieutenant, il est passé capitaine, et il a épaissi. Il n'en sait rien, mais il opère sur la base des renseignements que K.D. a réunis, collationnés et transmis aux échelons inférieurs de la chaîne de commandement, à la suite de quoi il s'est lancé à la poursuite de deux chefs insurgés du Nagaland, L.K. Luithui et M. Essau. L'un et l'autre sont connus pour être originaires de la région, et ils ont de la famille dans ce village. L'unité de Rastogi a perdu six hommes au cours du mois dernier, tués par des tireurs embusqués ou déchiquetés par des mines, et ces deux Nagas sont les tacticiens qui pilotent ces attaques. Le village est soumis à une fouille, les villageois sont interrogés. Le capitaine Rastogi exerce des pressions. Le chef du village est frappé à coups de crosse de fusil, ainsi que les notables du village. Ils répondent tous qu'ils ne savent rien des deux insurgés. Alors on renforce les pressions. Les filles du chef, trois jeunes filles, sont tirées par les cheveux hors de la place du village. Elles s'appellent Rose, Grace et Lily. Elles sont violées. Vingt-deux femmes sont violées, et le village est incendié. Trois villageois sont tués. Dans son rapport, le capitaine Rastogi mentionne que ces trois terroristes ont été pris au piège et abattus lors d'une fusillade qui a entraîné la destruction du village de Chezumi Song. En fait, c'est trois jours plus tard que L.K. Luithui et M. Essau, les deux insurgés, seront cernés dans leur repaire, en pleine forêt, douze kilomètres plus au nord, et tués. Le capitaine Rastogi reçoit une citation. Il se trouve alors en pleine ascension. K.D. sait ce que contiennent les rapports officiels, et il sait aussi ce qui s'est réellement produit. Après tout, il est un homme du renseignement. Il sait que le tuyau sur le repaire leur a été fourni par une fille nommée Luingamla, qui a bredouillé des indications à Rastogi parce que le capitaine braquait un pistolet sur la tête de son père. K.D. est au courant. C'est son métier d'être au courant. Il n'était pas sur place, mais il sait. Il revoit ce village de Chezumi Song, là, en cet instant, tout à fait distinctement. Il le voit en flammes. Mais où est la population ? Il n'aperçoit aucun des Nagas, et aucun des soldats. Il entend des cris. Les oiseaux lancent des cris stridents qui lui transpercent le crâne. Ensuite, un coup de feu, et il reconnaît un Webley-Scott. 38. C'est celui que le capitaine Rastogi avait sur lui ce jour-là. Et pourtant, dans ce village réel, il n'y a personne.

— Le village brûle, chuchote-t-il.

Les internes se penchent sur lui. Le docteur Kharas l'écoute attentivement.

— Quel village ? lui demande-t-elle. Quel village ?

Il ne répond rien. Que pourrait-il dire ? Que c'est un village dont vous n'avez jamais eu connaissance, et qui a cessé d'exister avant que vous ne soyez nés, pour la plupart ? Il a disparu, mais il continue de brûler. « Le village brûle », répète-t-il encore. Le docteur Kharas chuchote quelques mots aux internes, qui finissent par sortir. Le village continue de brûler, mais toujours sans ses habitants, et sans ses agresseurs. K.D. écoute le crépitement de l'incendie, les cris, les coups de feu. Dans l'après-midi, il trouve le sommeil, ou le songe d'un sommeil. Il se réveille épuisé, ses articulations sont douloureuses. Plié en deux, il se rend aux lavabos, une main tendue pour garder le contact avec le mur, du bout des doigts. Le village de Chezumi Song n'est plus logé dans son angle mort, dans le bandeau d'obscurité, mais tout en pissant, il voit un échiquier. Il penche la tête en avant, pour voir de quoi il a rempli la lunette des toilettes, mais là où son regard ne porte pas, là où s'interrompt le sol carrelé de la salle de bains, il y a un échiquier. Il le reconnaît, en fait. C'est le plateau d'une table en pierre, dans un parc, à Berlin. Là, certains vendredis après-midi, il retrouve un étudiant en ingénierie afghan, un dénommé Abdul Khattak. Ce Khattak est très pauvre ; il a quatre frères et trois sœurs, qui tous habitent dans un minuscule appartement de Neukoelln, donc ces déjeuners que lui propose K.D. sont particulièrement bienvenus, tout comme les petites sommes d'argent. En échange d'informations sur des prêcheurs fondamentalistes, noms, faits et gestes, projets, il lui remet de minces enveloppes, et d'autres encore contre les noms des antifondamentalistes afghans, en Europe et au pays, et parfois en paiement de quelques contacts. K.D. a évoqué la délivrance de visas et l'octroi de bourses pour les jeunes frères de Khattak, qui iraient en Inde suivre des formations dans des universités ou des instituts universitaires de technologies. Moyennant d'autres informations, naturellement. Mais où est Abdul Khattak ? Il n'est pas sur le banc, dans le parc, sous la voûte de verdure des chênes. Il voit les cases de l'échiquier, ce sont des carreaux verts et blancs enchâssés dans le ciment. Khattak apprécie ce lieu de rendez-vous, parce qu'il aime les échecs. Suivre les compétitions internationales est le seul luxe qu'il s'autorise, ce Khattak qui cavale entre ses cours, son emploi à la laverie et ses frères et sœurs. Il refuse les dépôts de documents en boîte morte ; pourtant, laisser des messages sous le banc, dans le parc, dans un sac de courses ou scotchés derrière un réverbère, serait bien plus sûr. Khattak aime parler. Après trois ou quatre dépôts en boîte morte, il a insisté pour obtenir un rendez-vous. Où est-il, Khattak, pourquoi n'est-il pas sous ce ciel de mars qui se teinte d'un petit air printanier ? K.D. regagne son lit d'un pas traînant, les bras tendus devant lui. Il sait pourquoi : Khattak est mort. Il gît dans une ruelle entre des cageots vides, derrière un magasin de meubles. Il a les poignets liés dans le dos, les joues et la poitrine couvertes d'hématomes, et il a la gorge tranchée. Ses tueurs n'ont jamais été retrouvés, la police n'a jamais découvert le moindre indice et K.D. ne lui en fournira aucun. Khattak est mort, mais l'essentiel de ses informations reste valide, vivant. K.D. s'en sert, il accède à des réseaux étudiants qui mènent jusqu'à Kaboul, et il s'assure une source à Jallalabad, le secrétaire d'un mollah qui est en passe d'acquérir un certain poids politique. Et maintenant, dans cette chambre d'hôpital, à Delhi, dans la demi-cécité qui est la sienne, il discerne cet échiquier baigné de soleil, qui attend ses pièces pour l'ouverture de la partie. K.D. se remet au lit, et se demande ce qu'il est advenu des frères et sœurs de Khattak. Ils ont survécu, bien entendu. Les survivants survivent, c'est leur raison d'être. Et voici, dans l'obscurité où il est, l'échiquier vert et blanc qui brille.

— Qui est Premier ministre ?

C'est le docteur Kharas, qui se penche vers lui, une lampe de forte puissance à la main, qu'elle tient près de ses yeux.

— Monsieur Yadav, qui est l'actuel Premier ministre ?

Dehors, il fait nuit, et K.D. ne sait pas comment il est passé du matin au soir. Anjali se tient debout au pied du lit, les mains agrippées à la barre de métal blanc.

K.D. lui sourit.

— Ma mémoire à court terme est défaillante, admet-il.

Il tâche de réconforter Anjali : être encore équipé pour admettre sa défaillance, c'est déjà quelque chose. Mais cela ne la réconforte pas, il le voit bien. Elle sait qu'il n'a aucune idée de l'identité du Premier ministre. Il se souvient de la montre que portait Nehru, une HMT, un modèle commémoratif avec de petits chiffres noirs, et le fin duvet de poils sur le poignet de Nehru, mais il ignore qui est le Premier ministre en exercice. Il a disparu, tout simplement disparu. Il n'est pas là.

— Avez-vous des hallucinations, à l'instant même ?

C'est le docteur Kharas, elle veut savoir.

Il a dû lui en parler, durant sa journée oblitérée. Il ne voulait pas lui en parler, pas plus qu'à Anjali. Maintenant, il a honte. C'est une situation honteuse, de voir des choses qui ne sont pas là, de perdre son emprise sur ce qui est, sur ce qui n'est pas. Il ne supporte pas qu'Anjali s'apitoie, qu'elle le considère comme incapable. Il n'a jamais pris l'incompétence à la légère. Mais non, elle est peinée, sans commisération ; elle ne manifeste nulle condescendance à son égard, il le voit bien. Elle le perçoit encore dans toute sa présence, à l'intérieur de son champ de ruines. Lui, K.D. Yadav, il est encore ici, à penser, à calculer, à comprendre. Il regarde Anjali mais il s'adresse au docteur Kharas :

— Pas d'hallucinations, pas pour l'instant. Pourquoi ai-je ces visions ?

— C'est le cerveau humain, lui répond le docteur Kharas en se rasseyant. – Elle joint les mains sur ses genoux, un peu comme un prêtre qui délivre une leçon de morale. – Le cerveau humain n'aime pas les blancs. Il ne tolère pas les espaces vides. En raison des lésions structurelles que vous avez subies, des atteintes aux circuits de la vue, une brèche s'est ouverte dans votre champ visuel. Par conséquent, le cerveau remplit ce scotome, cette faille. La matière qu'il utilise provient de vos souvenirs, des sensations et des notions que vous avez emmagasinées. Il déverse cette matière dans l'espace vide. En fait, ce phénomène se produit même dans le cas d'un fonctionnement cérébral normal. Les données entrantes sont ajoutées à celles qui s'y trouvent déjà, le tout se mélange, change, se transforme pour devenir une masse de perceptions. C'est ainsi que nous procédons pour toutes nos expériences sensibles.

Le médecin observe un temps de silence, pour s'assurer qu'il suit, qu'il absorbe les informations. Elle veut qu'il soit lucide, la très instruite docteur Kharas. Il hoche la tête, et elle continue.

— Sur la base des données issues de l'extérieur, et de la matière de la mémoire, le cerveau concocte une histoire, et cette histoire, c'est ce que nous croyons être la réalité. Ce qui rend votre cas remarquable, c'est que vous êtes en train de perdre, et ce de manière irrémédiable, la moitié des données venues du flux visuel, et que votre cerveau s'applique à compenser cette perte. Sinon, le comportement de votre cervelle est tout à fait normal. Car c'est ainsi que nous sommes construits, et pas autrement.

— C'est ainsi que nous sommes construits, et pas autrement, répète K.D., et il éclate de rire.

C'est drôle, certes. Anjali et le bon docteur ne rient pas, non, elles n'ont même pas un sourire, un rictus d'amusement. C'est ainsi que nous sommes construits, et pas autrement. Pour voir des apparitions, pour nous bâtir une vision du monde à l'intérieur d'un palais d'ossements solitaire, pour vivre dans ce rêve, avec la terreur de le quitter en mourant, pour souffrir de ce cauchemar composé d'impressions comme s'il était réel. La vision qu'un rat se fait de la réalité est tout aussi réelle que la mienne, que la vôtre, que la nôtre. Mais nous vivons, nous mourons et nous tuons dans cette fantasmagorie de récits qui se reflètent en abîme. Tout cela est effroyablement navrant, ou parfaitement hilarant. Entre les deux, comment trancher, et K.D. ne peut plus s'arrêter de rire. Il continue, la respiration sifflante. Finalement, il fait signe à Anjali de s'approcher, la fait asseoir sur le lit, près de lui, pour qu'il puisse lui tenir la main.

— Ne sois pas sombre, lui dit-il. C'est un état intéressant. Très instructif.

— Ce syndrome porte un nom, reprend le docteur Kharas, heureuse de l'aider à structurer sa réflexion. – Elle croit fortement qu'instruire le patient peut le rendre plus fort. – Cela s'appelle le syndrome de Charles Bonnet, du nom de l'homme qui l'a observé le premier. Un syndrome courant chez les gens dont la vue est défaillante. Les vieilles personnes qui souffrent par exemple de la cataracte disent voir des gens, des objets, des fantômes.

Des gens, des objets, des fantômes. K.D. peut en effet voir des gens et des objets, mais c'est lui-même qu'il commence à percevoir comme un fantôme, un réseau clignotant d'impulsions électriques enfermées dans une machinerie de chair usée, qui fuit. Il se sent mourir et revenir à la vie, il sent son moi s'estomper et se redessiner à chaque respiration. Est-ce que le docteur Kharas voit tout ceci, que ce moi est lui aussi une illusion projetée par un cerveau en quête de motifs susceptibles de remplir le vide ? Il est rempli de pitié envers lui-même, envers le docteur Kharas, et son Anjali. Quel supplice que ce destin fait de quête et de souffrance, d'un spectre à la dérive. À quelles circonvolutions de douleurs il doit s'initier et survivre, de la naissance à la mort, ce morceau de néant. Anjali est triste, en cet instant, et il lui tapote le poignet.

— Ne t'inquiète pas, lui dit-il. Ce n'est rien.

Mais elle est désemparée, et il ne pourra lui faire comprendre qu'il est inutile de pleurer quelque chose qui a toujours été du néant. Elle est jeune, pleine de sa chair, engagée dans ses propres batailles et elle a soif de vivre. Il ne peut pas l'éclairer, il ne le doit pas. Seuls ceux qui se trouvent au bord de la désintégration peuvent le comprendre. « L'araignée tisse les rideaux du palais des Césars, la chouette fait le guet dans les tours d'Afrasiab. » Elle espère qu'il va lui révéler quelque chose. Anjali attend que le docteur Kharas ait achevé de formuler ses instructions et qu'elle ait pris congé, puis elle se lève et ferme la porte. Elle revient au lit, et s'assied près de K.D.

— T'es-tu remémoré quoi que ce soit concernant Gaitonde, mon oncle ?

— Non. Rien de nouveau. Rien que tu ne saches déjà.

Gaitonde a été sa recrue, son client. Après la retraite de K.D., Anjali avait souhaité devenir l'officier traitant du gangster. Des objections s'étaient élevées au sein de l'organisation : elle était trop jeune, trop inexpérimentée, et, plus grave, elle était une femme. Quel genre de gangster se laisserait manier par un agent de sexe féminin, quelle femme serait capable de manier le redoutable Gaitonde, monstre impitoyable, homme à femmes qui méprise les femmes ? C'était un raisonnement très ancien et fort commun à l'intérieur de l'organisation, que l'on ne pouvait confier des postes de terrain aux femmes, incapables de tenir en laisse les éléments criminels qui constituaient l'essentiel des fournisseurs et des producteurs de renseignements, incapables de conclure des accords avec des contrebandiers collants de sueur, avec la population minable des criminels frontaliers, des passeurs chargés de drogue, des illettrés, des êtres vulgaires et désespérés, ni de leur transmettre des instructions. Par conséquent, poursuivait-on selon ce même raisonnement, les femmes étaient bonnes pour rester assises derrière un bureau, car elles étaient de fines analystes. C'était leur place. Mais Anjali s'était usée à rester assise derrière ses bureaux successifs ; elle avait lutté contre ce raisonnement d'un autre âge, et elle s'était révélée dans ses fonctions d'agent de terrain, aux différents postes qu'elle avait occupés, à Londres et Francfort. Elle était une analyste pleine de finesse, mais elle savait aussi manier les femmes et les hommes. Un certain passeur d'immigrés clandestins à Marseille, Pathan moustachu et particulièrement brutal, l'avait appelée sa Bhen-ji et lui avait fourni des pistes menant à des convoyeurs d'héroïne afghane, avec des ramifications à Peshawar et Islamabad. Les femmes disposaient de moyens qui leur étaient propres pour manier ces hommes, et pourtant l'organisation avait refusé la requête d'Anjali. Ils avaient confié Gaitonde à un certain Anand Kulkarni, très masculin et très coriace. En fin de compte, Gaitonde s'était révélé peu fiable, et Kulkarni avait été critiqué dans la hiérarchie pour sa façon de le gérer, mais c'était lui, K.D., qui avait recruté ce salaud. Si Gaitonde avait mal tourné, et s'il fallait désigner un fautif, c'était lui.

— Pourquoi est-ce si important ? lui demande-t-il. Gaitonde est mort.

— Oui, il est mort.

— Et alors ? On va se battre pour prendre le contrôle de ses territoires. Peut-être sa compagnie sera-t-elle démantelée. Peut-être vont-ils s'entretuer. Et alors ?

Elle le jauge du regard. Elle s'interroge : doit-elle lui confier quelque chose, ou rien ? Il a compris qu'il constituait un risque, désormais, qu'on ne peut plus lui confier d'informations. Il n'est plus lui-même, il pourrait en parler au docteur Kharas, à l'infirmière, aux gens qui passent dans le couloir. Et pourtant il a envie de savoir.

— Raconte-moi, lui dit-il. Si tu me racontes, je pourrai t'aider. Si tu me racontes, cela pourrait m'aider. À me souvenir.

K.D. n'est pas certain que les lambeaux de sa mémoire jadis tant vantée se tiennent encore suffisamment pour produire des résultats à partir de menues indications et sollicitations prudentes. Mais elle doit courir ce risque. Les risques calculés sont la besogne quotidienne du grand jeu, et il a formé Anjali à cette méthode des petits pas dans la traversée du danger : quand vous vous trouvez à l'endroit convenu pour un dépôt en boîte morte, passez-vous sans vous arrêter ou tendez-vous le bras pour récupérer le sac ? Vous êtes venu là pour apprendre qu'un de vos agents a vendu des informations au camp d'en face, à plusieurs autres camps d'en face, et vous avez un correspondant, au sein d'un établissement de recherche qui travaille pour la défense, près d'Islamabad, un physicien… vous l'appelez ou non ? Vous évaluez le profit à en retirer, et les conséquences en cas d'échec, et vous tranchez.

Elle a tranché. Elle parle vite, à voix basse.

— Nous avons trouvé Gaitonde dans une maison, à Bombay. La maison était construite comme un véritable bunker, très profond, avec des murs en béton armé. Nous avons trouvé le constructeur et l'architecte qui ont bâti cette maison pour Gaitonde. Ils nous ont expliqué que tout a été terminé en dix jours d'après des plans télécopiés par Gaitonde. Il leur a demandé de ne pas s'inquiéter pour l'argent, de la terminer, c'est tout. Ils se sont exécutés. Nous avons des copies de ces plans. La page d'en-tête et certains autres sigles distinctifs ont été supprimés ou effacés, mais il y avait suffisamment de texte pour nous permettre de remonter à la source. Ils ont été téléchargés depuis Internet, à partir d'un site d'écologistes extrémistes : « Comment survivre à l'Apocalypse ». Des survivalistes. Nous avons étudié cette construction, à Bombay. Gaitonde s'est fait construire un abri antiatomique doté d'un dispositif de protection contre les retombées radioactives.

Elle avait les yeux noir et argent, étincelants, apeurés. Dehors, la nuit s'installe, et avec elle le soupir de milliers de battements d'ailes. Le flot grondant du trafic urbain est encore vivace, tout en bas. Cette menace nucléaire comporte un certain sentiment de vacuité, songe K.D., une absence blanche, suprême, qui suspend toute pensée, tout mouvement. Anjali est incapable de passer outre, il le voit bien. Alors il la pousse dans ses retranchements.

— Alors comme ça, Gaitonde est sorti de la clandestinité, il a fui ?

— Oui, il est revenu à Bombay. Il recherchait trois sadhus. Il a été retrouvé mort d'une blessure qu'il s'est infligée lui-même. Dans cet abri.

— Qu'y avait-il dans cet abri ? Avez-vous trouvé quelque chose ?

— Il y avait un autre corps, celui d'une femme. Une femme nommée Jojo Mascarenas, une souteneuse qui lui avait fourni des filles. Il l'a tuée en utilisant le même pistolet avec lequel il s'est donné la mort.

K.D. savait, pour les femmes, les filles que Gaitonde consommait à jet continu. Il ne s'était jamais préoccupé de poser la question, d'où lui venaient ces approvisionnements féminins ? Maintenant, il savait.

— Et quoi d'autre ?

— Il y avait un album de photos, des photos de ces filles. Et de l'argent. Un crore et vingt et un lakhs, en billets neufs de la Banque centrale.

— Vous avez exploité la piste de cette femme ?

— Oui. Nous avons retrouvé son appartement, nous l'avons fouillé. Rien déniché d'intéressant. Il y avait du liquide. Une partie devait provenir de Gaitonde, c'était la même série de billets sous film plastique. Elle s'activait aux marges de la télévision et de l'industrie du cinéma, il y a beaucoup d'argent noir, dans ce secteur. Nous avons trouvé des cassettes, des photographies d'acteurs. Rien d'autre.

Elle attend. Elle s'autorise une petite lueur d'espoir, mais K.D. n'a rien à lui révéler. Aucune explication ne s'est délogée du tourbillon de confusion où il est, aucun indice n'est venu flotter à la surface des masses à la dérive de son passé.

— Laisse-moi réfléchir, lui dit-il. Là-dessus, je vais devoir réfléchir.

Elle reste dîner avec lui, un repas servi sur un plateau compartimenté en métal. Il avale son khichdi à la cuiller et tâche de réfléchir. La menace nucléaire s'est concrétisée dans le sous-continent depuis des décennies, et ils s'y sont attaqués. L'organisation a mené de nombreuses opérations pour recueillir des informations sur les technologies, les doctrines, les tactiques, les lieux, parfois avec grand succès. Les services possèdent des données, ils connaissent les capacités et les intentions des Pakistanais, des Chinois et des Américains. K.D. a vu certains de ces rapports d'analyse et de ces documents, et les photos-satellites brun rougeâtre qui montrent les complexes de silos et les bases aériennes. Il sait qu'il s'agit d'armes réelles, prêtes à l'emploi, braquées sur les villes qui sont les siennes, sur lui, très loin du sale métier nocturne qui consiste à attendre un informateur pakistanais dans une cabane glaciale, assis sur un cageot cassé, les pieds en l'air, pour éviter les serpents et les scorpions. Poster un homme sous une double clôture de fil de fer barbelé, lui faire traverser des champs de blé ondoyants sous les fusils à lunette infrarouge des Rangers pakistanais, à proximité de troupeaux de bétail endormis, cela relevait du métier, de la besogne et de la vocation, cela sortait tout droit des romans d'espionnage que K.D. lisait lors de ses longs trajets et à l'heure du coucher, et qu'il lit encore. Dans la pile des livres, sur sa table de chevet, au milieu des ouvrages d'histoire romaine et des autobiographies d'agents de la CIA, il y a ces ouvrages de fiction qu'il lit pour le plaisir, souvent pour rire aux outrances démentielles des scénarios que l'on y invente, aux millions de morts, aux complots ignominieux, aux héros altruistes et courageux. Dans ces livres, et seulement dans ces livres, des bombes explosent, parfois, emportant des villes entières. Ce n'est que dans ces livres que l'on découvre des retombées fumantes, un silence privé d'oiseaux. Mais vous refermez l'ouvrage, vous le reposez sur la table de nuit, vous buvez une gorgée d'eau, vous vous retournez et vous plongez dans le sommeil. Inutile de construire de sinistres petits bunkers en plein centre de Bombay, inutile pour les gangsters de fuir leurs refuges étrangers pour se précipiter vers le danger, inutile de chercher trois sadhus. Inutile, tout cela. Mais Gaitonde, lui, est mort. Pourquoi ?

K.D. n'en sait rien. Mais il réfléchit. Anjali débarrasse les plateaux, les verres et les cuillers. Elle a l'air épuisé.

— Rentre chez toi, lui conseille-t-il. Le garçon de salle va s'en charger.

— Cela ne me gêne pas. En fait, je leur ai demandé si je pouvais rester ici. Ils m'ont dit qu'ils pouvaient m'apporter un lit pliant.

— Anjali, ce n'est pas la peine. Franchement. Tu as besoin de repos.

— Je peux aussi me reposer ici. J'ai juste besoin de dormir, et je serai tout à fait à l'aise, dans leur lit de camp.

Il comprend qu'elle s'inquiète pour lui, mais aussi qu'elle est préoccupée par sa mission, par la menace qui pèse sur son univers, croit-elle sans en comprendre l'origine ni la nature. Elle veut rester auprès de lui, de sa mémoire et de son esprit qui faiblissent, pour le cas où il bredouillerait un nom, un lieu, un mot, qui la conduirait dans la vie passée de Gaitonde. Elle aime son oncle, oui, mais elle accomplit son travail. Elle suit sa formation et son instinct, elle est une bonne élève. K.D. est mourant, il le sait, elle le sait. Très vraisemblablement, les mourants vont la conduire au pays des morts, mais elle se montre circonspecte – peut-être K.D. lui livrera-t-il quelque chose d'utile avant de glisser dans le silence. Il lui sourit.

— Très bien, beti. Tant que tu es installée confortablement.

— J'ai même apporté ma brosse à dents, dit-elle, en la levant en l'air.

Elle est redevenue la fillette qu'il a connue jadis, et ils se sourient. C'est agréable d'avoir quelqu'un dans la chambre, dans la salle de bains. Anjali s'installe dans le lit de camp. Ils se disent

« bonsoir », et il éteint la lampe au-dessus de son lit. Elle dort, elle s'enfonce dans une longue respiration régulière. Il l'observe, il suit la ligne de son épaule. Elle n'a personne à appeler, à prévenir qu'elle ne rentrera pas à la maison ce soir. Elle a eu un mari, naguère, un garçon de Kannadiga qu'elle a épousé contre les vœux de parents soucieux, pour se jeter dans les affres idéalistes d'une histoire d'amour citadine à la mode de Delhi. Le mari avait étudié l'économie au Zakir Hussain College, puis entamé une carrière dans la fonction publique. Finalement, il l'avait quittée après quatre ans de mariage et des reproches incessants sur ses absences et son carriérisme. K.D. ignore si elle a rencontré quelqu'un d'autre, en tout cas elle n'en parle jamais, n'évoque même pas un désir, une envie. A-t-elle fini par préférer la solitude, comme lui-même ? Il s'est parfois demandé si la solitude n'était pas préférable à l'ennui ou à la tromperie, fin inévitable, semblait-il, de toutes les histoires d'amour heureuses, de tous les mariages heureux. Les gens s'accrochent l'un à l'autre par peur. Lui, il a préféré l'intégrité de la solitude. Il était réaliste, il l'est resté. Il a la force d'affronter la mort, seul.

Dans la moitié supérieure de son champ visuel, sa vue reste perçante ; il peut distinguer l'ombre diaphane des cheveux d'Anjali sur le mur, là-bas, fines tiges dessinées sur fond gris. Dans la partie inférieure, un homme nommé Palash marche sur un redan, entre des rizières. Il porte un banian déchiré et un dhoti, la peau de son cou est sombre et plissée. Depuis quinze kilomètres, K.D. observe la sueur qui coule sur sa nuque. La nuque de cet homme est plus réelle que le présent, que l'hôpital, que la pénombre, plus encore qu'elle ne l'était cet après-midi-là, il y a si longtemps. Elle est lustrée, couleur chocolat, avec un désordre de mèches grises qui s'en détachent en filaments lumineux frappés par le soleil déclinant. Le chemin s'écarte du redan, il en descend, et, à cette distance, il semble droit comme une flèche. Les plantations sont inondées, et les jeunes pousses vertes se reflètent sur la surface immobile de l'eau. Au-dessus de leurs têtes, un oiseau de proie décrit des cercles lents, mû par le seul infléchissement des plumes extrêmes de ses ailes, en un mouvement lent, élégant, lignes tendues. K.D. parvient à distinguer son ventre d'un brun doré, la tête et le poitrail blancs. Un milan sacré. Il connaît cet oiseau, il reconnaît cette journée Devant eux, des coups de feu les attendent. Au crépuscule, Palash va le conduire aux abords du village de Ramtola, dans une hutte où un jeune homme, un dénommé Chunder Ghosh, passe la nuit. Chunder Ghosh se présentera sous le nom de Swapan, mais K.D. le reconnaîtra d'après des photographies de l'université de Jadavpur, et des photos d'anniversaire de Kadell Road. Le garçon joufflu a disparu, mais ce révolutionnaire émacié assis en tailleur est bel et bien Chunder Ghosh. Ghosh va poser à K.D. beaucoup de questions, sonder son identité, sa couverture, qui est solide et sans faille : il s'appelle Sanjeev Jha, petit négociant en toile de jute et sympathisant des Naxalites, éventuel fournisseur d'informations concernant d'autres marchands de jute, plus gros, des capitalistes qu'il faut éliminer par la lutte des classes. Il va répondre aux questions concernant Patna, les différentes qualités de jute. Une lanterne grésillera, la flamme vacillera, entretenue par Palash. K.D. se massera le talon droit, où il a été piqué par un insecte inconnu, un agresseur insaisissable. La chair est à vif, enflée, protubérante. Chunder Ghosh est un vétéran qui a subi de nombreuses piqûres, connu quantité de fièvres, mais même lui, il aura un regard pour cette plaie soudaine. Les questions ne cessent pas, elles vont se poursuivre. Les questions vont se poursuivre trop longtemps. K.D. va se lever pour se soulager. Il prend avec lui sa sacoche en bandoulière bleue à fond renforcé, qu'ils ont fouillée, dont ils ont découvert le contenu, un thermos, une chemise, un paquet de cacahuètes, deux journaux et mille six cents roupies. Dehors, il va vraiment uriner. Il va y arriver malgré les spasmes qui lui parcourent le ventre en houle régulière. Il va souffler un coup, plonger la main dans son sac, jusqu'à un repli de tissu qu'il va soulever très précautionneusement, avec un petit bruit d'arrachement. Dans le compartiment caché, il trouvera un Polish 32 automatique, chargé, une balle engagée dans le canon. Il va regagner l'intérieur de la hutte, la main le long du corps, la sacoche tenue devant lui. Il va abattre Chunder Ghosh d'une balle dans l'œil droit, et Palash d'un projectile à la poitrine, plus un autre derrière le crâne. Dans sa fouille rapide de la cabane, la seule chose qu'il trouvera, c'est un vieux revolver, un Colt. 38, que Chunder Ghosh tenait dans sa main droite, chien relevé, caché sous sa cuisse. Il va le prendre et filer. Mais tout cela, pour l'instant, est encore devant lui. Ce qu'il voit, pour le moment, c'est Palash qui le précède, ce riz d'un vert incandescent, le milan qui pique très bas devant eux.

Qu'est-ce qui l'attend, dans ce premier frémissement pourpre du crépuscule, à l'extrémité du monde ? Venant de directions différentes, K.D. Yadav et Chunder Ghosh se dirigent vers la même case délabrée, avec son toit qui s'effondre et ses murs de boue craquelée. L'un de ces deux hommes agit de son mieux pour le compte de Nehru, l'autre a quitté sa vie confortable, son club, son cours catholique privé et son atelier de théâtre amateur, pour défendre une autre conception du monde tout aussi grandiose et tout aussi folle. Ils croient l'un et l'autre que, de l'autre côté de la hutte, de l'autre côté de l'horizon, quelque part, le bonheur existe. Juste cela, simplement : le bonheur. Mais K.D. y voit clair, à présent, il voit, grâce à la grande clarté de la maladie, qu'ils ont été tous deux trahis, qu'ils ont été trahis avant même d'entamer leurs périples respectifs. Il éprouve un grand mépris envers ces jeunes gens, un nœud de mépris qui lui serre le cœur, ces jeunes hommes si sûrs de leur bonne santé, de l'âpre jovialité de leurs rêves. Quels idiots. Quels égocentriques. Qu'auraient-ils pu bâtir, l'un ou l'autre, qui n'aurait pas débouché sur un surcroît de meurtres, de pertes, de maladies ? « L'araignée tisse les rideaux du palais des Césars, la chouette fait le guet dans les tours d'Afrasiab. » Et pourtant nous avons comploté, nous nous sommes mutuellement déchirés, nous nous sommes entretués. Et nous continuons, et nous ne cesserons jamais. Nous allons sombrer, de massacre en pogrom, le tout au nom de je ne sais quel paradis futur. Il ressent une grande irritation, une exaspération envers toute l'espèce, envers tout ce qu'il a pu commettre. Cette vie est une maladie, songe-t-il. Qu'elle s'achève. Que tout s'achève. Gaitonde avait eu peur d'une chute de lumière blanche, d'une explosion et du souffle, de ce vent qui arracherait tout ce que l'on avait pu édifier à la surface de ce cloaque. K.D. Yadav se retourne sur le dos et il imagine cette énorme explosion qui grimpe dans le ciel, la mort subite, le silence. Enfin, ce sera l'immobilité. Un effacement, comme la chandelle qu'on souffle. Il y pense et il ressent toute cette paix, il ressent la nécessité d'une telle fin. Il sourit, assouvi, et il dort.

Quand il se réveille, Anjali est assise à côté du lit, habillée. Elle sourit.

— Est-ce que tu te souviens de quelque chose ?

— Non, avoue-t-il. De rien. Rien du tout.

Elle hoche la tête Derrière elle, il y a un jeune homme, un jeune gaillard fringant au visage finaud, la moustache bien taillée.

— Voici Amit Sarkar, fait-elle. Il vient de rejoindre l'organisation, c'est ma jeune recrue. Il va passer la journée avec toi.

— Bonjour, monsieur, dit Amit Sarkar, vibrant de l'enthousiasme qui sied en présence d'une légende.

Anjali maintient la surveillance ; elle suit son intuition, dans cette affaire si risquée. K.D. ne lui en tient pas rigueur. Il en a fini avec cela.

— D'accord, dit-il, et il se renfonce dans son oreiller.

Il a envie de facilité, de se laisser dériver au loin, mais quelque chose le travaille. L'argent de Gaitonde. Il y a quelque chose dans l'argent de Gaitonde qui reste agaçant, l'image de cet argent lui reste collée dans le crâne et le démange, un crore et une vingtaine de lakhs, en liasses directement issues de la Banque Centrale. K.D. écarte ce souvenir de l'argent, il n'en veut pas. Il se fixe sur le mur, sur une légère vibration de lumière qui le prend en écharpe, depuis le ventilateur, au-dessus de sa tête. Il glisse dans une somnolence confortable, une conscience légère qui traverse la mémoire, l'image et la pensée, en sautillant, sans s'attacher nulle part. Son esprit lui semble en apesanteur, libéré de toute gravité. La moitié inférieure de son champ de vision est toujours visitée par les fantômes du passé, des soldats morts depuis longtemps, des informateurs, des agents, des victimes. Il les considère avec un sublime détachement. Et, dans la moitié supérieure, des visiteurs vont et viennent, d'anciens collègues accompagnés de leurs petits-enfants. Le docteur Kharas et ses internes. Des infirmières et des garçons de salle. Finalement, dans la soirée, Anjali revient pour relever Sarkar. Ils se chuchotent quelques mots, et puis elle vient s'asseoir auprès de K.D. dans la pénombre du crépuscule. Il mange parce qu'elle insiste et parce qu'il ne veut pas créer de difficultés. Sinon, il se détournerait de la nourriture. Pour lui, tout cela, maintenant, c'est du pareil au même. Une nuit s'écoule, et puis une journée. Il observe la vie, et la vie telle qu'il la voit à travers ses yeux. Ils sont dénués de substance, tous des fantômes, le docteur Kharas, ses aiguilles qui vous piquent et ses diagnostics, Anjali, les MIG qui miaulent et volent en hurlant en direction d'un aérodrome pakistanais, deux hommes qui traversent des rizières. Ce ne sont que des illusions, ces hommes irréels, ces femmes irréelles, qui vivent grâce à leurs illusions et souffrent pour elles et meurent à cause d'elles. Que tout cela s'achève, dès demain, cette cavalcade insensée de fantômes, dans un éclair de lumière blanche inéluctable. Demain, ce sera fini. K.D. aime cette idée, et il se sent rasséréné, à son aise.

Il rêve. Il sait qu'il dort, et il sait qu'il rêve. Il a conscience de lui-même en guetteur endormi, et pourtant, quand il court, il sent l'impact de ses pieds sur le sol à travers la semelle épaisse de ses keds. Ils jouent au football sur le plateau qu'ils ont aplani dans ce but, au flanc de la montagne. Tout le monde est là : Khandari est dans son pull vert Garhwali hérissé d'embruns de laine rêche, Rastogi tout à fait à gauche, DaCunha et ses appels incessants, « Put-tru, put-tru, man ! Passe, passe ! », et Ginzanang Dowara, qui s'acharne mais perd tout le temps la balle. C'est dimanche. Ils ont scindé le groupe des hommes qui ont quartier libre en deux équipes, quarante de chaque côté, et ils jouent un football trépidant, sauvage, sur ce qu'ils ont baptisé le plus grand terrain de foot de la terre. Ils l'ont arraché de force à la montagne en deux mois de labeur à haute altitude, ils ont taillé la pente presque à l'horizontale. Ce ballon a fait la route depuis Calcutta après une série de requêtes adressées et de faveurs consenties. Et donc, les voilà qui jouent. Thangrikhuma a la balle. Il est petit, ramassé, il se faufile au milieu d'une demi-douzaine de défenseurs en une course penchée et un dribble si rapides qu'on dirait les images tremblotantes d'un vieux film. K.D. lâche un grand hurlement admiratif et se lance à sa poursuite. Thangrikhuma est rapide, si rapide. La vallée s'étend au-delà du terrain, verte et grise, et les nuages blancs au-dessus d'eux sont cotonneux. Thangrikhuma court encore. Marak le subedar est à son poste, près du gardien et des piquets de bois grossièrement taillés qui servent de but. Marak est vieux et lent, il traîne autour de la cage avant de se manifester dans les moments cruciaux. Il est expérimenté. Il attend, il attend. Thangrikhuma zigzague et swingue, il le provoque. Marak passe à l'attaque, il coulisse, notre rusé Marak. Il manque Thangrikhuma, mais en tombant, il le rattrape d'une main infaillible, et se raccroche à son maillot d'une forte poigne, et voilà Thangrikhuma par terre. Irrégulier, déloyal, mais c'est un jeu d'homme, et il est trop tard pour crier à la traîtrise, K.D. s'est emparé de la balle, il la ramène à toute vitesse en territoire ennemi. Ses gars sont avec lui, ils bousculent les défenseurs à coups d'épaule et K.D. a pris de la vitesse, il sourit devant la balle qui jaillit joliment entre ses crampons, se pose en équilibre parfait sur son cou-de-pied et rebondit vers lui, il en possède le contrôle parfait, il la pousse devant lui, efface Rastogi avec une insolente facilité, il efface le souffle court et la giclée de sueur de Rastogi, et la voie est libre, il court, tout au bout du terrain, et il entend DaCunha sur sa gauche, et Ginzanang Dowara soutient gentiment la cadence sur sa droite, et la balle étincelle en noir et blanc à chaque rebond, la poitrine de K.D. le fait souffrir, et il est heureux, et dans sa gorge l'air est froid, et le but est devant lui.

Il se réveille, et il pleure. Il sent une brûlure au talon. Il y a très longtemps de cela, il était assis sur le sol de boue inachevé d'une case avec Chunder Ghosh, assis en tailleur, il a retiré ses souliers, il a été piqué au talon gauche par un insecte. Il se souvient, maintenant, il se souvient comme il a frotté cette vilaine tache rouge avec son pouce, et de Chunder Ghosh qui, l'espace d'un instant, a cessé de poser ses questions pour scruter cette piqûre avec curiosité. K.D. se souvient et il sent un sanglot l'assaillir. Anjali remue dans son lit, et il essaie de contenir ses convulsions, de les enrayer. Les hommes et les femmes qu'il pleure sont presque tous morts, désormais ; il pleure pour leurs vies, pour la brièveté de leur combat, leurs brèves agonies et leurs courtes joies. Il sanglote à cause de leurs piqûres qui les brûlent, à cause de l'embrasement temporaire de leurs désirs.

— Mon oncle, qu'est-ce qui ne va pas ? Dois-je appeler une infirmière ? Tu as mal ?

Dans l'éblouissement d'une ampoule électrique, elle se penche sur lui. Il secoue la tête, et tend la main, pour attraper la sienne. Il est incapable de parler, mais il essaie de lui sourire, tout en secouant la tête. Elle le retient. Elle s'assied sur le lit et le tient sur ses genoux.

— Qu'y a-t-il ? N'aie pas peur.

Il n'a pas peur. Il ne ressent aucune peur, tout au moins pas pour lui-même. Mais il est incapable de trouver les mots pour exprimer la grande compassion qui lui réchauffe le corps, carcasse illusoire de chair endommagée. Dans son esprit qui s'effondre, il existe une peur, pour Anjali, pour la vie qui jaillit de cette jeune femme si forte, qui le soutient. Elle attache un prix à son existence, elle s'y agrippe, comme ses collègues, ses amis, sa famille. Je dois l'aider, songe-t-il. Je le dois. Il revient sur le cours de sa propre existence, sur tout ce qu'il sait et sur tout ce qu'il se remémore, et maintenant qu'il pense et qu'il a un but, son tremblement cesse. Il reste immobile dans les bras d'Anjali et il réfléchit. Et là, il retrouve la joie ancienne de la réflexion, et l'information s'écoule en flux entrelacés, lumineux, en couleurs, en images, en odeurs. Elle est en mouvement, et il nage en elle, il change d'angle et la recompose par petites touches, en arrangements variés et divers : il a l'impression d'avancer d'un pas tranquille au milieu d'un kaléidoscope. Il y a cet ancien plaisir. Quand, à l'extérieur, le ciel commence à griser, il s'agite.

— Cet argent, dans le bunker de Gaitonde, fait-il.

Anjali se redresse contre la tête de lit, sort de sa somnolence.

— Quoi ?

— Il y avait de l'argent dans le bunker de Gaitonde. Tu as dit quelque chose au sujet de l'emballage.

— Les liasses étaient emballées dans un film plastique. Comme celui qui enveloppe les jouets, quelquefois. Ou le chocolat.

— Cinq liasses ensemble ? Une pile comme ceci ?

Elle baisse les yeux sur la forme qu'il dessine de ses deux mains, sur le volume vide qu'il tient devant lui. Elle a les yeux pailletés de têtes d'épingles, à cause de la lumière du petit matin.

— Oui, confirme-t-elle.

— Je veux voir cet argent, exige-t-il.

Elle traverse la pièce en courant, attrape son téléphone portable, et reste debout le temps qu'elle compose le numéro, une succession de bips rapides. Elle débite des ordres à toute allure, et revient vers lui.

— L'argent est en route.

Ils savent tous deux que cela prendra un moment, de tailler dans le vif de la bureaucratie, de réveiller les gens, d'obtenir les autorisations et l'ouverture des coffres. K.D. n'a guère de temps devant lui, il risque d'oublier. Donc il la fait asseoir à côté de son lit et lui raconte, tant qu'il a les éléments en tête. Il lui raconte ce qu'il sait, ce qu'il se rappelle.

— Pour l'essentiel, nos devises indiennes étaient imprimées en Union soviétique. Après le démantèlement de l'URSS, quand tout et n'importe quoi était à vendre, les Pakis ont lancé une opération. Ils ont essayé de racheter les plaques d'origine aux Russes. S'ils avaient eu ces plaques, ils auraient été en mesure de monter une opération de contrefaçon qui leur aurait permis de produire des billets authentiques, de l'argent parfait. Mais nous avons eu vent de la tentative et nous nous sommes procuré les plaques auprès de l'usine. Nous avons tué leur opération dans l'œuf. Enfin, les Pakis sont tout de même parvenus à mettre la main sur des quantités substantielles de papier devise. Nous sommes arrivés trop tard pour les en empêcher. Avec ce papier, ils ont imprimé de grosses sommes en devises indiennes, plusieurs séries de gros billets. Ils disposent de techniciens très talentueux. Les faux étaient brillamment exécutés. J'ai vu certains de ces billets, après des saisies à Jammu et à Amritsar. Ils sont très bien fabriqués. Ils étaient enveloppés de film plastique, en piles, comme ceci.

Anjali opine vivement.

— Très commode pour le transport, dans toutes sortes de situations.

— Oui, et par tous les temps. L'opération en Russie était conduite par un homme de l'ISI, un nommé Shahid Khan, qui était major, à l'époque. Il est fort. Je l'avais déjà rencontré, dans la période où j'allais à leur ambassade, à Londres.

— Shahid Khan, fait Anjali.

— Shahid Khan, répète-t-il. Un type très religieux. Travailleur acharné. L'un de leurs meilleurs officiers. C'est Shahid Khan qui a obtenu le papier devise.

Elle écrit, très vite, sur un bloc blanc. Il écoute le grattement de son stylo, et quand elle a fini, elle attend la suite. Mais il n'a rien de plus à lui offrir.

Ils attendent, ensemble, l'arrivée de l'argent. Une heure plus tard, Amit Sarkar fait son entrée, empoigne une mallette. Anjali présente une liasse de billets à K.D. : « Oui, fait-il. Oui. » Il se sent sourire. Le jeu tourne. Il prend son stylo à Anjali, entaille le film plastique et tire. Par cette fente, il extrait un billet et le lève en direction de la fenêtre, vers la lumière du jour. « Oui, répète-t-il. Oui. Je pense qu'il s'agit bien de cet argent-là. » Il n'a aucune idée de ce que cela signifie pour Anjali, ou si cela revêt même la moindre signification. Mais ils sont tous contents : c'est déjà quelque chose.

Anjali prend l'argent, reprend son bloc, étreint K.D. et se presse. Elle doit y aller, mais elle laisse Amit Sarkar avec lui, pour l'écouter, pour veiller sur lui. L'organisation veut encore qu'il joue le jeu, mais il est trop tard. K.D. se rallonge dans son lit, les bras écartés. Ses oreillers sont confortables, c'est bon de les sentir contre ses joues. Il est fatigué. Il est temps de se reposer. Il ferme les yeux. Il respire, et il dort.

L'argent

Mis bout à bout, les indemnités de Katekar, son fonds de prévoyance et ses petites économies totalisaient soixante-sept mille sept roupies et soixante-quatre paisas. Le gouvernement de l'État avait annoncé le versement d'une somme de deux lakhs à titre de dédommagement, mais il fallut neuf mois et demi pour que le chèque se fraye un chemin dans les circonvolutions de Mantralaya et le dédale des services. Le temps que Shalini voie le chèque validé et l'argent déposé sur son compte, il s'était écoulé un an, presque jour pour jour, depuis la mort de son mari. Elle partageait désormais ses journées entre six maisons où elle maniait la lavette, la serpillière, le balai-brosse et autre jhadoo-katka ; pour ces diverses tâches, chacun de ses employeurs lui versait mille roupies. Avec deux fils qui grandissaient, c'était loin de suffire, et la chute des revenus était sévère. Maintenant, les deux lakhs étaient enfin là, déposés sur son compte. Deux lakhs, cela paraissait beaucoup quand on les touchait d'un coup, mais Shalini savait bien que ce genre de cadeau ne produit qu'une illusion de bien-être. C'était ce qu'elle essayait d'expliquer à sa sœur.

— Bharti, lui dit-elle. Deux lakhs, ça paraît beaucoup. Mais combien de jours y a-t-il dans une vie ? Combien de temps ces deux lakhs vont-ils durer, répartis sur trois existences ? J'ai deux jeunes garçons. Il faut que je paie l'école, et tous leurs livres. Et il peut arriver n'importe quoi. Nous pourrions avoir besoin de cet argent d'un moment à l'autre.

Bharti était assise en tailleur sur un coussin qu'elle avait pris sur l'étagère, le ventilateur de table allumé à fond et braqué sur elle. Elle s'essuya le visage avec son pallu, et baissa la tête, comme à son habitude quand elle était contrariée.

— Taai, si tu n'as pas l'intention de le dépenser, à quoi ça sert de le laisser dormir dans cette banque ? Nous en avons besoin tout de suite, et il te promet que les intérêts qu'il te versera seront plus élevés que ceux de la banque.

Le mari de Bharti, Vishnu Ghodke, avait deux amis qui allaient ouvrir une agence de voyage. Il serait leur associé minoritaire, mais même pour si peu il lui fallait cinq lakhs ; or il en possédait moins de trois. Et voilà que Shalini se trouvait assise sur un matelas de deux lakhs, voire plus. Et donc Bharti était venue un jeudi soir, l'air enflammé, très en colère.

— Il dit que c'est une affaire sûre. Les gens voyagent de plus en plus. Et ses deux associés ont noué des contacts à Bahreïn et en Arabie Saoudite, et il y a des milliers de gens qui veulent aller là-bas. Des milliers et des milliers.

Shalini secoua la tête.

— Bharti, même si des millions et des millions de gens voulaient aller en Arabie Saoudite, je ne pourrais pas te donner cet argent. Je suis seule. Je suis seule et je dois prendre soin de mes deux garçons.

Bharti contracta la mâchoire, visiblement très glaciale, maintenant.

— Et nous, alors ? Tu nous as, nous. Tu n'as aucune confiance en nous ?

— Ce n'est pas une question de faire confiance ou non.

— Alors ?

— Bharti, tout peut arriver. N'importe quoi.

On ne pouvait pas se fier à la vie. La vie se dérobait sous vos pieds, vous laissait tomber.

— Mais tu es en sécurité, taai. Il te versera de l'argent mensuellement, donc tu auras des rentrées. En plus de ce que tu gagnes déjà. Et tu n'as aucun loyer à payer. Tu ne te trouveras pas en si mauvaise situation que ça.

Shalini et lui avaient déboursé six lakhs, sept ans plus tôt, pour jouir de la sécurité au-dessus de leurs têtes. Ils l'avaient payée en quatre versements douloureux, la totalité en liquide, une somme puisée non sans difficulté dans des milliers de plats nettoyés et de

454

sous-vêtements lavés, dans d'innombrables petits pots-de-vin de cinquante ou cent roupies. Ils possédaient un toit, ses fils et elle, deux chambres, une cuisine, qui étaient tout à eux. C'était ce que désirait Katekar : posséder un carré de terrain qui n'appartienne pas au gouvernement, qui ne fasse pas partie du lotissement d'un propriétaire. Il avait voulu la sécurité d'un toit. Il leur avait donné cela. Ensuite, il était mort. La conscience de son absence gagna Shalini, un élancement dans les muscles, dans le dos et le ventre, qui la prenait par intermittences. Elle respira à fond, une fois, deux fois.

— Je ne peux pas faire ça, répéta-t-elle. Bharti, je ne peux pas risquer cet argent. Pense un peu.

— Tu es toujours celle qui pense, taai. Qui pense et qui pense. Mais nous, on écoute notre cœur. Et donc on a pensé qu'on allait te poser la question. On a pensé que tu comprendrais.

Et déjà, Bharti se levait, elle réunissait ses affaires et rassemblait les plis de son sari.

— Bharti…

— Non, non, tu as toujours été la plus intelligente. Tu réfléchis toujours avec trois coups d'avance. Tu obtiens tout le temps ce que tu veux parce que tu réfléchis. Mais nous, on n'est pas comme ça.

Shalini savait que protester relancerait une longue et amère discussion sur le collier en or que leur mère lui avait laissé, à elle et non à Bharti, et sur des saris distribués en cadeau, puis sur les sommes exactes dépensées pour le mariage de Shalini, et pour celui de Bharti. Elles connaissaient parfaitement l'une et l'autre les contours de pareilles disputes, et pourtant Bharti finirait par pleurer d'un chagrin moralisateur, en une expression enfantine brouillant les traits de son visage rond. Donc Shalini la regarda en silence tirer sur les lanières de ses sandales d'un vert fantaisie, se les lacer autour des chevilles. Puis elle ajouta un mot, très doucement.

— Attends au moins que les garçons reviennent.

— J'ai laissé les enfants chez Mausi. J'ai déjà trop tardé.

Mausi avait été la mausi de Vishnu Ghodke, qui habitait à trois maisons de chez eux. On pouvait compter sur elle, mais elle avait mauvais caractère, et on ne pouvait pas laisser les enfants trop longtemps sous sa férule, car elle avait la main lourde. Shalini trouvait que quelques gifles et quelques pinçons n'auraient pas fait de mal au fils de sa sœur, mais ce n'était pas le moment d'évoquer le sujet. Lorsqu'elle franchit le seuil de sa maison, elle lui effleura le bras, juste un tapotement à hauteur du coude, leur manière habituelle de se dire au revoir, entre sœurs. Mais Bharti marcha droit vers la rue, le front haut, la nuque raide, et Shalini s'assit en position accroupie sur le pas de sa porte. Soudain épuisée, elle s'accorda cinq minutes de relâchement. Elle regarda les passants. Il était presque sept heures et demie du soir, et la ruée était à son comble. Les ombres s'étaient déjà beaucoup allongées, les jours raccourcissaient. Bientôt, la fraîcheur des nuits imposerait un drap supplémentaire, une couverture. La saison changeait. Le flot des marcheurs était ininterrompu, hypnotique, mouvement de ciseaux régulier et permanent des jambes et des chevilles, balancement des sacs chargés d'oignons, de patates, d'atta, de savon et d'huile de coco. Certains, les plus jeunes, tenaient à la main d'élégantes serviettes de bureau, et avançaient à une allure plus rapide, l'air déterminé, sûrs de savoir où ils allaient. Tous, ils passaient.

Cinq minutes. Quand elles se furent écoulées, elle le sut. Aussi loin que remontait sa mémoire, elle avait toujours possédé un sens instinctif du temps, infaillible ; elle était capable de dire l'heure à la minute sans jamais avoir eu besoin d'une montre. Elle se réveillait sans réveil, et elle était rendue tous les jours à la gare précisément six minutes avant que son train n'arrive. Elle sut que le temps du repos était terminé, et se leva. Il y eut juste un instant, l'espace d'un ou deux battements de cœur, où son corps répugna à quitter sa position, le soutien voluptueux de la brique et du bois. « Ambabai, dit-elle doucement avec un regard vers la divinité, sur l'étagère, debout, réveille-toi. Nous avons du travail. »

Au retour des garçons, elle avait préparé le dîner. Rohit prit un seau à moitié rempli d'eau et conduisit son frère cadet dehors. Shalini entendit leurs murmures sous les éclaboussures. C'était un point sur lequel leur père avait toujours insisté : en rentrant de leurs jeux, ils devaient se laver les mains et les pieds avant d'entrer dans la maison. En sa présence, ils avaient toujours ronchonné contre cette obligation considérée comme un oukase paternel insupportable, surtout Rohit, qui refusait de s'y plier si son père n'était pas à la maison. Maintenant que ce père était vraiment parti, Rohit accomplissait ses ablutions vespérales avec le sérieux d'un rituel, et il poussait son frère à s'y conformer avec une discipline implacable, quasi policière. Il était devenu très sérieux, Rohit. Tous les matins, il interrogeait sa mère sur ce qui manquait dans la maison et, après l'école, il se rendait au bazar. Il rapportait la monnaie exacte. Et lui montrait ses comptes, qu'il tenait dans un carnet réservé à cet effet. Il avait une clef de la maison, maintenant ; il la portait autour du cou, suspendue au bout d'un cordon rouge, ne la retirant que pour dormir. Il l'avait rejetée sur son épaule droite le temps de dîner.

— Tous les devoirs sont faits, Mohit ? demanda Shalini.

Mohit avait les doigts ronds mais agiles. Il mangeait vite, en maintenant son thali calé sur ses genoux, la tête baissée.

— Mmm, fit-il. Mmmm.

— Aai, il a un contrôle de maths vendredi, précisa Rohit, et il n'a même pas encore commencé à réviser.

— Vendredi, marmonna son frère entre deux bouchées.

Il avait la lèvre supérieure barbouillée de dal. D'après ce que comprit sa mère, il voulait dire que vendredi, cela lui laissait encore trois jours. Il avait assez mal réussi ses derniers contrôles, ce qui n'avait rien de surprenant, de la part d'un petit garçon qui avait assisté l'année passée aux funérailles de son père. Comme tous ceux qui le connaissaient, Shalini avait supposé qu'il finirait par s'adapter, par oublier un peu, par retrouver ses manières d'être, sereines, équilibrées. Mais Mohit continuait de déraper. Il abandonnait son travail et vivait dans l'urgence, comme occupé à quelque mission secrète. Il se cachait derrière son lit, dans un recoin rempli d'illustrés aux couvertures criardes où s'affichaient des aventuriers moustachus, pistolet au poing. Il dessinait des fusils dans les marges de ses cahiers, et des héros musculeux qui faisaient feu de leurs énormes pistolets, crachant des éclairs. Il avait une vie privée, maintenant, un monde intérieur que Shalini ne parvenait plus à atteindre. Ça pouvait arriver, chez les enfants, chez les garçons, mais pas si tôt. Elle frappa dans ses mains pour en retirer un reste d'atta et lui tapota le sommet du crâne avec son avant-bras.

— Demain, tu t'y mets, fit-elle. D'accord ?

— Oui, dit-il.

— Tu veux du riz ?

— Oui.

Shalini lava, rangea la vaisselle dans le casier fixé au mur, suspendit la casserole, les poêles et les cuillers aux crochets du plafond. Elle attrapa sa poudre dentifrice, un verre d'eau, et s'assit dans l'embrasure de la porte d'entrée. Il n'y avait plus dans la ruelle que quelques passants, visibles seulement quand ils traversaient les rectangles de lumière projetés au sol par les portes ouvertes. Dans une autre ruelle, il y avait bien longtemps, il lui avait confié un jour que l'enfilade des lumières lui évoquait une chute d'eau. C'était au début de leur mariage. Oui, lui avait-elle répondu, comme à la cascade de Karla. À cette époque, ils étaient très pauvres, et le voyage jusqu'à Karla avait été un cadeau singulier qu'ils s'étaient offert un an après leur mariage. Il était entré dans les grottes, s'était émerveillé de leurs voûtes sculptées de façon à ressembler à des poutres apparentes et, devant les stupas, malgré son scepticisme déjà net et sans appel, il avait cédé à la solennité du spectacle. Dans la ruelle, à cette heure, tout le monde regardait *Sabse Bada Paisa* et les couleurs des écrans vacillaient à l'unisson sur les murs de glaise. Elle entendait la voix du présentateur bondir de poste en poste. Avant, il n'était pas question pour eux de regarder, pas si tard un jour de semaine. C'était sa règle. Étudiez dur, répétait-il à ses fils ; quand vous aurez votre propre maison, vous pourrez regarder la télévision aussi souvent que vous voudrez. Il avait pourtant consenti une exception. Pour *Kaun Banega Crorepati*, parce que c'était une émission fondée sur le savoir. Si vous répondiez aux questions, vous pouviez gagner, remporter un crore, aussi simplement que ça. Si vous saviez beaucoup de choses, rien ne vous empêchait de devenir riche. Apprenez, apprenez, répétait-il à ses fils. Ils regardaient donc l'émission, ensemble, assis en tailleur devant l'écran. Ils criaient toutes les réponses. Shalini les appelait les trois singes, et ils lui répondaient en faisant des grimaces. Ce soir-là, Rohit regardait *Sabse Bada Paisa*, et les bleus et les verts de l'écran lui zébraient le visage. Mohit était allé dans son coin se marmonner ses histoires secrètes. Après les funérailles, il avait perdu tout intérêt pour cette émission. Et Shalini était assise sur le pas de sa porte. Dans le poste, l'animateur demandait :

— Quel est le nom du plus grand projet d'irrigation jamais construit en Inde ?

— Arre, Shalu.

C'était leur voisine, Arpana, avec son mari, Amritrao Pawar. Ils rentraient chez eux en tenue de soirée, l'air heureux – ils devaient traverser un cycle pacifique, dans leur vie de conflits. Shalini fit de la place à Arpana sur sa marche.

— Vous étiez sortis ? Si tard ? s'étonna-t-elle.

— Nous avons fêté le kelvan de ma nièce. À Malad.

— La fille de Sudhir ?

— Oui. Ils organisent le mariage près de sa kholi à lui.

Arpana avait deux frères dont le plus jeune était proche d'elle. Avec l'autre, qui se situait entre elle et le premier, il subsistait une querelle d'origine obscure. Shalini avait entendu l'histoire dès qu'elle avait fait la connaissance d'Arpana mais elle était incapable de se la remémorer en détail. Elle voyait sa fougueuse voisine se disputer avec son mari, depuis des années. Au début, Shalini lui avait conseillé de renoncer à lui, de le chasser. Ensuite, elle s'était aperçue qu'ils passaient sans cesse de la guerre à la paix et, par un soir de mousson, alors qu'elle était allée demander deux oignons à Arpana, elle avait pu entendre à la porte de quelle manière ils se réconciliaient, avec quels gémissements d'extase extravagants ils se pardonnaient. Elle avait alors compris pourquoi les femmes riaient, dans la rue, chaque fois qu'Arpana se plaignait de la cruauté de son homme. À cette minute, il se tenait debout devant elles, cet Amritrao Pawar, les mains dans les poches, avec une arrogance satisfaite qui lui taquinait les commissures des lèvres. Shalini n'appréciait guère qu'il la dévisage de la sorte. Elle se tourna de façon à ne lui montrer que son épaule.

— Comment est le fiancé ? demanda-t-elle à Arpana.

— Trop maigre. Il ressemble à ce tuyau, enfin, en moins noir. Mais la famille est bien. Il a un travail à l'aéroport.

Arpana quitta du regard ses pieds qu'elle était occupée à masser, leva les yeux vers Amritrao Pawar.

— Pourquoi restes-tu piqué là ? On dirait un réverbère.

Shalini eut peur qu'ils ne repartent en guerre devant sa porte. Mais ce soir-là, Amritrao Pawar était gai, et il se contenta de protester dans un rire.

— Je t'attends, ma rani. D'ailleurs, je vais plutôt aller t'attendre à la maison.

Elles le regardèrent s'éloigner, et Arpana s'étrangla de rire.

— Ils étaient en train de boire derrière la maison. Il pense que je ne dois pas en parler.

Elles hochèrent toutes deux la tête devant la sottise des hommes, puis Arpana se pencha.

— Bharti est passée, aujourd'hui ?

— Oui. Comment le sais-tu ?

— L'autre, la Chitra, elle était dans notre bus.

Chitra était une autre voisine, qui habitait deux portes plus bas, sur la droite.

— Elle m'a raconté qu'elle avait vu Bharti à l'arrêt de bus.

D'autres voisines l'auront aperçue dans le tournant de la route, et rentrant chez elle, et elles auront remarqué son expression, et elles en auront tiré leurs conclusions.

— Oui, avoua Shalini. Elle est venue me voir.

— Au beau milieu de la semaine ? Il est arrivé quelque chose ?

— Rien, rien. Juste des soucis d'argent.

Arpana n'avait pas l'air très convaincue, ni satisfaite d'aussi peu. Mais Shalini n'avait pas l'intention d'aller plus loin, et elle lança sa voisine sur le sujet d'Amritrao Pawar. Arpana entama donc la litanie des récents péchés de son mari, qu'il était parti à Mahabaleshwar avec cette randi et toute sa marmaille – y compris le kaku de la randi en question – et du coup, il avait dépensé plus d'argent qu'il n'en gagnait en deux mois et, quand Arpana le lui avait reproché, il s'était mis en colère, elle lui avait lancé qu'il n'avait aucune ambition, qu'il refusait de prendre le moindre risque, qu'il s'accrochait à son boulot de miséreux comme un imbécile qui a peur du monde.

— Le travail, ça ne se trouve pas sous les sabots d'un cheval, objecta Shalini. Au moins, qu'il conserve le sien.

— Il n'a pas de revenus, insista Arpana. – Elle entendait, en dehors de son salaire. – Et ils ne lui accorderont jamais de promotion, ils ne lui augmenteront jamais son salaire. Après tout, ce sont des musulmans.

— Je croyais que ce directeur était un brahmane ? Un Bajpai, non ?

— Oui, oui, fit Arpana. Mais la compagnie est la propriété de musulmans. Et tu sais comment ils sont.

Shalini opina. À cela, elle n'avait rien à répondre, mais elle doutait qu'Amritrao mérite la moindre promotion. Sa voisine retomba dans sa litanie. Elle avait des épaules carrées et le cou épais ; elle n'était franchement pas jolie et, en dix ans, ses joues s'étaient beaucoup affaissées. Mais il n'empêche, Amritrao Pawar et elle revenaient l'un vers l'autre, se déchiraient, de rage et de passion. La vraie tragédie, naturellement, était qu'Arpana n'avait pas d'enfants. C'était pourquoi, au fond d'elle, elle supportait les torts d'Amritrao Pawar, et pourquoi, aussi, il avait une autre femme. Tout ce besoin douloureux de l'autre, toute cette colère, et pas d'enfants. Les voies de la déesse Ambabai étaient impénétrables.

— Il est temps que je couche les garçons, fit Shalini.

— Ils vont bien ?

Les femmes de la ruelle veillaient de près sur les garçons, surtout Arpana, qui restait avec Mohit, après l'école.

— Oui, lui assura-t-elle. Ils vont bien.

Elles se levèrent et, sur un hochement de tête, retournèrent l'une et l'autre s'atteler aux dernières corvées de la journée. Shalini rangea, houspilla les garçons pour qu'ils aillent au lit, déploya la literie et s'allongea. C'était le moment le plus difficile de la journée, quand elle était privée de reposer l'épaule contre son torse, quand ses os se rappelaient la courbe que son corps décrivait aux côtés du sien. Dans l'attente du sommeil, son esprit vagabondait, imprévisible et vif-argent, les plaisanteries et le rire de Katekar, les petites humiliations et les petites joies de son enfance se mêlaient, se mélangeaient, lumineuses, lumineuses et douloureuses. Il y avait son poème grivois, qui évoquait Dev Anand et Mumtaz, et Shalini sourit, il le lui avait récité environ un millier de fois, toujours avec la même jubilation. Elle soupira profondément, la blessure était là. Elle se sécha la figure. Au moins, elle avait ses fils. Ses fils qui dormaient près d'elle. Elle partit à la dérive. Les musulmans, ils sont comme ça. Ils ont tué mon mari. L'un d'eux a tué mon mari, et le meurtrier était mort. Elle regrettait parfois qu'il ne soit pas encore en vie, qu'elle puisse le tuer à nouveau. Mais Sartaj Singh avait abattu le Bihari. Sartaj Singh était un tueur, lui aussi. C'étaient tous des tueurs, et ils avaient tous tué son mari. La colère lui faisait l'effet d'un fer qui s'enfonçait dans sa gorge, forçant le passage, emportant toute résistance, avec un mugissement sourd qui griffait les murs et terrifiait Shalini. Elle attendit, mais les garçons avaient déjà sombré dans un profond sommeil et, devant la porte ouverte, on n'entendait que le murmure distant d'une conversation.

Shalini se leva. Elle prit un verre d'eau et se rinça les mains, le visage et les pieds, aussi vite qu'elle put. Elle s'assit en tailleur devant les deux divinités, Ambabai et Bhavani. Es-tu éveillée, Ambabai ? Bhavani, assez de ta férocité – il n'y a personne à punir –, mais accorde-moi ta miséricorde. Accorde-moi la paix. Tu l'as délaissé, Bhavani, je t'ai prié tous les jours pour qu'il rentre sain et sauf, et pourtant tu l'as délaissé. Je ne te donnerai plus de vilains noms, je ne te demanderai plus pourquoi. Tu ne me fournis aucune raison, j'accepterai ton silence. Mais accorde-moi une petite part de paix, soulage-moi du tumulte assourdissant de la douleur. J'ai besoin d'être au calme, pour mes garçons. Ambabai, tu m'écoutes ? Accorde-moi cette faveur. Je le pleure, mais donne-moi de la force. Bhavani est une lumière bleue et aveuglante, même sa miséricorde vient comme un clair de lune, mais toi, Ambabai, tu n'es que champs gorgés de fruits, eau qui déborde, limon fertile, souffle de bébé, lotus aux larges feuilles, tu es ma mère, ramène-moi de cet exil, laisse-moi vivre de nouveau sous ton ombre. C'était un homme bon. Quand je le lui ai demandé, il s'est rendu à pied à Pandharpur, alors qu'il ne croyait pas du tout que cet acte de piété puisse guérir son dos. Il vivait dans la douleur. À la fin de la journée, je le voyais faire un effort pour se tenir droit, une main sur la hanche, mais il prenait soin de nous et il faisait son travail. Il était strict, mais jamais dur, et Rohit et Mohit ne l'ont jamais craint. Le jour de sa première promotion, il m'a passé une chaîne d'or autour du cou, et l'y a toujours laissée, même lors de nos périodes plus rudes. Il ne m'a jamais questionnée sur l'argent.

Quand on se disputait, il ne me frappait jamais, une fois seulement il m'a prise par le coude, de colère, et ça m'a laissé un bleu. Nous étions jeunes, Ambabai, il sentait l'huile de coco pour cheveux et les bidis Shiva-ji, mais par la suite, pour nous, il a cessé de consommer du tabac sous quelque forme que ce soit. Plus tard, il a eu des femmes, je le savais, je me suis battue avec lui, et il me soutenait qu'il avait arrêté, mais quand il s'est vraiment arrêté, je l'ai su, c'était quand il a compris ce que cela signifiait d'être un père. Il m'a blessée, Ambabai, et j'en ai fait autant. Je sais que je l'ai maltraité, parfois, avec mes silences froids. Mais j'ai accompli mon devoir d'épouse, je lui ai réservé les étreintes que veulent les hommes. Je l'ai nourri. Il m'a soutenue. Nous étions des compagnons, des amis, nous avions des disputes, mais jamais de ressentiment. Aai, je gagne de l'argent, je vis au jour le jour, mais la nuit, une corde dure me tiraille le ventre, je me tourne et me retourne de son côté du lit, je vois des choses. Je le vois tousser dans le lit, il a la fièvre et je lui apporte un journal, et il le prend, et sa main est chaude, et je sens un pincement d'inquiétude. Ensuite, il entre dans la kholi, et Mohit rampe à quatre pattes, le derrière mouillé. Lui, assis, en tailleur, qui compte de l'argent. Moi qui coupe des oignons, et le lendemain, c'est Shayani Ekadashi. Ambabai, où es-tu ? Bhavani, où es-tu ? Je te sens proche, Ambabai, mais je suis seule. Viens à mon secours, Ambabai. Je suis seule.

— Aai ?

Rohit se tenait debout devant elle. Elle le laissa la remettre au lit, elle prêta l'oreille à ses efforts pour la tranquilliser, elle le laissa retourner dans son lit, pour le conforter. Elle se souvenait, encore, de cette soirée, quand elle était allée emprunter deux oignons à Arpana, elle était restée devant sa porte, et elle avait écouté ces gémissements qui s'échappaient de la bouche d'Arpana, entre amertume et douceur. Faisant acte de détermination, Shalini détourna son esprit de ce souvenir, s'efforça de ne plus y penser, à rien de tout cela. Mais il restait encore une petite douleur sourde, qui revenait à chaque respiration. Elle la supporta, et elle chuchota le nom d'Ambabai, encore et encore.

Anjali Mathur suivait la piste de l'argent. Elle s'y consacrait à ses moments perdus, le peu de moments perdus qu'il lui restait, à la fin de la journée ou très tôt le matin. Ce mardi-là, elle était arrivée au bureau de bonne heure, et lisait de vieux dossiers. Elle avait lancé une recherche sur les affaires de fausse monnaie, pour ces devises contrefaites, on le savait, par les Pakistanais. Même en choisissant la date arbitraire du 1ᵉʳ janvier 1987, la base de données lui avait fourni une liste de soixante-quatorze pages tapées en interligne simple. Au cours des quatre mois suivant, elle s'était plongée dans les rapports mentionnés, un par un. C'était fastidieux. C'était aussi probablement une perte de temps et, par conséquent, elle n'avait informé personne de cette recherche. Elle n'avait aucune idée de ce qu'elle recherchait, un détail, un élément à l'intérieur d'un détail. Un lien se ferait jour au croisement de la géographie et du temps, un enchaînement de causes qui remonterait plus haut dans la chronologie et révéleraient un point d'entrée, non, pas un point d'entrée, mais un point nodal où plusieurs fils se rejoindraient et, d'une manière ou d'une autre, où s'inscrirait la mort de Ganesh Gaitonde. Anjali n'avait pas envie d'une explication ; elle se méfiait des explications. Toutes les explications, toutes les solutions excluaient toujours trop de choses. Mais elle se fiait aux associations, aux corrélations, aux rythmes, aux torsions et contractions du temps. C'était ce que K.D. Yadav avait essayé de leur enseigner, savoir sentir la pulsation et la portée des intentions de l'ennemi, c'était cela qui permettait de prédire. Et c'était pour cela qu'au-delà des analyses et des références, des ordinateurs et des mathématiques, tout se ramenait à la lecture de vieux rapports. En fin de compte, tout tenait à l'instinct. D'instinct, dans la moelle de ses os, Anjali sentait qu'il y avait une question touchant au retour de Gaitonde dans son pays, à sa mort, à ce bunker au milieu de Kailashpada, à cette femme morte. Rien ne tenait debout, rien qui se formule dans un langage qu'elle comprenne.

Elle avait appris depuis longtemps à déchiffrer la langue si singulière des rapports, à imaginer l'événement évoqué en filigrane de ce style télégraphique heurté. Celui-ci était tapé sur papier ordinaire, sans ornement.

ULTRASECRET
Numéro de code de la source... 910-02-75P de... Unité
Jammu Alpha Numéro de référence du rapport... 2/97
daté... 27.1.97

Indications sur source : Source Rehmat Sani est fermier,
contrebandier, avec famille de chaque côté frontière. Info
recueillie par cousin Yasin Hafeez de l'armée paki.
Mode de communication : rencontre tête à tête.
Degré de fiabilité : II

Source a organisé rencontre avec cousin au village Bhanni
13.1.97. Cousin est Havildar, du 13e Bataillon, régiment du
Punjab, à Mandi Chappar. Son peloton était affecté à
l'escorte d'un camion de trois tonnes privé depuis imprimerie contrefaçons identifiée au 142 Shah Karnam Road
(voir rapport 47/96) vers base Lashkar-i-Azadi à Hafizganj.
Livraison composée de quatre caisses, 120 x 120 x 120,
réceptionnée par commandant en second de Lashkar,
Rashid Khan. Source n'a pas d'autres infos sur contenu.
Forte probabilité contenu soit grosse quantité de devises
de valeur unitaire moyenne destinées à offensive de printemps dans Vallée et ailleurs. Source reçu instruction de
poursuivre observation.

Anjali connaissait l'homme qui avait rédigé ce rapport. Il avait
été son camarade de promotion lors de sa formation. Gaurav
Sharma, complètement chauve à vingt-six ans. En 1997, il était en
poste à Jammu, et trahissait son identité par l'expression « forte
probabilité ». À l'époque de leurs sessions d'entraînement, il était
imprégné de la théorie du chaos. Lors des pauses, devant un thé et
des samoussas, il essayait de communiquer à ses camarades
l'enchantement des fractals et des attracteurs étranges. Dans ce
rapport, ainsi qu'on le leur avait appris, il s'était abstrait de la langue, avait essayé d'être impersonnel et objectif. Telle était la procédure. La source était sans aucun doute un vaurien moite de
sueur, un contrebandier ou un meurtrier, un homme de la frontière, pétri d'un fatalisme engendré par les obus que les armées

ennemies avaient tirés au-dessus de sa tête au cours de ces cinquante dernières années, qui s'étaient abattus sur son village et ses champs pour tuer ses oncles et ses tantes. Il était le genre d'homme à franchir la frontière par une nuit sans lune, qui se moquait de traverser les dangers acérés du no man's land. Il savait comment rester couché des heures sans bouger dans un champ de blé, sous le feu roulant, aléatoire, des mitrailleuses lourdes, quand se faufiler et quand s'arrêter. Il avait sans aucun doute attiré son cousin de l'armée paki dans ce job d'informateur, il lui avait fait miroiter des facilités de prêts pour financer des mariages et des tracteurs, puis l'avait carrément payé. Il glanait de l'argent des deux côtés, celui de son cousin et celui de son officier traitant. Et il ne faisait aucun doute que cet officier traitant lui avait livré des caisses de rhum bon marché, qu'il portait par lots de trois de l'autre côté de la frontière, vers les régions rituellement pures du Pakistan. Son OT l'avait rencontré fin janvier 1997, peut-être dans une cabane, attablé dans un dhaba puant la liqueur de terroir, et il l'avait payé, avant de transmettre son rapport à son bureau de surveillance de Jammu. Où Gaurav Sharma avait préparé un rapport pour le Bureau de la répression des fraudes, à Delhi. L'information constituera la base d'autres rapports destinés à remonter la chaîne, et peut-être qu'au bout du compte un ministre délégué aura été prévenu que toutes les données recueillies signalaient une offensive planifiée par l'ennemi au printemps. Le Premier ministre avait peut-être dégagé des fonds, exigé un déplacement de budgets. À chaque barreau de l'échelle, l'information s'était abrégée. On en filtrait certains détails. Ici, à Delhi, à la répression des fraudes, il y avait des noms, des lieux, des camions, des caisses, Rehmat, et Yasin. Tout en haut, personne n'avait plus aucune envie de connaître les détails. Votre métier, les avait prévenus K.D. Yadav, c'est aussi de protéger les personnages du sommet contre le risque d'en savoir trop. Ils ne doivent pas savoir. Ce dont ils ont besoin, c'est se trouver en position d'agir, et il ne faut pas les encombrer de détails. Il faut préserver leur faculté de démentir. Alors il convient que ça reste propre. Dites-leur ce qu'ils ont besoin de savoir. Bas. Un point c'est tout.

Anjali posa le rapport, et s'attela aux tâches quotidiennes. Dans l'organisation, à Delhi, son voyage à Bombay a finalement été considéré comme futile. Cet homme, ce Gaitonde, s'était brûlé la cervelle au terme d'une longue carrière consacrée à brûler celle des autres, et après ? Les voyous de ce genre étaient instables par définition, et Gaitonde avait eu un long parcours heurté, avec alcool, femmes et le reste. C'était connu. Donc il avait construit un coffre-fort, à Bombay. Et alors ? L'homme était mort de sa propre main, c'était le seul fait qui importait. Quel besoin avait-on d'aller enquêter, et quels éléments nouveaux avait-on découverts ? Aucun. On vous l'avait dit, lui rappellent les sages et vieux messieurs de l'organisation, c'est bien la preuve qu'on ne peut pas se fier aux femmes, sur le terrain. Voilà pourquoi Kulkarni s'était vu confier les relations avec Gaitonde. Il avait appris son métier au Punjab, avait dirigé des opérations au Kashmir. Il avait été jugé suffisamment coriace et assez maharashtra pour affronter ce gangster mal embouché. Non sans une fine couche de condescendance, il avait consenti à Anjali la faveur de lui ouvrir ses rapports. « Je sais que l'homme vous intéresse, lui avait-il lancé avec un sourire carnassier, et un bon analyste est toujours utile. » Elle avait donc suivi l'histoire de Gaitonde, son utilisation par l'organisation, comment il avait échappé à plusieurs tentatives d'assassinat, sa paranoïa croissante, ses mensonges à son officier traitant, son instabilité et sa soudaine disparition. Quand il était réapparu sous forme de cadavre, ce Kulkarni si souriant avait eu l'amabilité d'autoriser Anjali à se rendre sur place, pour investiguer.

Elle n'avait rien trouvé qui lui soit utile, et donc, maintenant, elle en revenait à l'analyse. Elle dépendait du bureau du Fondamentalisme islamique, et le monde était son secteur. Aujourd'hui, elle suivait la piste d'un Écossais. Il était né sous le nom de Malcolm Mourad Bruce, en 1971, à Édimbourg, d'un charpentier écossais et d'une femme de chambre employée dans un hôtel, une Algérienne. Le père avait déguerpi quand Malcolm avait sept ans, et la mère était allée s'installer à Birmingham, auprès de son frère et de sa famille. À dix-sept ans, Malcolm Mourad Bruce était devenu Mourad Chaker, connu dans les mosquées du coin comme le jeune prêcheur aux cheveux rouges, ardent défenseur de l'austérité. À vingt-deux ans, il avait fait son apparition en Afghanistan, dans les combats contre les Soviétiques, où il avait été sept fois blessé. Quatre ans plus tard, on signalait Mourad le roux dans les rangs du GIA en Algérie, pour le compte duquel il tuait journalistes, bureaucrates, officiers de l'armée et des civils... Il avait acquis la réputation d'être le dirigeant salafiste le plus intransigeant, refusant même d'adresser la parole aux djazaristes modérés de son propre groupe. Pour Mourad le farouche, dont les yeux et les cheveux brûlaient du feu de la foi, aucune voie autre que la révolution islamique mondiale n'était acceptable. En 1999, le renseignement militaire indien avait signalé l'existence d'un nouveau groupe d'activistes opérant dans la vallée du Kashmir, conduits par un Mourad aux cheveux rouges. Il s'agissait évidemment du même homme. Mais son apparition signifiait-elle que le GIA était désormais impliqué en tant que tel dans les combats, et qu'il allait y envoyer de l'argent, des armes et des hommes ? Ou Mourad était-il là pour son propre compte, en quête d'une autre guerre, d'une autre mission ? C'était la question. Et donc Anjali lut toute la matinée, tout l'après-midi, à l'affût de connexions, d'histoires d'hommes et de femmes et de leurs idées, des associations qu'ils formaient, de leurs périples de part et d'autre de ces frontières. Elle lut des rapports internes de l'organisation émanant de la vallée, des documents issus de cellules de réflexion de Washington, des renseignements issus de la CIA, communiqués par l'intermédiaire d'un groupe de travail, trois chapitres d'un ouvrage traitant des troubles en Algérie, œuvre d'un universitaire allemand, des photocopies d'articles de journaux et de magazines algériens, avec des photos de cadavres changées par la machine en à-plats noir et blanc, et deux années de rapports de terrain établis par des agents de l'organisation au Maroc, en Égypte et en Algérie. Elle s'immergeait dans sa propre concentration comme dans une cloche de plongée, et elle était insensible aux bavardages de bureau qu'elle saisissait au passage dans le couloir, à l'éclat de plus en plus aveuglant du soleil sur la fenêtre poussiéreuse, au pigeon qui marchait entre les barreaux en lui lançant des regards courroucés. De temps à autre, elle inclinait une bouteille d'eau et buvait du coin de la bouche, sans la moindre pause dans la vélocité de sa lecture. À la faculté, elle avait acquis un talent pour la prise de notes qui lui permettait d'obtenir des lignes régulières et lisibles sans même regarder son bloc. Elle en remplissait des pages. La journée s'écoula. À une heure et demie, on frappa un petit coup à la porte, et Amit Sarkar passa la tête dans la pièce.

— Entrez, fit Anjali. Vous pouvez entrer, Amit.

— Déjeuner, madame ?

Amit Sarkar était jeune marié et, de semaine en semaine, la cuisine de sa femme effaçait la minceur de l'étudiant affamé qu'il avait été dans ses premiers jours de stage. Il avait pris l'habitude d'apporter avec lui un tiffin, une gamelle à trois étages, qu'il partageait avec Anjali. Il était d'une politesse sans faille, mais elle percevait sa désapprobation quant à ses habitudes alimentaires, et sa sollicitude pour son existence solitaire de divorcée. Parfois, elle le rabrouait sèchement, irritée malgré elle par ses supputations. Mais ce jour-là, elle n'était pas du tout mécontente de l'interruption. Vivre sans cesse entre la menace et la contre-menace, d'agression en réaction, c'était étouffant. Avec son dal et son bhat, Amit Sarkar lui apportait une bouffée de vie normale, un parfum de foyer familial.

— Qu'est-ce que nous avons, aujourd'hui ?

— Du chingri macher curry, madame. C'est la spécialité de Maithli.

Maithli était courtaude et ronde, avec un sourire qui lui soulignait le menton et lui effaçait les yeux. Anjali l'avait rencontrée à deux reprises et l'avait trouvée très conventionnelle, sans conversation aucune. Mais ses crevettes roses étaient vraiment délicieuses. Anjali mangea, et Amit lui parla de son travail du moment. Elle l'avait prié de suivre les flux d'argent étranger, surtout en provenance d'Arabie Saoudite et du Soudan, vers les organisations de l'islam radical en Inde. Deux jours auparavant, il avait découvert un lien entre un groupe étudiant basé à Trivandrum et un séminaire à Nagpur, un faisceau de convergences entre un dirigeant étudiant, un intermédiaire commercial et un mollah très enflammé. Il lui exposait son scénario – du bon travail. Le dirigeant étudiant avait un frère qui travaillait à Dubaï, et ce frère était peut-être le canal par où transitaient l'argent, les informations et l'idéologie. Anjali mangeait, et écoutait. Amit avait peut-être l'étoffe d'un analyste : il se passionnait pour les détails, les conjonctions lui plaisaient. Il avait le défaut de se laisser aller aux suppositions, de trop tenir à ses scénarios, de les nourrir par l'imagination. Mais on pourrait l'en débarrasser, c'était son travail, à elle, lui apprendre à se dégager de son imagination. Il possédait toute l'ardeur nécessaire. Elle le laissa terminer, puis le ramena à la base, aux faits : le frère, Dubaï, les appels téléphoniques quotidiens. C'était tout.

— Intéressant, mais pas suffisant pour en tirer autant de suppositions, souligna-t-elle. Il nous en faut plus.

— Pouvons-nous réclamer une intervention ?

Anjali se vit obligée de sourire. Il avait l'enthousiasme d'un jeune chiot lancé à la poursuite de son premier rat.

— Nous pouvons réclamer, lui répondit-elle, mais nous n'obtiendrons rien. Il existe beaucoup d'autres priorités.

Il hocha la tête, sagement, mais son indifférence pleine de maturité cachait de la déception, elle le sentait. Toutes les jeunes recrues avaient cette marotte : déplacer une affaire du niveau analyse au niveau opérationnel, isoler des indices qui conduisaient à la découverte d'une conspiration si dangereuse qu'elle ne pourrait être déjouée que par des mesures désespérées, des héros et des coups de feu dans le noir. Les recrues arrivaient dans cet état d'esprit – c'est ainsi qu'on les recrutait. Mais en fait, le métier se résumait surtout à des lectures et des lectures, à exhumer des histoires fragmentaires, à comprendre que certains périls peuvent être fatals sans pour autant faire l'objet d'une ligne budgétaire. On suit les développements, et on les laisse s'échapper. Elle essaya de réconforter son interlocuteur.

— Mais on ne sait jamais. Nous allons les maintenir sur notre liste de veille. Ils pourraient finir par se montrer ambitieux et tenter quelque chose.

Amit n'en pensait pas moins, mais il fit bonne figure et rempila les étages de son tiffin. Après l'avoir remercié, Anjali replongea dans la masse de ses documents. Les pages sentaient le haldi, maintenant, et l'adrak ; elle se demanda si, dans plusieurs années, un autre analyste ne percevrait pas cette odeur légère qui lui inspirerait une nostalgie soudaine de la maison familiale. Elle continua sa lecture. La mine renfrognée d'Amit ne la quittait plus. L'espace confiné d'un bureau, à Delhi, était pour lui une cause d'irritation ; il avait envie de se salir les mains. Mais il connaîtrait l'action bien assez tôt. Il y avait toujours quelqu'un, un quelconque dushman, pour se découvrir une ambition, toujours quelqu'un pour tenter quelque chose. S'asseoir dans une petite pièce des entrailles du ministère des Affaires étrangères, et lire des rapports toute la journée, cela revenait à se laisser ballotter par l'agitation perpétuelle de l'humanité, par le mouvement sans fin du désir, de la jalousie et de la haine. Personne, apparemment, pas un homme, pas une femme ne savait demeurer immobile dans l'oasis de l'assouvissement. Il y avait toujours un endroit où aller, quelqu'un à vaincre, quelque chose à posséder. Enfin, cela lui procurait un emploi, et un chemin dans l'existence. Elle lisait.

À six heures, elle rassembla sa serviette et son sac à main, verrouilla son coffre-fort, ses armoires à dossiers, glissa ses clefs de voiture dans la poche extérieure de son sac et descendit d'un pas décidé vers le garage. Les deux agents de la police de Delhi aux moustaches majestueuses qui étaient de garde au portail du parking posèrent sur elle leur regard, ce regard vide et hostile qui était le fardeau quotidien d'une femme seule dans la capitale. Ils n'appréciaient guère qu'une femme seule ait sa propre voiture, son chèque de salaire. Il y avait eu un temps, quand elle était plus jeune, où elle se retournait et demandait : « Qu'est-ce que vous regardez ? » Elle avait ainsi affronté des hommes d'affaires, des chauffeurs de bus, des étudiants, des ouvriers et des policiers. Les policiers, c'étaient les pires, protégés par leur autorité et saoulés d'agression et de violence. Pourtant, elle les avait affrontés, aiguillonnée qu'elle était par le souvenir du rire admiratif de son père devant ses manières de garçon manqué, son courage, son refus de jamais céder du terrain. Elle déployait de gros efforts, mais un jour, sans trop savoir pourquoi, elle s'était fatiguée de ces confrontations. Ce n'était pas seulement le rythme imposé par son travail. Elle se sentait usée comme un vieux ressort amolli. Que les jeunes montent à leur tour sur ces barricades, ces filles qui se baladaient sur les campus universitaires le nombril à l'air, téléphone portable à la main. Les autres, celles qui étaient marquées, celles qui étaient usées, avaient d'autres combats à mener.

Au bout du boulevard, Anjali vira large, plissa les paupières face au coucher du soleil, et se sourit à elle-même. L'âge avait vraiment fait d'elle une modérée. Sa ferveur révolutionnaire avait été corrodée par – par quoi ? – les longues heures de veille, les factures, le trafic assourdissant, la pollution qui vous déposait un film noir sur le visage et les bras. Et par les revers professionnels, un divorce et l'amour brutalement amputé, la conscience, ancrée dans la moelle des os, que l'avenir n'était pas une prairie sans limites, mais plutôt une vallée encaissée, cernée par la nuit. Rien qu'à observer la démarche arthritique de sa mère, ses jambes arquées, ses mains à la peau aussi fine que du papier, Anjali ressentait le poids de sa condition de mortelle. Sa mère allait mourir. K.D. Yadav allait mourir, bientôt. Seul son père était immortel, en suspens quelque part dans l'éternelle jeunesse du disparu. Il était juridiquement mort, mais il était encore vivant. Anjali sentait sa présence, très tôt le matin, quand elle se laissait doucement drosser sur les berges humides du sommeil. Dans ces moments-là, il revenait à elle, avec son odeur saline de sueur et de Brylcreem, son épaule aussi ferme contre sa joue que le soleil qui chauffait à travers la fenêtre. Et puis il disparaissait de nouveau, s'effaçait.

Une Lexus s'arrêta à hauteur de la voiture d'Anjali dans l'attente d'une reprise de la circulation. Derrière la vitre teintée, une adolescente mâchait un chewing-gum avec insistance. Elle parcourait un magazine sur papier glacé, balayant les pages de droite à gauche. Elle avait l'air blasé, et elle était belle. Son père était un ministre, un nabab, un médecin renommé, un de ces combinards qui montaient des affaires au carrefour des multiples univers de Delhi. Elle vivait dans la bulle climatique d'une Lexus, très loin d'Anjali, dans une géographie faite de Vasant Vihar, de Senso, de soirées à la campagne et de robes adolescentes. Elle sentit le regard d'Anjali, eut un clignement d'yeux dans sa direction et, dans la plus totale indifférence, revint à son magazine. Anjali voyait son propre reflet dans le verre fumé de la Lexus. Elle faisait très moyennement classe moyenne, dans sa kameez brun-rouge et son chunni rouge, et elle était en nage, n'ayant pas les moyens de faire changer la climatisation défectueuse de sa voiture. Le flot des voitures s'écoula, la Lexus s'écarta. Anjali se tamponna le menton. Comme il était facile de se laisser gagner par le ressentiment, comme il était facile de souhaiter qu'un duo de policiers en colère arrête la Lexus, exige le permis de conduire, formule des objections légalistes au sujet de ce verre teinté, accuse le véhicule d'émissions polluantes inacceptables… Elle chassa la pensée de son esprit, se redressa bien droite dans son siège et revint aux faits, à ce qu'il fallait entreprendre, au travail. Le ressentiment était inutile, d'autant plus que même un policier d'humeur tracassière fermerait les yeux en échange d'un pot-de-vin de deux ou trois cents roupies.

À la clinique, Anjali s'aspergea le visage et les bras. Quand elle ressortit des lavabos, elle trouva l'oncle K.D. comme elle l'avait laissé, la tête tournée vers la fenêtre. Son profil sombre ressortait dans la lumière, l'arc familier du grand front et du crâne nu, la proue du nez. Il n'avait plus prononcé un mot depuis cinq semaines. Il était docile si vous lui teniez la main ; il marchait, et s'asseyait si on l'aidait à se laisser tomber lentement dans un fauteuil. Il mangeait, mais seulement si on le faisait manger, et ne manifestait aucun plaisir devant ses plats préférés. Il était indifférent. Il était parti, loin. Elle le savait bien, elle s'en rendait compte quand elle s'asseyait en face de lui et quand elle lui parlait. Derrière ses lents clignements d'yeux, il n'y avait ni bonheur ni tristesse. Il était juste absent. Il était très au-delà de la haine et du désir, et donc il ne pouvait plus aimer. Pourtant, elle venait aussi souvent qu'elle le pouvait, s'asseoir à côté de lui. Dans la journée, les infirmières le conduisaient à la salle de bains et dans le jardin, mais elle préférait le tourner vers la fenêtre, vers le jour finissant. Elle avait remarqué, il y avait très longtemps, dans son enfance, qu'il aimait cette métamorphose des couleurs. Il aimait les montagnes, et la neige. Il lui avait parlé des pics himalayens qui viraient à l'or éclatant sur le fond bleu du ciel, au lever et au coucher du soleil.

Les médecins lui accordaient deux mois à vivre, peut-être trois. Elle avait vu à quel point il avait lutté pour revenir à elle, quand il lui avait évoqué les faux billets de banque. Après ce bref retour, elle avait accepté son départ sans réticences et sans espoir. Ce qu'elle avait devant elle, ce n'était plus K.D. Yadav. Pourtant, elle venait s'asseoir à côté de lui, le soir. Elle ne l'abandonnerait pas.

Elle s'installa dans le fauteuil, près du lit, et ouvrit la liasse de papiers à la page qu'elle avait marquée. Elle lisait une photocopie d'un article de revue intitulé « Ascètes guerriers dans l'histoire indienne ». L'information selon laquelle Gaitonde était à la recherche de sadhus n'avait mené nulle part. Anjali elle-même considérait désormais cette information comme une plaisanterie, une allusion mal comprise ou un mensonge pur et simple. Cependant, sa lecture sur les sadhus l'avait replongée dans une de ses marottes. Elle appelait cela ses « projets », mais son ex-mari, Arun, préférait parler de manies : elle se laissait fasciner par une sombre histoire dont se souciait une vingtaine de personnes au monde, pas plus, et éprouvait le besoin de tout savoir sur le sujet. Parmi ces « projets » il y avait eu l'organisation sociale de la fourmi rouge, les sculptures en terre cuite du sous-continent, l'économie des goulags soviétiques, les débuts de la locomotive à vapeur. En une occasion, elle avait consacré ses moments perdus, durant quatre mois merveilleux, à lire des textes sur les campagnes de Jules César. Aucune de ces recherches n'avait la moindre utilité pratique. Elle avait essayé d'expliquer à Arun que le plaisir résidait dans les détails, dans le fonctionnement des choses, dans la compréhension de l'agencement des parties. Au temps où ils se faisaient la cour, il avait trouvé ces « projets » amusants, charmants dans leur excentricité. Il avait admiré sa curiosité et sa mémoire. Par la suite, après leur mariage, Arun s'était lassé. Au cours d'une de leurs disputes, il lui avait avoué qu'il la trouvait ennuyeuse. Bien entendu, ils avaient toujours su qu'ils étaient différents, mais ils pensaient se compléter, lui avec son caractère sociable et elle avec son calme et son silence. Assez vite, il s'était tourné vers son cercle d'amis, qui allait s'élargissant, avec lesquels il passait de plus en plus de temps à boire du scotch et à regarder les grands prix de formule 1, qu'il ne manquait jamais, même quand il avait occupé un poste de stagiaire dans un trou perdu du Madhya Pradesh. Il lui était arrivé d'embarquer à bord d'un camion de charbon pour atteindre un écran de télévision d'une taille suffisante, et c'est par une autre soirée de grand prix, quelques années plus tard, qu'il s'était décidé à juger Anjali barbante. Elle voulait croire qu'il ne l'aurait pas trouvée si ennuyeuse si elle avait accepté de renoncer à sa carrière et de le suivre dans chaque nouvelle affectation, à l'exemple des autres épouses de fonctionnaires de l'administration indienne. Quoi qu'il en soit, ce temps était révolu, et l'histoire terminée. Elle revint à son article et reprit sa lecture sur la rébellion des ascètes sanyasis.

Pourtant, il était difficile de lire sans pouvoir discuter du contenu avec oncle K.D., sans débat, sans exégèse, sans questionnements. Même quand il était loin, en voyage à l'autre bout de la planète, elle lui avait toujours parlé de ses lectures, et maintenant, elle n'avait devant elle que cette absence, cette suprême indifférence. Le silence creusait en elle un trou, une béance qui menaçait de mettre à nu un autre gouffre plus vaste que son père avait laissé derrière lui, et elle sentit naître un frisson de panique au creux de son ventre. C'était difficile d'être si seul, c'était impossible. Elle se leva, s'éloigna du foyer d'anxiété, se rendit à la porte à grands pas, puis revint à la fenêtre. Elle n'était pas seule. Elle avait Ma pour veiller sur elle, et beaucoup d'amis, de bons collègues et un métier essentiel, capital. On avait besoin d'elle. Et il y avait un homme, peut-être, un professeur de sociologie, un peu plus jeune qu'elle, mais très gentil. Elle pouvait encore espérer l'amour, ou tout au moins de la compagnie, et de la compassion, à l'inverse d'oncle K.D., le pauvre, qui avait vécu comme une sorte d'ascète. Elle s'arrêta net, les épaules raidies. Cesse d'être ridicule, se dit-elle. Il était déchirant de perdre oncle K.D., mais une part de lui-même subsistait, elle lui devait la sérénité et la discipline qu'il lui avait inculquées. Elle s'assit à côté de lui, serra son poignet dans sa main, s'y retint et reprit sa lecture.

Travailler dans la coiffure avait appris à Mary Mascarenas la nature éphémère du bonheur. De temps en temps, il arrivait, avec une cliente, qu'elle atteigne un résultat d'une perfection éclatante, où la mode, l'ambition et la physiologie se réunissaient pour produire une beauté pure, d'une évidence à couper le souffle. Dans ces moments, quand la chevelure émergeait des papillotes, bigoudis et casques, quand la cliente contemplait enfin les miroirs déployés, il y avait une extase aussi réelle que l'amour, la maternité ou le patriotisme. Mais le temps passait. Les styles changeaient, la cliente prenait de l'âge, les cheveux poussaient, ce qu'ils poussaient. La chevelure s'allongeait, changeait, la texture et le gonflant du cheveu se transformaient, le cheveu tombait, grisonnait, devenait plus fin. Le bonheur s'effaçait. Tôt ou tard, la cliente heureuse se regardait et se sentait mal à l'aise, et avait envie d'une nouvelle coupe. Les coupes, ce n'était jamais pareil.

Une année, la frange se portait longue, puis courte l'année d'après, avant de se rallonger les quatre suivantes. Ce qui était à la mode cette saison-ci serait forcément démodé la saison prochaine. La blondeur faisait son apparition, avant de disparaître, et le court efficace laissait place à la féminité du long. Mary en était certaine : le lendemain matin du jour où avait été inventé le plus vieux métier du monde, la première professionnelle s'était mise en quête d'une esthéticienne. Au salon Pali Hill, elle était appréciée de ses clientes, ce qui lui assurait la sécurité de l'emploi, un revenu tout à fait correct grâce aux commissions qu'elle touchait, et de bonnes informations. Les clientes aimaient parler.

À cet instant, c'était Comilla Marwah qui lui parlait, pendant que Mary travaillait sa coiffure aux ciseaux de coupe Yasaka et au peigne.

— Vous ne pouvez pas vous imaginer, Mary, lui chuchotait-elle, la manière dont cette femme s'est jetée sur Rajeev. Elle lui a fait tout un cinéma, ce qu'elle était malheureuse dans son couple avec son horrible mari, et tout ce qu'elle a pu lui débiter, à Rajeev, dans sa petite robe noire, à l'Indigo. Du coup, forcément, il y a eu quelque chose entre eux. Elle allait tout le temps à l'Oberoi, elle racontait au chauffeur que c'était pour aller faire du shopping : « Chauffeur-ji, va déjeuner, j'en ai pour deux-trois heures. » Ensuite, elle entrait, traversait l'immeuble, ressortait par la porte de derrière et, de là, elle attrapait un taxi qui la conduisait tout droit à l'immeuble de Rajeev, elle passait par une autre porte de service et montait à son appartement. Donc, un bon après-midi à s'envoyer en l'air, et ensuite, retour à l'Oberoi, dans un autre taxi, dix minutes de shopping pour avoir quelques sacs à rapporter, et en route pour la maison, comme une épouse bien dévouée. Et de raconter à Rajeev qu'elle avait commis une terrible erreur, qu'elle n'aurait jamais dû le quitter, à Londres, et toutes ces salades. Entre-temps, elle avait rencontré Kamal, qui est riche, riche dans le genre riche industriel…

Comilla fut obligée de s'interrompre à cause d'une coiffeuse qui avait besoin d'une petite place à côté d'elle. L'espace était si cher, à Bombay, que même les meilleurs salons avaient toujours trop de fauteuils à caser, trop de clientèle. Et les salons étaient tout le temps pleins, tous les jours. Il y avait beaucoup d'argent, dans cette ville. Comilla en possédait une part non négligeable, et elle savait exactement ce que possédaient les autres. Elle continua.

— Mais ensuite elle rencontre Kamal. Mais se garde Rajeev en sous-main, en sous-main de cet horrible mari, je veux dire. Kamal est bourré aux as, et il est plein de relations, il est au milieu de tout. Et, il faut reconnaître, c'est une femme séduisante. Donc, elle se met à tourner autour de Kamal. Pile sous le nez de son mari, vous comprenez, Mary. Ils évoluent dans les mêmes cercles, tous. Mais là encore, c'est la même histoire, elle est malheureuse, haay-haay, ce que je suis triste, et tout, et tout. Les hommes sont incapables de résister à ça. Ils sont tellement stupides. Et donc la voilà qui se tape Kamal et Rajeev en même temps. Vous arrivez à y croire, vous ?

Mary n'avait aucun mal à y croire. Elle avait bien cru aux rumeurs sur les aventures de Comilla Marwah, lesquelles n'étaient pas simultanées – il fallait lui reconnaître cela –, mais intermittentes. Mary afficha l'expression choquée qui convenait, et chuchota la note émoustillée qu'il fallait dans le ton de la voix.

— Et ensuite ?

— Ensuite, quoi ? Ce Kamal s'entiche d'elle. Elle a ce visage innocent si mignon-mignon, vous savez. Et, selon Rajeev, elle taille les pipes comme une diablesse. Alors Kamal quitte sa femme et ses trois gosses et il finit par se fiancer avec cette garce. Bien entendu, le pauvre mari est totalement abasourdi, mais imaginez aussi ce qu'endure le pauvre Rajeev. Il est son héros, son amant, qui va la sortir de cet horrible mariage et, du jour au lendemain, c'est lui qu'on plaque.

— Quand a-t-il lieu, ce mariage ?

— La semaine prochaine.

— À mon avis, Rajeev va avoir besoin qu'on le console.

— Oui, fit Comilla. – Elle s'observa, morose, dans le miroir embué. – C'est vrai.

Mary lui donna une petite tape sur l'épaule.

— Vous avez perdu du poids. Vous fréquentez la salle de sport ?

— Cinq matins par semaine, lui répondit Comilla, mais ce compliment ne suffit pas à la distraire de l'examen de sa propre personne.

Et tout ça pour quoi ? Pour les hommes. Et les hommes sont si stupides. Vous voulez connaître la morale de l'histoire ?

— Dites-moi.

— Si vous leur taillez une pipe de putain avec un visage de sainte, les hommes quittent leur épouse.

Et elle éclata d'un rire si tapageur, si grandiose que Mary l'imita. Comilla se renversait en arrière dans son fauteuil, hurlant de rire, et Mary dut poser ses ciseaux et s'appuyer à la table. Bientôt, c'est tout le salon qui s'esclaffait. Cette cliente qui repartait de bonne humeur lui laissa un pourboire de cent cinquante roupies. Mary lui avait confectionné une belle coupe, elle avait su épouser le visage à l'ossature délicate, révéler la longue tige du cou. Elle était superbe, mais jamais elle n'aurait l'air d'une sainte, même pas au bout de cent ans et de mille coupes de cheveux. Elle avait l'allure d'une femme soignée à la fin de la trentaine, drôle, pleine d'expérience, intelligente et curieuse, elle avait cet éclat, ce lustre que seul l'argent pouvait acheter. Mary en savait trop sur elle, tout comme elle en savait trop sur beaucoup de ses clientes. Elle savait, par exemple, que Comilla, il y avait longtemps, elle était alors âgée d'à peine plus de vingt ans, s'était vu imposer le rôle de l'autre femme. Son amant de l'époque, un Marwari très argenté, l'avait quittée pour épouser une gentille jeune Marwari choisie par ses parents à lui. Il avait continué de fréquenter Comilla, à Goa, le week-end, malgré ses deux enfants ; il l'assurait de son amour éternel et de sa totale indifférence envers sa grosse épouse si ennuyeuse ; il promettait de quitter sa femme dès l'été suivant. Sans jamais passer à l'acte, bien entendu. Comilla avait fini par s'arracher à cet amour désastreux, mais à trente ans, elle s'était retrouvée seule, une femme séduisante, exerçant une profession indépendante, avec un bon revenu, mais dans un célibat total, calamiteux. Elles étaient nombreuses dans son cas, à Bombay, trop nombreuses. Pendant deux ans, elle avait pas mal papillonné, puis elle avait eu la chance de tomber sur son futur mari, un veuf, de dix-neuf ans son aîné. Il était très à l'aise, un pied dans l'immobilier et l'autre dans le tourisme, et sa classe l'avait séduit. Il l'avait épousée, deux enfants étaient nés, Comilla avait enfin trouvé un foyer stable, mais aussi, c'était inévitable, quelques inconvénients. Après la naissance des enfants, elle avait pris successivement deux amants. Mary n'ignorait rien de tout cela.

Entre chien et loup, son heure préférée, elle se rendit à pied au bout de Carter Road pour aller contempler la mer, comme souvent après sa journée de travail. Elle avançait d'un pas lent sur la promenade, au milieu des joggers, des foules d'adolescents et de grands-parents énergiques, chaussés de keds, qui se consacraient à leur promenade du soir. En cette soirée, à l'horizon, le ciel arborait un savant camaïeu, du turquoise brumeux au jade pur. C'était ce qu'elle aimait dans la fin du jour, la fusion des couleurs et des êtres. Dans l'aimable mélange, être seule dans la ville, c'était trouver la compagnie d'un millier d'inconnus. Elle avait des amis, bien sûr, et il lui arrivait d'aller se balader avec eux sur le front de mer. Mais souvent, être solitaire et libre était un cadeau, le cadeau qu'elle avait envie de recevoir de Bombay. Elle avait appris à rester seule tout au long de ces nuits interminables, empreintes de terreur et de nostalgie, et maintenant elle accordait le plus haut prix à sa liberté. Elle puisait un calme mesuré à être seule avec elle-même.

Et pourtant, il y avait des femmes comme cette Comilla qui, en dépit de leurs multiples atouts, préféraient une forme de sécurité radicalement différente, pleine de mensonges, de drame, de compromis plus ou moins entendus, plus ou moins formulés. Le mari de Comilla était-il au courant de ses liaisons ? En tout cas, la moitié de ce petit monde l'était, du moins le monde qui fréquentait le salon de coiffure. Il y en avait, des clientes qui parlaient des aventures de Comilla, entre elles et à Mary. Peut-être le mari était-il au courant. Peut-être savait-il, mais il regardait ailleurs, car il comprenait, peut-être. Mary pensait la comprendre, elle aussi, mais elle n'avait jamais pris cette compréhension pour de l'amitié. Comilla lui racontait toutes sortes de choses, mais elle savait qu'elle le faisait parce que le fauteuil, les miroirs et les ciseaux les rapprochaient pour un court moment. Leur proximité limitée ne réclamait pas l'obscurité du confessionnal. Mais les trente-cinq ou quarante mille roupies que Mary touchait tous les mois ne faisaient pas d'elle un membre du cercle social de Comilla, sûrement pas, même si c'était plus d'argent que n'en gagnaient les wallahs en col blanc avec leur attaché-case. Comilla aurait préféré inviter son chauffeur à s'asseoir à sa table plutôt que Mary. La jeune femme était une très bonne coiffeuse, cela s'arrêtait là. Mary Mascarenas ne nourrissait aucune illusion, aucune fantasmagorie sur ce qu'elle était et ce qu'elle pourrait devenir. Elle avait trouvé sa place. Elle s'était réconciliée avec cette idée.

Un trio de fillettes déguenillées la dépassa, la plante de leurs pieds nus giflant le trottoir. Elles encerclèrent un grand étranger blond qui marchait à dix pas devant elle ; Mary sourit à leur boniment : « Comment ça va ? Tonton, tonton, s'il te plaît, tonton. Tu es d'où ? S'il te plaît. Tonton, on a faim, faim. Tonton, à manger. » Elles sautaient sous le nez en bec d'aigle du visiteur, qui avait l'air affligé. Il avait fait tout ce voyage jusqu'en Inde, il se trouvait enfin face à face avec cette misère légendaire, et voilà qu'elle parlait anglais. L'étranger secoua la tête, non, non, mais il s'était arrêté ; d'une seconde à l'autre, Mary en était sûre, il allait plonger la main dans sa poche. Une autre bande de petits mendiants, des garçons cette fois, fonça sur l'homme. Et maintenant, il allait les garder dans son sillage, jusqu'à ce qu'il grimpe dans un taxi et s'enfuie. Sa peau blanche et son argent lui auront coûté cet inconvénient mineur, la queue de comète des nécessiteux. Les gosses du front de mer étaient énergiques et opiniâtres, et ils avaient appris depuis belle lurette à ignorer Mary. Elle leur répondait, mais ne leur donnait pas d'argent. Or, c'étaient des professionnels ; ils n'avaient pas le temps de bavarder, en ce début de soirée.

Vingt minutes de marche l'avaient conduite à l'extrémité de la promenade, vers l'arrêt de bus de l'Otto's Club. Sous la noirceur de plus en plus profonde du ciel, la marée avait reflué loin du rivage, dénudant un gribouillis de rocaille et de détritus. En contrehaut, assis face à la mer, se tenait Sartaj Singh. Elle détourna le visage et se dirigea vers la gauche, à l'opposé. Elle risqua juste un rapide coup d'œil ; il ne l'avait pas vue. Il restait le regard fixé sur la dernière tache de lumière, à l'horizon. Elle poursuivit son chemin et courut pour attraper un bus qui venait de s'arrêter. Une fois en sûreté, elle lança un dernier coup d'œil par la lunette arrière. Elle l'aperçut, seul, au bord de la promenade, les pieds se balançant au-dessus des rochers. Elle s'installa sur un siège, son petit sac à main gris sur les genoux. Son pouls battait à toute vitesse, et elle savait que ce n'était pas seulement d'avoir couru. Pourquoi avait-elle tant voulu s'éviter une conversation ? Elle n'avait rien fait de mal. Elle n'était coupable d'aucun crime. Mais il était policier, et les policiers étaient porteurs de chagrin, comme d'un virus. Mieux valait garder ses distances.

Tout le long du trajet, elle se raccrocha à cette sensation de soulagement d'avoir échappé à une rencontre avec une entité turbulente et sombre. Même dans ce bref aperçu qu'elle avait eu de lui, elle avait ressenti une tristesse repliée sur elle-même. Il regardait la mer et le ciel avec un questionnement, une tension douloureuse dans les épaules et le cou, comme s'il attendait une réponse. Mieux valait fuir un tel homme.

Mary referma la porte de sa chambre, la verrouilla, la cadenassa. Elle alluma une seule lampe, tout près du mur, par terre, et les ombres l'enveloppèrent dans une atmosphère douillette de chandelles. Il restait du curry de poisson de son dîner de la veille, et elle se prépara un bol de riz avec des gestes rapides, efficaces. Elle mangea assise sur le lit, en buvant de l'eau à petites gorgées dans un grand gobelet en métal qu'elle gardait sur sa table de nuit. Elle aimait les émissions animalières de la chaîne Discovery, la ronde éternelle de la naissance, de la migration et de la reproduction. Sur le dôme immense du ciel d'Afrique, même les massacres d'antilopes et de zèbres perpétrés par les lions semblaient justifiées, ligne de vie nécessaire dans un cycle immense et harmonieux. Son amie et collègue Jana, qui était une accro des sagas familiales pleines de maris égarés, la jugeait morbide et la forçait à changer de chaîne aussitôt qu'elle entrait chez elle. À l'inverse les désirs et les trahisons sans fin des séries de Jana choquaient Mary, la perturbaient, la bouleversaient, la mettaient en colère. Au moins, dans leurs appétits, les requins étaient honnêtes, et beaux, en plus.

Elle lava son assiette, les casseroles, puis elle plongea la main dans le fond du réfrigérateur pour attraper le chocolat. Il lui restait la moitié d'une boîte de bouchées au rhum de chez Rustam, à Colaba, magnifiques dans leur enveloppe de papier doré. Elle s'en autorisait une après le dîner, convaincue que la manifestation suprême de la maîtrise de soi était de ne pas dévorer toute la boîte d'un coup. Elle prit la bouchée la plus à gauche, la rapporta dans son lit, et monta le son sur un léopard qui se faufilait entre les broussailles. Le papier doré se déplia doucement entre l'extrême bout de ses doigts, dans un froissement délicat et délicieux. Elle huma profondément une bouffée de cacao, puis inclina la tête pour s'en écarter, afin de pouvoir y revenir à nouveau. La première bouchée était toujours la plus modeste, à peine une morsure, un claquement du palais sous la chaude saveur, puis une douleur qui naissait à la racine de la mâchoire. Après cette première ivresse, elle s'accordait un morceau plus substantiel. Et là, c'était le paradis. Le goût sombre du rhum lui tournait autour de la langue. Elle adressa un petit sifflement de satisfaction au léopard.

À présent, elle était prête à aller dormir. Comme elle ne se maquillait pas, son rituel nocturne était bref : un débarbouillage au savon neem, et un bon coup de brosse à dents avec de la pâte dentifrice Meswak. Elle enfila son caftan d'un rose passé, amolli par des années de lessive, et s'allongea sur le dos, les mains aux hanches. Quand elles étaient enfants, Jojo la taquinait sur cette pose de gisant. Même dans son sommeil, Jojo était une bourrasque, un tourbillon, et se réveillait souvent les orteils pointés vers l'oreiller. Elle se débattait, flanquait des coups de pied à sa sœur, mais tenait à dormir près d'elle. Tous les matins au petit déjeuner, Mary se plaignait en marmonnant de sa nuit agitée.

Elle se redressa, alla aux toilettes, et revint s'allonger. Elle essaya de respirer de manière régulière, profonde. Mais son esprit tournait. Dors, murmura-t-elle. Demain sera une longue journée. Et… et… Et Jojo adorait les bouchées au rhum de chez Rustam, elle aussi, mais les deux sœurs n'avaient pas les moyens, ni l'une ni l'autre, pas plus d'une fois par mois, en tout cas. Et aujourd'hui, il y avait Sartaj Singh, crapaud accroupi sur son front de mer à elle. La dernière fois qu'elle lui avait parlé, c'était dans sa voiture, à propos de John et de Jojo. Après qu'il était venu lui annoncer la nouvelle de la mort de sa sœur, elle avait très mal dormi pendant un mois ; dans la journée, elle avait des haut-le-cœur, et souffrait de vertiges. Ensuite, la prise de conscience s'était imposée. La réalité avait fini par intégrer la structure de son nouveau monde : ta sœur est morte. Quand on est confronté à l'impossible – ton mari couche avec ta sœur –, la nausée monte, les repères s'effacent. La maison se transforme en une terre frontalière hostile. Puis un jour, on comprend que ce désert âpre, sous cette lumière insolite et crue, c'est bien chez soi. Il faut juste avoir assez de patience et de volonté pour survivre aux premières terreurs.

Elle se redressa, cala un oreiller contre le mur et alluma la télévision. Elle trouva un documentaire sur les stations spatiales, baissa le son et regarda des bidules blancs et arachnéens pivoter sur fond d'étoiles. Ils étaient artificiels, fabriqués par la main de l'homme, mais réconfortants. Jojo était la plus croyante des deux, celle qui, à onze ans, dormait avec une croix sous son oreiller, qui levait vers l'autel des yeux pleins de soleil. Plus tard, elle avait éprouvé le même amour céleste pour la célébrité ; elle avait cherché son nouveau Graal avec la même foi merveilleuse. Le sentiment le plus proche que Mary connaissait lui était inspiré par spectacle des gnous traversant une vallée dans un grondement de tonnerre ou celui des anneaux de Jupiter filmés depuis une sonde spatiale. Depuis trois ans et cinq mois, elle économisait pour s'offrir un safari en Afrique.

— Chutiya, en Afrique, tu peux y aller demain, si tu réclames ce qui t'appartient, lui avait lancé Jana, brûlant de convoitise immobilière pour l'appartement de Jojo, qu'elle n'avait jamais vu. On parle d'un appart à Yari Road, là, pas d'une kholi puante.

— Il n'est pas à moi.

— Quoi ? Il est à moi, peut-être ? *Thank you…* – c'était dit en anglais, avec une révérence – … *thank you*.

— Tu n'as qu'à le prendre.

— Comme s'ils allaient me le donner. Écoute, gaandue, ce sont les faits : elle était ta sœur. Elle est morte. Il n'y a pas d'autres parents survivants en ligne directe. Donc il te revient. Le tout, l'appartement, les comptes en banque, tout.

Excellente manucure, experte en ongles fantaisie, Jana avait un gaali bien senti prêt pour toute occasion, dont elle émaillait une phrase sur deux. Les scrupules de Mary la sidéraient.

— Écoute, donc ta sœur était une randi. OK. C'est de là que venait l'argent. OK. Mais elle s'occupait aussi d'émissions de télévision, na ? Donc, tu prends l'argent en pensant qu'il vient de la télévision. Où est le mal ? Après tout, elle t'a pris ton mari, na ?

Dans l'esprit de Jana, ce n'était que justice : du bon argent en échange d'un mari. Un marché équitable. Pas moyen de lui faire comprendre que Mary ne voulait pas se dédommager, précisément. Elle ne voulait pas de l'argent de Jojo, résultat des saletés commises dans des draps d'hôtel infects, avec des hommes infects, elle ne le voulait pas, surtout en échange d'un mari, du bonheur, d'une enfance. Si elle n'avait jamais été capable de croire sans réserve au paradis, elle avait cru jadis que la vie sur terre était bonne, que son avenir serait une longue et douce histoire animée par un mari, des enfants et des petits-enfants, à peine entachée d'égratignures aux genoux et de fièvres diverses, et toujours portée par l'amour. En dépit de la mort prématurée de son père, elle y avait cru : elle trouverait la plénitude qui avait échappé à sa mère. Jojo l'avait expulsée sans retour de ce jardin d'innocence. Jojo avait transformé son monde. Pour cela, il ne pouvait y avoir de pardon, aucun rachat d'indulgences. Mary en était certaine.

D'un déclic, Mary éteignit les vaisseaux spatiaux et s'allongea. Elle s'emplit les poumons, laissa lentement filer l'air, essaya de trouver un rythme de respiration fluide et régulier. Mais ce soir-là, Jojo était de retour, elle l'empêchait de dormir comme jamais pendant les nuits d'enfance, même les plus agitées. Même pendant la semaine qui avait suivi l'annonce de la mort de sa sœur, jamais elle n'était restée allongée les yeux ouverts si longtemps. Ces derniers temps, des journées entières s'étaient écoulées sans qu'elle repense une seule fois à sa sœur, si bien qu'elle avait fini par croire qu'elle s'en était débarrassée. Mais l'appartement et l'argent étaient des questions en suspens. Mary n'aimait pas le flou, elle avait toujours été la grande sœur responsable. C'est pourquoi elle ferait une bonne mère. Une lame de colère lui remontait dans la poitrine. Oublie. Respire, respire. Laisse aller. Lâche prise.

Le lendemain matin, elle se réveilla la tête lourde, et elle sentit l'épuisement la gagner dès qu'elle posa les pieds par terre. Quatre ou cinq heures de sommeil, c'était loin de lui suffire, très loin de ses neuf heures habituelles, mais elle avait une journée devant elle, un travail qui l'attendait. Donc elle se mit en route. Jana se rendit compte de son état. Lors d'une pause entre deux clientes, elle se glissa derrière elle et lui chuchota quelques mots.

— Alors, tu t'es enfin trouvé un amoureux, jaan la dormeuse ?

Mary secoua la tête, mais Jana insista avec un grand sourire, et ses hanches esquissèrent des va-et-vient suggestifs. Redoutant la suite, Mary détourna le regard et plaça sa nouvelle cliente entre elle et Jana – c'était un miracle qu'elle n'ait pas été encore mise à la porte. Au cours du déjeuner, qu'elles piochaient dans des tiffins, devant le salon, Mary essaya de la convaincre qu'elle avait juste vécu une nuit d'insomnie.

— Toi ? Même si on démolissait l'immeuble d'à côté, tu dormirais comme un loir, non ? Prends les autres pour des mamoos, mais pas moi. Il se passe quelque chose.

Il se passait quelque chose, mais Mary n'allait pas lui parler du retour si contrariant de Jojo. Elle connaissait fort bien les opinions de Jana sur le sujet, et elle n'avait pas envie de les entendre à nouveau.

— J'ai juste passé une mauvaise nuit, Jana, répéta-t-elle. Rien de formidable. Comment vont Naresh et Suresh ?

Naresh était le fil de Jana, âgé de deux ans, et Suresh son mari, qu'elle avait épousé contre l'avis des parents, des deux côtés. Elle appelait le fils et le père « mes bachchas », et elle adorait raconter de longues histoires attestant sa sagesse de femme et sa fermeté de mère. Suresh était de cinq ans son cadet, mais Mary avait toujours pensé que sa patience silencieuse relevait de l'héroïsme. Ils allaient bien ensemble, le mari placide et l'épouse tapageuse.

— Ne joue pas les malignes, la prévint Jana, le doigt dressé, et du chutney de mangue gicla sur la jupe de Mary. Raconte-moi.

— Il n'y a rien à raconter, idiote, répliqua-t-elle à son amie en l'empêchant d'un geste de nettoyer la tache. Rien du tout. Je le jure devant Dieu.

Mais ce rien la maintint éveillée jusqu'à la fin de la semaine. Tous les matins, elle se réveillait plus fatiguée. Le vendredi, elle refusa une soirée cinéma suivie d'un dîner entre filles, rentra chez elle et prit un Calmpose. Une agréable sensation de somnolence dans les bras, elle enfonça la tête au creux de l'oreiller, attendant le sommeil avec autant d'impatience qu'une bouchée de chocolat. Mais une sueur moite vint s'accumuler sous ses épaules, et elle dut se redresser pour régler le ventilateur sur vitesse rapide. Elle resta allongée sous le flux d'air frais, et le temps passa. Elle essaya de penser à des choses agréables, à Matheran sous la pluie, à *Kaho Na Pyaar Hai* et à la chanson sur le yacht, aux clientes heureuses. Elle tourna la tête, et vit le réveil. Une heure s'était écoulée. Elle chercha à tâtons, sur sa table de chevet, la plaquette parcheminée de Calmpose, et en détacha un autre comprimé, qu'elle mit dans sa bouche. Cela l'assommerait, elle ne prenait jamais de somnifères, attentive à sa santé. Là encore, elle attendit. Un auto-rickshaw pétarada sur la grand-route et tourna au coin, dans la ruelle, elle entendit le grincement de ses pignons. Fort, si fort. Le rickshaw s'arrêta, tout près ; elle entendit le cliquetis métallique du compteur, puis le moteur grogna, et tourna au ralenti. Dans la flaque de silence qu'il laissa derrière lui, il y eut le raclement d'un climatiseur. Mary n'avait jamais remarqué tous ces bruits de la nuit. Elle se tourna sur le côté et se couvrit la tête avec son oreiller. Elle sentait la colère peser de plus en plus lourd dans son estomac, comme un poids mort. Arrête, ne fais pas monter ta tension. Détends-toi, détends-toi. Mais elle était là, cette gravité de la colère accumulée.

Mary subit la nuit. Elle sortit du lit dès la première grisaille de l'aube, nimbée d'une sueur froide. Elle se doucha, mais sous son crâne, un bourdonnement persistait, un petit ronronnement métallique qui ne cessa pas, malgré un thé et un toast. Elle attendit jusqu'à neuf heures et demie, puis composa le numéro que Sartaj Singh lui avait confié, il y avait de cela plusieurs mois.

— Pas là, rétorqua sèchement un agent.

— Sa journée n'a pas commencé ?

— Sa journée commence à huit heures. Bola na, il n'est pas là.

À dix heures, Singh n'était toujours pas au commissariat, et pas davantage à onze heures.

— Arre, il est sorti se charger d'une mission, lui répondit un autre agent, avec exactement la même nuance d'agressivité et d'ennui.

Elle dut lui épeler son nom très lentement, convaincue qu'il jetterait aussitôt le bout de papier sur un tas de détritus.

Bien entendu, elle ne reçut aucun appel en retour, ni à midi ni à une heure. Comment la police de ce pays pourrait-elle jamais résoudre quoi que ce soit ? À deux heures, l'agacement était à son comble. Du coup, elle se sentait revivre. Elle appela Jana, et la retrouva à la gare de Santa Cruz pour aller faire des courses. Jana acheta des shorts brodés d'une ancre bleue pour son fils, trois minuscules T-shirts, plus une paire de chaussons pour elle. Mary était perturbée, fatiguée. Jana marchandait férocement avec les thela-wallahs ; elle faisait baisser les prix roupie après roupie. Mary glissa un bras sous l'aisselle de son amie et se traîna avec elle dans la foule mouvante. Jana lui lâcha encore ce même regard de travers, plein de sous-entendus.

— Tu sais ce qu'il te faut ?

— Jana, ne recommence pas avec cette histoire d'amoureux.

— Quoi, yaara, tu te figures que je ne pense qu'aux garçons ? J'allais te dire qu'il faut que tu quittes la ville, pour un petit moment. Quand tu allais rendre visite à ta maman, tu revenais toujours fraîche et reposée. Ici, c'est un endroit, si tu y restes trop longtemps, ça te lessive, ça te ragdo.

Mary se retint fermement à son bras et hocha la tête. Le ragda venait de ces rues, de ces boutiques, de ce bruit, de cet air. Sortir faire des courses avec une amie était un parcours du combattant. On se faufilait dans une foule de gens pressés en esquivant les voitures qui vous fonçaient dessus de tout côté. À chaque minute, on respirait une dose de poison. Mais il n'y avait plus de Maman, et plus de ferme où lui rendre visite. Elle savait qu'en dépit de tout, il n'y avait plus moyen pour elle d'échapper au labyrinthe des taudis, à l'enchevêtrement des routes. Elle était incapable de revenir en arrière, de ne pas vivre. Après la mort de Maman, elle avait vendu la maison et la ferme, toutes les machines, les outils et le mobilier. Avec l'argent, elle s'était acheté son logement d'une pièce en ville, et avait déposé le reste en banque. Le testament lui laissait tout, à elle, Mary. Une mention écartait nommément l'autre fille de l'héritage.

— Où aller ? demanda-t-elle. Tu viens avec moi à Matheran ? À Ooty ?

— Ooty, ce serait bien, non ? fit Jana, pleine d'envie. Les collines bleues.

— Chalo, fit Mary. Allons-y.

Mais une seconde suffit à Jana pour se rendre compte que l'entreprise était impossible.

— Ah non, yaara. On irait comment ?

Jana avait beaucoup de besoins, quantité de raisons d'épargner. Elles le savaient toutes deux, il était inutile d'en discuter davantage. Mais enfin, les collines bleues, c'était bon d'y penser.

Cette idée des collines du Sud accompagna Mary sur tout le trajet du retour. Du côté de la ferme de Maman aussi, il y avait des collines, pas tout à fait aussi hautes que les collines bleues, mais c'étaient des collines quand même. Derrière leur propriété, vers l'ouest, sur le territoire de la ferme d'Alwyn Rodriguez, il y avait une chute d'eau. Un simple filet qui cascadait de la roche noire sur un mètre de hauteur. Mais il décrivait un arc dans le soleil et Jojo et Mary avaient pu pendant un temps danser dessous. Plus tard, les pieds dans l'eau, elles avaient encore profité de cette eau vivifiante qui frappait la roche, la cambrure du pied épousant la voussure patinée de la pierre. Puis le village leur était apparu comme un endroit étriqué, étouffant, avec Alwyn Rodriguez et ses querelles permanentes, et ces après-midi d'une longueur assassine, quand le poste de radio cessait de capter All-India Radio, quand il n'y avait plus rien, absolument plus rien à faire. Mary ajusta un chunni sur ses cheveux pour les protéger du vent et des gaz d'échappement, et se recroquevilla dans un coin du siège.

La voiture tourna le coin de sa rue. Sartaj Singh était assis sur les marches de son immeuble, dans cette même position accroupie, penché en avant, qu'elle lui avait vue sur le mur du front de mer. Elle descendit, paya le chauffeur. Les doigts tremblants, elle laissa tomber un billet de dix roupies, et dut se baisser pour le ramasser. Elle était agacée. Elle s'était bornée à lui téléphoner ; comment osait-il se présenter devant chez elle comme cela ? Ces gens-là, parce qu'ils étaient policiers, se croyaient tout permis. Elle prit sa monnaie et se retourna, résolue à se montrer ferme, à lui faire comprendre qu'il vivait grâce aux impôts qu'elle payait, et qu'elle connaissait parfaitement ses droits. Il s'était levé. Elle le trouva vieilli. Dans la lumière oblique de l'ampoule électrique qui pendait au-dessus de lui, elle put discerner quelques moucheures blanches dans sa barbe. Il avait été bel homme, mais il était pas mal effrité sur les bords, maintenant. Il avait été plein de morgue, mais son tranchant s'était émoussé pour laisser place à un épuisement tiède. Le pantalon bleu de sa tenue de policier en civil n'avait plus de pli. Il avait pris du poids.

— Bonjour, Miss Mary, lança-t-il.

— Depuis quand êtes-vous ici ? répliqua-t-elle, en désignant son escalier du menton.

— Une heure.

La voix aussi était différente. Il avait l'air troublé.

— Mais enfin, mes voisins, rétorqua-t-elle, très cassante. Vous auriez pu vous contenter de me rappeler.

— Je vous ai rappelée. Vous n'étiez pas là.

— Quand même.

— Oui. Désolé. Mais j'ai pensé que cela pouvait être urgent. Et concerner votre sœur. Désolé.

Il avait l'air trop peu sûr de lui pour qu'on lui cherche noise. Elle secoua la tête.

— Entrez.

Dans l'unique pièce de Mary, il resta debout près de la porte jusqu'à ce qu'elle lui désigne la chaise. Elle n'avait plus peur de lui, ni de son autorité, ni de ses intentions, mais elle laissa la porte entrouverte. Il s'assit, et elle constata qu'il n'avait rien perdu de sa morne curiosité de policier. Il examinait la pièce méthodiquement, en partant de la gauche vers la droite avant de revenir à elle.

— De l'eau ? proposa-t-elle.

— Oui.

— Fraîche ?

— Oui.

Elle ouvrit le réfrigérateur, versa de l'eau dans un verre, traversa la pièce et le lui tendit. Il la regardait marcher avec cette même franchise dans l'œil. Même s'il était différent, fatigué, un peu ébranlé, il restait un policier, se dit-elle encore une fois. Quand elle se pencha pour lui tendre le verre, elle perçut une brève bouffée de sueur rance, l'odeur d'une journée passée dans des trains, au milieu de la foule et sous le soleil.

— Merci, lui dit-il en anglais, et il bût.

Il vida le verre, puis il fixa le regard dans le fond, l'air absent.

— J'avais très soif.

— J'ai besoin de votre aide, lui avoua Mary.

La phrase était sortie sur une note plus aiguë qu'elle ne l'aurait voulu. Elle n'avait pas l'habitude de demander de l'aide.

— Oui, fit-il. Dites-moi.

— L'appartement de ma sœur, vous disiez que vous m'aideriez.

— Vous voulez en prendre possession ?

— Oui.

— Il n'y a pas d'autres parents survivants ?

— Non.

— Cela ne devrait pas soulever trop de difficultés. Il suffit de prouver au tribunal que vous êtes sa sœur. Je ne crois pas que ce soit compliqué, même si vous n'entreteniez plus aucun contact récent. Nous transmettrons une déclaration de non-objection de la police, stipulant que le fait est sans conséquences pour notre affaire. Je vais demander à Parulkar Saab, mon patron, de presser le mouvement. Bas, c'est tout. Ça peut prendre un certain temps, car ça reste une procédure juridique. Il vous faudra un avocat, pour les papiers.

— Je connais un avocat.

— Depuis votre divorce ?

— Oui.

— Vous savez ce que l'on dit, à Bombay ? Il faut compter parmi ses amis un politicien, un avocat et un policier.

— C'est devenu une amie. Mon avocate. Mais je ne connais pas de politicien, ni de policier.

— Maintenant, vous me connaissez, moi.

Il avait le sourire. Elle savait qu'elle était censée gentiment protester, lui objecter qu'elle n'était pas son amie, et il lui soutiendrait que si, bien sûr que si.

— Je vais demander à mon avocate de préparer les documents, ajouta-t-elle. Quand puis-je venir retirer cette déclaration de la police ?

Il perdit son sourire.

— Vous n'avez pas à vous déplacer, lui précisa-t-il. Je vous l'apporterai. Pas de problème.

— Cela ne m'ennuie pas de me déplacer.

— Tout ce trajet jusqu'au poste. Inutile.

Un commissariat n'était pas un endroit pour une femme, c'était ce qu'il voulait dire.

— Écoutez, répliqua Mary, je parcours cette ville en tous sens. Je peux me déplacer jusqu'à votre poste. Faites-moi juste savoir quand.

— OK.

Il garda le silence un moment, l'air grave.

— Et... pas d'autres informations sur votre sœur ?

— Je vous ai tout dit.

— Oui. Sauf que, au cours de tous ces mois, il a pu se présenter des nouveautés. Quelque chose qui vous serait revenu en mémoire.

— Non, rien.

— Même un détail. Un détail qui vous paraît sans importance, mais qui pourrait nous aider à ouvrir de nouvelles perspectives d'investigation. Réfléchissez, je vous en prie.

Elle réfléchissait, depuis de longues semaines, de longs mois. Un détail jusqu'à quel point sans importance ? Fallait-il évoquer l'amour inexplicable de Jojo pour Rishi Kapoor, pour sa façon de danser, pied léger et silhouette grassouillette ? Cela l'aiderait-il à ouvrir des perspectives nouvelles dans cette affaire ? Elle aurait aussi bien pu lui parler de tout, et de rien.

— S'il y avait quelque chose, je vous le dirais. Je ne sais même pas ce que vous voulez savoir.

Il hocha la tête, et parut arrêter sa position.

— L'ennui, c'est que nous ne savons pas exactement ce que nous cherchons. Nous enquêtons encore sur la mort de Ganesh Gaitonde. C'est une affaire qui touche à la sécurité nationale, mais nous ne savons pas grand-chose sur les raisons de son retour en Inde, et de son suicide. Donc nous recherchons n'importe quelle information qui soit en rapport avec le personnage. Nous savons que votre sœur était proche de lui. Nous savons qu'elle lui envoyait des filles. Beaucoup de filles, sur une longue période, à Bangkok, à Singapour, des endroits de ce genre. Donc, si nous apprenions quoi que ce soit au sujet de votre sœur, de ses déplacements, avec qui elle était en relation, cela pourrait nous mener à d'autres informations concernant Gaitonde. C'est pour cela que j'insiste.

— Oui, fit-elle. D'accord.

Il se leva, non sans mal. Elle vit tout l'effort que cela lui demandait.

— Très bien, dit-il. Je vous appellerai.

Il la salua d'un signe de tête.

Subitement, elle se rendit compte qu'elle avait été sèche, très sèche même. Elle réussit à articuler deux mots.

— Merci... Merci.

— Je vous en prie.

Il referma la porte très doucement derrière lui, et Mary l'entendit descendre les marches.

Je vous en prie. Quand elle apprenait l'anglais, au début, elle disait « j'en prie vous ». Pendant des années, elle avait dit « j'en prie vous », jusqu'à ce que Jojo la corrige. Jojo avait appris très vite, et son anglais était plus fluide, plus naturel et plus correct ou, s'il était incorrect, c'était de la manière qui convenait. En ce domaine, elle était brillante. L'anglais de Sartaj Singh était ambitieux, mais ce n'était qu'une demi-réussite ; il lui arrivait de se reprendre. Il s'imaginait sans doute meilleur qu'il ne l'était réellement. Il conservait au moins ce peu de vanité.

Elle préféra l'ignorer. Elle prit une longue douche, laissant l'eau lui marteler le dos. Elle aimait l'eau froide, même en hiver. J'ai grandi dans un village, avait-elle confié à John quand il s'en étonnait. Nous n'avions pas d'eau chaude, comme vous les gens de la ville ; si tu en voulais, il fallait la porter toi-même.

Les souvenirs lui revenaient, mais ils ne lui pesaient plus, pas ce soir-là. Elle s'allongea dans son lit et les laissa voleter. Maintenant qu'elle avait parlé avec Sartaj Singh, elle se sentait soulagée. Elle avait pris une décision. Ce qu'elle devait à Jojo, elle le ferait. Oui. Le souvenir lui revint d'une émission sur les éléphants d'Afrique, et elle s'endormit en pensant aux bébés éléphants qui suivaient leur mère, cahin-caha, cahin-caha.

Où l'on recrute Ganesh Gaitonde

Pendant toutes ces journées et toutes ces nuits de ma lune de miel, je suis resté impuissant. Tandis que le plancher s'inclinait sous nos pieds, j'escaladais ma femme, je m'empoignais vigoureusement, et je la maudissais, je maudissais la mer, je la traitais de putain putride, mais en dépit de tous mes efforts, je suis resté inéluctablement, étonnamment mou. Nous étions sur un bateau, le *Peshwa*, qui faisait route vers Goa. Mes boys m'avaient contraint à partir en voyage de noces. Après la mort de Paritosh Shah, nous avions tué sept hommes de Suleiman Isa à titre de représailles immédiates, y compris Phul Singh, un tueur d'élite importé de l'Uttar Pradesh. Ensuite, ils avaient dégommé deux de nos boys, mais leur réaction nous avait semblé un peu bridée, et j'étais sûr qu'il fallait s'attendre à une suite. Entre-temps, les journées s'écoulaient, et Chotta Badriya s'horrifiait de mon absence d'intérêt pour ma lune de miel.

— Comment peux-tu rester ici, dans ce trou pouilleux, au moment de vivre ton suhaag-raat, ton plus beau matin ? Il faut que tu ailles quelque part, dans un bel endroit. Il faut commencer en beauté. La Suisse !

Il avait repris son refrain sur la Suisse jusqu'à ce que je le menace d'expédier en estafette ses deux golis chez les Helvètes. Ç'aurait été de la folie de m'en aller au beau milieu d'une guerre. Et pourtant, la campagne de Chota Badriya en faveur de nuits semées de roses et de journées radieuses a peu à peu produit son effet. Nous sommes aux temps modernes, me répétait-il, tu resteras en contact par téléphone. Après tout, même Suleiman Isa a contrôlé ses opérations à distance, depuis Dubaï, m'a-t-il rappelé, et tu ne seras absent que quelques jours. En outre, Paritosh Shah était un homme de rituels et de coutumes, qui considérait qu'il fallait toujours faire comme la veille et comme l'avant-veille. Il connaissait les rites qui marquaient l'avancée d'un homme dans la vie, depuis sa conception jusqu'au banquet de ses funérailles. Nous avions respecté ses instructions jusque dans les moindres détails, servi à manger à une centaine de brahmanes quand une dizaine aurait suffi, et maintenant Chotta Badriya rappelait que, si je m'étais marié en mémoire de mon ami défunt, je devais partir en lune de miel pour les mêmes raisons. Il a essayé de m'expédier à Singapour par avion, mais je me suis décidé pour Goa, et pour le bateau. Très romantique, il m'a dit, le bateau et tout, mieux qu'un hôtel rasoir. Oui, oui, j'ai fait. Ce programme-là me déplaisait moins parce que le voyage était court et qu'en cas de nécessité, je pouvais toujours descendre à terre et rentrer dare-dare. Trois jours à Goa, deux jours à Fort Aguada, trois autres jours à Goa sur le chemin du retour, et terminé la lune de miel.

Sauf que je n'assurais pas.

Impossible de me confier aux boys installés dans la cabine voisine, évidemment. La deuxième nuit, même scénario. J'avais beau me tirailler et me caresser, rameuter dans ma cabine à bascule toutes les femmes, toutes les filles, toutes les putes avec lesquelles j'avais pu faire bajao dans ma vie, m'imaginer toutes les stars filmi que j'avais pu déboutonner dans mes rêves, rien ne rallumait la moindre étincelle dans mon lauda éteint. Il restait recroquevillé, tout honteux contre ma cuisse, rouge d'avoir été trop frictionné. Je me suis blotti contre la cloison de la cabine. Finalement, je suis arrivé à sortir une explication à ma jeune épousée :

— Ça ne m'est jamais arrivé. Ce doit être le bateau, ça monte-et-ça-descend-et-ça-tourne, c'est comme un circuit de mela-grand huit, ça me donne mal au cœur.

Elle gardait le silence. Elle était allongée, dos à moi, l'épaule dressée sur fond de hublot étoilé. Elle s'appelait Subhadra. C'était tout ce que je savais d'elle. J'ai observé son bras, son épaule osseuse ; dans sa façon de se détourner, je voyais du mépris et de l'amusement. Je me suis redressé en position assise, et j'ai ravalé un hoquet de rage, avec tant de violence que j'en ai eu mal aux

côtes. J'ai tourné la tête vers elle, en forçant sur mes muscles téta-
nisés de colère. J'avais envie de lui gueuler dessus, c'est à cause
de toi, espèce de chut maigrichonne, avec tes os de kutti crève-la-
faim. J'avais envie de l'empoigner par le cou et de la secouer
jusqu'à ce que la tête bascule avec un craquement, et de lui hurler : « Qui arriverait à se la dresser pour une fille comme toi, hein,
qui ? » Je l'aurais tuée, je l'aurais balancée à la flotte, là, loin de
tout, et j'aurais oublié ce mariage pour toujours – peu importait ce
que racontaient les amis, peu importait ce qu'ils voulaient. Mon
corps avait envie de meurtre, je sentais que ça poussait dans le bas
de ma colonne vertébrale, ça ployait, ça vibrait, ça voulait la fendre en deux. J'aurais voulu la tuer. Mais elle a parlé.

— Tu n'étais encore jamais monté dans un bateau ?

Mais si, j'étais déjà monté dans un bateau. J'avais déjà plongé
au fond de ces vallées d'eau couleur d'ardoise. J'étais monté dans
un bateau, j'avais tué un homme, mon ami, je lui avais pris son or.
Tout à coup, j'ai eu envie de lui raconter mon voyage.

— Mais si, j'ai répondu. Il y a longtemps, quand j'étais jeune
homme, je venais d'arriver à Bombay. Je suis parti en voyage.

Elle s'est retournée face à moi. Elle était surprise, je pense, par
mon envie de parler, moi qui ne lui avais pas adressé plus de dix
phrases en trois jours.

— C'était la première fois que je partais en bateau, et que je
sortais du pays.

Je lui racontais l'histoire de Salim Kaka, de Mathu, mais maintenant qu'elle écoutait, la joue posée sur ses deux mains repliées,
je me suis rendu compte que je ne pouvais pas lui raconter la fin
de l'histoire, je ne pouvais pas lui parler des coups de feu dans la
nuit, des pieds de Salim Kaka fouettant l'eau, cette fin qui avait
été pour moi le commencement de tout. Je n'en avais parlé à personne, et je ne pouvais pas lui en parler à elle, à cette petite Subhadra stupéfaite de ma hardiesse. Je lui ai servi l'autre fin, la
version publique : nous nous étions remis en route, pour rentrer,
avec l'envie de retrouver la sécurité et l'odeur de notre terre d'origine et, sur le trajet, nous étions tombés dans une embuscade tendue par la police de ce pays étranger, c'était Suleiman Isa qui les
avait renseignés, bien entendu, il y avait eu une fusillade en pleine
course, et Salim Kaka avait été abattu dans sa fuite, il était tombé,

la poitrine déchiquetée par les balles de mitrailleuse, mais nous avions largement distancé nos embusqués, et nous avions fini par regagner nos pénates. Avec l'or. Quand j'ai terminé, elle a lâché un soupir, ce petit murmure satisfait que j'avais déjà entendu chez elle. Je lui ai posé la main sur l'épaule, et je l'ai sentie se raidir. Elle croyait que j'allais me remettre à me frotter contre elle, mais pour moi, le cœur n'y était plus. Je n'avais pas le courage de me lancer. J'ai gardé la main sur son épaule, et nous avons tangué ensemble, enveloppés par la spirale liquide qui montait vers nous sans relâche et, peu à peu, sous ma paume, je l'ai sentie se détendre.

— Et toi ? je lui ai demandé. Tu étais déjà sortie en mer ?

Elle m'a raconté un voyage d'enfance à Elephanta. Elle avait eu le mal de mer, elle n'avait pas réussi à atteindre le bastingage, et du coup, elle avait abîmé sa robe jaune toute neuve. La chaleur était impitoyable, la mer était comme un miroir étincelant, ça faisait mal aux yeux. Pendant le trajet du retour, quelqu'un avait fait les poches de son père. Mais j'avais profité de la mer. La mer pouvait être à la fois une chance et un désastre. Voilà ce que je lui ai dit ; je l'ai entendue susurrer un faible « oui », et nous avons dormi.

Une fois lancée, elle n'a plus arrêté. Elle se réveillait en parlant, et continuait comme ça toute la journée. Il était difficile de suivre, car tout y passait, les douleurs d'estomac de sa sœur, Indira Gandhi, la promenade à l'aéroport pour voir les avions décoller, *Kati Patang*, un ventilateur grinçant dont son père refusait de se débarrasser, les dangers de la malaria pendant la saison des pluies, le meilleur vendeur de bhelpuri de tout Juhu Chowpatty, les naufrages de bateaux dans les rivières en crue. Sa façon de passer d'un sujet à l'autre semblait sensée sur le moment, mais, cinq minutes plus tard, elle devenait d'une incohérence délirante, et le fil était impossible à reconstituer. Les heures s'écoulaient de la sorte, dans la voltige papillonnante de sa parlote. Je trouvais ça reposant. Nous étions assis sur le pont, sous un taud rayé bleu et blanc, les yeux protégés par des lunettes de soleil, elle, resplendissante avec ses bijoux de jeune mariée. J'écoutais l'eau chanter contre le flanc du bateau, et elle parlait. C'était un fredonnement plaisant qui me vidait l'esprit, qui tenait éloignée l'humiliation de la nuit. Les boys demeuraient à distance respectueuse, à portée de voix, mais hors de vue. Je me persuadais que mon temps était consacré à réfléchir, à planifier, à analyser, que les heures ainsi passées étaient dédiées à l'évaluation du problème Suleiman Isa, au problème de l'expansion future de la compagnie, de la direction à venir, mais en réalité, je me berçais dans un sommeil éveillé. J'étais au repos total. J'étais immobile.

À une demi-journée de navigation de Goa, cette méditation engourdie a été interrompue par Chotta Badriya. Il a monté les marches de métal dans un claquement de semelles, et il y avait de la peur dans ce bruit, je le sentais. Je suis allé à sa rencontre, au premier tiers de l'escalier.

— Quoi ? j'ai fait.

— Le capitaine m'a dit qu'il vient d'entendre les nouvelles. C'est grave, Bhai.

— C'est-à-dire ?

— Hier après-midi, ils ont détruit le masjid.

Il n'avait pas besoin de préciser de quel masjid il s'agissait, depuis des mois on parlait d'un seul masjid, un vieil édifice en ruine situé à l'écart. Il était devenu le point focal de tous les énervés, la cible de processions qui réunissaient des milliers de gens, le symbole de torts anciens. J'avais toujours trouvé cela très bête. Pour moi, toute cette histoire et toutes ces querelles n'étaient que des salades de politiciens. Mais sa destruction, sa chute nous secoueraient tous. Cela, au moins, c'était clair.

— Et ensuite ? j'ai fait.

— À Bombay, Bhai, ça va mal, a ajouté Chotta Badriya. Des émeutes.

À Goa, nous avons quitté les docks en voiture, direction l'aéroport, et pris des places pour rentrer à Bombay l'après-midi même. J'ai essayé de joindre nos contrôleurs à Bombay, mais sur la dizaine de numéros que j'ai composés, aucun n'était accessible.

— La police a dû couper les lignes, en a conclu Chotta Badriya.

Vraisemblable, c'était leur méthode, au début des troubles. Des rumeurs circulaient de bus en flammes, de tireurs embusqués sur les toits, d'hommes et de femmes pourchassés dans les ruelles, abattus. Je voulais être à Bombay avant que Suleiman Isa ne tire avantage de la situation, avant que ces salauds ne profitent du chaos pour s'en prendre à nous. Sous couvert des émeutes, une guerre ouverte devient possible : quand un corps tombe d'une fenêtre, quand une maison brûle, personne n'est plus responsable. Une émeute, c'est une heure de liberté, liberté de tuer. Ce n'était pas le moment de laisser ma compagnie sans gouvernail, donc il fallait rentrer au plus vite. Mais une fois dans l'avion, tout à coup, je me suis senti les golis moites de sueur. Les rangées de sièges étaient vides, les passagers avaient tous annulé ; nous étions les seuls à vouloir atterrir au milieu des émeutes. Je me suis assis à ma place en tremblant, et j'en avais l'entrejambe humide. Ce maderchod de vieux machin, cet autobus à ailes, ça volait vraiment ? Oui, ça volait. Je me ruais à l'assaut des airs direction Bombay et mes responsabilités. Nous avons foncé sur l'asphalte noir dans un fracas de ferraille et de secousses, et j'ai ordonné à Subhadra : « Parle, parle. » Avec une grimace de panique, elle a obéi. Sa terreur ne lui venait pas de l'arc ascendant subitement décrit par l'appareil, mais de me voir trempé de peur, moi, son mari-Ravana transformé en hijra crachant du vomi et de la morve. J'ai dégueulé dans un sac en papier, et elle s'est redressée, droite dans son siège, elle m'a posé une main sur l'épaule. Je savais qu'elle trouvait ça dégoûtant, la moiteur froide de la peur. Et quel mari, pas le rakshasa impressionnant qu'elle s'était imaginé en entrant dans le lit nuptial, tourneboulée qu'elle était par sa réputation, non pas ce roi, mais un clown impotent. Malgré tout, elle était dévouée. Et elle a parlé.

Quand l'avion a basculé sur l'aile au-dessus de Bombay, elle s'est interrompue. Je me suis penché vers le hublot et nous avons collé nos deux visages contre le plastique. Des îles se sont détachées du littoral boueux, en ordre dispersé, et j'ai pu distinguer des routes, des bâtiments, le contour des zones d'habitation, les taches brunes des bastis. Derrière nous, j'ai entendu les boys se disputer. « Là, c'est Andheri. – Maderpat, où ça, Andheri ? C'est l'île de Madh, tu ne vois pas ? » Ensuite, ils sont devenus silencieux. Un serpent d'épaisse fumée noire s'élevait d'un village côtier et partait en torsade vers le centre de Bombay, vers un autre panache sombre – la ville brûlait.

Sur toute la descente, plus une parole n'a été prononcée. Les immeubles chutaient vers nous à grande vitesse, mais je n'avais plus peur, j'essayais de repérer ce qui avait été détruit, ce qui était en feu. Tous, nous avons gardé le silence. Les bâtiments de l'aéroport étaient bondés de passagers qui dormaient la tête posée sur des sacs et des valises. Pas un taxi ne circulait, pas une auto. Les téléphones étaient toujours inertes, donc il n'y avait aucun moyen d'appeler quelqu'un à Gopalmath. L'espace d'un moment, il a paru impossible de quitter l'aéroport, mais Chotta Badriya s'est aventuré entre les files de taxis désertés jusqu'à ce qu'il déniche les chauffeurs, regroupés près du chowki de la police. À force de persuasion et après avoir brandi plusieurs milliers de roupies, Chotta Badriya a eu l'impression que l'un d'eux était tenté, et donc il l'a pris à part, lui a dit de ne pas avoir peur, qu'il allait transporter Ganesh Gaitonde. C'est ce qui a rassuré le chauffeur, naturellement, et on s'est donc entassés dans son taxi, tous les six, et on a roulé dans cet immense silence. Le moteur peinait, il faisait trop de bruit, et quand j'ai demandé au conducteur d'aller plus vite, plus vite, je me suis aperçu que je chuchotais. Dans la ville, ce jour-là, il n'y avait personne, pas un individu, les bastis le long de la route de l'aéroport étaient calmes, les fenêtres des immeubles d'habitation étaient closes. J'avais peur, nous avions tous peur, sauf le chauffeur de taxi qui, à chaque virage négocié sous ma protection, reprenait un peu plus confiance en lui. Mais nous n'avions pas d'armes, et s'ils venaient en foule, nous beugler dessus, nous ensevelir sous une pluie de couteaux, de pieux, de barres de fer et d'épées, nous mourrions. Même si je leur hurlais mon nom, la populace m'arracherait la gorge. Contre cette colère nourrie par le sang, aucun nom ne faisait office de protection. Près de Gopalmath, nous avons vu des corps, deux corps. Ils gisaient en crabe, au bord de la route, près d'une boutique de chaussures. Du sang avait giclé sur la tôle ondulée du rideau de fer, sur le linteau relevé.

— Dans la cervelle, a commenté Chotta Badriya.

Il avait raison. Dans les deux cas, une balle en pleine tête. Des musulmans ? L'enseigne, sur le linteau, annonçait le nom la boutique : Zuleikha Shoe Emporium. Nous avons marché jusqu'au bout de la rue. Le sol craquait sous nos pas, nous marchions sur des éclats de verre, des souliers, des bâtons, j'ai vu les pages lignées d'un cahier d'enfant feuilletées par le vent. Subhadra fermait les yeux. Nous avons pris à gauche, comme d'habitude, en direction du basti. Cette chaussée-là, je l'avais fait reconstruire et j'y avais fait poser un nouveau revêtement deux mois plus tôt. Là, elle était couverte de blocs de pierre descellés, de roches, de briques. Quelqu'un avait livré bataille, ici. Une carcasse de voiture appuyait son métal calciné contre un réverbère. Il y a eu un hurlement sur notre gauche et, sorti de la première rangée des maisons de Gopalmath, un homme a fait son apparition, pointant sur nous un doigt accusateur. Dans son autre main, il tenait un sabre, longue virgule argentée.

— Hé, Bunty ! s'est écrié Chotta Badriya, et Bunty a redressé la nuque d'étonnement, puis il a couru vers le taxi, suivi des boys de Gopalmath.

Bhai, Bhai, ils ont hurlé. Ils étaient tous armés, hérissés de lames, de lathis, de piques, de cannes, de couteaux et de pistolets. J'ai demandé : Qu'est-ce qui s'est passé, ici ? Les landyas ont débarqué, Bhai, du basti de Janpura, par là-bas, ils ont prétendu qu'un de nos boys avait poignardé l'un des leurs, donc on leur a montré, Bhai, on les a raccompagnés dans leurs taudis puants, et au trot. Et les deux, là, dans le virage de Naik Road, c'est les policiyas qui les ont dégommés, dhad-dhad, deux en pleine tête. Cette fois, même la police sait où est le bien et où est le mal. Et ils se tapaient sur l'épaule, tous autant qu'ils étaient, et que ça se bouscule, et que ça s'écroule de rire comme s'ils venaient de remporter un match, le visage électrisé de sueur, de jeunesse et de victoire. Et je leur ai demandé, alors : Et les musulmans de Gopalmath, qu'est-ce qui leur est arrivé, ils s'en sont sortis ? Du côté est du basti, nous avions soixante familles musulmanes, essentiellement des tailleurs et des ouvriers d'usine, et certains de leurs fils travaillaient pour moi. Mais les boys ont haussé les épaules. Quoi, j'ai encore demandé, ils s'en sont sortis ? Ils sont partis, Bhai, ils m'ont répondu.

— Où ? j'ai fait. Où sont-ils partis ?

— Personne n'en sait rien, Bhai. Ils sont partis. Ils se sont enfuis. Ils ont filé.

— Est-ce que quelqu'un leur a fait quelque chose ? Que s'est-il passé ?

— Ils se sont juste enfuis, Bhai.

— Et leurs maisons ?

— Saisies, Bhai. C'est d'autres gens qui vivent dedans, maintenant.

— Qui ça ? Vous ?

— Oui, certains d'entre nous, Bhai.

Chotta Badriya avait le visage pétrifié. Il était immensément respecté au sein de notre compagnie et, jusqu'à présent, sa religion n'était jamais entrée en ligne de compte. Je l'ai pris par le bras, je l'ai conduit à l'écart.

— N'écoute pas ces idiots, j'ai conseillé. Ne le prends pas trop à cœur. Ils sont jeunes, et cette histoire leur a tourné la tête. Ils ne savent pas ce qu'ils racontent.

Mais il avait les yeux pleins de larmes.

— J'aurais donné ma vie pour n'importe lequel d'entre eux, m'a-t-il répondu. Et maintenant je ne suis plus qu'un landya ? Connards. Et ma maison, ils la veulent aussi ?

— Badriya, j'ai dit, c'est une sale période. Ne te mets pas en colère. Garde ton bon sens, garde la tête froide. Écoute-moi. Écoute-moi, c'est tout, rien que moi.

J'avais les deux mains posées sur son épaule, et finalement, il ne s'est pas dérobé à mon étreinte. Je l'ai renvoyé à son foyer, à sa famille, avec quatre de mes boys, armés, et je les ai prévenus que s'il arrivait quoi que ce soit à Chotta Badriya ou à n'importe quel membre de sa famille, je les abattrais tous de ma main.

J'ai regardé autour de moi, les maisons de Gopalmath. À la faveur d'une accalmie dans la guerre que j'avais moi-même déclarée, j'avais quitté mon territoire, et je revenais pour le voir transformé en champ de bataille, en proie à un conflit plus grave encore. Quelqu'un avait tracé des frontières qui traversaient mon vatan bien-aimé. Mes voisins étaient devenus des réfugiés, ils avaient fui les sabres sortis de leur fourreau, fui ces corps percés d'une balle dans la cervelle. Et voilà mon Gopalmath, le domicile de mon cœur, la cité que j'avais construite brique par brique, que j'avais arpentée avec mes amis, la main sur l'épaule, dans l'odeur des gajras et de la pluie quand elle vient de tomber, Gopalmath où j'avais découvert ma virilité, ma vie. Le patchwork éclatant de ses toits, du creux de la vallée jusqu'en haut de la colline, le vibrant étalage de brun, de bleu et de rouge, tricoté, cousu, soudé par les ruelles en arc de cercle qui couraient comme autant de fils, la foule des antennes tendues vers le ciel, squelettes scintillants d'étincelles saisies dans le soleil en suspension. Tout cela s'étalait dans la désolation. Et, à la limite de l'horizon, au sud, une traînée de fumée. Sous ce ciel d'une lumière insoutenable, j'ai conduit ma jeune épouse à la maison.

Les émeutes ont pris fin trois jours plus tard. Mon impuissance persistait. Nous avons nettoyé les rues, regroupé les blessés, donné de l'argent aux familles des blessés, et, pendant ce temps-là, Subhadra s'installait sous mon toit, et pour mes boys, elle est devenue « Maman ». En l'espace de quelques jours, elle est devenue leur confidente, leur sympathisante, la chuchoteuse, la rapporteuse de tous les problèmes, la médiatrice si j'étais en colère. Subitement la maison était propre. Toutes mes chemises étaient soigneusement alignées, repassées, dans l'armoire, les effigies des dieux et des déesses ont fait leur apparition dans toutes les pièces, et j'avais soudain l'estomac plus léger de la nourriture que j'avalais. Pourtant, j'avais tout le temps peur. Quand j'entendais sa voix dans la pièce voisine, égale et gentille comme un trille de clochettes, je craignais qu'elle ne soit en train de raconter combien j'étais nul, que je ne venais même pas contre elle, que je restais allongé sur le lit, les bras croisés sur la tête, et que je lui demandais de parler sans s'arrêter, jusqu'à ce que je tombe de sommeil. Non, elle n'irait pas raconter tout ça. Mais peut-être que ça lui échapperait un jour. Une femme du basti lâcherait une remarque, une plaisanterie au sujet du bonheur de Subhadra, une petite méchanceté enveloppée dans un trait d'esprit, où il serait question de lits nuptiaux, de nuits de noces, de la cruauté de ces messieurs et de membres endoloris, et Subhadra rirait en complète innocente qu'elle était, et elle bredouillerait, oh, mais nous ne faisons rien, rien du tout. Il ne veut pas, il ne peut pas. Il ne peut pas, ne peut pas, ne peut pas. J'ai fui sa voix, j'ai fui ce « ne peut pas », ce danger, et j'ai passé la journée à me laisser conduire de rendez-vous en rendez-vous. J'ai pris mes déjeuners dans des restaurants chers et des restaurants pauvres, je me suis posé dans des dance-bars et, l'œil éteint, j'ai regardé des filles pirouetter. Mais aucune d'elles ne m'a ému.

Chotta Badriya l'a remarqué. Il était resté silencieux, il était bouleversé par ce qui s'était passé, par le masjid et les journées qui avaient suivi, je le voyais bien. Alors je le gardais auprès de moi, je l'emmenais partout. Et je voyais bien qu'il faisait des efforts, qu'il luttait contre lui-même, pour moi. Il s'efforçait de prendre soin de moi.

— Bhai, ces filles des dance-bars, en fin de compte, c'est du deuxième choix. J'ai beaucoup mieux pour toi.

— Beaucoup mieux ? Où ça ?

— Des actrices, Bhai. Des stars.

— Ces filles, là, elles veulent toutes devenir des stars, chutiya.

— Non, non, Bhai. De vraies actrices. Promis.

En ces temps-là, tout le monde pouvait devenir producteur de télévision. Des négociants en huile et des propriétaires de taxis se mettaient subitement à produire des séries télé. L'un d'eux était un cousin de Chotta Badriya. Il lui avait parlé d'une femme manne-quin et coordinatrice de comédiens, qui essayait de devenir pro-ductrice de télévision, elle aussi. Naturellement, cette femme était en contact avec quantité de jeunes filles ravissantes, fraîches, jeu-nes et nouvelles en ville, qui se démenaient pour réussir.

— Donc elle les aide à se démener avec les hommes, et elle se fait de l'argent au passage ? j'ai demandé.

— Exactement, Bhai. Sinon, tu sais comme c'est dur, ici, dans cette ville. Comment une jeune actrice pourrait-elle survivre, seule dans cette ville ? Elle les aide, Bhai, elle les aide.

— Bon, alors on doit les aider, nous aussi. Et quel est le nom de cette sainte ?

— Jojo.

Jojo. Un nom étrange, mais les filles qu'elle envoyait se situaient vraiment un cran au-dessus de la randi ordinaire. Elles étaient ins-truites, et certaines parlaient l'anglais. Avec elles, j'avais du succès. Avec elles, je durcissais facilement, et j'étais apte, en profon-deur. Avec elles, je jouais les acrobates, les hommes forts, les guerriers, jusqu'à ce qu'elles s'écroulent sur le champ de bataille. Mais à la maison, je n'étais rien. J'examinais ma femme de près, je considérais son sourire un peu en coin, la balafre toute droite de ses sourcils, sa petite odeur de poudre et de dentifrice, et je la trouvais à mon goût. Mais impossible de la prendre. Quand j'étais en sécurité dans mon lit, ma force s'évanouissait, sans recours. Je lisais les publicités pour des cliniques, sur des affiches, en dernière page des magazines, leurs promesses de vigueur retrouvée grâce à des comprimés et des potions, mais j'étais incapable d'en parler à qui que ce soit, même pas à Chotta Badriya. J'avais honte. J'ai décroché le téléphone et j'ai appelé l'une de ces cliniques, j'ai demandé à parler au vaid, mais ils réclamaient de l'argent et voulaient savoir mon nom, et la femme au bout du fil était rapide et brusque, je l'ai traitée de gaandu, et j'ai raccroché violemment. Et là, Subhadra est arrivée avec un verre de lait, je l'ai bu, et je me suis dit, avec amertume, oui, cette randi, au téléphone, j'aurais pu la labourer, mais avec ma femme, tout ce que j'arrive à faire, c'est de boire son lait. Alors j'ai écumé les filles de Jojo, l'une après l'autre.

Mais je me suis aperçu que lorsque j'étais loin de Subhadra, hors de portée de sa voix, j'avais encore plus peur. Peut-être que rester à la maison était encore ce qui me convenait le mieux, peut-être que ma présence l'empêchait d'aller révéler mes faiblesses à n'importe qui. Donc j'y retournais. Et je la trouvais heureuse, sous son toit. C'était la vérité, elle paraissait heureuse, elle l'était. Son mariage n'était qu'une vaste blague ; il n'y avait au cœur de l'affaire qu'une chiffe ramollie, mais elle s'affairait en tous sens avec ses clefs dans son pallu, elle entrechoquait les casseroles dans la cuisine, elle donnait ses ordres aux domestiques, elle me houspillait pour que je mange, et elle avait l'air content. Elle s'épanouissait, tandis que nous nous inquiétions des ruines de la mosquée, tandis les journaux déployaient de très anciennes histoires de rancœurs et les discours de politiciens convulsifs. Les magazines publiaient des cartes du pays constellées d'excroissance bardées de pointes, de petites explosions de dessins animés, chaque bombe représentant une émeute, des corps, des briques, des corps, des sabres, et moi, pendant tout ce temps, j'étais malheureux, mais elle, elle était heureuse. Un soir, elle est entrée dans notre chambre, l'air très affairé, et elle est venue s'asseoir à côté de moi.

— J'ai entendu parler de ton ami, m'a-t-elle dit.

— Qui ?

— Ton ami Paritosh Shah.

Elle était assise à côté de moi, elle se tenait à la manche de mon kurta.

— Les boys n'arrêtent pas de me répéter qu'il t'a poussé à te marier, quelle bonne influence il avait sur toi. Parle-moi de lui.

Donc je lui ai parlé de l'or que je lui avais apporté, de sa panse énorme, de son sens de l'argent, de son amour pour le jeu d'argent, de nos aventures, de son amour des fêtes religieuses et des célébrations, de son besoin de voler. Elle m'a écouté, la main posée sur ma manche, la tête baissée, mais les prunelles brillantes, levées vers moi, et des regards furtifs, quelques mèches rebelles éclairées en contre-jour, filaments embrasés traçant une petite roue de lumière au-dessus de sa tête.

— Et cet ami, ce motu, lui ai-je confié, n'aurait jamais rien fait sans prier. S'il devait aller de Colaba à Worli, il priait, s'il devait voler un crore, il priait. Et ensuite, ils l'ont tué.

— Et toi, tu les as tués ?

— Tuer qui ?

— Ceux qui l'ont tué !

Elle parlait de tuer des hommes, cette petite vierge, comme elle aurait parlé de découper des poulets.

— Nous en avons tué certains.

— Non, mais ceux qui ont réellement fait ça ?

Comment lui expliquer que découvrir qui avait appuyé sur la détente et qui avait abattu les coups de marteau sur sa voiture n'était pas si facile. Que comprendrait-elle à la collecte des informations, aux lieux sûrs, aux doubles et triples coups de bluff, au balisage de territoire et aux hommes à lurkao ? Elle avait posé sa question en toute simplicité : est-ce que tu as puni les hommes qui ont commis cet acte ? Il n'existait pas de réponse simple. Et ensuite cela m'est venu, en regardant le sindoor qu'elle avait dans les cheveux, en lisant dans ses yeux son entière confiance : elle avait posé la seule question à laquelle il valait la peine de répondre. J'avais manqué à mes devoirs envers Paritosh Shah. J'avais tué quelques-uns des hommes de Suleiman Isa, et envisagé la vengeance. Mais prendre des hommes au hasard et les anéantir, ce n'était pas une vengeance. Paritosh Shah s'était inquiété pour moi, il m'avait aimé d'amour, il m'avait marié et installé, et moi, j'avais déserté sa mémoire, j'avais servi à son âme insatisfaite des châtiments prétendus, alors que ses meurtriers véritables couraient en liberté. C'est pourquoi j'étais maudit, dans ce mariage qu'il m'avait concocté. J'étais incapable de consommer alors que son âme restait non consommée, alors qu'elle cherchait encore son repos. Mon incomplétude était un reflet direct de la sienne. J'ai ri. Il avait fallu que Subhadra me révèle la chose, Subhadra était aussi le nom de la sœur du dieu que Paritosh Shah avait révéré. Cela n'était pas dénué de sens, en vérité. Je me suis levé d'un bond. Je me suis penché et j'ai embrassé ma femme. Je me sentais rajeuni, je me sentais renaître. Je suis sorti en courant, je me suis précipité vers les salles de réunion, j'ai convoqué mes boys, j'ai réveillé Chotta Badriya.

— Qu'avons-nous fait, ces derniers temps, pour découvrir l'identité des tueurs qui se sont attaqués à Paritosh Shah ? Avons-nous offert de l'argent ? Combien ? Qui avons-nous interrogé ? Qui avons-nous capturé ?

En une heure, j'avais dressé de nouveaux plans, mis en branle de nouvelles machinations, doublé et triplé le flux d'argent qui délierait les langues des hommes, parlé aux policiers, aux hommes de la compagnie, à mes tueurs et aux khabaris, réuni les noms, les demi-noms et les ombres des noms, les adresses, les rumeurs de mécontentement et d'intrigues. La maison était toute bourdonnante, elle chantait, et je sentais ma force s'étendre dans Bombay comme un courant électrique, car à cause de moi des hommes et des femmes parlaient, couraient, bougeaient suivant des schémas que j'avais mis en œuvre. J'avais lancé le filet de mon moi, et je l'avais lancé large, et j'allais y attirer les assassins, j'allais les y cueillir. Ils ne pourraient pas s'échapper. Regarde-moi, Paritosh Shah, bhai, mon gros. Tu vas devoir me restituer à moi-même. Je vais te livrer tes meurtriers, et tu vas me livrer Subhadra, mon mariage, tu vas me rendre à moi-même.

Et ensuite, les émeutes nous sont retombées dessus. Les nouvelles des meurtres récents sont remontées jusqu'à nous, depuis ces ruelles pleines de souffrance, depuis ces rues qui pleuraient encore leurs blessures récentes : un musulman poignardé par ici, un hindou abattu par là, des ouvriers mathadis poignardés, assassinés, une famille brûlée à mort, et nous étions emportés par le maelström, une fois de plus. Là encore, les rues vides, l'après-midi long et silencieux, le claquement de pas innombrables sur le sol et le soleil qui roule au-dessus des têtes, et les cris, les cris dont les échos arrivaient à nos fenêtres en râles ténus. Et encore des nouvelles, d'hommes, de femmes et d'enfants arrosés d'essence et brûlés vifs, et Subhadra blottie dans un coin, et la brusque saccade des coups de feu qui se prolonge dans la nuit. J'ai posté mes boys aux périphéries de Gopalmath, et je leur ai demandé de ne pas bouger, de monter la garde. Au bout de trois jours, Bunty est venu me voir, porteur de récriminations.

— Je ne peux plus contrôler tes boys, Bhai. Ils veulent tenter quelque chose.

— Tenter quoi ? De tuer des petites vieilles ? Pour quoi ? Pour un vieux bâtiment vide ?

Il a baissé la tête.

— Ils sont en train de nous tuer.

— Et puis ?

— Bhai ?

— Tu m'as l'air d'avoir autre chose à dire.

— Les boys, ils disent… certains se demandent si Bhai est avec nous ou avec les musulmans.

Nous y voilà, c'était inévitable : eux ou nous. J'étais de leur côté, ou du nôtre ?

— Je suis du côté de l'argent. Et là-dedans, il n'y a aucun profit. Réponds-leur ça.

Et pourtant la question est demeurée en moi, pendant toutes ces nuits de tuerie. Eux ou nous ? Qui étais-je, moi qui avais toujours considéré les prétendus assaillants et défenseurs de la mosquée comme aussi bêtes les uns que les autres ? Maintenant que la mosquée était par terre, que tout le monde était devenu un assaillant de ceci ou un défenseur de cela, il fallait choisir, vous étiez avec nous ou avec eux. Mais moi, j'étais quoi ? J'y ai réfléchi, j'ai attendu que Paritosh Shah me souffle une réponse, et je suis resté en retrait du bain de sang. Entre-temps, certains de mes boys m'ont abandonné. Ils étaient exaspérés de me voir passif. Pris dans ce nuage de colère qui s'élevait des boutiques en feu, des corps laissés dans les caniveaux, ils sont sortis armés de sabres et de pistolets. Ils ont tiré des hommes de leur voiture et les ont tailladés à mort, ils ont violé des femmes qu'ils trouvaient blotties dans les taudis, et leur ont tranché la gorge, ils se sont servis de kérosène et d'allumettes de cuisine pour s'attaquer aux traînards et les brûler vifs, et ils ont abattu des enfants. En ces jours d'hiver, j'ai perdu mes loyaux fantassins dans cette boucherie qui n'avait rien d'une bataille. Ils m'ont quitté avec mépris, parce que je restais sur la touche. Je n'avais pas besoin que Bunty me l'explique. Je perdais mon izzat, je perdais mon pouvoir, j'étais en train de perdre la compagnie que j'avais construite et défendue contre tant de prédateurs.

Bipin Bhonsle m'a ouvert une issue. Il est arrivé un dimanche matin dans une jeep ornée de fanions couleur safran et suivie par deux Ambassador bourrées à craquer de ses rakshaks, tous bardés d'armes de toutes sortes. Bipin Bhonsle lui-même portait sans se cacher un sabre qu'il a calé au flanc de son siège.

— Un député armé en pleine rue, j'ai remarqué. Comme le monde a changé.

— Aujourd'hui, nous allons le ramener à son état antérieur, Bhai, il m'a assuré, en se frottant le visage des deux mains.

Il était bouffi, épuisé, et il puait. Sa chemise mauve était tachée et fripée, elle pendait sur son pantalon, et je pouvais voir les plis de son ventre, luisants de sueur.

— Trop, c'est trop. Nous allons leur montrer, à ces salopards de landyas.

J'ai attendu. Il me donnait l'impression de dormir éveillé, le menton sur la poitrine. De longues mèches de cheveux ternes se plaquaient sur son front – il était mort, son brushing d'antan. Ce qu'il voulait leur montrer, aux musulmans, est resté de l'ordre du non-dit. Finalement, je lui ai posé la question.

— Bipin Saab ?

Il a parlé sans ciller, sans quitter sa posture de statue avachie.

— Le message est venu d'en haut : leur montrer, à ces maderchods. Alors on leur a montré.

— L'ordre est venu d'en haut ?

— De très très haut. – Il a bâillé. – J'ai tranché une tête. Je veux dire, net, sattack ! comme ça. J'ai dû tenir mon sabre à deux mains. Elle a rebondi deux fois, la tête. Le plus drôle, c'est le sang. Ça gicle loin. Comme si ça jaillissait d'un pichkari, ça en fout partout. Mes garçons ont galopé, tous, pour échapper au sang. La tête n'avait pas l'air surpris ni rien. La tête n'avait aucune expression.

— Tu leur as montré.

— Oui. Mais toi, tu restes assis ici, dans ta maison, en sécurité, Ganesh Bhai.

— De mon très haut à moi, aucun message ne m'est parvenu, Bipin Saab.

— Ces landyas ont tué Paritosh Shah. Et tu ne veux toujours rien faire.

J'aurais pu relever que si Suleiman Isa était en effet plutôt musulman, il avait quantité d'hindous qui travaillaient pour lui. Et aussi qu'il n'avait rien à voir avec les familles musulmanes qui habitaient au bord de la grand-route, et que leur couper la tête ne ferait pas perdre une seule goutte de sang à Suleiman Isa. Mais je lui ai juste dit :

— Je n'ai aucun profit à gagner là-dedans.

Il m'a regardé, un coup d'œil raide de ses yeux injectés de sang.

— Je t'en apporte, du profit. J'ai beaucoup à faire, donc je vais te proposer une affaire vite fait. Il y a un basti musulman à Abarvar. Tu connais ?

— Derrière l'immeuble blanc de l'assurance vie. Oui.

— Le terrain sur lequel il se trouve appartient à l'un de mes associés. Il l'a acheté, il y a trois ans, un bon prix. Une bonne zone d'aménagement, mais il n'arrive pas à éjecter ces maderchods de bidonvilles de son terrain. Les raccordements d'eau, d'électricité, ils ont tout. Ils racontent qu'ils sont là depuis des années, tout le bhenchod habituel. Alors, vire-les-moi de là. Brûlemoi tout ça. Nous te paierons vingt lakhs.

— Bipin Saab, Bipin Saab. Ce terrain vaut quatre crores, facile.

— Vingt-cinq, alors.

— Il va me falloir beaucoup de boys.

— Tes boys peuvent garder ce qu'ils trouveront sur place.

— Ce qu'ils trouveront dans une cabane misérable pendant que l'incendie ronfle au-dessus de leurs têtes ?

— Trente.

— Un crore.

Il a éclaté de rire.

— Je vais te donner soixante lakhs.

— Conclu.

— Quand ?

— Demain.

— Très bien. Boucle-moi ça en vitesse. Nous allons nous arranger pour que la saison de la chasse reste ouverte aussi longtemps que possible, mais, à un certain stade, ils vont ordonner à l'armée d'ouvrir le feu, et pas seulement de défiler sous le drapeau, et là, les choses vont devenir compliquées. – Il s'est relevé, les mains sur les genoux, et il est resté comme ça un instant, à tortiller le derrière. – Tu ne vas pas m'offrir un verre ?

— Bipin Saab, j'aurais dû penser à te demander ça, en effet.

J'ai appelé dans le couloir :

— Arre, apportez-nous de l'eau, du thé, quelque chose de frais.

Bipin Bhonsle a eu un large sourire.

— Je pensais à un whisky. Ou un rhum. Mais tu es toujours égal à toi-même, Bhai. De l'eau, de l'eau, et rien d'autre.

— Ça me permet de rester alerte.

— Le whisky me donne des forces, m'a répliqué Bipin Bhonsle, et il a soulevé son sabre. L'eau, ce n'est pas bon pour mon cœur. – Il a soupesé l'arme, l'a pointée sur moi. – Une bonne chose que tu sois avec nous.

Et là-dessus, il a dévalé l'escalier avec un claquement sec des talons à chaque marche. La jeep a exécuté un demi-tour en une série de manœuvres serrées, moteur rageur, et les voilà partis. Moi, désormais, j'étais pour nous, et contre eux.

C'est la méthode élégante pour incendier un basti : de nuit, vous mettez en route une dizaine de bagnoles pleines de boys, en direction de l'est, vers le côté assurance vie du basti, et là, vous lancez un assaut frontal, et bruyant. Vos boys tirent au pistolet et moulinent du sabre sur les hommes du basti qui émergent de leurs masures pour livrer un combat désespéré. Sous les phares alignés, leurs visages sont des caricatures affolées. Entre-temps, à l'extrémité sud-ouest du basti, un autre groupe de boys se tient près des baraques et des taudis. Ils sont malins et en pleine santé, vos boys, ils s'approchent et ils entendent les cris qui montent du côté assurance vie, et les voilà qui balancent des bouteilles remplies d'essence, de petites bombes amorcées au moyen de chiffons imbibés. Il y a le tintement net du verre, et de petits flamboiements d'étincelles s'épanouissent en rivières qui noient les toits, s'écoulent des murs et pénètrent par les fenêtres. Le feu prend la parole. Il dévore les masures avec des grognements joyeux, pas moyen de l'arrêter. Il n'y a pas de téléphone, il n'y a pas de brigade des pompiers en route vers le site, pas de police. Les défenseurs ne défendent plus rien. Ils courent, se cachent dans les coins, éclairés par le halo rougeoyant qui s'élève au-dessus des toits. Vos boys les pourchassent, en tuent quelques-uns, les autres fuient le feu avec leurs femmes et leurs enfants braillards, ils s'effondrent, se relèvent, filent et disparaissent. Les voilà partis. Les flammes virevoltent avec aisance de maison en maison, et notre ouvrage s'achève.

Dans la matinée, la façade ouest de l'immeuble de l'assurance vie est apparue souillée d'une suie grise et, là où se dressait le basti, il n'y avait plus qu'un champ de cendres hérissé çà et là d'un montant de porte noirci, d'un tuyau tordu.

Deux jours plus tard, le paiement m'était remis en totalité. En liasses de billets neufs et craquants enveloppées d'un film plastique, que j'ai séparées pour les distribuer à mes boys. À présent, ils étaient presque tous revenus. Au cours des quatre journées qui ont suivi, nous avons encore dégagé deux autres lotissements. Et nous étions tous satisfaits, moi, les boys, Bipin Bhonsle. Les émeutes sont utiles à toutes sortes d'égards, à toutes sortes de gens.

Finalement, la troisième semaine de janvier, les incendies et les tueries ont cessé, arrêtés par les balles de la police et de l'armée, les ordres des patrons de Bipin Bhonsle et de leur patron. En fin de compte, il y avait trop de cadavres, même pour l'autorité suprême ; la vague mugissante du chaos en marche était trop forte, et donc elle cessa. La ville a eu un mouvement de recul, elle s'est secouée et s'est attelée au déblaiement de ses débris. Les bulldozers ont balayé les terrains désertés et creusé des fondations, les corps ont été repêchés dans les cloaques, sur les tas d'ordures, et la circulation a envahi les ruelles. C'était le lent retour à la normale. Et j'étais rétabli. Oui, j'étais apte. J'avais eu ce soir-là un rendez-vous avec Bipin Bhonsle, histoire d'évoquer de nouveaux projets et de récupérer ce qu'il me devait encore. J'étais rentré tard. J'ai retiré mes souliers, je me suis assis sur le lit, la tête posée sur les oreillers brodés de Subhadra, d'un rouge profond. Elle avait changé la disposition du mobilier de façon que nous puissions regarder par les doubles fenêtres quand nous étions au lit. Je voyais mon basti dans l'obscurité, sous les étoiles, au-dessus de nous. Subhadra m'a apporté mon lait, et puis elle s'est assise en tailleur sur le lit pour me regarder boire. J'ai bu à petites gorgées. Le menton posé dans la main, elle a doucement fredonné.

— Qu'est-ce que c'est que cette chanson ? j'ai chuchoté.

La nuit était si tranquille, si fragile et si fraîche, si pleine d'ombre, que je ne pouvais que chuchoter.

Subhadra m'a lancé un coup d'œil furtif, et elle a continué de fredonner.

— C'est quoi, cette chanson ?

Elle a souri, petite et malicieuse, et m'a tiré la langue. Et puis elle a repris son fredonnement.

Je lui ai empoigné le bras par jeu, mais elle a poussé un petit cri théâtral et s'est dégagée.

— Lâche-moi, a-t-elle lancé. Ça fait mal.

— Ne joue pas la comédie. Je t'ai à peine touchée.

— Non, a-t-elle protesté. Tu es fort. – Elle s'est frotté le bras, énergiquement. – Tu vois, tu as laissé une marque.

— Je ne vois rien.

— Même les boys le disent.

— Disent quoi ?

— Que tu ne connais pas ta force. Hier, les boys disaient : Voilà, enfin il montre sa vraie force. Maintenant, on sait que c'est un vrai chef hindou.

— Un chef hindou ?

— Oui.

Elle avait les yeux baissés sur son bras à la peau pâle, là où s'épanouissait en une fleur amorphe l'empreinte de mes doigts.

— Ils disent que maintenant il montre à ces bâtards de quoi un bhai hindou est capable.

Une rivière se dessinait dans le ciel, parabole de lumière sinueuse. Il y avait le ciel, au-dessus, et nous, au-dessous. Il y avait des hindous, et il y avait des musulmans. Tout s'organise par paires, par contraires, c'est brutal et si beau.

— Ferme la porte, j'ai dit.

Là, elle a parlé :

— Quoi ?

— Tu m'as entendu.

Et ensuite, qu'est-ce qui m'a pris ? Jusque-là, toute ma vie, je m'étais senti comme un fantôme ; un millier d'êtres rôdaient à l'intérieur de mon corps, tous d'une égale vraisemblance, et tous plus égarés les uns que les autres. J'étais venu de nulle part et je m'étais fait un nom, mais j'avais toujours eu l'impression de jouer un rôle, d'en jouer plusieurs, de pouvoir troquer mon nom contre un autre. Si j'étais Ganesh Gaitonde aujourd'hui, je pouvais aussi bien être Suleiman Isa demain, et devenir ensuite n'importe lequel de ces hommes que j'avais tués. J'avais éprouvé de la colère, et de la douleur, et du désir, mais je m'étais toujours abstenu de laisser ces fragments de sentiments se cristalliser et prendre forme à l'intérieur de moi. J'avais amené des hommes à croire en moi, Ganesh Gaitonde, et je les avais toujours secrètement méprisés d'avoir cru en moi, parce que je n'étais rien. J'avais cru en ce rien. Je m'étais engagé dans ce rien. Et donc j'étais le spectre d'un homme, capable d'accouplements frénétiques avec des putains, et toujours cherchant ma réalité au fond de leur chut trempée, mais pas fait pour le mariage. Le mariage est une croyance. Le mariage est une foi. Le mariage est une complétude. Je comprenais, à présent. J'avais été incomplet, imparfait et donc impotent. Mais les routes que j'avais empruntées en me croyant seul, ces sentiers en ligne brisée m'avaient finalement conduit à l'appartenance, à la certitude de devenir quelque chose, une entité. J'avais incendié des bastis, et donc j'avais choisi, j'avais été forcé de choisir un camp sur le champ de bataille. Ce vieux rusé de Paritosh Shah avait finalement eu le dessus. Je me tenais prêt, désormais. Je savais qui j'étais. J'étais un bhai hindou. Et donc j'ai plané au-dessus du corps de ma femme. Je suis entré en elle. Son cri m'a électrisé l'échine. Après coup, il y a eu du sang, sur les draps, sur mes cuisses. J'étais content. J'ai dit à Paritosh Shah : Je ne t'ai pas oublié. Tes tueurs, je vais les trouver. J'ai dormi profondément, vautré dans la preuve de ma victoire, tard dans la soirée.

Je me suis réveillé et j'ai reçu une récompense pour m'être éveillé à moi-même. Cette récompense portait en elle une malédiction. C'était une cassette vidéo, une bande où figurait l'image fugitive de l'homme qui avait trahi Paritosh Shah, qui l'avait livré à nos ennemis. La cassette vidéo me venait d'une de nos sources à Dubaï, un nommé Shanker, qui travaillait dans un magasin d'appareils électroniques, Mina Télévision et Appareils électriques. Le patron de Shanker, le propriétaire de ce Mina Télévision, possédait une autre affaire, qui réalisait des films vidéo de fiançailles, de mariages et de soirées. Au mois de novembre précédent, on l'avait convoqué pour une fête de shaandaar organisée dans le restaurant panoramique du dernier étage de l'hôtel Embassy. Il avait filmé pour la postérité la petite soirée d'anniversaire – petite, mais fantastiquement coûteuse – au cours de laquelle le danseur Govinda, que l'on avait fait venir par avion de Bombay, s'était produit devant les invités. Le propriétaire de Mina Télévision avait immortalisé les toasts, l'ivresse du champagne, les demi-cercles d'hommes en tenues brillantes, le poing fermé sur un verre ventru rempli de scotch, et toute une ribambelle de femmes regroupées à l'écart, autour des canapés, scintillantes de diamants qui perçaient l'objectif de leurs éclairs, et Govinda qui dansait, ses virevoltes et ses plongeons, le reflet de ses chaussures blanches dans le marbre noir du sol, et le garçon dont on fêtait l'anniversaire, Anwar, troisième frère de Suleiman Isa. Et Suleiman Isa, oui, en personne, ce salaud, qui se balançait au rythme des figures de Govinda, le visage inexpressif et sans vie. On avait demandé à l'homme de Mina Télévision de tirer trois copies de son film. Il l'avait rapporté à la boutique, l'avait confié à Shanker, qui en avait tiré quatre copies. Au mois de février suivant, il avait rapporté la quatrième à Bombay. Il l'avait remise à Bunty, et Bunty lui avait donné de l'argent. Et voilà, la cassette vidéo était là, sur mon écran de télévision, dans mon bureau.

Suleiman Isa avait le visage large et plat, une barbe clairsemée qui suivait la ligne de la mâchoire, et une fine moustache comme tracée au crayon. Sur la bande, il portait une chemise blanche à col rond, et un costume gris aux revers rehaussés d'une broderie fantaisie. J'étais incapable de dire ce qu'il buvait, mais il piochait des kebabs dans une assiette et disposait les piques bien en ordre sur le bord de la table. Rangé, méthodique. J'ai regardé la cassette tard dans la nuit. Je me repassais les images de Suleiman Isa sans relâche. Chotta Badriya l'a regardée avec moi, et, dans cette fête, nous avons compté quatre frères, dont les visages nous avaient été livrés par les photos de fiches de police. Finalement, Chotta s'est mis à bâiller, un bâillement toutes les minutes, et je l'ai renvoyé chez lui se coucher. Moi, j'ai encore regardé Suleiman Isa, sa façon de se rincer le bout des doigts dans une coupelle de laiton, et de les sécher en pétrissant délicatement sa serviette. Il était tard, à présent, et tard aussi dans la fête, sur cette cassette. Govinda était reparti depuis longtemps, et Suleiman Isa lui-même avait pris congé. Et pourtant, la caméra circulait encore, filmant des messieurs vautrés sur les canapés, déchaussés, la cravate de travers. L'un d'eux a vu la caméra. Après deux tentatives infructueuses, il a réussi à se lever en s'aidant des deux mains ; il a esquissé une virevolte à la Govinda, s'est écroulé, bousculant une table. Un verre s'est fracassé au sol. Éclats de rire. C'étaient des images que je n'avais encore jamais vues, car nous étions toujours revenus à Suleiman Isa et ses frères. Mais là, j'ai regardé jusqu'au bout. Je voulais avoir une vue d'ensemble avant d'aller dormir. Deux de ses amis ont relevé l'ivrogne, et les voilà maintenant qui s'avancent tous les trois d'un pas sautillant, un pas sur la gauche, sur la droite, sur la gauche, en se tenant par l'épaule. La caméra décrit un panoramique vers la gauche, les suit, les dépasse, et là, il y a un homme assis, indistinct. Il se relève, très vite, son épaule gauche se redresse, il va sortir du cadre, son visage se détourne d'un mouvement sec de l'objectif. Et de moi. Aussitôt, la caméra part en un mouvement réflexe retrouver les trois danseurs.

Faire un retour arrière. J'ai cherché fébrilement la télécommande, j'ai appuyé sur les touches. Il y avait quelque chose dans l'épaule de cet homme, une fluidité parfaite du corps, une assurance dans sa façon de se retourner brusquement. Il n'avait pas peur, il prenait une précaution nécessaire. Et il était là. À peine une seconde d'image floue. Il était fort, mais pas si fort que ça, pas assez – derrière lui, il y avait du verre, une baie vitrée, et dehors, l'obscurité. Dans l'angle, vers le bas de la fenêtre, je pouvais apercevoir les lumières de la rue. Et là, au milieu de ce miroir sombre et liquide, j'ai vu un visage. La lame tranchante d'un nez, un long menton, un cou puissant, le mouvement de balancier d'un médaillon qui scintille, suspendu à une chaîne en or. Bada Badriya. Le frère aîné de notre Chotta Badriya, le fidèle garde du corps de Paritosh Shah. C'était lui. C'était lui. C'était si rapide, si fugace, mais j'en étais certain. Mais non. J'ai fait défiler la bande au ralenti, image par image, le visage s'est décomposé devant mes yeux surmenés en blocs de lumière et lamelles d'obscurité jusqu'à devenir informe. Je me suis approché tout près de l'écran. Était-ce la brume terne d'une lumière changeante ou était-ce lui ? Sur les images fixes, il n'y avait plus qu'un vague nuage, un néant. Mais quand je le repassais à la bonne vitesse, il était là, c'était Bada Badriya. J'en étais sûr.

Je suis resté dans mon bureau jusqu'au matin, ignorant les appels ensommeillés de Subhadra. Je passais le film, en avant, en arrière, depuis cette chaise jusqu'à ce qui se trouvait à l'extérieur de l'image, jusqu'à sentir dans mes épaules et dans mes hanches son mouvement brusque, et j'ai fini par comprendre le sens de ce geste. S'écarter d'une chaise en douceur, avoir le réflexe de capter la menace venue rôder près de lui, un objectif de caméra ou le canon d'un pistolet, les muscles qui se bandent, et qui accélèrent le mouvement avec grâce, j'étais lui, je comprenais pourquoi il avait commis cet acte. Pour de l'argent, pour de l'avancement, par colère de n'être qu'un garde du corps, par mépris pour l'homme qu'il protégeait, parce qu'il avait de gros muscles et qu'il pensait mériter mieux. Suleiman Isa lui avait donné de l'argent, je le savais, et il lui avait promis bien davantage. Suleiman Isa avait offert à Bada Badriya une nouvelle version de Bada Badriya, un modèle supérieur, plus réussi. Et donc Paritosh Shah était mort. C'est en regardant cette bande que j'ai compris.

J'ai éjecté la cassette, j'ai éteint la lumière et je me suis dirigé vers ma chambre. Je me suis arrêté à mi-chemin, je suis resté là, abasourdi, serrant la cassette contre ma poitrine. Je savais ce qui me restait à faire concernant Bada Badriya, c'était simple. C'était comme si c'était fait. Mais son frère, Chotta Badriya, mon Chotta Badriya ? Que faire de lui, qui m'appelait « Bhai » tous les jours ? Qui dormait en ce moment même dans sa maison située à moins de cinq mètres de la mienne, de cette maison-ci que nous avions bâtie ensemble ? Je me fiais à lui, je ne nourrissais pas le moindre doute à son endroit. Que faire de lui, qui s'était montré loyal envers moi ? Quand son frère mourrait, quand je tuerais son frère, il le saurait. Même si Bada Badriya était retrouvé décapité dans un fossé loin d'ici, à Thane, dans Delhi la maderchod, même si je racontais à Chotta Badriya que Suleiman Isa était le responsable, il finirait par se poser la question. Il scruterait mon visage et il douterait de moi. Suleiman Isa lui ferait passer le mot, lui enverrait des photos de Bada Badriya en réunion fraternelle avec lui, à Dubaï, et Chotta Badriya se souviendrait de Paritosh Shah et de moi, il croiserait mon regard et comprendrait que je n'avais pas eu le choix, que j'y étais obligé, et il me haïrait. Peut-être accepterait-il l'idée que son frère avait mal agi, mais après cela, il se tiendrait à mes côtés, derrière moi, pour l'éternité, et me mépriserait. Il ne pourrait en être autrement. Il en est ainsi avec les frères, ça leur vient des tripes, ce lien inéluctable, cette haine. Si je laissais son frère s'échapper, conserverait-il sa loyauté à mon égard ? Resterait-il à mes côtés, si je pardonnais, si j'oubliais ?

J'ai fermé la porte de ma chambre. Dans son sommeil, Subhadra m'a parlé.

— C'est toi ?

— Qui d'autre, idiote ! Suleiman Isa ?

Je me suis allongé tout raide à côté d'elle, incapable de réprimer le ressentiment qui me rongeait le souffle. Elle s'est recroquevillée, apeurée. Et j'avais la cassette au bout des doigts, les pieds virevoltants de Govinda et, dans le bourdonnement de mon sang, je sentais que tous les cadeaux sont des trahisons, que naître, c'est être trompé, que rien ne nous est donné sans qu'une autre chose nous soit enlevée, que devenir Ganesh Gaitonde, le bhai hindou, était en soi un acte meurtrier, le meurtre de mille et un autre individus, et j'avais de l'eau dans les oreilles, le mugissement d'une eau bouillonnant au clair de lune, et quelque chose m'est sorti de la gorge, un gémissement sourd.

— Qu'est-ce qui ne va pas ? a chuchoté ma femme.

Je me suis tourné vers elle, je lui ai grimpé dessus, j'ai relevé sa chemise de nuit d'un coup sec, j'ai entendu les boutons sauter, le tissu se déchirer, et je suis entré en elle, de force. Ses halètements, ses cris se sont perdus dans l'exultation de ma colère et de ma frénésie, dans les grognements et les grondements de mon amertume.

Le lendemain, je me suis fait amener Bada Badriya. Mes boys sont allés le ramasser dans sa nouvelle station-service, du côté de Thane. Il avait une réputation, dans le coin, il était connu pour ses épaules et pour un truc qu'il savait faire, soulever un homme assis sur une chaise jusqu'au-dessus de sa tête. Six de mes boys sont partis le chercher. S'il vous crée des embêtements, je leur ai dit, vous lui tirez dans la jambe, mais vous me le ramenez vivant. Ils l'ont attendu, attablés à un petit dhaba, non loin de la station-service. Il est passé près d'eux, escorté par un garde du corps, pour rejoindre sa voiture. C'était devenu un homme d'affaires, désormais. L'ancien garde du corps avait un garde du corps. Mes boys ont assommé le porte-flingue avec un tuyau d'un mètre de long et, Bada Badriya s'est baissé, derrière la voiture, à hauteur d'une roue. Ils ont tous braqué leurs pistolets ensemble vers les jambes de Badriya. S'il avait dégainé à cet instant, il serait mort les cuisses hachées par une dizaine de balles. Ils tremblaient de nervosité. Mais Bada n'a pas bougé. Ils l'ont ramené ici remplis de fierté et de dédain, braillards et soulagés de n'avoir pas vu les balles siffler. Bunty, qui les avait conduits, m'a déposé un pistolet sur la table avec un claquement métallique et sourd.

— Bhai, il m'a dit avec son accent punjabi, il avait un Glock, mais il n'a pas eu le temps de mettre la main dessus. Et ce chodu qui prétend se faire passer pour un garde du corps. Il s'est calmé.

Calme, il l'était encore, Bada Badriya, assis sur une chaise dans le débarras où les boys l'avaient bouclé. Quand je suis entré, il s'est mis debout, et j'ai dû lever les yeux vers lui.

— Pourquoi tu as fait ça ? j'ai demandé.

— Fait quoi ? il m'a répondu, en tendant une main vers moi, la paume vers le ciel.

Je n'avais pas de plan exact. J'avais juste envie de regarder Bada Badriya dans les yeux, et maintenant, à le regarder, à voir l'innocence fuyante qu'il tentait de plaquer sur sa peur, le numéro pathétique auquel il se livrait, la colère a grandi en moi, dans mon ventre, énorme. J'en avais les côtes douloureuses. J'ai rugi.

— Je t'ai vu. Je t'ai vu, maderchod. Je t'ai vu danser.

— Danser ? Quoi ? Où ?

Je ne pouvais plus le supporter, sa poitrine de taureau, sa vie de costaud, sa binette de gamin.

— Tue-le, Bunty. Tue-le.

Et Bunty l'a tué.

Chotta Badriya m'attendait à Alibag. Je l'avais envoyé là-bas la veille au soir pour récupérer quatre lakhs en cash qu'un de nos contrôleurs gardait pour nous. Va me chercher cet argent, je lui avais dit, et contrôle-moi un peu ce contrôleur, il a quelque chose de pas fiable, je ne lui fais pas confiance. J'ai un pressentiment, je lui ai dit. Et je lui avais demandé de rester à Alibag, j'avais une propriété là-bas, un bungalow sur la plage, j'irais le retrouver sur place. Je ne voulais pas avoir Chotta Badriya dans les pattes, je ne voulais pas que quelqu'un décroche un téléphone et l'appelle pour lui raconter que son frère s'était fait ramasser. Reste là, dans mon bungalow, accorde-toi un petit moment de plaisir, je lui ai suggéré. Je viendrai te rejoindre. Et il m'a répondu : Oui, Bhai, viens, il te faut un peu de détente, à toi aussi.

Donc je me suis rendu au bungalow avec Bunty, et trois boys. Nous avons roulé trois heures, dans un après-midi de trafic chargé et de poussière. Après notre sortie de Kailashpada, j'ai fermé les yeux, j'ai serré fort les paupières. Quand je les ai rouverts, les champs s'étaient déployés autour de nous, remplis de constructions neuves. Nous avons obliqué vers l'est, le long de la grand-route, et de nouveau vers le sud. J'ai dormi. La mer a scintillé devant nous, une vaste plaine piquée d'éclats de lumière, métalliques, acérés, étincelants.

Chotta Badriya nous a appelés du balcon du bungalow. Je suis descendu de la voiture, je me suis étiré et je lui ai répondu par un grand sourire. Il portait un maillot de bain dont le rouge éclatant se détachait sur le blanc du bungalow, et son ventre débordait gentiment de l'élastique. Depuis quand avait-il grossi ? Quand, au cours de ces dix dernières années ? Nous nous étions vus si souvent, et de si près, que j'avais cessé de le remarquer. Est-ce qu'on observe la peau de sa main droite ? À cet instant, je voyais son ventre, ses cheveux coupés, son mariage, ses enfants, son goût pour le cinéma, sa passion pour les vêtements de bonne coupe, sa loyauté.

Au premier étage, il a renversé le cash sur le lit.

— Pas de problème, Bhai, il m'a affirmé. Tout est là. Je ne pense pas qu'on ait un problème avec ce type.

— C'est une bonne chose, j'ai fait. J'ai besoin de pisser.

— Par là, il m'a dit. Tu veux du chai ?

Il me proposait du thé alors que j'entrais dans les toilettes.

— Oui, j'ai dit, et j'ai fermé la porte.

Je l'ai entendu appeler, au bout du corridor, deux chais, et de quoi manger, vite, vite. Le miroir au-dessus du lavabo était cassé, toute une moitié était manquante, dénudant le bois brut, au-dessous. J'ai essayé de pisser, mais rien. J'ai versé de la flotte dans la lunette. Joue-la normal, je me suis dit. Ne l'effraie pas. Tu lui dois au moins cela. J'ai vérifié mon pistolet, et puis je l'ai remis sous ma chemise, dans le creux de mes reins. Cela faisait des années, littéralement des années, que je n'avais plus utilisé une arme. Et je ne connaissais que les revolvers bon marché, pas le bon automatique autrichien que je possédais à présent. Bunty avait dû m'apprendre : c'est comme ça qu'on insère le chargeur, Bhai, et ensuite tu tires sur la culasse, le cran de sûreté est ici. Il m'avait dit, d'un air de sympathie, tu n'es pas forcé, Bhai, tu sais que je peux m'en occuper, Bhai. Et j'avais répondu non. Non.

J'ai ouvert la porte. Chotta Badriya était assis sur le lit, il rangeait l'argent, il l'empilait soigneusement dans un sac de voyage bleu.

— Tout va bien, Bhai ?

— Bien ?

— Tu as l'air un peu… fatigué. Mal au bide ?

— Oui. Je suis barbouillé.

— Sous nos climats, il faut que tu fasses attention. Il y a trop de germes qui circulent un peu partout, la bouffe est vite contaminée. Et nous, on mange trop, tu sais, toute cette mangeaille qu'on nous sert dehors. Mange des plats cuisinés à la maison, tiens-toi à un régime plus léger, ça vaut mieux pour l'estomac.

Il a renversé la tête en arrière, il a rigolé un bon coup en se prenant le ventre à deux mains.

— Eh oui, Bhai, j'ai attrapé ça. Que faire ? On est devenus riches.

— On est devenus vieux.

— On est encore jeunes, Bhai...

J'étais sur le point de répondre, mais il y a eu du bruit à la porte, et Bunty est entré à reculons, un plateau dans les mains. Il l'a déposé sur le lit, m'a tendu une tasse de thé. Il avait les pupilles contractées, réduites à deux têtes d'épingle, l'air interrogateur. Je n'ai pas réagi, il a refermé la porte très doucement, et il régnait maintenant dans la pièce une tension sourde, que Bunty avait réveillée de son pas prudent. Ou bien était-ce le battement de mon sang ? Chotta Badriya avait toujours le regard tourné vers la porte.

— Qu'est-ce que tu disais ? je lui ai demandé, d'une voix qui résonnait trop fort.

Il s'est tourné vers moi. Sa bouche s'était rétrécie sous l'effet de la concentration ; il cherchait à retrouver le fil de sa pensée, et soudain il s'est relâché avec un grand sourire.

— J'ai complètement oublié, Bhai.

— Idiot, j'ai fait. Bois ton chai.

— Ces trucs-là font vraiment grossir, Bhai, m'a-t-il prévenu, en avalant bruyamment une gorgée de thé. – Il a levé un bhajiya brun et luisant qu'il venait de prendre au milieu du tas posé sur le plateau. – Un seul de ces machins contient plus de matière grasse qu'il n'en faut à ton organisme sur une année entière.

Il l'a reposé avec soin sur le plateau et bu une longue gorgée.

— Mange-le.

— Quoi ?

— Mange-le, j'ai répété.

Il nourrissait une sorte de haine pour ce petit tas de bhajiyas, une fascination meurtrière, conscient du pouvoir qu'ils exerçaient sur lui.

— Mange-les, mange-les, j'ai insisté. Je te donne la permission.

— Oui ?

— Oui.

Il en a pris un, il l'a levé bien haut dans le soleil, il a examiné les volutes brunes et les veines complexes du bhajiya. Il en a croqué une lente bouchée, et ses yeux se sont fermés un moment.

— Mmm, il a ronronné. Prends-en un, Bhai.

— Non, toi, mange. Tu arriverais à avaler tout le plat ?

— Le total, là ?

— Le total.

— Facile. Il n'y en a pas tant que ça.

— Alors termine-les.

— Non ? Tous ?

Il avait vraiment l'air d'un gros Chotta, avec ses lèvres graisseuses, les joues bouffies de surprise et son visage transparent de gamin, tout radieux.

— C'est un ordre.

Il s'est remis à manger, assis en tailleur sur le lit. Il a renversé une bouteille de sauce pourpre au-dessus des bhajiyas, il a tapoté sur le cul de la bouteille, quelques coups mats, et puis il a pris le plat, l'a porté à hauteur de sa poitrine, et il a plongé tête baissée sur les beignets d'oignons. Maintenant, j'ai pensé. Mais le pistolet s'était emberlificoté quelque part dans mon dos, je le sentais m'entamer la colonne vertébrale. J'allais devoir me lever, et dégainer. Non, non. Laisse-le finir. Quand il aura fini. Pas tout de suite.

Le tas du plateau était maintenant à moitié entamé. Je me suis levé, je suis allé à la fenêtre. Le toit blanc de ma voiture m'a envoyé une giclée de lumière, je me suis retourné, j'ai plissé les paupières. Le soleil baissait, le rivage noir s'étirait de droite à gauche, tout en rocailles et corniches. Les arbres étaient immobiles, pas une feuille ne remuait. Quelque part, très loin dans cette direction, il y avait d'autres pays, des millions de gens endormis. Je les voyais recroquevillés les uns contre les autres, nus, le visage détendu. Derrière moi, Chotta Badriya mangeait toujours. Il fallait que je me retourne. Peut-être qu'il n'avait pas encore terminé. Mais s'il avait terminé, il allait lever les yeux, il allait me regarder. Je me suis ressaisi, une respiration, une autre, le ressac était proche, et je me suis retourné. Il mangeait encore. Il lui restait deux bhajiyas. Il avait les joues remplies, actives. Il lui restait un beignet. Le pistolet est venu se glisser dans ma main sans difficulté. Il a basculé vers le haut. Je l'ai basculé vers le haut. J'étais prudent, solennel, correct. Trouve le bon équilibre. Vise soigneusement. N'entends rien. Ne vois que ta cible, rien d'autre. Cette étroite portion de peau brune juste au-dessus de l'oreille, un peu devant, juste avant la naissance des cheveux.

Son sang a jailli en crépitant. Le coup de feu a dû tonner et, une seconde après, je savais que le sang jailli d'un crâne à peine fracassé moussait, pétillait. Un chuintement rapide, ténu, un bégaiement. Il ne dure qu'un instant.

Bunty a poussé la porte, lentement, précédé par son pistolet. Il l'a abaissé. La seconde balle était inutile.

J'étais heureux. Je comprenais maintenant ce qu'entendait Paritosh Shah quand il me soutenait que j'avais besoin de m'installer, pourquoi il avait toujours vanté les vertus du mariage. J'étais installé, je me sentais en place, enraciné, maintenu, ancré dans ma terre d'une manière que je n'avais jamais expérimentée auparavant. Je savais qui j'étais, je n'avais plus le sentiment de chercher à tout moment à devenir Ganesh Gaitonde, de rechercher à tâtons les contours de Ganesh Gaitonde. En homme marié et bhai hindou, je me sentais réel. Je n'étais pas pour autant un mari soumis à la fatalité de sa condition – je continuais à me faire envoyer des femmes par Jojo – et je n'étais pas non plus un dévot, mais les boys me comprenaient, désormais, ils se sentaient à l'aise en ma présence. J'étais un chef auquel ils pouvaient s'identifier. Nos effectifs avaient retrouvé leur niveau normal. Pour la première fois de ma vie, j'éprouvais du contentement. Au début, cela m'a dérouté, cette poche de chaleur qui enflait dans ma poitrine. Oui, Subhadra se délectait à accomplir les actes quotidiens propres à une bonne épouse ; les ustensiles de cuisine étaient alignés en longues rangées ordonnées ; le choix de mes vêtements donnait lieu chaque matin à un véritable ballet, et le soir, c'est avec bonheur qu'elle les ramassait par terre. Elle arpentait ma maison d'un pas efficace, ses clefs tintinnabulant à hauteur de la taille. Elle était mince, pas précisément jolie, mais agréable à regarder et, quand je posais les yeux sur elle, je n'étais pas assailli par ce désir rageur que certaines randis faisaient naître en moi. Avec Subhadra, j'avais envie de m'asseoir, de contempler le soir depuis notre balcon, de déguster quelques ghavans et de boire un chai. Dehors, la guerre se poursuivait, mais je n'étais plus consumé par le combat comme naguère. Nous vainquions, parfois nous perdions, mais nous restions forts, nous grandissions et, en conséquence, j'étais heureux.

Cependant, j'étais assailli de troubles physiologiques. Mon estomac était malmené. En fin d'après-midi, une douleur saillante me tombait dessus, une impression de congestion dans le bas de l'abdomen, qui précédait une autre sensation, de dilatation, comme si quelque chose tentait d'en sortir. Des gaz, avaient diagnostiqué les médecins, et ils m'avaient prescrit des comprimés, avec un régime allégé. Mais seul le whisky apaisait la douleur, ramenait mes tissus au calme, gommait les tensions soudaines qui menaçaient de tout déchirer. Je ne pouvais pas autoriser les boys à m'imiter, et donc Bunty m'a aménagé un bungalow rien que pour moi, facile d'accès, cette fois, à Juhu, au bout de la voie qui menait à l'Holiday Inn. Je me rendais tous les jours dans ce refuge près de la mer, où Bunty avait placé une bouteille de whisky dans un placard fermé à clef, avec du soda dans le frigo. Je m'asseyais seul, sur la terrasse, au coucher du soleil, et je buvais. Deux petits whiskys-sodas, voilà ce que je m'accordais. L'alcool était apaisant, mais il provoquait des accès de nostalgie. Certains soirs, je pleurais mes débuts avec Paritosh Shah, quand nous étions pauvres et jeunes, quand nous affrontions des obstacles insurmontables, vainquions des scélérats d'une puissance monstrueuse. Ils s'étaient enfuis, les jours heureux, les heures de fièvre avant le combat, les compagnons de nos soirées joyeuses, les chansons de notre éphémère printemps… Je buvais, j'écoutais quelques vieux titres, et je me souvenais. *Chala jaata hoon kisi ki hun me, dhadakte dil ke tarane liye…* « Je marche au rythme d'une certaine personne… »

Dans le même temps, Bunty se formait à gérer nos affaires si complexes. Il avait commencé avec nous comme tireur, il s'était fait remarquer assez tôt, dans notre guerre contre Suleiman Isa, et maintenant il était mon principal contrôleur, mon homme de confiance. Il était plein d'assurance et de vigueur.

— Tout le monde sait ce que tu as fait, Bhai. De Matunga à Dubaï, ils ont entendu. Ils savent que tu es allé dénicher les enflures de Suleiman Isa et que tu les as culbutées. Ton associé a été pleinement payé de retour. Là-dessus aussi, tu as gagné.

Il disait cela pour me remonter le moral quand je restais trop longtemps silencieux, en voiture. Je savais que j'avais gagné. Et je savais qu'il n'y a pas de victoire en ce monde où ne se cache une perte plus lourde que le gain, et que, dans notre triomphe même, nous sommes traqués par je ne sais quel désastre à venir. Je savais aussi que quelque chose se préparait. Suleima Isa se préparait. J'ai prévenu mes boys de faire attention, j'ai accru la sécurité dans Gopalmath, j'ai interdit à Subhadra de sortir de la maison. Même pas pour aller au temple, j'ai insisté. Tu vas devoir rester à la maison. Elle a pris un air lugubre, mais elle a obéi.

Vingt et un jours après la mort de Chotta Badriya, un vendredi, en début d'après-midi, les bombes ont explosé. Je l'ai appris quelques minutes après la première, un coup de téléphone d'un de nos boys. Il m'a appelé de la ville, en sanglots : Bhai, il y avait un pied sur le trottoir, il y a eu un bruit, un boum énorme, et je ne sais pas ce que c'était, les gens couraient et personne ne savait, j'ai couru avec eux, on a tourné à un angle de rue, et il y avait ce pied sur le trottoir, Bhai, il était là, par terre, arraché à hauteur du tibia, il n'y avait pas de sang, et puis quelqu'un a pointé le doigt, là, au coin de la rue, et j'ai suivi ce doigt, le bâtiment de la Bourse a disparu, la Bourse a disparu, elle a sauté, elle s'est écroulée. Il y a eu une explosion, Bhai, une bombe, une bombe.

Je l'ai calmé, je lui ai dit de rentrer chez lui. Il y a eu encore d'autres détonations, au marché aux grains du Masjid Bunder, à Nariman Point, et j'ai appelé Bunty pour l'envoyer au commissariat de Goregaon, au quartier général de la police, et puis, alors que je composais un autre numéro, la tonalité a sonné occupé, et toutes les lignes étaient mortes, et pourtant les nouvelles n'arrêtaient pas de tomber, une explosion près du quartier général des rakshaks, et ensuite, sur un brusque fond de silence, de courtes rafales de hurlements se sont élevées de la rue. Et puis les boys se sont mis à courir en tous sens, d'un bout de la rue à l'autre, et des mères rassemblaient leurs enfants, une voiture s'est immobilisée, il y a eu un bruit de pas, des pas précipités, et Bunty est arrivé avec encore d'autres nouvelles, des pêcheurs étaient morts à Mahim, suite à une attaque, des bombes étaient tombées du ciel, des hommes débarquaient sur le rivage avec des mitrailleuses. J'ai ordonné à tout le monde de rentrer s'enfermer à clef, et j'ai demandé à mes boys de monter la garde, je les ai armés et je les ai postés aux périphéries de Gopalmath. Le soir, nous avions une idée plus précise de ce qui se passait : il n'y avait pas de maraudeurs venus de la mer, mais on avait lancé des grenades sur le Fisherman's Colony, et douze bombes avaient soulevé des nuages de béton d'un bout à l'autre de la ville, douze fois en deux heures, des hommes, des femmes et des enfants avaient eu la tête arrachée dans un fracas cataclysmique qui avait tué des centaines de personnes, mutilé des milliers de gens. À la télévision, les bâtiments déchiquetés se dressaient, éventrés, affaissés, leurs entrailles métalliques tordues, les ministres et les policiers avaient déclaré qu'une enquête était en cours, et ils le répétaient sans relâche. Mais à Gopalmath, mon épouse restait blottie contre moi, soumise et reconnaissante, et je savais que, dehors, dans les rues, on chuchotait : Bhai était au courant, il avait prévu qu'il allait se passer quelque chose. Oui, je savais. Oui. J'avais arpenté ce champ de bataille depuis assez longtemps pour en apprendre les rythmes et les récits, comme autant de roulements de tambour déclinants. Nous avons été emportés par les déferlantes de l'Histoire, et beaucoup sont morts, mais moi j'ai vécu. J'avais creusé des fosses profondes pour la multitude, mais j'avais survécu parce que j'avais fini par percevoir les enchaînements souterrains des causes et des conséquences, je savais dans ma chair où l'éclair d'une blancheur d'os allait s'abattre, la fois suivante. J'étais éveillé. Je jouais le jeu.

C'était évident, c'était comme une roue de charrue dans un sillon de terre humide : Suleiman Isa et ses gens avaient planifié et exécuté ces attentats à la bombe, ont déclaré les enquêteurs de la police. Bien entendu, bien entendu. Je le tenais de nos paltus de policiers avant que ce ne soit annoncé à la télévision, dans la colère qui couvait et qui enflait après l'effondrement de la mosquée, après les émeutes, de jeunes musulmans originaires de Bombay avaient été acheminés par avion depuis Dubaï, puis au Pakistan. Ils avaient été entraînés par des Pakistanais. Suleiman Isa avait fait importer par mer des paquets graisseux de RDX qu'il s'était procuré auprès de contrebandiers chevronnés. Les jeunes recrues avaient confectionné des bombes avec ce RDX, les avaient dotées de leur minuterie, les avaient installées dans des voitures et sur des scooters qu'ils avaient disséminés dans les lieux les plus peuplés et les plus célèbres de la ville, et le massacre s'était ensuivi. C'était leur vengeance, pour les émeutes, pour tous ces musulmans qu'on avait tués.

Il y avait eu une petite guerre, entre Suleiman Isa et moi, entre nos deux compagnies. La lutte avait duré longtemps, et durerait encore. Mais à présent, elle rejoignait une guerre plus grande. Le jeu était à multiple détente, ramifié, séduisant et infiniment dangereux. J'avais appris que Suleiman Isa faisait acheminer des bombes, j'en avais ri, et j'en avais conclu : normal. Et je me suis demandé : Ensuite, je passe à quoi ? Quelle est la prochaine étape ? Qu'est-ce qui m'attend ?

Cela m'a pris un moment, plusieurs mois en fait, mais ça m'est venu, naturellement. Ça m'est venu le lendemain de la naissance de mon fils. Gopalmath était éclairé par les bruits de la fête, et ma maison était pleine de visiteurs. J'étais moi-même fébrile, sous l'effet des bouffées de joie qui me remuaient les tripes, inusitées, sans précédent, qui m'échauffaient et me désarmaient chaque fois que je posais le regard sur le petit visage fripé de mon fils.

Au milieu de tout cet émoi, Bipin Bhonsle m'a appelé pour me demander un rendez-vous. Désormais, il n'était pas seulement député, il était aussi un dirigeant de son parti, et nous devions donc prendre des précautions, et même des précautions redoublées, donc nous nous sommes rencontrés dans une station balnéaire de Madh Island. Ils avaient loué un bungalow privé à l'écart des autres. Quand nous sommes arrivés sur place, au crépuscule, nous les avons trouvés qui nous attendaient. Nous nous sommes installés sous les palmiers, sous un ciel gorgé d'étoiles. Bipin Bhonsle buvait de la bière, que j'ai refusée. Il avait avec lui un homme qu'il m'a présenté, un M. Sharma. Ce Sharma était un de ces brahmanes à la peau claire de l'Uttar Pradesh, la voix posée, qui parlait un hindi chic façon All-India Radio. Il était vêtu d'un long kurta marron et il était assis en tailleur dans son fauteuil, avec l'air d'entamer une séance de yoga.

— Sharma-ji est l'un de nos associés à Delhi, m'a précisé Bipin Bhonsle.

Il agitait les orteils, s'enfournait des kajus dans le bec et buvait. Pendant quelques minutes, il a parlé des récents affrontements politiques, des rivaux qu'il avait humiliés, des profits qu'il avait réalisés. Ensuite, il a fait signe à ses gars de reculer dans la pénombre, et il a brusquement tiré sa chaise en aluminium vers moi et s'est penché sur l'air de la confidence. Il avait le torse saillant sous sa chemise brillante.

— Sharma-ji a besoin de ton aide, Bhai, il m'a fait. C'est un ami très proche. Pas un membre de notre parti, évidemment, mais nous nous comprenons.

— Quel genre d'aide ?

— Pour ces musulmans, tu sais.

— Oui, j'ai dit. Eh bien, quoi ?

— Cette guerre n'est pas terminée, Bhai, a-t-il continué. Ils sont ici. Ils se multiplient. Ils vont encore s'en prendre à nous.

— Ou vous à eux.

— Après ce qu'a fait ce salopard de Suleiman Isa, nous allons devoir les écraser. Ils vivent ici, mais au fond de leur cœur, Bhai, ce sont des maderchods de Pakistanais. Elle est là, la vérité.

— Qu'attendez-vous de moi ?

Cette fois, c'est Sharma-ji qui s'est exprimé.

— Nous avons besoin d'armes.

— Les Pathans font passer des armes par Kutch et Ahmedabad, lui ai-je rappelé. Ils vous vendront ce que vous voulez.

— Ce sont des Pathans, Bhai Saab, a répondu Sharma-ji et, sous les douces inflexions de sa voix, on sentait le fer. Nous ne pouvons pas nous fier à eux. Nous voulons installer notre propre circuit. Nous voulons un approvisionnement régulier.

— Il doit bien y avoir des compagnies, dans le nord.

— Personne ne dispose d'une organisation comme la vôtre. Nous voulons acheminer le matériel par mer. Nous avons besoin de quelqu'un pour faire entrer ces armes. Eux, ils ont Suleiman Isa.

— Et vous me voulez, moi ?

— Exactement.

Je me suis enfoncé dans mon siège, je me suis étiré. Suleiman Isa était le parrain des musulmans, et moi j'étais le bhai des hindous. C'était nécessaire. Une lune basse flottait au-dessus de nous, rebondie et discrète. J'ai inspiré, j'ai humé les senteurs de jasmin. Quelle beauté, ai-je pensé. C'est un monde terrible, ai-je pensé encore, et c'est un monde parfait.

— Il y a beaucoup d'argent en jeu, Bhai, a insisté Bipin Bhonsle. Et tu sais que tu dois te ranger à nos côtés. Nous devons protéger le dharma hindou. Il le faut.

— Du calme, j'ai fait. Je m'en occupe. Je suis à vous.

Une femme en détresse

Le mardi matin, cinq messages attendaient Sartaj, émanant tous de Mme Kamala Pandey. Sartaj ferma les yeux et, à travers la surface lisse et blanche de sa migraine, il tenta de se remémorer qui était Kamala Pandey. C'était une migraine propre au whisky, homogène, compressée, persistante. Les bruits matinaux du commissariat lui tapaient sur le crâne, les agents qui se disputaient dehors dans le couloir, le chuintement de l'eau sur le béton, le raclement régulier d'un jhadoo balayant le sol, les fanfaronnades insistantes des corbeaux, les grognements angoissés d'un prisonnier que l'on reconduisait en cellule, clopin-clopant, après un interrogatoire. Sartaj avait envie de rentrer chez lui dormir. Mais la journée commençait à peine.

— Est-ce que cette Kamala Pandey a précisé à quel sujet elle appelait ? demanda-t-il à Kamble.

Kamble farfouillait avec impatience dans les tiroirs du bureau. Ce matin-là, il lui avait parlé de son contact dans la brigade volante, d'une ouverture qui se présentait au sein de cette unité, et il se comportait déjà comme s'il était au-dessus de toute cette activité monotone et du chaos ordinaire d'un vulgaire commissariat de banlieue.

— Non, elle n'a rien ajouté. Je lui ai posé la question. Elle m'a répondu que c'était personnel. Et elle n'a laissé qu'un numéro de portable.

Et là, le sous-inspecteur leva le nez avec un grand sourire. Kamble n'était jamais en reste d'un regard salace.

— À la voix, elle m'a l'air d'un sacré canon, chef. Genre école privée, style impeccable. Votre girlfriend, ou quoi ?

— Non. Mais ce nom, ça me dit quelque chose.

Kamble referma les tiroirs en les claquant.

— Il y a carrément un problème, sûr, chef, insista-t-il, et il se retourna pour vérifier le contenu des étagères, derrière son bureau. Une femme qui appelle cinq fois en une seule journée, soit elle est amoureuse de vous, soit elle est dans le ghotala jusqu'au cou. Je lui ai demandé si je pouvais l'aider, mais elle en a pas démordu, non, l'inspecteur Sartaj Singh et personne d'autre.

Il reprit sa place devant son bureau, il avait dégotté le fichier qu'il recherchait.

— Ce commissariat de maderchod, c'est un dépotoir, une décharge de bhenchod.

Il avait un immense sourire béat.

— Mais tu nous quittes bientôt, non ? fit Sartaj.

— Ah oui, absolument. Bientôt, bientôt.

— Sous quel délai ?

— Les prix ont monté. Je suis un peu court. Pas de beaucoup, mais court quand même.

— Mais je suis convaincu que tu travailles dur pour combler le trou.

Kamble agita le dossier sous le nez de son supérieur.

— Un petit bout par-ci, un petit bout par-là. Je file au tribunal, acheva le sous-inspecteur, en fourrant le document dans sa serviette en moleskine marron. Ce soir, je sors, venez avec moi, chef. Je vous présenterai deux ou trois filles assez bonnardes.

— J'ai un rendez-vous. Vas-y, toi.

Kamble passait ses soirées dans les bars avec une panoplie changeante d'entraîneuses. Il en avait trois sur le gril, en permanence : une sur le retour, une autre dans la fleur de l'âge, et une jeune qu'il aidait à entrer dans le métier.

— Amuse-toi. Fais attention.

Mais Sartaj savait que Kamble ne faisait pas du tout attention. Il était pétri d'audace et de confiance en lui, et levait des fonds pour rejoindre la brigade volante, affamé qu'il était d'action et de montagnes de cash. Il était jeune, il se sentait fort, il avait un pistolet dans son ceinturon et il savait qu'il avait le pouvoir d'ôter la vie et de la plier à sa volonté.

— Aujourd'hui, vous allez veiller sur vous, Sardar-ji, insista-t-il, et il avait l'air radieux dans sa chemise en twill et son jean noir neuf. Si vous changez d'avis, appelez-moi sur mon portable. Ou si vous avez besoin d'une aide quelconque.

Et il s'en alla, frimeur, la serviette calée sous le bras.

Sartaj se laissa choir dans son fauteuil. La condescendance de Kamble ne le frappait pas. Il se faisait à l'idée d'être au bout du rouleau, d'avoir atteint le point culminant de sa carrière, à peine plus haut que celui de son père. Il savait désormais qu'il ne serait jamais le héros d'aucun film, même pas du film de sa propre vie. Autrefois, il avait été le jeune qui monte, tout désigné pour obtenir de l'avancement. Même le fait qu'il soit un sikh au sein d'un service rempli de Marathas avait constitué un avantage tout autant qu'une entrave, un signe distinctif qui lui valait sa place à part. Il s'était distingué, en effet, il s'était fait connaître, et les journalistes avaient adoré écrire sur ce bel inspecteur. Mais les années avaient patiné l'éclat de ce personnage choisi, et il était devenu le semblable de mille autres opportunistes du service. Il avait ses compensations, et traversait ses journées d'un pas laborieux. Il se pouvait même que sa mémoire commence à le trahir. Oui. C'était cette vérité que Kamble, lancé dans sa course ascensionnelle, avait sans nul doute perçue chez son supérieur. Et puis, ces derniers temps, la brigade volante avait aligné les succès. Au cours des trois derniers mois, ses hommes avaient abattu ceux de Suleiman Isa à un rythme rapide, pas seulement des taporis à la petite semaine, qui plus est. À mesure qu'ils tombaient, l'un après l'autre, sous les balles de la brigade volante, les journaux publiaient les biographies de tueurs d'élite et de contrôleurs de premier plan. Suleiman Isa battait en retraite, le ministre en chef venait à peine de l'annoncer, non sans fierté, la semaine précédente. Pour Kamble, la brigade volante constituerait un environnement passionnant, et il était convaincu qu'il en serait bientôt.

Mais telle était la vie de Sartaj qu'elle s'étirait en longueur. Il n'avait nulle part où aller en dehors de cet endroit, de cette épreuve quotidienne, du désordre de ce poste de police. Dans la liste de ses enquêtes en cours, il comptait trois cambriolages, deux adolescents portés disparus, un cas de malversation et de fraude, et une affaire de meurtre conjugal. Les sujets d'affliction habituels.

Et maintenant, il y avait ces coups de fil de cette Mme Kamala Pandey. Qui était-ce ?

Il composa le numéro. Elle décrocha dès la première sonnerie, et répondit d'une voix terrorisée.

— Allô, allô ?

— Madame Pandey ?

— Oui. Qui est là ?

— Inspecteur Sartaj…

— Oui, oui. Il faut que je vous voie.

— Quelque chose ne va pas ?

— Écoutez, s'il vous plaît… – Elle s'interrompit. – J'ai juste besoin de vous rencontrer.

Elle avait l'habitude d'agir à sa guise. Cela lui revenait, à présent. Son mari avait balancé un petit chien par une fenêtre. Il se souvenait du chien, pauvre petite créature blanche, le crâne éclaté sur l'asphalte. M. Pandey soupçonnait Mme Pandey d'infidélité, et donc il avait assassiné son animal de compagnie. Mme Pandey avait refusé d'intenter une action en justice contre son époux, lequel avait refusé de se plaindre de ses agressions à coups de canne et de couteau. Sartaj n'avait apprécié aucun des deux personnages, et Katekar encore moins. Il avait eu une forte envie de les mettre au trou, l'un et l'autre, une nuit ou deux, pour trouble à l'ordre public. Ou du moins de les bousculer un tantinet, d'apprendre à ces gosses de riches à se tenir tranquilles. Sinon, l'avait prévenu Katekar, on finira par retrouver mort l'un des deux. C'était peut-être pour cela que Mme Kamala Pandey l'avait contacté, peut-être le mari était-il mort, et elle l'avait rangé, plié en deux, dans une armoire de sa chambre. Ce genre de truc était arrivé, déjà.

— À quel propos, madame Pandey ? lui demanda-t-il. Quel est le problème ?

— Pas au téléphone.

— Il y a un problème ?

Elle hésita.

— Oui, dit-elle. Je ne peux pas venir au commissariat.

— Très bien. Connaissez-vous le restaurant Sindoor ?

En quittant le poste par le passage souterrain, Sartaj vit Parulkar qui lui faisait signe de s'arrêter. Il partait en convoi dans une autre direction, à bord d'une voiture officielle flambant neuve. Sartaj fit demi-tour et suivit Parulkar, qui ralentit au premier accotement dégagé, et s'arrêta. Les hommes chargés de sa sécurité sautèrent de leurs jeeps d'un pas alerte et bouclèrent le périmètre, tenant prêts leurs fusils automatiques. Leur nombre avait augmenté au cours des deux ou trois derniers mois, depuis que Parulkar avait réussi à assurer sa survie – encore une prouesse. Quelle qu'ait été la nature de la controverse avec le gouvernement des rakshaks, l'affaire avait été réglée. Subitement, Parulkar était devenu leur favori ; le ministre en chef et le ministre de l'Intérieur le consultaient tous les deux jours. Les ennemis étaient devenus des alliés, et les deux parties en avaient profité. Le crime organisé battait en retraite, les bhais, les contrôleurs et les tireurs s'étaient fait tuer à une cadence telle qu'il n'en resterait plus guère sur le terrain, du moins jusqu'à l'apparition de la génération suivante. Tout allait pour le mieux dans le monde de Parulkar. Il s'était arrangé pour et, une fois encore, il s'était montré stupéfiant. La rumeur courait qu'il avait versé vingt crores au seul ministre en chef, et d'autres sommes à divers fonctionnaires. En tout cas, il était de retour, auréolé de gloire, et sa jovialité retrouvée.

— Viens, viens, lança-t-il. Vite.

Sartaj se glissa à côté de lui. Il émanait un nouveau parfum de sa voiture, quelque chose de très délicat.

— Ça te plaît ? s'enquit-il. Cela s'appelle *Nectar de fraîcheur*. Regarde, ça vient de là.

Un mince tube en aluminium muni d'ailerons était posé sur la bouche d'aération du tableau de bord, avec un voyant rouge signalant, supposa Sartaj Singh, que le *Nectar de fraîcheur* se diffusait dans l'habitacle.

— Cela vient d'Amérique, monsieur ?

— Oui. Ça va bien, Sartaj ?

Parulkar venait de rentrer d'un voyage de deux semaines à Buffalo, où l'une de ses filles occupait un poste de chercheuse à l'université. Il avait l'air reposé, content, plein d'entrain, à l'image du Parulkar ancienne manière.

— Vous me paraissez en pleine santé, monsieur.

— C'est l'air pur de là-bas. Une promenade matinale, là-bas, ça vous revigore vraiment. Tu ne peux pas imaginer.

— Non, monsieur, en effet, je ne peux pas.

— Je t'ai rapporté quelque chose, un lecteur de DVD portable. Il est tellement petit – il mit les deux pouces en angle droit, à moins de quinze centimètres l'un de l'autre – et l'image est tellement nette, absolument nette. Tu peux l'emporter partout avec toi et regarder des films, tu vois. Très bien, pour un policier.

— C'est trop merveilleux, monsieur. Je n'avais pas besoin…

— Arre, ne me parle pas de besoin. Je sais de quoi tu as besoin. Tu viens chez moi, demain ou après-demain, et on va parler. D'ailleurs, le lecteur est chez moi.

— Oui, monsieur. Merci, monsieur.

Parulkar lui flanqua une grande tape sur l'épaule et le libéra. Sartaj songeait à ce nouveau lecteur de DVD, et cela le préoccupait. Il allait devoir acheter ou louer des DVD et les regarder. À coup sûr, Parulkar allait lui demander de commenter ce qu'il avait vu. C'était peut-être aussi bien comme ça. Peut-être son supérieur comprenait-il mieux que lui ce dont il avait besoin. Un peu de divertissement serait exactement ce qui le remettrait d'aplomb, ce qui le revigorerait, comme une marche matinale à Buffalo. Où était-ce situé, en Amérique, Buffalo ? Et pourquoi ce nom, Buffalo ? Il n'en avait aucune idée. Encore un mystère de la vie.

Il prit placc dans son box habituel, au restaurant Sindoor, et fit durer son Coca. L'endroit avait été récemment rénové, et il y avait gagné de nouvelles tables rouges et un nouveau menu incluant des plats bengalis et andhras. Il parcourait la carte des desserts quand Shambhu Shetty entra.

— Salut, saab, fit-il, et il s'assit.

Leur dernière rencontre remontait à une semaine. Sartaj était venu collecter la contribution mensuelle du Delite Dance Bar aux finances du commissariat et Shambhu s'était plaint, comme d'habitude, de la nécessité des descentes et de la hausse des tarifs, et il avait parlé à Sartaj de son trekking de rêve, dans les forêts de l'Arunachal Pradesh. Cette fois, Shambhu était porteur de nouvelles heureuses. Il s'était fiancé. Ayant amplement goûté au carrousel des plaisirs féminins que son bar lui fournissait quotidiennement, il désirait s'installer.

— Celles-là, c'était la bande-annonce, chef. Cette fois, c'est le grand film.

L'héroïne du film de sa vie était une gentille fille que lui avaient trouvée ses parents, issue de la communauté Shetty, bien entendu. Les deux familles avaient des amis communs à Pune, et se connaissaient vaguement depuis des décennies. La fille était titulaire d'une licence en sciences de l'éducation, mais elle serait contente de ne plus avoir à travailler après son mariage. Elle était vierge, cela allait sans dire.

— Bravo, Shambhu, approuva Sartaj. C'est pour quand, la cérémonie ?

— En mai. Les cartons seront imprimés à la fin de ce mois. Je t'en enverrai un.

Il était quatre heures et demie de l'après-midi, et le restaurant était presque désert. Un tandem d'étudiants amoureux était assis sur la même banquette, du même côté d'un box ; ils sirotaient leurs Coca en faisant durer le plaisir, cuisse contre cuisse. Shambhu était détendu, mais on le sentait débordant d'énergie. Il avait ses projets de mariage, et d'autres projets pour un nouveau bar, situé à Borivili Est, cette fois. Ce nouveau bar serait à thème filmi, avec des photos de stars de cinéma collées un peu partout. Il y aurait différentes salles, chacune avec son décor particulier. Il y aurait une salle Mughal-e-Azam, et une salle DDLJ.

— Tu devrais investir, suggéra-t-il. Je te garantis un bon rendement. Investis pour ton avenir.

— Je suis pauvre, Shambhu, s'excusa-t-il. Ça m'étonnerait que tu t'intéresses aux investisseurs qui apportent cinq cents roupies.

— Pauvre, toi ? Même après le coup Gaitonde ?

— Ce n'était pas un coup, Shambhu. Le bonhomme s'est suicidé.

— Oui, oui. – Shambhu était tout sourire, très au fait des manières d'agir de la police. – Et comment t'y es-tu pris pour le dénicher ?

— Un coup de téléphone anonyme. Un tuyau.

— Si tu déniches encore un tuyau pour de l'argent qui tombe tout cuit, saab, tu viens me trouver. C'est une bonne période pour investir.

Shambhu se déplia pour ressortir du box. Il avait un visage fuyant et des yeux trop rapprochés, mais il se portait très bien. Il était tout à fait à l'aise en ce monde.

— J'attends une livraison de bière, annonça-t-il.

Il serra la main de Sartaj et se dirigea vers la porte d'un pas vif. Il s'effaça pour laisser entrer Mme Pandey. Elle s'arrêta pour retirer ses lunettes noires de marque, et marcha droit sur Sartaj.

— Bonjour, fit-il.

Il se leva et lui fit signe de contourner une cloison de séparation, vers une petite table placée à côté de la porte des cuisines. Là, ils seraient tout à fait au calme, seul à seul.

Elle s'essuyait le nez avec un mouchoir en papier ; elle était tendue, épuisée, mais élégante. Elle avait les cheveux brillants, mi-longs, portait un jean blanc, un haut blanc très court de manches, d'une coupe qui dévoilait une partie de son ventre aux muscles toniques. Elle était plus petite que dans son souvenir, mais sa poitrine spectaculaire remplissait très joliment son haut blanc. Ce n'était pas précisément le genre de tenue qu'il aurait recommandée pour un rendez-vous en tête à tête avec un policier miteux dans un restaurant de banlieue très petit-bourgeois, mais les femmes avaient leurs raisons qui n'appartenaient qu'à elles. Peut-être que tout ce jhatak-matak lui donnaient confiance en elle. Peut-être appréciait-elle que les hommes la regardent.

Enfin, elle parla.

— Merci d'avoir accepté de me rencontrer, commença-t-elle.

Son hindi avait cette légère gaucherie qui lui venait d'une pratique trop habituelle de l'anglais.

— Pani, fit-elle sèchement à un serveur qui venait de s'approcher. Bisleri pani.

Il attendit que le serveur leur ait versé un peu d'eau et se soit éloigné. Les ongles de Mme Pandey étaient peints d'un vernis clair que Megha avait parfois porté. Megha la lui aurait décrite comme « une petite nana sexy » et l'aurait tenu à distance du spécimen. Mais pour le moment, il n'éprouvait aucun désir, juste de la curiosité.

— C'est mon devoir, dit-il. Mais quel est le problème ?

Elle hocha la tête.

— Le problème, répéta-t-elle.

Ce qu'elle avait de mieux, c'étaient les yeux. Ils étaient grands et en amande, de la couleur d'un bon scotch avec un ou deux glaçons fondus dedans. Megha aurait insisté, soulignant qu'elle n'était pas d'une beauté classique, mais qu'elle s'était arrangée pour se rendre séduisante. Pour l'heure, elle avait de très gros ennuis, et du mal à en parler.

— Vous êtes hôtesse de l'air, rappela-t-il.

— Oui.

— Pour ?

— Lufthansa.

— C'est une bonne compagnie.

— Oui.

— Ils paient bien.

— Oui.

— Est-il arrivé quelque chose à votre mari ?

— Non, non. – Cette question soudaine l'avait aussitôt mise sur ses gardes, les bras croisés sur le ventre. – Rien de ce genre.

Mais cela avait un rapport avec son mari quand même. Il en était convaincu.

— Alors, de quoi s'agit-il ? fit-il avec prévenance.

Il était calme, et il but lentement une gorgée d'eau. Il voulait bien attendre.

Elle se ressaisit et parvint à lâcher une réponse.

— Quelqu'un me fait chanter.

— Quelqu'un. Vous ne savez pas qui ?

— Non.

— Comment entrent-ils en contact avec vous ?

— Ils m'appellent sur mon portable.

— Une seule personne ?

— Oui. Mais je l'entends parler à quelqu'un d'autre, parfois.

— Un homme.

— Oui.

— À quel sujet vous font-ils chanter ?

Elle releva le menton. Elle avait pris sa décision, et elle n'allait pas se laisser submerger par la honte.

— Au sujet d'un homme.

— Qui n'est pas votre mari ?

— Oui.

— Dites-moi, reprit-il.

Elle avait horreur de s'expliquer, d'avoir à justifier quoi que ce soit.

— Madame, insista-t-il, si je suis appelé à vous aider, j'ai besoin de connaître les détails. Tout. – Il lui versa un peu d'eau. – J'exerce le métier de policier depuis longtemps. J'ai vu de tout, dans ma vie. Rien de ce que vous pouvez dire n'est à même de me choquer. Dans notre pays, nous faisons tout et nous ne disons rien. Mais il faut que vous me racontiez.

Et donc, elle finit par lui raconter. Il y avait eu un homme. Son mari ne s'étant pas tant trompé, avec ses soupçons. En réalité, il avait plutôt vu juste. L'homme était un pilote, oui. Sauf qu'il ne volait pas pour Lufthansa, et qu'ils n'avaient même pas pu profiter de ses escales à Londres pour s'amuser. Le pilote de Kamala Pandey volait pour Sahara Airlines, il s'appelait Umesh Bindal, il était célibataire, elle l'avait rencontré à une soirée, à Versova, trois ans plus tôt. Leur liaison avait débuté un an après leur première rencontre, et elle avait rompu depuis six mois. Leurs rendez-vous avaient tous eu lieu à Bombay, Pune et Khandala. Les maîtres chanteurs l'avaient appelée une première fois il y avait un mois et demi.

— De quoi disposent-ils ? lui demanda-t-il.

— Ils connaissaient beaucoup de détails, au sujet d'un hôtel. Et ils savaient quand j'étais allée chez lui.

— Cela ne suffit pas. Ils doivent détenir autre chose.

Là, elle tressaillit, à cause de ce qu'elle était contrainte d'ajouter.

— Des vidéos.

— De quoi ?

— De nous. Devant notre chambre.

À ce qu'il semblait, ces vidéos avaient été filmées avec une caméra cachée, dans une pension, à Khandala. Les deux amants avaient eu recours à cet établissement, souvent et de façon régulière, et le personnel les avait pris pour un couple marié, amateur de vacances brèves dans une station balnéaire de moyenne montagne. Les vidéos les montraient entrant dans leur chambre, et en ressortant. Et se tenant par la main, s'embrassant, allant et venant, enlacés, dans le jardin de l'hôtel. Les maîtres chanteurs avaient déposé la cassette sur le siège de la voiture de Kamala Pandey, dans une enveloppe en papier kraft. Et ensuite, ils l'avaient appelée.

— Combien leur avez-vous versé ?

Il vit flotter un frémissement déconcerté sur ses joues fermes. Il rit.

— Cela n'a rien d'extraordinaire, madame. Tout le monde paie, au début. Les maîtres chanteurs envoient une cassette vidéo, des photos, ce que vous voulez. Un mois plus tard, ils reviennent avec de nouvelles cartouches. Alors, quel était le montant ?

— Un lakh cinquante mille. Ils voulaient deux lakhs, mais Umesh a négocié avec eux. Maintenant, ils ont envoyé une nouvelle bande.

— Combien veulent-ils, maintenant ?

— Deux lakhs.

— Et où est la bande ?

— Je l'ai brûlée.

— Les deux vidéos ? Tout ce qu'ils vous ont fait parvenir ?

— Oui.

— Ça, madame, ce n'est pas une bonne idée. Nous aurions pu apprendre quelque chose, grâce à ces bandes. Ou même à partir de l'enveloppe.

Elle opina. Les vidéos devaient être trop effrayantes pour qu'elle les conserve. La seule mention de ces cassettes suffisait à la rendre moite sous la couche de glamour. Mais là, elle fit preuve d'un certain cran. Elle plongea la main dans son sac à main argenté et en sortit une feuille de papier pliée. Elle l'ouvrit à plat sur la table, la lissa.

— J'ai gardé la liste de leurs numéros, lui apprit-elle. Chaque fois qu'ils appelaient, je les ai notés. Avec les horaires.

— C'est bien, approuva-t-il. C'est très bien. À partir de maintenant, s'ils vous envoient quelque chose, n'importe quoi, vous conservez tout. Et vous essayez de ne pas trop y toucher.

— À cause des empreintes digitales.

— Oui, les empreintes. Il faut que vous nous aidiez à vous aider. Où est Umesh, aujourd'hui ?

540

— Il vole. Il serait venu avec moi, mais vous n'avez pas répondu à mes appels avant aujourd'hui.

— Je veux lui parler.

— Je vais vous donner ses numéros. – Elle les nota sur le papier. – Dès la première fois qu'ils ont appelé, il voulait aller voir la police. Seulement moi, je ne voulais pas.

— Vous vouliez que ça s'arrête.

— Oui.

— Ils ne s'arrêtent jamais. Tant qu'on ne les arrête pas.

— C'est ce que m'a soutenu Umesh. Mais à l'époque, je ne voulais en parler à personne.

— Pourquoi avez-vous rompu avec Umesh ?

— Parce que je me suis rendu compte qu'il ne s'intéressait pas vraiment à moi. C'est un homme agréable, mais il a trop de femmes. Ce qu'il voulait, c'était du plaisir, et je lui en ai donné. Mais ensuite, pour moi, ce n'était plus du plaisir.

— Donc il est très bel homme, une sorte de héros ?

— Très. – Il restait en elle une certaine ferveur teintée de tristesse. – Très.

— Quand les maîtres chanteurs vous ont-ils appelée pour la dernière fois ?

— Hier.

— Ils vont vous appeler aujourd'hui. Commencez déjà par les écouter attentivement. Je veux savoir exactement ce qu'ils vous disent. Prenez des notes. Écoutez les bruits environnants. N'importe quoi. Il faut vous mettre à réfléchir comme un wallah de la police. Une walli de la police.

Cela ne l'amusait que modérément qu'elle puisse jouer les policières, tout en bas de l'échelle.

— Une walli de la police, dit-elle. Je vais essayer.

— Dites-leur qu'il vous faut du temps pour réunir la somme, que vous allez vous la procurer. Comment leur avez-vous remis l'argent, la dernière fois ?

— J'ai dû le mettre dans un sac, un sac de courses, et me rendre en voiture au cinéma Apsara, à Goregaon, dans la soirée, à six heures du soir. Les gens sortaient à peine de la séance de l'après-midi, et il y avait pas mal de monde. On m'a dit d'attendre dans la rue, devant les portes. Ensuite, ils m'ont appelée. Ils m'ont précisé qu'un chokra en T-shirt rouge allait venir dans ma direction, et une seconde plus tard, il frappait à la fenêtre de ma voiture. J'ai baissé la vitre, il m'a demandé le paquet, il a pris l'argent et il a couru se fondre dans la foule. C'était tout.

Un quartier plein de monde, un gosse des rues qu'on envoie récupérer l'argent – un mode opératoire tout à fait standard pour un maître chanteur ordinaire.

— Umesh ne vous a pas accompagnée, pour la livraison ?

— Non, ils ignorent qu'il est au courant. Ils m'ont demandé de n'en parler à personne, strictement personne. Ils m'ont dit qu'ils me feraient du mal.

C'était inhabituel, que les maîtres chanteurs menacent de violence. Si vous déteniez des photographies, il était inutile de chercher à faire mal.

— Et le chokra, il ressemblait à quoi ?

Kamala Pandey était perplexe.

— Le gamin ? Je n'en sais rien.

Une espèce de garnement. Un gosse, pieds nus, un petit sauvage des rues comme un autre, malgré le T-shirt rouge. On en trouvait des dizaines comme lui, à tous les coins de rue de Mombai.

— Faites un effort, madame. Si vous pouviez vous souvenir de quelque chose à son sujet, n'importe quoi. C'est très important.

— Oui. Oui… – Elle marqua un temps de silence. – Son T-shirt. C'était un T-shirt avec une encolure en rond, et l'inscription DKNY Jeans. Il avait ce logo dessus.

— Deekay NY Jeans ?

Il nota dans son carnet.

— Non, rectifia-t-elle, avec la patience amusée de quelqu'un qui s'adresse à un membre des basses classes. Les lettres D, K, N, Y et ensuite « jeans ». Tout en majuscules, en un seul mot. Comme ceci.

Elle tendit la main pour lui prendre son stylo, et écrivit en lettres capitales : DKNY JEANS.

— Les lettres étaient toutes passées.

Il fallait toujours féliciter les témoins, même pour leurs réussites les plus modestes, et les pousser vers d'autres découvertes avec doigté.

— C'est très bien, madame, approuva-t-il. Cela va grandement nous aider. Rien d'autre ? Essayez de vous souvenir, je vous en prie. L'élément le plus minime peut contribuer à résoudre l'affaire.

Elle fit une moue dégoûtée, et posa le doigt sur une dent, à deux dents de sa canine droite, parfaite.

— Sa dent, celle-ci. Elle avait l'air sale. Noire, grise, pas du tout blanche.

— Excellent. De ce côté-ci ?

— Oui.

— Très bien, fit-il. C'est une bonne initiative d'avoir noté les numéros de ces hommes qui vous appelaient. Ce sont probablement des numéros de téléboutiques. Une fois que vous aurez porté plainte, nous en placerons quelques-unes sous surveillance.

— Je ne peux pas.

— Vous ne pouvez pas quoi ?

— Je ne peux pas porter plainte.

— Madame, sans plainte, sans une main courante, comment puis-je avancer ?

— S'il vous plaît, tâchez de comprendre. S'il reste la moindre trace écrite de toute cette histoire, les gens vont l'apprendre. Les gens vont savoir.

— Madame, vous craignez que votre mari ne finisse par être au courant, et je vous comprends. Mais s'il vous plaît, voulez-vous comprendre aussi que, sans plainte, ceci n'est pas du ressort de la police. Nous n'avons aucune raison de nous en mêler, aucun motif pour agir.

— S'il vous plaît.

Elle se pencha au-dessus de la table, les deux mains à hauteur des joues. Une actrice consommée.

— Madame, je ne peux rien faire, répéta-t-il.

Il redressa la nuque, dénoua la raideur qu'il avait dans les épaules. Il était en colère contre elle, cela faisait un moment qu'il était en colère. Cela lui brûlait la poitrine. Il ignorait pourquoi.

— S'il vous plaît, insista-t-elle. Réfléchissez. Je vais tout perdre.

— Ça, vous auriez dû y penser il y a longtemps, non ?

— Oui. – Elle s'interrompit, cueillie en plein vol. – Oui.

Elle se masqua les yeux des deux mains. Quand elle les retira, Sartaj vit qu'elle pleurait. Une minute s'écoula, puis deux. Elle sécha ses larmes, par petites touches. Il était convaincu qu'une légère pression experte du bout des doigts sur les paupières l'avait aidée à faire naître ces larmes, mais en cet instant, elle paraissait sincère. Il émanait d'elle une lassitude qu'il reconnaissait, une sorte d'épuisement d'avoir perdu ce qu'elle avait mis de si nombreuses années à bâtir. On possède une chose à laquelle on accorde peu de prix, qu'on tient pour quantité négligeable, que l'ont ignore tant elle est devenue familière. Et l'on découvre soudain que cette chose-là, ce lien ténu, cette petite construction fragile avait poussé ses racines très profondément sous la peau, jusqu'à l'os.

Kamala Pandey se ressaisit, une fois encore. Prête à l'attaque, elle redressa les épaules et se raidit. Il se souvint de la canne qu'elle avait brisée sur le dos de son mari, et se mit sur ses gardes.

— Je comprends, dit-elle. Je vous paierai.

Sartaj ne répondit rien. Elle plongea la main dans le fond de son sac, en ressortit une longue enveloppe blanche. Elle laissa son geste en suspens, elle attendait qu'il réagisse. Toujours rien. Elle fit glisser l'enveloppe sur la table, la laissa à côté du verre d'eau de l'inspecteur, près de sa main.

Il tendit l'index, ouvrit le rabat d'une chiquenaude. Des billets de cent roupies. Deux liasses. Vingt mille roupies.

Maintenant, il était vraiment très en colère. Il referma l'enveloppe, appuya sur le rabat. Il appuya jusqu'à ce que ses ongles virent au blanc, au rouge.

— Écoutez, fit-il d'une voix rauque. Ça ne suffit pas.

— Oui, oui, je sais. Ce n'est qu'un acompte. Je préfère vous payer, vous, plutôt qu'eux. Aidez-moi, c'est tout. Empêchez cela.

— Vous disposez de tant d'argent que ça, à titre personnel ?

— Je travaille. Mes parents m'aident, de temps en temps.

Elle conservait son propre compte bancaire et elle avait des parents qui l'adoraient.

— Vos parents habitent à Bombay ?

— À Juhu.

— Des frères et sœurs ?

— Non.

544

Elle était l'enfant unique, l'enfant gâtée de parents aisés, et se trouvait subitement confrontée à de gros ennuis. Elle estimait que certains privilèges lui étaient dus, elle y croyait. Ce serait un plaisir de lui soutirer un peu d'argent. Mais il était très en colère.

— Madame, sans dépôt de plainte, je ne peux pas vous aider.

— Combien voulez-vous ?

Il repoussa l'enveloppe vers elle.

— Je pourrais vous arrêter tout de suite, pour avoir tenté de soudoyer un officier de police judiciaire.

Cela lui cloua le bec. Une main contre sa bouche, elle se mit à sangloter. Il vit bien que c'était sincère, cette fois. Il se leva et sortit.

Pourquoi l'avait-elle mis en colère ? Ce n'était pas juste à cause de l'argent. Il avait l'habitude d'accepter des sommes, de se faire acheter. Dans cette ville, on achetait des objets et des êtres tous les jours. Il s'engagea en cahotant dans la ruelle accidentée de Katekar en s'efforçant de maintenir sa moto le plus au centre possible de la chaussée. Les caniveaux étaient obstrués, et il arrivait parfois que des vagues de détritus camouflent des trous dans l'asphalte. Dans les nappes d'obscurité, les khuds de la rue vous arrivaient dessus, et il y avait de quoi flanquer un homme à terre. Un arrière-goût d'indignation lui restait dans la bouche, une aigre rancœur qui n'avait rien à voir avec cette gamine trop gâtée. Était-ce parce qu'elle s'était rendue coupable d'infidélité, parce qu'elle s'était conduite comme une femme n'était pas censée se conduire ? Les hommes, eux, ne s'en privaient pas, il le savait. Les industriels comme les ouvriers. Parfois, les femmes aussi. Il le savait. Et il avait souvent constaté les conséquences. Il avait vu des mariages brisés et des corps brisés, il avait entendu des sanglots et des cris d'angoisse. Il n'y avait rien de nouveau là-dedans, il avait déjà vu tout cela, dans son métier. Alors, pourquoi était-il en colère ?

Il franchit en roue libre les derniers mètres qui le séparaient de l'angle de rue où se situait la maison de Katekar. La kholi était au bout d'une ruelle qui se resserrait en partant sur la gauche. Il se gara, et souleva l'arrière de la selle pour sortir ses paquets. Il y avait aussi un sac plastique fourré dans le porte-bagages. Il repoussa la colère, et la question, et se rendit vers le bout de la ruelle d'un pas décidé, en jouant des épaules pour se glisser entre les grappes de piétons. Certains le saluaient d'un hochement de tête. Depuis quelques mois, il était devenu un visiteur régulier, et ils le connaissaient, à présent. Il savait que certains d'entre eux le tenaient encore pour responsable de la mort de Katekar, mais la majorité se montraient plutôt amicaux, maintenant.

Les fils de Katekar étaient assis près de la porte, occupés à faire leurs devoirs. Le tube au néon qui brillait à l'intérieur projetait leurs ombres sur la chaussée, et il reconnut leurs deux silhouettes si familières bien avant de les voir distinctement. Rohit était toujours assis à gauche de la porte, le dos appuyé contre le mur, avec un livre qu'il tenait loin devant lui. Mohit, lui, gigotait, il écrivait et sa tête se trémoussait. Lorsque Sartaj s'approcha, il quitta sa position en tailleur pour se mettre à genoux, penché sur son cahier. Il était en train de couvrir sa page de pattes de mouche bleues.

— Salut, Rohit-Mohit, lança l'inspecteur.

— Salut, répondit Rohit avec un grand sourire.

Mohit garda la tête baissée. Il écrivait comme un forcené par-dessus des dessins qui barraient la double page de son cahier.

Sartaj se baissa et s'assit sur le seuil, le dos contre le montant de la porte, qui lui rentra dans la peau.

— Où est votre maman ?

— Aai est à sa réunion.

— Quelle réunion ?

— Un Groupe de protection de la famille. Elle est volontaire bénévole, donc une fois par semaine elle doit y aller.

C'était nouveau. La dernière visite de Sartaj remontait à un peu plus de deux semaines, et Shalini avait déjà un nouveau programme. La vie continuait.

— Volontaire pour quoi ?

— Ils donnent des informations. Aai va là-bas parler avec des femmes.

— De santé ?

— Oui. Et d'épargne, je crois. Et de propreté. Ils ont un projet pour nettoyer les ruelles. Il y a des tracts quelque part, si tu veux voir.

— Non, merci.

Il connaissait ces groupes et les ONG qui travaillaient avec eux, en général grâce à des subventions du gouvernement et de la Banque mondiale. Le plus souvent, ces organismes étaient autant de prétexte à racket pour les uns et les autres, pour les ONG, le gouvernement ou la Banque, mais il leur arrivait aussi quelquefois de faire du bon travail. Et Katekar avait toujours été intraitable sur les questions de propreté ; donc cette initiative de Shalini était aussi une forme d'hommage.

— Tiens, dit-il, et il lui tend les paquets qu'il avait apportés.

— *Thank you*, fit Rohit.

Il avait beaucoup travaillé son anglais, ces derniers temps et, d'ici un mois, après ses examens, il s'inscrirait à un cours d'informatique pour débutants. Sartaj avait veillé à ce qu'on lui réserve une place à la Prabhat Computer Classes, réputée la meilleure école du coin. « Apprenez l'ordinateur et Internet pour moins de 999 roupies », annonçaient leurs affichettes collées partout sur les murs du quartier. Rohit fouilla le contenu des sacs, étala les poches plastique de dal, d'atta et de riz.

— Hé, tapori, dit-il à Mohit en lui lançant deux bandes dessinées. Le tout dernier *Spiderman*. Dis merci, Mohit.

Mohit s'agrippait aux illustrés, mais il ne remercierait pas. Sartaj se demanda ce que ses voisins lui avaient raconté au sujet de la mort de son père, et d'un éventuel responsable. Il était devenu une espèce de môme à l'œil mauvais, obscur et crispé, l'intérieur noué.

— Notre Mohit apprécie *Spiderman*, remarqua l'inspecteur, mais c'est aussi un Indien authentique. Il n'aime pas répéter sans arrêt merci-merci-merci, à l'américaine.

Rohit éclata de rire.

— Oui, l'impolitesse est un droit acquis à la naissance.

Il tordit le nez de son frère, Mohit se racla la gorge comme s'il allait cracher, et courut vers l'autre pièce.

— Mais il en a vraiment envie, de son *Spiderman*. Maintenant, ces illustrés, il va dormir avec pendant deux jours. Kartiya sala.

Rohit se tapota le front. Sartaj déboutonna sa poche de poitrine, en sortit une enveloppe.

— Dix mille.

Il tendit l'argent à Rohit, et se gratta la barbe. Il faisait de plus en plus chaud, on s'installait dans l'abattement morne des mois qui précédaient la mousson. Son col était trempé de sueur.

Cette fois, Rohit ne le remercia pas. Il se leva en serrant l'enveloppe contre lui, puis Sartaj entendit le grincement métallique d'un placard qu'on ouvre et qu'on ferme. Rohit revint avec un verre d'eau. Sartaj but. C'était un bon garçon, ce Rohit. Il était trop jeune pour avoir à ranger de l'argent dans des placards verrouillés tout en réfléchissant à la manière d'élever son petit frère. Mais enfin, d'ici à Colaba, à tous les coins de rue, il existait des gamins de six ans qui gagnaient leur vie.

Ils restèrent assis un instant à parler d'ordinateurs, du Moyen-Orient, et à se demander si Kajol allait encore tourner des films. Selon Rohit, Kajol était la meilleure actrice depuis Madhubala. Sartaj n'avait plus vu de film avec elle depuis un bout de temps, mais il se fit un plaisir de tomber d'accord avec lui. Rohit récitait la liste des vertus de Kajol avec bonheur, avec passion, en dessinant d'un geste emphatique une poitrine imaginaire. Kajol n'était pas seulement la plus grande actrice qui soit, c'était aussi une épouse dévouée, et une mère dévouée. Sartaj se surprit à sourire, et il était content de l'écouter, d'acquiescer, et il laissa la nuit venir.

Le lendemain matin, il retrouva Mary à l'ancien domicile de sa sœur. Comme il s'y était attendu, il avait fallu plusieurs semaines pour obtenir que l'appartement de Jojo lui revienne, à elle, sa seule parente survivante. C'était avec plaisir qu'il lui avait annoncé la nouvelle au téléphone : il avait la clef, tout était prêt. Mardi, c'était le jour de congé de la jeune coiffeuse, et il avait accepté de la retrouver à la première heure, avant de se rendre au commissariat. Il s'était levé tôt, il s'était traîné sous la douche, et il était arrivé devant l'immeuble à six heures et demie précises. Elle l'attendait près de l'ascenseur, comme convenu. Il y avait avec elle une femme grande, très mince, qui posa sur Sartaj un regard légèrement amusé.

— C'est mon amie Jana, lui expliqua Mary.

Il ne s'était pas attendu à l'amie Jana, mais il comprenait qu'elle se fasse accompagner.

— Namaskar, Jana-ji, dit-il.

Jana perçut son discret sarcasme, ce qui ne fit que l'amuser davantage.

— Namaskar, Sartar-ji, répondit-elle.

Il eut un large sourire et, contre toute attente, Mary sourit à son tour. Il la vit plisser les yeux, la mâchoire légèrement saillante, et son visage se transforma du tout au tout. Il ne comprenait pas vraiment ce qu'elle trouvait si drôle, mais c'était à la fois un soulagement et une révélation de voir que l'on pouvait la divertir.

— Nous y allons ? fit-il, en désignant l'ascenseur.

— Oui, oui, lui répondit-elle. Jana est là pour veiller sur moi.

Debout à côté d'elles, dans l'ascenseur, il constata que Jana était vraiment une jeune femme très organisée. On voyait une trace de sindoor dans sa chevelure soigneusement séparée en deux, et elle portait un kurta d'un rouge terne sur un salwar noir. Elle avait aux pieds des chaussures pratiques, un grand sac carré en bandoulière, aux larges lanières. Dans ce sac, il y avait une bouteille en plastique, sans nul doute remplie d'eau bouillie. C'était un sac digne d'une mère de famille, d'allure élégante, mais d'une grande capacité, et robuste. On y glisserait facilement un déjeuner, des chocolats, des médicaments, des légumes et des manuels scolaires. C'était un sac digne de confiance.

La serrure et le loquet de l'appartement de Jojo étaient recouverts d'une bande adhésive hermétique en toile grossière protégée par un sceau de cire rouge marqué du chiffre de la police de Mumbai. Il tendit la clef à la jeune femme, et plongea la main dans son sac de sport pour en sortir une grande paire de ciseaux noirs. Il était venu équipé. Le sceau céda dans un arrachement, puis il regarda Mary se démener avec la clef, qui restait coincée dans la serrure.

— Laissez-moi faire, proposa-t-il, mais elle secoua vivement la tête et insista, en pesant de ses épaules.

Par-dessus la tête de Mary, Jana lâcha un regard contrit à l'inspecteur : elle est comme ça, laissez-la. Ils patientèrent. La serrure céda, s'ouvrit avec un crissement, et ils se retrouvèrent à l'intérieur.

Jana courut ouvrir toutes les fenêtres, dévoilant le salon par pans de lumière successifs. Mary restait près de la porte. Sartaj tendit le bras, dans son dos, et sa main parcourut la rangée d'inter-rupteurs, de haut en bas. Pas d'électricité.

— Yaar, mais c'est joli, cet endroit, s'écria Jana depuis la cui-sine avec une nuance d'étonnement et une bonne louche d'indi-gnation.

Les femmes étaient toujours scandalisées, songea-t-il, de voir d'autres femmes dites de mauvaise réputation gagner de l'argent, le dépenser avec goût et jouir d'un peu de bonheur. Quant à Mary, elle demeurait impénétrable. Elle arpenta les lieux, marqua un temps d'arrêt dans chaque pièce, sans un mot. Jana, elle, ne se pri-vait pas de commentaires : la généreuse collection de chaussures de Jojo lui inspira une seconde de silence ébahi, et deux longues minutes d'allusions scandalisées à Imelda Marcos et à Jayalalitha, la ministre en chef du Tamil Nadu. Puis elle se lança dans un laborieux inventaire. Mary se tenait dans l'embrasure, les bras le long du corps.

Singh ouvrit une fenêtre.

— Il y avait des albums de photos, de ce côté, précisa-t-il. Ils doivent être quelque part par là.

La pièce était en désordre, et toutes ces chaussures, ces vête-ments et ces magazines éparpillés gisaient sous un épais magma de poussière.

— Ah, là, s'écria-t-il, et il contourna le lit vers la commode.

Il attrapa l'album du dessus de la pile, et le frappa du plat de la main. Une boule de poussière volatile jaillit de la couverture, et il prit soudain conscience d'avoir parlé fort, d'une voix triomphante. La lumière qui tombait de la fenêtre n'atteignait pas Mary, dont le visage restait dans l'ombre.

— Vous devriez vous rendre à l'agence du Brihanmumbai Suburban Electricity Supply, pour faire rétablir l'électricité. – Il reposa l'album sur le meuble. – Il doit rester des factures en souf-france. Bon, moi, je dois y aller.

D'un signe de tête, il les salua, s'avança d'un pas, s'arrêta. Mary recula dans le couloir pour le laisser passer. Il leva la main à l'intention de Jana, qui répondit d'un signe de tête, mais sans quitter son amie des yeux. Il était arrivé au bout du couloir, quand Mary se manifesta.

— Merci, dit-elle.

— Je vous en prie.

— Je n'ai pas oublié.

— Quoi ?

— Votre enquête sur Ganesh Gaitonde. J'ai essayé de repenser à Jojo, de me souvenir de quelque chose.

— Merci.

Elle eut de nouveau un sourire, et de nouveau sans avertissement. Elle leva la main gauche, et elle eut un curieux petit geste, la main tendue vers lui, juste une légère rotation du poignet. Il opina, et ferma la porte.

Une heure et demie passée à changer de position entre les draps l'avait laissé à la fois épuisé et plus éveillé que lorsqu'il s'était mis au lit. Il s'était couché tout juste après minuit, se trouvant très vertueux et très propre, d'être resté si longtemps sous la douche. Mais à cet instant, une discrète sensation d'agitation s'insinuait sous son épiderme sans lui laisser le moindre répit. Il avait bu trois whiskies allongés d'eau. Et pourtant, il restait incapable de trouver le sommeil. Il s'assit. Les ombres des câbles électriques se balançaient derrière la vitre. Il ne parvenait pas à se rappeler le nom du chien. Ce petit chien blanc que le mari de Kamala Pandey avait balancé par la fenêtre. Il se souvenait des pattes toutes raides étalées sur le béton du parking, mais il était incapable de se rappeler le nom de ce foutu gaandu de cabot. Il avait encore le numéro de téléphone. Il pourrait appeler Kamala Pandey et lui poser la question : quel était le nom du chien que votre mari a tué, que vous avez tous les deux tué en jouant à vos vilains jeux ?

Il fit basculer ses deux jambes hors du lit, posa les pieds au sol, se frotta les yeux. Il ne pouvait pas faire ça, ce serait du harcèlement policier, de la persécution, un truc dans ce goût-là. En revanche, il savait qui serait encore réveillé à deux heures du matin. Il composa le numéro en enfonçant les touches rétroéclairées d'un doigt tremblant. Il écouta la tonalité et attendit, la main en l'air. Il était tendu. Il faut que je fasse prendre ma tension, songea-t-il. Il y avait des précédents, dans la famille : toute sa vie, son père avait lutté contre l'hypertension et un taux de cholestérol élevé. Il avait survécu à une crise cardiaque, et il était mort tranquillement neuf

551

ans plus tard, dans son sommeil, de cause naturelle, selon les médecins.

— Peri Pauna, Mam, dit-il.

— Jite raho, beta, lui répondit-elle. Tu viens de rentrer chez toi ?

— Oui. J'avais du travail sur un dossier.

Pour un appel aussi tardif, le travail était un motif acceptable. Admettre l'insomnie fournirait à Mam l'occasion de s'enquérir sur ses habitudes alimentaires, sur sa consommation d'alcool et sa santé. Il préférait prendre les devants.

— Mam, tu m'as l'air enrouée. Tu ne serais pas en train de t'enrhumer ?

— M'enrhumer, moi ? Je ne m'enrhume jamais. C'était ton père qui prenait tout le temps froid. Il avait ce que l'on appelle le sang trop clair, le sang de Bombay. Nous, nous avons grandi sous un bon climat bien sain, nous étions habitués aux hivers froids.

C'était un sujet rebattu, l'idée que le sardar du nord-ouest était plus résistant que le sardar de Bombay. Les trois sœurs étaient les plus solides de tous les sardars, et Navneet-bhenji était la plus robuste des sœurs. Et c'était reparti pour l'histoire de cette tante disparue depuis des lustres.

— Navneet-bhenji avait l'habitude de se baigner dans l'eau froide même les matins de janvier. À six heures et demie, parce qu'elle était obligée de se lever tôt pour aller à l'université. Même Papa-ji lui conseillait d'y ajouter un peu d'eau chaude, mais elle ne l'écoutait jamais. Et quand on la regardait, on se disait quelle créature délicate, qu'elle est belle ! Elle était étudiante en lettres, elle avait l'allure d'une jeune femme qui aurait passé son temps à compter des perles dans un palais, mais elle possédait autant de force qu'un paysan. Et puis, en plus, elle peignait vraiment bien, tu sais. Ces scènes villageoises, dans les champs, et ces maisons, ces vaches. Elle avait peint notre maison, c'était merveilleux, tellement fidèle.

Il y eut un temps de silence. Cette pause dans la déploration de la sœur morte ne lui était pas moins familière. Il n'avait pas connu Navneet-mausi, qui avait disparu lors de la Partition de l'Inde, mais, aussi loin que remonte sa mémoire, Mam lui avait parlé d'elle. Elle était morte, et pourtant elle faisait partie de la vie de

Sartaj. Tous les enfants et tous les petits-enfants de la famille la connaissaient, la mausi absente. Ils avaient vécu avec ces histoires et ce masque qui figeait les visages des aînés dès qu'ils l'évoquaient. Sartaj avait bien, de temps à autre, passé outre cette contraction des muscles, ce gel des émotions pour tenter de comprendre précisément le déroulement des journées sanglantes ainsi évoquées. Mais Mam répondait chaque fois : « C'étaient des jours sombres, des jours très sombres », et voilà tout. Et tous, les oncles, les tantes et les grands-parents. Avec, de temps à autre, une imprécation dirigée contre les musulmans : beta, tu ne sais pas, ces gens-là sont mauvais, très mauvais.

Mais cette nuit, les anciennes blessures n'éveillaient en Mam ni colère, ni amertume, non, elle était juste silencieuse. Et c'est ce qui le poussa à finalement prendre la parole.

— Je ne comprends pas comment tu peux te souvenir d'événements aussi anciens. De ces peintures et de tout le reste, avec une telle précision. Je n'arrive même pas à me rappeler le nom d'un chien.

— Quel chien ?

Et du coup, il lui raconta l'histoire : le mari, la femme, le chien que l'on avait jeté par la fenêtre.

— Quel horrible bonhomme ! s'exclama-t-elle. – Mam aimait les chiens, et ils le lui rendaient bien. – L'as-tu arrêté ?

— Non.

— Pourquoi ?

— La femme a refusé de porter plainte.

— Arre, il y a eu sévices sur un animal innocent.

— Elle refusait même de déclarer qu'il l'avait jeté par la fenêtre.

— Peut-être qu'elle avait peur de lui.

— Elle n'est pas innocente non plus.

— Pourquoi ? Tu l'as revue ?

Mam avait passé des décennies à se disputer avec un policier, et même avec deux policiers, donc elle avait acquis un talent bien à elle pour saisir les nuances et les vérités inexprimées.

— Qu'est-ce qu'elle a fait de mal ?

C'était une histoire épouvantable à raconter à sa mère, surtout à cette heure de la nuit, mais il s'exécuta. Il lui fit un bref compte rendu, la femme, le pilote, la caméra vidéo, et le chantage. Il passa sous silence le pot-de-vin que lui avait proposé Kamala Pandey, et son petit haut blanc moulant. Mam réagissait avec sévérité à toute forme d'impudeur, et il n'avait pas envie d'alimenter ses préjugés contre Mme Pandey. Dans tous les cas de figure, l'épouse dévoyée s'exposait à être condamnée d'avance.

— Je lui ai répondu qu'il m'était impossible de travailler sur son affaire sans un dépôt de plainte, une évidence. C'est une sotte, ajouta-t-il. Une sotte qui croit pouvoir s'offrir tout ce qu'elle désire, pouvoir faire tout ce qu'elle veut.

— Oui, acquiesça Mam. Son père a dû céder à tous ses caprices de petite fille. Les gens pourrissent leurs enfants, de nos jours.

Il éclata d'un rire bruyant. C'était pour cela qu'il appelait sa mère au milieu de la nuit, pour ces soudaines démonstrations de perspicacité, ces confirmations de ses propres intuitions. Elle était sidérante, parfois.

— Oui, c'est une sale gosse. Très irritante.

Il s'assit dans son lit, et but une longue gorgée d'eau. Rien qu'à entendre sa voix, à l'écouter respirer, il se sentait déjà mieux.

— Est-ce que vous parliez beaucoup des affaires de Papa-ji, toi et lui ?

— Non, non. Il n'aimait pas discuter boutique avec moi. Il répétait que, compte tenu que son métier lui interdisait de s'échapper avant minuit, s'il avait dû continuer à en parler chez lui, il serait devenu fou. Alors nous bavardions sur d'autres sujets, et il m'assurait que cela le détendait. En tout cas, c'était ce qu'il me disait. – Elle paraissait mi-amusée, mi-compréhensive. – La vérité, c'est qu'il était vieux jeu. Il s'imaginait que tous ces meurtres et ces vilaines histoires m'effrayaient. Il considérait qu'il ne fallait pas exposer les femmes à ce genre de réalités.

— Et tu étais d'accord ?

Elle aimait les films d'action et, ces dernières années, elle avait développé un penchant inexplicable pour les séries d'épouvante les plus ignobles, avec hurlements sous une lune blafarde et ruisseaux de sang. Tous les matins, elle lisait avec délectation les rubriques criminelles des journaux, en y apportant son commentaire, et cette observation qu'elle répétait à l'envi : le monde était mauvais, et cela ne faisait qu'empirer.

— Beta, on s'adapte. On s'adapte. Ton père n'avait pas envie de parler de son travail, donc je n'en parlais pas. C'est comme ça qu'on arrive à s'entendre. C'est ce que la nouvelle génération ne comprend pas.

Elle faisait allusion à la génération de son fils, et à celle de Megha. Elle savait que cette dernière était mariée, désormais, et que, pour lui, elle était définitivement et complètement hors d'atteinte, mais chaque fois que Mam en avait la possibilité, elle revenait sur ce qui s'était passé, sur ce qui aurait dû se passer, sur ce que son fils aurait dû faire. Sartaj avait depuis longtemps renoncé à se disputer là-dessus, ou même à ponctuer les remarques autrement que par un « Oui ». Il s'allongea sur le dos et il écouta. Elle était sa mère, et donc il s'adaptait.

— Achcha, va dormir, maintenant, lui conseilla-t-elle, sinon tu seras fatigué pour reprendre le travail.

— Oui, maman.

Ils se dirent au revoir, et il se tourna vers la fenêtre. Il avait envie de sentir de l'air sur son visage. Il sombra dans le sommeil, et rêva. Il rêva d'une plaine immense, d'un ciel sans nuages, et d'une file sans fin de silhouettes en marche. Il se réveilla en sursaut. Le téléphone sonnait.

Il n'était pas sept heures, il le comprit sans avoir à ouvrir les yeux. À cette immobilité, à cet unique oiseau qui pépiait. Il attendit, mais le téléphone refusait de se taire. Il tendit le bras.

— Sartaj, lui fit sa mère, il faut que tu aides cette fille.

— Quoi ?

— Cette femme de la nuit dernière, celle dont tu m'as parlé. Tu devrais l'aider.

— Maman, est-ce que tu as dormi ?

— Où va-t-elle aller, maintenant ? Que va-t-elle faire ? Elle est seule.

— Maman, maman, écoute-moi. Est-ce que ça va ?

— Bien sûr que ça va. Pourquoi ça n'irait pas ?

— Bien. Mais pourquoi faire tout un plat autour de cette idiote ?

— Non, c'est juste que j'y repensais, là, ce matin. Tu devrais l'aider.

Sartaj se massa les paupières, et tendit l'oreille au chant de l'oiseau. Les femmes étaient mystérieuses, et les mères encore plus. La sienne s'était tue, à présent, mais c'était la version sévère de son silence. Une sorte de calme qui ne tolérait aucune impertinence, aucune résistance. Il avait très envie de se rendormir.

— D'accord. D'accord.

— Sartaj, je suis sérieuse.

— Moi aussi. Vraiment, je vais l'aider.

— Elle est seule.

Comme tout le monde sur cette terre, avait-il envie de lui rétorquer. Mais il fit l'effort de se raisonner.

— Je comprends, maman. Je te promets que je vais l'aider.

— Bon, maintenant, je vais au gurudwara.

Il ne saisissait pas franchement le rapport avec ce besoin qu'elle avait eu de le sortir prématurément du sommeil, mais il chuchota :

— Oui, maman.

Et puis il raccrocha. Son lit conservait l'empreinte de son corps, l'oiseau ne chantait pas trop fort, l'aube était fraîche sous le ventilateur silencieux. Le sommeil s'en était allé. Il maudit Kamala Pandey. Saali Kamala Pandey, c'est une kutiya, confia-t-il à l'oiseau, une vraie raand, et il se leva.

Il consacra la matinée à rédiger des rapports superflus concernant des petits cambriolages sur lesquels on enquêterait pour la forme, sans jamais les solutionner. Son après-midi s'écoula au compte-gouttes, au tribunal, entre deux magistrats et trois affaires. À cinq heures, il but une tasse de thé et avala une omelette huileuse au restaurant d'en face. Il s'appelait le Shiraz, et il était rempli d'avocats s'échangeant des bruits de couloirs. Il s'était caché à l'écart, au fond de la salle climatisée du premier étage, et tâchait d'éviter les regards des avocats qui se rendaient aux lavabos. Il but d'un trait un grand verre de chaas, s'essuya la moustache et commença de se sentir mieux. Il réussit à traverser la salle sans adresser la parole à personne, et descendit l'escalier. Il était à mi-chemin quand un personnage malingre au visage grêlé se leva pour l'intercepter.

— Vous êtes Sartaj Singh ?

Ce n'était pas un avocat. La chemise grise était tachée de sueur, et il avait cette déférence roublarde de l'individu habitué à ce que les gens l'évitent. Mais la voix, métallique et profonde, compensait le manque de stature du personnage.

— Qui êtes-vous ? lui demanda Sartaj.

— Vous ne vous souvenez pas… Je vous ai rencontré à l'enterrement. Et en deux ou trois autres circonstances, avant cela.

Bien entendu. Cette voix.

— Vous êtes le beau-frère de Katekar… le mari de la sœur de Shalini.

— Vishnu Ghodke, saab.

— Vishnu Ghodke, oui. Oui.

Il se souvenait de lui à l'enterrement, mais pas avant. Lors de la cérémonie, il s'était occupé d'apporter toutes sortes de choses, de placer les proches du défunt, de donner des instructions aux prêtres.

— Tout va bien, Vishnu ?

Vishnu Ghodke eut un geste obséquieux, la main à plat sur le plexus.

— Grâce à vos faveurs, saab. Mais…

Sartaj hocha la tête.

— Oui. Katekar était un homme bien. – Il attendit que Ghodke s'écarte. – On se reverra plus tard.

Ghodke n'était pas encore disposé à le laisser partir. Il s'effaça pour le laisser passer, et puis il le suivit dehors, sur le trottoir.

— Avez-vous revu les garçons de Dada ? lui demanda-t-il, en lui posant la main sur l'épaule.

Brusquement, Singh comprit qu'il n'appréciait guère ce Vishnu Ghodke. Il ne savait pas trop pourquoi, mais il avait envie de lui plaquer la main sur la figure et de le repousser contre le mur.

— Oui, je les ai vus, hier. Hier dans la soirée. Est-ce qu'ils vont bien ?

— Bien sûr, bien sûr, saab. Non, il ne s'agit pas de ça.

— Alors il s'agit de quoi ?

— Est-ce que leur aai était là ?

— Non, elle était sortie.

Vishnu Ghodke tourna la tête de côté, pour regarder vers le tribunal, par-delà la houle automobile du soir. Il avait l'enseigne au néon rouge du Shiraz au-dessus de la tête, avec son lettrage agencé avec délicatesse, en quatre langues.

— De quoi s'agit-il, saab ? reprit-il, en revenant sur l'inspecteur. De quoi ? D'une femme qui devrait rester dans son foyer. D'une femme qui devrait rester auprès de sa famille.

— Elle est obligée de travailler, Vishnu.

— Mais vagabonder le soir, laisser ses enfants mourir de faim, ce n'est pas du travail.

Il soulignait son propos de grands gestes en direction de la chaussée et du tribunal, comme s'il voyait à cet instant Shalini courir sous les arcades sales au milieu des robes noires.

Sartaj redressa les épaules, il sentait la violence pulser dans ses avant-bras. Maderchod. Il fallait que ce minable vienne se montrer ici, aujourd'hui.

— Ces garçons sont nourris, et ils sont heureux, lui répliquat-il. Leur foyer est bien tenu. Qu'est-ce qui te démange le gaand comme ça ?

Vishnu Ghodke s'écarta en se trémoussant, il trouva le mur, dans son dos.

— Haan ? Dis-moi un peu ?

— Saab, ce que je vous expliquais, c'était juste histoire de causer...

— Histoire de causer de quoi ?

— Elle s'est mise à participer à ces réunions.

Il s'efforçait de prendre un ton plus posé, plus discret. Il avait envie d'être un homme qui s'adresse à un autre homme avec la voix de la raison.

— Où on discute de questions de santé. Et alors ?

— Saab, la santé, c'est une chose. Mais enfin, tout de même, ils leur racontent aussi toutes ces... toutes ces histoires pas civilisées du tout. Toutes ces histoires pas du tout convenables pour d'honnêtes femmes. Et ils les poussent à aller causer à des jeunes filles, à propager ces drôles d'idées au sein de la communauté. Quel besoin a une jeune fille de tout savoir sur la grossesse, le préservatif Nirodh et tout ça ? J'ai des filles, des jeunes filles, je suis un père, et je peux vous assurer que cela devient très compliqué. En fait, vous ne savez jamais ce qu'on diffuse à la télévision, même en pleine journée. Il est devenu impossible pour une famille de s'installer devant le poste et de regarder la télé tous ensemble. Et après, nous avons des individus de ce genre, des gens instruits, qui viennent trouver des femmes comme Shalini et qui leur montent la tête.

Sartaj envisagea un instant de cogner ce défenseur de la culture, de lui flanquer un coup de poing sur chaque joue, qu'il avait osseuses. Mais cela ne lui ferait pas rentrer une once de bon sens dans le crâne, cela ne le rendrait que plus enclin à défendre la cause de ses jeunes filles.

— Ne te soucie donc pas de Shalini, lui conseilla Sartaj. Et puis ce n'est pas à tes filles qu'elle s'adresse. Et si elle leur raconte quoi que ce soit qui te déplaît, tu n'auras qu'à la prier de s'abstenir.

— Cette femme n'écoute personne, saab. Son mari a disparu, donc elle s'imagine qu'elle peut agir comme bon lui semble.

— Et donc elle refuse de t'écouter. C'est ça qui te met en colère ?

Vishnu s'époussseta l'épaule, là où le mur avait laissé une traînée de plâtre. Plus il parlait, plus il gagnait en assurance, il en oubliait sa peur, pour une part.

— Saab, ce n'est pas à mon sujet que je m'inquiète. Je pense simplement aux garçons, et à cette maison. Cette maison va souffrir. Nous avons un proverbe. *Gharala paya rashtrala baya.* « Les femmes sont à la nation ce que les fondations sont à la maison. »

La main de Sartaj vint se poser sur l'épaule de Vishnu. Il lui sourit. Pour les passants, ils étaient tout simplement deux amis qui tuaient le temps en échangeant d'amicales plaisanteries. Mais Ghodke se contorsionnait déjà sous la pression du pouce de l'inspecteur, juste au-dessous de la clavicule.

— Alors, comme ça, maintenant, tu te soucies aussi du sort du pays ? ironisa-t-il. Bon, tu vas m'écouter, Vishnu. Je n'apprécie pas que tu ailles bavasser à droite à gauche sur Shalini, et que tu lui causes des ennuis. Dis-moi, bhenchod, est-ce que tu te prends pour un saint ? Tu te balades comme un mégaphone à la con, à dégueuler tes mensonges.

— Mais c'est la vérité, saab.

Sartaj serra encore, et maintenant l'autre avait vraiment peur.

— La vérité, c'est qu'elle fait des efforts pour veiller sur les deux garçons. Et pour bien agir. Tu es un tout petit homme, Vishnu.

Tu as un tout petit cerveau, tu as un tout petit cœur, alors quand tu penses aux autres, tu penses tout petit. Tu es un petit salaud, un petit vicelard, Vishnu. Je ne t'aime pas. Alors boucle-la. Évite de l'ouvrir, ta gueule. Compris ?

Les yeux de Ghodke scintillaient de larmes. D'une main, il saisit le poignet de Sartaj, mais il ne put se soustraire à la douleur.

— Compris ?

— Oui, fit Vishnu.

Mais il avait l'obstination d'un rat acculé, ce Vishnu. Il chuchota, en détournant le regard au loin.

— Je ne suis pas le seul à le dire. D'autres personnes le disent aussi.

Sartaj le lâcha, et se pencha tout près de lui.

— Oui, d'autres maderchods de ton espèce toujours prêts à raconter et ci et ça sur une femme qui vit seule. Surtout quand elle a un beau-frère tellement convenable, qui se charge de lancer lui-même les rumeurs. Alors écoute, tu as intérêt à te taire.

Vishnu opina du chef, en gardant les yeux baissés. Mais non, il n'allait pas s'arrêter. Bien sûr que non. Bien sûr qu'il allait continuer d'envenimer et de broder. Mais maintenant, il savait qu'il ne le ferait pas sans conséquences.

— Si j'apprends que tu lui crées des difficultés, je viens te chercher, Vishnu. Elle a besoin de ton soutien, maintenant. Traite-la comme une famille doit la traiter, Vishnu. Aide-la à rendre son foyer solide, ne le détruis pas en jouant de la langue.

Vishnu avait la mâchoire contractée, mais il maintenait la tête baissée et gardait la bouche close, comme on venait de le lui ordonner. Sartaj ne doutait pas qu'il la rouvrirait dès qu'il se sentirait en sécurité. Il conclut par une série de gentilles petites tapes sur la joue.

— Je te surveille, le prévint-il, et il s'éloigna.

Gharala paya rashtrala baya. « Les femmes sont à la nation ce que les fondations sont à la maison. » Si la stabilité d'une maison dépendait de ses fondations, et celle d'un pays de ses femmes, que décider au sujet de la luxueuse et très peu fiable Kamala Pandey ? Il avait reçu ses instructions de Mam, des instructions sans ambiguïté – or, malgré la distance et l'âge de sa mère, il accédait généralement à ses souhaits. Grosso modo. Mais Mam était une sentimentale, affligée d'une propension à vouloir sortir d'affaire les femmes en difficulté. Elle appartenait à une autre génération, et n'avait aucune idée du genre d'affaire dans laquelle était plongée Kamala Pandey. Elle ne pouvait pas se représenter à quel point Kamala Pandey agaçait Sartaj. Aider cette fille, facile. Supporter cette garce, beaucoup plus dur.

L'idée lui resta sur l'estomac pendant trois jours. Il vaqua à ses occupations, enquêta, procéda à des arrestations, rédigea des rapports, but, dormit. Kamala Pandey ne le quittait plus ; il était agréable de l'imaginer dans les embêtements, sursautant, recroquevillée sous le flot d'ordures qui remontait jusqu'à elle par le canal de son téléphone portable, et d'imaginer tout l'argent qu'on lui soutirait. Oui, il lui fallait apprendre que le monde n'était pas fait pour sa seule délectation. Oui, il lui fallait apprendre qu'elle ne saurait obtenir tout ce qu'elle voulait. Le quatrième soir, le charme de ces pensées se dissipa pour laisser place à un sentiment lancinant de responsabilité.

— Qu'est-ce qui se passe, Sartaj ? lui lança Majid Hussain.

Ils étaient assis sur le balcon de Majid en attendant de dîner. Sartaj sirotait à petites gorgées son deuxième verre de Black Label. En short rouge, Majid buvait un jus de mausambi frais, et il s'exprimait avec l'autorité tranquille d'un vieil ami capable de percevoir le moindre changement d'humeur de Sartaj. Il insisterait jusqu'à ce que son ami parle. Et donc il lui raconta Kamala Pandey, toute l'histoire.

— Le genre sophistiqué, souligna-t-il. Elle étale son fric. Du coup, on lui en croque un bout.

Majid se lissait la moustache, en retroussait les pointes. Il avait ce geste déployé du pouce et de l'index, qui le reprenait dès qu'il se concentrait.

— Très intéressant. Je ne pense pas que l'affaire pose un réel problème.

Ce qu'il voulait dire par là, c'était que maintenir cette affaire en dehors des registres de police du poste ne serait ni très compliqué, ni très inhabituel. Il y avait la possibilité de gagner pas mal d'argent, ce qui facilitait toujours la discrétion. Majid leva son verre.

— Et puis, Sartaj, si elle est tellement namkeen, enquêter sur elle pourrait être amusant.

— Arre, Majid, je ne m'intéresse pas à elle.

Cette repartie fit se redresser Majid, qui se tourna vers son ami.

— Yaar, tu m'as expliqué qu'elle était sexy. Qu'elle baise dans tous les coins. Qu'elle a le chaska. Alors qu'est-ce que s'intéresser ou ne pas s'intéresser vient faire là-dedans ? Prends-en un bout.

Sa logique était impeccable : si une femme avait été infidèle une fois, elle devenait disponible. Les maîtres chanteurs appliquaient parfois le principe, prenait leur part de ce qui se donnait si facilement. Les maîtres chanteurs de Kamala Pandey n'avaient pas encore essayé, mais cela ne tarderait peut-être plus, une fois qu'elle serait à court d'argent. C'était ainsi que tournait l'économie, il y avait quantité de façons de payer. Sartaj cracha par-dessus la rambarde.

— Mam estime que je devrais l'aider, lui confia-t-il.

— Bien sûr, ça ne m'étonne pas d'elle.

— Mais...

— Tu ne t'intéresses pas à l'argent, tu ne t'intéresses pas à la femme. – Majid haussa les épaules. – Alors ne l'aide pas.

— Oui, mais, et ces salopards de maîtres chanteurs ?

Ils se regardèrent en hochant la tête, tout sourire. Ils se connaissaient trop bien. Quoi qu'il pensât de Kamala Pandey, Sartaj était certain de détester les maîtres chanteurs sans ambiguïté aucune. Il n'aimait pas les savoir en train d'opérer dans sa zone, dans sa localité, dans son quartier, dans sa mohalla. Ces maderchods, ces bhenchods, il avait envie de leur serrer les golis, histoire de les entendre brailler. Majid, qui se grattait les cuisses sous son short, partageait son sentiment. Sartaj le voyait bien. Majid avait une théorie selon laquelle tous les vrais bons flics étaient nés de mères au fort caractère. Il avait rencontré la mère de Sartaj, et sa mère à lui était une harpie minuscule qui terrorisait ses brus et s'obstinait à arranger les mariages de ses petits-enfants sans consulter personne. Majid estimait qu'une mère capable de faire régner la discipline dans une maison, d'y faire régner la propreté et de tracer une frontière évidente entre le bien et le mal, préparait ses fils à devenir de bons policiers. Il dressait la liste des noms des types du service qu'il admirait, et parlait de leur mère. Sartaj trouvait la théorie de Majid non dénuée de sens. La mère de Katekar, par exemple, était une matriarche rude aux hanches imposantes. Des années après sa mort, Katekar évoquait encore ses colères avec une crainte mêlée de respect.

— Je pense, fit Majid, en se penchant en avant pour trinquer, que si ta maman te dit de t'en occuper, inspecteur Sartaj, il va falloir que tu t'en occupes. Tu dois te charger de mettre ces maîtres chanteurs hors d'état de nuire.

Il fut obligé d'acquiescer.

— Je vais appeler cette Pandey, dit-il. Après dîner.

Au dîner, il observa le badinage de Majid et de Rehana. Ils discutaient de leurs parents respectifs pour déterminer lesquels étaient les plus excentriques. Les enfants gloussaient. Majid raconta au sujet de la mère de Rehana des histoires que Sartaj avait déjà entendues, mais il en rit encore. Rehana était douce avec ses enfants, Farah et Imtiaz, et Singh songea qu'aucun de ces deux-là ne ferait jamais un bon policier. Il ne doutait pas que Rehana était une mère efficace, mais elle n'élevait pas ses enfants à l'ancienne, selon cette éducation que venait d'évoquer Majid. Avec eux, elle se comportait en amie. Et de toute façon, ces gamins étaient trop ambitieux, l'un comme l'autre, pour envisager une carrière dans la police, qui n'engendrait que des types décrépits, du genre de l'ami sardar de leur père.

Il rentra chez lui en voiture en rotant bruyamment sur tout le trajet. Il roulait très lentement, conscient d'être saoul. Une lune d'une rondeur parfaite s'esquivait derrière les immeubles pour resurgir entre les panneaux d'affichage annonçant la sortie, la semaine prochaine, du nouveau film de Shah Rukh Khan, une histoire d'amour grandiose. Sartaj franchit un sens giratoire en donnant gentiment de la bande, et trouva les affiches bien plus brillantes et léchées que celles, peintes à la main, de son enfance, qui transformaient Dharmendra en une sorte d'extraterrestre à la tête dilatée. Kamala Pandey avait appris comme les choses peuvent êtres sordides, combien les chambres d'hôtel pouvaient paraître nues et lugubres, vues dans l'objectif d'une caméra. Arrêté à un feu rouge, sous une autre affiche de Shah Rukh, il évalua les profits éventuels qu'il réussirait à en tirer : voulait-il prendre Kamala Pandey ? Le voulait-il ? Non, sans doute. Elle était irritante, égocentrique, gâtée. Et, de toute manière, la choder, ça demande-rait trop de mise en scène, un effort de volonté épuisant, qui serait tout saut plaisant. Non, s'il l'aidait, ce serait pour l'argent, et uniquement pour ça.

Il arriva chez lui, retira ses souliers et ses chaussettes, et composa le numéro de Kamala Pandey. Elle décrocha à la première sonnerie, et il perçut la panique dans son :

— Allô ?

— C'est l'inspecteur Sartaj Singh, dit-il.

Et là, il entendit ce souffle s'échapper d'elle, comme si quelqu'un venait de lui frapper un coup au plexus.

— Oui, dit-elle. Oui.

Derrière sa voix, il y avait de la conversation, de la musique. Un homme parlait, tout près d'elle. Ils étaient dans un restaurant. Heureux jeune couple.

— Je veux vous revoir. Au même endroit, à quatre heures. – Elle ne répondait rien. – Vous m'entendez ?

— Oui.

— Ne vous inquiétez pas. Je vais vous aider.

— D'accord. Merci.

Elle faisait de gros efforts pour avoir l'air décontracté, comme si elle évoquait ses rendez-vous chez le coiffeur avec une amie.

— Vous ont-ils rappelée ? Répondez-moi juste par oui ou par non.

— Oui.

— Nous en parlerons demain. Détendez-vous. Apportez-moi cette liste de numéros de téléphone. Quatre heures, au même endroit.

— D'accord, oui.

Il raccrocha. Il posa les pieds sur la table basse, desserra sa ceinture. Quand il aurait été payé pour ce boulot, peut-être qu'il emmènerait Mam à Amritsar. Il l'emmènerait chez Harmandar Sahib, et il la regarderait prier. Il était réconfortant de ressentir l'intensité de sa ferveur, comme une chaleur familière. Était-ce parce qu'il avait grandi avec le murmure toujours audible des prières de sa mère ou parce qu'il subsistait en lui une trace de foi, enfouie mais vivante, que ce fredonnement réveillait ? En tout cas, il l'emmènerait à Amritsar, et il ignorerait ses remarques sur ce voyage qui serait son dernier, etc. Puisque Mam avait émis le souhait qu'il aide l'odieuse Kamala Pandey, autant qu'elle en profite, elle aussi. Ce serait mérité, ce ne serait que justice.

Le lendemain, au Sindoor, Kamala Pandey portait une tenue noire. Lorsqu'il entra dans le restaurant, à quatre heures passées de quelques minutes, elle était assise à la table située près de la cuisine. Une bouteille d'eau minérale était posée devant elle, ainsi qu'un téléphone portable d'une taille ridicule. Elle avait une queue-de-cheval attachée haut et, malgré le chemisier noir franchement décontracté, restait soignée ; telle, elle aurait pu passer à la télévision, sur une chaîne musicale.

— Bonsoir, fit-elle. Merci.

Elle avait cette manière de pencher la tête quand elle souriait, de lever vers vous ses très grands yeux.

— Vous avez apporté l'argent ? s'enquit-il. – Il ne voulait avoir avec elle que de brèves conversations, limitées à des exigences et des préoccupations d'ordre professionnel. Elle farfouilla dans son sac, qui n'était pas le modèle argenté mais un triangle noir fabriqué dans un matériau iridescent. – Et la liste des numéros ?

— J'ai davantage d'argent, aujourd'hui, lui assura-t-elle.

Dans l'enveloppe, il compta trente mille. Il hocha la tête.

— Ils ont appelé, hier après-midi ?

— Oui. À une heure vingt-cinq. Je leur ai répondu ce que vous m'avez suggéré, que j'avais besoin de temps pour réunir la somme. Ce ne sont pas des gens sympathiques.

— Ils vous ont injuriée ?

— Ils m'ont tenu des propos très, très désagréables.

Son écriture était truffée de courbes, de tirets et de fioritures, mais elle avait noté méticuleusement les dates et les heures des appels, en colonnes bien ordonnées, chacune sous un intitulé.

— Quand avez-vous effectué le premier versement ? lui demanda-t-il, et il fit une annotation dans la page. Et quand ils ont appelé, vous avez entendu quelque chose d'intéressant ? Quelque chose, n'importe quoi ?

— Non. J'ai essayé. Une voiture ou un scooter qui passait de temps à autre. Mais rien d'autre.

— Essayez encore. Ils vont se montrer très insultants, ils vont vous menacer. Bornez-vous à faire traîner. Pour y voir plus clair là-dedans, il me faut du temps. Je ne tarderai pas à vous rappeler.

Il réunit le contenu de l'enveloppe et recula son siège.

— Attendez ! – Elle l'arrêta, d'un geste impérieux, mais devant le regard courroucé de l'inspecteur, elle baissa le bras. – Je vous en prie. Vous disiez que vous vouliez rencontrer Umesh. Il arrive.

— Ici ?

— Oui. Il était supposé être ici à quatre heures. Désolée.

Maintenant, elle se montrait déférente, mesurée.

— OK, fit-il.

Il consulta sa montre, puis ils se rassirent.

Il n'avait rien à lui raconter. Elle joua avec son téléphone, appuya sur les touches, lut un texto. Puis elle le reposa, et inspecta le contenu de son sac. Elle lança un bref coup d'œil à Sartaj, qui conservait une attitude neutre, puis elle retourna à ses menues investigations. Elle devenait de plus en plus nerveuse, de plus en plus remuante. Cette femme n'était pas habituée à ce que les hommes gardent le silence en sa présence. Lui, il commençait à se divertir. C'était cruel, mais il demeura absolument silencieux, et les minutes s'écoulèrent.

Quand il vit enfin les épaules des Kamala Pandey se voûter, ses traits s'affaisser en une expression d'abandon non feinte, il eut pitié d'elle. C'était trop.

— Est-ce qu'Umesh arrive toujours en retard ?

Cela la fit réagir comme l'acidité d'une bouchée de tarte au citron.

— Il est à l'heure pour ses vols, mais pour tout le reste, il est en retard. Il met plus de temps à se préparer que moi. Vous devriez voir sa salle de bains, ça ressemble à une pharmacie. Il a plus de shampooings, de baumes conditionneurs et de parfums que moi, votre épouse et cinq autres femmes réunies.

Sartaj ne releva pas l'allusion futée à son épouse.

— Et il appelle toujours pour annoncer qu'il est en route, qu'il est dans la voiture, qu'il se presse, qu'il sera là dans un quart d'heure ?

— Oui, oui. Et, deux heures plus tard, il débarque en prétextant une histoire quelconque. Ça me rendait folle.

Elle résistait mal à la mélancolie. Il éprouvait une certaine compréhension à son égard : le drame et la folie, c'était pénible, mais cette folie pouvait vous manquer, tout comme pouvaient vous manquer le boire et le manger. Jusqu'à ce que l'on se résigne à un calme plat et mortel, sans espoir et sans déceptions. Kamala Pandey en était au point où elle aimait encore parler des péchés de son ex, cela la ranimait.

— Peut-être qu'il s'arrêtait en route ? insinua-t-il.

Elle rit bruyamment.

— Umesh a toujours eu deux ou trois nigaudes accrochées à ses basques. Il ne s'en cache même pas tant que ça. Il donne juste l'impression de ne pas avoir encore trouvé la bonne, que peut-être c'est vous qu'il cherche depuis toujours. Il est assez sincère pour arriver à vous le faire croire.

— En fin de compte, vous avez vu où était la vérité.

— Il m'a fallu du temps.

Et malgré tout ce qu'elle vu, elle était incapable de trancher dans le vif de son désir. Il s'en aperçut dès qu'Umesh fit son entrée. Le pilote lui serra la main avec fermeté et salua Kamala Pandey, d'un effleurement sur la peau nue de son bras. Elle se tenait immobile et raide, pétrifiée. Sartaj se souvint d'avoir réprimé cette vibration qui lui remontait le long du bras une fois que Megha, alors qu'ils étaient déjà séparés, lui avait effleuré le poignet, à peine, en s'inclinant vers lui. Il avait déployé un gros effort, contractant le dos et les épaules, pour s'interdire de se pencher à son tour vers elle et, à la minute présente, la gorge serrée, il fut incapable de réprimer un élan de sympathie envers cette épouse vagabonde.

— Hello, fit Umesh. J'aurais pu invoquer l'excuse de la circulation bloquée, mais en réalité, depuis ce matin, je n'ai pas cessé de prendre du retard. Désolé.

À n'en pas douter, il était bel homme. Il portait un jean rouge foncé et un T-shirt blanc moulant des épaules gonflées par l'exercice. Le jean aurait pu être grotesque, mais sur Umesh, il était parfait. Le personnage était rayonnant, doré, depuis les très longs bras jusqu'aux yeux marron clair, qui ressemblaient fort à ceux de Kamala. Elle avait dû s'y plonger, et s'y voir.

— Asseyez-vous, fit Sartaj.

Le personnage possédait un charme, un caractère ouvert exhalant un bonheur auquel Sartaj n'allait pas céder.

— Je vais juste passer aux toilettes et j'arrive, lui répondit le pilote. J'ai fait un long trajet.

Il posa son téléphone et un trousseau de clefs sur la table et fila. Le téléphone était exactement du même modèle que celui de Kamala, satiné et de petite taille. Ses clefs étaient retenues à une voiture miniature, un bolide trapu et rapide.

— C'est une Porsche, lui expliqua-t-elle. Umesh aime les voitures.

— Oui, dit-il. Et il roule trop vite, exact ? – Elle confirma d'un signe de tête. C'est comme cela qu'ils avaient dû se rendre dans cette pension, songea-t-il, en roulant trop vite et en slalomant entre les files de voitures, excités par les accélérations brutales. – Il roule en quoi ?

— En Cielo.

— Rouge ?

— Non, non. Ça, c'est juste les pantalons. Je lui ai dit que cette couleur ne lui allait pas, mais il n'apprécie guère ce genre de remarque. La voiture est noire.

Umesh était de retour ; il se glissa dans le siège à côté de l'inspecteur. Très grand, il dépassait le mètre quatre-vingts de cinq à dix bons centimètres, avec une taille comme Sartaj n'en avait pas vu souvent sur un homme. Le torse resserré et la courte distance qui séparait les épaules évasées par la musculation d'un ventre totalement absent évoquait une silhouette de dessin animé. Décidément, Kamala l'aimait bien, son super héros. Encore une fois, elle se raidissait de tout son corps.

— Ah, saab inspecteur, fit Umesh. Voilà, maintenant, je suis complètement à vous.

— Je connais l'histoire dans ses grandes lignes, commença-t-il. Mais je souhaite en savoir davantage sur cette pension. Comment s'appelle l'endroit ?

— Cozy Nook Guesthouse. Sur Frichley Hill, près de la grande résidence de vacances de Fariyas Resort. Le Cozy est petit, pas trop de monde, une jolie vue. En réalité, c'est plutôt une villa. C-o-*zède*-y – il lisait dans le carnet de Sartaj le mot écrit avec une faute d'orthographe : *Cosy* Nook Guesthouse.

Il eut un sourire chaleureux, et un clin d'œil adressé à cette langue anglaise décidément impénétrable, de sorte qu'il était impossible de lui en vouloir. Il était franchement trop mignon, et sympa. L'inspecteur comprenait comment il s'y prenait pour charmer les dames ; il corrigeait toutes leurs petites fautes, mais sur le mode attentif, avec des yeux ensoleillés et un sourire irrésistible. On ne pouvait qu'être séduit.

— Comment avez-vous découvert cet endroit ? reprit Sartaj.

— Un ami possédait une maison à proximité, on passait tout le temps devant. Un établissement ancien.

— Aviez-vous remarqué l'arrivée de nouveaux serveurs ? Des changements au sein du personnel ?

— Non, pas vraiment. Je n'y ai jamais prêté attention, vous savez. Si je ne me trompe, ce sont toujours les mêmes employés.

— Une idée de qui aurait pu filmer ces vidéos ?

— Non, monsieur. Il y a le personnel. Mais ensuite, il y a les autres clients, pourquoi pas… Enfin, je ne me souviens de personne en particulier.

— Il ne vous est jamais arrivé de reconnaître quelqu'un parmi les autres clients ?

— Non, non. Jamais. Si c'était le cas, je m'en serais souvenu.

— Savez-vous à quelles dates ont été prises ces vidéos ?

— Non, ce serait impossible à déterminer, vraiment. Et je n'ai même pas noté les dates auxquelles nous sommes allés là-bas.

— Combien de fois vous êtes-vous rendus dans ce Cozy Nook ?

— Pendant tous ces mois-là ? Je ne sais pas, peut-être six, sept fois ?

— Plutôt onze fois, et même peut-être douze, rectifia Kamala. La dernière fois, c'était début mai.

— Je croyais que vous aviez rompu depuis six mois, releva l'inspecteur.

— En effet.

Donc, ils avaient fait tout ce chemin jusqu'au Cozy Nook pour s'offrir quelques séances de sexe postrupture. Ils avaient sans doute passé l'aller à se disputer et le retour à se taire. D'ailleurs, à en juger par le pli d'amertume aux lèvres de Kamala, une nouvelle dispute était imminente. Suivie d'une nouvelle séance de sexe postrupture. Sartaj espérait que non, pour son bien à elle. Il y avait peu de réconfort à retirer de ce genre de compromis, surtout avec un homme comme Umesh. Charmant garçon, mais pas très stable. Rien à avoir avec M. Pandey, fort peu bel homme mais tellement fiable.

Il posa une question à Mme Pandey.

— Qui vous déteste ?

— Quoi ?

Ses épaules s'affaissèrent, elle se replia sur elle-même, en s'inclinant vers le pilote.

— Qui sont vos ennemis ? répéta Sartaj d'un ton égal.

— Kamala est quelqu'un de très bien, protesta l'autre. – Il avait un bras derrière elle, à présent, et le bout des doigts posé sur l'épaule de la jeune femme. – Je ne crois pas qu'elle ait des ennemis.

— Oui, reprit Kamala. Je veux dire, j'ai eu des querelles. Mais des ennemis ?

— Tout le monde a des ennemis, insista l'inspecteur. Et il vaut mieux les connaître.

Cela les réduisit au silence, un moment, le temps de réfléchir, de rechercher quel ami, quelle connaissance aurait pu nourrir une détestation secrète susceptible de le changer en authentique adversaire.

— Donc vous pensez que ce serait d'ordre personnel ? s'enquit le pilote.

— En général, quand il y a chantage, c'est pour de l'argent. Mais cela vaut la peine de réfléchir aux amis et aux adversaires : qui est en position de détenir des informations, de s'être mis en colère pour une raison ou une autre, ou a un urgent besoin d'argent.

Umesh était abasourdi.

— Même quelqu'un qui serait en relation avec moi ? En ce cas, est-ce que ce quelqu'un ne m'aurait pas approché, moi aussi ?

— Vous n'êtes pas marié. Et vous êtes un homme.

— Et je soutiens financièrement mes parents et mes sœurs. Je ne dispose pas d'énormément de liquidités. Donc ils ont préféré s'en prendre à la cible la plus vulnérable.

— Alors ?

Les deux hommes dévisagèrent Kamala. Elle avait les joues congestionnées, écarlates, et Sartaj se demanda si elle n'allait pas pleurer. Sauf que cette fois, il y croirait peut-être. Mais elle se ressaisit et nomma son ennemi.

— J'avais une amie, Rachel.

— Et vous vous êtes fâchées ?

— Oui.

— À quel propos ?

Kamala éclata de rire. Elle trouvait l'inspecteur Singh obtus, semblait-il, et son rire avait une résonance horrible.

— À votre avis ?

C'était évident. Elles s'étaient disputées à cause d'Umesh. Elles avaient partagé une affection sororale, vécu des années d'affection, qui sait, et puis le bel Umesh était arrivé.

— Rachel était votre meilleure amie ?

— Oui.

— Et ensuite ?

— Nous avons rencontré Umesh ensemble. Lors d'une soirée.

— Et il a tout de suite plu à Rachel ?

— Arre, chef, intervint l'intéressé en tendant une main en travers de la table. Je n'ai jamais rien fait avec cette femme, jamais. Je l'ai rencontrée en quelques occasions avec Kamala, et Dieu sait ce que cette Rachel a pu s'imaginer.

Étant donné les circonstances, ce qu'Umesh en pensait ne prêtait guère à conséquence.

— Quels étaient les sentiments de Rachel à son égard ? demanda Sartaj à Kamala.

— Il lui plaisait.

— Dès le début ?

— Oui. Après cette première fois, lors de cette soirée, nous avions parlé de lui. Elle n'arrêtait pas de répéter quel homme parfait il était. Viril, mais sensible.

Sur ce dernier qualificatif, elle leva les yeux au ciel.

— Et ensuite ?

— Il est arrivé ce qui devait arriver.

— Quand l'avez-vous dit à Rachel ?

Elle se souvenait exactement quand.

— Un dimanche, deux mois plus tard. Je rentrais d'un vol et je me suis rendue droit chez elle. Je ne pouvais plus supporter ça.

— Et ?

— Elle m'a priée de sortir. Elle ne m'a plus jamais adressé la parole.

— Elle était tellement en colère ?

— Elle avait divorcé, deux ans plus tôt. Et depuis, elle n'avait plus jamais été séduite par personne.

— Et puis il y a eu Umesh.

— Et puis il y a eu Umesh.

Son charme fatal n'inspirait pas la moindre prétention au héros, manifestement, ce qui était tout à son honneur. Il paraissait à la fois anxieux et incrédule.

— Enfin, tout de même, remarqua-t-il, il est difficile de croire qu'une personne comme Rachel ait pu s'abaisser à ce point. Je veux dire, un chantage de cet ordre…

— En ce qui nous concerne, tous les deux, elle est la seule à être au courant, souligna Kamala d'une voix morne.

Oui, Kamala en savait davantage sur la colère, sur les vestiges pourrissants d'une amitié qui garnissent le fond des almirahs, sur les vieilles photos et les chemises que l'on offre en cadeau et les souvenirs rapportés des vacances d'hiver à Singapour, sur tout ce qui finit par cailler et se figer en une noire amertume qui consume l'esprit du matin au soir, à tel point qu'à la fin, la seule source de soulagement était le chantage. Non parce qu'il rapporte de l'argent, mais parce qu'il provoque l'humiliation et la douleur. L'argent, c'était bien, mais la cicatrisation et la paix venaient d'ailleurs. Oui, Kamala comprenait. Il y avait bien un mobile, et une opportunité. Pas suffisant pour poursuivre en justice, mais certainement assez pour investiguer.

— Fournissez-moi quelques informations sur Rachel, je vous prie.

Kamala écrivit de mémoire, d'une main vive, de sa jolie écriture pleine d'arabesques.

— Très bien, fit-il encore. Je vais enquêter. Votre numéro de portable, je vous prie, monsieur Umesh ?

— Ce sera tout ?

— Ce sera tout pour le moment.

— J'aurais cru que vous voudriez savoir tout un tas d'autres choses.

— Si j'ai la moindre question, je vous appelle. Votre numéro ? – Il nota le numéro du pilote, referma son carnet d'un geste sec. – Souvenez-vous de ce que je vous ai expliqué, ajouta-t-il en s'adressant à Kamala. Écoutez, écoutez, c'est tout. Et n'ayez pas peur d'eux. Ils peuvent toujours jouer les durs, ils ont besoin de vous. Je garde le contact avec vous.

— Donc, maintenant, vous allez enquêter sur ces coups de fil ? s'enquit Umesh. Remonter la piste jusqu'aux numéros d'appel ?

Il était émoustillé par l'idée d'une enquête, par les plaisirs potentiels que recelait cette histoire, même s'ils étaient de nature à l'impliquer directement.

— Quelque chose dans ce goût-là, fit Sartaj. Vous aimez les romans policiers ?

— Uniquement les thrillers hollywoodiens. Les nôtres, qu'on tourne en Inde, sont trop mal ficelés.

Indéniable.

— C'est vrai, admit-il, en général. Mais quelquefois, les films indiens ne s'en sortent pas si mal.

Umesh n'était pas d'accord, visiblement, mais il ne releva pas.

— Pourquoi ne suggérez-vous pas à Kamala de leur répondre qu'elle va payer, et ensuite vous les arrêtez quand ils viennent chercher l'argent ?

— Parce qu'ils s'y attendent, et ils opèrent en se défendant déjà contre ce genre de manœuvre. C'est pourquoi ils ont envoyé ce chokra collecter l'argent auprès d'elle, la première fois. Ces types-là sont prudents. C'est trop risqué. Inutile de leur mettre la puce à l'oreille.

— Ils sont si forts que ça ?

— Assez forts, mais pas tant que ça, nuança-t-il. Nous les aurons. Laissez-nous travailler.

Umesh avait l'air sceptique. L'inspecteur leva la main en guise d'adieu, et les laissa assis là tous les deux, mal à l'aise, mais joliment assortis. Dehors, il chaussa ses lunettes noires pour se protéger du soleil bas de la fin d'après-midi. La forme des verres, il s'en rendit subitement compte, était démodée d'au moins deux saisons, peut-être davantage. Le moment était venu de s'en acheter des neuves. Mais il conservait une certaine affection pour cette vieille paire cabossée. Ils en avaient vu de toutes les couleurs, ensemble, et les objets familiers, confortables, avaient du bon. Le chic, c'était du travail, et en plus c'était cher. Il était trop âgé et trop pauvre pour y travailler. Il se sourit à lui-même – quel vieux bouddha barbant tu es devenu –, et il démarra.

Kamala Pandey avait le sens des détails, mais les maîtres chanteurs faisaient preuve d'une grande prudence. Leurs appels téléphoniques provenaient de toute la banlieue nord, tant vers l'est que vers l'ouest, et il n'y avait qu'un appel par numéro. Le seul *modus operandi* qu'il fut à même de repérer concernait leurs horaires, soit tôt le matin, entre huit et dix, soit après six heures du soir. Autrement dit, les maîtres chanteurs exerçaient un métier. Ils s'occupaient de cette affaire en dehors des heures ouvrables.

— Ce sont tous des appels émanant de téléboutiques, remarqua Kamble. J'en suis certain.

— Je sais, acquiesça l'inspecteur.

Il avait enrôlé Kamble dans son enquête dès qu'il avait compris la quantité de travail sur le terrain que cela impliquerait. Le sous-inspecteur s'était volontiers laissé recruter, moyennant quarante pour cent de sa part. Mais travailler avec lui supposerait d'aller boire des verres au Delite Dance Bar, et de lui servir d'alibi auprès de ses petites conquêtes féminines. Comme il en avait reçu l'instruction, il avait déjà menti à deux danseuses différentes quant à l'endroit où Kamble avait passé la première partie de cette soirée. Sartaj développa son analyse.

— Il n'y a chaque fois qu'un appel par téléboutique, par conséquent il est peu probable que les opératrices se souviennent de l'individu qui a passé le coup de fil en question. Mais nous allons couvrir toutes les téléboutiques, en commençant par les appels les plus récents. Tu préfères l'est ou l'ouest ?

— L'ouest, patron.

Kamble dévorait du regard les trois danseuses qui tournoyaient sur la piste avec une grâce langoureuse, aux accents d'une chanson tirée d'un film. *Aaja gufaon mein aa.* « Viens, entre dans la grotte. » Le bleu, le rose et le verre des paillettes de leur ghagra étaient superbes à regarder, Sartaj devait l'admettre. Elles étaient jeunes. Mais il était tôt, la soirée était à peine entamée, le Delite encore presque désert, et elles ne déployaient pas beaucoup d'énergie dans leurs manœuvres de séduction. Kamble semblait d'humeur à les réveiller par tous les moyens possibles et imaginables. Il ne s'en priverait pas, sans aucun doute.

— Très bien, fit Sartaj. Je prends l'est. À demain.

— Arre, protesta Kamble, restez donc.

— Demain, la journée commence tôt. Pas mal d'heures sup en perspective.

— Les heures sup, c'est tous les jours. Prenez donc un autre verre avec moi.

— J'ai atteint ma limite. – Et il se leva.

— Il faut vous offrir un peu de sexe, de temps en temps.

— Ah oui, avec qui ?

— N'importe laquelle, là.

— Aucune chance.

— Quoi, vous croyez que vous leur plairiez pas, chef ? Patron, vous bilez pas là-dessus. Elles vous dévoreraient tout cru.

— Justement, c'est bien ça.

— Quoi, trop facile ? Alors attaquez-vous à celle qui ne veut pas de vous. Mais il faut vous remettre dans la partie, monsieur Singh.

— Ah oui ? Pourquoi ?

— Ben oui, quoi d'autre, sinon ?

En effet. Quoi d'autre ? La retraite, la fuite ? Mam avait la religion, mais elle s'y était réfugiée au terme d'une existence pleinement vécue avec Papa-ji. Pouvait-on s'extraire du jeu à un âge précoce, comme un sanyasi qui se retire solitaire dans les collines ? Non, il s'en savait incapable. Mais pour l'heure, il allait sortir du Delite. Il était très fatigué, et il n'avait qu'une envie, rentrer. Il leva son verre, le vida.

— Merci, fit-il. Demain, plutôt.

Kamble aimait avoir le dernier mot ; il s'en tira avec élégance.

— Demain, répéta-t-il. Demain, on va voir ce qu'on va voir.

Et il exhiba son grand sourire, toutes dents dehors.

Ce soir-là, avant d'aller dormir, Sartaj appela Iffat-bibi. Elle lui avait téléphoné peu après la mort de Katekar pour lui exprimer ses condoléances. Elle savait qu'ils travaillaient ensemble depuis longtemps, mais elle avait aussi trouvé le moyen de se tenir au courant, pour les enfants de Katekar, et elle avait proposé une jolie somme d'argent pour aider la famille. Sartaj avait refusé, mais après cela, ils s'étaient souvent entretenus au téléphone. Elle était astucieuse, drôle, et avait des histoires sans fin à raconter sur les apradhis et les policiers du passé. Elle lui apportait de menues bribes de renseignements, des rumeurs, des lieux et des noms, sans rien exiger en échange si ce n'est qu'il s'arrange, dans la mesure du possible, pour que les boys de sa compagnie puissent voir leur famille s'ils se trouvaient en garde à vue sous sa responsabilité. Les informations qu'elle lui fournissait étaient exactes et utiles, mais elles ne concernaient jamais les grosses affaires ou les apradhis notoires. Elles se limitaient benoîtement au menu fretin, et il estimait leur échange équitable, sans aucune obligation de reste d'un côté comme de l'autre. Et puis, d'une certaine manière, il était reposant de l'écouter parler de Papa-ji. À ce qu'il semblait, Papa-ji avait évoqué avec elle toutes ses affaires, et le portrait du vieux qui en émergeait n'aurait pu être trouvé nulle part ailleurs. En réalité, Papa-ji n'était pas si dandy qu'il y paraissait, avec sa passion des vestes croisées et des chaussures sur mesure, non, ce n'était pas si simple. Il était vaniteux, mais jamais sur le plan professionnel. Il connaissait son secteur, et savait anticiper avec une sorte d'instinct les initiatives des apradhis et les réactions de leurs victimes. Ses arrestations n'avaient rien de spectaculaire, mais elles étaient fréquentes, régulières, et bien réelles, rien à voir avec des histoires artificiellement gonflées pour enrichir un rapport annuel. En dépit de ses extravagances vestimentaires, il était respecté. Pour l'essentiel, sa vanité lui permettait de rester honnête, tout au moins sur les principaux aspects qui avaient pu compter dans sa carrière. Il ne pouvait supporter l'idée que lui, Sardar Tejpal Singh, puisse se faire acheter comme une miche de pain posée sur un étal, comme un paquet de cigarettes. Et sa fierté lui interdisait de se montrer obséquieux envers ses supérieurs : il acceptait à la rigueur de demander qu'on lui rende un service, mais cela s'arrêtait là. Il jugeait impossible de persuader, de caresser dans le sens du poil, de mendier ou de suborner.

— Quel homme têtu, s'écria Iffat-bibi, mais il savait garder la tête haute, et c'était ce qu'il désirait. D'ailleurs, cela ne lui a pas fait que du bien.

— Allons, Bibi, fit Sartaj. Tout le monde n'a pas envie de réaliser un chiffre d'affaires comparable à celui de ton bhai. Qui est de… ?

— Un journal en a parlé hier, huit mille crores.

— Ça, c'est le journal. Mais toi, qu'en penses-tu ?

Elle s'étrangla de rire.

— Bachcha, je suis une vieille femme, je ne tiens pas les comptes. Mais je trouve cela suffisant.

— Suffisant pour quoi ? Qu'est-ce qu'on peut fabriquer, avec huit mille crores ?

— Tout le monde a besoin d'un petit bonus. Pas seulement pour ses besoins. Mais aussi pour ses envies. Même toi, Sardar Saab.

— Que veux-tu dire ?

— Arre, rien, je disais ça en passant.

Il sentit le frisson du malaise lui parcourir les épaules. Il se redressa.

— Non, tu n'as pas dit ça en passant. Explique-moi ce que tu entends par là.

— Rien du tout.

— Réponds-moi. Iffat-bibi, n'essaie pas de me berner. De quoi s'agit-il ?

— Beta, tu en fais du bruit, pour si peu de chose. Je lui ai promis de n'en parler à personne.

— De quoi s'agit-il ? C'était une femme ? Plusieurs ?

— Arre, mais non, pas du tout, espèce de vicelard, tu as l'esprit mal tourné !

— Alors quoi ? Dis-moi.

— Tu fais beaucoup de tintouin pour une petite histoire de rien.

— Quoi ?

— Il aimait bien le jeu.

— Le jeu ?

— Oui, oui. Il adorait les chevaux. Il aimait bien placer des paris sur les chevaux, aux courses.

— Il allait au champ de courses ?

577

— Non, jamais, quelqu'un aurait pu l'apercevoir et le rapporter à ta mère. Non, j'envoyais l'un de mes boys placer des paris pour lui.

Oui, Mam-ji, avec sa frugalité de réfugiée, n'aurait jamais toléré qu'un membre de la famille s'adonne au jeu. Elle refusait d'acheter des billets de loterie car, insistait-elle, c'était du gaspillage et quiconque s'imaginait pouvoir gagner un crore en misant une roupie était absolument jhalla. Et voilà que Papa-ji faisait partie de ces idiots qui jetaient l'argent par les fenêtres. Il aimait les chevaux, c'était un fait. Un de ses grands regrets était de n'avoir jamais appris à monter. Autour de la table du petit déjeuner, il lissait le journal avec grand soin et désignait la photo d'un cheval dans la page des sports en s'exclamant : « Regarde comme il est beau ! » Sartaj et Mam ne commentaient jamais, ne répondaient rien, ils ne le remarquaient même pas, parce qu'il s'était toujours extasié en ces mêmes termes. Donc, une fois sorti de la maison, il avait une vie secrète, ou du moins sa vie avait une facette secrète. Sartaj toussa pour dénouer le nœud qu'il avait dans la gorge.

— Il a perdu beaucoup ?

— Perdu ? Non, pour commencer, il ne pariait pas tant que ça. Il s'imposait une limite de cinquante roupies, et puis ensuite il est monté à cent. Mais il s'y entendait pour lire les bulletins. Il gagnait davantage qu'il ne perdait. Beaucoup plus, même.

Papa-ji gagnait. Il fréquentait cet autre univers, avec ses règles et ses systèmes propres, ses histoires particulières, ses tragédies et ses triomphes, et là, il se posait en vainqueur. Il avait défait le hasard, il avait vaincu le jeu. Un flot doux-amer d'affection, de nostalgie et de regret lui vint à la bouche, lui remonta dans les narines, lui gagna les yeux, et il dut éloigner un peu le combiné, pour éviter que la rumeur de ses sentiments ne parvienne à l'oreille d'Iffat-bibi.

— Sartaj ?

— Oui, Bibi. Je réfléchissais juste. Le vieux était un sacré personnage.

— Complètement namoona. Mais, n'en parle pas à ta mère, d'accord ?

— Je n'en parlerai pas.

Plus tard ce soir-là, il se demanda si Mam savait déjà. Papa-ji et elle avaient eu leurs difficultés, leurs silences, qu'il avait été incapable de déchiffrer. Il avait entendu des éclats de voix derrière des portes fermées, et l'une de leurs disputes avait duré trois jours. C'était normal, chez n'importe quels mari et femme, et ces deux-là s'étaient consacrés l'un à l'autre durant plus de quarante ans. Peut-être Paja-ji avait-il ses chevaux, et se taisait-il à leur sujet, et Mam savait, tout en refusant de savoir. C'était peut-être ainsi qu'ils avaient vécu heureux, ensemble. Mais s'était-elle posé la question, ce jour-là, celui de l'anniversaire de Sartaj, quand Papa-ji avait rapporté le plus grand Meccano, le plus cher que l'on ait jamais vu ? Papa-ji avait juché Sartaj sur ses épaules, et le fils avait fait écho au père qui distribuait les « Hello-ji » tout autour de lui, et tout le monde avait ri, et tout le monde était heureux. Peut-être l'un des chevaux de Papa-ji avait-il gagné, ce jour-là. Le fils et le père avaient veillé tard, occupés qu'ils étaient à construire une maison rouge et vert avec un grand mur d'enceinte, et Mam s'était accroupie à côté d'eux, leur avait montré où devait se placer le jardin, et l'emplacement idéal pour le portail. Papa-ji voulait piquer un mât de drapeau sur le toit, mais Mam avait fait remarquer que ça donnerait à la construction l'air d'un bâtiment administratif. Papa-ji et Sartaj avaient travaillé dur, y avaient apporté les touches finales, un véritable portail avec ses battants pivotants, un petit appentis pour le chowkidar, et Mam avait permis à son fils de terminer avant d'aller se coucher.

Le lendemain matin, un message attendait Sartaj au commissariat. Il émanait de Mary : « Venez à l'appartement de Yari Road, demain soir. » C'était tout. Un peu déconcerté, il retourna le mot, puis le plia soigneusement en deux avant de le glisser dans sa poche. Il était content que Kamble ne l'ait pas vu, il échappait ainsi à une demi-journée de plaisanteries ricanantes sur le ghochi où il allait se fourrer, sur Mary la drôlesse et ses rendez-vous galants.

Sartaj passa l'après-midi à écumer les téléboutiques, à récolter sa moisson de regards vides et de confusion. Près de Film City, une commerçante aux cheveux orange, la soixantaine, lui avait lâché en se fourrant un paan dans la bouche :

— Baba, je peux dire que l'appel en question a eu lieu avant-avant-hier. Mais j'ai tellement de gens, en une journée... Je ne reste pas assise ici à les dévisager. Ils entrent, ils passent leurs coups de fil, ils me donnent leur argent. Bas. Je ne me souviens même pas de ceux qui sont venus aujourd'hui. – Elle se pencha vers le compteur électronique, posé sur son bureau. – Déjà, rien qu'aujourd'hui, il y a eu cent trente appels. Et l'heure la plus chargée, c'est le soir.

Ses cheveux teints au henné étaient d'une couleur effroyable, mais elle disait vrai.

— Vous faites un bon chiffre, remarqua-t-il.

— Tout le monde a besoin de téléphoner.

Il y avait là une petite file de charpentiers qui attendaient que se libèrent les deux postes téléphoniques de la boutique en faisant mine de ne pas entendre les questions du policier. C'étaient des Punjabis, une barbe de plusieurs jours, la silhouette musculeuse. Ils étaient venus à pied du magasin situé trois portes plus loin, où ils construisaient des étagères. Qu'il existe un policier sikh à Bombay était en soi un fait digne d'intérêt, mais ils redoutaient trop la police en général pour oser lui adresser la parole. Leurs familles étaient probablement originaires de Gurdaspur, ou d'Amritsar, et ils avaient appris la prudence.

Il se rendit à la téléboutique suivante. Puis dans dix-neuf de ces *call shops*, toutes identiques, et partout, chaque fois, il trouva les mêmes hommes et les mêmes femmes, passant des appels à l'autre bout de la ville, à l'autre bout du pays. Aucun des gérants ni des caissiers n'était capable de se remémorer deux hommes en particulier parmi ces milliers de clients. À sept heures, Sartaj mit un terme à ses recherches et prit la direction de Yari Road. La circulation était chargée et, le temps qu'il franchisse le souterrain, le crépuscule avait perdu sa palette fantastique de tonalités orange. L'ampoule électrique de l'ascenseur ayant grillé, il dut chercher le bouton à tâtons. Mais Mary, elle, avait de la lumière. Elle ouvrit la porte sur un salon bien éclairé et accueillit Sartaj avec un grand sourire. Elle tenait un plumeau en main. Son chunni noué autour de la tête lui donnait un faux air de Rani, reine de Jhansi.

— Hello, hello. Et sat-sri-akal, ajouta-t-elle, en guise de salutation. Dieu est vrai et hors du temps. Entrez.

— Hello, fit-il à son tour.

Le salon était rempli de cartons, mais il avait été nettoyé à fond, et elle paraissait détendue, enjouée.

— Alors, vous avez l'électricité.

— Jana a un ami à la Bombay Suburban Electricity Supply. J'ai payé les factures en souffrance, et son ami a fait rebrancher.

Jana était le genre de femme pratique qui se devait d'avoir un ami capable de vous faire rétablir l'électricité à la BSES en quelques jours, au lieu des deux mois habituels. Une musique filmi tonitruante se déversait dans le couloir, depuis la chambre.

— Jana s'occupe des chaussures ?

Mary hocha la tête, un pétillement dans les yeux.

— Et des vêtements. Toutes les deux minutes, elle s'énerve parce que Jojo était petite, et du coup rien ne lui va. Venez. – Elle passa devant Sartaj. – Jana ! Jana ! s'écria-t-elle.

Jana avait elle aussi un chunni calé derrière les oreilles, et l'air d'une femme très absorbée. Elle accueillit l'inspecteur d'un rapide signe de tête et d'un « Hello », avant de le précéder dans le bureau.

— Nous avons commencé par nettoyer cette pièce, lui expliqua-t-elle. On voulait surtout balancer tous ces papiers…

— On balançait…, renchérit Mary. Et puis Jana a remarqué quelque chose.

Elles étaient contentes d'elles, de pouvoir annoncer à Sartaj qu'elles avaient remarqué quelque chose. Et le plaisir même de la découverte les réjouissait tout autant.

— Et qu'a-t-elle remarqué ? leur demanda-t-il, avec la bonne dose d'impatience dans la voix.

Jana attrapa une enveloppe au sommet d'une armoire de rangement. Elle en tira une photographie, et la brandit avec un geste théâtral.

— Ceci.

Et elle sortit une autre photo.

— Et ceci.

Sartaj tendit le bras pour immobiliser l'image qu'elle tenait en l'air. Une jeune fille. Une jeune fille dans une posture de mannequin, et qui regardait par-dessus son épaule. Une jeune fille banale, pas spécialement séduisante.

— La photo était dans le tiroir du bas du bureau de Jojo, précisa Mary. Sous des factures.

— Oui.

Il essaya de se rappeler s'il n'avait pas lui-même examiné ces clichés quand Katekar et lui avaient fouillé le bureau. Ils n'avaient rien de singulier, rien de mémorable.

— Et donc ?

Jana était sidérée.

— Vous ne la reconnaissez pas ?

Elle leva un autre cliché.

Il le lui prit. Celle-ci, c'était un portrait, la chevelure ramenée devant le visage, et un regard mélancolique. Il le retourna. Le nom était noté à la main, d'une écriture déliée. « Jamila Mirza. » Ce qui ne lui disait rien du tout.

— Qui est-ce ?

Jana et Mary le considérèrent l'une et l'autre avec cette patience empreinte d'une tolérance toute maternelle qu'affichaient les femmes face à la stupidité masculine. Jana montra un autre bout de papier.

— C'est une liste, des sommes d'argent. Des paiements, je pense, et ça s'étale sur des mois, des années. Des copies de pages de passeport, vous voyez, c'est la même fille. Et des billets d'avion, pour Singapour. Elle y est allée plein de fois, vous voyez, et c'était même tous les mois, à certaines périodes. Il ne s'agissait pas d'une histoire occasionnelle. Celle-ci, c'était une relation régulière.

— Mais nous savons que Jojo envoyait des filles à Gaitonde. Cette fille-là n'est que l'une d'entre elles.

— Enfin, savez-vous qui c'est ? insista Jana.

— Jamila Mirza ?

— C'était son premier nom. Ensuite, elle est devenue Zoya Mirza.

— Miss India ? L'actrice ?

— Oui. Exactement.

Sartaj percevait certes une ressemblance, mais il restait dubitatif. Il désigna la taille de Jamila Mirza.

— Cette fille est trop grosse.

— Liposuccion, fit Jana. Et elle a pu se faire enlever les dernières côtes.

Mary parcourut le portrait du doigt.

— Elle a eu le nez refait, c'est sûr. Et on lui a déplacé la naissance des cheveux pour lui dégager le front.

— On est aussi intervenu sur son menton, souligna Jana. Vous voyez comme il a été rallongé. Et la mâchoire, elle a été resserrée, elle est plus étroite. Nous vous la confions, cette Zoya première manière. Mais il faudra nous raconter ce qui lui est arrivé, d'accord ? Peu importe ce que vous trouverez, il faudra nous le dire. Promis ?

Jana était une lectrice de *Stardust*, manifestement, une lectrice très assidue, avide de potins people.

— Mais vous êtes sûres que c'est elle ?

— Oui, répondirent-elles en chœur.

Leur assurance était celle des experts. Cela faisait partie de leur travail. Il était bien forcé de les croire.

— Stupéfiant, admit-il. Jamais je n'aurais su le voir tout seul.

Mary éclata de rire, et elle posa sa main sur la sienne, tout près du poignet.

— Ne vous en faites pas. Les hommes ne le voient jamais.

Où l'on recrute une nouvelle fois
Ganesh Gaitonde

On m'a arrêté un jeudi après-midi. Ils sont venus me chercher à Gopalmath, chez moi. La police était une vision familière, dans mon darbar. Elle connaissait mon adresse exacte, là où je vivais. Je ne m'étais jamais caché. Ils étaient déjà venus, à l'occasion, chercher un boy, ou me poser des questions, et parfois me demander une faveur, en douce. Je les accueillais toujours volontiers, je leur offrais du chai et des biscuits, et des réponses, ensuite je les renvoyais. Cette fois, c'était ce muchchad de Majid Khan, trois sous-inspecteurs que je ne connaissais pas, et dix policiers, tous en civil.

— Asseyez-vous, asseyez-vous, j'ai dit. Arre, des boissons fraîches pour ces messieurs.

Mais Majid Khan ne s'est pas assis. Ses gars se sont déployés dans la pièce, et Majid Khan a pris la parole.

— Parulkar Saab a fait émettre un mandat d'arrêt, ce matin. Je suis obligé de t'arrêter.

— Ton Parulkar Saab, j'ai fait, ce maderpat, il est fou. Il ne dispose pas d'une seule preuve contre moi. Pas d'un seul témoin.

— Maintenant, si, il m'a répliqué. On a chopé ce chutiya de Nilesh Dhale, à Malad, la semaine dernière. Il avait un pistolet sur lui, et un autre dans sa mallette. Alors Parulkar Saab te boucle pour avoir abrité des criminels, pour complicité d'actes criminels, et port d'armes illégal. Qu'une de ces armes ait été trouvée dans la mallette signifie qu'on la transportait, donc on retiendra aussi l'acheminement et la revente d'armements. Et il y ajoutera les activités antinationales. Que lui faut-il de plus ? Après deux claques à travers la figure, Dhale chante comme un rossignol. D'ici demain, Parulkar t'aura même impliqué dans la conspiration d'assassinat contre le mahatma Gandhi.

— Je n'ai jamais remis aucun pistolet à ce con de Dhale, n'est-ce pas ? C'est pour cette histoire à deux balles que tu vas m'arrêter ? Parulkar n'arrivera jamais à faire tenir cette accusation debout.

— Il est inutile de faire tenir quoi que ce soit debout, tu le sais. Tout ce dont il a besoin, c'est de t'avoir au trou un petit moment, tu le sais aussi.

J'étais tout à fait au courant : je vivais sous le régime du TADA, le Terrorist and Disruptive Activities Prevention Act, et sous ce régime du TADA, le petit moment en question pouvait durer une décennie. En vertu de cette loi contre les activités antiterroristes et les troubles à l'ordre public, ils avaient de quoi me maintenir en détention pendant toute la durée des procès qu'on m'intenterait, sans mise en liberté sous caution, rien, même si l'histoire devait se prolonger six ans, ou dix. À la fin des fins, on pouvait être acquitté, mais entre-temps, on avait pourri plusieurs années derrière les barreaux. C'est pourquoi Suleiman Isa et ses principaux lieutenants étaient partis pour l'étranger, par crainte de la loi TADA et des traquenards de la police. Ce Majid Khan se montrait relativement respectueux, parce que c'était un petit inspecteur, et il connaissait mes relations avec les rakshaks, qui risquaient d'accéder au pouvoir aux prochaines élections, l'année d'après. Mais pour le moment, l'exécutif de l'État revenait au parti du Congrès, son Parulkar Saab était proche d'eux, et donc j'allais devoir me laisser boucler.

— Tu vas gentiment nous accompagner, m'a-t-il fait avec beaucoup de déférence. J'ai encore dix hommes en civil dehors, tous armés. Et deux autres fourgons à l'angle de la rue, à deux minutes d'ici. Au moindre problème, ce sera la guerre, ce que nous ne souhaitons pas, ni toi, ni moi.

Il me disait cela à cause de Bunty et des deux boys postés sur le seuil, face aux policiers. À en juger par ma mine, ceux-là comprenaient que quelque chose n'allait pas. J'ai entendu des cris angoissés et des bruits de pas précipités. Bunty et les boys pouvaient résister, mais je serais mort. Je le savais, il suffisait d'observer

Majid Khan. Il se montrait prudent car il se souciait de son avenir, mais il était dévoué à son patron et, s'il fallait en arriver là, il dégainerait. S'il m'abattait, ils seraient nombreux à en être ravis : Suleiman Isa, Parulkar et ses amis au sein de la police, une administration du Congrès truffée d'alliés d'Isa, une dizaine d'industriels qui nous versaient leur dîme tous les mois. Non, résister serait stupide et, dans cette vie, mariage ou pas mariage, la prison, c'était ma sasural, un genre de maison de famille. J'y survivrais, sans coup férir, parce que j'étais Ganesh Gaitonde. Donc j'ai calmé Bunty, je l'ai prié de prendre ma suite, et d'être prudent. J'ai dit un rapide au revoir à ma femme et à mon fils, et je suis parti.

La police avait obtenu une ordonnance de détention provisoire de quatorze jours, qu'elle a fait prolonger, et prolonger de nouveau, à six reprises. Pendant les premières quarante-huit heures, ils m'ont enfermé dans une cellule du poste de police de Savara, non loin de Kailashpada. Il n'y avait qu'une seule pièce, de trois mètres sur trois, un matelas crasseux, une jarre d'eau du robinet non filtrée, un seau, un trou puant dans le sol en guise de latrine, et moi. Parulkar m'a maintenu dans l'isolement. J'étais seul, loin de ceux de mes boys qui auraient pu passer par l'étape de la garde à vue, loin de mes amis comme de mes ennemis. Ils me conduisaient au tribunal une capuche enfilée sur la tête, pieds et poignets menottés, rien que moi, escorté par cinq hommes armés de fusils, dans une jeep. « Tu es notre invité très spécial, m'avait prévenu Parulkar. Notre invité de marque. » Les trajets jusqu'au tribunal étaient les seuls moments où je sentais la chaleur du soleil, et même alors j'avais peur, car s'ils devaient me liquider dans une fusillade, ce serait lors de ces transferts. L'histoire circulerait : les boys de Gaitonde ont tenté de le libérer, Gaitonde a essayé de s'échapper, donc nous avons été forcés de l'abattre. J'avais vécu des années entouré de mes boys, du réconfort de leurs armes, et maintenant je réapprenais la solitude, la vraie. Tous les jours, je me réveillais au grésillement du tube de néon dans le corridor, devant ma cellule, et je m'attendais à mourir. La mort avait été longtemps proche, mais j'avais maintenant l'impression, à chaque instant qui passait, de marcher au bord d'un gouffre immense, que la différence entre la lumière du soleil et l'abîme ne tenait qu'à un rapide coup de coude d'un des hommes de Parulkar. Toutes les nuits, je redoutais de m'endormir, parce que je ne savais pas si je me réveillerais.

Et tous les jours, ils m'interrogeaient. Quand c'était Majid Khan ou l'un de ses collègues inspecteurs, la séance était rapide, avec quelques tournées de tasses de thé et moi qui leur inventais des histoires sur des tueurs déjà morts. Ils me poussaient, me posaient des rafales de questions, s'évertuaient à m'acculer, à me confronter à mes contradictions et mes erreurs.

— Mais hier tu disais que Sandeep Aggarwal vous avait apporté cet argent de Bada Badriya en juin, comment aurait-il pu s'acquitter de ses dettes en avril ?

Ils étaient malins, mais pas autant que moi, et cela me plaisait de leur raconter des salades. J'avais une très bonne mémoire, je n'oubliais aucune des articulations entre les histoires que j'avais inventées, donc je restais cohérent, je les agaçais, je les intriguais. Il valait mieux se trouver en salle d'interrogatoire, avec les fenêtres, la cime des arbres bien visible à l'extérieur, et cet air frais, plutôt que dans la tombe qui me tenait lieu de cellule. Et malgré la curiosité des policiers, leur désir pressant de savoir tout ce que je savais, ils n'ont jamais levé la main sur moi. Ils avaient des vies à construire, des carrières à ménager. Si mes amis rakshaks devaient devenir ministres demain, et si demain je rappelais leur malveillance à ces petits flics, ils pouvaient se retrouver le jour même mutés à Aurangabad. Par conséquent, l'affaire se jouait entre hommes, et ils m'apportaient des repas corrects, en provenance de l'hôtel situé de l'autre côté de la rue, des paans, et des vêtements propres. Pour mes maux d'estomac, qui s'étaient déclenchés dès le premier jour de mise en détention, ils m'apportaient des comprimés de podhina et du jaljira.

Mais quand Parulkar menait les interrogatoires, c'était une autre chanson. Ça se passait toujours la nuit. Il était assis dans un fauteuil, déchaussé, décontracté. Il m'obligeait à rester debout au milieu de la pièce, sous la suspension, et il priait toujours deux inspecteurs de se poster derrière moi. Il me posait ses questions comme s'il s'adressait à un ami, comme s'il s'agissait de préparer une petite virée à Lonavla, le samedi suivant, en toute quiétude. Mais ensuite, les coups arrivaient, des rafales de coups, soudaines et cinglantes, sur les chevilles, et j'en trébuchais, ou dans le dos, qui me vidaient de mon souffle. On m'a plus d'une fois flanqué à genoux, je restais par terre, suffoquant, et je le haïssais. Chaque fois, ils me relevaient, et Parulkar reprenait le fil. Des questions, encore des questions. Son visage restait dissimulé au-delà du cercle de lumière, et je voyais son ventre se soulever devant moi. Je subissais. C'était l'insulte de ces calottes qui me hurlaient contre la nuque que je ne pouvais supporter, de ces claques qui me tiraient des larmes cuisantes, de ces éclairs qui m'allumaient les yeux de l'intérieur. Quand Majid Kahn participait aux séances de Parulkar, je la sentais, sa haine, dans ses poings qui me cognaient au creux des reins, toute cette colère qu'il avait masquée jusque-là pour assurer sa survie. Dès que Parulkar lui laissait la bride sur le cou, en quelques ordres clairs et nets, il me frappait. Lors du cinquième interrogatoire, ce gros salaud de commissaire Parulkar s'est mis à rire de moi.

— Regardez-moi le grand Ganesh Gaitonde qui pleurniche comme une fillette, il s'est exclamé. Regardez-le brailler.

Je ne braillais pas. Je ne pleurais pas. J'essuyais les larmes de mes joues, mais elles étaient une conséquence physique des torgnoles tombées sur les oreilles. C'était automatique, mon corps réagissait comme il aurait réagi si j'avais reçu de la poussière de charbon dans les yeux, rien à voir avec des pleurnicheries. Mais ce maderchod de Parulkar était sûr de lui. Il s'est penché sur sa chaise, histoire de me narguer, et quand j'ai vu de près son gros nez de porc, ses petites dents, j'ai su qu'il allait me tuer. Il était l'homme de Suleiman Isa, il était lié à ses maîtres, ces politiciens et, à l'inverse de ses subordonnés, il avait tout à fait l'intention de me faire du mal, il allait me rompre les os, me les briser net, il ne s'arrêterait pas à aux gifles et au patta, il me frapperait la plante des pieds à coups de lathi et il m'attacherait des électrodes aux golis. Il s'était déjà embarqué trop loin avec ses alliés, pour me craindre. Entre lui et moi, il ne saurait y avoir de compromis, et il allait me faire souffrir.

J'ai donc décidé de pleurer. Pour lui. Il fallait que je joue ma partie avec justesse, c'était un vieux, vieux khiladi, il avait interrogé des milliers d'hommes, et les avait tous brisés. Il était sorti du rang parce qu'il était aussi sournois qu'un vieux corbeau, il avait progressé à pas de loup, au long d'une existence jalonnée de pièges, passée à surveiller, à lorgner tout de ses yeux d'acier. Si je pleurnichais trop fort, ou trop facilement, il le verrait, il saurait reconnaître l'imposture. Donc je l'ai joué à l'opposé, j'ai joué celui qui a honte, celui qui essaie de contenir la chose en lui, de celui qui puise dans son courage. Qui tressaille malgré lui sous les coups, et qui se fendille, qui éclate à force d'en prendre. Je la lui ai accordée, sa victoire, une victoire facile, mais il avait tout de même œuvré pour. Quand j'ai fini par le supplier, il débordait d'une fierté et d'une satisfaction bien grasses.

— Allez, donne-moi quelque chose, il m'a fait. Donne-moi quelque chose et je te renvoie à ta cellule. Demain, tu pourras même rendre visite au médecin et on te procurera un remède pour ton ventre. Tu lui montreras toutes tes douleurs et tous tes maux.

Je me suis exécuté. Je lui ai livré deux tireurs, deux petits tueurs à gages qu'on pouvait engager pour trois mille roupies. Ils travaillaient pour tout le monde, pour Suleiman Isa, pour nous et tous les autres, ils étaient achetables. Donc je les ai vendus à Parulkar en échange d'un peu de paix, d'une radio dans ma cellule, et contre une consultation médicale. Il était ravi, quand je lui ai indiqué les trois adresses où ils créchaient, et encore plus ravi quand ils les ont repérés cette même nuit, quand ils leur ont tendu un guet-apens avant le lever du soleil. Ils avaient déjà dû renseigner les journalistes, ce même soir, car dès le lendemain, l'épisode s'étalait dans les journaux, avec les photos de ces hommes morts.

Du coup, il m'a fait profiter de son pouvoir. Dès l'après-midi suivant, ils m'ont envoyé un médecin, qui m'a reçu dans la pièce située à côté du bureau de Parulkar. Il m'a palpé l'estomac, a rédigé une ordonnance, m'a annoncé que ma tension était trop forte, et il est reparti. J'ai remis l'ordonnance à l'agent qui m'avait escorté. C'était un homme du nom de Salve. J'ai causé avec Salve. Je lui ai dit d'aller me chercher mon médicament, et que mon avocat lui donnerait de l'argent. Et que mon avocat l'aiderait à se procurer tout ce qu'il lui faudrait, que Salve pouvait compter sur moi. Que rien n'interdisait d'être amis. Que les amis, c'était une bonne chose en ce monde, dans ce Kaliyug où nous vivions. Salve avait peur, mais il m'a écouté. Mon avocat l'a payé pour les médicaments, et il a ajouté dix fois la somme à titre de pourboire.

Tiens, il a fait à Salve, un cadeau de Bhai. Un homme comme Salve, avec sa femme et trois enfants et une vaste famille qui n'en finissait plus, la mère, le père retraité, la sœur veuve et ses gamins, un homme comme lui avait besoin d'argent. Et méritait d'en avoir. Donc Salve a accepté le mien et, à partir de là, j'ai pu rétablir un lien avec mes boys, dehors. Jusque-là, mon avocat me délivrait les messages et m'apportait les nouvelles, mais c'était bon d'avoir Salve. Il était là tous les jours, en quartier de détention provisoire, il m'escortait de tel endroit à tel autre, il me procurait à manger, à boire, des piles pour la radio, il me transmettait aussi des rapports sur la compagnie, et puis il venait avec des questions, et des requêtes. Au début, nous nous sommes servis de lui avec prudence, mais plus il en acceptait de notre part, plus nous le tenions. À la fin de ma période de détention provisoire, entre lui et mon avocat, j'avais à nouveau le sentiment de diriger ma compagnie. J'étais connecté, reconnecté.

Mais tous ces messages transmis ne m'épargnaient pas les quatre murs de ma cellule, le silence nocturne, quand les bruits de pas dans les escaliers, à l'autre bout du couloir, me traversaient le fond du crâne, m'empêchaient de dormir. Dans l'après-midi, je restais allongé par terre, en sueur, tâchant de me rafraîchir les épaules et les hanches contre le sol de pierre. J'avais oublié comment être seul. J'avais si longtemps vécu avec mes boys, ma femme et mon fils, si près d'eux que, dans cette cellule, je me sentais comme lâché dans le vide, dans une chute sans fin au milieu d'un nuage d'ombres. Ils m'avaient placé tout au fond de ce couloir, dans un recoin aveugle, derrière une porte qui me coupait des autres prisonniers. J'étais seul. La radio crachotait, j'ajustais tant bien que mal l'antenne, et je plaquais l'appareil contre un bout de mur qui lui donnait davantage de résonance. Et puis, à force de précautions, j'arrivais à lui soutirer une vieille chanson des années soixante, et là, la nostalgie me dévorait. À travers ces gazouillis fluets encombrés de grésillements, je revivais ma propre existence d'une décennie plus tôt, d'un mois plus tôt. Et quand les chansons s'arrêtaient, je sentais des questions se raviver, comme un nid de parasites dans ma tête : Que me réserve l'avenir ? En quoi me suis-je trompé ? Pourquoi ne suis-je pas plus puissant que Suleiman Isa, plus célèbre ? Pourquoi ma compagnie n'est-elle que la troisième ou la quatrième en puissance, en importance ? La contrebande d'armes allait-elle me valoir davantage de pouvoir, de réseaux ? Allais-je grandir ? Depuis que j'avais commencé de travailler avec Bipin Bhonsle et son Sharma-ji, j'avais senti que je m'embarquais dans une partie de grande envergure, si grande qu'en dépit de ma croissance récente, je me retrouvais écrasé. J'étais redevenu petit, et c'était à la fois effrayant et excitant. Dans cette énorme bataille tournante, Bhonsle et Sharma-ji étaient mes alliés, j'avais tissé mes liens avec eux, je les avais choisis comme ils m'avaient choisi. Ils étaient mon camp, mon équipe. Mais quel était l'objectif ? Les buts de guerre ? Pourquoi ? pourquoi ? Ce « pourquoi » résonnait dans ma tête, il tournait en rond comme un rat pris au piège dans une boîte en ferraille. Pourquoi ? Et ce « pourquoi » laissait derrière lui un trou qu'il avait creusé de ses griffes pour fuir, un vide aigu et douloureux. La seule chose qui l'emplissait, qui la cicatrisait jusqu'au lendemain matin, c'était l'amour.

Toutes les semaines, Subhadra venait en visite avec mon fils. Elle serait venue tous les jours, mais Parulkar se servait de ses visites comme d'une monnaie d'échange. Il ne m'avait accordé ces visites hebdomadaires qu'après que j'avais commencé à l'alimenter en informations et m'avait prévenu : si je coopérais mieux, il m'autoriserait à voir ma femme et mon fils plus souvent. Or je refusais de trop lui en livrer ; il se croyait rusé, mais moi, j'étais son baap, son senior à ce sport. Donc nous avons joué notre partie, Parulkar et moi, et, de lundi en lundi, j'attendais ma famille.

J'aimais mon fils. Il s'appelait Abhijaya, et il me désarmait. Je croyais avoir aimé d'autres êtres avant lui, mais je m'apercevais que j'avais désiré ces êtres, ou dépendu d'eux, sans plus. Je n'avais jamais vraiment su ce qu'était l'amour. Je rejetais le babillage sentimental des films, distillé par des hommes et des femmes faibles auxquels manquait le courage de prendre ce qu'ils voulaient, ce babillage selon lequel l'amour supposait qu'on ne souhaite plus rien pour soi, qu'on ne souhaite que le bonheur de l'autre. Mais en regardant ce petit paquet qui se contorsionnait dans mes bras, je découvrais que le babillage ne mentait pas. Il avait un an, il était très sûr de lui, et il tendait les bras vers mon visage, frottait ses mains contre ma barbe naissante, et gazouillait de rire. Je sentais une force douce, jaillissante, irrésistible me fendre la poitrine et plonger au fond de moi, et un rire feutré m'échappait, un frisson me parcourait l'échine : il existe un lien entre un homme et son propre sang, un lien qui descend jusqu'au noyau palpitant de l'être, jusque dans ses nerfs et dans ses os. J'étais devenu un père distraitement, en passant, et voilà que rien de ce que j'avais connu auparavant n'égalait la violence du courant qui passait de ce morveux minuscule à moi. J'accepterais tout ce qu'il me ferait, n'importe quoi, et moi, je ferais n'importe quoi pour lui. Avec lui, je n'avais aucun prestige à préserver, aucun pouvoir à étendre.

J'ai conseillé à Subhadra de veiller sur sa dignité, dans ces trous crasseux truffés de policiers. Je l'ai prévenue qu'il lui fallait apprendre à être forte, à être la mère de mes boys, qu'en plus de notre Abhijaya, elle avait cent autres fils, plusieurs centaines, toute notre compagnie. Je lui ai dit qu'elle avait le devoir de protéger mon izzat, tant dans cette prison provisoire qu'à l'extérieur, qu'il fallait être forte. Elle paraissait plus mûre, maintenant, pas plus âgée, mais revêtue de plusieurs couches d'expérience malgré le visage qui demeurait celui d'une jeune fille. On percevait davantage d'elle-même, à présent, comme si les particules en suspension de l'adolescente frivole qu'elle avait été s'étaient stabilisées, agglomérées, gagnant ainsi en densité. J'avais maintenant une Subhadra silencieuse et sage, qui disait à mes boys quoi faire. Bunty était mon principal soutien, mais Subhadra ne l'était pas moins, et tout le monde le savait. Les boys avaient trouvé ça plus ou moins naturel, mais moi, elle m'avait surpris. Moi qui me faisais un point d'honneur de ne jamais me laisser surprendre, j'avais été étonné par elle et par son fils, et cela ne me gênait pas que ces deux frêles créatures aient su renverser mon guichet, comme on dit au cricket, sans que j'aie même touché la balle.

En cet instant, ils jouaient à cache-cache. Subhadra se dissimulait le visage derrière les mains et se dévoilait, et Abhi riait, chaque fois. J'étais heureux de les regarder faire.

— Comment va ton ventre, maintenant ? m'a demandé Subhadra, cachée derrière ses deux mains.

C'était une bonne fille. Elle avait essayé de me convaincre de manger des paniers de prune ; rien de tel, assurait-elle, pour me débarrasser de mes douleurs. Je plaisantais avec elle, et je balançais mon garçon, et j'étais heureux.

Quand ma femme et mon fils étaient repartis, quand Parulkar en avait fini avec ses attentions à mon égard, quand Majid Khan avait mis de côté sa politesse empoisonnée, quand Salve l'obséquieux s'était retiré, quand j'étais seul, arpentant mes trois mètres carrés d'espace, j'étais hanté par ce salopard de Salim Kaka, qui m'avait jadis emmené sur un bateau dénicher de l'or. Je l'avais tué, il y avait si longtemps, et je ne m'en étais jamais inquiété, mais maintenant je ne parvenais plus à m'en détacher. Il était là, dans ma cellule, il marchait à ma hauteur, chacune de ses immenses enjambées équivalant à deux des miennes, et il avait belle allure, dans son lungi rouge. Je l'avais abattu, oui, et je lui avais pris son or pour me lancer dans mon existence, mais après. Puisqu'il ne me connaissait pas assez pour se fier absolument à moi, il avait été bien stupide de me tourner le dos. Il n'avait pas pris la précaution d'implanter en moi la crainte et la loyauté, comme je l'avais fait avec mes boys. Il avait péché par négligence, et donc il était mort. Pourquoi cela me revenait-il en mémoire en cet instant ? Je n'en savais rien, mais je ne cessais de me rappeler qu'il m'avait appris à tirer, et ses blagues obscènes, ses dons d'argent inattendus. « En voilà cent, bachcha, va te voir un film, va te trouver une femme », il me disait. Et moi, j'y allais. Mais, je n'avais plus besoin de son argent, et pourtant, Salim Kaka était là.

Enfin, la police m'a lâché, et je me suis retrouvé en prison. Je ne me souciais guère du long dossier d'accusation qu'ils montaient contre moi – meurtre, asile à des criminels, extorsion, menaces – et j'étais surtout content de revoir mes boys. À mon avis, c'était le confinement dans la solitude qui m'avait embrouillé l'esprit, suscitant cet accès de mémoire inutile. D'avoir été tenu éloigné de mon foyer, de mon réseau intime, cela m'avait précipité dans la compagnie de Salim Kaka. Comme j'étais placé sous la garde de la justice, on m'avait conduit droit en prison depuis le tribunal. Ils ne m'avaient pas imposé d'attendre dans le parking du sous-sol, comme c'était le cas pour les centaines d'autres prisonniers en transit. Ils avaient prévu une escorte spéciale, et un véhicule particulier. Je songeais à Salim Kaka. Dans le fourgon, sur le chemin de la prison, je n'arrêtais pas de sourire de ma propre sottise.

Majid Khan et les autres inspecteurs de l'escorte étaient déconcertés.

— Ne sois pas trop ravi, il me disait, ce muchchad, laissant de côté toute prudence, pour une fois. Tu ne sortiras pas de sitôt.

Ce qu'il ne savait pas, c'était que je sortais déjà, que je me sortais de moi-même. Dans l'isolement, j'avais fini par trop bien connaître ma prison. J'étais prêt à me laisser dévorer par la proximité de mes boys, par leur amour. Les geôliers et Majid Khan m'ont fait franchir les portes rouges à double battant de la prison, en passant par le portillon. Ils m'ont enregistré au greffe, et puis il y a eu une longue attente dans le bureau du directeur, jusqu'à ce qu'il se montre. Maigre et nerveux, il avait un air de vieille musaraigne ; il s'appelait Advani et m'a débité sa leçon sur la vie en collectivité. Mes boys étaient dans le Baraquement Quatre, il m'a expliqué, et la bande de Suleiman Isa dans le Baraquement Deux. Il m'a averti : il ne dépendait que de moi de préserver la paix. Il y avait eu trop de désordres, ces derniers temps, trop de bagarres, alors que lui, dans la mesure du possible, il s'efforçait de séparer les ennemis. Il fallait tirer le meilleur parti de notre situation respective, a-t-il ajouté, il valait mieux vivre en paix. Et donc cela dépendait de moi.

Je l'ai écouté en silence. J'ai acquiescé. Malgré toutes les histoires que j'avais pu entendre sur la prison, c'était pour moi un monde nouveau et, en attendant d'avoir reconnu le terrain, j'acceptais volontiers de me comporter en souris silencieuse. Advani était très content de lui, ce petit con croyait avoir impressionné Ganesh Gaitonde par la force de sa personnalité et la puissance de sa logique.

— Si vous avez un problème, il m'a fait, n'ayez pas peur de venir me voir.

— Oui, saab directeur, j'ai répondu. Bien sûr.

À l'évidence, il avait dû apprendre que le fameux Gaitonde avait été brisé par Parulkar, que le redoutable parrain n'était en réalité qu'un petit chien effarouché perdu au bord de la route, sale et cousu de cicatrices, qui risquait d'accourir vers lui dès qu'éclateraient les premiers troubles. Nous avons franchi trois grandes portes métalliques coulissantes, et puis nous sommes entrés dans la longue cour intérieure, où se dressaient les baraquements d'un blanc éclatant, chacun derrière son mur d'enceinte respectif. Le saab directeur les avait fait récemment repeindre, m'a expliqué l'un des gardiens, le saab directeur était féru de propreté. Il y avait des bordures blanches le long des allées, et des pots de fleurs aux coins. En cette fin d'après-midi, les prisonniers étaient confinés dans leurs baraquements, et donc il n'y avait personne dans les allées, personne dans aucune des cours derrière les baraquements, ou sous les huit arbres qui jalonnaient l'espace. Mais quand nous sommes passés devant le Baraquement Deux, il y a eu une éruption de sifflets, de cris et de quolibets. « Je vous en supplie, je vous en supplie, Parulkar Saab, hurlaient-ils. Ne me faites pas mouiller mon pantalon, Parulkar Saab », criaient-ils. Ils savaient, les salopards de Suleiman Isa. Peu importe. Avance.

Dans le Baraquement Quatre, ils m'attendaient, mes boys. Ils m'avaient tressé une guirlande de fleurs de gulmohar et de feuilles de neem. Je les ai laissés me passer la guirlande autour du cou, je les ai tous embrassés, et puis je les ai mis au travail. Nettoyez-moi cet endroit, je leur ai ordonné, vous devriez avoir honte. Ils m'ont souri de toutes leurs dents et ils ont rigolé, puis ils se sont mis au travail. Bhai ne tolère pas le désordre, ils ont fait. Ils étaient contents de recevoir des ordres, d'être dirigés. Ils étaient cinquante-huit, membres reconnus et accrédités de ma compagnie, sur un total de trois cent neuf prisonniers enfermés dans ce baraquement, qui était l'un des plus petits, construits à l'origine pour en recevoir cent. Mes boys régentaient le baraquement, ils avaient plus d'espace que les autres et les meilleurs lits, ils pilotaient les jeux, contrôlaient tout ce qui entrait, tout ce qui sortait. Un petit groupe d'hommes solidaires dominera toujours une majorité désorganisée et, avec moi sur place, leur force se trouvait décuplée. C'est dans la tête que l'on domine les lâches, or les masses ont toujours peur. Mes boys ont entrepris de nettoyer et de remettre de l'ordre, et les autres ont suivi sans qu'on ait à le leur dire. Bientôt, la salle, tout en longueur, bordée de part et d'autre de dhurries bleus, a été balayée, rangée, propre. Nous ne pouvions pas faire grand-chose pour les chemises qui se balançaient, suspendues à des fils de fer, ni pour les sous-vêtements qui séchaient, étendus sur les murs, ni pour les papiers, photos, magazines… Mais enfin, c'était un endroit où je pouvais vivre, qui portait mon empreinte. Les boys m'avaient aménagé un lit au fond de la salle, à l'emplacement le plus éloigné de la porte d'entrée, donc le plus sûr. Ils se déployaient de part et d'autre en une série d'anneaux protecteurs et, au centre, ils avaient disposé trois dhurries neufs empilés les uns sur les autres pour créer un vrai matelas, y avaient ajouté un oreiller et une tablette en contreplaqué récupérée à l'atelier de la prison. C'étaient de bons garçons.

Leurs chefs s'appelaient Rajendra Date et Kataruka. Je les connaissais tous les deux, depuis certaines opérations. C'étaient des tireurs d'élite, et même si j'avais été tenu à distance de leurs activités par leurs contrôleurs, je leur avais déjà parlé au téléphone, et je les avais récompensés. Ils purgeaient des peines pour meurtre, étaient deux vétérans de la prison : Date avait cinq années derrière lui, et Kataruka sept. Mais ils ne s'étaient laissé briser ni l'un ni l'autre, ils n'avaient donné ni leurs contrôleurs, ni personne d'autre, et ils accomplissaient leur devoir dans l'honneur. Donc nous avions soutenu leurs familles, au-dehors, par des versements réguliers, des salaires, des primes, nous avions pourvu aux mariages et aux factures d'hôpital, aux dettes immobilières. Et maintenant, ils étaient assis avec moi, genou contre genou, et ils me racontaient tout du train-train quotidien de la prison.

Date, surtout, menait la conversation, et Kataruka ponctuait le récit de grognements approbateurs.

— À l'intérieur du campus, Bhai, à l'intérieur du grand mur d'enceinte, il y a huit baraquements, Bhai. Le premier baraquement, que tu as pu t'éviter, il est pour les nouveaux prisonniers. C'est le plus surpeuplé, peut-être sept, huit cents hommes là-dedans. De là, ils déplacent les détenus dans les autres baraquements. Le Baraquement Deux, c'est la Compagnie Suleiman, Bhai. Le Trois, c'est la salle baba, tous des jeunes, des enfants. Le Quatre, c'est nous. Le Cinq, c'est les vieux, rien que des cheveux blancs. Il y a un chutiya, là-bas, il a quatre-vingts ans – celui-là, tout d'un coup, il a tué sa femme, il supportait plus qu'elle ronfle. Les Baraquements Six et Sept, c'est le tout-venant, le prisonnier ordinaire qu'on fourre là-dedans. Derrière les fils de fer barbelés, tout au bout, c'est le Huit, réservé aux femmes. C'est tout près, mais de par ici à par là-bas, ça circule pas. – Il a eu un grand sourire. – Il y a que les gardiens et les inspecteurs qui en profitent, pas le simple citoyen. Mais ici, dans notre baraquement, pour tout le reste, on a nos arrangements. On peut avoir de l'huile, du thé, du masala, toutes sortes d'aliments, par l'intermédiaire des surveillants. Pour toi, on s'est déjà organisés, que tu aies du tiffin de la maison, Bhai, que tu n'aies pas à ingurgiter la sale bouffe de la prison. Ça devrait démarrer d'ici un jour ou deux. Mais si tu as un creux, on peut confectionner un handi avec des boîtes de conserve, brûler de l'huile de coco et cuisiner avec. Mais bon, dès que les vigiles voient du feu, ils tirent, les salauds, et il leur arrive parfois de mettre les chaînes aux contrevenants. Mais à nous, Bhai, ils ne font pas d'embêtements ; on peut te préparer ton chai à n'importe quelle heure. Tout ce que tu veux d'autre, tu nous le fais savoir. Les gardiens sont à nous, dans ce baraquement, ils sont tous là à vie. Et par les avocats, on a un arrangement avec un tas de magistrats audienciers ; en général, on peut obtenir de déplacer les dates d'audience. Parfois, si un juge est payé assez, on peut obtenir des ordonnances de mise en liberté sous caution, en procédure d'urgence. Mais pas pour toi, Bhai. – Mon dossier était trop chargé, trop dans l'actualité pour que je bénéficie d'une mise en liberté conditionnelle trop vite accordée. Cela, nous le savions tous. – Il fait chaud, ici, Bhai, l'été, et froid l'hiver. À l'autre bout, près du Baraquement Un, il y a un hôpital, avec de vrais lits, de vrais matelas, et des ventilateurs. Nous avons aussi un accord avec les docteurs ; pour une petite somme, rien ne t'empêche de te faire admettre là-bas durant quelques jours. La nourriture est meilleure. Si tu veux, tu peux aller en vacances à l'hôpital. C'est facile.

Je n'avais pas envie de vacances. J'avais envie de Suleiman Isa, ou de quelques-uns de ses hommes.

— Je veux frapper ces salopards du Baraquement Deux, j'ai dit. Ils sont trop contents que je sois ici. Montrons-leur ce que ça signifie.

— Ce n'est pas si simple, Bhai. Ils nous font sortir dans la cour à des horaires différents, eux et nous. Quand nous sommes enfermés, ils sont dehors. Ils ont décidé cette organisation l'an dernier, après une émeute. C'est dans le règlement de la prison, les gardiens ne peuvent rien contre, et le personnel non plus. Sinon, on se serait déjà occupés d'eux.

Ils étaient contents de me voir si féroce, Date et Kataruka. Bien entendu, ils avaient entendu la rumeur, eux aussi, que j'avais craqué sous la pression de Parulkar. Ils étaient mes hommes, piliers de ma compagnie, mais j'étais certain qu'un petit doute s'était infiltré au travers des murailles protectrices de leur foi. Il était temps d'y mettre bon ordre, de remettre le monde d'aplomb. Je les ai sondés au sujet des procédures et des coutumes carcérales, et ensuite je les ai priés de me laisser dormir. On n'était qu'en tout début de soirée, il restait encore plusieurs heures avant l'extinction des feux, à huit heures. Mais Date et Kataruka ont fait taire le baraquement, je me suis allongé sur mes dhurries, je me suis tourné sur le côté droit, un bras replié sur ma tête, et j'ai aussitôt sombré dans un sommeil noir. Après plusieurs semaines passées à me tourner et me retourner pour trouver le repos, à somnoler, à me réveiller en sursaut pour un oui pour un non, j'ai dormi longtemps, profondément.

Je me suis réveillé au sifflet du matin, à cinq heures. Je me sentais en forme, je me sentais bien, prêt pour la guerre. Les boys connaissaient mon besoin de propreté ; ils avaient veillé à ce que les latrines soient soulagées de leur crasse ordinaire et, dans les lavabos, des seaux pleins d'eau m'attendaient ainsi qu'une serviette propre. J'ai été rapide, et puis Kataruka et Date sont venus me chercher.

— Les mamus sont ici, m'a informé ce dernier.

Les vigiles attendaient à la porte, et ils nous ont conduits en rangs par deux, pour le comptage. Sous le ciel gris de l'aube, ils nous ont fait aller et venir en nous comptant et, pendant tout ce ginti, j'ai discuté de mon plan avec mes deux contrôleurs. Car j'avais un plan, une ébauche de plan. Tout au long du ginti et du petit déjeuner, nous en avons discuté, nous l'avons nourri, étoffé, et je commençais à me dire que c'était jouable. Après le petit déjeuner, les havaldars nous ont reconduits dans les baraquements, où la masse des prisonniers attendait en files à se disputer sur le bain et la toilette. Un tohu-bohu s'est élevé sous les chevrons, le bruit des hommes qui racontent des histoires, se disputent, jouent aux cartes et prient. À l'extrémité nord des baraquements, il y avait un temple improvisé, avec des photos aux couleurs éclatantes de Rama, Sita et Hanuman collées sur le mur. Là, des hommes s'étaient assis en rangs et chantaient de très anciens bhajans. À l'extrémité sud, les musulmans s'étaient agenouillés pour le namaaz, face à une portion de mur propre et blanc. Et, sur toute la longueur de la salle, des hommes étaient assis en groupes à passer les heures qui les séparaient du déjeuner. Le gardien et quatre aides s'étaient installés à la meilleure place, près d'une grosse radio allumée à plein volume d'où dégoulinaient les chansons jusqu'au fin fond des baraquements : *Mere sapnon ki rani kab aaye gi tu, aayi rut mastaani kab aaye gi tu...* « Oh reine de mes rêves, quand viendras-tu ? La saison de l'ivresse est venue, et toi, quand viendras-tu ?... »

Trois semaines plus tard, j'étais en mesure d'exécuter mon plan. Trois semaines pendant lesquelles j'avais appris les rythmes de ma vie nouvelle : le sifflet à cinq heures du matin ; les rangs ensommeillés, dehors, pour le ginti ; le fracas métallique des assiettes et des bols en aluminium et le crépitement du tari sur le dal, tari pour lequel il fallait verser un supplément ; les longues heures de la matinée, et puis l'odeur de cuisine émanant des bissis, où l'on pétrissait l'atta avec les pieds, où l'on jetait des légumes pourris dans d'énormes jattes ; après le déjeuner, à dix heures, le murmure des conversations, les ronflements et les odeurs de centaines d'hommes en sueur ; les fumeurs, avec leurs précieuses petites boules de charas et le long rituel du brûlage, de l'émiettement et du roulage ; les parties d'échecs tournantes, les parties de teen-patti et de ludo, les jurons et les rires qui couvraient le roulement des dés ; mes boys s'alignaient autour des deux plateaux de carrom du baraquement, tout à leur intérêt passionné pour le championnat qu'ils avaient organisé – jusqu'aux tableaux noirs pour tracer les échelles simples et doubles ; les prises de bec, les inimitiés soudaines qui éclataient entre ces hommes parqués les uns sur les autres, et qui se propageaient comme un feu de brousse dans les rangées de lits ; les hurlements et les menaces quand deux hommes se faisaient face sous les yeux d'une centaine d'autres, redoutant la honte qu'il y aurait à reculer ; les kalias musclés du Nigeria qui vendaient de minuscules paquets de brown sugar à cinquante roupies la pièce et leurs clients, en petits cercles serrés, genou contre genou, courbés en deux sur leurs chaser-pannis de brown sugar, inhalant la fumée avec l'expression de ferveur d'hommes qui ont entrevu un autre monde, un monde meilleur. Et la longue attente des cinq heures du soir et du dîner, toujours le même dal imbibé d'eau, le riz grumeleux et les chappatis caoutchouteux, et puis le sommeil à huit heures.

Nous vivions cette vie-là, et nous rêvions du dehors. Mais c'était cette vie que nous étions obligés de vivre, nous n'en avions pas d'autre. J'ai lâché quelques informations sur plan à Date et Kataruka, et je leur ai dit que j'avais besoin de deux hommes frais, sans rapport avec notre compagnie. Des vrais durs, capables d'agir, pas le genre qui fait le beau pour se trouver paralysé à la vue du sang. Date et Kataruka se sont lamentés, ils ont secoué la tête et m'ont répondu qu'il était impossible de compter sur des hommes encore jamais testés, jamais mis à l'épreuve. C'était exactement pour cela, disaient-ils, qu'ils rendaient difficile l'accès à la compagnie, pour voir si le postulant avait des tripes. On les envoyait tout d'abord aux commissions, se charger d'une petite raclée ou deux, qu'ils puissent faire leurs preuves, et gravir les échelons comme il convenait. Mais non, j'ai insisté. Je veux des visages neufs, deux gars qui n'ont aucun lien avec nous.

Donc ils m'en ont trouvé deux, Dipu et Meetu. C'étaient deux frères originaires de là-haut, dans le nord, venus à Bombay armés de je ne sais trop quel diplôme d'une faculté gaandu de Gorakhpur. Ils avaient vingt-deux et vingt et un ans, de vrais fils de fermiers. Ils créchaient avec un chauffeur de taxi lui aussi originaire de Gorakhpuri, et s'étaient retrouvés ballottés de petit boulot en petit boulot. Dipu avait vendu des détergents au porte-à-porte, Meetu avait travaillé comme vendeur dans un magasin d'équipements pour salles de bains. C'étaient des garçons enthousiastes, pleins d'énergie, qui avaient sillonné la ville accrochés aux trains, en long, en large et en travers, et ils avaient vu un peu de tout. Et c'est justement quand ils avaient commencé de perdre pied, quand ils avaient compris que leurs rêves ne se réaliseraient pas, Mumbai ou pas, que tous les benêts de l'Uttar Pradesh n'y devenaient pas Shah Rukh Khan, grand acteur et producteur, qu'ils avaient reçu un appel d'un petit cousin de Lucknow. Il avait un dessein, un projet. Il leur a expliqué qu'il allait monter une affaire à Lucknow, avec des achats et des ventes à organiser à Bombay. Pour cela, il avait besoin d'ouvrir un compte en banque dans la ville, d'avoir des fonds prêts et disponibles sur place. Donc Dipu et Meetu devaient créer un compte joint. Il leur enverrait de l'argent à déposer sur ce compte, et d'autres instructions pour savoir qui payer et ainsi de suite. Une semaine plus tard, ils avaient reçu par coursier un ordre de virement bancaire pour un montant d'un lakh et demi. Le virement avait été enregistré et, suivant leurs instructions, ils avaient prélevé quarante mille roupies pour leurs frais. À partir de là, ils s'étaient pas mal amusés et, une semaine plus tard, un autre virement était arrivé, un montant de deux lakhs, cette fois. Le directeur de la banque les avait prévenus que les formalités prendraient une journée, et que les fonds seraient mis à disposition le lendemain matin. Donc, voilà nos deux frères qui étaient retournés à la banque. Ils s'étaient rendus au guichet et, une seconde après, ils se retrouvaient plaqués au sol, des pistolets de policiers pointés contre la nuque.

— Des jeeps banalisées, m'a précisé Dipu. – C'était lui qui me racontait l'histoire. – Et donc on était piégés. Les virements étaient des sommes volées, ils nous ont révélé le truc en nous cognant, au poste. Notre cousin nous avait trahis.

— Écoute, bhenchod, j'ai dit. Tu joueras les innocents devant le juge. Si tu me sors des mensonges, je t'arrache les golis. Tu voudrais me faire croire que tu as ouvert un compte et que tu as déposé des virements en toute innocence ? Quel genre de commerce c'était ?

Il ravala sa salive.

— Je n'en sais rien, Bhai.

— Tu n'en savais rien, et tu as obéi aveuglément à ton cousin ? Et tu as cru que tu allais encaisser quarante mille juste pour aller à la banque en chemise et en pantalon propres ? Maderchod, ne me mens pas. Tu savais que c'était de l'argent volé.

Son frère et lui, ils avaient le même visage mal dégrossi, aussi séduisant qu'une pelle. Il a cligné des yeux, et puis il a lâché prise.

— Oui, Bhai. Sauf qu'on avait cru qu'un de plus, ça ne pourrait pas faire de mal.

C'étaient des paysans parvenus, qui s'imaginaient en savoir davantage qu'ils n'en savaient, et donc ils étaient tombés facilement entre les mains de la police. Dipu m'a raconté le reste de l'histoire. À force de les rouer de coups, les policiers leur avaient soutiré le nom, l'adresse et le numéro de téléphone du cousin, mais évidemment ledit cousin avait déjà filé de sa cage à poules de Lucknow. Les policiyas les avaient encore frappés un peu plus, sur la plante des pieds, à coups de patta, sur les mains, à coups de canne, dans les reins, à coups de poing. Ils les avaient menacés de les fourrer dans un traquenard, les avaient prévenus qu'ils allaient les conduire sur le front de mer et leur logeraient une balle dans la tête. Ils leur avaient raconté qu'ils enverraient la police de l'Uttar Pradesh à la ferme de leur père, jusque dans la cuisine de leur mère. « Bataa re, leur avaient fait les inspecteurs. Kaad rela. Allez. Crachez. » Mais ces frères n'avaient plus rien à déclarer, et le cousin avait détalé, donc finalement l'enquête avait été close, et Dipu et Meetu s'étaient retrouvés en prison, en attendant leur procès. L'inspecteur chargé de leur affaire leur avait expliqué que, s'ils lui versaient un lakh, il ne refuserait pas leur mise en liberté sous caution devant la cour et que, pour cinquante mille, le procureur se tiendrait lui aussi tranquille, et que donc la demande de leur avocat serait avalisée par le tribunal, sans coup férir, et ils seraient dehors, sous caution. Même si des charges graves pesaient contre eux, pas seulement l'article 420 pour tromperie, mais aussi les articles 467 et 468 pour faux et usage de faux, l'inspecteur pouvait leur obtenir la caution, disait-il. Pour un tarif plus élevé, c'était toute l'affaire qu'il leur réglerait. Mais Dipu et Meetu avaient déjà dépensé le peu d'argent que leur père avait pu réunir. Et donc, ils étaient là, en détention provisoire, dans l'attente de leur procès, dans l'attente de la date. Ils étaient au trou depuis six mois. Il y avait des hommes qui avaient attendu un an. Il y avait des pauvres diables en loques qui avaient attendu trois, quatre ans, et, paraît-il, même sept ans, pour certains. Donc Dipu et Meetu, qui s'étaient comportés comme des imbéciles, mais avides d'apprendre, avaient approché mes boys. Et maintenant, c'était à moi qu'ils causaient, dans les toilettes du Baraquement Quatre, bien après la tombée de la nuit.

Je les ai enrôlés. Ils m'ont soutenu qu'ils ne craignaient pas le sang, que grandir à Gorakhpur les avait endurcis, que là-bas l'action politique dans les syndicats étudiants supposait du démarchage électoral au couteau et au lathi, que leur quartier avait produit plusieurs dakoos fameux, qu'ils avaient ça dans la peau. Je n'avais pas l'opportunité de les tester, parce qu'il fallait qu'ils se tiennent tranquilles, qu'ils ne se fassent pas remarquer, qu'ils restent à distance de ma compagnie. Mais ils étaient à moi, désormais.

Chaque semaine, je me rendais au tribunal spécial pour mes audiences de demande de mise en liberté provisoire. Les geôliers embarquaient dans le fourgon tous ceux qui avaient une audience à la cour ce jour-là. Donc Dipu et Meetu partaient pour le tribunal dans le même fourgon que moi ; nous avions arrangé cela avec les avocats et les juges. Moi, les deux frères, plus Date ou Kataruka, en alternance. Donc il y en avait toujours un des deux assis à ma gauche, sur le banc qui courait sur le flanc du fourgon. À mes pieds, sur le plancher, au milieu de la masse des prisonniers, Dipu et Meetu. Et, en face de moi, de nous, sur l'autre banc, des hommes d'autres compagnies. C'était toujours comme ça, dans ce fourgon : les bhais étaient assis sur les bancs, et les prisonniers ordinaires sur le sol. Date et Kataruka auraient préféré que je ne sois pas là du tout lorsque nous exécuterions notre plan, ils craignaient de m'exposer. Ils avaient tenté de me convaincre de m'en remettre à eux, mais je leur avais répliqué que ma présence était indispensable, que sans moi le plan était même inutile. Et je les ai priés de la boucler. Et j'attendais, dans le fourgon, jour après jour.

Les deux premières semaines, sur le banc d'en face, il y avait des hommes de compagnies autres que celle de Suleiman Isa. La troisième semaine, Kataruka et moi étions déjà affalés sur notre banc quand les boys de Suleiman sont montés dans le véhicule. Ils étaient quatre. Je n'en ai pas reconnu un seul, mais Kataruka, sur ma gauche, s'est redressé en tirant sur la corde qui lui liait les poignets. Nous partions au tribunal attachés comme des animaux, encordés les uns aux autres. Mais il y avait assez de longueur pour ce que nous avions mijoté. Les hommes de Suleiman Isa se sont installés, ont pris leurs aises, et m'ont souri à belles dents. Ils s'amusaient, et ils ignoraient la peur.

— Qu'est-ce qui vous amuse, maderchods ? a crié Kataruka.

Il avait la peau très claire, mon Kataruka, mais très grêlée. Presque toujours silencieux, et pourtant, là, il s'était exprimé.

— Inutile de faire monter la tension, je lui ai dit.

J'étais d'ailleurs très détendu. Je sentais le sang chanter dans mes veines, mais je me sentais calme. Les boys de Suleiman Isa étaient très détendus, eux aussi, parce qu'ils étaient quatre et que nous étions deux, et parce qu'ils avaient appris qu'en réalité j'étais un couard.

— Est-ce que tu as encore le gaand douloureux ? m'a fait l'un d'eux. On a entendu dire que Parulkar t'a pris par-derrière, toutes les nuits pendant des mois. Il raconte que tu étais un bon gaadi à monter, que tu gémissais comme une fille.

Je lui ai souri en retour.

— Parulkar est un policier honnête, j'ai fait. Ce qu'il raconte doit être vrai. Je me suis calé contre la paroi, j'ai levé le genou, posé le pied sur le banc, et je me suis gratté la cheville.

Ils ont rigolé, tous autant qu'ils étaient. Les portières se sont refermées avec un claquement sec, et le moteur a démarré dans un grincement qui s'est transformé en longue vibration sourde, noyant leurs petits ricanements, puis le fourgon a fait un bond en avant et j'ai soufflé un mot, très vite.

— Dipu.

Il a été franchement rapide, ce Dipu. J'ai à peine vu sa main bouger, elle a filé, et le boy de Suleiman Isa, sur la droite, l'espace d'une seconde, il n'a même pas compris qu'il venait de se faire crever. Il est resté assis, là, et le sang a giclé un peu partout dans le fourgon. Et après, on leur est tombés dessus, et on a tailladé. On travaillait au cutter, pas du genre lame de rasoir, mais ces cutters industriels, plus solides, ceux qu'on utilise pour découper le carton ou l'adhésif. On les avait sortis en douce de l'atelier de la prison. On avait cassé chaque lame en deux, fondu du caoutchouc du côté sectionné pour créer une sorte de manche, et ensuite on avait glissé les lames dans la gomme de nos chappals Kitto, au niveau du talon. Il suffisait d'une seconde, une pichenette de l'index, pour repérer la lame dans le chappal et l'en extraire gentiment. On leur est tombés dessus, et on a tailladé.

Avant d'avoir pu lever la main pour se défendre, ils se sont retrouvés découpés en rondelle. Ils nous croyaient deux, on était quatre. Faites saigner un homme, et vous briserez son courage. J'avais dit à mes boys de viser les yeux. Une lame de rasoir ne tue pas, mais elle fait jaillir le sang des yeux, et elle aveugle. Donc ils n'ont été que deux à riposter, les deux autres hurlaient, paniquaient, essayaient de se dégager de la mêlée beuglante des prisonniers. Moi, j'étais calme. J'esquivais, j'attendais, et je tailladais, je tailladais. La force de la pression sanguine qui s'exerce dans le crâne d'un homme est inimaginable. Ça gicle comme un pichkari, par petits jets, à la cadence du cœur. Notre attaque a duré à peine une minute, mais dans le plaisir de ces coups de lames, le temps se dilatait en un long bazar truffé de bonnes affaires. Je vous le dis, je savais voir dans la confusion et percevoir l'ouverture avant qu'elle n'existe, j'étais capable d'attendre et de me faufiler, et ensuite je savais surgir au moment exact et trancher dans le vif. Dans mon calme, j'ai senti que le fourgon s'était arrêté, que les havaldars et les inspecteurs étaient aux prises avec les portières. J'ai reculé en tanguant, à l'écart de la bagarre, retour vers le banc, je me suis laissé choir en position assise.

— Passe-moi le lambi, j'ai ordonné à Meetu.

Il a levé les yeux au ciel, il m'a claqué le lambi dans la main gauche, le lambi qu'il avait apporté avec lui dans son dossier judiciaire bleu, coincé au milieu de l'épaisse liasse de papiers, d'avis et de rapports.

Le lambi, en fait, c'était un gond d'une porte des toilettes du baraquement, soigneusement dévissé, aiguisé sur une pierre, et équipé d'un manche, du fil électrique enroulé autour. Le lambi en main, j'y suis allé à genoux, genou après genou, par-dessus la masse des hommes. J'avais repéré celui que je voulais, j'avais vu le masque noir de sang de son visage. Quand je suis venu vers lui, il a levé les mains en l'air. Il n'y a eu qu'un coup, une seule botte cinglante lancée de tout le poids de mon épaule, que je connaissais avant même de l'exécuter. Je lui ai fiché le lambi dans la gorge. Ensuite, les policiers nous sont tombés dessus.

Ils nous ont tirés dehors dans les hurlements et le tohu-bohu, ils étaient des dizaines. Nous, on s'échangeait des grands sourires. Dipu avait le dos de la main entaillé.

— Je me suis coupé, Bhai, il m'a annoncé. Mais eux, je les ai découpés, et encore mieux.

— Chutiya, j'ai dit, tout sourire.

Ensuite, ils nous ont traînés jusqu'aux cellules anda. Nous sommes entrés dans le grand bâtiment en forme de tanki, puis dans ces geôles sans soleil. Les autres, ils les ont poussés deux par deux dans les cellules, mais moi, ils m'ont descendu d'un étage et m'ont forcé à me courber, m'ont poussé, et ensuite je me suis retrouvé seul. Il faisait noir, très noir. Finalement, j'ai pu distinguer deux dalles de béton de part et d'autre d'une pièce circulaire, et un trou dans le sol, entre ces deux dalles. Deux lits et des latrines. Je suais. Je me suis avancé à tâtons, en palpant les murs aussi haut que j'ai pu. Pas de fenêtres, pas une étagère, pas un interrupteur, pas une prise électrique, rien que du béton lisse comme un œuf. Je suis resté un long moment assis sur un des lits. Ensuite, j'ai retiré ma chemise, je l'ai pliée et je m'en suis fait un oreiller. Je me suis allongé. Et puis je me suis mis à rire.

Ils m'ont maintenu en cellule anda pendant deux semaines. Ils me poussaient de la nourriture et de l'eau par la porte, et j'ai vécu seul dans cet enfer puant. L'obscurité, c'est l'obscurité qui vous entaille le cœur, qui vous découpe la cervelle en tranches. J'ai tâché de ne pas perdre le fil des heures, j'ai essayé de marcher en rond dans ma cellule, en décrivant des cercles rapides, pour garder la forme. J'ai essayé de dormir, et de rester éveillé pendant ce qui devait être le jour. Mais j'ai bientôt été incapable de faire la différence. Je me suis efforcé de calculer l'heure d'après les repas, mais ils devaient me servir à manger quand ça les chantait, les aliments me parvenaient froids et congelés, et bien des jours et bien des nuits se sont écoulés, j'en jurerais, avant que je n'entende à nouveau le raclement de la porte qui s'ouvrait. Et puis il y avait le souffle râpeux de ma propre respiration, inspiration, expiration, inspiration, expiration, ça durait des siècles. J'ouvrais les yeux et je savais qu'il ne s'était écoulé qu'une minute ou deux. Pourtant, j'avais marché une éternité sur un rivage marécageux. Une autre longue minute m'attendait, elle ouvrait son gouffre devant moi. Et puis une autre. Je m'imaginais une pendule, j'enfonçais un clou dans le mur à coups de marteau et j'y accrochais une pendule en or munie de poids, je pensais qu'elle surveillerait l'heure pour moi. Mais ma pendule bâillait, fondait et disparaissait, ses aiguilles se recourbaient et décrivaient des boucles. J'avais entendu dire que les cellules anda pouvaient rendre fou – celle-ci me mettait à l'épreuve.

Dans l'obscurité, des femmes venaient à moi. Elles me traversaient dans le tintinnabulement de leurs bracelets de chevilles. J'étais allongé sur le dos et elles flottaient au-dessus de moi, avec leurs pieds graciles peints de motifs rouges et leurs chevilles plissées de petites fossettes. Les bords de leurs ghagras m'effleuraient les joues avec douceur, et je sentais leurs pas sur ma poitrine, aussi légers qu'une bénédiction. Dans ce rêve indistinct, au contact aérien de leurs taffetas, je me délivrais de ma prison. Elles se parlaient dans un murmure, à la limite de mon entendement, un chuchotis qui se muait en une vague musique. Je flottais. Je m'enfuyais.

Quand ils m'ont sorti de la cellule anda, je ne savais pas combien de temps s'était écoulé, deux semaines ou deux mille ans. Je me suis protégé les yeux des deux mains et je n'ai rien demandé au personnel de la prison ni aux policiers. Parulkar était là, insultant et gonflé de son importance ; il se pavanait avec ses airs de coq ; derrière lui qui ouvrait la marche, nous avons été traînés dans l'enceinte de la prison jusqu'au bureau du directeur. Ensuite, naturellement, il y a eu d'autres insultes, d'autres avertissements, des menaces de peines aggravées et de détentions prolongées. Ce n'était que vaine comédie, car ils savaient et nous savions que cette victoire était la nôtre. Maigre victoire, certes, dans une bataille dérisoire, mais qui ouvrait un monde. Parfois, il en est ainsi. Donc, face au tapage que faisaient Parulkar et les geôliers, je me suis ressaisi. Sur le bureau, il y avait un calendrier qui m'a donné la date, le 28 décembre. J'étais resté dans cette cellule anda pendant treize jours et une nuit. Tout autour de moi, le temps s'est remis en place avec le bruit du métal qui tombe sur du métal. Je me tenais droit. J'ai conservé le silence, les yeux baissés mais la nuque raide, et je retrouvais mes forces. À en juger par leur vacarme, ils essayaient de me contrer, d'annihiler ma victoire morale. Je savais que mes boys, dans le baraquement et dehors, avaient appris la nouvelle, et qu'ils s'en étaient trouvés renforcés. J'ai gardé le silence. J'étais satisfait.

Une fois de retour dans le baraquement, j'ai appris les détails de notre triomphe. Le connard dont j'avais suriné le cou était un chef contrôleur de Suleiman Isa, qui rendait ses comptes directement aux boys de Dubaï. Miraculeusement, ce maderchod avait survécu, mais il était encore à l'hôpital, couvert de longues chenilles de points de sutures. Les médecins pensaient qu'il souffrirait toute sa vie de lésions neurologiques. Les autres étaient rentrés dans leur baraquement la tête rasée et emmaillotée de bandages. Chaque fois que mes boys passaient à portée de voix de leurs fenêtres, ils leur servaient un grand numéro : « Alors, là-bas, on a la migraine ? Quelqu'un aurait besoin d'un champi ? » Nos blessures à nous étaient négligeables : il y avait celle de Dipu, et Kataruka avait une coupure au mollet droit, sans doute un coup perdu, infligé par Dipu ou Meetu. Cependant, la cellule anda les avait tous plongés dans l'hébétude. Meetu avait beau essayer de se maîtriser, il ne pouvait cacher les frissons qui le secouaient. Il fallait reprendre les choses en main.

— Très bien, j'ai fait à mes boys qui se regroupaient autour de moi. Nous fêterons ça plus tard. Qu'on nous apporte du thé. Ensuite, ce sera un bain pour tout le monde, et du repos. Qu'on s'occupe de l'eau.

Ce qui fut fait. Finalement, nous nous sommes allongés en cercle, les pieds tournés vers l'intérieur, nos corps formant les rayons d'une roue et, chacun son tour, les autres boys nous éventaient. C'était un plaisir de bavarder, de lever les yeux sur les chevrons, de voir la lumière, de suivre la progression du jour. Dipu et Meetu parlaient des femmes, des prodiges de chodo qu'ils accompliraient une fois sortis de là. Kataruka leur a ri au nez.

— Espèces de ganwars, il s'est écrié. Vous croyez que ces putains de Lamington Road sont des femmes ? C'est des bhenchods, pire que des animaux. Vous pourriez tout aussi bien faire chodo avec la première mendiante que vous verrez fouiner dans une décharge. Vous ne connaîtrez le vrai plaisir d'une femme que si vous la courtisez jusqu'à ce qu'elle tombe amoureuse de vous et vous l'offre de son plein gré. Une fille éduquée dans une école religieuse, bien élevée, timide, réservée… c'est l'épreuve véritable, pour un homme. Mais pourquoi vous parler de ça, à vous deux, jamais, de votre vie entière, vous n'approcherez à portée de narine d'une fille pareille.

Alors évidemment, ils le suppliaient, ils gémissaient qu'on les déniaise, mes excellents et dangereux frères dakoos. J'ai écouté Kataruka continuer son laïus et, dans la soirée, il a consenti à leur livrer les secrets de la séduction.

— Quand vous lui faites la cour, leur disait-il, il faut être l'égal de Kishore Kumar. Ce que je veux vous dire par là, ce n'est pas seulement qu'il faut lui chanter des chansons de Kishore, non. Il faut laisser la voix de Kishore Kumar se déployer en vous, acquérir cette même confiance naturelle, avec le même bonheur, le même humour, le même enjouement. Si tu réussis, alors là, oui, elle viendra vers toi, patron. Ensuite, une fois que tu la tiendras, alors il ne faudra plus lui chanter que du Mohammed Rafi, rien que du Rafi.

— Pourquoi ? s'est étonné Meetu en bâillant. Si tu l'as déjà faite pelo, pourquoi il faudrait encore lui chanter quelque chose ?

Kataruka s'est redressé, il a tendu la main et tapoté sur la tête de Meetu, phalanges repliées.

— Écoute, gaandu. Écoute attentivement. Tu lui chantes Rafi parce que sinon, tu ne pourras jamais la convaincre de refaire pelo. Pour toi, Rafi, c'est la voie royale du retour dans sa chut mouillée.

Il s'est tourné vers moi. Je rigolais.

— Mais qu'est-ce qu'on va en faire, de ces deux fermiers, Bhai ?

J'ai secoué la tête.

— Et après Rafi, j'ai demandé, qu'est-ce qu'on chante ?

— Ah, voilà un homme qui connaît la vie ! s'est écrié Kataruka.

Il s'est recouché, de tout son long.

— Quand c'est terminé, quand elle est repartie, ou quand tu es reparti… tu m'écoutes, chutiya ?… quand tu sens ton cœur qui te ressors dans la gorge au bout d'un crochet, alors tu chantes Mukesh. Là, Mukesh, c'est la seule issue, le seul moyen de survivre jusqu'à la prochaine mousson. Mukesh te guérira, pour que tu puisses revenir chanter Kishore. Pour que tu aies encore ta chance. Compris, bande de bâtards ? Kishore, Rafi et Mukesh.

Meetu et Dipu ont opiné, mais ils n'avaient à peu près rien compris, je le savais. Ils étaient trop jeunes pour savoir que Rafi était indispensable, et Mukesh beaucoup moins. Mais ils avaient quand même le sourire, sur leurs dents de lapin géant.

— Allez, un peu de Kishore, j'ai fait.

Voilà, c'était ce genre de soirée. Nous étions tous contents.

Il s'est révélé que Date avait une voix. Il a chanté. *Khwab ho tum ya koi haqiiqat, kaun ho tum batalaao.* « Es-tu un rêve, es-tu réelle ? Dis-moi qui tu es. » Et puis ceci. *Khilte hain gul yahaan, khilake bikharane ko, milte hain dil yahaan, milke bichhadne ko.* « Les fleurs ne fleurissent, ici, que pour tomber. Les cœurs ne se rejoignent que pour mieux s'éloigner. » Le baraquement a fait silence, et nous l'avons écouté. Chaque fois qu'il achevait une chanson, des voix s'élevaient pour en réclamer d'autres, avec des titres précis, et des rires. Il y a gagné une troupe de choristes et deux joueurs de tabla qui se servaient de boîtes de Dalda vides. Quand Date chantait, il plaquait la main tout près de son oreille, le geste du professionnel et, entre deux morceaux, j'ai appris qu'il avait étudié la musique dans son enfance, qu'il venait d'une famille de musiciens, que son père avait joué de la trompette dans un orchestre de mariage jusqu'à ce que l'âge ait privé ses poumons de leur souffle, et que le rêve de Date avait été de devenir chanteur de play-back. Il a encore chanté *Pag ghungru baandh Mira naachi thi.* « Parée de ses bracelets de cheville, Mira dansait... » Et *Ye dil na hota bechaara.* « Si ce cœur n'était pas dans un tel dénuement... » Et ç'a été l'heure du dîner.

Plus tard ce soir-là, Date est venu vers moi, m'a sollicité d'un petit coup d'épaule.

— Bhai, il m'a fait. T'arrives pas à dormir ?

Je me tournais et me recroquevillais, tâchant de me dénouer le corps, de trouver le relâchement qui me permettrait de sombrer. J'essayais de trouver de longues respirations égales.

— Que dites-vous, monsieur Kishore Kumar ?

— L'ennui, c'est qu'il nous faut des femmes, Bhai.

— Bien sûr qu'il nous faut des femmes, sala. Tu vas m'en dénicher une, maderpat ? Dans le baraquement des femmes ?

— Non, non, Bhai. Impossible. Les geôliers ne courront pas ce risque, c'est trop dangereux. Ils n'y ont pas accès. Dans aucune prison, jamais. C'est arrivé, une seule fois... tu te souviens de cette femme, Kamardun Khan ?

— Une trafiquante de drogue, hein ?

— Oui, c'était une indépendante, elle trafiquait du brown sugar. Elle était dans la prison d'Arthur Road, et son petit ami, Karan Pradhan, était dans la baraque des hommes.

— Celui de la compagnie Navlekar ?

— Oui, ce Karan-là. Bhai, Kamardun Khan était amoureuse de Karan Pradhan. Donc elle escaladait le mur de trois mètres de haut du baraquement, et elle sautait dans l'enceinte principale. Elle graissait la patte des sentinelles et des gardes, se faufilait dans le baraquement des hommes et passait plusieurs nuits par semaine avec son chaava.

— Ça, c'est une femme.

— Certains disent qu'elle réservait un petit avant-goût de sa personne aux sentinelles pour pouvoir rejoindre son Karan Pradhan.

— Ça, c'est de l'amour.

— Après leur sortie de prison, elle lui a offert une voiture. Une Contessa toute neuve.

— Il est mort, maintenant ?

— Les boys de Dubaï l'ont chopé, dans son garage. Ils l'ont abattu dans sa Contessa.

— Et elle ?

— Elle est devenue folle. Elle s'est attaquée à Suleiman Isa. Elle a appris à manier le pistolet, elle s'est mise à fréquenter un inspecteur de police. Elle a pensé qu'il l'aiderait à se venger.

— Mais ?

— Les boys de Dubaï l'ont poignardée à mort. Certains prétendent que l'inspecteur l'a vendue à la S-Company, qu'il leur aurait indiqué où la trouver.

— Ça, c'est de la tragédie.

Il a eu un soupir. L'espace d'un instant, j'ai cru qu'il allait chanter une chanson de Mukesh. Mais il s'est ressaisi.

— Dans cette histoire, il y a de l'action, il y a de l'émotion, il y a de la tragédie.

Et nous sommes partis dans une crise de rigolade à rallonge. Jusqu'à ce que les boys se mettent à rire de notre rire.

— Donc, j'ai remarqué, la compagnie Navlekar a des boys qui sont si beaux et si audacieux que les femmes font le mur rien que pour eux. Et mes boys, qu'est-ce qu'ils font, pour moi ?

— Je ne peux pas te procurer de femme, a reconnu Date. Mais il y a l'autre baraquement.

Je savais quel baraquement il avait en tête, évidemment.

— Le quartier des babas ?

— Il y a là-bas un garçon, Bhai, qui a un de ces derrières, tu n'y croirais jamais, tu le vois et tu jurerais que c'est le gaand de la belle Mumtaz.

— Combien ? j'ai demandé.

— Trois cents pour le gardien, cinq cents pour la sentinelle. Une centaine à peu près pour le gaadi.

— Parfait. Dégotte-moi cinq gaadis.

— Cinq, Bhai. Un chacun, pour toi, pour Kataruka et pour moi ?

— Et un pour chacun de nos deux frères héroïques.

— Mais le Mumtaz, il sera pour toi, Bhai. Attends un peu, tu vas voir.

Une fois que j'eus compté la somme, il lui a fallu moins d'une demi-heure pour me les amener. Ensuite, il y a eu pas mal de râles et de baisouille dans la pénombre. Sous mes doigts, le gaadi avait bien le velouté d'une Mumtaz. À mes débuts dans la ville, quand j'habitais sur le trottoir et dormais sur le ciment, j'en avais pris, des garçons. Mais maintenant, j'en savais beaucoup plus sur les femmes, et donc il a fallu que je ferme les yeux. Et j'ai vu Mumtaz. Elle gémissait sous moi. Après coup, je me suis senti plus détendu, et j'ai bien dormi.

Le lendemain matin, dans mon tiffin, enveloppé dans du plastique et caché dans le riz, j'ai trouvé un téléphone. Un genre de briquette, dense et lourde, et livrée avec son chargeur. Quand je l'ai déballé de son plastique, Date et Kataruka sont venus s'asseoir près de moi. Il y avait un petit tube de papier rattaché au téléphone par un élastique. « Pour allumer, bouton PWR. Composer le 022, ensuite taper OK », voilà ce qui était écrit, de la main de Bunty. On s'est exécutés, et il a décroché à la première sonnerie.

— Qui est-ce ? il a fait.

— Ton baap.

— Bhai !

— Où as-tu dégotté ça ?

— Ça vient de tomber du bateau. Très cher. Mais superbe, non ?

— Très superbe.

— Tu es le premier homme de la ville à en avoir un.

— Oh, vraiment ?

— OK, plutôt le deuxième ou le troisième…

Il exagérait, évidemment. Même en ces temps reculés, il y avait sans doute plusieurs dizaines de riches enfoirés qui possédaient des téléphones portables, mais de toutes les compagnies, la nôtre avait été la première à en généraliser l'usage. En prison, c'était notre premier. J'étais très content de Bunty, et je le lui ai dit. C'était le genre de type que j'appréciais, toujours tourné vers l'avenir, avançant avec son temps. Nous avons causé affaires. Il y avait beaucoup à dire. Il fallait s'occuper de nos affaires ordinaires – collectes dans nos différentes industries et commerces, intérêts dans l'immobilier, importations de pièces détachées d'appareils électroniques et d'ordinateurs, investissements en numéraire dans l'industrie du divertissement. Et puis il y avait ce projet peu ordinaire de contrebande d'armes, qui nous réclamait beaucoup trop d'attention, qui nous imposait d'élaborer des plans infaillibles et minutieux. Nous n'acheminions qu'une livraison tous les six mois, ou à peu près, mais chacune d'elle valait tout de suite plusieurs crores, et le produit était lourd, difficile à cacher, à transporter. Pourtant, jusqu'à présent, c'était le succès sur toute la ligne, et notre client était satisfait. Nous avions eu recours à mes vieux amis Gaston et Pascal, juste leur bateau et un équipage réduit. En conséquence, ma compagnie se trouvait mieux équipée. Nous avions confiance dans notre force. Nous avons poursuivi la discussion sur le sujet, Bunty et moi, en prenant soin de nous exprimer en code : les AK-47, c'étaient des jhadoos, les balles des bonbons, un chalutier un bus. Dans ces transactions-là, Sharma-ji était notre seul client. Il était ponctuel et généreux, toujours habillé de dhotis blancs impeccables. Bunty était satisfait de Sharma-ji, et moi aussi. Nous avons aussi parlé de notre soutien à deux ou trois petites compagnies dissidentes qui acheminaient de la drogue par Bombay, direction l'Europe et au-delà. Bunty avait plusieurs fois plaidé pour une intervention directe dans le transit, arguant des sommes en jeu, et de la domination des Pathans sur le marché. Mais j'avais toujours résisté : faute d'une production locale, les sommes en question n'étaient pas assez conséquentes pour justifier de contrevenir à notre slogan publicitaire : « La G-Company ne touche pas à la drogue. » Et s'opposer aux Pathans pour le seul plaisir de s'opposer, c'était une sottise de jeune homme. J'étais assez vieux pour savoir qu'une croissance trop rapide pouvait rendre une compagnie malade. Consolidons, consolidons, je répétais à Bunty. Donc, pour l'heure, je lui ai ordonné d'avancer, de fournir de la logistique et du muscle aux négociants en drogue. Mais fais attention, j'ai ajouté, maintiens-nous à distance.

— Oui, Bhai. Ta batterie ne va sûrement pas tarder à être à plat, Bhai, il m'a prévenu. Autre chose ?

— Je veux une télévision. Et un temple digne de ce nom.

— Pas de problème. D'ici cet après-midi, je peux te procurer les deux. Mais les autorisations risquent de prendre du temps.

— Ne t'inquiète pas pour ça. Dépose-moi le matériel devant le portail.

J'ai éteint le portable, et j'ai joui de ses lignes pures, de la palpitation des barrettes qui donnaient la puissance de réception. J'ai fait signe à Date de s'approcher.

— Charge-le-moi, je lui ai demandé. Et dis à la sentinelle que je veux voir le directeur. Pas plus tard que cet après-midi.

Après le déjeuner, je me suis allongé pour une sieste et j'ai pensé à Bunty. Un homme modeste, qui ne payait pas de mine, mais intelligent et d'une froideur mortelle en situation de crise. Il était avec moi depuis un bout de temps, maintenant, et il avait gravi les échelons jusqu'à devenir mon collaborateur le plus proche. Il avait connu une ascension rapide, et pourtant je ne me sentais nullement menacé par lui. Je savais qu'il était ambitieux, mais j'avais aussi compris qu'il n'aspirait qu'à vivre bien et à être respecté, non à prendre le commandement d'une compagnie. Je ne redoutais pas du tout qu'il veuille me supplanter, ou rompre pour créer sa propre exploitation. Pourquoi était-il ainsi ? Pourquoi se contentait-il de rester le second, alors que j'avais toujours voulu être le premier ? Je n'étais pas plus fort dans mon corps, pas plus beau, pas plus malin. Son appétit des femmes était aussi aiguisé que le mien, ni plus ni moins. Il avait grandi auprès d'une mère veuve, de deux frères et d'une sœur, et sa famille avait toujours vécu en équilibre précaire au bord de la falaise du dénuement. Mais moi aussi j'avais survécu sans un sou en poche. À bien des égards, nous étions semblables, et pourtant il demeurait mon fidèle lieutenant, et j'étais son chef. Tous les matins, il attendait mes instructions, qu'il était heureux de recevoir. Pourquoi ? J'ai convoqué le visage de Bunty, avec son nez de Punjabi et sa mèche qui pendillait, sa voix rauque et son air penché, et j'étais incapable d'y apporter une autre réponse que celle-ci : certains hommes sont destinés à la grandeur, et d'autres à leur dégager la voie. Il n'y avait aucune honte à être Bunty. C'était un homme bon, qui comprenait où était sa place. Cette conclusion était satisfaisante, et je me suis relâché, j'ai sombré dans la somnolence. Mais j'ai bientôt coulé plus profond dans ma mémoire, au fond de la noirceur où gisait une masse menaçante qui s'exprimait par une multitude de voix, j'étais un enfant hanté par la fièvre dans un lit brûlant, une femme me souriait et me remontait une couverture jusqu'au menton ; elle me touchait le front, me repliait les genoux et me tournait sur le côté, vers elle.

Je me suis forcé à me réveiller. Je me suis redressé. J'étais un homme d'action, je n'avais pas de temps à perdre en rêves éveillés. J'ai appelé mes boys, j'ai passé en revue notre programme des semaines à venir, je leur ai demandé leurs suggestions pour améliorer nos conditions de vie dans ce baraquement, et j'ai écouté leurs plaintes au sujet des avocats et des juges.

J'ai rencontré Advani, le directeur, à trois heures cet après-midi-là, dans son bureau. Il était assis sous la photo de Nehru, et il m'a seriné sa leçon, dans son hindi recherché.

— Ce fut un incident très fâcheux, a-t-il commencé. Nous devons travailler ensemble pour éviter de tels événements, à l'avenir. Les conséquences sont trop pénibles, pour vous et moi.

Je me suis contenté de l'observer. Je l'ai laissé parler, j'ai croisé son regard, et je l'ai fixé à mon tour. Au bout d'un moment, ça l'a mis mal à l'aise, il a détourné les yeux, en continuant de parler. Mais moi, j'ai gardé les miens rivés sur le côté de son petit crâne desséché, et puis il a ralenti le débit, il s'est éclairci la gorge et s'est tu. Le ventilateur, au-dessus de nous, a repris son tic-tac et le directeur a tenté de se répondre à mon regard, mais il a renoncé, il avait perdu. Il était en nage.

— Je peux faire quelque chose pour vous, Advani Saab ? j'ai dit, très gentiment. Puis-je faire quelque chose pour votre famille ?

Il a lentement secoué la tête, et il a toussé. Enfin, il est arrivé à parler.

— Moi, que puis-je pour vous, Bhai ?

— Je suis content que l'on… comment disiez-vous, déjà ?… que l'on coopère. Voilà ce qu'il me faut. Les hommes du baraquement s'ennuient, ils ont besoin d'informations et de divertissement. Donc une télévision va arriver, cet après-midi. Il nous faut une nouvelle prise électrique pour cette télé, plus une connexion par câble. Et un temple.

— Mais c'est très bien. La spiritualité et l'information, l'une et l'autre font de meilleurs citoyens. Cette autorisation peut vous être accordée, bien entendu. Voilà une idée saine.

Il tentait de s'en convaincre, plus encore qu'il ne cherchait à me flatter. En considérant ses longues mains agitées de tics, posées sur son bureau, son demi-sourire larmoyant, j'ai éprouvé du dégoût. Les êtres humains sont faibles, pathétiques. Comment cet homme était-il devenu directeur ? Il avait un oncle dans l'administration, sans nul doute, et un cousin proche d'un député. Les hommes comme lui, il y en avait plein les services publics. Ils constituaient le seul matériau qui nous était proposé pour œuvrer en ce monde.

— Une idée saine qui me vient de vous, ai-je renchéri. C'est vous qui me l'avez suggérée il y a trois semaines. Vous vouliez améliorer les conditions de détention des prisonniers. Moi, je ne suis que le pourvoyeur.

Il lui a fallu trente bonnes secondes pour comprendre, à ce baudet, ce maderpat.

— Aah, oui, oui, il a répondu. Merci, Bhai.

— Y a-t-il quelque chose que je puisse faire pour vous, Advani ? ai-je répliqué assez sèchement. Dites-moi.

— Non, Bhai. Vraiment.

— De l'argent ?

Ça l'a fait paniquer. Il a regardé autour de lui comme si quelqu'un avait pu se cacher derrière l'armoire de rangement. C'était trop évident, trop direct. Tout le monde a envie d'argent. Il accepterait, mais j'étais un grand nom, et un rapport trop manifeste avec moi risquait de ruiner sa carrière. Il allait devoir y réfléchir, et s'accommoder à cette idée.

— Quoi d'autre ? Une recommandation pour votre chef ? L'admission de votre fille dans une bonne école ? Une ligne téléphonique supplémentaire à la maison ?

— Rien, il m'a dit. Je suis heureux de cette coopération, pour le fonctionnement sans heurts de cette prison. Rien d'autre.

Il se tenait très droit, les mains posées sur les genoux, maintenant et, tout en prétendant ne rien vouloir, il avait dans les yeux cette lueur douloureuse de celui qui s'entend offrir ce qu'il souhaite secrètement sans avoir le courage de l'accepter. J'avais déjà vu ça, ce tiraillement de l'envie, l'hésitation devant le désir. J'avais le pouvoir de donner aux hommes et aux femmes ce qu'ils voulaient, de leur fouailler les entrailles et d'en extraire le petit rêve sale qu'ils y cachaient depuis une vie entière, pour le réaliser. Cela les effrayait. J'avais aidé des hommes à m'avouer leur volonté de tuer leur père, des femmes à confesser leur envie de voir buter leurs frères captateurs d'héritage. Donc je savais que faire. J'ai insisté.

— Parlez-moi de vous, Advani Saab. Où êtes-vous né ?

Tout son sang-froid s'est effondré en un immense sourire de soulagement.

— Moi, je suis né à Bombay, à Khar. Mais mon père était de Karachi. Ils ont tout perdu lors de la Partition, vous imaginez.

Et Advani a continué en me parlant de sa mère, elle aussi originaire de Karachi. Il m'a raconté comment elle s'était retrouvée séparée de son père à bord d'un train en flammes, et leurs retrouvailles sur un quai de gare, à Delhi. C'était comme dans un film. Ils étaient chacun sur un quai, le numéro trois et le numéro quatre, et la rame de l'Amritsar Mail est partie, et ils se sont vus. Papa-ji a traversé les voies en courant. Et Advani a poursuivi l'histoire jusqu'à leur installation à Bombay, la naissance de deux fils et trois filles, et ses années d'études au National College. Ses combats, jusqu'à ce qu'il se stabilise, enfin. Pendant ce temps-là, je déambulais dans son bureau, je jetais un œil dans ses placards, je remuais ses dossiers. Il n'y avait pas de photos de famille, mais une de lui, avec Raj Kapoor. Il me parlait de ses enfants, du mariage de sa fille avec un garçon installé aux États-Unis, et là, je ne sais trop comment, il en est revenu à son père, qui connaissait des stars de cinéma.

— À Karachi, Papa-ji fréquentait Pran Saab, me disait-il. Ils jouaient au cricket ensemble.

Alors comme ça, Pran avait été un langotiya yaar de Papa-ji, un de ses « copains d'avant », et la famille au grand complet s'était rendue pas mal de fois sur ses plateaux de tournage. Ils avaient fait la connaissance de plein de stars de cinéma.

— Est-ce que vous avez rencontré Mumtaz ? j'ai demandé.

— Oui, en effet. Deux fois. Arre, ce qu'elle était belle. Ces stars du milieu filmi, souvent, vous savez, ça tient à la lumière et aux maquillages. À l'écran, elles paraissent superbes, mais quand vous les voyez en vrai, vous démasquez l'imposture ; si elles n'avaient pas un nom, on ne les remarquerait même pas dans un train de banlieue. Mais Mumtaz, elle, permettez-moi de vous dire, c'était quelque chose, la peau aussi claire qu'un fromage de ras-gulla, quel teint, et juteuse comme une pomme.

Il accompagnait son propos de petits gestes arrondis.

Je le tenais. Je me suis penché au-dessus de son bureau, je lui ai fait signe de s'approcher, et je lui ai chuchoté.

— Advani Saab, tu n'as jamais goûté à une pomme de ce genre ?

Il a ri, avec un mouvement de dénégation de la tête, puis il a levé les mains pour écarter l'idée.

— Non, vraiment, je suis sérieux, ces stars, il y en a plein avec qui on peut s'arranger.

— Non, il a fait. Non, ça, je n'y crois pas. C'est des bobards.

— Êtes-vous en train d'affirmer que je vous mens ?

— Non, non. Mais…

— Pas de souci, Advani Saab. Attendez et vous allez voir. Je vais vous en apporter, moi, une pomme.

Il s'est dandiné, il a protesté, comme un invité qui proteste pour la forme, mais j'étais sûr de moi. Je l'ai laissé là, je suis retourné au baraquement, j'ai appelé Bunty et je lui ai annoncé qu'il nous fallait une star de cinéma pour le taulier.

— Mais, Bhai, où est-ce que je vais trouver une star de cinéma ?

— Mon salaud ! Tu es le roi de Bombay et tu ne peux pas dénicher une star de cinéma ? Chutiya. Appelle-moi donc cette femme.

— Quelle femme ?

— Chotta Badriya se fournissait en filles auprès d'elle. Cherche dans son agenda, tu trouveras le numéro. S'il n'y figure pas, c'est qu'il a dû le noter ailleurs. Retrouve-moi sa trace. Une Jojo ou une Juju, un nom dans ce style.

— Oui, Bhai. Rien d'autre, Bhai ?

Je me suis tu. Il y avait autre chose, quelque chose de poisseux, qui ricochait en tout sens entre les rouages de mon esprit. J'avais appris à prêter attention à ces menus tracassins. Et Bunty avait appris à attendre. J'ai laissé la contrariété remonter en surface.

— OK, Bunty. Il y a autre chose. Ce Sharma-ji, quand il prend livraison, est-ce qu'il vient avec quelqu'un d'autre ?

— Les chauffeurs des fourgons ou des camions, des manutentionnaires, deux gardes. Des véhicules immatriculés dans l'Uttar Pradesh.

— Est-ce qu'on sait quoi que ce soit d'autre, sur lui, sur ses commanditaires ?

— Non, Bhai.

— Il faut qu'on en sache plus. Je n'aime pas ça, mener ce genre d'affaire avec des gens dont on ne sait rien. Trouve.

— Je vais trouver, Bhai.

— Fais attention. Ne leur mets pas la puce à l'oreille. Prends ton temps, je m'en moque. Vas-y lentement, mais trouve.

Je me suis accordé ma sieste de l'après-midi. Peu de temps après mon réveil, mes boys m'ont apporté le temple, et la télévision. Ils ont dû s'y mettre à huit, pour le temple. Il était en marbre, posé un socle de granit assez solide pour en supporter le poids. Il était accompagné d'une belle statue de Krishna jouant de sa flûte, son dhoti en or lui flottant dans le dos. Il était en équilibre sur la plante des pieds, un pied en retrait, croisé au-dessus de l'autre. Il dansait. Les boys lui ont dressé son temple, et l'y ont installé au milieu des murmures de contentement. Ensuite, nous nous sommes tous assis pour notre premier pooja. Meetu et Dipu ont chanté un bhajan. Date m'a marqué le front d'un grand tika et Kataruka tenait une guirlande prête pour moi. Je l'ai prise et je l'ai déposée aux pieds de Krishna.

Après quoi, nous avons allumé la télévision. J'avais la place d'honneur, face au piédestal, en plein centre de la salle. Tout le baraquement s'est installé derrière moi, en une immense demi-lune, avec les boys au premier rang. C'était le début de *Deewar*, sur Zee. Il n'y a pas eu de disputes ; on a tous regardé. Tous les hommes du baraquement l'avaient déjà vu, mais il n'y a pas eu un chuchotement, sauf pour devancer les acteurs sur certaines répliques, et quand retentissaient des salves d'applaudissements. Nous étions tous avec Amitabh, nous l'avons accompagné dans son ascension, mais quand son frère, l'inspecteur, lui disait « J'ai maman avec moi », tout le baraquement prononçait la phrase en même temps que lui. L'horaire du film débordait sur celui du dîner, mais un rapide conciliabule avec mon nouvel ami Advani a réglé le problème, et le dîner a été repoussé, exceptionnellement. Ce jour-là, nous étions tous ensemble, nous ne faisions qu'un.

C'est ainsi que mes journées s'écoulaient, dans l'amélioration du sort de mes codétenus, dans la gestion des affaires de la compagnie. Ce gaandu de tribunal spécial n'en démordait pas, il me refusait mes demandes de mise en liberté sous caution, que mes avocats continuaient d'introduire. En conséquence, je me languissais dans ce royaume du TADA, et mes souffrances se prolongeaient. Tous les jours, je parlais avec Bunty. On n'imagine pas la quantité de travail que cela représente, de diriger une compagnie, les détails auxquels il faut penser : finances, comptabilité, procédures judiciaires, distribution, publicités, allocations, équipements et transport, capitaux entrants, capitaux sortants, problèmes disciplinaires. J'avais du travail, je replongeais les mains dans ma compagnie, donc je dormais bien, la nuit. Le matin, à la minute où nous étions de retour dans le baraquement après l'appel, la télévision se rallumait. Les boys choisissaient toujours une émission bhajan, et moi je m'asseyais, et j'écoutais un moment. Ensuite, on passait aux infos. Un matin, Date est venu vers moi, l'air amer.

— Ces salopards de landyas.

— Quoi ?

— J'ai appris qu'ils se sont plaints, pour le temple et la télévision.

— Ils se sont plaints ? Comment ça, ils se sont plaints ?

— Ils disent qu'en fin de compte, tu es un parrain hindou. À monter de grands-grands temples et à offrir des télés pour regarder des bhajans.

— Quand on a encore regardé *Dewaar*, hier soir, je ne les ai pas entendus se plaindre.

Il y avait eu une nouvelle rediffusion.

— En fait, si, certains se sont plaints. Ils aiment bien le film, et Amitabh. Mais ils disent qu'en réalité, cette histoire, c'est celle d'Haji Mastan, et qu'on l'a transformée pour qu'elle devienne celle de Vijay, parce que dans l'industrie du cinéma, ce n'est pas possible de tourner un film sur un parrain musulman.

— Et donc c'est la faute du producteur s'il doit se soucier de tout l'argent qu'il investit dans ses stars ? Ces petits cons, c'est eux qui vont payer si le film ne couvre pas ses dépenses ?

— Leur jaat est comme ça, Bhai. Ces enfoirés, tous des ingrats. Et si tu fais quelque chose pour les hindous, à tous les coups ils le prennent contre eux.

J'étais en colère, mais je réfléchissais. On ne change pas la façon de penser des gens en leur tapant dessus, et c'était un problème de croyance. Même après les attentats à la bombe et les émeutes, j'avais encore des boys musulmans. Après tout, j'étais un parrain laïc, c'était de notoriété publique. Date jurait dans sa barbe.

— Trouve-moi de quoi ils ont besoin, j'ai dit. Vois s'ils ont besoin d'exemplaires du Coran ou que sais-je encore. Ayons un geste pour eux.

— Je te dis qu'ils ne changeront pas, Bhai. Toujours en train de se plaindre, de se plaindre.

— Occupe-t'en, c'est tout.

Il est parti, les épaules carrées, tête baissée, un vrai taureau. Cette irritation ne me quittait pas, cependant, je l'avais sous la peau. À neuf heures et demie, Bunty m'a téléphoné, encore plus irrité que moi. Il était en rogne à cause de Jojo.

— Bhai, il m'a fait, cette garce de Jojo, il faut lui donner une bonne leçon.

— Qu'est-ce qu'elle a fait ?

— Voilà des semaines maintenant qu'elle me cause des ennuis. Elle n'enverra pas de fille pour Advani, qu'elle dit. Et elle ne négociera pas sur le tarif. C'est son attitude, Bhai, qui ne va pas. Elle se prend pour une grosse pointure, qui n'aurait peur de personne. « Si tu ne veux pas faire d'affaires, n'en fais pas », elle m'a dit. Je lui ai demandé si elle savait à qui elle parlait, et elle m'a répondu : « Oui, tu es le petit Bunty de Gaitonde. » Le ton qu'elle a pris pour me sortir ça, Bhai. Je l'ai insultée et elle a éclaté de rirc. Elle est folle. J'avais envie d'aller lui fourrer mes deux golis dans le gaand, Bhai.

— Mais à la place, tu m'appelles. C'est bien, Bunty. Du sang-froid, toujours.

— Uniquement parce que tu m'as demandé de traiter avec elle, Bhai. Je ne comprends pas comment Badriya pouvait la supporter. Je l'ai priée de prononcer ton nom avec respect, et elle m'a rétorqué « Sinon quoi ? Il me tuera ? »

— Elle a dit ça ? Et ensuite, toi, tu as répondu ?

— Je lui ai répondu qu'elle n'était qu'une randi et qu'il lui manquait une case. Et ensuite je t'ai appelé. Laisse-moi lui apprendre. Laisse-moi la buter, Bhai.

— C'est quoi, son numéro ?

— Tu vas lui parler toi-même ?

— Non, je vais demander à toute la baraque de chanter pour elle. Donne-moi ce numéro.

Et donc j'ai appelé Jojo. Elle a décroché à la deuxième sonnerie.

— Haan ? *Tell me*, elle a commencé, moitié en hindi, et moitié en anglais.

Je lui ai donné la réplique en hindi.

— C'est comme ça que tu me dis bonjour ?

— Qui est-ce ?

— Ton baap.

— Il est mort il y a des années, le pauvre enfoiré.

— Tu n'as de respect pour rien ?

— Les hommes sont pires que des chiens. Surtout les hommes qui me font perdre mon temps. Comme toi.

— Tu aurais intérêt à m'écouter.

— Pourquoi ?

— Les gens qui me mettent en colère souffrent beaucoup.

Elle a éclaté de rire, et elle ne faisait pas semblant : c'était un rire dingue, déchaîné, et de l'entendre, ça m'a tiré un sourire.

— C'est pas croyable ! elle s'est écriée. Ça, c'est du costaud, comme dialogue. Je sais qui est à l'appareil. Le grand Gaitonde en personne, et qui m'appelle, moi.

— Écoute, saali, j'ai dit. Tu veux finir dans un fossé ? Je te ferai creuser le trou toi-même avant de te foutre dedans.

— Ça, c'est une réplique dhaansu, elle a ironisé.

Et elle a encore rugi de rire. Ensuite, elle s'est calmée :

— Alors, tu veux me tuer, Gaitonde ?

— Ce serait facile.

— Parfait. Alors, vas-y.

Et elle a raccroché.

J'ai levé la main en l'air pour balancer le téléphone, et puis je l'ai baissée, très lentement. J'ai appuyé sur la touche de rappel, et j'ai attendu.

— Oui ? Dis-moi…, elle a fait.

Elle était très calme.

— Tu es complètement folle ?

— Beaucoup le croient.

— Tu as de la chance d'être encore en vie.

— Je me le dis tous les matins.

Elle me plaisait. Depuis cette première conversation, depuis cette toute première fois que j'ai entendu sa voix, aussi rauque que celle d'un homme, elle m'a plu. Elle me riait au nez, et ça me plaisait. Mais j'ai durci le ton.

— Tu as toujours été bizarre ? Cinglée ?

— Non, non, Gaitonde. Pour devenir aussi dingue, j'ai dû travailler dur. Et toi, Gaitonde ? La case qui te manque, tu l'as perdue comment ?

— Saali, tiens ta langue.

C'était étrange, j'étais furieux contre elle, mais aussi ravi, en un sens.

— Il ne me manque aucune case.

— Oui, oui. C'est pour ça que tu crèches en prison, que tu liquides des gens de tous les côtés et que tu joues les Hitler.

— Tu as de la chance de ne pas être ici, en face de moi.

— Tu pourrais me faire tuer même sans cela, j'en suis sûre, big boss.

Et elle a encore ri de ce rire exubérant, déconcertant.

— Ne me pompe pas mon temps et ma batterie. Bunty m'a expliqué que tu faisais des problèmes.

— Bunty est un chutiya. Je n'enverrai aucune fille dans cette prison. Parce que jamais une fille comme celle que tu veux n'acceptera d'entrer dans une prison.

— Bunty est un garçon intelligent, et il t'aurait écoutée, si tu ne t'étais pas exprimée comme une…

— Comme une quoi ?

— Tu peux nous procurer une femme du genre de celle qu'on veut ? Une star de cinéma ?

— De télé, à la rigueur. Mais pas en prison.

— Oublie cette prison de maderchod.

— Ça va coûter de l'argent.

— Tout coûte. Sois raisonnable, c'est tout, et n'essaie pas de profiter de nous.

— Je suis honnête en affaires.

— Alors monte de bonnes affaires avec moi, et tu en récolteras encore plus, des affaires.

— Bien.

— Et ne me traite plus de Hitler. Tu ne connais pas mes œuvres…

— Si, si, tu es un bienfaiteur des pauvres. Tu sais donner comme un roi. Écoute, il faut que j'y aille, j'ai du travail qui m'attend. Pour les aspects pratiques, je te mettrai en contact avec ton Bunty.

Et elle a raccroché. Folle et affolante. Mais c'était une bonne femme d'affaires – elle nous a obtenu une actrice de télévision, du moins une actrice qui apparaissait de temps à autre à la télé, une dénommée Apsara. En fait, cette Apsara était aussi une star de cinéma, une vamp qui avait joué dans deux films avec Rajesh Khanna du temps où sa carrière était déjà sur la pente descendante, quand il s'était mis à ressembler à un gros Gurkha. Depuis, Apsara n'avait pas cessé de rouler sa bosse, c'était un de ces visages dont on se souvenait, sans pouvoir mettre un nom dessus.

— C'est pour ça que tu me fais payer cinquante mille ? j'ai dit à Jojo.

Elle avait réglé la transaction avec Bunty, mais je l'avais appelée pour discuter le prix. C'était un prétexte, je l'admets. J'avais envie de lui causer.

— Au moins, dégotte-nous une vraie star de cette époque. Tu sais, comme Zeenet Aman, quelqu'un dans ce style.

— Gaitonde, c'est le souci, avec vous, les hommes. Dans vos rêves, vous croyez que toutes les femmes célèbres sont secrètement à vendre. De « cette époque », tu la veux, ta star ? Pourquoi pas Indira Gandhi tant qu'on y est ?

— Quoi ? Tu conclus un marché avec moi, pour me proposer cette femme-là, et tu oses me raconter que je me fais des idées ?

— Ce marché, il se conclut uniquement parce que tu te fais des idées. Pauvre Apsara. Elle a besoin de cet argent.

La pauvre Apsara s'est révélée alcoolique sur les bords, mais elle avait l'alcool gai. Nous avons tout réglé : le samedi après-midi suivant, Advani s'est présenté au Juhu Centaur pour rencontrer un boy qui avait réservé une suite sous le nom de Mehboob Khan. Advani a bu un verre dans la suite, mon boy lui a remis un paquet emballé dans du papier kraft, contenant cinq lakhs, et ensuite il l'a laissé seul. Une porte s'est ouverte, et Apsara est entrée d'un pas flottant, vêtue d'un garara blanc, tout à fait dans la manière d'une Meena Kumari. Elle avait épaissi, mais sa peau restait lumineuse, et Advani a dû se croire au paradis. Elle lui a demandé un verre, et elle lui a chanté des chansons. Il lui a avoué qu'il était son plus grand admirateur. Elle lui a joué des scènes, et il a repris le rôle de Rajesh Khanna dans la scène de *Phoolon ki Rani* où la vamp se fait tuer pour le héros, un play-boy millionnaire, tant elle est amoureuse de lui. Advani s'en rappelait jusqu'à la moindre réplique.

Tout ceci, je l'ai su par Jojo, le lendemain. Je ne pouvais plus m'arrêter de rire.

— Donc ils se sont joué la comédie ? Et après ? Est-ce qu'il a tenté quelque chose ?

— Pour quelqu'un d'aussi maigrichon et d'aussi âgé, le vieux a encore pas mal de dum, c'est ce que m'a dit Apsara. À mon avis, il ne lui déplaît pas.

— Elle l'a pris pour Rajesh Khanna, ce buffle imbibé. Les femmes sont folles.

— Aussi folles que les hommes.

Et nous avons ri ensemble. On se parlait tous les jours, à présent. Je ne sais trop comment, c'était devenu automatique : au début, c'était moi qui l'appelais, en général le matin, après mon coup de fil avec Bunty. Ensuite, un jour de tribunal où je ne l'avais pas appelée, alors que je dormais, le téléphone m'a réveillé.

— Où étais-tu, Gaitonde ?

C'était elle.

Alors, on a causé. Après l'affaire Apsara, on en a monté d'autres – Advani avait besoin de nouvelles pommes bien juteuses, tout comme certains avocats, certains policiers, et des juges. Jojo et moi, on se parlait, mais les affaires n'entraient que pour une petite part dans la conversation. On se parlait de tout.

Treize mois se sont écoulés.

Treize mois peuvent s'écouler aussi simplement que cela. Les journées s'enchaînaient les unes aux autres. J'allais au tribunal, je prenais soin de ma compagnie. Les choses changeaient, les choses demeuraient identiques. On a obtenu que les charges pesant sur Dipu et Meetu soient levées. Date est parti purger le reste de sa peine dans la prison de Nashik. Bunty s'est fait arrêter, il est arrivé dans notre baraquement. Les baba log du baraquement des enfants ont changé, et on m'a trouvé un nouveau Mumtaz. Bunty a été libéré. Notre guerre avec Suleiman Isa a continué. L'État du Maharashtra a changé de gouvernement, et le gouvernement de Delhi a changé également. J'ai arbitré certaines querelles, dans la prison. J'ai dû mettre sur pied une commission chargée du choix des émissions de télévision, car les dimanches matin, les Mahabharata et Ramayana donnaient aux musulmans et aux chrétiens l'impression d'être mis sur la touche ; ils voulaient des émissions bien à eux, et les boys tamils et malayalis voulaient regarder « Hot Songs », leur émission de minuit, et après, ce sont les gars du Marathi qui ont exigé des séances filmi régulières. Pour leurs fêtes religieuses, on a procuré des chèvres entières aux prisonniers musulmans, on a pris les dispositions nécessaires à leurs jours de jeûne, et veillé à ce que le personnel de la prison ne s'en mêle pas. Donc tout le monde était content. Nous avons fourni ses pommes bien juteuses à Advani, toujours à l'extérieur de la prison. À l'intérieur, il se montrait accommodant, il s'adaptait. Mon fils grandissait, il a commencé à marcher. Je jouais avec lui dans le bureau d'Advani, je le tenais dans mes bras, je m'imprégnais du parfum de rosée de son petit crâne, quand il gigotait, quand il riait, quand il me parlait une langue que j'étais incapable de comprendre. Moi aussi, je changeais, à l'intérieur de cette prison. Sans doute à cause du temps dont je disposais, je devenais plus paisible, plus réfléchi, je m'intéressais davantage au monde. Je lisais les journaux, je regardais toutes les émissions d'informations, et les débats politiques le dimanche, et les films américains, en anglais. À la télévision, j'apprenais l'Histoire. En prison, je m'éduquais, je devenais un homme conscient de son passé, de la longue histoire de son pays. Mais en dépit de mon sérieux, ou à cause de lui, j'ai attrapé des hémorroïdes. Une indisposition mineure, pas vraiment une maladie, mais ce que je souffrais ! Je me relevais des latrines avec des vertiges de douleur, écœuré par le sang. J'ai consulté des docteurs, j'ai modifié mon régime alimentaire, j'ai pris des herbes prescrites par des sages ayurvédiques réputés, mais non, je continuais à me tortiller, à me contorsionner, je souffrais, je souffrais.

— Tu as trop de tension, m'a expliqué Jojo. Ta vie n'est que tension. Et l'ennui, c'est que tu concentres toute cette tension sur ton gaand. Tu as besoin de te détendre.

— Écoute, jolie gourou. Je suis un parrain, je suis en prison, il y a des gens qui se débrouillent pour que j'y reste, et d'autres qui essaient de me tuer. Tu veux que je me détende ? Comment je peux me détendre ?

— Tu te figures que ta vie est si dure que ça ?

— Ne recommence pas avec cette discussion. Supposons que je partage ton avis, d'accord, j'ai besoin de me détendre. Comment je vais y arriver ?

C'est ainsi qu'elle m'a poussé à faire de l'exercice tous les jours, et deux semaines plus tard, à introduire le yoga dans la prison. Advani était tout à fait content de cette idée. Il a eu droit à un article dans le *Bombay Times*, avec une photo en quadrichromie et une accroche qui le présentait comme « le geôlier le plus progressiste de notre temps ». Bunty et mes boys étaient contents parce que deux des professeurs de yoga étaient des femmes, et ça leur donnait l'occasion de les regarder se tordre et s'entortiller pendant une bonne heure. Mais moi, je leur donnais l'ordre d'arrêter leurs ricanements, de se concentrer et de faire ce qu'on leur demandait. Il fallait que j'aie la foi et l'espérance, parce que j'avais le gaand en feu. Et je vous le dis, ça a marché. Je me sentais apaisé, et détendu. Je ne me détendais pas seulement dans mes muscles, mais aussi quelque part dans le tréfonds de mon âme. Toutes ces inspirations, ces expirations, cela dissolvait un nœud que j'avais en moi. Mes hémorroïdes allaient mieux. Je vous mentirais si je prétendais que j'étais guéri, mais j'allais mieux, à soixante-dix pour cent au moins.

— Tu vois, il faut toujours m'écouter, m'a dit Jojo quand je lui en ai parlé. Soixante-dix pour cent, c'est beaucoup.

— Oui. Du coup, il y a des moments où j'ai l'impression d'évacuer de grandes lames de rasoir.

— Gaitonde, pour un dur, tu te plains beaucoup. Tu as une idée de ce qu'on ressent, quand on accouche ?

Et là voilà partie. C'était son thème favori : le monde souffrait, et dans ce monde c'étaient les femmes qui souffraient le plus, et cette souffrance des femmes passait inaperçue.

— Les hommes, ces salauds, ont fait de la souffrance le devoir des femmes, répétait-elle. Toutes ces mères qui souffrent, dans les films… Et les femmes, ces chutiyas, elles y croient, en plus.

Au début de notre amitié, j'ai essayé de discuter. Je lui disais : Tu penses que les hommes ne souffrent pas ? Laisse-moi te raconter des histoires d'hommes déracinés, d'hommes qui meurent, d'hommes qui travaillent toute leur vie pour une pitance dont un chien ne voudrait pas. Mais pour chacune de mes histoires, elle en avait quatre, et l'écouter finissait par me plaire, car au milieu de ces récits désolants, il y avait toujours quelque indice à glaner, sur elle et sur sa vie. J'ai appris ainsi qu'elle avait grandi dans un village, élevée par sa mère – il y avait aussi une sœur quelque part, à qui elle n'adressait plus la parole. Le père était mort très tôt. En arrivant à Bombay, jeune fille, elle ne parlait que le tulu et un peu de konkani, ni hindi ni anglais, ni rien d'autre. Le mari de la sœur de Jojo avait filé avec elle, en lui racontant que grâce à lui, elle deviendrait une star de cinéma, mais, après des mois passés à faire la tournée des producteurs, il l'avait finalement poussée à coucher avec l'un d'eux. Toutes les filles en passaient par là, disait-il, ce genre de compromission était le prix à payer pour la célébrité et que cela faisait partie du métier, tout le monde se compromettait. Elle avait compris, et elle avait agi, mais il n'y avait pas eu de film. À la place, il y avait eu un autre producteur, et un autre après lui. Il s'était mis à la frapper, le boyfriend. Mais entre-temps, elle avait appris à parler le hindi couramment, et un peu l'anglais. Donc elle s'était enfuie. Le boyfriend l'avait retrouvée, il l'avait encore frappée. Elle lui avait fendu la mâchoire avec un pilon, et il l'avait laissée tranquille. Restait à régler la question du gagne-pain. Elle s'était battue, elle avait eu faim, et puis elle était retournée auprès d'un de ses producteurs, elle s'était compromise, et puis auprès d'un autre. Mais là, elle gardait l'argent pour elle, elle épargnait. Elle s'était inscrite au syndicat des danseurs, avait obtenu quelques engagements dans de grosses productions. Elle avait cru encore pendant un temps qu'elle pourrait suivre les traces d'une Mumtaz, et passer peu à peu du fond au devant de la scène. Mais elle n'était pas assez stupide pour s'accrocher trop longtemps à son rêve. Et elle était assez intelligente pour avoir une vue claire de l'état du marché : elle connaissait des hommes riches, et elle connaissait des jeunes filles qui cherchaient à survivre. Donc elle avait lancé son affaire. Mais son affaire ne touchait pas seulement au sexe. Elle trouvait bel et bien des rôles à certaines de ces jeunes filles. Et elle était devenue productrice à son tour. Cette année-là, avec un peu de son argent, et un peu du mien, elle a entamé le montage d'une production de série télé, l'histoire de deux amies d'école dont l'une était riche et l'enfant chérie des enseignants, l'autre une pauvre orpheline. Elles arrivaient toutes deux en ville, et elles en bavaient, en bavaient. Sur notre partenariat, Jojo s'est montrée très claire.

— Écoute, Gaitonde, elle m'a dit. C'est un accord commercial, ni plus, ni moins. Je veux toutes les sommes en officiel, par chèques. Et pas de coup tordu. Ce que je te dois, c'est de l'argent, rien de plus. C'est toi qui m'as fait une offre, moi, je n'ai rien demandé.

— Achcha, baba, j'ai dit. Tu ne me dois rien d'autre. On est en affaires, et c'est tout.

Elle m'a envoyé le script de l'épisode pilote, et je l'ai lu. J'ai refusé de lire les autres. Bunty avait raison. Quel homme irait regarder des femmes pleurnicher et s'embrasser pour des conneries ? J'ai répondu à Jojo que cela me plaisait. Si c'était ce que les femmes avaient envie de regarder, qu'on le leur donne. Je savais que Jojo, en dépit de sa jovialité et de ses jurons réjouissants, passait certains jours au fond de son lit, incapable d'adresser la parole à personne, et voyait alors le monde comme une jungle de cendres, un lieu de crémation rempli de cadavres en marche. Ces humeurs sombres la prenaient parfois, et elle ne les surmontait qu'en se promettant le suicide. C'est ce qu'elle m'a avoué, un matin.

— Je me dis que si ça tourne mal, je me tuerai. J'ai déjà les pilules prêtes. Et puis je passe en revue les bons côtés de l'existence. La douleur ne s'efface pas, mais je sais qu'elle n'est pas infinie, puisque j'ai ces pilules. Ça me suffit pour tenir le coup une journée de plus. Et la suivante.

Elle m'effrayait. J'ai voulu la pousser à consulter un prêtre, un mage ou un médecin. J'avais vu des émissions de télévision sur la dépression. Elle m'avait prié de me mêler de mes affaires.

— Lis les scripts de mes séries, elle m'a conseillé. Tu apprendras peut-être quelque chose sur les femmes, Gaitonde.

Je ne lisais pas, mais je continuais de lui parler. Elle refusait de venir me voir en prison.

— Si nous parlons de cette façon, Gaitonde, c'est que nous ne nous sommes jamais rencontrés. Tu ne comprends pas ça ?

Je savais qu'elle n'était pas farouche. Au contraire, elle avait des hommes, elle les choisissait, elle les prenait.

— Pourquoi faudrait-il que ce soit toujours les hommes qui chassent, qui choisissent et qui prennent ? Je gagne ma vie, je sais me débrouiller toute seule, je veux m'amuser comme ça me plaît. Je n'ai pas honte de ce que je veux.

Donc, de temps à autre, elle se choisissait des hommes, et elle les attirait dans un lit. Elle me l'a confié, après qu'on est devenus amis, et elle me racontait ça sans honte et sans crainte. Confronté à cette révélation, j'en ai eu la gorge serrée, d'excitation et d'inquiétude, comme si je venais de courir jusqu'au bord d'un toit dans le noir.

— C'est… c'est dégoûtant, Jojo, lui ai-je chuchoté au téléphone.

— Pourquoi ? Toi, là-bas, en prison, tu as le droit de faire chodo avec des garçons sous prétexte que tu es un homme et que tu as besoin de te soulager ? Et c'est pas dégoûtant ? Mais quand c'est moi, si ? Tu me fais rire.

Bien entendu, je lui ai répondu que c'était différent, qu'elle était une femme. Et elle m'a répliqué :

— Oui, je suis une femme, et une femme peut avoir dix fois plus de plaisir qu'un homme. Tu n'es pas au courant ?

C'était vrai, en effet. Tout le monde le savait. J'ai dit :

— C'est pourquoi les femmes saali, il faut les enfermer, c'est des randis.

Et elle a éclaté de rire.

— Mais, mon cher Bhai, elle m'a dit, c'est toi, l'enfermé, et pas moi. Moi, je suis libre.

Elle était libre. Elle prenait des hommes, et elle les appelait ses thokus. Elle me faisait rire avec les histoires qu'elle me racontait à leur sujet, comme ils pleuraient quand elle les quittait, et la taille de leurs parties, et leur vanité. Et elle refusait de me rencontrer.

— Pas maintenant, elle me disait, et pas plus tard non plus. Je refuse de devenir une de tes thokus, et tu refuseras de devenir un des miens. Nous, mon bhidu, on est deux bhidus.

C'était vrai. Nous étions amis.

En mai, le TADA venait à expiration, mais moi, je suis resté en prison. Pour mes concitoyens, cette loi avait cessé d'exister, mais comme elle avait servi à me faire inculper, j'étais encore là, à me contorsionner sous sa botte. Mon affaire devait être jugée en vertu de ses dispositions, qui n'étaient pas des lois, mais des décrets arbitraires. Je maudissais mes avocats, je les menaçais d'en prendre d'autres. Vivons-nous sous une dictature ? je leur ai dit. N'ai-je aucun droit, en tant que citoyen ? Qu'est-ce que vous êtes, des avocats ou des bhangis ? Ça sert à quoi, que je vous verse du fric par camions entiers ?

Finalement, finalement, ils ont obtenu que mon affaire soit déférée devant la Haute Cour de Bombay et ils ont livré une bataille honorable, jusqu'à la victoire. Le juge a déclaré qu'il me laisserait sortir à la condition que je ne menace pas les témoins cités par le gouvernement dans les autres affaires en instance contre moi, que je ne cherche même pas à entrer en contact avec eux, et que je ne quitte pas le périmètre de la ville, et patati et patata. Accordé, j'ai dit, accordé, n'importe quoi, tout ce que vous voudrez, Votre Honneur. Et soudain, je me suis retrouvé dehors. Un matin, j'étais au tribunal, et ensuite, terminé, j'étais dans une voiture, sur la grand-route, en route vers chez moi. Aussi simple que ça. Subitement, j'étais assis dans ma chambre, avec Subhadra à ma gauche et mon fils qui trottinait autour du lit. La chambre était d'un calme stupéfiant, les pièces me semblaient immenses, bien plus grandes que dans mon souvenir. Il y avait des visiteurs, mais Kataruka les tenait à l'écart. Pour ce qui était d'entrer en prison et d'en sortir, il connaissait la musique. Il considérait qu'une fête, des visiteurs et du bruit, c'était le genre de choses à éviter, même si l'occasion paraissait indiquée. Et c'était vrai. Une soirée au calme, c'était de cela que j'avais envie. J'ai avalé le dîner que m'a servi Subhadra, j'ai mis Abhi au lit. Une fois la porte refermée sur Kataruka et les autres, j'ai tendu la main à Subhadra. Elle est venue à moi, docile, et j'étais vraiment de retour à la maison.

Après qu'elle s'est endormie, je me suis levé, j'ai enfilé un kurta et j'ai ouvert la porte en douceur. Je suis monté sur le toit, sur mon vieux perchoir, à côté de la citerne. La nuit était brumeuse, sans étoiles, rien n'était visible que des lueurs éparses. J'avais vingt-sept ans et j'étais à la maison. Il régnait cette vieille odeur, d'huile, de brûlé et de détritus, qui vous picotait vaguement les narines, mais une odeur bien vivante, si pleine de vie. Je m'en suis imprégné, et j'ai appelé Jojo.

Elle a décroché à la première sonnerie.

— Gaitonde.

— Je suis sorti.

— Je sais.

— Tu vas vouloir me rencontrer ?

— Non. Comment va Subhadra ?

— Elle va bien. Ne me parle pas d'elle.

— OK. Nous ne parlerons pas d'elle.

— Alors tu refuses de me rencontrer ?

— Je refuse complètement.

— Je pourrais te faire ramasser et venir à moi.

— Tu pourrais. Tu vas le faire ?

— Bon, allez, non.

— Bien. Je vais te dire, Gaitonde… je vais t'envoyer une fille.

— Tu vas quoi ?

— Ne joue pas les timides, pas avec moi, Gaitonde. Je sais ce qu'il te faut. Celle-ci, elle va te plaire. Le prix fort, mais parfaite pour toi.

— Tu sais ce qu'il me faut ?

— Tu vas voir.

J'ai vu. Le lendemain matin, elle m'a envoyé la fille. Elle s'est présentée : Suzie, dix-huit ans, de Calcutta. Elle était moitié chinoise, moitié brahmine bengalie, elle avait de longs cheveux noirs et lisses, de longs bras délicats qu'elle croisait quand elle riait, et une peau comme une pellicule de marbre blanc. Je l'ai couchée sur le ventre et je lui ai embrassé la nuque, quand j'étais en elle. Elle a gémi, et elle reculait, pour mieux s'enfiler contre moi.

Ensuite, de la voiture, j'ai appelé Jojo.

— Qu'est-ce que je t'avais dit, Gaitonde, elle m'a fait. C'est pas quelque chose ?

— Si, tu avais raison.

— D'ici deux ans, elle aura une émission sur MTV, tu verras.

— Cela se peut. Mais pendant que j'étais monté sur elle, c'était à toi que je pensais.

— Tu te retrouves à monter une fille de dix-huit ans, et c'est à une vieille comme moi que tu penses ? Gaitonde, tu es un idiot, comme tous les hommes de la planète.

J'ai été forcé d'en rire avec elle. J'avais attendu Suzie dans un petit hôtel près de Sahar, et maintenant nous étions sur la grand-route, en direction de la maison. La circulation était fluide, rapide, et le soleil ricochait sur les toits des voitures. J'étais libre.

— Je me sens bien, Jojo.

— Profites-en, elle m'a fait. Profites-en, profites-en.

Nous sommes arrivés à la maison à onze heures. En prison, j'avais pris l'habitude d'être réveillé tôt, donc j'avais déjà fait mon yoga, mangé, pris Suzie. Je me sentais léger. Certains de mes boys bâillaient encore. Je les ai mis au travail. J'ai joué avec Abhi, qui prononçait maintenant des bribes de mots, qui me tenait le visage dans ses mains en me racontant je ne sais quoi. Il ignorait la grammaire, n'avait aucune conscience du passé et de l'avenir, et pourtant, je l'écoutais, j'étais fasciné, noyé d'amour. À midi, Kataruka est arrivé dans l'entrée, où j'étais installé avec quelques solliciteurs Il s'est penché pour chuchoter.

— Les nau-numberis, ils sont ici. Ils disent qu'ils doivent te conduire au poste. Interrogatoire dans une autre affaire.

— Qui est-ce ? Encore Majid Khan ?

— Non, ces chutiyas-là, je les connais pas. Ils disent qu'ils travaillent avec Parulkar.

— Les salauds. Dis-leur de transmettre leurs questions aux avocats.

— Je leur ai dit. Ils ont un mandat du magistrat.

— Oui, et le magistrat, il fait chodo dans le gaand de leurs mères toutes les nuits. Dis-leur d'attendre. Dis-leur que je viendrai quand je pourrai. Et convoque-moi un des avocats.

— Oui, Bhai. – Kataruka souriait. – Ces maderchods n'ont pas de manières. Je ne me sens même pas l'envie de leur servir du thé.

— Pas de manières ?

— Ils ont garé leur fourgon juste devant la maison et ils refusent de le bouger. Vraiment arrogants, Bhai. « Amène-le-nous ici tout de suite », comme ça, ils causent. C'est des types des commandos spéciaux, il y en a deux qui sont armés de carabines, et un autre qui a un jhadoo. Ils se prennent pour des héros.

Et il est reparti en fredonnant une chanson. Je suis retourné à mes solliciteurs, des parents qui voulaient un emploi pour leur fils. Mais j'étais perturbé, et je pensais à cette nouvelle plaie. Des commandos armés de Stens et d'AK-47, cela signifiait peut-être qu'ils avaient créé un détachement spécial, un truc gouvernemental destiné à faire croire que les autorités attachaient de l'importance à la lutte contre le crime organisé. Qui ne mènerait à rien, sur le long terme, mais qui suffirait à nous créer des tracas. J'ai fait des promesses à mes quémandeurs, je leur ai suggéré de revenir d'ici une semaine. Quand le boy leur a ouvert la porte, on a entendu crier, et Kataruka répondre d'une voix forte. Bhenchods de policiers, les voilà qui beuglaient dans ma maison. Maderchods. Je me suis levé, j'ai pris le couloir, dépassé la famille des solliciteurs, la mère et le père, les oncles et le fils. Malgré ma colère, j'avais conscience de l'odeur, celle d'un foyer, une odeur d'oignons, de haldi et d'huile, l'odeur du déjeuner qu'on était en train de préparer dans la cuisine.

— Amène-moi Gaitonde ici tout de suite, rugissait le policier.

Entre lui et moi, il y avait une cohorte de mes boys, et des visiteurs attirés par les éclats de voix, mais au milieu de tout ce petit monde, j'ai entrevu les épaules et le visage du policier, et un autre derrière lui, et le long miroitement d'un AK-47.

— Quand il sera prêt, il viendra vous voir, lui a répondu Kataruka sur le même ton, les yeux pareillement injectés de sang.

Je me suis faufilé dans la foule. J'avais envie de me mettre à hurler, moi aussi. Je suis passé devant Dipu – depuis qu'il était à notre service, il s'habillait en citadin propre sur lui, avec une nouvelle coupe de cheveux.

Je l'ai questionné.

— Ils sont combien, là ?

Il m'a répondu dans l'oreille.

— Quatre, Bhai.

J'en avais vu deux, et je pouvais en voir un troisième, à présent, posté sur la gauche. Il avait sa carabine en bandoulière, un doigt sur la détente. Et soudain, ça m'est venu. Mon pas s'est figé ; quatre hommes seulement et un seul fourgon, pour envoyer chercher Ganesh Gaitonde. Cela n'avait aucun sens. Celui qui hurlait s'est penché encore un peu plus vers Kataruka et, dans le mouvement, il m'a vu. Nos regards se sont croisés. Je me suis retourné et j'ai détalé.

Je me suis baissé sous les détonations ; j'ai foncé dans le couloir au milieu des cris, au milieu et par-dessus les corps qui se débattaient. Je me suis retrouvé dans ma chambre à fouiller derrière la tête de lit en quête d'un pistolet. J'avais claqué la porte derrière moi, mais les gerbes de balles giclaient à travers les murs, fracassant le plâtre. Pas une seconde à perdre ; je suis sorti par la fenêtre, à droite du lit. J'ai atterri entre la maison et le mur mitoyen, et j'ai su que je m'étais cassé quelque chose dans le bras, mais il fallait que je coure. Je me suis rué au-dehors par le portail de derrière, rejoint par deux de mes boys qui m'ont conduit le long des ruelles voisines. Nous avons pris deux angles, je suis entré dans une maison, la porte s'est refermée derrière nous, nous sommes tous les trois tombés par terre, d'épuisement, comme si on avait cavalé sur quinze kilomètres.

La fusillade continuait, là, tout près, mais maintenant, en plus du martèlement des AK et des carabines, il y avait la riposte de quelques coups de feu isolés. Et puis, tout à coup, terminé. Plus de coups de feu, rien que des cris, des hurlements de désespoir, par vagues, dans tout le basti. J'étais en vie.

Je suis ressorti dans la ruelle, en me tenant le bras. Ce n'est qu'à ce moment, en marchant, que j'ai senti un trait de douleur dans le bas du dos, comme si on m'avait tiré un câble en fusion en travers des fesses.

— Tu saignes, Bhai, m'a dit quelqu'un.

Je l'ai repoussé, je suis entré chez moi. « On en a eu un », m'a annoncé un autre boy. On en avait eu un. Il gisait par terre, près du portail d'entrée, la jambe tordue, remontée sous le corps. À l'intérieur, dans le hall, il y avait du sang au plafond, et divers tissus humains maculaient les murs. Dipu était mort, et Kataruka aussi.

Dix-sept hommes sont morts dans ma maison ce jour-là, et quatre femmes, et un enfant. Sur le moment, nous n'avions pas le décompte exact, rien qu'un enchevêtrement de corps. C'est seulement quand nous les avons relevés un à un et portés dehors que nous avons découvert Subhadra et Abhi. Ils étaient tout au fond du couloir, dans la cuisine, recroquevillés sous le voile de son sari bleu. Tous les deux morts, tués par la même balle d'AK-47, qui avait traversé la porte avant de les atteindre. Ils étaient morts. Ma femme était morte. Mon fils était mort.

Je suis retourné en prison. Après avoir fait plâtrer mon poignet cassé et recoudre cette écorchure au derrière, après avoir brûlé nos morts, nous avons réfléchi aux choix qui s'offraient à nous. Nous savions que les policiers responsables de cette fusillade n'étaient pas des policiers, mais des hommes de Suleiman Isa, que les uniformes avaient été achetés chez Maganlal Dresswallah, que le fourgon avait été volé – du moins c'était ce que prétendait la vraie police – au quartier général de la Zone 13. Nous savions, de source sûre, que le supari versé pour cette mission suicide était de deux crores. Donc les quatre maderchods qui s'étaient présentés chez moi s'en étaient tirés avec cinquante lakhs chacun. Sauf que deux d'entre eux n'en avaient rien tiré, finalement : l'un était mort, là, dans ma cour, l'autre avait tapissé l'intérieur du fourgon de son sang, qu'il avait craché en toussant. Il était mort le jour même. N'empêche, mes ennemis avaient presque gagné. Ils ne pouvaient pas annoncer qu'ils avaient tué Ganesh Gaitonde, mais ils ne se sont pas privés de raconter qu'ils m'avaient frappé dans mon repaire, dans ma propre demeure, que j'avais fui devant eux, que j'étais un lâche, marqué au gaand. Ils avaient honte d'avoir brisé la règle tacite des compagnies selon laquelle on ne touche pas à la famille, mais rien ne les empêchait de prétendre qu'il s'agissait d'un accident, et ils pouvaient rappeler qu'ils m'avaient cueilli par le gaand.

Mais j'étais vivant. C'était ce qui comptait. Quoi que dise le monde, j'étais vivant. L'honneur et la fierté sont des rêves que nourrissent les hommes, pour lesquels ils meurent, et pourtant, mes boys l'ont compris, même pour eux, il valait mieux que j'aie la vie sauve. J'étais toujours là, pour me refaire de mes pertes, pour échafauder des plans, pour prendre ma revanche. Et il fallait que ça dure. Donc je suis retourné en prison. L'arrangement était facile. Je suis monté dans une voiture avec quelques-uns de mes boys et nous nous sommes rendus à Mulund. Nous avons arrêté la voiture au poste de contrôle de Mulund, et là, les boys ont déclenché une rixe avec les agents. Je suis sorti, je me suis mis à hurler, moi aussi, et les boys m'ont ostensiblement donné du « Ganesh Bhai », pour que ces stupides mamus comprennent qui j'étais. Ensuite, on est tous remontés en voiture et on a roulé, très loin, au-delà des limites de la ville.

Donc, j'avais enfreint les conditions requises pour ma liberté sous caution, donc on allait me conduire dans le seul refuge qui vaille pour moi. C'étaient de faux policiers, cette fois ; je savais que la prochaine, ce pourrait être des vrais, qui m'emmèneraient faire une balade dans un fourgon noir, une balade qui s'achèverait par une balle dans la tête. En ville, chaque porte cachait un assassin, chaque journée était une bataille. J'étais devenu trop important pour qu'ils me laissent la vie sauve. Et donc la prison est devenue mon château inexpugnable, où les murs, les règles et les règlements me construisaient un foyer, où les geôliers avaient la responsabilité de me garder sain et sauf, et où je pouvais continuer de gérer mes affaires sans entraves.

J'ai renoué avec le train-train. Il y avait dans le baraquement une galerie de nouvelles têtes, mais il y avait aussi les mêmes dhurries groupés autour des miens, par ordre d'ancienneté. La vie reprenait comme avant. Pourtant, j'étais seul, tellement seul. Mes boys étaient ma famille, et ils se montraient prévenants, comme toujours, soucieux de mes pertes et de mes blessures. Ils ont pris soin de moi, et je menais mes affaires. Mais au fond de mon cœur, j'étais seul. Les morts étaient si nombreux. Pas les plus récents, mais tous les autres, tombés le long de mon parcours, dans chaque bataille. Et moi, j'étais encore vivant. Pourquoi ? Pour quoi faire ? J'attendais une réponse. Je pratiquais le yoga le matin, et le pranayama l'après-midi. Mais le calme si durement obtenu était aussitôt balayé par le rire d'Abhi, que j'entendais flotter dans le soleil de l'après-midi. La nuit, je me précipitais sur mon oreiller, car je savais qu'Abhi viendrait à moi dans mon sommeil, mais l'attente même faisait fuir le sommeil. J'avais la tête qui tournait. Je marchais dans le monde comme un homme qui glisse dans un rêve, en apesanteur.

— Quelle sensation étrange, ai-je confié à Jojo très tard un soir. Je me sens comme… comme un spectre. L'impression de vivre l'histoire d'un autre. Comme si un projecteur tournait quelque part, chat-chat-chat, et je me déplacerais sur l'écran.

— Ça va passer, Gaitonde. – Elle me l'a promis. – La douleur passe. Elle passe toujours.

Elle paraissait si proche, Jojo, comme si elle avait été dans le lit voisin du mien. Je lui avais fait acheter un nouveau portable, et j'en avais moi-même un neuf et, sur cette nouvelle ligne, il n'y avait que nous qui nous parlions. J'en possédais deux autres, que je réservais aux affaires. Mes ennemis n'avaient pas voulu tuer ma famille, je le savais, mais enfin, j'avais quand même peur pour Jojo. Je lui ai dit que notre lien devait être encore plus invisible au monde, que si notre amitié venait à se savoir, ce serait mauvais pour son image dans l'industrie du divertissement. Elle le comprenait, et elle s'est montrée encore plus discrète. Nous nous appelions tard le soir, uniquement sur ces téléphones.

— Gaitonde ? Allô ?

— Je suis là.

Mais je n'étais pas trop certain d'être encore là. Un fils, ça enracine un homme dans le monde. Coupez cette attache et vous le coupez du monde.

— Tu sais ce qui me manque ? Il me manque l'odeur de ses cheveux, après le bain.

— Je sais. Et de Subhadra, qu'est-ce qui te manque ?

J'avais du mal à faire apparaître son visage, à me souvenir de quoi elle avait l'air. Mais je n'en ai rien dit à Jojo, naturellement.

— Le soir, elle m'apportait du lait, j'ai raconté.

Mais Jojo avait perçu mon hésitation, je le savais. Pourtant, elle a gardé le silence, elle s'est abstenue de me seriner ses leçons sur les hommes et les femmes.

— Gaitonde. Tu ne parles jamais de ton père et de ta mère.

— Non.

— Ta mère, qui était-elle ?

— Une femme, et après ?

— Et après ? À quoi ressemblait-elle ?

— C'était ma mère. Laisse tomber. Toutes ces parlotes de maderchod.

Évidemment, elle a entendu le grondement dans ma voix, et elle s'est tue. Ce n'était pas ça que je voulais, je n'avais pas envie de silence, je ne le supportais pas.

— Parle-moi de ta mère et de ton père, j'ai dit. – Je l'entendais respirer. – Jojo ?

— J'essaie de ne pas te maudire. Parce que tu vis déjà pas mal de tensions.

— Si je ne vivais pas ces tensions, tu me balancerais des gaalis ?

— Tous ceux qui me parlent sur ce ton, je leur balance des gaalis.

J'étais étendu sur le sol, dans un coin du baraquement. J'aimais le béton froid contre ma nuque. Par une fenêtre, je pouvais voir la hauteur noire d'un mur, les tessons de verre scintillants sur le rebord, arêtes tranchantes sous le clair de lune. J'éprouvais un vague besoin de sourire. En un sens, l'impudence de Jojo, sa colère, me poussaient à sourire. Dans la vraie vie, je l'aurais haïe, je crois. Mais au téléphone, moi ici, et elle là-bas, elle me faisait sourire.

— Écoutez, madame, j'ai repris. Les tensions, j'en ai ma dose. Alors tu me pardonneras. Parle-moi de ta mère.

Jojo m'a parlé de son père, capitaine au long cours. Il pilotait de petits navires pour une grosse compagnie, il s'absentait des mois d'affilée. Quand il rentrait, il voulait du calme. Les perroquets, dans les vergers, derrière la maison, le rendaient fous. Il lançait des pétards dans la cime des arbres et, en fin de compte, il s'était acheté un fusil. Tous ces meurtres de coucous koëls et d'hirondelles ne suffisaient pas à chasser les oiseaux, qui revenaient se percher sur la tête de ses épouvantails, nicher dans leur ventre. Il avait dû battre en retraite, s'était enfoncé des boules Quies dans les oreilles, et noué un foulard noir sur les yeux. Ses filles lui tournaient autour sur la pointe des pieds et tâchaient de veiller assez tard pour entendre des bribes de conversation entre leur mère et lui. Elles n'avaient jamais rien entendu qui éclaire le personnage, même pas lors des repas – il se bornait à remarquer qu'il y avait trop de sel dans le curry de poisson et qu'il n'avait pas d'argent pour payer les robes de Pâques. Et la vie continuait ainsi jusqu'à son départ, jusqu'à ce qu'il s'éloigne à nouveau pour des mois. Jojo avait onze ans quand ce père à la grande barbe était mort d'une crise cardiaque sur le pont de son navire, par une journée pluvieuse, au milieu du golfe d'Arabie. Il était mort assis dans son fauteuil de capitaine, avec son foulard noir sur les yeux, si bien que ses hommes l'avaient cru endormi. Il était enfin au calme, s'était dit Jojo. Mais pour elle, il n'y avait pas eu de calme, car lorsqu'on avait abordé la question de la pension de reversion, la somme s'était révélée assez maigre. Elles étaient pauvres. Mais la mère de Jojo avait refusé de se laisser abattre, de prendre peur. J'ai ma terre, rappelait-elle, je refuse de vivre dans l'humilité et les larmes parce que mon mari m'a été repris par Dieu. Dieu est miséricordieux et il veillera sur nous. Et donc elle les avait élevées à travers de rudes épreuves et dans une rude discipline. En ce monde, vous devez gagner votre pain, répétait-elle, ne l'oubliez pas.

— Une fois, je l'ai interrogée à leur sujet, elle, l'épouse, et lui, le mari, eux deux ensemble, a continué Jojo. Comment avait-elle pu supporter de vivre auprès de lui toutes ces années, dans ce silence. Pourquoi ?

— Et elle a répondu ?

— Elle n'a rien répondu. Elle avait cette manière de pincer la bouche avec un geste de la main. Comme si elle était irritée. Comme si j'étais une sotte de poser une question pareille. Et elle se remettait à la tâche. Elle travaillait tout le temps.

— Quand est-elle morte ?

— Après mes ennuis avec ma sœur. Je ne l'ai appris qu'un an plus tard.

En réalité, les ennuis en question étaient surtout avec le mari de sa sœur, mais je n'ai pas relevé. Quand les femmes parlent de leurs ennuis, il vaut mieux laisser certaines choses de côté. C'est ce que m'ont appris mes longues conversations avec Jojo, la championne de la cause féminine. Discuter, c'était s'attirer une dispute, des cris, puis le silence. Et moi, je voulais que Jojo parle, j'avais besoin qu'elle continue de parler. Au seuil de la nuit, ses paroles me sauvaient.

Le matin, je lisais les journaux. Je commençais par les quotidiens marathas, puis je lisais les titres en hindi, et enfin en anglais. Ma lecture de l'anglais était lente et heurtée ; souvent je devais m'arrêter et questionner les boys sur certaines constructions, certaines significations. J'avais mon dictionnaire anglais-marathi, mais enfin, cela traînait en longueur, et ça finissait toujours par me contrarier. « L'équipe de Gaitonde lutte pour se remettre de ses pertes », titrait le *Times of India*. Avant même la fin de l'article, j'avais envie de tuer le « correspondant spécial » anonyme. Pas seulement à cause des erreurs, mais à cause du ton, de cette ironie qui suggérait que l'auteur savait tout, même ce qui se passait dans la tête de Gaitonde : « Pendant que Gaitonde pleure son épouse et lèche ses blessures dans sa cellule, Suleiman Isa consolide son pouvoir. » Ces wallahs de l'anglais prenaient des airs supérieurs, comme si leur monde n'était pas le nôtre, à des années-lumière de mon baraquement, de mes rues, de mon foyer. Quand je me mettais en colère, mes boys affichaient un grand sourire. Si ça t'exaspère, Bhai, pourquoi tu lis ces imbécillités ?

Je ne leur disais pas pourquoi. Si je lisais ces imbécillités, c'était parce qu'elles me donnaient le sentiment d'être en vie. Dans ce portrait de Gaitonde fait en caractères d'imprimerie, je découvrais une vitalité que je ne ressentais pas dans mes tripes. Un Gaitonde au visage sévère, blessé, mais impitoyable, sûr de lui, et mijotant son retour. En le regardant, je me sentais fier de lui. Ça, c'était un homme. Donc je n'ai pas tué de journalistes ; au lieu de ça, j'ai accordé des interviews. Je leur ai fait envoyer des bouteilles de scotch, et je les ai flattés avec des confidences. Tous, ils voulaient connaître l'histoire de ma vie, alors je leur ai raconté des histoires. Qu'ils ont imprimées. Nos revenus ont augmenté, et les candidatures pour entrer dans la compagnie ont afflué.

C'est à cette époque de gloire nationale qu'un surveillant est venu me trouver.

— Bhai, il m'a fait, il y a un chutiya, un frappé, au Baraquement Cinq qui n'arrête pas de répéter qu'il te connaissait avant que tu ne deviennes Ganesh Gaitonde.

— Avant que je ne devienne Ganesh Gaitonde ? J'ai toujours été Ganesh Gaitonde. Je n'ai jamais porté d'autre nom.

— Je ne sais pas ce que ça signifie, Bhai. Il est dingue. Mais voilà, c'est ce qu'il nous répète sans arrêt.

— Laisse tomber. Pourquoi tu viens m'embêter avec ça ?

— Désolé, Bhai.

Il s'est retourné à moitié, en baissant aussitôt la tête, et il a eu un petit rire.

— Désolé. C'est un vrai vediya, il se prend pour Dev Anand en personne. Mais il se fourre tout le temps le doigt dans le nez, comme ça, il est marteau, cet enfoiré.

— Attends, j'ai dit. Ce type. Il est avec les vieux budhaus ? C'est un vieillard ?

— Oui, Bhai. Il n'est pas si vieux, mais il a des cheveux blancs. Il leur donne du gonflant, à la Dev Anand.

J'ai ouvert la bouche, et puis je l'ai refermée.

— Amène-le-moi, ai-je dit d'un ton tranquille.

— Je vais lui raconter que tu veux lui donner du papier, Bhai. Là, il va venir en courant.

— Du papier ?

— Il dessine, Bhai.

— Il dessine ? Peu importe, va juste me le chercher. Allez, allez, tout de suite.

Il y a eu dix minutes d'attente, le temps de donner diverses instructions à divers gardiens. Et il est arrivé. Dès qu'il a franchi la porte, à l'autre bout du baraquement, malgré les centaines d'hommes qui nous séparaient, je l'ai reconnu. Il se tenait voûté, il était encore plus maigre qu'avant, mais il était là, le Mathu. Oui, ce même Mathu qui m'avait tenu lieu d'équipier flingueur sur le chalutier, tant d'années auparavant, qui avait traversé les mers avec moi pour rapporter cet or, qui avait été mon associé à part égale dans la destruction de Salim Kaka. Il s'est approché de moi d'un pas lent, flanqué de deux de mes boys, et il me scrutait du regard

642

sous une paire de sourcils broussailleux. Il avait une barbe de plusieurs jours, plus du tout taillée avec soin. Il ne talquait plus son nez de rongeur, mais il conservait cette coiffure à la Dev Anand, ce balayage avenant de la mèche, au-dessus du front. Le cheveu était blanc, complètement blanc. Il avait des croûtes de crasse aux genoux et aux chevilles et j'ai dû me barder contre cette puanteur de vieillesse, de sueur et de tristesse.

— Mathu. – Et j'ai fait un signe aux boys, pour qu'ils s'éloignent.

Il tenait une liasse de papiers serrée entre ses mains, il a secoué la tête d'un côté, de l'autre.

— Oui, c'est bien Ganesh.

Il s'est tu. Il est resté immobile. Il me regardait comme s'il cherchait à prendre la mesure du personnage. Il n'était pas hostile, il n'avait pas peur, il me jaugeait, c'est tout. Ensuite, il a eu l'air satisfait, il s'est désintéressé de moi, s'est tripoté le nez. D'une chiquenaude, il en a retiré une petite tache verte, puis il a considéré le baraquement autour de lui, et s'est mis à feuilleter son paquet de feuilles.

— Mathu, espèce de salopard, je me suis écrié. Où étais-tu ? Qu'est-ce qui t'est arrivé ?

À l'époque, ça remontait à loin, il m'avait contrarié, mais maintenant il éveillait en moi un mélange d'affection, de surprise et d'inquiétude. Je me suis levé et je lui ai flanqué une tape dans le dos, mais j'ai arrêté mon geste, car ses omoplates me rentraient dans les mains. Il mourait de faim et il tremblait.

— Mathu, tu veux avaler quelque chose ?

Voilà qui a éveillé son attention.

— Oui, Ganesh.

Nous lui donc avons apporté de quoi se nourrir. Il s'est plié en deux sur son bhakri et son chutney à l'ail, et il a mangé. Il tenait ses feuilles soigneusement calées sous sa cuisse droite. J'ai appelé le surveillant et je l'ai interrogé sur Mathu.

— Il est ici depuis que j'y suis, Bhai, il m'a répondu. À savoir presque cinq ans. Et je sais qu'il était déjà là depuis un bout de temps, et qu'on l'avait déplacé depuis Arthur Road, où il était depuis au moins un an.

— Pourquoi ?

— Autant que je sache, Bhai, il est inculpé d'avoir tué son frère.

— Alors pourquoi n'a-t-il pas été jugé ?

— Sa famille soutient qu'il est mentalement incapable de supporter un procès, Bhai. Ils se sont dégotté un docteur assez docile pour l'écrire noir sur blanc. Du coup, ils n'arrêtent pas de le transférer de prison en prison.

Ils continueraient d'éviter le procès, et ils maintiendraient Mathu sous les verrous au-delà de la durée d'une sentence éventuelle, même pour meurtre. Salopards.

— Qui sont ces gens qui l'ont collé ici ?

— Il a un autre frère, et une sœur. C'est une histoire de propriété.

Mathu avait emporté son or, et puis il était rentré chez lui, à Vasai. Il avait raconté à sa sœur et ses frères qu'il était allé à Dubaï, qu'il était tombé sur une aubaine, et maintenant il était de retour pour s'occuper de tout le monde. Donc évidemment, ils l'avaient choisi pour chef de famille, alors qu'il était le plus jeune. Ce gaandu avait dépensé son argent pour eux : il leur avait acheté des maisons situées toutes sur le même terrain, et ils avaient démarré une affaire ensemble. Ils l'avaient poussé à se marier. Ensuite, naturellement, les frères, les sœurs, les belles-sœurs et le beau-frère avaient commencé de se disputer. Ils s'étaient affrontés sur la terre, sur l'argent, sur qui retirerait le plus de profit de l'affaire, et qui serait responsable des pertes. La décision avait été prise de scinder l'affaire et de diviser la propriété. Mathu n'en avait aucune envie, il voyait son or s'envoler, mais il avait fait rédiger les actes aux noms de ses frères et sœurs, et l'affaire regroupait quantité d'associés. Les autres avaient conclu des alliances, formé des camps. Mathu approchait un bord, puis l'autre, les exhortait à bien se conduire, à surmonter la colère, à se souvenir de leur père, de leur mère. Mais les affrontements s'étaient aggravés et, finalement, le frère aîné avait été assassiné. Un matin, on l'avait retrouvé dans son bureau un fil de lampe serré autour du cou jusqu'à entailler la chair, trente-deux coups de couteau dans le corps. Rien n'avait été volé, rien n'avait été dérangé. L'unique porte de la pièce était fermée à clef. Les policiers chargés de l'enquête en avaient conclu que le tueur devait être connu de la victime. Un couteau ensanglanté avait été retrouvé derrière la maison de Mathu. Il n'avait aucun témoin pour lui, aucun alibi. Sa femme était partie rendre visite à ses parents. Les autres membres de la famille l'accusaient. Son comportement était insensé, disaient-ils, il maudissait son frère mort, fulminait contre lui, menaçait de le tuer. Et donc Mathu avait été placé en détention provisoire, puis en prison, où il attendait son procès, qu'il attendait encore. Il ne lui restait plus d'argent et, de toute manière, il n'aurait pas eu le droit de faire appel aux services d'un avocat. Il était fou.

— Qu'y a-t-il sur ces papiers, Mathu ? j'ai demandé.

Il a eu un mouvement de recul, s'est courbé en deux, avant de lâcher un gémissement sourd.

— Il a peur que tu ne les lui prennes. Dans les baraquements de régime général, les prisonniers se moquent de lui, et ils lui volent ses feuilles, ses crayons et ses stylos. C'est pour ça qu'on l'a mis avec les vieux. Il s'assied et il dessine toute la journée.

— Quoi, Mathu, qu'est-ce que tu dessines ? – Je lui ai frictionné l'épaule. – Allons. Tu te souviens de moi. On est partis ensemble, sur ce bateau. Écoute, tu as dit que tu me connaissais. Et tu me connais. Je suis Ganesh Gaitonde.

Il s'est tourné vers moi ; je l'ai redressé ; il n'a pas résisté, et je lui ai retiré les feuilles qu'il avait glissées sous sa jambe. C'étaient toutes sortes de paperasses, de vieux journaux, des enveloppes décollées et dépliées, des reçus et des documents de la prison. Le moindre espace vierge y était rempli de minuscules dessins d'hommes et de femmes, de bâtiments et d'animaux. C'était un bon artiste, notre Mathu. On sentait bien les émotions, les expressions, ce qu'éprouvait un homme, un animal. Les arbres ployaient sous la force d'un grand vent, et il y avait des réverbères dans une ruelle sombre. Les personnages dialoguaient dans de petits ballons, mais les dessins étaient si serrés et si minuscules que l'on arrivait à peine à lire ce qu'ils se racontaient en collant l'œil à moins de trois centimètres de la feuille. C'était comme une espèce de bande dessinée gaandu, un truc de fou, ça vous donnait le tournis, toutes ces figures humaines ou animales qui gigotaient du haut en bas de la feuille, qui se répandaient d'une page sur une autre. Le moindre centimètre carré de papier était rempli de discussions, de querelles, d'amour, mais on voyait que le tout était lié, que ça avait un sens, sans qu'on sache trop lequel.

— C'est très bon, ça, Mathu. Qu'est-ce que tu nous as dessiné là ?

Il était follement heureux que je lui pose la question. Le temps d'une minute, j'ai revu le Mathu que j'avais connu jadis, le Mathu resté fidèle à Dev Anand même à l'époque d'Amitabh Bachchan, qui faisait voler des cerfs-volants du matin au soir, tout là-bas jusqu'à Sakranti, qui portait du bleu marine parce qu'un ami de sa sœur lui avait dit un jour qu'il avait belle allure dans cette couleur. Il a eu un grand sourire, révélant les caries de ses dents jaunies, et il m'a répondu.

— Ma vie, Ganesh.

J'ai accusé le coup. Maintenant qu'il m'avait dit ça, je le voyais très bien : un petit garçon d'à peu près cinq ans, en short et chappals, qui marchait le long du bord déchiré d'une enveloppe, un sac d'écolier sur le dos.

— C'est toi ?

— Oui.

— Et tu vas dessiner ta vie entière ?

— Oui, oui.

— Pourquoi ?

Là, il s'est fermé. Il n'avait pas de réponse. Il est resté la tête baissée et, au bout d'un moment, il a fondu en larmes. Je l'ai étreint dans mes bras, je l'ai placé tout près de moi, et j'ai prié l'un de mes boys de m'apporter un bloc.

— Tiens, Mathu. Voilà un tas de papiers. Tu en veux davantage ?

— Oui.

Son nez coulait, dégoulinait sur le bloc. Il a palpé le papier d'une main hésitante.

— Et des crayons. De couleurs différentes.

— Je vais te procurer tout ça. Ne t'inquiète pas.

Il a hoché la tête, l'air heureux, et j'ai revu le jeune Mathu disant « oui » à l'idée d'aller voir un film, « oui » à un falooda, à une sortie. J'ai fait en sorte qu'on le lave, et je l'ai renvoyé dans son baraquement lesté de papiers, escorté de deux de mes garçons. Et puis j'ai eu un frisson et j'ai réfléchi, les genoux ramenés sous le menton. J'aurais pu obtenir qu'il sorte, qu'il regagne le monde extérieur, bien sûr, mais le surveillant m'avait expliqué qu'il arrivait à peine à se débrouiller à l'intérieur de la prison. Il donnait sa nourriture à quiconque acceptait de lui fournir un stylo et, quand il avait de quoi se nourrir, il oubliait de manger. Tout ce qu'il voulait, c'était dessiner sa vie. Au rythme où il progressait – au bout de sept, huit ans passés à dessiner, il avait atteint sa première journée de cours élémentaire première année –, il atteindrait notre périple avec Salim Kaka d'ici vingt ou trente ans. Il ne présentait pour moi aucun danger. Donc, le lendemain matin, j'ai donné des ordres, et j'ai confié au surveillant qui me l'avait amené la mission de veiller sur lui à perpétuité. J'ai servi à Mathu une pension mensuelle, une somme respectable si l'on considérait qu'il était logé gratuitement et que ses besoins se limitaient à du papier et du matériel d'écriture. Il fallait qu'on le nourrisse, qu'on l'habille et le conduise à l'hôpital une fois par mois. Et quiconque le perturberait dans ses dessins aurait à en répondre devant moi.

Donc, Mathu dessinait sa vie. En prison, j'avais du temps pour réfléchir à la mienne. En dépit des tragédies que j'avais connues, elle avait été belle, je le voyais bien. J'avais la célébrité, j'avais le pouvoir, et je grimpais encore. J'avais essuyé des défaites, mais je savais comment les surmonter et comment riposter. J'apprenais à partir de mes erreurs. J'avançais. Mais vers quoi ? Où est-ce que j'allais ? Si j'avais dû dessiner ma vie, comme Mathu, quelle direction lui donnerais-je ?

Dans ce moment de confusion où j'étais, Bunty est venu me soumettre un rapport. Il n'avait pas envie de m'en faire part au téléphone, et préférait ne rien m'adresser par écrit. Nous avions pour règle qu'aucun contrôleur ne devait venir à la prison, et plusieurs enquêtes contre Bunty restaient en instance. Mais il s'est quand même présenté dans le bureau du directeur. Il a fermé les portes, il a tiré une chaise pour s'asseoir à côté de moi.

— Bhai, il m'a fait. C'est au sujet de Sharma-ji.

— Alors, tu as découvert pour qui il travaille ?

— Déjà, on l'a trouvé, lui, Bhai. Un peu d'argent par ci, quelques questions par là… Le vrai nom de Sharma-ji, c'est Trivedi. Il possède des stations-service à Meerut, et il entretient de vieilles relations avec les politiciens du coin. Il était membre du

Jana Sanghi, mais il a quitté le parti au début des années quatre-vingt. Son cousin et lui, avec quelques autres, ils ont créé un nouveau parti, l'Akhand Bharat. Ce parti existe encore, mais ils n'ont obtenu que quelques sièges dans des élections municipales, jamais rien au niveau de l'État ni au Parlement.

— Et puis ?

— Il vit bien, Bhai. Il a une maison appelée le Janki Kutir, à deux étages, aussi grande qu'un cinéma. Toute en marbre blanc. Ce parti Akhand Bharat est encore en activité, mais ils dépensent trop d'argent pour sa taille. De l'argent qui ne peut pas venir des stations-service. Et l'Akhand Bharat ne pourrait pas payer nos livraisons. Donc, j'ai creusé un peu plus. Nous l'avons suivi pendant deux mois. Rien. Il mène une existence très routinière, le temple dans la matinée, les stations-service et le bureau du parti dans l'après-midi. Neuf enfants, quantité de petits-enfants, une vaste famille. Il a un bureau dans la maison, où il passe ses soirées.

— Et après ?

— On a trouvé une source, au service du téléphone, on n'a pas eu trop à dépenser. On a obtenu des listes des appels sortants depuis son bureau. On a pu remonter la filière des numéros, sauf celui d'un portable, qu'il appelle tous les samedis. Or autour de la date de notre dernière livraison, il l'appelait tous les jours. Il a fallu trouver une source chez l'opérateur du portable. Là, ça nous a pris plus de temps, un peu plus d'argent.

— Et finalement ?

— Finalement cette ligne de portable est au nom d'un certain Bhatia, Jaipal Bhatia, qui vit à Delhi, dans South Extension. Une jolie villa aussi, qu'il a, ce Bhatia. Son seul et unique boulot, c'est d'être le secrétaire personnel de Madan Bhandari.

— Bhandari, c'est qui ?

— Bhandari, c'est personne. Un homme d'affaires, des intérêts dans le plastique, le textile. Vingt, trente crores de chiffre d'affaires. Son seul intérêt est qu'il a un grand amour dans l'existence, encore plus grand que ses usines, que son épouse et ses enfants. Il est le principal soutien, le bhakt de Shridhar Shukla.

— Shridhar Shukla, le swami ?

— Exact. C'est lui leur patron. La tête, c'est lui. J'en suis sûr.

Assurément, voilà qui changeait la donne. Swami Shridhar Shukla était un swami de dimension internationale ; il déjeunait avec des présidents et des Premiers ministres, il lisait l'avenir à des ministres, et il voyait des stars de cinéma dans ses darshans. Je l'avais souvent vu à la télévision, assis dans un fauteuil roulant, souriant. Il parlait un hindi de brahmane du nord, et l'anglais couramment. Un homme très impressionnant. Très introduit.

— Maderchod, j'ai sifflé. Maderchod.

Bunty a hoché la tête. Il a saisi notre problème, à savoir que nous n'avions pas la moindre idée de maderchod de la nature de notre problème. Nous ne savions pas quelle était cette mer où nous nagions. Je me suis levé, j'ai fait le tour de la pièce, une fois. Au mur, Nehru me considérait de haut. J'ai soutenu son regard : j'en ai appris de belles sur toi, enfoiré, tu n'as pas été si formidable que ça, pour notre pays.

— On agit en direct, j'ai décidé. Tu causes au téléphone avec ce… ce salopard, comment c'est son nom ?

— Trivedi.

— Oui, Trivedi. Tu lui expliques que je veux causer avec Shukla. Demain matin, au plus tard. Pas de discussion, pas de ci ou de ça. Je cause à Shukla, en direct. Sinon, on est dans la panade.

Je l'ai serré dans mes bras. Il avait fait du bon travail. Ce soir-là, j'étais agité. Jojo l'a remarqué.

— Tu as l'air changé, elle m'a dit. C'est difficile de te parler. Tu es lointain. Différent.

— Je ne suis pas allongé.

J'arpentais le baraquement dans le sens de la largeur, d'un bout à l'autre, dans mon coin, loin de l'amas dégoûtant de prisonniers endormis au-delà des frontières de notre compagnie.

— Ce n'est pas ça. C'est autre chose. Tu es en colère ou je ne sais quoi.

Ce n'était pas tout à fait de la colère, mais c'était je ne sais quoi, ça oui. J'étais sur les nerfs, comme si j'allais franchir une porte. J'ai parlé à Jojo, et puis j'ai dormi, d'un sommeil très léger. À six heures le lendemain matin, mon autre téléphone a retenti, et j'ai décroché à la première sonnerie.

— Ganesh, a fait une voix.

J'ai gardé le silence. J'ai reconnu la voix, mais j'étais incapable de la situer.

— Ganesh, il a répété. – C'était une voix ronde et profonde. Une voix luxueuse, chaleureuse et prévenante.

— Swami-ji, j'ai fait. – Je n'avais pas eu l'intention d'ajouter le « ji », la marque du respect, mais il m'était venu tout seul.

— Ne prononce pas mon nom au téléphone, beta.

— Est-ce mon ami qui t'a donné mon numéro ?

— Oui, il m'a été transmis.

— Il faut qu'on cause.

— Je suis d'accord. Mais pas comme ceci. Face à face.

— Cela risque de ne pas être tout de suite.

— Ne t'inquiète pas. J'ai étudié ton thème. Dans ton avenir, la liberté est inscrite, beta.

— Comment ça ?

— J'ignore les détails, beta. Là-dessus, je suis toujours sincère. Mais toi, je peux te voir. Tu seras très bientôt sorti de cette prison. Ensuite, nous nous rencontrerons.

— Tu as mon thème ?

— Je t'ai observé. Je t'attendais. Et tu m'as trouvé.

— Tu m'attendais.

— Oui. Maintenant, tu es prêt. Il fallait que la vie t'enseigne quelques leçons, il fallait que ta pratique du yoga approfondisse ton état de conscience. Après cela, tu as été prêt. Et tu es venu à moi.

Il était impossible de contester ses propos. Le flot délicat de sa voix exerçait un pouvoir irrésistible. J'avais la gorge serrée, et je clignais des paupières pour refouler la buée qui me noyait le regard.

— Oui, j'ai fait. Oui.

— Ne t'inquiète pas, Ganesh, il a continué. Reste calme, reste tranquille. Pratique ton yoga. Attends. Le temps va virer de bord, et ses courbes vont s'inverser. Le temps va virer de bord, encore et encore. Sois patient.

Et là-dessus, il a disparu. Cet après-midi-là, je l'ai regardé à la télévision. Il était assis en tailleur sur une estrade, adossé contre des coussins ronds et blancs, et il parlait dans un micro scintillant. Dans le flou, à l'arrière-plan, derrière sa tête, on entrevoyait les rayons d'une roue de son fauteuil roulant. Je n'avais jamais remarqué à quel point cet homme était beau, avec ses épais cheveux blancs rejetés sur l'arrière, pas trop longs, ce qui mettait en valeur la douceur de sa mâchoire rasée de près. J'étais totalement incapable de dire quel âge il avait. Ses disciples étaient assis en rangs, les hommes d'un côté, les femmes de l'autre. Le discours du jour traitait de la réussite. Pourquoi, s'interrogeait-il, l'échec nous tourmente-t-il de si cuisante façon ? Et, pourquoi la réussite nous laisse-t-elle parfois un sentiment d'insatisfaction ? Pourquoi le but nous déçoit-il alors que nous en rêvions depuis si longtemps, que nous nous sommes tant battus pour l'atteindre, en suivant une route si cruelle ? Pourquoi ? Dans les deux cas, expliquait Shukla-ji, la réponse tient à notre croyance dans l'illusion du moi. Je suis celui qui décide, croyons-nous. C'est ce que nous crions au monde, je décide ceci, je décide cela, je, je, je. En ajoutant foi à cette illusion, la plus insaisissable de toutes, nous pensons que nos échecs sont notre faute, qu'ils découlent de notre moi. Nous nous croyons propriétaires de nos victoires. Et pourtant, quand nous trouvons la réussite, nous découvrons que cette illusion du moi ne peut vivre que dans l'avenir ou dans le passé. Elle est éternellement séparée du présent et donc, tant que nous y ajoutons foi, nous ne connaissons que la perte. C'est seulement lorsque nous transcendons cette illusion, lorsque nous sommes capables d'en rire, que nous pouvons connaître le plaisir du moment, et rire d'être pleinement vivants. Mes enfants, a ajouté Swami-ji, renoncez à vos actes et découvrez la nature véritable. Connaissez-vous vous-mêmes.

J'ai été obligé de m'éloigner de cette télévision. C'était comme s'il s'adressait à moi, à moi seul. Et pourtant il fallait que je me maîtrise, que je l'écoute d'un air détaché, que je sorte des blagues sur les gourous et les swamis ; il ne fallait pas que je reste trop longtemps à son contact. Nous avions un lien secret, lui et moi, et en raison de ce lien, je ne pouvais pas établir autre un lien qui soit public. C'était trop risqué, trop dangereux. Pas seulement pour moi, mais aussi pour lui. Je me suis donc levé et je me suis éloigné. Les boys ont changé de chaîne pour regarder un jeu-concours de chansons filmi.

Je les ai laissés écouter leurs chansons, mais j'ai suivi le conseil de Swami-ji. J'ai approfondi ma méditation, j'y ai consacré davantage de temps, je me suis mieux concentré. Les boys étaient impressionnés par ma nouvelle sérénité, par ma mémoire, par l'ampleur de mon amour. Je m'enquérais de leur famille, je me souvenais des noms de leur femme et de leur chaavi, je les questionnais au sujet de leurs enfants. Nous nous étions organisés pour faire venir Date de la prison de Nashik Jail jusqu'auprès de moi, dans le baraquement. Quand il m'a vu, il m'a embrassé un long moment. La première chose qu'il m'a dite, c'était :

— Bhai, tu as l'air rajeuni. Tu as l'air si frais, on dirait un jeune homme.

Je me sentais usé comme un vieux champ labouré. Mais ce qu'il voyait, c'est le bourgeonnement de pousses issues de semailles récentes. Dehors, la mousson venait de s'installer, et nous restions assis près des fenêtres pour regarder l'eau s'écraser au sol depuis le haut des toits. Les affaires étaient bonnes. L'argent rentrait, l'argent sortait, et il en rentrait encore plus. Notre guerre avec Suleiman Isa faisait rage. Je savais que les boys attendaient le coup décisif, le terrible châtiment qui allait s'abattre sur nos ennemis. Je leur demandais d'être patients. Quand la récolte est mûre, tu moissonnes. Attendez, attendez. Et donc j'ai attendu. J'étais calme.

À la fin juillet, j'ai reçu une convocation au bureau d'Advani.

— Le saab a besoin de te voir dans son bureau, m'a annoncé le surveillant. C'est très urgent.

On était le matin, à l'heure de ma prière. J'ai ressenti une terreur soudaine. Jamais Advani ne me dérangerait à ce moment-là ; il avait dû se produire quelque chose de très néfaste pour qu'il me convoque de la sorte. J'ai enfilé mes chappals, et nous avons traversé la cour noyée de pluie en sautant de dalle en dalle. Les nuages étaient noirs et bas au-dessus de nos têtes, et tout était très calme, le monde entier était plein de la chute de l'eau, et rien d'autre. Devant le bureau d'Advani, trois hommes en chemise blanche se tenaient en rang. Je suis passé devant eux. Advani était à son bureau, le buste très droit et l'air très officiel. Il ne s'est pas levé.

— Saab, ai-je dit très humblement.

J'étais bon acteur quand mes subordonnés avaient besoin que je le sois.

À la droite d'Advani, un homme me regardait attentivement. Ce que j'ai d'abord vu de lui, c'était son crâne en forme de coupole, chauve et brun dans la sombre lumière de la mousson. Et puis ses yeux, qui me regardaient.

— Voici M. Kumar, m'a annoncé Advani. Il veut vous parler.

Advani s'est levé, et il est sorti, sans un mot de plus, sans un regard vers moi. C'était donc que ce M. Kumar devait être un homme puissant. Un haut fonctionnaire, pourquoi pas.

— Asseyez-vous, a-t-il dit.

Je me suis assis.

— Je travaille pour un service particulier du gouvernement, du gouvernement fédéral, il m'a expliqué. J'ai suivi votre combat contre Suleiman Isa.

Moi, je suis resté silencieux, je n'ai même pas opiné. Que cet homme s'explique. Il était très mince, le nez aquilin ; il ressemblait un peu à la statue d'un Bouddha ascétique que j'avais vue à la télévision. Mais il y avait du pouvoir en lui, une forme de certitude. Cet homme-là savait qui il était.

— Je suis au fait de vos difficultés actuelles. Mais j'apprécie l'énergie que vous avez déployée contre Suleiman Isa, et contre ses amis pakistanais.

Il attendait que je réagisse. Je la lui ai donnée, sa réponse.

— Oui, saab. Ce salaud est un traître. Un chien qui vit aux frais des Pakistanais. – Il a hoché la tête. – Il est antinational, j'ai ajouté.

— Et vous, Ganesh Gaitonde ? Êtes-vous un patriote ?

— Je le suis.

Je le suis. C'était aussi simple que ça. À cet instant, j'ai compris ce que c'était, un patriote : c'était moi. J'avais été jadis un gamin ignorant qui ne s'intéressait qu'à l'argent, qu'à son rêve de luxe et de célébrité. Mais j'avais beaucoup appris, beaucoup compris. Dans ce monde, il n'est pas un homme qui puisse se tenir debout seul, se dire libre de tout sauf de moi-même. J'étais un patriote. En regardant ce M. Kumar, j'ai reconnu en lui un patriote, et j'ai su que j'en étais un moi-même.

— Je peux vous aider, il m'a affirmé. Si vous nous aidez.

— En quoi je peux vous aider ?

— Si vous restez en Inde, vous devrez affronter de nouvelles attaques. En outre, vos ennuis judiciaires ne vont pas cesser. Certes, il n'y a plus de loi TADA, mais pour vous, la loi TADA restera éternellement en vigueur. Un jour, vous vous arrangerez pour sortir d'ici, et le jour suivant, pour y revenir. On adoptera peut-être une nouvelle loi encore plus féroce, et on vous la collera sur le dos, celle-là aussi.

— Oui. Sans aucun doute.

— Alors, partez pour l'étranger.

— J'y ai pensé. Mais ma base est ici. J'ai des contacts et des débouchés à l'étranger, mais pas assez, saab. Il faudrait beaucoup d'argent, de temps et d'énergie pour monter d'autres activités ailleurs.

— C'est là que nous pouvons vous venir en aide. Nous pouvons vous fournir des informations, de l'aide. Quelques arrangements, pour commencer, naturellement, et de la logistique. De l'argent, pourquoi pas.

Cet homme proposait beaucoup. Et il le proposait comme s'il avait la capacité de donner ce qu'il promettait. Mais il fallait que je le cerne mieux.

— Et donc, saab, que voulez-vous de moi ?

— Votre collaboration. Vous nous fournirez des informations sur toutes sortes d'activités antinationales. Ce que ces gens fabriquent, ce qu'ils projettent. Il arrivera que nous souhaitions vous confier l'exécution de certaines tâches. Nous avons besoin d'un partenaire susceptible de se charger de toutes sortes de missions.

Oui, toutes sortes de missions. Cela ne soulevait aucun doute, il leur fallait quelqu'un qui se charge du vrai sale boulot qu'ils ne pouvaient accomplir par eux-mêmes. Ils avaient besoin d'un bras armé, mais qu'ils puissent désavouer publiquement. Il était temps de lui faire comprendre que sa main secourable, il ne la tendait pas à un idiot.

— Mais, Kumar Saab, j'ai argumenté, vous avez déjà Chotta Madhav.

Chotta Madhav avait été l'un des boys de Suleiman Isa, mais après les bombes, il s'en était séparé pour fonder sa propre compagnie. Il opérait désormais à partir de l'Indonésie, et combattait contre Suleiman Isa. Comme il était un ennemi de mon ennemi, nous avions entretenu des relations cordiales, ni de haine, ni d'amitié non plus. Et nous savions qu'il avait un lien avec une organisation appelée le RAW. Je voulais que ce M. Kumar le sache : inutile de se perdre en conjectures pour comprendre qui il était.

Il s'en est amusé. Son sourire traçait comme un fin sillon sur son visage.

— Il travaillerait pour nous ?

— Ah ça, oui. Tout comme Suleiman Isa travaille pour l'ISI.

— Peut-être Madhav travaille-t-il pour nous. Mais nous traversons une époque de périls extrêmes. Il nous faut davantage de patriotes.

J'ai opiné.

— Que voulez-vous que je fasse, saab ?

Il me l'a expliqué. Dehors, la pluie tombait. Nous avons échafaudé nos plans. Je suis ainsi devenu un défenseur de mon pays et de mon peuple.

À la rencontre de la beauté

Zoya Mirza était une femme difficile. Elle était difficile à trouver, difficile à joindre au téléphone, difficile à rencontrer. Sartaj essaya de s'en expliquer à Anjali Mathur, qui avait l'air de croire qu'un inspecteur de police armé de la seule misérable majesté de la loi et de quelques photos compromettantes était en mesure d'interrompre le fil brillant de la vie d'une star pour la soumettre à un interrogatoire.

— Je pourrais peut-être, se défendit Sartaj, s'il y avait quoi que ce soit d'officiel dans tout ceci. Sommes-nous dans de l'officiel, maintenant ?

— Non, je n'ai encore rien à proposer à mon chef pour le moment, fit Anjali. Juste la vague possibilité d'un lien entre un gangster et une star de cinéma. Rien d'exceptionnel.

Sartaj ne pouvait le contester. Que les gens du monde filmi puissent être liés à des bhais, même les enfants des villages les plus reculés étaient au courant. Rien de neuf là-dedans. Si elle se diffusait, oui, l'information entamerait l'image lisse, à la fois chaste et séduisante, de Zoya Mirza, et gênerait la régularité de sa trajectoire ascendante, mais la raison du retour de Ganesh Gaitonde à Bombay demeurerait un mystère. Et on ne disposait d'aucun indice susceptible d'expliquer pourquoi il avait commandité la construction un cube de béton à Kailashpada, et pourquoi il avait abattu Jojo avant de se faire sauter la tête en deux moitiés.

— Vous voulez que je reste discret. Donc je ne peux pas prier mon chef de la convoquer au poste. Vous voulez que j'aille lui parler en privé, que je la harcèle. Ces stars de cinéma sont du

656

genre à avoir des relations haut placées, continua Sartaj. Si elle appelle un quelconque ministre et qu'elle me fait suspendre, vous ne pourrez pas le transmettre non plus à votre patron.

— Elle n'en fera rien. Vous disposez des photos.

— Il y a un risque.

— Un petit risque.

Mais aussi petit soit-il, il excède quand même les bénéfices que je peux retirer de cette enquête, avait-il envie de lui répliquer. Il avait appelé Anjali Mathur au numéro de Delhi qu'elle lui avait laissé, et elle avait décroché à la première sonnerie. Au téléphone, elle se montrait toujours brève ; elle avait écouté son rapport et tranquillement suggéré qu'il s'entretienne avec Zoya Mirza. Très simple, très efficace. Sartaj inspira à fond, et lâcha son souffle.

— Vu de Delhi, tout vous paraît peut-être petit, Miss Anjali. Mais moi, je suis un minuscule monsieur. Et même de petits risques sont encore trop gros pour moi.

Elle garda le silence un instant. Cette femme était extrêmement calme et mesurée, tant dans sa personne que dans sa tenue. Mais il la sentait en train de prendre une décision. Quand elle reprit la parole, il y avait une très nette insistance dans sa voix.

— Je comprends, mais il y a une part du contexte que vous devez connaître.

— J'ai besoin de connaître la totalité du contexte. On ne m'a informé de rien.

— Je vais vous le donner. Cette maison où vous avez trouvé Gaitonde, c'était un abri antinucléaire.

— Un quoi ?

— Un abri pour se protéger contre une bombe. Une bombe atomique. Le bâtiment a été construit suivant un schéma architectural bien connu. Qu'on trouve dans les livres, et sur Internet.

— Quel besoin aurait-il eu d'un abri pareil ? Et ici ?

— C'est ce que je veux savoir.

Contre l'oreille de Sartaj, le combiné était chaud. Il s'était assis au fond d'un petit café, dans la principale rue marchande de Kailashpada, face à la circulation matinale. Un bus scolaire décrocha sur la droite et s'arrêta le long du trottoir, où attendait une file de fillettes en uniforme bleu. Un auto-rickshaw se faufila entre le bus et les voitures. La vie ordinaire, un matin ordinaire. Sartaj songea au cube de Gaitonde, à deux rues et trois virages d'ici, et il sentit le danger lui pénétrer dans la poitrine comme un filet d'eau froide. Il toussa pour s'éclaircir la gorge.

— Y a-t-il une menace ? À votre connaissance ?

— Nous avons perçu une menace, sur un plan plus général, la possibilité qu'un groupe d'activistes utilise une arme nucléaire portative dans une zone urbaine. Un de ces groupes du Kashmir. Ou du nord-est. Mais non, nous ne disposons d'aucune information précise. Sur aucune menace particulière.

Il y avait ce film. Sartaj ne l'avait pas vu, mais il avait regardé la bande-annonce à la télévision. Un groupe d'activistes cachait une bombe nucléaire quelque part dans Delhi. Le héros empêchait le désastre à quelques secondes près ; il figeait les chiffres vert fluo du compte à rebours avant que le zéro ne s'affiche. C'était un film, mais le cube de Gaitonde, lui, était réel. Sartaj y avait posé la main. Il se redressa, se dénoua les épaules. Il essayait de réfléchir.

— Madame, fit-il. Madame, si Gaitonde était au courant d'une menace, pourquoi n'a-t-il pas prévenu vos services ? D'après ce que nous avons cru comprendre, il y avait des liens.

— Il n'y avait aucun lien.

Le ton était brusque. Sartaj comprit qu'il avait outrepassé les limites, qu'elle ne pouvait pas et ne voulait pas admettre qu'elle pilotait Gaitonde, surtout pas sur une ligne téléphonique non sécurisée.

— Nous suivions ses mouvements à la trace, précisa-t-elle. Nous avons découvert qu'il introduisait des armes sur le territoire. Ensuite nous avons perdu sa trace. Et il a ressurgi à Bombay.

— Dans cette maison ?

— Oui. Quand il s'est adressé à vous. Peut-être essayait-il de vous informer de cette menace avant que vous n'entriez dans les lieux.

Ainsi donc, elle relevait peut-être de sa responsabilité, cette bombe. Une bombe bien réelle dans cette ville bien réelle. Était-ce cette ultime information que Gaitonde avait voulu lui donner, quand il s'était écarté pour envoyer le bulldozer ? Il avait coupé Gaitonde au milieu d'une phrase, il l'avait coupé dans son récit et ensuite, il l'avait trouvé mort. Mais il faisait si chaud, et Gaitonde s'était montré si arrogant, derrière sa porte en acier.

— Mais cela remonte à des mois, observa-t-il. Et depuis, il ne s'est rien produit. Vous disiez qu'il n'existait pas de menace particulière.

— Oui. Mais j'aimerais quand même savoir ce qu'il fabriquait là-bas. Pourquoi il a fait construire cette maison.

Bizarrement, Sartaj commençait à avoir froid.

— Je vais parler à Zoya Mirza, dit-il. Je vais essayer.

— Bien. Je suis certaine que vous y arriverez. Il y a un autre point intéressant.

— Oui ?

— Les sommes d'argent liquide que vous avez trouvées dans l'appartement de Jojo. C'était de la fausse monnaie.

— Les billets ? En totalité ?

— Oui. Des faux de bonne qualité. Ils ont été imprimés de l'autre côté de la frontière, au Pakistan. Ils ont été introduits sur le territoire national en quantités conséquentes au cours de ces huit, dix dernières années. Ils servent souvent à financer des opérations que leurs agents conduisent ici. Et ils sont largement répandus.

— Jojo en avait beaucoup. Par liasses non dépareillées.

— Exact. Intéressant en soi. Nous avons remarqué que les encres et le papier des billets récents sont de bien meilleure qualité. Ceux de Jojo provenaient tous de ces lots neufs, qui ne sont pas encore très courants. Un des rares endroits où nous avons déniché un lot important de ces nouveaux billets était la planque d'individus impliqués dans un trafic d'armes, lors d'une descente conjointe de la police de Meerut et de l'Intelligence Bureau. Voilà ce qui s'est passé : un fourgon Matador a été heurté par un bus de la compagnie d'État, à l'entrée de Meerut, et le chauffeur du fourgon a été tué. La police locale a trouvé un passager encore en vie et vingt-trois fusils d'assaut dissimulés à l'arrière, sous le plancher. Le lendemain, ils ont interrogé le passager, qui ignorait pour qui il travaillait ; sa seule tâche était de prendre livraison du fourgon à Delhi et le convoyer jusqu'à Meerut. Il ne savait rien de plus. Mais il pouvait fournir les coordonnées des hommes qui l'avaient engagé. Donc, la police a effectué une descente dans une maison de Delhi. Ils ont arrêté trois hommes, saisi cent trente-neuf fusils AK-56, quarante pistolets, presque dix-huit mille cartouches et dix lakhs en espèces. L'interrogatoire de ces apradhis a révélé d'autres noms, d'autres liens. Nous avons remonté ces pistes, et de strate en strate, il est apparu que le fournisseur des armes, à Bombay, était Gaitonde. Voilà la portée de cette affaire : elle nous menait aux trafics d'armes gérés par Gaitonde. J'ai lu ce dossier, dans le cadre de mes investigations. J'ai pensé à jeter un œil à cette saisie d'argent liquide. Et oui, la totalité de ces dix lakhs faisait partie de ces billets pakistanais récents.

— Et qui étaient ces hommes arrêtés à Delhi ?

— Ils appartiennent à une organisation clandestine hindoue, le Kalki Sena, dont nous n'avions jamais entendu parler. Ils se préparent à une guerre, c'était ce qu'annonce leur profession de foi. J'ai lu une partie de la littérature saisie lors de cette descente. Ils vont monter un rashtra hindou, à ce qu'il semble. Au terme de la guerre, qui précipiterait la fin de l'âge du Kaliyug, on aurait une nation parfaite, enfin, fidèle aux principes hindous traditionnels.

— Ram-rajya.

— Ram-rajya, oui.

— Et cette guerre, elle se livrera contre qui ?

— Les musulmans, les communistes, les chrétiens, les sikhs. Et contre tous ceux qui n'apprécient pas l'idée d'une nation parfaite. Contre les activistes dalits, aussi. Les fusils étaient en route pour le Bihar, destinés à une armée privée de droite, dirigée par des propriétaires terriens.

— Vous pensez que Gaitonde faisait lui aussi partie de cette organisation ? Mais il s'est toujours présenté comme un parrain séculier.

— Oui. Il se peut donc qu'il ait juste conclu quelques affaires avec ces wallahs du Kalki Sena, rien de plus, sans avoir aucune implication dans leurs actions politiques. Les apradhis de Delhi n'ont rien pu nous révéler de plus ; ils composaient une cellule chargée d'une seule mission. Ceux qui gèrent l'affaire s'y prennent bien, ils cloisonnent. Donc Gaitonde était peut-être idéologiquement impliqué, mais pas forcément. Je veux le savoir. Et je veux connaître la raison d'être de cet abri nucléaire.

— Oui. Je vais aller causer avec l'actrice.

Sartaj aussi voulait savoir, à présent. Il voulait des réponses à toutes ces questions, une justification à ce cube. Si quelqu'un devait entrer en guerre contre sa famille et lui, une guerre contre son peuple, il voulait savoir qui, et quels était ses liens avec Ganesh Gaitonde.

— Bien.

— Au revoir, fit-il sans plus s'attarder, et il sortit dans la lumière du soleil.

C'était bon d'avoir chaud dès le matin. Son dos lui faisait mal, une épaule ankylosée, mais cette gêne elle-même était la bienvenue. C'était bon d'être en vie. Il se sentit bienveillant envers les boutiquiers, leurs calculettes, leurs autels à Ganesha le bedonnant, leurs listes affichées, envers les robustes femmes du Maratha vêtues de verts et de bleus éclatants qui se rendaient au travail à grandes enjambées énergiques, envers les trois gosses des rues qui jouaient au cricket avec une balle en caoutchouc et un bâton. Sartaj plissa les yeux. Il essayait de se représenter les séquelles d'une déflagration nucléaire, ce qu'elle laisserait subsister de ce bazar. Il en était incapable. Il se rappelait les images de ce film à suspense, le thriller à la bombe, ce nuage couleur de terre comme un film inséré dans le film, ce vent mortel. Mais il était difficile de transposer cela ici, dans cette rue. Impossible à imaginer, impossible à croire. Et pourtant, c'était ici. Ici, dans Kailashpada.

Des légions de femmes se pressaient devant les échoppes du marché de Rajgir Road. Elles s'achetaient des vêtements pour les neuf nuits de Navaratri. Sartaj ralentit, inclina sa motocyclette vers la gauche pour rouler sur le côté. Il savourait l'excitation et la gaieté de ces jeunes filles qui lui passaient devant. Devi la déesse-mère serait sûrement ravie de toute cette énergie juvénile, de ce bonheur féminin. En tout cas, le spectacle ramenait Sartaj à la vie, le délivrait de la bombe. Il y eut un rire, comme un chant au-dessus de la houle grondante de la circulation. Il se retourna à la recherche de ce rire, et fut saisi par la vision de deux yeux énormes et noirs reflétés dans une vitre de voiture, un éclair mouvant, rien de plus, puis la motocyclette se retrouva à quelques centimètres derrière un auto-rickshaw, et il donna un violent coup de guidon vers le trottoir. Le moteur cala, il s'immobilisa sans mal et ne vit rien d'autre, du côté de la chaussée, que le flanc rouge d'un autobus et, sur sa gauche, sur un panneau d'affichage qui se dressait au-dessus de lui, jusqu'au ciel, le visage très déformé d'un mannequin éclairé de lumière bleue. Il resta un instant immobile, souriant de sa propre idiotie, le cœur palpitant de l'avoir échappé belle. L'un des piliers du panneau d'affichage formait un angle avec un autre, pointe orientée vers le bas et, au-delà de ce triangle, il entrevit le sommet de son turban dans la vitrine d'une boutique. Oy, Sardar-ji, se dit-il, s'adressant à son reflet, maîtrise-toi, yaar. Qu'est-ce qui te prend ?

Il redémarra, déterminé à ne plus penser qu'à ses enquêtes, avec calme et logique. Il s'en allait retrouver Rachel Mathias, cette Rachel qui était une ancienne amie de Kamala Pandey devenue une ennemie potentielle, armée de trop d'intelligence. Il n'avait pas encore tout à fait décidé comment il allait jouer ce rendez-vous. Il n'y avait pas de dossier officiel, et il ne détenait aucune preuve lui permettant d'accuser qui que ce soit, donc le but de la visite se limiterait à réunir des informations et à remuer un peu ces eaux troubles, pourquoi pas, histoire de voir quelles bulles remonteraient à la surface. Il pouvait agir en policier agressif et lui faire peur ou rester discret, comme un ami soucieux des intérêts de Rachel, et non de ceux de cette folle de Kamala. Le travail d'enquête supposait de savoir jouer plusieurs rôles, parfois simultanément. S'il arrivait à épouser les préjugés de suspect, à se présenter comme une solution à ses problèmes, elle parlerait. Il l'avait souvent fait, donc il n'avait plus trop besoin de se préparer, de trop réfléchir. Un condensé lui suffisait : deux amies, l'une mariée, l'autre seule, un homme, une dispute. Très simple. Mais Sartaj connaissait assez les querelles féminines pour savoir que ce n'était jamais aussi simple. Dans ce cas précis, peut-être le bel Umesh n'avait-il été que l'étincelle qui avait mis le feu aux poudres, peut-être les tensions couvaient-elles depuis des années. Mais il se pouvait aussi que ces hostilités soient nées d'une tout autre cause. Tout en se garant, il se formula une mise en garde : il ne faut présumer de rien. Reste en alerte. Arrête de penser à Navaratri, à Durga, à Lakshmi et à Saraswati.

Toutes ces déesses, cependant, étaient bien représentées, dans le salon de Rachel Mathias, rempli d'œuvres d'art manifestement de grande valeur, dont quelques antiquités. Il y avait là des sculptures et des peintures et, sur le mur le plus éloigné de la fenêtre, une gigantesque porte en bois à double battant, sans doute prélevée dans un grand haveli. Elle était adossée au mur, arrachée à son contexte, mais d'une beauté à couper le souffle, avec ses bleus, ses rouges et ses jaunes éclatants, ces bandeaux de fer noir entre-croisés et cloutés de rivets. Chacune des peintures accrochées au mur, même la plus moderne, valait plus que son salaire annuel, Sartaj en avait conscience. Megha aurait reconnu les artistes, tous, mais lui, la seule œuvre d'art dont il pouvait citer l'auteur était une gravure de Raja Ravi Varma, une Lakshmi parée de bijoux, pleine de grâce et de volupté. Il y avait longtemps de cela, lors leurs premiers rendez-vous, Megha l'avait emmené à une exposition, lui avait parlé de Raja et de son travail et, depuis lors, Sartaj n'avait cessé d'aimer cette Lakshmi.

Il était clair désormais que cette demeure, un duplex dans Juhu, était placée sous la protection de Lakshmi, Cela inspira à Sartaj son angle d'attaque. Quand Rachel Mathias fit son apparition, il se présenta.

— Nous recherchons des individus, lui expliqua-t-il d'un ton égal, qui nous paraissent posséder des biens disproportionnés à leurs revenus.

— De l'argent noir, voulez-vous dire ? Des histoires fiscales ?

Cette Rachel était de constitution généreuse, sans pour autant donner l'impression de se laisser aller. Sa corpulence était saine, fruit de l'hérédité et de l'âge. Plutôt séduisante, elle avait les cheveux courts d'une femme active et des mains soignées. Elle soutint le regard du policier sans rien trahir de ses sentiments. Oui, c'était une femme de sang-froid, mais capable d'émotions profondes, un de ces êtres qui accusaient le coup de l'insulte jusque dans la moelle de ses os, et capable de trouver le courage de se venger.

— Oui, madame, fit-il, mais voyez-vous, ce n'est là qu'une démarche. Nous laissons toujours aux gens l'occasion de se disculper.

— Êtes-vous en train de me dire que je posséderais trop de choses ? Que je dépense trop d'argent ?

Sartaj eut un grand geste circulaire, le bras levé.

— Cet appartement, madame. Toutes ces peintures, tous ces objets. Votre train de vie.

— Mon train de vie ? C'est mon ex-mari qui vous a soufflé cela, n'est-ce pas ? Il veut me faire souffrir pour avoir été obligé de nous laisser cet appartement. Après m'avoir quittée, moi, et ses deux enfants, pour je ne sais quelle putain de vingt-deux ans, il se figure que je devrais rester tous les soirs chez moi sans mettre le nez dehors ?

— Madame…

— Non, vous allez m'écouter. Il ne nous verse pas de quoi satisfaire le quart des besoins de ses enfants. Le moindre paisa que je dépense en plus, je le gagne. Tous ces meubles et toutes ces œuvres que vous voyez là, c'est pour mes affaires. Je travaille dur.

— Décoration d'intérieur.

— En effet. Et une galerie d'art, que je vais ouvrir avec deux associés.

— Très bien. Mais il subsiste un doute, l'éventualité qu'il y ait trop d'argent, le cas échéant. Des questions ont été posées.

— Où cela ? Écoutez, les affaires que nous faisons sont déclarées. Mon expert-comptable conserve les reçus, une copie des chèques de nos clients. Nous pouvons vous montrer tout ce que vous voulez.

Rachel portait une ample chemise en lin blanc sur un pantalon gris de la même étoffe. L'ensemble mettait en valeur le brun capiteux de sa très belle peau, et l'ambre plus doux de ses yeux. Elle avait les mains élégamment posées en équilibre sur un genou, mais elle semblait soucieuse, à présent. Sartaj se fit insistant.

— Madame, aucune activité n'est jamais déclarée en totalité. Surtout dans la décoration d'intérieur. Tout est affaire de proportions. Si nous estimons que vous ne vous êtes pas montrée suffisamment coopérative, il est évident que nous serons contraints de mener une enquête dans les règles.

— Que voulez-vous ?

Il s'étira.

— Vous possédez une caméra vidéo, lui demanda-t-il, l'air de rien.

— Quoi ?

— Une caméra vidéo, madame. Pour filmer en vidéo, vous savez, les ma-riages, les remises de prix, les soirées – Il mima le geste de la prise de vues. – Aujourd'hui, c'est très courant.

— Oui. Nous en possédons deux. Une vieille, et une neuve. Mais, qu'est-ce que…

Là, elle était embarrassée, et – se dit Sartaj – apeurée. Il était temps de dégainer le bon vieux lathi du policier. Il se pencha en avant, et la dévisagea jusqu'à ce qu'elle change de position sur son joli divan de style Mughal. Il n'avait aucun mal à prendre l'air hostile, il puisait dans le réservoir sans fond de son mépris pour les malfaiteurs et les tricheurs – il savait que cela lui raidissait les épaules, lui empourprait les joues.

— Pourquoi deux caméras vidéo, madame ?

— J'ai payé la nouvelle par carte de crédit, vous pouvez véri-fier…

— Ce n'est pas ce que je vous demande. À quoi vous servent ces caméras ?

— À ce que vous disiez, à filmer des fêtes. Quand nous partons en vacances. Ce genre-là.

— Auriez-vous donné l'une de ces deux caméras à quelqu'un ? L'auriez-vous prêtée ?

— Non. Mais pourquoi me demandez-vous cela ?

— Mon enquête porte sur une affaire de chantage. Où l'on s'est servi d'une caméra vidéo.

Il l'observa attentivement, et fut persuadé d'avoir touché un filon de frayeur. Oubliant tout maintien, elle était maintenant assise au bord du divan.

— Selon certaines indications, vous seriez liée à cette affaire.

— Moi ? Comment cela ? De quoi parlez-vous ?

Sartaj secoua la tête.

— Madame, à partir de maintenant, il vaudrait mieux que ce soit vous qui parliez.

Rachel en avait envie, il le voyait bien, mais une main vint agripper l'autre, elle avala sa salive, puis elle bredouilla.

— Je n'ai rien à déclarer.

Il était convaincu qu'elle avait entendu cette réplique dans une série télévisée. Il se leva. Il n'allait pas obtenir des aveux complets rien qu'en se montrant au domicile d'un suspect. Le cas s'était déjà produit, bien sûr, mais pas avec ce genre de suspect. Ils allaient devoir exercer de plus fortes pressions, recourir à des preuves matérielles émanant d'autres sources. Entre-temps, Rachel Mathias allait nourrir son angoisse jusqu'à se trouver mûre à point, prête à craquer.

— Comme vous voudrez. Voici ma carte. Si vous changez d'avis, je vous prie de m'appeler.

En se dirigeant vers la porte, il vit sur une table de marbre, une photo de deux garçons rieurs sur fond de montagnes verdoyantes.

— Vos fils, remarqua-t-il. Deux très beaux garçons.

Cette remarque effraya Rachel plus encore, semblait-il. Elle tressaillit. À ce stade, l'inspecteur s'amusait plutôt.

— Pas vilain non plus, ce cadre, ajouta-t-il. En argent, et lourd. Une pièce d'antiquité, si je ne me trompe. Et même si je me trompe, il n'empêche, un objet coûteux.

Il passa le doigt sur le motif de feuilles de vignes qui courait autour du cadre, puis il la quitta sur une dernière information :

— Nous allons placer votre maison sous surveillance.

Dans l'ascenseur, il savoura sa victoire. C'était un suspect passionnant, cette femme qui s'était refaite après avoir été abandonnée par son mari, qui s'était construit une nouvelle vie. Qui étaient ses comparses, ceux qui passaient les coups de fil à Kamala ? Comment les avait-elle trouvés, comment les avait-elle embauchés ? Il serait intéressant de le savoir.

Sartaj et Kamble marchaient chacun d'un côté de la rue, devant le cinéma Apsara, à l'heure de pointe. Ils cherchaient le gosse des rues de Kamala Pandey, un garçon d'âge et d'apparence indéterminés vêtu d'un T-shirt rouge DKNY JEANS, qui était venu récupérer l'argent du chantage habillé en rouge, un mois et demi plus tôt, et qui avait une dent noire. Kamble était sceptique quant à leurs chances de réussite, et d'humeur maussade, mais ils étaient quand même là, à faire le guet. Il était presque six heures. Les trottoirs étaient grouillants d'une foule mouvante. Les klaxons sonnaient une fanfare qui faisait chaud au cœur de Sartaj. Le film que donnait l'Apsara, *Pyaar ka Diya*, était un gros succès. Sartaj le sentait au bien-être, au relâchement post-paroxysme des spectateurs qui sortaient de la salle, à l'impatience heureuse de ceux qui faisaient la queue pour entrer. Dans l'Apsara, ce soir-là du moins, la flamme de l'amour brûlait encore. Sartaj se dégagea d'une bande de lycéens à l'œil vif qui s'activaient sur leurs portables. « Le film est super jhakaas, yaar », s'écria l'un d'eux dans son téléphone.

Il y avait des mendiants, garçons et filles, qui écumaient la foule les mains levées, en essayent leur baratin. « Bonjour, Tata, donne-moi quelque chose, rien qu'une roupie, Tata. Une roupie, Tata, j'ai très faim. Je t'en prie, Tata. » Ces chokras portaient toutes sortes de chemises et de banians en loques, mais pas de T-shirt rouge. Sartaj longea la rue jusqu'à l'angle, là où la foule était plus clairsemée, et retour. Il connaissait déjà les visages des vendeurs à la sauvette, qui battaient le trottoir avec leur boniment sur mesure : « Bolo, fauteuil de balcon deux cinquante, fauteuil d'orchestre, un cinquante. »

Kamble traversa la chaussée dans sa direction, en esquivant les voitures. Il était tout en noir, ce jour-là, y compris les chaussures noires aux talons compliqués, rehaussés d'une espèce de garniture argentée. Il leva le menton, vers Sartaj, et ce dernier haussa les épaules.

— Rien ? fit Kamble. Moi, j'ai vu trois T-shirts rouges, mais aucun sur le dos d'un chokra. Il y avait là un joli petit lot tout en rondeur, des cheveux longs jusqu'au gaand, et ces…– Il leva les deux mains en conques à hauteur de la poitrine. – Joli. Vous avez vu les vendeurs ?

— Oui.

— Il y a aussi un toli de pocket-maars, de ce côté, là-bas. Vous voyez le chutiya en pantalon bleu ? C'est lui qui fait la causette. Et là-bas, sur la gauche, le vieux avec un journal ? Non, non, là-bas. Lui, c'est le tireur.

Il y avait en effet un type du style grand-père rasé de près, en chemise blanche et l'air très respectable, qui passait discrètement par là.

— Ensuite, par là, c'est le délesteur.

Ce dernier était plus jeune, mince et fringant, avec ses lunettes noires et une chemise grise et flottante.

— Ah, ça y est.

Le pantalon bleu aborda une famille, la mère, le père du genre cadre d'entreprise, deux enfants. Apparemment, il demandait son chemin. Le père lui donna des indications avec force gestes, vous prenez à droite, vous prenez à gauche. Le pantalon bleu lui posa la main sur l'épaule, merci. Et à cet instant le grand-père entra en action ; il frôla le père de famille en passant derrière lui.

— Pigé, fit Kamble. Vous avez vu ça ? Il a eu le portefeuille.

Il en avait la gorge serrée d'admiration. Sartaj avait vu un mouvement de la main du grand-père entre les corps, pas plus.

— Le budhau est très fort, admit-il. Pour l'instant, le papa n'en sait rien.

— Et il n'en saura rien jusqu'à ce qu'il entreprenne de payer les eskimos. J'espère qu'il n'avait pas ses places de cinéma dans son portefeuille. Ah, voilà le délesteur.

Le grand-père et les lunettes noires se croisèrent, leurs épaules s'effleurèrent. Lunettes noires s'éloigna d'un pas tranquille, le portefeuille sous la chemise.

— On y va ? fit Kamble. On se les chope, ces salopards ?

— Non, laisse. On a d'autres sujets de préoccupation.

Une arrestation ou deux étaient toujours les bienvenues, mais Sartaj n'avait aucune envie de provoquer du remue-ménage devant les chokras. L'un d'eux pouvait être le garçon au T-shirt rouge. Il n'avait pas envie de dévoiler son identité avant de l'avoir coincé.

— Le garçon au T-shirt rouge, on ne l'aura jamais comme ça, fit Kamble. Alpaguons déjà deux ou trois de ses copains. Il y en a un tas, de ces enfoirés qui circulent dans le quartier. On les interrogera. Deux minutes, deux claques, et ils vont causer.

— Et peut-être qu'ils ne causeront pas. Et dans tous les cas de figure, tu vas le faire galoper jusqu'à Nashik. Un peu de patience, mon ami. C'est un miséreux, il vit dans les rues. Son T-shirt rouge, il l'aura forcément sur le dos ; si ce n'est pas pour aujourd'hui, ce sera pour demain.

— Peut-être. Ou alors, avec l'argent qu'il a reçu des apradhis, il s'en est acheté un bleu marine. Mais bon, combien de temps on va rester ici ?

— Jusqu'à ce que l'heure de pointe soit passée. Encore une demi-heure. Dès que le public s'en va, on s'en va.

— Parfait.

— Attends une minute.

Sartaj plongea la main dans sa poche et en sortit son téléphone, qui paraissait déjà usé. Il tapa sur les minuscules touches noires.

— Allô, saab ?

— Sartaj. Comment vas-tu ? fit Parulkar.

— Je vais bien, répondit-il. Je mène une enquête, chef, et j'ai besoin d'un peu d'aide.

— Oui.

— Je suis à Goregaon, monsieur. Au cinéma. Il y a là une équipe de pocket-maars qui soulage la foule, un vieux avec deux jeunes gars. Le tireur, c'est le vieux, peut-être soixante-cinq, soixante-dix ans. Il est très fort.

Parulkar garda le silence un instant. Parmi les dons innombrables que lui avait conférés la nature, il y avait la mémoire, une mémoire sans faille, digne d'un assesseur de Yama, le dieu de la mort et de la justice : il n'oubliait jamais un crime, si modeste soit-il. Il citait les noms d'apradhis à quarante années de distance, et pouvait raconter l'histoire de leurs familles. Un garçon qui avait volé une bicyclette pour une petite virée voyait son méfait définitivement, inéluctablement inscrit dans les tablettes de Parulkar, d'où il le ressortirait une fois l'intéressé devenu grand-père.

— Ce pocket-maar, dit-il enfin, est-ce qu'il est chauve ? Un type costaud ?

— Non, chef. Cheveux blancs, coupe bien nette. L'air très respectable.

— Ah, oui. Un mètre soixante-quinze, quatre-vingts ? Un peu voûté, comme s'il était sur le point de s'écrouler ?

— Oui, chef. L'air très inoffensif.

— C'est Jayanth. K.R. Jayanth. Il a des mains sensationnelles. Nous ne l'avons arrêté que deux fois, en 79 et en 82. À l'époque, il habitait à Dharavi, il écumait les trains de la ligne ouest avec un abonnement de première classe. Il portait des lunettes sérieuses, un attaché-case et tout. Il a fait entrer son fils aux États-Unis par la frontière mexicaine, je crois. Il a travaillé comme chauffeur de taxi, et a obtenu sa carte verte. Jayanth m'a affirmé qu'il gagnait quatre-vingt mille dollars par an comme chauffeur. Il m'a raconté que lui-même avait pris sa retraite. C'était en 88, 89. Je ne l'ai plus revu depuis.

— Il a rempilé, chef.

669

Parulkar eut un gloussement.

— Tu sais, c'est difficile de rester assis chez soi à ne rien faire. Et ce Jayanth a beaucoup de talent. Des comme lui, il n'en reste plus beaucoup, de nos jours. Maintenant, ce qu'ils veulent tous, c'est casser la vitrine et rafler le magot. Personne ne sait plus travailler avec un sérieux pareil.

— C'est vrai, chef.

Sartaj remercia Parulkar et rangea son téléphone Kamble avait plus ou moins saisi au vol les informations de Parulkar, et Sartaj l'éclaira sur le reste.

— Maderchod, il est fort ce Parulkar.

— Oui. C'est le meilleur.

— Et il a repris son ascension. C'est un vrai jhamoora de cirque, tu l'étends pour le compte, il se relève aussi sec.

— Il est très doué, tu as raison. Très expérimenté et très malin.

— Bien sûr qu'il est malin, mon ami, c'est un brahmane. C'est un brahmane, il est malin, il a des ressources et une famille bien placée.

Sartaj rigola.

— Et toi, tu n'es qu'un bouseux...

Kamble était de caste dalit, ce qu'il ne disait pas trop volontiers, mais il lui arrivait de temps à autre de réagir sur le sujet, sur les intouchables, les Marathas, les brahmanes.

— J'apprends, Sardar-ji, et je n'apprends qu'auprès de gens comme Parulkar.

Kamble lui sourit de toutes ses dents.

— On raconte qu'il a pris ses distances vis-à-vis de la compagnie de Suleiman Isa, et qu'il s'est aligné sur les rakshaks. Après toutes ces années de proximité avec la S-Company, il a tourné sa veste. Ce serait pour ça que les rakshaks l'aimeraient tant, subitement. Est-ce que c'est vrai ?

Sartaj avait entendu cette rumeur. Il haussa les épaules.

— Il va falloir que tu lui poses la question.

— Patron, pas besoin de demander. Il m'a déjà beaucoup appris. J'ai compris que si tu te crées l'argent, tu te crées les contacts, tu montes, tu te fais encore plus d'argent, plus de contacts, ensuite tu obtiens le vrai pouvoir, et puis tu te fais encore plus d'argent, et puis...

— J'ai compris, j'ai compris, gourou…

— Non, non, je ne suis le gourou de personne, pas encore. Mais Parulkar Saab, c'est mon gourou, même s'il n'en sait rien. Je suis comme Eklavya, le héros de film, sauf que moi je sais que je vais conserver mon pouce, mon lauda et tout le reste, maderchod.

Le sourire de Kamble avait atteint maintenant toute son ampleur et sa férocité.

Sartaj ne put s'empêcher de l'imiter. Kamble avait sa façon bien à lui d'être à la fois enjoué et d'une gravité mortelle. De son propre aveu, il était un badmash, véreux, mais dans le style charmant.

— Retour au boulot.

Mais Kamble s'enfila les deux pouces dans ses passants de ceinture et se balança, en équilibre sur les talons. Il baissa les yeux sur ses chaussures techno.

— Patron, fit-il enfin, vous croyez vraiment qu'il y a une bombe dans la ville ?

Sur le chemin de l'Apsara, Sartaj avait évoqué à Kamble l'abri nucléaire de Gaitonde. Il avait eu très peur, dans le soleil oblique de l'après-midi, il avait eu envie de se confier, et Katekar était mort.

— Je n'en sais rien, admit-il. Peut-être Gaitonde y croyait-il.

— Mais c'était il y a des mois. S'ils avaient voulu la faire sauter, ce serait déjà terminé depuis longtemps.. Un beau jour, *phataak !* Et voilà, pas plus compliqué que ça. Puisque nous sommes toujours là, cela signifie qu'il n'y a pas de bombe.

— Oui, ça paraît logique.

De la saine et bonne logique. Peut-être Gaitonde avait-il perçu une menace imminente. Mais le temps avait passé, Gaitonde était mort et la menace ne s'était pas concrétisée. Peut-être l'avait-on trompé, ou alors était-il devenu fou. Pas de bombe, yaar.

— Dingue, comme idée.

Kamble fit un signe de tête à Sartaj, et Sartaj lui répondit d'un signe de tête. Puis le sous-inspecteur regagna son côté de la rue. L'inspecteur repartit pour un tour de trottoir, se dirigea en diagonale vers le mur, avant de revenir vers la chaussée. Ces signes de tête échangés étaient censés les rassurer, il le savait, et il savait qu'ils avaient tous les deux peur. Ils étaient des policiers, ils savaient qu'un désastre ne s'annonce jamais, qu'il n'était jamais aussi prévisible que dans les films. Il y avait l'histoire de cette femme qui s'était rendue avec sa famille à Bandra Reclamation, à une fête foraine. Les gosses avaient voulu faire un tour dans la grande roue, donc leurs parents, qui les adoraient, étaient montés avec eux. La mère était jeune, jolie et très fière de ses longs cheveux d'un noir profond, éclatant. Ce dimanche-là, elle les avait laissés détachés, une fontaine parfumée qui lui tombait jusqu'à la taille. La roue les avait emportés tout là-haut, la roue avait pris de la vitesse, la roue faisait voler les cheveux de la mère, la roue enroula la chevelure de la mère autour d'un rayon, et la roue arracha tout le cuir chevelu de la mère. Ou alors, vous êtes un père proche de la retraite, et un jour vous allez vaquer à vos affaires, vous allez tranquillement vous acheter des légumes et du chocolat, et la clef à molette d'un électricien tombe du dix-septième étage du tout nouvel immeuble Daihatsu, traverse deux strates d'écha-faudage, poursuit sa chute et se plante dans votre crâne. C'était arrivé à Worli ; Sartaj était sous-inspecteur depuis deux mois tout juste. Ou des bombes explosent, brusquement. Vous ne sentiez pas leur présence avant qu'elles n'explosent, elles ne provoquaient aucun picotement dans les avant-bras, elles ne dégageaient aucune odeur. Il y avait eu aussi ce jour, ce lointain vendredi de 1993, quand les téléphones avaient sonné au poste de Worli. Il avait foncé à moto, suivi d'un fourgon, il avait roulé sur les trottoirs pour effacer la circulation figée au point mort, direction le bureau des passeports. Il y avait là des hommes et des femmes ; ils mar-chaient, ils couraient et ils se remettaient à marcher. Et devant lui, une épaisse fumée grise, un silence sans oiseaux. Il avait béquillé sa moto, couru au bout de la rue, dépassé une Fiat verte qui exhi-bait ses entrailles rouillées comme un crabe renversé. Et puis ses pieds avaient dérapé, il avait baissé les yeux. Il marchait sur du sang, il pataugeait.

Arrête. Arrête, c'est tout. Il fit craquer ses phalanges, et ce bruit ténu le ramena sur le trottoir qu'il arpentait, direction l'Apsara, *Pyaar ka Diya*, et les affiches où deux acteurs rendaient hommage à la fameuse cambrure de Raj-Nargis dans *Awaara*. Concentre-toi sur le problème du moment, se répéta-t-il. Fais ton travail. Observe la foule, étudie les visages. Mais il était incapable de se détacher complètement de ses souvenirs, de ces morceaux de corps qui jonchaient l'épave de l'avion. Le haut d'un bras, un pied. Oui, les bombes, ça éclatait, point final. Ça explosait. Il atteignit l'extrémité de sa ronde, fit demi-tour et recommença.

Kamble retraversa la rue un peu avant la fin de la demi-heure. L'Apsara avait aspiré la quasi-totalité des spectateurs, ou bien ils étaient rentrés chez eux ; seuls quelques chokras traînaient encore. Sartaj regarda son équipier enjamber la barrière de sécurité et s'inquiéta de son manque de patience. Il était bon d'avoir de la force, et le courage était quelquefois nécessaire, mais la principale vertu, dans ce métier, c'était la capacité de rester un nombre heures infini à mener à bien une infinité de petites tâches ennuyeuses et peut-être dénuées de sens. Par exemple ce soir-là, jamais Katekar n'aurait quitté l'Apsara aussi tôt. Mais Katekar était mort.

— Vous pensez que c'est les kattus qui sont derrière cette histoire ? lui fit Kamble.

— Quoi ?

— La bombe. S'il y a une bombe en ville, c'est forcément les musulmans qui sont venus la coller à cet endroit.

— Oui. C'est vrai. Ce doit être les musulmans.

— Allons causer à cette kutiya de Zoya. Elle sait peut-être quelque chose. Si on se présente chez elle direct, elle peut pas nous refuser d'entrer. Après tout, nous sommes des policiers.

Après tout. C'était vrai.

— Du calme. Il est inutile de se précipiter. Nous avons du temps. Tu l'as dit toi-même, cela fait des mois. Même s'il y a une bombe, elle n'a pas encore sauté. Elle ne va pas sauter ce soir. Ni demain matin.

Kamble cracha dans le caniveau. Il se redressa et roula les épaules.

— Bien entendu, ce n'est pas ce que je suis en train de dire. Mais on pourrait juste aller causer à cette randi. Elle peut toujours prendre des airs de star, ça change quoi ? C'est quand même une randi, rien d'autre. En tout cas, quand il faudra passer à l'action, vous me sonnez.

— Je te sonne. On ne peut pas la convoquer au poste, nous sommes tenus par certaines contraintes. Donc, on doit réfléchir à un moyen de l'approcher. Il ne faut pas l'effrayer.

— Parfait, parfait. On a terminé, ici ? Moi, je vais aller me trouver une femme. Trop de tension, là, à cause de cette histoire de bombe, bhai saab.

— Juste une minute. J'ai une idée.

Sartaj suivait du regard K.R. Jayanth, de l'autre côté de la rue. Le distingué pocket-maar s'éloignait d'un pas nonchalant vers l'arrêt de bus en léchant un cône glacé. Pour lui aussi, c'était le moment de s'offrir une gâterie après le boulot, semblait-il.

— Viens.

Il précéda son équipier, enjamba la barrière de sécurité, se plaça à la hauteur de Jayanth et régla son pas sur celui du sexagénaire, comme s'il était un de ses amis qui prenait l'air du soir avec lui. Jayanth garda son calme, Sartaj eut plaisir à le remarquer. C'était un vieux briscard, et sans doute un monsieur raisonnable. Jayanth s'écarta, à peine, concentré sur son cône. Mais maintenant il avait Kamble sur l'autre flanc.

— Namaste, mon oncle, commença Sartaj.

Jayanth hocha la tête.

— Vous êtes de la police.

Sartaj se sentit obligé de rire, par simple plaisir de cette rencontre avec un professionnel chevronné.

— Oui, admit-il. On a ramassé une jolie somme, aujourd'hui ?

Jayanth croqua une bouchée de sa glace.

— Je ne vois pas de quoi vous voulez parler.

Sartaj lui posa une main sur l'épaule.

— Arre, oncle Jayanth. On t'a regardé opérer toute la soirée. Avec tes deux gars. Vous êtes très forts.

— Quels gars ?

— Un en chemise bleue, l'autre avec des lunettes noires. Allez, oncle Jayanth, ne m'agace pas. Fini la retraite, tu travailles dur. Rien de mal à cela.

— Je ne m'appelle pas Jayanth.

Sartaj le gifla en pleine face. D'un coup sec, du dos de la main qui s'était précédemment posée sur l'épaule du pocket-maar, mais il y avait aussi de la phalange dans cette gifle. Le bonhomme recula en titubant. Kamble fixait avec dégoût son pied droit, dont la pointe était maintenant maculée d'une longue éclaboussure de crème glacée.

— On va se ramener ce foireux au poste, grinça-t-il. Ça lui rafraîchira la mémoire.

Seule une femme avait été témoin de la scène. Elle s'éloignait en lançant des regards horrifiés à l'agresseur. Elle portait un filet à provisions rempli de légumes et la marque rouge vif du sindoor dans ses cheveux. Sartaj ignora son envie pressante de s'expliquer : *C'est juste la langue qu'on parle entre nous, il ne va rien lui arriver de mal, à ce gentil vieux monsieur.* Il se tourna vers Jayanth.

— Alors, mon oncle. Tu veux nous raccompagner au poste ?

— Très bien. – Il jeta son cône vide. – Je suis bien Jayanth. Et je ne vous connais pas.

— Sartaj Singh.

— Vous ne travaillez pas dans cette zone. Combien voulez-vous ?

— Tu as un accord avec les policiers du coin ?

Jayanth haussa les épaules. Bien sûr qu'il avait un arrangement avec les gars du coin, mais il ne leur livrerait aucune information.

— On ne veut pas te créer d'ennuis là-dessus, fit Sartaj. Ni t'arrêter. Pas du tout. Mais on a besoin de toi pour un boulot.

— Je suis un vieil homme.

— Oui, oncle Jayanth. Mais ça ne te demandera pas vraiment de travail. Juste d'ouvrir l'œil.

Il lui expliqua qu'il devrait guetter un chokra en T-shirt rouge avec un logo comme ci et comme ça, une dent noire, et qu'il devrait leur trouver le nom de ce chokra, et si possible son adresse. Qu'il ne fallait pas lui mettre la puce à l'oreille, à ce T-shirt rouge, ni lui laisser entendre en aucune façon que des policiers vilains et violents le recherchaient. Et dès qu'il aurait une piste sur ce gamin, il devrait contacter Sartaj ou Kamble à tel et tel numéro.

— Je ne peux pas me mettre à examiner la bouche des mômes, se défendit Jayanth. Ils vont me prendre pour un pervers, ils sont très futés.

— Je sais, oncle Jayanth. Tu te contentes de nous chercher ce T-shirt rouge. Ensuite, tu lui causes. Sois patient. Ne précipite rien. Tu fais ton boulot, comme d'habitude, et tu ouvres l'œil.

— OK, fit Jayanth.

— Il va se montrer, ajouta Kamble.

— C'est sûr, dit Jayanth, l'air grognon.

Les chokras des rues possédaient leur territoire bien à eux, ils avaient tous des zones délimitées par des frontières qui parfois divisaient les rues par le milieu. Et ils défendaient leurs périmètres avec autant d'acharnement que des généraux se battant pour des terres sacrées, tout le monde savait ça.

— Mais vous pensez qu'il va revenir dans le même T-shirt ? Eh, vous faites quoi ? insista-t-il, en s'adressant à Kamble.

Ce dernier tenait ouverte la poche de pantalon de Jayanth, et il fouillait dedans.

— T'inquiète pas, le rassura-t-il. Je te fais pas les poches. T'inquiète pas. Et t'inquiète pas pour le chokra. Reste en alerte, observe. Il va se montrer. – Il leva en l'air un portefeuille marron à la teinture usée, révélant le cuir brut. – Dis donc, tu n'as pas beaucoup d'argent sur toi, oncle Jayanth.

— Les rues ne sont pas sûres, de nos jours, riposta le pickpocket.

Kamble gloussa. Il appréciait.

— Six cents roupies, et une photo de… c'est quel dieu ?

— Murugan.

— Pas de carte de crédit, rien du tout.

Dans l'autre poche, quelque chose se froissa sous la palpation discrète de Sartaj. Il pêcha l'objet du bout de l'index, et en sortit une lettre pliée en quatre, affranchie au tarif intérieur.

— Une adresse à Malad, hein ? fit Sartaj. – La lettre elle-même était rédigée d'une écriture du sud de l'Inde, incompréhensible, mais l'adresse était en anglais. – Tu travailles près de chez toi, oncle Jayanth.

— Je suis un vieil homme. Je ne peux pas me permettre de trop longs trajets.

Kamble lui rendit son portefeuille.

— Enfin, quoi qu'il en soit, tu t'es sorti de Dharavi. Je parie que tu as un chouette appartement, à Malad. Pour un vieil homme, tu gagnes pas mal d'argent. Même si tu ne le gardes pas sur toi.

Le regard dur de Kamble eu finalement raison de Jayanth, qui baissa les yeux.

Sartaj nota l'adresse.

— D'ailleurs, à ton âge, qu'est-ce que tu fabriques ? Ton fils, le wallah-America, il t'aide plus ?

L'autre oscilla de la tête, de droite et de gauche, et il eut l'air aussi triste qu'un père filmi au terme d'une vie entière d'ingratitudes et de tragédies familiales.

— Il a des enfants, maintenant, dit-il. Et des responsabilités.

— Il a épousé une Américaine ?

— Oui.

Sartaj lui donna une petite tape sur l'épaule, lui répéta sa mission dans le détail et le renvoya à ses affaires. Kamble avait l'air visiblement mécontent ; son supérieur savait qu'il pensait aux six cents roupies du portefeuille de Jayanth.

— Une femme ? s'enquit-il.

— Quoi ?

— Je croyais que tu étais parti pour te trouver une nana. Pour te soulager de toute cette tension de la bombe.

— Oui, oui. Il y a trop de tension, ces temps-ci. Même les apradhis le disent, qu'ils sont tendus.

— Alors tu devrais envisager deux femmes. Puisque la tension est double.

Kamble carra les épaules et se posa les deux poings sur les hanches, dans la posture exacte du grand Netaji, figure de l'indépendance, sur son piédestal.

— Vous avez raison, l'ami. Je ne vais pas me faire deux femmes, ce soir, mais trois. Parce que la tension est triple.

Sartaj le regard s'éloigner, l'air fanfaron, forçant les badauds sortis faire leurs courses du soir à s'écarter pour lui ouvrir une voie impériale. Peut-être, lorsqu'il aurait vieilli, quand il se serait un peu défait, finirait-il par devenir un bon policier. Pour l'heure, c'était un matamore, et il avait très peur du danger qu'il venait de découvrir. Sartaj aussi avait peur, mais il fréquentait la peur depuis si longtemps qu'il n'espérait guère s'en soulager. Une action rapide et décisive pouvait produire l'illusion du réconfort, mais ce serait temporaire. Il fallait apprendre à vivre avec la peur, avec sa langue rouge et sa guirlande de crânes. Il prit à gauche et continua par le trottoir d'un pas nonchalant. Il était sur le coup, il resterait sur le coup encore une demi-heure. La bombe pouvait attendre.

La science et l'art de l'approche, c'était quelque chose que Sartaj avait appris dès son plus jeune âge, sous le toit familial. Les gens approchaient son père l'inspecteur ; en général des gens qui avaient des ennuis, qui avaient besoin d'aide. Donc ils l'approchaient par des amis, des parents et des collègues, par des amis d'amis et des relations politiques. Un jour, une femme que son mari avait menacée, après leur séparation, l'avait approché par l'intermédiaire du directeur de l'établissement secondaire que fréquentait le jeune Sartaj. On commençait par repérer un lien, puis on transmettait par ce lien faveurs et engagements afin que la personne approchée se sente obligée d'apporter son aide ou au moins d'écouter. L'approche, c'était le moteur même de l'existence, avancer dans l'existence consistait à faire vibrer une toile d'araignée et à cheminer le long de ses fils.

Donc, Sartaj possédait l'art de l'approche, mais il n'avait encore jamais essayé d'approcher une star de cinéma. Comme tout le monde à Bombay, il connaissait bien deux figurants de classe A, un traiteur qui fournissait de temps à autre les plats que l'on servait sur les plateaux de tournage, et un cousin éloigné dont l'oncle du meilleur ami était producteur de films. Aucune de ces relations ne le conduirait dans la même pièce que Zoya Mirza sans qu'elle en soit contrariée. C'est ce qu'il avoua à Mary et à Jana ce soir-là, dans un maidan plein de danseurs et de lumières aveuglantes. Il avait été retenu au poste jusque tard dans la soirée, mais elles avaient insisté pour entendre son compte-rendu de vive voix. Donc il les avait retrouvées à Juhu, aux Festivités Grand Navaratri de Gourou-ji Patta Mandal. Les affiches de la soirée de gala promettaient « le plus grand Dandia Raas que l'on ait jamais vu ». Même si la formule n'était pas à prendre au pied de la lettre, Sartaj estimait à plus de trois mille le nombre de danseurs présents sur la piste. Une fois sur les lieux, il avait appelé le mari de Jana sur son portable, et il avait encore fallu un bon quart d'heure pour les retrouver à côté du stand Coca-Cola. Il s'était aventuré non sans plaisir dans la brume chatoyante des ghagras rouges, bleus et verts. Les danseurs tournoyaient au milieu d'un grand vacillement de bâtons de dandia, et le parfum, le tintement des rires, la chanteuse et son *Pankhida tu uddi jaaje*, tout cela lui montait à la tête.

« Oh l'oiseau, envole-toi… » Et puis il avait vu la grande Jana lui faire signe au-dessus du flot ondoyant des têtes serties de fausses pierreries. Il ne vit Mary qu'une fois parvenu à ses côtés, et encore. Il fallut qu'elle lui dise « Bonsoir » pour qu'il la reconnaisse. Jana était enchantée.

— Elle a l'air d'un vrai Gujju bhen, non ?

— Oui, acquiesça-t-il.

Mary portait un ghagra bleu, un chunni bleu foncé aux reflets argentés, et ses cheveux étaient maintenus par des sortes de barrettes rehaussées de perles. Ses lèvres étaient d'un rouge éclatant.

— Je ne vous avais même pas reconnue.

— Je sais bien. Pourtant, ce n'est pas compliqué, comme déguisement.

Il le trouvait plutôt raffiné, mais il opina et serra la main de Suresh, le mari de Jana, resplendissant dans un kurta cramoisi et un spencer jari. Suresh souleva le petit Naresh, vêtu exactement comme lui. Sartaj tapota la tête du garçonnet sans cesser une seconde de sentir le regard de Mary posé sur lui.

— Tenez, fit Jana.

Elle lui tendit un Coca, puis elle les conduisit vers une rangée de chaises, sur la gauche. Elle expédia Suresh avec Naresh, s'assit confortablement, attira Mary près d'elle et se tourna vers Sartaj.

— Alors, dites-nous.

Elles manifestèrent leur mécontentement lorsqu'il apparut qu'il n'avait rien à leur dire au sujet de Zoya Mirza.

— Vous êtes toujours aussi lents, dans la police ? ironisa Mary.

Elle avait le dos bien droit et les mains posées sur les genoux, une posture de maîtresse d'école.

— Bien sûr, baba, s'écria Jana. Tu as déjà essayé de faire une déposition au commissariat ?

Elles le taquinaient, mais il accepta leurs critiques avec le sourire. Il ouvrit grand les mains.

— Si c'était une enquête officielle, ce serait différent. Là, il faut rester prudent.

— Visiblement, nous allons devoir nous occuper de ça pour vous, fit Mary. Jana, cette fille, Stephanie, qui travaillait chez Nalini et Yasmin's, elle n'avait pas une sœur maquilleuse pour Kajol ?

— Si, si. Mais où est-ce qu'elle travaille, maintenant ?

Sartaj se cala contre le dossier de sa chaise pour observer Jana, une main en conque sur l'oreille, le téléphone portable contre l'autre. Les haut-parleurs déversaient une version danse garba de *Chainya Chainya*, et sous le flot de musique, Jana tâchait de retrouver la trace de cette fille, Stephanie. Elle tendit le portable à Mary, qui suivit à son tour deux ou trois pistes successives. Sartaj se contentait de les regarder, et d'admirer leur façon de mener l'enquête. Elles suivaient une curieuse progression latérale, posant des questions qui ne les rapprochaient pas nécessairement de Stephanie, mais qui tournaient autour d'elle. Elles eurent une conversation approfondie au sujet de l'ancienne meilleure amie de cette Stephanie, qui avait aussi travaillé chez Nalini et Yasmin's. Elles parlèrent de l'ex-petit ami de cette amie, et d'une de leurs séances de shopping dans cette nouvelle galerie marchande à Goregaon, et de leurs projets de voyage à Goa cet hiver. Autant qu'il puisse en juger, cela n'avait aucun rapport avec Stephanie ni Zoya Mirza. Mais Jana et Mary, penchées l'une vers l'autre, parlaient de cette ancienne meilleure amie avec une grande véhémence et un plaisir total. Enchaînant plusieurs coups de fil, elles en apprirent davantage sur d'autres femmes et leurs existences, sur d'autres boulots, d'autres mariages et d'autres naissances. Mary discutait maintenant avec une femme de l'angioplastie de sa grand-mère. Elle raccrocha et s'expliqua à Sartaj.

— Pour ce soir, il est trop tard, tout le monde est parti se coucher. Mais nous aurons un contact avec Zoya Mirza d'ici demain.

— *Make up connection* ?

— Vous vous moquez de nous ? s'indigna Mary. On est là, on essaie de vous aider, et vous vous moquez de nous ?

— Non, non, je ne me moque pas. En réalité, je vous admire. C'est très impressionnant, votre manière de travailler.

— Suresh me serine que je parle trop, fit Jana. Il dit que je n'arrête pas, que je mélange des sujets qui n'ont absolument aucun rapport. Selon lui, si je veux aller de A jusqu'à C, je n'ai aucun besoin de parler de L, de M et de Z.

Mary recula, se redressa dans une posture à la Suresh, pleine de dédain et de supériorité.

— Vous, les femmes, pour aller de Churchgate à Bandra, vous passez par Thane.

Sartaj et Jana furent secoués d'un petit rire. À cet instant précis, Suresh émergeait de la foule.

— J'ai laissé Naresh avec Maman.

Mary, Jana et Sartaj s'écroulèrent de rire, à la grande perplexité de Suresh. Jana se leva et posa la main sur l'épaule de son mari.

— On va danser, dit-elle. Tu viens ?

Sartaj fut soulagé de voir Mary refuser d'un mouvement de tête. Cela faisait longtemps qu'il n'avait plus dansé le dandia, et il n'avait aucune envie d'aller barboter dans le tourbillon des danseurs émérites.

— Allez-y, vous, fit Mary. Je suis un peu fatiguée.

Jana et Suresh disparurent au milieu des quatre rondes emboîtées les unes dans les autres.

— Très beau, commenta Sartaj.

Il désignait les chaînes humaines étincelant dans le halo des projecteurs.

— C'est ici qu'ils se sont rencontrés, lui confia Mary. Jana et Suresh. Son père est l'un des organisateurs.

Il se souvint d'avoir croisé Megha dans des soirées de danse garba, à une époque si lointaine qu'on pouvait parler d'antiquité. La musique n'était pas aussi disco, en ces années-là.

— Cela fait longtemps que vous venez ici ?

— Depuis que je connais Jana ; cela remonte à quatre ans. C'est amusant. J'aime bien m'habiller et sortir.

Il dut sourire en réponse à son sourire ravi.

— Vous mêler aux Gujaratis.

— Ce sont des gens charmants.

— Sauf quand ils assassinent des musulmans.

— C'est vrai de tout le monde, non ? Même les musulmans tuent, parfois. Et les chrétiens aussi.

— Oui. Ce n'est pas ce que je voulais dire… Désolé. Suresh m'a l'air d'un homme bien.

— Ce n'est rien.

Elle se tourna sur sa chaise, pour le regarder droit dans les yeux.

— Pour vous, nous sommes tous des meurtriers en puissance.

— N'importe qui peut en devenir un. Désolé, désolé. Ce n'est pas une conversation pour une soirée garba. Le regard d'un policier.

Cela n'eut pas l'air de perturber Mary, pas le moins du monde.

— Qu'est-ce que vous voyez d'autre, dans une garba ? Dites-moi un peu.

— Les nuits de Navaratri sont une aubaine pour les pickpockets, c'est certain. Ceux qui fauchent les chaînes en or, ce genre-là. Et il s'échange aussi pas mal de cash, vous savez, à cette occasion. À cinq cents roupies le billet, dans certains endroits, cela représente des sommes énormes. Des gens se laissent gagner par la tentation, ceux qui manipulent l'argent.

— La vie est ainsi faite, pleine de tentations.

— Exact. C'est l'autre aspect de ces soirées. Les garçons et les filles. Même des familles très orthodoxes sortent leurs filles à marier dans ces soirées garba. Une fois qu'elles sont immergées dans la masse, impossible de les surveiller. Vous savez, tous les ans, deux ou trois mois après Navaratri, les cliniques de la ville enregistrent une hausse du nombre d'avortements.

— Vraiment ?

— Vraiment. Nous, la police, nous devrions prendre ce genre de situation en charge.

— Vous voulez que les policiers surveillent les garçons et les filles dans les soirées garbas ?

— Si on disposait d'effectifs suffisants, ce ne serait peut-être pas une si mauvaise idée. Parce que cela ne fait qu'empirer.

— Ces garçons et ces filles trouvent peut-être, eux, que ça ne fait que s'améliorer.

C'était dit sur un ton d'une gravité exagérée, et il se rendit subitement compte qu'elle se payait sa tête. Il se surprit à rougir.

— Vous avez raison, admit-il en se massant la nuque. C'est très facile de devenir vieux jeu, ces temps-ci. Je m'exprime comme mon père. Il était policier, lui aussi.

— Ici, à Bombay ?

— Oui. Ici. Suresh n'aurait pas trop apprécié les histoires que racontait mon père. Il faisait partie de ces gens qui étaient incapables de se rendre à Bandra sans faire un détour par Thane.

— Les policiers ne sont pas censés être brefs ?

— Oh ! il savait être bref. Mais il pensait que, lorsqu'on résume trop une affaire, il n'y a plus d'affaire. Donc, s'il vous parlait d'un cambriolage à Chembur, vous vous retrouviez tout à coup à Amritsar. Ma mère se moquait de lui.

— Où est-elle votre mère, maintenant ?

Et il lui parla de la maison de Pune, et des avantages d'avoir une mère très famille et très gurudwara, puis il lui raconta l'une des affaires de meurtre les plus intéressantes de Papa-ji, qui finit par le conduire de Colaba à Hyderabad. Pas jusqu'à Amritsar, mais elle avait saisi ce qu'il voulait dire. Elle ne parlait pas beaucoup ; pourtant, les deux questions qu'elle lui avait posées avaient visé juste. Ce fut seulement quand Jana et Suresh les rejoignirent – avec leur fils endormi contre l'épaule de son père – qu'il s'aperçut que plus d'une heure s'était écoulée. Il était minuit passé depuis longtemps. Il les raccompagna dehors, les mit dans un auto-rickshaw et leur adressa un au revoir de la main. Il restait là, le dos tourné à la porte chargée de fleurs, à la soirée garba, mains sur les hanches, et songeait à Mary Mascarenas. C'était une silencieuse et une compliquée, mais il était étonnamment facile de lui parler. Elle était intelligente, ce qu'elle n'aimait pas dévoiler. Elle avait ses opinions, et elle était têtue. Vêtue d'une ghagra gujaratie, elle était scintillante, et pudique, menue, et pleine de sève. Trouble. Troublante, en tout cas. Elle était dangereuse. Elle méritait d'être surveillée.

Le lendemain matin, devant son chai, il décida que cette histoire de bombe était ridicule. Il se sentait honteux d'avoir eu peur, d'avoir pris au sérieux une femme trop crédule qui se trouvait être officier de renseignement. De toute manière, les espions formaient une tribu de paranoïaques, une caste de combattants clandestins qui voyaient partout la main de l'étranger, un terroriste à chaque coin de rue. Sartaj prit son thé, et sa peur avait disparu. La matinée était d'une fraîcheur hors de saison pour cette fin septembre, il se sentait joyeux, plein d'énergie. Il s'était assis près de la fenêtre avec une deuxième tasse et l'édition du jour du *Dainik Jagran*, et il regardait les oiseaux s'élever des marais en tournoyant dans une lumière de plus en plus intense. Les nouvelles étaient mauvaises, du moins aussi mauvaises que d'habitude, des tensions persistaient à la frontière, il y avait eu une attaque à la grenade dans l'État du Jammu. Quant à la coalition du gouvernement central, elle chancelait à nouveau et menaçait de se désintégrer. Ça allait mal, mais Sartaj était sous la douche, il se savonnait le torse en chantonnant *Bhumro bhumro* avec la radio des voisins du dessous. Et il entendait les enfants du dessus rire et chanter avec la radio eux aussi. C'était une belle matinée.

Au moment où il fermait sa porte à clef, son portable sonna. Aujourd'hui, il se sentait confiant. C'était Mary, sûr, pas un appel du poste. Il enfonça la touche avec le pouce.

— Allô, allô ?

— Allô, fit-elle, et il éclata de rire. Vous êtes gai, aujourd'hui ?

— Allô, Mary-ji, fit-il. Désolé, désolé, je viens d'entendre une chanson à la radio, et des enfants se sont mis à chanter en même temps...

— Et ça vous fait rire ?

Il devinait son sourire.

— Oui. C'est un peu dingue, je sais. Vous savez ce que l'on dit des sardars.

Elle pouffa.

— Il n'est pas encore midi.

— À cette heure-là, c'est encore pire...

— Je vous ai déjà vu à cette heure-là, et vous n'aviez pas l'air content du tout. Vous étiez effrayant.

— J'étais en pleine enquête, j'étais forcé de faire cette tête-là.

— Eh bien, pour Zoya Mirza, vous en ferez une autre, d'accord ? Sinon, elle va fuir en courant.

— Zoya ? Vous avez trouvé un moyen de l'approcher ?

— Bien sûr. Et je sais où elle tourne aujourd'hui et demain. Vous allez tout noter. – Il écrivit dans son agenda le nom du maquilleur de Zoya Mirza, son numéro d'alphapage, ainsi que le nom du chargé de production et son numéro de téléphone portable. – Le maquilleur, Vivek, est votre contact. Il sait que vous venez, et il en a parlé avec le chargé de production. Pour eux, vous êtes un policier, un grand admirateur de Zoya Mirza, et vous mourez d'envie de la rencontrer.

— C'est la vérité.

— Vous êtes un de ses admirateurs ?

— Oui.

— Comme tous les hommes de ce pays. Seulement, vous n'oublierez pas qui vous a permis de la rencontrer. Alors dès que vous serez revenu de votre rendez-vous, vous nous téléphonez. Aujourd'hui, pas demain. N'oubliez pas.

— Je n'oublierai pas. Merci. J'ai l'impression que vous êtes une admiratrice, vous aussi.

— Nous voulons juste savoir. Tout savoir.

— Ne vous inquiétez pas. Je vous appellerai.

— J'attends.

Une demi-heure plus tard, patientant à un feu rouge dans la chaleur du pot d'échappement puant d'un bus BEST, il pensait encore à Mary. Elle mourait d'envie d'en savoir plus sur la vie des stars de cinéma. Tout le monde avait envie d'en savoir plus sur la vie des stars, sur ce qu'elles faisaient et ne faisaient pas. Même ceux qui prétendaient détester le cinéma et les gens du milieu filmi. Même les anti-filmi les plus féroces avaient une culture dans le domaine. Mary avait de surcroît un motif de curiosité personnelle ; elle avait perdu sa sœur, et Zoya Mirza pouvait lui révéler sur Jojo quelque chose d'essentiel. Donc Mary avait quantité de raisons d'attendre son coup de fil. Mais avant de passer aux stars, il avait devant lui une journée de travail, des vols et des bandobasts à mettre sur pied, des points pratiques à vérifier. Il brûlait de poser quelques questions à Zoya Mirza. Mais elle et Mary devraient attendre. La peur de la bombe, en même temps que la sueur, fit son retour. Elle rôdait comme un rat aux dents aussi fines que des aiguilles, invisible, tapi dans une herbe drue. Il la sentait toute proche, jusque dans ses avant-bras et dans son dos, sous la nuque. Il lui adressa ses plus sincères malédictions, en long, en large et en travers, et s'attela à la besogne.

En réalité, Sartaj et Kamble purent se rendre à Film City dès cet après-midi-là, bien avant que Zoya Mirza eut achevé son service. Ils passèrent devant AdLabs, montèrent la colline en direction d'un palais imposant. Zoya tenait le rôle principal dans un film en costume, superproduction réunissant plusieurs stars, la première de cette envergure depuis des décennies, avec combats de sabres, acrobaties sur lustres et le reste. Vivek le maquilleur les installa derrière le palais, dans des fauteuils pliants, leur servit deux Cutting-chai et leur parla du scénario.

— C'est un film très différent des autres. Ça évoque *Dharamveer*, l'histoire des deux jumeaux du royaume qu'on sépare à leur naissance et qui ne savent rien de leur origine princière, sauf que c'est totalement actuel et moderne. Gros effets spéciaux. Tout ce palais va s'élever dans les airs, il va carrément s'envoler, et on le verra flotter au milieu d'un lac. Ils ont prévu d'immenses scènes de bataille, qui seront toutes travaillées sur ordinateur. Le héros a une grande scène de duel contre un cobra géant à cent têtes.

— Et Zoya, quel rôle joue-t-elle ? s'enquit Sartaj.

— Madame est une princesse, lui expliqua Vivek. Ses parents, le Maharaja et la Maharani, se font assassiner alors qu'elle est toute jeune, et elle grandit en pleine jungle, dans la famille d'un chef de tribu. Où personne ne sait qui elle est.

Kamble aspira bruyamment une gorgée de thé.

— Une princesse junglee ? fit-il. Très bien, ça. Habillée comment ?

Mince et sérieux sous ses lunettes, Vivek était visiblement gêné par l'air émoustillé du sous-inspecteur. À l'évidence, il mourait d'envie de traiter le policier de gaandu lubrique. Il se contenta de ratatiner les épaules avant de répondre.

— Les costumes sont très beaux, c'est Manish Malhotra qui les crée.

Sartaj gratifia Vivek de quelques petites tapes rassurantes sur l'avant-bras.

— Manish Malhotra, c'est le meilleur. Je suis sûr que Madame est superbe. C'est comment, de travailler pour elle ?

— Madame est une personne très bonne.

— Ah oui ? Elle en a l'air, fit Sartaj.

Vivek le considéra à travers ses lunettes à monture bleue très tendance, et afficha un sourire innocent.

— C'est une beauté, bien sûr. Mais j'ai toujours pensé, on le sent dans ses rôles, que c'est aussi une femme bien.

La méfiance de Vivek se dissipait, il se redressa.

— Oui. Elle est très généreuse, vous savez.

— Elle vous a aidé ?

— Elle m'a donné ma chance. Nous nous sommes rencontrés sur un tournage de pub. Quand elle est devenue une star, elle ne m'a pas oublié.

— Cela fait longtemps que vous êtes avec elle, donc.

— Oui.

— Vous avez un bon métier, à voyager comme ça dans le monde entier avec une star de cinéma. Moi, je ne suis jamais sorti d'Inde.

— Trente-deux pays à ce jour, s'écria Vivek, l'air radieux. La semaine prochaine, nous allons en Afrique du sud.

Kamble le questionna à son tour, d'une voix feutrée.

— Vous avez passé beaucoup de temps, à Singapour ?

— Oui, oui, Madame a tourné souvent, là-bas.

La question n'avait pas suscité la moindre réaction de peur, pas la moindre anxiété qui serait venue entacher son dévouement à Madame.

— C'est un très bel endroit. Nous avons organisé pas mal de shootings de mode, là-bas. Singapour, cela lui a beaucoup plu, à Madame, c'est si propre, si coquet. Nous y sommes allés en vacances, aussi, quelquefois.

Singh termina son thé et s'étira.

— Alors elle doit avoir des amis, là-bas.

Vivek était perplexe.

— Je n'en sais rien. Elle et moi, nous ne descendions pas au même hôtel. Que voulez-vous dire ?

Sartaj se frappa le genou.

— Rien, yaar. Moi, parfois, je vais à Pune, donc j'ai des amis à Pune. Pensez-vous qu'elle puisse nous recevoir, maintenant ?

— Je ne crois pas que l'interview soit terminée. Mais le plan est presque prêt. Je vais voir.

L'inspecteur Singh ne se départit pas de son expression enthousiaste et pleine de gratitude avant que Vivek disparaisse à l'angle du palais. Trois ouvriers étaient occupés à peindre une partie du mur d'une couleur or. Une dizaine d'hommes étaient affalés dans l'herbe, à côté d'eux, et quelques femmes étaient assises en cercle à l'ombre d'une grande caravane. On n'avait pas l'impression qu'un plan se préparait, et encore moins que le tournage soit imminent.

— Cet enfoiré de chashmu ne sait rien de rien, grogna Kamble. Il a parlé trop facilement de Singapour.

— Oui. Ils ont dû se montrer d'une extrême prudence, Gaitonde et elle.

Son adjoint se gratta la poitrine. Il portait au poignet un bracelet en cuivre.

— Gaitonde, le grand parrain hindou, déclama-t-il. Et comment qu'il devait se montrer prudent, avec sa petite amie musulmane. Quel menteur, ce maderchod.

— Je ne vois pas en quoi une maîtresse musulmane porterait atteinte à une réputation. Suleiman Isa, il avait des filles de toutes les religions. Ce ne sont pas des filles qu'ils épousent, non ? Peut-être que Gaitonde cherchait à protéger cette Zoya. Avec un bhai en guise de boyfriend, difficile de devenir Miss India.

— C'est tous des chutiyas de menteurs, ils passent leur temps à jouer à cache-cache, s'indigna le sous-inspecteur. Moi, vous savez, j'ai eu une chaavi musulmane, il y a deux ans. On n'a rien caché à personne. Yaar, c'était une beauté. Je l'aurais volontiers épousée.

— Que s'est-il passé ?

— Je n'avais pas la monnaie pour me marier. Une fille comme ça, il lui faut un appartement, des vêtements, la belle vie. Sa famille lui a trouvé un chutiya qui travaillait pour une entreprise à Bahreïn. C'est là qu'elle vit, maintenant. Avec une petite fille.

— Elle est heureuse.

— Oui.

Il se pencha, les coudes calés sur les genoux, et regarda l'autre versant de la petite vallée, vers les collines qui se dressaient au loin. Subitement, on le sentait mélancolique, perdu dans le souvenir de son amour perdu.

— Eh, Devdas, fit Sartaj. De toute manière, tu ne l'aurais pas épousée. Des chaavis, depuis, tu as dû en prendre à peu près une centaine pour t'aider à surmonter.

Mais le sous-inspecteur refusait de se dérider, et il le crut sur le point de fredonner une chanson triste. Si on enlevait les charpentiers, les planches entassées à côté du palais et les jacasseries des femmes, le paysage baigné d'une douce couleur safran par le soleil déclinant se prêtait assez à une chanson. Il y avait de l'herbe, des arbres et des collines aux vagues allures de pics himalayens. Il tâcha de penser à une chanson adaptée à la circonstance, mais ne trouva qu'une mélodie de Dev Anand : *Main zindagi ka saath nibhaata chala gaya.* « J'ai tenu bon, je n'ai pas perdu ma foi en la vie… » Il sentait de nouveau la peur, la terreur de la bombe, la menace tapie quelque part sous le mur du palais. Ce n'était peut-être qu'une angoisse souterraine inspirée par Film City, si proche de l'endroit où pas mal de gens, adultes et enfants avaient trouvé la mort sous la dent de léopards très sauvages et très assidus. Ces léopards étaient bien réels, oui, oui, rien à voir avec des fauves filmi. C'était peut-être pour cela qu'il avait peur. Mais en même temps, il se sentait d'une gaieté inexplicable. Tout cela était plutôt curieux.

— Venez, venez, je vous prie. – D'un signe de la main depuis le portail, Vivek les invitait à s'approcher. – Madame sera sur le plateau d'ici une minute. Vous voulez assister au tournage du plan ?

L'intérieur du palais grouillait d'une activité bourdonnante. Sous les voûtes et les hautes arcades, des hommes s'affairaient en tous sens, maniant le marteau et la scie. Sartaj enjamba des nids de câbles, contourna des taillis de supports métalliques, se pencha pour passer sous une toile peinte. Une voix amplifiée par un haut-parleur lança : « Pleins feux. » Sartaj pénétra dans une salle d'audience embrasée d'or et de vert. Les piliers étaient soutenus par des statues grandeur nature de guerriers et de vierges, et le demi-plafond était couvert d'un treillis serré de cristal étincelant. Il y avait aussi deux immenses lustres, une foule de courtisans drapés de satin et un trône. Il se faufila au milieu d'une autre foule, celle-là de techniciens, jusqu'à une rangée de fauteuils pliants. Vivek lui fit signe : attendez là.

— C'est Johnny Singh, remarqua Kamble.

— Qui ?

— Le réalisateur.

Il désignait un homme corpulent venu s'asseoir devant un écran de contrôle.

— Et lui, c'est le chef opérateur, Ashim Dasgupta.

— Tu es un expert, s'étonna l'inspecteur.

— Il y a un paquet de filles qui veulent faire du cinéma.

Oui, les bar-balas qu'il fréquentait étaient nombreuses à vouloir devenir une Zoya Mirza. Elles auraient été prêtes à n'importe quoi, à courir tous les risques, rien que pour être en ce lieu. Une fois ses yeux accommodés à l'éclat des projecteurs, Sartaj s'aperçut que les statues étaient en plâtre, que la peinture dorée des piliers s'empâtait, coagulée, que le cristal du plafond était du verre, voire du plastique. Au-dessus, au milieu des rangées de projecteurs accrochés à des passerelles branlantes, on voyait des jambes qui pendaient, et des visages scrutateurs. À l'écran, l'ensemble se cristalliserait en un palais idéal. Sartaj se dit que Katekar aurait adoré ça, ce sol crasseux et ces diamants à deux sous piqués sur les turbans des princes.

— Silence ! Silence ! rugit le haut-parleur.

Brusquement, le plateau retint son souffle, et Zoya Mirza descendit sur terre. En réalité, elle venait de la gauche mais elle aurait aussi bien pu descendre depuis les cieux en Technicolor sous une pluie de fleurs odorantes. Elle était très grande, mince et musclée, enveloppée d'un drapé d'or chatoyant, les cheveux défaits, très longs, et la courbe interminable de son cou laissa Sartaj le souffle coupé.

— Baap re, chuchota Kamble. Mai re.

Oui, Sartaj croyait à nouveau dans l'enchantement du cinéma. Ils regardèrent Zoya discuter avec le réalisateur et les deux assistants pendant que Vivek virevoltait autour de ses cheveux et de son visage. Une femme s'agenouilla et s'affaira sur l'ourlet de la robe mi-longue. Un duo d'acteurs entra à son tour, un couple âgé en tunique royale, et le réalisateur se mit à leur parler, à eux et à Zoya, en multipliant les gestes. Kamble chuchotait leurs noms et leur pedigree, leurs rôles précédents et la liste de leurs succès. D'un mouvement d'épaules, Zoya se débarrassa de son drapé, et Kamble se tut. C'était le genre de tenue de princesse junglee que Sartaj se rappelait avoir vu sur les calendriers de son enfance, avec un haut en cuir tendre couleur fauve, noué dans le dos par des cordons, et une jupe assortie, échancrée sur le nombril et pincée sur les hanches, très près du corps. Le Maharaja et la Maharani prirent leurs places près du trône, Zoya se retourna et marcha vers eux, et les courbes sans fin de ses hanches se resserrèrent autour de la gorge de Sartaj. Oui. Sur ce plateau, tout était faux, sauf Zoya Mirza. Mary et Jana ne s'étaient pas certainement pas trompées sur les multiples interventions et miracles de technologie qui avaient permis de créer cette beauté planétaire, mais il s'en moquait. Zoya Mirza était artificielle, mais son mensonge était plus vrai que la nature elle-même. Elle était réelle.

La scène était celle-ci : la princesse, ignorant qu'elle était de sang royal, arrivait dans cette capitale grandiose en quête d'un mystérieux guerrier qui l'avait courtisée sur les pentes sauvages des montagnes de son enfance avant de disparaître. Et la voici qui faisait irruption dans la cour fastueuse du Maharaja, qui n'était autre – mais elle n'en sait encore rien – que le meurtrier des parents trop crédules de la princesse. Le dialogue du plan prévoyait deux répliques : « Qui es-tu, kanya ? », et « Je suis la fille du sardar matho, qui gouverne la forêt à l'ouest de tes frontières. » La seconde, que l'on tournait en premier, exigea huit prises et quarante-cinq minutes. Zoya prononçait ces paroles en s'avançant à grands pas sur le large escalier de faible pente qui menait au trône. Elle se montra héroïque. Ensuite, il y eut une pause de vingt minutes, le temps de déplacer la caméra. Vivek leur proposa encore du thé et des biscuits. Madame n'avait pas envie d'être dérangée pour l'instant. Elle était en plein travail.

— Votre histoire ressemble à ce téléfilm, observa Kamble. Comment ça s'appelait déjà ? Avec tous ces rajas et ces ranis, ces félons et ces espions ?

— *Chandrakanta*, fit Sartaj. Un bon téléfilm.

— C'est bien plus ambitieux que *Chandrakanta*, protesta Vivek. Dans *Chandrakanta*, les effets spéciaux faisaient tellement pauvres. Nous, ici, nous avons deux experts hollywoodiens qui arrivent par avion exprès pour la séquence capitale. Et d'ailleurs les scénaristes m'ont indiqué qu'ils s'étaient beaucoup plus inspirés de Bankim Chandra.

— Qui ça ? fit Sartaj.

— Un vieil auteur bengali, lui répondit Vivek. Il a écrit *Ananda Math*.

— Je croyais que ce bouquin avait déjà été adapté dans un film bengali, fit Kamble, qui croquait des biscuits à la noix de coco.

— Jamais entendu parler, admit Sartaj.

C'était agréable, de se retrouver devant un plateau de tournage à discuter plans, effets spéciaux, dialogues et vieux romans bengalis. Même Kamble avait oublié son impatience. Suivre Zoya Mirza du regard, c'était plus qu'un passe-temps, c'était un remède, une potion magique, un calmant.

Le plan suivant, un contrechamp sur le Maharaja, n'exigea que deux prises. Ensuite, il y eut de nouveau pas mal de mouvement et de hurlements, des projecteurs et des réflecteurs que l'on déplaçait. Vivek suivit Zoya hors du plateau, et reparut en vitesse, dix minutes plus tard.

— Venez, leur souffla-t-il. Madame va vous recevoir.

Vue de près, elle restait extraordinaire. Le maquillage était un peu tapageur, mais Sartaj comprit qu'il était conçu pour la caméra. Entre la finesse extrême des pommettes et la plénitude charnue des lèvres, on percevait une ligne parfaite qui ne devait rien au maquillage. Les deux policiers s'assirent l'un à côté de l'autre dans la caravane de la star, sur un sofa encastré dans la cloison. Elle était sortie de son dressing-room moulée dans une robe virginale, et s'était juchée sur une chaise haute. Vivek se tenait près de l'entrée, rose d'admiration.

— Cette jupe junglee t'allait à ravir, lui dit-il en gardant un œil sur les policiers.

— Oui, vraiment, renchérit Sartaj.

— Didi, ce sont de grands admirateurs, reprit le maquilleur. Ils sont venus me trouver par l'intermédiaire de Stephanie, tu te souviens d'elle ? Uniquement parce qu'ils voulaient te rencontrer.

Zoya avait le genre de sourire que les êtres accoutumés à attirer l'attention affichent pour témoigner de leur humilité. Singh l'avait souvent repéré chez les politiciens.

— Je vais jouer le rôle d'un officier de police judiciaire, l'année prochaine, leur révéla-t-elle, dans le nouveau film de Ghai-sahib. Moi aussi, je suis une admiratrice. De la police, j'entends. J'ai participé à une première pour un gala de charité de l'Association des policiers, quand j'étais Miss India.

— Je m'en souviens. Et nous avons de nouveau besoin de votre aide.

— Je ferai tout mon possible pour vous aider, c'est bien naturel. Mais je vais être très occupée, ces six prochains mois...

— Nous ne sommes pas ici pour vous demander d'apparaître en personne, lui assura très calmement Kamble. – Il ne bougeait pas du tout, mais ses épaules semblaient avoir augmenté de volume, et il inspirait le danger, subitement. Tout tenait à ce regard terne et plat, à la raideur de la mâchoire. – Ni pour vous réclamer un don.

Zoya saisit le changement d'humeur, mais Vivek dissipa la tension d'un rire.

— Ils veulent juste des autographes, Didi, s'écria-t-il.

Singh posa la main sur l'avant-bras du maquilleur, s'y appuya pour se relever.

— Et vous poser une ou deux questions, dit-il en avançant vers Zoya d'un pas.

Elle n'appréciait pas qu'il se rapproche d'elle, mais elle fit un effort pour ne pas le montrer. Il vint lui chuchoter dans l'oreille.

— Au sujet de Ganesh Gaitonde.

— Vivek, dit-elle d'un ton vif, attends-nous dehors.

— Didi ?

— Attends-nous dehors. Et je ne veux pas être dérangée.

D'un petit coup de coude, l'inspecteur poussa le maquilleur vers la porte, l'autre écarquilla les yeux, mais il la lui ferma au nez et, d'une main ferme, tira le rideau rouge sur la vitre enchâssée dans la cloison. Cette fois, Zoya crut bon de se montrer scandalisée, et elle se leva. Les épaules dégagées, elle avait très belle allure, mais elle dut baisser la tête sous le pan incliné du plafond trop bas. Sartaj jugea que cela gâchait un peu l'effet recherché.

— Pourquoi voulez-vous m'interroger au sujet d'un personnage pareil ? fit-elle. Qu'entendez-vous par là ?

— Ne vous donnez pas tout ce mal, lui répliqua le sous-inspecteur.

Il avait les mains sur les cuisses, les pieds plantés au sol, bien écartés.

— Nous savons tout. Nous savons pour Jojo. Nous avons appris que Gaitonde vous faisait prendre des avions vers toutes sortes de destinations.

— Madame, reprit Sartaj, nous avons besoin d'un peu de coopération.

— Écoutez, j'ai été mannequin, et j'ai rencontré des tas de gens…

Le ricanement de Kamble fut magnifique. Sartaj lui trouva l'air d'un crapaud cynique, et son coassement lui flanqua la chair de poule jusque dans les avant-bras. Son équipier pointait le doigt sur Zoya.

— C'est vous qui allez m'écouter, s'écria-t-il. Vous avez le droit de considérer que vous êtes une grande star de cinéma, et que vous pourrez toujours vous en tirer. Nous avons tenu à vous éviter l'embarras d'être convoquée au poste, et donc nous sommes venus ici. Mais ne vous figurez pas que vous avez les moyens de nous échapper. Ne nous prenez pas pour des idiots. Nous avons envoyé Sanjay Dutt en prison ; vous pouvez y aller, vous aussi. Six mois dans une petite cellule sans air conditionné, et votre charbi va fondre.

— Bas, bas, assez, fit Sartaj à Kamble. – Lui ne quittait pas son expression douce et compréhensive. – Madame, je sais que vous avez peur. Et que vous souhaitez protéger votre vie privée. C'est votre droit. Mais il a raison, nous en savons trop sur vos relations avec ce Gaitonde pour que vous puissiez nier. Nous disposons de pièces qui prouvent qu'il a payé vos voyages. Nous possédons des duplicatas de votre ancien passeport, sous le nom de Jamila Mirza. Nous possédons des duplicatas de billets d'avion.

Kamble sortit une liasse de duplicatas d'une enveloppe en papier kraft et les agita devant elle.

— Pour Singapour, nous sommes au courant, dit-il. Tenez.

Elle prit les documents. Elle était très forte. Sous son allure ondoyante, elle conservait une volonté inflexible. Sartaj le sentait, il savait que la démarche impérieuse de la princesse junglee était aussi celle de Zoya. Mais son talent de comédienne ne suffisait pas à brider la flamme de colère et de peur mêlées qui brillait dans ses yeux. Il s'était bel et bien produit quelque chose à Singapour. Kamble avait fait mouche. C'était le moment de se montrer compatissant.

— Madame, croyez-moi, venant de vous, il ne nous faut rien d'autre que quelques informations. Il n'y a pas d'enquête contre vous, aucune accusation. Asseyez-vous, s'il vous plaît.

Elle resta debout, immobile.

— Au sein de notre service, hormis cet officier de police judiciaire, ici, et moi-même, personne ne sait rien de votre lien avec

Gaitonde. Nous ne révélerons rien à personne. Nous avons juste besoin que vous nous parliez de lui, que vous nous communiquiez tout ce que vous savez des amis de Gaitonde, de ses relations et de ses affaires. Nous ne souhaitons rien savoir vous concernant.

— À moins que vous ne décidiez de nous créer des difficultés, précisa son équipier.

— Nous sommes sous pression, nous sommes dans l'obligation de réunir certaines informations sur les activités de Gaitonde, reprit Sartaj. Mais si nous ne trouvons rien, nous serons contraints, en effet, de révéler à nos supérieurs la nature de vos relations avec lui. Cela peut devenir très embarrassant pour vous. – Il respira profondément. – Nous avons une cassette vidéo, madame.

— Une cassette vidéo ? fit-elle.

Sa voix était grave.

— Gaitonde enregistrait tout.

Il sentit le regard fixe de Kamble posé dans sa nuque, mais resta résolument concentré sur Zoya.

— Il existe une cassette vidéo de vous. Avec lui. En train de faire certaines choses.

Elle s'affaissa sans maîtrise et sans grâce sur une chaise. Ses genoux avaient subitement plié sous elle, comme s'ils étaient en caoutchouc, et elle s'était assise. Ils la tenaient. Sartaj ravala comme un goût de vieille colle qui lui était remonté dans la bouche, et s'assit à son tour, sur le bord du sofa, à côté de son équipier. Zoya garda les yeux baissés, les chevilles de travers. Il se pencha en avant.

— C'est une cassette très explicite, madame. À ce qu'il semblerait, vous n'aviez pas conscience d'être filmée. La scène a été prise avec une caméra cachée. Et elle montre tout, absolument tout.

À ce stade, elle ne dissimula plus sa fureur.

— Où est cette cassette ? s'exclama-t-elle. Je vous verserai de quoi la récupérer. Combien voulez-vous ?

Son mépris ne s'adressait pas seulement à Ganesh Gaitonde l'amant perfide, mais aussi à ces deux policiers qui menaçaient l'existence qu'elle était parvenue à se forger.

— Vous aurez déjà compris que nous ne voulons pas d'argent, lui répondit-il. Juste des informations.

— Et ensuite vous me remettrez cette bande ? Et tout le reste ?

— Oui, madame. Le tout. Nous n'avons pas de panga contre vous. Nous vous souhaitons de vivre en paix, et de tourner de nombreux films. Nous sommes deux admirateurs.

Cette ferveur ne la réconforta guère. Elle lui lança un regard courroucé, rectifia le désordre de ses membres et redevint une star de cinéma.

— Pas ici, lâcha-t-elle. Mon costumier arrive dans une minute.

— Oui, madame. Il y a trop de monde, ici. – Il se leva. – Dites-nous où nous pourrions vous retrouver.

— Mon service s'achève à vingt-trois heures trente. Venez à minuit.

Elle leur donna une adresse, un numéro de portable, puis les congédia.

— OK, fit-elle, maintenant, allez-vous-en.

Elle referma la porte derrière eux.

— Randi, siffla Kamble. Salope. On devrait lui soutirer un peu de fric.

Sartaj s'étira. Vu sous un nouvel angle, le palais révélait les étais et les échafaudages qui en soutenaient les murs. Cette structure hérissée de lignes possédait une étrange beauté sous la lumière tamisée, comme une espèce de cactus géant, une plante artificielle qui se serait enracinée au flanc de la colline.

— Ne sois pas trop rapace. Ce qu'on tente là est déjà assez dangereux comme ça. On ferait mieux de sortir d'ici.

Vivek n'était visible nulle part, donc ils traversèrent le plateau, et des foules inexplicables de travailleurs au repos. Kamble attendit qu'ils soient dehors, devant leurs motos, avant de poser la question.

— Est-ce que ce ne sera pas encore plus dangereux quand elle aura compris que cette vidéo n'existe pas ?

— Non, le rassura-t-il. Elle s'est compromise en admettant que la vidéo pourrait exister.

— Exact. C'était une bonne idée. – Kamble attacha la mentonnière de son casque vert. – Donc, une fois que tout ça sera terminé, quand il n'y aura plus aucun danger… est-ce que qu'on ne pourrait pas lui tirer un peu de monnaie ?

Sartaj enfonça le kick de son engin en pesant du pied, lança le moteur, le laissa trouver son régime.

— Celle-là, mon ami, elle a survécu à Ganesh Gaitonde. Tu connais beaucoup de femmes, mais je suis plus âgé que toi. Écoute-moi. Celle-là, si elle se sent attaquée trop méchamment, elle va contre-attaquer. Va chercher ton argent ailleurs.

— Très bien, très bien, vous, vous faites ami-ami avec elle. Vous allez jouer au gentil. – Il eut un sourire narquois. – Et moi, je ne ramasserai pas de monnaie. Peut-être que vous obtiendrez autre chose d'elle. Allez, je vous retrouve au poste.

Il s'éloigna en pétaradant, non sans tourner la tête pour lancer à son supérieur un gros éclat de rire en guise d'au revoir. Sartaj bascula pour s'engager sur la chaussée et le suivit. Il était inutile de protester. Zoya était belle, d'une beauté époustouflante. Mais s'il avait ressenti cette beauté, c'était d'une manière impersonnelle. Dans ce plaisir, il n'y avait aucun espoir, aucune douleur, aucun de ces coups de lame du désir. Il avait été frappé, cependant, par sa faculté de récupération, sa force, sa façon d'affronter le problème posé par ces deux policiers hostiles, ce désastre inattendu qui venait menacer sa carrière, ses biens, sa vie. Elle avait tenu bon. C'était on ne peut plus impressionnant. Zoya Mirza était une femme de solutions, elle voyait la difficulté, pliait sous son poids l'espace d'un instant, et puis elle recherchait les issues possibles. À proximité d'un tel sang-froid, il valait mieux rester prudent, surtout si vous étiez la source du problème.

Il roulait en direction de la grand-route. Kamble était déjà hors de vue, noyé au milieu des camions et des auto-rickshaws du soir. Il avait peut-être une fille qui l'attendait, ou deux filles. C'était un grand passionné de beauté, comme lui-même autrefois. Quand une Zoya Mirza ne vous enivre plus de désir, songea-t-il, c'est que vous vous faites vraiment vieux. Espèce de vieux schnock. Espèce de vieux bonhomme fourbu. Mais il n'en prouvait aucune tristesse, juste un bizarre soulagement. Le temps lui avait rendu visite, avait commis sur lui ses déprédations, mais il aimait ce sentiment d'être usé. Il trouvait cela reposant. Il s'engagea sur la grand-route et roula dans le crépuscule en fredonnant *Vahan kaun hai tera, musafir, jayega kahan* ? « Voyageur, ici, qui t'appartient ? Où iras-tu ? »

Au poste, il travailla sans désemparer sur des dossiers administratifs destinés au tribunal, des visites et des rapports. Juste après onze heures, Kamala Pandey l'appela. Elle n'avait pas reçu de nouvel appel des maîtres chanteurs, mais elle voulait savoir où il en était.

— Nous travaillons sur votre affaire, madame, lui répondit-il. Ne vous inquiétez pas.

— Mais qu'est-ce que vous faites, au juste ? insista-t-elle.

— Nous suivons des pistes. Nous menons l'enquête. Nous discutons avec nos informateurs.

Il lui parlait d'un ton lisse tout en remplissant un formulaire pour un cambriolage. C'était la réponse standard, qu'il avait répétée mille et une fois. Mais Kamala Pandey ne s'en satisfaisait pas. Il y eut un murmure à l'arrière-plan, et puis elle revint vers lui, irascible désormais.

— Avec qui ? Avez-vous fait des découvertes ?

Des découvertes. Il se cala contre le dossier de son fauteuil.

— À qui parlez-vous, madame ?

— Où cela ?

— Vous êtes en train de parler à quelqu'un. Qui est-ce ? Vous ne devez faire aucune allusion à l'affaire, à personne.

— Je ne parle à personne de cette affaire. Je suis au restaurant avec des amies, et l'une d'elles est venue me demander quelque chose. Elle est repartie, maintenant. Donc vous pouvez me donner quelques détails.

— Madame, s'agissant d'une enquête en cours je ne peux rien révéler de précis, riposta-t-il plutôt sèchement. Soyez assurée que nous y travaillons avec énergie. D'ailleurs, à l'instant même, c'est sur votre affaire que je travaille.

Ce n'était pas exactement vrai, mais il avait consacré pas mal d'heures à la question, et il était fatigué, et pas loin de se mettre en colère.

Il y eut encore ce murmure dans le combiné, mais Kamala avait perdu l'envie d'insister.

— Désolée, fit-elle. C'est juste que je suis sur les nerfs.

— Aucune raison d'être sur les nerfs, lui assura-t-il. Dès que je sais quelque chose, je vous contacte. Et puis, madame, j'ai besoin d'une photographie de vous, pour la montrer aux témoins susceptibles d'avoir assisté à l'échange de l'argent. Ne vous inquiétez pas, je serai d'une discrétion totale. Je ne dirai à personne qui vous êtes. Faites-la juste déposer à l'adresse de mon domicile, par coursier. Dès aujourd'hui si possible, demain au plus tard.

Elle était réticente, mais il sut se montrer ferme. Il lui confia son adresse, raccrocha et retourna à son formulaire.

Quand il lui mentionna l'appel de Kamala Pandey, Kamble ne cacha pas son hostilité. Ils s'étaient retrouvés à minuit, comme prévu, sur le trottoir en face de l'immeuble de Zoya Mirza, à Lokhandwalla. Kamble buvait une bière. Depuis qu'ils s'étaient quittés, il avait travaillé sur deux affaires ; il était fatigué et de mauvaise humeur. Il avait besoin d'une bière, avait-il insisté, avant de monter à l'appartement de Zoya. Ils étaient donc assis sur un muret, dans la rue, en face de chez l'actrice, comme deux copains dans l'obscurité.

— Alors comme ça, cette kutiya capricieuse se balade en ville, ironisa Kamble, elle sort au restau, elle écume les bars. Elle va vite se dégotter un autre mashooq, ça ne fait pas de doute. Elles sont toutes comme ça, ces dépravées pleine de fric, elles pratiquent la distribution gratuite. Et vous savez, une fois qu'elles commencent à distribuer, elles ne savent plus s'arrêter.

— Je pense qu'elle éprouvait de l'amour pour cet Umesh.

— Alors pourquoi rester avec son gaandu de mari ? Pour son appart et son argent ?

— Elle a essayé de rompre avec Umesh.

Kamble but une longue gorgée de bière, dans un gargouillement.

— Mais pourquoi, si elle l'aime ?

— Tu n'apprécies pas toujours l'être dont tu tombes amoureux.

— Ça, c'est vrai, oui.

Les larges pommettes de Kamble étaient striées de lune et de l'ombre des palmiers, au-dessus de leurs têtes.

— Il y avait une fille, j'ai bien cru une ou deux fois que j'allais la tuer de mes mains.

— Une danseuse ?

— Oui. Elle était danseuse, originaire de Rae Bareli. Elle a failli me foutre sur la paille, celle-là. J'étais comme un fou, comme un idiot. Et je vais vous dire, elle avait l'air aussi innocent qu'une déesse. Ses joues, on aurait dit du fromage de malai tout frais.

— Alors, tu ne l'as pas tuée ?

— Non, je l'ai juste laissée filer. Elle m'avait claqué jusqu'à ma dernière roupie, ça a duré sept mois. Elle et sa famille de bhenchods. Ils s'y entendaient, pour me piquer ma monnaie. Certaines filles, elles ont ça dans le sang à la naissance, ce talent pour se faire de la monnaie. Comme cette Zoya. J'ai vérifié, les apparts, à son étage, coûtent un crore et quatre-vingts lakhs.

— Une partie de cet argent doit venir de Gaitonde.

— C'est sûr. Mais enfin. Un quatre-vingts. Et elle tourne depuis quoi, trois, quatre ans ? Ces gens-là sont sidérants.

— Quels gens ? Les acteurs ?

— Arre, non, patron. Les musulmans. L'empire mughal a disparu, on leur a donné le Pakistan, mais ici, ils continuent à vivre comme des rois.

— Kamble, saala, tu n'es pas allé à Bengali Bura, récemment ? Ou à Behrampada ? Ces pauvres gaandus ne vivent pas dans des palais.

— Ils habitent sur cette terre, na ? Et ils en grignotent un peu plus tous les jours, et leur population n'arrête pas de croître. Et dans les films, pensez un peu au nombre de Khans qu'on voit à l'écran, rien que dans des rôles de héros.

— Parce que les Khans sont beaux garçons, non ? Et bons acteurs, non ?

— Oui, baba, c'est vrai, ils sont beaux gosses. Cette Zoya, c'est une vraie chabbi.

— Et ta petite amie musulmane ?

— C'était une phatakdi, un vrai feu d'artifice, ça oui. Je ne suis pas en train de dire qu'ils ne sont pas beaux comme individus, ou qu'ils ne peuvent pas être des gens bien. Je sais que Majid Khan est un de vos amis. Un type bien. Mais vous comprenez, en tant que peuple…

— Quoi ?

— Ils ne vivent jamais en paix avec personne. Ils sont trop agressifs, trop dangereux. Pour un sardar, vous êtes trop tendre avec eux.

Sartaj était fatigué. Il était tard, il était debout depuis six heures, et il avait entendu ce genre de discussions depuis toujours.

— Je pense que tu es dingue, et assez agressif toi-même, conclut-il, en se levant. Et moi, je suis tendre avec tout le monde.

— Trop tendre pour un policier.

Il bascula une dernière fois la bouteille, la porta à sa bouche, puis la balança dans les fourrés.

— Bon, maintenant, Zoya, à nous deux.

Ils traversèrent la rue et franchirent l'immense portail noir et or du Havenhill. Les veilleurs de nuit les attendaient, et leur firent signe d'entrer. L'immeuble formait un énorme bloc rose pastel qui surplombait les villas voisines du haut de sa trentaine d'étages. Le Havenhill était une construction récente, plus récente même que ces villas implantées jusque dans les marais dix ans plus tôt. C'était la demeure appropriée pour une star hors du commun, ce Havenhill, avec son hall d'entrée caverneux en marbre d'Italie et ses ascenseurs en acier brossé. Les deux policiers montèrent en chandelle dans le chuintement d'une technologie dernier cri, jusqu'au sommet. Une voix féminine à l'accent prononcé leur annonça qu'ils étaient arrivés au trente-sixième étage. La porte de Zoya était toute simple, rien qu'un panneau de bois noir derrière une grille noire, mais le salon sur lequel elle s'ouvrait était vaste. Deux énormes lustres pendaient au-dessus de deux ensembles distincts de canapés blancs, et d'une longue table de salle à manger chargée de fleurs blanches. Le vieil homme qui les avait fait entrer – le père de Zoya ? un oncle ou un serviteur âgé ? – les fit asseoir et s'éclipsa. Les rideaux étaient vaporeux, et blancs. À première vue, le blanc était la couleur préférée de Zoya.

Elle entra d'un pas rapide, pieds nus, mais plus du tout en princesse junglee. Elle portait un haut blanc ample et très fin sur un large pantalon blanc très fluide. Ses cheveux étaient tirés en arrière, une coiffure stricte qui dégageait le visage sans maquillage. Et pourtant, elle restait majestueuse. Il n'y avait pas d'autre mot. Sartaj sentit Kamble se crisper, à côté de lui. Quelles que soient vos conceptions des mentalités collectives, il n'y avait pas moyen d'échapper aux charmes irrésistibles de cette individualité-là, surtout si vous étiez jeune, plein de morgue et trop musclé.

— Venez, dit-elle.

Elle les conduisit dans une autre pièce tout aussi blanche, mais vitrée du sol au plafond sur deux côtés. Sartaj s'assit dans une chaise métallique au confort inexplicable, et il eut l'impression de flotter au-dessus du scintillement des lumières et de la mer, au loin. Kamble restait sombre et silencieux. Sartaj songea : Oui, saala, c'est ainsi que vivent les riches. Une domestique, une jeune femme cette fois, apporta des verres d'eau sur un plateau avant de refermer la porte. Zoya s'assit, parfaitement posée et parfaitement éclairée, dos à la nuit.

— Je pense, commença-t-elle, qu'il n'existe pas de cassette.

Sartaj conserva son immobilité. Il garda les yeux sur elle, mais il sentit Kamble tressaillir.

— Écoutez, lui répondit-il, et le ton était sévère. Vous nous prenez pour de mauvais plaisants ?

Zoya ne se laissa nullement intimider. Elle lissa le tombé de son pantalon.

— Non, je vous crois très sérieux. Mais j'ai réfléchi. Si vous possédiez une cassette, vous m'en auriez montré un bout, comme vous m'avez montré les photos. Nous filmer ne l'a jamais intéressé, et je sais ce qu'il aimait. Il n'a jamais joué les timides avec moi, s'il avait eu envie de filmer, il me l'aurait dit. Il n'aurait pas eu recours à une caméra cachée. Par conséquent, il n'y a pas de cassette vidéo. À moins que vous n'en tourniez une en ce moment même. Est-ce le cas ?

— Non.

Sartaj s'autorisa un regard sur sa droite. Kamble était abasourdi, très impressionné par Zoya Mirza, en fin de compte.

— Pas de caméras vidéo cachées ? insista-t-elle. Dans le genre de cette émission, là, *Tehelka* ? Vous êtes tenu de me le dire, vous le savez ?

— Non, nous n'enregistrons rien, répéta Sartaj. Et vous ?

Elle rit, et c'était un rire réel, du véritable amusement, à gorge déployée.

— Je ne suis pas si bête. Tout à l'heure, vous m'avez surprise, et j'ai commis l'erreur d'admettre avoir été liée à cet homme. Mais je ne veux pas que la chose s'ébruite, et je n'ai pas envie de faire de vous des ennemis. Que voulez-vous ? De l'argent ? Combien ?

Kamble prit enfin la parole.

— Non, madame, répondit-il, très serein. Nous ne voulons pas d'argent. Juste des informations. Pour une enquête que nous menons sur les gangs. Cela n'a aucun rapport avec vous.

Un garçon futé, songea Sartaj. La paix vaut tellement mieux que la guerre, surtout quand votre adversaire révèle des ressources inattendues.

— Madame, renchérit-il, nous n'avons aucunement l'intention de vous placer en fâcheuse posture. Mais nous avons besoin d'un peu d'aide dans le problème qui nous occupe.

Elle laissa un fin liséré de mépris transparaître dans son regard.

— Ne soyez pas si polis. Vous restez des policiers, et je n'ai pas le choix. Si je vous parle, me remettrez-vous les pièces que vous détenez ?

— Oui.

— Et il n'y a rien d'autre ?

— Non.

Elle ne le croyait pas, et elle souhaitait qu'il le sache. Mais elle était disposée à parler, maintenant. Elle croisa les bras et s'enfonça dans son siège.

— Que voulez-vous ?

— Quand avez-vous rencontré Gaitonde ? Comment ?

— Cela remonte loin. Huit, neuf ans. Par une amie.

— Quelle amie ?

— Vous n'êtes pas au courant ?

— Il se pourrait que je le sois. Je veux que cela vienne de vous.

Elle soutint son regard une fraction de seconde, avant de se laisser fléchir.

— Jojo, lâcha-t-elle.

— OK, fit Sartaj. Donc, quelle était la nature de votre relation avec Gaitonde ?

Elle considérait manifestement que la question était stupide, mais elle avait compris qu'elle était censée leur fournir même les réponses les plus évidentes.

— Il m'a soutenue. J'étais seule, à Bombay.

— Jojo en touchait une part ?

— Ils avaient leurs accords. Ce qu'il me versait restait entre lui et moi.

— Comment l'avez-vous rencontré ? Où ? Combien de fois ?

Zoya avait une mémoire précise, et leur livra un compte-rendu fidèle : au début, elle l'avait vu peut-être une fois par mois, toujours à Singapour. Elle descendait toujours dans le même hôtel. Elle recevait un coup de téléphone, tard le soir, et c'était le signal pour qu'elle descende par un monte-charge jusqu'au garage de l'hôtel, où l'attendait une limousine. Elle passait un certain laps de temps avec Gaitonde dans un duplex qui appartenait à l'un de ses associés, un certain Arvind. Dans cet appartement, il n'y avait que la femme d'Arvind, Suhasini, personne d'autre, même pas de domestiques. Elle n'avait jamais retrouvé Gaitonde à Bombay, et nulle part ailleurs en Inde. Ce duplex était immense ; Gaitonde et elle restaient cantonnés à l'étage, à l'étage supérieur, qui donnait sur le toit. De tous les partenaires de Gaitonde, elle ne connaissait que Jojo et Arvind. Après être devenue Miss India, elle avait été très occupée et leurs rencontres s'étaient espacées. Lorsqu'elle tournait son premier film, ils se parlaient souvent au téléphone, mais après ce tournage, même cette forme de contact s'était raréfiée, mais enfin, oui, elle l'avait tout de même revu à quelques reprises, par la suite. Ils n'avaient jamais rompu toute relation, il n'y avait jamais eu de disputes ou de désaccords, mais plutôt un lent délitement. Vers la fin, Gaitonde paraissait préoccupé, et puis il avait complètement disparu. Jusqu'à ce qu'il ressurgisse, mort, à Bombay, en compagnie de Jojo, morte elle aussi. L'affaire s'arrêtait là.

Sartaj la pria de passer en revue les gens qu'elle avait rencontrés par le biais de Gaitonde. Elle était catégorique : cela s'était limité à Jojo, Arvind et Suhasini. Elle n'avait jamais vu le chauffeur de la limousine. Gaitonde veillait à ce que les aspects logistiques se déroulent dans l'efficacité, sans à-coups, suivant un scénario inchangé.

— Il fallait que ça reste privé, insista Zoya. Et pour la sécurité, il était très fort.

— De qui vous parlait-il ? Il a bien dû mentionner quelques noms, quelques personnes.

— Il ne me parlait pas.

— Comment est-ce possible ? Vous passiez tout ce temps ensemble. Vous étiez sa maîtresse secrète. Il vous appréciait. Que vous racontait-il ?

— Je vous l'ai dit, pas grand-chose. En règle générale, il ne parlait pas. Au début, je ne disais pas grand-chose non plus, parce que j'avais peur de lui. Ensuite, je me suis aperçue qu'il appréciait mon silence, c'était ce qu'il préférait. Donc je restais silencieuse.

— Donc vous avez dû beaucoup écouter. De quoi parlait-il ?

— À moi ? De presque rien. De maquillage, de ma carrière. Des films, et de l'industrie du cinéma. De ce que je devrais faire ensuite.

Elle baissa les yeux sur ses mains et, sous la lumière surplombante, son visage était un masque d'or.

— Il s'imaginait tout connaître. Je disais beaucoup oui et je hochais la tête.

— À quoi ressemblait-il, ce Gaitonde ?

— Qu'attendez-vous ? C'était Ganesh Gaitonde. Il était lui-même, c'est tout.

— Madame, vous le connaissiez. Vraiment. Vous devez savoir à son sujet des choses que nous ignorons, nous autres. Certains détails.

— Il jouait son rôle de Ganesh Gaitonde, même quand il était seul à seul avec lui-même. Je pense qu'il était le même en ma présence que dans son durbar, avec ses boys. Cette voix, et cette façon de s'asseoir, voilà, tenez, comme ça.

Elle se vautra dans son fauteuil, les épaules remontées, la main en conque, dans un geste agressif, un geste par en dessous, dirigé vers Sartaj, comme si elle voulait lui agripper les testicules.

— « Ay, Sardar-ji. Quoi, tu te figures que tu vas pouvoir monter dans mon bateau, me casser les pieds, shanne ? Tu sais qui je suis ? Je suis Ganesh le Gaitonde. »

Au déroulé grandiloquent de ce nom, Sartaj et Kamble éclatèrent de rire. Elle avait su saisir cette voix, pile celle que Sartaj avait entendue cet après-midi, il y avait longtemps, maintenant, cette voix tonitruante et pétrie de suffisance, même quand on l'entendait à travers un interphone au son métallique.

— Madame, fit-il, vous êtes trop forte.

Zoya accepta l'hommage comme un dû, avec une légère inclination de la tête. Mais elle n'avait pas quitté son personnage de Gaitonde. Elle décrocha un téléphone imaginaire, composa un numéro avec le petit doigt.

— « Arre, Bunty ! Maderchod ! Tu restes planté à Bombay, à rien bouffer d'autre que du malai et à engraisser, et pour ton boulot qui devrait être bouclé en une semaine, ça te prend des mois. Qu'est-ce qui s'est passé avec cette khoka qu'on attendait de Kilachand pour cette semaine ? »

Bon public, Sartaj lâcha encore un rire.

— Madame, reprit-il, j'en conclus qu'il appelait souvent un certain Bunty, à Bombay ?

— Fréquemment.

— Vous rappelez-vous d'autres détails ?

— Des détails de quoi ?

— Concernant leurs sujets de conversation ?

— Non, je faisais en sorte de ne pas écouter. Il n'était question que de khokas, de petis, de rencontrer Untel là-bas et d'appeler tel autre. Leurs affaires se traitaient surtout dans l'appartement d'Arvind, en bas. Mais la nuit, quand j'étais censée dormir, Gaitonde sortait parfois s'asseoir sur le balcon pour discuter au téléphone. Je saisissais des bribes de conversation, mais en général, c'était barbant. Je n'ai pas retenu les détails. Je faisais souvent semblant de dormir, je m'allongeais, je fermais les yeux et je réfléchissais à ma carrière. C'était dans ces moments-là qu'il téléphonait.

Gaitonde devait planifier le meurtre, la destruction et l'extorsion, mais pour une belle femme rêvant de célébrité, c'étaient des sujets barbants, en effet. Il l'encouragea d'un sourire.

— Donc il y avait Bunty, à qui il parlait. Et qui d'autre ? Je vous en prie, réfléchissez, le tout peut nous aider, n'importe quoi. N'importe quel nom.

Elle se redressa, abandonna sa position vautrée à la Gaitonde. Elle se prit le menton dans la main, on la sentait concentrée.

— Vraiment, je suis incapable de m'en souvenir. Il y avait toujours trois ou quatre téléphones. Il y en avait un pour appeler Bunty. Oui, oui, je me souviens. Et il y avait un Kumar, sur un autre poste, un Kumar Saab ou M. Kumar.

— Très bien, madame, fit-il. – Kamble notait dans un petit bloc. – C'est très bien. M. Kumar.

— Je pense qu'il devait y avoir d'autres personnes, à Bombay, à Nashik. Bien entendu, il parlait souvent avec Jojo. Parfois, il me la passait, il voulait que je lui dise bonjour. Ensuite, il y avait quelqu'un à Londres, un Trivedi-ji ou quelque chose comme ça. Et d'autres encore. Je suis incapable de me souvenir. Et puis il y avait un téléphone uniquement réservé à son gourou.

— Gaitonde avait un gourou ?

— Oui, il lui parlait presque autant qu'à Jojo, je crois.

— Qui était ce gourou ?

— Je n'en sais rien. Il l'appelait Gourou-ji.

— Et d'où appelait-il, ce gourou ?

— Je n'en sais rien. D'un peu partout, je pense. Je me souviens de Gaitonde, une fois, qui lui conseillait de visiter Disneyland.

— Disneyland ?

— Disneyland, Disneyworld. L'un des deux. Et une autre fois, ce Gourou-ji était en Allemagne.

— De quoi discutaient-ils ?

— Des trucs de spiritualité. Du passé, de l'avenir. De Dieu, je crois. Gaitonde consultait le gourou sur les shaguns et les mahurats, les horoscopes et les augures, sur quand lancer certains projets, ce genre de choses.

Ainsi donc, Gaitonde avait un gourou. Il était réputé pour sa piété, ses poojas qui duraient quatre heures, ses dons aux fêtes religieuses et aux lieux de pèlerinage. Aussi était-il vraisemblable qu'il ait eu un gourou. Il avait un gourou, c'était naturel.

Sartaj ramena Zoya au commencement, à sa première rencontre avec Jojo, puis à Gaitonde, avant de revenir aux journées qu'elle avait passées avec lui, à ces nuits où elle faisait semblant de dormir pendant qu'il téléphonait. Les détails étaient cohérents, et les mêmes noms revenaient : Arvind, Suhasini, Bunty. Les relations de Ganesh Gaitonde et de Zoya Mirza, semblait-il, s'étaient limitées à ces rencontres dans un appartement de Singapour, et à ces coups de téléphone. Il avait financé son ascension comme mannequin, puis son premier film. Le bénéfice exact que Zoya avait pu retirer de ces voyages ne leur apparut que très lentement, à force de la sonder, de passer outre ses réticences. Elle répugnait à évoquer ses collègues de l'industrie du cinéma, elle était une adversaire de valeur et, dans cette partie de cartes, il avait une main faible, et puis il se trouvait chez elle, donc il avançait sur la pointe des pieds. Mais Sartaj Singh savait se montrer aussi implacable qu'il était poli. Il finit par avoir une vue d'ensemble de l'histoire. Ils échangèrent un regard, Zoya et lui, tous deux épuisés.

— Rien d'autre, madame, fit-il. Vraiment rien de plus au sujet de Gaitonde ?

— Qu'y aurait-il à ajouter ?

— Rien de plus concernant le grand Ganesh Gaitonde ? À quoi ressemblait-il ?

— « Grand » ? – Elle eut un haussement d'épaules. – C'était un petit homme qui essayait de jouer les grands.

Comme nous tous, songea-t-il, et puisse Vaheguru nous préserver des verdicts de nos amies.

— OK, dit-il. Merci, madame.

— Vous avez les documents ?

Kamble se leva et lui tendit une enveloppe, puis il la regarda, d'un œil admiratif, feuilleter les pages et les photos.

— Vous n'êtes vraiment pas petite, observa-t-il.

— Ce sont les originaux ? demanda-t-elle.

— Ce sont les pièces que nous avons trouvées à l'appartement de Jojo, tout est là.

C'était un mensonge, et elle le savait. Mais Sartaj montrait à présent qu'il avait perdu toute aménité, et qu'il ne fallait pas se risquer à le brusquer. Zoya posa l'enveloppe sur une petite table en verre, mit les mains dans le dos, et soudain, elle parut fatiguée, juvénile.

— Je vais vous faire un aveu, dit-elle. En réalité, je ne mesure pas un mètre quatre-vingts.

— Arre, vraiment ? s'étonna Kamble. Mais si, je suis sûr que si.

— Non. – Elle les raccompagna à la porte en marchant derrière eux, jusque dans le hall d'entrée. – En réalité, je ne mesure qu'un mètre soixante-seize. Mais Jojo a raconté à tout le monde que je mesurais un mètre quatre-vingts, et tout le monde l'a crue. Les médias ont fait un vrai tapage autour de ça. Et maintenant, plus moyen de m'en débarrasser, de cette histoire du mètre quatre-vingts.

Sartaj vit que Kamble se plaçait à hauteur à hauteur de l'épaule de la jeune femme.

— Pourquoi voulez-vous vous débarrasser de cette histoire ?

— Vous savez, certains premiers rôles refusent de partager l'affiche avec une fille trop grande. Ça les rapetisse.

— Non ? s'indigna le sous-inspecteur.

À l'autre bout du hall, à côté de la cuisine, Sartaj vit le vieil homme qui leur avait ouvert la porte. Il briquait un plat en argent en les regardant partir.

— C'est la vérité, insista-t-elle. Je sais que j'ai perdu de très bons rôles à cause de cela. Les hommes ont peur, c'est tout, et ce sont encore eux qui dominent le métier.

Elle contracta les épaules, les laissa retomber.

— Nous vivons une triste époque, remarqua Sartaj.

— Un vrai Kaliyuga, renchérit son équipier avec une sorte de profondeur morose.

Zoya s'en amusa.

— C'est ce qu'il répétait tout le temps.

— Qui, Gaitonde ? lança Kamble.

— Oui. Son Gourou-ji et lui, ils parlaient tout le temps du Kaliyuga. De ça, et de la fin du monde.

Sartaj prit soin de laisser passer une ou deux secondes pour ne pas paraître anxieux.

— Et que disaient-ils d'autre, à ce propos ? reprit-il très en douceur.

— Je n'en sais rien. Ils recouraient à ce terme hindi, comment est-ce, déjà ? L'équivalent du qayamat ?

— Le Pralay ? suggéra Kamble.

— Oui. Le Pralay. Ils discutaient de ça.

— Et ils en disaient quoi ?

Le sous-inspecteur restait lui aussi très décontracté, mais Zoya avait pris conscience d'avoir éveillé l'attention.

— Pourquoi ? Qu'y a-t-il ?

— Je vous en prie, madame, fit Sartaj, nous nous intéressons à tout ce que Gaitonde pouvait dire ou faire. Expliquez-nous.

— Je suis incapable de m'en souvenir avec précision. J'étais censée dormir. Et tout cela était si rasoir. Je n'écoutais pas trop.

— Tout de même, insista-t-il, vous avez bien dû entendre quelque chose. Au sujet du Pralay.

— Je n'en sais rien. Je crois qu'ils parlaient du Pralay qui approchait. Gaitonde demandait si le Pralay était imminent, et je crois que Gourou-ji lui répondait que oui. Quelque chose au sujet des signes, visibles un peu partout.

— Ils disaient que le Pralay approchait… Et quels étaient ces signes ?

Sartaj attendit. Zoya secoua la tête.

— Très bien, madame. Merci de nous avoir accordé un peu de votre temps, ajouta Sartaj. Et si quoi que ce soit vous revient en mémoire sur tous ces sujets, ou n'importe quoi d'autre concernant Gaitonde, s'il vous plaît, appelez-moi. C'est très important. Et si nous pouvons vous rendre le moindre service, je vous en prie, appelez. Un quelconque souci, n'importe quoi, vous appelez, je vous en prie.

Elle accepta sa carte, mais elle était troublée.

— Pourquoi, qu'est-ce qui vous inquiète, là-dedans ? Pourquoi tenez-vous tant à vous informer sur Gaitonde ? Il est mort.

— Nous nous contentons de mener une enquête sur les activités des gangs, madame. Il n'y a aucune raison de s'inquiéter. Et il est mort, oui, en effet.

Ils la laissèrent à son inquiétude. Dans l'ascenseur, ils gardèrent le silence, soudain inondés de sueur après la fraîcheur qui régnait dans l'appartement blanc de Zoya Mirza. Son image médiatique était impeccable : pas d'aventures, pas de scandales ; quand d'autres héroïnes de cinéma se répandaient sur son compte en déclarations vicieuses, elle ne répliquait jamais. Et tout ça était bâti sur des fondations établies par Ganesh Gaitonde. Une femme brillante, songea Sartaj. Les veilleurs de nuit somnolaient au portail, et la lune avait disparu, ne laissant derrière elle que les halos orange des réverbères. Quand ils furent devant leurs motos, Kamble prit enfin la parole.

— En réalité, on n'a rien.

— Si ce n'est que Gaitonde avait un gourou. C'est la seule nouveauté. Rien qui mérite d'aller embêter Delhi, franchement. J'appellerai dans la matinée.

— Rien qui mérite de se tracasser.

— Je ne savais pas que tu étais croyant, Kamble.

— Quoi ?

— Toute cette conversation autour du Kaliyug.

— Vous ne trouvez pas que ce monde où nous vivons n'est rien d'autre qu'un vaste Kaliyug ? Tout est sens dessus dessous, patron. Cette femme, là-haut, qui habite dans cet immense appartement, toute seule. Elle a deux policiers qui viennent la trouver à son domicile, et elle nous reçoit en tête à tête, en pleine nuit. Elle n'a même pas un frère ou un père avec elle, là-haut, personne.

— À mon avis, elle sait fort bien veiller sur sa personne.

— Ce n'est pas ce que j'avais à l'esprit, bhai. Et oui, en effet.

— Quoi ?

— Oui, je suis croyant.

— Tu ne t'es pas converti au bouddhisme ?

— Qu'est-ce qui vous fait supposer ça ? Parce que je suis un dalit ? Non, je reste ce que j'étais. Je suis du genre têtu. Je refuse de rien lâcher et je veux du respect. Se convertir au bouddhisme, ce n'est pas la solution. Je veux que ces enfoirés de Manuvadi, ces orthodoxes des hautes castes à la con me respectent et tout le reste. Qui sont-ils pour décider ce qu'est un homme ou pas, à quel niveau d'hindouisme il se situe ? Des bhenchods. Mon père était comme moi. Des membres de notre communauté se sont bagarrés avec lui pour cette raison.

Ils se séparèrent avec un signe de la main. Fonçant dans une rue déserte en direction de Goregaon, Sartaj essaya de se représenter le Pralay. Il tâcha de visualiser les corps endormis sur les trottoirs soulevés par un orage de feu, les immeubles écrasés, désagrégés par l'ouragan. Ces images ne restaient pas, et la peur s'évanouit. La vie était là, tout autour de lui, un trop-plein de vie. Et pourtant, il fut incapable de trouver le sommeil avant une bonne heure et demie. Il gigotait dans son lit, mal à l'aise. Gaitonde avait un gourou. Il y avait quelque chose là-dedans qui l'asticotait, quelque chose qui demeurait là, caché, juste hors de sa portée, mais bien présent. Il but un peu d'eau, s'étira, se tourna sur le côté gauche, à l'opposé de la fenêtre. Le Pralay reflua totalement, mais en laissant derrière lui un vide où quelques fragments épars de son passé se pourchassaient en tout sens, un vide où son esprit s'affolait. Un visage surgit de cet émoi crépusculaire, un visage qui demeura avec lui, et il se raccrocha à Mary Mascarenas, en toute simplicité, pour se laisser flotter dans le sommeil.

Le lendemain matin, très tôt, Sartaj passa deux coups de fil, en commençant par Anjali Mathur, à Delhi. Elle écouta son rapport au sujet de Zoya et du gourou de Gaitonde, et du pralay, prononça quelques propos encourageants et un merci discret. Elle lui demanda de poursuivre son enquête, et raccrocha. Dans le soleil étincelant du début de matinée, l'idée du pralay paraissait absurde ; Sartaj n'éprouvait que mépris pour ce Gaitonde et son gourou, tous deux victimes de leurs illusions.

Il se renfonça dans son fauteuil, fit craquer ses doigts et se prépara à l'appel suivant. Il n'était pas tendu, non, pas exactement. Il avait envie d'appeler Mary, mais il se sentait comme un ours émergeant d'une hibernation prolongée dans un soleil éblouissant. Jadis, il avait su montrer courtois, capable de flirter sur commande, et de proposer un rendez-vous sans y réfléchir deux fois. Et là, il était assis devant sa table basse à concocter un scénario. Il résista à l'envie de noter quelques répliques et se dit : Sartaj, quel lallu tu es devenu. Décroche ce téléphone et vas-y, c'est tout. Mais il n'en fit rien. Il se leva, but un verre d'eau et se rassit. Il était obligé d'admettre que même s'il n'était pas tendu comme il l'était à treize ans, il avait peur. De quoi ? Pas seulement des diverses catastrophes possibles, du rejet, du désagrément ou de la trahison, mais aussi des conséquences bénéfiques. Il avait peur du sourire soudain de Mary, du contact de sa main. Il valait mieux vivre dans une grotte, emmuré dans le confort.

Couard, gaandu, tu devrais avoir honte de toi. Il secoua le bras, de l'épaule au poignet, attrapa le combiné et composa le numéro. Mary décrocha et il lui annonça à toute vitesse que demain, c'est-à-dire le jour suivant, il se rendait à Khandala pour une enquête, mais il avait aussi à lui raconter sa rencontre avec Zoya Mirza, et il s'était dit que cela lui plairait peut-être de monter jusqu'à Khandala, parce que demain on était lundi et il savait que c'était son jour de congé, alors ils pourraient sortir de la ville pour une espèce de pique-nique assaisonné de Zoya Mirza. Tout en lui parlant, il s'aperçut que c'était trop compliqué, que ce qu'il avait à lui dire à propos de l'actrice ne nécessitait pas un long trajet ni un déjeuner dans un snack-bar à flanc de montagne. Il s'interrompit. Il s'attendait à ce qu'elle refuse, ou à ce qu'elle exige un peu plus d'éloquence, mais elle accepta sans détour et lui demanda à quelle heure il passerait la prendre.

Il n'avait pas conduit sa voiture depuis deux mois, donc cet après-midi-là, il se livra à une rapide inspection, l'encouragea de quelques compliments, et elle voulut bien se mettre en mouvement. Il tourna une demi-heure dans le quartier jusqu'à être certain que la vieille khatara était encore capable de secouer sa ferraille. Il la nettoya de fond en comble, fit vérifier l'huile, la batterie et, enfin, il se sentit prêt. Ils prirent la route à sept heures et demie le lendemain. Mary portait un jean noir et une chemise blanche. Il avait conscience de la présence de sa main sur le siège, à côté de lui, vraiment pas très loin, et de l'odeur de son shampooing. Ils traversèrent Sion, peu animée à cette heure. À Deonar, l'alignement serré des immeubles se scinda enfin, le ciel fit subitement son apparition, vaste et gris et, tout au fond de ce panorama, ils découvrirent les montagnes, loin devant. Sartaj sentit le chatouillement enfantin de l'enfance ; il avait envie de chanter sa litanie d'alors, nous partons en vacances, nous partons en vacances. Mary le prendrait pour un fou. En tout cas, elle s'aperçut qu'il avait le sourire, et elle sourit à son tour. Ils foncèrent au-dessus des eaux boueuses de la mer, grimpèrent sur l'arc de cercle du pont, traversèrent des grappes d'immeubles d'habitation, il vit les bâtiments aux couleurs pastel clair, en face, très hauts et très neufs, et comprit qu'ils étaient presque arrivés à la voie express.

— On dirait des gâteaux, fit Mary. Un bâtiment, ça ne doit pas ressembler à un gâteau, ça doit donner l'impression que des gens y vivent.

— C'est le style moderne, remarqua-t-il. Vous avez faim ? Voulez-vous qu'on prenne quelque chose au McDonald ?

— Non, non. Ça va très bien. Avançons.

Elle eut un geste d'envol, très haut, très loin, en direction des Ghats, et il comprit qu'elle avait autant envie que lui d'arriver dans les collines.

— Très bien.

Il acquitta le péage, et les voilà partis.

Sur la voie express, la circulation était clairsemée, et c'était bon de filer contre le vent. La khatara avait l'air d'apprécier, elle aussi, cette portion inattendue de route lisse et large qui évoquait un autre pays que l'Inde, dans ce paysage rude du Ghati. Il lui laissa la bride sur le cou ; la voiture bondit en avant, parcourue de violentes vibrations.

— Elle date de quand ? s'enquit Mary.

— Des années, des années. Mais elle avance.

Il ralentit, changea de file. Même changer de file était un plaisir, sur la voie express, où les conducteurs semblaient presque civilisés. Et il y avait tant de voies, toutes d'une largeur confortable et parfaitement tracées.

Mais plus loin, alors qu'ils atteignaient les premiers contreforts des collines, les voitures ralentirent pour éviter un camion de taille monstrueuse renversé sur le flanc, en travers des voies. En contournant le barrage routier, ils virent la remorque du camion arrachée, tordue, et une mer d'oranges répandue sur l'asphalte. Les roues de la khatara écrasèrent cette masse spongieuse, et ils s'échappèrent.

— La dernière fois que j'ai emprunté la voie express, lui dit-elle, je suis tombée sur cinq accidents.

— Ces idiots n'ont jamais vu de voie express de leur vie. Ils ont toujours conduit dans un environnement à l'indienne. Alors dès qu'ils s'engagent sur une route large et lisse, ça les excite, ils roulent trop vite, ils perdent le contrôle de leur véhicule. Bas, terminé.

— Au moins, lui, il n'a pas barré toute la largeur de la chaussée.

C'était déjà ça. Mary Mascarenas était une optimiste. Au moins, elle n'était pas une pessimiste. Assis à côté d'elle, il se sentait lui-même gagné par la satisfaction. Oui, la route était restée ouverte. Pour le moment, ils ne s'étaient pas beaucoup parlé, et il fut content de lui indiquer une cohorte inexplicable de chameaux qui arpentaient une route secondaire d'un sabot lourd, et une grosse fille qui longeait un bund marquant la limite entre deux champs. Ils entraient dans les tunnels, ressortaient dans le soleil, accompagnés du martèlement régulier du moteur, et du sifflement des voitures qu'ils croisaient.

Ils atteignirent le Cozy Nook à neuf heures et demie. L'établissement était composé de cinq bungalows regroupés en bordure d'une résidence, avec un bureau d'accueil en béton tout neuf, d'une couleur rose assez alarmante. On avait construit des maisons neuves de part et d'autre du Cozy Nook, donc l'endroit n'était plus si intime. La perspective brumeuse qui s'étendait au-delà, découpée par les fils électriques, devait faire office de vue imprenable sur la rivière. Khandala, envahi de nouvelles bâtisses, n'était plus le havre perdu dans les feuillages où il venait en excursion avec des copines de fac. Au moins le réceptionniste, crâne dégarni et poil aux oreilles, avait-il quelque chose de familier, de rassurant, avec son ennui blasé et sa grossièreté.

— *Write name*, aboya-t-il en faisant pivoter un registre sur le comptoir.

Sartaj eut pour Mary un grand sourire, puis expliqua qu'il était de la police, qu'il ne voulait pas de chambre, mais juste poser quelques questions. La présence de Mary perturbait le chauve aux oreilles velues.

— C'est mon assistante, mentit Sartaj. Sortez-moi vos registres.

L'investigation prit une demi-heure. Il trouva le nom d'Umesh Bindal sans trop de mal, le pilote signait avec un paraphe et deux points sous une grande courbe déliée. À ces dates-là, les autres noms étaient souvent illisibles et presque tous inventés, Sartaj en était certain. « S. Khan » avait fourni une adresse à « Bandra, Mumbai », sans autre information. S'il avait été l'homme à la caméra, l'œil qui traquait la flânerie des amants rassasiés, il n'y avait aucun moyen de retrouver sa trace. Il pria le chauve de ranger ses registres et de lui montrer les bungalows. Mary suivait en silence.

Elle ne parla que lorsqu'ils furent remontés en voiture et repartis vers les collines.

— Vous avez trouvé ce que vous vouliez ? s'enquit-elle, et son bras vint heurter le sien dans un virage serré.

Il secoua la tête, et attendit pour s'expliquer qu'ils soient assis à une table de restaurant, en bordure de falaise. Une brise montait du fond de la vallée en terrasses, et il se sentait merveilleusement détendu, et affamé.

— Je ne m'attendais pas à trouver quoi que ce soit, avoua-t-il.

Et puis il lui parla de ses enquêtes, de cette façon de progresser à tâtons, de trouver des indices cryptés, des preuves qui ne fonctionnaient pas comme preuves, mais dont on savait qu'elles recelaient la vérité. Ce n'est pas comme dans les films, souligna-t-il. En réalité, la moitié de nos découvertes s'effectuent par accident. Comme nous qui étions passés à côté des photos de Zoya, et vous qui saviez exactement ce qu'elles signifiaient.

715

— Donc vous dépendez de femmes croisées par hasard qui vous aident à trouver des gangsters par accident ? Pour les pauvres citoyens que nous sommes, ce n'est pas très rassurant.

Ses yeux pétillaient d'amusement.

— Aaaah, mais je tiens à être à l'écoute des femmes croisées par hasard. Il faut être capable d'écouter, de voir.

— Je vois en effet que vous consacrez beaucoup de temps à écouter les femmes.

Il savait qu'elle le taquinait, mais il ne put s'empêcher de protester.

— Non, non, ce n'est pas du tout cela.

Elle eut un petit rire, et il rit avec elle. Ils dévorèrent de gigantesques neer dosas, avec un bouillon de sambhar plutôt relevé. Il acheva de nettoyer son assiette et se cala contre son dossier. Il se sentait joyeux, en paix avec le monde. Gaitonde était très loin d'ici, et s'il y avait une bombe, elle était dénuée de substance, machine infernale pour film d'épouvante. Il leva les yeux vers les pentes vertes et rases, très loin, au-delà des sommets montagneux.

— C'est tellement reposant d'être sorti de cette ville. Ce serait agréable de vivre dans un village, non ? D'être proche de la terre, de l'air pur. Tellement moins de stress…

Mary s'était accoudée de biais, le menton appuyé sur une main.

— Vous, dans un village ? Je demande à voir.

— Pourquoi, pourquoi ? Je pourrais faire un bon fermier.

Elle secoua doucement la tête.

— Je ne dis pas. Ça ne tient qu'à vous. J'ai grandi dans un village, et je n'ai jamais pu y retourner. Savez-vous à quoi ça ressemble, en vrai ?

Elle lui raconta ce que c'était de se réveiller dans une maison de brique rouge au toit en tuiles, dans les jacassements matinaux des perroquets, et de sortir en titubant, les yeux encore pleins de sommeil, pour gagner l'étable, derrière la maison. La salle de bains était un simple enclos privé de porte, rattaché à l'étable, avec de l'eau dans une grande casserole en cuivre encastrée dans le mur, au-dessus d'un feu. Il n'y avait pas de toilettes, rien que les champs d'usal alentour. Derrière l'étable, il y avait un puits et, encore un peu plus loin, une rangée de cocotiers et les rizières. Une rivière scintillante qui s'écoulait vers la mer, et le parfum des fleurs de jasmin. Café et appams à huit heures, paes d'agneau à dix heures. La journée à l'école, les bavardages avec Konkani, Kannada et Tulu sur le chemin de terre. Le déjeuner, et l'éternité de l'après-midi, passé à sauter à la corde avec Jojo sur le sol rouge de la dalle devant la maison. Le chapelet qui coulissait entre les doigts de leur mère, la prière du soir, pendant une heure, les bénédictions des anciens. Le dîner assis sur le sol ciré, Mère sur son monai, qui se penchait très bas au-dessus de son assiette. L'obscurité totale, saisissante quand on soufflait les lanternes. Au lit à neuf heures. Et le sommeil.

— Pas d'électricité, pas de télévision. Je crois qu'on n'avait même pas la radio, pas avant mes quatorze ou quinze ans.

— Vous avez raison, admit-il. Cela paraît très paisible, mais je ne suis pas sûr que je pourrais y vivre.

— Vous ne pourriez pas, lui confirma-t-elle. Ce village n'existe plus, on ne saurait y retourner. Il a trop changé.

Il étira les bras au-dessus de sa tête, fit jouer sa colonne vertébrale, soupira.

— Il est tard. J'ai du travail qui m'attend au poste. Nous devrions y aller, proposa-t-il. Retour à Bombay.

— Vous ne m'avez pas parlé de Zoya Mirza. Si je reviens sans nouvelles, Jana sera furieuse.

Donc, sur la route du retour, sans aller vite, sans se presser, il lui raconta leur rencontre avec Zoya Mirza. La ville rampa vers eux, nullement tragique, juste inévitable. Les cabanes, les maisons et les immeubles disséminés se resserraient peu à peu pour former une masse de plus en plus dense. Il avait le sentiment d'être aspiré par une gravité plus forte, et il en était heureux. C'était son foyer. Mary était confortablement assise, les genoux relevés, moins enfoncée dans son siège que précédemment.

En bas de chez elle, ils restèrent face à face, soudainement gauches. Il avait une main posée sur la carrosserie, l'autre le long du corps.

— Zoya, elle est jolie ? lui demanda-t-elle.

Il haussa les épaules.

— Elle est très bien. Cela s'arrête là.

Elle lui donna un petit coup de coude à l'avant-bras.

— Vous êtes plus futé avec les femmes que vous n'en avez l'air. Mais en vrai, elle est belle, non ?

— Arre, ce n'est pas ce que je dis. Elle est bien, bas. Grande et tout, mais juste bien. Vous savez, elle ne mesure pas vraiment un mètre quatre-vingts. C'est Jojo qui a inventé cette histoire. Elle ne mesure qu'un mètre soixante-seize.

— Oooooh, fit Mary, tout à fait ravie de ce détail. Jojo aimait assez inventer ce genre de salades.

Leurs regards allèrent se perdre chacun au-dessus de l'épaule de l'autre, et le silence se prolongea.

— Je vais devoir y aller, fit-il.

— OK, dit-elle. Moi, j'ai bien aimé la balade.

— Oui, moi aussi.

— OK, salut.

— Salut.

Elle avança d'un pas vers lui. Il resta un instant complètement interdit, puis il lui tendit la main. Elle sourit, la lui serra. Je devrais l'embrasser sur la joue, songea-t-il, mais elle s'était déjà retournée, éloignée de lui. Il la regarda grimper ses marches, lui fit un signe et repartit en direction du commissariat en riant de lui-même. Où était passée son élégance, ces bons vieux gestes à la Sartaj-Singh-l'implacable ? Totalement écrasé, l'implacable. Il était resté planté là comme un absolu bhondu. Je ne vieillis pas bien, pensa-t-il. Mais il n'en était pas moins joyeux, et il fredonna *Mehbooba mehbooba*, « Bien-aimée, ô ma bien-aimée », sur tout le trajet jusqu'à son bureau.

Anjali Mathur l'appela à onze heures, ce soir-là, alors qu'il travaillait au poste.

— Nous n'avons aucune mention d'un gourou nulle part dans nos fichiers sur Gaitonde, lui annonça-t-elle. Cette femme était sûre d'elle ?

— Oui. Elle a évoqué plusieurs conversations.

— Curieux. Il a dû tenir ça caché.

— Très caché. Il a tenu Zoya cachée. Il devait tenir beaucoup de choses cachées. Pour ça, il était assez fort.

— Oui. J'ai effectué une recherche dans nos bases de données pour ce terme, « pralay ». Cela n'a rien donné. Alors ensuite j'ai recherché « qayamat ». J'ai trouvé trois occurrences, toutes dans de la littérature issue d'une unique organisation. C'est un groupe d'activistes, le Hizbuddeen. Ils restent dans l'ombre, nous n'avons jamais eu, jamais tué un seul de leurs membres. Nous ne savons même pas où ils sont basés, où ils opèrent. Mais nous avons trouvé leurs documents de propagande lors de rafles visant d'autres groupes islamistes, dans la vallée du Kashmir, au Punjab, dans le nord-est, le long de la frontière du Bangladesh. Le Hizbuddeen fournissait des armes et de l'argent à ces groupes, mais à part cela, nous ne savons rien d'eux. Ils auraient apparemment fait surface pour la première fois à l'époque de la guerre Kargil entre le Pakistan et nous. Leur littérature promet précisément le « qayamat », et parle des signes annonciateurs des derniers jours. Ils citent des vers du Coran : « Le jugement de l'humanité se rapproche de plus en plus : et pourtant ils n'y prêtent pas garde et se détournent. » Voilà qui est intéressant. Mumbai est mentionnée nommément dans chacun de leurs opuscules.

Il l'entendait feuilleter des papiers. Par la porte ouverte, il pouvait entrevoir l'extrémité d'un banc, un corridor désert et un jardin broussailleux bordé par un mur.

— Tenez, reprit Anjali Mathur. Voilà ce qui est écrit : « Un grand incendie emportera les mécréants, et c'est à Mumbai qu'il s'allumera. » Cette phrase est reprise dans leurs autres brochures, avec des changements mineurs. « Un incendie s'allumera dans Mumbai et balaiera tout le pays. » Mumbai est toujours mentionnée.

Il était scandalisé.

— Qu'est-ce qu'ils ont donc contre Bombay, ces salauds ? Ils ne mentionnent aucune autre ville ?

— Non. Ils parlent juste de l'Inde comme Dar-ul-Harb, comme Séjour de la guerre, et de sa destruction imminente. Ils insistent sur cette destruction. Le nom de leur organisation provient de « hizbul », l'armée, et « deen », qui est employé ici, me semble-t-il, au sens de Jugement dernier. Le mot peut également désigner la « religion » ou la « conduite », mais dans ce cas précis, il se réfère, je crois, au troisième verset du premier chapitre du Coran. Donc, le Hizbuddeen serait l'« Armée du Dernier Jour ». Quoi qu'il en soit, c'est encore trop mince pour que l'on puisse établir un lien. J'avais le sentiment que le nom de cette organisation me disait quelque chose. J'avais déjà étudié les dossiers que nous avons sur la fausse monnaie qui nous arrive de l'autre côté de la frontière, et je suis retournée procéder à des recoupements dans nos bases de données. Le Hizbuddeen a été évoqué à cinq reprises comme la source de grosses sommes d'argent en faux billets. Les échantillons dont nous disposons depuis ces incidents sont exactement les mêmes que ceux de Kalki Sena, les mêmes que ceux de l'appartement de Jojo, et que ceux saisis dans le bunker de Gaitonde.

Sartaj commençait à avoir mal à la tête. Quel pouvait être le rapport entre Jojo et des extrémistes enragés promettant l'anéantissement total ? Entre Gaitonde et cette organisation activiste musulmane ? Peut-être aucun. Il s'appuya très fort sur le front, du bout des doigts.

— Tout cela est encore trop vague, fit-il.

— Je suis d'accord. Il n'y a aucune raison de conclure que cet argent indique un lien. Nous n'avons que des possibilités. Rien encore qui se tienne. Seulement un surcroît de points d'interrogation. Qui est ce gourou ? Quelle relation Gaitonde entretenait-il avec lui ?

— Je vais travailler là-dessus.

— Oui. Et moi je vais poursuivre mes recherches, ici, de mon côté.

Donc il fallait continuer. Il resta encore une heure au poste avant de rentrer chez lui. Il posa les pieds sur la table basse et but son whisky, rien qu'un verre, cette fois, et léger. Il avait conscience d'être encore au travail, de réfléchir encore à Gaitonde, à Jojo et à de grosses masses d'argent. Megha détestait qu'il soit incapable d'empêcher son métier de le suivre partout. Il buvait son thé, discutait avec des membres de sa famille, sortait voir un film mais, quelque part au fond de lui, les éléments fragmentaires d'un meurtre se mettaient en place. Il avait essayé de lui faire comprendre que ce n'était pas volontaire, qu'il se serait volontiers arrêté de penser, s'il en avait été capable. Or, aux yeux de Megha, que sa conduite relève d'une pulsion irrépressible ne faisait qu'aggraver les choses. Cependant, l'instinct lui avait soufflé par le passé plusieurs vérités imparables, et il avait appris à s'y fier. À cette minute, l'instinct lui soufflait que toutes ces pièces composaient un tout. Parfois, on sait. On a la solution dans la tête, mais pas de preuves dans les mains. Et on fait comme si. On cache une pièce à conviction au bon endroit, on omet certains faits, on en ajoute d'autres, et ça donne un rapport préliminaire. Pour être aveugle comme il se doit, la justice a parfois besoin d'être manipulée.

Dans cette affaire Gaitonde, il n'y aurait pas de justice, pas de rédemption. Il n'existait qu'un espoir d'explication partielle, et cette peur rampante. Là, il avait peur, vraiment peur. Maintenant qu'il était au repos, la peur était de retour, amplifiée par les images d'un film catastrophe anglais, des villes entières en proie à des incendies assistés par ordinateur. Travaille, se répétait-il, travaille là-dessus. Fais ton boulot. Et donc il ferma les yeux, posa la tête contre le dossier du sofa, son verre à la main, et laissa les miettes d'informations lui descendre dans la tête et dans le corps. Inutile de forcer, il ne pouvait pas s'imposer une réponse. S'il se laissait suffisamment aller, s'il se montrait sans peur, s'il ouvrait son esprit, son cœur et son ventre, une forme se dessinerait. Il fallait être patient.

Ganesh Gaitonde explore le moi

Sur le yacht, nous regardions beaucoup de films. C'était un bateau (pour que je dise le mot yacht, ils ont dû me l'apprendre) de quarante mètres avec trois ponts et suffisamment de place pour comporter un salon particulier de bonne taille. Dans cette pièce, j'ai fait installer la plus grande télé possible et des lecteurs de DVD, avec une antenne. C'est dans cette pièce que nous regardions des films, des centaines de vidéos, de CD et de DVD. Ce n'est pas qu'on ne travaillait pas : je me réveillais tous les matins à six heures, je prenais mon petit déjeuner en recevant mes coups de fil. Gérer ma compagnie à distance a exigé un apprentissage difficile – il fallait que je lâche prise, que je néglige les détails, que je délègue, que je cesse d'expliquer aux autres comment s'acquitter de leurs missions. Je me sentais comme un dieu, loin du monde, mais apte à le diriger. À dix heures et demie ou onze heures, j'en avais généralement terminé avec les tâches urgentes et, un peu plus tard, Bunty m'appelait de Bombay avec les mises à jour des collectes et les chiffres qui s'additionnaient à ceux de la veille. À midi, je prenais un déjeuner léger avec les boys, puis je m'accordais une sieste d'une demi-heure. Suivant l'endroit où nous nous trouvions, selon que nous mouillions ou non à proximité d'une côte accueillante, j'avais ou non une fille qui me réveillait de ma sieste, indonésienne, chinoise ou thaïe. Mais dans tous les cas, j'étais levé à deux heures, avec une demi-journée devant moi.

Donc nous regardions des films : *Hum Apke Hain Kaun* et *Dilwale Dulhaniya Le Jayenge*, et *Sholay* encore une fois, *Dil To*

Pagal Hai, et *Hero N° 1* et *Auzaar*. Et un millier d'autres dont je n'avais jamais entendu parler, *Bahu Begum*, *Anjaam* et *Halaku*. J'aimais aussi regarder des films anglais, pas seulement le genre bang-bang qui plaisait aux boys, mais aussi des films plus bavards, pour améliorer mon anglais. Mais ceux-là, les boys ne les aimaient pas. Ils s'agitaient, ils ennuyaient, ces cons de ganwar, et ils me suppliaient de revenir à un film bundal bien maderchod, où ils pourraient voir Raveena Tandon se déhancher comme une mécanique en roue libre. Donc, nous regardions un tas de films indiens, et même des films punjabis et tamils. Mukund, l'un des boys, était tamil, et il nous traduisait Nayakan. Il avait raison, la version tamil, avec Kamalahasan, était bien meilleure. C'était étrange de voir Bombay à travers le filtre du tamil, mais il avait du dum, ce film. Il était vrai, pareil à la vie. C'était la vie de Vardarajan, que nous regardions dans un silence total, depuis ses débuts dans les taudis, jusqu'à son accession au pouvoir et à la renommée. Quand son fils se faisait tuer, quand le cri étouffé sortait de la gorge de Kamalahasan, nous ressentions sa douleur, c'était la nôtre. Nous aussi, nous avions perdu nos êtres chers. J'avais les joues baignées de larmes. Tous, nous pleurions.

Le lendemain, j'ai prié Bunty de faire envoyer des fleurs à Kamalahasan et à Mani Ratnam, des bouquets anonymes, juste une carte. « De la part d'un admirateur de *Nayakan*. » Et ce soir-là, quand Jojo a appelé, je lui ai annoncé que nous avions tous beaucoup aimé le film.

Elle a éclaté de rire.

— Alors comme ça, vous étiez toute une bande de bhais assis en rond la larme à l'œil ?

— Kutti, c'était du grand spectacle. Et une superbe histoire.

— Pendant la dernière scène, les funérailles du nayakan, je parie que vous avez pleuré d'un bout à l'autre.

— Il y avait des milliers et des milliers de gens, à ses funérailles. Bien sûr, que j'ai pleuré. C'était très touchant.

Et la voilà repartie à rigoler. Elle a fini par se maîtriser.

— Les hommes sont des petites choses sensibles. Ne t'inquiète pas, à ton enterrement, on sera des milliers.

— Randi, ne te soucie pas de mon enterrement. Quand et comment il se déroulera, Parmatma l'a déjà écrit. Cet événement est déjà arrivé, mais nous nous laissons abuser par l'illusion du temps. Parmatma a ses desseins. Nous sommes les acteurs de sa pièce.

— Vah. Les acteurs de sa pièce.

— Oui. Nous dansons sur les mélodies de son leela. La naissance, la vie, la mort, tout a une forme, même si nous ne pouvons pas la voir.

— Quel philosophe tu fais, aujourd'hui, Ganesh Gaitonde. Tu as changé. Tu n'arrêtes plus, sur la destinée, le karma, et tout ce genre de bhenchod de gandugiri. Qu'est-ce qui t'est arrivé ?

— Rien, sauf que j'ai commencé à comprendre un peu la vérité de l'univers.

En dehors de Bunty, personne n'avait idée de mes conversations avec Gourou-ji. Il fallait que je maintienne les segments de mon existence bien séparés, Jojo de Gourou-ji, Gourou-ji de M. Kumar, et une part de moi-même de tout le reste.

— Chutiya, tu es devenu comme un de ces saints hindous.

Et elle ponctua d'un bruit de crachat, comme si elle évacuait quelque chose d'infect.

— Tu devrais réfléchir à ces questions, toi aussi. Va à ton église, peut-être y trouveras-tu un peu de paix.

— Gaitonde, voilà que tu deviens ma mère, maintenant. Quelle époque embrouillée nous vivons.

— Exact. C'est pourquoi la recherche spirituelle…

— Arre, maderchod, tu veux que j'aille à l'église pour qu'un prêtre qui pue m'ouvre la tête de force et me raconte que je suis une mauvaise femme et m'inflige ses châtiments ? Et qu'est-ce que son dieu, ou ton dieu, me donnera ? La paix ? Je ne veux pas de la paix. Je veux de l'argent, je veux un appart, je veux que mes affaires grandissent. La paix ! Pourquoi tu ne leur fiches pas un peu la paix, à ces filles que tu fais thoko tous les après-midi, ô mon maître spirituel ?

Et elle se roula sur son lit, en riant. C'était à mon tour de sourire. Ensuite, brusquement, elle s'arrêta.

— Tu leur fais aussi des sermons pleins de spiritualité ?

— Arre, non.

— Dis-moi la vérité, Gaitonde.

— Saali, comment je pourrais leur faire la leçon, puisqu'elles ne parlent pas le hindi ?

— Et elles ne comprennent pas ton anglais toota-phoota.

— Mon anglais s'améliore de jour en jour.

— Ne t'écarte pas du sujet, Gaitonde. Est-ce que tu as essayé de leur parler du chemin vers…, comment tu as appelé ça, vers mokha ?

— Moksha.

— Alors ?

— Non.

— Allez, Gaitonde. Dis la vérité. Avec moi, tu dois, toujours, même si tu mens à tous les autres.

Je me suis tu. C'était vrai, que je me surprenais à lui confier des choses, mes peurs et mes inquiétudes, que je ne révélais à personne d'autre.

— Gaitonde.

— D'accord. Juste une fois.

— Titre de première page du *Mid-Day* de demain : « Le parrain international Ganesh Gaitonde sermonne les putains ! »

Pendant cinq bonnes minutes, elle a été incapable d'aligner deux phrases cohérentes. Ensuite, elle est revenue à l'autre bout du fil.

— Tu vois, je te l'ai dit, il t'est arrivé quelque chose.

— C'était seulement parce que… Écoute, il y avait cette fille, une Thaïe, elle avait une petite statue de Bouddha dans son sac à main. Donc j'ai essayé de lui parler du nirvana. Elle a compris le mot nirvana, mais pas le reste.

Elle en avait assez de rire, donc elle s'est contentée de glousser.

— Je te connais mieux que personne, elle m'a soutenu. Reconnais-le.

— Je le reconnais, yaara.

Là, moi, je souriais. Quand elle était de bonne humeur, elle me rendait léger et heureux comme personne.

— Donc, si tu me connais si bien, viens me connaître un peu mieux. Viens prendre des vacances sur le yacht.

— Gaitonde, ne recommence pas avec ça. La seule raison pour laquelle tu m'autorises à te connaître, c'est que je ne te laisse pas m'approcher.

— Jojo, je ne te toucherai pas. Je te le promets. Kasam.

— Me toucher, ce n'est pas la question, Gaitonde. Tu sais que si nous nous rencontrons, l'idée de nous toucher sera là, entre nous deux. Et d'accord, je l'admets, pas seulement chez toi, mais aussi chez moi. Et cela gâchera tout le yaari. Je te le dis.

— Les hommes et les femmes ne peuvent pas avoir l'idée de se toucher et rester amis ?

— Certains hommes et certaines femmes, peut-être, sur un autre continent. Mais pas toi et moi.

— Haramzadi, ce n'est pas vrai.

— C'est la vérité et tu le sais. – Elle souriait, à présent, je le sentais bien. – C'est écrit par ton Parmatma. Cela fait partie de ses desseins.

— Toi, tu es ma migraine quotidienne. Je ne sais pas pourquoi je te supporte.

Mais je souriais à belles dents, et elle le sentait bien.

— Et je te livre plus de bon thoko qu'aucune de tes filles ne le pourra jamais.

— Exact.

Tous les mois, ou tous les deux mois, elle m'envoyait des filles depuis Bombay. Les filles venaient par avion jusqu'à Singapour ou Djakarta avec une troupe de chant et de danse. La plupart étaient de vraies danseuses, dans leur genre. Après la fin du spectacle, on les acheminait en bus jusqu'à l'endroit où le yacht était ancré. Il y en avait pour les boys, et les meilleures m'étaient réservées. Jojo connaissait mes goûts, maintenant.

— C'est vrai, je lui ai dit. Tu es une amante qui m'envoie une nouvelle version d'elle-même tous les mois. Tu es la chaavi la plus généreuse que j'aie jamais eue.

— Je suis la chaavi la plus parfaite de toute l'histoire de l'homme, Gaitonde. Et après ce cadeau très spécial que je vais t'envoyer la prochaine fois, tu te souviendras de moi tous les matins, dans tes prières à ton Parmatma.

— Quel cadeau ?

— Dis d'abord merci.

— Merci de quoi ?

— Tu devrais me dire merci tous les jours, à cause de tout ce que j'ai fait pour toi. Mais aujourd'hui, dis-moi un merci très spécial, à cause de ce que je suis sur le point de faire pour toi.

— Une fille ?

— Pas juste une fille. Celle-ci, c'est... Cette fille-là, Gaitonde, c'est un émerveillement.

— Alors, dis-moi.

— Tout d'abord, elle est vierge.

— Oui, oui, comme toutes les randis de Bombay.

— Sérieusement. Tu la feras examiner par un médecin, si tu veux. Elle sort d'une famille très orthodoxe de Lucknow.

— Si elle est si orthodoxe, qu'est-ce qu'elle fabrique avec quelqu'un comme toi ?

— Arre, baba, elle veut devenir actrice.

— Bien sûr.

— Bien sûr. Elle mesure un mètre quatre-vingts, Gaitonde.

— C'est le Qutub Minar que tu veux m'envoyer là, saali.

— Tu es un grand bhai, il te faut une grande femme. Et tu les as déjà vues, les top models étrangers ? Un mètre quatre-vingts, c'est rien.

— Elle est aussi belle qu'un top model ?

— Elle le sera.

— Maderchod, quoi, elle est si vilaine que ça, pour le moment ? Et c'est à cause de ça que tu veux que je te dise « merci, merci ».

— Gaitonde, la plupart des hommes sont des crétins. Mais toi, tu n'es pas forcé d'être un crétin. Écoute-moi. Penses-y. Voilà cette fille d'une famille complètement ordinaire de Lucknow. Le père gère un petit restaurant familial, et puis il y a une mère, qui est une mère. Une grand-mère qui vit avec eux. Il y a des frères, plus âgés et plus jeunes. Les parents ont réussi à envoyer tous leurs enfants dans des écoles anglophones.

— Haan, et alors ?

— Imagine cette fille, à quoi ressemble son univers à Lucknow. Elle fréquente une école de filles, elle rentre chez sa mère et sa grand-mère. Elle n'adresse pas la parole aux garçons, même à ceux qui se moquent d'elle dans la rue, parce qu'en classe de première, elle mesure déjà un mètre soixante-dix. Mais c'est une fille très intelligente. Elle lit, elle observe. D'une manière ou d'une autre, elle comprend que tout cela ne lui suffit pas. Lucknow, le mariage à dix-huit ans, ce n'est pas de ça qu'elle veut.

— L'Inde tout entière est remplie d'idiotes dans son genre. La mauvaise influence des films et de la télévision.

Jojo a ri, et arrêté son bhashan pour rire encore un moment avec moi, puis elle a repris.

— Tais-toi, Gaitonde. Donc, elle décide. Elle tranche. À dix-huit ans. Elle se débrouille pour partir. Elle se débrouille pour se frayer un chemin dans le monde et elle débarque devant ma porte. Tu sais ce que cela suppose ?

— Oui, c'est une héroïne. Je devrais lui confier la responsabilité de mes boys, à Bombay.

— Gaitonde, en fin de compte, tu es un homme. Un homme ne peut pas comprendre le courage qu'il faut à une femme pour se lever, se dresser face aux autres, à tous les autres, et demander ceci, juste ceci : vivre son rêve. Tous tes boys mis ensemble n'ont pas le millième de ce courage-là.

— OK, donc elle est la Rani de Jhansi. Ensuite ?

— Ensuite, comprends bien ceci. Cette fille veut tout. Et elle a la force et le courage de l'obtenir. Elle n'est déjà pas trop mal, mais parce qu'elle le veut, elle deviendra belle. Elle veut être mannequin et actrice, et elle le sera. Je te le dis. Moi, j'ai échoué, je n'ai pas réussi, mais elle, elle réussira.

— Comment peux-tu en être si sûre ?

— J'en suis sûre parce qu'elle me fait penser à toi.

— Haramzadi, une femme te fait penser à moi ?

— C'est un compliment, Gaitonde. Tu verras ce que je veux dire. Elle me fait penser à toi parce qu'elle est un peu effrayante.

— Je croyais que tu n'avais peur de rien. Même pas de moi.

— Arre, je n'ai pas peur de toi. Tu le sais, chutiya. Ce que je veux dire, c'est qu'elle est si grande, si sérieuse, et si déterminée qu'on dirait une de ces rakshasas de la série *Ramayana*. Tu es le seul à pouvoir la manier. Là, je te fais encore un compliment.

— Tu veux dire que je suis le seul à pouvoir me permettre de me payer cette géante vierge. Combien ?

— Beaucoup.

— Bien sûr, beaucoup. Dis-moi son prix.

— En réalité, elle ne veut pas tant de cash que ça.

— Alors ?

— Il m'a fallu un moment pour comprendre, la première fois qu'elle m'en a parlé. Ce n'est pas un homme qu'elle veut. Elle veut un investisseur.

— Un investisseur dans quoi ?

— Sur elle. Sur son avenir.

À cet instant, j'ai senti les premiers remous d'un authentique intérêt pour cette créature de Jojo. Peut-être était-elle aussi dégourdie que le prétendait ma bonne amie.

— Elle a dit ça ?

— Oui, elle a dit ça. Ce qu'elle a compris, Gaitonde, c'est que réussir dans le grand jeu du spectacle ne peut pas se faire à partir de rien. Si tu as des parents riches, ils pourront te payer des vêtements, des cours de comédie et de danse, une salle de remise en forme, un téléphone portable, un appart à Andheri et une voiture. Si tu es juste une fille de Lucknow sans liquidités, tu seras une fille parmi des milliers à courir de producteur en producteur en auto-rickshaw, et les photographes qui accepteront de te prendre en photo pour ton book voudront te faire passer au premier étage de leur loft, là où est le lit. Et ce que tu retireras de tes efforts, au bout du compte, c'est beaucoup d'entubage et très peu de danse, un clip ou deux, à peine. Bas. Si tu veux être une star, il faut avoir la faculté de dire « non », donc de l'argent pour subvenir à tes besoins inspirer le respect aux bhenchods du métier. C'est pour cela que les enfants de stars dominent l'industrie, pas seulement parce qu'ils disposent de relations, mais aussi parce qu'ils ont des fonds.

— Donc elle a besoin de fonds pour dégager des profits. Une bonne chose qu'elle l'ait compris.

— Oui. Mais plus de fonds que les autres, Gaitonde. Elle veut beaucoup travailler sur elle-même. Et ça coûte cher.

— Travailler ?

— Chirurgie esthétique. Elle m'a montré son programme. Elle a fait des recherches. Elle s'est procuré une planche anatomique, et elle a fait mettre des repères dessus. Avec les prix en face. Et elle sait exactement quel médecin il faut, quels sont les types d'intervention. Elle possède une collection de photos d'actrices et de top models, de femmes fortunées, Gaitonde, et elle sait ce que chacune d'entre elles a fait. Tu ne croiras jamais quels genres d'opérations tous ces gens célèbres ont pu subir, Gaitonde, et tout ce que cette fille sait. Ce nez-là est bien, elle dit, mais celui-là, il est mieux. C'est une experte. Elle conserve les infos dans un dossier intitulé « Corps ».

Très intéressant, j'ai pensé. Une femme méthodique.

— Parfait, j'ai dit. Laisse-moi voir cette merveille. Combien ?

— Gaitonde, avec celle-là, pas de coup tordu. Si elle s'imagine que tu cherches à la souiller, elle se tuera avant de te laisser tenter quoi que ce soit.

— Oui, oui. Combien ?

— Pour un rendez-vous, rien. Tu la rencontres, et tu vois. Je paierai son billet d'avion.

Sidérant.

— Jojo, tu en parles comme si tu étais toi-même amoureuse d'elle. Dans ton grand âge, tu deviens une chut-chattoing. Goudou lécheuse de chatte, va. Bhidu, pour toi, je paierai. Allez, amène-la-moi, amène-la-moi.

— Gaitonde, arrête de débiter des âneries. Si je préférais les filles, je t'aurais prévenu. Moi aussi, j'investis. Pas seulement pour te convaincre. Je crois en cette fille. Elle sait se vendre.

Jojo avait employé le mot anglais. « *Sell* ». Sur sa langue, son « ssss » initial avait une sonorité sexy. Comme l'autre mot anglais, « *sexy* ».

— Tu as acheté des actions ? Avant même son entrée en Bourse ?

— Gaitonde, achètes-en aussi, toi. Si tu es malin, tu achèteras. Mais il y a autre chose.

— Quoi ?

— Es-tu aussi tolérant en matière de religion que tu le dis ?

— Je te supporte bien, non ? Un bon entraînement à la tolérance.

— Cette fille est musulmane. Elle s'appelle Jamila Mirza.

— Jojo, j'ai des boys musulmans qui travaillent pour moi en Inde. Et quand est-ce que ça m'a posé un problème de prendre des filles musulmanes ?

Les filles, j'en prenais de toutes les formes, de toutes les tailles, de toutes les croyances. J'étais impartial.

— Là, c'est différent, Gaitonde. Être détaché de la religion de cette manière, même ton ami Suleiman Isa sait faire, cela ne lui pose aucun problème de prendre des filles hindoues, des jaïns, des chrétiennes. Sous la ceinture, tous les hommes sont tolérants. Là, c'est différent. Je te l'affirme, investir sur elle, cela signifie que tu devras l'aider. Te lier à elle. Pas pour un jour, pas pour une semaine passée sur ton bateau, mais pour longtemps.

— Je vois ça. Tu me laisses réfléchir. Quand est-elle née ?

— Tu vas encore monter son thème astrologique ?

— Oui.

— Tu es givré.

— Donne-moi la date, l'heure et le lieu, je te prie.

Elle m'a fourni les informations sur sa naissance, que j'ai notées. J'avais été un sceptique, comme elle, mais Gourou-ji avait réduit mes défenses en miettes. Depuis lors, je me reconstituais.

— Et pour tes boys ? m'a demandé Jojo.

Nous avons discuté de ce point une minute ou deux : des filles pour mes boys. Jojo a raccroché pour se rendre en réunion de production, et je suis monté sur le pont. Les boys jouaient aux cartes sous un dais bleu. J'en avais six à bord, plus un comptable et un informaticien, un cuisinier du Maharashtra et cinq hommes d'équipage originaires de Goa (notamment d'anciens gars de la Navy). Les boys se partageaient les postes, ils étaient toujours trois de garde, ce qui voulait dire qu'ils jouaient d'interminables parties de teen-patti, misant des petites sommes, comme en ce moment. Arvind prenait ses dix minutes habituelles pour trier ses écarts, Ramesh et Munna lui balançaient des gaalis. La routine. Depuis le mouillage, nous avions vue sur les parasols éclatants de la plage de Patong.

Quand je me suis approché d'eux, ils se sont levés.

— Bhai, ils se sont tous exclamés, et ils m'ont touché les pieds.

— Qui gagne ?

— Ce ver de terre de gaandu, là. À cause de lui, une partie dure des années.

Ça aussi, c'était habituel, qu'Arvind gagne. Il avait la main lente et sûre. Mais ce matin-là, les autres étaient d'humeur amère, je le voyais bien À Bombay, tous mes boys me suppliaient de partir. Ils avaient envie de jeans étrangers, de filles étrangères et de salaires en devises étrangères. Ils s'étaient battus pour venir en Thaïlande à bord de mon yacht participer à ma gestion à distance. Mais au bout d'un ou deux mois dans ces eaux étrangères, ils devenaient amers. L'exil les rendait maussades. Bombay leur manquait, dans leur chair. Je le sais, parce je ressentais le même désir après cette année passée loin de Mumbai ; j'avais un besoin maladif des rues constellées de crachats de cette grande putain de ville. Le matin au réveil, je sentais au fond de mes narines le picotement âcre des pots d'échappement et des ordures que l'on incinère, j'entendais monter le grondement du trafic tel qu'on l'entend depuis le toit d'un building, cette rumeur lointaine qui donne le sentiment d'être un roi. Loin du fouillis des bagnoles, du maquis des taudis, de l'entrelacs infini des rails, de la musique des bazars, du grouillement des hommes, il y avait de quoi brûler de désir pour la ville. Certains après-midi, c'était comme de mourir un peu. Sous le ciel étranger, je sentais mon âme s'effondrer, morceau par morceau. Je vivais une solitude que je n'avais pas imaginée, que je ne croyais même pas possible. Ce n'est qu'une fois loin de l'Inde que je me suis rendu compte que, chez nous, je vivais niché au cœur d'une toile d'araignée dont les fils étaient ma famille, mes boys, ma compagnie. Même quand je me retrouvais livré à moi-même, je restais relié, je restais intact. Même dans l'isolement de cette cellule anda, j'avais toujours fait partie d'un filet invisible, aux nœuds reliés cœur à cœur. Sur le sol indien, on ne peut pas être vraiment solitaire, même bouclé dans une tombe qui pue la mort. Ce n'est qu'après avoir navigué sur des eaux noires que j'ai appris le sens de ce mot : *seul*.

Nous avions expatrié les boys et, pour les boys, nous avons expatrié des filles indiennes, des films indiens, de la musique indienne, et nous leur avons accordé des appels téléphoniques bihebdomadaires pour l'Inde. En général, le premier mois, les boys étaient prêts à monter toutes les filles chinkies sur lesquelles ils mettaient la main. Ils dépensaient leur fric en maals thaïes, indonésiennes ou chinoises. Les blondes germaniques qui exhibaient leurs mangues sur les plages les rendaient fous. Mais une fois leur frénésie initiale apaisée, ils attendaient les filles indiennes comme des Biharis frappés par les inondations attendent les secours largués par le gouvernement. Faire chodo avec une ghaatan bien ronde, c'était tout confort, comme de fredonner une chanson de Kishore Kumar à une Punjabi qui gloussait sottement – parce qu'elle avait compris, simplement parce qu'elle avait compris. C'était se sentir chez soi.

J'ai parlé à mes trois joueurs de cartes des filles qui arrivaient d'ici deux semaines, et ça les a considérablement égayés. Maintenant, ils avaient quelque chose à espérer.

— Ne vous affolez pas trop, avec elles, je les ai prévenus. Ne faites pas les idiots, ces filles savent s'y prendre pour soutirer de l'argent à un homme. Une chappan-churi futée vous dira : « Achète-moi juste quelques saris », « Et ce collier en or, il ne serait pas joli, sur moi ? », et vous, vous voudrez jouer les bhais grandioses et, quand elles repartiront chez elles, vous n'aurez plus rien en poche. Amusez-vous, mais gardez la tête froide.

— Oui, Bhai, ils se sont écriés comme des écoliers devant leur instituteur.

— Chutiyas, je ne vous le répéterai jamais assez. On verra si vous avez l'air aussi malins, d'ici un mois.

Quatre semaines plus tard, Arvind, si lent et si sûr, était marié. Dans le paquet de filles, il y avait une Suhasini, qui ressemblait vaguement à Sonali Bendre. Du coup elle s'était choisi Sonali pour nom de scène et prenait des airs de star. Quand le monospace dans lequel nous avons pris les filles à l'aéroport de Phuket s'est garé devant l'Orchid Seaside Hotel, Arvind était déjà harponné. Il était courant que les boys et les filles s'attachent, ces amours de vacances, cela arrivait, bien entendu. Unetelle était la fille de Mukund, telle autre était celle de Munna. Ramesh était toujours prêt à se les faire toutes, mais s'il voyait qu'un boy était fida pour une fille en particulier, il prenait ses distances, même lui. Du coup, pendant quelques jours au moins, Munna ou Mukund pouvait se figurer qu'il avait une vraie chaavi, et se sentir bien au chaud. Donc on avait déjà vu ça, mais Arvind et cette fille, on n'avait jamais rien vu de pareil. Certes, elle avait une jolie peau et un grand nez qui, sous un certain angle, et un certain éclairage, pouvait évoquer Sonali Bendre, mais en fin de compte, ce n'était jamais qu'une créature dégingandée de Ghatkopar. Et c'était une randi. Il n'y avait pas à tortiller. Arvind le savait fort bien. Après tout, il se faisait assaisonner son lauda à la sauce lasoon toutes les nuits.

Quand la fille et lui sont venus me demander de bénir leur mariage, les boys y sont allés de leur interprétation : elle avait une bouche d'artiste et Arvind était un idiot total, akha et poora. Tous les matins et tous les soirs, elle baignait son chotta bhai, qui en avait le cerveau court-circuité. Je les ai calmés, je les ai priés de la fermer et de ne pas s'énerver. Arvind était très remonté, et une fois parti dans son côté casse-pieds, il devenait dangereux. C'est pour cela que nous l'avions engagé. Je l'ai assis, seul, à part, et je lui ai causé.

— Réfléchis. Il y a deux types de filles, un pour le mauj-maja, l'autre qu'on épouse. C'est une chose de s'amuser, ou même d'être dingue d'une fille une semaine ou deux. La vérité, c'est que lorsque tu te le trempes matin et soir, ta cervelle finit par se faire détourner par ton lauda. Le mariage, c'est une grosse affaire. Il faut y penser la tête froide. Penser à tes parents, à la société. Vous allez devoir vivre avec tes parents. Qui elle est, tu ne pourras pas le garder éternellement secret. Ne te laisse pas emballer juste parce qu'elle ressemble à Sonali Bendre. Tu prends ton aish et ensuite tu la laisses filer.

— Bhai, Sonali Bendre, je m'en moque. Pour moi, c'est Sonali Bendre qui ressemble à Suhasini. Et j'ai déjà réfléchi à tout ça. Je sais que c'est la bonne décision.

— Comment ?

— Je le sais, Bhai, c'est tout. Je le sens, là.

Il a porté la main à sa poitrine. J'avais devant moi un très jeune homme enamouré, plein de grands gestes théâtraux. Il ne comprenait pas que ça ressemblait à de la comédie. Même s'il l'avait compris, je pense que cela lui aurait été égal.

— Après seulement quoi, dix jours, et tu sais déjà ?

— Quand on sait, on sait.

Il était fier. Il faisait partie de ce groupe très fermé qui savait. Il se comptait désormais parmi les Majnu, les Farhad et les Romeo. Il était calme.

— Très bien, j'ai dit. Laisse-moi réfléchir. C'est quoi, les renseignements la concernant ?

Il sourit, d'un immense sourire, et sortit vivement un bout de papier de la poche de sa chemise.

— Je le savais, Bhai. Tiens. Tous les renseignements sont là, les siens et les miens.

J'ai ramassé son papier et je l'ai congédié. Étant un adepte de Gourou-ji, j'avais acquis une certaine compétence dans la science de l'astrologie. Bien entendu, je ne valais pas le millième de Gourou-ji, mais j'avais glané quelques techniques ici et là. Gourou-ji lui-même me l'avait dit : « Tu apprends vite. Tu as un instinct pour la science, une connaissance qui réside en toi. À travers moi, tu te contentes de la redécouvrir. » Il m'avait expliqué que c'était grâce à cela que j'avais survécu si longtemps, alors que tant d'autres étaient morts. J'avais une perception de l'avenir, j'étais capable de voir dans les spirales du temps et donc je pressentais le danger. Ainsi, j'avais vécu. J'apprenais maintenant à maîtriser cette connaissance, à l'enrichir de ce que Gourou-ji avait jugé bon de me transmettre. Je m'exerçais avec les boys, et ils se fiaient à moi. Pour avoir étudié les dates, les heures et lieux de naissance d'Arvind et Suhasini, j'ai considéré que ces deux-là s'accordaient, que les influences de leurs étoiles respectives allaient de pair et s'emboîtaient quand nécessaire. Ils avaient ricoché dans le monde, poussés par leurs destinées, et ils s'étaient retrouvés sur mon yacht. Qui pouvait prétendre qu'aucun couple parfait ne saurait ou ne pourrait se former sur mon bateau qui, après tout, s'appelait le *Lucky Chance* ? Je me sentais bien disposé vis-à-vis d'Arvind et de Suhasini, et célébrer un mariage était de bon augure. Mais je ne voulais pas leur accorder mon consentement sans consulter Gourou-ji, ça allait de soi. Aucun des boys sauf Bunty ne savait, pour Gourou-ji, mais lui savait tout sur eux. Ils composaient mon cercle rapproché, ils étaient proches de moi, et donc il était important qu'ils soient sondés et approuvés par un esprit supérieur. Cette menue précaution pouvait me sauver la vie, un jour.

D'ordinaire, j'attendais l'appel de Gourou-ji dans mon bureau pour cinq heures de l'après-midi, et lui m'appelait dès qu'il en avait la possibilité. Spécialement et exclusivement pour lui, j'avais un téléphone satellitaire avec brouilleur intégré. De son côté, il ne se déplaçait jamais sans brouilleur, et donc nous nous parlions dans une totale sécurité. J'avais appris à connaître ces nouvelles technologies de sécurité grâce à mon ami le chauve, M. Kumar, du RAW. C'était lui qui le premier m'avait remis un téléphone satellitaire sécurisé et, par l'intermédiaire de mes gens, j'avais pu m'en procurer deux autres, pour Gourou-ji et pour Jojo. Donc j'étais triplement sécurisé : dans mon patriotisme, dans ma spiritualité et dans mon sexe. Le *Lucky Chance* était pareillement conçu. Mes vieux amis Gaston et Pascal m'avaient trouvé cette khatara, une véritable épave, propriété d'un cheikh du Golfe, un dégénéré que nous fournissions en scotch et en jeunes garçons – comme ça l'ennuyait de discuter de sommes d'argent aussi insignifiantes, il nous l'avait bradée à sept crores, en roupies. Gaston et Pascal l'avaient remorquée jusqu'à un chantier naval de Cochin, et l'avaient équipée de compartiments pour pistolets, de portes renforcées et d'un radar spécial à courte portée, le tout sous les conseils techniques du pondéré M. Kumar. À Bombay, on racontait que Gaitonde voulait un yacht parce que Chotta Madhav en avait eu un pendant des années, mais c'était faux. Je voulais vivre sur un bateau pour ma sécurité. Sur un bateau, on sait qui vient, et quand. Pour rendre un bateau imprenable, il suffit de quelques hommes. Et Gourou-ji m'avait dit que l'eau était un bon endroit où me trouver, que ma destinée naissait et poussait sur les flots.

En outre, Chotta Madhav ne possédait qu'un trente mètres très ordinaire qui se contentait de caboter sur les eaux malaises. Moi, je lançais le *Lucky Chance* partout où cela me plaisait, par les détroits indonésiens si besoin. Deux fois, nous avons écrasé sous le feu de nos mitrailleuses lourdes des hors-bord pirates. Ces crétins d'enfoirés s'étaient imaginé que la nuit nous empêchait de les voir arriver. Sur l'eau, avec la technologie et Gourou-ji de mon côté, rien ne pouvait m'atteindre. Donc j'attendais l'appel de Gourou-ji.

Comme toujours, en attendant, j'ai passé le temps avec mon comptable. C'était un expert-comptable agréé, mon Partha Mukherjee, un bon garçon bengali qui avait grandi à Bandra East. Il avait prospéré avec moi, il avait installé ses parents et sa sœur dans un appartement de Lokhandwalla et trouvé un fiancé pour sa sœur. Le mariage devait être célébré en novembre, avec réception cinq étoiles. Je le payais bien, Partha Mukherjee, avec doubles primes, mais il le valait. À cette époque, le chiffre d'affaires annuel de ma compagnie était de trois cents crores, et suivre cet argent, l'acheminer de tel point à tel autre, l'investir, l'accroître, c'était un métier à plus que plein temps. Bien entendu, nous gagnions encore de l'argent à l'ancienne manière, grâce aux dîmes collectées auprès des hommes d'affaires et des producteurs de cinéma, aux commissions prélevées sur les bons propriétaires de la moyenne bourgeoisie qui avaient besoin de faire évacuer les appartements de leur future retraite occupés par des locataires trop collants, grâce encore aux substances et autres matériaux transportés au-delà des frontières, aux bookmakers et pronostiqueurs. Mais nous avions aussi des investissements légitimes dans Bombay et un peu partout en Inde, nous possédions des fonds et des actions, de l'immobilier et des start-ups. Tout cela, Partha Mukherjee le gérait avec ses ordinateurs et ses divers assistants répartis dans des villes d'Asie diverses. Je lui accordais une demi-heure tous les soirs pour qu'il me résume le cheminement de mon argent d'un pays à l'autre. Il me montrait des graphiques, traçait des flèches sur des cartes dessinées à la main pour m'expliquer les allers et retours de Kuala Lumpur à Bangkok, jusqu'à Bombay. Je comprenais, et j'orientais le flux. Ce bon vieux gros Paritosh Shah aurait été fier de moi.

Quand l'appel de Gourou-ji se faisait entendre, je mettais Partha Mukherjee à la porte. Ce jour-là, ce n'est pas ce téléphone-là qui a sonné, mais l'autre appareil sécurisé posé juste à côté. Mukherjee s'est levé et a rassemblé ses papiers. Lorsque les téléphones gris sonnaient, les boys savaient qu'il fallait me laisser seul. La porte s'est fermée dans un chuintement rassurant terminé par un bruit de succion et un déclic sécurisant, j'ai tapé mon code sur le cadran pour enclencher le brouilleur. Ces lignes-là étaient sécurisées des deux côtés.

— Ganesh.

C'était M. Kumar, toujours calme et discret.

— Kumar Saab.

— L'information Bhavnagar était bonne. Nous en avons eu quatre.

— Y compris le contact local ? Tous morts ?

— Oui. Shabash, Ganesh.

— Je ne fais que mon dharam, monsieur.

Et ni M. Kumar ni moi-même n'en faisions la moindre publicité. La police locale de Bhavnagar annoncerait peut-être qu'elle avait démantelé une cellule des agents de l'ISI pakistanais et saisi le contenu d'une cache d'armes. Mais pour nous qui avions monté l'opération, le bruit se limitait à ce shabash tranquille entre collègues sur une ligne de téléphone privée. Ainsi opéraient les officines du renseignement. M. Kumar me l'avait expliqué : quand nous accomplissons notre travail convenablement, personne n'est au courant. Quand nous échouons, tout le monde l'apprend. Cette opération avait réussi, et maintenant il formait des projets pour la suivante.

— Nous allons frapper Maulana Mehmood Ghouse, il m'a annoncé.

— Saab, c'est un très gros guichet, ça.

Mehmood Ghouse était un mollah pakistanais, un prêcheur fort actif dans la vallée du Kashmir. Il se vantait ouvertement du nombre de kafirs qu'il avait tués de ses mains et, pendant un temps, les chaînes de télévision avaient diffusé une séquence vidéo neigeuse le montrant à un rassemblement de prière jehadi, à Multan, au cours duquel il brandissait la tête pourrissante d'un soldat indien décapité.

— Oui, oui, c'est un gros morceau, m'a confirmé M. Kumar. Et qui ne cesse de grossir. Il se présente aux élections. Subitement, le voilà devenu politicien, et il prétend que l'homme de la vidéo, à Multan, ce n'était pas lui du tout.

— Qui ira croire cela ?

— Le gouvernement britannique. Ils sont très impressionnés par son passé d'ingénieur électricien – il sait se servir d'ordinateurs, c'est un mollah moderne. Ils lui ont accordé un visa.

— Maderchods.

— Il séjournera là-bas une semaine. Prendra la parole dans des réunions publiques, essaiera de rencontrer des politiciens anglais.

— Personne n'acceptera de le rencontrer, saab.

— Peut-être, peut-être pas. En tout cas, il se présente à découvert. Il s'imagine qu'il va revenir avec des sacs bourrés de livres anglaises, une nouvelle troupe de chelas pour suivre ses enseignements et une stature internationale. Nous allons lui faire une stature internationale à notre façon. Vous allez poster deux équipes en place à Londres.

— Quel est le calendrier ?

— Nous pensons qu'il arrivera dans la capitale britannique d'ici un mois.

— Quatre semaines. Facile.

Nous disposions d'une base à Cannes, et nos affaires circulaient un peu partout en Europe. Dernièrement, nous avions pris des participations en Slovénie et dans les pays baltes. Nous apprenions et nous nous élargissions.

— Nous vous transmettrons l'information dès que nous l'aurons reçue.

— Nous serons prêts, saab. Mais pourquoi maintenant, saab ?

— Il s'agit d'un message. Ces gens se figurent qu'ils peuvent se pavaner à la télévision. Bas.

— Et ce message est censé émaner de… ?

— À ce stade, il faut que cela reste anonyme. Voyons déjà comment se déroule l'opération. Il pourrait venir de vous, le message.

— Bien entendu, saab.

— Au revoir, Ganesh.

— Salaam, saab.

Il était toujours sec et direct, mon M. Kumar. Les mots nécessaires, et rien de plus. Il n'était pas mon ami, en dépit de longs mois de conversations. Cependant, l'ordre qu'il venait de me donner était une marque de confiance. Par comparaison, tout ce que j'avais accompli jusque-là restait mineur, et j'étais content. Pas seulement que l'on me confie des missions sensibles, ce qui signifiait que je pouvais réclamer davantage en échange, mais parce que je me sentais véritablement impliqué dans cette guerre. Désormais, je combattais à un niveau supérieur. Quelques années auparavant, les hommes de Chotta Madhav avaient frappé un politicien népalais, grand soutien des Pakistanais au Népal, mais l'affaire était restée circonscrite à Katmandou. Ma mission à moi touchait le centre de l'Europe, Londres la Belle, la vilayati. Je n'échouerais pas. Je triompherais des bataillons de gardes du corps et de Scotland Yard au grand complet. J'ai commencé par l'organisation logistique.

J'ai appelé Arjun Reddy, mon computer-wallah, et il a transmis mes ordres par e-mail sécurisé. Il m'a assuré, comme il me l'assurait toutes les semaines, que nous utilisions le cryptage le plus avancé, que nous changions de clef toutes les semaines, que la CIA et tout le gouvernement américain dépenseraient un milliard de dollars sur un seul de nos e-mails, qu'il leur faudrait deux cents ans pour briser le code. Mais l'idée me rendait tout de même nerveux. Reddy avait beau multiplier les assurances, je ne pouvais m'empêcher d'imaginer mes mots nageant dans le ventre des ordinateurs de la planète, seuls et vulnérables. Quoi qu'il en soit, j'ai écrit à mes gens de Cannes : « London mein fielding lagao. Do team bhedzjo, Sachin et Saurav dono. Ready rehna, instructions baad mein. » En clair : « Organisez-moi un match de cricket à Londres. Envoyez deux équipes, Sachin et Saurav. Tenez-vous prêts, instructions suivront. » L'opération était programmée à quatre semaines, mais l'expérience m'avait appris à mettre les éléments en place au plus tôt. Il arrivait que les événements se précipitent, et dans tous les cas, il serait bon que nos boys apprennent à reconnaître le terrain où se mènerait la traque, qu'ils s'habituent à la langue, aux autobus et aux voisins, et que les voisins s'habituent à eux.

Une fois terminé le travail, Reddy a repris ma formation. Je savais manier Windows, désormais. En principe, je savais ouvrir un document et en créer un, naviguer dans un tableur et ses onglets, mais en réalité, je m'y perdais encore trop souvent. Parfois, j'étais incapable de retrouver le document que je voulais, d'autres fois je restais bloqué dans un écran, et j'avais beau faire, rien ne m'en sortait. Ce n'était pas seulement l'anglais qui me perturbait, mais l'univers même de l'écran, j'étais incapable de repérer où se trouvait la terre, le ciel. Reddy avait beau me dessiner des diagrammes, impossible d'en saisir la géographie, et cela me rendait fou, surtout quand ses doigts de vingt-trois ans fonçaient sur Internet, obligeaient la totalité du système planétaire à exécuter les opérations qu'il ordonnait, à se plier à ses volontés. À deux ou trois reprises, j'avais balancé des objets sur la machine, des tasses de café, des assiettes. Mais toujours je me calmais, et je revenais devant l'écran. Cette petite boîte dirigeait tout, à présent, je m'en rendais bien compte. Il fallait que je comprenne son fonctionnement. Et j'étais prêt à embaucher une centaine de Reddy si nécessaire.

Ce soir-là, j'ai fait taire Reddy, je l'ai contraint à me regarder en silence lancer la machine, saisir mon mot de passe, me connecter sur la Toile et trouver mon chemin vers deux ou trois sites. Il a gardé le silence, en effet, mais je le sentais vibrant d'impatience devant la lenteur de mes clics et les hésitations de mon doigt unique au-dessus des touches du clavier. Sans quitter du regard la page de www.myindianbeauties.com, qui publiait une nouvelle photo d'actrice ou de mannequin par jour, je lui ai dit :

— Bon, chutiya. Tu me mets sur les nerfs. Dehors.

— Désolé, Bhai.

— Ne t'éloigne pas trop. Si j'ai besoin de toi, je t'appelle.

— Bien sûr, Bhai.

Il est sorti d'un pas traînant. Il nourrissait de grandes ambitions. Il avait essayé de me convaincre d'investir dans un site Internet avec son frère et lui. Il lui restait à me démontrer comment il allait gagner de l'argent, car je n'avais jamais payé pour accéder à une beauté indienne sur le Web. Mais il n'arrêtait pas de me causer, et de me sortir une idée nouvelle tous les deux jours. Une fois la porte refermée, avec le déclic habituel, je me suis penché en arrière pour la verrouiller. Et me voilà parti pour le site de Gourou-ji, www.eternalsacredwisdom.com.

Gourou-ji voyageait dans le monde entier. Il avait ouvert des centres dans cent quarante-deux pays, sans compter ceux qui étaient en cours d'implantation. Mais où qu'il soit dans le monde, quoi qu'il fasse, tous les trois jours, il publiait un nouveau pravachan sur son site. On pouvait le lire dans plus d'une centaine de langues, dont le marathi et le hindi, bien sûr. Ces derniers temps, j'avais lu les propos de Gourou-ji en anglais, sous sa rubrique « Discours ». Cela me prenait du temps, cela me forçait à me concentrer, à souffrir, mais j'y arrivais toujours. Je conservais la version marathie ouverte dans une deuxième fenêtre, pour m'y référer éventuellement, mais je m'attachais surtout à l'anglais. Ainsi je ne m'imprégnais pas seulement de sagesse, mais de langue. Gourou-ji m'avait louangé pour mon application, et il m'avait mentionné dans l'un de ses discours estivaux sur la gestion du temps – sans mentionner mon nom, cela va de soi. « L'homme qui réussit, c'est celui qui ne cesse jamais d'apprendre, avait-il déclaré. Je connais un bhakt qui réussit grandement, qui impose le respect et commande à l'argent par-dessus les mers. Mais malgré toutes ses réalisations temporelles, il n'est pas arrogant. Il est conscient de ce qu'il ne sait pas. Il y a longtemps, un homme sage a dit : Comprendre que l'on est ignorant, c'est le début de la sagesse. » Et il racontait comment je lisais son discours dans une langue que je ne maîtrisais pas.

Le discours du jour concernait le sexe. Gourou-ji ne craignait pas les sujets controversés, et ne reculait jamais par crainte de choquer. Il était sans peur. J'ai lu : « Toutes les traditions spirituelles considèrent l'abstinence comme un idéal. » J'ai dû chercher le mot « abstinence » dans le dictionnaire anglais-marathi. « Mais tendre vers l'abstinence quand on n'y est pas prêt est une erreur. Le célibat viendra vers vous quand vous y serez prêt. Une abstinence que vous vous imposez est une forme de sensualité. La lutte avec votre corps deviendra une passion. Et le désir s'exprimera, vous ne pouvez pas l'endiguer, vous ne parviendrez pas à lui barrer la route, vous ne pourrez pas le tuer. Les images mêmes de l'abstinence seront aussi belles que la hanche d'une femme, et vos célébrations de l'abstinence seront comme le baiser d'un amant. »

Venir à bout de ces six phrases m'a pris quinze minutes, et pas seulement à cause de l'anglais. Je marquais des temps d'arrêt pour réfléchir, pour m'imprégner, pour admirer. Il exprimait là des vérités si simples, dans un langage si direct et convaincant, et pourtant les mots atteignaient une telle profondeur. Je les sentais dans mon cœur, sous mon estomac. Quelle lutte acharnée nous menions avec le désir, j'ai songé. Ce qu'on pouvait tirer, ce qu'on pouvait pousser. Quels tourments, et quelle extase dans nos tourments.

Eh oui, il était étrange, même à mes propres yeux, que moi, Ganesh Gaitonde, qui avais jadis dédaigné le nom même des dieux, considéré tout propos sur la foi et sa consolation comme une faiblesse, je sois désormais le disciple d'un gourou. Comment cela était-il arrivé ? Gourou-ji et moi nous avions ouvert un dialogue. Après notre première conversation, quand je l'avais poussé à m'appeler en prison, je ne pensais pas l'entendre de nouveau.

Après tout, il devait protéger son image publique, sa vaste mission dans le monde. Mais dix jours après ma sortie de prison et du pays, il m'a appelé. Il avait demandé à ses gens de se procurer le numéro auprès de Bunty, et subitement, il était là, dans mon combiné, Shridhar Shukla en personne, avec sa voix de bronze pleine et massive et sa ponctuation exquise. C'était un homme que des millions d'êtres sollicitaient, et pourtant il prenait le temps de m'appeler, de s'enquérir de mon bien-être. J'étais cynique, j'attendais qu'il me demande quelque chose, comme tous ceux qui m'appelaient, jusqu'au dernier. Mais lui, il n'avait aucune affaire à régler, aucun besoin d'argent ou de revanche, il voulait juste me parler.

— Je vois, vous voulez me parler, j'avais dit. De quoi voulez-vous me parler ?

Il avait dû percevoir le ricanement dans ma voix, mais il m'avait répondu avec calme.

— De ce que tu as en tête.

— D'accord. J'ai une question pour toi.

— Pose-la.

— Je ne crois pas que tu sois un vrai gourou.

Il a ri.

— Ce n'est pas une question. Mais très bien. Tu n'es nullement tenu de croire quoi que ce soit à mon sujet.

Puis il est resté silencieux. Qu'il ne se sente pas provoqué, voilà qui était rageant. J'ai attendu, et j'ai pensé raccrocher violemment le combiné, et puis j'ai fini par reprendre la parole, parce que en fait il piquait ma curiosité.

— Tu ne peux pas être un vrai gourou, à cause de ce que tu me demandes de faire pour toi. – J'évoquais là, naturellement, les armes nombreuses que j'introduisais pour lui dans le pays. – Les gens spirituellement évolués sont pacifiques. Ils sont contre la violence.

— Qui t'a raconté cela ?

— Tout le monde le sait.

— Donc tu ne te considères pas toi-même comme spirituellement évolué ?

J'ai rougi, je me suis redressé.

— Nous parlons de toi.

743

— Très bien, Ganesh, très bien. J'étais curieux de savoir d'où tu tenais cette idée concernant l'accomplissement spirituel et ce que tu entends par pacifique. On entend cela partout, de nos jours, tout le monde répète le mot comme une formule magique, mais personne ne saurait dire pourquoi il y croit.

— C'est évident, non ?

— Non.

Et puis encore, le silence. Salopard.

— Écoute, j'ai repris sur un ton sec. Cesse de jouer, réponds-moi, c'est tout. Je vais te poser des questions, d'accord ? Alors dis-moi : comment peux-tu être un vrai gourou et faire ce que tu fais ?

— Sais-tu ce que je fais ?

— J'en sais un peu. J'en connais ma part, et ce n'est pas une part pacifique.

— Oui, tu en connais ta part. Tu sais le peu que tu es capable d'en voir. Et on t'a expliqué que pour être un mahatma, il faut être en paix, quel que soit le sens de ce terme. Mais, Ganesh, es-tu capable de te représenter l'ensemble du tableau ?

— Bien sûr, je ne sais pas quel est ton dessein.

— Songe au tableau, qui est encore plus vaste. Pense à la vie même. Crois-tu qu'elle ne renferme aucune violence ? La vie nourrit la vie, Ganesh. Et le début de la vie est violence. Sais-tu d'où nous vient notre énergie ? Du soleil, dis-tu. Tout dépend du soleil. Nous vivons à cause du soleil. Mais le soleil n'est pas un lieu paisible. C'est un lieu d'une violence incroyable. Une explosion énorme, une explosion en chaîne. Quand la violence cesse, le soleil meurt, et nous mourons.

— C'est différent. Ce n'est pas pareil que de tuer un homme. Ou beaucoup d'hommes.

— Tous les hommes meurent.

— Mais ils n'ont pas à mourir parce que tu leur traverses la cervelle avec tes balles.

— Alors, en ne tuant pas, tu apportes la paix ?

Je savais que ce n'était pas vrai. Je voulais le contredire, mais je savais que la non-violence n'apportait jamais la paix. S'il y avait quelque chose d'évident, c'était bien cela. Un enfoiré fort agaçant, ce gourou.

— C'est différent, j'ai dit. Nous vivons dans le Kaliyug, donc nous sommes condamnés à nous battre. Mais toi, tu es censé être un saint homme, donc tu devrais nous dire de ne pas nous battre.

— Pourquoi, Ganesh ? Pourquoi ? Tu es un homme très intelligent, mais tu es tombé dans ce piège, toi aussi. Même toi. Mais ce n'est pas ta faute, cette propagande est très répandue, à notre époque, dans le monde entier. Mais repense à notre histoire, Ganesh. D'autres saints hommes n'ont-ils pas déjà combattu ? N'ont-ils pas encouragé des guerriers à batailler ? Être spirituellement évolué signifie-t-il que tu ne doives pas prendre les armes quand tu es confronté au mal ?

Il m'a alors remis en mémoire l'histoire de Parshurama, ce grand sage qui a su lever sa hache pour nettoyer la terre. Et de Rama lui-même, le plus parfait des hommes qui, contre toute attente, s'est saisi de son arc et qui a combattu.

— Et que penser du conseil de Krishna à Arjuna, sur le champ de bataille ? m'a rappelé cet étrange gourou. Arjuna voulait rester en paix. Il voulait se retirer du monde. Aurait-il dû s'éclipser ? Krishna aurait-il dû le laisser faire ?

J'étais contraint d'acquiescer, non, c'était clair, Krishna avait eu raison. Je le lui ai dit, et Gourou-ji m'a alors parlé du grand Shankaracharya, et de la façon dont il a vaincu l'armée kapalika de Krakaca. Et de la rébellion sanyasi, au cours de laquelle sadhus et faqirs ont lutté contre la Compagnie des Indes orientales.

— Nous devons résister à cette prétendue paix qui émascule la spiritualité et l'affaiblit, Ganesh. Nous devons considérer le tableau dans son ensemble. Nous devons savoir quand nous devons nous battre pour ramener la paix. Nous devons être forts dans notre foi. Notre histoire tout entière, des milliers d'années d'histoire, nous en livre des exemples. Et si je suis un saint homme, Ganesh, tu en es un, toi aussi.

— Moi ?

— Oui, toi.

J'étais trop stupéfait et trop épuisé – en un sens, cette conversation m'avait vidé – pour lui dire que je ne croyais pas en la foi, en la spiritualité. J'ai raccroché, j'ai essayé de travailler, mais pendant le reste de cette journée, l'énigme m'a tourmenté ; moi, en saint homme, moi, en mahatma. Cette nuit-là, j'ai rêvé de ces grands akharas de naga sadhus, ces lutteurs qui venaient à Nashik lors du Kumbh Mela, j'ai rêvé de leurs corps nus couverts de cendres, de leurs jatas, leurs crinières brunes emmêlées jusqu'aux épaules, et au-delà, de leurs tridents et de leurs sabres. J'ai rêvé de la grande clameur qui s'élevait lorsque la foule de naga sadhus déferlait vers les eaux sacrées pour s'y baigner, et de la lueur féroce qui s'allumait dans les yeux des sadhus lancés au pas de course. J'ai vu un petit homme, un homme pacifique, parmi les grands et bons sadhus, et j'éprouvais à son égard un mépris amer, et je me suis réveillé le cœur battant. J'ai détourné mon esprit de Nashik, mais j'ai été poursuivi toute la nuit par cette question : qu'est-ce que cela signifie d'être saint ? Qui est vertueux ?

Quand Gourou-ji m'a rappelé, nous avons discuté de Dieu. Je lui ai dit que je n'avais aucune foi, et aucun besoin de foi. Je lui ai dit que la religion était un instrument grâce auquel les politiciens fouettaient leurs électeurs et les menaient à l'abattoir. J'ai dit que la foi était faite pour les hommes qui n'avaient aucune foi en eux-mêmes. Il n'a pas argumenté. Il écoutait en silence.

— Ce sont des arguments raisonnables, a-t-il dit enfin. Tu suis une logique rigoureuse.

Je m'en suis trouvé coupé dans mon élan. Je m'étais attendu à ce qu'il conteste, me querelle et me harcèle, et pourquoi pas qu'il me maudisse et me traite d'homme déchu. Mais il n'en a rien fait. Il m'a écouté en silence et m'a témoigné du respect. Ensuite, il a parlé.

— Ganesh, qu'en est-il des symétries du monde ?

Je n'avais aucune idée de ce qu'il entendait par là, mais il s'est expliqué. Il m'a montré en quoi, pour tout feu, il y a de l'eau, pour tout prédateur, il y a une proie, pour tout amour, il y a de la haine. Il m'a parlé des électrons et de leur charge, des attractions et des répulsions les plus étranges. Une partie de ce qu'il me disait ne me parvenait que sous la forme d'un chant sonore, mais j'ai compris instantanément, profondément. Oui, pour tout Ganesh Gaitonde, il y a un Suleiman Isa. Pour chaque victoire, il y a une perte.

— Oui, je lui ai dit, je comprends. Tout vient par deux, ou en répétitions de deux et plus. Tout s'entrechoque, et tout diverge, tout forme une boucle et refait un tour.

— Bien sûr, bien sûr, Gaitonde, il m'a soufflé, et son plaisir retentissait dans sa voix, tu vois, tu as déjà saisi. Je n'ai même pas eu à te l'expliquer. Tu le sais déjà. Tu es déjà sur la voie.

— Sur la voie vers ton Dieu ? Non, je ne crois pas.

— Tu ne dois pas t'imaginer que j'argumente pour Vishnou ou pour un autre créateur, Ganesh. Tu sais que je ne suis pas si simplet. Écoute-moi : à travers ces symétries, élève-toi plus haut. Parviens-tu à voir les motifs du monde, de l'univers ? Les vagues au-dessous de toi, sous ce bateau, te semblent chaotiques, mais le sont-elles ? Seulement selon un ordre mineur. Il est un ordre que nous entrevoyons parfois, et que nous perdons. Mais cet ordre est là. Au-delà du local et de l'immédiat, il existe un ordre éminent. Ganesh, descends à terre et observe un champ d'herbe. Vois comme le soleil nourrit cette herbe, et comme la terre la soutient. Observe comme l'herbe abrite d'autres créatures, et les nourrit en retour. Vois-tu tout ce qui s'emboîte. Finalement, tout compte fait, Ganesh, vois-tu la beauté ?

Je vais vous dire, à ce stade, ma tête éclatait. Les contours de son raisonnement me frétillaient sous les doigts, puis s'échappaient à chaque respiration. Il le savait. Il m'a dit ne pas m'inquiéter, mais de bien observer d'ici la semaine suivante.

— Considère les choses selon ton habitude. Mais en même temps, essaie de voir au-delà. Et la semaine prochaine tu me confieras ce que tu as vu, de l'incohérence ou une forme. Du chaos ou de l'ordre.

Cinq minutes après avoir raccroché, je riais de moi-même. J'ai pensé : Espèce de rigolo, tu écoutes les bredouillements d'un vieillard. Pourtant, il avait semé une graine en moi. Je n'en avais aucune envie, mais je me suis surpris à examiner les correspondances et les reflets. Et je les ai découverts. J'ai songé à la manière dont les hommes et les femmes exprimaient leur besoin les uns des autres, au déploiement de l'espèce humaine, en dépit de toutes les querelles et de tous les crève-cœurs. Si vous preniez une minute de recul, c'était assez évident, et banal. Mais cela m'a conduit à la conception et à la naissance, à ce ver minuscule, à la tête d'épingle qui se rue à toute violence pour devenir une énormité, un œuf, et le mélange des consignes transmises en contrebande, le tout pour composer une nouvelle créature qui, un jour, formera une entité, et produira des émissaires à son tour. Un lieu commun, et pourtant si compliqué et tellement stupéfiant. J'en étais fou, de voir ce prodige me submerger l'esprit, d'être capable de déceler sous le vernis superficiel un univers de complexité. Mais j'ai gardé le silence et j'ai continué de regarder, comme il me l'avait prescrit. Vers la fin de la semaine, mon esprit s'est détaché des choses pour s'orienter vers des séquences. J'avais regardé des émissions à la télévision sur les dinosaures et leur extinction, l'apparition et l'expansion des mammifères (les boys, eux, ils ronchonnaient, et ils me réclamaient un autre téléviseur, pour revenir à leurs aguicheuses), j'avais regardé des grands singes velus issus de temps très reculés se livrer à leurs premières tueries dans les plaines africaines. C'était la flèche de la vie sur terre, qui montait jusqu'aux humains, et jusqu'à moi. Cette trajectoire avait un sens et une vitesse, elle progressait encore, vers la lune et vers les étoiles. Mais il y avait ma vie. Revêtait-elle une forme ? Si l'on prenait assez de distance pour la considérer, percevait-on une beauté dans sa progression ? J'y ai réfléchi, et je m'en suis inquiété. Se pouvait-il réellement que je sois bringuebalé au hasard dans la déferlante des événements ? Que chaque jour succède au précédent uniquement parce qu'il le fallait, sans raison. Je ne pouvais m'y résoudre. Ce bourdonnement trouble du chaos me causait de la douleur, j'avais l'estomac qui se tordait et se contractait, la migraine, et mes hémorroïdes m'ont repris, me confinant vaseux et tremblant dans les toilettes. Mon corps protestait contre l'assertion que ma vie ne signifiait rien. Non, ma vie possédait une forme. J'avais commencé pauvre et seul, j'avais lutté, j'avais vaincu, j'étais monté, j'avais trouvé un foyer et des gens qui m'aimaient. Et même à présent, j'apprenais, je progressais, j'étais investi d'une mission pour mon pays, j'avais un maître, j'allais quelque part. J'avais une histoire.

C'est ce que j'ai répondu à Gourou-ji lors de notre entretien suivant, et il n'a pas tari d'éloges.

— Ton instinct est infaillible, Ganesh. L'atman connaît la nature de l'univers, il comprend ses relations complexes, de la plus infime à la plus vaste. L'atman connaît cette nature parce qu'il est l'univers. Mais l'esprit interfère. La structure incomplète que nous appelons la logique scientifique obstrue notre vision et, paradoxalement, nous tient dans l'ignorance. Sinon, comment pourrais-tu voir l'immense réseau de connexions, et ne pas croire qu'un auteur soit derrière ?

— Tu veux parler de Dieu, Gourou-ji ?

— Je veux parler de la conscience.

C'était notre point de départ, et il m'avait aidé dans mon périple vers la connaissance. Non, il m'avait choisi et m'avait porté tout en haut de la montagne de la sagesse. Il supportait mon poids avec aisance et, dans notre ascension, il m'a montré ces vérités à naître, ces faits éternels. Il m'a désigné les cycles de l'Histoire et, au-delà, les rythmes de l'évolution, la naissance des étoiles et leur glissade vers leur dissolution inévitable, l'expansion de l'univers et sa course vers un point, celui d'une nouvelle explosion.

Ensuite, des mois après notre première conversation, il m'a révélé le pouvoir que ces aperçus lui avaient apporté. Il m'a dit mon avenir. J'avais lu sur son site des centaines de témoignages attestant qu'il avait cette faculté et qu'il en faisait bénéficier ses semblables. J'avais été étonné de ce besoin pressant qu'ont les humains d'être rassurés et confortés. Ces témoignages étaient détaillés, fournissaient des noms et des circonstances : il y avait un médecin de Siliguri dont la fille, souffrant d'un leucoderme, ne trouvait pas de mari ; Gourou-ji lui avait conseillé de ne pas s'inquiéter, que dans les trois derniers mois de cette année-là une solution à son problème serait trouvée, et effectivement, l'hiver suivant, un ingénieur allemand venu travailler sur un projet agricole avait été frappé par la blanche beauté de cette fille, qu'il avait emmenée avec lui vers Düsseldorf et le bonheur. Écran après écran, les récits se poursuivaient. Ce n'était pas seulement le bonheur que Gourou-ji prédisait. Il se montrait tout clair sur les périodes néfastes, sur les accidents, sur les divorces et les revers de fortune. Ces histoires, m'avait-il semblé, exprimaient les soucis de petites gens sans ressources, tant intérieures que matérielles. Mais un soir, Gourou-ji est allé plus loin.

— Surveille les Thaïs.

— Quoi ?

— Je vois que tu vas essayer de conclure un marché avec des Thaïs, dans les prochains jours. Fais attention. Ne te fie pas à eux. Ils te veulent du mal.

Il était vrai que nous étions sur le point de conclure une vente avec des types de la province de Krabi – nous avions importé quatre millions de comprimés de métamphétamine pour ces Thaïs. Cependant, Gourou-ji avait pu juste formuler une supposition : nous étions susceptibles à tout moment de conclure un marché avec un groupe de Thaïs, rien de particulièrement perspicace là-dedans. Donc je ne l'ai pas trop pris au sérieux. Je l'ai tout de même remercié poliment et j'ai oublié l'avertissement, jusqu'au matin de l'échange. Et là, titillé par le souvenir de cette prédiction, mal à l'aise, je me suis réveillé, j'ai rappelé mes boys – qui étaient déjà partis – et je leur ai demandé de faire attention, et de garder un flingueur de réserve. Les Thaïs, ces idiots, ont tenté un vol à l'arraché banal jusqu'à l'ennui. Ils avaient amené du personnel supplémentaire qu'ils avaient caché dans une maison en haut de la plage, pensant la manœuvre suffisante pour terrasser notre unité. Bien entendu, nous les avons eus : ils sont sortis de la baraque comme des balourds, notre tireur de réserve les a pris à revers et c'était réglé.

Restait la question de la prédiction de Gourou-ji. Elle planait au-dessus de ma tête comme une bombe figée en pleine chute. J'avais peur d'accepter, de laisser la bombe tomber, de la laisser exploser dans ma tête. Les cycles longs de la création et de la destruction, c'était très bien, mais – maderchod ! – comment un homme pouvait-il voir dans le futur ? Impossible. Le temps ne s'écoulait que dans un sens, de l'avant à l'après, et l'on ne pouvait physiquement s'enfoncer dans ce qui était à venir.

Gourou-ji m'a écouté avec patience. Puis il m'a répondu.

— Donc tu penses savoir ce qu'est le temps ?

— Gourou-ji, qu'y a-t-il à savoir ? Le temps est le temps. Il va de tel point à tel autre, et nous vivons dedans. La route est tracée, et tu ne peux pas faire demi-tour.

— Mais tu sais, Ganesh, que des scientifiques ont découvert des particules qui voyagent dans le temps à reculons ? Le temps n'est pas constant, il se courbe, se dilate et se contracte. Si un jet passe au-dessus de ta tête en volant très très vite, son pilote vieillit un peu plus lentement que toi. Son temps passe plus lentement, comparé au tien.

— Non. Cela ne se peut pas.

— Mais cela est. Même les scientifiques le savent depuis plus d'une centaine d'années. Ils ont admis qu'une particule née dans le Big Bang voici des milliards d'années et qui aurait voyagé à la vitesse de la lumière, n'aurait pas vieilli d'une seconde depuis lors. Donc, Ganesh, si tu pouvais voyager à la vitesse de la lumière, tu resterais éternellement jeune.

Je ne comprenais rien. Je ne comprenais pas les articles qu'il m'envoyait par e-mail, ni les vidéos qu'il me faisait regarder, toutes ses salades sur Einstein, la relativité, les trous noirs et l'univers courbe, tout cela m'éblouissait autant que si j'avais regardé le soleil. Mais il m'a convaincu que le monde que je croyais connaître n'était qu'une illusion, que l'apparence et la sensation des choses n'étaient qu'un rêve, non dénué d'importance, mais sans substance non plus. Et il m'a convaincu que certaines personnes, certains hommes et certaines femmes, même certains enfants, avaient la faculté de voir au travers de la spirale du temps.

— C'est une aptitude innée, m'a-t-il soutenu. Les horoscopes, les lignes de la main et le reste sont les supports de cette aptitude, qui la font avancer et lui apportent son énergie. Si tu possèdes cette faculté, tu peux lire l'histoire de l'univers, et tu sauras parfois voir où elle va, saisir des aperçus de sa trame future, car ce futur existe déjà. Si tu es un vrai grand maître, alors rien ne te sera dissimulé. Je détiens ce modeste don. Si cela te dérange d'avoir affaire à un jyotishi, si tu crains d'être sous l'emprise d'une imposture pernicieuse, pense à moi comme à un ami qui t'offre un conseil de temps à autre, avec les meilleures intentions. Ne me prends pas trop au sérieux. Je puis me tromper à l'occasion, je peux mal interpréter les images et les intuitions éparses que je reçois. Prends-le pour ce que cela vaut, Ganesh. L'information te sera utile, le cas échéant. N'y accorde pas foi sans confirmation, traite-la comme une autre source de renseignements.

C'est ce qu'il m'a déclaré. Dès lors, il a réuni les fragments de ce qui était à venir et me les a jetés au creux des genoux. Pas tous les jours, et pas nécessairement des informations cruciales qui me sauvaient la vie. Il m'a annoncé qu'un chargement retardé, en provenance de Rotterdam, arriverait tel et tel jour, et ce fut le cas. Il m'a prévenu que l'un de mes boys laissait croître entre ses orteils une mycose qui l'empêcherait de marcher. Gourou-ji commettait des erreurs ; à deux reprises, ce qu'il m'a annoncé n'est pas advenu. Mais les cinquante-deux autres fois, il a eu raison. Oui, j'ai compté, j'ai pris des notes dans mon agenda. Les chiffres m'ont appris qu'il ne m'avait pas menti. Il avait un don. Croyez-le ou non, à votre guise. J'avais résisté longtemps. Désormais, j'y croyais.

À cet instant, le téléphone réservé à Gourou-ji a grésillé. Je me suis essuyé les mains sur mon pantalon, et j'ai décroché. J'ai saisi mon code à dix-huit chiffres, et il m'a parlé.

— Je pensais à toi en rédigeant mon pravachan de ce jour, Ganesh.

— Pranaam, Gourou-ji. J'étais en train de le lire.

— Je sais.

Il réussissait cela, quelquefois. Il savait ce que vous faisiez, ce que vous pensiez, ce que vous vouliez et que vous aviez peur d'admettre. J'avais été sujet à des crises de scepticisme, mais le roc de mon incrédulité avait été réduit en poussière par le tonnerre de sa perspicacité. Il vous connaissait mieux que vous-même, il lisait dans votre vie, il connaissait votre avenir et votre passé, et il n'émettait jamais le moindre jugement. C'était sidérant : Gourou-ji était plus sattvic, moins animé par le désir que Bouddha en personne, et pourtant il ne méprisait jamais ceux qui l'étaient. Je lui avais demandé un jour si mes dhandas le perturbaient, ces affaires diverses que je menais pour gagner ma vie. Je lui avais demandé pourquoi il n'essayait pas de me faire renoncer à ces activités que le monde appelait criminelles. Un tigre est magnifique s'il reste un tigre, il m'a répondu, un tigre qui essaie de se transformer en mouton végétarien est une pitoyable abomination. Dans le Kaliyug, il n'y a pas d'actes simples, il a précisé, et il n'a jamais existé de clair chemin vers le salut.

— Donc, Gourou-ji, je lui ai répliqué tout sourire, tu pensais à moi. Et qu'est-ce que tu pensais ? Que je suis prêt pour l'abstinence ?

Il a ri, comme un bébé dans les bras de sa mère.

— Beta, tu es un guerrier. Tu es mon Arjun. Il te faut ta Draupadi, mais aussi d'autres dons de la terre, que tu trouves dans tes déambulations. Brider ta nature serait un crime, te rendrait incapable de mener à bien la tâche qui t'incombe.

Tout cela, je l'avais déjà entendu de sa bouche, mais j'aimais l'écouter. Il y avait de l'or dans le timbre de sa voix, quelque chose de dense, et ces tonalités résonnaient dans ma poitrine, s'y installaient et me réconfortaient. L'écouter me calmait, donc je lui posais quelquefois des questions rien que pour l'entendre parler. Mais ce jour-là j'avais une vraie question.

— Tu as consulté les documents, Gourou-ji ?

Je faisais allusion aux thèmes et aux données biologiques de cette Jamila au mètre quatre-vingts, que je lui avais télécopiés au Danemark. Qu'elle soit musulmane ne lui posait aucun problème, évidemment, mais il voulait étudier ses étoiles et son avenir.

Je l'ai senti sourire.

— Tu es impatient, Ganesh.

— Non, non, Gourou-ji. Je sais combien tu es occupé. Rien ne presse.

— Ganesh, je comprends. Cela fait un moment. Trop long-temps.

Cela faisait un moment que je n'avais plus eu de femme. Bien entendu, je ne prenais pas ma part de ces filles que l'on amenait pour les boys. À moi, Jojo n'envoyait que des cas spéciaux, approuvés par Gourou-ji. Mais je n'étais pas faible au point de le presser.

— Gourou-ji, rien de tel. Celle-ci est plus intéressante que les autres, c'est tout.

— Je suis d'accord avec toi, Ganesh. Ses étoiles, ses signes et ses lignes sont très intéressants, en effet. Cette femme ira loin. Elle possède l'intelligence, mais surtout elle a la chance avec elle. Chaque fois qu'elle aura besoin de quelque chose, quelqu'un entrera dans sa vie pour le lui procurer. Son chemin lui sera facilité, il sera tracé pour elle.

— Mais pour moi, est-elle bénéfique ?

— Je n'en suis pas tout à fait certain. J'ai étudié les thèmes et, de manière générale, ils correspondent. Mais je suis encore inca-pable de m'en créer une image. Quelque chose est en suspens.

— Aucune urgence, Gourou-ji, j'ai dit. Pas de problème.

Il y avait des Premiers ministres et des P-DG qui faisaient la queue pour le consulter, mais, pour moi, il prenait son temps. Il pensait à moi, veillait sur moi. Parfois, comme en cet instant, cette pensée me prenait à la gorge. Il a perçu la gravité de l'émotion dans ma voix.

— Alors, quelles sont les nouvelles ? m'a-t-il demandé.

Par nouvelles, il entendait la tragicomédie permanente des boys et de leur vie. Il aimait que je lui raconte leurs distractions et leurs passions, et même les problèmes de leurs mères et de leur sœur, et le procès qu'un oncle avait intenté contre un frère. Il était un maître accompli, mais il s'intéressait à tout, à l'ordinaire de leurs problèmes. Je lui racontais leurs histoires, et il m'écoutait avec délectation, me proposait ses commentaires et ses suggestions.

— Gourou-ji, il est une nouvelle à considérer. Mon Arvind, ce gadha, ce lambin, il a décidé qu'il était amoureux d'une randi. Il veut se marier.

— Vraiment ? Et qu'en penses-tu ?

— J'ai consulté leurs thèmes. Pas de gros problèmes.

— Dis-m'en plus.

Je lui ai lu les dates, les heures et les lieux. À peine avais-je terminé que son analyse était prête.

— Cette fille est très dynamique, il a commencé. Cet Arvind possède force et intelligence, mais il est plutôt passif. Une personnalité très tamasaic. Cette fille le remue, le met en mouvement. Tu as raison, aucun problème majeur là-dedans. Mais ils n'auront que des filles. Et son foie va lui créer des ennuis. Sinon, les thèmes s'accordent. Qu'ils se marient, Ganesh. Les autres boys peuvent se moquer, mais en notre qualité de chefs, nous devons voir loin. Cette fille a payé les dettes de ses vies antérieures, et il est temps qu'elle cesse de se vendre ; elle est quitte. L'existence est un mouvement ascendant qu'il est de notre devoir d'accompagner. Le mariage est un événement de bon augure, et ce sera un bon mariage.

Une fois ces propos tenus, l'évidence est apparue, éclatante. Et je l'ai acceptée. Le soir même, après avoir dit au revoir à Gourou-ji, j'ai convoqué Arvind et Suhasini, leur ai accordé ma permission, et un entretien. Je les ai prévenus qu'ils s'engageaient dans un grand voyage, qu'ils devraient être plus forts et plus discrets que d'autres à cause des ragots qui les poursuivraient. J'ai surtout tâché de l'impressionner, elle, quant à ses devoirs envers un époux qui faisait tant pour elle. Cette Suhasini avait la taille élancée et les longues jambes de Sonali Bendre, mais les traits étaient plus épais, plus sombres. Elle m'a écouté les yeux baissés, et je voyais bien en elle ce que Gourou-ji avait mis en exergue, son énergie. Il y avait là du mouvement, en effet.

C'était arrangé. En moins d'une semaine, ils ont été mariés. Bien sûr, avant la noce, j'ai appelé Jojo et je lui ai annoncé ma décision.

— Gaitonde, elle m'a répondu, pour une fois dans ton existence, tu commets une complète bonne action.

Elle y a ajouté sa propre bénédiction, et envoyé une bague sertie de diamants à chacun, des pierres de taille très convenable enchâssées dans de l'or blanc. Nous avions réservé une salle, et fait venir un pandit de Bangkok. J'avais prié les boys de respecter la solennité de l'occasion, mais de toute façon, les chants scandés des shlokas les avaient déjà calmés. Le sérieux et la détermination d'Arvind et Suhasini quand ils ont noué les liens qui les attacheraient l'un à l'autre ont réduit au silence même Ramesh l'ivrogne. Ils étaient assis en tailleur, en un large cercle, et ils regardaient. Moi, j'étais mélancolique. Les flammes ronflaient et je me suis laissé sombrer, sombrer dans la mémoire. J'avais la poitrine serrée de douleur, je revoyais Abhi me frapper les joues de ses petits poings, et puis m'embrasser.

Cette humeur a persisté après que nous avons envoyé l'heureux couple en lune de miel, une semaine dans un bungalow de Koh Samui. Je méditais, je déplaçais mon souffle en cercles dans mon ventre, et pourtant, j'étais incapable de me défaire de la morsure saurienne du regret, qui m'arrachait la peau. J'ai allumé la télévision et je suis tombé sur une chaîne indienne. Une vidéo-jockey blonde à l'accent hindi présentait des clips. J'ai éteint. Je me suis étendu sur mon lit, les yeux ouverts, songeant qu'au milieu de mes boys, j'étais seul. Ils étaient à quelques pas de là, séparés de moi par quelques panneaux de métal et de bois, et j'étais seul. Avec mes boys, il fallait que je me montre fort, que je sois leur père, distant et puissant, parfois courroucé. Ceux à qui je pouvais confier les histoires de mes mécontentements et de mes envies étaient loin. Je n'étais proche d'eux que par les mots, les ondes radio et le courant électrique. J'étais loin de Gourou-ji, et de Jojo.

C'est alors qu'il a appelé. Mon Gourou-ji m'a appelé. J'ai bondi du lit, attrapé le combiné au deuxième grésillement.

— Gourou-ji ?

— Viens me retrouver, il m'a fait.

— Quoi ?

— Tu as été un bon élève, beta. J'ai médité là-dessus, et je crois que tu es prêt pour davantage de connaissance. Mais pour te conduire plus loin sur la voie, vers les secrets de Paramatma, j'ai besoin de t'initier. Je suis à Bombay à partir de la semaine prochaine, pour la fête de Ganesh Chathurthi. J'y reste deux semaines. Je me livrerai à un très grand yagna du feu sacré, un rituel très important. Le yagna le plus important de ma vie, en fait. Ensuite, je serai à Singapour une semaine. Viens me retrouver à Singapour.

Tout au long des mois écoulés depuis notre première conversation, je ne l'avais jamais rencontré. Je m'étais entretenu avec lui peut-être plus qu'aucun de ses autres disciples, et je l'avais vu à la télévision, mais je ne m'étais jamais assis devant lui, face à face. Et voilà qu'il me conviait, et j'étais en colère. Pas contre lui, mais contre ma vie, et contre moi-même. S'il effectuait le yagna le plus important de son existence à Bombay, pour la fête de Ganapati, qu'est-ce qui m'empêchait d'aller le retrouver là-bas ? Pourquoi Singapour, cet enfer de propreté qui m'ennuyait plus que tout autre endroit au monde ? Bombay était la terre que je désirais, dangereuse pour moi, mais aussi mon Kurukshetra. Et il était mon Gourou-ji.

— Ganesh, m'a-t-il demandé en toute quiétude, peux-tu venir ?

Et à cet instant j'ai compris. Cela m'a frappé comme une balle en plein ventre. J'ai senti la vérité frapper en moi et remonter dans ma bouche sous la forme d'un rire. Il me mettait à l'épreuve. C'était ma dernière épreuve. J'ai ri.

— Gourou-ji, évidemment. Je vais venir te voir, je vais arranger cela. À Singapour.

— À Singapour, il a répété. Je t'attendrai.

— Pranaam, Gourou-ji.

J'ai raccroché, réveillé Arvind dans son lit de jeune marié et élaboré mes plans. Seuls Arvind, et Bunty à Bombay, sauraient. Le reste des boys croirait que je partais pour un voyage urgent à

Djakarta. Gourou-ji, lui, s'imaginait que j'allais le rencontrer à Singapour, mais j'avais arrêté ma décision. J'irais à Bombay, prendre part à son yagna. Tout était méticuleusement planifié. J'étais certain que M. Kumar, mon rusé M. Kumar, me faisait surveiller par ses gens. J'avais interdiction d'entrer en Inde. J'étais devenu très précieux pour l'organisation de M. Kumar et, une fois à l'intérieur du pays, je courrais de grands risques, à cause de Suleiman Isa et des autres. Cela représentait un risque aussi pour M. Kumar et ses gens : si l'on m'arrêtait sur le territoire indien, les pressions policières pouvaient me faire parler, révéler les actes accomplis pour le compte de M. Kumar. Je connaissais ce danger aux mille bras, et donc je me suis organisé avec soin. Tout en admirant Gourou-ji pour son intention de me rencontrer. Moi, je n'avais que ma vie à perdre. Lui, il avait son grand œuvre, sa place dans le monde, ses relations avec les petits et les très grands. Si j'étais capturé, si sa relation avec moi était connue, il perdrait sa réputation, son honneur sans tache. J'étais un gangster, et il était un saint. Et pourtant, il risquait tout pour moi, pour ma vie de ver rampant. Pourquoi ? Je me le demandais, et je ne trouvais qu'une seule réponse : il m'aimait. Et donc, alors qu'Arvind et Bunty évoquaient en ronchonnant les risques encourus, la police, mes ennemis, les officiers de l'immigration et les balles, moi, j'avais le cœur léger. J'avais confiance, j'étais sans crainte, dans le délicat berceau de l'amour de mon Gourou-ji. Trois jours plus tard, je me suis envolé pour Bombay à bord d'un appareil de la Lufthansa parti de Francfort, le crâne rasé de frais, les joues veloutées d'une barbe naissante, des lunettes cerclées, avec un nouveau passeport et une valise remplie de vêtements de bébé destinés à une nièce inexistante. J'avais des documents commerciaux et des factures, et ma couverture était bordée. J'ai franchi l'immigration sans le moindre temps d'arrêt, sans la moindre question, et je me suis retrouvé sur le trottoir brûlant avant d'avoir pris conscience d'être de retour à Bombay. J'ai levé un bras vers Bunty, par-dessus la foule de ceux qui attendaient leurs proches, et il m'a reconnu, avec un tressaillement. Nous n'avons pas échangé un mot, pas avant que la voiture sortie du parking ne file devant les hôtels de l'aéroport.

— C'est dingue, il a fait. Bhai, ce soir, c'est nakabandi, le couvre-feu. On m'a fouillé deux fois sur le trajet jusqu'ici.

Je lui ai posé la main sur l'épaule.

— Commence par me dire bonjour.

Il a lâché un borborygme, une espèce de rire plein de nerfs et d'irritation, et m'a saisi la main.

— Désolé, Bhai. Je n'arrive pas à croire que tu sois de retour, et comme ça.

— Comment serais-je revenu, chutiya ? Sur un tapis volant ?

Il a secoué la tête.

— C'est trop simple.

De se trouver seul lui faisait peur. Je lui avais demandé de venir sans armes et sans gardes du corps.

— La simplicité, c'est ce qu'il y a de mieux. C'est à cause de quoi, le nakabandi ?

— Il y a eu deux gros cambriolages dans des bijouteries, ces deux derniers jours. J'ai entendu dire qu'ils détenaient des informations sur les voleurs, d'anciens employés. Menu fretin, Bhai.

Donc, aucun rapport avec nous. Pourtant, il y avait des barrages de policiers aux carrefours. Avant d'atteindre la route, nous avons dû nous soumettre à deux inspections. Ils scrutaient l'intérieur des véhicules qui ralentissaient à leur hauteur et, au second barrage, l'un des policiers m'a braqué une lampe torche sur le visage. Il nous a fait signe de passer. Bunty a lâché un sifflement fluet.

— Calme-toi, Bunty. Ils ne vont pas me reconnaître, ils savent tous que je suis loin.

— Tu as perdu du poids, Bhai, mais enfin…

Sur le bateau, je m'alimentais sainement, je faisais régulièrement de l'exercice, je m'imposais un régime pour me purifier le corps, et donc j'avais perdu les quelques kilos gagnés en prison et dans le mariage.

— Et toi tu en as pris, je lui ai répliqué.

C'était manifeste. Nous sommes passés devant un groupe d'adeptes qui tiraient un Ganesha d'un mètre cinquante de haut posé sur un chariot. Ils dansaient devant le dieu, hommes, femmes et enfants au rythme de deux tambours. Ils étaient heureux. Je sentais ce bon vieux bruit de percussion jusque dans ma nuque et mes épaules.

— Il y a davantage de jhopadpattis, maintenant, j'ai remarqué. Regarde-moi ça.

Le grouillement des cabanes rampait jusqu'au bord de la route, à des endroits où je me rappelais avoir vu des accotements déserts et de la brousse.

— Vraiment, Bhai ? Ça m'a l'air pareil.

J'étais parti depuis plus de deux ans. Rien n'était plus pareil, me semblait-il. Sous la lumière orange des réverbères, les taudis dormaient en volutes, plus bruns et plus nombreux que dans mon souvenir. Nous avons dépassé une file d'énormes camions peints en rouge et vert vif, traversé un marché encadré par deux collines de détritus suintants. Elles devaient être là depuis toujours, mais ce n'est que maintenant que je les remarquais. Il y avait beaucoup de constructions nouvelles, plus hautes que les autres, dont un bâtiment blanc entouré de gigantesques échasses en béton destinées à soutenir trois futurs étages en plus des quatre existants.

— C'est l'une de ces nouvelles opérations hors-COS, Bhai, m'a expliqué Bunty.

Certains promoteurs avaient graissé la patte de certains bureaucrates, qui avaient trouvé une faille dans les réglementations et tripatouillé le coefficient d'occupation des sols, et donc on voyait surgir un peu partout dans la ville de ces étranges bidules aux pattes d'échassiers.

— Trois beaux étages tout neufs, j'ai commenté. Ça représente beaucoup d'argent.

— Nous connaissons le propriétaire, m'a fait Bunty tout sourire. C'est un de nos amis.

Il avait contribué à mon chiffre d'affaires, ce promoteur, et pourtant la nouvelle tendance me dérangeait vaguement.

— Je n'aimerais pas habiter au rez-de-chaussée de ce machin, j'ai confié à Bunty. Ces pieds-là me font l'effet d'allumettes.

Il a éructé de rire, longuement.

— Si ça tombe, Bhai, c'est tant mieux. Comme ça, tu pourras le reconstruire sans le vieux bâtiment du dessous. Pour un prix de vente multiplié par deux. Peut-être qu'on devrait arranger ça.

— Espèce de chutiya, je lui ai dit, mais en fait, je souriais.

Les panneaux publicitaires étaient pleins de compagnies Internet et de sites Web présentés en lettres penchées, promesses de vitesse. Les auto-rickshaws étaient garés nez à nez comme des processions d'insectes bulbeux. C'est ce que j'ai pensé, *des insectes*, et ça m'a surpris ; je me suis dit que j'étais resté trop loin trop longtemps.

— Là, m'a fait Bunty.

Il nous avait réservé une chambre sur l'arrière d'une maison, à Santa Cruz, dans une rue très calme. Le propriétaire était un marchand de meubles avec deux filles d'âge scolaire, très orthodoxe et très respectable. Nous avions deux lits d'une personne, une table basse et une salle de bains propre. Bunty a froncé le nez.

— Ça te va, Bhai ? il m'a demandé, en faisant mine de se soucier de mon confort – mais c'était lui qui avait contracté des goûts de luxe, avec ses nouveaux revenus et sa nouvelle envergure.

— Pour ma part, c'est parfait, j'ai dit. Allez, on dort.

Je l'ai réveillé le lendemain matin à six heures. Voyant l'heure, il a gémi, mais j'ai été sans pitié. Je l'ai obligé à se lever, et nous sommes allés dans un restaurant du bout de la rue. Nous avons bu le chai de leur première théière, et dégusté des idlis. Une file d'employés de bureau attendait à l'arrêt de bus, dans la brume de poussière soulevée par la circulation. Des écoliers sont passés devant nous en balançant leurs sacs. J'étais content d'observer la scène. Pour moi, c'était comme une fastueuse reconstitution. À huit heures et demie, j'ai envoyé Bunty me chercher un scooter. Il a protesté.

— Arre, pourquoi, Bhai ? il s'est écrié. Je vais conduire, voilà tout.

— Tu ne vas pas conduire, je lui ai rétorqué. Et je veux un scooter.

Il a voulu argumenter, mais je lui ai lancé un regard qui lui a cloué le bec. Il a filé. Bien sûr, il s'inquiétait pour ses moyens d'existence et son avenir, qui se restreindraient considérablement si l'on me renvoyait dans une cellule ou pire, si l'on me tuait. Mais en plus, il m'aimait. Nous avions traversé tant de batailles ensemble, à ce stade. J'avais fait de lui un homme installé, avec une femme et deux enfants, des responsabilités, des investissements et de l'argent. Donc, en cette minute, il m'en voulait de se retrouver seul dans une chambre de Goregaon sans armes et sans gardes du corps. Mais à neuf heures et demie il avait un scooter pour moi, garé devant ma chambre, une Vespa verte avec des rétroviseurs fantaisie argentés.

— J'ai dû l'emprunter à quelqu'un, m'a-t-il avoué, l'air de s'excuser.

— Les mamus, ils vont m'arrêter rien que pour ces rétros, j'ai dit. Ton ami, il s'imagine qu'il roule en bécane de course ?

Conduire une Vespa, ce n'était pas évident, après toutes ces années. J'ai dérapé au démarrage, et Bunty a couru après moi jusqu'à ce que je l'éloigne d'un signe de la main. Les dix premières minutes ont été terrifiantes, mais le plaisir de la vitesse me donnait le sourire, et le vent s'engouffrait entre mes dents. J'ai dépassé trois mandaps avec leurs Ganeshas, tous les trois d'un orange éclatant. Le temps que j'arrive à Juhu, je me glissais entre les voitures avec une totale confiance, en homme résolu qui s'accordait un moment de détente matinale. J'allais au-devant de mon Gourou-ji.

Mais une fois que j'eus atteint le yagna-sthal d'Andheri West, je me suis retrouvé bloqué. Ils avaient déployé des bandobats de police sur près de cent mètres, et ils ne laissaient passer aucun taklu à scooter. J'ai dû me garer, et marcher avec quelques centaines d'autres fidèles jusqu'à la maison. Celle-ci appartenait à un producteur de films, un adepte de Gourou-ji, un homme doté de bonnes relations politiques et de beaucoup de propriétés dans Bombay. Le terrain avait été clôturé d'une palissade et couvert d'une série de tentes shamianas. L'organisation était impeccable. De larges allées toutes droites circulaient entre les shamianas, et des sadhus conduisaient les fidèles à leurs places. Il y avait des écrans de télévision dans toutes les shamianas, et de bons haut-parleurs ; même assis loin de l'estrade centrale comme je l'étais, on voyait très bien Gourou-ji. Mais il n'était pas encore là ; il n'y avait qu'un groupe de ses sadhus disposant sur l'estrade les éléments nécessaires au yagna. Il fit son apparition à onze heures précises. on poussa sa chaise roulante le long de l'allée centrale, un groupe de sadhus à sa suite, puis sur la rampe d'accès à l'estrade. Et moi, je me suis retrouvé debout avec les autres, à danser, à chanter, à crier « Jai Gurudev ». Il nous a laissés faire, puis il a levé les mains. Nous nous sommes tus.

— Asseyez-vous, a-t-il dit.

Et il a roulé seul son fauteuil jusque devant les micros. Il avait les bras puissants, je le voyais.

Il nous a parlé de sacrifice, de l'autel. Les dimensions de l'autel devaient être à la mesure du sacrifice : la longueur de la phalange médiane du médius du sacrificateur était une angula, et cent vingt angulas faisaient un purusha. Les sadhus devaient tracer un carré égal à la longueur de deux purushas, ou de deux cent quarante angulas. Qui était le sacrificateur ? a demandé Gourou-ji. Qui sera le sacrificateur ? Nous ne sommes que de simples prêtres, mais qui sera le yajman ? Il a observé un temps de silence, avant de répondre à sa propre question. Aux temps anciens, les empereurs charkravartin parrainaient le sacrifice dans lequel nous sommes engagés. Mais le temps des empereurs est révolu. Qui est l'empereur, en ce jour ? Qui détient le pouvoir, qui dirige ? C'est vous. Vous, le public. Le pouvoir coule de vous, de vos votes. Donc, aujourd'hui, le sacrificateur, le yajman, c'est vous. Le public est le sacrificateur. Chacun d'entre vous est le sacrificateur. Nous avons calculé une moyenne statistique. À partir d'un échantillon de deux mille hommes indiens issus de tout le pays, de tous les États, nos docteurs ont pris des mesures, et nous nous servirons de l'angula moyenne. Vous, mes amis, vous êtes notre purusha.

Et donc, usant de cordes et de badines, s'orientant d'après le soleil, les prêtres ont tracé leur carré et ses périphéries, et ses cercles entrecroisés. Entre-temps, Gourou-ji nous parlait de sacrifice. Il nous racontait comment l'univers s'était créé à travers le sacrifice, comment les dieux avaient sacrifié Purusha et comment, de ses membres et de sa chair, toute la création était née. Tout ce qui existe, tout ce qui a jamais été et tout ce qui sera s'est créé grâce à ce premier sacrifice. Dans tout sacrifice, le sacrificateur reproduit le premier don de soi, la première immolation. Le sacrificateur répète le sacrifice et, ce faisant, il soutient l'univers.

— Dans le sacrifice, le sacrificateur devient purusha, il devient l'être originel qui s'est subdivisé pour créer toutes choses. Depuis qu'il en est ainsi, à la fin du sacrifice, le yajman devrait s'immoler. S'il est purusha, il devrait mourir pour donner la vie. Mais nous n'exigerons pas cela de vous. Depuis de nombreuses années, ce n'est plus ainsi que le sacrifice a pu s'accomplir. À la place du moi, ce que nous plaçons dans le feu sacré ce sont des objets dignes du sacrifice. À la place des humains, jadis, on sacrifiait des vaches, des chevaux, des chèvres et des béliers.

Nous userons de céréales, de fleurs, d'herbes. Mais souvenez-vous, en jetant ces objets au feu, ce que l'on sacrifie, c'est le moi. Si vous constituez le yajman, vous tous, alors ce que vous sacrifiez, c'est votre moi, votre corps, vous. Ce que nous jetons au feu, ce sont de purs substituts, que les dieux acceptent. Ce qui est sacrifié, c'est vous. Vous êtes Purusha. Vous devez mourir, afin que l'univers puisse vivre.

Derrière lui, les prêtres édifiaient l'autel. Nous les avons regardés faire sur les écrans de télévision. Sur le sol mesuré et orienté avec précision, ils ont disposé un lotus ; ils ont déposé dessus un disque en or – les premières eaux et le soleil. Là-dessus, ils ont délicatement placé en équilibre une figurine en or, qui était Purusha, qui était le yajman, qui était nous tous. Au-dessus de Purusha, ils ont édifié l'autel, cinq couches de briques, en forme d'aigle.

— Un aigle a apporté le premier le soma sacré du ciel sur la terre, nous a appris Gourou-ji. Par le sacrifice, nous boirons à nouveau de cette divine bénédiction. À travers l'envol du sacrifice, nous goûterons à la connaissance. Nous connaîtrons le moi, et l'univers.

De la toile des tentes tombait une lumière blanche et translucide. C'était une journée nuageuse, fraîche pour la saison, si longtemps après la mousson. Dans la foule, la sérénité régnait. Les gens venaient s'asseoir, se contournaient avec une main amicale posée sur l'épaule, repartaient vers leurs obligations. Nous étions unis par la voix calme de Gourou-ji, aussi profonde que la mer, et par les houles lentes des slokas, éternels, inextinguibles. Gourou-ji nous traduisait et nous expliquait certains de ces slokas.

> Le sacrifice est un métier à tisser
> Ses fils innombrables sont ces rituels
> Les Pères sont assis devant le métier à tisser
> Et tissent l'étoffe
> Ils s'écrient : « En long ! En large ! »
>
> Cet Homme dévide le fil et le tend sur le métier,
> Il le crochète sur la barre du ciel

Et les chevilles sont fixées à cet autel.
Sur ce métier qui embrasse la largeur du ciel,
Les hymnes du Sama sont les navettes,
Qui filent dans un sens et dans l'autre.

— Chaque dieu s'est paré d'un mètre poétique, a continué Gourou-ji, et cette mesure particulière est devenue la source de leur pouvoir de sacrificateurs. Agni a été investi de la poésie Gayatri, et Savitar de la poésie Usnih. L'énergie de l'Inde est venu de Trishtubh. Le mètre Jagatri a circulé chez tous les dieux. Donc, à partir de la mesure, à travers le sacrifice, à partir de cette chaîne et de cette trame, de ce tissage, de cette géométrie, de cette forme, de cette poésie, l'univers est né.

Assis en tailleur sur le sol, anonyme et seul, j'ai pu voir sur l'écran de cinéma de mon esprit ce moment de la création, les hymnes se fondant les uns dans les autres comme du ghee et du bois de santal, les étincelles surchauffées du mètre, du rythme poétique, les flammes de l'univers en train de naître.

— Quand nous accomplissons le sacrifice, a continué Gourou-ji, quand nous psalmodions, quand nous laissons le mètre nous traverser, nous tissons le monde. Nous sommes des créateurs. Nous soutenons tout ceci, nous l'élevons, nous le créons. Nous sommes l'univers.

À mon retour dans la chambre, j'ai découvert que Bunty nous avait rapporté un bon dîner de chez lui, préparé par sa femme. Tout en dînant, nous avons discuté affaires, j'ai délivré des instructions et répondu à des requêtes. Les boys se figuraient que j'étais injoignable ; à Djakarta, et personne ne pouvait m'imaginer assis dans un yagna à Andheri ou à croquer des parathas à Santa Cruz. Ils m'envoyaient leurs rapports, et Bunty prenait mes ordres pour les leur retourner. Dans le cadre de la mission donnée par M. Kumar, nos équipes étaient déjà à Londres, dans des maisons sûres, où elles attendaient le mollah. J'avais prié Bunty de sécuriser nos communications avec elles, de veiller aux armes et à la logistique. Moi, je dormais d'un sommeil profond, le corps déployé, d'un sommeil aussi confiant et bienheureux que celui d'un enfant repu, entouré d'amour et de rires. Je me suis réveillé le sourire aux lèvres.

Je suis revenu, revenu à Gourou-ji. Ce deuxième jour, j'étais en avance, l'un des tout premiers sur le maidan, en dehors des policiers et des bénévoles. Je me suis frayé un chemin jusqu'à la shamiana la plus proche de l'estrade, et je me suis trouvé un siège juste derrière le carré des personnalités, tout près de l'autel. Les sadhus étaient assis autour du feu qui ne s'était pas éteint, et qui ne s'éteindrait pas de ces douze jours. Le yagna avait continué toute la nuit, célébré par des escouades de prêtres. Et là, au matin, ils rallumaient les haut-parleurs. À onze heures, à onze heures pile, Gourou-ji est arrivé. Cette fois, je pouvais le voir de près. À la télévision, je l'avais vu porter des tuniques à la Nehru, des vestes en lin et en soie, simples mais d'une coupe raffinée. Je m'en étais fait confectionner quelques-unes de similaires. Ce jour-là, il était vêtu d'un dhoti blanc et d'une étoffe diaphane, une épaule couverte et l'autre nue. Ses cheveux étaient plaqués en arrière. Il était beau. Il avait soixante-quatre ans, mais sa peau était claire et ferme, les yeux alertes et vifs.

— C'est un sacrifice qui concerne tous les types d'individus, nous a-t-il expliqué. Ce n'est pas un sacrifice réservé aux rishis, aux munis ou aux empereurs. Que vous apparteniez aux couches les plus élevées de la société ou aux plus basses, vous pouvez participer à notre sacrifice Sarvamedha. Nous vous initions tous. Vous êtes le yajman. Mais vous devez donner. C'est la signification du sacrifice Sarvamedha. Vous devez tout donner. Le Sarvamedha est le sacrifice universel, c'est le sacrifice par excellence. Dans les temps anciens, on sacrifiait aux dieux toutes les espèces d'animaux, et des humains de toute condition, de toute profession se livraient au feu sacré, ils mouraient au cours du Sarvamedha et ils étaient bénis. Dans les temps anciens, les brahmanes et les tailleurs, les dhobas et les guerriers, tous étaient immolés dans le feu du Sarvamedha. Dans les temps anciens, le yajman du sacrifice Sarvamedha offrait en gage tous ses biens, tout ce qu'il possédait. Quand le père de Nachiketas hésitait encore, Nachiketas en personne lui a rappelé que son fils était la dernière de ses possessions. Nachiketas s'est donné la mort, et donc il a atteint le paradis pour son père et, à travers cette confrontation avec la mort, il nous a révélé les secrets de la mort, et de la vie. La sagesse appartient à ceux qui sont capables de se brûler eux-mêmes, et de découvrir ainsi le vrai moi.

Il y a eu un silence absolu dans les shamianas, une pause, chacun retenait son souffle, chacun écoutait. Et Gourou-ji a eu un rire.

— Ne vous inquiétez pas. Je ne vais pas vous demander de renoncer à vos fils, et je ne vais pas vous demander de sauter dans le feu. – Et le feu bondissait au-dessus des têtes des prêtres. – Les temps ont changé. Nous allons accomplir le Sarvamedha, et nous allons sacrifier des animaux et des humains, tout ce qui vit. Mais nous allons accomplir le geste symboliquement. Nous allons procéder par substitution. Vous allez brûler, mais en effigie, à travers un modèle de vous-même. Comme celui-ci.

Il a levé la main en l'air, paume vers le ciel, révélant la petite effigie d'un homme. Suivant le mouvement de sa main, j'ai remarqué un policier, de l'autre côté des flammes et de l'allée. J'avais dû le voir auparavant dans ce déploiement de bandobats, à l'extérieur, et sous les tentes, mais là, il a croisé mon regard. C'était un sardar coiffé d'un haut turban kaki, et vêtu d'un patka vert. Il venait d'escorter quelqu'un jusque dans le carré des personnalités et s'en retournait, mais un instant, il s'était arrêté pour écouter Gourou-ji. Un bref instant, de la durée d'une flamme qui claque, le policier avait soutenu mon regard et moi le sien. Et puis nous avons reporté nos regards sur Gourou-ji.

Alors que les prêtres chantaient, Gourou-ji livra la figurine au feu. Tout au long de la journée, des moulages de vaches et de taureaux, d'hommes et de femmes – fabriqués en sucre cristallisé ou en chaux – ont ainsi été jetés dans le feu sacré. La conflagration était odorante, énorme. J'étais assez près pour l'entendre. Son rythme était constant, cette musique.

Ce soir-là, j'ai fait longuement la queue pour une rencontre avec Gourou-ji. À onze heures, il a quitté l'autel et s'est retiré dans la maison du producteur pour la nuit. De onze heures à minuit, il a reçu des membres de l'auditoire en audience privée. La file s'étirait loin du portail de la maison et s'enroulait deux fois autour du maidan. J'étais quelque part, au milieu. À minuit, les policiers ont traversé le maidan pour nous annoncer que Gourou-ji devait dormir, nous priant de rentrer chez nous. Il y a eu une grande plainte, mais les gens se sont dispersés, sans protester. Nous pouvions imaginer la fatigue de Gourou-ji, combien cette pleine journée de parole et d'accompagnement spirituel avait entamé ses forces, mêmes grandes. Les policiers avaient l'air soulagé. Ils étaient fatigués, eux aussi, et sur le qui-vive ; ils avaient l'habitude du déploiement d'énergie des processions ganapaties, au cours desquelles des milliers de jeunes hommes en short et en banian dansaient pour Ganesha, ivres de sueur, de fraternité, de lampées de bière clandestine et de bhang. Mais nous sommes rentrés chez nous en bon ordre, nous tous, les adeptes de Gourou-ji.

Bunty attendait dans la chambre, avec de quoi se nourrir et de quoi téléphoner. Nous nous sommes occupés de nos affaires.

— Bhai, mon épouse s'imagine que j'ai une femme quelque part, m'a confié Bunty quand nous eûmes terminé avec les appels. Je n'arrête pas de lui répéter que la période est chargée, en ce moment, rien de plus, que nous avons des missions de nuit, mais elle m'a vu emballer un peu d'adrak mariné pour toi, et maintenant elle est convaincue que je nourris mon autre femme avec sa cuisine à elle.

Il souriait de toutes ses dents, mais je l'avais déjà rencontrée, sa Priya, une Punjabie aux allures de char Patton éduquée dans une école religieuse. Bunty avait eu des femmes, bien sûr, mais discrètement. Accepter d'encourir les foudres d'une Priya par souci de ma sécurité était la preuve d'un total dévouement.

— Je vais devoir t'octroyer double prime sur Diwali, beta, j'ai dit. Achète-lui des bracelets.

— Triple prime, il a rectifié. Ce soir, elle était impressionnante. On était au beau milieu du Fort Rouge, Bhai. Et elle s'est lâchée. J'ai dû lui en coller une sur l'oreille, pour la faire taire.

Cette année, pour la fête religieuse de Ganesh, nous avions dépensé un crore et demi pour construire un pandal, une réplique du Fort Rouge, avec son trône au paon, là où Ganesha prenait place. Pour les sols, nous avions utilisé du vrai marbre, et les sculptures étaient fidèles, réalisées d'après des photos. Les gens étaient venus à Gopalmath de tout Bombay pour voir notre Fort Rouge ; c'était un énorme succès, plus grand et plus gros que n'importe quel autre pandal de la ville. Imaginer Bunty et Priya se prenant de bec au milieu du Darbar Hall, c'était hilarant.

— À cause de ta Priya, les Mughals ont dû se retourner dans leur tombe. Nous devrions l'envoyer au Pakistan. Ces salauds de la S-Company, elle les achèverait.

Bunty dut se tenir le ventre à deux mains à la pensée de sa Priya enfonçant la frontière pakistanaise. Quand il a pu de nouveau parler, voici ce qu'il m'a dit :

— À Gopalmath, tout le monde se souvient de toi, Bhai. Les boys te croient quelque part en Europe, mais ils veulent tous te remercier, au moins par téléphone.

J'ai secoué la tête.

— Dis-leur que je pense à eux. Mais pas de contacts extérieurs, Bunty. Ce temps est dédié à Gourou-ji.

C'était vrai : je n'avais pas appelé Jojo une seule fois ; elle devait s'inquiéter, bien sûr. Elle savait que j'étais parti en voyage, mais d'ordinaire, ce n'était pas une raison suffisante. Cette fois, je ne l'avais pas appelée. C'était sans recours. J'avais besoin de me concentrer, de me purifier. Et donc les journées s'écoulaient dans la prière et la contemplation. Je me rendais tôt au maidan pour me réserver une bonne place. Je restais tard, je faisais la queue pour obtenir un darshan personnel de Gourou-ji, comme n'importe lequel de ses adeptes. Mais nous étions trop nombreux, vraiment trop, et il ne restait jamais assez de temps avant minuit pour entrer. Mais j'étais patient, et je revenais le lendemain. Gourou-ji nous guidait dans le sacrifice, mes journées s'écoulaient à l'écouter, lui, et ses explications des Vedas et des Brahmanas. J'apprenais tous les jours, et chaque jour je me sentais plus léger à l'intérieur de mon corps, comme lavé d'un épais sédiment. Ou alors, pour reprendre la formule de Gourou-ji, une part de mon karma se consumait à la chaleur du sacrifice.

— Tu sens même meilleur, m'a révélé Bunty le onzième matin.

— Tu veux dire qu'avant je sentais mauvais, enfoiré ?

Mais j'ai souri. Mon odorat me disait la même chose. Peut-être cela venait-il de la fumée du samagri qui, en brûlant, s'insinuait dans mes pores, ou peut-être était-ce le parfum d'une âme soulagée. Je l'ai étreint dans mes bras, et je l'ai renvoyé sur son scooter. J'ai fredonné la chanson d'un film, une chanson Koli : *Vallavh*

re nakhva ho, vallah re Rama. « Rame, ô batelier. Rame, ô Rama. »
Dans l'enceinte, je me suis installé à ce qui était devenu mon siège
attitré. À cette heure de la matinée, alors que les tentes étaient
vides, les haut-parleurs et les téléviseurs éteints, je me sentais le
yajman, comme si tout cela était à mon seul usage.

— Vous êtes là encore plus tôt, aujourd'hui.

C'était l'inspecteur, le sardar. Il se tenait juste derrière moi, les
pouces dans le ceinturon, et il ajustait sa chemise. Eh oui, naturellement, c'était toi, Sartaj. C'était toi, en uniforme kaki impeccable
et haut pagdi, et tu souriais. Mais à l'époque je ne connaissais que
l'inspecteur – le sardar. Il avait l'air amusé, amical, cet inspecteur.

— Je suis forcé de venir tôt, j'ai dit. Sinon, je suis tout au fond.

Je conservais une voix très détendue.

— Vous avez les écrans de télévision. Avec les gros plans, vous
leur voyez le moindre poil du nez.

D'un mouvement du menton, il a désigné les prêtres. Il avait
belle allure, ce sardar, très élégant, avec son patka bleu et ses
chaussettes assorties.

— Ce n'est pas du tout pareil, j'ai dit, et je me suis rendu
compte que je me montrais trop incisif.

Je devais faire preuve de déférence, comme un membre de
l'auditoire tout ce qu'il y a d'ordinaire quand il se retrouve en face
d'un policier. Il y avait si longtemps que je ne m'étais plus trouvé
devant un inspecteur de police, et là, je devais jouer cette comédie.

— Ce que je veux dire, Sardar Saab, c'est que de nos jours les
gens s'imaginent qu'ils peuvent recevoir leur darshan à la télévision ou par téléphone. Mais on ne recueille l'entier bénéfice du
darshan que si on approche, face à face, les yeux dans les yeux. Le
regard de Gourou-ji doit vous pénétrer, sa voix doit entrer en
vous. Je ne l'avais encore jamais vu, et je peux vous assurer qu'au
cours de ces derniers jours, ça m'a changé. Tout ce que j'avais pu
suivre de loin, à la télévision, n'arrive pas à la hauteur d'un seul
moment de véritable darshan. Voir le Temple d'or en photo, c'est
une chose. Se rendre à Amritsar, c'est une tout autre bénédiction.

— Vous n'êtes pas de Bombay ?

Il avait ce truc des policiers, les questions soudaines, et ce
regard calculateur. Et sous toute cette belle allure chikna de star

de cinéma, une brutalité impitoyable née d'un millier d'interrogatoires. Je connaissais le genre.

— Pas à l'origine. Mais je suis venu m'installer ici depuis quelques années.

— Qu'est-ce que vous faites ?

— Je travaille pour une société d'import-export.

Il avait fini par transformer ça en une séance de questions-réponses, ce salopard soupçonneux. Typique, typique. Je me suis très légèrement tourné vers le yagna. Mais il n'allait pas encore lâcher prise.

— Je vous ai déjà vu quelque part. Votre tête m'est familière.

Je suis resté très égal, je ne me suis même pas senti tendu. Je l'ai regardé par-dessus l'épaule et j'ai souri.

— J'ai un visage très familier, saab, j'ai répondu.

J'avais gardé l'habitude de me raser le crâne et de laisser pousser ma barbe. Je ressemblais un peu à ces mollahs afghans. Dans mon miroir, je me sentais très étranger à moi-même. Mais ce maderchod avait l'œil.

— Les gens me disent tout le temps que je ressemble à quelqu'un qu'ils connaissent. Ma femme, cela la faisait rire.

— Faisait ? Et plus maintenant ?

Il était très observateur, ce chutiya d'inspecteur ; il n'avait rien du sardar des blagues, au cerveau épais. Avec lui, il fallait être en alerte maximale.

— Elle est morte, j'ai répondu, très calmement. Elle été tuée dans un accident.

Il a opiné, détourné la tête. Quand il est revenu à moi, il était redevenu le maderchod d'inspecteur, mais j'avais relevé le clignement d'yeux de sympathie. Je pouvais être pénétrant, moi aussi. Dans ma vie, j'avais appris à lire dans les hommes.

— Vous aussi, vous avez perdu quelqu'un, j'ai fait. Qui ça ? Votre femme ?

Il m'a lancé un regard noir et dur. L'homme était fier, bien entendu, et en uniforme. Il n'allait rien me confier.

— Tout le monde perd quelqu'un, il m'a répliqué. C'est ainsi, c'est la vie.

— Si vous venez vous placer sous la protection de Gourou-ji, toute cette douleur passe.

— Vous pouvez le garder pour vous, votre Gourou-ji, il m'a dit, mais il était redevenu amical, avec un léger sourire.

Il a levé la main, et il s'est éloigné à grands pas vers l'arrière des tentes, vers son devoir. Gourou-ji est arrivé à l'heure, ponctuel comme toujours, et aujourd'hui il nous a guidés vers la fin du sacrifice, vers son accomplissement.

— Nous sommes réunis pour un grand voyage, a-t-il commencé. Durant toutes ces journées, vous avez cheminé avec moi. En participant à ce grand yagna, vous avez brûlé l'inertie de centaines de vies passées. En tant que yajmans du sacrifice, vous en accroîtrez les bénéfices, les pouvoirs. Mais souvenez-vous de ce que je vous ai dit au sujet de Sarvamedha : le yajman se déleste de tout. Pour vous sacrifier, vous devez sacrifier ce qui vous attache. Donc, s'il est un jour où vous devez donner, c'est aujourd'hui. Donnez de vous-même.

C'était une chaude journée, le dernier jour de Sarvamedha. Après plusieurs jours de ciel couvert, le soleil avait consumé la brume, il glissait sur les tentes, traçait de grands bandeaux flamboyants sur nos jambes et sur nos têtes. Les fumées odorantes épaississaient, et la mélopée des slokas nous enveloppait, et la voix de Gourou-ji résonnait dans ma poitrine, la foule était à son comble, la sueur me dégoulinait des épaules. Ils étaient nombreux à pleurer. Oui, moi aussi, je pleurais. Je n'étais pas triste, je n'éprouvais aucun chagrin. J'étais heureux, et je sanglotais. J'ai donné tout ce que j'avais dans mon portefeuille, et ma montre. Tout au long de ces journées de sacrifice, les fidèles avaient déposé de l'argent et des objets de valeur dans les troncs installés au milieu des tentes. Mais là, nous donnions tout. J'ai vu des femmes se défaire de leurs bijoux, de leurs mangalsutras, et des hommes retirer non sans mal des bagues serties de diamants de leurs doigts gonflés. Cet après-midi-là, nous sommes devenus de vrais yajmans, et nous avons senti le pouvoir de Sarvamedha.

C'était fini. À dix heures, Gourou-ji a joint les mains dans un pranaam adressé à nous tous, et il a incliné la tête. Après quoi il s'en est retourné dans la maison. Ce soir-là, j'étais dans les premiers de la file d'attente, pour le darshan. J'avais agi dans ce but, et pourtant, au bout d'une heure d'attente, il m'est apparu que je risquais de ne pas y arriver. Ce soir-là, toutes les personnalités étaient là, elles aussi : il y avait un ministre de l'Intérieur, deux acteurs et trois actrices, des nababs du monde des affaires, des présentateurs de journaux télévisés, des producteurs de cinéma et un général. Leurs voitures arrivaient les unes après les autres, formaient un gros amas luisant devant la maison, et notre file n'avançait pas. Pour les gens du commun, le darshan arrivait lentement, très lentement, et ce soir-là je me tenais parmi les gens du commun. J'ai attendu. Il était près de minuit.

— Avez-vous déjà pu voir Gourou-ji ? s'est enquis l'inspecteur sardar.

Il était grand, plus grand que moi d'une tête. La plaque noire, sur sa poitrine, m'a appris son nom en lettres blanches : « Sartaj Singh. »

— Non. Aujourd'hui, il y a trop de grands personnages, là-bas.

J'ai haussé les épaules. J'étais calme, mais vidé, les jambes en falooda, et j'avais la tête qui tournait. Cet inspecteur avait l'air épuisé, lui aussi. Sa chemise était marquée d'auréoles, et, sous la lumière blanche des néons, il n'avait plus du tout ce teint lisse chikna, il était juste émacié, fatigué. Il m'examinait du regard, avec la suspicion impersonnelle du policiya. Et puis il a eu ce mot.

— Venez.

Il m'a conduit en tête, nous avons franchi l'agglomérat des Toyota et des BMW, les rangées de policiers et de vigiles. Il a adressé un signe de tête à un inspecteur posté près de la haute porte à double battant de la maison du producteur, puis nous avons traversé le salon bondé, avant d'emprunter un couloir de marbre. Sartaj Singh a glissé deux mots à un agent. Nous avons tourné dans un autre corridor plein de sadhus et de fidèles avant de sortir dans un jardin. Nous nous sommes trouvés au tout début de la file d'attente. Il y avait trois sadhus près de l'entrée, qui laissaient les fidèles entrer un par un. Et derrière eux, au centre du jardin, le profil inimitable de Gourou-ji, assis dans son fauteuil roulant, qui s'entretenait avec quelques femmes.

— OK, m'a soufflé Sartaj à l'oreille, je t'ai amené jusqu'ici. Maintenant, à toi de te débrouiller – et il a lancé aux sadhus : Le suivant, c'est lui !

J'ai senti sa tape dans mon dos, mais il ne m'a pas laissé le temps de me retourner pour le remercier ; il était déjà reparti.

J'allais me débrouiller, en effet. J'ai observé les serviteurs de Gourou-ji, je me suis avancé d'un pas sur la droite et je me suis planté devant eux. Je serais le suivant. Il y avait là un grand sadhu firangi, un Européen aux cheveux jaunes qui semblait le patron, alors je lui ai souri avec amabilité ; je l'ai considéré de haut jusqu'à ce qu'il me réponde d'un sourire dubitatif. Je pouvais certes faire la queue pour Gourou-ji avec les gens du commun, mais je savais encore comment faire comprendre aux larbins que je ne plaisantais pas.

Après toutes ces journées d'attente, il n'est plus resté que deux minutes. La femme qui était aux côtés de Gourou-ji s'est levée, s'est éloignée, et je me suis faufilé à hauteur du sadhu firangi. L'instant suivant, j'étais auprès de Gourou-ji, enfin seul avec lui. Je me suis agenouillé devant lui, je lui ai touché les pieds, j'ai porté mon front à ses pieds.

— Jite raho, beta, il a fait, et il a posé la main sur ma tête. Allons, allons.

Il m'a relevé, m'a fait signe de m'asseoir. Je me suis assis. Je savais que je souriais comme un nouveau-né, comme un fou béat, le cœur léger. J'étais assis, les mains croisées sur les genoux, le visage épanoui, je le contemplais.

— Dis-moi ce que tu veux, m'a-t-il dit, de quoi tu as besoin.

J'ai éclaté de rire.

— Là, tout de suite, Gourou-ji, je n'ai besoin de rien. Je voulais juste être avec toi.

Il m'a reconnu. Nous avions passé des heures ensemble au téléphone, et il connaissait ma voix aussi bien que je connaissais la sienne. Il possédait une suprême maîtrise de soi. Il n'a pas eu un tressaillement, pas une lueur de surprise, pas un cillement. Juste un très long regard ; il me jaugeait de ses yeux pénétrants ; il me perçait du regard tandis que je soutenais le sien. Il a incliné la tête sur le côté, changé de position dans son fauteuil pour me voir dans la lumière, et j'ai levé le visage pour mieux le lui présenter.

— Ganesh, il a fait. Ganesh.

— Je suis venu, Gourou-ji.

Je l'ai dit, mais là, j'étais tendu. Il m'apparaissait impénétrable, totalement immobile, aussi dur que le tonnerre. Je n'aurais pu affirmer qu'il était ravi, et je craignais qu'il ne soit en colère.

J'avais pris des risques, certes, mais je l'avais aussi mis en danger. Dans cette épreuve, j'avais joué le tout pour le tout.

— Je suis venu parce que je voulais prendre part à ton yagna.

— Et tu es là depuis le début ?

— Tous les jours. Depuis le début jusqu'à la fin.

Alors son expression a changé. Il est devenu chaleureux, comme un soleil soudain apparu. Il n'avait pas bougé, et pourtant, je me suis senti enveloppé.

— Tu es un sot, Ganesh, il m'a chuchoté, mais c'est une bonne sottise.

— Tu disais que c'était le yagna le plus important de ton existence, lui ai-je rappelé. Donc il fallait que je vienne, Gourou-ji.

— Bachcha, tu es venu parce que je t'ai convié.

— Oui.

— Cela a été pour toi une sorte d'initiation.

— Oui.

— Je suis content que tu sois là, Ganesh. Mais tu dois t'en aller d'ici, t'en aller du pays. Le risque est trop grand.

— Oui.

— Toutefois, avant que tu ne partes, j'ai une question pour toi.

— Pose ta question, Gourou-ji. Je répondrai.

— Qu'est-il arrivé à ton père ?

Ses paroles ouvraient les portes d'un enfer depuis un point dur situé tout au fond de moi, et le brasier écarlate a explosé, grandi, a remonté jusqu'à mes yeux, et j'en ai été brûlé, et ç'a été le désert en moi. Il ne restait même pas de cendres, pas de cendres à retirer de l'autel, je m'étais tout simplement consumé et, là où j'avais existé, il ne restait plus qu'une cuvette. Plus de Ganesh Gaitonde. J'avais caché cette chose à une telle profondeur, sous un tel blindage, que j'avais moi-même oublié sa présence. Comment cet homme, devant moi, avait-il pu creuser dans ma chair jusqu'à la carapace hermétique de cette sphère minuscule qui renfermait l'énergie d'une bombe en déflagration ? Je ne pouvais ni demander ni répondre, et Ganesh Gaitonde venait d'être anéanti. Il n'existait plus. J'avais caché mon père pour toujours, même à moi-même, et j'avais oublié ma mère. Et là, Gourou-ji me posait la question, sachant qu'il s'était produit quelque chose. Et ma réponse habituelle – « Mon père est mort, ma mère est morte » –

n'était plus possible. Il avait fendu la cuirasse, et il n'y avait aucun moyen de la réparer. Donc je me suis tu.

Il s'est approché de moi, tout près. J'étais faible, je n'avais pas la force de résister. Il a posé une main sur ma tête chauve, et j'ai senti la largeur de sa paume me bercer.

— Je vois un mur jaune, il a repris. Je vois du sang, un mince filet de sang qui s'écoule du mur, jusqu'en bas.

Je pleurais. Il savait, d'une manière ou d'une autre, Gourou-ji savait, et je ne pouvais rien lui cacher.

— Mais c'est tout ce que je vois, Ganesh. Dis-moi. Que s'est-il passé ?

Alors je lui ai raconté l'histoire de mon père, Raghavendra Gaitonde, fils d'un prêtre indigent du temple de Karwar, brahmane désargenté lui-même, marié à Sumangala. Je n'avais pas envie de m'attarder sur cet homme infortuné ni sur cette femme fourbe, donc je lui ai raconté la vilaine histoire en vitesse. Raghavendra mourait de faim à Karwar, il essayait de célébrer des mariages et des poojas, sans que beaucoup d'occasions se présentent, car il était très jeune, trop doux et inefficace. Donc, lorsque son cousin Suryakant l'a appelé à Nashik, il y est allé. Ce Suryakant Shenoy possédait des terres, il avait un pied dans le génie civil et touchait à la politique locale. Pendant un temps, il avait occupé le poste de secrétaire de district au bureau local du parti du Congrès. Récemment, il avait réalisé un bâtiment scolaire pour le gouvernement dans le village de Digadh, et, fait un don substantiel en numéraire pour un nouveau temple dédié à Lakshmi-Narayan érigé en ce même lieu. Raghavendra s'était installé à son poste de prêtre de ce temple. Il habitait une maison pucca, petite mais soignée ; grâce à son cousin, le couple vivait non dans la richesse, mais dans la dignité, et Sumangala était enfin heureuse. Les conditions d'existence des villageois s'amélioraient lentement, aidées en cela par un chantier d'irrigation que Suryakant Shenoy avait approuvé et, par contrecoup, Raghavendra et Sumangala jouissaient eux aussi d'un peu plus de confort, car les donations au temple ne cessaient d'augmenter. Suryakant Shenoy venait souvent en visite, apportant chaque fois un sac rempli de légumes, de ghee, de beurre, et une bonne moitié de potli de riz. Il gérait de nombreux chantiers dans les villages alentour, il était content de voir ses cousins ; tout cela, c'était sans façon, car il était de son devoir de leur venir en aide. Sous sa bienveillante protection, la vie continuait et, un an et demi plus tard, un fils était né dans la maison. Bien entendu, il y avait eu des célébrations et des rituels, et Suryakant y avait pris part. Le garçon avait été baptisé Kiran, une suggestion de Suryakant. Kiran grandissait, vif, énergique. Il avait marché dès l'âge de huit mois et une semaine, à deux ans, il parlait, et à quatre il lisait, pas seulement en traçant les lettres sur les épaules de son père, mais en formant des mots entiers. Mais dans cette même année, l'enfant avait perdu un peu de sa joie naturelle, il s'était refermé, comme sur ses gardes. Il était déjà assez grand pour voir de quelle manière le monde extérieur considérait son père. Chez ses amis, et leurs parents, il voyait un mépris amusé se manifester envers le pandit, que l'on tenait pour quantité négligeable – pas tout à fait pour un imbécile, mais pour un infortuné, un objet de pitié et non de sympathie. Kiran n'avait pas de mots pour désigner cela, mais il le savait, aussi sûrement qu'il savait que sa mère était considérée comme une belle femme. Ce fut cette année-là que le pèlerinage du Kumbh repassa par Nashik après une absence de douze années. Bien entendu, Kiran y alla avec sa mère, ainsi que Suryakant Kaka et des voisins ; comme les autres, il se plongea dans les eaux de la rivière sacrée, se laissa étourdir par les foules de pèlerins, s'émerveilla devant les glandes à musc vendues par les bohémiennes. Suryakant Kaka acheta une glace à Kiran, et ce cadeau sans précédent emplit le petit garçon d'une joie sans partage ; il s'accrocha à l'épais poignet de Suryakant, ils finirent par se frayer un chemin jusqu'au mémorial du Ramkund, où Shri Ram, disait-on, prenait son bain quotidien, et là, à travers une haie mouvante de coudes et de hanches, Kiran entrevit son père. Raghavendra se tenait debout sur la pierre glissante qui descendait dans l'eau, tenant dans une main un thali chargé de kumkum blanc, et un petit tampon en métal dans l'autre. Il proposait aux pèlerins de leur apposer le tilak, comme celui qu'il portait lui-même sur le front. Un pèlerin s'arrêta, Raghavendra lui appliqua le naamam et, tandis que son père tendait la main, Kiran vit à quel point il était maigre, la peau lui pendant du bras, et combien sa position voûtée témoignait la déférence, une humilité qui emplissait Kiran de colère. Le pèlerin lâcha quelques pièces dans la paume de Raghavendra et, pour la toute première fois, la gorge de son fils se serra d'amertume, de mépris, de dédain envers son père. Cet homme était faible, c'était un incapable. Kiran savait à présent pourquoi les voisins riaient de son père, pourquoi ils lui lançaient des « Ay pandita », comme cela, et cette découverte lui donna la nausée. Il refusait de descendre plus bas vers la rivière, en dépit des injonctions des uns et des autres et, après cela, on raconta dans la famille que Kiran avait peur de l'eau. Cette histoire demeura, et le mépris de Kiran demeura, jusqu'à un certain après-midi. Il rentrait à la maison après sa première journée de classe en cours élémentaire première année ; une foule était massée devant la maison. Il s'était produit quelque chose. Des mains l'empoignèrent, mais il s'arracha à leur emprise et se fraya un chemin non sans flanquer quelques coups de pied, et franchit la porte. À l'intérieur, il y avait les anciens du village, l'air effrayé et, en même temps, intéressé. L'un d'eux pointait le doigt vers le haut. Kiran vit vers quoi pointait ce doigt : un ruisseau de sang qui s'écoulait du mur, et une flaque, sur le sol. Il cria, se précipita dans l'escalier, assena des coups de poing dans les genoux d'un homme qui barraient la porte et se rua sur le toit. Ce mort, sur le toit de la maison de Kiran, ce n'était pas son père, mais Suryakant Kaka. Il gisait face contre terre, sur un charpai, nu jusqu'à la taille. Kiran reconnut le dos large, le renflement des épaules. Mais l'arrière de la tête n'était plus qu'un mélange pulpeux de rouge, de noir et d'une autre couleur, laiteuse, mêlé d'éclats blancs. Encore un pas mal assuré, et Kiran vit que Suryakant Kaka, sur le devant, était intact, il fixait le sol avec un étonnement intense, comme si la brique criblée de trous contenait des univers entiers de significations. Suryakant Kaka avait enseigné à Kiran le nom des étoiles, et le dessin des constellations. Et maintenant, il était anéanti par moitié.

Un voisin prit Kiran par les épaules, tenta de l'éloigner. Qui était cet homme ? Kiran connaissait son odeur, cette chemise jaunie, ces longues mains, mais il était incapable de se rappeler son nom.

— Qui a fait ça ? s'exclama Kiran, alors que, sans trop comprendre comment, il le savait déjà.

L'homme secoua la tête, essaya de l'éloigner. Le petit garçon poussa un cri, se dégagea d'un geste brusque et redemanda. Qui ? Qui ? Qui ?

Une voix éraillée intervint.

— Dis-lui.

Et il y eut encore un moment de silence. Puis l'homme qui retenait Kiran reprit la parole.

— Ton père. Il est parti.

Et puis il ajouta, comme une idée qui lui serait venue après coup :

— Ton aai est en bas. Avec les femmes.

La police vint, et les femmes s'en furent, et les hommes s'en furent, on emporta le corps, et Kiran fut seul avec sa mère, qui restait assise, blottie contre le flanc d'une armoire en bois, dans la chambre, les cheveux emmêlés devant le visage.

— Donc, a dit Gaitonde à Gourou-ji, mon père a tué Suryakant, et il est parti. Personne ne l'a plus jamais revu. Je ne sais pas où il est.

— Et ta mère ?

— Je suis resté avec elle jusqu'à ce que j'aie douze ans. Ensuite, j'ai fui. Et je suis arrivé à Bombay.

— Tu ne sais pas où elle est.

— Non.

Le village les avait évités. Évités, enfin, pas les hommes, qui venaient rassurer Sumangala, lui affirmer qu'elle n'avait aucune raison d'avoir peur, qu'ils étaient là pour veiller sur elle, qu'elle vivrait une existence confortable. Ces hommes apportaient – comme auparavant le mort – des légumes, des saris et de l'argent. Elle ne pouvait pas rentrer dans le maike familial, car ses parents ne lui auraient pas ouvert leur porte. Donc elle ne quitta pas cette maison aux murs chaulés de neuf, offerte par l'un de ses nouveaux clients. Ils n'étaient rien d'autre : des clients. Et Kiran sentait à présent toute la force du mépris villageois. Ils lui jetaient des insultes à la figure, le traitaient de harami, et les garçons plus âgés proféraient des plaisanteries obscènes sur sa mère, sur son corps, sur ses pratiques et ses goûts. Il ne se passait pas un jour sans que son corps ne soit marqué d'hématomes, certains anciens, d'autres récents. Dans ces bagarres, il était toujours vaincu, mais après qu'il eut lancé une pierre à la tête d'un de ses persécuteurs, le frôlant de peu, on comprit qu'il était capable de tuer, les insultes furent proférées d'un peu plus loin. Il se mit à porter un couteau, et ils le traitèrent de fou. Il attendit, et un jour, quand il put dominer sa peur des espaces immenses et inconnus, quand le poids du couteau sous sa chemise lui permit de se sentir assez fort, il se rendit à la gare à pied, à huit kos de là, et attendit un train. Il connaissait déjà le nom de ce train, sa destination, et ses horaires. Il arriva, et il se glissa à bord d'une voiture bondée. Personne ne lui prêta attention. Il n'y avait nulle part où s'asseoir ; il s'appuya contre un empilement de coffres en métal, dans le couloir, et attendit. Les rebords de ces coffres lui mordaient les côtes et les jambes, mais c'était une saine douleur. Il était en partance. À chaque gare, il demandait : « Est-ce que c'est Mumbai ? » Quand un homme lui répondit « Oui », il sauta au bas du wagon. Mais l'homme l'avait trompé. Il avait envie de le poignarder, cet homme, mais le train était déjà loin. Kiran attendit un autre convoi. Il arriva enfin dans la ville, et attendit que les bâtiments grandissent et se massent les uns contre les autres, que les rues se remplissent de voitures. Il ne demanda rien à personne. Quand il fut sûr de lui, il descendit.

— Et tu étais arrivé chez toi, a soufflé Gourou-ji. Quand es-tu devenu Ganesh ?

— La première fois que quelqu'un m'a demandé mon nom. Je ne sais pas pourquoi. J'ai prononcé ce nom là, c'est tout.

Ensuite, je suis resté assis un long moment, en silence, la main de Gourou-ji sur ma tête. J'étais épuisé, comme si j'avais escaladé une montagne pour redescendre de l'autre côté, mais je me sentais apaisé. Et à chaque pulsation qui battait en moi, je reprenais des forces.

— Ganesh, beta, a fait Gourou-ji, tu devrais y aller, maintenant. Sinon, mes serviteurs vont s'interroger.

— Oui, Gourou-ji.

— Tu as pris un risque, mais je suis heureux que tu sois venu. Retrouve-moi à Singapour, comme nous l'avions prévu.

— Oui, Gourou-ji.

Il m'a serré contre lui, il a tenu mon crâne chauve contre sa joue. Ensuite, il m'a congédié. J'ai encore touché ses pieds, et je suis parti. Mais je n'ai quitté que son corps, sa chair infirme. Il m'avait regardé, il avait regardé en moi. Il m'avait donné son darshan, et il avait reçu le mien. À présent, il était en moi. Il battait dans mon cœur. J'ai emporté sa grande force avec moi, et je l'ai sentie palpiter dans mes bras, aussi réelle que mon sang. J'ai traversé la ville en trombe, j'ai volé d'un bout à l'autre d'avenues familières et j'ai effacé les grumeaux de la circulation tardive. J'étais capable de prédire jusqu'où les voitures et les rickshaws se rapprocheraient les uns des autres, où ils se sépareraient, je savais voir la géométrie de leur trajectoire. Je savais où ils allaient, je connaissais le futur des traînées de leurs phares. Et je m'insérais dans ce flot miroitant. Les eaux me traversaient.

Je suis rentré au bercail, j'ai dîné avec Bunty et je lui ai demandé de me réserver le premier vol pour Singapour. Il me restait un autre bref trajet à effectuer. Je suis remonté sur le scooter, d'un geste de la main j'ai repoussé Bunty et ses grommellements de mère au foyer, et j'ai foncé. Là encore, j'ai trouvé des rues fluides et des feux verts, et je suis arrivé à Yari Road en vingt-cinq minutes. Une fois là, j'ai dû demander mon chemin à deux chauffeurs de taxi, mais arrivé à la boutique de cigarettes au coin de la rue, j'ai reconnu ma route. J'avais prié Jojo de me décrire les lieux une dizaine de fois, donc j'avais de quoi m'imaginer les rues, la maison. J'ai pris sur la gauche, et je me suis garé près de son portail. Sa Honda bleue était garée à la deuxième place de parking sur la droite, le numéro 36A. J'ai monté les étages en comptant, un, deux, trois, et j'ai trouvé l'appartement d'angle. Ses lumières étaient allumées. J'ai composé le numéro.

— Ganesh ? Ganesh ?

— Qui d'autre veux-tu que ce soit, sur cette ligne ?

— Ne fais pas le malin. Où étais-tu ?

— J'avais un petit voyage à faire.

— Voyager t'empêche d'appeler ? Qu'est-ce qui te prend ?

— Tout va bien, Jojo. Pourquoi es-tu en colère ?

— À cause de ton idiotie et de ton insouciance.

J'ai dû rire. Personne d'autre au monde n'osait me parler ainsi.

— Je pense que tu m'aimes bien, Jojo.

— À peine. Et encore, je ne comprends pas pourquoi. Je dois être folle.

Une ombre traversa la deuxième fenêtre. Je l'imaginais, piaffant en tous sens et pointant une main vengeresse vers cet idiot, si loin d'elle.

— Si tu m'aimes un peu, Jojo, j'ai une suggestion.

— Quoi ?

— Rencontrons-nous.

— Gaitonde, je croyais que nous avions déjà abordé le sujet.

— Là, c'est différent.

— Pourquoi ?

— Parce que je suis différent.

— En quoi ?

— Il faut que tu me rencontres et que tu voies par toi-même. Sinon, tu ne sauras jamais.

Elle a réfléchi. L'ombre a de nouveau traversé la fenêtre.

— Gaitonde, moi, je suis restée la même.

— Donc tu ne veux pas me rencontrer ?

— Je ne veux pas te rencontrer.

— C'est ta dernière chance.

— Ne discute pas avec moi, Ganesh Gaitonde. Je suis trop fatiguée.

Je n'ai pas discuté avec elle. Je lui ai encore causé dix minutes, de son travail, de son nouveau thoku, de ses filles. C'était bon de causer avec elle, de renouer avec notre badinage et notre amitié.

— Tu m'as l'air heureux, elle a remarqué.

— Je le suis, j'ai dit. Je le suis.

J'ai levé la main vers les gardiens de nuit de son immeuble qui, finalement, après tout ce temps, avaient remarqué ma présence, et s'étaient extraits du confort de leurs sièges pour venir au portail.

— Il faut que j'y aille, Jojo.

Et j'ai raccroché.

— Alors, quoi, le héros ? m'a lancé l'un des gardiens à travers le portail. Vous nous barrez notre entrée.

Je ne barrais rien du tout, et ils se montraient ennuyeux, mais je me sentais d'humeur bonasse.

— J'y vais, j'ai répondu, très calme.

J'ai tourné la clef de contact, et j'ai allumé mon phare. C'est alors qu'elle est venue à la fenêtre, Jojo. Elle a dû voir l'unique rayon de faible lumière jaune dans le noir. Je l'ai entrevue, l'effleurement de la lumière sur sa tête et ses épaules. Mais je suis certain qu'elle ne m'a pas vu.

Lorsque nous avons eu le mollah, à Londres, j'étais à Singapour. « Maulana Mehmood Goose assassiné à Londres », annonçait le *Straits Times* en bas de sa première page. Le BBC World Report consacrait toute une rubrique à ce meurtre, avec une table ronde entre deux journalistes et un professeur. Ces messieurs ont discuté des implications du meurtre, et dressé la liste des assassins possibles : des organisations activistes rivales au Pakistan, des groupes révolutionnaires afghans, diverses officines de renseignements, les Israéliens, les Indiens, les Américains. On s'accordait pour retenir l'hypothèse israélienne.

La date de la visite du mollah à Londres avait été déplacée, et M. Kumar avait avancé celle de l'opération : il fallait frapper le premier jour du séjour du religieux dans la capitale britannique.

« Si possible, abattez-le avant qu'il n'ouvre la bouche devant les médias », avait-il suggéré. Et nous avions obtempéré. En dépit de l'urgence, nous avions agi proprement. C'était difficile. Il bénéficiait de deux niveaux de sécurité, ses propres hommes et la police britannique. On nous avait priés de ne pas employer de grosse bombe : il fallait éviter les massacres de civils dans une capitale amie. Donc nous avions opéré avec une petite bombe. Sa chambre d'hôtel avait été passée au crible, et la voiture qu'il utilisait également. Sécurité trop stricte de ce côté-là. M. Kumar a su très à l'avance le nom de ce petit hôtel sélect, et aussi que cet établissement ne comptait que deux suites au dernier étage. L'instruction détaillée que M. Kumar nous avait transmise insistait sur le fait que le mollah avait été jadis ingénieur en électricité, qu'il voyageait avec un ordinateur portable dont il se servait pour lire les journaux du monde entier et probablement pour échanger des e-mails cryptés avec ses gens. La note de M. Kumar spécifiait qu'il appréciait de faire cela au lit, la nuit, en croquant des pistaches. Donc, nous avions trafiqué les prises électriques des deux tables de nuit, dans les deux suites. Les équipes de sécurité avaient contrôlé l'éventuelle présence de micros et de bombes, mais les prises électriques leur avaient échappé. Dès sa première nuit à l'hôtel, le mollah avait branché son ordinateur, grillé son alimentation et l'appareil lui-même. Il avait juré, fulminé, ordonné à ses sbires d'appeler la réception. La femme de la réception s'était excusée, lui avait proposé d'ouvrir le centre d'affaires, au rez-de-chaussée, pour qu'il puisse utiliser la connexion haut débit. Le mollah avait encore juré, attrapé son bol de pistaches, et il était descendu. Son personnel de sécurité inspectait la pièce, mais lui, il pestait, il était en colère, et insistait pour entrer : il voulait à tout prix cette connexion haut débit. Il était impatient. Il est donc entré dans la salle, et il s'est assis devant l'ordinateur. Il a survolé les sites pendant une dizaine de minutes, de journal en journal, en constellant le sol de coques de pistaches. Ensuite, un homme, un Européen assis à la réception de l'hôtel a passé un appel sur son téléphone portable. Et puis un autre homme, un Indien installé dans une voiture en stationnement devant l'établissement, a appuyé sur un bouton, dans sa poche. Et le clavier sous les mains du mollah a explosé, lui arrachant les deux bras à hauteur des coudes. Et lui a expédié les petites touches en plastique marquées de lettres étrangères à la tête, qui se sont fichées dans sa cervelle.

C'était soigné, c'était brillant, notre opération. Même M. Kumar l'a reconnu.

— Personne ne croira jamais qu'il s'agit d'une opération indienne.

— Quoi, ils se figurent que mes boys ne sont pas assez malins pour monter une affaire de ce genre ? On est trop dehati pour gérer ce qui exige des ordinateurs ?

— Il ne s'agit pas seulement de vous, Ganesh, a relevé M. Kumar. Le monde entier, y compris notre presse indienne bien à nous, bien libre, refusera de croire que la frappe émane de nous.

— Saab, je peux fournir les preuves matérielles…

— Ainsi soit-il, Ganesh. Laissons-les croire que ce sont les tout-puissants Israéliens. Laissons-les nous sous-estimer. Un ennemi désorienté vaut toujours mieux qu'un ennemi impressionné, mais sur ses gardes. Ainsi soit-il. Je vous l'ai dit, nous sommes soldats de l'invisible, nous ne glanons pas de médailles.

Donc, ainsi soit-il, nous avons laissé filer. C'était frustrant de ne pas pouvoir s'attribuer le mérite d'une grande victoire, mais je saisissais l'argument de M. Kumar. Il avait passé une vie entière à ne s'attribuer aucun mérite. Pour nous, je peux vous le dire, c'était dur. J'ai accordé une triple prime à ceux qui avaient pris part à cette opération, et je les ai envoyés en vacances à Bali. Naturellement, je me suis retenu d'en parler à Gourou-ji, qui était captivé par l'événement.

— Ces Israéliens savent étudier la psychologie de la cible, m'a-t-il dit.

Parfois, j'étais content que sa clairvoyance ne soit pas complète. Mais Gourou-ji voyait des images d'un groupe d'hommes violents le recherchant, le pourchassant ; donc il a resserré sa propre sécurité. Je l'ai conseillé sur le sujet. Après tout, à Bombay, j'avais été en mesure de m'approcher de lui sans avoir été fouillé une seule fois.

J'étais incapable de même entrevoir la psychologie de Gourou-ji, mais voici ce que je savais de lui : il était né à Sialkot, le 14 février 1934, à neuf heures quarante-deux du soir. Il avait grandi dans l'ouest du Punjab, un peu partout, au gré des transferts de son père technicien aéronautique d'une base aérienne à une autre. La Partition les avait chassés vers l'est, mais ils avaient effectué ce périple en toute sécurité, sous la protection des services gouvernementaux. Ils s'étaient d'abord installés à Jodhpur, puis à Pathankot. Gourou-ji s'était assez vite acquis une renommée de sportif, promu au rang de capitaine de toutes les équipes de cricket au sein desquels il jouait, à partir de la classe de quatrième et au-delà. On nourrissait l'espoir, l'attente qu'il joue au niveau national. À Pathankot, la veille de son dix-huitième anniversaire, il avait emprunté la motocyclette de son père pour aller au cinéma retrouver ses amis. Il était sorti de la route près de l'entrée principale de la garnison, non loin d'un tank pakistanais capturé, le canon affaissé. C'était une belle journée ensoleillée, il n'y avait ni eau ni flaque d'huile sur la chaussée. Personne n'avait jamais compris ce qui s'était produit. La police militaire l'avait ramassé, conduit à l'hôpital militaire voisin, où on lui avait prodigué des soins immédiats. Mais il souffrait d'une blessure à la vertèbre lombaire, et avait perdu toutes les fonctions de la partie inférieure du corps.

— Le premier jour, je me suis réveillé comme un homme, m'a-t-il raconté, à Singapour, pour découvrir aussitôt que je n'étais plus que la moitié d'un homme. Mais ensuite, Ganesh, il y a eu le reste.

Le reste : ses visions. Avant l'accident, il n'avait été qu'un garçon punjabi ordinaire, qui s'intéressait au cricket, aux motos, aux bons repas, à sa bande de yaars, à ses examens. Il partageait la foi générale en Hanuman l'intrépide, se rendait au temple avec sa mère, échangeait des cancans dans les mariages, pendant que les prêtres entonnaient leurs mélopées. C'était là toute l'étendue de sa spiritualité. Mais après son accident, il avait été visité par des visions. Il voyait le passé et l'avenir. Ce n'étaient pas des images de rêves, confuses et nébuleuses. Il percevait les détails, il voyait la rougeur de la langue d'un homme, la broderie du mouchoir d'une femme. Il sentait l'odeur de l'huile de cuisson, il entendait l'éclaboussure de l'eau sur la brique. Deux jours après avoir repris connaissance, il avait dit à une infirmière : « Cet homme… Fred, Phillip ?… qui vous a offert un collier en or, il pense encore à vous. » Le personnel de l'hôpital avait l'habitude des patients en proie au délire. Or, cette infirmière était amoureuse d'un cousin par alliance bien plus âgé qu'elle ; ni elle ni lui n'en avaient jamais parlé à personne, surtout pas à ce jeune blessé. À compter de ce jour, sa réputation avait grandi, s'était étendue à toute la ville et au-delà. Et à compter de ce jour, il avait entamé son grand voyage intérieur, sa quête du moi, du temps et de l'univers. « Il fallait que je tente de comprendre ce qui m'arrivait, Ganesh », m'a-t-il confié. Déjà, dans ce lit d'hôpital, il avait commencé ses méditations et ses lectures, ses rencontres avec des philosophes, des sadhus, des tantriques et des pandits. Sa quête avait été longue, inlassable. « Dans ma blessure, je m'étais trouvé, il m'a confié. De l'extérieur, j'étais ramené vers l'intérieur. »

Il ne se désintéressait pas pour autant de l'extérieur. Il nourrissait une passion pour la science, pour les connaissances actuelles. Il lisait tous les magazines scientifiques qu'il pouvait trouver, et d'épais volumes sur ce qui foulait la surface de la terre avant l'apparition des humains, et ce qui volait dans les espaces du futur. Il suivait avec passion l'apparition des dernières inventions et innovations en informatique. Il m'a parlé de médecine, de lasers et de clonage. Il avait un fauteuil roulant capable de grimper les marches d'escalier sans assistance, de tourner sur deux roues et de rester en équilibre sur une seule. Quand il parlait de gyroscopes, de logiciels et d'énergie non polluante, il avait le regard brûlant. Il n'avait pas cette haine irraisonnée des musulmans que j'avais si souvent rencontrée en Inde et à l'étranger, ce dégoût des burqas, des mangeurs de bœuf et des sales petites habitudes personnelles. Gourou-ji les accueillait à ses sermons, il était heureux de les compter parmi ses disciples. Ce qu'il n'appréciait pas, c'était la propension musulmane à l'expansion, à la conquête, à l'hégémonie. Il relevait qu'ils étaient la cause de troubles sociaux dans la totalité des pays où ils vivaient, et qu'ils s'écorchaient contre le grain du temps. Il ne me rapportait ces considérations qu'en privé, bien entendu. Dans ses discours publics, il restait circonspect. Mais quand nous étions seuls, il me disait ceci : « Après la chute du masjid et la fin des émeutes, Ganesh, ils ont importé des armes. » C'était vrai. J'en avais eu la confirmation par mes propres sources. D'énormes livraisons de fusils automatiques étaient entrées sur le territoire, et des grenades. On parlait même d'armes antichars et de missiles Stinger. Si seulement ils étaient partie prenante de notre culture, si seulement ils coopéraient, regrettait Gourou-ji, si seulement ils connaissaient leur place, et se mélangeaient, alors il n'y aurait pas de problème. Mais leur religion participe d'une tendance qui les rend dangereux. « Donc, poursuivait-il, nous devons nous tenir prêts, nous aussi. Nous devons nous armer, nous aussi, en dépit de la couardise de nos politiciens. » Donc nous nous sommes préparés. Nous nous sommes armés, et il a poursuivi cette œuvre secrète, mais également ses initiatives pour informer le monde et le préparer au cataclysme à venir, la fin du Kaliyuga.

Nous nous trouvions sur un toit, à Singapour, quand il m'a parlé de ses universités, des espoirs qu'il plaçait dans l'avenir, en matière éducative. C'était Singapour, donc il fallait que je réfrène mon envie pressante de cracher par-dessus la balustrade, sur ces Singapouriens si propres, en contrebas. Gourou-ji, lui, adorait cet endroit. Il appréciait l'hygiène, les règles et la rigueur de la ville, qui lui tenait lieu de plaque tournante. Il avait ici un autre adepte fortuné, un magnat de l'immobilier, et Gourou-ji disposait donc d'un vaste appartement sur les toits, dans Tanglin Road. Cet appartement était doté d'une terrasse de taille respectable, avec des arbres en grandeur réelle et un épais tapis de gazon. Depuis cette terrasse, on pouvait contempler la ligne étincelante de l'horizon. Gourou-ji aimait ce jardin en altitude. « Si seulement notre pays était bien géré, Ganesh, m'a-t-il expliqué, nous pourrions en avoir autant. Pourquoi n'en avons-nous pas autant ? Nous possédons les ressources naturelles. Et nous possédons les talents en nombre plus que suffisant. Mais nous n'avons pas la volonté politique, et nous n'avons pas la bonne structure. Il nous manque la discipline, tant extérieure qu'intérieure.

— Tu vas nous conduire vers le royaume divin du ram-raiya, Gourou-ji.

— Es-tu en train de me flatter, Ganesh ?

Il croquait des bâtonnets de carotte et me regardait, les yeux plissés.

— Bien sûr que non, Gourou-ji.

J'étais affalé dans un fauteuil à côté de lui, les pieds nus et en hauteur.

Pour sortir d'Inde, à partir de Delhi, j'avais eu recours à un autre passeport et un autre nom, et je m'étais rasé la barbe. Je venais tous les matins rendre visite à Gourou-ji en qualité de consultant commercial, et nous dînions dans le jardin. Nous parlions de tout – le monde, ma vie. Je lui ai raconté mes premiers temps à Gopalmath, la mort de mon fils. Il me connaissait comme personne, mieux que personne.

— T'impatienterais-tu ? m'a-t-il demandé un jour.

— M'impatienter, moi ?

— Cela fait cinq jours. Tu as envie d'aborder ton initiation, de retourner chez toi, de travailler.

— Non, Gourou-ji, ce n'est pas ça. Mon travail avance toujours, tout se passe au téléphone. Et le temps que je te consacre me procure une paix dont je ne dispose jamais ailleurs. Mais je suis inquiet.

— À quel sujet ?

— Au sujet de notre sécurité. Plus longtemps je reste, plus cela devient risqué pour toi. Pour moi, pour toi. Si quelqu'un me reconnaît...

— Oui.

— On me recherche.

— Tes ennemis.

— Je n'ai pas envie de t'exposer, Gourou-ji.

— Je comprends. Et je suis d'accord. Mais c'est nécessaire.

Il a encore croqué un autre bâtonnet de carotte.

— As-tu une idée de ce qu'est l'initiation, Ganesh ? De ce que nous allons faire ?

— Une sorte de pooja. Une espèce de mantra secret. Un rite.

Il m'a adressé un grand sourire.

— Un rituel comportant un sacrifice humain, n'est-ce pas ? Un bébé mis à mort sur l'autel d'une indicible déesse ?

— Si c'est nécessaire...

Il a levé les mains vers le ciel.

— Arre chup, Ganesh. Non, cela n'a rien à voir. Ce rituel est très puissant, mais tu t'es d'ores et déjà soumis à un rituel, avec moi. Tu es venu à moi par le sacrifice. Non, le rituel n'est pas ce dont tu as besoin pour le moment. Non. Tu veux savoir ce qu'est ton initiation ? Voici : ces cinq jours qui viennent de s'écouler, c'était cela, ton initiation.

— Gourou-ji ?

— Tu es resté assis ici à me parler de toi. Tu m'as livré toutes les parties de ton être. Tu m'as avoué des choses que tu n'avais jamais avouées auparavant.

C'était vrai. Je lui avais confié ma peur des balles, mon désir lancinant des femmes, l'or grâce auquel j'avais lancé ma carrière et comment je me l'étais procuré. Je lui avais tout dit, sauf mon travail pour M. Kumar. Lui, c'était mon autre moi, et ce moi-là, je ne pouvais pas le livrer à Gourou-ji.

J'ai quitté Singapour le lendemain. Sur le chemin de l'aéroport, j'ai retrouvé une dernière fois Gourou-ji, guère plus de cinq minutes. Il se préparait lui aussi à partir en voyage, pour l'Afrique du Sud, cette fois. Nous nous sommes retrouvés dans la cuisine d'un centre de congrès où il donnait une conférence devant un groupe d'études historiques hindoues. Je lui ai touché les pieds.

— Je me sens léger, Gourou-ji, j'ai dit. Je me sens comme un rideau que l'on vient de tirer. Comme une fenêtre que l'on vient d'ouvrir.

Il était fier de moi, il émanait de lui ce contentement. Il était rempli de joie, rien qu'à me regarder.

— Je sais. Tu as la foi d'un vira. Le voyage intérieur est celui qui réclame le plus de courage. Et tu as été sans peur. Maintenant, tu es prêt à avancer.

Il suivait un plan, je le sentais bien. Je le connaissais mieux, maintenant. Cela vient du darshan. Nous nous étions observés en profondeur.

— Avancer vers quoi, Gourou-ji ? Où est-ce que je vais, maintenant ?

— Cette fille.

— Quelle fille ?

— Déjà oubliée ? Cette fille dont tu m'as parlé, tu m'avais transmis les renseignements la concernant.

— Ah, la grande.

— La vierge musulmane, oui. Envoie-la chercher, Ganesh.

— Nos étoiles s'accordent-elles, Gourou-ji ?

— Tu as fait pencher les étoiles, Ganesh. Tu es un homme brave. Va chercher cette fille. Maintenant, nous allons remuer le monde. Va chercher cette fille. Désormais, tu ne dois plus prendre que des vierges.

— Des vierges ?

— Tu es un vira, et les vierges t'apporteront le plus grand des pouvoirs. Tu sauras qu'elles sont pures, et cette certitude alimentera ta force. Et tu auras besoin de force, dans les temps à venir.

Il était attendu auprès de ses historiens. Donc nous nous sommes dit au revoir, nous nous sommes étreints dans cette odeur de cuisine et de fleurs. Je suis rentré chez moi, vers mon château flottant sur les eaux. Et j'ai fait venir la grande vierge.

L'enquête du côté de l'amour

K.R. Jayanth le pocket-maar rappela Sartaj un samedi soir.

— J'ai le chokra au T-shirt rouge.

En réalité, il n'avait pas le garçon avec lui, mais il connaissait son nom complet, ceux des mômes avec qui il travaillait et l'emplacement de la véranda où ils couchaient. Jayanth lui expliqua en long et en large qu'il avait guetté avec vigilance l'apparition d'un T-shirt rouge, qu'il n'avait jamais cessé d'être sur le qui-vive, au-delà de ses horaires de travail habituel. Un samedi soir, après l'affluence de la dernière séance, il avait repéré T-shirt Rouge qui folâtrait le long du parking, mendiant auprès des retardataires. Jayanth était futé, il avait gardé ses distances. Une fois que l'allée et le parking avaient retrouvé leur calme, il avait fait signe à T-shirt Rouge de s'approcher. Le gamin s'était montré soupçonneux, mais il était venu, flanqué de ses deux yaars. Jayanth s'était arrangé pour se placer dans la bonne position, sous un angle propice, et, dès que T-shirt Rouge avait parlé, Jayanth avait entrevu la dent noire. Il tenait le bon chokra. Ils formaient une petite équipe de coriaces, pieds nus, expérimentés, et sur leurs gardes. Mais il les avait amadoués, surtout en leur donnant de l'argent. Il leur avait raconté qu'un de ses amis cherchait des gars capables de se charger d'un boulot pour lui. « Quel genre de boulot ? » avait demandé T-shirt Rouge, en enfilant son majeur dans un anneau tracé avec deux doigts de son autre main. Jayanth leur avait assuré qu'il n'était pas question de chodo, que l'ami en question était un commerçant spécialisé dans diverses marchandises intéressantes, et qu'il avait besoin de gaillards affûtés pour aller les chercher, les transporter et les livrer. Il leur avait distribué cent roupies à chacun, et il leur avait promis que d'autres sommes suivraient, de grosses liasses.

— Tu leur as raconté que j'étais un bhai ? s'écria Sartaj.

— Non, non, se défendit Jayanth. Juste un type dans l'import-export, vous voyez. Sans quoi, je n'aurais jamais rien obtenu d'eux. Comme vous le constatez, ça a très bien marché. Nous tenons ces petits salopards. Je vous les amène demain.

Les indics appréciaient fort les louanges, encore plus que les témoins, donc Sartaj le félicita. Certains informateurs s'imaginaient qu'ils participaient à la lutte anticriminalité, que c'étaient Sartaj et eux contre les autres, les enflures, les hors-la-loi. L'inspecteur Singh avait entendu cela mille et une fois, et chaque fois il en avait un petit frisson de stupéfaction, que même le plus minable des voleurs puisse se voir en justicier, et qu'il soit si facile de parer ses propres méfaits du faux or de la moralité. Nous puons tous, songea-t-il, mais aucun d'entre nous n'aime sentir l'odeur de sa propre infection.

— Oui, dit-il, ces petits salopards, nous les tenons. Bien joué.

Il nota les noms des chokras, et convint d'un rendez-vous pour le lendemain après-midi. Il raccrocha, sentit le tiraillement de l'excitation ; une affaire bougeait, il était au bord de l'à-pic, sur la falaise de l'inconnu. Mais aussitôt, un souvenir de bombes, de gourous et d'anéantissement le reprit comme une fièvre de mousson. Il se sentait stupide de s'être montré content de Jayanth, et même de travailler sur d'autres enquêtes. Pourquoi se soucier de ces affaires de chantage, de vol, de meurtre, quand la terreur enflait au-dessus de sa tête ? Un danger abstrait, l'idée lugubre d'un incendie irréel. Mais avec son goutte-à-goutte d'images froides, ce danger noyait le banal. Il cligna des yeux. Il était à son bureau, dans sa petite pièce miteuse avec ses bancs usés et ses étagères mal rangées. Kamble était penché sur un rapport. Deux agents rigolaient dans le couloir. Une étroite flaque de soleil tombait d'une fenêtre, et deux moineaux sautillaient sur le rebord. Et tout se déroulait comme dans un rêve, aussi nébuleux que le flottement du petit matin. Si vous vous laissiez aller à croire en cette menace monstrueuse, ne fût-ce qu'un peu, alors ce monde ordinaire de pots-de-vin, de divorces et de notes d'électricité disparaissait. Il se faisait avaler tout entier.

Tiens-t'en aux détails. Il se frotta les yeux, secoua la tête. Tiens-t'en aux détails. La réalité est dans la précision. D'une certaine manière, il était important de se préoccuper de Mme Kamala Pandey et de son adultère sordide, et du chokra au T-shirt rouge. Il éprouvait une loyauté envers l'ordinaire, et une affection soudaine pour Mme Pandey, son glamour et son appétit de luxe. Mais la question revenait : qui était le gourou de Gaitonde ? Il n'en avait aucune idée. Des gourous, il y en avait à tous les coins de rue, dans toutes les régions. Il y avait les gourous mahométans, les gourous védiques, les gourous nés à Hawaii de parents japonais, les gourous qui niaient l'existence de Dieu. Il y avait des gourous qui vendaient des plantes médicinales en poudre, et d'autres qui guérissaient le cancer avec des poissons rouges magiques. Gaitonde aurait pu être leur fidèle. Peut-être le sien n'était-il le gourou de personne d'autre, peut-être était-il le chela unique d'un gourou privé. Sartaj avait connu un cadre d'un laboratoire pharmaceutique de Chembur qui ne vivait que de fruits, n'acceptait pas d'autres disciples que ses fils, ses filles et des amis proches, refusait les cadeaux, et qui, disait-on, le jour de la pleine lune du mois d'Ashadh, le jour de Gourou Purnima, rayonnait d'une lueur mordorée. Le gourou secret de Gaitonde pouvait être un inconnu. Les gens trouvaient des liens spirituels dans les endroits les plus bizarres et les plus inattendus. Ils allaient puiser le secours et la consolation auprès de fermiers et de postiers. Il y avait des agents de police qui disaient l'avenir et pratiquaient le tantra de la main gauche. Où chercher le gourou de Gaitonde ? Sartaj n'en avait pas la moindre idée.

— As-tu un gourou ? demanda-t-il à Kamble un dimanche après-midi, non loin de l'Apsara.

Ils attendaient dans le restaurant situé au bout de la rue du cinéma, à siroter leurs Coca. Kamble s'était pointé dans sa plus belle tenue, un costume gris à col officier rehaussé d'un liseré d'argent. Il se rendait à un mariage.

— Bien entendu, que j'ai un gourou, lui répondit le sous-inspecteur en retirant sa veste. – Dessous, il portait une chemise argent, fermée par un col à la Nehru. – Il vit à Amravati. Une fois par an, je vais recevoir son darshan.

Il se pencha, exhiba l'une des deux chaînes en or qu'il portait autour du cou. Dans un pendentif de forme hexagonal, il avait une petite photo d'un homme au visage rond, à la barbe broussailleuse.

— Il s'appelle Sandilya Baba. C'est un fidèle d'Ambadevi. Elle lui a accordé de nombreux darshans.

Sartaj dut consentir un gros effort pour lisser l'ironie qui perçait dans sa voix.

— Elle vient lui parler ?

— Oui, elle lui parle. C'est l'homme le plus content de son sort que j'aie jamais connu. Tout le temps heureux. – Kamble rentra le pendentif sous sa chemise. – Vous, les sardars, vous avez des gourous ? En dehors de vos gourous originels ?

— Oui, nous avons plusieurs sortes de babas. Certains d'entre nous les écoutent.

— Pas vous, chef ?

— Non, pas moi.

— Vous n'avez pas de gourou, vous. Pourquoi ?

C'était une question sensée, sans réponse. Il tapota le cadran de sa montre.

— Il est presque l'heure. On aurait intérêt à se tenir prêts.

Kamble se faufila hors du box, et attrapa sa bouteille.

— Vous devriez vous en trouver un, ajouta-t-il. Aucun homme ne peut traverser la vie sans guide.

Il s'éloigna, s'assit à une table près de la porte et s'occupa les mains avec un journal. Il ne connaissait plus l'inspecteur Singh, il tenait lieu de réserve tactique, pour le cas où les garçons se cavaleraient. Il aurait été un joueur de champ plus utile si son costume n'avait pas été aussi voyant, mais enfin, la discrétion n'était pas le style de son équipier. Sartaj essuya le Formica grêlé de la table avec une serviette en papier, et se demanda ce que Sandilya Baba pensait des costumes argent, des pots-de-vin et des guet-apens. Peut-être son boulot se limitait-il à envoyer ces écarts de conduite se régler dans un système judiciaire céleste ; peut-être tolérait-il une entorse à la règle ici et là. C'était un guide pour l'âge du Kaliyug, ce Sandilya Baba.

Le propriétaire du restaurant avait grimpé sur une chaise pour tripoter les boutons de la radio logée au-dessus d'un placard. Quand il eut enfin obtenu une bonne réception, une chanson s'enroula au vrombissement métallique des ventilateurs du plafond, *Gata rahe mea dil, tuhi meri manzil*. « Mon cœur chante, et tu es ma seule destination. » Sartaj vida son Coca, et en commanda un autre. Donc, Kamble avait foi en Ambadevi, par le truchement de Sandilya Baba. Ce devait être bon, d'avoir la foi, se dit-il. Pour sa part, il ne l'avait jamais eue. Enfant déjà, quand il se tenait à côté de Papa-ji dans le gurudwara, quand il fermait les yeux et priait, il devait consentir un effort pour éveiller en lui un sentiment de dévotion. Papa-ji avait reconnu en Vaheguru une force de vie présente tous les jours de son existence ; il priait Vaheguru tous les matins, et chuchotait son nom dès que son orteil enflait sous l'effet de la goutte. Mais pour Sartaj, Vaheguru était demeuré un concept fumeux, une idée en laquelle il aurait aimé croire. Quand il tendait la main vers lui, il ne touchait qu'une perte douloureuse. Pourtant, il avait accompagné Ma au gurudwara, il avait gardé les cheveux longs, il portait un kara et ne se séparait jamais d'une miniature kirpan glissée dans sa poche. Il le faisait pour le réconfort que la tradition lui apportait, pour l'affection que ses parents lui prodiguaient, pour sa fierté d'être un sikh. Mais il portait en lui cette perte secrète, cette absence de Vaheguru en lui. Oui, ce serait agréable d'avoir un gourou, un intermédiaire qui entretiendrait des conversations personnelles avec le Tout-Puissant. Mais Papa-ji désapprouvait ces babas ultramodernes, ces charlatans : le khalsa, s'il est un pur, conserve le Gourou Granth Sahib, disait-il, et ce livre est le seul gourou dont un sikh ait besoin. Là-dessus, il était très strict.

Trois garçons entrèrent dans le dhaba, suivis de Jayanth. Ils passèrent devant Kamble, et Sartaj eut un signe de tête pour le vieux pickpocket.

— Asseyez-vous.

Les chokras s'assirent d'un côté du box, au coude à coude. Le plus petit s'assit en dernier, sur la droite, et tendit la main pour attraper une cuiller, qu'il se mit à tourner et retourner. Jayanth se glissa à côté de l'inspecteur et se chargea des présentations, de gauche à droite.

— Voilà, Ramu, Tej et Jatin. Et lui, c'est Singh Saab, dont je vous ai parlé.

— C'est quoi, le boulot ?

Ramu était le plus âgé, le meneur, visiblement. Il portait un T-shirt noir décoré d'étoiles, et non le rouge dans lequel l'avait vu Jayanth. Il était aussi maigre que les deux autres, avec la même couche de crasse et les mêmes cheveux raidis par la poussière, mais il avait du style, des yeux noirs qui ne cillaient jamais, et il n'avait pas peur. Il restait juste prudent. Des trois, c'était celui-là que Sartaj aurait choisi pour lui confier la livraison d'un colis.

— Vous voulez un Coca ? proposa-t-il. Quelque chose à manger ?

Ramu secoua la tête. Les deux autres restèrent immobiles ; ils suivaient le chef, mais Sartaj sentit leur faim comme un frémissement de chaleur balayant la table. Il leva la main.

— Hé, appela-t-il. Quatre Coca, trois poulets biryanis. En vitesse.

Ce délai préalable aux affaires déplut à Ramu, mais il n'était pas encore prêt à déguerpir. Il se tut, et les autres suivirent encore son exemple. Ils avaient douze, treize ans peut-être, et une maturité précoce. Tej portait une cicatrice qui lui remontait dans le cou, jusque dans les cheveux. Dès que les plats furent sur la table, ils y piochèrent tous les trois. Jatin, le plus petit, mangeait aussi vite que les autres, sans cesser de regarder son verre d'eau. Il était fasciné. Il le faisait tourner en cercles rapides, entre deux bouchées, et sans jamais lever les yeux. Là-bas, au-dessus de leurs têtes qui dansaient, Kamble tapota sa montre. Il était attendu à un mariage.

— Qui est-ce ? fit Ramu, en se retournant.

Il avait saisi le coup d'œil de Sartaj. Lorsque son visage revint vers lui, il vit la dent noircie. Kamala Pandey avait saisi le détail durant les quelques secondes où elle avait eu Ramu près d'elle. Oui, elle était finaude, cette churri, capable de ficeler une liaison sous le nez de son époux.

Ramu se tenait face à lui une cuisse de poulet en main, nerveux.

— C'est un ami à moi, fit-il.

— Pourquoi il ne vient pas s'asseoir ici ?

— Il préfère rester là-bas. Écoute-moi, Ramu. Tu sais qui je suis ?

Ramu reposa sa cuisse de poulet.

— Saab vient de te poser une question, insista Jayanth. – Ayant vidé son Coca, il se tamponnait les commissures avec un mouchoir blanc et propre. – Tu sais qui est le Saab ?

Ramu et Tej scrutèrent Sartaj, les yeux grands ouverts, oubliant leurs assiettes. Et puis Ramu regarda par-dessus son épaule. Kamble était maintenant assis sur le siège de derrière, son bras sur le dossier du box.

— Bhenchod, fit Ramu à Jayanth avec amertume et sévérité. Espèce de vieux gaandu, tu nous as amenés à la police. Bhenchod, on se reverra. Je vais m'occuper de toi.

— Mange ce qu'il y a dans ton assiette, lui conseilla Sartaj. Il ne va rien t'arriver.

Ramu mourait d'envie de décamper, seulement Kamble avait une main sur son épaule, gentille mais ferme.

— Écoute le Saab, lui conseilla-t-il. Mange.

Tej et Jatin attendaient les instructions de leur chef. Ramu retira les coudes de la table, s'adossa contre la banquette, la mâchoire crispée. Il était têtu. Sartaj l'appréciait.

— Très bien, fit-il. On va conclure un marché.

Il posa un billet de cinquante roupies sur la table, le lissa.

— Ça, c'est pour toi, si tu m'écoutes. Ça ne m'intéresse pas de te créer des embêtements, je ne vais pas t'envoyer en maison d'arrêt. Ce que je veux, c'est juste des informations. Je ne te force à rien, à rien du tout. Je te donne déjà ça, et toi, tu m'écoutes. D'accord ?

Il fit glisser le billet vers le garçon, au bord de la table, le lâcha. Ramu lui réserva encore une trentaine de secondes d'hostilité, puis il ramassa le billet. Il l'examina, le leva dans la lumière, le retourna. Au-dessus de sa tête, Kamble était tout sourire. Ramu reposa le billet sur la table.

— Parle, dit-il.

Du coude, Sartaj repoussa l'assiette de Ramu.

— Détends-toi un peu, relâche la tension. Je n'ai aucune raison de te coffrer. Allez. Ton poulet va refroidir.

Ramu eut un signe de tête, et ses deux acolytes s'y remirent. Mais Ramu, lui, restait concentré sur le flic, et le poulet ne l'intéressait pas.

— Ce que je veux, c'est ceci, poursuivit Sartaj. Il y a environ un mois de cela, disons cinq semaines, tu as exécuté un petit boulot devant l'Apsara. Tu t'es approché d'une voiture, tu as récupéré un colis auprès d'une femme, dans une autre voiture. Tu as livré ce paquet. Tu te souviens ?

Ramu secoua sèchement la tête.

— Je ne me souviens de rien du tout.

— Tu es sûr ?

— Évidemment que je suis sûr. Même si j'avais fait un truc de ce style, des boulots, j'en prends dix par jour. Comment je pourrais me souvenir d'un truc aussi ancien ?

Tej et Jatin gardaient la tête penchée au-dessus de leur assiette, mais Sartaj était persuadé d'avoir perçu un infime raidissement dans les épaules de Tej, une cassure à peine perceptible dans le rythme régulier de sa mastication.

— Réfléchis bien, insista-t-il. Tu portais un T-shirt rouge. Ça s'est passé dans la soirée.

L'enfant était très fort, avec son regard rageur et impénétrable, mais Sartaj était maintenant certain que Tej était là, ce soir-là, avec lui. Il avait l'air fébrile, et se donnait beaucoup de mal pour continuer de manger.

— Non, fit Ramu.

— Pourquoi on les emmènerait pas un peu sur l'arrière du dhaba ? proposa Kamble. Et on leur enfile un lathi dans le gaand, bien profond ? Là, ils vont se souvenir.

Sartaj sortit une photo de son portefeuille et la posa sur la table, entre Ramu et Tej.

— C'était cette femme à qui tu as pris le paquet, dit-il. Tu te souviens, maintenant ?

— Je viens de vous dire, répéta Ramu, avec une expression de patience exagérée. Je n'ai rien fait dans le genre.

Là, il se coulait dans son rôle. Il leva les mains, les laissa retomber.

Mais Tej avait cessé de manger, et fixait du regard la photo de studio très glamour de Mme Kamala Pandey.

— Peut-être que tu ne te rappelles pas, insista Sartaj. Mais Tej, lui, il la connaît.

Tej essaya de s'en tirer de son mieux, le menton tout poisseux de riz et de graisse.

— Non, non, je la connais pas.

Sartaj plaça un billet de cinquante roupies à côté de son assiette.

— Mais si, tu la connais. Je t'ai vu regarder. Une vraie star de ciné, hein ?

— Du calme, fit Ramu à Tej, le regard aimanté par l'argent tandis que sa main roulait une grosse bouchée de riz entre ses doigts.

— Ramu, reprit l'inspecteur. Pourquoi tu veux te battre avec moi ? Les hommes qui t'ont embauché pour récupérer le paquet, c'est des amis à toi ? Tu estimes que tu dois les protéger ? Ou tu as peur d'eux ? Tu crois que si tu m'en parles, tu vas avoir des ennuis ?

— Je n'ai peur de personne.

Ramu avait la tête baissée, les épaules remontées, et la voix sourde. Sartaj reconnaissait cette peur : c'était Amitabh Bachchan dans *Deewar*, ou Shah Rukh dans n'importe lequel de ses films.

— Je n'ai pas l'intention de t'insulter, grand chef, fit-il. Tu détiens l'information dont j'ai besoin. Dis ton prix.

Ramu se redressa en arrière, se frotta le nez du dos de la main. Il avait l'air de réfléchir. Sartaj était convaincu qu'il avait déjà un prix en tête, mais il jouait les hommes d'affaires, histoire d'épater ses acolytes. Enfin, il l'annonça.

— Cinq cents roupies.

— C'est trop, fit Sartaj. Je t'en donne deux cents.

Ramu se pencha en avant, les yeux perçants. Il planta les coudes sur la table.

— Trois cent cinquante.

— Transigeons à trois cents. C'est pas ton argent et c'est pas le mien.

— Bien. Fais voir le cash.

Sartaj réprima un sourire, et glissa les billets sur la table.

— Voyons l'information, dit-il. Alors, qui était-ce ?

Ramu prit les billets, les feuilleta d'un air professionnel, les rangea.

— Je ne sais pas qui c'était. Ils nous ont repérés près du cinéma.

— Combien étaient-ils ?

— Deux.

— Vieux, jeunes, quoi ?

— Vieux.

— Vieux comment ? Comme l'oncle ici même ? Ou comme moi ?

Ramu pointa un pouce méprisant vers Kamble.

— Non, comme lui.

Kamble frappa le sommet du crâne de Ramu de ses phalanges repliées, un coup assez sec pour le faire tressaillir. Tej et Jatin sourirent de toutes leurs dents.

— Attention, chutiya, prévint le sous-inspecteur. Je suis pas aussi gentil que le saab, là. Alors, ces deux hommes, tu as des noms ?

— Nan. Ils n'ont pas dit leurs noms.

— Ça s'est arrangé comment ? reprit l'inspecteur.

— Ils sont venus nous trouver juste avant la séance du soir. Ils nous ont dit qu'ils nous paieraient pour récupérer ce paquet.

— Ensuite ?

— On a marché avec eux.

— Jusqu'au bout de la rue ?

— Oui, un petit bout. Ils nous ont montré la voiture. Ils sont restés d'un côté de la chaussée. J'ai traversé. J'ai frappé au carreau. La femme a baissé la vitre. Elle m'a remis le paquet.

— Tu as dit quelque chose ?

— Oui, j'ai dit : « Donnez-moi le paquet. » Ils avaient causé avec elle sur son portable. Elle m'attendait.

— Donc tu as rapporté le paquet ?

— Oui. Et je le leur ai remis. L'un des deux a passé un coup de fil sur son portable. Ils se sont éloignés, ils sont partis. Bas, c'était fini.

— Tu ne les as jamais revus.

— Non.

— De quoi avaient-ils l'air ?

— Rien de spécial. Normal.

— Ramu, tes informations ne valent pas cette somme. Allez. Fais un effort.

— Il n'y a rien à dire. Ils étaient en chemise et pantalon. Bas, qu'est-ce que je peux vous raconter d'autre ?

— Quelque chose d'utile, Ramu. Quelque chose d'utile. Quelle taille ?

— Pas aussi grand que vous. Comme lui, fit Ramu, en pointant le pouce vers Jayanth.

C'était tout ce dont disposait le gamin.

— Tej, tu as remarqué autre chose, toi ? demanda l'inspecteur.

Tej haussa les épaules.

— Non, ils étaient comme il a dit.

— Raconte-moi quand même. Qu'est-ce que tu as vu ?

Mais Tej ne fit que confirmer cette même vague impression de deux hommes ordinaires portant des vêtements ordinaires.

Jatin, le petit, n'avait encore pas prononcé un mot. Il restait le nez baissé à faire tourner son verre.

— Jatin, raconte-moi un peu, toi aussi. À quoi ils ressemblaient, ces hommes ?

— Ils portaient tous les deux un jean noir, expliqua Jatin.

Kamble cligna des yeux et se pencha par-dessus le dossier de la banquette, pour mieux voir le garçon. Et Jatin continua d'une voix égale.

— L'un d'eux était à moitié taklu, pas de cheveux du tout, ici. Celui qui avait un téléphone, celui-là, il était taklu d'ici.

Et il se tapota le devant du crâne. Jatin parlait sans lever les yeux, d'une petite voix tranquille, et il disait « jiin » à la place de « jean », mais en ce qui concernait les deux hommes, il était sûr et certain.

— C'est bien, approuva Sartaj. Maintenant, celui qui était taklu d'ici, il portait quel genre de chemise ?

— Un T-shirt blanc. Et l'autre, il avait une chemise bleue à manches longues.

Jatin était moins grand que les autres, avec une frimousse de souriceau mal nourri. Tout en parlant, il inclinait la tête vers la poche de poitrine de l'inspecteur et, ayant entrevu son regard, Sartaj constata qu'il avait un œil fuyant. Si vous le regardiez, il ne vous regardait pas, et du coup il passait inaperçu, avec ses épaules osseuses et sa tête pendante. Sartaj prit une serviette en papier et la plia, la replia, sans la quitter des yeux.

— Oui, Jatin, dit-il, alors, qu'as-tu remarqué d'autre ?

Jatin était intimidé, maintenant. Il détourna la tête loin de la table, et s'entortilla les bras. Mais Ramu, avec l'argent dans sa poche, se sentait d'humeur magnanime.

— Ay, Jatin, fit-il. Si tu sais quelque chose, dis-lui. C'est bon.

Et ensuite, Ramu se tourna vers le policier, avec un petit geste tournoyant de l'index contre sa tempe.

— Il est comme ça. Mais il se souvient de tout.

Sartaj déplia son bout de papier, puis se mit à le replier.

— Jatin, qui conduisait cette voiture ? Comment sont-ils arrivés sur les lieux ?

— On ne les a rien vus conduire, fit Ramu, très sûr de lui. Ils n'étaient pas du genre à posséder une voiture. Peut-être qu'ils sont venus en bus.

Kamble secoua la tête à l'intention de son chef. Jayanth avait l'air sceptique, plus si enthousiaste quant aux possibilités de coincer les coupables. Sartaj était lui-même déçu : les garçons ne disposaient peut-être de rien d'autre. Ce pouvait être une impasse.

— Est-ce qu'ils avaient quelque chose avec eux, Jatin ? lui demanda-t-il. Un livre, un journal ?

Ramu secoua posément la tête.

— Je vous l'ai dit, il a le bheja grillé.

Il pencha la tête de côté, et mima le regard de traviole de Jatin. Tej gloussa. Et Jatin demeura immobile, sans broncher.

— Très bien, fit Sartaj. Tu veux un falooda, Jatin ?

Kamble leva la main en l'air.

— Je vais y aller, dit-il. OK, patron ?

— Oui. Je te vois demain au poste.

Il héla un serveur au passage.

— Trois faloodas royaux par ici, et vite.

Jatin tendit la main pour attraper une serviette en papier. Kamble se déploya pour sortir du box et se dirigea vers l'entrée. Il tapait sur des touches de son portable. Jatin pliait la serviette.

— Bip-biiip-biiip-bip, fit Jatin, et sa serviette était devenue un triangle.

— Quoi ? s'écria l'inspecteur.

— Bip-biiip-biiip-bip-bip.

Et le garçon posa le triangle sur un côté. Le pliage resta en place, en équilibre.

Ramu passa la main derrière Tej et flanqua une petite tape sur la nuque de Jatin.

— C'est mon frangin, mais c'est un yeda.

Jatin entama le pliage d'une deuxième serviette.

— Bip-biiip-biiip-bip-bip-bap.

Sartaj suivit les mouvements des doigts sur le papier. Le deuxième triangle resta miraculeusement debout.

— Kamble ! hurla-t-il, ce qui fit sursauter le patron du bistro, les serveurs et trois autres clients. Kamble !

Le temps que le sous-inspecteur revienne à la table, le garçon avait terminé son triangle, visiblement contrarié.

— Quoi ?

— Passe-moi ton portable, lui ordonna-t-il.

Il prit le téléphone, effaça le contenu de l'écran et le posa à plat sur la table, devant Jatin, devant ses triangles de papier.

Le garçon tendit la main et, d'un doigt très décharné et très sale, il appuya sur les touches. Quand il arriva en haut du clavier, le téléphone engagea la connexion. Sartaj appuya sur « Fin ».

Kamble se pencha par-dessus l'épaule du garçon.

— C'est un numéro de portable, dit-il, avec l'intonation admirative qu'il réservait d'ordinaire aux nouvelles danseuses du Delite Dance Bar. C'est le numéro que j'étais en train de composer.

Sartaj opina, retapa sur « Fin » pour effacer les numéros.

— Jatin, te souviens-tu du numéro que le Taklu a composé ce jour-là ? lui demanda-t-il. C'était quoi ?

— Bip-biiip-biiip-bip-bip-bap, reprit Jatin.

Il continua, avec d'autres bips et biiips, de tonalité et de sonorité variables. Puis il hocha la tête, et tapa sur les touches du téléphone, de l'une à l'autre, sans se presser, avec une confiance absolue. Il termina par une petite arabesque et retourna à son pliage.

— C'est le numéro qu'a composé ce Taklu, Jatin ? Une fois que vous lui avez remis le paquet ? demanda Sartaj, en faisant pivoter l'appareil sur la table.

— Oui, dit le garçon, et il déposa un autre triangle.

Ce troisième triangle en formait un autre avec les deux premiers, parfait, plus grand.

Kamble se campa les deux mains sur les hanches.

— Maderchod, s'écria-t-il. Incroyable. Que l'on serve un falooda à cet homme.

— Très souvent, confia Sartaj à Mary, l'identification n'est qu'un coup de chance. C'est à cela que ça tient. Vous restez assis à ne rien faire, et quelque chose vous tombe sur les genoux. Ensuite, vous prétendez avoir toujours su où aller.

— Dans ce cas-ci, ce n'est pas vrai, objecta-t-elle. Vous n'êtes pas resté assis à ne rien faire. Vous avez repéré le pickpocket. Vous l'avez amené à vous trouver ces garçons. Et vous leur avez offert à déjeuner, au lieu de leur cogner dessus comme le voulait cet idiot.

— Kamble, fit-il. – Ils étaient assis sur un banc du front de mer, dans Carter Road, sous un coucher de soleil spectaculaire ponctué de nuages rouges, comme autant de cercles effilochés. Les marcheurs arrivaient d'un pas vif et, à l'instant, un chiot qui passait en laisse vint lui renifler les chevilles. – Kamble s'est contenté de jouer son rôle. Et de toute manière, attraper cet apradhi ne sera pas si simple. J'en suis certain. Nous avons essayé d'appeler le numéro, depuis deux téléboutiques différentes, et ça n'a pas répondu. Ce salopard est sur ses gardes. Je le sens.

— Vous l'attraperez. Et ce Kamble, si vous l'aviez laissé agir à sa guise, ces garçons, il les aurait brutalisés, et le petit ne vous aurait jamais livré ce numéro. Vous avez pu faire cette découverte parce que vous y étiez prêt. Vous étiez à l'écoute. Vous le savez.

Il le savait, en effet. Il y croyait, depuis des années, il avait appris cela de son père avant même d'entrer dans la police, et il avait transmis ce savoir à plus d'un stagiaire. Mais tout de même, c'était agréable de l'entendre de la bouche de Mary, qu'elle se montre rassurante, une main posée sur son poignet. Le chiot était de retour, sautillant dans la direction opposée. Mary se pencha pour lui gratter les oreilles, mais Sartaj sentait le contact de sa main contre sa peau avec encore plus d'acuité.

— Oui, fit-il, l'air absent. Oui.

— Oui, quoi ? – Le chiot s'éloignait en s'emmêlant dans ses pattes disproportionnées, et elle étudia Sartaj avec un amusement taquin.

— Juste ceci, répondit-il à la hâte. Il faut être à l'écoute, mais parfois, l'ennui, qu'on ignore ce qu'il faut écouter. Comme une chanson dont on ne connaîtrait pas l'air. Donc il faut errer sans but, en regardant, en écoutant. Il y a de quoi se sentir idiot.

Et là, elle riva ses yeux dans les siens.

— Vous n'êtes pas un idiot.

C'était une déclaration, et cette fois il n'hésita pas. Il tendit la main, prit la sienne, et ils restèrent assis comme cela, main dans la main. Il avait très envie de l'embrasser, mais il y avait des grands-mères qui se promenaient, et des bébés, et des gamins qui piquaient des sprints. Donc, ils restèrent assis. Il songea à ce que Mary venait de lui déclarer : « Vous n'êtes pas un idiot. » S'il racontait ça à Kamble, comment il se moquerait de lui, de cette idylle étriquée, de ce petit compliment équivoque qui les rapprochait. Mais Kamble était très jeune. Oui, jamais, dans un poème, une demoiselle ne déclarait avec ferveur à son bien-aimé qu'il n'était pas un idiot, aucune chanson d'amour à la Majrooh Sultanpuri n'avait jamais jugé nécessaire d'affirmer une chose pareille. Comme de juste, Kamble ne croyait que dans le grand amour et la grande tragédie. Mais Sartaj était content : de se voir sauvé de sa propre idiotie, c'était la plus belle manifestation de tendresse. Nous sommes tous des idiots, pensa-t-il. Je sais que j'en suis un. Trouver une personne qui vous pardonne votre idiotie, c'est grand. C'est formidable.

Ils restèrent sur le front de mer, avec le crépuscule qui s'épaississait, devant la mer qui refluait dans l'obscurité, et les vagues qui se déroulaient comme des rubans blancs. Subitement, Mary serra sa main dans la sienne.

— Que vont-ils devenir, ces garçons ?

— Quels garçons ? Le T-shirt rouge et sa bande ?

— Oui.

— Ils vont survivre.

— Oui, mais comment ?

Il haussa les épaules.

— Comme tout le monde.

Elle hocha la tête. Mais il voyait que les garçons ne lui sortaient pas de l'esprit, qu'elle pensait à eux. Il lui passa un bras autour de l'épaule. Il n'avait pas envie de lui répéter ce que Kamble avait dit. Ils discutaient de ce gamin un peu fêlé. « Ce Ramu, c'est un sacré chef, un enfoiré. Dans dix ans, il nous fera des embêtements, vous verrez. »

Sartaj avait acquiescé. Ramu était malin, courageux et affamé. Il deviendrait un bon apradhi, peut-être un tueur. Et puis Kamble avait ajouté autre chose : « On devrait l'emmener dans un gali et le buter, tout de suite. Ça nous épargnerait le tracas d'avoir à lui courir après plus tard, et ça lui épargnerait le tracas de grandir. »

Et Sartaj avait ri, avec une tape réprobatrice dans le dos de son équipier, en se disant qu'il avait sans doute raison. Chez certains gosses, l'avenir était écrit sur le front. On voyait leur envie de mener la belle vie, et la belle vie les fuir. Mais il n'avait guère envie de penser à Ramu, à ses ennuis et à son infortune à venir, pas pour le moment. Donc il tint Mary contre lui, et lui raconta sa propre enfance, et qu'il n'avait jamais eu envie de devenir policier comme son père, mais qu'il en était devenu un quand même.

Puis ils se turent. Même avec cette chaussée si large, il parvenait à entendre les trilles, les rires et les huées d'un groupe d'adolescents, des garçons et des filles, agglutinés en face d'eux, près d'un arrêt de bus. Ils étaient assis sur des capots de voitures ou en amazone sur des selles de motos ; ils étaient jeunes, confiants, heureux et aisés. Ils flirtaient, et plus tard, ce soir-là, certains d'entre eux se chercheraient un coin discret pour se toucher, s'agripper goulûment. Mais Sartaj se contenta de tenir la main de Mary et, tandis qu'il roulait à moto vers chez elle, de sentir le poids de son corps appuyé contre son dos. Il s'arrêta à un carrefour. De l'auto-rickshaw sur sa gauche sortit le refrain bien connu d'une vieille chanson : *Tu kayan yeh bataa, is nasheeli raat mein, is nasheeli raat mein.* « Dis-moi, où es-tu, dans cette nuit enivrante ? » Mary la fredonnait contre son épaule.

— Vous connaissez cette chanson ? lui demanda-t-il.

— Bien sûr, fit-elle. C'est Dev Anand qui la chante, non ?

C'était Dev Anand, en effet, c'était Dev Saab marchant par une nuit de brouillard dans un vieux film en noir et blanc dont le titre lui échappait. Mais il se souvenait que cette nuit était fraîche – on était dans le nord, aux pieds de l'Himalaya, à Mussoorie ou à Nainital, non, Shimla, c'était Shimla – et Dev Saab était aussi ineffable que sa mélodie, le pied souple et léger, et la ravissante Nutan l'attendait. Le feu passa au vert, et Sartaj roula lentement, à hauteur du rickshaw, le suivit loin de la maison de Mary, qu'ils puissent entendre la chanson jusqu'au bout. *He, chand taaron ne suna, in bahaaron ne suna, dard ka raag mera, regguzaron ne suna.* « Oh, la lune et les étoiles ont entendu, ces paysages magnifiques ont entendu, tous les passants ont entendu le chant de ma douleur. » Le vent caressait les joues de Sartaj, Mary chantait à son oreille, et lui, il riait et il pensait : c'est le bonheur, cela suffit, conduire dans ces rues désordonnées et bien connues, avec une vieille chanson, une main sur la hanche, un nouvel amour. Cela suffit. Suspendu entre passé et futur : cette femme, cette chanson, cette ville sale et superbe.

La chanson s'acheva et, dans une accélération soudaine, Sartaj laissa le rickshaw derrière eux. Devant chez Mary, il l'embrassa deux fois, et puis une autre encore. C'était si facile. Elle était descendue de moto, lui avait posé une main sur l'épaule. Elle était tout près de lui. Il s'était penché et l'avait embrassée. Elle avait fermé les yeux, et il l'avait embrassée encore. Elle le regardait, sous ses longs cils, elle avait un grand sourire, et il l'avait embrassée. « Va-t'en », souffla-t-elle, et elle lui appuya doucement la main contre la poitrine. Il obéit, et il chanta – mal, il le savait – sur tout le chemin, jusque chez lui.

Ces baisers l'accompagnaient encore le lendemain matin, alors qu'il roulait vers la maison de Katekar. Il gara sa moto, et enjamba le caniveau. Il était tôt, pas encore sept heures, et l'étroite ruelle était silencieuse. Mais Shalini était assise à sa porte. Elle enlevait les cailloux d'un tas de riz. Dès qu'elle le vit, elle se leva, eut un signe de tête et rentra. Rohit apporta un siège pour Sartaj. Il portait la moustache, désormais, quelques poils hirsutes qui lui donnaient une allure plus juvénile encore, mais il essayait quand même, de son mieux.

— *Hi !* lança-t-il.

Singh réprima un sourire, et lui répondit lui aussi par un *hi !* branché. Il prit place, et tira d'un coup sec une enveloppe de la poche de son pantalon. Rohit avait commencé ses cours du soir d'informatique. Au téléphone, il avait parlé à Sartaj d'e-mail, de

Linux et d'autres techniques auxquelles ; pour sa part, il ne comprenait rien.

Rohit prit l'enveloppe et feuilleta rapidement les billets de cent roupies qui se trouvaient dedans.

— Merci. Les cours se passent bien, ajouta-t-il. C'est très intéressant, tout ça.

Mais il avait l'air pensif. Il portait un jean neuf et un banian, et il y avait aussi un petit quelque chose de neuf du côté de la coiffure. Sartaj voyait bien qu'il voulait être quelqu'un de neuf, un garçon qui dit *Hi !* et *Thank you*, et qui trouve les cours d'informatique très intéressants. Mais cela ne fonctionnait pas encore tout à fait. Le jean n'était pas très costaud, avec sa couture orange de mauvaise qualité, loin de la sophistication internationale. Il y avait une paire de baskets bleues posées juste à l'intérieur du pas de porte, qui dégageaient cette même impression d'optimisme débraillé. À ces cours d'informatique, il devait y avoir des garçons et des filles qui parlaient cette langue, l'anglais, couramment, qui connaissaient toutes les variantes de T-shirts et de lunettes noires. Des jeunes gens qui ne devaient pas faire de cadeau à Rohit. Sartaj en éprouva un tiraillement de sympathie tandis que l'adolescent lui racontait, adossé contre le mur, combien les cours étaient animés, et que des diplômés avaient trouvé du travail à Bahreïn.

Shalini apporta un verre de thé. Sartaj se redressa : elle avait une nouvelle allure, elle aussi. Il but une gorgée de thé, et l'écouta en tâchant de deviner ce qu'il y avait de changé, au juste. Elle évoquait son travail, pas le travail de jhadoo-katka qu'elle s'imposait pour gagner de l'argent, mais son activité de bénévole au sein de son organisation. Le groupe s'appelait SMM, abréviation de Shakti Mahila Manch, et ses membres se rendaient dans les bastis pour éduquer les femmes.

— Nous leur parlons d'hygiène et de planning familial, expliqua-t-elle. Mais ce qui perturbe les maris, c'est quand on explique à leurs épouses qu'elles devraient ouvrir un compte bancaire à leur propre nom.

Il rit.

— Les maris vont penser que vous voulez les priver de cigarettes et d'alcool. Tu devrais faire attention à toi.

Shalini rit à son tour.

— Ils font beaucoup de bruit. Mais ils ne nous font rien. Ils frappent leurs femmes. Ces hommes si courageux.

— Il y a eu un incident, signala Rohit. À Bangalore.

— Oui, admit Shalini. Le chef de notre équipe nous l'a raconté. C'était le mois dernier. La section de Bangalore a un groupe, dans un basti, là-bas. Ils ont été menacés par des hommes d'une organisation religieuse, un quelconque parishad. La section a porté plainte à la police, mais le commissariat local ne voulait pas intervenir. Ils ont dû réclamer l'intervention du député local. Mais il va encore y avoir des troubles.

Il songeait à Mary, à sa lèvre inférieure venue se lover sous la sienne. Subitement, il comprit : Shalini s'était épilé les sourcils. À la place de ses deux coups de pinceau habituels, rectilignes et drus, il y avait maintenant deux arcades délicates et dessinées avec précision. Ce changement mettait ses pommettes, ses yeux en valeur. Il n'avait jamais prêté beaucoup attention à Shalini. Pour lui, elle avait toujours été Bhabhi, l'épouse de Katekar. Mais là, il l'observait. Elle portait un sari bleu nuit et un haut de la même étoffe, avec une surpiqûre bleue au col et aux manches. Elle refusait de porter du rouge, du jaune ou du vert, pas tant qu'elle ne se serait pas remariée. Elle ne portait pas non plus de bijoux, et ses cheveux étaient soigneusement tirés en arrière, en chignon. Elle était loin d'être jolie, mais il émanait d'elle une élégance sobre qu'il n'avait jamais remarquée auparavant. Shalini avait-elle un un amoureux ? Elle paraissait apaisée, même quand elle évoquait les hommes, leurs colères et leur violence éventuelle.

— Qu'ils agissent comme bon leur semble. Nous continuerons de travailler, dit-elle sur un ton sans réplique.

Mohit fit son apparition sur le seuil, se frottant les yeux. Il portait un short marron, et rien d'autre. Il avait le torse étroit, avec une marque de naissance noire sous le mamelon gauche. Un cordon noir était noué autour du cou, une amulette en argent suspendue au bout. Sartaj se souvenait de l'opposition de Katekar à cette amulette, et comme il maudissait l'ignorance et la superstition. Mais Shalini avait insisté, manière pour elle de protéger Mohit du chagrin et de l'infortune.

— Hé, Mohit, s'écria Sartaj.

Mohit sursauta. Il sortait de son sommeil et, dans ce moment fragmentaire, entre la demi-conscience et le plein éveil, Sartaj perçut sa colère. Son aversion était entière et farouche, la haine d'un enfant, aussi vaste que le soleil. Il fut le seul à la percevoir, et il tiqua. Rohit, qui restait adossé au montant de la porte, tapota sur le crâne de son frère.

— Réveille-toi, Kumbkharan. Oncle Sartaj est là.

Mohit baissa la tête. Quand il la releva, il était redevenu un enfant inoffensif.

— J'ai faim, Aai, lâcha-t-il.

— Va te préparer pour l'école, fit Shalini. Tu es en retard. Je vais te donner quelque chose.

On sentait une tension dans la voix, un courant de chagrin, en profondeur.

— Moi aussi, je suis en retard, fit Sartaj. Il faut que j'y aille.

Rohit l'accompagna jusqu'au bout de la ruelle, vers le coin.

— Il n'arrête pas de se bagarrer, lui confia-t-il subitement. Et il a séché l'école, deux fois ce mois-ci.

— Mohit ?

— Oui. J'essaie de le surveiller autant que je peux. Mais Aai et moi, on a tant à faire. Il n'était pas comme ça, avant.

Avant l'événement, avant la mort, avant un apradhi pris au piège contre une palissade. Avant tout. Mohit mesurerait sa vie à l'aune de cet instant, avant et après. Et il savait qui en rendre responsable.

— En grandissant, il surmontera, assura-t-il. Cela prend du temps. C'est si frais. Cela prend du temps.

Rohit hocha la tête.

— Aai répète la même chose. Elle prie tous les matins, surtout pour lui.

— Comment va-t-elle ?

— Aai ? reprit Rohit, l'air distrait. Ça va.

Elle ne pouvait pas aller tant que ça, songea-t-il. Katekar et elle avaient vécu des années ensemble, ils avaient élevé deux fils. Oui, ce matin, elle lui avait paru forte. Il y avait ces sourcils, et son travail avec le SMM. Était-ce une nouvelle Shalini, ou n'avait-il pas vu clair en elle, auparavant ? Les femmes ne se laissaient pas abattre, il le savait. Ma avait survécu à la mort de Papa-ji. Après deux

jours de larmes, elle avait décidé que la maison était d'un poussiéreux, c'était inacceptable. Elle s'était lancée dans un grand ménage,
non seulement de l'intérieur, mais aussi du petit carré de jardin
devant et de la cour, derrière. Elle avait appelé des ouvriers pour
qu'ils frottent le mur sur l'arrière, et qu'ils le blanchissent à la
chaux. Elle avait repris sa vie, de façon un peu plus austère
qu'auparavant, mais elle était devenue encore plus avisée, encore
plus vigoureuse. À une ou deux reprises, il avait songé – et cette
observation lui avait causé une vague nausée – qu'elle paraissait
plus calme, plus stable et plus maîtrisée.

D'un coup de kick, il ramena sa moto à la vie, et l'inclina pour
exécuter un demi-tour. Ensuite, il dut attendre. Un homme, la
jambe moulée dans un long plâtre, s'efforçait non sans mal de
négocier le virage en pente descendante. Il dut placer ses béquilles
de manière à enjamber le caniveau, mais la ruelle était inégale et
très étroite. Une femme, à côté de lui, le prit par le bras pour aider
la manœuvre. L'homme l'injuria. Il avait le visage pétri de fureur,
sa béquille racla le flanc du caniveau et ripa.

— J'arrive, fit Rohit.

Sartaj le regarda aider l'homme et sa jambe cassée à enjamber
le caniveau avant de continuer son chemin dans la ruelle. Ce fils
de Katekar était un bon jeune homme. Il était responsable, sérieux,
et il aimait sa mère. Il revenait maintenant vers lui.

— C'est notre voisin, Amritrao, lui expliqua-t-il. Un soir, il
était saoul, il est tombé du train au moment où il entrait en gare
d'Andheri. Il a eu de la chance de ne pas avoir les deux jambes
sectionnées. Mais il est tombé sur le quai, sur le ciment, *phachak*.
Alors maintenant il clopine.

— Et il injurie sa femme.

Le garçon eut un grand sourire.

— En réalité, ils s'injurient mutuellement. On les connaît, eux
et leurs disputes. Et notre Arpana, elle est encore meilleure en
injures que lui. Une fois, elle lui a sorti que son père, il s'était tellement fait entuber par les prêteurs sur gages qu'on pourrait lui
faire entrer un bus à impériale dans le gaand. Maintenant, elle est
juste gentille parce qu'il s'est blessé. Laisse-lui deux ou trois
jours, dès qu'il ira mieux, elle va lui en faire voir.

Pour l'heure, Arpana soutenait d'une main le coude de son mari, qui chancelait le long de la ruelle.

— Il va tomber et se casser l'autre jambe, remarqua Sartaj. Elle devrait lui trouver un fauteuil roulant.

Rohit se montra dubitatif.

— Une chaise roulante, dans ces ruelles ? Ça ne passerait pas. Imagine un peu, de pousser sur cette pente, avec les montées et les angles. Non, un fauteuil roulant, ça ne marcherait jamais.

Et il étudia le sol, il en jaugea l'inclinaison et l'état. C'était vraiment un garçon sérieux.

Sartaj fit grimper son moteur en régime.

— Un fauteuil roulant piloté par ordinateur y arriverait, ajouta-t-il en haussant la voix pour couvrir le martèlement métallique et sourd de la moto. J'en ai vu un, une fois, ce machin-là serait capable de grimper la ruelle comme une voiture de course. Tu n'en aurais pas cru tes yeux.

— Un fauteuil roulant piloté par ordinateur ?

Le garçon paraissait stupéfait.

Alors il devait être motorisé, avec un moteur électrique puissant. Chaque roue était gérée par l'informatique ?

— Je n'en sais rien, avoua-t-il. – Il revoyait dans ce jeune visage rayonnant la grande foi de Katekar en la science, cette confiance dans la grandeur de la technologie, et il sentit un élan d'affection lui remuer le cœur, tiraillement douloureux d'un muscle froissé. – Mais ça fonctionnait vraiment. Le type qui en était propriétaire, il m'assurait qu'on pouvait monter et descendre les escaliers avec.

— Un truc de marque étrangère ? Je n'ai jamais rien vu de pareil, ici. C'est incroyable.

— Oui, il était importé. Mais je ne pense pas qu'il ait été conçu pour les conditions d'ici, pas pour les ruelles en terre et la mousson.

Rohit secoua la tête.

— Notre pays est vraiment primitif.

Et, disant cela, il ressemblait tant à son père que Sartaj en renversa la tête de rire.

— Étudie, gourou, lui conseilla-t-il, et il lui assena un bonne tape sur la poitrine, puis il faufila sa moto dans la ruelle en direction de la rue principale.

Il y avait davantage de passants, maintenant, en route pour leur journée de travail, et il dut rouler lentement. Les murs avaient encore ce rougeoiement du petit matin, et les maisonnettes jetaient des enfants en uniforme en travers de son chemin. Il devait s'arrêter souvent et, à force de prendre appui sur le sol, il commençait à avoir mal aux mollets. Que va-t-il advenir de ces deux garçons ? Que va devenir Mohit ? Il réfléchissait aux bagarres du jeune frère, à sa colère, à sa haine. Où serait-il dans dix ans ? Que serait-il ?

Il arriva enfin au croisement. D'un sursaut, il engagea la moto sur la chaussée asphaltée, tourna sur la gauche et s'éloigna en prenant peu à peu de la vitesse. C'était bon d'être sorti du basti, de ce fouillis tortueux. Il accéléra encore. Mais la frayeur le poursuivait, l'image d'un Mohit plus âgé gisant dans une ruelle de terre et de crasse, le dos en travers d'un caniveau. Il ne pouvait tout à fait distinguer son visage, à cet endroit l'image était vierge, mais il savait qu'il s'agissait de Mohit, qui saignait, blessures par balles, et il était mort. Il secoua la tête, et s'efforça de penser à son enquête du moment. Non, non. Mohit grandirait, surmonterait son traumatisme, il oublierait, il irait mieux. Il ne se transformerait pas en tapori, en voyou, en bhai. Non. Kamble n'aurait pas à le buter, non, ni dans dix ans, ni jamais. Il y veillerait, il en était certain.

Il prit la direction du sud, par la grande route. Il roulait vite, slalomait dans la circulation du matin. Toute sa vitesse et ces arrières de bus ne pouvaient le délivrer de la répugnance exprimée par Mohit, et de sa prescience du futur de Mohit. Mohit en chemise à carreaux, saignant, trois balles tirées dans la poitrine, à bout portant ; il pouvait voir les brûlures de poudre sur le coton. Tout cela était réel. Tu deviens superstitieux, se dit-il, c'est complètement stupide. Mohit s'en sortira très bien. Mohit s'en sortira très bien. Et il roula.

Parulkar attendait Sartaj dans l'appartement de sa nièce, à Santa Cruz. Pendant un certain temps, ses livraisons à Homi Metha, son conseiller financier, avaient ralenti, mais à présent le rythme reprenait. Pour se ménager un retour en grâce politique, il avait sans aucun doute dépensé des sommes incalculables, et maintenant il se dédommageait. Sartaj avait effectué une livraison moins d'un mois plus tôt, et il s'émerveillait une fois encore devant le marbre vert du hall d'entrée, dans cet immeuble où la nièce avait un appartement. Chaque fois, il lui semblait que la pierre brillait un peu plus fort. Sans doute une vertu du marbre italien. Les parois métallisées de l'ascenseur étaient intactes, de sorte qu'il pouvait y discerner son reflet et se lisser la moustache. Il se trouvait meilleure allure que depuis un bon bout de temps – il s'en étonna, au vu de tout ce stress récent. Enfin, il se faisait peut-être des idées.

Mais Parulkar le remarqua, lui aussi.

— Tu m'as l'air chic, Sartaj. Bien, bien.

Il lui flanqua une tape dans le dos et le précéda dans l'appartement. La table en verre de la salle à manger était dressée, des assiettes étaient disposées sur des sets blancs bordés de dentelles.

— Sers-toi donc, vas-y, un peu de poha et de chai. Le poha est particulièrement délicieux.

— J'ai déjà pris un petit déjeuner, chef.

— Essaie quand même, beta. Une fois de temps en temps, c'est bon de profiter des petits plaisirs de l'existence. Je vais en boire une tasse avec toi.

Le poha était en effet somptueux. Sartaj en avala une modeste portion, et remplit de nouveau son assiette de porridge de riz. Parulkar but du thé, et posa sur lui un regard bienveillant. Ils évoquèrent les affaires du moment et la famille de Parulkar. Les rénovations dans sa demeure étaient enfin achevées, et maintenant sa fille Mamta et ses enfants – la procédure de divorce progressait, elle passait devant le tribunal de grande instance – avaient enfin la possibilité d'habiter dans le confort, chez son père. La vie continuait. Parulkar semblait satisfait, il avait récupéré son ancienne vigueur, une énergie redoublée.

— Nous allons lancer de nouveaux projets d'interaction communautaire, le mois prochain, lui expliqua-t-il, après Diwali. De la nouvelle ouvrage pour une nouvelle année.

Puis il écouta le récit de Sartaj au sujet de l'affaire Gaitonde, convaincu que cela ne déboucherait sur rien. Il secoua la tête.

— Tout cela, ce sont des frayeurs inutiles, qui reposent sur des preuves matérielles insignifiantes. Cette femme relie des éléments glanés ici et là, histoire de se monter de toutes pièces une affaire à suivre. Les gens ont ce genre d'attitude, quand leur carrière piétine. Des gourous et des bombes ! Absurde.

Sartaj n'était pas complètement rassuré, mais l'assurance de Parulkar était réconfortante. Après tout, il était l'homme à l'instinct infaillible, dont le palmarès demeurait sans égal.

— Oui, chef, acquiesça-t-il. C'est une histoire basée sur des rumeurs, rien de plus.

Il repoussa son assiette.

— C'était très bon.

— Viens, fit Parulkar. J'ai quelque chose pour toi.

Il s'attendait à devoir transporter le paquet d'argent liquide habituel, mais il le conduisit dans la chambre et lui tendit une boîte grise.

— Ouvre, ouvre, dit-il.

Sartaj souleva le couvercle – gaufré d'un logo encore jamais vu – et trouva du papier de soie, un papier très doux qui enveloppait séparément les chaussures les plus élégantes qu'il ait jamais eues sous les yeux. Elles étaient simples, mais racées ; les coutures, sur le pourtour de la semelle, révélaient la qualité du travail. La couleur était parfaite, marron avec une nuance de rouge, pas voyante, mais éloquente. Les chaussures idéales.

— Elles sont italiennes, Sartaj, lui précisa son supérieur, arrivées droit d'Italie. Tu porte bien un neuf large, hein ?

Sartaj dut faire un effort pour sortir de l'extase où il était.

— Oui, chef.

— Allons, essaie-les. J'ai prié un ami de me les rapporter de Milan, je lui ai indiqué la taille et tout. Voyons si elles te vont.

Il s'assit sur le lit, défit les lacets. Avant d'avoir enfilé la première chaussure, il sut qu'elle irait.

— C'est bon, chef.

Il chaussa la seconde, et se leva.

— La taille est parfaite, monsieur.

Il marcha d'un bout de la pièce à l'autre, et secoua la tête d'émerveillement. Pas seulement devant le confort de cette paire de chaussures, qui maintenait sans serrer, mais aussi devant son poids et sa jolie mécanique. Il marcha. C'était une œuvre italienne à la hauteur de son prix.

— Parfait, s'écria Parulkar. Jetons les vieilles. Cela m'a surpris que tu les gardes aussi longtemps.

— Vous voulez que je porte ces chaussures dans la rue, chef ?

— Bien sûr, Sartaj. Les bonnes choses ne sont pas à conserver dans une armoire. La vie est incertaine, il faut en profiter. Porte-les.

Il baissa les yeux. Oui, il ne serait pas impossible de les porter dans le service. Elles n'avaient rien d'ostentatoire, et seul un œil avisé serait en mesure de reconnaître leur qualité véritable.

— Merci, monsieur.

— Je t'en prie, fit Parulkar, avec un geste large de la main. – Il hocha la tête, très satisfait. – Maintenant tu ressembles de nouveau à Sartaj Singh.

Homi Mehta comptait l'argent de Parulkar à son rythme habituel, sans se presser. Sartaj se renfonça dans une chaise de bureau, les bras croisés derrière la tête et les jambes étirées, très détendu. C'était étonnant, qu'une paire de chaussures puisse apporter une telle oasis de sérénité, mais enfin, les menues choses de l'existence avaient leur importance. Les événements mondiaux pouvaient toujours tourner au pire, l'artisanat d'excellence n'en demeurait pas moins possible et, oui, nécessaire. Il remua les orteils et laissa échapper un soupir, qui prit Homi Metha au dépourvu autant que lui-même.

— Vingt. C'est complet et correct, confirma le conseiller financier, et il tapota la pile de billets. Tu es heureux, aujourd'hui.

Sartaj haussa les épaules, mais ne put réprimer un sourire.

— Juste à l'aise.

— Tu as aussi apporté de ton argent à toi ?

— Non. Pas aujourd'hui, mon oncle.

— Arre, combien de fois devrai-je te le répéter ? Épargne tant que tu es jeune.

— Oui, je sais, je dois penser à l'avenir. La prochaine fois, peut-être.

— La prochaine fois, la prochaine fois, à ce compte-là, ta vie va filer. Laisse-moi te dire, un jour, tu te réveilles et tu es vieux. Et où est-elle, ta sécurité ? Et comment entretiendras-tu ta femme ?

— Je ne suis pas marié.

— Oui, oui, mais tu le seras. Tu n'auras aucune envie de dépendre de tes enfants, je te le dis. Surtout de nos jours.

Homi Mehta se leva et se mit à empiler l'argent dans un sac en plastique noir. La blancheur neigeuse de sa chemise de lin était exactement de la même nuance que ses cheveux soigneusement taillés.

— Il ne fait aucun doute que tes enfants seront de bons enfants, mais ce serait une honte d'avoir à les solliciter.

— Mon oncle, tu m'as déjà marié et tu m'as déjà attribué des enfants. De toute manière, je ne suis pas encore si proche de la retraite. Il me reste du temps.

— Oui, oui, exactement ce que je t'explique. Fais du temps un usage fructueux, Sartaj. Élabore une stratégie. Fixe-toi tes objectifs, et dresse un plan. Je peux t'aider.

Sartaj comprenait bien que Homi Mehta était complètement déconcerté par son attitude obtuse, lui qui ne vivait qu'en fonction de plans à long terme et de projets compliqués.

— D'accord, mon oncle. Tu as complètement raison. La prochaine fois que je viens te voir, on s'assied et on discute. Nous coucherons les objectifs par écrit, et on tracera…

Il continua par gestes, en mimant le dessin d'un escalier.

— Des graphiques.

— Oui, des graphiques. Ne t'inquiète pas. On fera tout. On s'occupera de tout. On se préparera.

Dans l'ascenseur, coincé par un sabji-walla et son panier de tomates et d'oignons, il observa le cou ridé du liftier. La cabine s'arrêtait, le liftier écartait ses portes dans un fracas métallique, laissait monter des saabs, des mères et des dhobis. Sartaj songeait à cet animal étrange qu'était la vie, qu'il fallait empoigner tout en la laissant filer, dont il fallait jouir à chaque instant tout en l'organisant longtemps à l'avance – savoir vivre et mourir sans cesse. Qu'en était-il des désastres ? Supposons que le câble casse, que l'ascenseur dégringole, emportant sa masse d'hommes et de femmes dans le gouffre obscur ouvert sous lui ; déploreraient-ils, durant cette chute, les jours et les années perdus, ou s'inquiéteraient-ils d'êtres qu'ils laisseraient derrière eux ? La lumière qui filtrait entre les barreaux de la porte zébrait les yeux de Sartaj d'éclairs sombres, et il se sentait léger, sans substance, et pourtant plein de sang, de muscle et de mouvement.

L'ascenseur eut un léger sursaut, oscilla et s'immobilisa au rez-de-chaussée. Il s'affranchit des questions, suppositions et fantasmes, et sortit dans la lumière crue. Il avait du pain sur la planche. Il avait déjà atteint le portail de l'immeuble quand son téléphone sonna.

— Sartaj Saab, salaam.

— Salaam, Iffat-bibi. Tout va bien ?

— Oui. Mais tu pourrais éclairer ma journée.

— Dis-moi.

— J'ai appris que tu étais en ville, pas loin de chez nous. Pourquoi ne nous accordes-tu pas une occasion de t'offrir notre hospitalité ?

Il s'arrêta net.

— Comment sais-tu où je suis ?

— Arre, saab. Nous ne t'avons pas fait suivre. Non, non. C'est juste que je traite moi aussi quelques affaires avec l'homme auprès de qui Parulkar Saab t'envoie déposer son argent. L'un de nos boys t'a vu, il m'en a informée, voilà tout.

Sartaj était dans la rue, à présent. Il fit un tour rapide sur lui-même, mais il n'y avait là que des piétons ordinaires, des passants, personne qui ressemble à un joueur de champ sur le terrain.

— Tes boys sont partout.

— Nous avons beaucoup d'employés, c'est vrai, saab, tu sais que nous sommes au Fort, pas si loin. Viens donc déjeuner avec nous.

— Pourquoi ?

— Pourquoi ? Je suis de celles qui te veulent du bien, et j'espère que tu en as autant à mon service.

— Pourquoi veux-tu me rencontrer, subitement ?

Iffat-bibi laissa échapper un long soupir. Quand elle reprit la parole, ce n'était plus la vieille dame aimable.

— J'ai une grosse proposition pour toi, lui confia-t-elle, et sa voix s'était lissée, s'était durcie, jusqu'à être de pierre. Une proposition que je préférerais te soumettre en tête à tête.

— Je ne suis pas intéressé.

— Écoute au moins ce que j'ai à dire.

— Non.

— Pourquoi ? Nous avons déjà été en affaires, ensemble.

— Sur de petites choses, et je suis un petit monsieur. Je n'ai aucune capacité à recevoir de grosses propositions.

— Ça te plaît de rester petit ?

— Je suis heureux.

Son rire fut ouvertement moqueur.

— C'est le bonheur du pleutre. Pendant combien de temps te chargeras-tu des petites commissions de Parulkar ? Cet homme gagne des crores et des crores, et toi, combien ? Ta promotion tarde, et est-ce qu'il t'aide ? Il ne te veut pas que du bien, Sartaj Saab.

— Ne parle pas de lui. – Il avait la main tremblante, et il dut faire un effort pour ne pas hausser le ton. – Ne dis rien. Compris ?

— Tu es très loyal envers lui.

Il attendit. Il n'avait aucune peine à croire, désormais, que cette vieille chutiya participait à la gestion d'une compagnie, qu'elle dépêchait meurtriers et extorqueurs.

— Mais lui, il n'est pas loyal envers toi, poursuivit Iffat-bibi. Il n'était même pas loyal avec ton père...

— Bhenchod, la ferme.

Et il raccrocha. Il se rendit au bout de la rue, à grandes enjambées, puis s'aperçut qu'il avait dépassé sa moto. Il revint sur ses pas, s'installa et resta là, assis, les mains sur le guidon, en s'efforçant de retrouver son calme. Inutile de se mettre en colère. Cette randi essayait juste de le manipuler. Oui, et elle était parvenue à ses fins. Du calme, du calme.

Finalement, il démarra se glissa dans le trafic. Il était de nouveau en mesure de réfléchir. La question était de savoir pourquoi Iffat-bibi lui racontait ces choses au sujet de Parulkar, à lui, et à personne d'autre ? Quand, et pourquoi, Parulkar l'avait-il prise en grippe, elle et sa compagnie ? Il était proche du gouvernement actuel, c'était sans doute vrai, mais cela se limitait au réflexe de survie. Iffat-bibi et ses gens devaient le comprendre. Alors pourquoi Suleiman Isa serait-il devenu l'ennemi de Parulkar ?

Il n'avait pas de réponses, et il n'avait pas envie de questionner son supérieur à ce propos. Il s'était toujours tenu à l'écart des grosses affaires de Parulkar, préférant ignorer son réseau complexe, mélange de népotisme, d'argent et de relations. Il n'avait pas envie de savoir car il n'avait pas envie d'y être mêlé. Il avait peur de la force de gravité de cette vaste constellation d'ambitions, de richesse et de pouvoir, il avait peur de s'y laisser aspirer sans pouvoir résister. Oui, Iffat-bibi avait peut-être raison, il était peut-être lâche. Il n'avait pas assez de courage pour entrer dans cette spirale, il avait peur – comme un enfant qui a peur – d'être brisé par le mouvement.

Lorsqu'il traversa Mahim, une question le tenaillait encore : Papa-ji avait-il eu peur, lui aussi ? Peut-être l'intégrité de Papa-ji, et le peu d'intégrité qu'il possédait lui-même, recouvraient-elles une peur, en réalité. Peut-être n'étaient-ils pas assez forts, l'un et l'autre, pour trop en réclamer. De modestes récompenses pour des cœurs modestes. Mais il n'y avait pas moyen de contourner cet épineux blocage. Il n'avait pas envie de traiter avec Iffat-bibi. Au sujet de Parulkar, il n'avait pas envie de savoir, et cela s'arrêtait là. Il roula plus vite, et tâcha de laisser tout cela derrière lui.

Il retrouva Kamala Pandey dans un café sur S.V. Road. Elle allait faire du shopping à Bandra, cet après-midi-là, lui avait-elle expliqué, et ce café était un endroit commode pour un rendez-vous. Elle était assise dans le fond, avec deux sacs de courses pleins, et Umesh à côté d'elle. Il ne s'était pas attendu à la présence d'Umesh, mais il était là, radieux et beau en jean noir et T-shirt blanc. Il était assis près d'elle, le bras collé à son épaule, et Sartaj se demanda s'ils n'avaient pas renoué – en tout cas, il y avait eu un peu de haramkhori, et récemment. Un peu de rentre-dedans-dehors, pour reprendre la formule de Kamble.

— Bonjour, lui dit Umesh.

Sartaj tira un siège et s'assit. Il salua d'un signe de tête, sans rien répondre. Kamala changea de position.

— J'ai demandé à Umesh de venir, fit-elle enfin d'une toute petite voix de fillette. J'ai pensé qu'il pourrait nous aider.

L'inspecteur garda une voix égale, et très neutre.

— Si vous voulez que cette affaire reste confidentielle, alors maintenez-la dans une vraie confidentialité.

Le pilote sourit, et se pencha en avant, par-dessus la table.

— Inspecteur saab, fit-il, vous avez absolument raison. Mais dans cette histoire, Kamala est seule, voyez-vous. Et elle a besoin de soutien. Je suis le seul à qui elle puisse confier tout ceci. Une femme a besoin de soutien, voyez-vous.

Il était vraiment charmant, à sa manière discrètement puérile. Ses cheveux lui rebiquaient sur le front et il avait un très joli sourire, très juvénile. On ne pouvait le lui retirer.

— Oui, fit-il. Mais…

— Voulez-vous un café, inspecteur saab ? proposa Umesh. Je vous en prie. Ici, il est très bon.

— Non, dit-il. Je suis pressé.

— Essayez le cappuccino, insista l'autre.

Il pointa un doigt en l'air, héla le garçon derrière le comptoir.

— Harish ! Un cappuccino !

Sartaj laissa faire. Il n'avait qu'une vague idée de ce qu'était un cappuccino, et il savait qu'il n'en avait pas envie. Mais cela ne valait pas la peine de se disputer avec le charmant Umesh.

— Dans votre affaire, nous progressons, dit-il à Kamala. Nous avons fait quelques découvertes capitales. Voyons s'il en sort quelque chose.

— Quelles découvertes ? demanda-t-elle.

Elle semblait impatiente, nerveuse.

— Je ne peux pas entrer dans les détails, madame. L'enquête est en cours.

— Je vous en prie, insista-t-elle. De quoi s'agit-il ?

Il secoua la tête.

— Dès que j'aurai quelque chose de plus concret, je vous en informerai. C'est juste un contact.

— En rapport avec Rachel ?

— Cela se pourrait.

— Je suis sûr que rien ne vous empêche d'en dire davantage à Kamala, intervint Umesh. Vu les conditions.

— Quelles conditions ? lui répliqua Sartaj.

Le pilote haussa les épaules. Il pencha la tête vers l'un des deux sacs de Kamala. Une enveloppe marron dépassait des luxueux carrés de papier de soie.

— Ah, ces conditions-là, dit-il.

Il tendit la main de l'autre côté de la table, attrapa l'enveloppe marron entre le pouce et l'index. À l'intérieur, il sentit le renflement rectangulaire de l'argent. Impossible de s'y méprendre. Il lâcha l'enveloppe sur le coussin et se leva.

— Où allez-vous ? s'écria-t-elle.

— Je vous prierai de bien vouloir comprendre une chose, répliqua-t-il en regardant Umesh. Je ne suis pas votre employé. Vous n'êtes pas mon patron. Je n'ai aucun compte à vous rendre. Gardez votre argent. *Good luck*, ajouta-t-il, en anglais.

— Attendez, s'exclama-t-elle, affolée.

— Arre, boss, fit Umesh. Vous vous offusquez. Ce n'était pas mon intention. – Il s'était levé à son tour. – Pardon, navré.

Il posa la main sur le bras de l'inspecteur, puis la retira aussitôt.

Sartaj avait sa mine redoutable, il le savait, et il savait que Kamala avait peur. Elle n'avait encore jamais vu son regard morne de policier, cette promesse de violence en dents de scie. Il éprouva l'ombre d'un regret, d'avoir effrayé la jolie Kamala, mais Umesh s'était ratatiné, et son allure lui plaisait assez. Quelqu'un s'approcha de lui, à hauteur de son coude.

— Cappuccino ! fit le garçon d'un ton jovial.

Singh baissa les yeux sur la tasse coiffée de mousse. Quand il les releva, Umesh avait récupéré son charisme.

— Inspecteur saab, fit-il. Vraiment, je suis confus. J'ai été bête. J'ai été bête. Je vous en prie. J'ai été bête. Il ne faut pas que Kamala souffre par ma faute.

Harish, le garçon au cappuccino, prit soudain la mesure du mélodrame qui se jouait devant ses yeux écarquillés. Sartaj se sentait lui-même assez bête. Ce même matin, il s'était effrayé de la colère de Mohit, avait craint pour l'avenir du jeune garçon. Ensuite, Iffat-bibi était venue le perturber. Et maintenant, il déversait la tension accumulée sur Kamala. Et Umesh apparaissait sincèrement accablé de regrets et de tristesse. Il émanait de lui une vulnérabilité qu'il ne lui avait encore jamais vue. Il secoua la tête, et prit la tasse sur le plateau de Harish.

— OK, dit-il.

Il s'assit, et attendit que le serveur se soit éloigné, qu'il puisse parler sans risque.

— Très bien, promit-il à Kamala. Quand il y aura du concret, je vous préviendrai.

Elle opina d'un bref signe de tête.

— Oui, oui. Parfait.

Umesh se renfonça dans son siège, à bonne distance de l'inspecteur.

— Goûtez votre cappuccino, monsieur, lui suggéra-t-il. C'est vraiment très bon.

Il en but une gorgée. C'était généreux et rond, comme l'annonçait le nom étranger. Il regarda autour de lui, le café, les murs pastel, les photos de rues européennes. Harish servait un groupe de jeunes, au comptoir. Les tables, près des vitrines, étaient toutes occupées par des étudiants en chaussures mastoc et cheveux soigneusement ébouriffés. Nous n'avons jamais eu de lieux de ce genre, à la fac, songea-t-il. Megha et lui se réfugiaient dans des restaurants Irani à boire un thé éventé, sous les regards hostiles d'hommes d'affaires au crâne dégarni.

— Du sucre ? proposa Umesh.

— C'est déjà assez sucré.

Il y avait une petite voiture verte posée à côté de la tasse d'Umesh, attachée à la chaîne de son porte-clefs.

— Celle-là, c'est une quoi ?

— Une Ferrari, lui annonça le pilote.

L'inspecteur retourna la voiture du bout du doigt, la fit avancer et reculer sur la table. C'était un modèle réduit en parfait ordre de marche, avec son volant, et ses numéros sur les flancs.

— La dernière fois, ce n'était pas la même, hein ? Une rouge ?

— Une rouge, oui. C'était une Porsche.

Sartaj hocha la tête.

— Alors, maintenant, vous préférez la Ferrari ?

L'autre leva les deux mains, mimant un étonnement déconcerté.

— Arre, inspecteur saab, plaida-t-il. Quoi, un homme ne devrait enfourcher qu'une seule gaadi ? Un homme, il lui en faut davantage.

L'ironie du ton était aussi pesante que l'allusion. Mais Umesh avait conscience d'avoir joué les vilains garçons, et comme il était très beau, il était impossible de le juger agaçant. Kamala elle-même, tout en levant les yeux au ciel, ne put masquer son amusement.

— Alors, ces voitures, vous les possédez vraiment ? insista Sartaj.

La question était mesquine, mais il éprouvait le besoin de la poser. À cause d'Umesh, il se sentait vieux. Il avait existé jadis un Sartaj qui avait eu envie de femmes tape-à-l'œil, de voitures tape-à-l'œil, et en quantité, et qui croyait les mériter.

— Voyez-vous, reprit Umesh, en réalité…

Kamala lui donna une petite tape sur l'épaule.

— Tais-toi.

Elle s'adressa à Sartaj :

— Dans ses rêves, il les possède. Il s'achète six magazines automobiles par mois. Il punaise des posters sur son mur.

— C'est mon hobby, se défendit-il non sans une pieuse hypocrisie. Ce sont des machines incroyables. – Il y avait une ferveur contenue dans sa voix, toute l'énergie rentrée du vrai fanatique. – Et de toute manière, tu te trompes complètement. Sur mon mur, je n'ai plus de posters. J'ai un écran.

— Oh, oui, s'écria-elle en riant. Ta nouvelle salle de cinéma.

— Vous avez une salle de cinéma, chez vous ? s'étonna Sartaj. Avec un projecteur et tout ?

— Non, pas un projecteur, fit Umesh avec un sourire indulgent pour son ignorance. Un lecteur DVD Sony de très haute qualité, connecté à un rétroprojecteur LCD. Vous obtenez une image de quatre mètres vingt de diamètre. – Il ouvrit grand les bras. – Et l'image est meilleure que dans la plupart des salles de ce pays. J'y ai branché un amplificateur Sanyo, et des enceintes Bose. Quand vous montez le son, vous le sentez, là. – Il se frappait la poitrine, et il avait les yeux humides de passion. – Vous devriez passer, un de ces jours, voir un film.

— Il va vous barber avec des films américains de courses de voitures, le prévint Kamala. Des bagnoles qui tournent en rond pendant deux heures.

— Non, non. – Umesh la repoussa avec une série de petits coups, de la tranche de la main droite. – On peut regarder un polar. Je vous l'ai dit, j'aime bien les histoires policières.

Sartaj tâchait de s'imaginer un écran de quatre mètres vingt et un projecteur dans un appartement de Bombay.

— Vous avez une pièce spéciale, pour cet écran ?

— Non, yaar, juste ma chambre à coucher. Vous n'avez pas besoin de beaucoup d'espace, le projecteur n'est pas plus grand que ça. Venez voir, c'est tout.

— Un de ces jours, peut-être, fit-il.

Il se leva. Trop de travail, pour le moment.

— Combien ça coûte, un truc comme ça, le projecteur, le son, la totale ?

— Oh, pas si cher, assura-t-il. Bien sûr, tout cela est spécialement importé, donc il faut être prêt à débourser une certaine somme. Mais pas autant que vous pensez...

Il s'interrompit pour se tapoter le visage du bout des doigts.

— Quoi ? fit Sartaj.

Umesh lui répondit sur un ton affectueux.

— Mon cher ami, vous avez de la mousse sur votre moustache.

Il lui tendit une serviette en papier d'une main, et l'enveloppe marron de l'autre.

— Voilà.

Sartaj prit les deux.

— Ne vous inquiétez pas, dit-il à Kamala, en s'essuyant le visage. Nous sommes sur cette affaire.

La jeune femme s'efforça de prendre une mine rassurée, mais on sentait le doute affleurer sous l'éclat ravissant des joues. Il hésita, avant d'ajouter un mot.

— Et oui, en effet, une partie de ces progrès concernent Rachel. Comme je vous l'ai dit, ne vous inquiétez pas.

Kamala redressa le dos, sourit et hocha la tête. Umesh était agréablement surpris, lui aussi. Peut-être aimait-il la jeune hôtesse, à sa manière. Un tombeur, mais pas déplaisant.

— OK, fit-elle. Merci.

Il la laissa à son pilote, qui lui murmurait à l'oreille. Des paroles tendres, ou des souvenirs chuchotés de leur passé commun. Non, Umesh devait évoquer la compétence incertaine de l'enquêteur dont elle s'était acquis les services, Sartaj en fut tout à coup certain. Lorsqu'il bascula la jambe par-dessus sa moto, il eut un aperçu de lui-même dans la porte vitrée du café. Le mouvement n'était pas dénué de classe, mais l'homme qui l'accomplissait était hors course, vêtu d'une chemise à carreaux et d'un jean tristement démodés. Le turban était encore ajusté comme il fallait, mais le visage, au-dessous, avait été brisé par le temps. Les inspecteurs de police des films étrangers d'Umesh avaient sans doute meilleure allure, ils étaient mieux habillés, ils étaient meilleurs flics, en somme. Cela au moins, c'était vrai, sans aucun doute.

Sur la route nord, au-delà de l'aéroport de Santa Cruz, d'autres vérités lui vinrent à l'esprit. En fait, il était l'employé de Kamala. Le grand gouvernement de l'Inde le salariait selon les maigres tarifs en vigueur, mais à travers lui, c'était bien Kamala Pandey, contribuable de poids, qui lui versait la somme qu'il recevait. Ses enveloppes marron faisaient donc doublement de lui son subordonné, et pourtant il s'était levé, et il avait proclamé qu'il n'était pas son ouvrier, son péon, son coolie. Un avion léger décolla sur la gauche. Il le regarda s'élever et le dépasser, s'enfoncer dans le bleu. La circulation avançait vite, à présent, et, l'espace de quelques secondes, il eut l'illusion de rivaliser de vitesse avec l'appareil. Et puis il fut loin. Il s'était cru hors d'atteinte d'individus comme Umesh et Kamala, s'être écarté tant bien que mal des sirènes de la réussite et de la victoire, mais apparemment, son orgueil était encore bien vivant. Il pouvait encore se mettre en colère quand on lui rappelait ce qu'il était réellement, un serviteur de l'État, un serviteur, ni plus, ni moins. Foutu sardar, songea-t-il. Foutu policier.

Cet après-midi-là, Kamble appréciait d'être un policier. Il venait de résoudre une affaire de cambriolage – les coupables étaient le vigile de l'immeuble et ses deux amis – et il avait gagné de l'argent dans une histoire de détournement de fonds, grâce au prévenu. Il rédigeait un rapport en salle d'interrogatoire, où Sartaj le retrouva.

— Saab, entrez, entrez…, lui fit son adjoint. Je vous en prie, asseyez-vous.

Et puis il continua de rédiger d'une main, en buvant de bruyantes gorgées de chaas de l'autre, et il narra ses triomphes à son supérieur. Après avoir terminé et rangé son rapport, il se leva et suivit son supérieur. Ils se rendirent ensemble sur l'arrière du commissariat, longèrent le mur d'enceinte, et contournèrent le temple de quelques pas. Ils s'arrêtèrent sous un jeune arbre affaissé et causèrent.

— Le numéro de téléphone qu'a composé le Taklu est enregistré sous le nom de…, commença Kamble. Vous n'allez pas y croire. Non, vous, dites-moi qui c'est, à votre avis.

Kamble possédait des contacts chez l'opérateur de téléphonie mobile. Il avait fait par conséquent un raffut terrible sur la difficulté d'obtenir des informations dans le cadre d'une enquête officieuse, et sur le supplément de cash dont il avait besoin pour avancer. Et maintenant, il était content de lui, de la promptitude de ses sources et de leur fiabilité.

— Allons, Kamble, soupira l'inspecteur. Il fait chaud, ici.

Les arbrisseaux plantés sur instructions de Parulkar avaient poussé, grandi, mais ils gardaient leur triste mine, sans feuilles ni branches ni ombre. Les épaules de Kamble étaient inondées de lumière, et il transpirait.

— Patron, franchement, vous ne trouverez jamais, reprit-il.

D'un geste cérémonieux, il sortit de sa poche un listing informatique plié en accordéon, avec ses bandes perforées encore attachées de part et d'autre. Il le secoua.

— Essayez-en juste un.

Sartaj haussa les épaules.

— Le ministre, Bipin Bhonsle ?

Kamble fut pris d'un rire haché.

— Oui, pourquoi pas. Celui-là, il aimerait boucler toutes les femmes dissolues de l'Inde. Mais non, ce n'est pas lui. Écoutez. L'adresse est à Colaba, mais elle est inventée, elle n'existe pas. Le nom, c'est… Kamala Pandey.

— Non.

— Oui. C'est ce qui est écrit ici. Kamala Sloot Pandey.

— Fais-moi voir. – Il lui prit le premier feuillet. – Ce n'est pas « sloot », rectifia-t-il. C'est « slut ».

— C'est-à-dire ?

— Un mot anglais. C'est un peu pareil que randi.

— Une raand ?

Kamble se passa une main sur le crâne, sur son cheveu ras, vers la nuque.

— Le Taklu, il appelle sa patronne, cette kutiya de Rachel, et cette saali se fout de nous.

— Se fout de Kamala, rectifia Sartaj. En réalité, je ne pense pas que Rachel s'attendait à ce que quelqu'un tombe sur ce numéro. Elle se croit futée. Pour elle, tout cela n'est qu'une plaisanterie.

— Bhenchod. Maintenant, j'ai assez envie de la choper, fit Kamble. Et même pas pour de l'argent.

Sartaj lui tendit l'enveloppe marron, déjà allégée de moitié.

— On va la choper. Qu'est-ce que tu as d'autre ?

— Un mois d'appels sur cette ligne, entrants et sortant. Ils viennent tous du même portable, et ils s'adressent tous à ce même portable. Ce doit être celui du Taklu, celui dont il se servait au cinéma.

Donc le Taklu et son associé possédaient un téléphone portable, et ils ne s'en servaient que pour appeler ce numéro, pour joindre leur boss. Et ce boss – qui, à en juger par le « slut », était Rachel Mathias – n'avait utilisé ce portable que pour les joindre. Très efficace, très précautionneux.

— L'autre téléphone, celui du Taklu, il est à quel nom ?

— Le même, le sien aussi, à elle. En tous points identique, avec le sloot et tout.

Donc Kamala était deux fois une roulure. Sartaj avait envie lui aussi de choper Rachel, et pas pour de l'argent. Mais les deux téléphones portables qui s'appelaient mutuellement, cela posait un problème. Les adresses sous lesquelles ils étaient enregistrés seraient fausses, et les paiements destinés à ajouter des minutes de communication aux cartes SIM effectués en espèces. Un système clos.

Kamble allongea la mâchoire avec sauvagerie, comme un loup qui vient de croquer une bouchée de chair fraîche.

— Ne tirez pas cette tête, mon cher ami. Quelqu'un a commis une erreur. Il y a un appel du portable du Taklu vers une ligne fixe. C'était il y a trois semaines, un appel d'une minute et demie, pas plus. Sur un fixe. J'ai le nom et l'adresse. Et là, tout est bien réel.

Au soir, ils se rendirent à cette adresse bien réelle. Le trajet était long, jusqu'à Bhandup, surtout à l'heure de pointe. Kamble était monté derrière son supérieur, qui sentait à la fois son poids et son impatience. De temps à autre, il lui pointait du doigt des interstices entre les véhicules embouteillés, et le pressait d'aller plus vite. Sartaj résistait. Il maintenait l'allure régulière dont il avait l'habitude, refusant les raccourcis, qui finiraient, il le savait, par les ralentir. À un carrefour, ils s'arrêtèrent derrière une file de camion aux couleurs vives, et Sartaj dut détourner le visage du souffle surchauffé des pots d'échappement. Une bulle de lumière orangée flottait sur la chaussée, tombée des réverbères ; au-dessus, c'était le noir intense du ciel. Sur la droite, de l'autre côté, en surplomb des voitures en mouvement, il pouvait voir un tapis de lumières serrées s'étaler vers l'est et le nord. Au-delà de ces lumières, une présence discrète, le renflement des collines. Dans ce coin, on percevait l'expansion de la ville, qui ne cessait de grignoter la campagne. Peut-être subsistait-il dans les collines quelques autochtones qui s'accrochaient à leurs petits lopins de terre et leurs coutumes originales. Les camions acheminaient là-bas du ciment, des machines, de l'argent et des documents juridiques, et ces autochtones signeraient et vendraient, ou ils seraient expropriés. Ça marchait comme ça.

Kamble rigolait. Sartaj vit son équipier loucher sur l'arrière du dernier camion : *Gar ek baar pyaar kiya to baar baar karna…* « Si tu m'as aimé une fois, aime-moi encore et encore », proclamait l'inscription en hindi fantaisie, sous l'autocollant habituel OK-Klaxon-SVP. *Agar mujhe der ho jaye to mera intezaar karna.* « Et si je suis en retard, attends-moi. » Les garde-boue avaient été peints en rouge et orange, et ornés d'un motif de feuilles vertes.

— Il y a quatre fautes d'orthographe, s'écria Kamble. En deux lignes.

En effet.

— Pauvre poète, fit Sartaj.

— Pas si mauvais que ça, les vers, corrigea Kamble.

Le feu passa au vert, et les camions se réveillèrent dans un grand rugissement de klaxons et de moteurs. Sartaj roulait derrière le poids lourd poétique, et songea aux tracas des poètes et des hors-la-loi de génie. On monte avec soin un crime élégant, on se cache sous des strates de téléphones portables, mais on n'en est pas moins obligé de travailler avec des idiots. Difficile de recruter du personnel de qualité, de nos jours. Il y en avait toujours un pour désobéir aux instructions les plus simples, pour commettre une erreur, plusieurs erreurs. Au bout du compte, l'identification des suspects laissait croire que les enquêteurs étaient intelligents, et pourtant, souvent, la solution leur était offerte : elle était le cadeau d'un idiot. Sartaj se souvenait de Papa-ji dissertant sur la décadence des milieux criminels ; selon sa théorie, les nouveaux boys étaient tout en muscles, et sans cervelle ; l'usage des AK-47 fabriquait des méchants plus bêtes que ceux qui savaient utiliser une lame Rampuri bien effilée, des médiocres, en quelque sorte. Papa-ji gardait en tête des exemples anciens, du XIXe siècle, parfois, de cambrioleurs et d'escrocs légendaires perpétrant des crimes pleins d'esprit et de bravoure. Une génération a les apradhis qu'elle mérite, répétait-il.

Lorsqu'ils arrivèrent devant la kholi de deux pièces de leur apradhi, tout au fond du basti de Satguru Nagar, au bout d'une ruelle sinueuse, il faisait déjà nuit noire. Ils avaient suivi un inspecteur, un nommé Kazimi, les cheveux teints au mehndi et la démarche guindée. Devant cette façon qu'il avait de caracoler sur la pointe des pieds, en levant haut la jambe par-dessus un paquet de canalisations d'eau, le sous-inspecteur leva les yeux au ciel. Kazimi était l'ami d'un ami, et Satguru Nagar faisait partie de son secteur. Il ne leur avait pas posé de questions sur leur enquête, et un millier de roupies l'avaient rendu assez souple pour que leurs emplois du temps concordent. Le policier n'occupait pas un poste très rentable, et Sartaj était sûr qu'il avait des enfants, une progéniture presque adulte qu'il fallait installer. Kazimi avait l'air soucieux, les épaules lourdes, voûtées. Pourtant, il était efficace. Il avait tout de suite reconnu le nom, Shrimati Veena Manc, et maintenant il les guidait dans les ruelles anonymes sans la moindre hésitation.

— C'est encore loin ? demanda Kamble.

Il s'était arrêté, une main posée sur un poteau, et se raclait une semelle contre un angle de mur.

— Je déteste venir dans ce genre d'endroit. Bhenchod.

— Plus très loin, promit Kazimi. Une minute ou deux.

Il se massait la hanche.

— Qu'est-ce qui vous est arrivé ? s'enquit l'inspecteur Singh, en désignant cette hanche.

— J'ai pris une balle, lui répondit l'autre. Pendant les émeutes. À la fin d'une journée de marche, ça devient douloureux. Même après tout ce temps.

Il n'avait pas besoin de lui demander quelles émeutes, et il n'avait pas envie de savoir comment et pourquoi il avait été blessé. Kamble s'était redressé, ils se remirent en route.

— Ce basti s'est beaucoup agrandi, ces deux dernières années, commenta Kazimi, son profil éclairé par les seuils de portes devant lesquels ils passaient. Maintenant, ici, on dénombre presque cinq cents kholis.

Cinq cents foyers exigus, modestes, la brique, le bois, le plastique et le fer-blanc ménageant de petits espaces pour des quantités de corps. Kamble se situait peut-être à une génération de distance, deux à la rigueur, d'un foyer comme ceux-là, mais il possédait déjà la supériorité de l'évadé, de l'émigrant. Il était en route pour autre part, et il n'aimait pas qu'on le ramène en ces lieux. Sartaj, lui, surveillait ses deux chefs-d'œuvre du savoir-faire italien. Mais après tout, la terre était sale, il fallait l'accepter, mettre les pieds dedans. Des gens habitaient ici, et c'était leur vie. Et ce basti valait mieux que tant d'autres qu'il avait déjà sillonnés. Ses occupants avaient progressé dans l'échelle sociale, ils s'étaient échappés des abris des nouveaux arrivants, ces arrangements bricolés avec des cartons récupérés. Ici, il y avait de l'eau à la pompe, des caniveaux briquetés et l'électricité dans presque toutes les kholis, et puis Shrimati Veena Mane était équipée du téléphone. Il y avait même une rangée de cinq latrines près de l'entrée du basti, avec la pancarte bleue d'une ONG accrochée au-dessus. Ces gens-là montaient la pente, lentement, mais sûrement.

En revanche, ils n'aimaient pas les policiers, ces habitants de Satguru Nagar. Deux adolescents assis bras dessus, bras dessous entre deux kholis lançaient des regards furibonds à Kazimi et, quand Sartaj passa devant eux, il reçut un reste de leur hostilité. Une grand-mère au crâne dégarni, assise dans une embrasure, un thali chargé de grains de riz entre les genoux, les interpella.

— Quel péché vous allez commettre, aujourd'hui, inspecteur ?

Il y avait assez de mépris dans ce « teur » pour faire cailler le lait qu'elle avait mis à bouillir sur son fourneau, à l'intérieur.

— Je n'en ai pas après ton fils, aujourd'hui, Amma, lui répondit Kazimi, sans se retourner. Mais dis-lui bonjour de ma part.

Elle avait quelque chose à ajouter, mais Sartaj manqua sa réplique, couverte par le beuglement télévisé de *Yeh shaam mastani, madhosh kiye jaye*, volume sonore au maximum. « Cette soirée magnifique m'enivre... » Ils étaient arrivés presque au bout de cette ruelle, qui s'arrêtait brusquement devant un mur de béton gris. Au sommet du mur, il y avait du verre brisé et des spirales de fil de fer barbelé. Au-delà, le vide, des arbres et de la terre en friche.

— Là, annonça Kazimi. La deuxième porte avant le fond, sur la gauche.

— Très bien, dit Kamble, en se glissant devant lui. Allons-y.

— Doucement, fit l'autre. Doucement.

Sartaj posa une main sur l'épaule de son équipier, et la retira mouillée de sueur.

— Il a raison, dit-il en s'essuyant la main sur son jean. Nous ne savons pas qui est cet apradhi. Si ce n'est pas un de ces taporis devant lesquels on est passé en tournant au coin. Vas-y gentiment, Kamble. Gentiment.

Kamble n'était pas convaincu, mais il laissa Kazimi le précéder. La porte était fraîchement repeinte d'un orange très gai, et surmontée d'un Ganesha tout blanc. Elle était entrouverte, et un léger gazouillis électronique filtrait par l'interstice. Kazimi s'avança d'un pas tranquille dans la ruelle, comme s'il avait l'intention de se rendre tout au fond. Puis subitement il se tourna, posa la main sur la porte orange, et poussa.

Il y eut un craquement sec, du bois contre de la chair, et un grognement de douleur. Devant Kazimi, Sartaj vit une main agrippée à un genou, un dos nu, des mollets décharnés. Il y avait un homme, là, par terre. Il était assis dos au mur et à la porte, il regardait la télévision. Il se leva sur une jambe en clopinant.

— Qui... qui êtes-vous ? s'écria-t-il.

Sartaj, qui avait presque franchi le seuil, sentit l'haleine chaude de Kamble dans sa nuque.

— Salopard, lâcha Kamble. C'est le Taklu.

Il était fort possible que cet individu maigre à la poitrine creuse soit le Taklu décrit par le jeune Jatin. Il avait l'âge, la taille qui correspondaient, et les cheveux qui avaient battu en retraite. Kazimi le fit reculer contre une étagère.

— Tu es nouveau, ici, remarqua-t-il. Sinon, tu me connaîtrais. Quel est ton nom ?

— Qui vous êtes ? lança le Taklu.

— Tes baaps, répliqua Kamble depuis la porte. Tu nous reconnais pas ?

Sartaj passa devant Kazimi, et marcha vers le fond de la kholi. Il y avait une autre pièce, par là, avec deux placards en bois, et trois malles en acier empilées l'une sur l'autre. Une lumière grise et duveteuse traversait une bouche d'aération à l'épais grillage percée très haut dans le mur de brique. Le coin cuisine, dans la pièce de devant, était équipé d'une grille où pendaient des rangées d'ustensiles, d'un fourneau à deux plaques. Sur la gauche, près de la porte, un téléphone vert trônait sur un petit tabouret en bois, un carré de dentelle blanche glissé dessous.

Le Taklu se taisait, maintenant. Il avait lâché son genou, mais il conservait les bras croisés sur la poitrine. Sous son caleçon en tricot bleu, ses jambes tremblaient, à côté des images d'un film de Shunil Shetty.

— Je m'appelle Anand Agavane.

Il avait compris, à présent, qu'il avait trois policiers sous son toit, et sa voix chevrotait.

Kazimi s'avança d'un pas vers lui.

— Qui es-tu, Anand Agavane ? Qu'est-ce que tu fabriques ici, dans la maison de Veena Mane ?

— Veena est mon aatya. C'est la maison de mon aatya. La sœur de mon père. De temps en temps, je m'installe ici. Je conduis un rickshaw pour un seth qui a son garage pas loin. Parfois, il faut que je lui ramène le rickshaw tard le soir, alors je viens dormir ici.

— Ton aatya, elle est riche, hein ? lui lança Sartaj. Elle a le téléphone et tout.

Il s'était accroupi près du tabouret. Un cadenas bloquait le cadran du poste, avec une boîte remplie de pièces de monnaie et de petits billets, à côté. Veena Mane percevait de l'argent de ses voisins, en échange de l'usage de son téléphone.

— C'est quoi, le numéro de cette ligne ?

— Le numéro ?

— Oui, le numéro. Tu ne te souviens pas du numéro de ton aatya ? C'est quoi, Kamble, le numéro de téléphone ?

Son équipier était dans la pièce du fond, à renverser les malles et ouvrir les placards sans ménagement. Il lui rappela les chiffres d'un ton chantant.

— C'est ça, chutiya ? insista Kazimi. – Il était debout, nez à nez avec Anand Agavane, maintenant. – C'est le numéro de ton aatya ?

— Je n'ai rien fait.

Kazimi le gifla. Il y eut une plainte, dehors, une molle récrimination dans la rangée de visages qui peuplaient maintenant la ruelle. Anand Agavane se plia en deux sur la télévision, en se tenant le visage.

Sartaj passa la tête à la porte.

— Allez-vous-en d'ici, gronda-t-il. Sinon je vous embarque aussi, bande d'enfoirés. Vous voulez qu'on vous fourre un lathi dans le gaand ? On n'est pas au cinéma.

Les voisins de Veena Mane reculèrent, puis se détournèrent. Mais ils continueraient d'écouter, et ce qui se passait dans une kholi s'entendait très fort dans les autres. Sartaj retourna dans la pièce, monta le volume de la télé. Un mannequin en sari vert chantait les vertus d'un café exquis.

— Regardez ça, s'écria Kamble en revenant de la pièce du fond. – Il avait en main une prise noire de forme cubique, avec un câble qui pendait. – Ça m'a tout l'air d'un chargeur de téléphone portable. En fin de compte, elle a combien de téléphones, ton aatya ? Qu'est-ce qu'elle fabrique, elle appelle toutes les dix minutes ?

Sartaj prit le chargeur, posa une main réconfortante sur l'épaule d'Anand Agavane, tout près de la nuque.

— Écoute-moi, dit-il. On n'est pas après toi. On est au courant, pour la femme, on sait que tu as envoyé ces chokras ramasser l'argent devant l'Apsara. – Il sentait le pouls d'Anand Agavane sous ses doigts, aussi rapide que celui d'un oiseau. – On veut juste que tu nous donnes toi-même le nom de ta patronne. Qui tu appelles ? Dis-le-moi, c'est tout. Tout ira bien, il ne t'arrivera rien.

Mais Anand Agavane restait hébété, les yeux figés et la mâchoire raidie. Il avait déjà vu cela, cette sorte de courage de l'homme acculé. Anand allait essayer de se montrer honorable, il voulait sauver ses amis. Il craquerait, mais cela réclamerait quelques efforts, des questions, une ou deux volées de coups. Ils allaient devoir l'emmener quelque part, le travailler.

Kazimi eut un signe de tête vers Sartaj, et gifla de nouveau le Taklu, d'un revers paresseux de la main. Ce n'était qu'un signe de ponctuation, sans beaucoup de force.

— Il vient de te poser une question, dit-il. Réponds.

— Je ne sais rien du tout, pour l'argent.

— Et le portable ? reprit Sartaj. Où est-il ?

Kamble enleva une chemise blanche d'un crochet planté dans le mur, la laissa tomber. Puis il fouilla dans un pantalon blanc et en sortit un portefeuille.

— Un chauffeur de rickshaw, avec autant d'argent ? Alors qu'il ne t'appartient même pas, ce rickshaw, connard.

Il jeta le pantalon à Agavane, qui lui rebondit au visage avant de s'effondrer sur le sol.

Sartaj renversa des boîtes alignées sur une étagère, dans le coin cuisine. À l'opposé du fourneau, une étagère métallique portait des images religieuses de Tuljapur Devi et de Khandoba, et une photo de mariage noir et blanc, encadrée – la femme ressemblait vaguement à Anand ; sans doute Veena Aatya, parée de bijoux et de timidité. Sartaj balaya de la main le support, et le verre s'écrasa au sol. Kazimi plaqua un pied sur le pantalon d'Agavane, tendit la main et tira sur la ceinture, pour la faire coulisser. Il la replia en deux, et lui fouetta les épaules, les hanches.

— Si tu me mets en colère, le prévint-il, tu vas devoir passer la nuit avec moi, bhenchod. Et pas avec ton aatya. Et je vais te dire, moi, je vais beaucoup m'amuser, mais pas toi. Où il est, ce maderchod de portable ?

Sartaj s'éloigna des étagères, revint dans la pièce principale. La kholi donnait l'impression d'avoir été dévastée par un vent violent ; les calendriers colorés étaient arrachés du mur, déchirés en deux, une boîte de bon riz était répandue sur le sol. Il tâcha de réfléchir entre les claquements du cuir sur la peau et les injures persistantes de Kamble. Ils avaient trouvé Anand Agavane assis là, par terre, à regarder la télévision. Il ne s'éloignait sûrement jamais de la voix de sa patronne ; le téléphone devait donc être près de la porte. Quelque part par là. Il y avait une fenêtre fermée par un volet, mais le bois tordu et éraflé ne laissait de place sur le rebord que pour un paquet de Wills et des allumettes. D'un coup sec, Sartaj déplia le matelas où Agavane était assis, qui ne lâcha rien d'autre qu'une odeur de moisi et un saupoudrage de peluches. Il examina le téléphone vert et son tabouret, mais il n'y avait plus rien à fouiller. La pièce s'arrêtait là, la kholi s'arrêtait là.

Dans le coin, à hauteur de tête, un panier en fil de fer était suspendu à une corde blanche. Le panier était vide. L'aatya était peut-être sortie acheter un paquet d'atta, des patates et du mouton, qu'elle suspendrait dans ce panier, loin des rats. Son neveu avait beau être un apradhi, elle tenait sa maison bien en ordre. Anand Agavane était accroupi, maintenant, la tête entre les genoux et les bras autour des cuisses. Il avait les épaules écarlates, et son crâne dégarni était en nage. L'enfoiré, l'entêté. Sartaj flanqua une pichenette dans le panier, qui alla doucement se balancer contre le mur. La corde pendait à un anneau rattaché à un chevron. Il y avait une photo sur ce mur, un portrait de studio récent, ensemble de couleurs vives sous un éclairage théâtral, et un jeune couple. La fille de l'aatya, pourquoi pas, en sari rouge, lunettes noires relevées sur la tête. Son mari était à côté d'elle, dans une veste en cuir, mains sur les hanches, une posture soignée de mannequin. La veste avait sans doute été louée au photographe, qui les avait fait poser comme un couple moderne, sur fond de nuit citadine. Les lumières s'étalaient en tous sens et scintillaient sur l'eau. Ce pouvait être le Marine Drive de Mumbai, ou New York. La photographie encadrée de noir était accrochée à une brique montée en saillie. Sur toute la longueur de ce mur, une trentaine de centimètres au-dessus de la tête de l'inspecteur, plusieurs briques montées deux à deux saillaient ainsi à angle droit vers la pièce. L'aatya qui avait dû les faire encastrer ainsi, tous les soixante centimètres environ. Une femme pleine de sens pratique. Il tendit la main vers la première brique, la passa sur la face supérieure, et ne trouva que la pierre rugueuse et la ficelle qui retenait la photo. Il tâta la deuxième, écarta le matelas d'un coup de pied, s'avança d'un pas. Il leva le bras encore une fois et, à l'instant même, il sentit en lui comme une bouffée de certitude. Oui. Du bout des doigts, il sentit le plastique lisse. Le téléphone.

— Je l'ai, annonça-t-il.

Kamble balança une boîte à biscuits en fer-blanc dont il était en train d'inspecter le contenu ; boutons, bobines et aiguilles allèrent gicler contre le mur opposé.

— Montrez, montrez ! s'écria-t-il en tendant la main.

Mais l'inspecteur conservait l'appareil, il était à lui, pour le moment du moins. C'était ainsi qu'une affaire se dénouait, à cette seconde où il se voyait arracher un rideau sombre, où la sensation de triomphe montait en lui, avec un net regain d'appétit. Il laissa la vague de satisfaction le traverser, et un sourire se dessiner sur son visage. Il tapa sur les touches, puis leva le portable à l'intention de son adjoint.

— Les dix derniers numéros composés, fit-il. Chaque fois le même. Celui de l'autre mobile.

— On te tient, fredonna Kamble. On t'a eu, enfoiré.

Il attrapa l'appareil, tapota l'écran de l'index. Il était aussi content qu'un petit garçon à qui on vient de tendre un cône glacé.

Kazimi était écœuré. Il flanqua un dernier coup de pied à Agavane, puis alla s'asseoir en titubant sur un cageot retourné.

— Maderchod, lâcha-t-il à l'apradhi. C'est pour ça que tu m'as donné tant de travail ? Tu crois qu'on ne l'aurait pas déniché, ce gaandu de téléphone, là-haut ? Tu crèches dans une kholi pas plus grande qu'un trou de souris, bhenchod. Imbécile. Maintenant, on te tient.

Il déploya un grand mouchoir bleu et s'essuya la figure et la nuque.

— Fini de jouer les héros ? Tu es prêt à parler ?

Le visage d'Agavane se releva dans la lumière. Il sanglotait.

— Saab, souffla-t-il. Saab.

Il était onze heures quand il arriva devant chez Mary. Il coupa les gaz, soudain conscient du vacarme produit par la moto. L'escalier était loin de l'unique ampoule tremblotante. Il monta sur la pointe des pieds, remarquant pour la première fois les plantes grimpantes sur le mur, à sa gauche, épais matelas de feuilles et de vrilles. Il frappa à la porte, deux fois Il songeait déjà à redescendre quand le panneau de bois s'ouvrit en grinçant. Mary avait l'œil vague et le geste lent. Elle marmonna quelque chose, et s'écarta en traînant les pieds pour le laisser entrer.

— Je me suis endormie, réussit-elle enfin à lui articuler dans un immense bâillement.

Elle avait des canetons et leur maman cane sur son très grand T-shirt jaune.

— Désolé, dit-il. Je n'ai pas pu me libérer avant. Je peux repartir.

— Non, non. – Elle referma la porte. – C'est juste que je regardais la télévision, et mes yeux se sont fermés.

À l'écran, une cohorte de zèbres éclatants franchissait une crête en quelques bonds. Il tendit la main, effleura la joue de Mary.

— Sartaj Singh, lui annonça-t-elle, vous sentez.

Il recula.

— Désolé, fit-il. Une journée de travail, vois-tu.

Il se rendit compte de sa propre puanteur, de ces veines de crasse et de sueur teintées d'essence qui lui couraient le long du corps, depuis le front jusqu'aux chevilles.

— Je ferais mieux d'y aller. J'avais prévu de passer d'abord chez moi, mais ça s'est prolongé très tard.

Elle éclata de rire.

— Tu rougis, remarqua-t-elle. Je ne savais pas que ça pouvait rougir, un policier. Écoute, tu n'es pas obligé de repartir. Pourquoi ne pas prendre un bain, plutôt ?

Elle inclina la tête en direction de la porte, derrière lui.

— Un bain ?

Elle avait raison, il avait rougi ; il sentait cette rougeur sur sa poitrine et dans son cou. Il n'avait jamais été timide, mais là, il se dit que retirer ses vêtements derrière cette mince cloison serait comme s'exposer aux regards, et de manière insupportable.

Mais Mary se montra vive et efficace.

— Vas-y, insista-t-elle. Je vais te chercher une serviette. Je réchauffe un plat, quand tu auras terminé, ce sera prêt.

Il se courba en deux, près de la porte, pour retirer ses chaussures, puis changea d'avis et les mit dehors, sur le palier. Il cacha ses chaussettes dans le fond, et se retourna vers Mary, tout sourire.

— Est-ce que tu retires ton… ton… ? lui demanda-t-elle, en lui tendant une serviette de couleur verte.

— Mon pugree. En général, oui.

— Alors ?

Il s'assit sur la chaise au pied du lit et déroula le pug. Elle le regardait attentivement. Cela faisait longtemps qu'il n'avait plus fait cela devant une femme. Son cœur battait la chamade, il en avait le visage chaud.

— Il est très long, remarqua-t-elle. Cela fait pas mal de poids, sur la tête.

— On s'y habitue.

Au fur et à mesure qu'il le retirait de sa tête, il enroulait la longue étoffe bleue entre son coude et sa main.

— Comme une femme avec un sari, non ?

Elle opina.

— Alors, tu l'as attrapée ?

— Qui ?

— La femme qui faisait chanter cette fille.

Il se figea. La colère, avec une nuance de honte assez inexplicable, lui brûla le ventre. Les hommes sont des salauds, songea-t-il, des rakshasas. Il n'avait pas envie de lui révéler qui était l'apradhi, mais il y était contraint, il le savait. Il ajouta un tour d'étoffe autour de son bras, et inspira profondément.

— Non, nous avons attrapé un comparse. Mais maintenant, on sait qui est le maître chanteur. Le minable nous a tout raconté.

Mary tapa dans ses mains, une fois, deux fois.

— Allez, raconte. Qui est-ce ?

Il secoua la tête, relâcha la mâchoire.

— C'est le boyfriend.

— Quel boyfriend ? De qui ?

— L'ancien boyfriend de Kamala. Le pilote. Umesh.

— Attends, attends. Le beau garçon ? Celui que tu as rencontré ?

— Celui-là.

Il se leva, posa son turban replié sur la chaise, dans un geste cérémonieux.

— Ce gaillard qu'on a déniché aujourd'hui, sa mère, avant de mourir, travaillait pour la famille du pilote. Donc le pilote l'a recruté pour exécuter la sale besogne. Pour passer les appels, récolter l'argent.

Le visage de Mary s'était installé dans une neutralité opaque.

— Faire chanter cette femme qui, dit-elle, qui…

Elle se tourna vers le mur, et elle avait la nuque tendue.

— Umesh a des goûts de luxe, expliqua-t-il. À mon avis, il a vu passer un peu trop de cash dans le sac à main de Kamala, et il a décidé qu'il lui fallait sa part.

— Que vas-tu faire ?

— Je ne sais pas. Nous ne pouvons pas l'arrêter. Il n'y a pas d'enquête officielle. Nous n'avons pas encore tranché.

Elle retira un bout de fil de son T-shirt, l'expédia d'une pichenette.

— Cognez-lui dessus, lui dit-elle. Cognez-lui dessus.

— Oui, acquiesça-t-il, et il ne sut plus quoi ajouter.

Sous le fin coton jaune, les épaules de Mary s'étaient voûtées.

— Tu peux te servir de mon bonnet de douche, dit-elle. Si tu veux.

— OK.

Il était content de s'éclipser. Il avait traîné l'odeur d'égout du crime jusque dans l'appartement de Mary, et cela l'avait perturbée. Dans la colère de la jeune femme, il avait perçu la douleur de sa propre histoire, à elle. Comme soupirant, il n'était pas très brillant, songea-t-il en refermant la porte de la minuscule salle de bains. Sur le rebord de fenêtre, au-dessous du ventilateur, il y avait une rangée de shampooings, de lotions et de savons. Derrière la porte, les deux patères étaient encombrées de serviettes et de vêtements. Il se refusait à poser ses vêtements sales sur la chemise de nuit. Du bout des doigts, il la déplaça vers la deuxième patère – elle était douce, très douce. Il déboutonna sa chemise. Kamble aussi avait voulu aller le tabasser, le pilote, quand Anand leur avait révélé l'identité du maître chanteur. Il était en rage, Kamble. Il brûlait d'envie d'aller l'extraire de son cockpit, là, sur-le-champ, ou de le cogner devant son home cinema de bhenchod. Kazimi et Singh avaient été tous les deux surpris par la véhémence du sous-inspecteur, si bien que le premier avait fini par intervenir. « Pourquoi le cogner, bhai ? Il a plein de fric, le salaud. » Sartaj avait acquiescé.

Il coiffa le bonnet de douche de Mary par-dessus son patka, et ouvrit le robinet. Il n'y avait pas de douche. Il attendit que le seau en plastique rouge se remplisse, regarda l'eau mousser. Kamble était très jeune. En fin de compte, ce cynisme qu'il arborait comme une armure cachait un romantique.

— Arre, j'ai plein de filles, avait-il répliqué à ses deux collègues, mais je ne gagne pas d'argent sur leur dos, moi. Avec elles, j'en dépense, du fric de maderchod, autant que je peux, plus que je n'en ai. Ce pilote, c'est un bhadwa. Un maquereau.

Il leur avait fallu un bon moment pour arriver à le calmer, à le convaincre que le buter ne lui procurerait qu'un plaisir temporaire, que pour un homme comme ce pilote, il n'y avait pas de véritable châtiment. Quand ils s'étaient quittés, il marmonnait encore.

— Pour lui, elle avait de l'amour, répétait-il en employant le mot anglais, « *love* », et pointant sur eux son index, il avait ajouté : Et lui, il s'est contenté de l'exploiter. Le salaud.

Assis en tailleur sur un tabouret blanc en aluminium, face au robinet, Sartaj plongea le mug dans le seau, et s'aspergea les épaules et le ventre. Ils étaient si convaincus que leur apradhi était cette Rachel Mathias, dédaignée, insultée et vengeresse. Et c'était le bel amant lui-même. Kamble, individu étonnant, croyait en l'extase immaculée d'un amour intact, aux rêves dépeints par les chansons qu'ils entonnaient pour s'amuser : *Gata rahe mera dil, tuhi meri manzil.* « Mon cœur chante, et tu es ma seule destination… » Sartaj accrocha le mug au rebord du seau, et resta assis, les mains sur les cuisses, les yeux clos. Serait-il possible de revenir à la foi, de laisser derrière soi cet excès de connaissance et les distances confortables de l'exil ? Il songea à cette femme, de l'autre côté de la porte, si proche, et combien il était étrange et inattendu de se trouver sous son toit, dans sa salle de bains. Il se frictionna les épaules avec un pain de savon Lux, et songea à cette autre femme, celle qui avait aimé ce pilote. Umesh n'était pas un homme bien, mais Kamala n'était pas si bien, elle non plus. Pourtant, il n'avait guère envie de rappeler à Mary que Kamala avait un mari, qu'elle était égoïste, frivole et infidèle, il n'avait pas envie de se disputer là-dessus. Pas ici, pas maintenant. Pour l'heure, il avait juste envie de silence, et de Mary près de lui. Il y aurait des occasions de disputes dans le futur, de trahison, de douleur et de torts, mais ce soir, il avait besoin de s'entourer d'un petit cercle de confiance. Le futur n'était pas encore là, et le passé avait disparu. Il tourna le robinet à fond, s'aspergea d'eau sur la tête, la poitrine, les cuisses. Il avait un grand sourire. Il fredonna cette autre chanson. *Kahin beetein na ye raatein, kahin beetein na ye din.* « Puissent ces choses-là ne jamais s'achever, puissent ces jours-là ne jamais s'achever. »

Il se séchait avec la serviette, lorsque Mary frappa à la porte.

— Tiens, fit-elle.

Il entrouvrit juste assez pour qu'elle puisse glisser un bras.

— Tu peux enfiler ça.

« Ça », c'était un kurta blanc loin d'être neuf. Il referma la porte, et le leva devant lui. Il était un peu court de manches, mais pour le tour de poitrine et les épaules, cela pouvait aller. Il se demanda un instant s'il avait appartenu à son ex-mari, ou à un boyfriend, et chassa cette pensée. Quelle importance ? Le kurta était propre, il sentait le propre, la lessive, l'amidon et le repassage. Il remonta les manches, pinça les bords pour les rendre nets et bien droits. Il renoua son patka sans difficulté, mais il ne pouvait rien pour les cernes sous les yeux, et le creusement émacié des joues. Il se lissa la barbe du plat de la main, s'adressa un signe de tête dans le miroir et sortit.

Mary avait disposé un repas sur la petite table, près de son lit. C'était ce qu'ils avaient initialement convenu, au téléphone, qu'il terminerait son machchi kadi et son riz après le travail.

— J'espère que tu as dîné, dit-il. Je suis très en retard.

Elle avait allumé un petit fourneau, et des volutes de vapeur s'échappaient d'une casserole.

— J'étais trop fatiguée pour rien avaler, fit-elle. Assieds-toi.

Ils dînèrent assis en tailleur, la table entre eux deux. Le machchi kadi de Mary était féroce, mais pas nocif. Il dévora, le souffle coupé, but beaucoup d'eau, et lui raconta des histoires de son enfance. Il lui raconta la fois, à Shimla, où il avait mangé une telle quantité de chole-bature dans une échoppe en bordure de route, que Papa-ji avait dû le porter jusqu'à la maison, et aussi sa passion adolescente pour le falooda royal d'un restaurant Irani bien particulier, à Dadar. Et de Gokul, à Santa Cruz, où vous pouviez vous faire servir une glace à la mangue si crémeuse qu'elle rappelait les orgies des étés d'autrefois, il y avait si longtemps, quand on plongeait la main dans de grands seaux d'eau froide pour en ressortir les dussheries. Il lui raconta ces après-midi, lorsque la

chaleur de juin traversait les murs des salles de classe, l'énerve-
ment des soixante-dix garçons en uniforme blanc, et comment les
plus téméraires, les plus admirés, Sartaj et ses amis, sautaient pas
la fenêtre pour aller croquer des kulfis, les glaces au lait de buffle,
au coin de la rue. Ses histoires la firent rire, et elle lui remplit son
assiette de riz.

— Je n'imaginais pas que tu avais un faible pour les douceurs,
dit-elle. Je n'ai pas de kulfi. Peut-être de vieux toffees, quelque
part. J'avais un peu de chocolat, mais c'est fini.

— Ça ira très bien. Non merci, je m'arrête là.

Mais il ne s'arrêta pas là. Après avoir terminé, s'être lavé les
mains et discrètement brossé les dents avec une noisette du dentifrice neem de Mary, il s'assit par terre, adossé contre le lit, pour
sucer un bonbon à l'orange, qu'elle avait déniché au fond d'une
étagère. Elle était occupée à laver les assiettes et les casseroles, et
cette musique de percussions était réconfortante. Il soupira, se cala
les épaules, avala le reste du bonbon et ferma les yeux. Juste une
ou deux minutes de repos, se dit-il.

Il se réveilla dans une pièce assombrie, la main de Mary contre
son visage.

— Sartaj, chuchota-t-elle. Viens au lit.

Il avait rêvé, rêvé de Ganesh Gaitonde. Dès qu'il se redressa sur
un coude, le rêve s'enfuit, mais la dernière image demeura : Gaitonde lui parlait à travers un mur. *Écoute, Sartaj.*

Il était recroquevillé par terre, à côté du lit. Il avait un coussin
sous le bras.

— Je me suis endormi, avoua-t-il, et il se sentait assez penaud.

— Tu es fatigué, toi aussi.

Il ne pouvait discerner ses yeux ni son visage, mais il savait
qu'elle le regardait fixement. Il se leva et s'assit au bord du lit, à
côté d'elle. Elle changea de place, et s'allongea à l'autre bout,
contre le mur.

— Si je suis ici trop souvent, dit-il, et si je reste, est-ce que tes
voisins ne vont pas se raconter des histoires ? Ton propriétaire ?

Elle tendit la main, le tira doucement par le poignet.

— Ne t'inquiète pas. Tu es un grand policier punjabi. Ils ont
trop peur de toi pour ouvrir la bouche.

Il s'installa près d'elle, et ils se turent, leurs épaules se touchant. Il respira, se tourna sur son flanc droit, et la trouva face à lui. Ils s'embrassèrent. Dans l'obscurité, ses lèvres étaient pleines et souples, différentes de la première fois. Elle se lova dans l'arcade de son épaule et pressa sa bouche contre la sienne. Il y eut la pointe de sa langue, épine agile qui le transperça. Son souffle le pénétra.

Il laissa échapper un bruit, un râle feutré, et il était contre elle, il était dur. Il déploya la main dans le creux de ses reins et l'amena vers lui, ses hanches, son ventre. Il s'était à moitié roulé sur elle, quand il comprit qu'elle s'était retirée, qu'elle était ailleurs. Son bras se figea dans le dos de Sartaj, tout raide. Il s'écarta.

— Désolée, fit-elle, je…

Il percevait son agitation, son anxiété. Il s'efforça de la radoucir, ses doigts lui caressèrent les cheveux. Il restait douloureusement dur, et il éprouvait en lui une faim vorace, un désir de la prendre, mais en un sens, être allongé contre elle lui suffisait. Leurs respirations se réunirent et, au bout d'un moment il entrevit la lueur d'un sourire. Il lui sourit aussi, et ils s'embrassèrent. Il songea alors qu'elle était différente des autres femmes qu'il avait fréquentées, pas exactement dénuée d'expérience, mais timide. Elle vint se blottir contre son menton, dans un geste hésitant, comme si elle essayait quelque chose qu'elle aurait appris récemment. Il retint sa lèvre inférieure entre ses dents, joua avec les commissures. Elle rit, et lui avec elle. Ils s'allongèrent ensemble. L'odeur de shampooing pour bébé de ses cheveux fut la dernière chose dont il eut conscience, et il s'y immergea avec gratitude.

Dans la fraîcheur délicieuse du petit matin, il sut qu'il rêvait. Il marchait dans une ruelle sinueuse à l'infini, au fond d'un basti. Les toits en tôle ondulée luisaient de pluie noire, un homme installait une plaque déchirée de polyéthylène sur le toit de sa cabane. Sartaj marchait. Katekar marchait à sa hauteur. Ils parlaient des émeutes. « C'était une sale période », lui confiait-il. Ils marchaient tous les deux derrière Kazimi. Kazimi avançait devant eux. Ils marchaient. Ensuite, ils parlèrent des explosions, des bombes. Sartaj parla à Katekar du pied sectionné qu'il avait vu sur la chaussée, de l'arbre dépouillé de ses feuilles. « Il a eu de la chance », fit Katekar, en désignant Kazimi du menton. Katekar avait l'air triste. Je rêve, songea Singh.

Et il se réveilla. Mary dormait à ses côtés, et elle se retenait à son avant-bras. Dans ce calme, elle avait la respiration lente et fluide. Il avait la hanche ankylosée, mais restait sans bouger ; le lit était étroit, il ne voulait pas la réveiller. Kazimi avait de la chance, songea-t-il. C'était de sales émeutes. Ces nuits sans fin, ces bastis en flammes, les musulmans qui fuyaient, ces hommes armés de sabres. Les cris. Les coups de feu qui se répercutaient sur les immeubles, en tous sens. Qui avait tiré sur Kazimi, un hindou ou un musulman ? Ou un autre policier, par erreur ? En tout cas, il avait de la chance de seulement boiter, de ne pas se retrouver dans un fauteuil roulant. S'il était resté infirme, il n'aurait pas pu arpenter ces ruelles cahoteuses. Faute d'un fauteuil électrique à la Bunty.

Il se redressa. Il était tout à fait réveillé, à présent, et le sang cognait sourdement dans son crâne. Mary remua, près de lui.

— Quoi ? souffla-t-elle.

Il se souvenait du fauteuil roulant de Bunty, de sa ligne racée, étrangère. Et il avait dans l'oreille une voix d'autrefois, celle d'un homme qui prêchait. Une voix d'or, confiante dans les vérités qu'elle prononçait. Il ne pouvait pas voir cet homme, mais il était là, sur un écran de télévision. C'était un grand gourou, un gourou célèbre, et il avait accompli son yagna. L'écran de télévision de Mary était noir. Il y discernait son propre visage. De l'autre côté de cet écran, il y avait une roue, une roue, derrière la tête du gourou. Une roue chromée, il y avait très longtemps de cela. Un fauteuil roulant rapide, un fauteuil qui sortait de l'ordinaire. Il se souvenait du bourdonnement électrique.

— Il faut que je file, dit-il.

— Que se passe-t-il ?

— Rien, rien. Il faut que j'aille au travail. Je t'appelle.

Il l'embrassa, lui remonta un drap autour des épaules et rassembla ses affaires. Sur le palier, il faisait sombre et, le long de la fine lamelle d'horizon qu'il apercevait entre les immeubles, il y avait un infime soupçon de lumière naissante. Il ferma la porte derrière lui, puis s'assit sur la première marche pour enfiler ses chaussures.

Il avait les doigts fébriles, impatients. Il effaça les marches en trois bonds, et attrapa son téléphone portable. L'écran était gris, éteint. Maderchod, il ne l'avait pas rechargé, la veille. Et puis il fut à moto, fonçant dans les rues désertes. Il connaissait une télé-boutique ouverte toute la nuit, près de la gare de Santa Cruz, et il y arriva en moins de dix minutes. Il frappa à la vitrine, fit lever le garçon qui somnolait derrière le comptoir. Allez, allez. Il écouta les déclics, sur la ligne, le temps que l'on achemine l'appel. Sur la cloison verte qui séparait la cabine du comptoir, on avait gravé un grand cœur traversé d'une flèche, et deux noms, « Reshma » et « Sanjay » tracés d'une écriture fluide. De petites gouttes de sang, tout un pointillé de gouttes, descendait en arc de cercle vers le sol. Il suivit la flèche du doigt.

— Allô ?

C'était la voix d'Anjali Mathur, âpre et sourde, mais déjà en éveil.

— Madame, fit-il. C'est Sartaj Singh qui vous appelle de Mumbai. Vous dormiez, je suis désolé.

— Que s'est-il passé ? Dites-moi.

— Madame, je crois savoir qui est le gourou de Gaitonde.

Ganesh Gaitonde réalise un film

— Un peu d'ombre à paupières, plus sombre au coin de l'œil.

J'étais allongé en travers d'un lit aux montants argent, aux draps de satin, et je regardais Jamila se maquiller. Elle avait allumé les lampes, un cercle éblouissant de lampes, autour du miroir, et elle étudiait son visage avec le détachement serein d'un médecin. Elle avait les seins nus, mais quand elle travaillait sur son visage, même moi, je ne prêtais plus attention qu'à ses yeux, à ses joues.

— Ensuite, tu mets de l'eye-liner, Lakme, noir de charbon. Tu traces une accroche vers l'extérieur de l'œil. Tu vois ? Comme un petit poisson. Renflé au bout. Ce qui fausse le contour de l'œil. OK, donc. Si ta paupière supérieure est fortement soulignée d'eye-liner, tu éviteras de trop forcer sur la paupière inférieure. Tu perdrais la définition de la première. Si tu veux que tes yeux paraissent plus grands, tu débordes un peu vers le haut, vers les bords extérieurs de la paupière inférieure. Utilise un crayon que tu puisses étaler, et tu repousses un peu vers le haut.

Elle parlait fort, pour couvrir les rythmes tapageurs de la musique disco, mais elle articulait avec une grande clarté. Elle exerçait sa diction. Elle m'a jeté un coup d'œil, pour voir si j'étais attentif, et je lui ai souri. J'étais joliment fatigué, je l'avais prise deux fois, ce soir-là, dont une par terre. Je possédais un mètre quatre-vingts de sa personne, si doux, si jeune, si plein de ressort et tellement offert, et j'avais exploré le territoire jusque dans ses moindres recoins.

— Tes yeux ont l'air immense, j'ai fait remarquer.

— OK, alors. Les pommettes. Sur les pommettes, tu emploies le blush, pour leur donner de l'éclat. J'aime bien le Bronze Blitz.

Tu vois ? Ensuite, il faut te décider, tu veux un aspect dur ou un aspect doux ? Où est-ce que tu sors, ce soir, quelle impression tu veux dégager ? Si tu dois te retrouver sous les projecteurs, avec des caméras qui tournent, tu préféreras l'aspect dur, pour être mise en valeur, sur les photos. Mais nous, n'allons nulle part. Donc, ce sera du doux. Pour un aspect doux, j'aime bien le crayon à lèvres MAC, c'est allemand. Tu dessines le contour des lèvres. Aujourd'hui, j'utilise une couleur Prune confite. Là, tu traces juste le contour des lèvres. Si tu appliques le crayon sur toute la surface, ce sera trop tranché. Donc, moi, je me sers de blush comme rouge à lèvres.

— Très malin. Tu es une Jamila futée.

En guise de réponse, je n'eus même pas droit à un millième de sourire. Sur le plan travail, elle était aussi sérieuse qu'un pandit. Ou qu'un mollah, dans son cas.

— Maintenant, tu appliques le blush, et tu l'étales avec le doigt. Comme ceci. Donc, les lèvres, c'est fait. Maintenant, le mascara.

Elle ouvrit encore la bouche, pour appliquer le mascara. Je l'avais remarqué chaque fois que je l'avais regardée s'occuper de son visage, et je l'avais remarqué chez toutes les femmes avec qui j'avais été. Quand elles approchaient la brosse à mascara des paupières, elles ouvraient grand la bouche. Tribu étrange, les femmes.

— Avec le mascara, tu insistes sur les racines des cils en remontant vers le haut. Tout en remontant, tu donnes à l'applicateur un petit mouvement de torsion. Tu vois ? Tu insistes, tu agites, et torsion. Voilà. OK, maintenant, on a presque terminé. Mais ce n'est pas fini. Le secret, le voici : estomper, estomper, estomper. Il faut tout estomper. Surtout pas de ruptures trop nettes.

Elle a estompé. Et j'ai observé.

— Voyons voir. Quoi d'autre ? OK, aujourd'hui, pour le côté sensuel, je vais mettre un peu de lip-stain. Cela donne un effet marbré, un peu comme des volutes de fumée. Je vais prendre un lip-stain MAC pourpre. Il faut égaliser le marbré. Si tu n'as pas de pinceau, tu peux y aller avec le bout d'un crayon. Comme ceci. – Ensuite, elle s'est tournée vers moi, les mains grandes ouvertes. – Terminé. Tu vois ? C'est fait.

Et oui, oui, c'était fait. À partir d'une pièce d'acier brut de Lucknow, elle avait modelé une efflorescence translucide et légère comme l'air. Elle s'est levée, de toute sa hauteur, et elle a passé un peignoir bleu sur les angles délicats de ses épaules. Dessous, elle portait un string noir et de fins escarpins. J'avais payé à Jojo une somme sans précédent pour cette haute vierge, et plusieurs lakhs à Jamila elle-même, mais chaque fois qu'elle se tenait debout et bien droite comme cela, je pensais paisa vasool. J'en ai pour mon argent. Elle s'est éloignée vers l'autre bout de la suite en se déhanchant sur fond de gratte-ciel. Au bout du tapis, elle a pris une pose de défilé de mode et m'a lancé un long regard par-dessus l'épaule. Il y a eu la ligne d'un mamelon pointé vers le haut, nettement découpé. À cet instant, avec ce bleu du ciel derrière Jamila, et elle devant, tout en or et en obscurité, nous aurions pu être à la télévision, sur Fashion TV, sur Star TV, sur Zee TV. Elle est revenue vers moi avec cette même démarche, et j'ai senti ce déchirement dans la poitrine qu'inspirent les femmes riches et belles, mélange de désir et de désespoir devant un spectacle hors d'atteinte, flottant là-haut dans les cieux. La différence, c'était que celle-ci, je pouvais l'avoir à mes pieds, à genoux, dans la seconde. À moi, j'ai pensé, elle est à moi. Donc il y avait de la douleur, mais aussi ce plaisir. Donc je l'ai laissée marcher. Elle savait que j'aimais la regarder, et elle m'a offert le spectacle. Ensuite, comme je n'en pouvais plus, je lui ai fait prendre la pose, à quatre pattes près de la fenêtre, dans la lumière à son déclin, et je me suis agenouillé devant elle, à hauteur de sa bouche. C'était la troisième fois ce jour-là, j'en ai frissonné de douleur et finalement le soulagement est venu.

Ensuite, nous avons dîné. Si j'avais faim, elle, c'était épouvantable. Elle mangeait proprement, avec son couteau, sa fourchette, en se tapotant délicatement les commissures des lèvres avec sa serviette, mais dans des proportions inimaginables. Elle engloutissait de quoi rassasier quatre grands gaillards. Elle était capable de faire la conversation, avec naturel, autour des sujets du jour. Cependant, sa préférence allait au silence complet. Elle avalait des assiettées de poulet, suivis d'un plat d'agneau, ou de deux, et terminait par des coupes de crème glacée. Au lieu de thé ou de café, elle buvait un verre de lassi, ou de lait s'il n'y avait rien d'autre. La première fois, elle m'avait expliqué qu'elle n'avait pas besoin de caféine, que toutes les cellules de son organisme étaient par nature pleines de ressort. Il lui suffisait de cinq heures de sommeil pour avoir l'air frais et reposé, et elle pouvait se contenter de quatre.

Moi, en revanche, j'étais épuisé par les exercices du jour et le confinement dans cet appartement. Donc je dînais en silence, et ensuite je prenais un bain. Quand je sortais de la salle de bains, Jamila avait rabattu les couvertures et posé un verre de lait chaud sur la table de nuit. Je l'avais bien formée. Pendant qu'elle se douchait, je sirotais le lait et je discutais avec Arvind sur la ligne intérieure. Il était un étage au-dessous de nous, dans la moitié inférieure du duplex, avec sa Suhasini, qui ne ressemblait plus du tout à Sonali Bendre. Gourou-ji avait eu raison, pour leur mariage : ils y avaient puisé tous deux des forces. Arvind était resté un individu pensif, mais désormais décidé et pragmatique. Suhasini avait renoncé à ses manières tapageuses et transmis son énergie à son mari pour mieux nager dans un bonheur placide. J'avais nommé Arvind contrôleur de nos opérations en Orient, et je l'avais installé dans ce bel appartement sur Havelock Road, en réalité constitué de deux appartements. C'était là que je retrouvais Jamila, à l'étage supérieur donnant sur le toit, dans ce seul et unique endroit. Notre relation était des plus secrètes. Il était évident pour nous trois, Jojo, Jamila et moi, qu'une fille briguant le titre de Miss Univers ne devait pas être trop ostensiblement liée à un seigneur international du crime. Donc nous taisions la chose, Jamila la première. Quand elle prenait sa douche, elle ne chantait pas, quand elle regardait des films, elle ne riait jamais, ne pleurait pas, n'applaudissait pas. En cet instant, depuis la chambre, je pouvais entendre les éclaboussements de l'eau, et c'était à peu près tout. Je parlais affaires avec Arvind, puis je me suis enquis de la grossesse de Suhasini. J'ai raccroché et j'ai appelé Bunty, à Bombay. Encore des conversations d'affaires et, le temps que nous ayons terminé, Jamila en avait fini avec ses longues ablutions du soir. La salle de bains ressemblait à une officine de pharmacien, encombrée d'onguents, de lotions, de shampooings soigneusement disposés, en rangs. Pourtant, quand elle me rejoignait au lit, les cheveux relevés, elle n'avait pas cette allure moite et enduite qu'avaient tant de femmes au moment d'aller dormir. Elle avait juste l'air propre, net et sain.

J'éteignais la lumière, et nous restions allongés côte à côte. Je savais qu'elle n'allait pas s'endormir avant un moment, une heure ou deux au moins, mais elle se pliait à mon programme, se montrait malléable et courtoise. Elle mangeait, dormait et se réveillait quand je le désirais. Et là, j'avais envie de dormir. Mais son corps me maintenait éveillé.

Ce n'est pas l'appétit qui me démangeait l'esprit, et me poussait à agir. J'étais rassasié, pour le moment. J'avais en tête la forme de son corps, ses lignes, son agencement, ses proportions. Nous avions recomposé cette forme. La croupe de Jamila avait été réalignée. C'est-à-dire que les fesses – qui sont naturellement asymétriques, chez tous les êtres humains – avaient été alignées. La graisse logée à l'intérieur des petites rondeurs des hanches avait été aspirée et réinsérée dans son gaand, pour le rendre plus rebondi, comme il convenait. La partie inférieure des cuisses, les côtés et les sections arrière supérieures, juste sous le postérieur, avaient tous subi une liposuccion. La taille avait aussi subi une liposuccion. Tout comme le haut des bras et la zone située sous le menton. Les seins avaient reçu des implants remplis d'une solution saline, aux formes naturelles, que nous avions examinés et manipulés, dont nous avions longuement discuté. Nous avions confié toutes ces interventions au docteur Langston Lee, qui officiait dans son palais des merveilles, sur Orchard Boulevard. Très propre, très moderne, très chère, la clinique avait une réputation sans pareille. C'était un maître, cet homme aux petits yeux et au drôle d'accent, un magicien-maha de la chair ; il la déplaçait, la transformait, la faisait disparaître et réapparaître à son gré. Jamila l'avait trouvé au terme d'une recherche à l'échelle de la planète, et il ne l'avait pas déçue. Même moi, grand consommateur de corps, chodu qui savait ce qu'il aimait sans savoir pourquoi, même moi j'avais appris en écoutant leurs discussions. Je comprenais mieux le langage de la beauté, sa grammaire, et sa syntaxe sublime. En écoutant ces deux poètes, je découvrais comment une mélodie de courbes, de textures et d'espaces bien écrits pouvait enchanter le cœur le plus endurci. Ce qu'ils avaient créé ensemble, ce médecin et son sujet, c'était de la magie. Contre le sortilège d'habileté qu'ils avaient créé à partir de cette femme, il n'existait aucune défense.

La métamorphose avait coûté beaucoup d'argent, et une souffrance inimaginable. Je n'avais jamais rendu visite à Jamila à la clinique, mais j'avais passé beaucoup de temps avec elle après les opérations, dans notre appartement. Elle n'avait jamais laissé échapper un gémissement, ne s'était jamais plainte, mais je savais quels efforts lui coûtait le trajet du lit à la salle de bains, une fois les tissus de ses cuisses arrachés et pris d'assaut par une canule inquisitrice. Je le voyais à la sueur qui perlait à son front. À ses hématomes, à ces marques jaune-vert en travers des seins, à sa manière d'agripper le couvre-lit. Tant de douleur, et tant de jours durant. Et ce n'était pas fini. Il fallait nous occuper de son visage. Le docteur Lee allait sculpter le creux des joues. Ajouter de la graisse à ses lèvres. Il travaillerait sur son nez, l'affinerait par un implant. Il rehausserait la naissance des cheveux. Et le menton recevrait un implant lui aussi, destiné à l'allonger, à le renforcer, qu'il prenne du modelé, en contrepoint exact du front. Il allait lui donner une harmonie, un équilibre sans faille, parfait. Jamila serait alors complète – selon ses propres calculs.

— Comment cela t'est venu ? ai-je demandé.

— Saab ?

Sa réponse avait été instantanée, ni endormie, ni embrumée. brumeuse. Mais ma question, il fallait l'admettre, était assez vague.

— Quand as-tu voulu devenir une star, pour la première fois ? Quand as-tu projeté de venir à Bombay ? Comment t'es-tu organisée ?

Rien n'a changé dans sa respiration. Mais cette fois elle était en alerte. Je le sentais dans mes avant-bras, dans ma nuque.

— C'est une histoire provinciale et sans intérêt, saab.

— Dis-moi.

— Oui, saab.

C'était une bonne fille. Elle m'appelait toujours « saab », elle était paisible et obéissante. Et là voilà qui racontait, d'un ton égal.

— La première fois que j'ai vu des mannequins, j'avais six ans.

— Oui.

Elle parlait, et moi, toutes les deux ou trois minutes, je réagissais par un bruit, un « oui », histoire de lui laisser entendre que je l'écoutais. Et elle a continué.

— Je veux dire, j'en avais déjà vu dans des magazines et des journaux, et j'avais vu des actrices dans les films, mais cette fois, ces mannequins-là étaient dans la vraie vie, à Lucknow. Ma mère m'avait emmenée chez mon chacha, et sur le trajet du retour nous avons traversé Hazratganj. Les mannequins sortaient d'un grand magasin. Elles ont traversé le trottoir, fendu une foule contenue par des policiers, et elles sont montées dans un bus climatisé. Voilà tout, trente secondes, une minute peut-être, et moi, debout, coincée entre ma mère et un inconnu, les yeux levés vers elles. Elles sont passées si près que j'aurais pu toucher une jupe, une main. Mais je ne l'ai pas fait. Je me suis retenu à la burqa de ma mère, et j'ai levé les yeux. Elles étaient là, tout simplement là. À Hazratganj. Mais on les aurait dit sorties d'un autre monde. Comme des fées. Elles étaient grandes. Plus grandes que moi, plus grandes que ma mère. Fines et grandes. Deux d'entre elles se parlaient en passant devant nous, en anglais, et je n'ai rien compris. Mais leurs voix dégageaient cette même impression, cette atmosphère qui était là dans leurs joues rougies, leurs yeux sombres. C'étaient des fées. Après cela, quand on me racontait une histoire de princes, de djinns et de magie, je revoyais toujours ces mannequins. Je ne les ai jamais oubliées. Ce soir-là, j'ai demandé à ma mère qui elles étaient. Elle n'en savait rien. C'était une femme pieuse qui portait la burqa, qu'aurait-elle su de ces mannequins ? J'ai essayé d'en parler à mon père, et il a ri, il a demandé à ma mère de quoi je parlais, et elle a haussé les épaules. Des filles, des étrangères impudiques, aux cheveux coupés, lui a-t-elle répondu.

« Ce n'étaient pas des étrangères, elles étaient plutôt indiennes, une troupe de mannequins venues de Bombay. Mais, aux yeux de ma mère, elles n'en étaient pas moins étrangères. Le lendemain, nous avons découvert qui elles étaient vraiment. Mon père était un homme modeste, et il était pieux. Tous les jours, il remerciait Allah de la réussite de son petit restaurant du Cowk Bazaar, connu pour ses katori kebabs, même à l'extérieur de Lucknow. Mais c'était aussi un homme progressiste. Il achetait deux journaux en urdu, et aussi le *Times of India*. Il était incapable de lire en anglais, mais il espérait que ses enfants le seraient un jour, qu'ils avanceraient dans le monde. En réalité, son espoir concernait surtout ses fils, mes frères aînés. Moi… j'étais la plus jeune, sa préférée, à l'époque… J'avais pris l'habitude de feuilleter les journaux et les magazines qu'il leur achetait, et j'écoutais leurs conversations. Ce matin-là, mon plus grand frère, Azim, qui était aussi, de toute la famille, celui qui parlait l'anglais le plus couramment et qui préparait le concours d'entrée dans l'administration d'État de l'Uttar Pradesh, s'est mis à rire et m'a dit : Voilà tes étrangères, Jamila. Et elles étaient là, sur une photo, en troisième page du journal, elles flottaient d'un bout à l'autre d'un long podium surélevé. J'ai reconnu celle qui ouvrait la marche, elle était de la conversation que j'avais surprise. Azim a expliqué à mon père qu'il s'agissait de mannequins venues de Bombay pour une présentation de collection dans un hôtel cinq étoiles, à laquelle avaient assisté tous les riches de Lucknow, et aussi l'inspecteur général adjoint et le percepteur. C'était la première fois, je crois, que j'entendais les mots « présentation de collection ». Je savais à peine ce qu'ils signifiaient. Je m'imaginais une foule comme celle du trottoir devant Hazratganj, et ces mannequins marchant au-dessus de tout le monde. Rien de plus, elles allaient et venaient, avec cette allure nonchalante, c'est tout. Et tout le monde les regardait.

« À l'époque, c'était tout ce que je savais. Mais je m'y suis longtemps raccrochée, durant de nombreuses années, dans mon univers qui se limitait à ma rue, mon foyer et mon école, mon père, ma mère, mes frères, mes tantes et mes cousins. Tous les jours, je suivais ce défilé, tous les soirs je m'endormais sur ces mannequins de Bombay, qui passaient devant moi sur une passerelle d'où la foule avait disparu, que l'on avait soulevée, déplacée loin de Lucknow, j'ignore comment. Je voulais en savoir davantage, mais d'instinct, je ne posais pas de questions, je n'en parlais pas. Je savais que les femmes n'avaient pas à rêver de choses pareilles, que les gentilles filles mémorisaient les surahs et les hadits, qu'elles restaient réservées et silencieuses, pas seulement dans la veille, mais aussi dans le sommeil. Rien qu'à m'asseoir à côté de ma mère pour prendre mon repas après que les garçons avaient terminé le leur, je le comprenais. Donc je me taisais, et j'essayais de glaner quelques bribes d'informations. Regarder le *Times of India* avec Azim était devenu une sorte de plaisanterie familiale. Viens, me disait-il tous les matins en ouvrant le journal. Par conséquent, j'en savais un peu plus. Je savais que les mannequins habitaient à Bombay, que c'était presque toutes des filles qui parlaient l'anglais, qui avaient grandi là-bas, qui avaient gagné des sommes d'argents fantastiques et qui fréquentaient des gens très, très haut placés. Mais c'est seulement quand nous avons eu une télévision en couleurs à la maison, que j'y ai réellement compris quelque chose.

« Je venais d'avoir onze ans. Dès qu'on a eu le câble, je me suis mise à regarder la télévision l'après-midi, et j'ai grandi. Jusqu'à cet été-là, j'avais été une fille ordinaire, seul mon père m'accordait une attention particulière ; les autres me croyaient banale, silencieuse, bonne fille. Mais je me suis mise à grandir. J'ai grandi, grandi. Ma mère était plutôt petite pour sa génération, elle devait mesurer un mètre soixante-trois. Mon père mesurait peut-être trois centimètres de plus. Azim était le plus grand de la famille, un mètre soixante-dix. Mais moi, je grandissais encore. Plantée devant les émissions de mode sur les chaînes MTV et V, je m'étirais en longueur. Sur Zee, ils diffusaient des interviews avec des créateurs de mode, des chorégraphes, des photographes. Je regardais. Le soir, j'avais des douleurs. Mes articulations me faisaient souffrir, et mes tendons se distendaient. Je regardais *Fashion Guru*, je pratiquais mon anglais, et je grandissais. À quatorze ans, j'avais dépassé tous mes frères sauf Azim, et l'année suivante j'étais plus grande que lui. J'étais mince, si mince. Les filles qui habitaient notre mohalla me lançaient des méchancetés à la figure, et ma mère n'en pensait pas moins. L'explication de mon père était que je tenais d'un grand-oncle qui mesurait un mètre soixante-quinze. Mais à la fin de ma seizième année, j'étais même encore plus grande que cet oncle, et je poussais encore.

« Ma famille s'inquiétait. Où allaient-ils trouver un homme plus grand que moi ? Et même s'ils le trouvaient, le géant voudrait-il d'une femme pareille ? Mais moi, je ne m'inquiétais pas. Je savais où l'on voulait bien des filles de grande taille. Je savais qui j'étais. Je n'avais pas seulement étudié la mode, mais moi-même. Même si personne autour de moi n'était capable de le voir, je savais que je détenais un capital. Deux ans après les victoires d'Aishwariya et de Sushmita pour Miss Monde et Miss Univers, un salon de beauté s'est ouvert juste à côté de notre mohalla. Les jeunes filles et les jeunes femmes ont pris l'habitude de fréquenter les lieux, de s'offrir des soins du visage, de se faire épiler les sourcils et maquiller pour les mariages. Les filles qu'on disait jolies, après lesquelles mes frères soupiraient, elles avaient toutes la peau claire, des formes un peu rondes, et un air sage. Je connaissais la couleur de ma peau, et ma silhouette, et je ne leur ressemblais pas du tout. J'étais considérée comme vilaine, j'avais le teint sombre. Mais je savais. Dans mon miroir, je voyais bien ce qu'il y avait là, devant moi, et ce qu'il fallait faire. J'avais tout lu sur le maintien, la préparation, la façon de marcher sur le podium, la taille mannequin et la chirurgie esthétique. Je savais où je pouvais aller. Je savais où je devais aller. Pour moi, il n'y avait qu'un seul endroit possible : Bombay. Par conséquent, c'est là que je suis allée.

Je n'avais encore jamais entendu Jamila parler autant, jamais aussi longtemps d'un coup. Je pense que c'était l'obscurité, et ma question inattendue, et mes encouragements grommelés – en fin de compte, ce n'était pas à moi qu'elle avait raconté son histoire, mais à elle-même. Le reste de son cheminement, je le connaissais, Jojo me l'avait raconté. Jamila avait attendu le lendemain de son dix-huitième anniversaire. Tard cet après-midi-là, elle avait quitté la maison vêtue d'une burqa en n'emportant que son sac à main dans lequel elle avait sept mille quatre cents roupies, pour partie épargnées, non sans mal, et pour l'essentiel dérobées dans l'almirah de sa mère. Elle avait trois bracelets en or, un peu de bijoux en argent, sans valeur. Elle avait pris un rickshaw pour Nakkhas, en passant par Kashmiri Mohalla, où elle s'était acheté une valise bon marché. Elle avait gardé son visage voilé et elle marchait courbé, se transformant ainsi en vieille femme pieuse aux yeux de tous ceux qui la croisaient. À l'époque, déjà, ses talents de comédienne étaient sans égal. Elle avait porté sa valise jusqu'à la maison d'une amie, où, au cours des semaines précédentes, elle avait apporté des vêtements divers pour se créer une garde-robe secrète. De là, elle s'était rendue à la gare, où elle avait attendu le Pushpak Express. Elle avait déjà un billet et une réservation pour une couchette, achetés deux semaines plus tôt sous un nom d'emprunt. Elle avait tranquillement pris place dans le train, et elle avait regardé défiler les kilomètres. Chez elle, elle avait laissé un mot, que sa mère trouverait ce soir-là dans la cuisine. Il disait : « Je pars de mon plein gré. C'est mon choix. S'il vous plaît, n'essayez pas de me retrouver. » Elle n'avait rien écrit sur le lieu où elle allait, et pourquoi, et pour quoi faire. Comme elle n'avait jamais dit un mot à personne de ses ambitions, de la voie où elle s'engageait, personne ne savait où la chercher. Même l'amie qui l'avait soutenue croyait aider Jamila à rejoindre un boyfriend, un homme marié. Mais il n'y avait aucun homme, aucun boyfriend, seulement son rêve. À Bombay, elle s'était débarrassée de sa burqa, elle avait encore changé de nom et elle avait habité dans une petite pension pour femmes près de Haji Ali, un dortoir où chaque pensionnaire avait un lit, une petite table et une étagère de soixante centimètres. Je savais combien elle avait souffert, les premiers mois, les petits boulots de vendeuse, les patrons cupides, les trajets de trois heures en bus pour aller retrouver des photographes, les propositions indécentes, les avances et les humiliations. J'avais entendu tout cela, et pourtant je n'avais pas compris la force de cette Jamila avant cette nuit, quand elle m'a raconté comment elle avait fini par se comprendre elle-même, ce qu'elle était et qui elle pourrait être. Jojo avait raison, cette Jamila était comme moi. Il est des esprits capables de changer le monde. J'avais appris de Gourou-ji que cette terre sur laquelle nous marchons, ce ciel sous lequel nous nous blottissons, que tout est un rêve. Ceux qui possèdent la pratique méditative du tapas et assez de volonté peuvent faire bouger l'univers, m'avait-il affirmé. J'avais écrit ma propre vie. Jamila possédait cette même aptitude, ce désir. Nous, les rares à détenir cette vision grandiose de nous-mêmes, nous sommes en mesure de nous réécrire. À un certain moment, entre cette nuit-là et le lendemain matin, dans le sommeil ou peut-être en dehors, j'ai décidé de tourner un film pour elle.

— Donc, tu craques pour la Girafe égocentrique, m'avait lancé Jojo lorsque je lui avais exposé mon projet.

— Qu'est-ce qui te permet de croire que je craque pour quoi que ce soit ? j'ai répondu. Cela fait longtemps que j'ai envie de réaliser un film.

— Peut-être, pourquoi pas. Mais c'est maintenant que tu te décides à le tourner. Avec elle, tu es en plein fida. Reconnais-le. La Girafe égocentrique t'a harponné.

Elle n'en démordrait pas, et rien ne l'empêcherait jamais d'appeler Jamila la Girafe égocentrique. Jamila était sa protégée, et elle, son meilleur soutien, son initiatrice, mais ça ne changeait rien.

— Jojo, tu es jalouse de cette pauvre fille.

— Jalouse d'avoir à supporter que tu l'enfiles toutes les deux minutes, Gaitonde ?

Dans un bête moment d'autosatisfaction, je lui avais confié que j'adorais prendre Jamila dans toutes sortes de positions esthétiquement étudiées et dans les lieux les plus incongrus. Livrer la moindre information à une femme est une sottise contre laquelle j'avais mis mes boys en garde. Mais pour Jojo, sans trop savoir pourquoi, j'ai enfreint mes propres règles. Nous nous connaissions depuis trop longtemps. Parfois, même en pleine action, tout en faisant chodo à Jamila – par exemple dans une limousine en route pour un restaurant –, j'avais conscience de n'attendre que ça, le raconter à Jojo. Et que raconter était capital, que l'acte n'existait que pour être raconté. Il fallait que j'en parle à Jojo. Et donc elle en savait trop, y compris à quel point j'aimais enfourcher la Girafe égocentrique.

— J'ai mieux à faire de mon temps que de t'offrir mon gaand, Gaitonde, elle a ajouté.

— Mais le gaand de Jamila va finir sur grand écran, j'ai dit. Et ça fout le tien en rogne.

— Il y a dix ans, oui, ça l'aurait foutu en rogne. Peut-être même cinq. Mais maintenant je suis heureuse, baba. Tu comprends ça ? Heureuse. J'aime mon travail, ce que j'ai me convient, je réussis dans ce que j'entreprends. Et je me rends compte maintenant que même si j'avais réussi à tourner, je n'aurais pas tenu longtemps dans le métier. J'étais une petite fille qui jouait à des jeux de grands. Je n'y connaissais rien.

— Cette Jamila, elle a étudié le métier depuis l'enfance.

— Oui. Elle a travaillé très, très dur pendant longtemps. C'est pour ça que c'est une Girafe égocentrique.

La revoici, cette morsure. Après la tartine de louanges.

— Ne sois pas kutiya, j'ai dit. Ce sont des bachchas comme elles qui te font vivre. Parce que tu les étudies à fond, en travaillant dur.

Jojo a accepté l'idée de bonne grâce. Elle savait se montrer aussi tranchante que le couteau d'un chef japonais, mais elle était honnête.

— C'est vrai, elle a fait. Et je t'en envoie quelques-unes, de ces gamines, Gaitonde. Pour ton plaisir.

— Oui. Lis-moi une lettre.

Encore un de mes nouveaux plaisirs. Depuis deux ou trois ans, Jojo recevait des lettres. Elles lui parvenaient dans ces enveloppes brunes qu'on trouve à côté des panneaux d'offres d'emploi dans l'administration du gouvernement et des piles de formulaires de candidature.

— Oui, oui, a fait Jojo. Attends une seconde. J'en ai reçu une vraiment très bien, vendredi. Je te la réservais.

Je l'ai entendue farfouiller dans ses rayonnages. Ces lettres lui arrivaient de toute l'Inde, mais surtout du nord, d'endroits comme « Azadnagar, Maithon Farm, Dhanbad », « Asabtpura, district de Moradabad », « Mangaon, Dist. de Raigad » et « Mallik Tola, Banka, État de Bihar ». Un journal en hindi publié en dehors de Delhi avait plagié un article de l'édition dominicale du *Times of India* sur le thème des mannequins, avec des photos de deux jeunes femmes arrivées à Bombay en provenance de bourgades, devenues mannequin et actrice à succès. Le journal avait cité le nom de Jojo parmi ceux d'agents intéressés par les têtes nouvelles. Et les lettres s'étaient mises à tomber. Un flot régulier, qui grossissait à mesure que l'article était copié, dupliqué et pillé par d'autres journaux. Ces lettres émanaient surtout d'hommes, et nous nous étions perdus en conjectures, Jojo et moi, sur les raisons qui empêchaient les femmes d'écrire. Elle pensait que les filles craignaient de recevoir une réponse à leur domicile. Elle me disait : et si le père ouvrait une lettre annonçant que sa fille devait venir à Bombay ? Elle me disait : les filles, elles s'enfuient de chez elles, un point c'est tout. Ou parfois, elles remportent un concours de beauté et convainquent leurs parents de les accompagner à Bombay. De nos jours, les parents eux-mêmes finissent par entendre les lakhs sonner et trébucher, alors ils y vont.

— OK, Gaitonde, m'a fait Jojo. La voici. Celle-ci vient du village de Chhabilapur, bureau de poste de Gobindpur, district de Begu Sarai.

— Dans quel État ?

— Le Bihar, baba.

— Qu'est-ce qu'ils ont, les Biharis ?

— Ce sont des gens qui ont belle allure, ils sont intelligents, ils sont ambitieux et ce sont des survivants. Maintenant, tais-toi et écoute.

— Oui, oui. Dis-moi.

Sa lecture du hindi était lente et laborieuse, elle n'avait appris à le parler qu'une fois à Bombay et à le lire encore plus tard – très mal. Mais à force, grâce à la lecture de ces lettres, son hindi s'est amélioré. Avant de me mentionner leur existence, elle les empilait derrière un placard sans les ouvrir et, une fois par semaine, elle les jetait. Mais quand elle m'en avait parlé, je l'avais persuadée de m'en lire une, puis une autre. Maintenant, elle me réservait les meilleures.

— Elle commence par l'introduction habituelle. Donc, ce correspondant a lu un article sur le concours M. International dans le journal, et ma société était évoquée dans l'article. Il veut savoir comment il peut accéder au monde des mannequins.

— Arre, lis-la-moi, Jojo.

— Gaitonde, son hindi est vraiment compliqué, il est originaire du nord, c'est plein de formules ampoulées *hum*, de *humara pata*, de *kasht karein,* « voulez-vous bien vous donner la peine… », et tout ça.

— Lis-la-moi, point.

— OK. Elle m'a bien plu parce qu'il fait des listes de tout. « Langues : hindi, anglais, magahi, maithili. Au fait, son nom, c'est Sanjay Kumar. »

Sa voix s'en étranglait déjà, tant cela l'amusait. « Sanjay Kumar souhaite vous communiquer un curriculum vitæ peu ordinaire. » Donc il a ajouté une « Liste de préférences ». « Fleur préférée : la rose. Héros de cinéma préférés : Anil Kapoor, Salman Khan, Aamir Khan. Héroïnes de cinéma préférées : Rani Mukherjee, Kajol, Aishwarya Rai. »

— Pourquoi pense-t-il que tu as besoin de savoir ça ?

— Qui sait ? Écoute, Gaitonde… « Films préférés : *Karan Arjun, Sholay, Dilwalle Dulhaniya Le Jayenge, Pardes*. Destinations étrangères préférées : Londres, la Suisse, la Nouvelle-Zélande. »

— Ce salopard n'a jamais quitté Chhabilapur.

— Il a découvert la Nouvelle-Zélande en film, Gaitonde. Son père a acheté un magnétoscope, ils regardent des films tous les jours. « Crèmes de beauté préférées : Fairever, Pond's Cold Cream. Parfum préféré : Rexona. Savon préféré : Lux, Pear's et Pear's Face Wash. Shampooings préférés : Clinic All-Clear et Nyle Herbal Shampoo. Huile capillaire préférée : Dabur Mahabrahmraj Hair Oil. »

Elle riait si fort, qu'elle réussissait à peine à lire.

— « Poudre préférée : Denim et Nycil. Nécessaire de rasage préféré : Aquafresh. Jeans préférés : Levis. Voitures préférées : Cielo, Tata Safari, Maruti Zen, Maruti 800, Ferrari 360 Spider. »

— Dans son quartier de bhenchod de Begu Sarai, ce petit maderchod n'a même pas pu renifler le pot d'échappement d'une Ferrari. Ils roulent sur des trucs qui ne méritent même pas le nom de route.

— Il a fait ses recherches, Gaitonde. Écoute, écoute.

Écouter les listes de Sanjay Kumar me soulevait vaguement le cœur, m'instillait une insaisissable panique dans les veines. Bien sûr que c'était drôle. Jojo me lisait ces listes, je l'écoutais rigoler et je rigolais encore plus. Mais tout de même, j'avais dans la poitrine une sensation de dégringolade innommable et sans fin. Je n'avais pas envie d'en parler à Jojo, et même si j'en avais eu envie, si j'avais essayé, je n'aurais pas su comment. Je n'étais jamais allé dans l'État de Bihar, mais je savais exactement quelle sorte de district c'était, Begu Sarai, et à quoi ressemblait le village de Chhabilapur. Il y avait juste une route, tout le temps coupée, qui serpentait entre les champs, et des kachcha lanes bien boueuses conduisant à des groupes de cabanes et de maisons. Il y avait ce que l'on avait baptisé école primaire, qui se résumait au patio du temple local dédié à Shiva, avec une institutrice – quand il y avait une institutrice – qui faisait réciter l'alphabet. Il y avait un mur longeant les vergers du sarpanch et, sur ce mur, des publicités pour du lubrifiant de moteur et des semences. Il y avait une famille de journaliers accroupis près de l'étang, qui attendaient la paie du jour. Il y avait un collège, un bâtiment de trois étages, avec des files d'élèves qui se traînaient dans les couloirs maculés de taches. Dehors, les motos des gosses de riches, fils de marchands, ou fils de propriétaires. Au-dessus, un ciel vide. Dans ce village, dans ce district, Sanjay Kumar était parvenu à réunir de quoi dresser ses listes. Il avait tout retenu. Il avait tout noté. Où avait-il trouvé les noms ? Dans des journaux empruntés, des magazines récupérés ? À la télévision, qu'il regardait chez un ami entre deux coupures de courant ? Il avait préparé ses lettres, et puis il les avait recopiées au propre, et il les avait expédiées à Bombay. Imaginer Sanjay Kumar penché sur sa lettre, sous une lanterne, c'était cela qui me donnait la nausée.

— À la toute fin de la lettre, a terminé Jojo, après sa signature, il ajoute une demande. – Elle a ricané. – Je te rappelle qu'il a mentionné l'anglais parmi ses langues parlées, en tête de liste. Mais à la fin, il écrit ceci : « J'attends de vous une réponse rapide et aimable. Je vous en prie, répondez-moi en hindi. » Ce Sanjay Kumar n'est pas très malin. Ou alors il prend les agents de Bombay pour des chutiyas.

— Qui oserait te considérer comme une chutiya, Jojo ? Non, non. Le pauvre garçon essaie de s'en sortir, voilà tout. Souviens-toi, tu as été comme lui.

— Je n'ai jamais été une gaandu pareille. Envoyer des lettres à Bombay. Demander des réponses en hindi. Écoute, cela fait un bout de temps que je suis dans le métier. Les gens, maintenant, je les sens : qui a de l'avenir et qui n'en a pas. Et je vais te dire, celui-ci, il n'a aucune chance. Même s'il ressemble à Hrithik Roshan, il n'a pas une chance. S'il vient à Bombay, il va se faire dévorer tout cru.

Je ne pouvais rien objecter à cela.

Sanjay Kumar n'avait pas une chance. Il n'en avait probablement même aucune s'il restait dans le village étouffant, pourrissant, qui était le sien. Mais qu'il reste ou qu'il parte, il allait continuer de regarder des films, de dresser des listes, d'écrire des lettres. L'enfoiré, le crétin. Ils étaient des crores et des crores comme lui, du nord au sud, d'est en ouest, un peu partout dans ce pays. Ils étaient là, et c'étaient eux notre public. J'allais réaliser un film, pour eux.

Bien sûr, avant de mettre le moindre argent en jeu, j'ai consulté Gourou-ji. J'avais envie de voir Jamila à l'écran, et j'étais certain qu'elle deviendrait une star, mais je voulais un guide. Je n'allais pas me précipiter sans me renseigner un peu sur ce qui allait se passer. Mais Gourou-ji était incapable de rien voir, il était incapable de lire l'avenir de mon film.

— Sur ce projet, beta, j'ai un bon pressentiment, il m'a répondu. Mais c'est tout. Cela arrive, parfois, c'est comme d'essayer de voir au travers d'un objectif voilé. Certains aspects sont oblitérés, d'autres sont nettement visibles. Je ne vois rien de mal.

— Mais tu ne vois rien de bien, j'ai fait.

— Non, rien de bien non plus. Mais le risque que tu prends est mineur, comparé à certaines de tes entreprises passées. Ou présentes.

Il avait raison, comme d'habitude. J'avais risqué ma vie quantité de fois, et là, le risque ne touchait qu'à l'argent. Je me suis souvenu de ce que Paritosh Shah répétait : Si tu libères Lakshmi, elle revient à toi multipliée, si tu l'emprisonnes, elle s'échappe et ne revient jamais. Pour Jamila, il fallait que je laisse Lakshmi sortir dans le monde, se mouvoir à sa guise. C'était la juste mesure.

Donc j'ai réalisé un film pour Jamila. Réunir l'équipe de production a été assez facile. J'avais l'argent, donc j'ai engagé les meilleurs. En fait, j'ai chargé Jojo de me trouver un producteur, un dénommé Dheeraj Kapoor, et ce Dheeraj s'est occupé des embauches. Dheeraj venait d'obtenir trois succès d'affilée, tous dans des niveaux de budget compris entre quatre et six crores, avec des acteurs respectables et des scénarios solides. Il brûlait de sauter dans une catégorie supérieure, d'accéder aux budgets d'une vingtaine de crores, aux vraies stars. J'appréciais que des hommes brûlant d'avidité travaillent pour moi. Il fallait les surveiller de près, mais ils obtenaient de bons résultats. Et ce Dheeraj était un homme d'avenir, je le sentais. Il allait réussir.

Entre-temps, la nouvelle Jamila enchaînait les triomphes. Nous lui avions trouvé un nom, un nom en accord avec la star qu'elle devenait déjà : c'était désormais « Zoya Mirza ». C'était un bon nom, à la sonorité moderne, court, facile à écrire et à prononcer, et il possédait ce Z si tendance, au début et à la fin. C'était un nom nouveau, susceptible de croître dans un monde nouveau. Son visage parachevé, cette femme n'était pas seulement nouvelle. Elle représentait l'avenir. Ce que le docteur Langston Lee lui avait fait aux joues, à la naissance des cheveux, au menton, au nez, n'avait rien de radical. Cela se limitait à une menue grosseur supprimée là, un soupçon de longueur ajouté ici. Elle était la même, et pourtant elle était complètement différente. Avant, elle était superbe. Maintenant, elle était éblouissante. Il était parfois difficile de poser les yeux sur elle, c'était comme si elle existait très loin, même lorsqu'elle se trouvait assise à côté de moi. Sa beauté m'emplissait d'un ardent désir, et c'était pénible. Elle était complète, et elle me poussait à sentir au fond de moi ce grand trou à vif, une blessure qui me faisait souffrir quand elle était loin, et encore plus lorsqu'elle était là.

Et elle a réussi. Elle décrochait plus de défilés que n'importe qui d'autre en ville, et deux couvertures de magazines chics par mois. La rumeur avait enflé autour d'elle avant qu'elle ne remporte le titre de Miss India, et plus encore après. Elle a remporté le concours haut la main, et sans devoir se soumettre aux compromissions habituelles. Toujours énigmatique, elle est demeurée hors de portée des photographes, des membres du jury et des éditeurs de mode, et elle a recueilli sa couronne. Elle avait fait croire au rédacteur en chef du journal parrainant le concours qu'il pourrait se fourrer entre ses cuisses si elle remportait le titre, et pour finir, elle lui a échappé. Grâce à mon soutien. Ce n'est pas que nous ayons exercé des pressions, versé des pots-de-vin à quiconque ou recouru à telle ou telle de nos techniques habituelles. Non, je lui ai juste fourni les ressources qui lui ont permis de devenir Zoya la surnaturelle, et de dire non. Le cash crée la beauté, le cash apporte la liberté, le cash rend la moralité possible. Le cash fait les films. Donc je me suis mis au travail avec Manu Tewari.

Ce Manu avait déjà écrit de petits scénarios, et le dernier en date avait remporté le National Award du meilleur film. Je l'avais vu, et j'avais trouvé que, pour un film d'art et d'essai sur la caste des Hijras, les castrats volontaires, ce n'était pas trop barbant, et que l'écriture était puissante. Donc nous avons embarqué Manu Tewari sur un avion en partance pour la Thaïlande. Je laissais Dheeraj et son équipe arrêter la plupart des autres choix, mais je voulais conserver la maîtrise de l'histoire. J'avais moi-même une ou deux idées. J'avais vu pas mal de films, ces derniers temps, et suivi les semaines des collections, en Inde et à l'étranger. Je savais ce que je voulais. Mais ce Manu s'est révélé être un socialiste bourré de préjugés. Au cours de ses trois premiers jours avec nous, il est resté immobile comme un lapin qui pointe le museau et s'aperçoit qu'il est tombé dans la fosse aux tigres. Dheeraj Kapoor lui avait juste indiqué qu'il s'envolait pour Bangkok afin de rencontrer le financier du film, rien d'autre. À Bangkok, quelqu'un avait accueilli Manu, l'avait mis dans un avion pour Phuket, et subitement il s'était retrouvé sur un yacht avec Ganesh Gaitonde et un tas de boys à l'air méchant armés de gros pistolets. Évidemment, il était paralysé. Il ne savait pas s'il avait le droit de s'asseoir, s'il pouvait pisser sans demander la permission. Au début, les boys se sont amusés à se faire passer pour des bêtes assoiffées de sang ; ils chargeaient leurs pistolets, les agitaient en tous sens, en somme, ils terrorisaient l'artiste.

En fin de compte, je les ai chassés. J'ai installé Manu Tewari devant moi avec un verre de scotch, et je l'ai calmé. Je n'ai pas tari d'éloges sur ses films, je lui ai raconté que le dernier en date m'avait tiré des larmes, et pareil pour l'histoire des hijras, ce qui était pour lui un plus grand compliment que n'importe quel bhenchod de National Award. Là-dessus, il s'est rasséréné, il a bu une gorgée de scotch, et il a enfin souri, un peu. Les artistes sont particulièrement sensibles aux louanges. J'ai travaillé avec des politiciens, des gangsters, des saints, et je peux affirmer qu'aucun d'entre eux ne peut rivaliser avec le plus petit écrivain pour ce qui est de l'énormité de l'ego et la faiblesse de l'âme. J'ai pommadé Manu de sa propre gloire, à doses généreuses, et il a fini par se décoincer. Bien entendu, venant de Ganesh Gaitonde, ces démonstrations d'admiration étaient encore plus délicieuses. Dans son canapé, Manu Tewari s'est peu à peu décontracté. Il a pris un autre scotch, et m'a raconté des histoires sur le tournage de son film hijra, comment ils avaient dû convaincre leur acteur principal que jouer le rôle d'un hijra ne gâcherait pas le reste de sa carrière. En apparence, Manu Tewari était un calibre moyen. Moyen en tout et partout. On aurait pu le retenir comme matrice de tout ce qu'il y a de moyen dans le monde ; il n'était pas petit, mais pas trop grand non plus, il avait grandi à Bhandra East, il était le fils d'un employé de classe II au ministère des Finances de l'État, il avait fréquenté l'université de Rizvi et il avait suivi un cursus universitaire totalement quelconque. Cela, je l'avais appris dans la notice d'information de Dheeraj ; mais aucune notice n'aurait pu contenir la folie qui se cachait dans ce corps ordinaire, à laquelle il ne laissait libre cours qu'en parlant cinéma.

— *Naajayaz*, c'était bien, Bhai, il m'a expliqué. Les scènes entre Nasser et Ajay Devgan étaient très bonnes, mais vers la seconde moitié, ça commençait à traîner. C'est le problème de Mahesh Bhatt dans ses films ultérieurs : soit il précipite trop le mouvement, soit il lambine. Du coup, soit le public est perdu, soit il s'ennuie.

Moi, *Naajayaz*, j'avais plutôt aimé, mais je n'ai pas relevé et je l'ai écouté. Manu Tewari connaissait assurément le cinéma. Il avait même retenu des détails concernant un film obscur sur la pègre resté en production de 1987 à l'été 1990, disparu aussitôt que sorti, en 1991, sans que personne ne le remarque. Personne, sauf Manu Tewari. Il savait qui avait dirigé la partition de la bande originale, quels spots publicitaires le réalisateur avait tournés après ce long-métrage, avec qui ce réalisateur avait fait chodo pendant l'enregistrement des parties chantées, en Australie, et il avait retenu que les recettes avaient été honorables à Bombay et Hyderabad, mais qu'il avait été totalement rejeté par le circuit punjabi. Et il a poursuivi :

— Mais le meilleur film de gangsters du début des années quatre-vingt-dix, c'était *Parinda*. Il a ouvert une voie nouvelle, en termes dc structure et de réalisme de l'atmosphère. C'est clair, comme acteur, c'est dans ce film que Jackie Shroff s'est trouvé, et après cela, il est devenu un autre Jackie. Et c'est aussi le film qui a permis au public de découvrir Nana Patekar à l'échelon national. Et la direction photo de Binod Pradhan a établi un niveau de qualité totalement inédit.

Il parlait de *Naajayaz* et de *Parinda* avec la gravité d'un homme traitant de la nature de Dieu ou de l'histoire du monde. Les films constituaient tout son univers. Il avait grandi dans son petit appartement paisible, entre une sœur et un frère, et il avait mené une existence fade et irréprochable. Mais au milieu de tout ceci, il avait laissé croître cette chose en lui-même, ce ver, ce python qui dévorait des films pour survivre, qui les avalait tout entiers et les conservait pour l'éternité. Pour se lancer sur Mughal-e-Azam, il lui suffisait du prétexte le plus infime, et il continuait pendant une heure. À l'inverse, pour l'amener à parler de sa mère, il fallait une bonne dose de patience et d'énergie. Et même alors, il se contentait de répondre : « Qu'est-ce que je pourrais te raconter à son sujet, Bhai ? C'est une femme au foyer. Elle s'est occupée de nous. »

Lui qui faisait preuve d'une infinie curiosité et d'une infinie connaissance de la vie des autres, c'est tout ce qu'il trouvait à dire à sur sa mère. À la vérité, mes tentatives pour parler famille n'étaient que la mise en pratique d'une technique de gestion humaine apprise de Gourou-ji. Ce Manu Tewari était suffisamment à l'aise, maintenant. Il était temps d'en venir à nos affaires.

— Très bien, j'ai fait. Alors, parlons de ce scénario.

Là, il s'est redressé. Dès qu'il s'agissait de travail, il avait les sens en alerte.

— Oui, Bhai. Allons-y.

Nous voguions de la plage de Kata vers Patong. Dans la grisaille de cette fin d'après-midi, la mer glissait au-dessous de nous, aussi lisse qu'un miroir. Un banc de nuages demeurait suspendu très haut au-dessus de nous, vers l'est, immobile, parfait, irréel. J'ai respiré à fond.

— Je pensais à un thriller.

— Oui, oui, Bhai, s'est écrié Manu. Excellent. Un thriller.

— J'aime bien les films où il y a du danger, où le héros affronte une menace.

— Une histoire à suspense. Ça me plaît, Bhai.

— La fille aide le héros, et ils tombent amoureux.

— C'est évident. Et on va réaliser un thriller international, que l'on puisse tourner les parties chantées à l'étranger, et que ce soit justifié.

— Un thriller international, oui.

Ce garçon commençait à me plaire.

— Est-ce que vous avez des idées sur le héros, Bhai ? Qui est-ce ? Un homme ordinaire ? Un policier ? Un agent secret ?

— Non. Un des nôtres.

— Vous voulez dire… ?

— Ce serait un thriller qui se passe dans le milieu.

— OK, OK. Je vois la trame. Le héros est du mauvais côté de la loi, mais ce sont les circonstances qui l'ont poussé à rejoindre la pègre.

— Oui. Je veux commencer par son arrivée à Bombay.

— D'accord, d'accord.

Mais il avait l'air perplexe.

— Qu'y a-t-il ?

— Dans un thriller, Bhai, on n'aura pas forcément le temps de développer son histoire entière.

— Pourquoi ? Tu as trois heures de maderchod, non ?

— Exact, exact, Bhai. Mais vous serez surpris à quel point ces trois heures se remplissent vite. On a cinq, six chansons, en soi, ça ne fait pas loin de quarante minutes. Ensuite on a de la place pour à peu près une quarantaine de scènes, avant l'entracte, plus trente, trente-cinq après. Un thriller doit débuter dans le danger, il faut dire au public ce qu'il est censé redouter, quel est l'enjeu, et ensuite, le film doit filer vers la fin. Et puis…

— Quoi ?

— Un jeune qui arrive à Bombay, et qui devient un criminel. On a déjà vu ça, dans *Satya*. Et avec *Vaastav*, qui abordait le thème de la découverte du milieu.

— Je m'en moque qu'on ait déjà vu ça. Ça reste vrai. Regarde tous ces boys qui sont avec moi.

— Bien sûr, Bhai. Ils m'ont raconté leurs histoires. Mais, voyez-vous, le public s'habitue. La première fois, il adore. La deuxième fois, il aime déjà moins. La troisième, il dit : « Comme histoire, c'est trop filmi, yaar », et il finit par rejeter la simple réalité.

Je voyais. J'avais eu cette réaction moi-même.

— Le public est un enfoiré, j'ai dit.

Là, il s'est levé d'un bond et il m'a agrippé la main.

— Oui, Bhai, oui, le public est un gaandu, un dingue, un bébé monstrueux qu'il faut nourrir sans relâche.

Il s'est alors aperçu qu'il se montrait peut-être un peu trop familier, alors il m'a lâché la main et il a reculé. Mais ses yeux brillaient d'une sympathie soudaine, et il n'a pas pu s'empêcher de continuer.

— Personne ne sait ce que veut ce maderchod de public, Bhai. Tout le monde fait semblant, mais en réalité personne ne sait. Tu peux réaliser un grand film, dépenser, dépenser en publicité, et dans les salles, tu n'entendras même pas croasser les corbeaux. Pendant ce temps-là, un film de série B, mal fichu, sans scénario digne de ce nom, rapportera cent crores.

— Mais toi, tu essaies encore de prédire ce qu'il veut. Et tu respectes toutes ces règles. Pourquoi quarante scènes avant l'entracte ? Pourquoi pas soixante ?

— Pas possible, Bhai. Le public est imprévisible, mais il est aussi rigide. Il ne veut que ce qu'il veut, dans le respect de ses habitudes, et pas autrement. Même avec une histoire vraiment dhaansu, si on modifie la forme, le public va jeter des trucs à l'écran, il va arracher les sièges, ce sera l'émeute. C'est le hic, Bhai. On est obligé de faire du neuf, mais à l'ancienne. Ou du vieux, mais revêtu d'habits neufs. Votre film doit être hatke, mais pas trop hatke. Les types qui font du cinéma d'art et d'essai n'arrêtent pas de répéter qu'ils font du neuf tout neuf, mais au fond, ils obéissent aux règles, eux aussi. Des règles différentes pour un public différent, voilà tout. Ces règles, tu ne peux pas leur échapper.

— Nous n'allons pas réaliser un maderchod de film d'art et d'essai, j'ai grommelé.

J'allais dépenser trente crores, dans cette entreprise. Deux têtes d'affiche avaient déjà signé, et Dheeraj avait rendez-vous avec le secrétaire d'Amitabh Bachchan le mardi suivant. Je voulais des effets spéciaux fultu, des costumes et des décors en extérieur de première classe. Je voulais que le film soit luxueux, qu'il soit grand, qu'il soit immense. Et l'immense, ça coûte de l'argent, des paquets d'argent. Je faisais cela pour Zoya, mais je voulais rentrer dans mes frais, au moins.

— L'art, tu oublies, j'ai fait à Manu. Tu m'écris un thriller qui bouge vite. Dans chaque scène, tu me mets quelque chose qui donne l'impression au public qu'il a un fil électrique attaché aux golis. Tu les tiens en éveil, tu les excites. Tu leur en fais voir, du dur et du rapide.

Il a hoché la tête, en vitesse.

— Oui, oui, Bhai. Je comprends. De l'action, du spectacle, et du gros-gros glamour. – Il a ouvert grand les bras. – L'émotion de

Mother India, l'ampleur de *Sholay*, la vélocité d'*Amar Akhbar Anthony*. C'est cela que nous voulons.

C'était ce que nous voulions, en effet. Donc, nous nous sommes mis au travail.

Je n'avais pas cessé de travailler pour les gens de M. Kumar. Lui-même avait pris sa retraite l'année précédente, malgré mes protestations.

— Saab, pourquoi faut-il que vous partiez ? je lui avais dit. Dans notre métier, il n'y a pas de retraite, sauf pour monter les marches, tout là-haut.

— Ganesh, mon métier n'est pas votre métier.

Il était toujours comme ça, abrupt. Mais il n'était pas désagréable, ce vieux lanceur qui était dans la partie depuis si longtemps. Nous n'étions pas amis ; pourtant, avec les années nous avions fini par nous comprendre, nous, et nos besoins respectifs. Il avait besoin de moi pour tirer des fils d'informations à Katmandou, à Karachi, à Dubaï, et parfois pour effacer certaines personnes, et moi j'avais besoin de lui pour faire pression sur les policiers de Delhi et de Mumbai, pour obtenir des informations en retour, et de temps à autre pour faciliter la logistique et la circulation des ressources. Nous ne nourrissions aucune illusion l'un sur l'autre, mais nous étions à l'aise, comme deux voisins qui ont vieilli ensemble. Et j'avais essayé de lui expliquer qu'il n'était pas assez vieux pour prendre son sanyas.

— Saab, le gouvernement est fou de se priver de vous au moment où vous êtes au sommet de votre forme, un fabuleux khiladi comme vous.

— Ce n'est pas juste le gouvernement, Ganesh. J'ai aussi envie d'être au calme.

— Très bien, saab, alors allez au calme, n'en bougez plus, et causez-moi au téléphone. Comme consultant, vous voyez.

— Travailler pour vous ? il m'a fait.

J'ai senti que cela l'amusait.

— Travailler avec moi.

— Non, Ganesh. J'ai assez travaillé, et je me sens fatigué.

De sa part, il n'y avait là rien de grossier, et je ne me sentais pas insulté.

— Mais qu'allez-vous faire ?

— Lire. Réfléchir. Comme je vous l'ai dit, rester au calme.

L'expérience m'avait appris depuis longtemps qu'il ne se laisserait convaincre ni par des arguments ni par des tentations, et donc la conversation était close.

— Très bien, j'ai dit. C'était bien de travailler pour vous, M. K.D. Yadav.

Je voulais qu'il sache que je connaissais son vrai nom, mais que je l'avais assez respecté pour l'appeler M. Kumar, comme il le souhaitait, pendant tout le temps où nous avions collaboré.

— Très bien, Ganesh. Je ne doutais pas que vous enquêteriez sur moi, et que vous trouveriez.

— J'ai appris cela de vous, saab.

C'est ainsi qu'il est sorti de mon existence, ce lointain professeur. Il m'a présenté son successeur, un M. Joshi, et, pendant un mois, il est resté en contact, pour me seconder dans cette transition. J'ai vite appris le vrai nom de M. Joshi – Dinesh Kulkarni –, et j'ai confié à M. Kumar le fond de ma pensée.

— Cet homme est un imbécile, saab. Il reste là-bas, à Delhi, il me dit où envoyer l'argent, combien, et le nombre d'hommes qu'il faut envoyer en opération. Il doute de moi et de mes sources, et il me parle comme si j'étais son domestique.

— Soyez patient, Ganesh, m'a conseillé M. Kumar. Il vous faudra du temps, pour vous adapter l'un à l'autre.

Donc j'ai été patient, mais ce salopard de Kulkarni ne s'est pas adapté à moi, et à rien d'autre non plus, d'ailleurs. Pour moi, il était sidérant que la sécurité du pays soit gérée par un tel gaandu, mais il est vrai que j'avais vu des gaandus s'élever au sommet de toutes les professions. J'étais forcé de traiter avec ce gaandu-là. Entre-temps, M. Kumar s'était discrètement s'esquivé. Moi, j'ai poursuivi ma tâche.

Nous avons écrit le scénario de mon film entre Koh Samui et Patong. Je préférais la tranquillité de Koh Samui, mais les boys aimaient la bousculade de Patong. Je leur accordais une semaine sur trois dans les bars, et je passais les deux autres au calme. Avec Manu Tewari à bord, ils avaient de quoi passer le temps autrement qu'à jouer aux cartes même en haute mer. Voir une histoire prendre forme, sentir ses contours et ses personnages se modeler... Ils discutaient de la trame, ils harcelaient Manu pour qu'il écrive de nouvelles scènes, ils donnaient leurs avis et leurs suggestions, et ils lui détaillaient leurs propres aventures. Ils s'identifiaient avec passion au héros du film, et quand Manu refusait d'incorporer telle ou telle péripétie, celui qui l'avait concoctée boudait. En quelques occasions, j'ai dû intervenir pour éviter que Manu ne se fasse jeter par-dessus bord. Bien entendu, le travail et le jeu ordinaires continuaient : je m'entretenais avec Kulkarni toutes les semaines, et je menais ses opérations de renseignement, je trouvais les informations, je tuais un salopard ici ou là, pour mon pays, je consultais Gourou-ji et j'expédiais ses livraisons, je parlais à Jojo et je riais avec elle, je retrouvais Zoya et je la prenais. Mais au cours de ces six mois, et au-delà de ce qui nous occupait par ailleurs, cette histoire se tissait dans nos cervelles et dans nos corps, et nous obsédait tous. Nous en parlions le matin, le soir et la nuit, nous débattions de la distribution, et nous écoutions avidement les chansons à mesure qu'elles nous parvenaient des studios d'enregistrement. Et nous rôdions autour de Manu Tewari.

Il était de taille moyenne, et pas du tout costaud, mais il était têtu. Il mangeait tout ce que vous lui mettiez dans son assiette, et ne se plaignait pas si on changeait de chaîne pendant qu'il regardait les infos, mais si on tentait d'intervenir dans les scènes qu'il écrivait, il se montrait aussi féroce qu'une truie aux dents jaunes pour ses porcelets menacés. J'étais son financier, son payeur, et j'étais Ganesh Gaitonde, après tout, et pourtant, même avec moi, il ripostait, il défendait ses décisions, il argumentait. Parfois, lorsque nos séances s'échauffaient, Manu Tewari se risquait à la grossièreté, et les boys faisaient la grimace. Mais moi je le tolérais, parce que c'était un bon scénariste. Il m'écrivait une histoire forte. Et en plus, avec lui, j'apprenais. Au fur et à mesure que les semaines s'écoulaient, au fil des disputes avec Manu Tewari, je finissais par saisir. Il m'apprenait le cinéma, comment une simple coupe, le passage d'un plan rapproché sur une allumette consumée à un panoramique sur un désert éblouissant pouvait vous faire exploser la poitrine et vous clouer dans votre siège. Nous regardions des DVD avec lui, et nous apprenions le langage des gros plans extrêmes et des plans larges, l'ouverture de l'espace et la compression du temps, comment le simple mouvement d'une caméra sur deux rails pouvait en dire davantage qu'un millier de livres. J'ai appris l'usage de ces outils, et j'ai regardé *Mughal-e-Azam*, et *Kagaz ke Phool*, je les ai regardés des dizaines de fois, et j'ai découvert comment un petit groupe de maîtres artisans, une bande de fous déterminés pouvait manier la lumière, le son et l'espace pour créer des constructions chatoyantes qui se matérialisaient sur des morceaux de toiles, des murs de village crasseux, à bord d'un yacht dans les mers du sud. Peu à peu, je devenais capable de comprendre en quoi une bonne histoire possédait sa géométrie, une succession de courbes, une éminence faite de crêtes et de plateaux qui s'élevaient jusqu'à l'explosion finale, et à l'assouvissement. Si on écrit une histoire de guingois, elle n'apporte qu'ennui et vacuité. Dans la beauté, il y a de la félicité.

— Exactement, m'a confirmé Gourou-ji, un après-midi. Mais pas seulement de la félicité. Aussi de la terreur.

Il avait puisé un plaisir aussi grand qu'inespéré dans la gestation de notre histoire. Je m'étais attendu à ce qu'il juge le projet médiocre et infantile, mais là encore, il m'a surpris. Il prêtait une oreille attentive à nos idées et à nos innovations ; il me dispensait ses conseils sans jamais faire preuve d'autorité. Et voilà qu'il trouvait non seulement de la félicité, mais aussi de la terreur dans notre script à moitié achevé.

— De la terreur, Gourou-ji ? Comment cela ?

— Tout ce qui est vraiment beau est aussi terrifiant.

J'ai réfléchi. Zoya était-elle terrifiante ? Non. Elle m'inspirait un désir insatiable, et parfois un flottement d'inquiétude devant la force de cette envie, mais je n'avais pas peur d'elle. Bien sûr que non. Mais je n'allais pas argumenter avec Gourou-ji. À la place, je lui ai répondu ceci :

— Gourou-ji, tu disais que le monde est beau parce qu'il est ordonné et symétrique. Cela signifie-t-il qu'il est effrayant ?

— Oui, il l'est. Pour l'individu ordinaire, qui n'y voit que le fruit du hasard aveugle, le monde est déprimant. Quand tu vas plus loin, tu entrevois sa réelle beauté. Ensuite, tu te rends compte que cette perfection exquise est terrible, qu'elle est effrayante. Une fois cette peur apprivoisée, on découvre que la beauté et la terreur sont unes, et c'est ainsi que cela doit être. Il est inutile d'avoir peur. Pour que le monde soit beau, il faut qu'il s'achève. Pour chaque commencement, il y a une fin. Et pour chaque fin, il y a un commencement.

— C'est cela, la symétrie ?

— Oui, Ganesh. Précisément.

Pour moi, le monde commençait de revêtir un sens. Ainsi un scénario devait-il déployer son cycle de séquences, mais tendre vers un paroxysme inévitable, après quoi il ne resterait rien. Ou alors, comme le laissait entendre Gourou-ji, il resterait quelque chose, peut-être, mais seulement après que le monde du scénario aurait disparu. Je cherchais cependant à saisir le sens de son propos dans son entièreté – comme c'était souvent le cas.

— Je ne comprends pas tout à fait, Gourou-ji, désolé. Je vois la nécessité d'un ordre. Mais j'aime la beauté, je ne la crains pas.

Il a ri, mais gentiment.

— Ne t'inquiète pas, Ganesh. Tu es un vira. Tu graviras la pente jusqu'à sa cime, et tu verras l'abîme. Tu verras la beauté et la terreur. Mais pour l'heure, ce que tu fais est bon. Tu vas séduire le public, et gagner beaucoup d'argent.

Oui, il y avait la question de l'argent. Et le cash, c'était là-dessus que Manu se disputait. Il travaillait dans un métier avide d'argent, mais il rêvait que les riches donnent leur argent aux pauvres. Il voulait nationaliser les industries vitales, il était partisan d'une forte imposition des classes moyennes, d'une imposition encore plus forte des classes supérieures, et militait pour la protection des entreprises indiennes contre les multinationales et les importations. Les boys venaient tous de familles pauvres, mais ils étaient tous devenus des capitalistes purs et durs, jusqu'au dernier.

— Tu me crois assez chutiya pour donner mon fric aux pauvres ? lui lançait Amit. Tu sais combien j'ai dû tuer d'enfoirés pour le gagner ?

Et Nitin d'argumenter :

— Cinquante ans de contrôle étatique, et qu'est-ce qu'on obtient ? Des entreprises familiales en pertes constantes depuis cinquante ans, une population qui s'épuise à contourner des réglementations stupides, et une corruption massive.

Et Suresh d'ajouter :

— Où elle en est, ton Union soviétique, maintenant, sala ? Dis-moi, où ?

Et Manu Tewari leur répondait pied à pied : le capitalisme allait s'effondrer sous le poids de ses contradictions internes, la marche de l'Histoire était inévitable, ils étaient tous une bande d'ignorants, ils étaient incapables de voir les forces à l'œuvre sous la surface des événements.

— Notre histoire ne peut se terminer que d'une seule manière, leur assurait-il. Le prolétariat finira par régner.

À quoi Amit lui répondait :

— Exactement, patron, et le prolétariat, c'est moi. Et ce que je veux, moi, c'est trois Mercedes, trois lund-lasoons par jour, et beaucoup de bon poulet au beurre. Quand j'aurai tout ça, qui je serai ? Le maître de quelques pauvres corniauds de prolétaires.

Donc, Manu Tewari n'avait pas beaucoup de succès politique, sur mon yacht ; il n'y a trouvé aucun nouveau camarade révolutionnaire à entraîner dans la lutte. Mais nous écoutions attentivement ses leçons de cinéma, et nous en apprenions les quantités de règles. Les boys l'ont surnommé Manu la Règle. Il en avait une pour toutes les occasions, pour toutes les scènes et toutes les situations, et des exemples à l'appui. Il nous racontait que le méchant devait être plus fort que le héros, et séduisant, dans une certaine mesure. Qu'il ne fallait jamais que deux chansons se succèdent, sauf pour Sooraj Barjatya, le cas échéant. Que l'héroïne doit être très sexy, mais dans l'incapacité de faire l'amour. Que la première scène, ou les deux premières après l'entracte sont des scènes perdues, sans importance, parce que les spectateurs mettent quelques minutes à revenir du foyer, avec leurs samosas et leurs boissons. Une fois atteint le point culminant du film, il fallait que l'action avance vite, faute de quoi le public se levait et sortait pour éviter l'embouteillage, dehors. Il fallait présenter la mère du héros très tôt, et que notre amour pour elle soit sans réserve. Sur cette dernière règle, j'avais une objection.

— Pourquoi faut-il qu'une mère encombre notre film ? Le scénario est déjà trop long, de toute manière, et il faut couper des séquences. Elle va nous consommer du temps à l'écran.

— Bhai, il faut une mère. C'est fondamental. Sinon, qui est-ce, ce héros ? D'où vient-il ? Sans elle, il sera dénué de sens.

— Je ne sais rien de ta mère. Or pour moi, tu as un sens, pauvre type. Pourquoi faudrait-il la montrer ? Enfin, une mère, c'est implicite.

— Pour le côté sympathie, Bhai, pour le côté sympathie. Un héros sans mère paraît incomplet. Une bonne mère le rendra bon, même s'il est mauvais.

— Et s'il a une mauvaise mère ? Est-ce que ça le rend meilleur ?

Manu a souri à belles dents.

— Au cinéma, Bhai, il n'y a pas de mauvaise mère. Il n'y a que les belles-mères qui soient mauvaises.

Dans le monde, il existait de mauvaises mères, mais je ne pouvais pas lui disputer le fait qu'il n'y en avait pas au cinéma, donc cette mère-ci n'a pas disparu du film. Elle avait deux scènes au début, une après l'entracte, et elle réapparaissait dans le plan final, souriant avec bienveillance au second plan, alors que le garçon et la fille s'éloignaient vers le bonheur à bord de leur vedette à moteur. Pour moi, cela restait dans la limite du supportable.

Une fois le scénario achevé, parachevé, et tous les dialogues écrits, nous avons procédé à une lecture publique. Nous avons commencé très tôt, au large de Patong. Dans le calme du petit matin, Manu nous a raconté l'histoire – présentation du héros au cours d'un hold-up dans une échoppe de diamantaire, trahison par ses complices de la pègre, découverte d'un complot terroriste, rencontre de la fille qui est son contact chez les terroristes, coup de foudre, prise de conscience de son patriotisme à travers son amour, combat contre les terroristes et les bhais traîtres, puis le moment culminant et la chute. Cela nous a pris trois heures ; le soleil montait dans le ciel, nous brûlant le dos, mais aucun de nous n'a rien remarqué. Nous étions captivés par le récit de Manu, par ses expressions et son interprétation des scènes, par ses descriptions évocatrices. Nous imaginions le garçon et la fille, leur course effrénée à travers l'Inde et l'Europe. Quand il eut terminé, nous nous sommes tous détendus, vidés, heureux, comme si nous avions vraiment vu le film.

— C'est bon, a déclaré Arvind.

Il nous avait rejoints par avion depuis Singapour avec deux jours d'avance, exprès pour cette séance de lecture, en laissant derrière lui sa précieuse Suhasini.

— Je pense que ça marche. Je pense que ça fera un grand film. C'est haletant, mais c'est aussi écrit avec beaucoup de sensibilité.

— Et tu es qui, toi ? Basu Bhattacharya, le grand auteur de films indépendants, me suis-je exclamé au milieu d'un éclat de rire général.

Mais j'étais tout sourire. L'histoire était bonne, et les objections que j'avais soulevées avaient été aplanies. J'avais beau connaître déjà l'histoire, elle m'avait quand même tenu en haleine, et la scène où le garçon dit adieu à sa mère pour mener sa guerre m'avait douloureusement serré la gorge. Je me suis tourné vers Manu.

— OK, j'ai dit. Je pense qu'on est prêts à tourner.

Il a pompé l'air de son poing levé, plusieurs fois de suite, il a sauté en l'air, trois fois, et il m'a empoigné les mains.

— Oui, il a fait. Je suis d'accord, Bhai. Nous sommes prêts. On se lance. On démarre.

J'étais impatient, et Zoya était plus que prête. Elle s'était envolée pour l'Argentine, participer au concours de Miss Univers, d'où elle était sortie quatrième. Certains qu'elle l'emporterait, nous avions pensé qu'elle serait accaparée par ses obligations de Miss Univers pour toute l'année, mais les juges en avaient décidé autrement, inexplicablement, et elle était libre, et impatiente.

— Nous allons commencer, j'ai dit à Manu. Avant, on fait la fête. Je vous accorde deux nuits. Et tout le monde touchera une prime. Prenez le canot et allez-y. Vous pourrez séjourner au bungalow.

Je leur ai versé vingt mille bahts à chacun et je les ai congédiés. Je n'ai gardé avec moi qu'Arvind, un équipage restreint de trois hommes et le scénario. Je l'ai relu une fois encore. Je me suis absorbé dans l'écriture fanatiquement soignée de Manu Tewari, ces lignes bien ordonnées dans lesquelles il avait logé tant de fusillades, de baisers, de carambolages, de larmes et de cœurs déchirés. J'ai tout relu à deux reprises, et ensuite j'ai appelé Jojo, et je lui en ai lu la totalité. J'ai annoncé : « Fondu au noir », et je lui ai posé la question.

— Alors, ça marche ?

— Oui.

— Oui, et quoi ?

— Arre, que veux-tu dire, quoi ? J'ai dit que ça marchait.

— Je te connais, saali. Tu peux me répondre oui, et qu'en réalité ça veuille dire non. Alors, dis-moi.

— Je viens te le dire. Dans ce genre, ça marche.

— Quel genre, au juste ?

Elle a eu un long soupir.

— Gaitonde, je n'avais aucune idée derrière la tête. C'est un superbe scénario. Ça va faire un succès.

J'ai soupiré à mon tour, j'ai pris un moment pour réprimer ma colère, et j'ai repris de ma voix la plus posée :

— Non, non, Jojo. Si quelqu'un a des doutes, il faut qu'on le sache. Il faut qu'on le sache tout de suite, pour y remédier.

Je n'allais pas la laisser se défiler, elle en était consciente, donc elle s'est ressaisie et elle s'est livrée.

— Parfait. Ce que je voulais dire, c'est que l'histoire est bonne dans son genre. Et son genre, c'est... un de ces films où les hommes font tout sauter, où ils se disputent et se hurlent dessus.

— Mes boys et moi, on se dispute et on hurle, sur ce bateau. Quel mal à cela ?

— Aucun. Je te l'ai dit, ton film va faire un succès.

— Mais ?

— Mais rien. Simplement, ce n'est pas le style de film que j'aime.

— Tu es en train de m'expliquer que les femmes ne vont pas venir le voir ? Attends un peu, nous avons les stars, les chansons... toutes les femmes vont venir, avec les enfants et la grand-mère. Et elles auront toutes envie de voir Zoya.

— Baba, je t'ai dit que ce serait un succès, non ? Ce que je t'explique, c'est que cela reste un certain genre de cinéma.

— Oui, ce n'est pas le genre où tu as trois femmes qui jacassent entre elles pendant une heure et demie à se plaindre parce qu'elles sont délaissées, et ensuite tu en as deux autres qui râlent pendant une heure contre les hommes qui sont si méchants. Gaandu, tu peux produire une dizaine de téléfilms de ce genre si tu veux, mais tu n'entraîneras pas mon film dans cette voie nauséabonde.

La lente cascade de son rire m'a calmé.

— Gaitonde, elle m'a répliqué, ton maderchod de film, je n'essaie de le pousser vers rien du tout. De toute manière, tu vas le faire avaler à l'Inde entière, y compris les femmes. Nous n'y échapperons pas. Alors ne t'inquiète pas. Dis-moi juste comment tu vas l'appeler, ce drôle de film.

— N'insulte pas mon œuvre, j'ai répliqué. Moi, tu peux m'insulter sans retenue, mais ne t'avise pas de traiter mon film de tous les noms. – Ce disant, j'avais le sourire. – Je pensais l'intituler *Barood*.

— Ce titre a déjà servi dans les années soixante-dix.

— Je sais. Mais il me plaît quand même. Pas à toi ?

— Pas trop. Il n'évoque pas l'international.

— Alors, tu veux que je l'appelle *Barood International* ?

Je me suis allongé dans mon lit en attendant qu'elle s'arrête de rire. Je riais un peu moi-même.

— Sois sérieuse. C'est important, un titre, ça peut soutenir les recettes.

— Oui, oui. C'est dommage, *Khilari International* est déjà pris. Ce serait parfait.

En effet, cela aurait été parfait. Mais c'était pris, et depuis pas très longtemps, donc nous nous sommes mis en quête d'autres idées, depuis *Love in London* jusqu'à *Hamari Dharti, Unki Dharti*. C'était un vrai plaisir, de revenir sur de vieux titres à moitié oubliés, et de retrouver des mots, de petites bribes de langage, de jouer avec et de les accoler comme les pièces d'un puzzle, d'essayer d'exprimer le climat du scénario, de la vie même. J'ai été interrompu dans mon plaisir par ma propre bande de khilaris internationaux. Un coup de téléphone sur une ligne locale : Manu Tewari et trois autres avaient été arrêtés.

— Quoi ? Où ? Comment ? j'ai lancé à Arvind d'un ton hargneux.

Les boys avaient pour instruction de faire profil bas, de se tenir à l'écart des embêtements, d'être invisibles. Nous étions arrivés en Thaïlande par la mer, nous avions ignoré les services de l'immigration et, du point de vue des autorités thaïlandaises, nous n'existions pas.

— C'est ce foireux d'écrivain, Bhai, m'a répondu Arvind. Il s'est bagarré avec un marin américain au Typhoon Bar.

— Ce petit chodu ?

J'étais sidéré. Manu écrivait bien la violence, mais ce n'était pas un bagarreur. Il regardait, il attendait, il réfléchissait, et ensuite, en général, il écrivait.

— Il s'est battu à cause de quoi ?

— Il y a une fille au Typhoon Bar qui lui plaît bien.

— Et donc ?

— Elle était avec un marin américain, un matelot du porte-avions.

Il y avait un porte-avions de la marine des États-Unis à l'entrée de la baie, accompagné de deux bâtiments plus petits. Le porte-avions était gris et aussi vaste qu'une montagne et, deux jours plus tôt, il avait dégorgé trois mille marins sur la plage de Patong.

— Ce matelot se l'était achetée pour les deux derniers soirs. Elle était assise sur ses genoux. L'Américain sortait des obscénités sur elle, en anglais, à ses copains, leur racontait qu'elle lui suçait son lauda. La fille ne comprenait pas, mais Manu, si. Il a sorti quelque chose au marin. L'autre a répliqué. Manu lui a fracassé une bouteille de Heineken sur la tête.

— Le bhenchod.

— Donc ensuite le marin a renversé Manu par-dessus la table. Et ses copains se sont mêlés de la conversation. Et les boys leur ont sauté dessus à leur tour. Et voilà, ils sont tous en prison.

J'avais envie de les y laisser, en prison, mais j'avais besoin de Manu. Donc je les en ai sortis. Bien entendu, je ne pouvais pas m'impliquer directement dans ce gâchis, mais j'ai envoyé Arvind avec l'argent nécessaire, j'ai attrapé le téléphone et j'ai passé quelques appels. Trois jours, deux avocats et cent vingt mille bahts en pots-de-vin plus tard, je les récupérais. Manu Tewari avait un vilain hématome vert sur le côté gauche du visage, et il était aussi proche de l'effondrement qu'un État socialiste. Les boys m'ont expliqué qu'il n'avait pas dormi pendant trois jours. En dépit de toute sa sympathie pour les opprimés, il n'avait jamais franchi la porte d'une prison, et les cellules thaïes lui avaient porté sur les nerfs. Je l'ai envoyé au lit, et j'ai réservé aux boys une belle engueulade.

— Bhai, m'a demandé Amit. Qu'est-ce qu'on était censés faire ? Nous étions juste là, en train de boire. Tout à coup, cet enfoiré de Manu se lève et frappe l'Américain avec sa bouteille de bière. Et l'Américain, c'était un de ces énormes goras, aussi grand qu'un camion. Alors donc il secoue la tête, et il cogne sur Manu, il l'expédie à l'autre bout de la salle. Et ses copains sautent sur l'occasion. Alors nous aussi. – Il a eu un geste navré de la tête. – Tout ça pour une pute. Et il ne lui a même jamais fourré le gaand.

Ensuite, ils m'ont raconté. Au Typhoon Bar, il y avait cette pute qui se faisait appeler Debbie. Six mois auparavant, Manu s'était rendu dans le bar avec les boys, il avait payé un verre à Debbie et il avait fini par lui demander d'où elle venait, combien de frères et sœurs elle avait, dans quel genre de maison ils habitaient. Debbie était une petite churri futée, elle a vu l'opportunité, et elle a fourni à Manu suffisamment de matière pour écrire quatre tragédies – elle lui a raconté, dans un anglais exécrable, son père fermier et infirme, sa mère taiseuse et dure à la tâche, leur case toute délabrée dans les collines au-dessus de Nong Khai, ses frères et sœurs pieds nus et aussi malingres que des vers de terre, et le reste. Donc, ces six derniers mois, chaque fois que nous revenions à Patong, Manu Tewari avait emmené cette Debbie déjeuner et dîner, il lui avait acheté des ceintures et des robes, des parfums et il lui avait peut-être donné du cash – même s'il refusait de l'admettre – pour l'aider à envoyer ses frères et sœurs à l'école, dans ces lointaines collines de Nong Khai. Et il avait fait tout cela sans une seule fois lui toucher ses montagnes et ses vallées à elle. Mais somme toute, elle travaillait comme entraîneuse. Le marin américain avait payé une belle somme en dollars pour le chut de Debbie et ses lund-lasoons, et pour avoir le droit d'en parler, et c'est ainsi que ce gros maderchod avait réveillé la conception socialiste de l'honneur que défendait Manu Tewari. Et qu'il m'avait coûté très cher.

— Enfoiré d'artiste, je me suis écrié.

Seul un faiseur de règles comme Manu Tewari pouvait naviguer dans les eaux thaïlandaises pendant six mois sans jamais tremper son lauda. J'ai donné mes instructions. La semaine suivante, les boys sont retournés à Patong, et ils ont emmené Manu Tewari avec eux. Ce soir-là, alors qu'il dormait, ils ont introduit deux filles dans sa chambre. Les filles avaient toutes les deux dix-sept ans, des cheveux soyeux longs jusqu'à leurs petits derrières serrés, des petits seins laiteux, et elles étaient toutes les deux nues lorsqu'elles sont entrées dans le lit de Manu. Il s'est réveillé avec un hoquet, mais elles ne lui ont pas laissé le temps de poser une seule de ses questions, l'une lui a fourré quelque chose dans la bouche, et l'autre s'est fourré autre chose dans la sienne. Son socialisme s'est délité, mais son lauda s'est redressé, et il les a exploitées toutes les deux sans merci jusqu'au lendemain matin. Ensuite, il a dormi et, à son réveil, pétri de mauvaise conscience, il leur a expliqué qu'il était désolé. Du coup, les filles se sont mises à jouer avec leurs chuts respectifs et elles lui ont collé leurs mamelons entre les lèvres. Il a un peu gémi, mais il a cessé de parler, et il les a encore bien opprimées jusque tard dans la soirée. Il n'a pas mentionné une seule fois la belle Debbie du Typhoon Bar.

Quelquefois, c'est ce qu'il convient de faire avec les artistes : leur clore le bec. Ils sont tellement pris par le langage, les histoires et les règles que leur cerveau ne voit plus l'évidence. Les courbes chaudes et magnifiques que le cash peut acheter. Mais le lauda, lui, il sent, il sait. Il faut lui laisser sa chance, au lauda.

Nous avons réalisé le film. Il a été tourné à Bombay, à Lausanne, à Munich, à Tallinn et Séville. Toutes les semaines, je visionnais les rushes à Bangkok, je livrais mes réactions et mes conseils, toujours par l'intermédiaire de Dheeraj Kapoor et de Manu Tewari. Les autres membres de l'équipe, en particulier les acteurs, n'avaient aucune idée de l'individu pour qui ils travaillaient. Je savais que je devais protéger Zoya et son avenir ; par conséquent je maintenais un dispositif de sécurité très strict. Et plus je l'observais, semaine après semaine, plus je comprenais qu'elle avait un très, très grand avenir devant elle. Je savais qu'elle était belle, mais la voir sur le grand écran, c'était être un enfant face à un brasier de lumière dorée. Elle mesurait dix mètres de haut, elle avait la légèreté d'un rêve, et quand elle souriait vous aviez le cœur qui cognait contre votre colonne vertébrale, et vous reculiez en titubant comme sous l'impact d'une balle. Ses pommettes étaient aussi tranchantes qu'une chute de sabre ; quand elle s'éloignait de la caméra d'un pas digne, son dos avait un tombé reptilien, à cette vision des frissons vous rampaient dans la nuque. Je n'étais pas seul. Arvind regardait ces rushes avec moi et il était stupéfait, réduit au silence. Après nous avoir entendus délirer sur cette fille depuis six semaines, Suhasini était venue, elle aussi. Elle a visionné un bout à bout de la chanson tournée en Estonie.

Sarcasmes et sentiment de rivalité se sont évanouis ; lorsque la lumière s'est rallumée, elle s'est tournée vers nous.

— OK, je reconnais, elle a fait. Cette fille est bien.

— Juste bien ? s'est écrié Arvind. Allons. Dis la vérité. Sinon à moi, au moins à Bhai.

Suhasini a glissé un bras sous le sien, et s'est penchée.

— Parfait, parfait. Bhai, cette fille, c'était vraiment le bon choix. Elle va remporter un énorme succès. Extraordinaire.

Même les femmes le constataient, Zoya était extraordinaire. À mesure que la production avançait, que l'on diffusait des communiqués de presse, que ses photos commençaient de paraître en couverture des magazines de cinéma, que des extraits des chansons passaient à la télévision, sa renommée grandissait. Elle était très occupée, à présent, et ne s'envolait vers Singapour que rarement. Et je dois avouer que j'en étais heureux. À l'époque, l'admettre me tapait sur les nerfs, c'était comme deux pierres qui se frottaient l'une contre l'autre sous mon nombril. Mais la vérité crue qui me remontait dans la gorge, c'était que plus Zoya grandissait, plus je me sentais rapetisser. Oh, j'étais puissant, j'étais redouté, j'étais riche, je pouvais donner la vie, ou la prendre. Je soutenais bien des familles, des générations d'enfants étaient nés dans les maisons que j'avais fait construire, et ils prospéraient sous ma protection. Je n'avais pas peur de son succès : après tout, c'était moi qui l'avais bâti. Je l'avais créée. Et pourtant. C'était dur à admettre, dur de le savoir, et c'est dur à dire, maintenant : tandis que Zoya devenait la déesse de la nation, mon lauda se ratatinait.

Je ne mens pas, et je n'étais pas victime d'illusions, je n'étais pas fou. Mon engin rapetissait. Pas tellement en longueur, mais en circonférence et en poids. Je me le rappelais dur, musclé et en pleine santé, et maintenant il avait l'air contrit et blafard. Naguère, il ne daignait jamais s'excuser, à présent il était pétri de doutes. Non que Zoya en ait dit quoi que ce soit. Elle me suçait avec toujours autant d'énergie, elle restait toujours aussi docile et aussi expressive dans son plaisir. Dès que je la prenais, elle gémissait, elle fermait les yeux, et comme toujours elle lançait les bras au-dessus de sa tête lorsque sa chut l'irradiait de frissons. Avant, lui défoncer son petit daana, la conduire à la limite, la pousser dans le précipice de la jouissance, me donnait le sentiment d'être fort et généreux. J'étais le maître de ses terres brunes et capiteuses. Mais maintenant, j'avais vu quelle actrice elle était. À l'écran, elle me faisait croire qu'elle était une autre. Alors comment savoir si la Zoya que je connaissais, que je croyais connaître, n'était pas une autre, en réalité ? Ma Zoya n'était-elle qu'un spectacle ? Ces gémissements n'étaient-ils que de la comédie ?

Telle est votre souffrance si vous avez le malheur de vous soucier de ce que pense et de ce que ressent une femme que l'on paie. C'est le retournement fatal du paradoxe. Plus elle hurle, pressée par votre plaisir, plus vous la soupçonnez d'exagérer ses soupirs, plus vous redoutez de ne lui faire aucun plaisir. Et vous ne pouvez jamais savoir. Si vous lui posez la question, elle vous répondra ce que vous la payez pour répondre, croit-elle. Si vous ne la lui posez pas, vous sentez monter la colère. Et cette colère fera que la seule réaction de sa part que vous accepterez comme vraie sera la souffrance. Je commençais de traiter Zoya avec brutalité. Je lui tirais les cheveux, je lui mordais les seins et je tirais sur ses mamelons, elle grimaçait, elle se tordait de douleur, mais sans jamais essayer de m'arrêter. Je comprenais pourquoi. Je lui versais de l'argent. J'avais payé des morceaux de ce corps parfait. Et pourtant, je ne pouvais jamais être sûr qu'elle n'était pas invulnérable, que son corps ne m'échappait pas précisément dans ces moments où je le prenais le plus en profondeur. J'étais de plus en plus furieux. Un matin, je l'ai prise d'une manière qui ne m'était arrivé que rarement. Je l'ai prise comme je prenais les garçons en prison, comme j'avais pris Mumtaz au gaand somptueux. J'ai labouré Zoya par-derrière, je la tenais par les cheveux et je l'ai prise violemment. Elle a crié et elle s'est ouverte devant moi. Mes doigts ont laissé des marques écarlates en grappes sur ses flancs.

— Saali, ai-je craché à la cambrure de son dos qui se creusait, randi, prends ça, tiens, tiens. Prends ça.

Elle a tourné la tête pour résister à la traction de mon poing, et sa sueur glissait entre mes phalanges. Elle a soufflé :

— Oui, oui, donne, donne, et elle a ri. – Elle a ri ! – C'est bon, saab. Donne. Oui, donne.

Le délice de ce rire rauque m'a refroidi les golis comme une giclée d'eau glacée. Aussitôt, j'ai été incapable de lui donner. J'étais incapable. Je me suis glissé hors d'elle, et je me suis précipité en titubant dans la pièce voisine. Je me suis assis sur le sofa. Zoya m'a suivi, s'est pelotonnée contre moi.

— Qu'est-ce qui s'est passé ? elle m'a demandé. Qu'est-ce qui ne va pas ?

Je l'ai renvoyée. Je n'avais rien à lui dire, et en aucun cas je n'aurais pu lui expliquer ce qui n'allait pas, ce que je voulais d'elle. Le piège où je sombrais était parfait. Je ne me fiais pas à sa jouissance, et il me semblait que je ne pouvais même pas lui faire mal. J'étais si petit. Je suis resté assis dans le noir. Je n'arrêtais pas de penser à son partenaire à l'écran, la star Neeraj Sen. Ce pauvre salaud mesurait un mètre quatre-vingt-cinq, il avait les yeux gris et des biceps aussi ronds que des grenades. Oui, il devait avoir un lauda à la hauteur du reste de sa personne. J'ai fermé les yeux et j'ai vu Zoya et Neeraj debout dans l'embrasure d'une porte, symétriques, assortis, égaux. Elle avait un bras autour de sa nuque, et une jambe levée jusqu'à son épaule droite, et elle recevait son énorme machin, et elle était transportée. Son extase était réelle, je le savais. Je le voyais bien. Ils étaient écarlates, de la rougeur de l'aube, et ils étaient heureux.

Je me suis levé d'un bond, je me suis cogné le côté de la tête du plat de la main. Réveille-toi, enfoiré. Reviens à la raison. Zoya ne ferait jamais ça. Zoya sait ce qu'elle te doit. Zoya comprend que c'est toi qui l'as créée. Zoya connaît ton pouvoir, ton envergure. Zoya ne te ferait jamais offense. Zoya est une bonne fille. Sois-en conscient.

Je me suis arrêté là-dessus, j'ai enfermé l'idée dans mes poings serrés. Je savais exactement combien j'effrayais les hommes, combien je subjuguais les femmes. Personne n'aurait osé m'offenser. S'il y avait quelque part dans le monde un imbécile qui m'insultait par mégarde, je pourrais le faire liquider dès le lendemain, il disparaîtrait comme s'il n'avait jamais existé. Je pouvais faire enlever Neeraj Sen et le faire disparaître. Il s'arrêterait, il s'effacerait, il périrait. Il n'existerait plus.

Non, j'avais besoin de lui. J'avais déjà dépensé seize crores dans ce film, et le budget gonflait encore, il enflait, car il fallait mettre en boîte toutes ces poursuites en hélicoptère, ces changements de décors en extérieur pour les parties chantées. J'avais investi dans Neeraj Sen. Pourquoi était-il si grand, cet enfoiré de

Bengali ? Un mètre quatre-vingt-cinq, et bien capitonné, avec ça. Qui avait entendu parler d'un Bengali d'un mètre quatre-vingt-cinq ? Ah, oui, sa grand-mère avait été actrice de cinéma, une certaine Shakira Bano, l'une de ces danseuses-prostituées devenues actrices au temps du noir et blanc. Elle avait connu une réussite de second ordre et, sous le nom de scène de Naina Devi, elle avait joué la sœur de Madhubala dans deux ou trois films, et une scène de danse fameuse, dans un bar, avec Dev Anand. Elle avait épousé un cinéaste bengali et s'était retirée du jeu filmi. Mais ses fils avaient repris le flambeau, et maintenant son petit-fils Neeraj Sen était un premier rôle – déjà trois films à son actif. Il grimpait de plus en plus haut, avec son mètre quatre-vingt-cinq hérité de sa grand-mère ; c'était de là qu'il tenait cette musculature de Pathan. Salopards, je devrais les tuer tous les deux, Neeraj et Zoya. Il y avait un Glock dans ma table de nuit, une balle engagée dans le canon, et deux chargeurs supplémentaires. Je pouvais entrer, l'attraper au passage et lui éclater la tête. Je pouvais lui loger deux balles dans chaque membre, une dans le ventre, une dans sa chut, une dans ce cœur hors d'atteinte.

À la place, je l'ai renvoyée chez elle. J'ai invoqué un prétexte, un coup de téléphone surprise de Thaïlande, un travail urgent qui réclamait ma présence. Elle savait que quelque chose n'allait pas, mais elle était assez intelligente pour ne pas insister. Elle m'a embrassé (pour cela, elle a dû se pencher très bas), et elle est repartie pour Bombay, travailler. Moi, je suis retourné en Thaïlande, et j'ai dirigé mon yacht vers Koh Samui. Ensuite, je me suis mis à l'épreuve, avec plusieurs filles. J'ai suivi le conseil de Gourou-ji : ne prendre que des vierges, et j'ai déboursé pour cela des sommes extravagantes. Jojo m'a envoyé une fille d'Andhra, une autre du Kerala, et une Bengalie. Cette dernière était musulmane, avait des cheveux jusqu'aux genoux et des yeux bridés. Elle n'était pas aussi grande que Zoya, en fait, elle m'arrivait à hauteur des yeux. Quand je l'ai allongée, elle s'est couvert le visage de ses mains, et j'ai durci instantanément. Quand j'ai tout lâché, dans une dernière poussée, elle a crié. À cet instant, j'ai eu le titre de mon film : *International Dhamaka*. Monde de choc international. J'étais couché sur elle, je riais, et aussitôt après, j'ai appelé Dheeraj Kapur et

Manu. Ils sont tombés d'accord avec moi, c'était un titre dhansu qui attirerait les masses et les classes.

— Maintenant, on fonce à toute vapeur, Bhai, m'a dit Manu. Comme le dit ton titre, on va exploser au niveau international.

Et il ne savait pas à quel point il avait raison. Avec ces filles, je fonçais à pleine vapeur. Avec elles toutes, j'étais capable, compétent, en confiance et plus encore. Elles étaient trop jeunes et trop inexpérimentées pour simuler. Leurs plaisirs étaient aussi réels que leur douleur. Je n'avais aucun doute, j'en étais tellement sûr.

Mais j'étais sûr aussi que mes propres plaisirs s'étaient réduits de moitié. Certes, la vue d'une belle novice bengali léchant mon lauda avec maladresse faisait monter dans ma nuque les grésillements d'une ligne à haute tension, mais quelque part dans ce circuit, entre le haut et le bas, entre la tête et l'entrejambe, il y avait une connexion manquante, et le courant se coupait. Je ressentais l'excitation, mais à distance. Bien entendu, je comprenais pourquoi il en était ainsi. J'étais Ganesh Gaitonde, et j'avais vécu assez longtemps, j'avais assez vu le monde pour le comprendre un peu, et me comprendre moi-même davantage. Je savais pourquoi je pouvais me sentir confiant et fort, avec ces filles : elles étaient sans intérêt, pour moi, elles ne comptaient pas, et ce qu'elles éprouvaient pas davantage. Quand je prenais la Bengalie, la nuit, quand je la courbais comme un arc sur le bastingage du bateau, l'eau plongeait contre la proue et les vents précipitaient les nuages au-dessus de nos têtes, et je cavalais en elle, mais mon cœur demeurait tranquille. Il ne bougeait pas, lui.

Zoya me secouait, elle m'ébranlait, droit dans l'extase. Quand j'étais avec elle, il régnait en moi une agitation qui me transperçait de part en part, une vibration, une friction, une chaleur qui était à la fois de la jouissance et de la souffrance. Quand j'étais loin d'elle, cette agitation refluait, mais ne s'évanouissait jamais tout à fait. Zoya m'avait perturbé, et je la détestais pour cela. Et je l'aimais. Je l'admettais, je devais l'admettre en moi-même : j'étais amoureux d'elle. C'était honteux, de tomber dans le piège même contre lequel j'avais prévenu les boys, mais je ne pouvais le nier : il y avait ce mot, « amour », et je comprenais maintenant ce qu'il signifiait. Subitement, je n'avais plus envie d'appuyer sur avance rapide, de sauter les chansons d'amour dans les films. Non, j'avais envie de m'élever, quatre minutes et demie, avec *Ke kitni muhab-bat hai tumse, to paas aake to dekho*. « Si tu veux savoir combien je t'aime, viens, viens plus près, viens voir. » Dans ma cabine, je chantais :

Abhi na jao chhod kar, ke dil abhi bhara nahin
Abhi abhi to aai ho, bahar ban kar chayi ho.
Hawa zara mahak to le, nazar zara bahak to le
Ye shaam dhal to le zara, ye dil sambhal to le zara...
Main thodi der jee to loon, nashe ke ghoont pee to loon
Abhi to kucch kaha nahin, abhi to kucch suna nahin
Abhi na jao...

« Ne pars pas, ne me quitte pas, mon cœur
                              [n'est pas encore comblé.
Tu viens d'arriver, tu viens de te poser, comme le printemps.
Laisse la brise se parfumer, laisse mes yeux s'éblouir,
Laisse cette soirée sombrer dans l'obscurité,
                              [laisse mon cœur s'apaiser un peu,
Laisse-moi vivre un peu, laisse-moi vider le calice
                              [de ce poison.
Rien ne s'est encore dit, rien que l'on ait entendu.
Ne pars pas, ne me quitte pas... »

Les boys ont remarqué mon nouveau penchant pour la musique sentimentale et ont risqué des petites plaisanteries. Moi, je leur répliquais par des rires, je riais avec eux, mais je ne leur confiais rien. Je ne pouvais rien dire à personne, la seule idée de révéler mon amour me faisait rougir comme si j'avais la fièvre, comme un petit garçon surpris par un rais de lumière surgi d'une porte qui s'entrouvre. J'enfermais mon amour dans un bunker, je le cachais et le tenais en lieu sûr. Je ne racontais rien aux boys, je ne racontais rien à Gourou-ji, rien à Jojo. Je n'en ai même pas parlé à Zoya. Je lui ai juste offert des diamants, et une nouvelle voiture, et je lui expédiais régulièrement du cash.

Je suis certain qu'elle a compris. Nous nous parlions tous les jours, même lorsque l'avant-première, la postsynchronisation, les séances photos et les interviews la conduisaient d'un bout à l'autre de Bombay. Je la suivais à la trace, sur le téléphone portable spécial, un Nokia rose dernier modèle que je lui avais offert, dont elle ne se servait évidemment que pour me parler. Sur cette ligne, elle m'appelait « Bill », et me racontait les épisodes de sa journée, ses rendez-vous avec les rédacteurs de magazine et les producteurs, et son excitation face à son avenir. J'écoutais, je la conseillais, et je rêvais avec elle. Au cours de ces journées qui précédaient la sortie du film, tout paraissait possible. Même un lauda plus gros.

J'aimais tant Zoya que je me suis déterminé à être plus gros, rien que pour elle. À Bangkok, j'aurais pu m'acheter un pénis de tigre, le faire broyer en poudre et compacter en pilules prometteuses d'endurance et de virilité. Mais j'avais depuis longtemps dépassé de telles superstitions. Je savais comment prendre soin de ma virilité et de mon endurance : je choisissais une cuisine économe en huile, et je faisais de l'exercice tous les jours ; j'avais même fait installer un nouveau stair-climber à côté de la salle des machines, de manière à suivre un entraînement aérobic rigoureux. Non, ce qu'il me fallait, c'était du volume. Et en cette ère de recherche et développement, je pouvais m'agrandir scientifiquement. À présent, je maîtrisais mieux le maniement de l'ordinateur, et je savais naviguer dans un moteur de recherches. J'ai signalé aux boys que je ne voulais pas être dérangé, j'ai fermé la porte, et j'ai cherché. J'ai eu du mal avec la langue, au début. En tapant « lauda », je suis tombé sur le site d'une compagnie aérienne, sur un coureur automobile, et sur un médicament, le « laudanum ». Pauvre crétin, j'ai lancé au reflet que je discernais à moitié sur l'écran, sers-toi de l'anglais, évidemment. Je connaissais le mot anglais, je le connaissais grâce aux films X que les boys rapportaient à bord, à leurs enchevêtrements acrobatiques, à leurs gros plans. J'ai tapé « *big cock* ». Là, j'ai obtenu des dizaines de sites proposant des photos de laudas énormes, de toutes les couleurs. Je n'avais pas envie de ça. Il a fallu que je gamberge quelques minutes pour me rappeler le mot « pénis » lu dans un reportage sur les éléphants et leurs pratiques sexuelles, publié par le *Times of India*. J'ai essayé « penis size », ce qui m'a permis d'accéder à des enquêtes sur la taille moyenne des pénis, mais aussi, plus bas dans la page, http://100percentpenisenlargement.com, http://www.bigpenis-enlargement-size.com et http://www.better-penis.info. Beaucoup mieux.

Donc, j'ai lu, j'ai appris et j'ai réfléchi. Il m'a fallu plusieurs jours pour prendre ma décision. Ce n'était pas une décision banale. J'essayais de grandir et de structurer mon avenir, ainsi que ma personne. J'essayais d'enraciner mon amour, de rendre ma bien-aimée heureuse, plus heureuse. J'ai étudié, et j'ai réfléchi. J'ai appris la physiologie du pénis. Des croquis en coupe m'ont montré les mécanismes à l'œuvre sous la surface de la peau, les ramifications des canalisations sanguines qui le faisaient se dresser et lui conféraient sa force. Très tôt, j'ai exclu le recours aux pompes à pénis, manifestement nocives pour les capillaires, provoquant de minuscules déchirures dans les tissus lorsque le membre grossissait à l'intérieur du tube étanche. Des poids, ai-je songé, cela devrait marcher. Suspendez un poids suffisant à un échantillon tissulaire, et il s'allongera, c'est assez évident. J'avais vu en Inde des tribus dont les femmes avaient les lobes d'oreilles distendus à cause des boucles qu'elles portaient. Mais ces oreilles étirées étaient hideuses. Un pénis étiré serait plus long, mais aussi plus mince, comme un bout de caoutchouc. Non, ce n'était pas acceptable. Je voulais de la longueur, mais en même temps de la circonférence. Il fallait qu'il soit dur comme de l'acier, un engin profilé, infatigable, que Zoya aimerait d'amour.

Et j'ai découvert le docteur Reinncs. Une semaine après avoir pénétré dans la jungle des sites consacrés au pénis, je suis tombé sur http://www.scientificpenis.com. Le nom en lui-même était un atout, et j'ai cliqué dessus. Quand j'ai vu la page, sa simplicité m'a impressionné. Ni couleurs criardes, ni gros caractères clignotants en vert et rouge, ni grandes prétentions proclamées. Non, rien qu'un lettrage noir et dépouillé sur un fond blanc. Tout le site était conçu ainsi, avec soin et modération ; il était propre. Il témoignait de sobriété, comme toute la démarche du docteur Reinnes, une démarche de docteur en médecine. Comme il l'expliquait sur son site, il dirigeait un cabinet médical en bonne et due forme, en Californie. Il avait développé ses techniques d'agrandissement au fil de longues années de recherches et d'expériences ; elles reposaient sur une compréhension scientifique du fonctionnement du corps humain. Et tout ceci vous était offert discrètement sur

Internet pour la modique somme de 49,99 dollars. Une simple transaction par carte de crédit permettrait à l'utilisateur d'accéder aux pages protégées qui livraient la Méthode Reinnes, et le postulant au développement personnel pouvait entamer son parcours.

Je possédais six cartes de crédit, toutes sous des noms différents. Et qu'est-ce que c'était que 49,99 braves dollars américains pour un tel enrichissement ? J'ai utilisé ma Visa Platinum, au nom de « Jerry Gallant », pseudonyme domicilié dans une boîte postale en Belgique. Et après deux minutes de saisie, j'obtenais mon accès. J'ai sauté les diagrammes multicolores, et l'avertissement sur le dysfonctionnement hormonal et la nutrition. Je n'étais pas malade, et ma consommation de protéines était déjà équilibrée. Je ne voulais que de la dimension. Et voilà, le secret était là : pomper du sang dans les artères péniennes. On y parvenait moyennant un programme d'exercices quotidiens. Pour commencer, il fallait envelopper le pénis d'une serviette préalablement trempée dans l'eau chaude. Venait ensuite l'exercice principal : un mouvement de traite, du pouce et de l'index en refermés en anneau, depuis la base du pénis légèrement lubrifié jusqu'à son extrémité. J'ai tout de suite essayé, devant l'ordinateur – la traite, je veux dire, pas la serviette chaude. Oui, c'était vrai, si on parcourait de cette manière le pénis en demi-érection, on pouvait voir le sang repoussé vers son extrémité. Il y avait encore d'autres exercices, notamment d'étirement, pour obtenir de la longueur, et un exercice interne de la région pelvienne, pour l'endurance. Je comprenais bien le sens de la procédure, sur quoi elle se fondait, la logique des séquences. Bien entendu, vous pouviez vous exercer le pénis comme n'importe quel autre muscle du corps, pour le rendre fort et gros. Le génie du docteur Reinnes, c'était de proposer un système. J'ai imprimé les tableaux qui permettaient de suivre les progrès quotidiens jusqu'au stade dit « avancé », qui serait atteint six mois et bien des centimètres plus tard. J'ai commencé le soir même.

Après quarante-sept jours d'exercices péniens réguliers et soutenus, j'ai constaté une croissance d'un centimètre et demi. Zoya est venue me rendre visite à Singapour quatre jours avant la sortie d'*International Dhamaka*. C'était une visite éclair, forcément ; elle avait pris un vol le jeudi matin et elle était repartie le soir même. Maintenir secrète sa visite dans la ville était devenu impossible, car les hôtesses savaient qui elle était, maintenant, et des fillettes étaient venues en cabine de première classe lui demander des autographes. En conséquence, la version officielle était qu'elle venait faire un peu de shopping avant la première, choisir à Singapour quelques bijoux et des robes. Nous l'avions installée au Ritz-Carlton, et nous l'avions fait descendre par un ascenseur privé jusqu'à une limousine qui l'attendait. Elle m'a appelé de la voiture.

— Je suis en route, saab.

Elle était respectueuse, comme toujours, économe de mon temps et attentive à mes sentiments. Moi, j'étais nerveux. J'avais passé un nouveau costume Armani, et une chemise sur mesure couleur or. Mes chaussures étaient cirées, mes ongles manucurés, étincelants. J'étais assis dans une chaise capitonnée face à la porte, pas du tout à l'aise. Je buvais un verre d'Évian, j'étais ridicule, et je le savais. Je l'ai entendue monter les marches. Je me suis levé. La porte s'est ouverte à la volée, elle est entrée en se débarrassant de son manteau à capuche et rejetant en arrière la déferlante de sa chevelure. J'ai entraperçu un pantalon couleur fauve et un petit haut, et déjà elle courait vers moi. Dans la bousculade de son étreinte, contre le baume de ses seins, tous mes doutes se sont évanouis.

— Tu m'as manqué, elle m'a dit. Tu m'as tellement manqué.

C'était cette fille que Jojo appelait la Girafe égocentrique. Elle m'a embrassé dans le cou, elle est revenue à mes lèvres, et puis elle est redescendue vers ma poitrine. Avec un soupir prolongé, elle s'est mise à genoux, et elle a fouiné dans ma braguette, les bras toujours tendus vers mes épaules.

— Non, attends.

Elle a eu l'air inquiet, elle a levé les yeux vers moi comme une enfant que l'on réprimande. C'était notre rituel, quand on se revoyait, cette première sucette frénétique. J'aimais voir sa bouche s'ouvrir à moi. Mais ce jour-là, je lui ai pris le menton avec délicatesse.

— On y va, on y va, j'ai dit. Dans deux minutes. Mais d'abord, je veux savoir ce qui s'est passé.

Elle s'est relevée d'un bond, toute rieuse, tout heureuse. Nous nous sommes assis dans cette chaise capitonnée, elle sur mes genoux, son dos et ses jambes en travers des accoudoirs, et, elle a refermé les bras autour de ma nuque et m'a tout raconté. Au lieu de deux minutes, il a fallu deux heures. Elle m'a évoqué les problèmes du tournage, le lac artificiel supposé figurer la Suisse qui commençait à sentir parce que ces salopards d'éclairagistes n'arrêtaient pas de pisser dedans. Ensuite, il y avait eu le cheval blanc. Il était resté calme pendant huit prises d'affilée, c'était un superbe cheval filmi, un vieil habitué des plateaux. Mais, lors de la pause précédant le neuvième plan, un électricien avait tiré un câble d'alimentation dans l'herbe, et le cheval blanc, pris de panique, avait décoché une ruade, reculé, basculé du haut d'une falaise, fait une chute de dix mètres. On avait dû l'abattre. Avec un vrai revolver.

— C'est une entreprise dangereuse, ce tournage, j'ai fait.

— Et fatigante. Et c'est si long, c'est tellement long, Bhai. Ce film, j'ai l'impression de le tourner depuis une éternité. Mais c'était très amusant. Il y a de tels spécimens sur le plateau.

Et puis elle s'est levée et elle m'a imité Dheeraj Kapur exhortant le directeur de la photographie à se dépêcher, avec ses éclairages.

— Je vous en prie, monsieur, nous sommes déjà trente-quatre pour cent au-dessus de notre budget, et à trente jours de dépassement.

Elle l'avait parfaitement saisi, avec sa démarche ventripotente et sa cordialité de Punjabie, sa manière délicate de tenir sa cigarette entre le majeur et le pouce, et même sa lèvre supérieure trop courte, qui lui donnait l'air d'un chien d'une férocité modérée. Quand elle jouait la comédie, elle s'animait, ma Zoya. Quand elle devenait Dheeraj Kapur, il ne subsistait plus rien de cette distance qui d'ordinaire la séparait du monde extérieur et de ceux d'entre nous qui y vivaient. Elle cessait de se retrancher derrière la noire brillance de ses yeux, hors d'atteinte. Elle était là, dans le duvet velouté de ses avant-bras, dans la démarche ample et tranquille du producteur. Elle scintillait, scintillait de vie, ici, ici, pour moi. J'ai ri et je l'ai attirée sur mes genoux, jusqu'à ce qu'elle se relève pour jouer un autre rôle. Elle croquait Manu Tewari à la perfection. Elle avait sa barbe communiste et carrée, sa manière de la lisser quand il cherchait à impressionner, à se donner l'air pensif. Je ne sais trop comment elle s'y prenait, mais elle exprimait sa gravité de bon travailleur, sa mentalité de coupeur de cheveux en quatre, sa foi ardente dans les contes de fée du futur. Elle avait le talent d'une grande actrice. Elle donnait envie d'y croire, et on finissait par y croire.

Quand je l'ai enfin conduite au lit, je n'avais plus aucun doute. J'étais plein et entier. Dans notre conversation, et les rires que nous avions échangés, j'avais retrouvé ma force. Ce jour-là, je suis entré en elle quatre fois, et elle est venue en moi. Je ne me suis pas inquiété de son plaisir, ou du mien. Ils formaient un tout. Et mon pénis était héroïque. Je ne lui ai pas fait remarquer sa croissance, c'était inutile. Ses gémissements, quand elle a pris son plaisir, m'apportaient toutes les preuves qu'il me fallait.

International Dhamaka a fait un four. Après toute cette publicité, après tout cet argent injecté dans des clips de chansons sur MTV, de gigantesques panneaux d'affichage en six volets et des boîtes à sandwiches *Dhamaka* en plastique rouge vif, personne n'est venu voir le film. Le premier jour, le taux de remplissage des salles était de soixante pour cent à Bombay, et plus bas ailleurs. Les critiques ont été cruels, mais nous nous y attendions plus ou moins, et personne dans le métier ne se souciait réellement de ce qu'ils racontaient si le public se déplaçait. Si le public achetait des billets. Mais au milieu de la deuxième semaine, les ventes à l'échelon national étaient inférieures à quarante pour cent. Les marchés étrangers, où nous avions espéré un succès éclair, nous traitaient à peine mieux. Ces maderchods d'Indiens non-résidents n'ont pas bougé non plus. J'étais au téléphone avec Dheeraj Kapoor jour et nuit, nous avons placé de nouveaux panneaux d'affichage dans les stations de métro, nous avons augmenté la fréquence des messages sur les chaînes de télévision, avec des de nouvelles accroches invitant le public à venir voir « *International Dhamaka*, un méga succès ». Nous leur avons offert leur part du rêve. Nous avons joué sur leur envie de voir le monde.

Mais ces gaandus refusaient de venir. Nous avons coupé sept scènes, nous avons modifié le montage de quatorze autres et tourné une nouvelle chanson, avec non pas une, ni deux, mais trois top models à peine vêtus de bikinis fluorescents et d'une gaze diaphane. Cette nouvelle version, nous sommes parvenus à la distribuer dans les cinémas de Bombay et de Delhi en quatorze jours, et pourtant, ce salopard de public refusait de bouger. À la fin de la troisième semaine, les journaux professionnels, unanimes, ne craignaient pas de classer *International Dhamaka* dans les bides. Je ne pouvais le nier. C'était un bide.

Jusqu'à présent, Dheeraj Kapoor avait prêché la patience, la confiance, l'endurance. Il m'avait raconté comment G.P. Sippy avait maintenu *Sholay* dans les salles pendant un mois, alors que toute la profession se moquait de lui, alors qu'il perdait de l'argent. Finalement, le bouche à oreille autour de Gabbar Singh avait permis de retourner la tendance, le public avait rempli les salles, et maintenu *Sholay* en exploitation pendant cinq années de suite, avec d'énormes profits à la clef. Mais là, Dheeraj Kapoor lui-même reconnaissait qu'*International Dhamaka* était un fiasco. C'était son film autant que le mien, et pourtant, au cours de cette quatrième semaine, il a lâché prise.

— On arrête, Bhai, il m'a annoncé au téléphone, un soir tard. Tu as déjà dépensé trop d'argent. Il faut se résoudre. Il faut agir en conséquence.

Donc j'ai accepté qu'on retire le film des salles. Je devais affronter la vérité : *International Dhamaka* était un échec. Je ne pouvais pas braquer un pistolet sur la tempe du public et le forcer à venir s'asseoir dans les cinémas, donc *International Dhamaka* était un échec. Pourtant, c'était un bon film. Je l'avais visionné si souvent que je ne voyais plus ce qu'il y avait à l'écran tellement j'étais absorbé par les détails du cadrage, du son et du rythme. Je l'ai revu encore une fois. Oui, c'était un bon film. Il n'était pas permis d'en douter. Il y avait de l'action, de l'amour, du patriotisme et des chansons inoubliables. Il était beau et parfait. Alors, pourquoi ce rejet ? Pourquoi le public se pressait-il en masse pour voir *Tera Mera Pyaar*, un petit navet mal filmé, dénué de sens, une crétinerie romantique du style un garçon-perd-sa-petite-amie-et-il-pleure-pleure-pleure, avec un budget de trois crores et des acteurs inconnus ?

— On ne peut pas dire, m'a avoué Dheeraj Kapoor. On ne peut jamais dire, Bhai. Le public est un enfoiré. Tous les chutiyas du métier vont te fournir trente-six raisons pour lesquelles notre film ne marche pas, mais au moment des avant-premières, ils l'ont adoré. Après la sortie d'un film, toutes les analyses sont inutiles. Tu ne peux pas prédire l'avenir. Et tu ne peux pas revenir sur le passé. On ne peut pas savoir.

Je voulais savoir, il fallait que je sache. J'ai questionné Gourou-ji. À ce moment-là, il était en Afrique du Sud, où il donnait une série de conférences, mais il a pris le temps de m'appeler. Il savait que j'avais des ennuis, il savait combien j'étais désemparé. Il a compris que je n'avais jamais été dans cet état, donc il a pris soin de moi. Il a été plus qu'un père, une mère pour moi. Il avait été incapable de lire l'avenir de ce film, mais je l'ai prié de se tourner vers le passé.

— Il possédait tout, ce film, Gourou-ji, je lui ai dit. Il possédait tous les éléments que le spectateur recherche. Alors, pourquoi ça n'a pas marché ?

— Tu veux une raison ?

— Oui, je veux une raison, Gourou-ji.

— C'est la difficulté : que tu veuilles une raison.

— Mais Gourou-ji, c'est toi qui n'arrêtes pas de me répéter que le monde n'est pas le chaos. Hier, tu as donné une conférence devant sept mille personne sur les cycles du temps, et sur notre marche régulière vers un nouvel âge.

— J'ai fait ça ?

Il avait ce sourire généreux, je le sentais, cet éclair dans le regard qui chassait le trouble.

— Oui, tu as dit ça. J'ai lu le texte de ta conférence sur ton site. Tu expliquais que nos actes répondent à un projet.

— En effet, beta, j'ai dit cela. La faille est dans ta question. Quand tu exiges une raison.

Je me suis tu, j'ai réfléchi. Je ne saisissais pas où il voulait me conduire.

— Je ne comprends pas, Gourou-ji. Je t'en prie, réponds-moi.

— Tu réclames une raison, une seule raison. Mais il en existe des centaines, des milliers. Il n'y a pas une seule cause immédiate. Il en existe une quantité. Toutes ces raisons se rejoignent, se croisent et affluent vers la conséquence ultime. Tu te trouves au croisement de ces milliers de raisons, et tu en veux une, une seule.

— Alors la raison ne réside peut-être pas dans le film.

— Oui. Peut-être l'époque avait-elle besoin d'autre chose. Il se peut que le flux ait été orienté dans une autre direction, au moment de la sortie du film.

— Vraiment ? Vraiment ?

J'avais un esprit trop étroit pour percevoir ces mouvements entremêlés, pour les contenir tous sans me rompre, comme un sac en papier trop gonflé. Mais lui, il était Gourou-ji, et c'était de cela que j'avais besoin de sa part. Il savait tout voir, et je voulais qu'il me donne foi en ce flux qui me ballottait.

— Je t'en prie, Gourou-ji. Explique-moi.

— Oui, Ganesh, il m'a fait. Il y a beaucoup de raisons sans aucun rapport avec le film proprement dit. Tu as raconté la vérité au public, mais le public, en ce moment, préfère se rassurer avec le récit d'amours juvéniles. Il s'éveillera à ta vérité, mais pas maintenant. Ganesh, pourquoi ne te soucies-tu que des raisons ? Des buts, il en existe tant. Attirer le public dans les salles et gagner de l'argent, ces buts-là n'existent qu'au sens immédiat du terme. Ton film trouvera son dharma sur le long terme, dans le maillage des conséquences qui croîtront à partir de sa sortie. Tu as réussi, simplement tu ne le sais pas encore.

Je concevais cette toile d'araignée de l'acte, du but et de l'effet dont il parlait, ou tout au moins son pâle fantôme. Il était Gourou-ji, il était capable de voir cette vaste histoire, bien plus grande que la mienne, il était allé au-delà des limites qui m'arrêtaient, dans le cadre desquelles Manu Tewari avait écrit. Nous avions cru qu'un héros devait donner son objectif et ses ennemis dès le premier acte, et donc sa quête décrivait un bel arc de cercle jusqu'à son point culminant, vers sa victoire. Nous avions cru que, parce que ce héros était intrépide et fort, il serait vainqueur à la dix-huitième bobine. Mais je comprenais à présent qu'il ne nous est pas donné de connaître nos causes, nos conséquences. Seuls les être illuminés savent ce que recelait cette histoire. Seul Gourou-ji pouvait abattre la prison du temps, et plonger le regard directement dans le désordre éblouissant de la création.

— Gourou-ji, tu es bon de me parler ainsi. Je croyais avoir échoué.

— Tu n'as pas échoué. Aie confiance, et accomplis ton travail.

J'ai essayé. J'ai continué ma méditation, mes exercices, je me suis enfoui dans le travail, et je n'en manquais pas. J'ai mené trois opérations pour Kulkarni, et, profitant de la menue saignée qu'elles supposaient, j'ai balayé quelques ennemis personnels. C'était agréable. Mais j'étais perturbé. J'étais assez discipliné pour maintenir mon programme, mais je n'y puisais aucun plaisir. En revanche, Zoya m'appelait tous les deux jours pour me faire le récit exubérant de ses triomphes de comédienne. Elle avait signé six films, chaque fois en haut de l'affiche, dont trois après la sortie et l'échec déclaré d'*International Dhamaka*. De nous tous, elle était la seule à sortir indemne de ce désastre. En fait, elle en sortait renforcée, elle était plus belle que jamais, et elle passait à la télévision toutes les demi-heures. D'une certaine manière, la profession et le public avaient décidé de ne pas la rendre responsable de cette *Dhamaka*, de cette onde de choc qui avait fait long feu, et donc elle était florissante. Entre-temps, mon centimètre et demi de gain s'était réduit à huit millimètres, et ce mince avantage dépendait lui-même de la manière dont je tenais la règle le long de mon lauda. Parfois, très tard le soir, je me surprenais à penser que je m'étais plus ou moins créé des illusions sur ce gain, sur l'aide scientifique du docteur Reinnes. Et alors le gouffre blanc du désespoir s'ouvrait devant moi. Mais non, j'ai résisté. Je me suis souvenu de Gourou-ji et j'ai tenu bon. Et pourtant, j'étais découragé. Je me réveillais tôt le matin et j'ouvrais le dossier noir de notre revue de presse. C'étaient les journaux hindis et gujaratis qui se montraient les plus enthousiastes, et les magazines punjabis à peine un peu moins. Le Dainik Samachar avait adoré la musique, et proclamait que « Zoya faisait les débuts les plus prometteurs de toutes ces dernières années ». À l'inverse, et sans une seule exception, les périodiques anglophones s'étaient montrés défavorables. Le *Times of India*, l'*Indian Express*, *Outlook*, tous des enfoirés. J'avais conservé les mauvaises critiques comme les bonnes, et je me sentais parfois obligé de les lire, même celles des snobs écrites en anglais. « *International Dhamaka* est trop tapageur, trop long et trop plat pour créer un véritable dhamaka », décrétait le critique d'*India Today*. Espèce de kutiya, randi. « Toutes ces acrobaties internationales et ce patriotisme creux ne font qu'ajouter à l'ennui. » Là, c'était le type d'*Outlook*. Salopards.

Il y en avait un qui me gênait comme un insecte venu creuser sous ma peau, comme une poussière de charbon dans mon œil injecté de sang. Il s'appelait Ranjan Chatterjee, et il publiait ses critiques dans *The National Observer*, depuis trente-deux ans. Il était présenté comme « le vétéran de la critique de cinéma, Ranjan Chatterjee ». Il s'était défoulé sur nous de toutes ses frustrations et colères accumulées. « Face à tant de négligence, à tant d'arrogance, on hésite, écrivait-il. On tremble. » Il a fallu que Manu Tewari m'explique qui était ce « on », et pourquoi Ranjan Chatterjee avait recours à cette entité désincarnée.

— Oublie ce maderchod, Bhai, m'a conseillé Manu Tewari. C'est un vieux budhau aigri, personne ne le lit plus.

Si, moi. Je l'avais lu jusqu'au bout, et puis je l'avais relu, des mois plus tard. Et là encore. « *International Dhamaka* soumet notre crédulité à rude épreuve, plus encore que le film bollywoodien ordinaire, écrivait-il. Ce n'est qu'un enchaînement de clichés éculés. Ces bhais vivent dans un luxe irréel, et ils sillonnent le monde en avion comme s'ils prenaient le train du matin pour Nashik. Ils possèdent plus de bagout que James Bond lui-même, ils sont plus enjôleurs que Casanova. On a perdu depuis longtemps l'espoir que le cinéma commercial se soucie de réalisme. Mais cet *International Dhamaka* chic et superficiel conduit à se demander si les auteurs de ces films ont même cherché à se documenter sur les gangsters, les vrais. »

Je me surprenais à penser à ce Ranjan Chatterjee en pleine réunion et, le matin, je m'ébrouais d'un sommeil fragile avec cet « on » qui tintait dans mon crâne. Il fallait que je fasse quelque chose. Donc j'ai délivré mes instructions. Le vieux chutiya ridé habitait à Bandra East, dans un immeuble que le gouvernement avait construit exprès pour les journalistes et les écrivains. Ce soir-là, un vendredi, Ranjan Chatterjee rentrait chez lui après la présentation officielle d'un, suivie d'un dîner offert par les producteurs, qui espéraient ainsi l'amadouer. Il remontait du garage vers l'ascenseur en homme pressé. Cet enfoiré avait hâte, sans nul doute, d'aller tresser une guirlande d'insultes au film qu'il venait de voir, de souffleter une équipe de cent cinquante personnes avec ses injures du dimanche matin. On sentait ce ressort-là dans son pas plein d'allant, à ce vieux schnock. Mais il n'arriva jamais devant son clavier : Bunty et quatre de ses boys l'attendaient au coin de l'immeuble. Ils ont attrapé Ranjan Chatterjee sous les bras et l'ont porté vers l'arrière de la résidence. Il lâchait des piaillements. Ils l'ont plaqué debout contre le mur, et lui ont cassé les deux jambes. Ils maniaient ces barres que les cantonniers utilisent pour desceller des blocs de ciment. Quand il a reçu le premier petit coup sec sur la cuisse droite, Ranjan Chatterjee est écroulé par terre en tremblant et s'est mis à crier. Les fenêtres sur le flanc du bâtiment se sont allumées, les chowkidars ont déboulé en courant, et se sont arrêtés net quand ils ont vu un pistolet dégainé. Après le coup asséné à son autre jambe, Ranjan Chatterjee a encore crié, assez pour réveiller toute la résidence. Bunty a attendu qu'il cesse.

Il a fini par retomber dans des sanglots humides et baveux, et Bunty lui a administré une petite gifle sur la joue.

— Salut ! a-t-il fait. Arre, écoute-moi. Écoute.

Le critique a relevé la tête et s'est mis à vomir. Bunty a reculé, dégoûté, puis il l'a empoigné par les cheveux et il lui a redressé la tête, à cet enfoiré.

— Ça fait mal ? lui a demandé Bunty. Dis-moi, ça fait mal ?

Le plumitif a cligné ses grands yeux humides, a trouvé Bunty. Il s'est mis à gémir, un miaulement de chaton égaré.

— Oui, il a fait. Ah, ah, ah. Oui, ça fait mal.

— Bien, a fait Bunty. Alors tu sais que c'est du réalisme. Et que tu viens de rencontrer un bhai, un vrai.

Il a rabattu la tête du vieux d'un coup, et il s'est éloigné. Les boys et lui sont remontés dans la voiture qui les attendait, et les voilà repartis, sans problème, sans histoires. Dans la voiture, ils chantaient tous la chanson de la bande originale d'*International Dhamaka* : *Rehne do, yaaron, main door ja raha hoon.* « Laissez-moi, les amis. Je m'en vais très loin d'ici. » Je le sais parce que l'un des boys a filmé la totalité de la scène, il l'a enregistrée avec un petit caméscope numérique Canon et une lampe de poche. Même dans cette lumière brute, les détails saisis par le Canon étaient sidérants, et la résolution était incomparable. Je voyais la morve couler des narines de Ranjan Chatterjee, et ses pupilles minuscules. Ils m'ont fait parvenir le DVD le lendemain après-midi, à Phuket en passant par Bangkok, par colis exprès. Je l'ai regardé quatorze fois, ce premier soir, et puis j'ai pris une fille, une Chinoise, et cette nuit-là j'ai dormi longtemps, profondément. J'étais détendu, j'avais expulsé Ranjan Chatterjee de mon organisme. Oui, la vie relevait peut-être d'un ordre supérieur que seuls pouvaient voir ceux qui possédaient l'illumination. Les histoires que nous racontions, nous autres simples mortels, n'étaient peut-être que de petits mensonges, de commodes explications à ce que nous étions incapables de comprendre. Mais enfin, les jambes fracturées de Ranjan Chatterjee me procuraient ce que Manu Tewari aurait appelé une « chute ». C'était fait, et je me sentais mieux, l'histoire était achevée. J'étais enfin libéré d'*International Dhamaka*, et je pouvais poursuivre mon existence.

J'ai sombré dans le sommeil comme un plongeur en eaux profondes qui va chercher le calme sous la tempête. Toutes les nuits, je m'endormais longuement, je me réveillais et je me rendormais. Trois mois s'étaient écoulés, et j'étais retourné à mon programme quotidien d'exercices et de travail. Je gagnais de l'argent, je discutais renseignement et tactiques avec Kulkarni, je m'entretenais avec Gourou-ji et Jojo, je me suis envolé deux fois pour Singapour afin d'y retrouver Zoya. Je dormais aussi beaucoup. Je me suis aperçu qu'il me fallait neuf heures par nuit au lieu de mes six habituelles, et je m'accordais aussi des siestes dans la journée. Je me pelotonnais dans les sofas, et je me retirais dans ma chambre après le déjeuner. Une fois, au milieu d'une séance de navigation sur la Toile, je me suis même allongé sous le bureau pour un petit somme d'un quart d'heure. J'avais juste besoin de dormir.

Jojo me disait que j'étais déprimé, et Gourou-ji que j'étais épuisé par l'accumulation de tension et de stress d'une année et demie de préparation et de tournage. Désespoir, anxiété ou autre, je dormais. Par une soirée de septembre, je m'étais endormi sur le pont dans le fauteuil installé à mon intention à la proue du bateau. Nous avions jeté l'ancre au large de Koh Samui. Je lisais des feuilles de calculs, et je me suis endormi. Dans mon sommeil, je savais que je dormais. Je savais que j'étais à bord du *Lucky Chance*, je flottais sur une eau calme, et le ciel s'évanouissait loin de moi dans l'obscurité. J'étais endormi, mais pas du tout apaisé. J'avais envie de repos, mais j'étais incapable de le trouver.

Arvind est venu me réveiller avec une petite tape.

— Bhai, il m'a fait. Viens. Il faut que tu voies ça.

— Quoi ?

— À la télévision, Bhai. C'est incroyable.

— Gaandu, tu me réveilles pour que je regarde une émission de télévision ! Il est tard ?

Il était déjà à mi-chemin de la poupe, et c'était Arvind le toujours très respectueux. Il doit y avoir quelque chose de vraiment incroyable, à la télévision, je me suis dit.

— Dans quelques minutes, il sera huit heures, Bhai, il m'a répondu, en se pressant vers la porte de la cabine principale.

Je me suis levé, non sans effort, et je l'ai suivi, encore étourdi et chancelant, dans un temps disloqué – je me sentais en porte-à-faux entre le jour et la nuit. Le moment était devenu irréel, alors que je sentais bien le bois défiler sous ma main.

À la télévision, une tour était en flammes. Il y avait la ligne d'horizon des gratte-ciel, et une tour en flammes. Je me suis assis.

— Qu'est-ce que c'est que ça ?

— New York, Bhai, m'a répondu Arvind.

Il était au bord d'un siège, penché en avant, le corps ramassé. Les autres aussi, étaient dans la pièce, tous. Une voix surexcitée s'exprimait en thaï sur ces images.

— Un film ?

— Non, Bhai. C'est réel. Un avion s'est écrasé dans la tour.

Cela ressemblait à un film. À un de ces films catastrophe américains.

— Un accident ?

Arvind n'en savait rien, il a levé les mains en signe d'impuissance.

— Passe sur une chaîne anglaise.

Je sentais mon sang bourdonner.

Toutes les chaînes sur lesquelles nous tombions déroulaient les mêmes images de cette tour fumante et de sa jumelle. Nous avons fini par trouver une chaîne de Hong-Kong qui retransmettait une émission satellite de Fox News. « La tour Nord continue de brûler », expliquait le journaliste. La fumée se déversait sur le flanc du bâtiment. Une forme effilée, argentée, est venu frôler le bord droit de l'image. J'étais debout, le souffle coupé. L'avion a disparu derrière le gratte-ciel incendié, et une volute hérissée de flammes a surgi de l'autre tour. Tout cela en silence.

Nous nous sommes tus. Là, j'ai compris de quoi il s'agissait. J'ai compris, c'est tout.

— Ce n'est pas un accident. C'est la terreur.

Je suis resté devant la télévision jusqu'à trois heures du matin. Je me suis fait apporter de quoi manger, je demandais aux boys de monter le son quand je me rendais aux toilettes, où j'entrais sans refermer la porte. J'ai regardé jusqu'à ne plus pouvoir garder les yeux ouverts. Ensuite, j'ai ordonné aux boys de se relayer, et de m'appeler s'il y avait d'autres attaques ou d'autres révélations.

Dans ma cabine, la solitude était insupportable. L'eau clapotait contre la coque ; je me suis débarrassé de mes vêtements et j'ai essayé de respirer. Pourquoi étais-je si agité ? Oui, beaucoup de gens étaient morts, sans doute, mais des gens, il en mourait tous les jours. Qu'était-ce, alors, qui déclenchait en moi cette agitation frénétique ? Les boys et moi avions conclu que cette attaque avait été orchestrée par des musulmans, oui, peut-être des Arabes. Mais après ? Oui, c'était l'escalade, et maintenant l'Amérique allait riposter, de toute sa force gigantesque, et se créer encore plus d'ennemis, mais c'était dans le cours actuel des choses. Je n'avais pas de réponses, et j'avais besoin de sommeil. Je me suis forcé à entrer sous la douche, je me suis allongé et j'ai avalé un somnifère.

Je sombrais dans un sommeil léger rempli de fumée et de poussière, et j'en ressortais suffoquant. Je revoyais, encore et encore, cette ligne pure que décrivait l'avion vers la verticale élégante de la tour. Je me suis tourné sur le flanc, j'ai essayé de penser à mon travail, aux femmes, mais cette ligne me revenait sans relâche. Oui, c'était la terreur.

Je me suis assis. Où était Gourou-ji, en cet instant ? Quelque part en Europe. À Prague. Oui, je pouvais l'appeler. J'ai attrapé le téléphone.

Il a pris l'appel à la première sonnerie.

— Ganesh ? Est-ce que ça va ?

— Gourou-ji, tu as vu, à la télévision, aujourd'hui ?

— Oui.

— C'était terrible.

— Oui.

— Ces enfoirés d'Américains se comportent comme si le monde entier leur appartenait, il fallait bien que quelqu'un les frappe, tôt ou tard. Mais enfin, là, c'était…

— Oui, Ganesh ?

Mes questions tourbillonnaient dans ma tête en un millier de fragments. Je me triturais le menton, je me frottais les yeux et j'essayais de recomposer l'ensemble.

— Tu disais que le monde était beau.

— Oui.

— Qu'il avait un commencement.

— Oui.

— Et cela signifie… qu'il aura une fin.

— Il le faut. Avant de pouvoir renaître.

Donc les tensions et les luttes du monde s'élèveraient pour décrire une orbe délicate, et puis ce serait l'explosion foudroyante, il s'ensuivrait un apogée, et puis plus rien. J'avais déjà entendu des gens parler de la fin du monde, et j'avais vu des films sur quantités de catastrophes, mais rien ne m'avait semblé réel, jamais. Pourtant, elle était là, cette fin, posée sur mon ventre, aussi dure et pesante qu'un diamant. Elle était réelle.

— C'est ce qui va arriver, j'ai dit.

— C'est inévitable. Toutes les grandes traditions religieuses évoquent la destruction qui doit survenir. Pralay, qayamat, apocalypse. Mais Ganesh, que cela ne t'effraie pas. Cette peur émane du petit ego qui te prend au piège. Tu es infiniment plus vaste que cela. À partir de ce plus vaste point de vue, la peur est vaine.

Je savais qu'il était bien intentionné, mais cela ne me réconfortait en rien. Oui, mon esprit pouvait se concevoir comme un œil distant, dépassionné, flottant loin au-dessus de la terre, lisant avec plaisir au-delà des perceptions de mon corps et de l'horizon, mais ma chair était incapable de l'éprouver. Non. J'ai dit au revoir à Gourou-ji et je me suis allongé, j'ai imaginé ces événements qui ricochaient sur une grande toile d'araignée en progression constante, toujours vers le feu et l'eau, vers la dissolution, et j'avais la bouche sèche. Je me suis redressé sur un coude, j'ai attrapé mon verre d'eau. Quand je l'ai reposé, il a tinté contre le sous-verre

903

doré, et cette note a résonné dans mon crâne. J'ai senti mes mains trembler. Tous les mouvements se rejoignaient en un flux, chaque action menait à la suivante, un clapotis se changeait en vague, puis en torrent qui se jetait dans un abîme inévitable. En un sens, ce minuscule cliquetis du verre pouvait nous avoir rapproché encore un peu de la destruction. Un bruit s'est répercuté en moi, peut-être mon pouls, ou une résonance autre, contenant le début et la fin, la naissance et la vie, et la mort qui consume tout.

Insert : Cinq fragments,
disséminés dans le temps

I

Suryakant Trivedi boit un cappuccino dans un café près du British Museum. Il réside en Angleterre depuis bientôt deux ans maintenant, et c'est le seul vice vilayati qu'il ait contracté. Il n'a cédé à aucune autre tentation ou pression. Il s'habille exactement comme il s'habillait à Meerut, de longues kurtas empesées et d'un sobre pyjaamah. L'hiver, il s'autorise quelquefois des sous-vêtements thermiques, que son fils, établi en Amérique, lui a expédiés de Saint Louis. Son aîné, celui avec lequel il habite ici à Hounslow, s'inquiète de ce qu'il circule en métro dans des tenues qui dénotent l'étranger de manière aussi flagrante, mais Trivedi sait qu'enfiler une veste fantaisie ne lui donnera pas l'air moins Indien. Et s'il se fait agresser par des hooligans, eh bien, il ne craint ni les blessures, ni la mort. Gourou-ji lui a demandé de vivre à Londres pendant un certain temps et de se charger de tout le nécessaire, et Trivedi doit tout à Gourou-ji. Même ici, à regarder passer les touristes sous ce soleil éclatant de mai, il sent sa présence. Ce soutien constant ne constitue pas seulement un réconfort, c'est aussi le fondement sur lequel il a édifié sa vie entière. Seul celui qui a eu pareil gourou peut comprendre en quoi ce précepteur est aussi un père, une mère et un ami, en quoi le simple fait de penser à lui aplanit les obstacles et suffit à vaincre l'effroi. Mais pour l'heure, il n'y a pas de peur, le cappuccino est très chaud, exactement comme l'aime Trivedi, la mousse

905

est délicieuse, avec son saupoudrage de moka. Il en pique une petite volute du bout de la langue, la savoure puis l'avale. Il se sent décontracté, satisfait, et il se laisse aller. Il repense à sa femme, morte en 1987 d'un arrêt cardiaque, qui lui a donné de nombreux enfants avant de disparaître sans crier gare. Avec l'aide de Gourou-ji, il a pu voir au-delà de l'illusion de la mort et de la brume douloureuse qui descendait sur lui, et désormais il est capable de penser à elle avec joie et tendresse, et rien d'autre.

Donc Suryakant Trivedi flotte, un peu absent, et c'est alors qu'entre Milind. Milind est un beau garçon, il a vingt-deux ans, un visage ouvert, et il est grand. Il salue Trivedi avec chaleur et pose par terre, entre eux, son sac de sport aux flancs rebondis.

— Tout est tranquille ? s'enquiert Trivedi.

— Oui, monsieur. Pas de problème.

Milind est né à Londres, et il n'est allé que cinq fois en Inde, jamais plus de deux mois. Mais il parle un hindi orthodoxe et sans défaut. Il est issu d'une vieille famille du courant Jana Sanghi ; son grand-père était un éminent professeur de sanskrit à l'Université hindoue de Bénarès. Il a grandi dans un environnement d'érudition et de piété, et c'est un fervent patriote. Il connaît Trivedi en sa qualité de chef de ce petit parti très actif, l'Akhand Bharat, et pense qu'il est à Londres pour développer l'organisation et diffuser le message. Il accepte volontiers d'accomplir le travail clandestin dont Trivedi le charge. Milind est excité d'avoir à récupérer un sac à la consigne de la gare de King's Cross, de le rapporter à Trivedi-ji avec diligence et précaution, d'être prudent et vigilant.

Trivedi le comprend, et c'est pourquoi il invente des périls sur mesure afin d'effrayer le jeune homme, et de l'intéresser. Il lui raconte que ce sac contient des documents militaires émanant d'un certain pays d'Europe orientale, à transmettre à ses contacts au sein du gouvernement, en Inde. Il le rémunère pour sa peine, en livres anglaises, et lui achètera un cadeau, à l'occasion, une montre ou un stylo dans une gamme de prix médiane.

— Prends un café, lui propose-t-il. Il est bon.

Milind préfère boire un Coca, puis un autre. Il a été averti de ne jamais parler travail quand il est en mission, donc il parle politique locale. Trivedi, qui ne suit pas les élections britanniques, comprend à peine de quoi parle le garçon, mais il opine de temps à autre, il laisse Milind s'épancher. Il boit un autre cappuccino, savoure l'ironie de ce qu'il vient – une fois encore – de mener à bien pour le compte de Gourou-ji. Le sac de sport contient de l'argent, dix lakhs en billets de cinq cents roupies. L'origine de ces billets de banque tout neufs, l'endroit d'où ils viennent, c'est ce qui rend son triomphe particulièrement savoureux. Entre la source et lui, Trivedi a établi trois coupe-circuit. Il y a Milind, un autre garçon de courses, un nommé Amir, et enfin un groupe clandestin musulman très extrémiste, le Hizbuddeen. L'instauration de ce Hizbuddeen est une idée de Gourou-ji. Le nom, toutefois, a été trouvé par Trivedi. Son urdu est plutôt bon, et cette appellation lui est venue facilement : Hizbuddeen, l'Armée du Dernier Jour. Gourou-ji a tout de suite apprécié, et il a félicité Trivedi pour la rapidité et la précision de sa pensée. Une telle organisation, oui, se devait d'avoir un tel nom. L'existence d'un faux groupe extrémiste islamiste était essentielle pour les projets de Gourou-ji. Mais c'est Trivedi qui a imaginé de prendre livraison de l'argent à travers le prétendu Hizbuddeen. Après tout, trouver de l'argent est un des objectifs premiers d'une telle entité. Donc, le Hizbuddeen collectait des fonds pour ses activités, et, un jour, la nouvelle avait transpiré que les Pakistanais entendaient y participer – l'ironie de la chose est une des plus belles récompenses que Trivedi ait jamais reçues pour son travail. À l'ambassade du Pakistan à Londres, il y a un homme, un nommé Shahid Khan, inscrit comme premier secrétaire d'ambassade, mais qui est de toute évidence un officier du renseignement. Huit mois auparavant, ce Shahid Khan a pris contact avec le Hizbuddeen, l'a cultivé, a proposé un entraînement, des ressources, de l'argent. En conséquence, un peu plus tôt cette semaine, les Pakistanais ont remis l'argent au Hizbuddeen, qui l'a remis à Amir, qui a laissé le soin de le récupérer à Milind, qui se trouve maintenant devant Trivedi. Et ce dernier va s'en servir pour alimenter les activités de Gourou-ji. Il va en acheminer une partie au Kalki Sena, qui a tant besoin de fonds pour acheter des armes, pour recruter, pour se constituer un capital. Ils doivent se tenir prêt, pour le dernier jour. Trivedi considère le Kalki Sena comme la branche opérationnelle de l'Akhand Bharat, et il apprécie que cette branche soit réduite, rapide, et bien armée. Parfois, malgré son âge, il ne peut s'empêcher de songer à lui-même comme une version moderne des rois guerriers et libérateurs tels que raja Shivaji ou le chef maratha Rana Pratap. Il boit encore une gorgée de son cappuccino. Franchement délicieux.

— Quand nous reverrons-nous, Trivedi-ji ? lui demande Milind.

C'est en général sa première question, après qu'il s'est libéré de la tension imposée par sa mission. Il lui répond toujours de la même manière.

— Je ne le sais pas encore. Je te contacterai.

Ce garçon est utile, mais quelque peu irritant. S'il avait le choix, Trivedi préférerait quelqu'un de plus calme, et peut-être de plus intelligent, mais on travaille avec ce qu'on a. Il congédie Milind, il paie le serveur et hisse le sac en bandoulière. Il pèse un poids satisfaisant. Les Pakistanais sont de bons payeurs, ils rémunèrent bien leur monde. Tous les mois, leur homme rencontre un représentant du Hizbuddeen, et lui remet une somme d'argent. Tous les mois, Trivedi récupère leur contribution et l'envoie aux gens de Gourou-ji. Tous les mois, il connaît ces moments d'une satisfaction sublime. Que ces salopards paient pour leur propre défaite, qui sera définitive et sans appel.

Trivedi passe devant le musée. Il n'y est entré qu'une seule fois, et n'y est jamais retourné. Il était resté stupéfait, atterré par l'ampleur du butin raflé par l'Empire britannique et entassé dans ce mausolée pour que des idiots viennent s'y esbaudir. Cela l'écœurait, de penser au drapeau britannique flottant sur Delhi. Plus jamais, s'était-il dit et, en cet instant, il se le jure à nouveau. Il a appris le Grand Jeu. Il sait tout maintenant des coupe-circuit et des opérations menées sous un drapeau d'emprunt, il a tempéré son dégoût et s'est commis avec des hommes mauvais, des hommes répugnants. Il a partagé des repas avec des ivrognes, serré la main de criminels. Il s'est rebaptisé Sharma et il a écouté pendant des heures ce mal embouché de Ganesh Gaitonde et sa compagnie de brutes, il a fait semblant de rire à leurs blagues obscènes. Oui, Trivedi s'est abaissé, il s'est sali. Mais il a consenti à tout pour Gourou-ji, pour l'avenir. Il accomplit ce qui doit l'être. Il est fatigué, à présent, ses pieds sont douloureux et il sent son âge. Le temps qu'il arrive chez lui, ses épaules lui feront mal, elles aussi. Au bout de son trajet, après la gare, il aura un peu peur, dans le crépuscule, lorsque le ciel virera au gris-bleu, une couleur très étrangère, et quand la responsabilité qu'il porte sur ses épaules lui pèsera, mais il s'adressera à Gourou-ji en chuchotant, et il continuera de marcher. Il est confiant. Il tourne son esprit vers le présent, pour conserver cette allure vive à laquelle il s'est entraîné depuis sa première rencontre avec Gourou-ji, trois décennies plus tôt. Il croise une famille anglaise et sourit au petit garçon qui marche entre ses parents en leur tenant la main. L'innocence intacte des enfants est une belle chose à voir, elle reste pour lui une fontaine de joie. Il pense à l'argent, et à ce qui l'attend, et il est heureux.

II

Ram Pari nettoie une casserole. Elle est accroupie dans la cour de la maison de Bibi-ji, devant la pompe à eau, elle récure la casserole noircie avec de la cendre. Elle aime bien sentir sa main déraper sur le flanc incurvé du récipient, mais ses épaules commencent à la tirailler, et la douleur restera en elle jusqu'à la fin de la journée, jusqu'à ce qu'elle s'endorme. Elle se fait vieille pour ce travail, mais de quelle autre besogne pourrait-elle se charger ? Son nez la démange, elle se le frotte d'un revers de l'avant-bras, et ce n'est pas vraiment ça. Elle observe Navneet, la fille de Bibi-ji, allongée sur le ventre dans le baithak ; elle écrit une lettre. La jeune fille est dans la lune, comme d'habitude, et elle s'échine sur le même bout de papier depuis une heure. Ram Pari sait qu'elle écrit une lettre à son fiancé. Ram Pari trouve la jeune fille sans vergogne de faire une chose pareille, et que ses parents sont des sots. Un tel laxisme ne peut que mener au désastre. Ram Pari se remémore les divers scandales survenus chez les riches et chez les pauvres qui prouvent qu'elle a raison. Inutile de rien dire à Bibi-ji. C'est une femme entêtée et fière qui ne souffrira aucune critique de la part de ceux qu'elle juge ses inférieurs. Et de toute manière, Ram Pari n'a aucune raison de s'en inquiéter : ce que fabriquent ces gens n'est pas son affaire. Elle se rend compte qu'elle a cessé de nettoyer, et que d'un instant à l'autre Bibi-ji va entendre ce silence, sortir et s'en prendre sournoisement à elle, donc elle se remet au travail, elle se remet à nettoyer.

Navneet se redresse, bâille, se lève et traverse la cour. Elle se rend dans la chambre qu'elle partage avec ses deux sœurs, puis en ressort, elle a chaussé ses chappals pour aller dans la rue. Elle doit sans doute retourner à la faculté. Ram Pari ne comprend pas à quoi sert d'éduquer une fille à ce point, mais elle respecte la lecture et l'écriture. Pour sa part, elle ignore l'une et l'autre, et elle se sait trop vieille pour apprendre. Mais elle sait que les hommes capables de lire et d'écrire ont un avantage sur les autres. Elle a elle-même vécu de cuisantes expériences qui le prouvent. Mais elle n'a pas envie de penser à ces malheurs, ni aux ratages de son illettré de mari, alors elle chuchote, Rabb mehar kare, elle pompe de l'eau, et les éclaboussures lui remplissent les oreilles.

Navneet est debout près d'elle.

— Ram Pari, dit-elle, absente, ta fille aînée est très jolie. Quand elle aura l'âge, tu devrais lui trouver un beau garçon.

Ram Pari sent le remous de l'irritation au fond de sa gorge. Cette femelle vaniteuse à peau blanche se figure que tout le monde a le temps de se regarder dans le miroir en rêvant à de beaux lafangas.

— Elle est déjà mariée, rétorque-t-elle sèchement.

— Quoi, cette petite chose ?

— Elle n'est pas si petite. Elle va bientôt se rendre dans sa sasural, la maison de ses beaux-parents.

— Quel âge avait-elle quand elle s'est mariée ?

Ram Pari lève la main à plat, pour montrer à Navneet comment était haute sa fille, à mi-hauteur de la pompe à eau. Et commente :

— Chez nous, c'est comme ça.

Navneet pose une main devant sa bouche et s'assied sur le tabouret à côté du pilier, celui dont se sert son père tous les matins pour chausser ses souliers.

— Et elle n'a pas revu son mari depuis lors ?

— Non. Pourquoi ? Il faudrait ?

Ram Pari a peur d'avoir été trop cassante. Mais elle ne sait pas comment montrer qu'elle est docile et respectueuse, comme il se doit, donc elle attrape un karhai, une sorte de wok, le place sous la pompe. Elle ramasse une poignée de cendres, récure le karhai dans un raclement métallique, et elle comprend soudain ce que veut Navneet. Donc elle se retourne, lui sourit gentiment.

— Le *tien*, dit-elle, tu lui parles tout le temps, non ?

— Non, non. Je ne lui parle pas du tout, je ne fais que lui écrire des lettres de temps en temps.

La jeune fille a une ombre rose aux joues, et l'élégance de prendre l'air embarrassé.

Ram Pari a repris confiance. Elle rit.

— Peut-être, mais lui, il t'écrit tout le temps, tous les jours.

Navneet a un timide haussement d'épaules, et Ram Pari – bien malgré elle – se sent une affinité avec elle. Oui, il est bon d'être jeune, pleine d'attente et de désir, avec une délicieuse petite pointe de peur, d'hésiter à la lisière d'une vie nouvelle. Elle décide de se montrer magnanime.

— Il est très beau ?

— Tu veux voir une photo ?

Navneet est déjà debout, et, avant que Ram Pari ait pu prononcer son « oui », elle a déjà franchi la moitié de la cour, et Ram Pari contemple – sans la moindre trace de jalousie – la grâce inconsciente de cette course juvénile. Puisse cette fille être heureuse. Le temps est venu pour elle d'être heureuse.

Navneet revient et s'assoit sur ses talons, à côté de Ram Pari. Elle ouvre un cahier couvert de signes obscurs, tourne une page, et le voilà, son homme. Il porte un turban au sommet très pointu, fixe Ram Pari avec une insoutenable arrogance, et l'ébauche d'un sourire flotte sur ses lèvres. Il est vraiment très beau garçon. Le cliché a été coloré, et le rouge de ses joues tranche avec les dents d'un blanc éclatant.

— Vah, s'écrie Ram Pari, on dirait un héros de cinéma.

— Oui, je lui répète sans arrêt qu'il pourrait devenir acteur, si on allait à Bombay. Mais naturellement il refuse de se raser la barbe, et naturellement je n'ai pas envie non plus. À la faculté, il faisait du théâtre, et pas mal de ses amis lui trouvaient une ressemblance avec Karan Dewan, mais moi, en réalité, je trouve qu'il a un air d'Ashok Kumar.

Ram Pari acquiesce. Mais Navneet en réclame davantage.

— Tu ne trouves pas ?

— Je ne connais pas Ashok Kumar.

— Quoi ? Tu n'as pas vu *Kismet* ?

Ram Pari part d'un éclat de rire. Toute sa rancœur s'est effacée.

— Non, je n'ai pas vu *Kismet*.

Elle n'éprouve plus maintenant que de la tendresse envers cette enfant qui croit que tout le monde a l'argent et le temps pour aller voir elle ne sait trop quel *Kismet*, qui voit son avenir se dérouler devant elle comme un écran scintillant d'amour et de promesses. Ram Pari le sent au creux de son ventre, à l'aine, l'immense chagrin qui attend Navneet, qui surviendra précisément parce qu'elle nourrit tant d'espérance. Ram Pari ignore quelle catastrophe ce sera, mais elle sait qu'elle arrivera. Elle lui répond aussi gentiment que possible.

— Peut-être que j'irai voir *Kismet*, un jour.

Navneet commence à comprendre qu'elle a peut-être dit une sottise, et elle est confuse. Elle bredouille, rougit de nouveau. Ram Pari veut lui tendre la main, la toucher, mais elle se retient. Elle sait que Bibi-ji peut arriver à tout moment, et lui crier dessus parce qu'elle perd son temps. Mais elle se moque des beuglements de Bibi-ji pour le reste de l'éternité, et pour le moment, à cet instant précis, elle aime cette Navneet d'amour.

— Raconte-moi de quoi ça parle, *Kismet*, lui demande-t-elle, et elle s'installe, pour l'écouter.

III

Rehmat Sani regarde le ciel nocturne émerger de la fleur déclinante d'une fusée éclairante. Il se sent à l'aise, il se sent rêveur, installé dans une cuvette de terrain qu'il finit par bien connaître pour avoir utilisé cette route pendant trois mois. Il est à soixante mètres de la clôture, côté pakistanais, et il n'est pas pressé. Il a cinq heures devant lui avant le point du jour, et il est patient. La première fois qu'il a franchi la frontière, il était petit garçon et, à l'époque, on pouvait traverser à pied, tout bêtement, en veillant à éviter les patrouilles et les mines. Ensuite, le montant des pots-de-vin à verser aux Rangers et aux hommes du Border Security Force, les forces de sécurité frontalières, avaient diminué, le nombre de mines aussi, et ils avaient monté la clôture. Mais peu importait. Rehmat Sani connaît le moindre pouce de terrain sur près de deux cents kilomètres vers le sud et vers le nord, et la frontière est longue de plusieurs milliers de kilomètres. Même si elle était entièrement clôturée, il la franchirait encore. Il a des affaires de part et d'autre, et de la famille, bien sûr.

Pour ce voyage-ci, il ne s'est pas mal débrouillé. Au lieu des quarts de rhum habituels, il a apporté deux grandes bouteilles de whisky d'appellation étrangère pour son cousin, côté pakistanais. Mushtaq a un capitaine qui veut du whisky, et cela peut se révéler très utile, un capitaine, donc Rehmat Sani s'est procuré cet alcool auprès d'Aiyer et il l'a fait passer. Aiyer est petit, il est très brun, il porte des lunettes très épaisses et ne ressemble pas du tout à un homme du renseignement, mais ce n'est pas un imbécile. Il sait quand il faut faire preuve de souplesse. Donc Rehmat Sani a profité du capitaine, de l'argent qu'il a apporté à son cousin le havildar, et aussi d'une bouteille de rhum qu'il a passée pour son usage personnel. Il n'a pas de nouvelles récentes d'Aiyer, mais ce dernier attendra jusqu'à ce que l'on puisse exploiter le capitaine. Aiyer est jeune, mais il apprend bien. Rehmat Sani place de grands espoirs en lui.

Il s'étire, détend ses muscles. Peut-être se fait-il vieux. Il sent l'humidité froide du nullah détrempé qu'il emprunte pour accéder à la clôture. Il va ramper dans cette ravine sinueuse, il en sortira glacé et trempé jusqu'aux os ; c'est cette dernière portion du trajet qui lui fait chaque fois regretter de ne pas avoir des fils en âge de gagner leur vie. Sa première épouse ne lui a donné que quatre filles, et sa deuxième, plus jeune, n'est tombée enceinte qu'au bout de trois ans, après qu'il est allé à Ajmer Sharif, qu'il a noué une cordelette, pleuré et invoqué Khwaja Sahib. Khalid était né. Il est à l'école maintenant, cours moyen deuxième année, et Rehmat Sani a l'intention de lui faire faire de bonnes études. Il comprend les exigences du temps, il sait qu'un homme sans éducation, comme lui, n'ira pas loin, ne vivra pas bien. Mais le fardeau est lourd de ses deux filles mariées, plus deux autres à la maison. À l'âge de Khalid, Rehmat Sani avait déjà voyagé loin avec son père, jusqu'à Lahore. Il n'a pas de souvenir antérieur à ce premier périple, mais il se souvient des toits de Lahore rougeoyant dans le soleil matinal.

Rehmat Sani s'affranchit de cette nostalgie et s'apprête à descendre dans le fond du nullah. L'obscurité règne, et la brûlure de la fusée éclairante s'efface de ses yeux. Il n'a pas besoin de lever la tête, de guetter les menaces. Le silence fracassant de la nuit, le crissement des insectes, l'aisance de son propre corps lui en disent assez. Contre sa poitrine, sous son banian, il sent le sac en plastique. Le capitaine pakistanais lui a payé son whisky en billets indiens tout neufs, ce qui pour Rehmat Sani est commode. Chez lui, il sortira l'argent du plastique et le remettra à l'aînée de ses deux épouses pour qu'elle le dépose à sa banque et fasse mettre le livret bancaire à jour. Il est incapable de lire ce livret, mais il aime bien regarder les écritures quand elle revient de son trajet d'une demi-journée jusqu'à la banque. Elles lui inspirent un sentiment de sécurité. Il se demande où les Pakistanais se procurent de telles sommes, cet argent indien tout neuf. Il est étrange que des billets fraîchement imprimés soient acheminés d'un côté de la frontière pour la repasser dans l'autre sens – avec lui. Il en a été ainsi toute sa vie, passer dans un sens, puis dans l'autre, franchir la ligne infinie sur le sol, se glisser sous la clôture ou la contourner. Il ne réfléchit pas trop à la raison pour laquelle elle serpente à travers champs, mais elle existe, et il en tire son moyen de subsistance. Il bâille, et se retourne. Il est temps d'y aller. Il lui faut deux heures pour arriver à la clôture, deux autres avant d'être en sécurité de l'autre côté. Ensuite, il se relèvera, il se débarrassera de cette boue et rentrera chez lui.

IV

Le docteur Anaita Kharas est accroupie, elle vide de la vermiculite dans un pot. Elle y a déjà placé le terreau, le sable, et la sphaigne en proportions soigneusement calculées, et maintenant elle tamise la mixture entre ses doigts et elle en apprécie la rugosité. Elle pourrait se servir d'une truelle – ses fils lui disent qu'elle a des mains d'ouvrier, pas de médecin –, mais le poids de la terre dans ses paumes la rassérène avant de se mettre au travail. Tous les matins, elle monte sur la terrasse de sa maison de Vasant Vihar. Elle élève des ficus et des hystrix étalés, des bougainvillées et des fines herbes, du champa jaune et du juhi. Le froid de décembre lui mord le bout des doigts, et pourtant, même cela, c'est bon. Elle a découvert qu'elle avait besoin de ce moment de solitude, et que placer des graines de suva dans un pot la préparait pour une journée de malades et de maladie. En terminant ses plantations, elle réfléchit à K.D. Yadav, mort trois jours plus tôt. C'était un bon patient, même avant que ses tumeurs ne le rendent silencieux et immobile. Il a enduré la perte de ses facultés avec dignité. Une fois seulement, elle l'a vu sangloter, debout près de la fenêtre. Il était bien plus âgé qu'elle, très vieux jeu avec ses namastes et sa manière de se lever dès qu'elle entrait dans la chambre, ou du moins de vouloir se lever, mais il l'écoutait toujours attentivement. À une ou deux reprises, elle s'est laissée aller à lui confier des choses sans aucun rapport avec la médecine, sur sa propre existence. Il avait cette façon de poser des questions, de sonder sans en avoir l'air, de sorte qu'on lui livrait des informations à son insu. Plusieurs jours après, il vous disait : « Oui, je devais être à Calcutta, quand votre père était en poste là-bas », et vous vous souveniez de lui avoir évoqué votre vie à Calcutta, pendant une année, quand vous aviez onze ans. C'était un homme intelligent, ce K.D. Yadav, pour un petit employé du ministère du Développement des ressources humaines.

Anaita se relève. Elle fait le tour du toit, examine les plantes de près. Elle a combattu une infestation de mildiou poudreux voici deux mois, elle y a perdu deux gulmohars, et elle a décidé de se montrer plus vigilante, à l'avenir. La maladie vient vite, et elle emporte tout. Mais aujourd'hui, ses plantes ont l'air bien. Elles se déploient sur toute la terrasse dans une déflagration de couleurs, et les vignes vierges grimpent jusqu'en haut du tanki plein d'eau, sur un étage. C'est une grande maison, qu'Adi et elle n'auraient plus les moyens d'acheter ou de construire à l'heure actuelle. Les parents d'Adi avaient acheté deux grands terrains dans les années soixante, quand Vasant Vihar était encore une étendue déserte, derrière la Corniche. Ils avaient revendu l'un des deux terrains vingt ans plus tard, et construit une maison sur l'autre, et maintenant Adi, Anaita et leurs fils vivent dans cette colonie de Cocagne. Ils ont beaucoup de chance, mais il n'empêche, les prix sont délirants, dans cette localité. Les garçons ne se rendent pas compte de ce que cela coûte de leur servir ce qu'ils aiment à table, la viande, le bon pain et les fruits. Ils sont à cet âge où il est surtout important de garder le contact avec leurs amis, et leurs amis – pour la plupart des camarades de classe, à la Modern School – sont des fils d'industriels et d'hommes d'affaires. Anaita repense à ces temps lointains où elle n'avait que dix roupies par semaine d'argent de poche, et s'inquiète à nouveau pour ses garçons. Les gens ont trop d'argent, de nos jours, ils le jettent par les fenêtres comme s'il ne signifiait rien. Leurs enfants portent des lunettes de soleil qui valent des milliers de roupies, et leurs fêtes d'anniversaire coûtent plusieurs lakhs. Nombre de ses voisins de la rue E ont trois ou quatre voitures garées dans leurs allées, et peut-être même encore une autre devant la maison. Et donc les garçons en veulent parfois à Adi et Anaita, les considèrent comme des parents radins.

Anaita a terminé sa tournée d'inspection. Elle retourne vers l'escalier, et regarde en bas, dans la cour. Le père d'Adi avait insisté pour aménager un patio au centre de la maison, et aucun des arguments de son épouse n'avait pu l'en dissuader. « Je veux voir la lumière », lui avait expliqué le vieil homme. Une fois les travaux terminés, il avait placé un fauteuil dans la galerie attenante à sa cour si précieuse, et c'était là qu'il lisait le journal tous les matins, en toutes saisons. Anaita l'aimait bien, rien que pour ça. Elle aperçoit Adi qui sort un plateau de la cuisine. D'un instant à l'autre, il va l'appeler, et ensuite il ira réveiller les garçons. Elle descendra et boira le chai qu'il a préparé, plaisantera avec les garçons et mangera quelques œufs. Adi est un homme bon. Ils ont leurs disputes, et quand elles sont violentes, elles leur laissent à tous deux une sensation d'épuisement qui dure des semaines, mais ils ont persévéré, et ils ont survécu. Adi explique parfois qu'ils ont gommé leurs aspérités respectives. Il la fait souvent rire, il prend part à cette corvée quotidienne, élever une famille, et ils sont heureux, ensemble. Il faut qu'elle descende, maintenant ; elle n'aime pas partir de la maison trop tard, la circulation commence à se figer sur les avenues, mais elle pense encore à K.D. Yadav.

Pourquoi ? Elle ne sait pas trop. Elle l'aimait bien, mais elle a bien aimé d'autres patients, qu'elle a perdus, eux aussi. La mort n'a rien de nouveau, pour Anaita, elle a affaire à elle tous les jours. Elle s'est habituée à l'irruption de la mort, à son bruit, à l'inertie et les odeurs qu'elle laisse dans son sillage. Elle sait qu'elle approche, pour elle, pour Adi, et elle parvient même à s'imaginer la mort de ses enfants. Pourquoi, alors, K.D. Yadav reste-t-il si proche d'elle ? Elle caresse les feuilles d'un tulsi, en respire l'odeur, et le froid est presque douloureux, dans ses narines. Comme ce doit être terrible de perdre le sens du chaud et du froid, de l'intérieur et de l'extérieur. À la fin, quand K.D. Yadav était devenu complètement immobile, il n'avait l'air ni heureux ni triste. Était-il encore capable de distinguer le jour de la nuit, la mort de la vie ? Anaita en avait parlé à sa jeune amie, ou à sa collègue, peu importe, Anjali Mathur. « Ne vous inquiétez pas. Tout cela est absolument indolore, il ne souffre pas. » Mais elle songe maintenant à ce que ce doit être, de ne pas souffrir, d'exister dans une sorte de vide immense, et elle frissonne. Pauvre homme, pense-t-elle. Il aimait tant lire et, à la fin, les lettres et la page devaient se fondre ensemble, devenir une seule chose qui n'était rien. Pauvre, pauvre homme.

— Anaita !

Adi est debout dans la cour, il tient une poêle à frire. En le voyant, complètement ridicule dans son hideux peignoir chinois à dragon auquel il refuse de renoncer, elle rit.

— Qu'est-ce que tu fais, yaara ? s'écrie-t-il. Je t'en prie, va prendre ton bain, sinon tu vas me mettre en retard.

— J'arrive, baba, j'arrive, lui répond Anaita.

Elle lance un dernier regard à son jardin, autour d'elle, et redescend vers son existence.

V

Alors même qu'il savoure sa victoire, le major Shahid Khan s'inquiète de la défaite. Il se taille la barbe et, dans le miroir, il constate que rien ne transparaît de cette anxiété, ni dans son visage, ni dans ses yeux. Il s'est entraîné à l'impassibilité. Il a la peau claire d'un Punjabi, celle de son Ammi, sa mère, mais rien de sa facilité expressive. Son épouse s'étonne parfois que deux individus aussi étroitement liés puissent être aussi dissemblables. Pourtant, Shahid Khan sait qu'il a hérité de la mélancolie d'Ammi, de sa rage gargantuesque, de ses sarcasmes acerbes et soudains. Mais il a appris à se maîtriser. Il ne trahit rien, jamais. En dépit de sa tristesse, il arrive parfois qu'Ammi rie jusqu'à en avoir le visage écarlate, et vous vous inquiétez pour elle, sans pouvoir la prévenir, car vous devez aussi vous soucier de ne pas en tomber à la renverse. Son amour pour ses enfants, pour Shahid, son frère et sa sœur, est si ouvertement dévorant que les autres mères en plaisantent. Les sacrifices qu'elle a consentis pour eux sont légendaires. Mais Shahid Khan a étouffé le volcan d'émotions légué par les gènes ; il a appris très tôt – dans les ruelles de son enfance – à revêtir l'armure de l'impassibilité. Cette aptitude l'a plutôt bien servi, dans sa profession. Il a cette aptitude, cette foi, qui l'enracine dans un soubassement inébranlable, qui lui donne la force de supporter n'importe quoi.

Néanmoins, aujourd'hui, il est soucieux. Il se trouve à Londres, et tard hier soir, juste avant de quitter son bureau à l'ambassade du Pakistan, il a appris un décès survenu à l'autre bout du monde. Un certain Gurcharan Singh Bhola s'est fait abattre par la police indienne dans le district de Gurdaspur, dans un village dénommé Veroke. Gurcharan Singh Bhola était le commandant de la Khalistan Tiger Force, que les forces indiennes ont implacablement taillée en pièces tout au long de cette dernière année. Et maintenant, Gurcharan Singh Bhola est mort. Shahid Khan l'a rencontré une fois, à l'époque où il était lieutenant, où il se faisait les dents sur les champs et les villages du Punjab. Gurcharan Singh Bhola était un homme de haute stature, impressionnant, avec une carrure musclée de lutteur et un engagement véhément pour le Khalistan. Shahid Khan l'avait rencontré un soir où Bhola était passé par son poste de garde, et ce n'est pas la perte de ce sardar qui accable Shahid Khan, ce matin. Il est très loin du Punjab, mais il est évident que les Indiens sont en train d'écraser le mouvement Khalistan. Ils se montrent brutaux et impitoyables. Avec le soutien du gouvernement central et de celui de l'État, leur armée et leurs forces paramilitaires abattent les révolutionnaires, un par un. Shahid Khan sait exactement ce que cela coûte – en argent, en efforts et en vies humaines – de bâtir et de soutenir ce mouvement. Désormais, c'est terminé. Ce revers bourdonne dans ses veines. Il a été formé pour accepter les pertes. Il croit en la victoire finale comme il croit à ce miroir en face de lui, comme en quelque chose qui existe, c'est tout, mais l'humiliation de la perte est une réalité qui l'exaspère. C'est de la faiblesse, cette colère, il le sait. Elle obscurcit son jugement. Il a espéré qu'avec l'âge, il apprendrait l'équanimité, mais la passion subsiste. Il essaie de penser à ses succès, en particulier à une récente opération dans les ruines de l'URSS, opération qu'il a sauvée après que les Indiens sont presque parvenus à l'anéantir. Durant des décennies, durant les années d'allégeance douillette de l'Inde à l'URSS, les Indiens ont fait imprimer de grosses quantités de leur devise nationale en Ukraine. Après la chute de l'empire soviétique, les services de Shahid Khan ont envoyé des agents en Ukraine pour enquêter sur l'imprimerie où ces devises étaient fabriquées. Ces agents sont parvenus à conclure un marché : moyennant une somme substantielle acquittée dans une monnaie forte, les Ukrainiens livreraient les plaques originales de ces billets indiens. Un coup de maître. Mais les Indiens ont eu vent du marché – l'Ukraine était pourrie du haut en bas. Ils ont réclamé les plaques, et les ont obtenues. Mais Shahid Khan a tout de même changé le désastre en victoire. Il est intervenu après coup, et vite. Les plaques avaient disparu, certes, mais le papier était encore là, entreposé dans d'immenses hangars faiblement gardés. Shahid Khan a conclu des accords, organisé la logistique, fait enlever un fonctionnaire d'ambassade indien de second ordre par des voyous locaux, qui l'ont retenu deux jours en captivité. Et tandis que les Indiens se laissaient distraire, Shahid Khan leur a dérobé leur papier-monnaie. Maintenant, les billets imprimés sur ce papier original complètement authentique sont en circulation dans toute l'Inde, et lui est bien parti pour devenir lieutenant-colonel. Oui, il y a ça, même si un triomphe personnel ne peut entièrement effacer l'échec national.

Il se secoue, pose les ciseaux et se fait couler un bain. Il se lave avec efficacité, et tout en se séchant, considère le luxe invraisemblable de cet immense morceau de tissu-éponge. Depuis un certain temps, il est en mesure de s'offrir ces choses et ne les refuse pas à sa famille, mais il a été formé à plus rude école. Le temps est venu de prier, de se nourrir, il trie ses papiers et acquitte ses factures. C'est un dimanche ; les femmes de la maisonnée – sa mère, sa femme, sa fille – sont allées à East Ham rendre visite à des parents. Il est seul. Finalement, ses devoirs acquittés, il estime pouvoir s'accorder une heure de répit. Il se rend dans sa chambre et ferme la porte. La porte d'entrée est fermée à clef, personne ne le dérangera, mais il se sent obligé de s'assurer que son intimité est totale. Jusqu'à présent, seule sa femme sait ce qu'il est sur le point de faire.

Il s'est assis dans son fauteuil préféré, face à la fenêtre. Une bonne lumière est essentielle. Il pose un oreiller sur ses genoux, les pelotes de fil à sa droite. C'est parti. Il se tricote une nouvelle écharpe. Sa femme en fera don à une madrasa ou à un orphelinat, chez eux. Les aiguilles cliquètent, et cliquètent, et les épaules de Shahid Khan se relâchent. Il fait cela depuis deux ans, depuis qu'un médecin de Karachi lui a expliqué ses ulcères le tueraient s'il ne trouvait pas le moyen de se détendre. « Apprenez à prendre des vacances, lui a conseillé ce praticien. Choisissez-vous un passe-temps. » Au début, Shahid Khan s'est mis au squash. Il a toujours eu envie d'apprendre, et cela lui semblait un bon exercice d'entraînement. Mais il éprouvait le besoin de gagner. Il a pris des leçons particulières, et s'est mis à lire des traités sur la technique. Quand il s'est rendu compte qu'il rêvait de matches retour, il a renoncé. Ensuite, on l'a envoyé en Ukraine, et là, il s'est mis aux échecs. Lassé de se chercher un adversaire, il a investi dans une machine de poche. L'engin était d'une habileté merveilleuse, il se dépliait et s'encliquetait délicatement pour constituer un échiquier complet, avec des compartiments encastrés pour les pièces, de petits témoins lumineux rouges grâce auxquels la machine indiquait quelle pièce elle souhaitait déplacer, et où. Tant qu'il apprenait à s'en servir, son ventre allait mieux. Mais ensuite il a eu envie de jouer contre elle à des niveaux supérieurs, et les douleurs se sont réveillées. La métaphore martiale était trop évidente, ses vizirs et ses pions, son champ de bataille noir et blanc le faisaient penser au monde réel. Il a donné la machine à un ami, et souffert un temps en silence. Ensuite, il a essayé l'équitation, jusqu'au jour où il est tombé sur un cheval récalcitrant.

Il a rappelé le docteur de Karachi depuis Moscou. Il a failli raccrocher quand il a entendu sa suggestion. Il lui a fallu deux mois pour acheter le fil, et trois autres semaines pour commencer. Mais alors il s'est aperçu que ses mains, même en cette première fois, dans sa chambre d'hôtel, à Tallinn, trouvaient naturellement le rythme. Il comprenait d'emblée l'opposition entre la maille à l'endroit et la maille à l'envers, et n'éprouvait aucun besoin de réfléchir. Il n'éprouvait pas le besoin de tricoter plus vite, ou mieux, ou même de façon satisfaisante. Il se bornait à faire, à faire quelque chose de rouge, à la forme curieuse, aux dimensions curieuses, et ensuite, il a décidé d'appeler cela une écharpe.

Donc, Shahid Khan est assis face au soleil de midi. Il a les yeux grands ouverts, il ne ressent qu'une légère brûlure dans le ventre, qui lui est égal. Dans peu de temps, elle aura disparu, elle aussi. Il respire. Le fil se tend contre sa peau, puis il se relâche. Les aiguilles tintent l'une contre l'autre. La chaîne et la trame prennent forme, elles s'écoulent. Son esprit, son cœur s'emplissent d'une lueur rayonnante, celle de la miséricorde d'Allah. Le tricot s'allonge, et il est en paix.

Ganesh Gaitonde se recrée

Cet hiver-là, je me suis donné un nouveau visage. Depuis un certain temps, je m'inquiétais des nombreuses photographies de moi publiées dans les journaux et les magazines indiens. Des émissions de télévision diffusaient des vidéos de ma personne en train de sortir des tribunaux de Bombay. J'étais trop reconnaissable, trop connu. Un jour, sur la plage de Ko Samui, un groupe de jeunes touristes indiens s'était retourné pour me dévisager, et ils avaient chuchoté entre eux, l'air énervé. Je n'avais pas quitté l'Inde seulement pour éviter la prison, mais aussi pour échapper à mes nombreux ennemis. J'avais besoin d'un changement. J'avais vu Zoya se transformer, donc je savais comment faire, les souffrances et l'argent que cela coûtait, les résultats envisageables. J'avais besoin d'être neuf.

Je voulais cette transformation, et pas seulement pour des raisons de sécurité. Être dans ma peau était pour moi une source d'insatisfaction, de mécontentement. Tous les matins, je me regardais dans le miroir, et le visage que je voyais n'était pas celui de l'homme que je connaissais. Je me connaissais mince et sculptural, taillé par les combats et les triomphes de mon existence. Mais sous le poids des années, mes joues s'étaient affaissées, mon nez avait épaissi. Mon menton sombrait dans un bourrelet de chair, j'avais le coin des yeux tombants. Cet écroulement était intolérable. J'avais envie de modifier l'extérieur pour qu'il exprime l'intérieur.

Évidemment, je suis allé consulter le docteur Langston Lee, celui de Zoya. Je lui ai laissé deux mois et beaucoup d'argent, et j'ai enduré davantage de souffrances que jamais dans ma vie. Il m'a donné un long nez élégant à l'arête fine, de nouvelles pommettes, un menton plus étroit qui équilibrait le nez, et une absence totale de bajoues. Il a procédé à quelques subtiles interventions sur les sourcils, et creusé une fossette au milieu de mes deux joues raffermies. Et j'étais un autre homme. La première fois que je me suis regardé dans un miroir après que l'on m'eut retiré les bandages, j'ai eu envie d'embrasser le docteur Langston Lee, sacré petit Chinois. Même au travers des œdèmes et des points de suture, je voyais bien qu'il avait compris ce que je voulais devenir. Son talent ne résidait pas seulement dans le bout de ses doigts, il était dans ses yeux et dans son imagination. Il était à même de partager votre rêve, de tailler dans la peau et la graisse pour lui faire prendre vie. Je ne ressemblais plus du tout au Ganesh Gaitonde que j'avais été. J'étais le Ganesh Gaitonde que je voulais être. J'étais moi-même.

— Zoya ne va plus savoir qui tu es, Bhai, m'a prévenu Suhasini, quand Arvind et elle sont venus me rendre visite, cet après-midi-là. Je suis moi-même à peine capable de dire qui tu es. Ce Langston Lee est un génie.

Sourire me faisait mal, mais j'ai souri. J'aimais assez l'idée que Zoya ne sache plus qui j'étais, ou que cet homme neuf la déconcerte. J'avais envie de la voir déconcertée, de voir sa frousse, son doute. Elle tournait deux films en Amérique, à Detroit et Houston, et je ne lui avais rien évoqué de mes projets. Mon opération avait été tenue secrète, tant vis-à-vis d'elle que de ceux qui n'avaient aucun besoin de savoir.

— Faisons-lui la surprise, j'ai dit.

— Elle va sauter en l'air comme une vache qui se fait fourrer un bâton dans le gaand, m'a prévenu Arvind. Sans la voix, Bhai, je ne t'aurais pas reconnu.

Il m'a scruté du regard, en se penchant au-dessus du pied du lit.

— Ce n'est pas qu'il y ait tant de changement que ça. Mais tous ces changements pris ensemble t'ont transformé.

Je me suis vite rétabli. Dès que le docteur Langston Lee m'a donné le feu vert, je me suis envolé pour l'Amérique. Zoya ne pouvait pas trop s'éloigner de ses tournages, et j'avais vraiment envie de la voir. Ou, plutôt, j'avais envie qu'elle me voie. Alors

j'y suis allé. Nos opérations aux États-Unis étaient des plus limitées, donc je ne disposais pas là-bas d'équipes de boys pour
m'organiser la logistique, et pas de gardes du corps. J'ai voyagé
seul sous passeport indonésien, convaincu d'être en sécurité.
J'étais protégé par mon nouveau visage. J'avais de nouveaux vêtements, une valise pleine de costumes légers en lin et de chemises
en coton aux tons pastel. Arvind n'était pas tranquille, mais je lui
avais soutenu que j'attirerais moins l'attention sans entourage.
D'autant plus que mes ennemis ne s'y attendaient pas, depuis si
longtemps que je vivais entouré de mes boys. Jamais ils ne me
rechercheraient, moi, isolément.

J'y croyais. Pourtant, après le décollage de Bangkok, alors que
je m'élevais vers le nouveau monde, j'ai plongé dans la terreur la
tête la première. J'étais seul. À bord du *Lucky Chance*, je pouvais
entendre mes boys marcher sur le pont, leur rire était la première
chose que je percevais, le matin. Là, à l'intérieur de cette petite
bulle d'air de première classe, dans cette cabine qui fonçait très
haut au-dessus de la terre, ils avaient disparu. Je me suis tâté le
menton, le nez. Sous mon élégante nouvelle peau, il n'y avait que
moi. Je me sentais très loin, loin de tous ceux et de tout ce que je
connaissais. Je me suis calmé, je me suis dit que c'était une réaction physique, une manifestation d'anxiété de mon corps devant sa
forme nouvelle. J'ai demandé de l'eau, et j'ai fermé les yeux. La
sueur me coulait dans la nuque, et je savais que je me faisais
remarquer. Mais j'étais incapable de refouler cette panique et, en
fin de compte, j'ai cédé. Je me suis servi du téléphone du bord
pour passer un appel à Arvind. Dès qu'il a reconnu ma voix, il
s'est montré agité ; nous étions convenus de limiter nos appels aux
urgences.

— Bhai, il m'a fait, qu'est-ce qui ne va pas ?

Évidemment, je ne pouvais pas lui avouer ce qui n'allait pas, ce
goût métallique du manque dans le fond de ma gorge. Je ne pouvais pas lui dire : j'avais juste envie d'entendre ta voix, espèce de
pauvre type. Je lui ai parlé d'investissements que nous avions
effectués la semaine précédente, et d'un mouvement de capitaux
depuis un compte à Hong-Kong vers des fonds situés en Inde.
Tout ça était banal, rien qui justifie un appel en urgence. Il était
déconcerté, mais il savait se tenir, donc il ne m'a pas posé de

questions ; il a juste écouté mes instructions. J'ai raccroché, et ensuite j'ai appelé Bunty à Bombay. Je n'avais rien à discuter avec lui qui ait le moindre caractère d'urgence, alors je lui ai parlé de Suleiman Isa et de nos derniers renseignements sur les activités de la S-Company. J'ai quitté un Bunty aussi perplexe qu'Arvind, et après j'ai appelé Jojo.

— Je suis en pleine réunion, elle m'a répondu. Je te rappelle.

— Tu ne peux pas.

— Pourquoi ? D'ici une demi-heure, je serai libre.

Je ne lui avais pas évoqué mon voyage en Amérique, pas plus que mon opération. Et je ne pouvais certainement pas aborder le sujet, pas maintenant, assis à côté d'une grand-mère thaïe dotée d'austères lunettes cerclées d'acier et d'une ouïe très fine.

— Je serai moi-même en réunion, je lui ai répondu. Demain. Je t'appelle.

— Quelque chose ne va pas, Gaitonde ?

Elle me connaissait trop bien, Jojo.

— Non, non, j'ai fait. Retourne travailler. Demain, on se reparle demain.

— OK. Demain.

En me renfonçant dans mon siège, je pensais à elle. Elle était mon amie, et elle sentait mieux que personne quelle humeur l'emportait en moi, si j'étais généreux ou en colère, dur, à vif, ou triste. Je me fiais à elle, mais pour des raisons de sécurité, j'étais obligé de lui dissimuler certains faits. Je vivais exposé à un danger implacable et permanent. Je devais me montrer prudent. J'étais contraint de supposer que cette Thaïe aux cheveux gris, dans le siège voisin du mien, qui croquait ses cacahuètes de l'extrême bout de ses doigts luisants, que cette vieille dame inoffensive était capable de me nuire. Peut-être comprenait-elle le hindi que je parlais avec Jojo, peut-être travaillait-elle pour Suleiman Isa et ses alliés. C'était impossible, mais je devais considérer cette possibilité.

Pas étonnant que je me sente isolé, songeai-je. Je menais une existence de secrets et de suspicion. Il fallait que je me sépare de mes amis, et c'était le prix que je payais pour le pouvoir. J'étais un souverain, un roi, je ne pouvais jamais me relâcher. Même un nouveau visage ne pouvait me libérer de la peur. J'étais forcé de marcher seul. Mais cette solitude que je ressentais à bord d'un avion en vol pour l'Amérique était différente, nouvelle. Je n'avais jamais rien éprouvé de tel. Je me sentais comme un ballon flottant dans l'espace infini. J'étais suspendu dans un vide complet, totalement libre. Oui, c'était la liberté, j'étais indépendant et seul. Et j'étais terrorisé.

J'ai rompu avec une autre de mes règles de vie et j'ai demandé un scotch. J'ai retenu mon souffle, j'ai bu cette médecine amère et brune. Et puis deux autres, ce qui m'a permis de trouver le sommeil.

Je me suis réveillé devant Los Angeles étalée comme une longue tache, sur ma droite. C'était vaste, et je me sentais très petit. Je ne parvenais pas à m'en débarrasser, de cette sensation de ma propre petitesse, de cette appréhension enfantine. Elle ne m'a pas quitté à bord de la limousine, sur le trajet vers l'hôtel. Les rues étaient larges et propres, les voitures évoluaient en files ordonnées, et tout cela me paraissait très étranger. Je n'avais jamais éprouvé un tel sentiment de différence, ni en Thaïlande, ni même à Singapour. J'étais différent. J'ai vu un Indien garer sa voiture près d'un marché, et il aurait pu marcher dans un quelconque gali de Bombay sans du tout attirer l'intention. Il s'appelait sûrement Ramesh, ou Nitin, ou Dharam. Et pourtant, je me sentais très loin de lui. C'était peut-être un effet du ciel immense et brumeux, au-dessus de moi, de cette lumière limpide et fade. Ici, l'espace était autre, et la gravité aussi. Je me sentais en apesanteur.

Ma suite au Mondrian était suspendue douze étages au-dessus de Sunset Boulevard. Le trafic glissait tout en bas, en rubans de métal silencieux. Le silence était perturbant. J'ai allumé la télévision, j'ai monté le son, j'ai pris une douche en vitesse, et puis j'ai appelé Zoya. Elle occupait une chambre au septième étage du même hôtel. Elle avait pris un vol depuis Houston, tôt le matin, et s'était enregistrée sous le nom de Madhubala. J'ai dû l'épeler deux fois à l'opératrice avant qu'elle me passe la communication, et j'avais Zoya.

— Allô ?

Elle avait attrapé l'accent américain.

— C'est moi, j'ai dit. Je suis dans la chambre 1202. Monte. La porte est ouverte. Entre.

— J'arrive.

C'était une bonne fille, elle n'avait pas besoin de plus d'instructions que cela. J'avais tiré les rideaux, afin que la chambre ne soit plus traversée que par une nappe de lumière. J'ai pris place dans un fauteuil, à contre-jour. C'était un plan très spectaculaire, de son point de vue. J'avais envie de lui faire forte impression, d'un instant de choc intense, total, qui l'arrêterait net. Et ensuite, ce serait la révélation de mon visage.

Cela s'est déroulé comme je l'avais prévu. Elle est entrée, elle a marqué un temps d'arrêt, et puis elle a fermé la porte.

— Saab ?

Elle portait une jupe blanche, très courte, et un chemisier blanc noué très haut. Il y avait cette courbe oppressante de sa taille, cette saillie tranchante de la hanche. Elle savait ce que j'aimais. Saali, elle était futée. Mais aujourd'hui je la tenais. J'ai allumé la lampe près de moi, et aussitôt elle s'est exclamée.

— Qui êtes-vous ? Qui êtes-vous ?

Elle avait peur.

J'avais envie de rire, mais je me suis retenu. L'expression déroutée de son visage et cette frayeur, c'était trop délicieux. Elle a croisé les mains devant la fente allongée de son nombril, et elle est allée jusqu'à répéter : « Où est-il ? Où est… ? » avant de s'interrompre. Sa mâchoire s'est contractée, et puis elle a repris, en anglais cette fois.

— Je me suis trompée de chambre. Sorry.

J'étais fier d'elle. Elle avait respecté ma sécurité. Je l'avais bien éduquée. Elle a tourné les talons et s'est avancée d'un pas vif vers la porte.

— Zoya, j'ai dit.

Elle s'est immobilisée, s'est retournée.

— Allah, elle a soufflé.

C'est la seule fois que je l'ai jamais entendue en appeler à son Dieu.

— Est-ce toi ?

— C'est moi.

— Mais comment est-ce possible ?

— Quoi, il n'y a que toi qui as le droit de changer ?

Elle est venue à moi, s'est agenouillée à mes pieds. Elle a tendu la main, m'a effleuré la joue, du bout des doigts, à peine. L'étonnement, perceptible dans le relâchement de la mâchoire, s'est estompé, elle a plissé les yeux, elle calculait, elle réfléchissait. Elle m'a doucement orienté le visage vers la lumière. Elle a chuchoté :

— Le docteur Langston Lee ?

— Oui.

— Oh, c'est un maître ! De l'excellent travail. Très subtil, et très efficace.

— Cela te plaît ? Vraiment ?

— Le docteur Langston Lee est franchement trop fort.

Cela suffisait, avec le docteur Lee. De ma main gauche, j'ai saisi Zoya par le poignet, et de l'autre je l'ai prise par le menton.

— Tu penses que ça me va ? Tu penses que c'est moi ?

Elle a instantanément perdu son regard de professionnelle, et m'a souri, les yeux enflammés d'admiration.

— Tu es très beau, saab. Encore mieux qu'avant. Tu pourrais être une star dans un film, tu sais.

— Quoi, moi ?

— Oui, oui. Tu devrais en tourner un. Avec mòi comme héroïne. *International Dhamaka II.*

— Les suites, en Inde, ça ne marche jamais, j'ai lâché. Et de toute manière le premier a fait un bide.

— Avec le nouveau Ganesh Gaitonde comme héros, elle m'a répondu, ce serait un super succès.

Elle s'est penchée vers moi et m'a embrassé. À cet instant, j'ai été le héros. Je l'ai conduite dans la chambre, et le dhamaka international a commencé – un « super succès ». Nous n'avons même pas pris le temps de retirer nos vêtements. Elle a remonté sa jupe en tirant dessus, j'ai agrippé le petit bout de dentelle qu'elle portait en dessous, j'ai écarté ça d'un coup sec, et puis j'ai grimpé sur elle, en elle. Nous étions étalés en travers du lit, en diagonale et, derrière Zoya, les fenêtres sans rideaux m'offraient la ville de Los Angeles. Je riais comme un dément avec mon nouveau visage, et c'est ainsi que j'ai vu l'Amérique.

Le lendemain matin, nous sommes allés aux studios Universal. Je n'étais guère enthousiaste, mais Zoya avait insisté. Avec mon nouveau visage, personne ne me reconnaîtrait, je ne courais aucun danger.

— Et toi ? je lui ai demandé.

Les attractions seraient forcément remplies de maderchods de touristes indiens. Ils se déplaçaient dans le monde entier avec leurs appareils photo, leurs gosses et leur argent neuf. Ses admirateurs étaient partout. Elle m'a assuré qu'elle pouvait prendre une tout autre allure, que si elle choisissait de ne pas être reconnue, personne ne la reconnaîtrait. Elle en était absolument certaine. Elle avait vraiment envie d'y aller, alors nous y sommes allés. Et nous avons passé un joli moment. Pour moi, le plaisir, c'était de voir le plaisir de Zoya – on aurait cru une enfant à sa première fête de village. Elle se précipitait d'une attraction à une autre, et quand le gros requin a brusquement fondu sur nous la mâchoire ouverte, elle a crié plus fort que tout le monde. Je n'avais pas vu beaucoup des films évoqués par ces animations, mais elle les connaissait tous, et elle me racontait les histoires. Elle portait des lunettes – grandes et très quelconques – posées sur le bout du nez, une casquette bleue, un grand T-shirt blanc à manches longues et aucun maquillage. Les gens la dévisageaient, car il lui était impossible de dissimuler sa taille, mais personne ne l'a reconnue, même pas les adolescents de Delhi assis dans le wagonnet voisin du nôtre, à bord du petit train Jurassic Park, et puis elle m'appelait « mon oncle ». Donc Zoya était capable de se rendre ordinaire. Avec ses yeux, son visage et son corps, elle était capable de n'importe quoi. Elle était une actrice.

Elle m'a emmené faire deux tours du circuit Terminator.

— Un seul, ce n'est pas assez. Arnold, je l'adore.

Je savais qui était Arnold. Un de mes boys m'avait rapporté un DVD piraté d'un de ses films, l'année précédente. J'avais bien aimé les effets spéciaux, naturellement, mais dans l'ensemble, le film m'avait ennuyé. Comme beaucoup de films américains, il partait d'une bonne idée et il s'y accrochait si fort qu'il s'appauvrissait au fur et à mesure. Les scènes semblaient plates parce que, même dans les moments les plus dramatiques, les acteurs se parlaient sur un ton égal, comme s'ils discutaient du prix des oignons. Et il n'y avait pas de chansons. En dernière analyse, je trouvais les films américains légers, peu réalistes, sans grand intérêt. Mais j'avais Zoya, le nez levé vers la carcasse métallique de Terminator, vers ses yeux rouges de fouine, et elle lui lançait le même regard qu'elle avait eu pour moi la veille. Même à travers les lunettes, je percevais le feu de ses prunelles, comme un reflet de celles du robot. Elle m'a vu la regarder, et m'a déposé un rapide baiser sur la joue.

— Tu sais, elle m'a soufflé à l'oreille, parfois je rêve de remporter un oscar. De me retrouver là-haut. Je finirai peut-être par rencontrer Arnold.

Arnold. Elle prononçait le nom de cet enfoiré comme si elle le connaissait, comme si elle avait partagé un pani-puri avec lui à Chowpatty. Nous avons continué le parcours, et elle a achevé cette journée rayonnante et rieuse. J'étais épuisé. Nous sommes partis d'Universal à cinq heures et, dans la limousine, elle m'a raconté d'autres histoires de films américains, et des anecdotes sur les stars. J'ai écouté, et finalement je lui ai posé ma question.

— Saali, combien tu en a vu, de ces films ?

— En général, un par jour. J'ai un petit lecteur de DVD portable, tu sais. Je peux l'emporter en prise de vues. Parfois, je regarde plus d'un film, même les jours de tournage. C'est un bon moyen d'améliorer mon anglais. Tu devrais en faire autant. Tu sais que Suleiman Isa regarde des films anglais tous les jours.

Je lui ai pincé la lèvre inférieure.

— Comment le sais-tu ?

— Arre, tout le monde le sait.

C'était vrai. Il suffisait de se renseigner le moins du monde sur la pègre pour connaître les habitudes cinématographiques de Suleiman Isa.

— Et tout le monde se trompe. Il ne regarde pas beaucoup de films. Il en regarde trois, toujours les mêmes, encore et encore. Tous les soirs, il en regarde un. Et ensuite le suivant, et le troisième. Après ça, il recommence.

— Quoi ?

— C'est la vérité. Nous possédons des informations fiables là-dessus, de l'intérieur. Il regarde la série du *Parrain*.

— Non ! vraiment ?

— C'est vrai.

— Pourquoi ?

— Pose-lui la question, à ce salopard. C'est un dingue.

Elle a hoché la tête.

— Et toi, saab, tu les as vus, ces films-là ?

— J'ai vu le premier.

— Tu n'as pas aimé ?

— Ça pouvait aller. Enfin, j'ai trouvé *Dharmatma* meilleur. Et même *Dayavan*.

Elle a éclaté de rire, et s'est jetée à mon cou.

— Tu voyages dans le monde entier, Bhai, mais tu as des goûts tellement desi. Je t'aaadore.

Et là, elle m'a embrassé, elle a posé une main sur mon jean, en haut des cuisses, elle m'a montré combien elle m'adorait, et j'ai oublié Suleiman Isa et son chutiya de *Parrain*. Mais plus tard ce soir-là, alors qu'elle s'était endormie, j'ai repensé à ces films américains. Mes boys regardaient tout le temps des films d'action américains. Les cascades leur plaisaient, et les effets spéciaux. Pourquoi Suleiman Isa regardait-il sans arrêt la série du *Parrain* ? Je n'y avais encore jamais réfléchi, mais là, allongé dans un lit sous ce ciel étranger, soutenu par les constellations tentaculaires des lumières de la ville, j'ai compris que ses raisons étaient peut-être identiques à celles qui m'avaient poussé à réaliser *International Dhamaka*. Il voulait comprendre ce qui lui était arrivé, ce qu'il était devenu. Pour la première fois, je me suis senti une affinité avec lui.

Qu'étais-je devenu ? J'étais devenu quelqu'un d'autre, quelque chose d'autre. Alors que j'essayais de saisir en quoi j'avais changé au juste, ce qui m'était arrivé, le petit ver fouisseur du doute me rampait dans le ventre et me remontait vers le cœur. Zoya me déclarait que j'étais beau, que je pourrais devenir une star de cinéma, si je le voulais. Je savais que j'avais meilleure allure, que j'étais plus jeune que jamais, les traits affûtés. Mais... puisque c'était Arnold qu'elle rêvait de rencontrer. Je n'aurais jamais ses muscles. Si Terminator la rejoignait dans ses rêves, alors qu'elle dormait auprès de moi, comment pouvait-elle m'aimer ? Terminator est une fiction, je me suis dit, j'étais plus puissant qu'un acteur américain de bas étage. Je me suis dit : Tu as plus de morts à ton actif qu'on n'en attribue à Terminator lui-même. Un mot de toi suffit à déplacer l'argent et les armes d'un continent à l'autre. Si un homme doit s'appeler Terminator, c'est toi.

Et pourtant, lorsque Zoya s'est étirée dans le lit, le lendemain matin, quand elle est venue se blottir contre moi, encore ensommeillée, c'est le parasite frétillant du doute qui l'a accueillie. J'ai regardé ce bras qui la retenait, le mien, et je n'ai pu me faire qu'une seule réflexion. Il était si maigre comparé à celui d'Arnold. En réalité, même le héros du film qu'elle tournait au Texas était plus Arnold que moi. Il était petit, mais le torse épais, stéroïdé, et les bras surdéveloppés. Je savais que j'avais de quoi m'offrir les meilleurs stéroïdes, m'équiper d'une salle de sport et engager des entraîneurs, mais approcherais-je jamais de la vision que Zoya véhiculait dans sa tête, de cet homme qu'elle aimait véritablement ? M'aimait-elle, cette Zoya, la Girafe égocentrique ?

La question était ridicule, je le savais, et pourtant elle ne me quittait pas. Nous prenions notre petit déjeuner assis à la table du salon et, comme d'habitude, c'était un émerveillement de la voir dévorer. Elle a bu un jus d'orange et englouti trois omelettes. Je la regardais, et elle était de nouveau belle, elle était Zoya Mirza, la star de cinéma, en personne. Sois heureux, me disais-je. Elle est auprès de toi. Et puis le téléphone a sonné. Pas celui de l'hôtel, pas mon portable, mais le téléphone satellitaire sécurisé posé sur ma table de chevet. Je me suis précipité. Seuls Arvind et Bunty détenaient ce numéro, et ils ne l'utiliseraient que dans des circonstances exceptionnelles.

C'était Arvind.

— Bhai ? Tu devrais rentrer.

— Pourquoi ?

— Notre affaire de patates, il m'a répondu.

Les « patates », c'était notre formule pour désigner nos opérations de contrebande d'armes que nous gérions pour Gourou-ji. Nous nous en occupions depuis des années, maintenant, d'acheminer des cargaisons d'armes et de munitions jusqu'à la côte de Konkan avant de les livrer à ses hommes, qui en assuraient le transport.

— Ils sont au courant. Ils ont saisi une cargaison.

— Qui est au courant ?

— Les gens de Delhi.

Autrement dit, Dinesh Kulkarni, également connu sous le nom de M. Joshi, son organisation et, par conséquent, ce maderchod de gouvernement indien.

— Je prends le premier avion.

— Viens vite, Bhai, s'il te plaît, il a insisté. Ils sont très en colère.

Ce qui signifiait qu'il craignait pour ma sécurité, exposé comme je l'étais dans ce pays étranger, dans ce palace, sans le moindre garde du corps. C'est pourquoi il se montrait si laconique, même sur une ligne sécurisée.

— Je comprends, j'ai fait. Ne t'inquiète pas. J'arrive.

J'ai dit au revoir à Zoya, et je suis parti.

— Pourquoi avez-vous trempé là-dedans, Ganesh ? – C'était Kulkarni, qui maintenant s'adressait à moi sur le ton sévère de l'instituteur. – Pourquoi ?

— On avait besoin de samaans pour armer nos gens.

— Ne me mentez pas. Dans les livraisons que la police a saisies, il y avait cent soixante-deux fusils AK-56, quarante pistolets automatiques et dix-huit milles munitions. Ce n'est pas de l'usage personnel, ça, Ganesh. C'est de l'armement en vue de mener une guerre.

— On pouvait en revendre une partie. C'est une bonne affaire, et nos autres sources de revenu sont en baisse. Toute l'économie est à la baisse. Comme vous ne l'ignorez pas, saab.

Il m'a rétorqué, sec et vif :

— Vous travaillez pour quelqu'un ? Ces armes sont-elles destinées à quelqu'un en particulier ? À un groupe, à un parti ?

— Non, non, saab. On a juste besoin de cash, et c'était un marché prometteur. Vous connaissez la situation actuelle du pays, tout le monde veut des garanties contre tout le monde. Nous assurons juste la distribution. Pour tout le monde.

Je transpirais. J'étais de retour sur le yacht, dans les eaux de Phuket, j'étais couvert, gardé de tous les côtés, mais je savais que la situation était très grave. Nous avions un souci. Et Kulkarni me laissait percevoir l'immensité du souci en question. À cet instant, j'ai regretté que K.D. Yadav ait pris sa retraite, qu'il ne soit pas là pour gérer mes affaires. C'était un homme pragmatique, il comprenait nos besoins. Cet enfoiré de Kulkarni me parlait comme à un gosse qu'il aurait surpris à voler des bonbons dans un magasin.

— Nous avons fermé les yeux sur vos autres entreprises, vos autres affaires, il a repris. Mais ça... je ne vois pas comment nous pourrions fermer les yeux là-dessus. Au sein de l'organisation, ceux qui avaient élevé des objections au maintien de nos relations avec vous se voient confortés. – Il était vraiment en colère contre lui-même. – Combien de livraisons cela concernait-il ?

Jamais il ne croirait à une seule livraison, donc je lui ai répondu qu'il y en avait eu une autre, bien plus modeste. Je lui ai assuré qu'il n'y en aurait plus. J'ai essayé de calmer sa colère, en soulignant combien j'étais loyal. Je lui ai rappelé toutes les opérations dont je m'étais chargé pour le compte de son organisation, tous ces renseignements tangibles et fiables que nous leur avions fournis. J'ai fait allusion à nos nombreuses conversations, et à mes années de travail pour M. Kumar. Il est resté sombre, inflexible, et continuait de creuser, pour obtenir plus d'informations sur nos affaires d'armements. Je l'ai tenu en respect, je lui en ai communiqué aussi peu que possible, et finalement, j'ai raccroché. J'étais soucieux, anxieux.

Arvind était venu de Singapour, et je l'entendais faire les cent pas dehors, sur le pont. Il était au téléphone avec Bombay, il essayait de remonter la piste de l'enquête de police au fur et à mesure de son développement, en misant sur les tuyaux fournis par nos sources à l'intérieur des services. J'ai patienté. Cette nuit-là était sans lune et, du coin de l'œil, je percevais les mouvements de l'eau, ses facettes noir et argent. Quelqu'un m'observait. J'en étais sûr. Ils étaient là, quelque part. Peut-être écoutaient-ils la conversation d'Arvind, sur son téléphone. L'instrument était sécurisé, mais toutes les sécurités pouvaient être percées. Je tenais cette vérité de M. Kumar.

D'un coup de pouce, Arvind a éteint son portable.

— Rien de neuf, Bhai. Ils organisent une conférence de presse demain à dix heures. On verra ce qu'il en sortira.

Nous ne savions toujours pas comment la police avait découvert nos livraisons. Nous ne savions pas comment ils avaient établi le lien entre ces livraisons et nous. Ils possédaient de bons renseignements. Qui les leur avait fournis ? Suleiman Isa et ses boys ? Ou la police possédait-elles ses propres informateurs à un échelon très élevé de notre compagnie ? Tout à fait possible. Nous allions devoir enquêter. Mais j'avais un souci urgent, immédiat. Notre opération patates était compromise. Il fallait que j'alerte notre client. Il fallait que je me rende auprès de Gourou-ji.

Gourou-ji m'a une fois encore prédit l'avenir, et cette fois-là, il m'a sauvé la vie. Je l'ai retrouvé à Munich, où il animait un atelier de cinq jours et un yagna. J'ai pris l'avion seul. Encore une fois, Arvind et Bunty ont essayé de m'en empêcher, puis ils ont tâché de m'y envoyer avec un bataillon de flingueurs. Je leur ai soutenu que je serais bien plus en sécurité seul, que mon nouveau visage me protégeait. Je leur en ai fait la démonstration : je suis passé devant des boys qui travaillaient pour moi depuis des années, et aucun ne m'a reconnu. Tant que je faisais profil bas, je serais protégé.

La sécurité de Gourou-ji occupait une place primordiale dans mes réflexions ; je me refusais à entacher sa réputation en aucune manière. Je ne me fiais plus à nos méthodes de communication habituelles ; je me demandais si la technologie que nous utilisions était aussi sûre qu'avant. Nos experts se procuraient de nouvelles machines, de nouveaux logiciels, appliquaient de nouvelles méthodes. Mais j'avais besoin de lui parler de vive voix. Donc j'ai couru ce risque, de me retrouver seul dans un pays étranger. J'ai eu recours à la même démarche que précédemment, à Bombay. J'ai assisté au yagna de Munich, et ensuite, j'ai attendu d'être reçu en audience. À ceci près que, cette fois, il était informé de ma venue.

Je suis arrivé à Munich à cinq heures de l'après-midi, et j'ai rejoint la salle où Gourou-ji dirigeait ses ateliers. Ce yagna était une version miniature de celui qu'il avait tenu à Bombay ; devant les jaillissements et la danse des flammes, il évoquait les cycles de l'histoire. Je me suis assis dans le fond, et je l'ai regardé, par-delà les têtes de firangis alignés en rangs serrés. Le plafond de la salle était équipé d'écrans de télévision suspendus, mais je n'ai pas quitté du regard Gourou-ji, que j'avais droit devant moi, les yeux plissés, concentrés sur lui. Après tous ces mois passés à entendre sa voix au téléphone, à voir ses yeux sur les photos floues des journaux, je voulais un darshan en direct. Et j'ai senti sa présence, son grand atman et la paix qu'il m'apportait. J'étais réconforté, j'étais guéri, je revivais. Seuls ceux qui l'ont vu en personne savent quelle lumière se déverse de lui, quel souffle de clarté rayonnante émane de son darshan. Je me suis redressé sur mon siège comme un enfant captivé, et j'ai reçu son enseignement. Il parlait de notre temps, des turbulences qui brassaient notre monde.

— N'ayez pas peur, disait-il dans son hindi rocailleux, avec une traduction allemande simultanée. Au cours de ces derniers siècles, on a entendu des gens parler de « progrès », mais vous n'avez vu que souffrance et destruction. La science même vous a terrifiés, sa rapacité et son pouvoir amoral. Vous entendez nos politiciens prétendre que les choses s'améliorent, mais vous savez qu'elles s'aggravent. Et vous êtes saisis par la peur. Je vous le dis, n'ayez pas peur. Nous approchons d'un temps de grand changement. C'est inévitable, c'est nécessaire, cela se produira, cela doit se produire. Et les signes de ce changement se multiplient autour de nous. Le temps et l'Histoire sont comme une vague, comme un orage qui menace. Nous approchons de la ligne de crête, de l'éclatement. Vous le sentez, je sais que vous le sentez, car il y a aussi une accumulation d'émotions dans votre corps. Les événements augmentent en intensité, ils s'enchaînent. Mais dans ce maelström, il y a une promesse de paix. C'est après l'explosion, pas avant, que nous trouverons le silence et un monde neuf. C'est une certitude. Ne doutez pas de l'avenir. Je vous l'assure, l'humanité va entrer dans un âge d'or d'amour, d'abondance et de paix. Alors n'ayez pas peur.

Je l'ai écouté et je n'avais pas peur, alors que j'aurais eu des raisons. J'étais venu à lui le ventre tendu, rempli de troubles, l'esprit fatigué, et mon courage soumis à rude épreuve. J'étais venu à lui en laissant derrière moi mes boys et ma protection, parce que j'éprouvais le besoin d'être en sa présence. Et déjà, en quelques minutes, j'étais plus calme. J'avais été sceptique vis-à-vis des sadhus et des sants, je les avais toujours considérés comme des charlatans, des illusionnistes et des escrocs, mais voilà qu'un homme avait fendu le bouclier de mes doutes, grâce à son pouvoir ineffable. Vous pouvez céder aux amères satisfactions du scepticisme, vous pouvez me juger faible d'esprit, comme un imbécile quête de réconfort, un infirme en quête d'une béquille. Toutes ces pensées – et je les avais partagées, moi aussi – sont des œillères qui masquent la vérité, qui était tout simplement cette paix que je venais de trouver, assis dans la même salle que lui. Bien entendu, je n'étais pas le seul à accéder à cette tranquillité, tous les Allemands présents vivaient la même expérience. Et des milliers d'autres individus dans le monde entier réagissaient à sa présence, à ses appels, à ses enseignements. Il exerçait cet effet. Appelez cela du « charisme », si cela soulage votre esprit, votre désir d'une logique limitée. C'est exactement ce piège de la raison que Gourou-ji a évoqué ce soir-là, au terme de son sermon.

— Écoutez avec votre cœur. La raison peut entraver le chemin vers la sagesse tout autant qu'un gardien armé d'un lathi. La logique est bénéfique, elle est puissante, nous nous en servons tous les jours. Elle nous apporte la maîtrise du monde dans lequel nous vivons, elle nous permet d'exister au quotidien. Mais la science elle-même nous explique que la logique commune est finalement incapable de décrire la réalité du monde dans lequel nous évoluons. Le temps se contracte et se dilate, Einstein nous l'a révélé. L'espace est courbe. À l'échelle subatomique, des particules se traversent, une particule existe en deux endroits à la fois. La réalité proprement dite, la réalité réelle, est la vision d'un fou, une hallucination que le petit esprit de l'individu humain ne peut contenir. Vous devez faire éclater l'ego, reconnaître dans la raison de tous les jours le geôlier petit et restrictif qu'elle est. Vous devez la dépasser, pour accéder à l'espace sans limites qui s'ouvre au-delà. La réalité vous y attend.

Après la fin du prêche, j'ai attendu patiemment. Il y avait la file habituelle des fidèles anxieux de lui parler. Je me suis assis sur une chaise, dans la salle qui se vidait, pendant que les sadhus faisaient entrer les Allemands un par un dans un salon réservé, sur le côté de la salle. Je ne craignais pas qu'ils suspendent les audiences avant que mon tour arrive, car cette fois Gourou-ji était au courant de ma venue. Je me suis donc contenté de regarder les firangis sortir de leur darshan personnel, souriants et transformés.

— Vous êtes indien ?

C'était une Allemande. Elle portait un sari rouge foncé et sa chevelure blonde était retenue sur la nuque par un jooda. Elle avait un mangalsutra pendu autour du cou, et du sindoor dans les cheveux. Elle était jeune, dans les vingt-cinq ans, mais elle avait l'allure d'une matrone indienne du temps de ma jeunesse, provinciale qui plus est.

— Oui.

— D'où ?

Son anglais était métallique et coupant. J'avais entendu cet accent sur les plages de Phuket.

— De... de Nashik, j'ai répondu.

— J'y ai pas allé. Mais Nagpur, vous connaissez Nagpur ?

J'ai hoché la tête.

— C'est là-bas que Gourou-ji m'a épousée, et il m'a donné un nouveau nom.

— Gourou-ji vous a épousée ? Vous ?

— Non, non, il m'a épousée à mon mari. À Sukumar.

— Sukumar, il est indien ?

— Non, allemand aussi. Je l'ai rencontré, et après je suis devenue disciple de Gourou-ji. Ensuite, Gourou-ji nous a épousés.

— Et vous a donné un nouveau nom.

— Je m'appelle Sita.

— Très bien, comme nom.

— Gourou-ji dit que c'est un idéal élevé.

— Quoi ?

Elle a levé les bras en l'air, vers les cieux.

— Sita est une femme bonne.

Cette Sita avait les yeux bleu clair et une figure heureuse. Je lui ai souri à mon tour.

— Sita était la meilleure des femmes.

À cet instant, l'un des sadhus m'a adressé un petit signe. C'était mon tour.

— Au revoir, j'ai fait à Sita.

— Namaste, m'a-t-elle répondu en joignant élégamment les mains pour un profond salut. C'est toujours sympathique de rencontrer quelqu'un de chez soi.

Je me suis levé, et j'ai lutté contre un soudain étourdissement. J'étais fatigué, certainement trop de voyages en un délai si bref. Je suis resté debout près de la porte flanquée de deux sadhus, deux firangis à la barbe brune d'un calme parfait. La porte s'est ouverte, et on m'a introduit.

Gourou-ji était assis sur un gadda, près de la cheminée, et ses cheveux formaient un halo argenté. Les sièges et les banquettes – ce devait être une salle de réunion – avaient été repoussés contre les murs, laissant ainsi l'espace dégagé, selon sa préférence. Il m'a regardé venir à lui. Je me suis agenouillé devant lui, mon front a touché le sol, je me suis agrippé à ses pieds. Il a posé sa main droite sur ma tête.

— Jite raho, beta.

Il m'a pris par les épaules et m'a relevé.

Je me suis tu. J'aurais dû dire quelque chose, en signe de gratitude pour ses paroles de bénédiction, mais je m'en suis abstenu.

— Quel est ton nom, beta ?

Pour ma part, je n'avais pas prévu ce silence, je n'avais pas l'intention de mettre Gourou-ji à l'épreuve. Mais subitement, j'avais envie qu'il me reconnaisse. Aucun homme, aucune femme n'avait su voir à travers mon nouveau visage. Mais Gourou-ji connaissait mon âme, il en connaissait même ce petit fragment en son centre, aussi dur qu'un bloc de carbone, que je n'avais jamais dévoilé à personne. Il connaissait la fragilité et l'ardente aspiration présente sous la surface noire du carbone. Et maintenant il était en attente.

— Es-tu muet ? a-t-il demandé. Es-tu incapable de parler ?

Un sourire est venu flotter sur mon visage. J'étais très sot, mais sa supposition m'amusait grandement. J'étais là, à genoux, souriant.

— Ganesh ?

J'étais sidéré. J'avais souhaité qu'il me reconnaisse, mais sans y croire. Ce souhait était issu du plus profond de celui que j'étais. Quantité de désirs affleurent ainsi sous la surface de la peau, et j'en avais réalisé beaucoup : le pouvoir, l'argent, les femmes. Mais il en est d'autres si profonds qu'ils demeurent innommables, même pour nous-mêmes. Ils opèrent comme des rivières souterraines de roches en fusion sur lesquelles se déplacent les continents. Ils surgissent quelquefois avec la furie des volcans, puis ils s'évanouissent, retournent dans les régions obscures. Il est là, le véritable enfer, où les désirs sont en ébullition pour l'éternité. Comme un enfant, j'avais voulu que l'on me nomme et me reconnaisse. Et Gourou-ji avait accédé à ce vœu.

— Comment ? Comment as-tu compris ?

— Crois-tu vraiment pouvoir te cacher de moi ?

Il m'a tapoté la joue, puis m'a serré contre lui.

— Gourou-ji.

Je riais. Un seul contact, et j'étais délivré de mon épuisement, de ma colère, de ma peur. C'est pourquoi j'étais venu à lui, à travers la planète, seul. J'ai tenu ses mains entre les miennes.

— Gourou-ji, je sais que me voir est...

Il a secoué la tête.

— Pas ici.

Il a appelé l'un de ses sadhus, lui a raconté que j'étais un bhakt, je me nommais Arjun Kerkar, j'avais un problème très personnel qui réclamait une longue consultation. Son équipe semblait avoir l'habitude. Avec un mouvement puissant, il s'est juché dans son fauteuil roulant, et je l'ai suivi. Une volée de sept marches conduisait du hall des ascenseurs vers le garage, qu'il a descendues sans difficulté aucune. Les épaisses roues noires ont émis de petits ronronnements, de petits cliquètements, et le fauteuil a dansé jusqu'en bas des marches en conservant un équilibre parfait.

— Excellent, Gourou-ji, j'ai fait.

— Le tout dernier modèle, Arjun, m'a-t-il lancé par-dessus l'épaule, dans un éclair de ses dents blanches. Tout est informatisé. Je peux le placer sur deux roues. Regarde.

Et il a joint le geste à la parole, et tournoyé lentement sur deux roues. J'ai applaudi. Un fourgon spécial nous attendait, muni d'une rampe d'accès, et nous avons filé vers la maison où Gourou-ji était installé, le manoir d'un fidèle, à la sortie la ville. Tout était organisé avec efficacité ; les sadhus s'échangeaient des instructions dans leurs talkies-walkies, sans temps morts, sans gestes inutiles. En un quart d'heure, nous étions dans les appartements de Gourou-ji, aménagés selon ses goûts, avec des fleurs fraîches dans chaque pièce, des fruits sur la table, et ses CD de musique de sitar et de chants de prières posés près du lit. J'ai retiré mes souliers, et j'ai trouvé un fauteuil confortable, dans une antichambre. J'ai attendu. Gourou-ji a pris un bain, dicté quelques lettres essentielles à ses assistants, avant de les congédier. Il m'a invité à entrer, et je l'ai retrouvé assis sur son lit, au milieu de la chambre, vêtu d'un kurta de soie blanche et d'un dhoti.

— Entre, a-t-il dit en me désignant un fauteuil près de son lit. Assieds-toi. Dis-moi, quand t'es-tu fait cela au visage ? Pourquoi ?

Je le lui ai expliqué. Naturellement, il a accepté mon histoire de sécurité, mais il a ajouté que j'avais éprouvé un besoin inconscient de me renouveler en vue du changement à venir.

— Un monde neuf a besoin d'un homme neuf. Et tu t'es recréé. Tu as écouté l'appel de ce temps à venir, Arjun. Je pense que c'est le nom le plus approprié à ton nouveau moi. Dorénavant, je t'appellerai « Arjun ». Tu seras cet Arjun qui m'a abusé.

— Dix secondes, Gourou-ji. Tu es le seul à m'avoir reconnu.

— C'est un bon visage, Arjun. Personne ne s'en apercevra. Maintenant, dis-moi pourquoi tu voulais me rencontrer.

Il a suivi mon récit du récent désastre. Je lui ai rappelé qu'à l'évidence, aucune entreprise n'est jamais infaillible. je m'étais distancié du trafic d'armes en instaurant plusieurs niveaux de délégation au sein de la compagnie, et que j'avais eu recours à des groupes à demi autonomes. Et nous avions fourni quelques arrestations à la police de l'Uttar Pradesh, des exécutants de bas étage dont ils auraient dû se satisfaire, pensions-nous. Mais ils détenaient plus d'informations que nous ne l'avions cru ; ils avaient poursuivi leurs investigations, et j'avais fini par être impliqué. Selon moi, ce zèle implacable était alimenté par des fonds et des informations en provenance de Dubaï et de Karachi, émanant de Suleiman Isa et de ses comparses. Ils se servaient de leurs sbires au sein de la police pour engager une nouvelle campagne dans leur guerre contre nous. Et donc la police, les polices, celles de l'Uttar Pradesh et du Maharashtra, nous poussaient dans nos retranchements.

— Oui, m'a fait Gourou-ji. Oui, Arjun. – Face à toutes ces calamités, il demeurait telle une statue dans un temple. – Sont-ils au courant, à mon sujet ?

— Toi… non, non, Gourou-ji. Tu as toujours été tenu en dehors de l'opération, ton nom n'a jamais été mentionné. D'ailleurs, personne, au sein de ma compagnie, ne sait rien de toi. J'ai maintenu une sécurité totale. Pour ce voyage, je suis venu seul, sans boys, sans couverture. Il ne pèse aucune menace sur toi émanant de mon côté, je m'en suis assuré. Mais je pense qu'il vaut mieux nous tenir à l'écart de ces circuits d'armements. Pour le moment, c'est trop délicat.

— Oui, Arjun. De manière générale, je suis d'accord. Mais laisse-moi réfléchir là-dessus. – Il a tendu le bras, m'a posé la main sur l'épaule. – Tu as l'air fatigué. Dors maintenant. Nous parlerons dans la matinée. Il y a un lit pour toi dans la petite chambre.

Il avait raison. J'avais traversé le monde entier, et bien des conflits et des mauvaises nouvelles avant cela. Je me sentais ralenti, dispersé, comme si je me cramponnais pour rester éveillé. Il m'a pris la tête dans sa main, la paume creusée, en signe de bénédiction, et j'ai senti que je glissais dans un sommeil sans risque. Il avait les yeux noirs, opaques, immenses. Il m'a relevé, et m'a étreint.

— Va dormir. Je vais y réfléchir. Dans la matinée, nous déciderons de quelle façon agir.

Je suis passé en titubant dans la chambre d'à côté, je me suis écroulé sur le lit. J'avais à peine la force de me tourner sur le flanc, et je me suis endormi.

Je me suis réveillé au son des mantras. Je me suis redressé, instantanément en éveil. J'ai traversé l'appartement à pas feutrés, en me rendant compte à quel point j'avais faim, à quel point j'étais en vie. Je sentais mes épaules, fortes et détendues. Je sentais le sang circuler dans ma poitrine, j'avais du santal dans la gorge. J'ai ri. Je me sentais comme après une seconde naissance. Une nuit de sommeil à proximité de Gourou-ji, et j'étais de nouveau jeune.

Les fenêtres, à l'est, donnaient sur un jardin où je les ai vus, lui et ses sadhus, en plein pooja. Ils étaient installés dans un enfoncement de terrain, Gourou-ji au centre, face à un petit feu. Je me suis assis en tailleur près de la fenêtre, et j'ai observé. Il était très tôt, et sous le gris foncé de ciel étranger, la lueur du foyer éclairait leurs visages. Je ne connaissais pas ces mantras. Ce devait être une cérémonie réservée aux sadhus, songeai-je, et je me suis contenté de regarder et d'écouter.

Par la suite, Gourou-ji m'a expliqué ce rituel. Ils profitaient de l'aube, m'a-t-il dit, pour méditer sur le changement. Grâce à ce petit yagna, ils œuvraient à introduire un changement dans le monde. L'univers était la conscience en soi, en interaction avec la matière, qui à son tour n'était qu'énergie. La combinaison de la conscience des moines et du pouvoir spirituel de Gourou-ji poussait la conscience universelle vers la transformation.

— L'histoire possède une forme, Arjun, il m'a dit. L'univers est d'une conception miraculeuse. Nous en avons déjà parlé. Regarde ce jardin. Pour chaque insecte, il y a un prédateur. Et à chaque fleur sa fonction. Les scientifiques sont capables de contempler la beauté, mais ils la voient comme le résultat d'une pure et simple sélection naturelle, du hasard et rien d'autre. Ils sont aveugles. Ils ont peur. Prends du recul, pose sur le hasard le regard qu'il faut, et le chaos te révélera ses mobiles, ses buts. La question demeure : es-tu capable d'en lire les signes, d'en comprendre le langage ? La question demeure : es-tu capable de voir à travers la surface ? Toi et moi, nous sommes assis là, Arjun, nous nous parlons dans un jardin. Le soleil monte dans le ciel. Tout cela est-il purement aléatoire, dépourvu de sens ? Tout ne suit-il pas une direction ? – D'un geste large du bras, il a englobé la terre, le ciel et nous. – Regarde en toi-même, Arjun. Perçois la vérité qui est en toi. Et dis-moi, qui donne la direction ?

Je connaissais la réponse.

— La conscience.

— Sans aucun doute. Et sais-tu où réside cette conscience ? Où elle existe ?

— Partout ?

— Oui. Et en nous. Tu es « Il », Arjun. Ta conscience est la conscience universelle. Il n'y a pas de différence. Si tu es capable de savoir cela, de réellement accéder à ce savoir, alors il n'est rien qui ne soit à ta portée. Tu peux modeler l'histoire elle-même. En se défaisant de l'esprit, le vira peut diriger les événements. Il peut orienter le temps vers la transformation.

— Je comprends, Gourou-ji. Que veux-tu que je fasse ?

— Il nous faut encore un passage, Arjun, le dernier.

Il voulait encore un voyage, un arrivage. La cargaison n'était pas très volumineuse, pas très lourde. Elle comprenait du cash – essentiellement des roupies, mais aussi des dollars –, récoltés à l'étranger et qui nécessitaient maintenant d'être introduits sur le territoire. Il y avait là des équipements de laboratoire, dont les gens de Gourou-ji avaient besoin pour mener des expériences agricoles, dans le Punjab. Ils auraient pu les faire transiter par les canaux normaux, mais les procédures de dédouanement prenaient des semaines, des mois peut-être, et des travaux importants seraient retardés. Enfin, il y avait du matériel informatique dont on avait, là encore, un besoin urgent. Pas d'armes, pas de munitions. Très simple, et sans aucun rapport avec les activités qui mettaient Kulkarni en rage.

— Je ne te le demanderais pas, Arjun, a insisté Gourou-ji, si ce n'était vital. Sans cette cargaison, notre travail de plusieurs années reste inachevé, incomplet. Bien entendu, je pourrais l'acheminer par d'autres canaux. Mais toi et moi, nous avons une histoire commune. Nous avons confiance. Pour cette tâche-là, je ne me fie qu'à toi. Et pour cette livraison, il ne faut pas commettre d'erreurs. Arjun, je sais que cela représente pour toi un grand danger. Je ne vais donc pas te dire : Tu dois le faire, pour moi. Mais je te demande de le faire, et je te laisse décider.

J'ai accepté, évidemment. J'y étais obligé, j'étais son disciple. Et je lui devais tant, il m'avait sauvé de tant de façons. Je lui ai répondu que je m'en chargerais, que je planifierais la chose dès mon retour dans les eaux thaïlandaises. Ensuite, je lui ai demandé de me consacrer une journée. C'était nous faire courir un risque à tous les deux, mais je l'ai supplié. J'avais un pressentiment, l'épaisse certitude que je ne le reverrais jamais. Je m'en suis ouvert à lui, et il a acquiescé, calmement.

— Oui, c'est vrai. Je le sais, moi aussi.

— Tu le vois ?

— Oui.

— Pourquoi ? Que se passe-t-il ?

— Je n'en sais rien. Cela, je ne peux le voir, mais ce que je vois, c'est ceci. Nous vivons notre dernière rencontre.

— Comment pouvons-nous le savoir ? Est-ce déjà arrivé, ce qui doit arriver ? Comment cela se peut-il ?

— Nos esprits étroits croient que le temps ressemble à un chemin de fer à voie unique, Arjun, qui avance toujours vers l'avenir. Mais le temps est plus subtil que cela.

— Sommes-nous déjà séparés, toi et moi, dans le futur ?

Gourou-ji a secoué la tête.

— Chaque moment contient un grand nombre de probabilités. À chaque minute, il est des choix qu'il nous nous est loisible d'effectuer. Nous ne sommes pas des machines qui suivent un rail, non. Mais la pleine liberté n'existe pas. Nous sommes liés par nos passés, par les conséquences de nos actes. À l'entrecroisement des événements, nous pouvons incliner vers tel choix ou tel autre. Et parfois, il est un nœud où les probabilités convergent ; ce nœud s'apparente à la certitude. Et là, si tu es capable d'écouter, de voir, tu sais.

Donc nous savions l'un et l'autre. Je ne prétendais pas être un voyant comme Gourou-ji, détenir ses pouvoirs spirituels ou sa perspicacité. Mais je savais.

— Très bien, Gourou-ji. Je me souviens de t'avoir entendu dire, lors d'un de tes pravachans, que toute rencontre contient le germe d'une perte.

— Oui. Nous ne nous trouvons que pour nous perdre. La perte est inévitable.

— Donc il est inutile d'avoir de la peine. Peut-être nous retrouverons-nous de nouveau.

— Peut-être. Mais Arjun, même si nous ne devions plus nous revoir face à face, dans cette vie, je ne veux pas te perdre trop tôt.

— Gourou-ji ?

— Je vois du danger pour toi, vers l'est. Sois très prudent.

— Je le serai. Comme toujours. Je serai même encore plus prudent. Encore plus.

— Je veillerai sur toi.

Nous sommes allés nous promener. Il n'y avait rien de plus à dire ou à faire. Je vivais dans le danger depuis des années maintenant, et Gourou-ji venait de me délivrer un avertissement. Je serais encore plus vigilant, si c'était possible. Gourou-ji aimait la nature, les fleurs et les arbres, il en avait souvent parlé dans ses prêches de la nécessité de sauver l'environnement. Il y avait un parc, dans le centre de Munich, et nous y sommes allés, rien que Gourou-ji et moi, et deux de ses sadhus. Les sadhus marchaient à quelque distance derrière nous, hors de portée de voix. Gourou-ji et moi évoquions des sujets ordinaires, le cours de l'or, l'obésité qui menaçait un nombre croissant d'enfants issus des classes moyennes, en Inde, de la prochaine génération d'ordinateurs, des changements climatiques à l'échelle planétaire et des implications pour la mousson. Après nos conversations d'ordre cosmique, c'était un soulagement de revenir sur terre, à cette journée estivale avec ces familles qui flânaient, ces chiens qui gambadaient, ces gamins étonnés qui dévisageaient Gourou-ji. Quelques enfants plus courageux que les autres se sont approchés de lui, et il a bavardé, il a ri avec eux. En les regardant, je me suis dit que cela ferait un plan parfait : les ondulations de la pelouse, les frondaisons qui se balançaient dans la brise, le soleil généreux, le visage incliné de Gourou-ji, et le cou mince des enfants agglutinés autour de lui. Souviens-toi de cela, je me suis dit, sois-en témoin et souviens-t'en toujours.

J'essayais de voir clair en Gourou-ji. Il avait atteint une telle illumination, il était si avancé qu'il se trouvait en quelque sorte à l'écart du monde des hommes et des femmes. Je savais qu'il attachait un grand prix à la propreté, qu'il appréciait les jardins et la végétation, qu'il possédait de vastes connaissances dans des domaines complexes, qu'il aimait s'informer des derniers progrès technologiques. Mais il n'en flottait pas moins un peu au-dessus de la terre ; je ne pouvais le connaître comme je connaissais Arvind, Suhasini ou Bunty. Eux, je les connaissais comme je me connaissais moi-même, je savais la forme de leurs désirs, de leurs peurs, de leurs idées. Je pouvais prédire leurs actes, et les amener à vouloir certaines choses. Je pouvais les diriger et les contrôler. Je les tenais.

Mais quand je pensais à Gourou-ji, quand je me le représentais, il apparaissait comme l'une de ces images des calendriers de Vivekananda ou Paramhansa, inoubliables, pas tout à fait humaines, plus qu'humaines. Lui, mon Gourou-ji, je ne parvenais pas à le saisir. Même quand il glissait dans son fauteuil roulant à quelques pas de moi, et soudain se perchait sur deux roues à la plus grande joie de son cortège d'enfants rieurs. Un jour, je l'avais interrogé sur sa famille. Il avait évoqué sans détour son père mécanicien dans l'armée de l'air, qui maintenait les avions de chasse du pays en état de voler, et qui souffrait d'un problème d'alcool. Et sa mère, sujette à des crises d'asthme, qui avait tant pleuré après l'accident de son fils, qui avait cru en lui, qui était devenue sa première fidèle. Je n'ignorais pas ses préférences culinaires – il était végétarien, mais sans façons, et savourait le repas d'un paysan pauvre avec le même appétit que le thé sophistiqué d'un ministre. Je savais tout cela, et pourtant je savais aussi que je ne le connaissais pas. Il demeurait caché derrière le regard imperturbable qui était le sien, cette façon qu'il avait de vous saisir et de vous rendre de l'amour, de la paix et de la certitude. Peut-être me montrais-je présomptueux, ai-je pensé tandis que je marchais derrière lui, d'espérer le comprendre comme je comprenais d'autres hommes. Il avait évacué son ego, il s'était transformé en une créature de l'ordre du divin. Et je n'étais pas encore assez proche du divin pour appréhender cette piété. Tenter d'y parvenir était en soi un acte de l'ego, un mouvement d'orgueil. Tout ce que je pouvais raisonnablement espérer, c'était ce moment de darshan, un lien fugace. Mais tout de même, j'éprouvais le besoin impérieux d'essayer. Je l'ai rattrapé, j'ai dépassé les enfants.

— Gourou-ji ?

— Oui, Arjun ?

— J'ai une question. Peut-être une impertinence.

— Tant mieux si c'est le cas. Je t'écoute.

— As-tu jamais été amoureux, Gourou-ji ?

— Tout le temps, Arjun.

— Pas comme ça, Gourou-ji. Je sais que tu m'aimes, et que tu les aimes... – J'ai désigné les enfants du doigt. – Non, amoureux d'une personne. Est-ce que tu as déjà été deewana ?

Il m'a montré ses jambes.

— J'étais si jeune quand ça m'est arrivé.

— Alors, jamais ?

Je croyais connaître la réponse. Un homme qui avait atteint son essence suprême aimait toute la création à part égale ; il n'avait aucun besoin de cet aveuglement fragmentaire qu'était l'amour de l'autre. Si on était Brahma lui-même, quel besoin de devenir Majnoon, un fou d'amour ? Mais il m'a surpris.

947

— Deewana ? a-t-il repris. Pris de folie ? Oui, une fois peut-être. Avant l'accident. Quand j'étais vraiment très jeune.

— Non, vraiment.

— Oui, vraiment. On se voyait tous les jours, parce que nous habitions des maisons voisines, et pourtant les heures que nous vivions séparément étaient une torture. – Il a souri. – C'est de cela que tu voulais parler, Ganesh ?

— Oui, Gourou-ji, j'ai répondu avec empressement. Et quand tu la voyais, tu redoutais chaque minute, parce qu'elles s'écoulaient.

Un garçonnet aux yeux bleus, tout sourire, s'est adressé à lui en allemand, et il lui a répondu avec beaucoup de sérieux. Il m'a fait un signe de tête – par-dessus l'épaule du petit bonhomme.

— Oui. Comme si ton autre moitié s'approchait de toi, un instant, avant de t'être retirée.

J'ai refoulé un serrement de gorge. Donc, en fin de compte, il était un homme, un mortel ordinaire qui avait souffert de ces tiraillements, et qui avait ressenti cette perte.

— Quel était son nom, Gourou-ji ?

Avec une petite tape sur l'épaule au garçon, il a pris congé de lui. Il regardait dans ma direction, mais c'était autre chose qu'il voyait, quelqu'un, très loin.

— Quelle importance, Arjun ? Avec le temps, les noms se perdent. Tout engouement mène à la perte.

— Ensuite, Gourou-ji, que s'est-il passé ? L'a-t-on éloignée ?

— Oui. Et je me suis éloigné aussi, dans la blessure, puis en moi-même.

Et ensuite, il était devenu notre gourou, il nous avait aimés, nous, au lieu d'elle, et peu importait qui elle était. Elle conservait elle aussi le souvenir de leur amour, sans nul doute, et sa fidélité l'avait peut-être consolée, mieux que le simple amour d'un petit mortel ignorant pour un autre. J'étais réconforté de savoir qu'il avait été comme moi, jadis.

— Merci, Gourou-ji, j'ai dit, merci de m'avoir confié ceci.

— Ce n'est pas grand-chose, il m'a répondu, et il regardait par-dessus son épaule le groupe d'enfants qui s'éloignait en courant dans l'herbe dans un éclair de gambettes dorées.

Les sadhus sont revenus à notre hauteur, et je me suis mis en retrait, emportant dans ma poitrine cette image d'un jeune homme

948

amoureux, comme un trésor. Nous avons continué notre promenade.

L'un des sadhus s'adressait à Gourou-ji en français. C'était un Suisse, un gaillard au crâne dégarni, la tête rougeaude, rebaptisé « Prem Shantam ». Gourou-ji comptait toutes sortes d'individus parmi ses adeptes, et il parlait quelques bribes de beaucoup de langues. Il s'est retourné vers moi.

— Arjun !

Je me suis avancé.

— Gourou-ji ?

— Prem, ici, m'apprend qu'un peu plus loin devant nous, il y a une partie du parc où les Allemands renoncent à toute pudeur. Ils s'allongent dans l'herbe sans rien sur eux. Il suggère de ne pas aller de ce côté.

— Il vaut peut-être mieux éviter, Gourou-ji.

— Pourquoi ? Crains-tu de voir leurs corps ?

— Moi ? Non, pas du tout. J'ai l'habitude, Gourou-ji, avec la Thaïlande et tout ça.

Donc nous avons continué jusqu'au bord d'un cours d'eau scintillant. Et ils étaient là, ces Allemands nus, des hommes pour la plupart, couchés dans l'herbe, ou se promenant sans la moindre gêne. Je les avais vus sur des plages lointaines, j'étais familiarisé avec leur peau blanche, leurs derrières fripés. Mais là, j'étais vaguement troublé. Dans cette ville d'églises, à l'ombre de leurs hautes flèches, cette exhibition de soi ne possédait aucun sens.

Prem a fait une réflexion, et Gourou-ji me l'a traduite, sans cesser de regarder les berges, en contrebas.

— Il dit qu'ils appellent ça la « culture du corps libéré ». Moi, je ne trouve pas que ce soit ni libre ni culturel. Ils s'illusionnent. Il y a une heure, un lieu et un âge pour tout. Il existe des stades, dans la vie, chacun avec ses comportements appropriés. Un sadhu qui médite nu dans la jungle est vraiment nu. Il a laissé toute culture derrière lui. Ces gens sont encore vêtus des pièges du langage. Ils se croient libres, mais ils sont liés par une rébellion contre leur propre pudeur. Nous vivons véritablement dans l'âge du Kaliyuga, tout est sens dessus dessous.

Parmi les nudistes, il y avait quelques femmes, et deux d'entre elles nous regardaient, à présent. L'une était typiquement allemande, avec les cheveux clairs, mais l'autre, très grande, avait une épaisse chevelure noire et bouclée. Elle était bien allemande, elle aussi, mais sa peau était halée, très brune.

— Viens, m'a soufflé Gourou-ji. – Il a joint les mains, en un namaste adressé aux jeunes filles. – Elles vont croire que nous cherchons à assouvir une curiosité malsaine.

Il a fait pivoter son fauteuil roulant. Nous nous sommes éloignés, éloignés de la rivière ; j'ai regardé derrière moi et la brune nous suivait toujours du regard. Gourou-ji avait raison, elle était sans peur et sans honte. La kutiya. Le temps de regagner l'entrée du parc, je l'avais oubliée. J'étais avec Gourou-ji, et j'étais d'humeur plus fluide que d'ordinaire. L'agacement s'en était allé comme il était venu. Nous sommes rentrés au manoir, nous avons déjeuné en silence dans la grande salle, les sadhus, Gourou-ji et moi. Après quoi, nous nous sommes installés dans le jardin, devant les chambres, pour profiter du soleil. J'étais somnolent, détendu, content, pas triste du tout. Peut-être était-ce un nœud du temps – en ce cas, toutes les probabilités s'étaient finalement réduites à ce silence. J'étais en paix.

— Il est un sujet dont tu ne m'as pas parlé, Arjun, m'a fait subitement Gourou-ji. Y aurait-il encore autre chose ?

Bien sûr. J'aurais dû me garder de le lui cacher. Il savait, toujours. Et pas seulement avec moi – sur son site Internet, on lisait des témoignages de dizaines, de centaines d'adeptes du monde entier qui évoquaient sa faculté de percevoir leurs ennuis, de voir au travers de leurs hésitations. D'une manière ou d'une autre, il savait.

— C'est un détail, Gourou-ji. Après tous les grands sujets que nous avons abordés, cela me semble même ridicule de l'évoquer. C'est pour cela que je me suis tu.

— Arjun, rien n'est petit, si cela te tracasse. Un grain de sable suffit à enrayer une puissante machine. Ta conscience contrôle le monde que tu te crées, et si ton esprit est paralysé, ton monde tombe en panne, lui aussi. Alors, explique-moi.

— C'est la fille.

— La fille musulmane ?

— Oui.

— Qu'est-ce qui ne va pas ?

— Rien de précis. Je veux dire, ces temps-ci, je ne la vois plus si souvent. Elle est très prise par ses films et son métier. Et j'ai beaucoup à faire, moi aussi. Quand nous nous retrouvons, tout va bien. Elle est belle. Elle est obéissante.

— Mais ?

— Parfois cela m'effraie. Je ne sais pas. Je ne sais pas si elle m'aime vraiment. Je la regarde et j'observe ses yeux, mais je suis incapable de l'affirmer. Elle me soutient que si. M'aime-t-elle ?

Gourou-ji a secoué la tête.

— La question n'est pas mince, Arjun. C'est une grande question. Même les sages ne sauraient lire dans le cœur d'une femme. Vatsayayana lui-même a écrit ceci : « On ne sait jamais la profondeur de l'amour d'une femme, même lorsqu'on est son amant. » C'est exactement ce qui t'arrive.

— Mais toi, Gourou-ji, le sais-tu ?

— Non, je l'ignore. Et même si je te disais : « Oui, elle t'aime », et après ? Es-tu certain que cela serait encore vrai demain ? Les femmes sont volages, Arjun. Elles sont incapables de maîtriser leurs émotions, elles sont aussi changeantes que la prakriti, le principe même de l'équilibre. Essaierais-tu d'aimer le climat pour sa constance, ou une rivière qui suivrait un cours unique pour l'éternité ? Cet amour charnel n'est pas de l'amour. Ce n'est qu'une obsession momentanée. Cela passe.

— Alors pourquoi revient-elle sans cesse vers moi ? Et pourquoi fait-elle semblant ?

— Elle est impitoyable, Arjun. Tant qu'elle profitera de toi, tu sentiras que son amour est possible. C'est le talent de la putain. C'est un talent qui vient naturellement aux femmes. Ce n'est pas leur faute, elles sont contraintes d'agir à partir de ce qu'elles sont. Elles sont faibles, et le faible possède ce genre d'armes : le mensonge, la dérobade, la comédie.

J'ai dû paraître attristé, ou épuisé, car il s'est approché de moi, afin de pouvoir poser la main sur mon poignet.

— Tu ne peux connaître cette vérité que par l'expérience, Arjun. Si je t'avais déconseillé de la fréquenter, tu m'aurais obéi. Mais tu aurais pu me prendre pour un vieux grincheux qui se méfie des plaisirs. En revanche, maintenant, tu sais. Tu as vu au travers de maya, tu as percé l'illusion. Il nous faut aller au-delà.

Il a pincé la chair de mon poignet entre son pouce et un long index.

— C'est utile, mais aussi cela nous aveugle. La douleur que tu ressens maintenant est le seuil de la sagesse. Apprends avec elle.

Je savais qu'il avait raison. Et pourtant, ma chair luttait contre, contre cette décision que je savais devoir prendre. Mon ventre bouillonnait des remous de l'impuissance. Fallait-il qu'il n'existe plus que cette grande étendue morne et désolée que laissait derrière elle l'illusion de l'amour qui s'efface ? J'avais l'impression de me trouver sur une plaine infinie, dont le moindre carré de terre était éclairé par une lumière étrange nivelant tout. J'ai vu cela, et je me suis écarté de ce vide, dans un sursaut.

— Oui, Arjun, a-t-il continué. Tout a été rongé par les flammes, et ce qu'il te reste à présent, ce sont des cendres. Mais cette désolation grise est aussi une illusion, juste une étape sur ton chemin. Fie-toi à moi. Continue d'avancer avec moi. Au-delà du charnier de l'idylle amoureuse, il existe une paix, et un amour plus vaste.

Et il m'a gardé près de lui le reste de la journée. Nous sommes restés ensemble jusqu'à mon départ, tard ce soir-là. Il m'a serré contre lui, et les derniers mots qu'il m'a dits ont été ceux-ci :

— Aie la foi, Arjun. Ne faiblis pas dans ta foi. Je veillerai sur toi. N'aie pas peur, beta.

Je n'avais pas peur. J'ai roulé dans la nuit vers Düsseldorf, et j'ai pris un avion pour Hong-Kong. J'ai respecté toutes les procédures, tous les protocoles, mes propres astuces, l'apprentissage de toute une vie, et les ruses du métier, qui me venaient de K.D. Yadav, pour m'assurer que je n'étais pas suivi. Je l'ai fait par habitude, mais je savais que j'étais en sécurité. J'avais la protection de Gourou-ji au-dessus de ma tête. Dans l'avion, j'ai incliné mon siège très en arrière et je me suis endormi. J'étais fatigué. En deux jours, j'avais vécu une seconde naissance. Quelque chose était mort en moi, et, à la place, il y avait du neuf. Gourou-ji m'avait recréé. Tout au long de ce vol, j'ai rêvé de ses mains. C'était la partie de sa personne que j'emportais avec moi, ce gros plan. Il pouvait bien être d'origine divine, ses mains étaient de ce monde. Elles étaient petites, et très blanches. Ses ongles étaient absolument immaculés. À mon réveil, je me suis demandé pourquoi je ne cessais pas de voir ces mains dans mon sommeil, pourquoi elles étaient si réelles, si vivantes, si présentes, si humaines. Il m'avait donné un nouveau nom, et une nouvelle vision. Et ensemble, nous allions mettre en mouvement un nouveau cycle du temps.

À Singapour, un guet-apens m'attendait. Je m'étais d'abord rendu à Phuket, sur le yacht, où j'avais organisé l'expédition de la cargaison de Gourou-ji. En deux semaines, nos nouveaux canaux de communication s'étaient mis en place, opérationnels, et imperméables à toute effraction. Cet enfoiré de Kulkarni me surveillait de près, cela ne présentait aucun doute, mais il ne saurait rien. J'ai rappelé Pascal et Gaston, mes très anciens camarades. Nous avions déjà utilisé leurs bateaux et leurs ressources, qui s'étaient développées – eh oui, eux aussi, ils avaient grandi avec moi –, mais cette fois je leur ai annoncé qu'il leur faudrait effectuer le voyage eux-mêmes. Ils allaient redevenir équipage et capitaine, comme au bon vieux temps. Gaston s'est plaint, il était devenu aussi grognon qu'un enfant capricieux. Il souffrait du diabète, il m'a expliqué, et il avait un disque déplacé qui craquerait à la première secousse. Je l'ai prié d'arrêter de gémir, de se faire poser un corset et de tenir son bateau prêt. Il a ronchonné, mais il a obtempéré. Il m'était redevable. Tout mettre en place nous a pris trois semaines, et ils se sont mis en route, Gaston et Pascal, avec deux de leurs meilleurs hommes. L'enlèvement, au large des côtés de Madagascar, s'est déroulé en douceur, et le trajet du retour a été paisible, sur une mer calme. Ils ont débarqué la cargaison non loin de Vengurla, et sont rentrés au bercail. Les gens de Gourou-ji ont pris livraison, se sont chargés d'emporter les colis là où ils étaient attendus. J'ai payé Gaston et Pascal le triple du tarif ordinaire, et voilà tout. Pas de problème, pas d'histoires.

Ensuite, je me suis dit : Le temps est venu d'une escapade à Singapour. J'avais envie de revoir Zoya une dernière fois, pour rompre. J'avais dépassé le besoin que j'avais d'elle, j'étais au-delà de l'amour. Je souhaitais tirer les choses au clair et lui dire adieu. Je ne conservais ni amertume ni colère, et j'avais envie de finir honorablement, sans confusion, sans ressentiment. Je n'avais plus revu Arvind en tête à tête depuis un moment, et je n'aimais pas laisser s'écouler trop de temps sans m'asseoir autour d'une table avec mes principaux administrateurs. Si vaine que soit la chair, il y a des vérités qu'elle seule peut révéler. Donc je me suis envolé pour Singapour avec deux jours d'avance sur mon rendez-vous avec Zoya. J'ai pris un vol de nuit. Arvind est venu me chercher, comme à son habitude, et nous avons roulé vers l'appartement en respectant sur le trajet les procédures de sécurité usuelles. Nous sommes revenus sur nos pas, en quête de suiveurs et de guetteurs éventuels, en changeant de véhicule à mi-parcours. Désormais, ces ruses du métier étaient devenues pour nous une seconde nature, et nous les pratiquions sans y penser. La lune était basse dans le ciel, et rebondie. Nous avons parlé affaires, investissements, problèmes personnels. Et nous avons échangé quelques ragots, au sujet d'un lieutenant de Suleiman Isa, Hamid. Cet Hamid vivait à Karachi, il avait eu une liaison par e-mail et par téléphone avec l'épouse de son principal contrôleur en chef à Bombay, pendant que le pauvre maderchod pourrissait en prison. Arvind avait entendu les bandes des écoutes policières sur les lignes de l'épouse, et il m'a imité les halètements et les gémissements de cette randi quand elle racontait à Hamid qu'elle lui lécherait son dard.

— Bhai, il a conclu, nous vivons une époque stupéfiante. Son mari est en prison. Et elle envoie des photos d'elle à Hamid par e-mail, des photos d'elle en bikini.

— C'est bon pour nous, leur technique de gestion du personnel. Ça donne une dimension nouvelle à la promesse qu'on fait aux boys : « Si vous deviez aller en prison à cause de nous, nous prendrons soin de votre femme et de vos gosses. »

— Oui, Bhai. Après tout, le mari était au trou depuis cinq ans. Et une femme a des besoins dont il faut s'occuper.

Arvind tendait la main par la fenêtre du véhicule pour insérer une carte dans une fente, qui nous autorisait à franchir les doubles portails d'accès sécurisé à l'immeuble.

— Tu sais, Bhai, à la fin de la communication, Hamid lui sort : « Je n'ai jamais dit ça de ma vie, à personne. » Ensuite, il ajoute, en anglais : « *I love you.* » Et elle répond en anglais : « *I love you.* »

— Et il n'a jamais sorti ça, à aucune de ses trois femmes, le salopard.

Arvind a souri de toutes ses dents.

— Peut-être pas en anglais.

La femme d'Arvind, elle, était grasse, et elle avait l'air heureux ; je savais qu'il lui avait dit qu'il l'aimait, et en beaucoup de langues. Les enfants étaient endormis, mais je me suis arrêté à l'entrée de leurs chambres respectives pour jeter un œil sur eux, le garçon et la fille. J'ai dit à Suhasini qu'ils avaient grandi depuis la dernière fois que je les avais vus, deux mois plus tôt. Ce n'était pas de la flatterie. J'avais vu la longueur monstrueuse de leurs jambes. Ils n'avaient que sept et cinq ans. Elles mesureraient un mètre quatre-vingts avant même d'avoir fini de bourgeonner, ces deux fleurs insolites du jardin d'Arvind. J'ai avalé un peu de riz et un dal, et j'ai bavardé avec les fiers parents de leur progéniture surdimensionnée.

— Tout est dans les protéines, Bhai, m'a expliqué Suhasini, en s'essuyant son menton empâté du bout de son pallu. À notre époque, en Inde, on n'avait jamais assez. On était mal nourri. Maintenant, si tu es informé, tu peux donner à tes enfants tout ce dont ils ont besoin. Cette croissance, ce n'est étonnant que pour nous. En réalité, c'est tout ce qu'il y a de normal.

Quant à elle, les protéines de Singapour l'avaient changée en un ballon de football d'une rondeur parfaite, mais cela, je ne le lui ai pas dit. Je l'ai complimentée et je suis allé au lit. Au moment où j'allais m'endormir, Zoya m'a appelé de Bombay.

— Je suis tellement désolée, Bhai, elle m'a fait. J'ai été retardée.

Elle avait eu un tournage en extérieur, ce jour-là. Sur la route du retour vers la ville, ils avaient été bloqués par dix kilomètres d'embouteillage. Trois camions s'étaient encastrés les uns dans les autres, si bien qu'il avait fallu six heures pour dégager les épaves enchevêtrées. Elle était désolée, et elle avait très peur. Elle n'avait encore jamais manqué un rendez-vous avec moi.

Mais j'étais au-delà de la passion et de la colère. Je lui ai répondu de s'accorder une bonne nuit de repos et d'attraper le vol du lendemain. Et j'ai fermé les yeux, en paix.

Le lendemain matin, je m'ennuyais. Arvind et moi, nous avions eu notre conférence du matin, j'avais appelé Bunty. Je prenais soin de mes affaires, mais j'avais programmé la journée pour Zoya. Je m'étais attendu à des discussions solennelles, peut-être même à des larmes. Et je n'avais rien à faire. J'ai regardé la télévision. J'ai joué avec les bachchas. Ç'a été l'heure du déjeuner, et la grande question a été de savoir où nous allions commander notre repas. Arvind avait envie de cuisine indienne, mais il a été mis en minorité.

— Il y a un nouveau restaurant cantonais dans le Singapore Shopping Centre, Bhai, a dit Suhasini, palpitant de gourmandise anticipée. Leur cuisine est fantastique. Mais ils ne livrent pas. Dis-lui d'y aller.

— Ce n'est pas si près, s'est défendu Arvind. Et il y a trois chinois ici, au bout de la rue.

— J'y vais, j'ai dit.

— Quoi ?

Ils avaient poussé ensemble la même exclamation.

— J'ai besoin de sortir.

— Mais, Bhai…

Arvind n'avait pas besoin d'en dire plus. Je n'étais jamais sorti dans Singapour, pas une seule fois. En Thaïlande, j'étais rarement descendu du yacht. Je m'en étais arraché pour le voyage en Allemagne, mais dans le cadre d'une procédure d'urgence. Et voici que je m'apprêtais à sortir dans la rue chercher un déjeuner chinois.

— J'ai besoin de prendre l'air.

Il me connaissait trop bien pour argumenter.

— Je vais envoyer deux boys t'accompagner.

— Arre, non, baba. – J'ai pointé le doigt sur mon visage. – Avec ça, je suis protégé. Personne ne me reconnaît plus.

Donc j'y suis allé. Une fois dehors, j'ai laissé la voiture bondir. J'ai accéléré, je me suis faufilé, je me sentais libre. C'était bon d'être un homme ordinaire parti faire ses courses. J'ai pris un grand plaisir à entrer dans ce restaurant, à commander, à payer, à remercier la petite réceptionniste chinoise. J'ai tâché d'imaginer ce qu'elle avait devant les yeux : un Indien, la trentaine, en T-shirt blanc, short gris et Nike, plutôt bel homme, mais banal malgré tout. Voyait-elle dans mes yeux celui que j'étais vraiment ? Mais je portais des lunettes de soleil aux verres teintés gris. J'étais en sûreté.

Je suis retourné m'installer dans la voiture et j'ai allumé l'air conditionné ; il s'est mis en route, vite et fort, et l'idée m'est venue que c'était une voiture très coûteuse. Le cuir sous mes cuisses était aussi doux que des joues de jeune fille. C'était une Mercedes, un nouveau modèle équipé de tous les derniers gadgets, y compris un système GPS. Ce salopard d'Arvind. Quel besoin avait-il d'un système GPS dans cette chutiya de petite ville ? Comment pouvait-il se le permettre ? Prélevait-il trop d'argent, ses pourcentages étaient-ils trop élevés ? Ou mentait-il sur ses divers revenus ? Sur tout le trajet du retour, ces questions m'ont tarabusté. J'ai écouté le CD d'*International Dhamaka*, et j'étais préoccupé.

Je réfléchissais encore à l'argent lorsque je me suis garé. Ma compagnie se défendait bien, mais notre expansion s'était ralentie. Peut-être fallait-il que j'impose des mesures d'austérité, pour apprendre à mes boys les nécessités de la modération financière et la gestion des ressources. C'est alors que j'ai eu faim. Un fumet d'épices et de viande s'échappait par bouffées des emballages que je tenais à deux mains. L'ascenseur s'est arrêté à notre étage, et j'ai tapé à la porte du bout du pied. Ouvre-toi, gaandu.

J'en suis sorti. Il y avait deux hommes, dans le couloir, de part et d'autre de l'ascenseur. Je ne les connaissais pas. L'un était chinois, l'autre indien. Ils avaient tous deux les cheveux courts, ras sur les côtés, à la militaire.

— Où allez-vous ? a fait le Chinois.

Ça te regarde, maderchod ? C'était ce que j'avais envie de lui répondre. Les mots me venaient du fond des tripes, mais j'ai réfléchi. Dans l'éternité qui s'est nichée à l'intérieur de cette fraction de seconde, j'ai réfléchi. Grâce en soit rendue à Gourou-ji. À la place, j'ai répondu :

— Déjeuner. – J'ai levé les sacs des deux mains. – Livraison, j'ai ajouté. Appartement.

— Ils n'en ont pas besoin, m'a rétorqué l'Indien en hindi. Ils sont sortis.

Mon corps avait envie de se retourner et de courir. Dans l'ascenseur, en bas des marches, loin. Mais j'ai réfléchi encore. *N'éveille pas leurs soupçons.*

— L'argent, j'ai insisté. Ils doivent payer.

— Va-t'en, m'a ordonné le Chinois.

— File, a ordonné l'Indien.

J'ai marmonné quelques jurons silencieux, je suis remonté dans l'ascenseur. J'ai appuyé sur un bouton, et j'ai encore juré.

L'Indien s'est avancé, a posé une main dans la porte.

— Tu travailles pour les gens de cet appartement ?

— Non. Pour Wong's Garden.

— Ton nom ?

— Nisar Amir.

— Retire tes lunettes.

Je portais encore mes Gucci. J'ai posé un sac, et je les ai retirées. Il a scruté mon visage, il m'a lâché ce regard du policier dont la mémoire balaie à toute vitesse les fichiers de milliers d'apradhis à la recherche d'une correspondance quelconque. Je n'ai pas détourné les yeux, et j'ai essayé de ne pas le haïr. J'ai pensé : sois un livreur.

— OK, il m'a fait, et il a relâché la porte.

Un petit claquement sourd de caoutchouc et de métal m'a dérobé à leur vue, et je me suis effondré contre le miroir dans le fond de la cabine. Mes jambes tremblaient. J'ai emporté les sacs au sous-sol, comme des boucliers contre ma poitrine. Je suis monté dans la voiture chic d'Arvind, et j'ai roulé.

Il m'a fallu trois jours pour quitter Singapour, et ce fut difficile. Je ne savais pas qui étaient ces hommes qui m'avaient découvert dans mon repaire. Mais ils avaient fouillé les lieux, ils détenaient mes nouveaux passeports, donc ils avaient aussi mon nouveau visage. Je n'avais sur moi que deux téléphones portables et trois cent soixante-treize dollars Singapour. Mais je pouvais encore parler à mes boys, et j'avais mon intellect. Je me suis finalement enfui à bord d'une toute petite barque, qui m'a conduit à un bateau plus gros, où je me suis couché sous des lattes de bois, au fond d'un coin obscur qui sentait le poisson. Ce bateau m'a permis de franchir le détroit de Johor jusqu'à une autre embarcation, qui m'a enfin déposé sur une plage de Malaisie. Le lendemain, j'arrivais en Thaïlande.

J'étais en lieu sûr, mais Arvind était mort. Le lendemain de mon expérience de livreur de restaurant, la police de Singapour avait retrouvé son corps dans l'appartement. Il avait reçu trois balles dans le corps. Suhasini en avait reçu une seule, à la tête. Les

958

enfants étaient morts, eux aussi. Selon les autorités de la ville, une bataille rangée avait éclaté au dernier étage. Suhasini avait ouvert la porte à des agresseurs inconnus, qui l'avaient tuée aussitôt. Arvind avait ouvert le feu sur les assaillants, qui avaient riposté, et les deux enfants avaient péri sous les tirs croisés. Arvind était tombé le dernier.

C'était tout. La police de Singapour avait exprimé son indignation devant cette intrusion sans précédent de la guerre des gangs dans leur ville jardin, et annoncé un renforcement des services de contrôle de l'immigration. Il leur avait fallu quatre jours pour percer le nom d'emprunt d'Arvind, pour découvrir qui il était réellement, après quoi les journaux indiens ont repris le flambeau. Ils ont fait leurs unes sur le massacre, échafaudé des théories sur l'identité des tueurs. Ils attribuaient le mérite de cette action d'éclat à Suleiman Isa et à ses lieutenants, ne tarissaient pas d'éloges sur l'audace de son exécution dans ce Singapour si policé, et reproduisaient le schéma de l'appartement, avec des silhouettes sommairement dessinées qui se tiraient dessus. Et ils s'interrogeaient : « Comment Ganesh Gaitonde a-t-il pu leur échapper ? »

Je leur avais échappé, oui. Mais à qui ? Il était facile d'en attribuer la responsabilité aux gars de Dubaï. Trop facile, cela tombait trop à pic. Je pensais à leur coupe de cheveux. Ces deux hommes, devant l'ascenseur, ne s'étaient-ils pas conduits en policiers, en soldats ? Suleiman Isa avait pu monter ce coup, mais le gouvernement aussi. Kulkarni et son organisation étaient très en colère contre moi ; ils avaient pu décider qu'il était temps de mettre un terme à cette opération particulière, de clore ce compte. Peut-être avaient-ils décidé d'en finir avec Ganesh Gaitonde. J'avais moi-même conduit des missions de cet ordre, pour eux, à l'encontre d'éléments trop compromis. Retirez cet individu de la circulation, ils m'avaient ordonné ; il était des nôtres, mais maintenant il est contre nous. En tout cas, il n'est plus avec nous. Et je m'étais exécuté, j'avais débusqué un pauvre chutiya à Katmandou, à Bruxelles, à Kampala, et je l'avais tué. Tous ceux dont ils m'avaient donné le nom, où qu'ils se trouvent. Je l'avais fait. À présent, ils étaient après moi.

Non, non. Pas de conclusions hâtives, je me suis dit. Cesse de te faire du mal, ne crois pas que ton propre pays te méprise assez pour organiser ta disparition, nettoyé, terminé. Cette semaine-là, j'ai causé avec Kulkarni à trois reprises. Il est resté courtois, préoccupé de ce qui s'était passé. Il m'a affirmé que, de son côté, il menait une enquête approfondie, et m'a promis que toute information disponible en provenance de Singapour me serait aussitôt communiquée. Après chaque conversation, je raccrochais rassuré et je retrouvais le goût de vivre. Mais il suffisait de cinq minutes pour déceler le poison dans le miel. Oui, il était rassurant, mais il pouvait me tendre un piège en vue d'une prochaine attaque. Peut-être avaient-ils des observateurs déjà en place, peut-être les joueurs de champ s'étaient-ils déjà déployés, et ils étaient sur le point de culbuter mon guichet, comme au cricket. Oui. Qui m'avait livré, à Singapour, qui détenait l'adresse de l'appartement, et les codes de sécurité du portail de l'immeuble et de l'ascenseur, et assez d'informations sur les lieux pour couper les caméras vidéo qui jalonnaient tous les couloirs ? D'où ces renseignements émanaient-ils ? Zoya m'avait-elle trahi ? Pourquoi avait-elle manqué son avion ? Oui, il y avait eu un embouteillage sur l'autoroute ce jour-là, j'avais vérifié, mais pourquoi était-elle partie si tard du plateau ? Était-ce Arvind ? Avait-il conclu un marché ? Les tueurs avaient-ils reçu pour instruction de faire thoko leur source, histoire de réaliser le grand chelem ? C'était possible. Tout était possible.

Sous la pleine lune de Thaïlande, j'étais allongé les yeux ouverts, je me débattais avec ces hypothèses. Et au matin, j'avais peur. Gourou-ji m'avait averti d'un grand danger, et je savais que ce danger n'était pas passé. Une fois encore, après tant d'années, je me suis mis à porter une arme. Au bout de deux jours, je me suis sanglé un pistolet supplémentaire à la cheville. J'ai fait venir le meilleur gilet pare-balles d'Amérique, et je le portais sous ma chemise, toute la journée, réconforté par son niveau de protection IIIA capable d'arrêter les balles de .44 Magnum avant qu'elles n'atteignent ma poitrine, mon dos. J'ai augmenté le nombre de sentinelles armées à bord du yacht, et je faisais tourner les équipes, trois fois par jour. Je dormais quelquefois à bord, et d'autres fois dans des maisons diverses, à terre, en variant mes itinéraires. Je prenais toutes les précautions possibles.

Pendant ce temps, les calamités s'accumulaient. Un après-midi, Bunty m'a téléphoné. Il n'avait pas sa jovialité habituelle.

— Bhai, il m'a dit. Je suis à la clinique.

— Qu'est-ce qui ne va pas ?

Je m'imaginais une dizaine de tragédies en même temps : la syphilis, des blessures par balles, ses enfants ravagés par la malaria.

— C'est Pascal et Gaston. Ils sont tous les deux ici, Bhai. Tous les deux hospitalisés.

— Quoi, Gaston a le diabète, mais l'autre ? C'est contagieux, le diabète ?

Cela lui a tiré un petit rire, tout petit.

— Non, Bhai. C'est autre chose. Ils sont malades. Et les deux boys qui sont montés à bord du bateau pour le dernier passage sont malades eux aussi. Ils vomissent sans arrêt.

Il voulait parler de ce voyage que nous avions organisé pour la cargaison de Gourou-ji, cette dernière livraison très spéciale qu'il nous avait réclamée.

— Ils ont dû manger un poisson avarié, les abrutis.

— Gaston, il perd ses cheveux, Bhai.

— Il les perd depuis des années.

Bunty n'a rien répondu. Il était lugubre. Qu'il ait pris le temps de se rendre dans cette clinique, en soi, cela sortait de l'ordinaire. C'était un homme débordé, j'y veillais. Et là, il ne riait pas, ce Bunty qui sortait tous les jours des blagues sur des hommes qui se faisaient tirer dessus dans les golis. L'état de Gaston devait être grave, en effet, très grave.

— OK, j'ai dit, écoute, trouve-leur de bons médecins. S'il faut de l'argent, tu verses. Prends soin d'eux.

— C'est à cela que je pensais, Bhai. Ils sont quand même avec nous depuis un bout de temps.

Pendant les deux journées suivantes, il ne les a pas lâchés, ni eux ni les médecins. Dans l'intervalle, j'ai appelé l'inspecteur Samant à Bombay et je lui ai organisé deux guet-apens, histoire de lui livrer deux contrôleurs de Suleiman Isa, à Bombay. Il les a tués le soir même, l'un après l'autre. Les salopards de Dubaï n'avaient pas revendiqué le meurtre d'Arvind, mais je voulais leur faire savoir que nous n'étions pas endormis, que nous étions capables de riposter dans une langue qu'ils comprenaient. Ces escarmouches m'ont procuré une certaine satisfaction, surtout parce que Samant m'a envoyé par e-mail des photos des deux morts, ces petits cons, prises à la morgue, le crâne fendu en deux par les balles. Mais l'effet est vite passé, et la peur a repris son battement de tambour étouffé, inexorable.

— Je dois t'envoyer une fille ? m'a demandé Jojo ce dimanche soir. J'ai une ou deux nouvelles qui pourraient t'amuser.

— Arre, j'en ai fini avec tout ça.

— Je ne te crois pas, Gaitonde. Tu n'y crois pas toi-même. Tu ne vas plus jamais prendre une fille ? De toute ta vie ?

— Peut-être que si, peut-être pas. Mais ce n'est plus la première de mes préoccupations. Je suis au-delà.

Elle a lâché un gémissement suraigu, comme un chiot pris d'une douleur cuisante. J'ai cru qu'elle était prise de malaise, elle aussi. Et puis elle a éclaté de rire, selon son habitude. J'ai éloigné le combiné de mon oreille.

— Jojo, maderchod, écoute-moi, j'ai dit.

Écouter était très au-dessus de ses forces, alors j'ai posé l'appareil et j'ai attendu. J'ai laissé une minute s'écouler, puis deux, et j'ai repris le combiné.

— Chutiya, espèce de dingue, j'ai lâché, et j'ai raccroché.

J'aurais voulu l'avoir devant moi pour la prendre à la gorge et étouffer ce bruit malsain. J'avais envie de la secouer, de réduire son visage écarlate à un râle, et de serrer, de serrer. J'ai arpenté ma cabine, et je suis sorti un moment sur le pont. Kutiya. Je lui avais permis trop de familiarité. Elle avait peut-être besoin qu'on lui donne une bonne leçon. Je lui avais laissé la bride trop lâche sur le cou.

J'y pensais encore quand elle m'a rappelé, un peu plus tard.

— Saali, j'ai fait.

— Désolée, désolée. Franchement. Gaitonde, il faut me pardonner. Une telle surprise. Venant de toi, surtout. Toi, sans femmes… Difficile à croire.

— Gaandu, tu crains de perdre ma clientèle. Tu veux que je dépense de l'argent dans une autre Zoya, pour prélever ta part.

— J'essaie juste de te calmer, Gaitonde. Tu n'as jamais été dans un état pareil. Tu m'as confié un jour que, pour diriger une compagnie, il fallait rester calme et froid. Tu n'es pas calme, là.

Elle avait raison. Je n'étais pas calme. J'étais agité, en colère, j'avais peur.

— Ce n'est pas une fille qui va me calmer, pas maintenant, j'ai répliqué. Essaie autre chose.

— Tu veux que je te lise une lettre ?

Nous ne nous étions plus amusés avec ces lettres de candidature depuis un certain temps.

— Oui, oui. C'est bien, ça. Lis-m'en une.

Elle en avait quelques-unes déjà prêtes, sur son bureau. Elles arrivaient en bruine régulière, au gré de la diffusion télévisée des concours Face of the Year et International Man.

— OK. Écoute. Tu veux en entendre une du village de Golgar, bureau de poste de Fofural, district de Dhar, Madhya Pradesh ? Ou est-ce que tu en préfères une de Kuchanan City, district de Nagaur, dans le Rajasthan ?

— Fofural ? Non, j'ai du mal à y croire.

— C'est peut-être Fofunal. Son écriture en anglais n'est pas claire. L'adresse est en anglais. Alors, tu veux sa carte postale ?

Donc, au village de Golgar, bureau de poste de Fofu-maderchod-machin, ils écrivaient en anglais. Cette idée m'a donné le tournis.

— Non, laisse-le à Golgar, ce bhadvaya, ce maquereau. On ne reçoit pas si souvent que ça des nouvelles du Rajasthan. Laissons s'exprimer le Rajasthani.

— Oui. Il s'appelle Shailendra Kumar. Il écrit… – Elle a ralenti le débit tandis qu'elle déchiffrait le hindi. – Il a inscrit une formule, en haut de la carte. *Om evam saraswatye namah.* « Om ! J'honore la déesse Saraswati. » Avec des fioritures au-dessous.

— Donc notre Shailendra est un garçon pieux. Très bien.

— Il écrit : « *Dear Sir / Madam.* » C'est écrit en anglais. Ensuite, il revient au hindi. « Je m'appelle Shailendra. Je suis actuellement élève de terminale. J'ai choisi une carrière de mannequin. J'ai dix-huit ans. Je mesure un mètre soixante-quinze. J'ai une personnalité impressionnante. J'ai participé à de nombreuses pièces de théâtre au lycée. »

Jojo s'est interrompue. Je savais ce qu'elle attendait : j'étais censé lâcher un truc drôle sur Shailendra la star de son gaon, qui rêvait d'arpenter un podium dans la grande cité. Ensuite, nous ririons ensemble, tous les deux, nous qui nous étions échappés de nos propres gaons, et ensuite elle m'en lirait d'autres. Au lieu de ça, je me suis senti triste en pensant à Shailendra le héros du district, dont les filles parlaient entre elles en rentrant à travers champs, qui roulait peut-être parfois à moto, la moto de son oncle. Il était grand, et donc il croyait devoir venir à Bombay. Pour grandir encore.

— Jojo, j'ai fait. Je me sens fatigué. Je crois que je vais essayer de dormir.

— Si tôt ?

— Laisse-moi le temps, j'ai dit. Peut-être que dans la matinée je me sentirai mieux.

J'ai hésité. Et puis j'ai posé ma question.

— Comment tu vas, toi ?

Cela l'a réduite au silence, un instant. Je ne lui avais jamais rien demandé de tel.

— Arre, Gaitonde, je vais super bien. Les affaires sont un peu en panne, mais enfin, l'économie est en panne, personne n'a d'argent. Je survis.

— Tu as un thoku ?

— Bien sûr. J'en ai deux. Tu en as peut-être terminé avec les femmes, mais moi, les hommes, ils me servent encore à un ou deux trucs.

Elle a éclaté de son rire bien à elle et, cette fois, elle m'a soutiré un léger sourire.

— Même s'ils font tellement d'histoires, Gaitonde. Toujours à vouloir ceci ou cela. Parfois, je me demande pourquoi je me donne cette peine. Aucun homme ne me satisfait autant qu'un vibromasseur.

Là, c'est moi qui me suis senti forcé d'en rire.

— Tu es d'une impudeur.

Plus tard ce soir-là, j'ai repensé à mon amie Jojo. D'autres étaient apparus, avaient disparu, mortes, parties, mais Jojo – celle que je n'avais jamais rencontrée, celle avec qui je n'avais jamais partagé un seul repas, celle que je n'avais jamais touchée, que je n'avais jamais prise –, elle était encore là, avec moi. Parfois, il s'écoulait des jours sans que je lui parle, mais elle était tout le temps là, avec moi, en moi. Elle était sans peur, elle me disait ce qu'elle pensait, elle me conseillait, elle m'écoutait. Elle me connaissait, et, en ces récentes journées de terreur, elle avait été l'unique personne que je n'avais jamais soupçonnée de trahison. Il ne me venait tout simplement pas à l'esprit qu'elle aurait pu transmettre des informations aux tueurs, même s'il était vrai qu'elle connaissait ma vie plus intimement que beaucoup d'autres. En cet instant, je me suis imposé de penser à Jojo en termes objectifs, à l'extraire de moi-même et à la considérer comme je le ferais d'une inconnue : une femme d'affaires, une productrice, une maquerelle, une femme dissolue dans ses manières et dans ses pensées. Indigne de confiance, mais je me fiais à elle. Rien que je puisse imaginer – elle avait fait ça pour de l'argent ou sous la menace de mes ennemis, ou sur un coup de tête, ou par erreur –, rien ne parvenait à ébranler le roc de ma confiance. J'ai renoncé. Elle était Jojo, et elle était dans ma vie, comme les tendons dans mes os. J'ignorais comment c'était arrivé, quand exactement, mais je savais que, sans elle, je m'écroulerais au sol en un petit tas de poussière sec. Il fallait qu'elle reste, il fallait qu'elle soit avec moi.

Cette nuit-là, je n'ai pas pu dormir, et je l'ai rappelée deux fois. Elle m'en a appris davantage sur ses thokus, et elle m'a fait ricaner. À quatre heures du matin, j'étais encore réveillé, et il était trop tard pour la rappeler. Gourou-ji était en voyage et indisponible. J'ai songé à monter sur le pont, mais j'étais épuisé, au point que je pouvais suivre le moindre tressaillement de mes mollets jusqu'en haut de mes cuisses. Le clignotement de ma pendule de chevet avait ralenti, impulsion lente et tranquille, avant de s'interrompre complètement. Le temps s'était dissous en un gouffre poisseux de lumière lunaire, et je flottais dedans, moi, forme transparente en élévation, ballottée par ce flot temporel. Je marche d'un pas rapide derrière Salm Kaka, à travers un marais clapotant. Mathu est sur ma droite. Nous avons l'or, et nous sommes loin. Nous sommes heureux. Il y a de l'eau devant nous, un ruisseau qui coule dans la boue. Salim Kaka est au bord. Je lance un regard furieux à Mathu, j'essaie de voir ses yeux. Salim Kaka a un pied dans l'eau. J'ai un pistolet en main.

Je me suis jeté hors du lit. J'ai poussé la porte et je suis allé au bout de la coursive, j'ai frappé. J'ai réveillé les boys, et je les ai convoqués.

— On va regarder un film, je leur ai dit.

Ils étaient un peu perdus, et endormis, mais ils ne m'ont pas posé de questions. Dix minutes plus tard, nous étions assis devant la télévision, et ils se disputaient sur quoi regarder. Ils m'ont proposé *Company*, que je n'avais toujours pas vu. Mais je connaissais déjà l'histoire, une histoire de trahison, et les véritables protagonistes, Chotta Madhav et son ami de toujours, à Karachi. Ce matin-là, je n'avais pas envie de sang. Donc ils ont fouillé dans les réserves et finalement on s'est mis d'accord sur *Humjoli*.

Nous avons regardé Jeetendra et Mehmood bondir en tous sens à l'écran, rouer leurs ennemis de coups en chantant *One, two, chal suru hoja*, « Et un, et deux, et on y va », et les rires qui remplissaient la cabine m'ont joliment diverti. Les couleurs vives des années soixante-dix étaient reposantes à l'œil, et même le pantalon moulant de Jeetendra avait quelque chose de réconfortant. Ce passé était un pays étranger où je pouvais m'évader, un refuge qui avait déjà existé et que rien ne pourrait déranger. Au cours des deux journées suivantes, nous avons regardé *Dil Diya Dard Liya*, *Anand* et *Haathi Mere Sathi*. Quand l'appel est arrivé de Mumbai, nous en étions à cette scène où Rosie vient voir le guide que le jeûne a conduit au bord de la mort.

— Bhai, c'est Nikhil, de Mumbai. L'assistant de Bunty.

J'ai essuyé mes larmes, et j'ai pris l'appareil. Je parlais rarement avec ce Nikhil, qui travaillait avec Bunty depuis quatre ans maintenant. Nikhil rendait compte à Bunty, et Bunty me rendait compte à moi, c'était notre chaîne de commandement.

— Ils ont abattu Bunty, Bhai.

— Qui ?

— Je ne sais pas.

Il a avalé sa salive, et il l'a ravalée, encore et encore, il hoquetait dans mon oreille, et j'ai compris qu'il était sur le point de vomir.

— Nikhil, j'ai dit. Assieds-toi. Tu t'assieds ? Assis. Ne t'inquiète pas. J'ai déjà des boys en route. Raconte-moi juste ce qui s'est passé.

Tout lui est remonté au bord des lèvres, à deux reprises, il m'a fallu vingt minutes, mais j'ai pu lui soutirer la totalité de l'histoire. Ce matin-là, Bunty était allé à l'hôtel Juhu Maurya se faire masser par un spécialiste de la technique des temples thaïs. Ensuite, il a assisté à un petit déjeuner de travail à la cafétéria, et s'est fait emballer un ballotin de chocolats pour ses enfants. Il a attendu à la réception qu'on lui approche sa voiture et, quand il l'a vue s'arrêter devant le perron, il a descendu les marches flanqué de trois gardes du corps. Il y avait sur le seuil trois portiers sikhs en livrée et quatre vigiles de l'hôtel en saharienne grise. Les quatre vigiles ont plongé la main sous leur chemise, en ont extrait leurs Glock, et ils ont tiré sur Bunty et ses boys, deux balles pour chaque cible. Efficacité mortelle, numéro parfaitement exécuté. Les gardes du corps se sont écroulés sur la chaussée. Bunty, qui entrait à l'instant même dans sa voiture, s'est trouvé projeté en avant par l'impact des balles. C'est ce qui l'a sauvé, plus la présence d'esprit du chauffeur. Atteint dans le dos et à la nuque, il est tombé face contre le siège au moment où son chauffeur appuyait sur l'accélérateur pour partir en dérapage, traînant derrière lui, par la portière ouverte, les jambes de son patron. Bunty a survécu. Le chauffeur avait franchi le portail sous les balles, qui avaient perforé la lunette arrière du véhicule et les vitres côté gauche. L'un des portiers sikhs s'était attaqué aux tueurs et, pour sa peine, avait pris une balle dans le ventre. Mais déjà les véritables agents de sécurité de l'établissement se précipitaient vers l'entrée, et les policiers arrivaient depuis leur chowki situé au carrefour. Les tueurs avaient dû filer. Ils avaient disparu.

Bunty était en vie. Il était au Lilavati Hospital, intubé, branché de toutes parts. Il s'accrochait. Il luttait. Mes boys avaient peur, ils étaient en colère, désorientés, perdus. Je sentais leur panique, j'en sentais le goût dans l'air, la promesse, comme un premier relent de pourriture. J'ai fait ce que je devais : je les ai gérés. J'ai manié des gens, j'ai manié de l'argent, j'ai manié de l'influence. Pour donner à mes boys l'illusion d'une riposte, j'ai organisé deux guets-apens dans les deux journées qui ont suivi. Les boys de Suleiman Isa que nous avons tués étaient des fonctionnaires de bas échelon, de la racaille, mais la qualité du moral repose parfois sur de petites choses, de petits hommes. Donc j'ai agi.

Mais en vérité, nous ne savions pas contre qui nous nous battions. Même si les enfoirés de Suleiman Isa s'en attribuaient le mérite – ils ne s'en sont pas privés –, il n'y avait aucune raison de croire que l'opération venait d'eux. Non, ces maderchods de menteurs se vantaient d'avoir abattu Bunty mais il était clair que ce n'était pas eux ; il avait été surveillé par quelqu'un d'autre, qui avait appris à le connaître, lui et ses habitudes. Mais qui ? Qui ?

Je savais qui. Le lendemain, je me suis entretenu avec Nikhil, puis avec l'un des officiers de police judiciaire chargés de l'enquête, qui m'a lu les dépositions des témoins oculaires. Tous, jusqu'au dernier, faisaient mention d'hommes aux cheveux coupés à ras. L'un des portiers sikhs avait employé le terme « fauji », pour désigner ces salauds. Et je me suis rappelé les deux du corridor, à Singapour, ceux qui m'avaient barré la route pendant que leurs amis accomplissaient leur sanglante besogne dans l'appartement d'Arvind. C'était la même équipe, je le savais, je pouvais l'affirmer. Peut-être les mêmes hommes, expédiés par avion de Singapour à Bombay sur ordre de leurs patrons, sur ordre d'une organisation qui me surveillait et savait tout de moi. Ils savaient où j'habitais, où j'allais et ce que je faisais, et ils me pourchassaient. Ils voulaient m'éliminer. Ils s'étaient servis de moi ; j'avais tenu lieu de vecteur, et maintenant – parce que j'avais servi mes propres intérêts d'une manière qui leur avait déplu –, ils comptaient m'effacer, me liquider, pour qu'il ne subsiste plus la moindre souillure dans leurs dossiers. Je cesserais d'exister, et ils prétendraient que je n'avais jamais existé.

J'étais sûr, presque sûr de connaître mes tueurs. Pour en avoir l'absolue certitude, j'avais besoin de consulter Gourou-ji. J'avais besoin qu'il voie la vérité et qu'il me la dise. Mais il était en voyage, m'avait-on répondu, indisponible, même pour moi. J'ai laissé des messages urgents, exigé qu'il me contacte, supplié. Mais il n'a pas rappelé ; j'étais livré à moi-même. J'étais abasourdi. Jusque-là, j'avais toujours été en mesure de le joindre, parfois pour lui demander si le mardi à venir était un bon jour pour entamer un nouveau régime. Et là, en cette heure de crise sans égale, Gourou-ji avait disparu. J'ai patienté autant que j'ai pu, et puis j'ai injurié les sadhus que j'avais au bout du fil. « Sais-tu qui je suis ? Sais-tu à quel point je suis proche de lui ? Je te ferai jeter dehors, exiler dans un ashram en Afrique, pauvre type. » Mais ils affirmaient ne pas savoir où il était. Gourou-ji était inaccessible depuis dix jours, quand un message est apparu sur son site, expliquant qu'il suivait une retraite en un lieu tenu secret, qu'il était en profonde méditation, qu'on ne pouvait le déranger, mais il serait bientôt de retour, il reviendrait avec une nouvelle sagesse, plus profonde, à ses disciples qui restaient ses enfants bien-aimés.

Mais je suis ton fils aîné, gaandu, et toi, où es-tu ? Oui, je l'ai maudit, sans détour. J'avais besoin de lui, et il avait disparu sans un mot pour moi. Il savait tout, à Munich, au moment de me dire au revoir ; il savait qu'il partait, un signe aurait suffi – une main sur mon épaule, un simple effleurement, sur ma joue. Mais il avait disparu.

Quatre jours après que Bunty eut été abattu, je me suis retrouvé encore plus seul : Gaston et Pascal étaient morts, le premier dans la matinée, le deuxième dans la nuit.

— Les médecins m'ont expliqué qu'ils connaissaient la cause du décès, Bhai, m'a annoncé Nikhil. Ils savent de quoi ils sont morts. Les docteurs ont dit que c'était le mal des rayons, Bhai.

J'ai dû lui demander ce que c'était, le « mal des rayons ».

Nikhil m'a éclairé, il tenait cela des médecins.

— Ils voulaient savoir si récemment Gaston et Pascal avaient visité une centrale nucléaire, Bhai. Comme le centre atomique de Trombay. Ou s'ils avaient bu de l'eau d'un puits proche de Trombay, ou mangé du poisson pêché dans un ruisseau de Thane. Ou s'ils s'étaient approchés de l'usine de Tarapur. Je leur ai soutenu que non, bien sûr. Pourquoi Gaston et Pascal seraient allés visiter Tarapur ?

— Est-ce que tu leur as dit quelque chose, Nikhil ?

— Non, non, rien. Rien du tout, Bhai. Je leur ai répondu la vérité, que Gaston et Pascal étaient d'honnêtes hommes d'affaires et des pères de famille. Qu'ils n'avaient jamais touché à ce genre de saleté.

Mais ils avaient récemment effectué un voyage en haute mer. L'océan n'était pas sale, mais on pouvait attraper ce mal des rayons à cause de ce qu'on y transportait. J'ai rappelé Gourou-ji, en vain, et cette fois, j'ai envoyé mes boys dans ses bureaux de Delhi, et à ses deux domiciles de Noida et de Mathura. Ses domestiques ignoraient où il se trouvait, ses sadhus l'ignoraient aussi, sa mère a certifié qu'elle ne savait rien. Il était parti, il s'était évanoui, comme s'il avait subitement transcendé son corps, pour ne faire qu'un avec l'univers. Et les sadhus de son entourage le plus intime, Prem Shantam et ceux du cercle rapproché, qui voyageaient avec lui, qui s'occupaient de sa personne et prenaient soin de lui, ceux-là étaient partis eux aussi. Ils étaient en voyage. Gourou-ji n'avait pas quitté cette terre ; il était quelque part. Mais où ? Où s'achevait son périple, et quand ?

J'ai essayé de résoudre cette énigme par le raisonnement, de me remémorer ma conversation avec lui et de lire dans ses intentions par la voie de la déduction. Mais j'avais beau essayer, je comprenais que mes tentatives étaient vaines, que mon esprit ordinaire était incapable de saisir – fût-ce l'espace d'un instant – les jugements hors du commun qui étaient les siens. Et mes pensées s'effilochaient, s'éparpillaient sous l'effet de la peur et de mille inquiétudes liées à ma compagnie chancelante. Mon attention était en lambeaux, il y avait trop de problèmes à traiter, trop de questions à examiner et de réorganisation à mettre en œuvre, trop d'hommes mutilés et de veuves à prendre en charge. J'étais incapable de me concentrer, et je me suis retrouvé somnolent le jour, insomniaque la nuit. J'étais mal, je le savais, et je ne pouvais rien tenter pour aller mieux. Gourou-ji était parti. J'avais peur. Je redoutais d'aller dans la salle de bains, pris de tressaillements, de convulsions et je laissais des filets de sang sur la porcelaine. Pascal avait saigné à cause d'ulcères à la bouche, j'avais vu des photos de son visage, les yeux vitreux. Je passais de plus en plus de temps dans la salle informatique, je priais les boys de m'aider à réunir des informations sur les radiations, les brûlures et la mort. Naturellement, j'avais lu dans les journaux que notre pays possédait de nouvelles armes incroyables, et des missiles pour les embarquer, mais je n'avais jamais rien su de Trombay, de l'uranium, de Nagasaki, et maintenant j'apprenais, et j'apprenais vite. J'en ai parlé à Jojo, du danger qui régnait dans le monde, à nos frontières.

— Arre, Gaitonde, elle m'a fait. Personne ne va faire exploser ces machins-là. Personne n'est assez fou.

— On ne sait jamais. Quelqu'un peut ne pas être fou et en faire exploser une. On peut avoir des raisons pour ça.

— Et quelles seraient ces raisons, Gaitonde ?

Elle était patiente, avec moi, à me répondre sans s'emporter, sans me raccrocher au nez. Je pense qu'elle savait à quel point j'étais désemparé, fatigué, et elle restait prévenante. En général, les peurs et les fantasmes l'exaspéraient, ce qu'elle appelait les terreurs masculines. Ma panique rampante à propos de Gourou-ji, de ce qu'il avait pu nous faire acheminer clandestinement et de sa disparition, je n'avais pas envie de lui en parler, surtout parce que je n'y comprenais pas grand-chose. Ma crainte était imprécise, elle se résumait à des images fugitives de brasier, toujours de brasier. Je voulais qu'elle quitte Bombay.

— On ne sait jamais, j'ai dit. Le Pakistan pourrait tenter quelque chose. Et ensuite nous pourrions tenter autre chose. Un général pourrait décider que le moment est opportun pour une attaque. Bombay serait le premier endroit touché.

— À l'heure actuelle, nous sommes en bons termes avec les Pakistanais, Gaitonde. Et même quand on se hurle dessus, ce n'est que du spectacle. Ils font toujours du tapage, et ensuite c'est notre tour, bas. Ne t'inquiète pas tant, Gaitonde.

J'ai voulu la convaincre de prendre des vacances en Nouvelle-Zélande, ou d'aller à Dubaï faire du shopping. Mais non, elle avait du travail en ville, elle produisait et elle faisait l'imprésario, il y avait de l'argent à gagner et des gens à voir, elle tout simplement trop prise.

— Et si cela arrivait, Gaitonde, m'a-t-elle finalement avoué, eh bien, quoi ? On doit tous mourir un jour. Et si Bombay disparaissait, j'irais vivre où, de toute manière ? Je ne peux pas retourner dans mon village. – Elle a rigolé. – À moins que tu veuilles que j'aille m'installer avec c'est-comment-son-nom-déjà, ce garçon, à Kuchaman City ? Écoute, baba... si cette ville n'existe plus, mon bureau n'existe plus, ma maison n'existe plus, tout mon travail n'existe plus, ce que je connais n'existe plus. Alors de toute façon il ne resterait plus rien qui mérite de rester en vie.

Elle a donc repoussé mes tentatives de l'envoyer en Australie, et elle a éclaté de rire quand je lui ai conseillé de développer ses affaires du côté de Londres, le cas échéant.

— Ne t'inquiète pas tant, Gaitonde. J'ai vu ça dans un film américain, le mois dernier : un type fait sauter une bombe atomique dans une ville d'Amérique. Pendant le film, j'ai eu la frousse, mais après, ça allait très bien. Ça n'arrive qu'au cinéma. C'est trop filmi. Si ça arrive dans un film, ça n'arrive pas dans la vie. Personne ne va déclencher un dhamaka. Tu l'as déjà fait, toi, dans ce film. Ne te mets pas un état de tension pareil pour rien, détends-toi. Va dormir.

J'ai lâché prise, et j'ai parlé d'autre chose. Mais j'avais une idée. Je l'ai gardée pour moi, je ne lui ai rien dit. J'ai mis mes boys au travail. C'est notre priorité absolue, je leur ai déclaré. J'ai injecté de l'argent dans l'entreprise, j'ai importé du matériel de Thaïlande et de Belgique vers le cœur de Bombay. J'ai suivi la construction de près. Je me faisais transmettre des photos par e-mail toutes les heures, et j'ai regardé ces murs énormes s'élever de terre, un carré de ténèbres très précis, sur un terrain vacant de Kailashpada. Cette obscurité provenait d'une immense excavation, dans les entrailles de la terre. J'ai construit une place forte, un abri. J'ai édifié des murs qui résisteraient au feu, une profonde cavité qui protégerait la peau de Jojo contre le poison. J'ai créé cette maison pour elle ; en cas d'urgence, elle pourrait y descendre. Et je me suis aperçu que si je pensais à cette maison blanche, la nuit, je parvenais à trouver le sommeil. À bord de mon yacht, c'est ce que je faisais, tous les soirs : après avoir passé en revue les équipes de sentinelles, contrôlé les détecteurs de mouvement et le radar à courte portée, je m'enfermais à clef dans ma cabine. Je m'installais dans un confortable siège bas, et je méditais. Je tâchais de garder l'esprit immobile, de me concentrer sur un point, et de rencontrer cette conscience qui n'était autre que l'univers, qui n'était autre que moi-même. J'allais au-delà des dieux et des déesses, au-delà de Krishna, le dieu à peau bleue et bouche sanglante, au-delà de sa menace de dissolution, je poursuivais le périple au-delà de toute forme, vers l'essence qui gît au-delà du langage. Ensuite, j'allais au lit. Je me recroquevillais, et j'étais à Bombay, à Kailashpada, à l'intérieur de mon cube blanc, j'étais sous la surface terrestre, j'étais abrité et enveloppé par une bonne épaisseur d'acier et le meilleur, le plus dur des ciments du monde. Dans cette étreinte imaginaire, je trouvais enfin la paix. J'étais protégé.

La fin du monde

La conclusion de l'affaire Kamala Pandey chagrinait encore Kamble.

— Ce maderchod de bhenchod de pilote, il est encore plus ignoble que les bhadwas, tiens. Qu'on accepte l'argent des femmes, d'accord, ça, je peux comprendre. Si tu mets une randi au boulot, si tu l'aides à ramener des clients, si tu y consacres du temps et des efforts, tu mérites d'avoir un retour. Mais cet Umesh, cet enfoiré, il n'a même pas eu le cran de se planter en face de Kamala Pandey et de lui dire : « Donne-moi de l'argent. » Il a pris des photos en cachette, et il s'est servi d'autres types pour lui soutirer de la monnaie. Et elle, elle l'aimait.

— Affreux, fit Sartaj. Tout bonnement affreux de penser qu'on puisse traiter ainsi une dame.

Kamble écarta le sarcasme de son supérieur d'un mouvement d'épaules.

— Arre, chef, d'accord, oui, des femmes, j'en ai des tas. Peut-être que je leur fais de la peine, moi aussi, mais je leur donne tout, et puis elles m'en font aussi. Je ne parle pas que d'argent. Je leur donne ça – il se frappa la poitrine – et tout ce qu'elles peuvent me réclamer. De l'argent ? Je le fais pleuvoir, je le jette par les fenêtres. J'en fais cadeau et je retarde mes propres projets d'autant, car je suis disposé à souffrir à cause d'elles. Vous comprenez ?

Il était à la fois ridicule et grave. Sartaj tendit la main par-dessus la table, lui tapota le bras.

— Oui, ce pilote est un complet enfoiré. On va se charger de lui, ne t'inquiète pas.

Et il lui parla de ce souvenir qui lui était revenu au réveil, celui d'un gourou en plein prêche, et il s'était rappelé avoir participé au bandobast déployé lors d'une grande cérémonie publique, à Andheri West, un rituel religieux qui s'était prolongé pendant plusieurs jours, conduit par un gourou qui avait recours à un fauteuil roulant de fabrication étrangère, très sophistiqué.

— C'était il y a des années, expliqua-t-il à Kamble. Mais plus récemment je suis allé me pencher sur le corps d'un apradhi, un dénommé Bunty, que des tueurs à la petite semaine, des chillars, ont fait thoko quand sa compagnie s'est démantibulée.

— Bunty, l'homme de Gaitonde, l'homme de toutes les énigmes ?

— Soi-même. J'avais causé avec ce Bunty au téléphone, quelques jours à peine avant qu'on ne le tue. Et il me parlait de ce fauteuil roulant de luxe, capable de monter et descendre les escaliers et de faire toutes sortes de trucs. Et il m'a dit que c'était Gaitonde qui le lui avait donné.

— Donc vous pensez…

— Je te le dis, Kamble, ce gourou possédait un fauteuil identique à celui de Bunty. Je m'en souviens très clairement. Peut-être pas le même modèle, mais la même marque.

Kamble paraissait sceptique et, sous la lumière crue de l'après-midi, Sartaj fut forcé d'admettre que le lien était ténu. Mais il tâcha de faire preuve d'enthousiasme. Il lui raconta qu'il avait sauté sur sa moto à la première heure, qu'il avait foncé à la téléboutique près de la gare de Santa Cruz pour appeler Anjali Mathur à Delhi, la réveillant. Et elle l'avait rappelé plus tard dans la matinée pour lui signaler que son organisation enquêtait sur le gourou.

— Ils sont en train d'examiner cette piste, continua-t-il, et ils vont tout découvrir. Ils disposent de beaucoup de ressources. S'il y a vraiment une menace sur la ville, ils vont tout découvrir, et tout régler.

Mais son équipier refusait de se dérider, même à la pensée qu'une puissante organisation nationale se chargeait de sauver la ville et lui-même d'une possible destruction thermonucléaire. Sartaj l'avait invité au restaurant Mughal-e-Azam de Goregaon pour fêter le dénouement de l'affaire de Kamala Pandey. Peine perdue. Kamble restait sombre, renfrogné. Il secoua la tête et désigna la fenêtre de la main, vers la ville et le monde au-delà.

— Chef, vous voulez sauver ça ? Pour quoi faire ? Pourquoi ?

Ils étaient assis dans un box climatisé du premier étage, au milieu d'une reconstitution peu convaincante de la splendeur de Mughal. Il y avait un surahi en cuivre sur le rebord de la fenêtre, à hauteur de chaque box, et deux peintures décolorées au mur, montrant des princesses au long nez vues de profil. Mais on pouvait entrevoir la pile d'assiettes sales dans l'évier à côté des toilettes, et la vitrine était mouchetée de salissures. La ville que Sartaj pouvait voir au bout du geste dédaigneux de son adjoint était non moins poussiéreuse et miteuse en cette journée frénétique d'octobre. Ils étaient protégés de l'épais tourbillon des gaz d'échappement et de la furie des conducteurs par l'air conditionné du Mughal-e-Azam, provisoirement. Dès qu'ils émergeraient de ce refuge dans la crasse et le désordre de la rue, entre ces tranchées aléatoires et interminables percées par les équipes du ministère des Travaux publics, entre les flots de circulation anarchiques, les files de piétons trempés de sueur. Rien n'était joli à voir, mais était-ce laid au point qu'ils méritent tous la mort ?

— Allons, fit Sartaj. Tout ça te rend émotif.

Le romantisme de Kamble l'amusait, sa colère contre le pilote, mais de là à souhaiter l'effondrement final…

— Non, je suis sérieux, insista l'autre. Mieux vaut tout détruire.

Il balaya la table du plat de la main, comme pour faire place nette.

— Ensuite, on pourra repartir de zéro, un nouveau départ. Sinon, rien ne changera. Ça continuera comme c'est, tout pareil.

Kamble croyait encore au changement. Si l'espoir refusait de s'effacer du cœur de cet homme corrompu, cupide et violent, se dit Sartaj, c'est que cet espoir était décidément aussi insidieux qu'indestructible.

— Mais s'il arrive quelque chose, si la bombe éclate, nous disparaissons tous. Pas juste toi et moi. Tes parents, tes sœurs, ton frère, tout, la totalité. C'est ce que tu veux ?

Kamble haussa les épaules.

— Arre, bhai, si nous disparaissons, nous disparaissons. Tout le monde doit mourir. Mieux vaut partir tous ensemble.

Tant de grandeur dans la consternation forçait le rire. Kamble était très jeune, en fin de compte. Sa désillusion réclamait un nettoyage complet, radical, rien de moins.

— Ne sois pas stupide, fit-il. Mange ton poulet.

Un serveur déposa devant eux un somptueux poulet tandoori rouge, et un plat rempli de rumalis rotis.

— Du raita, fit Kamble, apporte-nous du raita, yaar.

Il arracha un gros morceau de blanc et mastiqua, songeur.

— Vacherie, c'est bon.

C'était l'ennui, avec ce Mughal-e-Azam si mal tenu. L'endroit était sale, les serveurs lents et grognons, mais le poulet tandoori spectaculaire. Sartaj prit une cuisse, en savoura la rondeur juteuse, colorée par l'argile du four. Kamble brandit une poignée de rumalis rotis, attrapa une autre longue languette de poulet, et ferma les yeux de ravissement.

— Ce qu'il nous faut dans ce pays, reprit le sous-inspecteur, c'est un dictateur. Vous savez, pour tout organiser. – Il mâcha bruyamment. – Vous devez bien être d'accord avec ça.

— S'il organisait tout, il te coincerait, non ? Et toutes tes activités ?

— Non, non. Non, saab. Si tout allait bien, je n'aurais besoin d'aucune de mes activités. Vous voyez ? Je ne fais que ce que je suis obligé de faire pour vivre dans ce Kaliyuga.

L'argument était inattaquable, parfait, dans sa circularité. Kamble était en extase devant la perfection : à défaut d'un monde parfait, il souhaitait une destruction parfaite, ou un dictateur parfait. Sartaj se sentait l'estomac retourné, et il attendit le raita. Il tâchait de se rappeler s'il avait jamais eu de telles idées, s'il avait jamais été aussi juvénile. Certes, il avait jadis cru Megha d'une beauté totale et entière, et qu'il était lui-même le plus beau sardar de tout Bombay, voire de toute la partie sud du pays. Mais cela remontait à longtemps.

— Puisque nous vivons dans l'âge du Kaliyuga, mon ami, décidons ce que nous allons faire au sujet du pilote.

— Vous savez de quoi j'ai envie ?

— Tu ne peux pas lui flanquer une correction. Deux claques, pourquoi pas. Mais guère plus. Penses-y, Kamble. Il n'y a même pas de rapport d'enquête préliminaire, et on n'a pas affaire à un cantonnier originaire d'Andhra. Si tu le laisses avec une jambe cassée ou je ne sais quoi, ce chutiya pourrait te causer de gros ennuis.

— Je connais des types qui se chargeraient de la lui casser.

— Non.

— D'accord, d'accord.

Le sous-inspecteur agita un os, l'air morose.

— On lui pique son argent, alors.

— Et ses joujoux.

— Le home cinéma.

— Oui.

Cela fit glousser Kamble. Pour la première fois de cette journée, il retrouva son exubérance de fouine féroce.

— Ses DVD, s'exclama-t-il. Je veux tous ses DVD.

Il fendit un blanc de poulet en deux, en enfourna un morceau.

— Et elle, vous lui en avez déjà parlé ?

Sartaj secoua la tête. Il n'avait encore rien révélé à Kamala, et ne brûlait pas d'impatience. Elle verserait des larmes, avec une crise d'hystérie à la clef, qui sait. Peut-être maudirait-elle le pilote, avant de se maudire elle-même.

— Tu t'en charges ?

— Vous êtes fou, chef ? Moi ? Je passe déjà ma vie à m'occuper de femmes colériques. Je vais aller causer au pilote, lui lire la liste de tous les châtiments qui lui pendent au nez. De toutes les amendes qu'il va devoir payer. Elle ? Non, non.

Kamble semblait repu, les lèvres encore humides de poulet.

— De toute manière, c'est vous qu'elle aime bien, ajouta-t-il, tout sourire, et il fit signe, pour qu'on apporte d'autres rotis. Vous vous chargez d'elle.

Il tourna brusquement la tête vers son supérieur, la main encore levée.

— Au fait, chef, pourquoi la gare de Santa Cruz ?

— Quoi ?

— Vous disiez que vous aviez roulé jusqu'à la gare de Santa Cruz, pour votre coup de fil. Pourquoi ?

— Je passais par là.

— À six heures du matin, vous passiez par Santa Cruz ?

— Je n'ai pas parlé de six heures du matin.

977

— Vous m'avez dit que vous aviez réveillé cette femme, à Delhi. – Il posa les coudes sur la table, se pencha en avant. – Mon ami, où avez-vous couché, la nuit dernière ?

— Nulle part.

— Nulle part ?

— Chez moi.

— Chez vous. Chez lui. Chez soi.

Chez soi. Kamble gonfla les joues, ce qui lui donnait tout à fait l'air d'un inoffensif bouledogue.

— Chez soi, chez soi quoi ?

— C'est sympa de se trouver un chez-soi, Sartaj Saab. Surtout un chez-soi qui soit près de Santa Cruz.

Kamble pivota dans son siège, et poussa un rugissement.

— Arre, alors, ces rotis, vous êtes partis les chercher à Aurangabad, ou quoi ?

Il revint à Sartaj, avec un sourire radieux.

— Quoi, qu'est-ce que j'ai dit ? Mangez, mangez.

— Il faut que j'y aille.

Voilà ce que répondit Kamala Pandey quand il lui eut appris l'identité du maître chanteur. Ils s'étaient assis à leur table habituelle, au fond à gauche dans le restaurant désert. C'était la fin de l'après-midi et, à travers les fenêtres aux vitres dépolies, le soleil bas créait un halo doré qui flattait la très jolie Kamala vêtue de blanc. Désormais informée sur le pilote et sa perfidie, la mâchoire crispée, une veine saillante au front, elle répéta ces mots : « Il faut que j'y aille. »

Elle attrapa au passage ses clefs sur la table et se levait déjà, lorsque Sartaj voulut l'arrêter.

— Attendez, attendez.

Il la suivit vers la porte, puis revint lui chercher son sac à main. Quand il déboucha dehors, elle était déjà dans sa voiture, fixant du regard le paan-wallah et les piétons.

— Madame ?

La main de Kamala tremblait sur le volant, la clef racla contre le métal. Elle baissa les yeux, se reprit et essaya de nouveau. Cette fois, elle réussit à l'introduire dans le démarreur.

— Madame, fit-il doucement. Ne conduisez pas, pas tout de suite. Je vous en prie.

Il ouvrit la portière, elle le laissa la prendre par le coude, l'attirer au-dehors. Elle resta là, debout, les bras le long du corps. Il se pencha à l'intérieur pour retirer la clef, puis il lui fit faire demi-tour et la raccompagna dans le restaurant. Il commença par l'asseoir, puis s'installa en face d'elle. Elle avait les yeux couleur d'ambre translucide, et son regard la transperçait.

— Madame, dit-il. Madame, voulez-vous un peu d'eau ?

Il fit glisser un verre vers elle, puis tendit la main, prit la sienne et la referma autour de la base du verre.

Elle fondit en larmes. Elle retira sa main, la posa sur ses genoux, son visage aux traits nettement définis se brouilla, elle laissa échapper un cri, et l'échine de Sartaj fut parcourue d'un frisson. Il l'avait maintes fois entendu, ce cri guttural et enfantin. Il l'avait entendu chez des parents dont on avait assassiné les enfants, chez des frères qui avaient perdu une sœur dans un accident, des vieilles femmes que leur famille avait réduites à l'indigence, et oui, chez des amants trompés. Il était toujours difficile de l'affronter, car on ne pouvait rien y faire. Il avait appris à attendre qu'il s'éteigne. Kamala ignorait sa présence, et mugissait sans sans retenue. Un serveur pointa la tête par la porte de la cuisine, et Shambhu Shetty risqua un regard. Sartaj leva la main, à peine, et secoua la tête. Puis il patienta.

Kamala alla au bout de son cri, puis elle posa les deux mains contre son visage. Il tira une gerbe de petites serviettes en papier d'un verre posé sur la table et la lui tendit. Elle se sécha le visage, et respira profondément.

— Je l'aime, dit-elle en anglais.

— Madame, cet homme est mauvais. Il vous a volée. Il vous a utilisée.

— Non, pas lui. Mon mari. Je parlais de mon mari.

Sartaj en resta coi. D'un geste hésitant, il chercha à attraper d'autres serviettes, pour masquer son incrédulité, et se racla la gorge.

— Oui, madame, bien sûr.

Elle se pencha vers lui, plus farouche, à présent.

— Non, vous ne comprenez pas. Vous me considérez comme une femme indigne, je le sais.

Son maquillage avait coulé ; il n'avait jamais vu son visage à nu, pas même le premier matin, lors de cette dispute conjugale en tenue de nuit.

— Mais vous ne comprenez pas. Je veux rester mariée avec mon mari. Je n'ai pas envie de le quitter, je ne veux pas de divorce. Si je voulais m'en aller, je serai partie depuis longtemps. Je n'ai pas envie de m'en aller. Je veux rester. Vous comprenez ?

Elle éprouvait ce besoin de l'apradhi de se justifier, même après que le danger du châtiment s'était éteint.

— Pardon ?

— Vous êtes marié ?

— Non.

— Non ?

— Non.

Il n'avait aucune intention de s'expliquer devant Kamala Pandey, d'expliquer ses propres échecs à cette femme en plein fiasco.

— Alors vous ne pouvez pas savoir.

— Savoir quoi, madame ?

— Le mariage, c'est très dur. Tomber amoureuse, se marier, c'est facile. Mais ensuite il reste toute une vie devant vous. Vous avez des années et des années. Et vous avez envie de tenir, vous le voulez. Pour que ça tienne, il faut parfois autre chose. Je sais que ça ressemble à un mensonge, à une excuse. Mais c'est vrai. De l'avoir là, lui, vous comprenez…

Elle se refusait à prononcer son nom, Umesh. Le mettre sur sa langue, c'était trop d'amertume.

— Le pilote ?

— Oui, le pilote.

Elle secoua la tête, d'un côté, de l'autre, s'étonnant d'elle-même, de son existence.

— Il m'a permis de rester avec mon mari. Je le jure. Sinon, je serais partie. J'ai mon métier, j'ai une maison où m'installer, avec mes parents. Mais j'aime mon mari.

Elle avait les épaules tremblantes, et elle pleura un peu, puis se moucha dans les serviettes en papier. Elle avait l'air très jeune, avec ses mèches de cheveux collées aux joues.

— Vous avez une mauvaise opinion de moi et de mon mari parce que vous nous avez vūs nous chamailler et tout ça. Mais en réalité, nous valons mieux que cela. Nous sommes bien ensemble. Ce que vous n'avez pas eu l'occasion de voir.

Sartaj était convaincu que c'était vrai, que Kamala Pandey et M. Mahesh Pandey étaient heureux ensemble, quand ils ne se tapaient pas dessus. Dans le mariage, comme ailleurs, rien n'était simple. Kamala avait peut-être besoin de son pilote, comme son mari avait besoin d'elle, comme elle avait besoin de lui. Quelque part dans cet enchevêtrement de besoins, de pertes et de mensonges, il y avait la vérité de l'amour.

— Madame, dit-il à Kamala Pandey en la regardant droit dans les yeux. Je comprends.

— Je ne recommencerai pas. Certainement rien de ce genre, pas avec un autre homme. Ça n'en vaut pas la peine.

Elle n'en restait pas moins perturbée, bien entendu, coupable et peu sûre d'elle-même ou de l'avenir. Elle porta la main à ses cheveux, se les lissa derrière une oreille.

— Je dois en avoir, une tête. Est-ce que les toilettes sont propres ?

— Moyennement, répondit-il. Et parfois il n'y a pas d'eau.

— J'attendrai d'être de retour à la maison. Je vais rentrer.

Elle rassembla son sac et ses clefs.

— Madame, nous allons attraper le pilote et lui tenir le langage du bon sens. Mais je vous en prie, ne tentez rien. Ne lui adressez pas la parole, ne vous confrontez pas à lui. S'il essaie de vous contacter, vous refusez de prendre ses appels et le reste. Et vous nous tenez informés.

— Je n'ai aucune envie de lui adresser la parole. Je ne veux plus jamais le revoir.

— Bien. S'il y avait un rapport d'enquête préliminaire et un dossier, nous aurions pu le jeter en prison. Mais on va lui donner une leçon. Nous allons récupérer toutes les cassettes, toutes les informations qu'il détient, ne vous inquiétez pas. Et nous essaierons de récupérer l'argent.

Elle eut un frisson.

— Je ne veux rien de lui. Arrangez-vous juste pour qu'il ne s'approche pas de moi.

— Nous y veillerons, madame.

Il n'y avait plus rien à ajouter. Elle se glissa hors du box, et vacilla sur ses hauts talons. Elle était encore tremblante, mais elle réussirait à rentrer chez elle. Les femmes sont fortes, plus fortes qu'elles n'en ont l'air. Même les femmes de luxe comme Kamala Pandey.

— Oh, votre argent.

Elle fouilla dans son sac, lui tendit une enveloppe brune.

— Merci, madame.

— Merci, dit-elle.

Elle se redressa. Il la vit se ressaisir, reprendre la maîtrise des diverses facettes de son personnage, le recomposer, morceau par morceau. Quand elle fut redevenue la Kamala qu'il avait connue, ou presque, elle se retourna et s'éloigna d'un pas vif et décidé.

Il la regarda partir, ses fesses fermes, entretenues en salle de gym, sa démarche confiante, et se dit que si elle avait beaucoup de chance, il ne la reverrait jamais, n'entendrait plus jamais parler d'elle. C'est-à-dire si elle pouvait rester accrochée à tous ces regrets, à toute cette peur qui l'avait fait souffrir ces dernières semaines, à toute cette colère qui lui viendrait d'ici un jour ou deux. Mais sa confiance en elle la conduirait dans d'autres voies ambiguës, tôt ou tard. Elle oublierait les rudes leçons qu'on venait de lui infliger. Elle s'imaginerait que rien de semblable ne lui arriverait plus. Elle éprouverait le besoin de vivre à la fois auprès de son mari, et en dehors de lui. La vie était longue, et le mariage une affaire difficile. Elle commettrait peut-être d'autres erreurs, par amour pour son époux. L'amour, songea Sartaj, est un piège de fer. Pris dans ses mâchoires, nous nous démenons en tous sens, nous nous sauvons et nous nous détruisons mutuellement.

Quoi qu'il en soit, l'affaire était close. Ce n'était plus son affaire, à moins qu'elle ne le rappelle. Il empocha l'argent, et retourna au poste de police.

Parulkar venait à peine d'achever sa démonstration d'un nouvel ordinateur portable, lorsque Sartaj frappa à la porte de son box.

— Entre, entre, lança-t-il.

Il l'accueillit en répondant à son salut d'un geste de la main, et lui désigna une chaise près de son bureau. Puis il joignit les mains sur son ventre et considéra d'un œil bienveillant le jeune commercial qui remballait câble et cordons dans une mallette.

— J'attendrai votre appel, monsieur, fit le commercial.

— Je ne vous appellerai pas. Quelqu'un du comité technologique vous appellera, rectifia Parulkar. Mais restez positif. C'est une très bonne technologie que vous avez là.

Il attendit que le commercial soit sorti de la pièce avec ses diverses mallettes, puis il se tourna vers Sartaj avec un grand sourire.

— Ils ont de bonnes machines, mais ruineuses. Et ils ne sont pas disposés à transiger sur le prix, à contribuer au renforcement des services de police et du pays. Donc ils vont souffrir.

Il entendait probablement par là que cette société n'était que fort peu, trop peu disposée à contribuer de façon satisfaisante au renforcement de l'expansion financière de Parulkar. Sartaj se sentait peu concerné. Aussi lui évoqua-t-il plutôt les souffrances de Kamala Pandey et leur dénouement, et la punition qu'il convenait d'infliger au pilote.

— Affaire intéressante, commenta son supérieur. Bien vu. Cela s'élèvera à combien, le pot-de-vin du pilote ?

— Nous ne l'avons pas encore fixé, chef. Kamble et moi, nous allons lui parler, ce soir. Mais cela devrait se monter à quelques lakhs, en liquide et en nature. Cette vermine a pas mal d'argent.

— Très bien.

Parulkar était satisfait. Sartaj paierait Majid Khan, qui en recracherait une part à l'étage supérieur, vers le commissaire assistant, qui en repasserait un morceau à Parulkar. Lorsque l'argent l'atteindrait, la somme serait minime. Mais il en récoltait des quantités, de ces petites sommes qui s'additionnaient pour constituer de gros montants.

— Vous avez l'air en bonne forme, chef, dit-il.

Parulkar avait les cheveux plaqués en arrière, en une ondulation lustrée de Brylcreem. Il avait perdu un peu de poids, et il avait rajeuni.

— Le secret, c'est un régime strict, et de l'exercice, Sartaj. Il faut que tu t'entretiennes. Sans la santé, on n'a rien. J'ai arrêté de manger tout ce qui n'est pas du végétarien, et mon taux de cholestérol a baissé. Il y a toutes sortes de tentations dans la vie, mais il faut se projeter sur le long terme.

— Oui, chef.

Sartaj savait combien Parulkar aimait son poulet pandhara rassa, très, très tikhat, et ses soontis, et ses montagnes de biryanis. S'il acceptait d'y renoncer, c'était qu'il se préparait à vivre une carrière très longue, et une vie longue encore. Il était réconfortant de le voir de retour dans le jeu, plein de confiance et d'astuce. Sartaj sourit, et lui lança la question qui s'imposait :

— Alors, qu'est-ce que vous mangez, ces temps-ci, chef ?

Son supérieur s'assit bien droit, demanda qu'on lui apporte un chai et expliqua tout au sujet des bajra rotis, des fruits à forte teneur en fibres et des dangers du sucre raffiné.

— Sartaj, pour prospérer, l'essentiel, c'est l'équilibre du corps et de l'âme.

Il devait ensuite participer à une réunion au siège central de la police. Son adjoint l'accompagna à sa voiture, et regarda le convoi s'éloigner. L'Ambassador blanche de Parulkar était escortée de deux Gypsy pleins de policiers armés et d'un véhicule banalisé emportant d'autres policiers en mufti. Il était bien protégé.

Sartaj fit à pied le tour du quartier général de zone et regagna le poste. Il avait de la paperasse à traiter, des dossiers sur lesquels travailler. Encore une longue soirée, encore une dose inévitable de cette mauvaise cuisine de restaurant dont il vivait. Bien se nourrir, se nourrir pour vivre longtemps, ce n'était pas si simple. Cela réclamait du temps, cela exigeait de l'argent, une certaine position, et peut-être des gardes du corps, qui sait. En tout cas, songea-t-il, je ne suis pas si vieux, mon corps fonctionne encore. Je m'en inquiéterai l'an prochain. Il dégagea un bureau, et s'installa pour se mettre au travail.

Sartaj et Kamble avaient prévu de rencontrer Umesh tard ce soir-là, mais à six heures et demie, l'inspecteur reçut un appel d'Anjali Mathur.

— J'arrive à l'aéroport national à huit heures précises. Retrouvez-moi là-bas.

Elle sortit de l'aérogare entourée d'une grappe d'hommes. Une autre grappe les attendait au bout de la contre-allée, dont elle émergea pour faire signe à Sartaj. Elle portait ses chaussures plates habituelles et une salwar-kameez vert foncé, et elle avait l'air très fatigué.

— Voici mon supérieur, M. Kulkarni. Montez en voiture avec nous, je vous prie.

Il les suivit jusqu'à une Ambassador blanche garée au parking. Le patron d'Anjali Mathur, un bureaucrate aux épaisses lunettes, lui désigna le siège avant, à côté du conducteur. Anjali et lui se glissèrent sur la banquette arrière. La climatisation était allumée, mais le chauffeur resta debout à l'extérieur. Selon toute apparence, ils ne se rendaient nulle part. Kulkarni croisa les bras et prit la parole.

— Allez-y, Anjali.

L'exposé fut méthodique et précis. Anjali avait exploité le tuyau de Sartaj au sujet de Gaitonde et de son gourou. Ce gourou, un certain Shridhar Shukla, avait disparu l'année précédente. Il était parti « en retraite », selon son entourage, incapable de fournir des informations sur les moyens de le contacter à ce jour. Depuis la disparition du gourou, l'organisation proprement dite était en proie à la confusion la plus complète, à des luttes intestines féroces, à des bagarres et même à des meurtres, le tout ayant été repris dans la presse nationale. Le premier de ces épisodes déplaisants, un double meurtre, avait eu lieu dans un ashram situé en périphérie de Chandigarh, et on avait eu recours à la police. L'un des officiers qui avaient répondu à cet appel, un inspecteur stagiaire dont c'était la première intervention, avait trouvé de l'argent dans la pièce où les meurtres avaient été perpétrés, une somme de quatre-vingt-dix mille roupies exactement. Il avait rapporté cet argent au commissariat, où un inspecteur de grade supérieur avait identifié ces billets comme étant des faux. Interrogées, les autorités de l'ashram avaient répondu que l'argent provenait sans doute d'une donation anonyme en espèces ; elles étaient incapables de fournir plus d'indications. L'affaire en était restée là, avec deux ou trois annotations dans deux ou trois dossiers oubliés, et une pile de billets contrefaits gardés dans une salle de stockage de pièces à conviction.

Six semaines plus tard, une patrouille armée de la police de Jullunder avait effectué une descente dans un appartement d'un immeuble résidentiel, sur la base d'un tuyau refilé par un dhoba mécontent. Ce dhoba avait livré des chemises repassées aux trois occupants de sexe masculin de l'appartement, s'était disputé avec l'un d'eux sur une chemise abîmée et avait finalement été payé moins que la somme due. Le dhoba avait alors tuyauté l'agent de police du secteur : les trois hommes, disait-il, dont un étranger blond, se livraient à un trafic de drogue à partir de l'appartement. Il s'était ensuivi une descente menée par un groupe d'opérations spéciales. On n'avait pas trouvé de drogue. On n'avait pu procéder à aucune arrestation, et pourtant, à l'entrée de la police dans les lieux, du riz était encore en train de bouillir dans la cuisine. Les trois hommes qui louaient ce logement s'étaient enfuis, semblait-il, par un escalier dissimulé sur l'arrière de l'immeuble, dont le groupe d'intervention n'avait pas connaissance et pas pu prendre le contrôle. À l'intérieur, la police avait découvert trois valises et des vêtements, quelques livres, un ordinateur portable et dix mille roupies en espèces. Après un examen plus approfondi, l'argent s'était révélé contrefait. L'ordinateur, un IBM ThinkPad, était protégé par un mot de passe. Le disque dur avait été extrait de la machine, connecté à un autre ordinateur et inspecté. Tous les fichiers de données s'étaient trouvés stockés sur un disque logique crypté par une clef 256-bit au moyen d'un logiciel vendu dans le commerce dénommé DeepCrypt. Le consultant informatique local chargé de cette inspection pour la police avait essayé des attaques élargies par dictionnaires sans parvenir à percer ce cryptage. S'il était curieux que ces hommes se soient enfuis, la police de Jullunder n'avait aucun motif de poursuivre l'enquête, et ne disposait pas des moyens nécessaires. L'affaire avait donc été classée et oubliée. Jusqu'à ce qu'une mention de l'argent contrefait ne remonte à la surface à travers les multiples strates d'une base de données exploitée par Anjali Mathur à Delhi. Dans son examen implacable et patient des listes d'affaires de fausse monnaie, elle avait remarqué que le dossier Jullunder comportait une mention du gourou Shridhar Shukla. Le navigateur Internet de l'ordinateur conservait la partie non cryptée du disque dur ; or trois sites avaient été visités au cours des trois semaines enregistrées dans l'historique. Le premier était Hotmail, l'autre un site pornographique intitulé www.hotdesibabes.com et le troisième celui du gourou.

Anjali Mathur avait transmis cette information certes assez vague à Kulkarni, en lui précisant que, dans les deux cas, on était en présence du même type d'argent contrefait : même papier, mêmes plaques, et que, dans les deux cas, le gourou était impliqué. Dans sa sagesse, M. Kulkarni l'avait autorisée à s'adresser au service informatique de l'organisation pour tenter de percer la clef de cryptage de l'ordinateur de Jullunder. Mais ce portable avait disparu du commissariat de police en question. L'officier du poste s'était répandu en excuses, promettant qu'à l'avenir la salle de stockage des pièces à conviction serait mieux gardée, qu'il diligenterait une enquête et punirait les responsables. Cela avait interrompu les investigations jusqu'à ce qu'Anjali se souvienne que le consultant informatique avait retiré le disque dur de l'ordinateur, et elle avait rappelé l'officier du poste de police. Finalement, à deux heures du matin le mardi, on avait retrouvé le disque dur dans une enveloppe kraft fermée par un élastique et posée sur l'étagère du haut d'une bibliothèque, dans le bureau du consultant. On l'avait envoyé par messagerie spéciale à Anjali Mathur. Et, en deux jours et sept heures, le disque crypté avait été décrypté, déverrouillé et rendu accessible.

— Nous disposons de certaines capacités dans le domaine du cryptage, expliqua-t-elle non sans fierté, qui sont même en avance sur celles des pays occidentaux. Et ce logiciel de cryptage Deep-Crypt qu'ils ont utilisé n'était pas très bon.

— Une chance pour nous, fit remarquer Sartaj.

— Une grande chance, renchérit Kulkarni. En fin de compte.

Anjali acquiesça.

— Dans ce disque dur crypté, nous avons découvert des plans, des documents techniques et des états périodiques. Après analyse de l'ensemble de ce contenu, nous sommes convaincus qu'il existe bel et bien un engin, que cet engin a été fabriqué à partir de matériaux introduits sur le territoire et qu'il est techniquement au point. Ils ont acheté du combustible nucléaire sur le marché noir international et l'ont introduit dans le pays. Ensuite, ils ont eu recours à des spectromètres de masse pour séparer et extraire de la matière fissile de niveau militaire de ce combustible inerte.

Les spectromètres de masse sont des appareils couramment utilisés dans les institutions et les laboratoires universitaires. On peut les acheter en toute légalité, ils sont en vente libre. Un spectromètre de masse reconverti pour fonctionner comme un calutron ne produira que d'infimes quantités de matière fissile de niveau militaire, sur un délai de plusieurs semaines et de plusieurs mois, mais si vous faites preuve d'une patience suffisante, vous finirez par en accumuler assez pour alimenter un engin. Et nous savons qu'ils ont eu recours à un grand nombre de calutrons, jusqu'à douze ou quinze. Donc ils disposaient du matériel, des connaissances et de la compétence. Nous savons qu'ils ont fabriqué un engin nucléaire. Et nous savons que cet engin a déjà été acheminé dans cette ville. Cela apparaît clairement d'après les e-mails et les documents que nous avons trouvés dans ce disque dur.

— Un engin, fit Sartaj. Vous voulez dire une bombe.

— Oui.

— Où ? Où est-elle ?

— C'est le problème, lui répondit Anjali. Nous n'en savons rien.

— Rien de plus ? Pas d'indices ?

Sartaj se sentait détaché de lui-même, comme si un autre que lui tenait cette discussion bizarre dans une voiture garée en face du Terminal Deux, par une nuit plus chaude et humide qu'aucune autre, entouré de voyageurs et de leurs familles chargeant des valises sur le siège arrière de vieilles deux-places. Il s'efforça de rester concentré, de puiser dans sa soif habituelle de détails pour aborder le problème du moment. Il était important de continuer le travail, de rester professionnel face à ce mauvais rêve transformé en la pire des réalités. Il doit y avoir quelque chose.

— Non, il n'y a pas grand-chose. Il y a une référence à une maison de Mumbai. La phrase exacte est celle-ci : « J'espère que Gourou-ji profite de la terrasse de la maison », et l'on sous-entend que cette maison est en ville. C'est tout.

— Pourquoi font-ils ça ?

Kulkarni retira ses lunettes et les essuya.

— Nous n'avons pas de certitude. Sur le disque dur, poursuivit-il, il y a aussi des fichiers créés sur un logiciel d'édition. Ils comprennent le texte, les images et les polices de trois brochures.

Ces brochures sont censées être produites par une organisation extrémiste islamique, le Hizbuddeen. – Il rechaussa ses lunettes, avec l'expression d'un professeur absorbé. – Nous avons nous-mêmes récolté des exemplaires imprimés de ces brochures lors de descentes de police touchant diverses organisations interdites. Notre impression est que le Hizbuddeen était une organisation fondamentaliste liée au Pakistan. Nous savions que le Hizbuddeen finançait d'autres organisations de cet ordre, et qu'il planifiait peut-être une opération terroriste d'envergure. Maintenant, cette nouvelle information suggère que le Hizbuddeen était en réalité une couverture, une fausse organisation créée par ce gourou Shridhar Shukla et ses gens. Notre théorie, à ce stade, est que leur plan consiste à imputer l'explosion de l'engin au fondamentalisme islamique. Donc, les preuves que nous avons réunies jusqu'à présent sur le Hizbuddeen sont une fausse piste, concoctée par cet homme, ce Shukla, et son organisation. L'idée étant qu'après un incident nucléaire, le Hizbuddeen en revendiquerait la responsabilité, et qu'il serait ajouté foi à cette revendication.

— Mais pourquoi ? Qu'espèrent-ils y gagner ?

La lumière tombait à plat sur les verres de lunettes de Kulkarni, changeant ses yeux en petites demi-lunes. Il haussa les épaules.

— Nous ne sommes pas certains des conséquences qu'ils en espèrent, ni de leurs mobiles. Ils souhaitent peut-être une montée de la tension, l'escalade, des représailles, pourquoi pas.

En l'occurrence, Sartaj n'avait pas envie de réfléchir ces représailles, mais il ne pouvait s'empêcher de poser une question sur le désastre qui menaçait.

— S'ils font éclater ce… cet engin, dit-il, qu'arrivera-t-il ? Quelle est sa taille ?

Kulkarni s'en remit à Anjali, d'un mouvement de lunettes en sa direction. Apparemment, des deux, c'était elle qui détenait les renseignements.

— D'après ce que nous avons pu en déduire, répondit-elle, il ne s'agit pas d'un engin de taille réduite. En réalité, si la construction a pris du temps, c'est sans doute parce qu'ils voulaient lui conférer une plus grande puissance. Et ils ne soucient pas de miniaturisation. Elle a été probablement été acheminée jusqu'en ville à l'arrière d'un camion. Si ça éclate... – Elle avala sa salive. – La plus grande partie de Bombay, vraisemblablement.

— La totalité ?

— Presque. S'ils planifient la chose avec soin et s'ils la placent au bon endroit.

Il ne doutait pas qu'ils sauraient la placer extrêmement bien. Ils avaient calculé l'instrument, et leur objectif, et ils s'assureraient d'obtenir ce niveau de dévastation. Il ne subsistait qu'une question.

— Que faisons-nous ?

Kulkarni avait plus ou moins un plan.

— Nous mettons en place un groupe de travail, lui indiqua-t-il, au quartier général de la police de Colaba. Dans les deux prochaines heures, nous allons diffuser un message d'alerte. Mais sans aucune mention de l'engin. Nous nous contenterons de faire état d'un renseignement fiable concernant une grosse opération terroriste. Toute mention de l'engin pourrait déclencher une vaste panique, les gens se précipiteraient pour quitter la ville, ce genre de situation. C'est ce que nous entendons éviter. Ce serait impossible à contrôler.

Il imaginait sans peine la ruée, la grand route engorgée de voitures et de camions, l'épouvantable bousculade pour monter dans les trains, les cris des enfants perdus. Dans un autre couloir de son esprit, il éprouva le besoin d'avertir Mary, de sortir les enfants de Majid Khan de la ville. Mais il hocha la tête.

— Oui, oui.

— Si l'information transpirait dans l'opinion, ajouta Anjali, les individus qui détiennent cette arme risqueraient de l'apprendre. Ils pourraient la faire exploser pour empêcher qu'on ne la découvre, pour prévenir toute parade. L'ensemble de cette enquête doit s'effectuer avec ce souci à l'esprit. Il faut que l'opération reste très étanche.

— D'une étanchéité totale, confirma Sartaj. Mais qu'est-ce qu'ils attendent ?

— Nous ne savons rien de leur calendrier, avoua-t-elle. Nous souhaitons que vous continuiez de travailler pour nous. Vous vous en êtes très bien tiré. Servez-vous de vos ressources pour investiguer.

Il sortit, et la voiture partit, le laissant au milieu des gaz d'échappement des Ambassador. Il était en alerte, mais hébété. Des lumières orange s'allumaient au-dessus de l'aérogare. Un filet de sueur coula le long de sa clavicule. Passe en revue tes informations, se dit-il. Mais elles étaient rares : ces apradhis comptaient parmi eux un gourou fameux dans son fauteuil roulant, et un étranger aux cheveux jaunes ; ils étaient peut-être dans une maison avec terrasse, et cette maison était peut-être assez grande pour contenir un gros engin, et il se pouvait qu'il y ait un camion à proximité. Cela s'arrêtait là, rien d'autre. Et tout en dépendait. Ne t'inquiète pas, Sartaj, se dit-il encore. Mets-toi au travail, c'est tout. Travaille, c'est tout.

Il regagna sa moto à la hâte, leva une jambe par-dessus le réservoir. Et fut incapable de bouger. Ces dernières minutes étaient-elles réelles ? Dans sa mémoire, tout ce qui s'était déroulé à l'intérieur de cette Ambassador lui laissait l'impression d'un film en accéléré. Il essaya de respirer plus lentement et d'analyser la structure grammaticale de l'entretien, de se le remémorer morceau par morceau, mais il ne put exhumer qu'un fouillis de phrases et de mots : « Il ne s'agit pas d'un engin de taille réduite », « des conséquences qu'ils en espèrent », « puissance ». Comment Anjali et son patron étaient-ils capables d'évoquer des réalités pareilles avec tant de calme et d'efficacité ? Ces gens-là devaient avoir l'habitude de parler de choses indicibles. Les espions internationaux utilisaient peut-être ce langage en permanence. Il y avait déjà réfléchi, à cet engin, il l'avait déjà croisé dans des récits de fiction et des reportages de journaux, mais maintenant qu'il se trouvait à l'intérieur de sa ville, chez lui, il était incapable de se l'imaginer. Il essayait de se le représenter : une sorte de machine à l'arrière d'un camion, mais il ne voyait rien qu'une absence, un trou dans le monde. Et de ce vide, sortait une avalanche de regrets, une douleur tranchante au fond de ses entrailles, douleur de ce qui restait inachevé et des souvenirs du passé. Il se pencha. Dans le renflement du guidon chromé, il entrevit le reflet d'un réverbère et d'un millier de visages, un garçon avec qui il s'était bagarré en cours élémentaire deuxième année, et qu'il avait humilié devant toute l'école, Chamanlal, le paan-wallah au coin de la grande rue, une belle fille dont Katekar lui avait parlé un jour, elle travaillait chez

Gulf Air, au terminal international, ce mendiant estropié qui opérait au carrefour de Mahim Causeway. Tout cela aurait disparu, pas seulement les êtres chers et les ennemis. Tout le monde. C'était la promesse insoutenable de l'engin, désormais devenue réalité. C'était ridicule, mais c'était vrai. Il resta sans bouger, dans le parking, et tâcha d'appréhender la réalité, de la contenir dans sa tête, afin de pouvoir y réfléchir, et décider de la suite. Enfin – il ignorait combien de temps s'était écoulé –, il abandonna. Il valait mieux laisser un blanc au milieu, et penser autour. Comme ça, on pouvait travailler. Oui, travailler. Va travailler. Il démarra sa moto.

Trois jours de travail n'apportèrent aucun progrès, aucune révélation, aucune arrestation. Le message d'alerte avait été diffusé, mais on possédait trop peu de matière. On n'avait pas assez d'éléments pour questionner des indics, juste ceci : Avez-vous vu un groupe de trois ou quatre hommes ? Un étranger blond, un gourou dans un fauteuil roulant, peut-être, peut-être ? On avait recueilli des pistes par centaines, mais elles menaient toutes à de vieux messieurs innocents dans des fauteuils roulants grinçants, à des cadres scandalisés, d'origine étrangère, aux cheveux tout juste châtain clair. On ne progressait pas. Et la vie continuait. Un mardi soir, Sartaj rendit visite à Rohit, Mohit et Shalini. Il avait remis une enveloppe à la veuve de Katekar, dix mille roupies, et s'était assis sur le pas de leur porte pour boire une tasse de chai.

— Tu as l'air très fatigué, lui dit Shalini.

Assise à l'intérieur de la maison, près du fourneau, elle entamait la préparation du dîner pour les garçons.

— C'est vrai, fit Rohit. – Il était adossé au mur, à côté de Sartaj. – Tu as l'air.

— Je ne dors pas très bien, avoua-t-il. Trop de travail.

Rohit effleura le col de son T-shirt d'un blanc éclatant.

— Mais en plus tu es très maigre.

— Je n'ai toujours pas trouvé de bonne cuisinière.

Shalini sourit. Elle portait un sari d'une soie verte et brillante, et semblait aller bien. Elle glissa à Sartaj un regard entendu et narquois.

— Quoi, cette femme, là, cette chrétienne, elle ne te prépare pas la cuisine ? Ou alors c'est que tu n'aimes pas les plats qu'elle te mijote ?

Il sursauta, s'éclaboussa de chai.

— Quelle femme ? bredouilla-t-il, en essuyant sa chemise.

Rohit applaudit en riant.

— T'en fais pas, laisse tomber, lui dit-il. Elle a des espions aux quatre points cardinaux, vraiment. Elle sait tout.

Il vit les épaules de Shalini parcourues de soubresauts. Il ne se rappelait pas l'avoir jamais vue rire de la sorte même du vivant de son mari.

— Vrai, fit-elle. Et tu ne sais même pas comment je l'ai appris.

Elle agita dans sa direction un belan tout poudreux de farine, l'air suprêmement contente d'elle.

— Et ne crois pas que j'aie emprunté la voie la plus facile. Aucun policier ne m'a rien soufflé.

Concernant cette femme, cette chrétienne, surtout venant de lui, Shalini ne tolérerait pas la moindre dénégation. Il capitula, avec un minimum d'élégance, du moins l'espérait-il. Il baissa la tête.

— Alors, qui t'en a parlé ?

— Je ne peux quand même pas livrer mes khabaris. Ah non, non.

Qui avait pu parler ? Kamble était au courant, et il avait pu le raconter à quelqu'un, au poste, qui avait pu en parler à un civil. Ou alors Shalini avait une amie qui travaillait près de chez Mary et qui l'avait vu arriver, rester chez elle et repartir. Ou alors c'était une cliente ou une employée, au salon de coiffure. Cette histoire entre Sartaj et Mary, Shalini avait pu l'apprendre de mille et une façons, à travers d'innombrables connexions qui se faufilaient dans la ville et reliaient chacun à tout le monde. Sartaj s'était lui-même servi de ce réseau omniprésent à maintes et maintes reprises, et voilà qu'il en était la victime.

— Ta mère est vraiment une professionnelle pucca, lança-t-il à Rohit. Le service devrait l'embaucher.

Shalini rit et jeta une poignée d'épices brunes dans une casserole. Il y eut un sifflement, un crépitement.

— Alors, parle-nous un peu de cette femme.

— Mais tu sais déjà tout…

Il était sur le point de débiter des généralités sur les hommes qui ne pouvaient échapper à la vigilance des femmes, quand il vit Mohit arriver en titubant. Il avait du sang sur sa chemise.

— Qu'est-ce qui s'est passé ? fit Rohit, et il s'agenouilla pour prendre son frère par les épaules. Qui t'a fait ça ?

Il avait des anneaux cramoisis autour des narines, et une marque noirâtre au menton. Dans un tourbillon de son sari, Shalini passa devant Sartaj.

— Beta, s'écria-t-elle, que t'est-il arrivé ?

Mais Mohit était tout sourire.

— Pas de souci, lui répondit-il. On leur en a fait beaucoup plus. C'étaient ces foireux de Nehru Nagar. – Il avait l'air triomphant, satisfait. – On leur a montré, et ils ont filé.

Shalini attrapa la chemise de Mohit par l'épaule, où elle était déchirée, le long d'une couture et dans le dos.

— Tu t'es encore battu avec ces garçons ? – Elle lui attrapa le visage, le releva vers elle d'un petit geste brusque. – Je t'ai défendu de t'approcher d'eux. Je t'ai demandé de ne même plus aller par là-bas.

Elle en rentrait la mâchoire de colère, et il vit ses ongles creuser les joues du garçon. Mais Mohit n'avait pas peur.

— Je vais demander au Saab de t'emmener en maison de correction, ajouta-t-elle, en tournant le visage de son fils vers le policier. Il va te rosser.

Sartaj se leva.

— Mohit, tu ne devrais pas…

— Maderchod de sardar, éructa Mohit, et sa haine se fraya un chemin entre les doigts de sa mère. Je vais te tuer. Je vais te crever.

Shalini en eut le souffle coupé. Elle le frappa sur la nuque, sans retenue, le traîna devant les voisins déjà rassemblés pour assister au spectacle, entra dans la maison et claqua la porte. Mais Sartaj entendait le grondement sourd de sa voix, sévère, inflexible.

— Je dois y aller, dit-il à Rohit.

Il le prit par le coude et s'éloigna.

— J'ai un rendez-vous.

— Désolé, fit le garçon.

D'un geste nerveux, il tripota la clef suspendue à son cou.

— On a beau essayer tout ce qu'on veut, Mohit est en train de devenir un sale morveux. Il a de mauvaises fréquentations. Il est avec une bande de quatre ou cinq gars. Ils n'arrêtent pas de se battre avec les autres, des taporis plus grands qui sont de Nehru Nagar. Même moi je lui ai tapé dessus, mais il n'arrête pas. À l'école, il a des notes nulles.

— Il est jeune, fit Sartaj. C'est juste une sale période. Il s'en sortira quand il sera plus grand.

Rohit hocha la tête.

— Oui, je crois, moi aussi. Mais vraiment désolé.

Sartaj lui donna un petit coup sur la poitrine.

— Ne t'inquiète pas, il a tout le temps, il s'en rendra compte, tôt ou tard.

D'un coup de kick, il ramena sa moto à la vie, non sans peine. En avançant au pas vers la descente creusée de nids-de-poule, il lui vint à l'idée que, même s'il avait tout le temps, Mohit ne sortirait jamais de cette spirale éclaboussée de sang. Peut-être était-il déjà perdu, perdu pour son frère, pour sa mère et lui-même. Sartaj avait eu sa part dans cette dérive de Mohit vers cette voie pénible, cette fosse d'où l'on ne ressortait pas. Chacun de ses actes dévalait la pente, ce maillage serré de liens, s'y répercutait et s'y amplifiait, n'y disparaissant que pour mieux réapparaître ailleurs. On essayait d'arrêter quelques apradhis, et le fils d'un policier tournait mal. Il n'y avait aucun moyen d'échapper aux réactions induites par vos actions, aucun sursis à la responsabilité. C'était ainsi. C'était la vie.

Rachel Mathias l'attendait au commissariat. Elle était assise dans le couloir, devant son bureau, coincée au bout d'un banc, à côté d'une rangée de femmes impassibles. Elle avait chaud, et elle était mécontente, mais quand elle se leva, il fut impressionné par le tombé élégant de son sari bleu et par le bracelet tout simple en argent qu'elle portait au poignet droit. Le cadre sordide du poste ne l'avait nullement décomposée, elle se tenait très droite et le regardait droit dans les yeux.

— Depuis combien de temps attendez-vous ? s'enquit-il.

— Pas longtemps du tout. Voici mon fils, Thomas.

À en juger par la mine maussade de Thomas, ils devaient être là depuis au moins deux heures.

— Venez, fit-il, il les conduisit dans son bureau et s'assit.

Thomas s'affala dans une chaise, puis se redressa sur un regard cinglant de sa mère. Il avait environ quinze ans, beau garçon, sûr de lui et musclé. Tous les garçons soulevaient des haltères, de nos jours, et Thomas avait débuté tôt, sans aucun doute.

— À propos de ce que nous avons évoqué l'autre jour, commença Rachel.

— Oui ? dit-il.

Il savait maintenant qu'elle n'était pas coupable d'avoir fait chanter Kamala, mais tout le monde était coupable de quelque chose. Cela lui était déjà arrivé, au cours de sa carrière, que la menace de la pression exercée par le policier pousse des individus à avouer un méfait sur lequel il n'investiguait pas.

— Thomas a quelque chose à vous déclarer.

Thomas n'avait aucune envie de rien déclarer. Il avait les yeux baissés, les poings serrés, mais sa mère se montra intraitable.

— Thomas ?

Son fils contracta la mâchoire, s'éclaircit la gorge.

— Ce qui s'est passé, c'est que…, commença-t-il, et puis il fut incapable de continuer.

Il s'essuya les mains sur son jean, il rougit, et Sartaj sentit monter en lui un élan de sympathie. Thomas s'était forgé les biceps, il s'était enduit les cheveux de gel, mais c'était encore un enfant.

— Peut-être que Thomas pourrait me parler à moi seul, suggéra l'inspecteur.

Rachel hocha la tête.

— Je vais attendre dehors.

Elle referma les battants de la porte derrière elle, et Sartaj tapota sur la table. Cette fois, Thomas réussit à relever les yeux.

— Raconte-moi, suggéra le policier.

— Monsieur, à propos de notre caméra vidéo… je suis désolé.

— Désolé de ?

— D'avoir tourné la vidéo.

Sartaj sentit la stupéfaction lui descendre sur les épaules comme un léger brouillard.

— La vidéo. Oui.

— L'idée ne vient pas de moi.

Thomas réussit enfin à tout lui raconter, sur un ton haché. L'idée ne venait pas de lui. C'était l'idée de Lalita. Lalita était sa petite amie, elle avait un an de plus que lui. Ils s'aimaient depuis un an. Dès que Thomas avait eu sa nouvelle caméra vidéo, ils étaient sortis, ils avaient filmé tous leurs amis, la ville et des gens dans la rue, au hasard. Ils avaient consacré quelques jours à tourner un petit film écrit par Thomas, mais ils avaient abandonné en route, parce que cela les ennuyait. Ensuite, Lalita avait voulu les filmer eux, rien qu'eux deux, dans la chambre de Thomas. Et ensuite, ils avaient oublié que la caméra était restée allumée.

— Oublié ?

— Oui.

Pendant un moment, ils l'avaient oubliée. Quand ils s'en étaient souvenus, Lalita n'avait plus eu envie de l'éteindre. Donc il y avait un plan de tous les deux en train de s'embrasser.

Il se frotta les yeux, vit tournoyer et disparaître des soleils de feux d'artifice. Il laissa retomber ses mains, et Thomas était toujours là, jeune et beau dans ton T-shirt blanc moulant, avec son petit collier autour du cou. Toujours là, inexplicable, et pourtant bien réel et présent.

— Juste de s'embrasser ?

— Oui, oui. On n'a pas enlevé nos vêtements.

Donc ils étaient restés vêtus, mais cela avait tout de même rendu sa mère furieuse quand, par hasard, elle avait pris la caméra, l'avait allumée et les avait découverts sur l'écran LCD. Oui, un ou deux amis de Thomas avaient vu la vidéo, mais cela n'était pas allé plus loin. Et Rachel Mathias avait immédiatement détruit les images. Cela s'était arrêté là, jusqu'à ce que Sartaj se présente, pose des questions sur ces caméras vidéo.

Il savait qu'il aurait dû répondre quelque chose, hurler sur le garçon, le terroriser. Il était certain que le tournage de cette vidéo avait été l'idée de Thomas, et non celle de Lalita. À moins que non. Peut-être la Lalita décrite par Thomas existait-elle vraiment. Oui, Sartaj en était convaincu. Que savait-il de l'univers de ces garçons et de ces filles, de leurs caméras vidéo, de leur Internet et de leurs amours de quinze ans ? Qui étaient ces gens ? Il vivait à côté d'eux, ainsi que de milliers d'autres existences dans cette ville, il les connaissait sans les connaître. Sartaj fit un effort, et réussit enfin à se montrer sévère avec Thomas.

— Si tu te prêtes à ce genre de choses à ton âge, le prévint-il, tu vas gâcher ta vie.

Il n'était pas certain d'y croire lui-même mais il raccompagna Thomas à la porte, une main posée sur son épaule

— Écoute, ajouta-t-il, veille sur ta mère. Elle est toute seule, et elle travaille très dur pour ton frère et toi. Sois gentil. Ne lui crée pas de tracas.

Il n'avait pas prévu cet appel à la vertu. Pourtant, Thomas parut touché, plus que par les avertissements et les remontrances.

— Oui, monsieur, fit le jeune homme, les yeux humides. Désolé, monsieur. C'est promis.

Il se réveilla d'un profond sommeil privé de rêve au chuintement d'un ventilateur décrivant un cercle blanc et flou sur un plafond vert. Au prix d'un certain effort, il tourna la tête. Mary était assise par terre ; elle feuilletait un magazine. Sur la télévision muette, un grand troupeau de gazelles silencieuses franchit une hauteur en quelques bonds et disparut dans l'herbe jaune.

— Quelle heure est-il ?

Dehors, il faisait nuit.

— Neuf heures et demie. Tu étais très fatigué.

— J'étais fatigué, oui. Qu'est-ce que tu lis ?

— Un magazine de voyages. Il y a un article sur la plongée dans les îles Andaman. C'est si beau, sous l'eau. Regarde.

Elle se leva et vint s'asseoir sur le lit à côté de lui. Des poissons orange et rouge nageaient dans un eau si bleue qu'elle jaillissait de la page.

Il s'appuya sur un coude.

— Pourquoi tu ne pars pas ? lui demanda-t-il. Tu devrais prendre des vacances.

— Tu viendrais ?

— Moi ? Non, je ne sais même pas nager.

— De toute manière, c'est pour l'Afrique que j'économise

— Oui. Mais en attendant, prends des vacances. Pourquoi pas à Kodaikanal ?

— J'y suis déjà allée.

— Alors pars dans ton village.

— Je n'ai aucune raison de retourner là-bas. Pourquoi essaies-tu de me faire partir ?

Il se redressa. Il lui retira le magazine, et prit ses deux mains dans les siennes.

— Un grand danger menace la ville depuis quelque temps. Nous craignons une grosse action terroriste. Ils vont tenter quelque chose, nous le savons. Alors il vaudrait peut-être mieux partir, loin.

Les épaules de Mary s'affaissèrent.

— Tu viendrais ?

— Je suis obligé de rester ici.

— Pourquoi ?

— C'est mon boulot.

— De les retrouver ?

— Oui.

— Qu'est-ce qu'ils vont tenter ?

— Quelque chose, quelque chose de très sérieux, de très important.

Elle éclata de rire. Puis elle cessa, et se montra très grave.

— Navrée. Je te crois. C'est pour ça que je ris. Que peut-on faire d'autre qu'en rire ?

— Tu es très courageuse.

— Non. Je ne suis pas courageuse du tout. J'ai peur. Mais c'est trop délirant, ça dépasse l'entendement.

— Alors, tu vas partir ?

— Non. Pas seule. À quoi ça servirait ? Tout ce que j'ai est ici.

Elle avait les yeux mouillés de larmes. Alors il l'embrassa, et elle se blottit contre lui. Elle garda ses lèvres contre les siennes, et sa langue était chaude et agile, puis elle se coucha sur lui. Ils rirent tous les deux quand il grimaça et se dégagea la cuisse de sous son genou. Elle l'embrassa, à coin des lèvres, puis sa main plongea vers la sienne. Elle la lui prit, la posa sur son sein. Il y eut un moment de silence, ils demeurèrent immobiles, et il vit ces mouchetures dans ses yeux, mobiles à la lumière de la lampe ; derrière ces petites taches, il régnait une obscurité douce et inconnaissable. Ils se sourirent. Il commença de déboutonner sa chemise bleue, un bouton après l'autre. Ils étaient très petits, ces boutons, et il eut du mal. Il se sentait assez emprunté. Elle se moqua de lui avec un léger gloussement, cambra les reins quand il descendit plus bas, pour l'aider. Il imita son petit rire nerveux, et elle revint vers lui, sa joue contre sa barbe, et ils rirent en chœur. Elle tira sur sa chemise, la fit passer par-dessus ses épaules, révélant une plage de peau brune. Il se pencha au-dessus d'elle. Elle posa la paume sur sa nuque, et l'attira vers elle.

Allongé avec Mary sous le drap, peau contre peau, Sartaj lui parla de son enfance. Elle avait envie de connaître sa vie depuis le début. « Raconte-moi », lui avait-elle demandé. Ils en étaient à ses années d'adolescence. Il était très tard, minuit passé depuis longtemps, mais il se sentait alerte et étrangement satisfait. Ces courbatures agréables, dans ses muscles, c'était le souvenir du plaisir sexuel. Il s'était montré gauche, peu sûr de lui, et trop rempli de sollicitude, après coup, mais en un sens rien de tout cela ne comptait. C'était bon de se sentir enlacé par elle, de sentir cette pulsation de vie en elle. C'était bon de rester allongé auprès d'elle, de lui ramener les cheveux derrière les oreilles, et de répondre à ses questions. Maintenant, elle avait envie de savoir.

— Alors, c'était comment, son nom ?

Sartaj lui avait parlé de son premier flirt.

— Sudha Sharma. Elle habitait deux immeubles plus loin, et son frère était mon meilleur ami, à l'époque.

— Et plus tard, il a tout découvert, au sujet de sa sœur et toi, et il t'a flanqué une raclée ?

— Non, non, il n'a jamais rien découvert. Il m'aurait tué. Mais nous faisions très attention.

— Tu avais quel âge ?

— Quinze ans.

— Quinze ans ! À quinze ans, je ne connaissais rien au sexe, absolument rien. Tu étais si mauvais sujet, à quinze ans ?

Elle lui pinça l'épaule, fort.

— Arre, je ne t'ai pas dit qu'on avait fait l'amour. Où est-ce qu'on aurait fait l'amour ? Dans la chambre de son père ? Il y avait tellement de tantes et de grands-mères, dans cette maison, pas moyen de se retourner sans qu'une femme te demande ce que tu fabriquais.

— Mais tu as quand même dépravé cette pauvre fille.

— Moi, je l'ai dépravée ? Ha. Je n'aurais même pas eu le courage de poser les yeux sur elle. Elle avait trois ans de plus que moi, et c'était elle qui me servait des aampapads en supplément chaque fois que j'allais là-bas. Et elle me tenait la main sous la table. J'étais tellement terrorisé que j'étais incapable de boire mon verre d'eau.

— Ces filles de Bombay, elles sont trop pressées. Et ensuite ?

— On avait l'habitude de se retrouver après ses cours, dans l'après-midi.

— Et après, tu l'as embrassée ?

— Elle m'a embrassé.

— Oui, oui. Où ça ?

— Enfin, ici, bien sûr, fit-il, en pointant le doigt sur ses lèvres.

— Non, pas ça, espèce d'idiot.

Mary feignit la colère, mais l'embrassa quand même, à l'endroit qu'il venait de lui indiquer.

— Je voulais dire, où ? Dans la chambre de son père ?

— La première fois, dans la salle réservée aux familles avec enfants d'un restaurant de Colaba. Elle avait deux fillettes avec elle, mais elles nous ont laissés tranquilles. Ensuite, après ça, tu sais, sur les rochers de Bandra.

— Sur le front de mer ? Franchement, elle n'avait pas honte.

— Sudha ? Non. C'était Sudha, voilà.

Il dut avoir un sourire un peu trop attendri, car Mary le pinça de nouveau.

— Alors, qu'est-ce qui s'est passé ? Tu l'as épousée ?

— J'étais trop jeune. Deux ans plus tard, elle s'est mariée. Le tout arrangé par ses parents. J'y suis allé, au mariage.

— Oh ! Pauvre garçon.

— Non, pas du tout. Nous n'avions jamais envisagé de nous marier. J'étais trop jeune. Et pas de sa caste, en plus.

— Et pourtant, elle t'a séduit. Mon Dieu.

Mais là, elle le taquinait, et elle lui caressa la poitrine.

— Elle n'a tout simplement pas pu résister à Sartaj Singh, j'imagine.

— Oui. J'avais déjà presque ma taille actuelle, tu sais.

— Et tu étais presque aussi beau que maintenant. Un héros à part entière, enfin, quasi.

Il la souleva pour l'allonger sur lui.

— Tu te fiches de moi ? Hein ?

Elle était taquine, oui, et là, elle poussa de petits cris perçants, se tortilla sous les chatouilles.

— À peine, lâcha-t-elle enfin.

Ses seins s'aplatirent contre lui, cachant, puis révélant les cercles foncés des aréoles. Elle vit son regard et attrapa le drap. Elle était d'une étrange timidité pour une femme de son âge, mariée puis divorcée. C'était peut-être comme ça, les filles de village. Sartaj n'en avait encore jamais fréquenté. Et cette fille particulière était allongée sur le flanc, le drap remonté jusqu'au menton, et le scrutait avec attention.

— Quoi ? fit-il.

— Comment ça, quoi ? Ne te figure pas que tu vas m'égarer aussi facilement. D'accord, donc, cette fille pressée a épousé un malheureux garçon. Ensuite, que s'est-il passé ? Tu as épousé qui ?

Alors il l'attira tout près et lui parla de Megha, du frisson de leur impossible idylle, à l'université, qui franchissait les frontières de classes et les limites impénétrables de l'accent, de la tenue vestimentaire et de la musique. Il lui raconta que Megha avait jugé son penchant pour les vieux morceaux de Shammi Kapoor tout à fait incompréhensible, et qu'elle lui avait appris à ne pas porter des pantalons à pattes d'éléphant. Puis ils avaient fini par se marier, et par vivre l'échec. À moins qu'ils n'aient connu une forme de réussite, limitée, en ne s'infligeant pas trop de blessures.

Au fur et à mesure qu'il avançait dans son récit, Mary lui murmura sa compassion, et puis elle soupira, et sa respiration se fit plus égale. Son corps fut parcouru de menus tressaillements, d'étirements, de raidissements des bras, des jambes, et Sartaj sourit. Ses cheveux lui effleuraient les narines, et il se remémora ces journées lointaines de marche avec Sudha, le long de Marine Drive, sa folle excitation et sa terreur quand elle avait appuyé sa cuisse contre la sienne, dans le box du fond d'un restaurant irani. Il pensait beaucoup au sexe et à l'amour, à cette époque, il lui semblait que pas une minute ne s'écoulait sans qu'une image de sexe ne lui frôle la cervelle. Et puis il y avait eu ce désir languissant et angoissé d'un être imaginaire, d'une femme vaporeuse et incandescente, qui était belle, qui était bonne, et compréhensive, séduisante, encourageante, et tout le reste. Il avait cru jadis que Megha serait tout cela, et Vaheguru savait ce que Megha avait imaginé de lui. Ils s'étaient mutuellement déçus. Il avait craint ne jamais guérir de cette désillusion, s'était perçu comme un être cynique. Ensuite, il avait découvert qu'il était surtout un sentimental, qu'il versait des larmes en solitaire devant le **Dilip Kumar** de *Dil Diya Dard Liya*, qu'il sentait dans sa gorge une grosse boule quand il lisait dans les journaux des articles sur de pauvres garçons qui avaient étudié à la lumière des réverbères et réussi à passer les examens aux concours d'entrée dans l'administration. Maintenant, il y avait cette femme, cette Mary qui reposait contre lui. Ce n'était pas une illusion, pas une idylle passionnée façon filmi, ce n'était ni du cynisme, ni du sentiment, c'était autre chose. L'amour se révélait différent de ce qu'il avait imaginé à l'âge de quinze ans.

Il fit glisser la tête de Mary de son épaule et l'installa sur un oreiller. Il se tourna vers elle, posa la main sur sa cuisse et tâcha de s'endormir. Mais à présent il ne pouvait s'empêcher de penser à la bombe. Il profita d'un bref sentiment de sécurité pour essayer encore une fois de se représenter à quoi ressemblait l'engin, et ne trouva qu'une bête image de câbles enchevêtrés contre de l'acier, de cadrans encastrés, de chiffres fluorescents défilant à toute allure. Cet engin risquait de lui enlever Mary, alors qu'il venait enfin de la trouver. C'était la vérité, et pourtant il n'éprouvait pas la forte émotion à laquelle il se serait attendu, une fureur, une noire mélancolie, un désespoir. Il lui caressa la joue. Nous sommes déjà perdus l'un pour l'autre, songea-t-il. Dès le moment où l'on se possède, nous perdons ceux que nous aimons, sous l'effet de la mort, du temps, de l'histoire, de nous-mêmes. Ce que nous conservons, ce sont ces fragments de générosité, ces dons de la foi et de l'amitié, du désir que nous sommes capables de mutuellement nous manifester. Quoi qu'il arrive plus tard, rien ne peut trahir cette manière de s'allonger dans le noir, de respirer ensemble. Cela suffit. Nous sommes ici, et nous resterons ici. Peut-être Kulkarni se trompait-il au sujet des gens de Bombay, peut-être resteraient-ils dans leur cité même sachant qu'un grand incendie approche. Peut-être attendraient-ils la bombe au milieu de ces ruelles enchevêtrées surgies de terre sans réflexion préalable, sans aucun plan. Les gens venaient ici de leur gaon et de leur vilayat, et ils trouvaient un endroit où se poser ; ils se couchaient sur un carré de terre sale, une terre qui se déplaçait et s'adaptait pour les absorber, et puis ils vivaient. Et donc ils restaient.

Quoi qu'il en soit, la recherche du gourou et ses hommes continuait. Sartaj suivait des pistes, se rendait dans des immeubles d'habitation de Kailashpada et de Narain Nagar, où des gens avaient formulé des soupçons concernant leurs voisins. Et ils avaient même poussé jusqu'aux bastis lointains de Virar. Le vendredi après-midi, il s'arrêta au Delite Dance Bar. Shambhu Shetty lui servit un Pepsi.

— Patron, qu'est-ce qui se passe ? Je reçois la visite de deux agents de police par jour, au moins. Ils débarquent avec leurs gros sabots, ils questionnent mon personnel au sujet d'un type en fauteuil roulant et d'un étranger. Pourquoi des sadhus entreraient-ils dans un bar, d'ailleurs ? Mais vos gens, ils déboulent ici tous les jours. C'est pas bon pour le commerce, ça, vous le savez.

— Il s'agit juste encore d'une de ces alertes qui nous viennent de Delhi, Shambhu, expliqua Sartaj. On reçoit certaines informations, donc on nous a priés de donner suite. C'est tout. C'est très urgent, donc on est obligés de chercher un peu partout. On ne sait jamais de quel côté on risque de pêcher l'information. Nos agents ont reçu des ordres.

Shambhu était quand même irrité.

— Pourquoi ils perturbent le travail comme ça ? Et puis ils débarquent aux heures d'affluence, ça affecte nos encaissements. En fait, c'est tout notre commerce qui est en danger. D'après les rumeurs, si le gouvernement change aux prochaines élections, ces enfoirés du Congrès risquent d'interdire les dance bars. Quand c'est pas un gaandu qui entend protéger la culture indienne, c'est l'autre qui nous emmerde. Salopards de politi-

1004

ciens. Vous savez, vous autres, combien j'ai de députés et de ministres qui me réclament de leur envoyer des filles pour des soirées privées ?

Shambhu se plaignait, mais il avait l'air prospère et bien nourri. Le mariage lui réussissait.

— Oui, Shambhu, je sais. Mais pour l'heure, il faut laisser nos agents faire leur travail. C'est une situation d'urgence. Cela pourrait devenir grave. Vraiment, si tu sais quelque chose, il faut me tenir informé. Vu ?

Shambhu s'étira et se gratta la panse.

— C'est encore ces enfoirés de musulmans ?

— Non, fit-il. Ce ne sont pas les musulmans. Pas du tout. Ouvre l'œil, Shambhu. Un fauteuil roulant et un étranger. C'est tout, mais c'est très important.

Mais l'autre n'était pas convaincu. Il s'éloigna, à moitié avachi, en marmonnant. Il avait récemment obtenu un contact au sein de la Mahaganar Telephone Nigam Ltd qui lui arrangeait des appels longue distance à partir du téléphone rouge de son bureau. Il avait invité Sartaj à profiter de l'aubaine, et avait saisi l'occasion pour se plaindre de l'attitude des agents. Sartaj décrocha l'appareil et composa le numéro. Si un Shambhu s'agaçait déjà de ces questions qu'on venait lui poser, et si ses clients s'en apercevaient, il était probable que les apradhis se sachent eux aussi poursuivis. Une enquête d'envergure laissait des empreintes derrière elle, et la subtilité n'était pas le fort des policiers fatigués, à la fin de leur service.

— Allô ?

— Peri pauna, Ma.

— Jite raho. Où étais-tu donc, Sartaj ?

— Au travail, Ma. J'ai une grosse affaire en cours. La plus grosse de toutes.

Elle eut un petit rire.

— C'est exactement ce que Papa-ji répétait sans arrêt. Chaque nouvelle affaire était la plus grosse de toute l'histoire de la police de Bombay.

Il perçut tout le plaisir qu'il y avait dans sa voix, le souvenir affectueux de ces très anciennes chicanes conjugales.

— Oui, Ma. À moi aussi, il me le répétait tout le temps. Mais cette affaire, c'est réellement une affaire importante. Vraiment très importante.

Ma, elle, avait surtout envie de parler de Papa-ji.

— Un jour, il a enquêté sur le vol d'une chienne, un jeune berger allemand. Il m'avait raconté que c'était une affaire vraiment, vraiment importante. Il restait dehors des nuits entières, à enquêter. Et ce n'était même pas pour les propriétaires de l'animal. Je veux dire, ils étaient riches, ils se trouveraient un autre chien d'ici une semaine ou deux. Mais ton Papa-ji ne pouvait pas s'empêcher de me rabâcher : « Imagine ce que doit ressentir cette pauvre petite bête, enlevée de chez elle comme ça. » Il l'a retrouvée une semaine plus tard.

— Je sais, Ma.

Il avait entendu cette histoire à maintes reprises. Dans la bouche de son père, l'affaire devenait un exemple d'enquête consciencieuse et de l'art de cultiver ses informateurs. Il ne lui avait jamais évoqué les émotions du chiot. Ma, elle, montrait un homme rongé d'inquiétude pour un chiot piaulant de peur dans le domicile de son ravisseur. Il avait retrouvé le chien après quatre jours d'entretiens de voisinages effectués par cercles concentriques, et des pressions calculées sur les commerçants du coin de la rue. Une fois démasqué, l'*apradhi* s'était révélé le neveu du propriétaire de l'épicerie générale, une ruelle plus loin. Ce neveu était un mordu des jeux vidéos ; il avait revendu le chiot à des voisins de Nepean Sea Road histoire de pouvoir jouer indéfiniment à Missile Command dans une toute nouvelle salle de jeux. Donc le chien avait été restitué, comme prévu, et le neveu puni.

— Et tu sais, Pinky était si content d'être de retour dans sa vraie maison, ajouta Ma, en arrivant au terme de ce récit familial bien rôdé.

— Qui est Pinky ?

— Sartaj, franchement, tu n'écoutes rien. Pinky, c'était elle, le chiot.

— Pinky, c'était le chiot ?

— Oui, oui. Qu'est-ce qu'il y a de si compliqué, là-dedans ?

— Non, non, Ma, je me souviens, maintenant.

Après lui avoir fait ses adieux, il raccrocha, remercia Shambhu, sortit, resta devant la porte du Delite Dance Bar, et repensa à Pinky. Dans toutes ses versions de l'affaire, Papa-ji ne lui avait jamais mentionné le fait que l'animal en question s'appelait Pinky. Il avait sans doute estimé que, d'une manière ou d'une autre, cela importait peu. Pourtant, en un sens, cela importait. Savoir qu'il s'agissait d'une Pinky rendait cette histoire de petite chienne perdue encore plus poignante. Il était impossible que Pinky soit encore en vie, mais ses enfants et ses petits-enfants menaient peut-être une existence florissante, quelque part dans la mégapole. Il avait fort bien pu caresser l'un de ses descendants, à l'occasion. Il songeait à trois, non, au moins quatre très beaux bergers allemands qu'il lui était déjà arrivé de croiser. Deux d'entre eux étaient des bêtes sérieusement névrosées, mais à vivre comme elles confinées dans de petits appartements, n'importe qui deviendrait dingue.

Il bascula une jambe par-dessus sa monture, et resta un instant immobile. Le soleil du soir incendiait les fenêtres du bureau, de l'autre côté de la rue, et jetait un brouillard nébuleux sur la circulation. En bordure de la chaussée, les colporteurs multipliaient les bonnes affaires : vêtements, cartes, chaussures... Vers la gauche, trois bâtiments plus loin, il y avait un groupe de chaat-wallahs sur le seuil d'un Eros Shopping Centre. Il sentait l'odeur du pao-bhaji bien chaud, et il eut l'envie subite d'un papri-chaat. Gamin, il adorait ça. Si bien que Papa-ji avait fini par le rationner : pas plus d'une fois par semaine, le vendredi. Justement, on est vendredi, songea-t-il, et il descendit de sa moto.

Il se plaça dans la queue, derrière un groupe de collégiennes qui riaient bêtement. Bien habillées de petits hauts courts et de jeans moulants, elles portaient toutes aux poignets de fins bracelets rouges et bleus en caoutchouc. L'une d'elles le vit poser le regard sur le bras de son amie, et lui chuchota un commentaire. Il se retourna pour dissimuler son sourire. Elles devaient récriminer sur ce tonton libidineux, ce pauvre Roméo des bas-côtés. Mais lui ne ressentait que bienveillance ; finalement, se disait-il, le temps des pattes d'eph' est revenu.

Il eut son papri-chaat et chercha une place libre dans la couronne de chaises blanches en plastique qui bordait le patio.

Ensuite, il s'adonna au plaisir du papri-chaat, au croquant, à l'aigreur exquise du tamarin. Il dut lâcher un bruit de contentement, car le garçonnet qui le surveillait de derrière le genou de sa mère éclata de rire en le montrant du doigt. Sartaj répondit en fronçant le nez et prit une autre bouchée.

— Mmmh.

Son portable sonna. Il s'emmêla avec l'assiette en carton, s'essuya la main sur une serviette et atteignit enfin l'appareil. C'était Iffat-bibi.

— Alors, tu oublies tes vieilles amies ?

Elle avait la voix plus rauque que jamais.

— Arre, non, Bibi, lui dit-il.

— Alors c'est que tu dois être fâché contre moi.

— Pourquoi dis-tu ça ?

— Parce que si tu ne demandes rien à ceux qui sont proches de toi, quand tu as besoin de quelque chose, c'est que tu dois être fâché.

— J'ai besoin de quelque chose ?

— Peut-être pas toi, mais tes services brassent de l'air dans tout Mumbai.

— À quel propos ?

— Tu ne dois pas avoir vraiment envie de les attraper, ces hommes, si tu joues à ces petits jeux infantiles.

— Quels hommes ?

— L'homme au fauteuil roulant. L'étranger. Et les autres.

— Tu sais où ils sont ?

— Cela se pourrait.

— Iffat-bibi, il faut me le dire. C'est très important.

— Nous le savons, que c'est important.

— Tu ne comprends pas. Tu sais où ils se trouvent ? C'est urgent.

— Il s'est enfui avec beaucoup d'argent, ce gourou ? C'est très mal, de sa part.

— Très bien. Que veux-tu ?

Iffat-bibi soupira.

— Voilà que tu t'exprimes enfin en homme raisonnable. Pas ici, pas au téléphone.

— Où es-tu, là ?

— Dans le quartier du Fort.

— Cela va me prendre pas mal de temps, d'arriver au Fort. Et en l'occurrence, chaque minute compte. Tu ne sais pas ce qui pourrait arriver, Iffat-bibi.

— Eh bien, tu aurais intérêt à prendre le train, non ?

— Dis-moi juste ce que tu veux. Je le ferai, je te le promets.

— Ce que je veux, je ne peux pas te le demander comme ça. Viens. Mes gars te retrouveront à la gare.

Donc Sartaj prit le train rapide jusqu'à Victoria Terminus, où deux jeunes hommes l'attendaient devant le hall de la gare. Ils sortirent de la foule et s'approchèrent de lui.

— Sartaj Saab. C'est Bibi qui nous envoie, lui dit l'un d'eux.

Il les suivit jusqu'aux portails, puis vers l'immeuble du *Times of India*, où une Fiat anonyme était stationnée. Ils montèrent à bord, Sartaj à l'arrière, côté gauche, et ils démarrèrent. Personne ne pipait mot. Le chauffeur exécuta un demi-tour, passa devant l'ancien Metro Cinema, et retour en direction de D.N. Road. Sartaj regarda défiler ces rues familières. Papa-ji avait consacré une partie considérable de sa carrière à ce quartier. Il y avait emmené le jeune Sartaj en balade, lui désignant les endroits où des crimes avaient été commis et des apradhis appréhendés. La voiture tourna ensuite à gauche pour un complet demi-tour, puis à droite, et il revit le petit temple en Technicolor qu'il avait adoré, enfant, les murs constellés de sculptures de dieux et de déesses peintes de couleurs vives. Papa-ji et lui avaient pour habitude de se retrouver là, « près du temple », sans qu'il soit nécessaire de préciser lequel.

Mais les vieilles échoppes avaient disparu. Dans la ruelle où ils s'engagèrent, il n'en reconnut pas une seule, alors que les scooters et les vélos serrés en grappes désordonnées, eux, n'avaient pas changé. Et la foule était plus dense, même à six heures du soir.

— Voilà, ici, annonça le chauffeur, et ils s'arrêtèrent.

Les gars de Bibi lui firent contourner un restaurant de fruits de mer, emprunter un étroit passage, vers l'arrière du bâtiment. Ils montèrent un escalier qui sentait le poisson pourri, puis une porte s'ouvrit. Ils entrèrent dans un petit local professionnel, une sorte de cabinet comptable, à première vue. Des enfilades de grands livres étaient alignés du sol au plafond. Les bureaux étaient serrés les uns contre les autres, occupés par une demi-douzaine d'employés penchés sur des écrans d'ordinateur. Sur la droite, on avait doublé l'espace en installant trois postes de travail sur une mezzanine, comme suspendus en l'air. Un de ses guides montra à Sartaj l'angle du bureau, où était aménagé un box. Sartaj ouvrit la porte de ce box, et dut se pencher pour en franchir le seuil.

Iffat-bibi était assise en tailleur sur un fauteuil de direction rouge logé dans la pointe du triangle. Elle avait retiré sa burqa, révélant une tignasse juvénile de cheveux teints au henné.

— Entre, entre, s'écria-t-elle. Arre, Munna, apporte un peu de chai pour le Saab.

D'un geste de la main, elle invita Sartaj à prendre place dans un fauteuil presque aussi somptueux que celui où elle était installée, et referma le grand livre qu'elle était en train d'étudier attentivement.

— Veux-tu que je monte l'air conditionné, saab ? Ils le règlent d'une manière que je suis gelée jusqu'aux os, ici. Mais tu es un jeune homme, et vous aimez cela ainsi, vous autres.

— Non, inutile. Il fait assez frais.

La pièce les poussait à se rapprocher l'un de l'autre, et il songea qu'Iffat-bibi avait exactement l'allure à laquelle il s'était attendu. Elle était forte, un visage taillé à la serpe, une mâchoire carrée et le nez droit. La bouche édentée était saisissante sous les yeux vifs et le nez pointu. Impossible de l'imaginer en jeune femme. Peut-être conservait-elle le même âge depuis ces cent dernières années. Elle donnait en tout cas l'impression de pouvoir le garder pour les cent prochaines, au moins.

— Saab, que voudras-tu, pour ton dîner ?

— Rien, Bibi. Je t'en prie, il faut que nous discutions de tes informations. Nous sommes en face d'un grand danger, et ces hommes sont très dangereux.

— Nous sommes toujours face au danger, saab. Tu auras beau te priver de manger, le danger sera quand même présent.

On frappa à la porte en verre dépoli, et un boy posa une tasse de chai fumante devant lui.

— Apporte donc un peu de machchi tandoori pour le Saab. Et de ce jhinga spécial.

Sartaj se renfonça dans le fauteuil et se prêta aux rituels de l'hospitalité. La fin du monde attendrait ; elle approchait depuis des mois, et pour l'éternité. Iffat-bibi l'accablait de politesses. Argumenter ne mènerait à rien, mieux valait se montrer conciliant et en profiter.

— Alors, Bibi, fit-il, quelles sont les nouvelles ?

Elle déplaça toute sa masse dans le creux de son fauteuil, d'une hanche sur l'autre.

— Saab, je ne suis qu'une vieille femme, je ne sors pas beaucoup. Je suis venue ici aujourd'hui pour revoir quelques comptes.

Mais ensuite, elle se lança dans des histoires de taporis de seconde zone, de tueurs d'organisations rivales et d'entraîneuses. Les plats arrivèrent, et l'inspecteur dégusta une bouchée de chaque, pour la forme. Il avait des élancements dans la tête. Le courant d'air froid lui baignait les joues, s'enroulait autour de sa nuque ; il était assailli d'un pressentiment ; une espèce de crampe qui vint lui figer les cuisses. Il se cala dans le fauteuil, tâcha de se détendre, et alimenta la conversation.

Enfin Iffat-bibi fut disposée à en venir au fait. Elle avala son reste de chai dans une soucoupe, la reposa.

— Tu les veux, ces hommes.

— Oui.

— Nous savons où ils sont.

— Comment ?

— Ils ont loué un logement à l'un de nos associés. Bien entendu, ils ignoraient que le propriétaire était un de nos amis. Ils ont payé comptant, à l'avance, une jolie somme, deux mois de loyer et la caution.

— C'était il y a combien de temps ?

— Bientôt deux mois. Le bail arrive à son terme.

Il fut pris d'un haut-le-cœur.

— Quel genre de logement ? Un appartement ? Un pavillon ?

— Ne joue pas au plus fin avec moi, beta. Juste un logement, dirons-nous. Et non, tu ne les trouveras pas. Il n'y en a qu'un qui entre et sort. Les autres restent sur place, l'homme au fauteuil roulant, l'étranger, sans se montrer, jamais, à personne. Seul le propriétaire

1011

les a vus entrer. Personne n'y avait accordé d'intérêt, jusqu'à maintenant, quand vous autres, les policiyas, vous vous êtes mis à les chasser dans tous les sens.

Iffat-bibi sortit une boîte en argent du fin fond de ses volumineuses épaisseurs, et entreprit de se préparer un paan.

— Qu'ont-ils fait, ces gaillards ?

— Rien encore.

Il conserva une immobilité totale, les paumes posées sur la table. Iffat-bibi étala une pâte argentée sur la feuille du paan, puis la replia d'une main leste. Elle l'enfourna.

— Je sais que tu te figures pouvoir les trouver. Tu penses détenir quelques informations, une maison, une maison avec un jardin et un escalier. Mais crois-moi, tu ne les trouveras pas. Ne fais pas le benêt, n'essaie même pas.

— D'accord.

Il but une gorgée de son chai tiède. Les murs se refermaient sur lui, et, les yeux plissés, il scruta Iffat-bibi, sa bouche rougie par le paan qu'elle mâchait.

— D'accord. Qu'est-ce que tu veux ?

Cela lui plut ; il venait de faire preuve de maturité, il comprenait sa demande. Elle lui sourit, le visage épanoui.

— Nous voulons Parulkar.

— Saali, ne t'avise pas de t'approcher de lui. Si tu touches à Parulkar, je…

— Assieds-toi.

Devant sa colère, elle n'avait pas bronché, elle était restée aussi immuable qu'une montagne.

— Assieds-toi.

Sartaj relâcha son emprise, sa main douloureusement accrochée au rebord de la table, et se renfonça dans son fauteuil.

— Ne t'approche pas de lui.

— Arre, baba, qui a parlé de le toucher ? Nous ne sommes pas des imbéciles, nous n'allons pas le faire thoko, rien de tel. Nous n'avons pas envie de nous retrouver avec toute la police de Mumbai sur le dos.

C'était logique, songea-t-il. Aucun policier occupant un rang aussi élevé n'avait jamais été tué dans cette ville.

— Pourquoi veux-tu l'atteindre ? s'étonna-t-il. Il est proche de vous, il est proche de tes supérieurs. Alors, pourquoi ?

Elle cracha rouge, dans la corbeille posée à côté du bureau.

— Oui, nous aussi, nous l'avons cru proche de nous. Et nous sommes longtemps restés amis avec lui, nous l'avons soutenu dans les moments difficiles. Mais maintenant qu'il est en sécurité, il a de nouveaux amis.

— Tu veux parler du nouveau gouvernement ? Il faut bien vivre. Il est obligé de travailler sous leurs ordres, donc il doit leur donner un peu satisfaction.

— Oui, oui, c'est naturel. Nous le comprenons. Nous n'avons jamais reproché son travail, son gagne-pain à personne. Arre, Parulkar Saab nous a subtilisé de l'argent, par khokas entiers. Mais bon, passons, avons-nous dit. La relation est plus importante que l'argent seul.

— Alors, il s'agit de quoi, maintenant ? Que s'est-il produit ?

— Ces derniers mois, sept de nos boys ont été tués. Pas des chillars, tu comprends. C'était tous des tueurs d'élite et des contrôleurs. Tous intelligents, très forts côté planque, très forts côté mouvement. Mais la police, cette brigade volante, savait exactement où les trouver. Par conséquent, ils leur ont tendu un guet-apens. Et le gouvernement étale ça dans la presse en se vantant d'avoir écrasé le crime organisé. Alors nous posons la question : comment se fait-il que la police soit soudain si forte, au point de pouvoir suivre nos meilleurs boys à la trace ? – Elle se pencha en avant, à la lumière de la lampe. – Nous avons mené notre propre enquête. Maintenant, nous savons. Parulkar a livré nos boys à ce gouvernement.

— Iffat-bibi, les renseignements qui leur ont permis de tendre ces guets-apens ont pu émaner de mille sources. Vos boys ont été tués, c'est fâcheux, mais cela ne signifie pas…

— Nous disposons de nos propres renseignements. Nous sommes sûrs de nous. Il a tourné casaque, et il fait tuer nos boys.

Malgré le froid, Sartaj avait les mains moites. Il se les essuya sur son pantalon, et s'efforça de les maintenir immobiles.

— Il reviendra vers vous. Si tu le souhaites, je vais lui parler personnellement.

— Non, il refuse de nous parler. Il ne prend pas nos appels téléphoniques. Il refuse de prendre les appels du Bhai. Tu t'imagines ?

Sartaj ne pouvait s'imaginer. Refuser les appels téléphoniques de Suleiman Isa en personne signifiait que Parulkar avait réellement tourné casaque, il était revenu sur plusieurs années de son existence, les avait ficelées dans un ballot avant de franchir une frontière très dangereuse. Sartaj n'avait guère envie d'y croire, mais ça se tenait : la réhabilitation de Parulkar sous le gouvernement rakshak actuel, les succès soudains de ce même gouvernement dans sa chasse aux membres de la S-Company. Parulkar en était l'auteur, il avait franchi ce pas.

— Passez là-dessus, conseilla-t-il. Pardonnez-lui. Comme vous lui avez pardonné pour l'argent.

— Il est trop tard. Il a causé trop de dégâts. – Elle pointa le doigt en l'air, vers le plafond et au-delà, et secoua la tête. – L'ordre est venu d'en haut. Le Bhai est très en colère, le Bhai se sent insulté. Le Bhai a parlé. Parulkar doit quitter son poste, quitter la police. Bas.

C'était donc cela, il fallait que Parulkar s'en aille. Il s'en était sorti une fois encore, en survivant et en triomphateur, dans cette ultime bataille, et il y était parvenu en se retournant contre ses anciens amis. Maintenant, ceux-ci allaient l'achever.

— Pourquoi me confies-tu cela ?

— Tu es très proche de lui.

— Oui. Et après ?

Il connaissait la réponse, et tout cet entretien n'était qu'un moyen de gagner du temps, une manœuvre insignifiante, stupide contre les mécanismes inexorables qui l'acculaient dans un recoin sombre.

— Tu peux nous aider.

Il ferma les yeux. Et là, dans les remous assourdissants de son sang, il redevenait un enfant, il attendait dans le noir que les monstres se retirent de son épiderme, que quelqu'un vienne le sauver du chagrin, que le sommeil le soustraie à la terreur. Il essaya de se calmer, mais il se sentait criblé de souvenirs confus ; Papaji qui faisait voler un cerf-volant sur un fond de ciel nuageux, Parulkar penché sur un cadavre, la première affaire de meurtre de l'inspecteur Singh, un trajet à moto sous une pluie de mousson avec Megha, Ma s'avançant à grands pas dans un marché de Delhi. Sartaj se frotta le visage, rouvrit les yeux. Que dois-je faire, que dois-je faire ?

— Tu ne comprends pas, dit-il. Tu ne comprends pas que demain, nous pourrions être tous morts. Ce pourrait être la fin de tout. Crois-moi.

— Moi, je pourrais te croire, fit-elle avec un haussement d'épaules, mais pas eux, pas le Bhai et les autres. Ils croiront à une ruse. Ils veulent Parulkar.

— Alors oublie-les, oublie ton Bhai. Oublie-les tous. Dis-moi où se trouve cette maison.

— Je ne peux pas.

Sa main tâtonna à hauteur de son baudrier.

— Dis-le-moi, aboya-t-il. Dis-le-moi.

Iffat-bibi applaudit, avec un gloussement.

— Qu'est-ce que tu vas faire, avec ce machin, espèce de cinglé ? M'abattre ?

Il tenait le pistolet dans sa main, à présent. Son pouce fit coulisser le cran de sûreté, puis il se redressa, et la visa en pleine face.

— Dis-le-moi.

— Crois-tu que j'aie peur de mourir ?

— Je vais tirer. Dis-le-moi.

— Je suis incapable te le dire, car je l'ignore. Ils ne m'ont rien donné de plus. Alors, tire. Mes boys vont entrer, et tu seras mort dans la seconde, toi aussi, et après, khattam shud. La fin des fins.

Rien ne m'interdit de tirer, songea-t-il. Ce serait au moins une action. Il percerait un trou dans ce visage blanc et flottant, au-dessus de cette bouche béante, et ensuite, il mourrait à son tour. Quoi qu'il arrive, après, il n'en saurait rien, ce serait l'affaire de quelqu'un d'autre. Quoi qu'il advienne, quoi qu'il advienne de Parulkar et d'Anjali Mathur, de Ma et de Kamble, de tous les autres et de Mary, cette chose arriverait.

Il reposa le pistolet sur la table, en desserra les doigts.

— Essuie-toi le visage, lui lâcha Iffat-bibi d'un ton sec.

Elle fit glisser vers lui une boîte de mouchoirs en papier.

Il se moucha.

— Très bien, dit-il. Que veux-tu de moi ?

Le train venait de s'arrêter en gare de Dadar quand Kamala Pandey lui téléphona.

— Umesh a rappelé trois fois ces deux derniers jours et il a laissé des messages sur mon portable, annonça-t-elle. Il voulait savoir si l'enquête progressait. Vous ne lui avez pas parlé ?

— En fait, madame, pas encore. J'ai été très pris, subitement. Il y a une très grosse affaire, dont nous devons nous occuper.

— Je vois.

Elle croyait, et cela se comprenait, que l'inspecteur Singh avait empoché son argent et se dérobait à ses responsabilités.

— Ne vous inquiétez pas, madame, reprit-il. Nous allons nous en charger dès ce soir.

— Je vois.

— Non, vraiment. Je suis tout à fait navré. Nous allons lui régler son compte, ce soir.

Il parlait sérieusement : Umesh serait une distraction bienvenue. Il avait lu toutes les publicités qu'il avait devant les yeux, sur les murs du compartiment, et ensuite il avait sorti son carnet et lu ses notes griffonnées, vieilles de deux mois, en tâchant d'éviter de penser à ce qu'il devait faire pour Iffat-bibi. Oui, il allait réfléchir au pilote, et s'occuper de son cas.

— Il y a eu un délai inévitable, madame, ajouta-t-il, mais maintenant, nous n'allons pas le lâcher.

Et il regarda les bâtiments filer, et les trouées soudaines qui mettaient à nu un ciel jaunissant.

Sartaj et Kamble cognèrent contre la porte du pilote à neuf heures et demie, pour le trouver en plein dîner de famille, avec ses parents et ses trois sœurs. Il y avait des enfants qui couraient en tous sens, une odeur de riz et de dal dans l'air. Le père du pilote était un vieux gentleman corpulent vêtu d'un banian et d'un pyjaamah bleu à rayures. Il arriva derrière le domestique qui avait ouvert la porte.

— De quoi s'agit-il ? s'écria-t-il avec colère. Qui êtes-vous ? Pourquoi tout ce hungama ?

— Police, grogna Kamble, et il écarta le père et le domestique sans ménagement.

Sartaj le suivit d'un pas plus tranquille et contempla ce tableau vivant du bonheur. Deux des sœurs étaient plus âgées qu'Umesh, elles portaient d'élégantes salwar-kameez, l'air respectable, l'air marié. Une autre sœur était plus jeune, peut-être en âge de faire des études supérieures. La beauté s'était répartie de façon inégale. L'une des sœurs, l'aînée, était passablement jolie en dépit de quelques rondeurs superflues. Les deux autres étaient quelconques. Le pilote était la star du lot, le phare, le héros de sa mère, qui, elle, était carrément belle. Elle avait un long visage étroit et une chevelure blanche qu'elle avait sagement évité de teindre. Elle était dans tous ses états.

— Quelle police ? s'écria-t-elle. Quoi ?

— Ne t'inquiète pas, Ma, fit le pilote, et il tendit la main pour lui caresser le poignet. Ce sont des amis à moi.

Kamble éclata d'un rire si théâtral que même la plus jeune sœur sursauta et croisa les bras sur la défensive.

— Oui, fit le sous-inspecteur, on est des très, très bons amis d'Umesh. On est ses langotiya yaars. On sait tout de lui.

Umesh s'était levé pour les éloigner de la table du dîner et de sa famille. Il tapa sur l'épaule de l'inspecteur Singh et lui sourit.

— Ça fait du bien de vous revoir, Sartaj. Par ici.

Il ne laissait pas échapper le moindre signe de nervosité, il était détendu et confiant.

Il ferma la porte à clef derrière lui. La pièce était assez vaste pour contenir un lit blanc et une demi-douzaine de fauteuils en cuir disposés en demi-cercle. Il y avait l'écran, qui occupait toute la largeur d'un mur.

— Que voulez-vous ? fit-il.

Il était trop intelligent pour se montrer grossier, mais le ton était cassant.

Kamble avait les mains aux hanches, la tête baissée.

— Cette porte est insonorisée ? demanda-t-il, très doucement.

La conversation animée autour de la table s'était interrompue net, et le silence était complet ; pas un bruit n'émanait même des voitures dont le faisceau des phares coulissait dans le virage, sous la fenêtre.

— Oui, oui.

Le pilote était à la fois déconcerté et intrigué.

— J'aime regarder les films avec le son très fort. J'ai un système super. Si un avion s'écrase à l'écran, vous le sentez passer.

Il risqua l'un de ses petits sourires, l'air d'un gentil garçonnet.

Kamble le gifla.

— Et celle-là, tu l'as entendue ? s'exclama-t-il. Han ? T'as entendu, là ?

Le pilote avait une main sur la joue, et l'autre refermée en poing, tout près de la poitrine. Il était très choqué. Il n'avait sans doute jamais reçu de gifle, pas même de sa mère. Kamble attendait, fin prêt, impatient, en attente d'un geste agressif, d'un juron, n'importe quoi. Mais Umesh était malin, il gardait la maîtrise de lui-même.

— Qu'est-ce que cela signifie ? fit-il.

Il baissa les mains, bomba le torse avec une vertueuse indignation.

— Qu'est-ce qui lui prend ? lança-t-il à Sartaj.

Ce dernier avait le nez levé vers les minuscules haut-parleurs blancs montés en hauteur, tout près du plafond, sans nul doute pour délivrer un son surround total. Il sourit à belles dents.

— Je crois qu'il est très fâché contre toi. Parce que tu l'as pris pour un imbécile.

— Pour un imbécile ? Je ne lui ai jamais rien fait.

Kamble empoigna le pilote par son T-shirt blanc, et l'attira à lui.

— Mais à Kamala, tu lui as tout fait, ordure.

Umesh voulut retirer la main de Kamble. Cette fois, Sartaj put entrevoir les prémices de la peur, les combinaisons qui tournicotaient derrière ces beaux yeux-là.

— Nous savons tout, annonça-t-il. Nous tenons ton Anand Kavade. Nous avons son téléphone portable. Il nous a tout raconté. Il nous a raconté que tu l'as chargé de téléphoner à Kamala, qu'il allait ramasser l'argent auprès d'elle. Nous savons que tu as fait chanter ta maîtresse.

— Non, protesta Umesh. Non. Je ne sais...

Sa peau claire était écarlate, la voix n'était plus qu'un murmure.

— N'essaie pas, Umesh, lui conseilla-t-il. Tu veux qu'on te mette les menottes et qu'on te sorte d'ici devant ta famille ? On va fouiller toute la maison, on va tout retourner sens de dessus dessous, on va trouver le portable que tu utilisais pour appeler Anand

Kavade. Ensuite, on t'emmène, on te colle dans une cellule, en détention provisoire. Alors n'essaie pas. Sinon, on va devoir tout raconter à ta mère.

Le pilote s'affaissa. Sa bouche se tordit, et il laissa s'échapper un sanglot mouillé, haletant. Il souffla un coup, inspira un coup, et des postillons vinrent moucheter le poignet du sous-inspecteur.

— Enfoiré, siffla Kamble, et il le lâcha.

— Puis-je m'asseoir ?

Kamble s'écarta, le pilote se rendit d'un pas hésitant vers l'un des gros fauteuils noirs et s'assit juste au bord, la tête pendante et les bras sur les cuisses.

Kamble approcha un autre siège et se renversa dedans. Il plaça un petit coup du bout du pied sur le genou de l'autre.

—Tu regardes quelques films américains et tu te figures que ça te suffit pour tout savoir ? Tu te prends pour un maharathi ? Arre, des minables dans ton genre, on en attrape tous les jours. Et on leur fait bamboo dans le gaand. Mais toi, tu es pire que tous les autres maderchods, tu fais chanter ta petite amie. Tu lui pompes de la monnaie. – Kamble se pencha de côté, et cracha par terre. – Bhenchod, j'en ai croisé un paquet, des chutiyas qui vendaient leurs propres sœurs pour de la monnaie, mais ils valent encore mieux que toi.

Et il cracha de nouveau.

— Pardon, fit le pilote. Pardon.

Maintenant, il pleurait, il s'essuya les yeux des deux mains, et avec son T-shirt moulant autour des biceps.

Sartaj nota que Kamble avait pris la précaution de taper à côté du tapis blanc, ce qui voulait dire qu'il se l'était déjà réservé pour lui. Pour sa part, il n'y voyait aucun inconvénient. Un tapis blanc, dans cette ville, c'était de la frime, de la bêtise. Il fallait garder les fenêtres fermées, garder la climatisation allumée jour et nuit pour tenir la poussière en lisière, empêcher la saleté de s'y installer.

— Umesh, fit Sartaj. Tiens. Regarde-moi. Regarde-moi. Maintenant, dis-moi. Pourquoi tu as fait ça ?

Le pilote secoua la tête, frotta de nouveaux ses yeux injectés de sang.

— Papa a eu une angioplastie, expliqua-t-il. Ça coûte tellement d'argent. Et Chotti, il faut qu'elle se marie.

Kamble fit craquer ses phalanges. Son ricanement fut féroce.

— Et tu es très pauvre, toi, hein ? Et ta petite amie, de l'argent, elle en a trop, non ?

Umesh était trop vidé pour saisir le sarcasme.

— Arre, elle a quelles dépenses ? dit-il. Elle vit avec son mari, et il lui paie même son essence. Tous les mois, elle met de côté son... – et là, il ouvrit grand les bras – ... son gros chèque de salaire, et ses parents lui versent de l'argent. Et elle me poussait à payer pour elle. Je parie qu'elle ne vous l'a pas dit, ça. Elle veut des cadeaux, elle veut les meilleurs hôtels. Je vous le dis, cette femme revient cher.

Sartaj inspira et lui répondit d'une voix feutrée.

— Oui, et en plus il faut que tu t'achètes tout ce coûteux équipement, donc tu as besoin d'argent. Les bons tapis, ça coûte beaucoup de sous. Combien ça peut coûter, un ensemble de haut-parleurs de fabrication étrangère, je ne sais même pas.

Umesh se recula dans son fauteuil, puis se redressa. Il avait changé de politique. Avec un haussement d'épaules insouciant, il lança à Sartaj un regard pétillant, complice, entre hommes du monde.

— On a ses besoins, chef. Tout le monde. Je suis sûr qu'on peut trouver un arrangement.

— Quoi ?

Le pilote s'aida des deux bras pour se relever de son siège. Ses dents dessinaient de menues arcades en accord parfait avec ses lèvres ourlées.

— Kamala a vraiment trop d'argent, yaar. On pourrait partager...

Une bruit jaillit de la gorge de Sartaj, et il écrasa son poing en plein sur la bouche d'Umesh. Un soubresaut de douleur lui remonta jusque dans l'épaule, et le craquement dur de l'os contre l'os fut une immense satisfaction. Il pivota, Umesh glissa de son fauteuil, le fauteuil se renversa, Sartaj le contourna et poursuivit le pilote. Il lui décocha des coups de pied soigneusement placés, le troisième retourna Umesh sur le dos et, dans le crâne de Sartaj, ça palpitait de plaisir. Un cri lui emplit les oreilles. Une femme aux cheveux blancs se recroquevillait sur le pilote ; le tapis était moucheté de rouge, et Kamble maintenait Sartaj serré contre lui, et le traînait en arrière. Sartaj se dégagea, et se fraya un chemin dans le nœud de femmes hurlantes, franchit la porte et se retrouva dehors. Il était dans la rue, devant l'immeuble ; sa poitrine lui faisait mal, et sa main, il la leva dans la lumière ; une entaille noire suintait en travers de ses phalanges. Il avait envie de quelqu'un d'autre à frapper, quelque chose, mais les voitures passaient en fonçant, hors d'atteinte, il ne lui restait plus qu'à se tenir au rebord d'un muret de séparation à moitié désagrégé, et à jurer, à jurer.

Ganesh Gaitonde rentre chez lui

« Si c'est dans un film, ça n'arrivera pas dans la vie », m'avait soutenu Jojo. Quand je lui avais parlé de ma peur des radiations, des bombes et des immeubles balayés par un vent assourdissant, elle m'avait dit : « C'est trop filmi. » Mais j'avais retrouvé des scènes de ma propre vie dans une bonne vingtaine de films, quelquefois au rabais, mais toujours vraies. J'étais filmi, et j'étais réel.

Je connaissais Jojo depuis des années, pourtant, pour elle, j'étais encore quelque peu irréel. J'étais son ami, mais j'étais aussi Ganesh Gaitonde, le seigneur du crime, l'impitoyable khiladi de classe internationale, le crorepati et l'arabpati qui vivait dans des palais. Pour l'écrasante majorité des individus, les gangsters et les espions n'étaient que des figures de lumière, des idées étincelantes et fugitives, des produits de l'électronique et du celluloïd. Or j'étais un gangster et un espion, donc je savais bien ce qui était possible. Ma propre existence m'avait appris ce qui était réel. Ce que les hommes sont capables d'imaginer, ils peuvent le réaliser, je le savais. Et donc j'étais terrifié.

Tous les matins, je me disais qu'il n'y avait aucune raison d'avoir peur. Après tout, Gaston, Pascal et les autres, sur le bateau, s'étaient peut-être exposés par accident à des matériaux radioactifs, sur les docks ou ailleurs. Toutes sortes de matériaux transitaient par les ports, dont certains appartenaient à des organismes gouvernementaux. Peut-être y avait-il eu une fuite, sur la route d'une grosse usine nucléaire. Et des matériaux nocifs avaient été introduits à bord de leur bateau, ils pouvaient fort bien s'être trouvés à l'intérieur d'une des machines agricoles de Gourou-ji. Oui, c'était sans doute le cas. C'était un accident. Alors pourquoi avais-je si peur ? À quoi servait de se mettre dans cet état ? Peut-être avais-je vécu si longtemps dans la peur de ma mort qu'elle avait fini par se nourrir d'elle-même, par s'élargir et se renforcer, jusqu'à devenir cette terreur monstrueuse, nichée en moi, cette entité cachée, empoisonnée, la peur de la fin du monde.

Tout irait bien, allons. Gourou-ji serait de retour de son lieu de méditation secret, de son voyage ou de son yagna, peu importait, il m'expliquerait exactement ce qui était arrivé à Gaston et à Pascal, et cela en resterait là. Il me calmerait, et la vie reprendrait son cours. Je me remémorais nos conversations, je faisais un effort pour retracer notre histoire commune – dans mon imagination. J'ai sorti les dossiers dans lesquels j'avais rangé ses pravachans, je les ai relus et, une fois encore, je me suis extasié devant sa sagesse, je me suis laissé réconforter par sa compassion. J'ai regardé des enregistrements de ses discours et j'ai versé des larmes. J'ai consacré des heures à parcourir page à page le site de Gourou-ji, à lire les centaines et les milliers de témoignages écrits par ses disciples, et à observer les visages heureux de ceux qu'il avait sauvés du désespoir, de la folie et de la maladie. Chaque matin, j'avais le sentiment que tout irait bien, qu'un homme appelé à veiller sur de telles multitudes – des enfants orphelins, des femmes dans le dénuement, des anciens et des êtres abandonnés – devait être un homme dharmique. Si Gourou-ji introduisait des armes dans notre pays, c'était pour protéger la moralité, pour renforcer le bien et tenir le mal en respect. J'étais son disciple et je me tenais sous la protection de son amour. J'étais en sécurité. J'ai ri de moi-même, et je me suis réprimandé pour mon manque de foi. Je me suis mis au travail. Mais je n'ai pas tardé à me retrouver de nouveau inondé de terreur, entouré de cadavres écorchés et puants, oppressé par un vent qui sifflait dans ma tête et n'y laissait que le vide.

Comme un ver, la peur grandissait à partir de ce vide, et elle engraissait. J'avais peur d'assassins venus s'en prendre à moi sur l'eau et sous l'eau. Arvind et Suhasini avaient été tués à Singapour, Bunty avait été abattu à Mumbai, beaucoup d'autres étaient morts. Je savais que Suleiman Isa cherchait à me tuer, je soupçonnais ce Kulkarni et son organisation de vouloir ma mort et, certains matins, je me figurais qu'ils menaient leurs opérations conjointement. Mais sous ces peurs, il y en avait une autre, une terreur silencieuse, aussi éclatante que le bleu d'une vague du matin. L'après-midi, quand j'essayais de faire la sieste, lorsque je m'enfouissais le visage dans les draps en cherchant la voie de l'oubli, elle venait laper le verre étincelant des hublots. Me nourrir me paraissait une perte de temps, dîner avec les boys un moment affligeant, et les femmes ne me procuraient aucune satisfaction. Oui, j'ai écarté les vierges de mon lit car ce spasme unique du plaisir final me semblait ne pas valoir la besogne ridicule qui le précédait. Je me sentais vieux, et vide. Il me fallait des heures pour trouver le sommeil et, quand j'y parvenais, j'avais le sommeil léger, tourmenté par des rêves de terres désertes, de villes incendiées.

Aux petites heures du jour, j'arrivais parfois à rêver de Mumbai. Dans ce léger demi-sommeil, je me replaçais dans ces ruelles, de nouveau jeune et heureux. Je revivais mes victoires, les fois où j'en avais réchappé de justesse, mes triomphes de tactique et de stratégie. Et pas seulement ces moments grandioses, ces événements historiques que toute la ville gardait en mémoire, mais aussi de détails, des conversations fortuites. Un neer dosa partagé avec Paritosh Shah à une buvette udipi, au bord de la route, non loin de Pune, Kanta Bai distribuant les cartes à jouer sur l'envers d'un carton. Une partie de carrom avec les boys sur le toit de ma maison de Gopalmath, avec les vents de mousson secouant les fils électriques autour de nous. Ces matins-là, je me réveillais heureux. Tout irait bien, je n'avais aucune raison de m'inquiéter, j'en étais convaincu. Et le soir, je me remettais à trembler.

Si seulement je pouvais parler à Gourou-ji. Impossible de le trouver. Les mois s'écoulaient, et Gourou-ji n'avait toujours pas reparu. Bien entendu, j'avais lancé mes boys à sa recherche, mais je savais qu'ils commençaient à protester contre cette intrusion dans leur emploi du temps, qu'ils préféraient consacrer à gagner de l'argent. Ils restaient polis, c'est certain, et ils obtempéraient, mais je savais que leurs efforts n'étaient pas enthousiastes et que leurs sempiternels rapports (« Rien trouvé, Bhai ») masquaient un refus larvé. Bunty était à peine sorti de l'hôpital, en vie, mais infirme, tué de la taille jusqu'aux pieds. Bien entendu, nous lui procurions le meilleur suivi médical, la meilleure technologie. Je lui parlais tous les jours, et il reprenait le travail, et les responsabilités, mais il n'avait pas l'énergie d'obtenir des boys qu'ils consacrent leur temps à ma demande. Bien sûr, je ne pouvais leur dire pourquoi nous recherchions Gourou-ji. Je n'avais à exposer que des songeries démentielles, je n'avais pas envie de passer pour un fou, et je ne voulais pas déclencher la panique. Il fallait que la vie continue, que le travail continue, gagner de l'argent. Et puis je ne pouvais pas énoncer mes raisons sans dévoiler mes relations avec Gourou-ji, sans révéler ce que j'avais tenu secret si longtemps. Donc je leur ai dit que nous avions besoin de le retrouver, et rien de plus. Mais rien ne bougeait, dans cette mission, aucun succès, pas même une piste.

Donc je suis retourné à Bombay.

J'ai pris un vol de Francfort avec un passeport allemand de la meilleure facture qui soit au nom de Partha Shirur, et j'ai franchi sans encombre les guichets de l'immigration et des douanes. Une heure plus tard, j'étais dans une petite villa de Lokhandwalla. J'avais une couverture : j'étais un homme d'affaires non résident basé à Munich ; je rentrais en Inde après un long séjour à l'étranger, et j'étudiais des opportunités d'investissements. Et donc me voici, assis tout à coup dans une chaise en rotin sur le toit de cette maison appelée « Ashiana ». Je transpirais à travers ma chemise, mais je me plaisais. J'ai demandé un verre d'eau de coco, que j'ai bu à petites gorgées, en savourant la puanteur particulière de Bombay, l'air lourd, les vapeurs d'essence, de pollution et d'eau stagnante. Derrière moi, il y avait un empilement de bâtiments plats comme un mur, et devant, un chemin de terre bordé de réverbères, puis une obscurité chargée de feuillages. Je me sentais revigoré. L'épuisement du vol se dissipait tandis que j'écoutais le chant des grillons. Une meute de chiens rôdait au coin de la rue en lançant des glapissements. J'étais content.

Il y a eu du remue-ménage dans l'escalier, et j'ai entendu le ronronnement et la plainte monocorde d'un fauteuil roulant. Mais ce n'était pas Gourou-ji. C'était Bunty, qui franchissait la petite marche, à l'entrée du toit. Nous l'avions équipé du même fauteuil que Gourou-ji, en dépit du coût. Il le méritait bien.

— Bunty, j'ai dit. Tu es comme un pilote de course, dans ce machin.

— Bhai, il a fait. C'est une bonne machine.

Il avait l'air perdu dans sa propre peau, comme s'il s'était ratatiné en lui-même. J'ai dû me pencher pour le serrer dans mes bras.

— Il n'en existe pas de meilleure, mon ami. Est-ce que tu as monté l'escalier avec ?

— Non, non, Bhai, il a protesté en riant. Je ne suis pas aussi fort que ton autre ami. Je leur ai demandé de me porter.

Il pointa le pouce vers les trois jeunes gars stationnés près du seuil de la porte, à l'autre bout du toit. J'ai entraperçu leurs visages à la lumière de l'escalier. Tous des nouveaux. Je n'en connaissais aucun.

— Dis-leur de s'en aller, j'ai dit.

Il leur a fait signe, et ils se sont retirés.

— Ils ne te reconnaissent pas, a insisté Bunty. Si je t'avais croisé dans la rue, je ne t'aurais pas reconnu.

— Le meilleur des chirurgiens ; il a donné de bons résultats.

— Oui. Mais il faut quand même faire attention, Bhai. Un rendez-vous, un seul.

— Un seul rendez-vous.

C'était notre plan. Je serais en ville, mais je resterais dans la clandestinité. Le gouvernement se servait de la loi MCOCA, le Maharashtra Control of Organised Crime Act, pour jeter nos boys en prison. Leurs spécialistes du guet-apens nous les tuaient à une cadence plus soutenue que jamais. La période était très dangereuse. Quant à ma compagnie, elle me croyait en Thaïlande, au Luxembourg, ou au Brésil. Je communiquerais avec Bunty au moyen de nos équipements de communications et par e-mail, le tout sécurisé. Nous serions proches, mais nous agirions comme si nous étions loin. Mais il fallait que l'on se rencontre une fois, au moins une. Je lui avais expliqué que je me moquais d'être surveillé par la police et par les gens de Suleiman Isa, mais aussi par la CIA, avec tous leurs satellites. Il avait pris des balles dans le corps, rien que pour moi, alors je voulais le voir en face. Nous étions ensemble depuis longtemps. J'ai approché ma chaise de son fauteuil, je me suis assis à sa hauteur, épaule contre épaule.

— Tiens, j'ai dit. Pour toi, chutiya. Ça vient directement de Belgique. C'est une Rolex en platine, authentique, avec cadran et bracelet sertis de diamants. Je l'ai eue par des amis, là-bas, mais elle revient quand même à vingt-deux mille dollars.

— Bhai.

Il la tenait au creux de ses deux mains en conque, comme s'il s'agissait d'une idole bénie que j'aurais rapportée d'un pèlerinage.

— Vingt-deux mille billets iou-aisse. C'est vraiment trop gentil. C'est tellement masst. C'est plus que masst, je ne sais pas quoi dire.

— Ne cause pas, mon salaud. Mets-la.

Il l'a passée à son poignet, et il a levé le bras en l'air, en l'écartant, que je puisse admirer la Rolex. Il y avait dans son sourire le ravissement d'une jeune fille, ce plaisir devant un bijou inattendu. Et pourtant, il avait peur de la rayer ou de la cogner et de perdre un diamant. Nous avons causé, et il gardait le bras soigneusement posé sur ses cuisses atrophiées. Donc, on a discuté des affaires et de sa famille, d'import-export, d'investissements et de titres, et de qui était mort et de qui était encore en vie. C'était une conversation féconde et nécessaire, mais tout en échangeant des ragots, des plaisanteries et des théories, je me suis aperçu que ce n'était pas de discuter qui comptait. C'était de voir ce loyal petit gaandu et ces dents tachées de paan, de pouvoir de lui taper sur l'épaule rien qu'en tendant la main. Vous pouvez toujours écouter les intonations que distille un téléphone, ce n'est pas la vraie voix d'un homme. C'était bon d'être assis à côté de lui, et de parler jusqu'à ce que les oiseaux lancent leur clameur matinale. C'était comme dans le temps.

Il est parti après avoir pris le petit déjeuner avec moi. Je l'ai raccompagné au portail du jardin, et je l'ai regardé remonter, l'air enjoué, la rampe amovible aménagée à l'arrière de son monospace. Il a fait pivoter le fauteuil sur son axe, pour être orienté face à la route, une main en l'air pour me saluer. J'ai levé une main en réponse, encore une fois émerveillé par l'appareil et par Bunty, qui avait appris à le manœuvrer dans un espace aussi restreint. Le monospace a démarré dans un tourbillon de poussière – toujours cette poussière, dans cette ville, déjà cette transpiration crasseuse et polluée – et je suis rentré dans la maison. J'étais fatigué, mais je me sentais confiant, parce que j'étais Ganesh Gaitonde et que des hommes sacrifiaient leurs membres et leur virilité pour moi.

Ils enduraient la douleur et la paralysie, et pourtant – même après toute la gêne qu'il y avait à devoir pisser dans des poches en plastique –, ils proposaient encore de me servir. Ils étaient heureux de travailler pour moi, d'être mes boys. Une montre venant de moi valait autant qu'une médaille décernée par le président. Oui, je trouverais Gourou-ji. J'en étais certain. Il ne pouvait pas m'échapper. Cette ville était mienne, ce pays m'appartenait. J'avais les pistolets et l'argent, je le trouverais. Je suis rentré, j'ai fermé hermétiquement les rideaux contre la lumière aveuglante, j'ai monté la climatisation et je suis allé dormir.

Les boys de Bunty ne m'avaient pas reconnu, et je n'ai eu aucun mal à convaincre le reste de la compagnie que je séjournais encore dans des eaux étrangères. Mais Jojo, cette kutiya si futée, elle s'est tout de suite montrée soupçonneuse, dès le début. Je l'ai appelée, ce premier après-midi, et avant même que j'aie pu dire « Salut », elle s'en prenait à moi.

— Gaitonde, elle a fait. Que s'est-il passé ?

— Il ne s'est rien passé. Pourquoi faudrait-il qu'il se soit passé quelque chose ?

— Tu ne m'as jamais appelée aussi tôt dans l'après-midi.

— Je me suis libéré, et j'ai décidé de t'appeler. Tu vas me poursuivre en justice, maintenant ?

Elle s'est tue, juste un instant. Ensuite, elle est revenue à la charge, avec une douceur dangereuse.

— Alors, où es-tu, Gaitonde ?

— Où veux-tu que je sois ? Dans ma chambre. Je suis chez moi.

— Mais où ?

— Pourquoi veux-tu le savoir ?

— Je pose la question, c'est tout. Juste comme ça.

— De toute ta vie, tu n'as jamais rien fait « juste comme ça ».

— Alors, où es-tu ?

— À Kuala Lumpur.

Dehors, une voiture tourna au coin.

— C'est exactement le bruit d'une Ambassador. Ils roulent en Ambassador, à Kuala Lumpur ?

Quelqu'un aurait dû en faire une espionne, de Jojo. Elle avait raison, une Ambassador venait de tourner au coin, près du portail, et s'éloignait dans la rue dans un bruit de ferraille.

— C'est une jeep japonaise, idiote, je me suis écrié.

— Alors maintenant, les Japonais fabriquent ce style de khataras bruyantes. D'accord. Mais les oiseaux, en Malaisie, ils chantent comme ça ? Et les gamins, ils jouent au cricket ?

Je me trouvais dans une villa chic et chère, mais évidemment, il n'y avait pas moyen d'échapper aux bruits de la rue. Il y avait les corbeaux, une partie de cricket plus loin dans la rue, et puis il y avait aussi des ouvriers qui travaillaient sur un chantier, à deux rues de là, et se hurlaient dessus en telugu. Il y avait de la musique filmi quelque part, à la radio, en sourdine. J'ai refermé la main sur le combiné, et je me suis tourné vers l'angle.

— C'est plein d'Indiens dans cet immeuble, j'ai prétendu. Ne discutaille pas. Je ne suis pas d'humeur.

— Très bien, très bien, Gaitonde. Alors, comment va la vie ?

Comment allait-elle, ma vie ? Je me sentais vieux, j'étais seul et j'avais peur.

— Ma vie marche bien, j'ai répondu. Absolument top classe. Parle-moi un peu de la tienne.

Elle m'a donc parlé de la sienne : de ses problèmes avec des filles qui voulaient plus d'argent qu'elles n'en valaient, une fuite dans un mur de son appartement, qui suintait même après deux mises en étanchéité, un agrément sur une émission de télévision qui lui avait filé entre les doigts. Je l'écoutais et je songeais à quel point je la connaissais bien, et à quel point elle me connaissait bien. Avec Jojo, la distance ne changeait rien, qu'elle soit proche ou loin, je sentais sa présence, comme si elle était assise à côté de moi. Chacun avait appris la respiration de l'autre, de sorte que maintenant, nos paroles et nos phrases avaient leur rythme, leur envol, comme un garçon et une fille sur une balançoire double, ou des acrobates de cirque qui s'élancent et se rattrapent tour à tour.

Pour moi, Jojo était réelle et la distance n'y changeait rien. J'étais à deux kilomètres à peine de son appartement, moins à vol d'oiseau, si je coupais à travers les marais et la mer. Je pouvais être chez elle en dix minutes. J'aurais pu monter son escalier, frapper à sa porte et lui demander une tasse de chai. Mais je n'avais aucun désir d'y aller, aucun besoin de la voir. Elle était avec moi, même quand elle était loin. Je la sentais en moi. Elle était plus réelle en moi que je ne l'étais moi-même. Moi, je m'étais brisé en morceaux. C'était la vérité. J'avais peine à l'admettre, mais c'était la vérité. Cette chose que j'appelais moi, moi-même, me faisait l'impression d'une vieille couverture râpée qui ne tenait que par les reprises et les pièces. Moi, jadis Ganesh Gaitonde, jadis splendide aux yeux du monde, je m'étais absenté de moi-même. Je me sentais comme un petit garçon qui marche seul dans une plaine éclairée par des bûchers funéraires, il a peur et il est perdu. Dans ce brouillard de cendres, où je ne savais plus ce qui était bon ni ce qui valait la peine d'être possédé, je me raccrochais à Jojo. Elle était ma force et mon seul plaisir, mon point d'ancrage et ma seule amie. Je l'ai écoutée, j'ai ri, et je me suis ressaisi, afin de poursuivre ma recherche.

— Gaitonde, elle m'a dit, pour moi, c'est comme si tu te trouvais au coin d'une rue dans Tardeo. Mais tu bouges tellement que tu finis par tout embrouiller, pas seulement toi, mais moi aussi. Tu devrais te poser quelque part un petit moment, là. Même si c'est à Kala Langur.

Je lui ai expliqué où elle pouvait se le mettre, son Kala Langur ; ça l'a fait rire bêtement, et elle m'a raconté l'histoire d'une femme partie au Népal en vacances, qui s'était fait enlever par un ours tombé amoureux d'elle.

— Vraiment, Gaitonde, c'est arrivé. Des ours qui enlèvent des femmes, il y en a tout le temps.

C'était, je crois, une parabole du danger qu'il y a à trop bouger de chez soi. Je ne lui ai pas répondu que je ne pouvais pas rester chez moi, que je n'avais pas le choix, que je devais voyager. Je me suis borné à l'écouter et, le lendemain, je suis parti pour Delhi. Cinq de mes boys m'y ont accueilli, l'essentiel de l'équipe du yacht. Ils avaient atterri dans plusieurs aéroports, en divers points du pays, depuis Sydney, Singapour et Mombasa, et s'étaient retrouvés dans deux hôtels de Greater Kailash. Ils devaient former ma garde rapprochée, mon commando clandestin. Nikhil, l'assistant de Bunty, était venu de Mumbai prendre la tête de la petite armée. Il n'était pas précisément enchanté d'abandonner ses activités et sa famille, mais j'avais insisté et il avait bouclé ses bagages. Il me connaissait assez bien pour ne pas discuter. À trente ans, il était déjà complètement chauve, et il avait la patience imperturbable d'un homme mûr. Il avait réglé les détails : les boys avaient de bonnes couvertures, de nouveaux papiers convenablement usés par le temps, des tenues discrètes et des coupes de cheveux correctes. J'ai acheminé l'argent et les armes, et nous étions prêts à nous mettre en route.

Nous avons commencé par Chandigarh. Gourou-ji avait eu son accident de moto à Pathankot ; on l'avait transféré à l'hôpital de Chandigarh et, durant sa convalescence, il avait conçu un attachement pour cette ville. C'était là, au milieu de ces larges avenues et autres ronds-points qu'il avait finalement installé ses parents, et c'était là qu'il avait édifié son premier ashram et son quartier général. Le complexe de l'ashram, déjà vaste à l'origine, s'étendait maintenant sur plus de cinquantaine hectares situés en bordure du Secteur 43. Nous sommes arrivés à Adarsh Nagar en fin d'après-midi, avec le soleil couchant sur nos épaules. Le portail bleu et massif de l'entrée était gardé par des sadhus vêtus de blanc, le mélange habituel d'Indiens et d'étrangers. Nikhil avait appelé en vue de fixer un rendez-vous avec sadhu Anand Prasad, directeur d'Adarsh Nagar et tête de l'organisation à l'échelon national. Les sadhus postés en sentinelles ont passé quelques coups de fil, Nikhil a bavardé avec eux et, pendant que nous attendions, je suis descendu de voiture et je suis allé faire quelques pas du côté de la barrière. Le portail était un monument en soi, comme le gigantesque corps de garde d'une forteresse, avec des salles, des pièces et des armures. Le corps de garde de Gourou-ji était d'un bleu chatoyant, il était agrémenté de tourelles rondes et délicates, de flèches et de balconnets et, malgré sa masse, il reposait sur terre avec légèreté, comme venu d'une autre ère. Il aurait pu protéger le palais d'Hastinapur, ou se dresser devant la forteresse d'or de Ravana. À l'intérieur de l'enceinte, nous avons découvert une herbe épaisse et verte, rase et régulière, de longs boulevards, des bâtiments en ordre dispersé, largement espacés, tous dans les bleus et les blancs. Il y avait des arbres taillés, des drapeaux orange et rouge claquant le long des rues. L'arcade ombragée du portail était baignée de parfums émanant des massifs de fleurs jaunes plantées le long des grilles.

— C'est bon, Bhai, m'a annoncé Nikhil. On peut entrer.

Nous avons redémarré, nous sommes passés devant les sadhus qui circulaient par petits groupes, d'un pas décidé. Il régnait sur ces jardins un silence infini, une paix retranchée du temps, de sorte que même la nuée des oiseaux du soir conservait une tonalité feutrée. Il y avait là des enfants en promenade, mais ils marchaient en rangs et inclinaient la tête avec un namaste dès qu'ils croisaient un aîné. J'avais vu cet ashram en vidéo ; dans la vraie vie, il était un peu plus petit. Mais il était parfait dans sa forme, à la fois équilibrée et carrée. À l'autre bout du campus, il y avait un autre portail bleu, deux de plus à l'est et à l'ouest. Très exactement à mi-chemin entre ces quatre entrées, en plein centre géométrique de l'enceinte se dressait une imposante pyramide à degrés en marbre blanc, pointée vers le ciel. C'était le bâtiment de l'administration. Nous nous sommes garés devant, et nous avons franchi un autre cordon de secrétaires sadhus. On nous a introduits dans un salon où s'alignaient des banquettes, et c'est là que nous avons patienté.

Nikhil a fini par exprimer ce que nous pensions tous.

— Bhai, il a dit, il y a beaucoup de cash, ici. On s'est peut-être trompés de sport.

— Il n'est jamais trop tard, j'ai répliqué. Tu veux lancer une religion ?

— Pourquoi pas. – Il s'est gratté les golis. – Toi, tu seras le saint en chef. Moi, je gérerai les finances.

— Autrement dit, je me tape le boulot et toi tu encaisses, espèce de rapace maderchod. Donne-moi au moins les règles de la nouvelle foi. C'est quoi, notre philosophie ?

Le chutiya avait son credo tout prêt. Il s'est vautré dans le sofa, a joint les mains sur son petit ventre confortable et posé les pieds sur la table.

— Je ne vois qu'une seule règle : on atteint la grâce en versant de l'argent. Plus tu en verses, plus tu te débarrasses de ton karma. Si tu donnes tout ce que tu as, on t'accorde le moksha. La libération totale.

Les boys ont ri, et j'ai souri. En même temps, cela me blessait au cœur, ce cynisme lisse, ce ricanement facile. Gourou-ji avait gagné beaucoup d'argent, mais l'argent n'était pas son objectif. Je le savais. Je ne prétendais pas comprendre le fonctionnement de son esprit, mais je savais qu'il y avait un projet derrière cet argent, une cohérence supérieure derrière l'architecture sans faille de cet ashram. Je ne savais pas lire le sens de ce mantra, j'étais incapable de parler la langue, je ne parvenais pas à saisir ce que ce carré, avec ses cercles emboîtés, essayait de me dire.

Je me débattais avec ces énigmes de la religion et de l'esthétique lorsque le secrétaire d'Anand Prasad nous a conviés dans son bureau. J'ai laissé Nikhil passer le premier, et je suis entré le dernier, derrière les autres. Nikhil a mené l'entretien ; il était censé être le dirigeant d'une association de non-résidents indiens désireux d'effectuer des donations aux œuvres caritatives de Gourou-ji. En l'écoutant, j'ai été frappé de la belle allure de ce sadhu Anand Prasad. Il avait la peau soignée, couleur chocolat, mise en valeur par la tunique blanche qu'il portait et, alors qu'il devait avoir la cinquantaine, un front sans ride, de longs cheveux noirs et un léger accent du Sud. De toute ma vie, je n'avais jamais vu un Tamil aussi beau. Son secrétaire était un Hollandais de très grande taille, blond, les traits anguleux. Il aurait pu être acteur. Il se tenait debout derrière le fauteuil d'Anand Prasad, et ensemble, dans ce bureau spacieux garni de mobilier tapissé de soie, ils composaient une image publicitaire des méthodes de Gourou-ji. Ils étaient superbes.

Nikhil réclamait avec insistance un entretien avec Gourou-ji. Il a expliqué à Anand Prasad que son organisation avait des dons à distribuer, pour des millions, que nos membres étaient des hommes d'affaires, des programmeurs informatiques et médecins indiens disséminés un peu partout sur la planète, et qu'ils étaient très désireux d'apporter leur contribution. Ils étaient des adeptes de Gourou-ji et, pour lui remettre ces dons, il fallait qu'ils le rencontrent. Si ce n'est en personne, pourquoi pas en vidéoconférence ? Ou par téléphone, pour commencer.

— Je suis tout à fait désolé, a répondu Anand Prasad, mais Gourou-ji est en retraite. Avant son départ, il a laissé des instructions strictes. On ne doit pas le déranger, même pas en cas d'urgence. En fait, je ne peux même pas entrer en contact avec lui. J'ignore où il est, et comment communiquer avec lui.

— C'est lui qui vous appelle, alors ? a insisté Nikhil.

Le haussement d'épaules d'Anand Prasad était aussi élégant qu'un pas de danse.

— Non, non, s'est-il défendu. Il est vraiment parti. – Il a eu un geste de magicien, des deux mains. – On pourrait dire qu'il a disparu. Il ne sera de retour que lorsqu'il le souhaitera.

— Il ne reviendrait même pas pour un million de dollars ? s'est écrié Nikhil. Même pas pour des enfants pauvres ? Et des femmes qui meurent de faim ?

Il insistait lourdement, mais je voyais bien que c'était inutile. Anand Prasad ne savait pas l'essentiel, et ce qu'il savait, il ne nous le dirait pas.

— Laisse tomber, j'ai dit à Nikhil. Ce maderchod est un larbin. Il ne sait rien.

Anand Prasad en est resté abasourdi. Il était tout plein de sa sainteté et de son apparence exquise, et personne ne lui avait jamais parlé sur ce ton.

— Quoi ? il a fait. Qui êtes-vous ?

Je me suis avancé de deux pas vers son bureau. À côté d'un plumier raffiné et de trois téléphones, il y avait le modèle réduit en or d'un autel en forme d'aigle, de la largeur de deux mains. Je l'ai pris. Les détails étaient magnifiquement travaillés, jusqu'aux briques et au samagri, à l'intérieur de l'autel, qui n'attendait plus que de se consumer. Et il pesait extrêmement lourd dans ma main, il se lovait dans ma paume avec une densité impressionnante. J'avais la fumée du sacrifice dans les narines, signe de vie et de mort. J'étais suffoqué par une ardente aspiration, je m'y noyais. Où était Gourou-ji ? Pourquoi refusait-il de me parler ? Qu'avais-je fait de mal ?

— Qu'est-ce que c'est ? j'ai demandé. De l'or.

— Vous, écoutez….

Il s'est levé de son fauteuil, bouffi d'orgueil et de vertueuse indignation. Je me suis encore avancé d'un pas et, dans la foulée, je lui ai abattu l'autel en or sur le front, que je lui ai fendu.

— Non, j'ai dit. Toi, tu m'écoutes.

Le métal a résonné comme une cloche, et un jet de sang a aspergé le verre limpide de la fenêtre.

— C'est dur, j'ai remarqué, non sans satisfaction. Ce n'est pas de l'or.

Anand Prasad était à terre, près de son fauteuil, agité de soubresauts, la tunique remontée autour des hanches. J'ai enfourché cet enfoiré, je l'ai empoigné par l'épaule, je l'ai relevé et je me suis remis à la besogne, l'autel à la main. Cogner me calmait, j'y puisais une concentration qui m'a envahi comme un flot d'eau claire. Les coups sortaient de moi à une cadence régulière, au rythme de ma respiration, comme si j'étais en méditation. Je me suis oublié dans ce soulagement, des nuits de crainte et de colère enfin dissoutes dans cet assouvissement. Et puis l'autel s'est retrouvé maculé de sang, et Anand Prasad était mort.

Je l'ai lâché. Son crâne a heurté le marbre avec un bruit mat. Les boys me regardaient, les yeux écarquillés. Nikhil avait son godha braqué sur le Hollandais, qui s'était recroquevillé dans un coin.

— Non, j'ai fait. Pas de balles. C'est un message. Tu lui fais pareil qu'à l'autre, là. – J'ai lâché l'autel.

Le Hollandais a eu le temps de pousser un cri, un seul, avant qu'ils ne lui tombent dessus. J'ai ouvert une porte et, derrière, il y avait un cabinet de toilette rutilant, une salle de bains luxueuse. Ces sadhus des échelons supérieurs ne refusaient aucun avantage, non, assurément pas. J'ai appuyé sur l'interrupteur, et je me suis vu dans le miroir, à la lumière : les yeux lançant des éclairs, du sang sur la face. Je me suis lavé. Le Hollandais est mort dans une rafale de coups sourds et de gémissements. Quand je suis sorti, les boys se rajustaient.

— Il vaut mieux essuyer ce truc, Bhai, m'a conseillé Nikhil, la poitrine haletante. Empreintes digitales.

Sur l'autel, il y avait des cheveux collés et de petits bouts de chair.

— Emporte-le, j'ai dit. On s'en débarrassera.

Dès que les boys ont eu fini de se nettoyer, on est partis. On est sortis de là, décontractés, paisibles, d'un pas lent ; on est redescendus à la voiture, on est montés dedans et on a roulé jusqu'au portail à faible allure. On a salué les sadhus d'un signe de la main et nous voilà partis.

Notre itinéraire de repli était déjà tracé. À notre repaire, des vêtements de rechange et une Sumo noire nous attendaient. J'avais bien formé les boys. En moins d'une quinzaine de minutes, nous avions vidé toutes les pièces et chargé la Sumo. Nous avons essuyé nos empreintes de la Maruti Zen qui nous avait conduits à l'ashram, et on a filé. Nous avons pris vers le sud, en direction de Delhi. Nous avons doublé des colonnes d'autocars et de camions surchargés et roulé un moment derrière un cortège de mariage. À présent, dans ce crépuscule, je me sentais très serein. Gourou-ji allait devoir me parler. J'avais très mal agi, il allait être obligé de me punir. Il allait m'appeler pour me réprimander. Je m'excuserais, évidemment, mais je lui donnerais mes raisons, et il comprendrait. Il me pardonnerait.

Nous avons laissé derrière nous des zones industrielles, des boutiques et des dhabas. Des champs de sarrasin et de blé s'étendaient vers l'horizon de plus en plus noir. Les poteaux électriques fondaient sur nous, les fils s'élevaient et s'abaissaient au-dessus de nos têtes. Quand j'étais enfant, dans la ferraille bringuebalante qui faisait le bus entre Digadh et Nashik, je croyais entendre les appels de ces poteaux au fur et à mesure qu'ils filaient derrière moi, entraînés dans le passé. À cette époque lointaine, je n'avais jamais vu de fermes prospères, de ces maisons pucca avec leurs paraboles et leurs antennes pointées vers le ciel. Tout avait changé.

Mais rien n'avait changé. Cette vérité, je l'ai observée partout dans le pays. Au cours des nombreuses semaines qui ont suivi, j'ai voyagé avec Nikhil et les boys selon un parcours touristique en zigzag, façon bharat-darshan. Nous sommes allés dans les ashrams de Gourou-ji, dans ses bureaux et ses lieux d'activité. Nous avons suivi des indices, des rumeurs, des intuitions et des lubies. Donc nous sommes allés de Chandigarh à Delhi et Ajmer, de Nagpur et Bhilai à Siliguri. Ensuite, retour à Jaisalmer, et puis Jammu, Bhopal et Digboi. Après quoi, nous nous sommes arrêtés une semaine à Cochin, le temps que Nikhil soigne à coup d'antibiotiques une dysenterie qui l'envoyait geindre aux toilettes toutes les demi-heures. Nous avons loué un bungalow près du front de mer et contemplé le mouvement pendulaire des carrelets, hors de l'eau, dans l'eau. Nikhil luttait, et le docteur lui prescrivait analyses sur analyses. Après onze de ces prélèvements, j'ai averti ce pauvre type que j'avais pigé son système de rétrocommissions.

— Rétrocommission, qu'est-ce que c'est, saar ? il m'a fait, avec son accent de Malyali.

— Vous appelez peut-être ça autrement, par ici, je lui ai répondu, mais c'est toujours les trente pour cent que tu touches du laboratoire. Je te parie un lakh là-dessus. Tu les veux, tes trente pour cent ? Je vais te donner trente pour cent.

Et je lui ai fait tâter du dos de ma main. Ensuite, il s'est montré docile comme une randi qui vient de se ramasser la cravache ; il nous a laissé ses gélules, il a incliné la tête et il a filé. Impossible de résister à l'envie de remettre ce salopard à sa place, mais ce n'était pas malin. J'aurais dû garder profil bas, je le savais. Mais ce gaandu m'avait agacé. Il portait le jean, il roulait en Ford Capri, et il n'arrêtait pas de répéter qu'il prescrivait les « derniers-derniers » médicaments, mais il menait son commerce comme n'importe quel médecin de campagne qui administre des piqûres d'eau distillée à des bergers analphabètes. C'était pareil dans toute l'Inde : on tombait sur des fermiers qui se trimballaient avec un téléphone portable, mais qui tuaient leurs enfants pour s'être mariés en dehors de leur caste, et on passait notre temps à acheter des bouteilles d'eau minérale à des chokras miteux et pieds nus, aux bras couverts de teignes. Nikhil se plaignait amèrement de l'instabilité des communications téléphoniques chaque fois qu'il voulait connecter son ordinateur portable pour récupérer ses e-mails, et finalement, à Coimbatore, une prise non sécurisée lui avait grillé son Vaio Sony aux lignes si pures – étendu pour le compte. Et maintenant, il chiait douze fois par jour, il avouait qu'il avait peur de mourir sur ce bhenchod de trône blanc, dans cette ville de Malyali de maderchod, dans cette fosse d'aisance, cette vérole de pays de harami.

Les ashrams de Gourou-ji étaient eux-mêmes gagnés par la confusion. Je l'avais constaté. Le chaos s'infiltrait entre les barreaux des grilles, sous les portes bleues, au-delà des mantras protecteurs. Les ashrams étaient tous dessinés suivant le même plan. Qu'ils soient grands ou petits, en ville ou à la campagne, chacun d'entre eux respectait la même orientation nord-sud, avec ces mêmes quatre portes bleues. La taille des bâtiments et les distances augmentaient ou diminuaient, mais le tracé demeurait identique. Après être entrés dans deux d'entre eux, on pouvait se repérer dans tous les autres ; nous savions que le premier bâtiment sur la gauche, après le portail principal, abritait la boutique d'artisanat, et que la lingerie était toujours cachée dans l'angle nord-est. Et qu'il y avait toujours, toujours cette pyramide au centre, le lieu sacré, le siège du pouvoir, le quartier général. Nous nous rendions d'un ashram à l'autre en quête d'informations, et je finissais par comprendre la topographie, la raison d'être de cette conception. Observer ces sites dont Gourou-ji avait tracé les plans dans sa tête, qu'il avait créés à partir de son idée et de son imagination, c'était comme d'entretenir une conversation avec lui. La pyramide de marbre ressemblait à nos anciens temples indiens sans être tout à fait semblable. Ici, dans cet édifice totalement exempt d'images, on percevait l'œuvre de l'esprit, et ce qui existait au-delà de l'esprit. Ici, il y avait l'administration et la méditation, le dharma et le moksha. Loin du point central, à l'extrême périphérie, se dressaient les bâtiments subalternes, la blanchisserie et les installations électriques, les toilettes publiques et les pavillons d'artisanat. Dans l'entre deux, il y avait les écoles pour les enfants et les dortoirs pour les couples mariés, les cliniques et les équipements de télé-communications. Plus proches du centre, loin des bâtiments où les simples adeptes laïcs pouvaient entrer librement, il y avait les rési-dences en arc de cercle, les viharas et les salles réservées aux sad-hus, ceux qui avaient renoncé au monde. L'ensemble dessinait un cercle autour de la pyramide blanche, au-delà de laquelle il n'y avait que la libération.

Je comprenais la logique, la progression, ce mouvement de l'extérieur vers l'intérieur. Les rapports entre ces points et ces angles, l'architecture de ces constructions, c'était la géométrie du temps et de la vie mêmes. À maintes reprises, j'avais entendu Gourou-ji évoquer les âges de l'homme, les affiliations appro-priées entre les castes et les groupes, la place des femmes dans une société juste, l'éducation des enfants – et ici, dans ces ashrams, tout cela se déployait devant l'œil qui aurait cette clair-voyance ; l'ordre y reflétait l'intellect de Gourou-ji. Lire ces pay-sages, c'était comme d'écouter un sermon, et je percevais désormais très clairement sa vision, son idée de ce que le pays, puis le monde entier devraient être. Il voulait transformer l'Inde, lui donner la paix de ce jardin de verdure, la faire entrer dans la perfection. Certaines parties de Singapour avaient cette propreté qu'il souhaitait, mais aucune ville au monde ne possédait cette symétrie, cette cohérence interne, cet équilibre entre les boutiques et les centres de méditation, conçu de sorte qu'il était possible de voir le temple central à travers les arcades alignées avec précision de la bibliothèque et de la blanchisserie. Ces édifices et ces portails bleus ressemblaient au passé, aux décors dorés des séries mythologiques de la télévision, mais c'était l'avenir selon Gourouji. C'étaient les lendemains qu'il nous proposait, le satyug qu'il entendait créer.

Mais le présent résistait. À Coimbatore, près de la porte est de l'ashram, un vieux banyan s'était abattu et il avait écrasé onze mètres de clôture, ouvrant la voie à un troupeau de chèvres qui avaient dévoré trois roseraies avant que l'on ne soit parvenu à les regrouper et les chasser. À Chandigarh, un scandale sexuel avait impliqué le chef des sadhus, trois adeptes adolescentes et le commissaire adjoint de la police locale. J'ai constaté moi-même qu'à Allepy, les bureaux administratifs étaient infestés de termites et de fourmis rouges. À ces divers problèmes s'ajoutait maintenant la question du traitement que nous avions réservé à cet Anand Prasad si hautain et à son Hollandais. L'épisode avait déclenché une lutte de pouvoir au sein de la hiérarchie de l'organisation de Gourouji. L'*Asian Age* avait titré en pleine page : « Double meurtre en l'absence mystérieuse du gourou », et suggéré, dans l'article qui suivait, qu'Anand Prasad avait été éliminé par une coterie de sadhus rebelles. Nous remarquions désormais dans les ashrams la présence de vigiles, l'existence de procédures de sécurité contraignantes, et des rumeurs de disputes entre les principaux candidats au poste d'Anand Prasad. L'*Asian Age* ne se trompait qu'à moitié : les sadhus étaient innocents de cette exécution, mais ils se livraient bel et bien à des querelles intestines et à des chamailleries féroces. Aucun des sadhus ne savait qui nous étions et, du coup, à chaque apparition de mon équipe de recherche, les diverses factions nous croyaient engagés par une autre, et tous s'accusaient réciproquement de meurtre. Alors nous avons monté la pression, recourant à l'argent et à l'intimidation à part égale. Nous n'avons tué personne d'autre, mais à Bangalore, nous avons dû casser le bras d'un programmeur informatique, pour que l'autre programmeur – sa copine – nous fournisse le mot de passe d'un compte d'e-mail. Et ainsi de suite.

Nous n'avons rien trouvé. Les rumeurs ne manquaient pas. Certains croyaient que Gourou-ji était vraiment entré en samadhi, à titre temporaire, et d'autres prétendaient qu'il se mourait d'un cancer. Tout le monde y allait de son commentaire, mais personne n'était en mesure de nous fournir la moindre parcelle d'information. Mes boys étaient déprimés. Cette vie itinérante était pénible, et ils étaient loin de leurs activités normales, et lucratives. Ils n'avaient pas vu leurs épouses et leurs chaavis depuis des semaines. Chaque fois que nous leur téléphonions, les boys restés à Mumbai se plaignaient des pressions policières ; nos tueurs, nos agents étaient la cible de traquenards avec une régularité pénible. C'est alors que Nikhil est devenu la proie de ses propres luttes intestines et malodorantes, et que j'ai décrété une halte à Cochin. J'ai conseillé aux boys de se reposer, non sans leur préciser que nous repartions bientôt. Mais je commençais à croire que je ne retrouverais jamais Gourou-ji, qu'il avait fini par m'échapper.

Au bout de dix jours à Cochin, Nikhil s'est enfin affranchi de la maladie. Il s'était allégé de cinq bons kilos, et il avait l'air épuisé. Ce soir-là, les gens du cru organisaient un carnaval, et nous les avons regardés défiler du haut balcon du deuxième étage de notre bungalow, une parade interminable de tableaux vivants et de bruyantes reconstitutions historiques. Il y avait un éléphant, un vrai, orné d'une coiffe dorée. Il était suivi par un groupe d'hommes affublés de robes en satin rose, de faux seins, le visage peint d'un maquillage outrancier. Ensuite venait un camion chargé de spécimens de produits et d'individus du Kerala, notamment un hindou, un musulman, un chrétien, un juif et une touriste blonde dans un transat. Un peu plus loin, sur un autre camion, c'était une scène extraite du Mahabharata, dont les héros en armures brillantes dansaient sur des rythmes disco. Mes boys étaient quelque part dans la foule. Nikhil sirotait une bière, et moi un jus d'ananas, et on suivait le tout.

— Bhai, il m'a avoué. Ce n'est pas pour te critiquer ou je ne sais quoi, mais je pense aux boys. Ils deviennent un peu remuants. Pourquoi on se fatigue autant à chercher ce Gourou-ji ?

— Là, tu me critiques, je lui ai répliqué.

— Sans du tout te manquer de respect, Bhai. Bunty dit que tu le lui répétais tout le temps : le moral, c'est important. Et les boys…

— Tu as le moral en berne, toi aussi ? Ta femme, elle te manque tant que ça ?

— Mes enfants me manquent, Bhai. Et mes affaires... Tant qu'on est ici, on ne se consacre pas à nos affaires.

Je voyais bien qu'il devenait nécessaire de s'expliquer. Si Nikhil, qui me devait tout, éprouvait le besoin de me dire ces choses en face, c'est qu'il était indispensable de leur regonfler le moral.

— OK, j'ai dit. Alors écoute-moi attentivement. Je ne te le répéterai pas deux fois.

Sur le camion qui défilait à nos pieds, un cercle de personnages, les membres d'une espèce de tribu dansaient autour d'un feu de projecteurs rouges et de rubans rouges virevoltant. Tous portaient des lunettes de soleil.

— Je ne peux pas t'en révéler beaucoup, j'ai continué, mais je peux te dire ceci. Si nous recherchons Gourou-ji, c'est uniquement pour affaires. Il nous a dupés. Il nous a doublés.

— Il nous doit de l'argent ?

— Oui. Il nous doit un paquet d'argent. Il nous a trahis.

— L'enfoiré, a sifflé Nikhil. Il avait l'air satisfait. – Pour lui, ça se tenait, maintenant, et le monde obéissait à une logique. – Alors il faut qu'on le retrouve.

— Dis aux boys que tant que nous serons en mission, leurs salaires sont multipliés par deux. Et qu'il y aura une solide prime à l'arrivée.

Cela l'a réjoui considérablement. Je l'ai laissé sur le balcon et je suis passé dans ma chambre. J'ai réglé la climatisation au maximum et je me suis allongé sur le lit, lumières éteintes. Nikhil allait bientôt appeler sa femme, et parler à ses enfants. J'ai pensé téléphoner à Jojo, mais j'étais trop flageolant. Depuis mon retour en Inde, j'avais du mal à trouver le sommeil. Au début, j'avais attribué cela au décalage horaire, aux changements de lieu, aux aboiements des chiens et aux crissements des criquets. Mais une semaine s'était écoulée, à dormir par intermittence. Trois nuits de suite, je m'étais assommé de somnifères, et je m'étais réveillé chaque matin plus fatigué. Maintenant, après des semaines de ce régime, chaque nuit était un périple, et je traversais mes journées en apesanteur. Nikhil n'en avait rien dit, mais je savais qu'il était

1041

inquiet pour moi. Parfois, je m'endormais dans la journée, droit dans mon siège, pendant une conversation avec Mumbai, ou après le déjeuner, en attendant le dessert. Je me réveillais en sursaut, terrorisé par ce rêve persistant, ce même horizon de cendres et d'obscurité. Je devais consentir de gros efforts pour me concentrer sur des questions de finance, de tactique et de gestion.

Je manquais de sommeil, mais ce soir-là, il n'était pas question de dormir. En plus du vrombissement de l'air conditionné, la musique du carnaval me fracassait le crâne. Il y avait trois morceaux, ou peut-être quatre, en différentes langues, qui s'entrechoquaient et se mélangeaient en une palpitation sonore au volume insoutenable. Et, en toile de fond, le murmure de la foule enflait de temps à autre en joyeux beuglements. Je les maudissais, surpopulation de cons, il en grouillait par lakhs et par crores dans toute l'Inde. J'aurais aimé qu'ils n'aient tous qu'une seule tête, que je puisse les abattre d'un seul coup. Moi, je n'avais pas droit au silence. Combien d'hommes avais-je abattus ? Moins qu'il n'y en avait là. Je pouvais en tuer un chaque seconde qu'il me restait à vivre, et il en resterait encore largement assez pour me tambouriner sur le crâne de leurs bêlements et vagissements de plaisir. Il y en avait autant que de grains de poussière dans la barre de lumière jaune qui traversait la pièce, depuis la vitre, à l'oblique, au-dessus de ma tête. Il était impossible de leur échapper.

Pourquoi la chambre sentait-elle le mogra ? C'était l'attar que portait Salim Kaka, il en avait sur lui cette nuit-là, quand je l'avais tué pour son or ; il s'en était aspergé la barbe et la poitrine avec un petit flacon vert avant de sortir rejoindre une de ses femmes. Je me souvenais de sa façon de renverser la tête en arrière et d'agiter le flacon dans son cou, et puis de cette odeur forte et huileuse de l'attar. Et ses dessous de bras, rasés de près, et le rose de ses gencives et ses grandes dents blanches.

La pièce était hermétiquement fermée. Il n'y avait pas de fleurs à proximité, je le savais. Et pourtant, il y avait cette odeur, intense et inéluctable. Je me suis appuyé sur un coude, j'ai bu une gorgée d'eau, je me suis rallongé. Et elle était là, cette mogra, dans le creux de ma gorge et le fond de ma tête. J'ai ouvert les yeux.

Mais qu'est-ce que c'était, là, dans le coin, saisie dans la lueur du bord de la fenêtre ? Une manche rouge et soyeuse, une épaule.

Oui. Une barbe. De longs cheveux, jusqu'à la nuque épaisse. C'était Salim Kaka. J'avais tiré dans le dos de ce salopard et il était de retour. Mes mains tremblaient, et un fredonnement m'a envahi le crâne, plus fort que le vacarme du dehors. C'était Salim Kaka, c'était lui. Je pouvais voir ses yeux. Ce gaandu de Pathan. « Tu te figures que j'ai peur de toi, bhenchod ? » j'ai soufflé. Il n'a rien répondu. Mais il n'a pas cillé, et son mépris était clair, dur et ferme.

Et puis il a disparu, il n'y avait plus que la fenêtre, et un rideau rouge. Je me suis levé, je me suis approché en titubant, j'ai tendu une main, j'ai touché le mur du bout des doigts. J'ai bien compris comment le rideau, vu depuis le lit, dans cette lumière incertaine, avait pu s'enrouler et se transformer en un bras. Mais j'avais entrevu son visage, ses lèvres tachées de paan, et j'avais vu ses clavicules profondément enfoncées. Ces mains énormes.

Non, non, non. Tu deviens fou, Ganesh Gaitonde. C'est le manque de sommeil et l'épuisement qui t'ont affaibli, qui t'ont réduit à la folie. J'ai carré les épaules, bien dégagées, bien droites, et j'ai arpenté la pièce d'une extrémité à l'autre. Respire, je me suis dit. Je me suis assis par terre, jambes croisées, au pied du lit, et j'ai pratiqué l'exercice de respiration que m'avait appris Gourou-ji. J'ai laissé l'anxiété s'évacuer à chaque expiration, j'ai aspiré de l'énergie. Ralentis, ralentis. Ce n'était qu'une hallucination. Oui. Mais je sentais encore ce mogra.

Il était venu ici, dans ma chambre. C'était de la démence de croire ça, mais je savais que c'était vrai. Salim Kaka croyait à la magie, et tous les deux ou trois mois, il rendait visite à un malang baba d'Aurangabad. Le malang baba lui avait donné un taveez rouge à porter autour du cou, et un bleu à mettre au bras droit, pour se protéger du couteau et du pistolet. Mais Salim Kaka était tombé sous mes balles, et je lui avais dérobé son or, et maintenant j'étais plus fou que le Mathu. Je savais que j'étais dérangé, et pourtant je savais que Salim Kaka venait de me rendre visite. Peut-être le malang baba l'avait-il renvoyé, pour qu'il me lorgne de cet œil de molosse.

Nous sommes repartis le lendemain, pour Chennai. Au décollage de l'avion, au-dessus des basses collines verdoyantes, la cabine de classe affaire empestait l'odeur sucrée de Salim Kaka. Il m'accompagnait, où que j'aille. Maintenant que Gourou-ji m'avait abandonné, rien n'empêchait le malang baba d'exercer sur moi ses sortilèges. Il était capable d'expédier Salim Kaka à des milliers de mètres d'altitude, de lui faire traverser l'océan. J'ai tâché d'ignorer l'odeur, et de me concentrer sur notre programme. J'avais cru que la perturbation que nous semions dans les ashrams pousserait Gourou-ji à sortir de sa cachette, qu'il en émergerait pour me punir et protéger son monde. Mais là, dans les airs, en regardant les champs tout en bas, il m'apparaissait clairement qu'un homme qui voyait dans le passé et le futur, qui concevait le temps en yugas, qui voyait le tourbillon des siècles obéir à un plan secret et s'était détaché de ses propres désirs et de son ego, un tel homme se moquait du démantèlement d'une banale organisation, et de la mort d'un ou deux hommes. Ce que je fabriquais lui était égal. Quels qu'aient été ses gestes d'affection à mon égard, je lui étais égal. Pour lui, je n'étais rien. Son altitude de vol était très supérieure à celle de n'importe quel jet, et il baissait les yeux sur nous comme si nous étions des fourmis. Le temps que l'on atterrisse, j'étais convaincu que notre stratégie était vouée à l'échec. Mais je n'en avais pas de rechange, donc je me suis tu. Nous avons gagné notre repaire, nous avons attendu la tombée de la nuit, nous avons perpétré notre cambriolage dans un bureau de l'administration. Mais nous n'avons rien trouvé, comme je m'y attendais. Et Salim Kaka ne me quittait plus ; il était là, dans la maison, et jusqu'à l'aube. Devant mon lait matinal qui, sous la saveur d'amandes, avait une puanteur de fleurs sirupeuse, j'ai été pris d'un haut-le-cœur.

Les boys avaient l'air abattu. Ils s'étaient affalés en travers des sofas et des lits, dans le vague. Prime ou pas prime, ces échecs à répétitions leur étaient pénibles. Je me suis conduit en chef optimiste, mais mon propre sentiment d'impuissance devait forcément les contaminer. Je savais que j'aurais dû évoquer une prochaine opération, mais mes yeux injectés de sang me démangeaient, une douleur s'était emparée de tout le côté gauche de mon crâne, et je n'en avais tout simplement pas l'énergie. Nikhil était calé dans son fauteuil, les pieds sur une balustrade de balcon, il feuilletait, l'air apathique, un vieux magazine de cinéma tamil que quelqu'un avait laissé aux toilettes. Le visage rondouillard des starlettes du

Sud ne lui faisait pas forte impression, pas plus que les publicités incompréhensibles pleines d'hommes aux biceps dénudés. Il a reposé le magazine sur la table, je l'ai attrapé et je l'ai ouvert à une page au hasard.

Zoya a levé les yeux vers moi depuis une photo en pleine page. Elle était vêtue de blanc, éclairée d'un halo de lumière argentée qui lui prêtait une peau pâle et un air innocent.

Elle avait dû récemment tourner un film dans le Sud. Elle en tournait partout, en réalité, et je voyais bien pourquoi. Elle était magnifique. Mais, assez curieusement, je n'avais pas envie d'elle. Je ne ressentais plus au fond de mon ventre cette torsion déchirante qu'elle provoquait autrefois rien qu'en restant assise. Je la regardais, et je voyais qu'elle était parfaite, elle avait atteint ces proportions pour lesquelles nous avions tant travaillé, cet équilibre dans le jeu superbe de la lumière et de l'obscurité. Même sur le papier médiocre de ce magazine, à travers le flou de l'impression, je pouvais le voir. Et je ne ressentais rien. Je n'avais pas envie d'elle, je ne l'aimais pas, je ne la haïssais pas. J'étais indifférent.

Une envie furieuse de parler à Jojo m'a étreint la poitrine. Je me sentais plein d'élan, et je me suis levé.

— Je dois passer un coup de fil.

Je les ai tous plantés là, j'ai fermé la porte de ma chambre, et j'ai composé son numéro. Je l'ai tirée de son sommeil, elle avait la voix enrouée, de mauvaise humeur.

— Qu'est-ce que tu veux, Gaitonde ? Au milieu de la nuit !

— Il est huit heures du matin. Et je veux te parler.

— Me parler de quoi, Gai-ton-de ? s'est-elle indigné.

En réalité, je ne voyais aucun sujet que j'aurais eu envie d'aborder avec elle, je voulais juste sa voix, son souffle. Mais les matins de Jojo n'étaient que souffrance, avant ses trois tasses de thé, et si je ne lui fournissais pas une bonne raison pour l'avoir réveillée, elle allait me raccrocher au nez, et me maudire, en plus. Il fallait que j'invente quelque chose.

— Je cherche une femme, je lui ai annoncé.

— Enfoiré, elle a grogné. Alors rappelle-moi dans la soirée.

— Attends, attends, j'ai fait. Je ne veux pas une femme, pas comme ça. Je veux dire, on recherche une femme qui a disparu.

Elle nous a volé de l'argent et elle a filé. On n'arrive pas à la retrouver. On la cherche depuis des mois.

— Je la connais ? Comment s'appelle-t-elle ?

Il fallait que j'invente un nom. J'avais gardé le magazine tamil, il était posé devant moi, ses pages voletaient sous les pales du ventilateur.

— Sri, j'ai dit. Sridevi.

— Quoi ? Sridevi s'est enfuie avec ton argent ?

— Non, non. Pas Sridevi la star de ciné. C'est une autre femme. Qui porte ce nom.

— Alors pourquoi tu n'arrives pas à la trouver ? Tu as fait surveiller sa famille ?

Jojo a lâché un bâillement.

— Elle n'a aucune famille. Pas mariée, rien. On est allés partout où elle a travaillé, mais aucun signe d'elle.

— Donc, tu es coincé, Gaitonde.

— Je suis coincé.

— Alors tu te tournes vers moi. – Cela semblait la rendre bien hautaine. – Tu as essayé d'enlever son boyfriend ?

— Elle n'a pas de boyfriend. Même pas de girlfriend.

— C'est quel genre de monstre, cette fille ? Personne, ni mec ni nana.

— On a interrogé tous les gens avec qui elle a travaillé. Sans résultat.

Jojo s'agitait à grand bruit maintenant, elle s'était levée, elle était opérationnelle. Je connaissais son train-train, elle entrait d'un pas traînant dans la cuisine, où sa bonne avait mis une casserole d'eau sur le feu, la veille au soir. Jojo allait allumer le gaz sous la casserole, et attraper un mug de lait tenu prêt sur la clayette du haut, dans le frigo. Ça y était, le déclic de l'allume-gaz.

— OK, donc tu n'as aucune information sur cette Sridevi. Après toutes ces recherches, ta compagnie tout entière n'a rien trouvé.

— Rien.

— Tes employés sont des crétins, je te l'ai dit.

— Oui, oui. Plein de fois.

— Filer un ghoda à un boy, ça ne le rend pas plus malin. Ça le transforme juste en chutiya armé.

— Saali, c'est comme ça que tu m'aides ? Reviens plutôt à Sridevi.

— OK.

Elle s'appuyait contre le plan de travail, je le savais, elle attendait que l'eau fît bouillante. Et maintenant, elle cassait des tiges d'elaichi, trois tiges.

— C'est quoi, son lieu de naissance ?

— Elle n'en a pas.

— Tout le monde a un lieu de naissance.

— Le sien a disparu. C'est au Pakistan. Pourquoi ?

— Tu auras la cervelle bientôt aussi liquide que du falooda, Gaitonde. Les gens sont des imbéciles, tu le sais. Tous, ils veulent rentrer chez eux. Et ils finissent toujours par le faire, même quand ils savent qu'ils n'y ont pas intérêt.

C'était vrai. Ouvrez l'œil sur le village d'un homme, et tôt ou tard vous le tenez. Planquez un indicateur dans sa localité d'origine, et, un jour, vous pourrez lui loger une balle derrière la tête. La police procédait de la sorte, et j'avais agi de même. Jojo avait raison, les êtres humains étaient stupides, ils tournaient en rond et, au bout du compte, ils revenaient à leur point de départ, comme tirés par une corde. Mais si la terre natale a disparu, s'il n'y a nulle part où aller ? Où aller ?

— Je vais y réfléchir, j'ai dit. Ce n'est pas une mauvaise idée. C'est une éventualité.

— Parfait, elle m'a répondu. Toi, tu y réfléchis. Et moi, tu me laisses boire mon chai en paix.

Mais je ne l'ai pas lâchée, pas encore. Je l'ai gardée en ligne et je lui ai parlé de ses soucis de production, et de sa bonne qui avait un mari alcoolique, et de la pollution en ville, qui allait croissant.

— Je raccroche, je l'ai prévenue, enfin, une grosse demi-heure plus tard ; elle avait terminé son chai, elle était prête à prendre son bain et à partir au travail.

Et moi, je me sentais plus rassuré, maintenant que j'avais une direction à suivre. J'ai appelé Nikhil, et nous nous sommes mis au travail. Lors de nos descentes dans les ashrams, nous avions accumulé des papiers et des documents, et nous avions saisi des ordinateurs portables. Nous disposions d'informations. En fait, nous en avions trop, deux valises pleines, plus les ordinateurs. Je me suis expliqué à Nikhil ; je lui ai délivré mes instructions, et nous avons tout passé au crible. Le problème, naturellement, c'était que nous ne savions pas ce que nous cherchions.

— Une maison, j'ai dit à Nikhil, son foyer, n'importe quel endroit où retourner.

Il a eu l'air déconcerté, mais pas plus que moi. Où irait un homme comme Gourou-ji ? Chandigarh ? Nous y étions déjà allés, et nous n'avions rien découvert. Alors, où ? Où irais-je, moi, où irait Jojo ? Où se rendre lorsqu'il n'y a pas de bercail où rentrer ? Je n'avais pas de réponses, mais on a continué de chercher. Ça nous a pris cinq jours, et puis Nikhil a trouvé.

Dans les grands livres comptables de Gourou-ji pour l'année en cours figuraient des écritures concernant une « Bekanur Farm ». Quatre-vingt-quatre mille roupies et un lakh trente-quatre mille roupies inscrits dans la colonne crédit. Nous n'avions pas les dossiers des cinq années antérieures, mais nous avons pu repérer une autre entrée dans le courant de l'année précédente, concernant un chèque libellé – là encore tiré sur le compte personnel de Gourou-ji – se rapportant à un « tracteur pour Bekanur Farm ». Et il y avait une lettre sur l'un des ordinateurs, datée de l'année en cours, adressée au Punjab State Electricity Board, au sujet d'arriérés de facture pour Bekanur Farm. Cette lettre était signée d'Anand Prasad, notre récent ami le sadhu, pas moins. Pourquoi une grosse légume de l'organisation, un grand sachem comme Anand Prasad se chargerait-il d'écrire au PSEB pour une histoire de deux lakhs et quelques milliers de roupies ? Qu'est-ce que c'était que cette ferme, d'ailleurs ? Nous avons fouillé dans la littérature en accès public au sujet de Gourou-ji, sans rien trouver. Aucune mention d'une ferme située à environ quatre-vingts kilomètres au sud d'Amritsar, pas un mot sur la moindre ferme. Et il ne m'avait absolument rien dit d'un endroit de ce genre dont il serait propriétaire. Bien sûr, il y avait l'intérêt qu'il portait au développement rural, au progrès de l'agriculture, mais cet aspect-là était géré par une tout autre sous-division. Leur département agricole était régi par une structure organisationnelle à part, une chaîne de commandement distincte, et sur des comptes en banque séparés. Ce Bekanur était une tout autre affaire, gérée par Gourou-ji en personne, et par ses associés les plus proches. Et tenue aussi secrète que possible.

Il fallait jeter un coup d'œil sur cette ferme. J'ai promis aux boys que c'était la dernière étape du voyage, qu'elle soit réussie ou non ; après cela, la mission serait terminée. Ça les a déridés, et nous avons atterri à Amritsar regonflés, parés. Nous avons appliqué la procédure habituelle. Nous avons gagné en deux groupes séparés un repaire aménagé au préalable, pris un petit déjeuner tardif, récupéré notre voiture, et nous étions fin prêts. La matinée était chaude, lumineuse, et je somnolais à l'avant. Nikhil était au volant. Derrière nous, les boys discutaient de l'or que renfermait le Temple d'Or, de sa quantité exacte et de sa valeur. Jatti, qui était punjabi, mais qui n'était venu au Punjab qu'une fois auparavant, lui a soutenu avec autorité que cet or se chiffrait en arabs, et pas en crores. Les autres se sont moqués de lui, et Chandar a eu envie d'aller à Jallianwalla Baug.

— Puisqu'on est ici, de toute manière ? a-t-il insinué.

On est ici, mais pas en touristes, j'avais envie de lui rappeler, mais faire émerger ces mots-là de mon demi-sommeil m'aurait réclamé trop d'énergie. En plus, je me sentais un peu un touriste moi-même. Je me suis surpris à me divertir du spectacle de ces Punjabis fanfarons, de leurs regards agressifs et leurs voix fortes. Il y avait là un sardar, devant un garage, sur notre gauche, les cheveux empilés en un grand nœud posé sur le sommet du crâne, qui parlait dans un téléphone portable. À notre passage, il a soulevé son kurta pour se gratter le nombril, révélant un ventre plein et velu. Il était souriant. C'était peut-être son garage, et la grande maison verte et rose, derrière, était la sienne, avec parabole satellite, Toyota dans l'allée et un gardien armé d'un fusil. Amritsar était une petite ville provinciale miteuse, mais il y avait de l'argent, ici, et beaucoup d'armes à feu. Une jeep de la police nous a doublés ; les trois agents, à l'arrière, tenaient tous des jhadoos au creux de leurs cuisses, avec doubles chargeurs maintenus ensemble par un adhésif. Je n'avais jamais vu autant d'armes automatiques dans les rues, dans aucune rue, jamais. Autour de moi, je percevais l'odeur du mogra. J'ai fermé les yeux, et quand je les ai rouverts, nous foncions à travers des champs de sarrasin, derrière un camion rempli à ras bord de tiges en acier. Il y avait des tigres peints sur les panneaux arrière, et une déesse sur celui du milieu.

— Nous y sommes presque, Bhai, m'a prévenu Nikhil.

Il a quitté la route, tourné sur la gauche, descendu un remblai. La route se resserrait, maintenant, et nous avons franchi un canal en tanguant et cahotant.

— On est vraiment au fin fond du dehat, là, a grommelé Chandar. Regardez-moi ces dehatis.

Deux paysans marchaient au milieu de la route, devant un bouvillon. Nikhil a klaxonné, et ils se sont écartés très lentement. Ils se sont penchés un peu, pour voir à l'intérieur de la voiture, au passage. Des villageois, en effet, et prospères avec ça. La terre était riche et mûre, et j'entendais le cognement sourd des pompes à eau, non loin de là. Nous avons roulé. Dans un embranchement, nous avons dû demander notre chemin à un jeune couple à moto. La jeune femme maintenait son dupatta rouge sur la tête en mordant le bout de l'étoffe entre ses dents, mais je me suis rendu compte que c'était un joli morceau, bien bâtie. Les boys en ont pensé autant, je le sentais à leur silence tendu, attentif, derrière moi. Le mari était filiforme, négligé, et totalement quelconque, mais ses indications étaient correctes. Nous sommes arrivés à la ferme de Gourou-ji juste après deux heures.

Autour de ces champs, il n'y avait pas de clôture en acier, et pas de portails. Rien que des andains de blé verdoyants, et des bunds bien entretenus, jalonnés d'arbres. Une maison blanche miroitait au travers d'un verger.

— Des mangues, a déclaré Jatti tandis que nous nous rapprochions des rangs bien alignés.

La route était lisse à présent, couverte d'un gravier qui craquait sous les pneus. Un paon a poussé un cri, et je l'ai vu courir entre les arbres, vision fugace. Nous avons contourné un neem ancien au tronc épais, et nous étions devant la maison.

C'était un bâtiment d'un étage, tout en largeur, très étendu. Le mur de façade ne comportait pas de fenêtres ; il n'était interrompu que par un passage voûté très haut conduisant à une petite véranda ouverte. Les portes, dans ce passage, étaient vertes, massives et lourdes, avec un portillon de taille plus réduite ménagé dans celui de gauche, juste assez large pour laisser passer un homme, un seul à la fois. Il était ouvert. Nikhil a secoué la chaîne de verrou pendue à côté.

— Arre, il s'est écrié. Koi hai ?

Mais la seule réponse nous est venue des pigeons qui marchaient le long des chevrons, sous la voûte. Je me suis penché par le portillon. Une vache et son veau mastiquaient avec bonheur dans une stalle, sur la gauche. Droit devant, quatre marches en briques conduisaient à un palier, en face d'une seule pièce. J'ai pu entrevoir un takath à l'ancienne et deux chaises, et puis une grosse horloge ronde. Il faisait frais, l'air était chargé d'une bonne vieille odeur de bouse de vache et de bhoosa. Le plâtre des murs, face au palier, était fendillé, et les briques de la véranda patinées. C'était une maison ancienne, et traditionnelle. Près de la stalle, de l'eau dégoulinait d'une pompe à main jusque sur la grille d'écoulement.

— Tu es sûr qu'on est au bon endroit ? j'ai demandé à Nikhil.

Il a pointé du doigt le fond du palier. Derrière un pilier, une rampe longeait l'escalier, juste assez large pour un fauteuil roulant. Donc, oui, ça pouvait être la demeure de Gourou-ji, mais elle ne ressemblait pas au reste de ce qu'il avait construit, et que nous avions pu voir. Qu'était-ce, au juste ? Nikhil a encore secoué la chaîne.

Un beuglement de clairon, provenant de la voiture, nous a fait sursauter. Jatti se tenait debout à côté, tout sourire. Il a encore enchaîné une série de coups de klaxon, et je lui ai crié dessus.

— Ça suffit, maderchod, je me suis exclamé, et il s'est arrêté, l'air peiné.

Le silence était stupéfiant, après ce vacarme, et les pigeons voletaient sous la véranda, dérangés. Enfin nous avons entendu des pas traînants, et un homme a tourné le coin du bâtiment.

Il était vieux, je l'ai compris tout de suite à sa démarche. Quand il s'est approché, je me suis aperçu qu'il devait avoir quatre-vingts ans bien comptés. Il portait un pyjaamah blanc, un tricot orange en loques et une écharpe grise entortillée sur le crâne. Il nous a scrutés d'un regard interrogateur, à travers d'épaisses lunettes à monture noire. Une fêlure traversait le verre gauche par le milieu.

— Hain, il a fait.

— Namaskar, a répondu Nikhil, poli. Namaste. C'est vous, le malik de la maison ?

C'était une flatterie évidente – ce budhau était très loin d'être le propriétaire de quoi que ce soit. Mais le vieil homme a pris la chose avec le sourire.

— Non, non, il a répondu. Je suis le manager.

— Le manager, a répété Nikhil, en singeant l'accent punjabi de l'homme – « *munayjer* » –, mais sans méchanceté. Oui. Nous pouvons avoir un peu d'eau ? Nous sommes venus en voiture, le trajet est long, depuis Amritsar.

Il nous a servi un thé chaud fumant. Il nous a conduits à l'intérieur, nous a assis dans la pièce voisine de la véranda, et il est réapparu une quinzaine de minutes plus tard avec des gobelets en cuivre et une grosse théière noircie. Il nous a versé le thé, un demi-verre chacun, et c'est alors seulement qu'il nous a demandé qui nous étions. Nikhil lui a concocté une histoire, nous étions des hommes d'affaires de Delhi, et nous cherchions à acheter de bonnes terres cultivées. Quelqu'un, sur la grand-route, nous avait parlé de ce verger de manguiers, de la ferme, donc nous étions venus jeter un œil. Et, au fait, qui était le propriétaire de ce joli domaine ?

— Le Saab vient de Delhi, nous a appris l'homme.

— Et son nom ?

— Mon nom, c'est Jagat Narain.

— Oui, Jagat Narain. Tu fais du bon chai. – Nikhil en a bu une longue gorgée à grand bruit, l'air de franchement apprécier. – Et le nom du Saab, ce serait ?

— Quel Saab ?

Ça prendrait du temps. Je me suis levé et me suis approché discrètement de la porte. Sur le côté du palier, il y en avait une autre, qui donnait sur un corridor sombre. Je l'ai longé à tâtons, et je suis ressorti à l'autre bout dans une vaste cour carrelée de briques. Il y avait un buisson de tulsi planté en son centre, et des portes sur les quatre côtés. J'ai contourné par l'extérieur, j'ai poussé ces portes. Elles se sont ouvertes en grinçant pour révéler des sols nus, de vieilles armoires en bois, de simples rayonnages encastrés dans des murs blanchis à la chaux, des charpais défoncés recouverts de couvertures grossières. Dans une pièce, il y avait un ventilateur de table noir posé sur un bureau en bois, et des bouteilles d'encre bleue et rouge, et un stylo à plume vert. J'ai continué. Sur un côté

entier du patio, il y avait une galerie. Le sol était recouvert de chatais, et une rangée de coussins ronds était alignée le long du mur
du fond. Dans de petites alcôves, on avait disposé des images de
Ram et de Sita, de Hanuman, et la photo d'un homme à l'allure de
grand-père, en turban, portant lunettes. Je me suis penché et j'ai
vu une nette ressemblance entre cet homme et Gourou-ji. Qui
était-ce, le père ou le grand-père de Gourou-ji ? Un oncle ?

Je me suis tourné sur la droite, vers la cuisine et trois autres pièces. Un moineau arpentait la petite élévation où poussait le tulsi,
et j'avais le soleil dans les yeux. La cuisine était sombre, avec des
ustensiles en cuivres accrochés, et deux chulahs noircis, posés par
terre. Pas de cuisinière, pas de fourneau à gaz. Il y avait encore
deux pièces supplémentaires avec des lits, et une réserve qui ne
contenait que trois malles en acier, vides. Je suis ressorti dans la
lumière du soleil. Je frissonnais, et j'avais la bouche sèche.
Qu'est-ce que c'était que cet endroit ? Dans un coin, derrière la
cuisine, il y avait une autre pompe à main, et les briques, dessous,
étaient tachées d'humidité. J'ai pesé de tout mon poids sur le
levier et, après deux infimes couinements, une corde liquide et
scintillante a éclaboussé le sol. J'ai bu, en me penchant tout contre
le jet. L'eau était fraîche et pure.

Nikhil a débouché du corridor ; il avançait en s'aidant de la
main, le long du mur.

— Il n'y a rien par ici, je lui ai dit. Des pièces vides, tout est
vieux. C'est tout juste si cette baraque possède l'électricité.

— Pourtant elle a été construite il y a douze ans seulement,
Bhai. – Il était mal à l'aise et tendu. – Son Saab vit à Delhi, il se
présente sous le nom de Mrityunjay Singh. Ils ont acheté la ferme
au plus fort des troubles du Punjab, ils l'ont eue pour pas cher.
Ensuite, ils ont démoli la maison qui se trouvait là, pourtant parfaitement saine, et creusé dans les fondations. Et quelques années
plus tard, ils ont bâti ce truc. Ce Saab vient en visite peut-être une
fois par an. Je l'ai questionné sur la rampe, dehors. Il m'a expliqué que c'était pour un ami du Saab qui est en fauteuil roulant, il
est venu peut-être deux, trois fois. Il ne connaît pas le nom du
wallah en fauteuil, on l'appelle juste Baba-ji.

Donc Gourou-ji avait construit cette maison, et il n'y était venu
en visite que trois fois en dix ans et plus. Pourquoi cette maison,

pourquoi ici ? Cela avait dû coûter plus cher de lui prêter une apparence ancienne que de construire une maison moderne.

Nikhil a pompé un peu d'eau, il a bu et s'est essuyé la bouche.

— Elle a très bon goût, il a remarqué. Le « manager » m'a expliqué que ce Baba-ji aimait passer du temps sur le toit. Il est allé chercher les clefs, il va nous montrer.

Jagat Narain est entré dans la cour, suivi des boys. Il tenait à la main un anneau en fer où étaient accrochées de grandes clefs, et le tout bringuebalait dans un bruit de ferraille. Il nous a conduits – lentement – en haut d'un escalier qui obliquait à partir d'un angle de la cour, lui aussi équipé d'une rampe. Il lui a fallu cinq minutes pour repérer la bonne clef, et ensuite il s'est évertué à l'introduire dans la serrure en raclant le bois de la porte. Je suis resté là, debout, je sentais mes orteils sur le bord d'une marche, subitement renvoyé dans l'enfance, à un matin de vacances où je courais sur le toit avec un cerf-volant neuf.

— Maderchod, j'ai fait. Nikhil, prends-moi ces clefs.

Mais le vieil emmerdeur a réussi à ouvrir. On s'est éparpillés dans la lumière éclatante du soleil. Il y avait une pièce sur le toit, avec ces mêmes meubles rares et ces étagères nues. La terrasse surplombait la cour, sans rambarde. J'en ai fait le tour en m'efforçant de saisir une pensée qui m'échappait sans cesse. C'était comme d'avoir oublié quelque chose que je venais d'apprendre. J'entendais Nikhil parler au « manager », à l'autre bout.

— Nous avons cinq cent cinquante-six hectares, expliquait Jagat Narain. Ça continue jusqu'à la grand-route et au-delà. Nous allons jusqu'à la clôture.

— Quelle clôture ? ai-je demandé.

— La clôture de la frontière, patron, a répondu Jatti.

— Une très longue clôture, a confirmé Jagat Narain en hochant la tête.

Il a eu un grand geste des deux bras, pour englober l'horizon entier.

Jatti a raconté la clôture à Nikhil avec une fierté de propriétaire punjabi. Elle mesurait des milliers de kilomètres, elle courait du Rajasthan au Punjab et remontait au-delà, vers Jammu. Jatti l'avait vue lors de sa seule visite au Punjab, à Wagah. C'était une double clôture bien plus haute qu'un homme, électrifiée. Des clochettes y

1054

étaient suspendues, pour avertir de l'éventuelle intrusion d'agents. Le chacha de Jatti, le frère de son père, avait vu un infiltré pakistanais abattu alors qu'il essayait de la franchir, une nuit. La balle de mitrailleuse lui avait emporté le visage. Il a illustré d'un mouvement de griffe, devant sa figure.

— Vous comprenez ? Le salopard n'avait plus de visage.

Je me suis penché, j'ai essayé d'apercevoir cette clôture mortelle. Mais il n'y avait qu'une brume blanche et légère, très loin, de l'autre côté des arbres. Jagat Narain est venu me rejoindre de sa démarche pesante.

— Baba-ji, il regarde par là-bas, lui aussi.

— Il regarde quoi ?

— Par là-bas. Il aime bien s'asseoir ici, dans la soirée. Il regarde le soleil se coucher.

Que voyait Gourou-ji, quand il regardait par là-bas ? C'était assez joli, en ce moment même. Au coucher du soleil, ce devait être magnifique. Mais de magnifiques couchers de soleil, il y en avait ailleurs. Pourquoi venir ici, au milieu de nulle part, dépenser du bon argent dans toute cette terre et dans une vieille maison qui était neuve ? J'ai fermé les yeux à demi et j'ai essayé de voir ça avec son regard. Il y avait là une masse de verdure indistincte, infinie, l'odeur de la terre, le bruit de l'eau qui coulait, j'ai vu la maison de mon enfance, et, l'espace d'un instant, j'ai été heureux. Mes yeux se sont rouverts d'un seul coup, et je me suis aperçu que je souriais.

Pourquoi ?

Mais je n'avais guère le temps de méditer sur ce mystère : un homme arrivait sur la route dans notre direction, sur sa bicyclette, en pédalant comme un forcené. Alors qu'il se rapprochait, j'ai vu qu'il était jeune, la trentaine peut-être, et qu'il était grand.

— Qui est-ce ? j'ai demandé à Jagat Narain.

L'homme à la bicyclette a levé la tête vers moi, avec un regard furibond, en appuyant sur ses pédales à toute force, et il n'était pas content.

— C'est juste Kirpal Singh. Il était dans les champs de Tupa Nahar, aujourd'hui. Ils pulvérisent, par là-bas, contre le Karnal Bunt, le champignon.

Kirpal Singh était arrivé devant la maison. Il a balancé son vélo par terre et, quelques instants plus tard, nous l'avons entendu monter les marches d'un pas lourd. Il a surgi sur le toit en hurlant.

— Jagat ! Qui sont ces gens ?

Nikhil a recommencé avec son histoire de recherche-de-terres-cultivées-à-vendre, mais Kirpal Singh ne voulait rien entendre.

— Saab, il s'est écrié, et sa poitrine se soulevait, il faut partir. Personne ne peut venir dans cette ferme sans la permission de notre Saab.

Il a lancé à Jagat Narain un regard glacial.

— Ils sont de Delhi, eux aussi, s'est défendu le vieux, comme si cela expliquait tout.

Vu de près, ce Kirpal Singh était un ruffian mal dégrossi, avec des cheveux qui rebiquaient en une épaisse tignasse, et il agitait ses mains sales et crevassées, d'une taille au moins double des miennes. Il portait un complet Pahani usé et, malgré les couches de crasse, il avait l'allure d'un policier ou d'un jawan.

— Écoute, mon ami, lui a fait Nikhil. Calme-toi. Appelle ton Saab au téléphone et on va lui causer.

— Il n'y a pas le téléphone, ici, saab.

Il était direct, ferme et agressif, sous une mince couche de politesse.

— Maintenant, allez-vous-en.

— J'ai un téléphone. Je reçois un bon signal. – Nikhil a levé son portable en l'air. – Tu vois ? On peut lui parler. C'est quoi, son numéro ?

— La ferme n'est pas à vendre. Maintenant, allez-vous-en.

Kirpal Singh se tenait ramassé, à présent, les épaules rentrées. Il était prêt à se battre. J'ai adressé un signe de tête à Nikhil.

— Parfait, yaar, parfait, il a dit. On s'en va. Pas de problème. Merci pour le chai. Voici mon numéro, donne-le à ton Saab, s'il est intéressé.

Il a tendu sa carte, et l'a tenue levée jusqu'à ce que Kirpal Singh la prenne, à contrecœur. Ensuite, nous avons descendu l'escalier à la queue leu leu. Je sentais le gros rustre derrière moi, le souffle épais, menaçant. Il était bien agité, mais pourquoi ? Pourquoi était-il si nerveux ? Il nous a suivis tout du long, dans le corridor et jusqu'à la véranda, et dehors, sous le portail. Nikhil a démarré la voiture, il a effectué un demi-tour, et j'ai attendu, debout près du mur. Sur ma droite, le vélo de Kirpal Singh était couché par terre, là où il l'avait jeté. Un gros bidon de pesticide était attaché au porte-bagages par une corde. Il y avait un crâne et des tibias croisés sur le bidon, en rouge. Et un rat rouge, mort, le ventre en l'air, la queue en suspens au-dessus du corps.

— Ils mangent les récoltes ? ai-je demandé. Les rats…

Maintenant que les boys montaient dans la voiture, Kirpal Singh avait l'air soulagé. Il a essayé de se faire pardonner sa grossièreté.

— Oui, saab. Pas seulement le blé. Ils mangent tout. Les plantes, le caoutchouc. Les câbles pour l'électricité aussi, ils mangent les gaines en plastique. Très dur de les arrêter.

— Pas de quartier, j'ai dit, et il a souri, enfin.

Je suis monté en voiture et nous avons démarré.

Nikhil regardait dans son rétroviseur.

— Qu'est-ce que tu en penses, Bhai ?

— Il y a quelque chose, là.

— Oui. Si c'était juste une ferme, ce pauvre type ne montrerait pas les dents comme ça.

Nous avions inspecté les lieux à la hâte, sans rien trouver. Cela valait-il la peine d'y retourner, la peine d'affronter Kirpal Singh, de fouiller en profondeur ? Il se dégageait du lieu une étrange désolation. La route se déroulait devant nous, et il était peut-être préférable de la reprendre jusqu'à Amritsar, pour ensuite attraper un avion direction Delhi, puis Bangkok, et retourner à ma vie. L'idée était insupportable. Je n'avais aucune vie vers laquelle retourner, pas tant que je n'aurais pas retrouvé Gourou-ji. Même maintenant, même après avoir nourri ma colère contre lui, tout ce que je voulais, c'était m'asseoir à ses pieds. Je le savais. Je pouvais toujours le maudire et le traiter d'imposteur, prétendre en avoir terminé avec lui, en réalité, ce que je voulais, c'était le sentir poser sa main sur ma tête, et entendre la bénédiction de sa voix. J'avais des questions, oui. Je voulais lui demander pourquoi il était parti, pourquoi Gaston et Pascal étaient morts, ce qu'il nous avait prié de transporter pour son compte, ce qu'il faisait, quel était son plan. En quelque sorte, c'était le sens de ma vie qui se cachait dans ces questions. Mais s'il refusait de répondre, je l'accepterais pourvu qu'il revienne vers moi. Pourvu qu'il ne me quitte pas comme cela, me laissant seul, sans lui, sans ses conseils et ses attentions. Il fallait que je le trouve. Sauf que Gourou-ji était trop avancé pour moi, trop accompli. Malgré les leçons apprises tout au long d'une vie, et ma finesse, je ne le retrouverais jamais. Je pourrais lâcher prise, et poursuivre ma route, m'éloigner. Pourquoi avais-je peur ? Si la vie m'avait appris quelque chose, c'était bien de me fier à ma peur. Et pourtant, j'étais si fatigué. La route s'élevait au-dessus des champs, et ces vagues de verdure s'enchaînaient l'une après l'autre. Je pouvais dormir. Les câbles électriques filaient, ils s'élevaient et s'abaissaient gentiment. Ils venaient à moi, chargés des diamants du soleil descendant. Les rats les mangeaient. Les rats mangeaient les câbles.

— Stop, j'ai dit.

— Bhai ?

La voiture était maintenant à l'arrêt, près du canal. Derrière le murmure de l'eau, je pouvais voir la brise creuser des vagues lentes dans les épis du champ de blé. Je me suis retourné dans mon siège et j'ai regardé la route ; derrière moi, les poteaux électriques s'éloignaient et disparaissaient. Il y en avait toute une enfilade qui s'écartait de la route en direction du corps de ferme de Gourou-ji, qui défilaient à travers champs et devant la mangueraie. Sur le toit, oui, sur le toit de la maison, il y avait un mât, au-dessus de cette pièce à part, un mât auquel aboutissaient trois lignes électriques. Si la maison était si ancienne, avec ses ventilateurs de table, pourquoi avait-elle besoin de tant de courant ? Nulle part à l'intérieur de la maison, je n'avais vu de câbles électriques, alors qu'est-ce que mangeaient ces rats ?

Je me suis tourné vers Nikhil, et je lui ai fait part de mes réflexions.

— Oui, Bhai. Mais l'électricité pourrait être destinée à l'irrigation. Aux pompes à eau et tout le reste, tu sais.

Possible. Possible. Mais il y avait cette maison neuve qui avait l'apparence de l'ancien.

— Demi-tour, j'ai dit. On y retourne.

On a donc filé devant la mangueraie, alors que le soir tombait. Cette fois, Kirpal Singh est venu à notre rencontre. Il était campé au milieu de la route, jambes écartées. Nikhil a arrêté la voiture, et il est descendu. J'ai entendu les portières derrière moi s'ouvrir avec un déclic.

— Arre, j'ai demandé, vous n'avez pas trouvé mes lunettes ? Des lunettes noires.

— Non, il m'a dit. Pas de lunettes.

— On va jeter un œil. Elles ont pu rester sur le toit.

Kirpal Singh était embarrassé. Il n'avait aucune envie de nous revoir ici, mais il n'aimait pas l'idée d'un objet m'appartenant qui resterait dans la maison dont il avait la garde. C'était une brute sympathique. Je l'ai pris par le bras.

— Sans mes lunettes, je n'y vois rien, yaar. Je suis à moitié aveugle. – Je l'ai obligé à se retourner vers le portail. – Allons-y, juste jeter un œil.

Il était stupide, mais rapide. Chandar était venu se porter à sa droite, et nous étions précisément synchronisés. Nous avions opéré de la sorte tant de fois, ces dernières semaines, que nous étions rodés à la perfection. Je lui tenais le crachoir, histoire de le distraire, juste assez pour que Chandar puisse lui flanquer un coup de sa matraque lestée de métal derrière la tête. Mais Kirpal Singh a anticipé, il a esquivé en s'écartant de moi, s'est tourné, si bien que le coup l'a atteint au kanpatti, lui arrachant à moitié l'oreille droite. Il s'est battu comme un démon. Nous lui sommes tombés dessus à cinq, mais il nous a expédiés au tapis. Il nous en a donné, du mal. Il a cassé trois doigts à Chandar, il a sonné Nikhil, d'un coup de poing qui lui a fendu le nez. Jatti était à terre, toussant, crachant, se cramponnant à son cou. Nous l'avons combattu. Je me suis retrouvé moi aussi assis par terre sur la route, à bout de souffle, l'abdomen douloureux, et je me suis extrait à reculons du fatras de corps haletants. J'ai sorti mon pistolet, mais je n'arrivais pas à viser à coup sûr. Et puis Kirpal Singh s'est rué sur moi. J'ai eu le temps de presser la détente, une seule fois, ça lui a fait sauter la clavicule ; il s'est déporté sur la gauche. Mais il avait encore la main droite sur moi, et j'ai senti son poids, il avait la bouche béante, terrible, cramoisie. J'ai senti les balles le frapper, leur impact à travers les muscles, et il s'est effondré sur moi.

Ils l'ont soulevé, et je me suis relevé, chancelant. J'ai voulu savoir.

— Combien de coups de feu ?

Jatti avait encore du mal à respirer, le visage mouillé de larmes.

— Ce gaandu, c'est un ancien commando, genre.

— Quatre coups de feu, Bhai, m'a répondu Nikhil.

Le devant de sa chemise blanche était taché du sang qui coulait de son nez.

Quatre, c'était beaucoup, mais la ferme était grande. Peut-être qu'on n'avait pas entendu. Peut-être qu'on ne ferait pas attention.

— Jatti, j'ai lancé, plein de hargne, va dans la maison, tiens-moi le vieux tranquille.

— Bhenchod, a lâché Jatti, les yeux écarquillés.

Il a couru vers la maison.

Quant à nous, on a traîné Kirpal Singh sous le portail. Il pesait son poids. Je percevais le frisson dans la respiration de Chandar, chacun de ses pas se répercutant dans ses os brisés.

— Tiens bon, beta, je lui ai dit. On sera vite sortis d'ici.

On a balancé le corps à côté de l'étable. J'ai demandé à Chandar de recouvrir le sang laissé sur la route d'un peu de gravier, et de faire le guet depuis le portail. Le reste d'entre nous a entamé la fouille du bâtiment. Jatti avait trouvé Jagat Narain dans la cour, allégrement occupé à laver des plats à côté de la pompe. Il avait dû entendre les détonations, mais ça n'avait pas eu l'air de beaucoup l'impressionner. On l'a enfermé à clef dans une des pièces vides, et on lui a conseillé de dormir. Ensuite, on a cherché.

J'ai dit aux boys de suivre les câbles électriques. En partant du toit, depuis le mât, les raccordements encastrés dans les murs rejoignaient la boîte de dérivation du rez-de-chaussée. Elle était installée dans une petite pièce à part, sur l'arrière de la maison, dont la porte était verrouillée par deux serrures en acier. Nous avons dû extraire Jagat Narain de sa cellule, le convaincre de nous donner les clefs. À présent, il avait compris qu'il y avait de quoi être effrayé. Il s'est montré coopératif, n'a pas protesté, mais ses mains tremblaient, et il chuchotait.

— Où est Barjinder ? N'oubliez pas Barjinder.

— Qui est Barjinder, kaka ? lui a demandé Nikhil avec une petite tape sur l'épaule. Qu'est-ce que tu racontes, là ?

Jagat Narain a secoué la tête.

— Il faut qu'on aille à Amritsar, il a insisté. Notre maison a brûlé. Il faut qu'on aille à Amritsar.

Il répétait la même phrase quand Nikhil a refermé la porte sur lui.

Lorsque nous sommes sortis dans le crépuscule, sous un tonnerre de cris d'oiseaux, j'étais fébrile. J'ai pensé : C'est la fièvre de la chasse. Je savais que je tenais quelque chose, et j'en ai été encore plus convaincu quand nous avons ouvert cette pièce de derrière, quand nous avons vu les boîtes de dérivation, les disjoncteurs et les compteurs. La technologie était plus que récente, propre, et fonctionnait à la perfection. Les chiffres défilaient aux compteurs, lentement, mais avec régularité, aucun doute là-dessus. Quelque chose pompait du courant.

Nous avons suivi les câbles. On s'était efforcé de dissimuler les circuits qu'ils empruntaient sous le plâtre et dans la brique, donc nous avons dû nous armer de pics et de pelles. Nous avons creusé. Un circuit alimentait la maison, mais deux autres décrivaient une boucle vers l'extérieur, à trente centimètres sous la surface du sol. C'était un travail patient d'entamer cette terre compacte sous le gravier. Nous avancions à une allure d'escargots, dans l'ombre des manguiers. Nikhil est retourné dans la maison, il en est ressorti avec deux lanternes Petromax et nous avons continué sous cette lumière vacillante. Quand nous avons découvert le complexe souterrain, il faisait nuit noire. Il y avait un carré de terrain dégagé, au milieu de la mangueraie, sans rien de notable que l'absence de quelques arbres. À moins de suivre le câble gainé de PVC. Il conduisait à une intersection en T avant de plonger droit dans la terre. Nous avons tâté le sol en cercles, à pas feutrés. Guidé par le discret sifflement de l'air, Jatti a trouvé une bouche d'aération. Ensuite, sous un carré de chaume adjacent, un petit panneau métallique peint en brun et vert dans le style camouflage. Nikhil a plaqué l'oreille contre.

— Le système de climatisation est là-dessous, il m'a annoncé.

J'ai posé une main sur le panneau, et le bourdonnement s'est transmis à mon épaule. Nous savions maintenant que nous avions vu juste. Les boys ont gratté la terre, arraché les touffes d'herbe en réclamant la lumière des lanternes. J'ai crapahuté hors du cercle de lumière sans prêter attention aux racines et cailloux qui me rentraient dans les genoux. Le secret était au-dessous de nous, je le sentais tout proche. L'or était tout proche. Je l'avais toujours recherché, le gros lot. Et je l'avais trouvé.

Il y avait une autre plaque de métal, identique à celle de l'air conditionné. Elle courait entre deux arbres, marquant une légère éminence dans la terre, recouverte d'une fine couche de feuilles et de brindilles sous laquelle était couché l'acier riveté.

— Ici, j'ai hurlé. Ici.

Nous avons dégagé la plaque et, à la lumière de la lanterne, j'ai vu une trappe. Un mètre cinquante sur un mètre, avec des fentes en guise de poignées sur un côté. Jatti les a agrippées et il a tiré d'un coup sec, à titre d'essai.

— Verrouillée, il a constaté, en désignant un orifice entre les poignées.

— Va fouiller le chutiya qu'on a crevé, j'ai ordonné.

Je visais sacrément juste, ce soir-là, le sans-faute. Ils ont déniché la clef pendue à un nada sale noué autour du cou de Kirpal Singh. Une grosse pièce d'acier, plate, longue de huit centimètres, une de ces clefs conçues par ordinateur, désormais tachée de sang. Elle a tourné dans la serrure, sans résistance, et nous voilà entrés. Une échelle plongeait en diagonale. Un petit interrupteur commodément placé à côté de la trappe nous a fourni un éclairage propre, homogène, d'un blanc bleuâtre. Il y avait là trois grandes salles de taille décroissante. Les deux premières étaient aménagées de façon très fonctionnelle, avec des rayonnages, des armoires de rangement et des tables pour ordinateurs. Mais les rayonnages étaient vides, il n'y avait ni dossiers ni ordinateurs. Toutefois, les rallonges étaient encore à leur place, ainsi qu'un fouillis d'autres câbles informatiques, derrière les bureaux. Et la surface blanche de ces tables conservait les contours à peine visibles de l'emplacement occupé par les ordinateurs. Nikhil a suivi du doigt le cercle marron laissé par le fond d'une tasse sur un plateau réglable de clavier, là où quelqu'un avait posé son chai. Une imprimante volumineuse était installée dans la deuxième pièce, et c'était le seul équipement qu'ils avaient laissé derrière eux.

La troisième salle était une réserve, complètement vidée, elle aussi. Une corbeille en métal grillagé contenait les emballages de deux rames de papier informatique. Jatti s'est rendu au fond de la pièce, il a ouvert les armoires. Il s'est arrêté devant la dernière.

— Bhai.

Sur l'étagère du bas, il y avait un coffre en acier, pas une de ces malles en fer-blanc qu'on achète dans n'importe quel bazar, mais un cube gris métallisé aux lignes pures, de fabrication étrangère. Cela se voyait aux serrures, intégrées dans la masse du coffre.

— Sors-moi ça, j'ai fait.

C'était lourd. Ils ont dû s'y mettre à deux pour le tirer dans la pièce centrale.

— Cette clef, c'était la seule que le commando avait sur lui, Bhai, m'a prévenu Nikhil.

Alors Jatti a dégainé son ghoda, s'est penché sur la première serrure et il en a craché une. Un couinement strident a fait le tour de la pièce à toute vitesse avant de me frôler la tête, et on s'est tous couchés avec un juron.

— Maderchod, j'ai pesté. Ça va, tout le monde ?

Ils ont confirmé, d'un signe de tête. Il y avait un trou dans l'imprimante. Et à peine une rayure dans la serrure du coffre.

Cette fois, on était très remontés. On s'est regardés, et puis on a regardé les courbes rebondies du coffre.

— Dégotte-moi une tige, quelque chose, j'ai ordonné.

Il nous a fallu une quarantaine de minutes pour tailler les serrures en pièces à coups de pics et de pelles, et ouvrir une fente dans l'acier qui nous révèle la jointure qui courait sur toute sa circonférence. On a inséré deux pieds-de-biche par l'interstice et on a pesé dans deux directions opposées. Il s'est enfin ouvert, d'un coup, avec le cri perçant du métal soumis à la torture, et on est tous retombés par terre. Il y a eu un grand silence.

Le coffre était aux trois quarts plein de dollars. J'ai tendu la main – et j'ai remarqué qu'elle était écorchée, qu'elle saignait, qu'elle tremblait – et j'ai attrapé une liasse enveloppée d'un bandeau en papier. C'étaient des coupures de cent.

— Ça fait combien, Bhai ? a soufflé Nikhil.

— Un paquet.

J'ai remué mes boys. On a emporté le coffre, refermé la trappe, regagné la maison. J'ai prié tout le monde de se laver à la pompe dans la cour avant de retourner à la voiture. Nous étions près de la frontière, tôt le matin ; je n'avais pas envie de tomber dans une fusillade à cause d'une chemise tachée de sang. On ne pouvait pas grand-chose pour la main de Chandar, qui était enflée et de la grosseur d'un ballon de football. Il avait de la fièvre, maintenant. On l'a donc enveloppé dans une couverture et on l'a installé sur la banquette arrière. Nous étions prêts à partir. Pas tout à fait. Il restait encore une affaire à régler, et nous le savions tous. Jatti a finalement été le premier à parler.

— Et le vieux, Bhai ?

Oui, le vieux. Il était sénile, à moitié fou, mais il avait vu nos visages. Il y avait un cadavre dans la maison, et le vieux risquait de faire des rapprochements. J'avais enseigné aux boys l'attitude qu'il convenait d'adopter en pareil cas.

— Je vais m'en charger, j'ai dit.

Je suis retourné à l'intérieur, je suis passé devant le souffle de la vache, j'ai longé le corridor guidé par le lent tapotement de l'eau sur la brique, et débouché dans la cour. J'ai ouvert une porte ; Jagat Narain était assis sur un lit, les mains posées sur les cuisses, il regardait. Il m'attendait.

— Viens, j'ai fait. On s'en va maintenant. Tu peux sortir.

Il n'a pas bougé. Je me suis avancé, je l'ai pris par le bras, et il s'est levé sans trop de difficulté. Il a chuchoté.

— Quelle heure est-il ?

— Il va être cinq heures.

— Du matin ou de l'après-midi ?

Et là, sous la lumière des étoiles, je pouvais voir sa grosse tignasse de cheveux blancs, son front haut. Dans son verre de lunette fendu, il y avait mon visage, cassé en deux.

— Du matin, j'ai répondu, submergé par une tendresse soudaine pour l'impuissance du grand âge. – Il ne savait pas si c'était le jour ou la nuit, où il était, où il allait. Pour lui, tout cela, c'était du pareil au même. – Regarde, la lune est là.

Il a levé le visage et s'est éloigné de moi, d'une démarche mal assurée, les bras levés en l'air.

— Oui, m'a-t-il dit en la désignant des deux mains.

Il y avait là-haut un croissant de lune, un arc, ascendant ou descendant – je l'ignorais. J'ai reculé d'un pas, j'ai braqué mon godha, j'ai visé, j'ai tiré. L'éclair m'a empli les yeux, et puis le vieillard gisait sur la brique, les mains tendues. Je me suis penché sur lui, et je lui en ai servi une autre, dans la tête.

Et puis j'ai couru. Je ne sais pas pourquoi, mais j'ai couru tout du long jusqu'à la voiture, j'ai sauté dedans, et Nikhil n'a pas eu besoin d'instructions. Il a donné un tour de volant et on était en route. Et pourtant, même dans le giclement du gravier et, malgré la puanteur subite des gaz d'échappement, l'odeur du mogra était là ; elle m'a suivi sur tout le trajet jusqu'au canal. Nous avons foncé dans le petit jour, et nous avons atteint Amritsar sans encombre. Nous nous sommes arrêtés pour une courte visite chez un médecin puis j'ai scindé l'équipe et j'ai envoyé les deux groupes chacun de son côté. C'était le terme de notre mission. Nous n'avions pas retrouvé Gourou-ji, mais ce que nous avions découvert avait de quoi intéresser. Le coffre contenait très exactement neuf cent quatre-vingt-quatre mille trois cent vingt-deux dollars. Les boys avaient arrondi au million, mais le montant véritable se situait un peu en deçà. Nikhil et Jatti ont pris un avion pour Delhi, Chandar un avion pour Bhopal et moi, je me suis envolé pour Bombay avec l'argent. Une voiture m'attendait à l'aéroport, et une planque sûre à Juhu. Je n'y étais pas encore que mon téléphone satellitaire a sonné. Nous progressions sur une route à quatre voies embouteillée quand j'ai entendu cette sonnerie étouffée, mais caractéristique. J'ai crié au chauffeur de se ranger sur l'accotement, je me suis cogné l'arrière de la tête parce qu'il a pilé pour s'interposer entre les flots de voitures, et je l'ai tiré dehors pour qu'il m'ouvre la malle arrière. Je savais exactement où se trouvait mon portable, dans la poche intérieure de mon sac à bandoulière, je l'en ai extrait et je me le suis collé à l'oreille.

— Allô.

— Tu m'as pris mon argent.

— Oui.

Oui, c'était Gourou-ji. Oui, c'était cette voix familière, cette voix de poitrine au timbre sonore si rassurant, si réconfortant. Oui, il avait eu cette articulation précise de chaque mot, surtout le dernier. Après toutes ces recherches, j'avais retrouvé Gourou-ji, je l'avais ramené à moi, enfin.

— Où es-tu ?

— Pourquoi as-tu pris cet argent, Ganesh ?

— Pourquoi es-tu parti ?

— Je t'ai dit que nous ne nous reverrions plus jamais.

— Mais pas que tu allais disparaître.

— Ganesh, il a soupiré. Ganesh. Après tout ce temps, tu n'as pas compris l'enseignement fondamental que je t'ai délivré. Nous sommes déjà perdus les uns pour les autres. Se raccrocher à l'amour, c'est trahir l'amour lui-même.

— De grands mots, j'ai répliqué. De grands-grands mots.

Et j'étais là, Ganesh Gaitonde, à trépigner sur le bas-côté de la route, au vu de centaines d'hommes et de femmes en route pour la maison ou pour le travail. Il y avait des troupeaux d'écolières en jupe bleue qui pouvaient voir les larmes que j'essuyais de mes yeux. Mais je m'en moquais.

— Je t'ai appelé, et je n'ai reçu aucune réponse, je lui ai dit. C'est seulement maintenant que tu as perdu quelques dollars que tu prends la peine de me téléphoner.

— Ce n'est pas pour les dollars, Ganesh, m'a répliqué Gourou-ji. C'est pour le désagrément. J'ai besoin de cet argent liquide pour effectuer certains paiements. L'argent m'est égal, mais le monde n'accepte que les devises fortes.

— Pour quel projet ?

— Un gros projet, Ganesh.

— Tu en es partie prenante ?

— Tout le monde en est partie prenante.

— Ne joue pas à ces jeux avec moi. Réponds-moi. Réponds-moi.

J'ai lutté pour conserver la maîtrise de moi-même, j'ai baissé d'un ton.

— Tu nous as fait transporter du matériau nucléaire. Ne me dis pas le contraire. Mes hommes sont morts.

Il a lâché un soupir.

— Oui, Ganesh. En effet.

— Qu'est-ce que tu comptes en faire ? – Il est resté silencieux. – Dis-le-moi, et je te rends ton argent.

— Vraiment, Ganesh ? Me le rendras-tu vraiment, si je te révèle à quoi il est destiné ?

— Oui, j'ai promis. Je te le rendrai.

— Je me demande si tu auras ce courage. Mais pourquoi me poses-tu cette question, Ganesh ? Je crois que tu connais déjà la réponse.

J'étais piqué au vif, outré que ce vieillard mette mon courage en cause. Moi, qui avais couru tant de risques pour lui. Mais je me suis retenu, je n'ai rien répliqué. De quoi n'aurais-je pas le courage ? Je me suis retourné, et j'ai contemplé les toits désordonnés d'un basti qui s'étalait en contrebas de la voie rapide, et les immeubles massés au-delà. Cet homme était venu vers moi parce qu'il voulait des armes. Il préparait une guerre. Je ne craignais pas les batailles ; toute ma vie je m'étais jeté à corps perdu dans le combat. Mais si sa guerre se déclenchait, elle serait de grand format, elle calcinerait l'Inde jusque dans ses moindres recoins. Ce serait douloureux, il me l'avait certifié, mais ensuite nous irions mieux. Nous trouverions la paix. Je me suis souvenu de ce moment passé sur le toit de la maison qu'il avait bâtie non loin de la frontière, de cette mer végétale ; l'espace d'un instant, j'y avais entrevu un bonheur parfait, d'une fraîcheur totale, d'une complète nouveauté, immaculé, et moi, j'étais redevenu jeune et plein d'espoir, et le monde qui vivait sa renaissance était redevenu vaste, et j'avais eu le sourire.

Et à cet instant, j'ai compris.

Je me suis entendu lui répondre ces mots détachés du rugissement vivant de la cité.

— Tu veux une plus grande guerre.

— Très bien, Ganesh. Une guerre plus grande que celle à laquelle tu croyais te préparer.

— Tu as construit… une bombe ?

— Ne me pose pas de questions pareilles, Ganesh. Je ne peux pas y répondre. Je te l'ai dit, tu sais déjà. Quel usage aurais-je d'un tel engin ?

— Tu le ferais exploser. Dans une ville, quelque part. À Mumbai.

— Et qui accuserait-on ?

— Tu veillerais à ce que ce soit une organisation musulmane.

— Très bien. Et ensuite ?

Ensuite ? Un bain de sang. Le meurtre omniprésent. Il y aurait des tensions aux frontières, pourquoi pas des représailles. Même en l'absence de tensions, la guerre s'abattrait, une vraie guerre, une guerre qui dévorerait des millions d'êtres, une guerre qui ne ressemblerait à rien de ce que nous avions pu connaître. Mais tout cela, ce n'était que des mots. J'essayais de me l'imaginer, en vain. Je ne sentais en moi qu'un trou, un vide si profond qu'il aurait pu avaler Mumbai, le pays, tout.

— Écoute, j'ai dit. Tu ne devrais pas.

— Pourquoi ? As-tu peur de mourir ? Tu as frôlé la mort de si près, si souvent, tu ne peux pas avoir peur d'elle. Et tu sais que tu mourras, si ce n'est aujourd'hui, alors demain. Tu as creusé des fosses pour tant de gens, quelqu'un la creusera pour toi. Tu me l'as toi-même confié, un jour.

— Je me moque de ma propre mort.

— Mais pas de la mort d'une telle multitude ? Quelques milliers d'individus, quelques millions ? Pourquoi, Ganesh ? Tu as tué des centaines d'humains, au bas mot, dans le cours de ton existence. Quelques humains de moins, quelle importance ?

Je n'avais pas de réponse. J'ignorais pourquoi, mais cela comptait. Je m'imaginais le grouillement de la fourmilière dévorée par les flammes, ratatiné, noir et racorni et, à la fin des fins, effacé. Ils menaient des vies misérables, ces millions d'agités qui se précipitaient en tous sens. Après leur disparition, après le grand vent purificateur qui n'emporterait pas seulement cette ville-là, mais toute les autres, il y aurait la place pour un nouveau départ. Dans les sermons que j'avais écoutés, dans tous ces fragments de leçons et toutes ces bribes de sanskrit j'avais puisé une certitude : c'était ce que voulait Gourou-ji, l'effacement complet. Et j'étais terrorisé. Incapable de parler.

Il l'a compris.

— Tu es faible, Ganesh, il m'a lancé. J'ai eu beau m'évertuer, tu manques de force. Tu es entêté et violent, mais ce n'est qu'un mince vernis qui masque ta fragilité. Sous ce vernis, tu es aussi sentimental qu'une femme. Ce n'est pas ta faute. En cet âge du Kaliyuga, c'est le lot du genre humain dans son ensemble, Ganesh. Ces Nations unies, ces bonnes âmes aux yeux rêveurs qui se précipitent pour suspendre les conflits, elles ne comprennent pas que certaines guerres doivent être menées, que le massacre doit advenir. Ils se figurent avoir enrayé une guerre, mais ils ne font qu'assurer un état de guerre permanent, une guerre qui couve, perpétuelle. Regarde l'Inde et le Pakistan, qui se saignent réciproquement depuis plus de cinquante ans. Au lieu d'une bataille ultime et glorieuse, nous obtenons un long gâchis répugnant. Ces idiots bien intentionnés bavardent sur le progrès du genre humain, mais ils ne comprennent pas que le progrès ne peut survenir sans la destruction. Tout âge d'or doit être précédé par une apocalypse. Il en a toujours été ainsi, et il en sera toujours ainsi. Mais nous sommes devenus trop lâches pour laisser le temps faire son œuvre. Nous bloquons ses rouages, nous les encrassons avec nos peurs. Songes-y, Ganesh. Pendant plus de cinquante ans, nous avons remis à plus tard la lutte à nos frontières, et tous les jours nous avons subi de menues humiliations et de menus bains de sang. Nous avons subi la honte et le déshonneur, et nous nous sommes habitués à vivre avec cette honte. Nous sommes tous devenus une race d'Arjuns tremblotants qui fuyons ce que nous savons être notre devoir. Mais il suffit. Nous allons combattre. La bataille est nécessaire.

— Ce sera la fin de tout, ai-je protesté d'une voix chevrotante et enfantine. De tout.

— Exactement. Toutes les grandes traditions religieuses prédisent cet embrasement, Ganesh. Nous savons tous qu'il approche.

— Pourquoi ? Mais pourquoi ?

— Tu me l'as confié toi-même, quand tu réalisais ce film. Quel est son titre, déjà ?

— *International Dhamaka*.

Je l'ai entendu glousser avec jubilation.

— Oui, *Dhamaka*. Tu m'expliquais que toute histoire doit posséder un point culminant, et qu'une grande histoire a besoin d'un grand moment paroxystique. Lis les signes en ce monde, les signes présents partout dans cette vie que nous menons, et vois ce qu'elle réclame. Elle réclame une fin, Ganesh. Elle réclame une conclusion, afin de pouvoir tout reprendre depuis le commencement. Tu as peur uniquement parce que tu vois cela de l'intérieur. Avance d'un pas à l'extérieur et regarde, et tu verras qu'elle ne peut s'achever autrement.

— Je vais t'en empêcher.

— Comment, Ganesh ? J'ai appris les règles de sécurité à ton contact. Et tu m'as bien éduqué. Tu m'as retrouvé une fois, il y a longtemps, parce que mon entourage s'est montré imprudent. Mais tu ne me retrouveras plus. Au bout de tous ces mois de recherches, tu n'es pas parvenu à me retrouver. Tu ne peux rien tenter. Personne ne peut rien tenter. Le temps va se mettre en marche. L'inévitable va se produire. Tu m'as pris mon argent, et tu n'as fait que retarder ce qui doit advenir, ce qui adviendra. C'est tout.

— Alors, que veux-tu de moi ?

— Ne me combats pas. Ne tente rien contre le mécanisme de l'histoire. Rends-moi mon argent.

— Non. Je refuse d'être mêlé à ceci.

— Tu y es déjà mêlé, Ganesh. Pour une part, tu l'as rendu possible, c'est toi qui as mis la mécanique en route, et quoi que tu fasses désormais, tu vas contribuer à son avènement. Que tu agisses ou non, la guerre arrive, le sang va couler. Tu ne peux plus rien arrêter. Tu ne peux t'arrêter toi-même, Ganesh.

— Je vais prévenir… je vais prévenir les autorités.

— Et elles vont te croire, Ganesh ? Un gangster qui leur a débité des centaines de mensonges, qui a tué des milliers d'hommes ?

— Tes sadhus, je vais encore en tuer d'autres.

— Ils doivent mourir un jour. À quelques jours près, qu'est-ce que cela change ?

Je ne disposais plus d'aucun moyen de le menacer.

— Quelques jours, dans tout cela, quelle différence, Ganesh ? il a continué. Plus vite surviendra la fin de ce cloaque où nous vivons, mieux cela vaudra. Songe à l'avenir, Ganesh. À l'avenir. À ce qui va suivre, après.

Il y a eu un déclic, et il n'était plus là.

Les voitures fonçaient devant moi, leur sillage de lumière saignait dans le crépuscule. J'avais la sensation de tomber. Là-dessus, l'espace d'un instant, je n'ai plus pensé à mes boys ni à des millions de gens dans ce pays ou dans le monde. Je n'ai pensé qu'à moi. Ce déclic métallique dans mon oreille m'a tranché le cou, il m'a percé le ventre, et il m'a laissé seul. Je savais qu'il ne reviendrait plus. Je ne le trouverais pas, et il ne me rappellerait pas. J'étais seul. Une fois de plus, j'étais Ganesh Gaitonde, en route pour un monde inconnu, un couteau caché sous ma chemise. De la bile me remontait dans la bouche. J'ai tourné la tête, j'ai craché, et un liquide brunâtre a dégouliné le long du muret blanc qui courait le long du trottoir. Je l'ai regardé couler, et là encore, une cassure s'est ouverte en moi, un gouffre sans fin, aux rebords à vif, et j'y plongeais. J'étais seul. De l'autre côté de la route, de la fumée dérivait depuis un tas d'ordures. J'ai été saisi d'une violente secousse, un tremblement de mes jambes, de mes bras et de mes épaules. Je me suis dirigé vers la voiture en titubant, et je suis remonté dedans. Le chauffeur a soigneusement évité de me regarder, et nous avons redémarré. Je me suis allongé sur la banquette arrière, en m'étreignant moi-même.

Notre nouveau repaire, à Juhu, était un appartement situé au dernier étage d'une villa de deux étages, avec vue sur la plage. Bunty avait posté une équipe de garde, et l'endroit avait été passé au crible, sécurisé. Les boys m'ont fait faire le tour des lieux et m'ont montré les deux sorties de derrière, au pied de deux escaliers distincts, également surveillés. Je suis monté à l'étage supérieur, j'ai fermé deux portes et je me suis effondré sur le lit. Tu es épuisé, je me suis dit. Toutes ces semaines et ces semaines de voyages, l'angoisse de la chasse, ces changements d'eau et de nourriture. Tu dois te reposer. Mais je restais fébrile, j'étais plein de cette énergie sauvage qui s'emballait sous ma peau, qui me parcourait de démangeaisons, qui m'agitait de convulsions. Et il y avait cette odeur. Pas seulement de mogra, cette fois, non, une autre odeur qui couvait au-dessous, cette lourdeur, cette épaisseur de la chair qui brûle. Un enfoiré avait dû balancer un rat crevé ou je ne sais quoi dans un feu de joie, sur la plage. J'étais sur le point d'envoyer les boys régler son compte à ce maderchod. Je suis allé à la fenêtre en chancelant. Non, il n'y avait aucun feu, rien que le roulement de tambourin régulier des vagues sur le sable. Mais ces fenêtres. Il y avait des fenêtres tout le long du mur face à la mer, du sol au plafond. Et d'autres encore le long d'un autre mur, sur le trottoir opposé. Quel genre de repaire sécurisé était-ce là ? Suleiman Isa et son organisation tout entière pouvaient me surveiller depuis ce toit, en face. La police pouvait poster un bataillon de tireurs d'élite sur la plage, pour me faire sauter la tête. J'ai appelé les boys, en bas. Connards, venez me fermer ces fenêtres.

Je les ai priés de les fermer à double tour, et de tirer les rideaux. Et pourtant, elle persistait, cette puanteur funéraire de fleurs et de chair qui flambe. J'ai encore hurlé après les boys. Je leur ai demandé de monter de l'adhésif et de calfeutrer les fenêtres. Ils étaient décontenancés ; en dépit de la peur que je leur inspirais, de ces années de respect, quelques-uns étaient incapables de masquer leur scepticisme, et leur amusement. Cela m'était égal. Je leur ai demandé de sortir sur la plage, de surveiller les immeubles avoisinants, de me repérer un bûcher. Éteignez-moi tous les feux que vous trouverez, je leur ai ordonné, piétinez-moi ça. Ils ont hoché la tête, oui, Bhai, oui, Bhai, et ils sont sortis en traînant les semelles. J'ai fermé la porte, collé d'autres bandes d'adhésif noir, sur toutes les fissures, tous les interstices, les trous de serrure. Ensuite, j'ai tiré un fauteuil au centre exact de la pièce et je me suis assis en tailleur, les chevilles dans les mains. Pas de doute, l'odeur était dans la pièce. Accorde-lui un peu de temps, je me suis dit, laisse la contamination s'estomper, et tu en seras délivré. Donc j'ai laissé les minutes s'affaisser, et j'inspirais lentement. J'ai fermé les yeux et j'ai pratiqué mon pranayama. Je voulais du calme ; tout ce que je voulais, c'était une petite part de paix. Mais il y avait cette lumière qui m'assaillait les yeux, des fusées de lumière d'une couleur carotte sur l'arrière-plan safran plus clair de la pièce. Il faisait sombre, entre ces murs, les rideaux étaient épais et dorés, une sorte de brocard. D'où venait cette lumière ? J'ai songé combien cet immeuble était fragile, combien le verre de ces fenêtres était cassant. J'aurais aussi bien pu m'asseoir sur mon bûcher funéraire, attendre d'être soufflé dans la mort par mes ennemis, par je ne sais quel désastre qui se levait à l'horizon. Il fallait que je me protège.

Bunty avait éteint son portable. J'avais dû l'appeler trente fois au cours des deux dernières heures, et toujours cette messagerie de bhenchod, avec ses roucoulements étrangers. Il m'a enfin rappelé, paniqué.

— Désolé, Bhai, désolé. Je l'avais réglé sur vibreur, et il était sous une chemise et des affaires. Désolé. Vraiment désolé.

Les jambes de cet enfoiré ne marchaient plus, mais un autre morceau de sa personne restait plus ou moins fonctionnel. Il se trouvait avec une fille de seize ans, et un tel besoin de se concentrer sur le sujet qu'il en avait oublié son boulot et ses obligations. Je l'ai sensibilisé aux exigences de son poste, je lui ai résumé quel genre de chutiya négligent il était devenu, et je lui ai expliqué ce que je voulais. Après cela, il s'est montré plus servile que jamais.

Il m'a avoué qu'il n'avait pas les clefs de mon abri souterrain, de la place forte sécurisée que j'avais fait construire pour Jojo à Kailashpada. Il m'a sorti un long baratin au sujet des entrepreneurs qui avaient eu besoin du trousseau pour terminer les branchements électriques, et ils les avaient remises à Untel et Untel, et patati et patala. Je l'ai coupé sèchement, et je l'ai prévenu que je voulais être dans mon abri à neuf heures le lendemain matin, sinon, il allait se retrouver privé d'autre chose, entre les jambes.

— Mais Bhai, il a protesté, tu ne veux pas rentrer au bercail ?

— Rentrer au bercail ? Quel bercail ?

— En Thaïlande, Bhai. Sur le yacht. Maintenant que la mission est terminée.

Je lui ai conseillé de se mêler de ses affaires, et je lui ai raccroché au nez. Franchir à nouveau les mers ? Très loin, vers la sécurité. Mais où était-elle, la sécurité ? Je pouvais partir pour la Nouvelle-Zélande, ou un quelconque îlot rocheux, plus loin encore, oui, naturellement. Mais quand l'embrasement viendrait, quand la grande destruction programmée par Gourou-ji balaierait les mers, qu'en resterait-il ?

J'ai arpenté le périmètre de ma chambre, je serrais, je desserrais les poings, histoire de relâcher ces crampes que j'avais dans les épaules. Où serait-il, le bercail, quand le bercail aurait disparu ? Pouvait-on avoir un chez-soi loin de chez soi quand il n'y avait plus aucun chez-soi ? De quoi se languissait-on, de quoi rêvait-on, au moment de s'installer dans le sommeil ? Quand quelqu'un vous demande d'où vous venez, que lui répondre ? Non, je ne pouvais aller nulle part, je ne pouvais pas m'en aller. Je resterais ici, à proximité du champ de bataille, sur le champ de bataille, et j'allais affronter Gourou-ji. Il était convaincu que j'en étais incapable – « Tu ne peux plus rien arrêter » –, mais j'étais Ganesh Gaitonde. J'étais capable de voir au-delà et en deçà du temps, et j'avais maintes fois échappé au destin. J'avais défait ce qui était fait, réécrit ce qui était écrit. J'avais survécu. Et là encore, j'allais survivre. Je sauverais ma terre natale. Pour cela, il me fallait être en complète sécurité.

Bunty a devancé le délai fixé de trois heures. Il m'a rappelé à six heures, et m'a envoyé chercher à six et demie. Je n'avais pas dormi du tout, mais alors que nous roulions dans la ville qui s'éveillait, qui s'étirait, je me suis senti fort et alerte. J'ai regardé un conducteur de rickshaw se déplier sur sa banquette arrière, une mère houspillant son fils qui se dirigeait d'un pas malaisé vers des toilettes publiques. Des gens âgés arpentaient un jardin en balançant vigoureusement les bras. Il y avait du soleil à la cime des arbres. Une station de radio diffusait un bhajan, dont nous entendions des fragments, de kholi en kholi.

Nous avons pris sur la gauche jusqu'à une place de marché. Les boutiques étaient presque toutes fermées. Un seth qui bâillait et son jeune vendeur bataillaient avec leur rideau de fer ; ils ne nous ont prêté aucune attention quand nous nous sommes garés à côté du cube blanc planté au milieu d'une parcelle déserte. Nous nous sommes approchés de la porte, j'ai passé la main sur le mur sans défaut, et je me sentais déjà mieux. Je me souvenais des spécifications, de l'épaisseur exacte de ces murs renforcés, et du prix du ciment utilisé. Un des boys de Bunty tripatouillait la clef, qui tintait contre la porte avec un bruit métallique, mais j'ai fini par m'agacer et je la lui ai prise. C'était une clef taillée au moyen d'une machine pilotée par ordinateur, avec de petits ergots sur ses deux faces ; après l'avoir insérée à moitié, il fallait lui imprimer un demi-tour sur la gauche. Ensuite, grâce à une petite poussée vers l'intérieur, elle pivotait dans un mouvement soyeux.

— Bien, j'ai fait. Dis à Bunty que je l'appellerai.

— Bhai, si tu as besoin de quoi que ce soit...

J'ai refermé la porte – j'ai dû peser dessus avec mon épaule, pour en repousser la masse – et je suis resté là, dans une obscurité totale et bienvenue. Je sentais dans mes pieds le bourdonnement sourd d'une machinerie bien réglée, mais le croassement des corbeaux, dehors, avait disparu, coupé net. Grâce aux bleus d'architecte, je connaissais l'emplacement exact de l'interrupteur, à ma droite, sur le mur, mais je n'avais pas envie de tendre la main. Pour le moment, je me contentais de nager dans cette sécurité, de savoir qu'ici rien ne pourrait m'atteindre. Mon esprit s'est apaisé, et je suis resté là, debout.

Soudain, je me suis arraché à ma rêverie. J'ignorais combien de temps elle avait duré, une minute ou une demi-heure. Je n'avais pas vraiment dormi, mais d'une certaine manière je m'étais reposé. À force de volonté, je me suis imposé le mouvement, j'ai allumé la lumière et j'ai soulevé la trappe métallique, au centre de la pièce. Une petite échelle descendait dans la salle de commande. Tout était tel que je l'avais voulu : les multiples écrans vidéo et les ordinateurs, les radios et les masques à gaz. Les entrepreneurs et les techniciens avaient suivi précisément les instructions, jusqu'aux stocks de fruits secs et aux bouteilles d'eau minérale scellées. Il y avait une petite salle de gymnastique, et une étagère de DVD, pleine de vieux films avec Dev Anand et Dilip Kumar. Une armoire de rangement en acier contenait des râteliers d'armes, des AK-56 et des Glock. Un homme avait de quoi vivre, ici.

Donc j'ai vécu à l'intérieur de mon chez-moi, dans ma maison sous la terre, pendant deux semaines. Je communiquais avec Bunty et les boys, je prenais les appels de Nikhil depuis la Thaïlande tous les matins et tous les soirs, et je menais mes affaires avec Bruxelles et New York. Les boys m'apportaient des fichiers et, qui m'étaient transmis en main propre dès leur arrivée. Tout était comme avant, sauf que je ne flottais pas sur une mer étrangère, que je ne volais pas d'une ville inconnue à une autre. Je travaillais en toute sécurité dans le ventre de Mumbai. Je n'étais pas devenu négligent pour autant. J'appliquais les procédures de sécurité, et je portais un confortable baudrier en nylon, avec un Glock 34 fin prêt glissé dedans. J'étais sur zone de combat, et je me protégeais.

Mais j'étais incapable de dormir. Je me couchais, au lit ou par terre, ou dans un matelas spécial qui épousait la forme du corps, que les boys de Bunty m'avaient livré, mais malgré cela, impossible de m'accorder le moindre somme. J'avalais des Calmpose et des Mandrax par poignées, et on m'a expédié un flacon d'Ambien tout spécialement depuis New York. Mais les somnifères américains eux-mêmes étaient incapables de me faire perdre connaissance. Tout ce que je parvenais à atteindre, c'était un entre-deux, entre sommeil et veille, une paralysie provisoire de mon corps devenu inamovible, mais mon esprit demeurait en éveil, en alerte. Les yeux mi-clos, je voyais des gouttelettes de feu ramper vers le haut du mur. Je savais qu'il n'y avait aucun feu, ce qui ressemblait à des étincelles n'était que le reflet des écrans d'ordinateurs et les témoins lumineux des disques durs, et pourtant, même après la dissipation des effets des produits chimiques, je sentais encore l'odeur – oui –, le mogra et les corps calcinés. Je me consolais avec la pensée que les systèmes de recyclage de l'air ne pouvaient pas entièrement effacer les odeurs de la ville. Après tout, les filtres au carbone ne créaient pas un air neuf, ils ne pouvaient extraire ce qui était dans les strates les plus profondes. Cette odeur que je sentais, c'était la pollution produite par des millions d'êtres, au-dessus de moi, les effluves de leur existence. Pas moyen d'y échapper, et j'ai appris à m'y habituer. J'en conservais une âcreté dans le fond de la gorge, une petite irritation dans les yeux. J'étais Ganesh Gaitonde, j'avais souffert de plus grandes douleurs.

En revanche, je ne m'habituais pas à l'inquiétude. Rester éveillé toute la journée et toute la nuit me laissait le temps de réfléchir. Longtemps après avoir fini de traiter mes affaires, après avoir épuisé la liste des choses à faire, les comptes et la planification, je restais assis dans mon fauteuil pivotant, devant mes ordinateurs et mes écrans, et je réfléchissais. J'ai essayé de tirer les conclusions de ma récente recherche, sur ce salopard qui se faisait passer pour un gourou. J'ai laborieusement épluché les dossiers et les papiers que nous avions récupérés dans ses bureaux, tenté de me remémorer chacune des phrases qu'il avait prononcées lors de notre dernière conversation. Peut-être subsistait-il quelque part un indice qui m'avait échappé, peut-être trouverais-je une ouverture par où me faufiler. J'ai eu beau retourner la chose de fond en comble, notre histoire commune, l'aller-retour, j'ai fini par renoncer, vaincu. J'étais battu. Et du coup, j'étais inquiet. Je me distrayais en regardant les chaînes de télévision en simultané, infos, films et musique, tout à la fois, et pourtant l'inquiétude débordait de ces cartes de géographie affichées dans le dos des présentateurs, et elle suintait des danses où se lançaient les héroïnes et les héros, de la voix paisible de Lata.

— De quoi tu t'inquiètes, maintenant, Gaitonde ? m'a demandé Jojo.

Elle me croyait reparti dans un quelconque pays étranger, à cause du silence qui entourait mon appel. Et comme toujours, elle percevait mon humeur dès l'instant où je prenais la parole, et même avant, à mon silence.

— De toi, je lui ai répondu.

Si la guerre se déclarait, dans mon abri, je survivrais. Mais je perdrais Jojo. Et comment vivrais-je, sans cette voix dans mon oreille, sans cette certitude qu'elle me connaissait ? Je me sentais seul, à présent, comme jamais auparavant. Dans ma jeunesse, j'avais été livré à moi-même, d'une terrible pauvreté, d'une extrême ignorance et tout à fait solitaire, mais la solitude ne pesait que d'un poids léger sur mes épaules, comme la cape du héros qui flotte et virevolte. Le scénario de mon existence avait suivi une courbe ascendante, un mouvement unique et continu ; j'avais laissé derrière moi des amantes, des yaars et des ennemis sans nul regret. C'était une nécessité. Une composante essentielle de mon caractère, sans laquelle je ne serais jamais devenu Ganesh Gaitonde. Mais maintenant j'avais Jojo dans la peau et, sans elle, je volais en éclats. Je le savais.

— Je ne m'inquiète que pour toi, Jojo, je lui ai avoué. Espèce de kutiya. Je ne sais pas pourquoi.

— Tu es devenu sénile. Si tu ne sais pas pourquoi, pourquoi tu t'inquiètes ?

— Non, non. Je sais pourquoi je m'inquiète. Seulement je ne comprends pas pourquoi je m'inquiète pour toi. Pour une kutiya pareille, grossière, impudique et caractérielle.

Elle a rugi, comme l'animal qu'elle était.

— Arre, Gaitonde, après toutes ces années, tu ne sais toujours pas ? Tu ne sais vraiment pas ? Très bien, très bien, peu importe. Laissons tomber. Mais dis-moi : c'est quoi, le souci ?

— Il faut que tu t'installes dans un endroit sûr.

Là, elle a perdu la raison, comme toujours. Elle m'a vomi des injures, et m'a conseillé de me faire examiner la cervelle, ou les golis, ou les deux, pourquoi pas. Ensuite, elle m'a expliqué que sa vie allait très bien comme ça, que ses affaires marchaient, et elle n'avait peur de rien. Et il fallait que je m'écarte de cette voie, que je remette mon convoi sur ses rails, sinon elle allait devoir me l'enfoncer dans le gaand.

J'ai gardé mon calme. J'ai commencé par souligner la hausse du taux de criminalité, et l'incidence inquiétante des cambriolages perpétrés à l'aveuglette, des viols, la posture agressive des gouvernements et des groupes activistes, qui conduisaient aux attentats dans les restaurants, avec des répercussions sur la situation à la frontière. À cela, elle m'a répondu, dans un chuchotement farouche :

— Ce qui me plairait, ce serait qu'ils te logent une de leurs bombes dans le crâne.

Et elle a raccroché.

Depuis que j'étais entré dans ce bunker, nos conversations se terminaient plus souvent ainsi. Nous avions nos discussions habituelles au sujet des filles qu'elle représentait, ou des émissions de télévision qu'elle produisait, et du climat dans les affaires, mais je finissais par aborder la nature du monde dans lequel nous vivions, les dangers mortels que ce monde comptait précipiter sur nous. Et là, avec une plainte, un juron ou un hurlement, elle raccrochait. Et je retournais à mes inquiétudes.

Ce jour-là, je me suis mis à réfléchir à des solutions de rechange, pour Jojo. Je pouvais lui monter un abri qui ressemble à une maison, et l'y attirer par la ruse. Mais comment m'assurer qu'elle maintienne ses portes closes, qu'elle ne s'étonne pas de l'absence de fenêtres ? Non, non. Je zappais de chaîne en chaîne, et je suis tombé sur une publicité pour des vacances à l'étranger, des destinations exotiques. Un couple heureux marchait sur une plage. Je pourrais l'envoyer dans l'un de ces endroits reculés, lui offrir ses premiers billets de première classe pour une île des mers du Sud. Oui. L'expédier dans un avion vers une station balnéaire remplie de garçons de plage musclés et de boutiques de luxe. La voilà qui achète une paire de bottes à talons. Je l'y voyais. Elle était vêtue d'une minuscule jupe rouge, et ses jambes étaient jeunes et toniques. Elle avait toute une rangée de sacs de shopping derrière elle, et elle était aux anges. À côté d'elle, un petit sac à main noir, dans un cuir très souple. Et, dans ce sac, deux téléphones, un portable ordinaire qu'elle utilisait dans la vie, et un téléphone rouge crypté, son lien avec moi. Elle était en sécurité, elle était enchantée et, rien que d'y penser, j'étais content. Même s'il arrivait quelque chose, si l'incendie grondait derrière l'horizon, elle serait protégée.

Mais, mais s'il arrivait quelque chose, les téléphones ne marcheraient pas. Il n'y aurait pas de vols, même plus d'avions, qui sait. Tous les systèmes permettant aux avions et aux téléphones de fonctionner s'écrouleraient. Grâce aux films que j'avais vus et aux émissions de télévision que j'avais regardées, je savais que je devais m'attendre à cette panne totale. Même les machines qui seraient encore en état de marche s'arrêteraient faute d'électricité. C'était pourquoi nous avions installé une triple série de générateurs et de batteries dans l'abri, en plus de câbles-secteur blindés, et nous avions pris des dispositions pour capter l'énergie solaire. Donc Jojo serait sur son île, et moi dans mes salles souterraines. Et entre nous, il y aurait de vastes océans, et un soleil sans merci. Durant toutes ces années que nous avions vécues ensemble, la distance ne m'avait jamais contrarié, car même si je marchais dans une rue en Belgique, ou si je volais au-dessus d'un désert d'Arabie, Jojo était avec moi. Elle était nichée près de ma hanche, à deux pressions de bouton de là. Je pouvais l'envoyer très loin d'ici, mais comment la ramènerais-je ? J'arpentais la salle de contrôle, d'une extrémité à l'autre, songeant à l'effort que cela réclamait de marcher un kilomètre. Depuis des années, la distance ne signifiait rien pour moi, et je ne m'étais plus préoccupé que du temps. Je localisais les villes en fonction du nombre d'heures nécessaires pour voler de l'une à l'autre en jet, et j'avais appris à décaler la date d'un jour, ou à ajouter la moitié d'une nuit à l'heure de la matinée. En cet instant, sur le sol, à mes pieds, je pouvais voir les longues lignes des longitudes et des latitudes, je les voyais se prolonger au-delà des murs, j'apercevais la courbure terrifiante de la terre, et ce vide rocailleux, béant entre Jojo et moi. Sans sa voix dans mon oreille, j'étais encore plus petit.

Il fallait que je l'amène ici. Oui. Elle résisterait, elle se mettrait en colère, au début, mais elle finirait par comprendre. Je lui exposerais l'ampleur du problème auquel nous étions confrontés, je la convaincrais du danger, je lui en montrerais les preuves, et elle comprendrait. Nous avions toujours été en mesure de nous parler, dès le début. C'était une harpie et une entêtée, mais il lui arrivait aussi d'être raisonnable. Elle s'intéressait à son propre intérêt, et je lui montrerais qu'il était impossible de rester dehors. Elle l'admettrait.

J'ai décroché un téléphone, j'ai appelé Bunty et je lui ai donné des instructions.

— Amène-la-moi ici.

Quand ils lui mettraient la main dessus, elle prendrait peur et se fâcherait, mais je n'avais pas le choix. Si je lui adressais une invitation, j'aurais beau implorer, elle refuserait. Donc les boys ont fait ce qu'ils devaient : ils ont attendu jusqu'au matin, devant l'immeuble de Jojo. À dix heures et demie, elle est sortie du parking au volant de sa voiture, seule dans sa Toyota bleue. Ils l'ont suivi jusqu'au bout de Yari Road, et vers le nord, en direction de Goregaon. Ils étaient à bord de deux voitures et d'un fourgon ; il ne leur a fallu que dix minutes pour l'encadrer. La voiture de tête, devant celle de Jojo, a freiné brusquement, le fourgon est venu heurter son pare-chocs, la pousser en avant pour un carambolage en douceur. Ils circulaient lentement, il n'y avait aucun danger de blesser personne, mais Jojo est sortie de sa voiture en éructant des maderchods et des bhenchods. Elle était trop en colère contre la fille qui conduisait le fourgon pour remarquer les trois hommes descendus du véhicule de tête, et les deux autres du véhicule de flanc. Je les avais prévenus qu'il convenait de ne pas frapper Jojo, et je n'étais pas certain que la vision d'un ghoda suffirait à l'empêcher de se débattre et de crier, même si on le lui pointait à la tête. Du coup, ils se sont servis d'un pistolet paralysant Omega. Alors que Jojo pestait contre la fille, l'un des boys lui a appuyé le canon de l'arme contre la hanche, juste au-dessus de la ceinture, et lui a servi une piqûre, pour trente secondes d'effet. Il y a eu un grésillement, Jojo a lâché un petit cri qui s'est transformé en gémissement, et elle s'est effondrée. Le recours au pistolet paralysant est un jeu dangereux : vous risquez de provoquer un choc chez le sujet ; il va sentir cette morsure de serpent, qui peut aggraver sa colère tout en lui laissant le temps de vous fracasser le crâne. J'avais redouté que Jojo ne se mette à flanquer des coups de pied dans les golis de mes boys, mais elle s'est effondrée, s'est agitée de quelques soubresauts, ses yeux ont basculé en arrière, et elle restée dix bonnes minutes inconsciente. Quand elle s'est réveillée, elle se trouvait à l'arrière du fourgon, les mains et les pieds gentiment ligotés, trop sonnée pour rien faire d'autre que baver sur son siège. Les voitures suivaient – y compris la sienne –, et cette petite procession me l'a amenée.

J'ai pris livraison à la porte – abrité du regard des commerçants par la masse du fourgon. Je l'ai soulevée dans mes bras, j'ai fermé la porte et je l'ai portée jusqu'en bas de l'escalier. Je l'ai étendue sur le lit, je lui ai calé la tête sur un oreiller bien mou et je lui ai apporté un peu d'eau fraîche. J'ai tenu le verre contre ses lèvres, j'ai essuyé la salive qui lui coulait sur le menton et le long de la joue. Elle a marmonné quelque chose, la voix pâteuse et mouillée. Elle n'avait pas la maîtrise de ses lèvres, c'était visible, mais les yeux avaient retrouvé leur intensité et leur vivacité. Elle m'a regardé, elle a lancé un coup d'œil à droite et à gauche, pour comprendre où elle était.

— Du calme, Jojo, j'ai fait. D'ici quelques minutes, tout ira bien. Tiens, bois un peu d'eau.

Mais elle a rentré le menton et m'a lâché un regard assez tranchant pour me décapiter. Elle a encore essayé de parler, et là encore son galimatias s'est terminé dans un dégoulinement de salive. Je l'ai nettoyée, je me suis redressé, et je l'ai regardée. Elle était plus mince que sur les photos de mon souvenir, la peau un peu pincée autour des lèvres. En photo, elle avait une bouche d'un rouge voluptueux et, ces dernières années, je me l'étais imaginée ainsi, tous les jours. Mais c'était aussi bien. Pour elle, c'était le début de la matinée ; elle venait de se réveiller et se dirigeait vers sa salle de sport. Elle n'avait pas eu le temps de se mettre du rouge à lèvres. Je comprenais les femmes et leur maquillage. Jojo était un peu plus âgée que je ne m'y étais attendu ; je n'avais pas eu connaissances des ces plis qu'elle avait au cou et aux mains. Mais elle était quand même attirante, un joli lot, ferme et bien entretenu, avec une épaisse chevelure brune, éclaircie, et un corps svelte. Je pouvais voir son ventre plat, là où son haut avait un peu remonté, au-dessus du jean taille basse.

Elle a suivi mon regard, elle a relevé la tête de l'oreiller. Cette fois, elle a marqué un temps avant chaque mot, en l'articulant avec une précision laborieuse, exigeante.

— Qui. Êtes. Vous ?

Je me suis fichu une claque sur le menton, et j'ai ri.

— Arre, Jojo. Désolé, yaar. Je ne t'ai pas prévenue. J'ai changé de visage. Pour des raisons de sécurité. Je suis Ganesh. Ganesh Gaitonde. Gaitonde.

Elle a bougé la tête.

— Zoya me l'a dit.

Ainsi, Zoya lui avait parlé de mon opération. Pour votre propre sécurité, ne vous fiez jamais à une femme. J'aurais peut-être dû la faire flinguer, cette kutiya de Zoya, après l'avoir larguée. Mais n'y pensons plus, à cette randi, j'avais là Jojo, encore assez effrayée, soupçonneuse et hostile. Je devais la convaincre que j'étais moi, que j'étais le Ganesh Gaitonde à qui elle adressait tous les jours la parole. Ma voix était-elle si différente, si altérée par la distance et les ondes ? Mais peu importait. Pour Jojo, dans cette rencontre en face à face, il fallait que je devienne Ganesh Gaitonde, même si nos deux visages n'étaient pas ceux que nous nous étions imaginés tout au long de notre longue amitié. Je lui ai rappelé les circonstances de notre première conversation, la première fois, il y a si longtemps, et comment nous étions devenus deux yaars. Je lui ai rappelé les filles qu'elle m'envoyait, et les plaisanteries qu'on s'échangeait après. Je lui ai redit les vierges que j'avais prises, et les sommes que je lui avais versées pour leur fraîcheur. Je lui ai récapitulé les projets que j'avais financés pour elle, et les problèmes que j'avais abordés avec elle. Je lui ai rappelé qu'elle m'avait maudit, et traité de « Gaitonde ».

Lorsque j'en ai eu terminé avec mon petit historique, elle était assise sur le lit, les bras noués autour de ses genoux serrés contre sa poitrine. Et elle savait qui j'étais. Mais je ne savais pas si elle était curieuse ou furieuse, effrayée ou déconcertée. J'étais incapable de lire en elle. Je connaissais sa voix, mais j'ignorais tout de son corps. Il fallait qu'elle dise quelque chose, pour que je sache ce qu'elle ressentait. J'ai attendu.

Elle a ouvert la bouche, l'a refermée. Elle testait ses facultés, sa langue et ses lèvres, et elle a finalement jugé qu'elle était rétablie.

— Que t'est-il arrivé, Gaitonde ?

Je m'étais attendu à un ou deux jurons, à ce qu'elle exige des explications : pourquoi je l'avais fait assommer et amener ici dans mon abri, sans sa permission. Je tenais cette explication prête. Elle est sortie en un flot précipité ; je lui ai parlé des yagnas et des bombes, des dollars et des sadhus, de l'incendie et de la fin d'un yuga. Pendant que je lui révélais tout en bloc, elle s'est levée du lit et elle a entamé le tour de la pièce à pas comptés. Elle était encore un peu instable sur ses jambes, et elle a dû s'appuyer d'une main contre le mur, pour garder son équilibre. Mais elle était tout à fait éveillée, et elle examinait la salle, ce qu'elle contenait, où étaient situées les portes. Tout en lui débitant mes histoires, j'ai senti monter en moi la fierté qu'elle m'inspirait. Elle faisait ce que j'aurais fait moi-même. Elle a jeté un coup d'œil à la mini salle de gymnastique, elle a ouvert les portes des toilettes. Puis elle s'est dirigée vers le seuil de la salle de contrôle. Je l'ai suivie, sans cesser de parler.

— Où sommes-nous ? elle m'a demandé. Pourquoi portes-tu cette arme ?

Je voyais ce qui la troublait. J'avais quatre écrans allumés devant moi, des infos américaines, indiennes et chinoises sur trois d'entre eux, Internet pour le troisième. Elle était désorientée ; elle s'était évanouie et elle ignorait combien de temps s'était écoulé. Elle se croyait peut-être en Malaisie, ou en Espagne. Nous pouvions être n'importe où.

— Ne t'inquiète pas, Jojo, j'ai dit. Nous sommes à Bombay. Mais en sécurité. Ne t'inquiète pas.

Là, elle s'est tournée vers moi. Elle était plus petite que moi, mais elle se tenait très droite, les épaules dégagées, et elle a rejeté ses cheveux par-dessus son épaule, en inclinant brusquement la tête. Ce simple petit geste m'a permis de comprendre pourquoi elle avait toujours eu une file de messieurs impatients de devenir son prochain thoku. J'ai noté ça en toute objectivité, comme un fait concernant Jojo. À cet instant, dans l'état où je me trouvais, rien n'éveillait le désir physique en moi, et surtout pas pour Jojo. Tout ce que je voulais, c'était qu'elle me parle.

— Gaitonde, elle m'a dit, tu es malade. – C'était dit avec la voix qu'elle aurait employée pour réprimander ses domestiques, une voix sourde, décidée, implacable. – Il faut que tu te fasses examiner le bheja par un médecin. Non, oublie, d'ailleurs, il est trop tard, tu devrais juste foncer dans un asile te faire interner. Demander aux infirmières de t'enchaîner les mains et les pieds, pour que tu n'ailles pas enquiquiner les autres…

— Jojo, écoute-moi.

— Non, toi, tu vas m'écouter. Pour qui te prends-tu ? Tu te prends pour un roi qui peut se permettre d'enlever les gens ? Tu te figures avoir le droit d'endormir tout un chacun comme s'il s'agissait d'un animal, et de le traîner jusque chez toi ? Espèce de salaud, tu crois que tu peux tout te permettre parce que le monde entier a peur de toi ? Je n'ai pas peur de toi, maderchod.

Elle avait son visage levé tout près du mien, les doigts pointés sur mes yeux. Elle m'a encore injurié, et un crachat m'a cinglé la joue, puis un autre.

J'avais envie de la frapper.

Mais c'était Jojo, j'avais surtout envie de prendre soin d'elle. Je me suis écarté, j'ai levé les mains en l'air, j'ai respiré un coup.

— Pour le moment, tu es perturbée. Je comprends. Laisse-moi t'expliquer, Jojo. Nous sommes amis depuis tant d'années. Pense au temps que cela fait. J'aurais pu prendre cette initiative n'importe quand, je m'en suis toujours abstenu. Alors écoute-moi, c'est tout. Après, si tu n'es pas d'accord, tu pourras agir comme bon te semble.

La tête baissée, elle m'a glissé un regard par en dessous. Je voyais bien qu'elle était dans ses calculs, elle pesait le pour et le contre, elle me jaugeait, elle s'imprégnait de ce lieu, elle évaluait ses chances. Mais j'étais incapable de dire si elle allait ou non me flanquer une gifle. J'aurais dû la piéger avec une caméra de vidéoconférence, durant toutes ces années, j'aurais pu observer sa nuque et ses épaules, sa colère. Je croyais la connaître, mais il aurait fallu que j'en sache davantage sur son compte.

— D'accord, elle a fait. Mais sois bref. J'ai beaucoup de travail, aujourd'hui.

Je l'ai installée dans un fauteuil de la salle de commande, et je lui ai tendu un verre d'eau fraîche. Je lui ai demandé si elle avait froid, et j'ai baissé la climatisation. Ensuite, je lui ai donné les preuves. Je lui ai tout raconté, point par point. Je lui ai montré un graphique dans une vieille édition d'*India Today*, où l'on avait imprimé noir sur blanc le nombre de morts et de blessés possibles à Mumbai en cas d'explosion nucléaire. Je lui ai déniché un site Internet qui montrait des images d'explosions bien réelles et de survivants. Je lui ai montré les recommandations des procédures de sécurité, et des listes de matériels nécessaires à la survie.

— Attends, elle m'a dit. Attends.

— Quoi ?

— Tu veux que je reste ici, en bas ? Tu veux dire, vivre à l'intérieur de ce machin ?

Elle était incrédule, elle refusait d'y croire, elle me méprisait. Je n'avais déjà plus aucun mal à déchiffrer ce front, cette mine renfrognée. Et subitement, l'abri dans lequel j'avais englouti un nombre incalculable de valises d'argent me semblait exigu et inhospitalier.

— Ce n'est pas si mal, je me suis défendu. En réalité, c'est très confortable. Tu as les meilleurs lits, tout est climatisé. Il y a une salle de gym, tu peux faire de l'exercice. L'eau est filtrée. Les équipements de communication sont excellents. D'ici, en bas, tu peux travailler facilement.

— Jusqu'à quand ?

— Quoi ?

— Combien de temps vas-tu rester là-dessous ?

Cela m'a surpris. La réponse allait de soi. La Jojo du téléphone était plus futée que celle-ci, elle n'avait jamais eu besoin de tant d'explications.

— Jusqu'à ce que ce soit terminé, j'ai répondu. Ou pas terminé.

Et là, Jojo a disparu. Elle a disparu derrière son propre visage, et j'étais incapable de comprendre ce qu'elle avait en tête. Mais dès qu'elle a repris la parole, je l'ai reconnue. Elle s'était radoucie, c'était la femme généreuse qui me parlait de mes problèmes et de mon stress et du genre de nourriture que je devrais manger.

— Gaitonde, pourquoi tu ne t'assieds pas ? Tu as besoin de te détendre, sinon tout ça va réveiller tes hémorroïdes.

Elle avait le visage éclairé ; c'était donc à cela qu'elle ressemblait quand elle laissait échapper ce petit gazouillement de rire. Et moi, je ne m'étais même pas aperçu que j'étais debout.

— Oui, oui.

Je me suis assis.

Elle a approché sa chaise tout près de moi, elle a ramené les pieds sous ses cuisses et s'est assise en tailleur. J'ai ri, parce que je connaissais cela, chez elle – elle m'avait raconté que parfois, lors de réunions officielles avec des types importants, elle oubliait où elle se trouvait et s'asseyait ainsi, comme une bai Konkani, une femme de charge droit sortie de son village. Elle a hoché la tête, et m'a offert un sourire. Je me suis aussitôt senti mieux. C'était la Jojo que je connaissais.

— OK, Gaitonde. Dis-moi… jusqu'à ce que quoi soit terminé ?

— Tu ne m'as pas écouté ? Tout le bazar, j'ai répondu. Si je le trouve, alors je peux tout empêcher. Jusqu'à ce que ce soit fini. Si je n'arrive pas à le trouver, alors rien ne s'arrêtera. Jusqu'à ce que tout s'arrête.

— D'accord. Il y a ce Gourou-ji. Il faut que tu le retrouves. Très bien, très bien. Et combien de temps ça prendra ?

— Je n'en sais rien. Cela peut se produire d'un moment à l'autre.

— Aujourd'hui, tu veux dire ?

— Ou demain.

— Ou d'ici quelques jours ?

— Ou d'ici des mois, pourquoi pas. Mais si je ne parviens pas à le retrouver, il faudra que cela s'arrête, à un moment ou un autre. C'est inévitable. Ça, tu le comprends.

— Mais Gaitonde, je ne peux pas rester ici aussi longtemps. J'ai une affaire. Je ne peux pas la diriger d'ici. J'ai des gens à rencontrer, j'ai des filles à voir. Il faut que je coure dans tous les sens.

— Tu peux les appeler d'ici. On peut aménager la pièce du haut en salle de réception. Un sofa, un bureau. Très simple.

— Mais, mais, Gaitonde.

Elle insistait.

Elle ne luttait plus avec moi, et pourtant, l'épreuve lui paraissait insurmontable. Quiconque n'avait pas vécu mon existence, atteint mon degré de clairvoyance, décelé les illusions cachées sous les certitudes, en aurait pensé autant. Je connaissais, moi, la vérité : finalement, la sécurité c'était une cabine à bord d'un yacht, ou une grotte sous la terre. Il fallait que je l'en convainque, avec lenteur.

— Jojo, j'ai fait, essaie, juste une journée.

— Juste une journée ?

— Un jour et une nuit. Demain, si tu veux t'en aller, tu pourras.

— Promis ?

— Tu as besoin que je te le promette ? Quand Ganesh Gaitonde déclare qu'il va faire quelque chose, il le fait. Mais pour toi,

Jojo... – J'ai eu ce geste du serment, je me suis palpé la gorge. – ... Je te le promets.

Je lui ai montré le tapis de marche, et les haltères. Elle n'avait aucune envie de faire de l'exercice, elle estimait la journée trop avancée ; elle allait manquer des appels téléphoniques et des rendez-vous. Donc je lui ai dégagé mon bureau. J'ai balayé les journaux et les cartes, les magazines et les tableaux financiers, et je lui ai attribué un téléphone, rien qu'à elle. Pendant qu'elle passait ses appels, je me suis attelé à mon propre travail. À deux heures – son heure préférée, précisément –, je lui ai apporté son déjeuner. C'était la cuisine Konkani qu'elle aimait, rien que du kokum et du poisson épicé. Elle a picoré dans son assiette, et je l'ai regardée. Sans que je comprenne trop pourquoi, il m'était devenu difficile de lui parler. Nous avions déjà déjeuné ensemble, moi sur le yacht, et elle dans son appartement. À l'époque, quand nous croquions et quand nous mâchions, c'était dans l'oreille de l'autre, et nous causions, nous causions. Jojo appelait cela nos séances gazalis, elle en profitait pour me répéter les derniers ragots sur des amies à elles, et je la faisais rire avec les plus récentes idioties commises par mes boys. Il n'y avait aucune raison de ne pas retrouver ces plaisanteries faciles, ce rire. J'avais collectionné de nouvelles fredaines, j'avais envie de lui soumettre une idée que j'avais eue pour une série télé. Et pourtant le silence s'est instauré entre nous, comme un grand chien noir sur la table. Mais j'étais Ganesh Gaitonde, je n'avais peur de rien, j'ai repoussé le malaise.

— Jojo, j'ai dit. Tu veux regarder un film, ce soir ? On peut se procurer des copies en avant-première, les tout derniers.

Elle a repoussé son assiette vers le milieu de la table.

— Comme tu voudras.

— Ça, je sais. Mais je te demande ce que tu veux, toi.

— Cela m'est égal. On peut regarder ce que tu veux.

— Mais tu dois avoir un avis.

— Je t'ai dit, cela m'est égal.

Elle avait de nouveau replié les genoux contre sa poitrine, et ses cheveux retombés en rideau me dissimulaient son visage. J'ai tendu la main et j'ai tourné sa chaise vers moi, mais je n'ai pu voir que son jean, et une main fermement agrippée à l'autre.

— Arre, baba, bien sûr que non, cela ne t'est pas égal, j'ai doucement insisté. Il n'y a jamais eu un film que tu aies adoré ou détesté par anticipation, avant sa sortie ?

Elle m'a braillé dessus.

— Maderchod, Gaitonde, je t'ai dit que ça m'était égal ! – Le sang lui assombrissait les joues. – Prends le chutiya de film que tu veux !

Personne ne s'adressait à moi sur ce ton. Sans la regarder, je lui ai répondu.

— Je vais me reposer. Un petit moment.

Je me suis allongé sur le lit, les yeux nichés au creux d'un bras replié. Je l'ai entendue s'affairer dans la pièce voisine. Il y a eu un déclic, du plastique contre du plastique. Allait-elle passer un appel ? Qui appelait-elle ? Allait-elle téléphoner à mes ennemis ? Ou à la police ? Leur signaler où j'étais, afin de se sortir d'ici ? Non, elle ne ferait pas ça. Elle ne pouvait pas. Elle avait beau être contrariée, malgré la nervosité qui lui sillonnait le corps et les tremblements de ses membres, jamais elle ne me ferait cela. Elle était Jojo, et j'étais Ganesh Gaitonde. Nous étions réunis, nous avions besoin l'un de l'autre. Elle circulait d'une extrémité de la pièce à l'autre. Qu'est-ce qu'elle fabriquait ? Du bois qui racle le béton. Déplaçait-elle une table ? Pourquoi ? Et là, maintenant, elle restait immobile. Où était-elle ? Un crissement métallique et sec. Ah, elle montait l'escalier. Elle voulait sortir. Elle allait essayer. Peu importe. J'avais fermé la trappe en acier. On ne pouvait pas la soulever sans taper une combinaison de neuf touches ou, en cas de défaillance électrique, basculer un panneau, puis faire pivoter deux volants simultanément. Elle devait tirer sur la poignée placée en bas de la porte. Qu'elle essaie.

— Gaitonde. – Elle se tenait sur le seuil de la pièce, maintenant. – Gaitonde, tu veux des femmes ?

— Quoi ?

Elle est sortie de la pénombre.

— J'en ai deux nouvelles, deux jolis lots. Une livraison toute fraîche, de Delhi. – Son visage et ses épaules étaient luisants de sueur. – Je te jure, elles sont supérieures à tout ce que tu as pu avoir jusqu'à maintenant. Une fois que tu les auras eues, ces deux-là, tu t'apercevras que Zoya n'est qu'une randi de troisième classe, de celles qui travaillent derrière la gare d'Andheri.

— Je ne veux pas de tes lots.

— Mais Gaitonde, elles vont descendre ici, vivre avec toi. Toutes les deux. Réfléchis. L'une a seize ans, et l'autre dix-sept, et tu peux avoir les deux. Elles seront heureuses d'être ici. Vraiment. Elles resteront aussi longtemps que tu le souhaiteras.

— Je ne veux pas d'elles.

— Gaitonde, celle qui a seize ans, je vais lui teindre les cheveux couleur gold. Elle ressemble à un mannequin d'origine étrangère, elle a la peau claire et veloutée comme du malai.

— Non.

Quand elle essayait de convaincre, elle baissait la tête et relevait les yeux à travers la barrière des cils, et ses cheveux retombaient en deux virgules venues lui encadrer le bas du visage, comme un casque sombre.

— Je n'ai pas envie de rester ici.

— Essaie, rien que jusqu'à demain.

— Gaitonde, je te le dis tout de suite, je ne veux pas rester ici.

— Un effort, juste quelques heures, au moins.

— Maintenant, j'ai compris ce que tu veux. Et je te le dis, j'ai besoin de sortir d'ici.

— Pourquoi ?

— Parce que ça me rend folle. Et cela ne va pas s'arranger, ça va s'aggraver.

— On peut tout changer, faire livrer tout ce que tu souhaites.

Elle a hurlé. Son corps tout entier s'est tétanisé autour de son épicentre, elle s'est courbée en avant, et un long braillement déchirant s'est échappé d'elle, qui m'a redressé d'un coup.

— Boucle-la, j'ai ordonné.

Mais elle avait les yeux humides et vides, elle a inspiré à fond, et de nouveau cette plainte hagarde, que j'ai prise en pleine face, comme une gifle.

Je l'ai empoignée par les épaules, je l'ai secouée. Elle m'a résisté, elle a gigoté entre mes bras et m'a planté ses coudes pointus dans les côtes. J'ai senti une brûlure au menton, je l'ai lâchée et je me suis tâté la figure du bout des doigts. Je les ai retirés, tout humides d'un fluide rose. Cette bhenchod de kutiya avait de sacrées griffes.

Elle brassait l'air de ses mains, à hauteur de la poitrine.

— Tu ne comprends pas ? Je suis incapable de rester là, comme ça. Il faut que je sorte. Tu ne peux pas me garder dans cette prison.

— Tu ne comprends pas ? Là-haut, tu vas mourir.

— Et alors ? Je préfère mourir plutôt que rester dans ce trou.

Je me suis éloigné, j'étais dégoûté.

— C'est démentiel. Tu es devenue dingue, là. Tu sais que ce n'est pas vrai. Tu n'as aucune envie de mourir.

Elle m'a suivi.

— Veux-tu que je te dise la vérité, Gaitonde ? Tu es un lâche. Tu as longtemps été quelqu'un, tu as longtemps été un homme, mais maintenant tu es un minable petit malade mental qui se cache dans son trou en tremblant.

Elle était juste derrière moi, et je sentais son haleine aigre sur mon épaule, l'odeur de sa peur panique.

Je me suis retourné et, dans le même mouvement, je lui en ai flanqué une, du dos de la main. J'ai tapé fort, j'ai senti sa dent sauter et elle a titubé en arrière.

— Ah, elle a fait, ah. – Du sang lui giclait du nez.

— Randi. – Elle a reculé, en chancelant, et je l'ai suivie tout autour de la pièce. – Tu veux voir quel genre d'homme je suis ? Laisse-moi te montrer. Non, viens, viens. Là, tu en veux encore ? Qui est-ce qui tremble, han ? Qui c'est qui tremblote, là ?

Ses dents d'un blanc éclatant brillaient dans une mélasse de sang noir.

— Toi, tu n'es pas un homme, elle m'a répliqué. – Elle m'a craché son rire à la figure, elle me tenait tête. – Tu t'es acheté des femmes, alors tu te prends pour un héros. Aucune d'elles ne t'a aimé, espèce d'enfoiré. Sans ton fric, tu n'aurais même jamais pu t'en approcher.

— Bas. – C'était un avertissement. – Assez. Du calme. Comprends-moi… j'essaie de t'aider. Je veux te sauver la vie.

— Elles se sont moquées de toi, gaandu. Elles s'échangeaient des blagues sur ton compte, le petit dégueulasse, le pauvre faiblard. Tu te figures que tu représentes quoi que ce soit pour une femme comme Zoya ? Elle nous a raconté qu'avec toi, au pieu, elle n'avait jamais eu une nuit correcte.

— C'est un mensonge. Zoya m'aimait bien.

— « Zoya m'aimait bien », elle a répété, l'air victorieux. « Zoya m'aimait bien. » – Elle s'est pliée en deux, les mains sur les genoux. – « Zoya m'aimait bien. » – Du sang perlait, gouttait sur le sol, mais elle, ça l'amusait. – « Zoya m'aimait bien. »

— Mais oui. – La voix qui sortait de ma gorge m'a paru étrange, fluette et attristée. – La première nuit qu'on a couché ensemble, elle me l'a dit. Mais oui. On a fait ça toute la nuit. C'est la vérité.

— Gaitonde, espèce de crétin. – Et là, Jojo triomphait. – Espèce d'imbécile. Elle t'a pris pour un chutiya. Ça n'avait rien à voir avec toi, pauvre niais. Elle t'a servi un verre de lait et des petits badams aux amandes. Et elle t'a fait avaler un Viagra écrasé dedans, un gros comprimé bleu, entier. Elle voulait t'en donner deux, mais j'avais peur que ça ne te tue. Je l'ai prévenue, c'est bon, tu veux avancer, tu veux atteindre la lune, je comprends, mais ne fais pas péter la fusée qui doit t'emmener là-haut. Et ça a marché. Ce n'était pas toi, saala. C'était le Viagra.

Un brouillard de colère noire m'est tombé devant les yeux. Je la voyais à travers, plantée là, bien droite, et elle rigolait. Elle n'avait pas peur de moi.

— « Zoya m'aimait bien », elle a répété. Gaitonde, espèce d'abruti, tu as cru avoir affaire à une vierge impressionnée par ton énorme virilité. Pauvre chutiya. Des hommes, avant toi, elle en avait eu des dizaines, et tout un tas après, et toi, tu étais le plus pitoyable. Tu as toujours… tu as toujours été le plus petit.

— Menteuse. Elle était vierge. Tu me l'as dit. Elle me l'a dit.

— Vierge ?

— Oui.

— Crétin. Comment tu crois qu'elle a survécu, dans cette ville, avant de tomber sur toi ? Vous, les hommes, bande de bhenchods, les vierges, vous les payez plus cher, donc pour toi, elle est redevenue vierge.

— Mais non. J'ai vu du sang.

Elle a été prise d'un rire si violent qu'elle a dû se retenir au bord de la table.

— Gaitonde, de tous les gaandus pontifiants de la planète, le plus aveugle, c'est toi. Arre, dans un rayon de quinze kilomètres autour d'ici, tu trouveras vingt médecins capables de rendre sa virginité à une femme. L'opération prend une demi-heure, ça coûte vingt-cinq, trente mille roupies. Et en trois semaines la toute nouvelle vierge est prête à ouvrir les cuisses sur un drap blanc, pour qu'un minuscule petit Gaitonde puisse voir tout ce sang et se prendre pour un grand.

Je l'ai abattue.

J'avais le Glock en main. Une odeur de fleur flottait dans l'air, une odeur feuillue, avec de l'amertume en filigrane. Je ne me souvenais pas du bruit, mais j'avais les oreilles sonnées.

Elle s'était écroulée sur le seuil de la pièce où se trouvaient les lits. J'ai baissé les yeux sur ce métal noir, réconfortant que j'avais en main, et puis je les ai relevés sur elle. Oui, elle était morte. Il y avait du sang, pas encore figé. Un flottement des cils, sous la brise silencieuse du climatiseur. Ses pupilles étaient fixes. Et elle avait ce trou dans la poitrine. Je ne l'avais pas manquée.

Je me suis assis. Je me suis laissé tomber, et je me suis assis à côté d'elle. Jojo. Jojo. Devant moi, j'avais l'arrière d'un ordinateur, un câble blanc qui pendait. Et, au-delà, un mur blanc. J'ai fermé les yeux.

Quand je me suis réveillé, j'étais sur le sol, son pied juste devant mon visage. Pour moi, il n'y avait pas de sursis, aucun moyen d'éviter l'acte que j'avais commis. J'ai repris connaissance, ç'a été net et subit, sans le moindre trou de mémoire. Je savais que j'étais allongé à côté de Jojo, sur ce sol dur, et que je l'avais tuée. Mais ce que j'ai remarqué de nouveau, de frais, de saisissant, pour la première fois, c'était la complication d'un pied humain. Il possédait ses coussinets, ses cambrures et un réseau intriqué de muscles et de nerfs, et des os, une telle quantité d'os. Il fléchit, il bouge, il marche et il endure. Sa peau revêt la couleur des années qu'il traverse, jusqu'à ce que ses crevasses tracent un maillage aussi compliqué que la vie même.

J'ai attrapé le pied de Jojo. J'ai refermé la main autour de sa cheville, j'ai tenu sa froide inertie. À mon poignet, ma montre affichait les clignotements de l'heure. Six heures trente-six. Nous avions déjeuné à deux heures. N'avais-je dormi que quelques heures ? Je me sentais reposé, et la tête claire. Et puis j'ai vu, j'ai vu que l'on avait changé de jour. J'avais dormi plus de vingt-quatre heures.

Continue. Mais continuer quoi ? Se faire encore plus d'argent, plus de femmes, plus de tueries. J'avais déjà vécu cela, j'en avais perdu l'appétit. Alors, continuer quoi ? Allongé par terre, près de Jojo, je me suis posé la question. J'avais de nouveau le sentiment de former un tout, d'être délivré de la confusion, de l'égarement et de l'épuisement par ce long repos sur ce sol maculé de sang. Cette clarté m'a permis de voir que Shridhar Shukla – Gourou-ji – ne s'était pas trompé. Je ne pouvais l'arrêter. Je ne pouvais rien arrêter. J'étais vaincu. Il m'avait vaincu, parce qu'il me connaissait mieux que je ne me connaissais moi-même. Il savait lire mon passé, et mon avenir. Ce que j'avais fait, ou n'avais pas fait, ce n'était pas le propos. Ou pire, c'était complètement le propos. Quoi que je décide de faire, cela contribuerait à son plan, et s'achèverait dans les flammes. Le monde désirait mourir, et je lui avais prêté main-forte. Il avait élaboré un sacrifice, et chacun de mes actes en était le combustible. Je ne pouvais l'arrêter.

J'ai doucement passé le bout des doigts sur les crevasses du talon de Jojo. Sa mort s'inscrivait-elle aussi dans la prédiction ? Elle n'avait pas eu une vie facile, je me suis dit. Elle avait essayé de prendre soin de ses pieds, mais la peau s'était fendillée, à force de marcher. Tant d'efforts, tant de luttes, et pour en arriver là. Pour voir précipiter sa fin, de la main de son ami. Mais oui, j'ai pensé, c'est au moins cela que nous avons la faculté de choisir. Tu ne peux pas arrêter ça, m'avait prévenu Gourou-ji, tu ne peux pas t'arrêter toi-même.

Mais si, je peux. Je peux m'arrêter moi-même. C'est le seul et dernier choix que je puisse me permettre. En cela, je suis en mesure de te vaincre, Gourou-ji, même toi. Moi, je peux m'arrêter, moi.

D'accord, Jojo. D'accord. Je me suis redressé, en position assise. Où était le pistolet ? Ici. Chargé, prêt. Une balle, il n'en faudrait pas plus. Je n'avais pas envie de regarder son visage. J'ai gardé les yeux rivés sur ses pieds, et je me suis retourné, jusqu'à ce que je parvienne à m'adosser au mur. OK.

Mais j'en étais incapable. Pas encore. Pas encore. Ah, et pourquoi pas ? Je le souhaitais. Je n'avais pas peur, j'étais impatient. Peut-être Jojo m'attendait-elle, de l'autre côté. Peut-être qu'elle me maudirait, qu'elle me frapperait, mais à la fin elle comprendrait. Je lui parlerais et elle comprendrait, comme elle l'avait toujours fait. C'était une question de parole, et de temps. Et je la maudirais de m'avoir trahi, de m'avoir menti. Mais à la fin, je lui pardonnerais. Nous nous pardonnerions. Mais je ne pouvais pas, pas encore, me loger le canon dans la bouche. Pourquoi ? Parce que. À cause de ceci : que dirait-on de moi quand je ne serais plus là ? Diront-ils : Ganesh Gaitonde a été pris de folie dans une pièce souterraine et secrète, il a tué une fille et ensuite il s'est donné la mort ? Diront-ils : Cet homme était un lâche et un faible ? Si je ne les informais pas, ils ne comprendraient pas. Ils répandraient des rumeurs, des mensonges, et ils inventeraient des mobiles, ils spéculeraient sur des causes.

Mais qui m'écouterait ? Jojo n'était plus là, et Gourou-ji s'était absenté. Rien ne m'empêchait de contacter le premier journaliste venu, ils voulaient tous des gros titres et de l'action, du scandale et des histoires. Il y avait ce type du *Mumbai Mirror*, qui était très bon, mais lui aussi, il me considérerait comme Ganesh Gaitonde, seigneur du crime et escroc international. Non, il fallait que ce soit quelqu'un de bien, quelqu'un de simple. Quelqu'un qui m'écouterait comme un homme écoute un autre homme sur un quai de gare, avec sympathie, juste une heure ou deux, le temps que le train arrive. Quelqu'un qui ne m'avait pas seulement considéré comme Ganesh Gaitonde, mais aussi comme un être humain.

C'est alors que j'ai pensé à toi, Sartaj Singh. Je me suis souvenu de notre première rencontre, en présence de Gourou-ji, la première fois que je m'étais assis face à lui. Je me suis souvenu que tu m'avais aidé dans cette rencontre, que tu m'avais parlé et que – le tout dernier jour – tu m'avais conduit à l'intérieur, vers mon destin. Je me remémorais cette générosité – peu ordinaire chez n'importe qui, incroyable chez un policier, et j'ai pensé à toi. Tu possèdes la cruauté du policier dans le regard, Sartaj, et dans ta démarche, mais sous cette apparence étudiée, il y a un sentimental. En dépit de ton orgueil complaisant de sardar-ji, je t'avais ému. Nos vies s'étaient croisées, et la mienne en avait été transformée, pour toujours.

J'ai su quoi faire. Je me suis levé, je me suis rendu au bureau et j'ai passé quelques appels. En une quinzaine de minutes, j'avais ton numéro personnel. J'ai appelé, et je t'ai écouté marmonner, tout ensommeillé. Et je t'ai dit :

— Vous le voulez, Ganesh Gaitonde ?

Tu es venu. Je t'ai regardé, le nez en l'air, scruter l'objectif de la caméra. Tu avais vieilli, tu t'étais endurci, mais tu étais resté le même homme. Et je t'ai raconté ce qui était arrivé à Ganesh Gaitonde.

Mais toi, tu n'as rien écouté, Sartaj. Tu ne t'es pas affranchi de toute ambition. Tu voulais me coffrer, ajouter mon arrestation à la liste de tes triomphes. Tu es resté assis devant la porte en acier du bunker, et tu m'as écouté, mais tu as demandé un bulldozer. Tu as enfoncé la porte, et le deuxième écran sur ma droite m'a montré que tu progressais, pistolet braqué. Tu entres. Je te parle encore, mais toi, tu ne m'écoutes plus. Tes yeux sont en feu. Vous me voulez, toi, et tes arquebusiers. Mais écoute-moi. J'ai dans la tête un tourbillon de souvenirs, de visages et de corps éparpillés, déchiquetés. Je le sais, ils se transpercent de leurs cris stridents, je sais par quoi ils sont reliés et par quoi ils divergent, je mesure leur vélocité à leur sillage. Écoute-moi. Si tu le veux, Ganesh Gaitonde, alors il faut me laisser parler. Sinon, Ganesh Gaitonde t'échappera, comme il t'a chaque fois échappé, comme il a échappé à tous les assassins, jusqu'au dernier. Ganesh Gaitonde m'a même échappé à moi, enfin, presque. Maintenant, en cette dernière heure, je le tiens, Ganesh Gaitonde, je sais ce qu'il a été, ce qu'il est devenu. Écoute-moi, tu dois m'écouter. Mais maintenant, tu es là, à l'intérieur du bunker. J'ai laissé la trappe déverrouillée, exprès pour toi. Sous chacun de tes pas, je peux voir mes années défiler par dizaines. Je vois le tout regroupé, maintenant, depuis le début jusqu'à la première maison que je me suis construit, mon premier foyer, à Gopalmath. Je me souviens de tout, depuis un temple de village, à Bangkok. Mais tu es déjà à l'intérieur, dans l'abri.

Voici le pistolet. Le canon se loge douillettement dans ma bouche. Je pense à ce que dirait Jojo : *Enfoiré, tu as peur ou quoi ? Tu veux que je m'en charge à ta place ?*

Non, Jojo. Je n'ai pas peur.

Sartaj, tu sais pourquoi je fais ça ? Je le fais par amour. Je le fais parce que je sais qui je suis.

Bas, assez.

La sécurité

Parulkar était en retard. Sartaj s'était assis sur le banc, devant son bureau, et suivait un quatuor de moineaux qui voletait entre les chevrons et autour des piliers de la galerie. Ils filaient d'un côté à l'autre, avant de foncer dans la cour, droit jusqu'au mur tout au fond. Ensuite, ils se lançaient dans le vol retour. L'un d'eux exécuta un tonneau paresseux et vint se poser au bout du banc, avec un rapide plongeon de la tête, avant de la relever d'un coup sec. Il – ou elle ? – s'ébouriffa les ailes, sautilla sur la gauche et lança un bref éclair de ses petits yeux noirs à Sartaj. Et le voilà reparti. Soit ils se méfient de nous, soit ils s'en moquent, songea-t-il. Nos tragédies ne sont rien à leurs yeux. Cette pensée était curieusement réconfortante. Donc, ce salaud de Ganesh Gaitonde s'était fait sauter la moitié du crâne dans un bunker tout blanc, donc, il y avait peut-être une bombe à Bombay, et après ? La vie n'allait pas s'arrêter. Sartaj tâchait de se concentrer sur cette idée, et de suivre le vol des moineaux droit vers le ciel.

Le secrétaire personnel de Parulkar franchit le seuil du bureau, sur la gauche, une liasse de documents à la main.

— L'escorte du Saab vient d'envoyer un message radio. Ils seront là dans vingt minutes.

— Bien, Sardesai Saab, fit-il. Je viens d'arriver.

Sardesai opina, et descendit l'escalier. Parulkar avait une liste fournie de rendez-vous, qui tous attendaient de l'autre côté de l'escalier, en une longue file d'attente que l'inspecteur avait allégrement dépassée. Il avait appelé Parulkar à son domicile, tôt dans la matinée, au moment où, il le savait, son supérieur serait assis

1097

dans un vieux fauteuil avec ses papiers et son chai, et il avait abusé de leur très ancienne relation pour lui soutirer un rendez-vous en tout début de journée. Et il était là, en tête de file. Il essaya de recourir à ses techniques de préparation opérationnelle, consistant surtout à s'efforcer de ne pas penser à ce qui allait se produire sous peu. Après tout, en quoi serait-ce si difficile ? Il avait menti à des suspects, à des apradhis, à ses parents, à Megha, à d'autres femmes, à lui-même, à ses supérieurs, à des journalistes, à quantité de policiers. Il était un maître du mensonge, un expert en la matière. Mais il n'avait jamais menti à Parulkar. C'était ce qui le rendait si nerveux, et c'était cette nervosité que son supérieur allait remarquer. Parulkar était le gourou qui avait appris à Sartaj comment mentir, et quand. Il lui avait transmis cet art. Décèlerait-il ses hésitations, son zèle excessif ? C'est ainsi que l'on prend le suspect à son propre mensonge, lui avait-il enseigné jadis ; ne surveille pas seulement les contradictions, mais aussi la trop grande cohérence. Si le langage est le même d'une version à l'autre, si le récit est manifestement préparé... Sartaj l'avait vu réduire aux larmes des hommes endurcis en moins d'une demi-heure.

Les quatre moineaux se posèrent en rang sur un fil électrique qui pendait au-dessus des piliers, et agitèrent la queue vers lui. Détends-toi, se dit-il. Ne t'obsède pas sur le sujet. Il secoua légèrement les bras et se dénoua les épaules. C'est un boulot, ce n'est qu'un boulot. Pense à autre chose. Il songea à Mary, à ses mains menues, à ses phalanges qui trahissaient son âge, et une houle de tendresse l'emporta vers le souvenir très vivant de leurs ébats amoureux, de son soupir, la première fois qu'il était entré en elle. Et puis la peur fut de retour : pourquoi refusait-elle de quitter la ville ? Ce qu'elle pouvait être entêtée, dans son fatalisme. Là, il avait de nouveau peur. Parulkar était au courant, comme tous les autres hauts fonctionnaires, du niveau d'alerte élevé décrété par Delhi. Et difficile à tromper. L'anxiété lui sifflait dans les veines et lui tambourinait derrière le front. Il se sentait faible.

Le Parulkar qui arrivait en haut des marches suivi de ses trois gardes du corps était quant à lui au sommet de sa forme.

— Sartaj Singh, s'exclama-t-il d'une voix tonitruante, viens, viens.

Il le conduisit dans son box vitré, commanda deux tasses de chai bien karak, avec de l'adrak, puis il demanda que l'on ouvre les rideaux qui masquaient le bout de la pièce du sol au plafond afin qu'ils puissent voir, en contrebas, le jardin qu'il avait fait aménager depuis toutes ces années qu'il était en fonction. On régla la climatisation, on vaporisa un peu de parfum d'ambiance aux quatre coins de la pièce, on apporta deux vases de fleurs fraîches et ils finirent par prendre place, Parulkar et Sartaj, l'un en face de l'autre.

— Parfait, alors dis-moi un peu, fit le commissaire divisionnaire. Qu'y a-t-il de si urgent ?

— Saab, fit-il, hier, Iffat-bibi a demandé à me recevoir. En réalité, elle a insisté. Elle m'a soutenu que c'était une priorité absolue. Elle refusait de m'expliquer quoi que ce soit au téléphone.

Parulkar resta les yeux rivés à sa tasse de chai. Il se rembrunit, il plongea une cuiller dedans et retira la pellicule en surface.

— Alors, où l'as-tu rencontrée ?

Sous son apparence nonchalante et son air de ne pas s'intéresser, c'était le Parulkar le plus dangereux.

— Au Fort, chef. Derrière un restaurant de fruits de mer, le Kishti.

Cela aussi, il l'avait appris de Parulkar, lorsqu'on concocte un gros mensonge, il était important de se montrer exact dans les détails. Vous aviez intérêt à fournir à votre interrogateur un certain nombre de précisions qu'il vérifierait, recouperait et jugerait correctes.

— Un cabinet comptable…

— Oui, oui. Le bureau de Walia. Il gère une bonne part de leurs affaires légales. Que voulait-elle ?

Sartaj se pencha en avant. Bien entendu, il n'y avait personne d'autre, dans le bureau, mais sans trop se l'expliquer, il éprouvait le besoin de chuchoter.

— Chef, Suleiman Isa veut vous parler.

L'autre posa sa tasse de thé, la repoussa tout doucement sur la table.

— Ce n'est pas faisable. Ma position est trop sensible. Et à l'heure actuelle, on ne sait jamais quand et où le Bureau anticorruption vous écoute.

— C'est ce que je leur ai répondu, monsieur. Mais elle insiste. Enfin, elle m'a dit qu'elle insistait. Ils ont proposé de vous laisser le choix du lieu et de l'heure. Par téléphone ou par satellitaire, n'importe. Vous être libre de choisir, pour tout.

— Même si je choisis de la connexion de mon côté, l'autre côté n'est pas sûr. Qui sait quel organisme officiel les a sur écoute ?

— Ils y ont pensé, monsieur. Si vous ne voulez pas appeler Suleiman Isa à Karachi, vous pouvez vous entretenir avec Salim, à Dubaï.

Salim était le principal contrôleur de Suleiman Isa et son ami de longue date ; il gérait les affaires quotidiennes de la compagnie depuis Dubaï.

— Ils m'ont expliqué que vous pouviez faire livrer un tout nouveau téléphone à Salim, à un endroit dont vous conviendrez eux et vous, et il vous appellera depuis ce téléphone sur le numéro que vous lui désignerez, en Inde. Comme ça, ce sera sécurisé des deux côtés.

— Donc il faudrait que je cause avec le garçon de courses de Suleiman Isa ? Ces salopards deviennent décidément trop arrogants.

— Si vous avez un contact à Karachi qui peut apporter un téléphone à Suleiman Isa, monsieur, rien ne vous empêchera de lui parler en direct. Ce sera comme vous voudrez, m'a dit Iffat-bibi.

— Dubaï ou Karachi, ce n'est pas le problème. Le problème, ce sont ces gaandus qui se prennent pour les maîtres du monde.

— Je comprends, chef. Alors, dois-je répondre à Iffat-bibi par la négative ?

Parulkar se frotta lentement l'estomac, reprit sa tasse.

— Qu'a-t-elle dit d'autre ? Raconte-moi le tout.

Et donc Sartaj lui raconta le tout, depuis ses appels pressants sur son portable, le trajet jusqu'à ce cabinet comptable, la découverte d'Iffat-bibi dans son box minuscule, sa demande d'un entretien avec Parulkar Saab, Suleiman Isa qui tenait fortement à discuter avec lui, le fait qu'ils compreaient la délicatesse de sa position vis-à-vis du nouveau gouvernement, mais il avait un besoin impératif de lui parler.

— Elle a précisé que c'était une question d'argent, monsieur, que Suleiman Isa souhaite discuter.

— Le salopard, s'écria Parulkar. Je leur ai toujours communiqué des comptes complets et transparents.

— Bien entendu, monsieur.

Un groupe d'ouvriers travaillait à la rénovation du temple d'Hanuman, derrière le commissariat. Ils escaladaient le dôme blanc, à moitié nus, en banians et sous-vêtements rayés. Parulkar les observait en se grattant le nez.

— As-tu un avis ?

— Vous souhaitez parler à Suleiman Isa, monsieur ?

— L'homme est un excentrique. Il est quasiment devenu fou, après toutes ces années passées à l'étranger. Mieux vaut lui parler, clarifier la confusion éventuelle où il est. Bas, finissons-en, enfin, tu me comprends. Inutile de le rendre encore plus soupçonneux qu'il ne l'est déjà. Donc, d'accord, je vais lui parler. Sur un téléphone vierge, que l'on puisse lui remettre personnellement, à Karachi, quelques minutes avant son appel. Mon envoyé le regardera numéroter à partir de ce seul appareil, et me confirmera que les procédures de sécurité ont bien été respectées. Reste la question de savoir où je vais recevoir cet appel.

— Oui, monsieur. Monsieur, je réfléchissais. Allez-vous toujours à Pune, jeudi ?

Son supérieur se rendait à une rencontre avec des policiers de la hiérarchie, à Pune, ce matin-là.

— Oui, oui.

— Alors, monsieur, pourquoi pas après votre déjeuner, vous viendriez chez nous ? N'en parlez à personne jusqu'à la dernière minute, dites juste que vous voulez aller rendre visite à Ma. J'y serai, j'arriverai là-bas de mon côté, dans la matinée. À quatorze heures quarante-cinq, j'appellerai Iffat-bibi de mon portable et je lui demanderai que Suleiman Isa vous appelle sur la ligne fixe de Ma, à trois heures. Ils pourront me demander, moi, et je vous passerai l'appareil. Pas de problème, pas d'histoires, et la sécurité des deux côtés. Vous pourrez parler.

Parulkar reposa sa tasse et s'essuya les mains sur une serviette. Il plaqua en arrière les cheveux qu'il portait courts, au-dessus des oreilles, un geste qu'il avait dû acquérir jeune homme. Ce geste rappelait à Sartaj un héros de cinéma des années cinquante, mais il était incapable de resituer lequel. Son supérieur hocha la tête.

— Il n'y a qu'un seul téléphone, là-bas ?

— Oui, monsieur.

— Et ta Ma est la seule à l'utiliser ?

— Oui, monsieur. J'ai même cessé de m'en servir, depuis que j'ai mon portable, chef, cela coûte moins cher de passer des appels depuis le cellulaire que sur la ligne fixe. Mais elle, monsieur, Ma, elle n'aime pas les portables. Elle les trouve trop petits, avec trop de touches.

Sartaj se rendit compte qu'il répétait trop souvent « monsieur ». Calme-toi, se dit-il. Regarde le bonhomme. Mais ne le dévisage pas. Bois ton chai. Et que la tasse ne tremble pas.

— Très bien, fit Parulkar.

Il prenait toujours ses décisions aussi brusquement. Il évaluait les solutions de rechange, il poussait la réflexion aussi loin que possible, et puis il sautait le pas. Il avait le courage et la confiance en soi d'un bon joueur, convaincu de gagner.

— Très bien, répéta-t-il. Mais préviens Iffat-bibi : que l'appel me parvienne à quinze heures précises. S'ils ont deux minutes de retard, je m'en vais. Et la conversation sera brève. Dix minutes maximum.

— Oui, monsieur.

— Et pendant l'entretien, Suleiman Isa ne doit en aucun cas prononcer mon nom, et le sien non plus.

— Je vais les en informer, monsieur.

— Entendu. Shabash, Sartaj. Allons-y, et finissons-en. Et n'avertis pas ta mère de ma venue. Nous lui ferons la surprise, à elle aussi.

— Bien sûr, monsieur, fit Sartaj.

Il se leva, salua. Il sentait sa chemise trempée dans le creux de ses reins. L'auréole devait être immense, malgré le bourdonnement de la climatisation. Il écarta sa chaise, non sans gaucherie, et recula. Il était presque arrivé à la porte, quand Parulkar l'appela.

— Sartaj ?

— Oui, monsieur ?

— Tu m'as l'air très fatigué. Qu'est-ce qui se passe ?

— Cette alerte lancée par Delhi, monsieur. Ils nous ont fait cavaler.

— Absurde. Leurs renseignements sont trop vagues, rien de précis. Tout cela est franchement ridicule. On n'a pas de bombe dans le ventre. Accorde-toi un peu de repos.

— Oui, monsieur.

Dehors, il adressa un signe de tête aux gardes de Parulkar et se dirigea vers l'escalier. Il avait très envie de s'asseoir sur un banc et de soulager ses jambes flageolantes, mais il atteignit le rez-de-chaussée et continua d'avancer, sortit du commissariat, passa devant la foule et les plantons, franchit le haut portail et son enseigne suspendue au-dessus de sa tête, continua dans la rue d'un pas chancelant, au milieu des piétons préoccupés, des voitures qui fonçaient et des chiens errants. Il resta au coin de la rue, clignant des paupières. Il ne savait pas où il était. Il se retourna pour scruter les vitrines des magasins et les panneaux indicateurs, et s'aperçut qu'il s'était débrouillé pour traverser une rue au beau milieu de la circulation. Elle était aussi large qu'une rivière aux eaux noires, et les véhicules ne cessaient de le frôler de leurs gueules voraces. Il ne savait pas comment il avait pu traverser au risque de sa vie, mais voilà, il était là. Il avait la bouche sèche, presque douloureuse, mais il n'avait pas envie de boire. Il voulait retourner au travail. Très loin sur sa gauche, il y avait un feu tricolore, et un passage piétons. Les cercles lumineux clignotaient à l'orange, et au vert, au vert et l'orange. Il fit demi-tour, vers le poste de police.

Le jeudi, il prit le volant tôt. Il avait envie d'arriver chez Ma, se disait-il, de tout préparer au plus vite, de rouler dans la fraîcheur du petit matin. En fait, il avait été incapable de dormir, et il avait été finalement plus facile de se lever, de faire démarrer la voiture et de conduire plutôt que de s'agiter en tous sens dans des draps qui sentaient le renfermé. C'était bon d'être là-haut, dans ces montagnes, de suivre les méandres de cette vieille route. La vitesse et le danger lui vidaient le crâne, et il traversa Matheran et Khandala, moteur hurlant, suivi par le sifflement strident de ses souvenirs, Megha, les pique-niques à la fac, l'escalade d'une colline en forme de coupole. Il arriva à Pune, et il n'avait rien d'autre à faire que de gagner sa maison, de rejoindre Ma.

Elle se tenait accroupie dans la pièce de devant, entourée de malles ouvertes.

— Regarde-moi ces vieux pulls, lui dit-elle. Je les avais oubliés. Il se pencha vers elle.

— Peri pauna, Ma.

Il abaissa le couvercle cabossé d'une malle noire et s'assit dessus, les mollets contre le nom de Papa-ji tracé au pochoir.

— Qu'est-ce que tu fabriques ?

— Beta, il y a trop d'affaires ici. Si tu n'en veux pas, à quoi ça sert de les garder ?

Depuis la mort de Papa-ji, elle avait eu ces fringales de nettoyage par le vide une fois tous les six mois. Elle avait donné des effets personnels et des objets de la maison à des cousins, des tantes, des oncles, des domestiques, des voisins et des mendiants. Elle avait quelquefois choqué son fils par son côté impitoyable, son détachement à l'égard de ces vieilles chaises, de ces cannes de marche et de ces blazers bleus. Les seuls objets qui semblaient à l'abri étaient les photos et les lettres, mais peut-être ceux-ci disparaîtraient-ils à leur tour, suite à cette dernière tournée d'inspection. Ma avait près d'elle, par terre, un cadre en argent noirci. Sartaj le connaissait bien ; il était aussi vieux que ses plus vieux souvenirs. Ma le gardait dans son armoire, niché dans ses dupattas. Elle l'avait sous les yeux tous les matins. Il le prit en main, et elle était là, dans sa jeunesse épanouie, préservée à jamais, la sœur perdue de Ma. Elle était ravissante. Elle riait en rejetant en arrière le flot de sa chevelure d'un noir de jais, à demi-tournée vers l'objectif, et son corps traçait une courbe tendue vers l'horizon lointain. Il connaissait cette image dans ses moindres détails. Elle s'appelait Navneet, c'était à peu près tout ce qu'il en savait. Ma n'avait jamais aimé parler d'elle. Et maintenant, la belle Navneet allait peut-être disparaître à son tour. Sartaj n'aimait pas cette lente érosion du foyer dont il conservait la mémoire, qu'il portait en lui. C'était terrifiant de revenir à Pune et de constater chaque fois la disparition de quelques autres objets. Un jour, songea-t-il, il ne restera que des murs blancs. Et ensuite, même les murs n'y seront plus.

Mais il ne pouvait arrêter Ma. Comment argumenter contre la générosité ? Avec l'âge, elle était devenue têtue et indépendante. Elle agissait à sa guise.

— Oui, Ma. C'est vrai. Mais tu veux réellement le donner, ce cardigan ? Il te plaisait bien, celui-là.

Elle levait un cardigan vert en le tenant par les épaules, et puis elle passa un doigt le long de sa ganse de fleurs rouges.

— Où est-ce que j'irais le porter ? Ces gens du Maharashtra, ils ont beau porter des manteaux en décembre, moi, je n'ai pas du tout l'impression que c'est l'hiver.

Elle s'enorgueillissait de son amour nordique des basses températures, de sa témérité de Punjabi.

— Si nous montons à Amritsar, lui fit-il, tu voudras l'emporter.

— Quand ? Voilà des mois que tu me rabâches ça, beta.

— Bientôt, bientôt, Ma. Promis.

Elle n'avait pas l'air convaincu du tout, mais elle posa bel et bien le cardigan sur la droite, dans la pile d'objets qu'il convenait de garder. Il n'avait plus envie d'assister à cela, cette élimination patiente de leur existence commune.

— Je sors marcher.

Elle hocha la tête en s'attaquant à la serrure récalcitrante d'une autre malle.

— Tout ça va rester en désordre toute la journée ? s'enquit-il.

— Il faut bien. Pourquoi ?

L'avertir de la visite de Parulkar étant impossible, il haussa les épaules.

— Tu as besoin de quelque chose, au marché ?

Elle n'avait besoin de rien. Elle lui paraissait plus autonome que dans les souvenirs de son enfance, quand Papa-ji, les domestiques et parfois les voisins étaient requis pour aller chercher et porter, l'escorter de tel endroit à tel autre. Sartaj était incapable de trancher : avait-elle changé ou avait-elle revu ses besoins et ses désirs à la baisse, au point de ne plus avoir véritablement rien à réclamer à personne d'autre qu'elle-même ? Il ne doutait pas de son amour à son égard, et de sa foi en Vaheguru, mais en elle, le poids des attaches s'était allégé. Elle avait juste envie de se rendre à Amritsar, et puis elle s'apprêterait peut-être à un tout autre voyage. Il en frissonna, et pressa le pas.

La ruelle qui menait au marché était pleine de femmes et d'hommes aux cheveux blancs chargés de jholas remplis de légumes et de fruits. Il salua certains d'entre eux, ceux qu'il connaissait pour les avoir croisés au gurudwara ou lors de ses promenades avec Ma. Dans cette localité qui comptait beaucoup de retraités, les clients matinaux avaient le temps de s'arrêter bavarder, et il était content de les écouter, de prendre des nouvelles de leurs fils et de leurs filles, de recueillir leurs avis sur la criminalité et leurs griefs vis-à-vis des politiciens. Mais en fin de compte, il n'y avait pas moyen d'éviter de retourner à la maison, d'éviter ce qui devait advenir, et il rentra, péniblement. Il était chargé de paquets, maintenant. Il faisait chaud, même sous les arbres à pluie et les gulmohars, et ses pieds enfermés dans ses souliers étouffaient de chaleur et devenaient douloureux.

— Qu'est-ce que tu as rapporté ? lui demanda Ma.

À côté d'elle, la pile d'affaires à conserver était à peu près de la même taille qu'avant son départ, mais les autres avaient grandi.

— Juste quelques bananes, Ma.

Il se rendit dans la cuisine en enjambant des couvre-lits rouges. Il sortit les petites bananes Chini de leur emballage en papier et les déposa sur le plan de travail.

— C'est de la bière ? lui dit Ma. – Elle se tenait sur le seuil. – Pourquoi ?

— Comme ça, c'est tout.

— Je croyais que tu n'aimais pas la bière.

— Maintenant, si. On peut déjeuner ? J'ai faim.

Il ouvrit donc une bouteille de Michelob, en but une gorgée et s'attaqua à son assiette. Après, il s'allongea dans sa chambre et ferma les yeux en serrant les paupières, pour se défendre de la lumière aveuglante de l'après-midi qui filtrait au travers des rideaux. À deux heures, il se leva et retourna dans la cuisine. Debout près de l'évier, il ouvrit une autre bouteille de bière et se força à en ingurgiter l'amertume épaisse. Puis il se glissa à pas feutrés devant Ma, qui était encore à l'œuvre au milieu de ses malles, et fouilla à tâtons dans l'étagère de la salle de bains jusqu'à ce qu'il trouve son tube de Vajradanti. Il se brossa les dents, deux fois, puis s'assit sur le lit, pour patienter. Il regarda la pendule.

Il entendit frapper à la porte à deux heures et demie. Il laissa Ma se lever, s'y rendre en traînant les pieds et ouvrir, puis il écouta Parulkar la saluer avec chaleur.

— Bhabhi, fit-il, vous m'avez l'air en pleine forme. Après ma retraite, je viendrai à Pune, moi aussi. L'air d'ici est bien meilleur.

— Arre, Sartaj ne m'a pas prévenue que vous veniez. Sartaj ? Sartaj ?

Mais l'inspecteur n'avait aucune envie de se lever de son lit, pas encore.

Elle l'appela de nouveau.

— Arre, Sartaj ? Parulkar-ji est là. Beta, où es-tu ? Je ne sais pas ce qu'il fabrique.

Sartaj, lui, savait ce qu'il fabriquait, oui, il le savait. Donc il s'obligea à se lever, il sortit de la chambre et feignit la surprise, accueillit Parulkar, lui débarrassa le sofa et lui proposa une bière et des bananes Chini. Parulkar but avec sa gourmandise habituelle, et réclama à Ma quelques-uns de ses pakoras épicés, sa spécialité, pour accompagner la bière. Il resta dans l'embrasure du salon, s'adressant à Ma qui sortait ses poêles.

— Et alors Sardar Saab m'a dit : « Il faut que je rentre, j'ai une jeune épouse que je n'ai pas vue depuis trois jours. » Et c'est alors seulement que je me suis aperçu qu'il n'avait pas dormi depuis quatre jours.

Papa-ji était connu dans le service pour être capable d'enchaîner les nuits de veille, autant que pour ses siestes prodigieuses. En dépit de ses sentiments mitigés à l'égard de Parulkar, Ma se laissait charmer par cette conversation autour de son cher défunt, ses talents et son dévouement. Elle découpa les légumes avec un enthousiasme renouvelé, et elle rit, et elle dit à Parulkar qu'elle se rappelait cette semaine-là, et cette affaire de rapt sur laquelle ils travaillaient.

— C'est la fois où ce bébé, un petit garçon, avait été enlevé par son oncle, se souvenait-elle.

Et ils évoquèrent le passé lointain.

Le commissaire jeta un rapide coup d'œil à sa montre, et Sartaj hocha la tête. Il était trois heures moins le quart. Il passa dans la chambre, attrapa son portable et appela Iffat-bibi. Elle était déjà en possession du numéro, naturellement, mais il fallait jouer la comédie jusqu'à la lie.

— Dis-moi, fit Iffat-bibi, et Sartaj lui récita ses répliques.

Dans la cuisine, son supérieur revenait maintenant sur des histoires où il était question de Sartaj, des anecdotes flatteuses sur ses succès sportifs, et Ma était tout sourire. On voyait à l'œuvre deux des grands talents de Parulkar : la mémoire infinie et le charme facile. Il était impossible de ne pas réagir à ce souci qu'il avait de votre bien-être, à cette connaissance intime de votre histoire et de vos espoirs. Et donc, en cet instant, ils se tenaient là, tous les trois, près de la porte de la cuisine, comme en famille. Le commissaire s'enquit de la santé de Ma, du coût d'entretien de la maison, et des versements de la pension de Papa-ji.

— Si vous avez le moindre problème, Bhabhi-ji, vous m'appelez immédiatement. Sartaj a mon numéro de portable personnel.

Ma était particulièrement en verve. Elle questionna le commissaire sur ses filles, et sur les enfants de ses filles. Il évoqua leurs réussites et leurs joies diverses. Même celle qui avait divorcé – elle avait eu bien raison de se débarrasser de son ivrogne de mari – s'en sortait plutôt bien, maintenant : elle avait créé sa propre affaire de mode. Au début, cela s'était limité à des salwar-kameez modernes et des ghagras fantaisie pour les femmes du cru, puis elle avait élargi sa clientèle jusqu'à Shivaji Park.

— Et sans moi, ou à peine. Elle y est arrivée toute seule. Elle était tellement du genre femme au foyer, vous savez, toujours avec les enfants, qu'elle ne savait même pas remplir un chèque. Maintenant, elle gère des milliers de roupies, elle a quatre maîtres tailleurs à demeure, chez nous. Et elle parle d'acheter une boutique.

— Le monde a changé, lui dit Ma. Toutes ces jeunes filles sont très courageuses.

— Oui, oui, Bhabhi-ji, quel changement nous avons vu, de notre vivant.

Ma désigna des oignons et des choux-fleurs émincés.

— Ça ne sera pas trop long.

— Prenez votre temps, Bhabhi-ji, lui répondit-il. Il faut que j'y goûte. J'essaie d'éviter l'huile et les fritures, mais pour vos pakoras, je ferai une exception. Juste pour aujourd'hui, et parce que je suis ici, chez vous, à Pune.

Ma reçut cette marque de galanterie avec un petit signe de tête ravi.

— Un peu de friture de temps en temps, ça va. Mais Sartaj, lui, il se nourrit mal. Toute cette cuisine grasse de restaurant, c'est pour cela qu'il a l'air si fatigué.

— Oui, oui, Bhabhi-ji, acquiesça le commissaire. Je le lui répète sans arrêt, ce n'est pas une façon de vivre. Quoi qu'il arrive, un jeune gaillard ne peut pas rester seul. Un homme a besoin d'une famille.

Ils s'y mettaient à deux, comme des médecins qui discutent des symptômes et guettent des signes d'amélioration chez un malade chronique. Sartaj savait qu'il devait répondre, mais il se sentait loin, de l'autre côté d'une paroi d'air, derrière une fissure par laquelle il s'était trouvé projeté hors de leur monde. Ils ressemblaient à une vieille photographie, déjà auréolés de nostalgie, déjà irréels.

— Oui, admit-il.

— Oui quoi ? insista Parulkar.

Le téléphone retentit alors, de sa grêle sonnerie à l'ancienne.

— Téléphone, s'écria Singh, rempli de soulagement et de terreur.

Il se leva, se fraya un chemin entre les malles.

— Allô ?

— Refile l'appareil au Saab.

La voix de l'homme était confiante, agressive.

— Monsieur, fit Sartaj, c'est pour vous.

— Oh, dit Parulkar. D'accord.

Il ne se pressait pas. Il prit une longue gorgée de sa bière, s'essuya les mains avec un mouchoir.

— Vous pouvez le prendre par là, monsieur. Dans la chambre.

Son supérieur hocha la tête et s'en fut. Ma n'aimait pas cela, que Parulkar entre dans sa chambre, mais il était trop tard pour l'en empêcher. La porte se referma sèchement, et elle secoua la tête à l'intention de son fils. Il attendit le déclic dans le combiné, et le « Allô » de Parulkar, puis il raccrocha.

— C'est un appel important, Ma, lui expliqua-t-il. Très important. Du gouvernement central.

Elle n'appréciait tout de même pas, mais elle restait encore suffisamment femme de policier pour admette que l'on ne puisse se soustraire à ces appels du gouvernement central, qu'il fallait prendre en toute confidentialité. Elle débarrassa la table et l'essuya. Sartaj but encore une bière et surveilla la pendule. Quinze minutes s'écoulèrent, puis vingt. Parulkar allait au-delà de sa limite, mais sans doute parlaient-ils d'argent. Ou s'affrontaient-ils sur les morts des contrôleurs de Suleiman Isa. Peut-être échangeaient-ils des menaces.

— Qu'est-ce qu'il fabrique là-dedans, cet homme ? s'écria Ma. Je suis fatiguée. Ses pakoras sont prêts, ils vont être froids.

Elle avait sauté sa sieste de l'après-midi, et elle avait été dérangée dans son travail.

— Ma, ce n'est pas sa faute s'il y a eu un appel.

Elle haussa les épaules, et s'assit résolument par terre, dos à ses malles.

— Il devrait être capable d'y penser de lui-même, débarquer chez les gens dans l'après-midi. Mais il a toujours été comme cela.

Elle avait une voix forte de vieille personne un peu sourde.

— Il va t'entendre, Ma. Ne t'inquiète pas, il aura bientôt fini.

Mais Parulkar ne ressortit pas avant encore dix bonnes minutes. Il était triomphant. Il adressa un clin d'œil à Singh et prit son verre sur la table, avala une gorgée de bière. Il s'assit dans le fauteuil qui avait été celui de Papa-ji, et dégusta ses pakoras avec une délectation mesurée, sans se presser. Il était calme, confiant, et victorieux, visiblement. Il avait vaincu Suleiman Isa et tous ses hommes de main. Il reparla à Ma de l'ancien temps, du temps où Papa-ji était réputé pour le lustre éclatant de ses souliers.

— Achcha, Bhabhi-ji, s'écria-t-il enfin. Maintenant, je dois y aller. Mais je reviendrai goûter à vos pakoras. Non, non, je vous en prie, ne vous levez pas.

Ma ne se leva pas, mais elle réussit à puiser en elle assez de politesse pour lui répondre « Je l'espère bien », et souhaiter le meilleur à ses enfants. Sartaj raccompagna son supérieur jusque sous la véranda. Parulkar essuya une paire de lunettes de soleil à monture noir et argent.

— Ça s'est passé correctement, monsieur ?

— Oui, oui. Le bonhomme avait juste besoin d'une mise au point. Il est plutôt raisonnable, quand on sait le manier. – Il chaussa ses lunettes, avec un large geste du bras. – En tout cas, c'est réglé. Terminé. Bon travail, Sartaj. Merci.

— Chef, inutile de…

Parulkar lui tapota le bras.

— Ta mère m'a l'air en bonne santé. Tu as de qui tenir. Tu vivras longtemps, Sartaj, si tu prends soin de toi. OK, chalo. Je te reverrai à Bombay. Repose-toi bien. Relaxe-toi. Va voir un film, quelque chose.

Aussitôt, il se retourna et fila vers sa voiture, au trot. Les gardes du corps montèrent à bord de leur jeep dans un cliquetis d'armes et des claquements de portières, et le convoi se mit en route, suivi d'un nuage de poussière et des aboiements des chiens. Le tout avait un air de fête.

Ma se tenait debout à la porte.

— Les bananes et la bière, fit-elle. Tu étais au courant de sa venue.

— Oui.

Elle n'avait pas entendu des histoires de policiers durant toutes ces années pour rien. Elle savait démonter les actes, trouver les mobiles, les conséquences et les causes.

— Est-ce que ça va ?

— Oui.

— Tu as des ennuis ? Tu as fait quelque chose ?

— Non.

— Va te reposer.

Quand il passa à sa hauteur, elle posa une main sur son poignet, dans un geste aussi vieux que l'enfance. Elle vérifiait s'il n'avait pas de température, le moindre déséquilibre, le besoin d'une attention quelconque. Cet après-midi-là, il n'y avait pas de maladie en lui, aucune raison physique à son épuisement ni à ses yeux injectés de sang. Lorsqu'il passa devant la chambre de Ma, le dos voûté, il vit quelque chose luire sur la table de nuit. Ma avait décidé de garder la photographie de Navneet. L'attachement de Ma aux objets s'estompait, mais elle tenait encore aux gens. Il sentait encore sa main sur son poignet. Comme elles étaient petites, ses mains, et ses pieds. C'était une petite bonne femme, si petite que, dans son enfance, Navneet et le reste de la famille l'avaient surnommée « Nikki ». Il était difficile de l'imaginer en fillette rieuse, mais la petite Nikki s'était débrouillée pour grandir et devenir Ma, qui veillait sur lui tout en se dégageant lentement de l'emprise du monde. Dans sa chambre, Sartaj alluma le ventilateur et se déshabilla, ne gardant que son caleçon. Le sommeil vint vite ; quand il se réveilla, il faisait complètement noir. Il resta allongé, immobile, à l'écoute de la nuit. Il pouvait entendre Ma déplacer des objets dans la cuisine et, derrière elle, les voisins, le léger mouvement du vent et des voitures, des voix d'enfants. Nous sommes encore ici, songea-t-il, nous sommes encore en vie. Nous avons survécu un jour de plus. Malgré cette pensée, il n'allait pas mieux du tout.

Il téléphona à Iffat-bibi quatre fois ce soir-là, puis le lendemain matin, sur la route du retour vers Bombay, toutes les heures. Chaque fois, elle lui faisait la même réponse :

— Dès qu'ils seront prêts, ils me préviendront. Et je te communiquerai l'adresse de ton sadhu. Tu auras l'information, saab. Ne t'inquiète pas. Aie un peu de patience, encore un tout petit peu.

Mais Sartaj, qui pourtant avait pratiqué la patience durant toute sa carrière, avait du mal à trouver en lui, cette fois. De retour en Zone 13, depuis le patio du poste, il regarda Parulkar arriver à pied d'œuvre, ce matin-là. L'homme était aussi jovial et énergique que d'habitude. Donc, il n'avait pas conscience du piège qui refermait ses dents sur lui. Il ne savait pas, pas encore, qui le lui avait tendu. Il l'apprendrait bientôt.

Sartaj quitta le commissariat et, jusqu'à midi, suivit quelques pistes dans le cadre d'une affaire de cambriolage, sans conviction. Ensuite, il décida qu'il avait besoin de déjeuner, et prit la direction du Sindoor. Il commanda des papads, un poulet tikka, et confia au serveur une bouteille de whisky Royal Challenge dans un sac plastique. Le temps que Kamble le rejoigne, une heure plus tard, il était parvenu à atténuer la lumière à l'intérieur du Sindoor, à la transformer en un léger brouillard. Kamble s'assit, et regarda le serveur poser sur la table un nouveau verre rempli de liquide mordoré.

— Chef, fit le sous-inspecteur, vous ne voulez pas avaler quelque chose, avec ça ?

— Je n'ai pas vraiment faim. Ça me suffit.

— Apporte-nous des naans, dit Kamble au serveur. Beaucoup de naans. Et un peu de raita de légumes. Et du dal.

Il se renfonça contre le dossier de la banquette, carra les épaules et lui posa sa question d'une voix feutrée. Qu'est-ce qui s'était passé ?

— Des ennuis avec la fille ? Dites-moi.

Sartaj rit, puis se tut, puis recommença. Kamble était un garçon compréhensif ; il souhaitait lui donner des conseils sur les femmes. Kamble, l'homme du monde. Kamble était un bon camarade. Kamble était un sale enfoiré. Il trempait les doigts dans tous les marchés infects, mais il était généreux. Il était gentil. C'était un homme bon.

— Kamble, fit Sartaj. Tu es bon.

— Yaar, je fais mon possible. Tenez, buvez un peu d'eau. Qu'est-ce que vous fabriquez ?

— Ce que je fabrique ?

— Oui.

— Je déjeune. Je suis assis au Sindoor, et je déjeune avec mon ami, un homme bon.

— C'est tout.

— Et j'attends aussi une information très importante.

— De qui ? À quel sujet ?

Sartaj agita un doigt vers le sous-inspecteur.

— Ça, je ne peux pas te le dire. Il ne faut pas révéler ses sources. Même à un ami. Pas cette source-là. Mais l'information est bonne. Je te l'affirme, elle est bonne. Et il nous la faut, cela concerne la grosse affaire. La plus grosse de toutes. Tu sais.

Il pointa le doigt vers le plafond à motifs, et fit le bruit d'une explosion.

— Oui, je sais. Tenez, mangez.

Kamble déposa un morceau de poulet dans l'assiette de Sartaj, qui en prit une bouchée. Pendant tout le repas, son adjoint poursuivit son manège, le poussant à manger, à boire du chhass, rendant aux serveurs qui passaient les verres de whisky encore à moitié pleins. Mais Sartaj arrivait tout de même à consommer de l'alcool en proportion de la nourriture ingurgitée. Il était donc encore pas mal dans les vapes quand Shambhu Shetty approcha une chaise de leur box.

— Les garçons m'ont averti que vous étiez ici, commença-t-il.

Il avait l'air grassouillet de l'homme content de son sort.

— Shambhu, il faut que tu commences à faire de l'exercice, lui conseilla Sartaj. Ce n'est pas agréable de te voir comme ça.

Kamble chuchota quelques mots à Shambhu, et ce dernier lui chuchota en retour. Puis il déplia un journal et le lissa sur la table.

— Saab, annonça-t-il. Je reçois *Samachar* très tôt, au bar. J'ai pensé que vous auriez envie de lire ça.

Un gros titre barrait toute la page sur trois lignes : « Un haut fonctionnaire de police surpris dans une conversation avec un parrain antinational. » Au-dessous, il y avait une photo de Parulkar en uniforme. Le sous-titre annonçait : « L'opposition réclame sa suspension et une enquête. » Sartaj détourna la tête. Il n'avait pas envie d'en lire davantage.

— Ils disent que le Bureau anticorruption possède un enregistrement d'une demi-heure de Parulkar discutant avec Suleiman Isa à Karachi, et que cet enregistrement a été divulgué à tous les journaux, continua Shambhu. Il est déjà en ligne sur plusieurs sites, on peut écouter le tout. Parulkar discute avec Suleiman Isa de versements d'argent, de boulots précis, des trucs dans ce genre. Où est-ce ?… Là, ici. « Des experts indépendants en analyse vocale ont indiqué à notre rédaction que, selon eux, l'enregistrement en question contient les voix du commissionnaire divisionnaire adjoint Parulkar et de Suleiman Isa. »

— Bhenchod, s'exclama Kamble. Laisse-moi voir.

Il s'empara du quotidien, lut en vitesse, replia le journal et parcourut la page jusqu'en bas. Maderchod.

— Ce type est fini. Ce saala est fichu.

— Je n'arrive pas à y croire, fit Shambhu. Une erreur pareille, de sa part.

— Tout le monde commet des erreurs, commenta Sartaj, tôt ou tard. Si ce n'est pas aujourd'hui, ce sera demain.

Ils gardèrent tous deux le silence. Puis Kamble désigna le *Samachar*.

— Vous voulez le lire ?

— Non.

— Parfait. Il faut que je retourne travailler. Qu'est-ce que vous allez faire ?

— Je vais rester assis ici et attendre mon information.

Le sous-inspecteur eut l'air de considérer que c'était une mauvaise idée. Il protesta, il argumenta, jusqu'à ce que Sartaj s'emporte et, du coup, l'autre discuta encore. Les autres clients du restaurant, des cadres et des mères de familles, risquaient des coups d'œil gênés par-dessus leur épaule, et se mirent à murmurer, si bien que Sartaj finit par céder. Il accompagna Kamble dans l'une de ces tournées très ennuyeuses – un tripot où l'on jouait au matka, une usine de chaussures, puis le basti Nehru Nagar à Andheri, où ils recherchèrent un tadipaar que l'on aurait vu se faufiler dans Kailashpada avant d'en ressortir. Sartaj avançait derrière Kamble en trébuchant, et cette fanfare d'odeurs, bonnes et mauvaises, lui montait à la tête. Il était dégrisé, mais cette marche et l'afflux ininterrompu de visages qui le frôlait suffisaient à le maintenir dans un confortable engourdissement.

À six heures, son téléphone sonna.

— Le Bhai est satisfait, lui annonça Iffat-bibi.

— Et ?

— Il m'a prié de te faire un cadeau. À titre symbolique. Cinq petis.

— Je ne veux pas de cet argent de maderchod. Contente-toi de me donner l'adresse.

— Tu es sûr ? Refuser un cadeau du Bhai, c'est impoli.

— Répète-lui exactement ce que je viens de te dire. Je veux l'adresse, compris ? L'adresse.

Iffat-bibi soupira.

— Très bien, fit-elle. Vous, les jeunes, vous êtes très bêtes, parfois. Tu as un stylo ?

L'adresse était celle d'une villa de deux étages à la limite ouest de Chembur, séparée d'un quartier très classes moyennes par un mur bien entretenu de trois mètres de hauteur. Après l'avoir notée dans son carnet de notes en capitales soignées, Sartaj pria Iffat-bibi de la lui répéter, à trois reprises. Ensuite, les événements s'enchaînèrent très vite. Il appela Anjali Mathur. Kamble et lui retrouvèrent la jeune femme et son équipe dans une rue près de Vrindavan Chowk, à Sion. Ils firent route au nord, vers Chembur, accompagnés d'un inspecteur général, d'un aréopage de fonctionnaires de police de grade très élevé et de quelques officiers de l'armée à l'air coriace, qui ne se présentèrent pas. Quelques flics locaux de Chembur – Sartaj n'avait jamais rencontré aucun d'eux – leur avaient fourni des informations sur les lieux, et les avaient conduits à proximité immédiate de la villa. On établit un discret cordon de sécurité, et un poste de commandement fut installé dans une laiterie, à soixante mètres de là, derrière un rideau d'arbres. Sartaj n'avait jamais vu cette villa. Kamble et lui s'assirent dans un coin de la pièce grouillante d'activité, et la regardèrent se remplir de radios, d'équipements impossibles à identifier et d'hommes affairés. Anjali Mathur se réunissait avec son patron et quelques autres, mais n'oublia pas, dès qu'on leur en apporta, de faire servir du chai à Sartaj et à Kamble.

Ce dernier donna un coup de coude à son supérieur.

— Chef, chuchota-t-il, allez plutôt vous planter près d'eux. Ils pourraient avoir besoin de votre avis. Ou de vous demander quelque chose. C'est vous qui leur avez trouvé cette maderchod de baraque. Le héros du jour, c'est vous. Allez-y, c'est à vous qu'en revient le mérite, agissez en conséquence, sinon l'un de ces gaandus de fonctionnaires de la direction générale va vous en priver.

Mais Sartaj n'avait pas particulièrement envie de délivrer ses conseils à qui que ce soit. Il resta assis à la lueur des écrans d'ordinateurs portables et regarda le ciel, derrière la fenêtre, dans le fond, changer de couleur. Quelqu'un lui avait affirmé un jour, il ne se rappelait pas qui, que les couleurs fantastiques des soirs de Mumbai provenaient de la pollution qui flottait au-dessus de la ville, de ces millions de gens, de cette masse humaine entassée dans un trop petit espace. Il ne doutait pas que ce soit vrai, mais ces violets, ces rouges et ces oranges n'en étaient pas moins beaux, pas moins grandioses. On les voyait changer, s'assombrir et se dissoudre dans le noir.

À dix heures, Anjali Mathur vint s'asseoir à côté d'eux.

— C'est confirmé, dit-elle. Il y a sept hommes dans la maison. Et nous avons deux signatures radioactives distinctes, et deux camions de trois tonnes stationnés sur l'arrière, derrière la villa. D'après nous, ils s'apprêtent à acheminer les bombes vers leur point de radiation maximum au sol.

— Deux bombes ? s'exclama Kamble. Et maintenant, il se passe quoi ?

Il était tétanisé par l'excitation et l'appréhension mêlées.

— Une équipe est sur place. À l'heure dite, cette nuit, ils vont passer à l'action. La décision sera prise par un commandant opérationnel.

D'un signe de tête vers le devant du local, elle désigna un militaire penché sur une radio. Elle avait l'air d'attendre une réaction de Sartaj.

Il se racla la gorge.

— Je suis sûr que votre équipe en sortira victorieuse.

Inexplicablement, il se sentait l'envie de rire. Il se retint, bien sûr, mais quand elle se releva, elle le jaugea du regard.

Kamble la suivit, et revint quelques minutes après, encore plus nerveux, encore plus anxieux. Il avait l'œil allumé, il se pencha et flanqua à Sartaj une tape sur l'épaule.

— Les Black Cats sont là, patron. Avec leurs cagoules noires de commandos, leurs fusils et tout.

Singh tenta de se découvrir un quelconque enthousiasme pour ces Black Cats, mais il avait juste sommeil. Il nota sa curieuse absence d'excitation face à la perspective de rester sain et sauf, et se dit que ce n'était sans doute qu'à cause de son épuisement. C'est l'insomnie, pensa-t-il, tous ces hauts et ces bas, ces derniers temps, toutes ces sources de stress accumulées. Demain, je ressentirai sans doute quelque chose. Mais pour l'heure, je crois que je vais juste rester assis ici, et ne rien sentir du tout. C'est sûrement toute cette bière et tout ce whisky, c'est de là que vient ce poids qui me pèse sur les cuisses, comme un bloc de fer forgé. Je suis juste très fatigué, probable.

Il se réveilla, bousculé sans ménagement par deux mains lourdes et insistantes, des tapes sur ses joues.

— Sartaj Singh, réveillez-vous. – C'était Kamble. – Gaandu, vous êtes le seul type au monde qui soit capable de passer les moments les plus palpitants de son existence à ronfler. Le moment est proche, chef. Ils sont sur le point de pénétrer sur les lieux. Réveillez-vous. Réveillez-vous.

Il se redressa, se frotta les yeux pour en chasser le sommeil.

— Quelle heure est-il ?

— Quatre heures et demie.

Un unique oiseau hululait dans le calme précédant l'aube. À l'intérieur du poste de commandement, il régnait un silence contenu, une immobilité absolue, remplie d'attente. Sartaj avait envie de demander à Kamble comment ils sauraient que l'équipe d'intervention était entrée, que l'ordre avait été donné, mais son équipier avait les deux mains plaquées sur la bouche, les joues fermement encadrées par les deux pouces. Il avait l'air d'un enfant qui attend le résultat d'un examen.

Dans le local, rien n'avait changé. Mais bientôt, de très loin, leur parvint une série de claquements secs, puis une autre, *pap-pap-pap*, *pap-pap-pap-pap*. Et enfin, une dernière détonation. Il s'écoula un moment et, devant le local, une clameur joyeuse enfla, se propagea. Anjali Mathur déboula au milieu de la petite foule qui l'applaudissait.

— Nous sommes hors de danger, annonça-t-elle. Nous sommes hors de danger.

Sartaj opina, et se força à sourire. Subitement, il fut entouré d'officiers de police, d'hommes du RAW et des Black Cats, qui tous se bousculaient, s'étreignaient et lui serraient la main. Apparemment, Kamble s'était arrangé pour qu'ils sachent à qui en revenait le mérite. Sartaj se retourna, traversa la foule et parvint à lentement s'en détacher, à descendre les marches. Il s'éloigna vers l'arrière de la laiterie ; le terre-plein autour du bâtiment était maintenant envahi de véhicules de police et de voitures banalisées. Mais on remarquait surtout l'odeur du lait. Et un vague effluve de gobar. De bouse. C'était douteux ; combien de laiteries, dans cette ville, possédaient encore des vaches ? Mais rien qu'à respirer cette odeur, on se sentait rajeunir. Cela lui éclaircissait les idées.

Ainsi, il avait suffi de quelques petites détonations lointaines pour sauver le monde, en apparence. Il ne se sentait pas plus en sécurité pour autant. À cet instant, il y avait en lui cette amorce qui se consumait, le tic-tac de la peur. Il s'appuya contre le poteau d'une clôture grillagée et tenta d'éprouver un sentiment de satisfaction. Notre équipe a gagné. Bien sûr. À l'intérieur, Kamble avait dansé, il était heureux. Mais Sartaj ne pouvait écarter la question : vous voulez sauver ça ? pour quoi faire ? pourquoi ?

Il fallut trois semaines pour que la promotion de Sartaj soit officialisée. Personne ne connaissait son travail sur l'affaire des bombes, et donc aucun motif ne fut fourni à cette procédure administrative accélérée. À la laiterie même, ce matin-là, Anjali Mathur lui avait rappelé qu'officiellement, les bombes n'existaient pas, et qu'elles n'existeraient jamais. La décision avait été prise au sommet, avait-elle précisé, pour des raisons de sécurité nationale. Elle avait eu un haussement d'épaules, et il avait compris, car il était policier. Il savait que les opérations réussies pouvaient n'avoir jamais existé, afin de protéger quelque réputation haut placée ou éviter à un quelconque politicien de devoir admettre que le désastre était venu rôder par là, tout près.

L'invisibilité de leurs actes lui était égale, mais les rumeurs étaient venues remplir le vide. Au sein du service, de l'avis général, Sartaj Singh s'était arrangé pour renverser Parulkar. Dans l'enregistrement de l'entretien téléphonique détenu par le Bureau anticorruption, les premières secondes avaient été coupées. On avait supprimé le « Allô ? », et la conversation commençait par le « Je suis là » de Parulkar. Personne ne savait que l'appel était arrivé au domicile de la mère de Singh. Pourtant, au sein du service, on s'accordait à considérer que l'inspecteur était lié à l'affaire. On savait que sa promotion était une récompense, qui s'ajoutait à un cadeau, un khoka, dix millions de roupies offerts par Suleiman Isa. Certaines rumeurs voulaient que Sartaj ait passé à tabac un homme innocent, qu'il l'ait gravement blessé, et on était convaincu que l'affaire avait été étouffée en échange de l'anéantissement de Parulkar. On ne nourrissait aucune rancune envers Singh. En fait, l'histoire lui valut un respect renouvelé. Parulkar était un joueur, et il s'était créé beaucoup d'ennemis au passage. Nombre d'entre eux n'étaient pas mécontents d'assister à sa chute. Même ceux qui étaient restés neutres estimaient qu'il était allé trop loin. Les amis et les ennemis de Parulkar considéraient désormais Sartaj Singh comme un formidable stratège, une relation à cultiver.

Parulkar, lui, était en fuite. Le deuxième jour après que le coup de téléphone eut été diffusé, la question avait été soulevée au parlement. Le même soir, un mandat d'arrêt avait été déposé. Mais sa demande de mise en liberté sous caution avait déjà été enregistrée, et Parulkar s'était déjà transformé en fugitif. Le lendemain, son avocat déclara aux journaux que la procédure avait été menée de façon trop hâtive, que la voix sur les bandes n'était pas celle de Parulkar, qui avait consacré de nombreuses années à la nation, avec un désintéressement total. Qui plus est, il n'existait aucune preuve que l'autre voix sur la bande soit bien celle d'un Suleiman Isa. En outre, la conversation qui se trouvait reprise sur cette bande n'attestait aucun délit criminel, aucune activité antinationale.

Mais ce même jour, le ministre en chef annonça le remaniement en profondeur de plusieurs postes de hauts fonctionnaires de police et, en réponse aux questions des journalistes, déclara qu'il était hors de question que lui-même ou un membre de son gouvernement interfère dans la procédure judiciaire prévue. « L'enquête se poursuit. Nous aurons les résultats très vite. Vous verrez. Le commissaire divisionnaire Parulkar devrait se placer entre les mains de la justice de son plein gré. Nous serons stricts, mais équitables. »

Sartaj n'avait aucune idée de l'endroit où se trouvait son ancien supérieur. Il avait cependant une idée du moyen de communiquer avec lui, et il laissa donc quelques messages discrets auprès de deux ou trois khabaris, ainsi qu'à Homi Mehta, qui gérait son argent. Mais ils demeurèrent sans réponse. À deux reprises au cours de cette quinzaine de jours, son portable sonna tard le soir. Les deux fois, le correspondant n'avait pas prononcé un mot. Il avait deviné de lents soupirs, un vieil homme respirant laborieusement. Au deuxième appel, il avait dit : « Monsieur ? C'est vous, monsieur ? » Mais il n'y avait pas eu de réponse, et aucun numéro affiché à l'écran. Le matin suivant l'annonce officielle de sa promotion, son portable sonna alors qu'il était dans la salle de bains. Il sortit à tâtons, le visage encore plein de savon, trouva l'appareil qui vibrait sur son lit.

— Allô ?

La même respiration. Cette fois, il sentait que l'homme silencieux était en colère contre lui.

— Monsieur, fit-il. Monsieur, il faut m'écouter. C'était très important, je vais vous expliquer.

Mais l'auteur de l'appel raccrocha. Il y eut un déclic, et puis rien. Ce soir-là, il venait de terminer son service lorsque Kamble entra en salle de garde à vue.

— Chef.

— Quoi ? dit Sartaj d'un ton brusque.

Il surveillait l'interrogatoire d'un individu coupable de cambriolage à main armée. Depuis sa promotion, il ne jugeait plus nécessaire de cuisiner les prisonniers lui-même. Il se contentait de délivrer des instructions, et il observait. La pièce sentait la sueur et la pisse.

— Vous feriez mieux de sortir de là, lui suggéra son adjoint. *Please*, insista-t-il, en anglais.

Il le suivit hors de la salle, dans le couloir qui donnait sur l'enceinte extérieure du bâtiment. Kamble le prit par le coude et le dirigea vers le bord du plan d'eau. Des oiseaux tournaient au-dessus d'eux.

— Ils ont retrouvé Parulkar, cet après-midi.

— Bon. Il s'est rendu ? Où cela ?

On n'aurait pas pris Parulkar s'il ne s'était pas laissé capturer.

— Non, pas comme ça. Ils l'ont trouvé.

Il lui expliqua qu'à peine trois quarts d'heure plus tôt, le détachement de police chargé de surveiller le domicile de l'ex-commissaire divisionnaire avait été alerté par des cris provenant de l'intérieur de la maison. Ils étaient entrés et ils étaient tombés sur deux petites-filles de Parulkar en pleine crise de nerfs. On découvrit alors que le fugitif n'avait pas bougé de là. Dans cette demeure ancestrale, sous un escalier, il y avait un panneau en bois qui pivotait sur ses gonds, révélant une petite pièce de trois mètres carrés coincée derrière la cuisine. On avait installé Parulkar là, en toute sécurité. Il aurait pu y rester indéfiniment ; il avait à disposition nourriture et toute autre ressource indispensable, et l'enquête s'était portée ailleurs, très loin de là, du côté de Pune et de Cochin. Mais ce soir-là le commissaire était sorti de sa cachette. Il était entré dans sa chambre sans se soucier de la lumière du jour, qu'il avait évitée jusque-là. Il s'était rasé, baigné, avait enfilé un kurta propre. Il avait retiré sa montre et l'avait posée sur sa table de chevet. Il avait pris les clefs de l'armoire Godrej, à côté de son lit, l'avait ouverte, avait déverrouillé un casier logé pour en extraire son arme de service. Il était passé dans la salle de bains, avait retiré ses chappals, il était monté dans la baignoire. Les jeunes filles avaient entendu la détonation, elles étaient accourues et l'avaient trouvé.

— Bas, fit Kamble. C'est tout ce que je sais pour l'instant.

Sartaj s'éloigna. Des ombres se déplaçaient au-dessus de l'eau, des rides couraient à sa surface, se chevauchaient depuis les bords opposés du bassin. C'est tout ce que nous savons pour l'instant, songea-t-il. Et c'est tout ce que nous saurons jamais. Nous mourons pour des raisons que nous ne comprenons pas, et nous sacrifions ceux que nous aimons.

— Il faudrait que je me rende sur place, fit-il.

— Dans cette maison ? Chef, non, pas tout de suite. N'allez pas là-bas.

— Oui, tu as raison. Bien sûr, il ne faut pas que j'y aille. OK. Je crois que je vais rester ici un petit moment.

Kamble retourna dans le commissariat. Sartaj resta dehors. Il écouta claquer le drapeau, au-dessus du temple, et regarda l'eau. Il avait la sensation d'un changement imminent. Il attendait. Mais il n'était pas certain que ce changement survienne jamais.

Insert : Deux morts, dans des villes lointaines

I

L'Ansari Tola musulman de Rajpur se situait à l'est de la ville, de l'autre côté de la mare du nullah, au carrefour, et derrière une rangée de khajoors, des palmiers-dattiers. Il n'y avait là que onze cases serrées les unes contre les autres en cercle irrégulier. Un chemin de terre partait du caniveau vers le Tola ; la première case, sur la portion de terrain la plus haute, appartenait à Noor Mohammed. Il possédait sept katthas de mauvaise terre, où poussaient des patates et du makkai, et conduisait un ikka tiré par un canasson rachitique. Sa femme s'appelait Mumtaz Khatun ; ils avaient trois enfants, un garçon et deux filles. Noor Mohammed était l'homme le moins pauvre de l'Ansari Tola, ce qui signifiait que sa famille et lui vivotaient, et que ses enfants allaient rarement se mettre au lit l'estomac simplement calé de haricots à l'eau. Noor Mohammed et Mumtaz envoyaient leur fils à l'école, mais par intermittences, en fonction de la saison et du travail à faire dans les champs. Ils n'avaient rien en trop, ni temps, ni nourriture, ni argent. Pourtant, lorsqu'il leur naquit un autre fils, ils rendirent grâces à Allah. Ils le prénommèrent Aadil.

D'emblée, Aadil se montra curieux et aventureux. Il avait deux ans quand il disparut par un après-midi pluvieux sous le nez de ses deux sœurs. À son retour du Tola, sa mère découvrit la petite communauté en émoi, les sœurs en larmes. Tout le monde battit les champs, on descendit un petit cousin dans un puits, au bout d'une corde. Noor Mohammed, les poings serrés, se rendit au bord du nullah. Finalement, le frère de Noor Mohammed retrouva Aadil là où personne n'avait pensé à chercher, sur la route située de l'autre côté du nullah.

— Il marchait par là, et rien d'autre, tout nu, mais pas fatigué, pas du tout l'air d'avoir peur, raconta Salim.

À ce qu'il semblait, Aadil avait décidé d'explorer le monde, et il était parti. Sa mère le serra fort contre elle.

— Où allais-tu ? lui demanda-t-elle. Qu'est-ce que tu cherchais ?

Aadil ne répondit rien. Il supporta toute cette agitation avec patience, en regardant autour de lui de ses grands yeux noirs. C'était un garçon sérieux.

— Si je n'étais pas revenu de Kurkoo pile à ce moment-là, expliqua l'oncle, notre jeune aventurier ici présent aurait continué son chemin jusqu'à Patna.

Patna n'était qu'à cent vingt-huit kilomètres de distance, mais il fallut dix-huit années à Aadil pour y parvenir. Dans l'intervalle, il se débattit avec les contraintes de Rajpur, une ville qui s'étalait dans le désordre sur la rive sud de la rivière Milani, et comptait un lakh et demi de citoyens. La Milani se séparait de la rivière Boorhi Gandak soixante kilomètres avant que celle-ci ne se jette dans le Gange. Un temple médiéval dédié à Kali se dressait sur un affleurement rocheux proche de ses berges, en face d'une mosquée blanche dressée sur une colline voisine. Durant l'été, et jusque tard dans l'hiver, l'eau de la rivière révélait en se retirant des rochers gris couverts de bas-reliefs de dieux et de déesses aux membres courbes, vestiges d'un temps oublié. Au sud et à l'est, sur la plus haute colline des environs, le haveli du Raja Jadunath Singh Chadhury tombait silencieusement en ruine – hanté, selon la population de Rajpur par des spectres fous et des chudails bavardes. Ayant perdu l'essentiel de sa terre, le Raja Jadunath ne pouvait pas rivaliser avec la splendeur et la munificence du député local, Nandan Prasad Yadav qui, quand Aadil était encore un petit enfant, avait bâti le Kurkoo Kothi, une résidence extravagante, bleu et rose, entourée d'un mur de quatre mètres de hauteur et de gardes armés. Noor Mohammed répétait que le Raja n'avait pas la tête faite pour la politique moderne, et que Nandan Prasad Yadav, lui, était passé maître à ce jeu fait de coups tordus. C'est ainsi que l'un avait rapetissé, et que l'autre avait grandi. Noor Mohammed louait parfois ses services au Raja, pour conduire ses enfants à la gare dans le vieux buggy, mais la plupart des hommes de l'Ansari Tola travaillaient comme ouvriers au Kurkoo Kothi.

Quelques garçons de l'Ansari Tola savaient un peu lire, et l'un d'eux avait poursuivi ses études jusqu'en classe de quatrième. Aucun de leurs pères ne savait lire. Aadil, lui, était fasciné par le monde de l'écrit. Avant même d'être capable de lire, il suivait les contours des lettres dans de vieux journaux. Dans la mangueraie de l'école primaire Prem Shanker Jha, qui ne comptait que deux salles, Aadil était si attentif, si captivé, que les autres enfants le remarquèrent aussitôt. Un des garçons de Yada dit un jour : « Eh, cet Aadil, il a l'air d'un dibba, quand le maître parle », et le garçon de mimer une gravité mortelle. « Aadil-Dibba », ajouta-t-il, et il gonfla les joues, et les trois classes réunies sur le chabutra, devant le bâtiment scolaire, éclatèrent de rire ensemble. À partir de ce jour-là, Aadil fut connu sous ce nom de Dibba, et devint un garçon à la réputation très padhaku. Le maître d'école avait noté son application et son calme. Quand il était là, autrement dit quand il cessait de courir partout vendre des oignons histoire de gagner sa vie, il tentait de le protéger contre les vauriens. Comme de juste, son attitude eut l'effet inverse. Elle attira sur Aadil l'attention de lafangas bien costauds, surtout sur le chemin du retour de l'école. Pourtant, l'enfant persévéra. Il sortit du cours moyen deuxième année et entra au lycée, la Zila High School. L'entrée en sixième avait été difficile, parce que ses parents n'avaient pas d'argent pour les livres, les ardoises et les crayons. Et la suite avait été encore plus dure, pas seulement parce qu'il lui fallait toujours plus de livres, de stylos et un ensemble de géométrie. Il était forcé de consacrer ses journées à travailler dans les champs quand il y avait des semences et des récoltes à faire, et certains autres jours, il était aux fours de briques avec ses oncles et ses cousins. Il était assez grand pour gagner de l'argent, et il en gagnait. Il y avait des bouches à nourrir, des maisons à réparer, des mariages à payer. Mais il n'en apprenait pas moins avec assiduité. En dépit de tout, il s'y tenait. Il lisait des livres empruntés, et passait des soirées sous les ampoules vacillantes du Shivnath

Jha Sarvajanik Pustakalaya. La bibliothèque avait reçu une dotation d'un brahmane, un propriétaire terrien de grande réputation, et l'avait baptisée du nom de son père, un érudit. De prime abord, le personnel de la bibliothèque avait manifesté un certain malaise de voir un petit musulman s'asseoir sous la photo ornée d'une guirlande du vieil homme qui avait passé son existence à se purifier le corps et l'âme. Mais ils s'y étaient habitués. Les temps changeaient, et les deux salles de la bibliothèque étaient censées, après tout, être un lieu sarvajanik, ouvert au peuple – Aadil était le peuple, à n'en pas douter, même si sa crasse en faisait une présence déplaisante. C'est ainsi que l'enfant avait appris l'existence de Rajpur et du reste. Il ne se situait pas seulement dans l'espace, mais aussi dans le temps. Je fais partie du XXᵉ siècle, en conclut-il un jour.

Pourtant, Rajpur appartenait à un autre temps, qui n'était pas tout à fait le présent et franchement pas le futur. La rue principale criblée de nids-de-poule ne ressemblait en rien aux grandes et larges routes soviétiques qu'Aadil avait découvertes dans les photos noir et blanc des magazines. Les villages américains tous équipés de l'électricité et du téléphone l'étonnaient plus encore. À Rajpur, il y avait un téléphone, un seul, dans la maison de Nandan Prasad Yadav, mais Aadil ne l'avait jamais vu. Il était allé trois fois au cinéma. Deux fois dans un cinéma en plein air installé par un projectionniste itinérant qui sillonnait la région en jeep et déployait un écran blanc et sale qui, à la nuit tombante, virait au Technicolor éclatant. La troisième fois au Parvati, dans la salle construite par Prem Shanker où Aadil avait vu *Bobby,* assis par terre, tout devant, près de l'écran. Ce n'était pas de la moto de Rishi Kapoor ni les nudités de Dimple Kapadia que l'avaient fait rêver mais les maisons pucca de deux étages, si propres, les téléphones, les routes, et l'eau qui coulait magiquement des robinets. Aadil commençait à comprendre à quel point Rajpur était sale avec ses égouts à ciel ouvert, ses ruelles anarchiques, et ses hordes de chiens errants. Les champs s'étendaient à l'horizon, une enfilade de poteaux électriques dépouillés de leurs conducteurs en cuivre et de leurs fils s'arrêtait brusquement au milieu d'un terrain vague à la terre craquelée, et les corbeaux poussaient leur clameur ininterrompue au-dessus des avant-toits de l'Ansari Tola. Des bébés étaient nés, des mariages avaient été célébrés, des vieillards étaient morts, mais rien ne changeait. Près du verger de Prem Shanker Jha, Aadil jouait au football et au javelot gilli-danda avec des garçons de castes yadav et bhumihar, mais il n'entrait jamais dans leurs maisons, et eux, ils n'avaient jamais mis les pieds dans l'Ansari Tola. Jamais un Paswan ne pénétrerait dans la cour d'une maison de brahmane ou de bhumihar et, même pour adresser la parole à son protecteur allongé sur un khattia, il se tenait accroupi, et dehors. Les humbles n'avaient droit ni aux chaises, ni à la fierté, ni à la dignité.

Quand Aadil était en troisième, son chachu, le gentil Salim –, cet oncle qui l'avait retrouvé errant sur la route de Patna –, était mort d'une maladie de ventre acompagnée de torrents de diarrhée. Ses proches endeuillés avaient toiletté le corps frêle, l'avaient nettoyé, enveloppé dans son linceul et porté jusqu'au cimetière musulman de la partie ouest de Rajpur. Mais le maulvi de la mosquée du lieu refusa de les laisser entrer, et les Sayyids et les Pathans qui vivaient à proximité ne tardèrent pas à accourir. Vous ne pouvez enterrer personne ici, s'étaient-ils exclamés, vous avez votre propre cimetière. Les hommes de l'Ansari Tola protestèrent au nom d'Allah puis sollicitèrent le puissant Maqbool Khan, le musulman le plus fortuné de Rajpur, fils d'un zamindar et descendant, disait-on, d'amirs et de nawabs. Les proches du mort en appelaient à la sympathie, à la compassion, au reham. Ils répondirent à Maqbool Khan, aux Pathans et aux Sayyids qu'ils avaient perdu leur cimetière, englouti par la rivière quand elle avait changé son cours, après la mousson. Mais en ce jour, à Rajpur, il n'y eut pas de miséricorde, pas même pour le défunt qui avait été cinq fois namaazi, « celui qui prie », et le plus généreux des hommes. Maqbool Khan avait versé cinq roupies aux endeuillés et leur avait conseillé de construire un nouveau cimetière. Il leur avait fallu deux jours pour trouver où enterrer Salim. Il n'y avait pas de terrain libre dans Rajpur, même pas quelques arpents de poussière durcie. Le père d'Aadil avait enfin trouvé une déclivité broussailleuse, un triangle raboteux, un sol nu et ingrat, entre le nullah et la route, que les hommes avaient dégagée et aplanie pour la transformer en sépulture. C'est là qu'ils avaient enseveli Salim.

Dès lors, Aadil se réveilla chaque matin avec de la colère dans la tête. Elle était là, prête à l'accueillir, insistante et constante, avant même qu'il n'ouvre les yeux sur le mur de boue séchée, avant qu'il n'entende les soupirs de sa mère qui souffrait ses premières douleurs de la journée. Le grincement sourd de la colère l'accompagnait et lui brûlait la chair autour des os, tant et si bien qu'il maigrissait. Il était grand, maintenant, et n'avait plus du tout l'air d'un dibba, même si le sobriquet lui était resté. Sa mère commençait à plaisanter sur la fille qu'elle allait lui trouver. Pour Aadil, ces conversations autour du mariage étaient une autre torture. Dans le Tola, les autres garçons de son âge flirtaient avec des filles, et Anwarul, qui avait la poitrine large et la démarche menaçante, entretenait une relation avec une femme mariée du toli de Chamar. Mais Aadil n'avait d'amour que pour les livres, ses seules pâmoisons étaient dans la lecture. À cet égard, il lui était difficile de trouver un soutien dans le Tola, même de la part des hommes et des femmes qui avaient voyagé hors de Rajpur. Noor Mohammed et Mumtaz Khatun n'étaient jamais allés plus loin qu'Alagha, à quarante-quatre kilomètres de Rajpur. Pour eux, Patna était un lieu de légende, ils ne connaissaient Delhi que de nom, et ne savaient rien de Pékin. Être né et peiner à Rajpur, y survivre, c'était là ce qu'ils connaissaient de la vie, et ce qu'ils en attendaient. Les persuader qu'Aadil devait aller au bout de sa scolarité fut un combat, les convaincre que c'était souhaitable exigea une campagne acharnée, jamais tout à fait gagnée. Ils étaient nombreux, dans le Tola, à le leur répéter : si vous éduquez trop ce garçon, il ne voudra pas travailler la terre, alors prenez garde. Quoi qu'il en soit, en dépit de tout, Aadil se fraya un chemin tout au long de la seconde, en bataillant ferme, et passa ses examens de fin d'année. Il manqua une mention très bien à deux points près, mais enfin, aucun autre élève n'avait étudié avec sans cahiers, sans stylos et sans lumière. Dans l'Ansari Tola, on ne fêta pas l'événement, mais les parents d'Aadil étaient fiers, et tout Rajpur fit de lui un sujet d'étonnement, comme ce veau à cinq pattes qu'une vache avait mis bas dans une étable du Raja. Aadil entendait la condescendance qui perçait dans le ton des brahmanes, des Yadav et des Pathans, quand ils l'interpellaient dans la rue : « Professeur saab ! » Il la dédaignait. Le rire alimentait sa colère, et sa colère le faisait avancer.

Ce qu'il voulait, c'était poursuivre ses études, en classe préparatoire et à l'université et, pour y parvenir, il lui faudrait davantage que de la colère. Les droits d'entrée étaient abordables, mais il y avait quantité d'autres dépenses à assurer. Il connaissait un peu le système, désormais, et il comprenait qu'il nécessitait pas mal d'argent disponible. Il fallait acheter des livres, des stylos, des formulaires d'inscription, il fallait verser des droits pour les examens et les remises de diplômes, il fallait posséder une bicyclette pour se rendre sur le campus de Lala Chandan Lal Memorial College, dans Jawaharlal Nehru Road, à l'autre bout de Rajpur, à l'opposé du Tola. Il fallait s'acheter des vêtements, deux pantalons et deux chemises, pour s'asseoir sur les bancs à côté des garçons qui portaient une veste et des chaussures cirées. Et il y avait le reste, inabordable, les kachoris de Makhania, le chaat-wallah qui montait son stand devant l'université, de l'autre côté de la rue, les films au Parvati, la camaraderie et les rires insouciants. Ces choses n'avaient pas de nom, mais elles faisaient aussi partie de l'éducation. Aadil n'ignorait rien de tout cela, et pourtant il avait envie d'entrer à l'université. Il refusa le mariage et insista pour entamer ses classes préparatoires, puis l'université. Aucun des arguments des anciens du Tola ne réussirent à l'ébranler. Aadil leur avait expliqué que les droits universitaires, les livres et les examens exigeaient à eux seuls sept cents roupies, et peut-être davantage, tous les six mois. Ils lui avaient demandé : D'où viendra cet argent ? Aadil était catégorique. Il ne se montrait pas impoli, mais il baissait la tête, et répétait cette seule et unique phrase : « Je veux aller à l'université. » Finalement, Noor Mohammed l'emmena voir le Raja.

Aadil n'était jamais allé au haveli. Il n'avait vu que le mur d'enceinte en briques, en haut de la colline, et les enfants du Raja dans leurs vêtements propres. Il s'étonna de la statue sans tête, devant l'entrée, des fenêtres cassées et des balustrades écornées. Pourtant, le spectacle lui coupa le souffle, celui des jardins abandonnés, assez vastes pour avoir donné du travail à une équipe de cinquante jardiniers, celui des écuries vides, assez hautes pour avoir pu abriter des éléphants. Le Raja les reçut dans un patio, derrière la demeure. Il tira une longue bouffée de son hookah et lança un regard vers la rivière scintillante, dans le lointain. Il portait une chemise blanche et un lungi bleu. Vu de près, il n'avait pas du tout l'allure des rois qu'Aadil avait vus dans ses livres d'histoire. Même le hookah était usé, et le bol fendu. Noor Mohammed s'était accroupi à côté du fauteuil du Raja, et avait tiré sur la manche de son fils jusqu'à ce qu'il se baisse à son tour. Le Raja écouta Noor Mohammed, puis prit la parole.

— Noora, ce garçon est très bien. Il faut l'éduquer. Nous vivons un temps fait pour l'éducation. Mais ma situation est très mauvaise. Maintenant, voilà que ces salauds m'ont pris toute ma terre, jusqu'au verger. – Il eut un geste par-dessus son épaule.

Les salauds auxquels il faisait allusion étaient les Gangotiyas, qui avait vécu au confluent de la Milani et du Boorhi Gandak jusqu'à l'année précédente, date à laquelle la rivière sortie de son lit les en avait chassés. Ils avaient rallié Rajpur en masse, quelque six cent cinquante hommes, femmes et enfants en guenilles, et un campement avait surgi du jour au lendemain sur la terre du Raja. Ils avaient occupé une trentaine de bighas, soit une dizaine d'hectares, autour de deux grands étangs, et ils en avaient revendiqué la propriété. Ils prétendaient avoir reçu cette terre du père défunt du Raja, qui, disaient-ils, avait été transformé par sa rencontre avec Acharya Vinobha Bhave, et converti à l'idéologie idéaliste de redistribution de la terre professée par ce même Acharya. La preuve tenait sur une feuille de papier aux bords abîmés : un legs censément signé par le père du Raja et daté de deux semaines avant son décès. Les Gangotiyas étaient soutenus par les politiciens de l'opposition, et toute l'influence déclinante du Raja n'avait pas suffi à les chasser de sa terre. Il était allé en justice, bien entendu, mais le jugement risquait de prendre dix ans, ou vingt. Entre-temps, les Gangotiyas avaient planté des cultures, construit des cabanes et sept maisons pucca, une école et un temple.

— Raja-ji, les temps sont très difficiles, fit Noor Mohamed. Mais notre famille t'appartient depuis des générations. Tu as veillé sur nous.

C'était vrai. Par tradition, les hommes de l'Ansari Tola travaillaient dans les écuries du haveli, mais les chevaux et les éléphants avaient disparu après l'Indépendance. Jadis, toute la terre, depuis le haveli jusqu'à la rivière, y compris les sols mouvants du diara, sur la berge, avaient été la propriété du Raja. Mais le haveli n'avait plus de lathis pour se défendre, et donc les Yadavs s'étaient emparés des champs fertiles du diara, et les Gangotiyas s'étaient réservé les champs près des étangs. Le Raja était pressé de toute part. Il tira une bouffée pensive de son hookah, et regarda vers le lointain, les yeux plissés. Aadil remarqua que ses chappals en gomme, sous le fauteuil, se fendillaient. Le père d'Aadil répéta la même phrase. « Raja-ji, notre famille t'appartient depuis des générations. » Ils restèrent assis avec lui tout l'après-midi, à le regarder tirer sur son hookah, soupirer et regarder au-delà des champs. Quand il fit sombre, il remit cinquante et une roupies à Noor Mohammed, et conseilla à Aadil de travailler dur. Et ils rentrèrent au Tola.

Le lendemain matin, ils se rendirent à la maison de Maqbool Khan.

— Mir Saab, lui dit Noor Mohammed, notre famille t'appartient depuis des générations.

Assis derrière un bureau, Maqbool Khan parlait dans trois téléphones en même temps. Ses avoirs fonciers s'étaient considérablement réduits, mais il avait sept camions et trois tempos, et des intérêts dans des activités poussiéreuses comme l'extraction du gravier et la briqueterie. Il portait néanmoins un kurta blanc immaculé et arborait une somptueuse moustache à pointes digne de son plus noble ancêtre. Noor Mohammed avait repris sa position accroupie, près du bureau cette fois, Aadil se tenait à ses côtés, les épaules voûtées, et il écoutait Maqbool Khan conclure des marchés. D'autres hommes vinrent s'asseoir sur des chaises, s'entretenir avec lui, avant de ressortir.

Au bout d'une heure, Maqbool Khan s'enfonça dans son fauteuil, plaqua ses cheveux en arrière et baissa les yeux sur Aadil.

— Alors, mon garçon, ainsi, tu veux étudier ? Quelles études vas-tu entreprendre ?

— De biologie.

Pour une raison ou une autre, il trouva cela très drôle. Il éclata de rire, dévoilant des dents tachées de rouge.

— Tu vas étudier les animaux ! s'écria-t-il. Noora, ton fils va entrer à l'université étudier les poulets. Pourquoi tu ne lui apprends pas ça à la maison ?

Noor Mohammed se tint coi. Au bout de quelques minutes, alors que Maqbool Khan semblait les avoir oubliés, il lui chuchota son vieux refrain.

— Mir Saab, notre famille a toujours été avec toi.

Ils restèrent jusqu'à ce que Maqbool Khan se lève pour aller déjeuner. En passant devant eux, sans même les regarder, il glissa quelques billets dans les mains en conque de Noor Mohammed. Ce dernier le remercia avec force « Mir Saab », fourra l'argent dans sa chemise et ne le compta pas avant qu'ils soient dans la rue, secoués par les turbulences des camions. Maqbool Khan avait donné quatre-vingt-une roupies.

Le lendemain, ils étaient allés au Kurkoo Kothi. Nadan Prasad Yadav était trop occupé pour les recevoir. En fait, Noor Mohammed et Aadil ne réussirent même pas à pénétrer dans la maison. Ils attendirent au milieu d'une foule de quémandeurs, devant le portail de derrière, fraîchement repeint. Des ouvriers avaient monté des échafaudages pour réparer le faîte des murs et passer de nouvelles couches de rose et de bleu sur la brique. Quatre gardes armés de fusils redoutables se prélassaient et crachaient de temps à autre dans l'herbe. Noor Mohammed et Aadil attendaient depuis trois heures quand un secrétaire vint s'asseoir sur une chaise, à l'ombre, pour enregistrer les requêtes. Quand Noor Mohammed et Aadil se présentèrent devant lui, il écouta le père avant de l'interrompre brusquement :

— Dépose ta demande par écrit.

Ce fut tout. Le père et le fils se retirèrent vers le bout de la file d'attente. Aadil avait un stylo et petit carnet sur lui, mais Noor Mohammed considéra qu'une telle demande devait être rédigée sur un support de plus grand prestige. Le lendemain matin, il retarda son départ dans les champs pour regarder Aadil écrire une lettre sur une feuille bien propre de papier ministre. Naturellement, il était incapable de lire ce qui était écrit, mais il pria son fils de lui faire la lecture de son texte, à trois reprises. Ensuite, il lui demanda d'aller au Kurkoo Kothi pour la remettre au saab secrétaire. Aadil se mit en route, passa devant le nullah et s'engagea sur la route. Le soleil lui brûlait les épaules et les cuisses. Les yeux mi-clos, il marchait d'un pas lourd, luttant contre cette réticence qui lui pesait. Il dépassa la route qui conduisait au haveli, et il sentait un battement dans son crâne, qui répondait à celui de ses pieds, la pulsation régulière du dégoût de soi. Aadil traversa le bazar, puis vit sur sa droite, près de la gare, le bureau de Maqbool Khan. Il en eut un haut-le-cœur ; il avait envie de s'arrêter, de vomir. Mais il se força à continuer. Il exerça de nouveau sa volonté, cet instrument qu'il avait affûté depuis l'enfance, et raffermit sa domination sur son corps. Il effectua tout le trajet jusqu'au Kurkoo Kothi, et s'assit au milieu de la foule jusqu'en début de soirée, puis il remit la lettre au secrétaire, et rentra.

Après quoi, Noor Mohammed se rendit au Kurkoo Kothi une fois par semaine pour s'enquérir de la demande de son fils. Aadil avait entamé son année universitaire sans vêtements neufs ni bicyclette, et il se méprisait d'avoir besoin de cet argent, et il méprisait son père d'avoir à le réclamer. Nandan Prasad Yadav, enfin, apparut en personne au portail, et Noor Mohammed rentra avec cent une roupies. Ainsi Aadil effectua-t-il sa première et sa deuxième année préparatoires, puis les trois années de sa licence de biologie avec de l'argent gagné, soutiré, mendié, et un cortège de dettes. La biologie était sa consolation. Deux mètres d'un mince ruban d'ADN logés dans l'espace infinitésimal d'une simple cellule, il y avait de quoi être ébloui. Aadil priait, il était croyant, mais les seuls moments où il ressentait le baume absolu de la consolation, de la guérison et de l'amour d'Allah c'était quand il contemplait la beauté des phyla, quand il étudiait des photographies de phago-cytose et de pinocytose. Cinq années défilèrent, cinq années à la fois très longues et fugaces. Il savait qu'il allait continuer la biologie. Il achèverait sa licence, poursuivrait par une maîtrise, cela ne soulevait aucun doute. Mais à Rajpur, impossible de suivre une maîtrise, ni en biologie ni en quoi que ce soit d'autre. À soixante kilomètres de là, il y avait un département de biologie à la Nav Niketan University, mais Aadil voulait aller à Patna. Cette ville était très loin de chez lui, mais la distance, c'était précisément ce qu'il souhaitait. Il avait besoin de s'éloigner de Rajpur, et il s'imaginait Patna comme un enchevêtrement tentaculaire de boulevards illuminés, un havre d'anonymat où personne ne le connaîtrait, ni lui, ni sa famille. Il ne doutait pas de pouvoir obtenir son admission à Patna. Il avait travaillé dur, et ses professeurs étaient contents de lui. Ses notes n'étaient pas d'un niveau spectaculaire, mais il était parvenu à se maintenir dans les tranches moyennes, inférieures et supérieures. La question, comme toujours, c'était l'argent. D'où viendraient-elles, les deux cents roupies par mois, voire deux cent cinquante, qu'il lui faudrait pour survivre et étudier à Patna ? Aucune bourse ne lui était accessible. Aucune relation haut placée ne pouvait lui obtenir une subvention du Patna Science College, aucun politicien ne lui ferait cadeau d'une formation universitaire. Aadil serait contraint de se débrouiller seul.

Aadil alla voir Maqbool Khan.

— Prenez-moi comme chauffeur, lui demanda-t-il.

Et là, Maqbool Khan voulut défendre la dignité des études d'Aadil.

— Comment un garçon éduqué comme toi pourrait-il être chauffeur ? se récria-t-il. Pourquoi ne donnes-tu pas des cours, que sais-je, moi ?

— Les hindous ne m'engageront pas, insista Aadil. Et il n'y a pas assez de musulmans à Rajpur, pas assez qui puissent payer.

Maqbool Khan se gratta la poitrine, l'air pensif.

— J'ai besoin d'un assistant. Je ne peux pas garder tous ces chiffres en tête. Tu es honnête, aide-moi avec les additions et les factures. – Mais Aadil lui demanda qui était payé le plus, le chauffeur ou un assistant préposé aux additions. – Ce n'est pas si simple, lui répondit Maqbool Khan. Tu dois débuter en tant qu'apprenti, comme laveur de véhicules. Ce n'est que plus tard que tu gagneras de l'argent.

— Je serai apprenti au lavage des véhicules, fit simplement Aadil. Quand est-ce que je commence ?

Ainsi Rajpur se vit offrir ce spectacle inédit : le grand dibba transformé en laveur de camions. Le lendemain du jour où il obtint sa licence, il commença de travailler pour Maqbool Khan.

— Arre, à quoi d'autre t'attendais-tu ? disaient les gens éclairés du bazar. Le fils de Noora, il allait devenir Premier ministre ?

Aadil portait son nouvel uniforme de crasse et de graisse d'une âme égale. Ses parents furent difficiles à consoler, et il dut les convaincre que cet emploi était un état temporaire. L'éducation ne vous rendait apte, semblait-il, à aucune tâche manuelle. Aadil éprouvait bien ce tiraillement dégoûté, mais il se dit que ce travail était une autre forme de l'instruction. Les camions de Maqbool

Khan sillonnaient les routes accidentées autour de Rajpur, et Aadil les voyait, ces centaines de kilomètres. Il roulait en esprit avec les chargements de gravier, revenait avec du bois de construction et du ciment. Une fois par semaine, il aidait Maqbool Khan dans ses comptes, et à comprendre le contenu de ses livrets bancaires. Dès la fin de la première année, il fut autorisé à conduire ; on l'envoyait assurer des trajets qui duraient jusqu'à une semaine.

Les cheveux d'Aadil, du côté gauche de la tête, viraient au gris. Sa mère incriminait ses études, les longues nuits passées à s'user les yeux sous une lumière vacillante, son état de célibataire, la tension liée à la conduite, semaine après semaine. Son père lui conseilla de teindre ces cheveux grisonnants au mehndi, ou même avec ces nouvelles teintures fort coûteuses que l'on commençait à trouver dans les bazars. Aadil l'aimait bien, son gris. Il jugeait que cela lui donnait l'air d'un scientifique. Pourtant, il lui arrivait d'être surpris de s'entrevoir dans un rétroviseur fendu, de se demander à qui appartenait ce visage. Au bout de deux années, quand il eut réuni assez d'argent pour se rendre à Patna, il avait la tête argentée du front jusque dans la nuque, d'une tempe à l'autre. Il entra à l'université de Patna le cheveu prématurément grisonnant et plein d'une énergie renouvelée.

Patna ne répondait pas à ses attentes. Certes, la ville était plus grande que toutes celles qu'il avait pu visiter jusqu'alors. Elle possédait bien quelques larges avenues ici et là, et des jardins, mais les autres parties ressemblaient plutôt à des villages agglomérés, ou à un Rajpur compressé, et plus cher. Il y avait les mêmes cabanes négligées, les mêmes ruelles sinueuses, les mêmes tas d'ordures. Le quartier de l'université comptait toutefois quelques vieux bâtiments impressionnants, certains édifiés à l'époque coloniale, d'autres ayant fait l'objet de dons de la part de bienfaiteurs plus récents. Il y avait de vieux arbres, et Aadil aimait s'asseoir sur les berges, le soir, pour regarder l'autre rive du fleuve. Le nombre d'étudiants, à l'université et dans les facultés voisines, était renversant. Il y avait une forme de soulagement à se rendre à une grande réunion publique, à un rassemblement, une conférence ou une commémoration, à voir des rangées et des rangées de visages en sachant que des centaines d'autres avant eux avaient suivi le même itinéraire, qu'il y en avait eu au moins quelques-uns pour être atteints des mêmes soifs. Loin de sa famille et de l'Ansari Tola, Aadil ressentait une solitude qu'il n'avait encore jamais connue, mais il l'intégrait comme une douleur chronique. Je suis en ville maintenant, se disait-il, et je dois apprendre à vivre de manière moderne. C'est une nécessité.

Au milieu des laboratoires et des gargotes de Patna, Aadil tentait de se recréer, mais ses autres moi le rattrapaient. Sans qu'il comprenne comment, ses camarades d'étude connaissaient « Dibba », son ancien sobriquet. Peut-être l'un de ses anciens professeurs de Rajpur l'avait-il mentionné à l'un de ses amis de Patna, au sein du département de biologie, peut-être un garçon de Rajpur était-il parvenu à intégrer une autre faculté et l'avait vu dans la rue. Quoi qu'il en soit, Patna savait qui était Aadil, qui était son père. Ils savaient qu'il avait conduit des camions, et qu'il les avait lavés. Cette histoire peu ordinaire lui valut quelques louanges, et l'un des maîtres d'Aadil lui confia – en privé, dans la salle des professeurs – qu'il devrait être un modèle pour les aspirants scientifiques, mais cette remarque développa chez Aadil une sorte de sous-couche, d'apprêt de dédain inexplicable. Après lui avoir formulé son compliment, le professeur ne lui prêta plus aucune attention, ne lui dispensa plus aucun conseil, plus aucune aide – ni bourse universitaire, ni subvention. Aadil continua son travail seul. À trois reprises, après avoir accompli son namaaz, il se rendit à des réunions organisées par des groupes d'étudiants musulmans, mais il se sentit étouffé par le caractère étriqué de leurs discussions, qui réduisaient tout à la foi et à l'Histoire. Il s'en tint donc à son travail, il restait dans les laboratoires tard le soir, et, alors que la résidence étudiante résonnait de rires tapageurs, il lisait, avant de s'installer dans le sommeil.

Le premier mois de sa deuxième année, il rencontra Jagarnath Chaudhury. Jaggu, comme on l'appelait, était un brahmane de caste Bhumihar originaire de Gopalganj, très loin au nord et à l'ouest. Il roulait à moto, portait des vestes rouges et jaunes, et il chantait des chansons de films d'une voix veloutée de baryton en arpentant les couloirs d'une démarche assurée. Il était là, assis sur le siège arrière de sa moto, un pied sur le muret qui courait autour de la résidence étudiante. Entouré par les rires de ses copains, il organisait une soirée au théâtre où jouait une pièce montée par le

Kala Manch, le soir même. Aadil passait près d'eux à pas feutrés, une pile de livres contre sa poitrine, quand Jaggu l'interpella.

— Arre, toi-là-machin, tu viens aussi.

Aadil refusa, mais Jaggu repoussa ses protestations, écarta ses arguments

— Ne joue pas les sadials, lui répondit-il. Les tickets sont déjà payés. Tu viens, harami.

En un sens, essuyer des injures si affectueuses avait de quoi le persuader, et il accompagna docilement le petit groupe. La pièce était d'une médiocrité épouvantable, même Aadil, qui n'avait encore jamais vu de pièce de théâtre, comprit qu'il s'agissait d'un mélodrame mal joué où il était question de belles-filles persécutées avec un happy-end imposé à coups de marteau. Et pourtant, il était délicieux de s'asseoir dans une salle obscure, de s'échanger des commentaires spirituels, des ricanements en croquant des samosas bien gras. Après, ils allèrent au restaurant, dînèrent de poulets et de rotis tandooris. Aadil refusa les bières qu'on lui proposait, mais s'autorisa un Coca-Cola. La saveur astringente eut pour effet de le détendre, et il rit aux blagues de Jaggu, et il raconta une histoire à son tour, au sujet du vieux Ramdas, un fermier de Rajpur qui niait qu'on pût se poser sur la lune. Ils restèrent tard, rentrèrent par des rues désertes, et pourtant Aadil se révcilla le lendemain matin revigoré. Il entama sa journée avec une inexplicable légèreté dans le cœur, et le travail s'effectuait avec facilité. Quand il regagna la résidence étudiante, il s'assit durant une heure près de la porte avec Jaggu et les autres.

Ainsi changea l'emploi du temps d'Aadil. Il avait la discipline d'aller en classe tôt le matin, mais dans la soirée, il restait avec les autres et parlait politique, corruption, films, événements internationaux, changement climatique, femmes, cricket. La conversation filait à toute vitesse dans une mixture de hindi, de bhojpuri, de magahi, le tout saupoudré d'anglais. Il arrivait à Aadil de rester silencieux quand les allusions lui échappaient, ou quand les termes d'argot volaient si vite qu'ils le dépassaient. Il commençait à comprendre l'ampleur de ce qu'il ignorait. Malgré toutes ses lectures, son monde était resté limité, et pas seulement à cause de la petitesse de Rajpur. Maintenant qu'il était ami avec des garçons qui avaient grandi avec la télévision, qui considéraient les motos et les voyages à Calcutta comme allant de soi, dont les parents s'abonnaient à des journaux et à des magazines, Aadil comprenait que la pauvreté était un pays en soi, qu'il était un étranger posant un pied maladroit dans des paysages inconnus. Mais il apprenait vite, et il s'appliquait. Il avait la terreur de son propre malaise, et donc il était timide, et répugnait à la familiarité. Mais Jaggu frappait toujours à sa porte, et l'embarquait dans toutes les virées de sa bande.

— Réveille-toi, Dilip Saab, s'écriait-il, c'est l'heure d'y aller.

Jaggu était formel : Aadil était la réplique exacte de Dilip Kumar, jusqu'à la douceur de sa voix et ses grommellements tragiques.

— On te dirait tout droit sorti de *Ganga Jamuna*, lui avait-il dit. Il ne te manque que le fusil.

Aadil l'avait compris, dans le vocabulaire de Jaggu, c'était un compliment. Mais comme Jagarnath Chaudhury, lui, prétendait être le portrait craché de Jackie Shroff, Aadil ne prenait pas ce compliment trop au sérieux. La générosité de Jaggu était à l'égal de son aveuglement. Il croyait sincèrement avoir renié son ascendance bhumihar de zamindar moyen en étudiant l'histoire, en s'impliquant dans les cercles de théâtre et de poésie, mais il vivait de mandats postaux conséquents expédiés par sa famille. Il prétendait n'accorder aucun crédit aux castes ni aux croyances, mais un soir, il avait avoué à Aadil – tard, après de nombreuses bières – qu'il trouvait les gens des castes inférieures sales.

— Ils ne se baignent pas, lui chuchota-t-il en confidence. Ce n'est pas dans leurs sanskars, tu vois. Ça, tu ne peux pas le nier.

Jaggu n'avait jamais évoqué l'hygiène des musulmans, mais il avait un penchant pour les films patriotiques évoquant la lutte contre le Pakistan. Il dévorait son poulet tandoori avec avidité, et considérait qu'il fallait déduire le fil narratif de l'Histoire de faits corroborés et de témoignages archéologiques, mais quand il avait lu dans le journal la mention d'un travail universitaire prouvant que les Indiens védiques mangeaient du bœuf, il était entré dans une fureur noire.

— C'est un complot, avait-il marmonné, le visage cramoisi, un plan de maderchod.

Il ne précisait pas de qui c'était le plan, et Aadil ne lui posa pas la question. Cela allait de soi.

Et pourtant Jaggu était un ami attentif et fidèle. Il se mettait en quatre pour aider Aadil et ses camarades de la résidence ; il organisait des sorties, allait chercher des médicaments à moto quand il y avait un malade. Même s'il n'était pas dans le département d'Aadil, il récoltait des ragots sur ses professeurs et le conseillait sur les subtilités des politiques universitaires. Il était un soutien constant, et Aadil était heureux de l'avoir comme confident. C'était impossible à admettre, même devant Jaggu, mais l'université était pour lui un endroit très difficile, et qui le devenait sans cesse davantage. Cela ne tenait pas qu'aux études et à la recherche, qui exigeaient des heures, des efforts et toute l'énergie du corps d'Aadil. Cela, il pouvait le supporter, même s'il était à présent en compétition avec des garçons vraiment doués, bien différents des butors déguenillés de Rajpur. C'était le manque d'argent chronique qui l'usait. Comment lire et se concentrer avec les tiraillements d'un estomac affamé ? À mesure que les semaines s'écoulaient, les maigres réserves déposées à la banque s'amenuisaient. Il y avait des dépenses imprévues, les droits universitaires et les collectes pour la résidence, les antibiotiques pour un accès de fièvre. Il y avait des livres qui n'étaient pas inscrits au cursus, mais dont les professeurs décrétaient l'air de rien qu'ils étaient essentiels. Et il avait des appétits soudains, des envies inédites, pour une pièce, un dîner au restaurant et pourquoi pas un Coca-Cola. Les roupies filaient vite, il avait du mal, il tâchait de réduire ses dépenses. Mais il n'y avait rien de superflu, et la discipline qu'il s'imposait lui entaillait les chairs. Il souffrait, et il cachait sa souffrance.

— Beta, qu'est-ce qui arrive à tes cheveux ? lui lança Jaggu un soir en lui tirant d'un coup sur l'épaule pour mieux voir sa tête.

Ils étaient assis sur le muret, devant la résidence ; ils attendaient le reste du groupe avant de partir en expédition au cinéma Ashok.

— Mes cheveux ? Rien, fit-il.

Il se plaqua une main sur la raie, et son épaisseur le rassura.

— Yaar, ils sont en train de devenir blancs.

— Non.

— Je te le dis.

— Ils sont pareils. Ils sont comme ça depuis longtemps.

— Non, non. Complètement blancs. Je te le dis. Viens voir.

Ils entrèrent dans la résidence, montèrent dans la chambre de Jaggu, qui comptait de nombreux miroirs. Il plaça Aadil devant l'une des glaces du mur, et lui tint un autre miroir levé derrière la tête.

— Regarde, fit-il.

Il regarda, et il vit qu'il avait en effet tout l'arrière du crâne très blanc. Vu de derrière, il était devenu un vieillard.

— Je crois que ça se propage de la nuque vers le front, lui expliqua Jaggu. Mais il n'y a pas de quoi s'inquiéter.

Et il se mit à lui dresser la liste des teintures capillaires, en récapitulant les avantages des différentes marques, et lui expliqua comment on devait les utiliser. Quand Aadil refusa, il fut scandalisé.

— Pourquoi, bhai, pourquoi ? s'écria-t-il. Rien n'est plus simple. Tu n'as pas à recommencer tous les jours. Il faut que tu prennes soin de toi, ce n'est pas grand-chose.

Il le prit par le poignet, lui sourit en secouant la tête, et le reconduisit en bas, à la porte d'entrée, pour rejoindre les autres. Il était impossible d'expliquer à Jaggu que se teindre les cheveux une fois par mois représentait une dépense insupportable, un luxe réservé à d'autres. Jagarnath Chaudhury, qui jetait sa brosse à dents toutes les deux semaines parce qu'il lui trouvait un air usé, ne pouvait pas comprendre, lui non plus. Il ne manquait pas d'intelligence, ni de sympathie ou de perspicacité. Il était juste différent, il ne pouvait pas comprendre. Aadil ne lui en tenait pas personnellement rigueur. Mais comment lui dire qu'il y avait des jours où il se sentait un vieillard. Peut-être avait-il vieilli prématurément, raison pour laquelle il sentait cette faiblesse débilitante s'infiltrer dans ses veines. Tous les matins, il luttait pour se lever de son lit, combattait la fatigue pour arriver au bout de ses cours, de ses études, de ses examens. L'épuisement n'était pas que dans ses muscles et ses cellules ; là, il aurait pu l'isoler, le maîtriser et le vaincre. D'une certaine manière, il s'était érodé, il s'était laissé broyer jusqu'à ce qu'il ne lui reste plus qu'une mince couche de volonté, dur et cassante comme de l'acier. Il était au bord de craquer. À la fin de l'année, après avoir passé ses examens et formé des projets d'avenir, il en eut assez. Il avait envie de rentrer chez lui.

— Pourquoi ? s'écria Jaggu. Retourner vers quoi ? Il faut que tu obtiennes ton doctorat, c'est ça que tu dois faire.

Décrocher un doctorat, c'était le seul choix possible si on voulait enseigner, ce qu'Aadil souhaitait. Mais payer pour un nouveau diplôme, pendant peut-être encore trois ou quatre ans, il n'en était pas capable, plus maintenant. Il se pouvait que le niveau d'effort consenti par un être humain atteigne une certaine limite, songea-t-il, et il y avait consacré tellement de forces depuis le cours préparatoire qu'il ne lui en restait plus aucune. Il se savait incapable désormais de conduire des camions, de sauter encore un repas, d'emprunter des livres et de jurer qu'il les rapporterait dès le lendemain, avant le lever du jour. Il essaya de l'expliquer à Jaggu.

— Je suis fatigué, c'est tout, lui dit-il.

Son ami se mit en colère.

— C'est quoi, de la paresse ? J'aurais cru que tu aurais plus de cran. Tu gaspilles des années d'études, c'est tout. Essaie, au moins.

Pour la première fois, Aadil éprouvait une fureur sombre envers Jaggu, son ami qui avait si facilement terminé un premier diplôme et s'attaquerait bientôt à un deuxième, qu'il achèverait une chanson sur les lèvres, qui serait titulaire d'un doctorat, avec un poste d'enseignant qui lui tomberait tout cuit sur les genoux. Il croirait avoir réellement tout donné pour obtenir ces gratifications, il croirait avoir consenti des sacrifices, il croirait avoir transpiré. Un jour, sans nul doute, assis avec ses confrères dans une confortable salle des professeurs, il leur raconterait l'histoire de son ami Aadil, un pauvre garçon de la campagne qui n'avait pas eu la force d'âme de terminer ses études. *Ces gens*, dirait-il, et il soupirerait, et boirait une gorgée de son chai. Et voilà, il était là, Jaggu le généreux, le vertueux, Jaggu l'indigné. Aadil avait envie de le gifler.

Au lieu de quoi il s'éloigna. Pendant les trois semaines qui suivirent, il résista aux supplications exaltées et aux railleries de Jaggu, puis il rentra chez lui, à Rajpur. Là, dans le bazar, il y eut des débats et des disputes sur ce qu'il était advenu de ce Dibba, à Patna. Certains estimaient qu'il avait échoué, d'autres croyaient qu'il n'était pas même allé à Patna. Sinon, après toutes ces études prétendues, pourquoi revenir travailler la terre ? C'était l'énigme que Rajpur tentait de résoudre ; certains allèrent même jusqu'à l'Ansari Tola voir Aadil dans les champs, vêtu d'un lungi et transpirant à côté de son père. Aadil ignorait les questions, les sarcasmes, et ne fréquentait personne. Il se rendait rarement en ville, si ce n'est pour en rapporter des graines et des engrais, et il rentrait sans faire de détours. Les mois s'écoulèrent, les esprits forts du bazar se lassèrent du dibba, et passèrent à d'autres sujets. Leur intérêt fut ravivé quand la nouvelle arriva que le garçon était sur le point de tirer une récolte exceptionnelle du lopin de terre patli, près de l'Ansari Tola. Il y eut quantité de sages hochements de têtes, à Rajpur.

— Ce dibba est en train de regagner tout l'argent dépensé à Patna. À partir de cette terre ekfasli, le dibba va produire deux récoltes. Le vieux Noora doit être heureux.

Noor Mohammed n'était pas heureux. Il avait très peur. Après la récolte, Aadil avait remarqué que leur terre avait rétréci. La ferme voisine de la leur appartenait à Nandan Prasad Yadav et, pendant la récolte, elle s'était agrandie de quinze centimètres sur toute la longueur qui jouxtait la terre de Noor Mohammed. Les hommes de Nandan Prasad Yadav avaient moissonné et, quand ç'avait été terminé, l'addah qui séparaient les deux propriétés s'était bizarrement décalé de quinze centimètres vers l'ouest. Une parcelle grandissait, une autre rapetissait. Quand Aadil souleva la question, Noor Mohammed refusa de l'admettre. Son fils se mit en colère, le conduisit à la ligne de partage, et lui montra l'endroit où elle était plus proche du babul, l'acacia situé de leur côté, et celui où elle s'écartait de la pompe, du côté de la terre de Nandan Prasad Yadav. Noor Mohammed ne pouvait plus se réfugier dans la dénégation. Il admit qu'on leur avait soustrait de la terre, mais supplia son fils de n'en rien dire, absolument rien.

— Nous sommes de très petites gens, lui rappela-t-il. Eux, ce sont des éléphants.

Aadil garda le silence. Les fleurs jaunes du babul flamboyaient sur l'arrière-plan de la lointaine nappe de brume, au-dessus de la rivière.

— Combien nous ont-ils pris ? demanda-t-il.

— Tu as dit qu'ils nous avaient pris ça, kya ? fit remarquer Noor Mohammed, en levant une main calleuse, les doigts tendus.

— Non. – Il prit la main de son père. – Je veux dire, en tout, depuis toutes ces années.

Son père regarda en direction de la propriété de Nandan Prasad Yadav, qui s'étendait jusqu'à la route. Il ne mesurait pas, il savait déjà.

— Nous possédions presque un bigha et demi. Un bigha, ils nous l'ont pris quand j'étais petit garçon. Mon Abba, il a emprunté de l'argent et il a signé un papier.

— Quel papier ?

— Qui sait ? Il ne pouvait pas rembourser, alors ils ont pris la terre.

Noor Mohammed ne savait pas qui détenait ces documents, maintenant, et pas davantage où l'on pourrait les retrouver.

— Beta, reprit-il, la terre leur appartient, désormais. Elle est à eux.

Son fils tendit le bras vers le nouvel addah.

— Et ceci ?

Noor Mohammed n'éprouvait aucun chagrin, aucune colère. Il avait le front et les joues aussi dures que de la pierre noire sculptée.

— Ça aussi, confirma-t-il, c'est à eux.

Il se retourna et repartit vers le Tola, de son pas égal habituel, ni lent, ni rapide.

Le lendemain, Noor Mohammed prit peur quand il devint clair que son fils n'avait pas l'intention ou la capacité de se taire. Ce matin-là, Aadil se rendit au Kurkoo Kothi et exigea de voir Nandan Prasad Yadav. Après qu'on l'eut fait attendre quatre heures, il se rendit au thana de la police de Rajpur et essaya de déposer une demande d'enquête préliminaire, et quand l'agent de permanence lui rit au nez, il retourna à l'Ansari Tola, prit une pelle et se dirigea vers ses champs, de son pas lourd et décidé. Une heure plus tard, un ouvrier agricole de Nandan Prasad Yadav qui se trouvait là le vit creuser avec acharnement. Il avait reculé l'addah de cinq mètres. Une heure plus tard, deux hommes armés de lathis et deux autres armés de fusils se présentèrent à l'Ansari Tola, parlèrent avec Aadil, puis se battirent avec lui. Ils durent lui arracher la

1143

pelle de force. Il les maudit tous, et Nandan Prasad Yadav et ses cousins replacèrent l'addah là où il se trouvait ce matin-là.

Le lendemain, Aadil se rendit au bureau du karamchari du registre foncier et, de là, au bureau de l'inspecteur de cercle. L'un et l'autre semblèrent impressionnés par son discours élaboré, lui conseillèrent d'intenter une procédure foncière ; ils s'en chargeraient, avec l'inspecteur de cercle, qui était en réalité percepteur adjoint, et ce dernier le ferait remonter vers le percepteur. Ni le karamchari, ni l'inspecteur de cercle n'étaient au courant d'un billet à ordre signé par le grand-père d'Aadil, mais le karamchari lui promit de vérifier le numéro de leur lot dans le registre, et de voir si l'on pourrait trouver quoi que ce soit de ce côté-là.

Il comprit que l'on ne trouverait rien, et que l'on ne ferait rien. Il n'avait pas d'argent pour graisser la patte du karamchari, et aucune influence à faire valoir auprès de l'inspecteur de cercle. L'Ansari Tola n'était pas assez peuplé, n'avait pas assez de volonté pour faire front face à Nandan Prasad Yadav. La terre perdue ne serait jamais récupérée. Il le savait aussi sûrement qu'il savait que la Milani s'écoulait d'ouest en est, et pourtant il ne parvenait pas à s'y résoudre. Il savait qu'à Rajpur, la loi était une illusion à laquelle même les enfants ne croyaient pas, mais il était incapable de puiser en lui la force d'âme dont faisaient preuve ses parents. Il n'était plus silencieux. Quand il se rendait au bazar, il tenait des propos pleins de colère contre Nandan Prasad Yadav. Il le traitait de chef de bande et de salaud. Il n'avait pas bu de bière, à Patna, mais maintenant il se mettait à boire du tadi. Les membres de sa famille le retrouvaient parfois, titubant sur la route en direction de l'Ansari Tola. Il s'asseyait dans le caniveau, il parlait tout seul en lançant des regards rageurs de ses yeux injectés de sang à tous ceux qui passaient par là. Sa mère et son père l'implorèrent, le menacèrent, prièrent le maulvi d'aller lui parler, mais rien ne pouvait apaiser le désespoir d'Aadil. Sa mère insistait pour qu'il se marie, une femme et des responsabilités le calmeraient, mais il n'y avait pas de parents désireux de donner leur fille à un individu dont on savait qu'il était fou, malgré son éducation.

Aadil travaillait toujours dans les champs avec zèle, tous les jours. Tous les jours, il arpentait l'addah sur toute sa longueur, s'assurant qu'il n'avait pas encore bougé. Un soir, en ce mois d'août, il tomba sur deux hommes qui l'attendaient au bout du champ. L'un des deux était grand, avec d'énormes avant-bras musclés et un air belliqueux. Mais c'était l'autre, petit, très brun, le visage rond, qui était visiblement le chef.

— C'est toi, Aadil Ansari ? lui lança-t-il, en tenant son gamcha par ses deux extrémités, et en sautillant sur ses talons.

— C'est moi.

— Lal Salaam. Moi, c'est Kishore Paswan.

Aadil ne savait pas comment réagir au poing levé de Kishore Paswan. On ne l'avait encore jamais salué de cette façon, et il hésita, avant de porter sa main à la poitrine, d'un geste gauche. Kishore Paswan n'eut pas l'air de s'en formaliser. Le visage levé vers Aadil, il était tout sourire.

— J'ai entendu dire que tu avais pas mal d'embêtements.

— Qui êtes-vous ?

Les Naxals n'avaient jamais été très actifs autour de Rajpur, et il n'avait jamais entendu parler de ce Kishore Paswan.

— Je t'ai dit qui j'étais. Je suis Kishore Paswan Jansevak. Viens. Dis-moi ce qui s'est passé.

Kishore Paswan le prit par le coude et le conduisit en bordure du champ, où ils s'assirent à l'ombre d'un arbre. Paswan avait une voix douce et rassurante. Aadil finit par lui raconter son histoire, pas seulement celle de la terre volée, mais aussi celle de ses combats, et la période passée à Patna. Paswan l'écouta, puis il lui parla de lui. Il était de la région de Gayan, fils de journaliers. Sa famille avait été active dans le mouvement antiféodal, et son père naxalite avait travaillé avec Chunder Gosh, le grand révolutionnaire. Kishore Paswan avait trois ans quand son père et Chunder Gosh avaient été abattus, tués par un policier déguisé en homme d'affaires. Kishore Paswan était politiquement actif depuis sa jeunesse, contre l'oppression des castes supérieures et celle de l'État. L'Histoire l'avait fait renaître sous le nom de Kishore Paswan Jansevak. Il était désormais permanent au sein du Conseil révolutionnaire du peuple, une organisation légale et dédiée à l'amélioration du sort des pauvres.

— Nous nous consacrons à la justice, mon ami, lui annonça-t-il. Si tu as une conscience politique, tu es avec nous. Si tu es intelligent, tu n'as pas d'autre choix que d'être avec nous. Nous voulons unir le prolétariat. Parmi nos membres, toutes les castes sont représentées, toutes les religions. Une partie de notre direction est même composée de brahmanes. Peu importe. Si tu comprends la structure de l'oppression, alors tu nous rejoindras.

Kishore Paswan lui décrit la structure en question, et Aadil constata que sa logique était imparable. Le féodalisme existait encore à Rajpur, c'était l'évidence, et les classes réactionnaires opprimaient le prolétariat, cela allait sans dire. Et quand il fut question des subtilités du marxisme-léninisme-maoïsme, Aadil vit combien la théorie collait aux faits. Bien entendu, il avait déjà entendu parler de Marx, il avait discuté de Lénine avec ses camarades de la résidence universitaire, mais il était trop passionné par la biologie pour se plonger dans les œuvres de Mao, comprendre les enjeux de la longue marche du Grand Timonier et le printemps d'orage que son parti avait jadis appelé sur la terre indienne. Il lui semblait maintenant que le discours de Kishore Paswan possédait une certaine élégance scientifique. Bien entendu, bien entendu. Les institutions étatiques étaient réactionnaires par nature, définies par les positions de classe de ceux qui les contrôlaient. La police et les autres branches exécutives de l'État servaient à détruire, à réduire la lutte de classe en plein essor des paysans sans terre. Ce que l'on définissait toujours, dans les journaux réactionnaires, comme un « problème de maintien de l'ordre » était en réalité le résultat naturel d'un système politico-social qui générait la pauvreté, le chômage, l'illettrisme et un sous-développement généralisés pour plus de quatre-vingt-dix pour cent de la population, qui, soumise à un dur labeur dans la plupart des zones rurales, produisait une richesse et un gaspillage immenses, apanages d'une poignée de classes parasites des bourgs et des villes. L'objectif de la lutte des classes, c'était d'éliminer le féodalisme et le capitalisme bureaucratique. Les contradictions interne de la société divisée en classes mèneraient à l'autodestruction, puis conduiraient à une société véritablement sans classes. La dialectique produirait à elle seule l'étape suivante, nécessaire, le paradis des travailleurs. C'était indéniable. C'était inévitable.

Paswan s'exprimait sur un débit rapide, sans temps d'arrêt. Ses mots s'abattaient sur Aadil comme un remède décapant, et achevait de brûler les derniers vestiges d'illusion bourgeoise subsistant dans son esprit et dans son cœur. Il comprenait combien il était ridicule de placer de l'espoir dans un système pourri. Se fier de quelque manière que ce soit aux classes réactionnaires était un signe de faiblesse et d'ignorance. Il voulait participer, prendre part à la révolution, d'une manière ou d'une autre.

— C'est facile à dire, le prévint Paswan, et difficile à faire.

— Je ferais n'importe quoi.

— Bon. Note, continua-t-il, l'air sévère, la première bataille qu'un révolutionnaire doit remporter concerne sa propre ignorance et ses propres habitudes. Nous n'attendons rien moins qu'un comportement social idéal, digne d'un révolutionnaire. Tu dois acquérir la maîtrise de toi-même. Tu dois t'examiner sans relâche, toi et tes actes, te dédier complètement à la lutte. Rien d'autre ne saurait être acceptable.

Et donc, dès ce jour-là, Aadil renonça au tadi. Il cessa définitivement de boire. Il s'appliqua à la lutte. Le camarade Jansevak lui donna pour instruction d'éduquer les pauvres de Rajpur et alentour, d'élever la conscience révolutionnaire, et de continuer le travail de la terre, de ne pas perdre courage. Rasséréné, Aadil continua. Avec le soutien du CRP, accompagné du camarade Jansevak, il retourna au karamchari, qui se montra cette fois désormais excessivement coopératif et productif. Une procédure foncière fut promptement intentée contre Nandan Prasad Yadav.

Une semaine plus tard, il n'avait plus d'eau. L'irrigation de ses champs se faisait par un étroit canal qui traversait la terre de Prem Shanker Jha depuis la rivière. C'était leur arrangement, depuis des décennies, des générations. Prem Shanker Jha ferma le système, arguant qu'il avait besoin de la terre, que l'acheminement de l'eau à travers ses champs était une charge qu'il n'avait plus envie d'assumer. Aadil n'avait plus envie d'implorer. Prem Shanker Jha et Nandan Prasad Yadav n'étaient pas dans les meilleurs termes. Ils étaient rivaux dans les domaines de l'influence, de l'argent, de la terre, et des partis politiques qu'il leur arrivait de soutenir. Et pourtant, cette fois, ils s'étaient unis. Comme le fit observer le camarade Jansevak, c'étaient les méthodes du monde capitaliste : des ennemis acharnés deviennent des alliés objectifs pour protéger les intérêts de classe. Ne t'inquiète pas, ajouta le camarade Jansevak, nous allons lutter.

Mais ce lundi-là, on vint arrêter Aadil. À cinq heures du matin, on le tira d'un sommeil pénible et agité, et on le conduisit au thana. Le rapport d'enquête préliminaire était déjà prêt : un certain Aadil Ansari, aidé d'un groupe de onze hommes non identifiés, avait encerclé deux agents de police au chowki Garhi, fracturé l'arsenal du chowki et décampé avec neuf fusils Lee-Enfield .303 et quatre cent soixante munitions. Les deux agents de police avaient été ligotés, on leur avait bandé les yeux, mais ils avaient clairement reconnu le meneur, qu'ils avaient identifié comme étant le chef naxal notoire, Aadil Ansari.

Sur la foi de ce mensonge, il fut maintenu dix jours en détention provisoire. Les policiers le frappaient tous les jours sur la plante des pieds avec des lanières et leurs lathis. Affolé, Noor Mohammed alla crier au scandale devant le portail de Nandan Prasad Yadav, et resta assis des journées entières en face du thana, et il pleurait. Au bout de dix jours, la demande de mise en liberté sous caution d'Aadil fut refusée au motif qu'il représentait un danger pour la société dans son ensemble, et pour les deux témoins de son crime en particulier. Il fut transféré à cent kilomètres de là, vers le sud, au Hasla Aadarsh Kara, pour y attendre son procès. Il passa deux années et trois mois dans cette prison, au gré des dates de comparutions et d'ajournements, parce que les deux agents étaient incapables de venir témoigner devant la cour. Tout d'abord, ils étaient malades, ensuite ils furent affectés à la frontière du Népal, ensuite ils étaient retombés malades. Ils étaient tout simplement indisponibles. Le procès devait avoir lieu, naturellement, et donc Aadil fut maintenu en prison. Sa patience le surprit lui-même, sa bonne humeur, dans cet édifice fétide plus ou moins en ruines où tant d'hommes avaient été brisés. Construit cinquante ans plus tôt pour abriter six cents prisonniers, il en contenait deux mille. La nourriture sentait la pourriture, et les fièvres prélevaient leur lot régulier de victimes. Mais Aadil n'était jamais déprimé, n'avait jamais peur. Il ne priait plus, même pas une fois par jour. Il se consacrait à l'étude du marxisme-léninisme-maoïsme et aux campagnes de luttes organisées par les paysans et les ouvriers de toutes les régions du monde. Il lisait les brochures et les livres que lui envoyait le camarade Jansevak, et il formait les hommes qui entraient en contact avec lui. Dans la prison de

Hasla, il fut bientôt connu sous le nom de Professeur, qu'il emporta avec lui.

Aadil et quatre autres hommes s'évadèrent par une claire matinée de décembre, alors que le ministre en chef était en visite dans le district. Une bonne part du personnel de la prison avait été affecté à la surveillance des routes et au bandobat. Les effectifs étaient donc réduits au minimum. Les fugitifs maîtrisèrent deux gardiens derrière la blanchisserie de la prison, escaladèrent un mur au moyen de casiers en bois et de cordes façonnées en échelles de fortune. Deux jours plus tard, Aadil se trouvait à Rajpur, et il tenait conseil avec le camarade Jansevak.

— Je veux ces salauds, annonça-t-il.

— Tu es sûr ? lui demanda Jansevak. Si tu abats des policiers, tu n'en as pas fini de cavaler.

— Je cavale déjà. Ne t'inquiète pas. Je suis décidé. Je laisse tout derrière moi.

Quatre jours plus tard, il tua les deux agents de police mentionnés dans le rapport d'enquête préliminaire. En réalité, cinq policiers trouvèrent la mort dans la déflagration, mais il ne se souciait que de ses deux accusateurs. Les autres constituaient un bénéfice accessoire. Le camarade Jansevak l'avait mis en rapport avec le Comité d'action du peuple, la branche militaire du CRP. Le CAP possédait les renseignements et le matériel nécessaires à cette besogne. Ils savaient qu'un inspecteur et quatre agents se rendraient en jeep au village de Ganti pour enquêter sur un affrontement entre groupes rivaux dans un litige foncier. Pendant trois jours, le CAP avait caché des éclaireurs pour surveiller la piste que la police allait devoir emprunter pour se rendre à Ganti. Le quatrième jour, à onze heures du matin, ils repérèrent la jeep de la police qui approchait. On avait reçu confirmation que les deux agents d'Aadil se trouvaient à l'arrière. Le véhicule passa et, dès qu'il fut hors de vue, le peloton du CAP et lui se mirent au travail. Il regarda les hommes du CAP enterrer une mine dans la route. Ils utilisaient des bâtons de RDX, qu'ils appelaient de la gélatine. Quand il logea la boîte de Dalda contenant l'explosif dans le trou qu'ils venaient de creuser, le chef du peloton était hilare – pour raisons de sécurité, on n'avait révélé aucun des noms de ces hommes à Aadil.

1149

— Professeur, tu sais ce qu'est c'est, ça ? lui demanda le chef.

— Je sais.

— Et tu as quand même envie de rester si près ?

— Le camarade Jansevak m'a certifié que tu étais un expert.

Le chef du peloton lui sourit de toutes ses dents. Aadil l'aida à dévider un fil noir depuis la route, au flanc d'un addah, et juste au-delà. Deux hommes du peloton longèrent le fil, le recouvrirent de terre à coups de pied. Ensuite, ils se couchèrent derrière le talus, les hommes du CAP tenant leur fusil au creux de leurs bras. Le soleil passa au-dessus d'eux, et ils attendirent. Aadil avait la tête qui cognait. Le chef lui raconta leur raid dans une mine de Singhbhum, qui leur avait rapporté douze cents bâtons de gélatine. Ils attendirent. À deux heures et demie, un éclaireur leur lança un signal.

— La jeep arrive, lui annonça-t-il. Tu veux t'en charger ?

Il lui tendit l'extrémité du fil noir séparé en deux brins. Devant lui était posée une batterie de voiture.

— Il faut respecter le timing. Trop tôt ou trop tard, ça ne saute pas.

Il secoua la tête. Il avait envie de s'en charger, mais il voulait être sûr. Or ses mains tremblaient et il n'était pas certain de ses calculs : l'objet en déplacement, la distance, la vitesse quasi-instantanée de l'électricité... La jeep cahotait sur la route et se rapprochait ; il pouvait l'entendre. Elle lui sembla dépasser le point qu'il avait repéré comme étant l'emplacement de la mine, mais elle disparut dans un spasme blanc et brun, un soulèvement de terre qui lui fit fermer les yeux. Quand il les rouvrit, en clignant des paupières, il y eut un caillot de fumée et de poussière noire, puis une carcasse de métal noircie alla s'écraser endehors de la route, du côté du peloton du CAP. Les hommes hurlèrent des vivats et sifflèrent.

— Quinze mètres, s'exclama le chef. Elle a volé à quinze mètres.

Ils s'avancèrent, et Aadil courut derrière eux, les oreilles encore sonnées. Une petite pluie de papier retomba à la dérive, et l'air sentait l'essence. Il vit le corps d'un policier, juste une moitié. Les bottes et les jambes étaient intactes, et le cuir marron de la ceinture conservait encore son aspect luisant. Mais au-dessus, à partir de la taille, c'était un fouillis d'entrailles, et rien d'autres. Sa gorge se serra, et il dut détourner la tête. Maîtrise-toi, se dit-il. Tu as fait des dissections. Ce n'est pas une nouveauté.

— La première fois, c'est toujours dur, lui souffla le chef.

D'un coup de pied, il écarta un montant métallique et se pencha pour jeter un œil sur un autre cadavre, dessous. Le châssis de la jeep, derrière eux, était noyé sous une nappe de flammes bleues qui lapaient la ferraille.

— Ne t'inquiète pas. Tu vas prendre l'habitude. Un jour, tu en feras autant.

— Je ne suis pas inquiet, lui répondit-il.

La nausée qu'il venait de ressentir n'était qu'un spasme du corps, son esprit en était exempt.

— Ces policiers étaient des ennemis de classe, et il fallait les exécuter. On n'avait pas le choix.

Comme il s'y attendait, il s'y habitua. Il opérait surtout à Bhagalpur et à Munger. Le camarade Jansevak estimait qu'autour de Rajpur, il était trop connu, qu'il s'y trouvait trop d'indicateurs et trop d'ennemis désireux de lui nuire, à seule fin d'en retirer un intérêt personnel. Donc Aadil livra sa guerre loin de son foyer. Il était armé d'un fusil et d'un couteau Rampuri, mais sa mission principale était l'éducation et l'endoctrinement. Il allait de village en village, se déplaçant surtout de nuit et sans jamais traverser un champ désert durant la journée. Il organisait des cours pour les paysans, à minuit, à la lumière d'une seule lanterne. Il leur enseignait leur propre histoire, et leur proposait une vision de l'avenir : égalité, prospérité, plus de propriétaires terriens, plus de dettes, chaque individu étant propriétaire de son destin.

Chaque semaine qui passait, les commandants du CAP se reposaient de plus en plus sur lui. Puisqu'il était le Professeur, il ne commandait jamais aucun commando, mais il sortit rapidement du rang et devint un tacticien qui inspirait confiance. Les propriétaires terriens avaient leurs armées, la police son pouvoir et sa brutalité, donc la partie se jouait dans les collines et le dédale de cours d'eau de ces terres de diara. Il planifiait les opérations, les exécutions en réaction aux massacres, les embuscades tendues aux convois de la police et les enlèvements des ingénieurs et des docteurs. Il se découvrit un sens instinctif de la feinte et du contre-pied, du subterfuge et de l'évasion. Il se délectait de ses machinations, et il n'était pas indifférent à l'admiration de ses camarades, et donc il s'entraînait pour devenir un bon soldat. L'odeur du sang humain avait cessé de l'écœurer. Il prit part à quelques opérations, la plus notable elles étant une embuscade où tomba une colonne de huit véhicules de police qui rentrait d'une enquête sur le meurtre d'un sarpanch, un chef de village élu. Il y avait une exultation brûlante à tirer au fusil automatique sur des silhouettes en kaki se carapatant sur la route en contrebas, désorientées, terrorisées par les mines qui avaient éclaté sous les trois camions. Le plan avait été entièrement conçu par lui. Le sarpanch, qui était un indicateur et un partisan de la droite réactionnaire, avait été exécuté de manière on ne peut plus publique, par décapitation, au milieu de la place du marché de son village, un mardi de grande activité. Comme le sarpanch était proche du député local, Aadil savait que la police enverrait un convoi d'hommes chargés d'enquêter et de rassurer. En conséquence, il les avait attendus sur la route, avec deux commandos. Le tableau de chasse comptait trente-six policiers tués, de nombreux autres blessés, sans une victime du côté du CAP. Cela valut encore au Professeur de grands éloges, mais ce qu'il apprécia le plus, après coup, fut le souvenir du fusil tressautant contre sa joue, l'odeur de la poudre. Ces sensations lui prouvaient qu'il n'était pas inutile, pas au rebut. Il opposait son épaule à l'inclinaison du monde, il le déplacerait sur son axe.

Les années passèrent. Les combats s'enchaînaient, l'un après l'autre. Ses parents décédèrent, l'un après l'autre, en moins d'un mois, durant un hiver froid. Sa mère mourut contente, parce que que son fils était enfin marié. L'épouse d'Aadil était bien plus jeune que lui. Elle s'appelait Jhannu. C'était une Musahar qui avait poursuivi ses études jusqu'en seconde, une fougueuse idéologue du parti et une combattante clairvoyante, expérimentée. Il l'avait rencontrée en allant exposer les grandes lignes d'une opération qui devait mener la jeune militante et sa brigade à Singhbhum. Elle souligna les failles de son plan, mais fut émue par ses cheveux blancs et sa réputation, son dévouement à la cause. Ils se marièrent, et il se laissa submerger par le corps mince et brun de Jhannu, par son désir ardent d'un coin de peau très doux, dans la nuque, près du muscle ferme de l'épaule. Mais en moins de deux ans, ils s'éloignèrent l'un de l'autre. Elle fut nommée à la tête de la brigade d'Hazaribagh, et la voir nécessitait des transmissions de message compliquées et des trajets risqués. Aadil se demandait si elle ne s'était pas mise à douter de son engagement. Il travaillait dur, mais son niveau de culture, il en était conscient, amoindrissait son aptitude à se complaire dans des raisonnements simplistes. Il n'était pas devenu à proprement parler cynique, mais une ou deux fois, au lit, peut-être à cause de la sensation des cheveux de Jhannu contre sa joue, il avait laissé échapper quelques remarques sur les dirigeants du parti. Par exemple, quand on avait transféré sa femme loin de lui, il s'était plaint.

— Un travailleur du parti ne doit pas se laisser démonter par ce genre d'événements, lui avait répondu le camarade Jansevak. Aadil, mon ami, pour des soldats, le mariage n'est pas une si bonne idée. Nous devons tout sacrifier.

Aadil n'ignorait pas que le camarade Jansevak avait non pas une femme, mais deux. Il avait épousé la première dans son enfance. Et il y en avait une autre, elle-même à peine sortie de l'enfance, et réputée pour sa beauté en plein épanouissement. Le camarade Jansevak la maintenait enfermée dans une maison, à Gaya, une demeure rose de trois étages équipée d'une parabole satellite, d'une télévision dans chaque pièce, et de deux généra-teurs Kirloskar. Aadil le savait, et peut-être en avait-il touché un mot à sa propre épouse. Et une autre fois, une seule fois, très tard, une nuit, il avait murmuré quelque chose à Jhannu au sujet des tueries, des exécutions, des représailles. Elle s'était raidie et lui avait cité le président Mao : « Le pays doit être détruit et recom-posé. »

Il n'ignorait pas non plus d'où provenait l'argent qui avait payé la demeure du camarade Jansevak : il était prélevé sur les taxes et impôts que le CAP soutirait aux fermiers et aux entrepreneurs. Aadil connaissait les affaires de la révolution. L'essentiel de l'argent transitait entre ses mains, en remontant du bas vers le haut. La logistique de la guerre réclamait des fonds ; il connaissait le prix d'un AK-47 et le coût des balles – des milliers de balles. Il y avait d'autres dépenses, pour les salaires et les brochures, les trajets et les médicaments. Il savait tout cela, mais à certains moments, il ne pouvait s'empêcher de considérer ce qu'il faisait, ce qu'il dirigeait, comme de l'extorsion, rien de moins. Il prenait de l'argent. Il confiait des armes à feu à des garçons et des filles et leur ordonnait de rapporter de l'argent. Il essayait d'enseigner l'Histoire à ses soldats, mais il n'ignorait pas que nombre d'entre eux débitaient ses leçons comme avant ils chantaient des hymnes religieux, sans s'interroger. Jhannu citait le président Mao et pratiquait le matérialisme dialectique tous les jours, mais en face d'elle, il y avait dix garçons pour qui le président Mao n'était qu'un dieu jaune et lointain qui leur fournissait des armes. Un salopard de zamindar leur avait confisqué leur terre en recourant à la force de ses lathaits, donc ils avaient pris un fusil et quantité de munitions. C'était tout ce qu'ils savaient et tout ce qu'ils voulaient savoir.

Aadil n'ignorait rien de tout cela. Il en parla à sa femme, et la perdit. Et pourtant, il n'était pas un contre-révolutionnaire, ni un traître. Son idéologie était aussi claire que l'eau des montagnes. Sa foi était sincère et complète, et il se fiait encore à la promesse de l'avenir. La révolution allait grignoter toutes les formes d'exploitation, jusqu'à l'avènement d'un communisme mondial véritablement sans classes et sans État. C'était inéluctable. La révolution continuerait. Il n'y avait pas de libération sans révolution, et pas de révolution sans guerre populaire. Ce qui pouvait être pris pour une application fautive du marxisme-léninisme-maoïsme n'était souvent que pure contingence pratique. La perfection était atteinte par des moyens imparfaits. La ruse, le subterfuge et la tromperie devenaient les vertus des opprimés. Le devoir des cadres était d'obéir aux préceptes du parti. Tout cela, il l'acceptait et il y croyait. Il ne nourrissait pas de doutes sur la pureté des objectifs du parti – et peu importait le nombre de sofas verts que le camarade Jansevak achetait pour son épouse –, et continuerait de servir avec l'enthousiasme le plus extrême et la plus grande vigueur. Il donnerait sa vie au parti, aux travailleurs des années à venir. Il n'avait connu que la lutte, mais eux, ils connaîtraient le bonheur. Pour eux, et leur existence future, il tolérait volontiers les défaillances du camarade Jansevak, le fardeau imposé aux paysans et boutiquiers, il supporterait les exécutions des repentis, et tout ce sang.

Tuer était devenu une banalité, désormais. Tenir les comptes au milieu du chaos était compliqué, mais il avait calculé qu'il avait tué de sa main une dizaine d'hommes, peut-être vingt, peut-être un peu plus. Pas davantage. Il en avait vu bien d'autres se faire tuer, par balles et par explosion, sous la hache et sous le lathi. Il était incapable de se remémorer tous les cadavres qu'il avait vus, tous les petits tas de chair et de lambeaux de vêtements qu'il avait enjambés. Il avait continué, tourné vers l'avant, laissant les morts derrière. Au début, chaque mort avait été un événement capital, un changement dans le monde qui le frappait avec la force d'une révélation. Il avait été très attentif aux symptômes, un bras qui se contracte, un œil ouvert dont le blanc a perdu son éclat, qui a viré au jaune-noirâtre. La rétine devenue grise. Puis chacune de ces menues transfigurations avait été la promesse d'une transfiguration plus grande, demain, chaque mort présageait la lumière à venir, l'aube des travailleurs. Maintenant, les corps tombaient, et il ne les comptait plus. La mort était le terrain qu'il arpentait, le pays de son existence. Il vivait à l'intérieur de la mort, et donc il ne la remarquait plus.

Ce fut la vie, finalement, qui le poussa à fuir la révolution, le camarade Jansevak et le CAP, et le Bihar. Le chef du peloton qui l'avait conduit dans sa première embuscade était maintenant un commandant de région, et Aadil fut autorisé à connaître son nom : Natwar Kahar. Natwar Kahar opérait surtout à Jamui et Nawada, épaulé par un commandant en second, un dénommé Bhavani Kahar. Ce Bhavani, qui n'avait que vingt-quatre ans, était un parent éloigné et le protégé de Natwar Kahar. Ce dernier avait accueilli Bhavani dans le parti quand il était jeune homme, l'avait formé en tant que soldat et dirigeant potentiel du parti. Le garçon avait du charisme, et il était intrépide. La nuit de Diwali, le jeune Bhavani s'était fait cueillir par la police dans le village de Rekhan. Il dormait profondément, d'un sommeil alcoolisé, dans la maison d'une femme, une veuve, où la police l'avait découvert. Et donc le beau Bhavani avait disparu, broyé par les mâchoires de la justice, et Natwar Kahar enrageait. À l'évidence, la police avait reçu une information de nature très précise. Natwar Kahar sonda les suspects, tous les villageois, et désigna la femme. Elle était la seule à savoir que Bhavani entrerait dans son lit en cette nuit de Diwali, et qu'il avait un faible pour le rhum. Elle avait envoyé ses deux enfants chez sa mère, cette même soirée de Diwali. Donc Natwar

Kahar la fit appréhender et conduire à son campement. Il lui demanda son nom – elle s'appelait Ramdulari – et lui ordonna d'avouer. Elle protesta, elle était innocente, jamais elle ne commettrait un acte pareil, et surtout, jamais elle n'aurait trahi Bhavani. C'était une femme de haute taille, Ramdulari, pas belle, mais avec un long corps opulent et un pas rapide. Son mari était mort du kalazar lors d'une inondation, huit ans auparavant. Elle avait élevé ses deux garçons, entretenu sa maison et survécu. Quand elle s'adressait à Natwar Kahar, elle gardait la tête couverte, mais elle le regardait droit dans les yeux et ne le suppliait en rien, ne tremblait pas. Il insista, et elle secouait la tête. Elle lui rétorquait avec impatience, affirmant que Bhavani était cher à son cœur, tout autant qu'il l'était au cœur de Natwar Kahar.

Ce dernier convoqua un tribunal populaire le soir même. Les éléments de preuve furent examinés, et Ramdulari condamnée. Elle persista à refuser tout aveu et toute autocritique. La sentence était la mort, comme toujours en cas de trahison. Mais Natwar Kahar voulait faire un exemple. Au lieu de procéder à la décapitation coutumière, il mit en œuvre une mutilation lente de la condamnée. Le lendemain matin, il réunit sa brigade et, devant elle, trancha les orteils et les doigts de Ramdulari, un à un. Il le fit avec un petit kulhadi que l'on réservait à l'élagage des poteaux et des arbrisseaux. Elle cria, elle saigna, Natwar Kahar rit et la confia aux bons soins du médecin du camp.

— Maintiens-la en vie, ordonna-t-il.

Le médecin n'était pas réellement un médecin. Il avait été préparateur de médicaments, et n'avait jamais été confronté à des amputations multiples. Mais il avait une certaine expérience des blessures par balles et des coupures, et Ramdulari survécut. Elle était forte. On l'enferma dans une fosse derrière la cabane de Natwar Kahar. On lui apportait de quoi se nourrir, et cela devint en quelque sorte la distraction du campement, de la regarder essayer de manger avec ses moignons, et se courber pour lécher des grains de riz dans la terre.

Aadil découvrit Ramdulari trois semaines après son procès. Au début, il n'avait pas cru à cette histoire, sur le châtiment infligé par Natwar Kahar à une putain d'indicatrice. Il croyait que c'était de la bonne propagande, destinée à empêcher que l'épisode Bhavani Singh ne se reproduise. Quand il arriva au campement du commandant de région pour récupérer une livraison d'argent liquide, il ne pensait pas mentionner cette femme. Il la croyait morte et l'affaire close. Il avait fini de ranger les liasses de billets dans son jhola quand l'autre lui demanda, tout sourire :

— Tu veux voir Ramdulari ?

Il ne savait pas qui portait ce nom, et le commandant Kahar le lui expliqua avec la fierté du propriétaire. Il le suivit, le sac sur l'épaule. La puanteur de la fosse le saisit en pleine face, mais l'autre s'avançait dans la plus totale indifférence. Ils se tinrent là, en surplomb du trou aux parois inclinées. Tout au fond, dans un cloaque jaune et brun, il y avait une masse mouvante. Aadil ne parvenait pas à discerner ce que c'était. Ce n'était ni un humain ni un animal, il n'avait jamais rien vu de tel. La créature se déplaçait de biais, par à-coups, par soubresauts, un peu comme ces crabes qui surgissaient du sable, au bord de la rivière. Ensuite, Aadil sentit sa tête lui tourner un peu, se soulever, le soleil modifia sa course, et il vit que là, en contrebas, c'était une femme, mais étrangement diminuée. Elle n'était pas entière.

— Nous venons de lui trancher les genoux et les coudes, il y a quatre jours, lui annonça Natwar Kahar en se frottant le bras du tranchant de la main. J'ai vraiment cru qu'elle était fichue. Il y avait trop de sang. Mais cette garce refuse de mourir.

Ramdulari regardait Aadil. Il se sentit vaciller, incapable de détourner le regard. Elle avait des yeux énormes, noirs et lointains, et il était incapable de rien lire en eux, ni douleur, ni chagrin. Les cheveux noirs collés à son visage et à ses lèvres s'écartèrent. Elle disait quelque chose. Mais quoi ? Il était certain qu'elle parlait. Il ne parvenait pas à l'entendre, sa voix était couverte par ce vacarme, dans son corps, partout, dans ses bras, ses jambes, son ventre, comme le claquement d'un millier d'ailes. Natwar Kahar disait quelque chose. Quoi ?

— Si on lui lance de la nourriture et de l'eau de l'autre côté, par là, elle rampe. Ça lui prend des heures, mais elle y arrive. Elle refuse de mourir, c'est tout.

D'entendre la voix de Natwar Kahar, rauque et sourde, cela le sortit de son état de transe. Il put à nouveau tourner la tête. Natwar Kahar observait Ramdulari, l'air admiratif, quasi respectueux. Il se tâtait le menton. Aadil entendit le grattement de ses doigts sur sa barbe naissante et grise.

— Elle est aussi costaud qu'un cheval, ajouta-t-il.

Aadil s'éloigna en titubant. Il trouva le soutien d'un arbre, et vomit sur ses racines. Quand ce fut fini, le commandant l'attendait, un bras replié sur la poitrine, se lissant la moustache de son autre main.

— C'est l'odeur, prétendit Aadil. Très sale odeur.

— Arre, Professeur, lui dit l'autre, le visage fendu d'un sourire, après toutes ces années, tu es resté le même.

Aadil ne fit pas valoir sa dureté, ses nombreuses embuscades, ses opérations, il ne discuta pas. Tout ce qu'il voulait, c'était quitter le campement du commandant Natwar Kahar. Il s'en fut dans l'heure, alors que la nuit était encore loin. Il emmena ses gardes du corps et s'en alla ; il avança à marche forcée, toute la nuit. Ils suivirent des chemins, franchirent des nullahs. Tôt le matin, ils atteignirent leur repaire, dans la petite bourgade de Jamui. Les gardes s'endormirent, mais Aadil resta près de la fenêtre à regarder dans la rue. Il avait peur de fermer les yeux, car dès qu'il les fermait, ça rampait sous sa peau, ça se faufilait par saccades, et cela le terrifiait. Il se demanda s'il était resté le même, ou s'il avait changé. À deux heures de l'après-midi, alors que des bouffées de chaleur montaient de la terre par volutes, il se glissa dehors. Il laissa le sac d'argent qu'il avait récupéré chez Natxar Kahar sur le sol de la pièce côté rue, et n'emporta rien, pas même un pistolet. Il avait en poche huit mille roupies, son couteau Rampuri et un permis de conduire au nom de Maqbool Khan. Il se rendit à la gare, acheta un billet en place assise de deuxième classe pour un train express, et arriva à Patna un peu après six heures et demie. Il alla directement au guichet, versa quatre cent quarante-neuf roupies, sortit s'asseoir sur le quai jusqu'à l'arrivée de son train, à onze heures vingt. Il n'avait pas de réservation ; il s'assit sur ses talons dans le couloir d'une voiture aux places non réservées, se frayant tant bien que mal une petite place au milieu d'une noce. À Jhansi, il descendit du wagon, et graissa la patte d'un contrôleur pour obtenir une couchette. Et puis il dormit. Le mouvement du train réussissait plus ou moins à contrebalancer cette agitation dans son corps, et il parvint à somnoler toute l'après-midi, ne se levant que pour aller aux toilettes et boire un peu d'eau. Dans un peu plus de cinquante heures, il serait à Mumbai.

Mumbai, c'était très loin de Jamui, de Bhagalpur et Rajpur, c'était vaste et anonyme, et Aadil avait envie de s'y cacher. Mais ça l'effrayait. La ville était une jungle inconnue plus encore que n'importe quelle crête au fin fond de la forêt vierge. Ce premier jour, il descendit du train et longea les voies. L'odeur le prit à la gorge, et il n'avait aucune idée de ce que c'était. Le long de ces voies, il y avait des logements de fortune, et des enfants jouaient à quelques pas des rails. Ils riaient de lui quand il sursautait au passage des trains. Les immeubles, derrière ces cabanes, étaient maculés de gris et de noir, et barrés de fils électriques. Il dépassa un énorme tas d'ordures moucheté de sacs plastique, et puis il passa devant un très vieil homme assis contre la grille en fer qui longeait cette portion de voie ferrée. Le vieil homme avait une barbe blanche, la poitrine creuse sous un kurta déchiré, et un petit sac blanc posé par terre à côté de lui. Il fixait quelque chose du regard, très loin devant, encore plus loin que la grille, de l'autre côté, et que les immeubles, derrière, plus loin que ces collines floues, tout là-bas. En passant devant le vieillard, Aadil eut un frisson. Il pressa le pas. Il avait très faim. Il s'arrêta, compta l'argent qui lui restait, trouva une brèche dans la grille et la franchit. Il avait peur de traverser la route et son flot interminable de véhicules, mais il finit par plonger dans la ville.

Il vécut d'abord à Thane, puis à Malad, et ensuite à Borivili, et enfin près de Kailashpada. Il évitait les bastis avec des colonies de Biharis, et déménageait souvent. Un coup d'œil entendu le mettait sur ses gardes et, la nuit, il rêvait de Natwar Kahar, d'une bande d'hommes armés de fusils le pourchassant dans les rues de Mumbai. Deux mois après son arrivée, à l'angle d'une rue, à Andheri, il entrevit un homme de Rajpur, un nommé Santosh Nath Jha, et surnommé Babloo, de trois années son cadet, compagnon de sa scolarité, au lycée et à l'université. Babloo comptait des pièces de monnaie pour payer un paan-wallah, et ne vit pas Aadil, qui recula dans une ruelle. Ce genre de coïncidence pouvait se produire, et se produisait bel et bien. Il s'éloigna en veillant à longer le mur la tête baissée. Le lendemain, il changea de kholi pour s'installer dans une chambre plus petite, à Borivili, au fond d'une impasse très étroite. Il y respirait les miasmes de détritus émanant d'une décharge voisine, mais il s'y sentit en sécurité, pour un temps. Il devait admettre le caractère sordide, atterrant de cet environnement en comparaison duquel un campement du CAP faisait figure de villégiature, mais il n'avait nulle part ailleurs où aller. Il déménagea encore ce même mois parce que ses voisins tamils étaient trop curieux, et parce qu'ils recevaient des amis venus de partout, même du Bihar. Cette fois, il trouva une kholi à Navnagar, dans le Bengali Bura. Là, les habitants étaient tous du Bangladesh. Enfin, il se sentait en sûreté. Ces Bengalis étaient des clandestins, avec des papiers achetés et des lieux de naissance falsifiés. Ils étaient prudents, et restaient entre eux. Ils furent lents à lui accorder leur confiance ; ils se taisaient quand il passait, et il sentait à l'aise dans cette méfiance. À l'intérieur de leur Bengali, en terre étrangère, il était en sécurité.

Il n'aimait pas sortir du basti, donc il confiait parfois de l'argent à des jeunes voisins, pour qu'ils lui rapportent de la nourriture, des lames de rasoir et des médicaments pour ses migraines. Il souffrait de douleurs dans les tempes, si atroces qu'il restait allongé deux ou trois jours de suite dans sa kholi, du papier journal scotché sur la moindre fissure, le moindre entrebâillement, suant, nu et tremblant. Les garçons lui rapportaient des boîtes d'Advil de la pharmacie située près de la grand-route, et lui préparaient des tasses de thé. Ils étaient trois, Shamsul, Bazil et Faraj. Ils avaient dix-huit ans, tous les trois, également dotés d'un parcours scolaire terminé en seconde et de rêves de richesse. Shamsul et Bazil travaillaient comme coursiers pour une société de courses, et Faraj traînait dans le basti. Ils se chargeaient à l'occasion de petits boulots pour les commerçants du marché. C'étaient des mordus de cinéma, et chacun d'eux avait son héros personnel qu'il tâchait d'imiter dans son langage et ses intonations. Ils étaient arrivés à Mumbai à peu près au même âge, et maintenant, quelque quinze années plus tard, ils avaient intégré les manières de la ville. Ils considéraient leurs parents avec l'affection tolérante de jeunes citadins raffinés pour des péquenauds inoffensifs. Aadil écoutait ces garçons parler. Ils aimaient bien s'asseoir sur un muret à côté de sa porte, coude à coude, discourir sur le monde en suivant les passants du regard, surtout les filles. Ils avaient rebaptisé Aadil

« Reyas Bhai », et sa kholi était pour eux un petit refuge. Faraj y cachait ses cigarettes, et ils appréciaient tous la menue monnaie qu'il leur laissait en échange des commissions dont ils se chargeaient pour lui. Ils n'avaient essayé de le gruger qu'une seule fois, au tout début, mais quand il avait empoigné Bazil à la gorge, sa voix étale, chuchotée les avait effrayés, et ils lui avaient rendu les quelques roupies qu'ils avaient prélevées sur l'argent du riz et de l'huile de cuisson. Après cet épisode, ils s'étaient tenus quelques jours à l'écart, mais il les avait convoqués et leur avait confié une commande pour des oignons et un journal. Depuis lors, ils l'avaient traité avec un respect prudent, et il les avait laissés entrer dans sa petite pièce.

Cela l'amusait de les entendre rêver de voitures, de téléphones portables et de jeunes filles bien élevées, et de les entendre parler sans fin des grands appartements qu'ils s'achèteraient quand ils auraient fait fortune. Ils étaient pleins de désirs, sans aucun plan viable. Parfois, ils murmuraient entre eux, et il comprenait qu'ils tâchaient de se convaincre de commettre un menu larcin, un chapardage destiné à leur rapporter de quoi se payer des tickets de cinéma ou une crème capillaire. Leurs parents étaient des gens paisibles, durs à la besogne, terrorisés par la police, mais les garçons avaient de l'ambition. Ils se racontaient des histoires sur les grands gangsters de la mégapole, sur Suleiman Isa, Ganesh Gaitonde et Chotta Madhav. Ils rejouaient l'intrigue de *Company* pour Aadil, le tout, de l'Afrique jusqu'à Hong-Kong, dans le mètre cinquante de ruelle boueuse qui s'étalait devant sa porte. Mais il savait qu'ils n'avaient jamais rien volé d'autre qu'un peu de métal chez un ferrailleur de Kailashpada, et qu'ils n'atteindraient jamais Singapour. Sauf s'il les guidait.

— Arrêtez de jacasser, leur dit-il, et écoutez-moi. Si vous voulez gagner de l'argent, il vous faut de la discipline. Et quatre hachoirs.

Aadil les avait appelés par un soir d'avril où la chaleur s'attardait longtemps après le coucher du soleil. Ils s'étaient assis en rang par terre, comme des chiots au pelage encore humide, les yeux écarquillés. Quand ils comprirent qu'il leur parlait d'un cambriolage, ils se ratatinèrent sur eux-mêmes et devinrent silencieux. Il avait déjà vu cela, bien sûr, chez les nouvelles recrues qui venaient de comprendre que le combat dans lequel elles s'engageaient était réel. Il leur exposa son plan, et ce fut Faraj, finalement, qui réagit.

— Tu as déjà fait ça ?

Il leur laissa entendre qu'il avait déjà fait ça, à maintes reprises, sans entrer dans les détails. Ils s'en contentèrent. Pour eux, il avait représenté un mystère, et maintenant ils en savaient juste assez pour inventer d'autres histoires. Comme presque tous les jeunes, ils voulaient qu'on les dirige, et ils se placèrent sous son commandement sans difficulté. Il leur confiait des tâches, les félicitait, et ils lui appartenaient. Ils n'avaient pas besoin d'idéologie, parce qu'ils étaient déjà convaincus d'avoir besoin d'argent, et qu'il était facile de s'en emparer. Ils n'avaient pas besoin de croire en un paradis futur des travailleurs, parce qu'ils croyaient en un paradis présent, celui du cash. Quoi qu'il en soit, Aadil n'avait plus aucune idéologie à leur offrir. Il sentait bien que tout idéal et toute pureté s'étaient consumés en lui. Il serait bientôt à court d'argent, il avait besoin de manger, et d'avoir un endroit où vivre. Il pouvait travailler, éventuellement comme chauffeur, ou comme ouvrier, mais il s'y refusait. Il en était incapable. Il ne se donnait pas la peine de se mettre en colère contre les immenses réserves de richesse de cette ville, ou contre la violence quotidienne de la pauvreté qui s'abattait sur des millions d'individus. Tout cela était tel que c'était. Il ne voulait que de quoi se nourrir, une pièce où dormir, qu'on le laisse tranquille, et il s'en tiendrait là.

Deux semaines plus tard, Aadil et ses garçons montèrent leur première opération. La cible était un appartement situé au troisième étage, à Bandra, près de Hill Road. Shamsul y avait livré des paquets à trois reprises, adressés à la fille de la maison, une femme de trente ans qui était cadre dans une agence de publicité. Dans la journée, seuls les parents restaient à leur domicile. Le père était un homme frêle, très diminué par l'asthme. Ce fut la mère qui ouvrit la porte de l'appartement à Bazil, qui portait un uniforme de coursier spécialement commandé chez un tailleur. Bazil leva en l'air un gros paquet emballé dans du papier kraft. Faraj et Aadil attendaient dans la cage d'escalier. Aadil avait dit au gardien de l'immeuble qu'il était électricien, et que Faraj était son aide. La vieille femme ouvrit la porte à Shamsul, qui lui tendit un papier à signer et Aadil se retrouva à sa hauteur, le hachoir brandi sous son nez. Ils la poussèrent à l'intérieur, tirèrent le mari de son sommeil. Faraj plongea la main dans sa sacoche d'électricien et tendit à Aadil un épais rouleau de corde. Ce dernier ligota les parents à des chaises, et leur parla.

— Ne vous inquiétez pas, Mata-ji, lui dit-il. Il ne vous arrivera rien. Je vais vous protéger. Pas de bruit, pas d'histoire, et je vous protège.

Il avait expliqué aux garçons que la menace de la violence était toujours plus efficace que son emploi. La terreur, leur avait-il dit, vous donne le pouvoir. Leurs hachoirs ne leur avaient coûté que dix-neuf roupies chacun, mais ils étaient efficaces. Aadil en posa un sur la table, devant Mata-ji et Papa-ji.

— Vous voyez, si vous vous conduisez bien, leur assura-t-il, je n'aurai pas besoin de me servir de mon patra. Accordez-nous juste vingt minutes, et nous serons partis.

Aadil fit descendre Shamsul le premier, avec sa sacoche de coursier remplie de bijoux. En précisément vingt minutes, Faraj et lui repartaient avec le cash, à la fois des roupies indiennes et un rouleau de dollars inattendu, récupéré dans le fond d'un coffre Godrej. Faraj avait envie de tuer le vieux couple, avant de s'en aller.

— Ils ont vu nos visages, insista-t-il. Ce serait plus sûr.

Aadil lui flanqua une beigne derrière la tête, et le poussa vers la porte. Il bâillonna Papa-ji et Mata-ji sans trop serrer.

— N'oubliez pas, ajouta-t-il, nous savons où travaille votre fille. Tenez-vous tranquilles.

Il n'avait aucune idée de l'endroit où travaillait leur fille, mais il était certain que l'avertissement suffirait à les faire taire jusqu'à ce que Faraj et lui soient arrivés en bas de l'escalier, passés devant le gardien et sortis dans la rue. Il en fut ainsi. Ils sortirent sans encombre – aucun bruit, aucun remue-ménage, aucune tuerie.

Les garçons étaient enchantés de leur prise, qui s'élevait à soixante-sept mille roupies, deux cents dollars, plus les bijoux. Shamsul, qui connaissait un receleur, organisa la transaction. Ils liquidèrent les bijoux le jour même contre un lakh et quarante mille roupies. Les dollars étaient en petites coupures, des billets d'un, cinq et dix dollars. Ils les changèrent à bas taux. Après tout, les garçons n'avaient jamais eu autant de cash entre les mains. Ils se prenaient pour des rois. Aadil leur conseilla de rester prudents ; se retrouver subitement avec des vêtements neufs, des chaussures et des lunettes de soleil risquait d'éveiller les soupçons, de provoquer une visite de l'agent de police du secteur. Ils acquiescèrent, et promirent. Mais Aadil voyait bien qu'ils étaient comme des gamins avec leurs jouets, faisant des promesses qu'ils étaient incapables de tenir. Le lendemain, il déménagea encore, dans une pièce située à l'autre bout de Navnagar. Sa chambre avait un sol régulier en carrelage posé par le précédent locataire, et l'eau courante. Il interdit aux garçons de venir le voir, et ne les retrouva plus qu'en dehors du basti. Au début, ils protestèrent, surtout Bazil, mais Aadil leur exposa la nécessité de la sécurité et de la discrétion.

— Si vous voulez continuer, les prévint-il, vous devez être invisibles, vous devez vous déplacer comme le poisson dans la mer. Et faire ce que je vous dis. Si vous voulez continuer.

Les garçons voulaient continuer, même avec les poches lestées d'argent. Il leur en fallait plus.

Aadil en voulait très peu. Il avait sa chambre, se préparait sa cuisine tout seul, buvait toute la journée des tasses de chai très sucré. Dans sa nouvelle existence, c'était son seul luxe, mis à part les livres. Il passait ses journées à lire des ouvrages de biologie. Ces volumes étaient des manuels universitaires d'occasion achetés pour la plupart à des vendeurs de trottoirs. Il était surpris de tout ce contenu qu'il n'avait pas oublié, et de la facilité avec laquelle il lui revenait. Ses lectures n'avaient pas d'autre but, d'autre sens que le réconfort qu'elles lui apportaient. Suivre les espèces jusqu'au niveau du phylum, voir la structure partir dans une direction pour revenir en arrière, cela avait une signification en soi. Il n'avait pas besoin de politique. Aadil continuait de vivre, de vivre tranquille et, tous les mois, les garçons et lui planifiaient et exécutaient un nouveau coup. Shamsul voulait aller plus loin, mais Aadil conseillait la patience, l'action discrète et furtive. Les garçons ne voulaient pas seulement reconstruire leur kholis et acheter de nouveaux fourneaux à leurs mères, ils rêvaient maintenant de voitures. En attendant, ils obéissaient. Un bon coup par mois, une cible soigneusement choisie sur la base de renseignements de qualité leur rapportait assez pour les contenter. Pendant sept mois, ils travaillèrent. Il arrivait maintenant à Aadil de lire de la chimie, en plus de la biologie. Il avait parcouru beaucoup d'ouvrages sur les organismes et les cellules, et il voulait maintenant observer l'interaction des substances, la création d'éléments nouveaux. Il puisait un plaisir obscur dans ces éléments qui se réunissaient, produisaient de la chaleur, du feu, de la vie. D'après ce qu'il voyait, ces interactions ne participaient pas d'un objectif supérieur. Elles se produisaient, c'était tout. L'idée coïncidait parfaitement avec sa perception de sa vie actuelle. Il avait songé quelquefois au suicide, sur un mode distant, théorique, mais il avait découvert qu'il avait envie de vivre. Il ne savait pas trop pourquoi, au juste, si ce n'est pour la douceur sucrée de son chai et pour jouir de l'effet palliatif des faits eux-mêmes. La seule raison qui le poussait à continuer était très simple, se dit-il. Un virus visait à se reproduire, et un insecte fuyait le danger. Ainsi, Aadil voulait vivre.

Et Aadil survécut, en silence et en cachette. En dehors de ses migraines, il était plutôt content. Il était surpris de ne pas se sentir seul, après la camaraderie des campements, mais les livres étaient une consolation suffisante. Il conservait une tendresse envers lui-même, envers ce corps prématurément vieilli, et s'autorisait parfois quelques petits luxes : un nouveau matelas, une paire de draps, un flacon de shampooing. Il ne se souciait pas trop de l'avenir, même s'il avait le sentiment que quelque part, tout près, sous l'aisance trompeuse que lui avait apportée Mumbai, le désastre menaçait. Il en était sûr, mais quand la catastrophe survint, elle arriva d'un côté inattendu, qu'il avait négligé. Les garçons, croyait-il, s'étaient gentiment calmés. Durant les opérations, ils n'avaient plus le trac ; ils se conduisaient avec professionnalisme, et une vigilance posée. Après leurs premières grosses extravagances, leurs dépenses vestimentaires, les télévisions, les femmes, Shamsul, Bazil et Faraj avaient grandi en hommes d'affaires avisés. Ils investissaient leur argent dans des petits commerces gérés par leurs cousins et leurs tantes, et encaissaient des profits à des taux élevés. Ils prenaient du poids, affichaient une allure prospère, dans l'ensemble. Aadil se mit à croire qu'il avait réuni, tout à fait par hasard, une équipe de qualité, sérieuse. Les garçons étaient amis, liés par des intérêts communs, l'expérience et le danger.

Et puis Faraj et Bazil avaient tué Shamsul. Aadil se trouvait dans sa chambre, cet après-midi-là. Il dormait quand Bazil avait frappé. Il fut tiré de son rêve d'enfance par les coups affolés contre la porte, un rêve dans lequel il enjambait un caniveau, où des cases aux toits bas flottaient dans la brume du soir. Il se réveilla, la main sur son hachoir.

— Bhai, fit Bazil. Bhai ?

Il lui ouvrit la porte et le découvrit tremblant contre le mur, éclaboussé de sang. Il le tira à l'intérieur.

— Quoi ?

Bazil lui raconta. Depuis des semaines, des mois en réalité, Faraj et lui soupçonnaient Shamsul de s'arranger avec le receleur. Shamsul s'occupait toujours des transactions seul, il répugnait à discuter des prix, refusait de leur rapporter les propos de l'acheteur, ou même de leur indiquer ce qu'il serait en mesure de fourguer facilement. Tout cela était très étrange. Depuis tous ces mois, Bazil et Faraj avaient remarqué que Shamsul avait plus d'argent qu'eux deux, plus – oui, c'était la vérité – qu'eux deux ensemble. Faraj avait plaisanté avec Shamsul, et lui avait demandé s'il économisait, mais ses allusions restaient sans commentaires. Shamsul refusait de se défendre, ce qui rendait Faraj encore plus soupçonneux. La semaine précédente, Shamsul s'était acheté une seconde kholi, un endroit parfaitement neuf avec quatre chambres et un tanki d'eau de double capacité. Il ne leur en avait pas parlé, le salopard, de cette nouvelle maison grandiose, mais Bazil l'avait appris parce que sa mère prenait parfois des travaux de broderie pour la femme de l'entrepreneur. Bazil en avait parlé à Faraj, et Faraj s'était mis très en colère. Il avait élaboré un plan. Ils allaient saouler Shamsul, l'emmener près du nullah, derrière les grosses canalisations d'eau, et se confronter avec lui. Ils useraient de menaces, si nécessaire. Mais ils découvriraient ce qui se tramait. Assez, c'était assez. Bazil devait se tenir prêt. Donc ils invitèrent Shamsul, l'air de rien, à partager une bouteille de rhum vilayati. Il était ravi, comme de juste. Shamsul avait un penchant pour la boisson ; près avoir bu un peu de rhum, il devenait sentimental, et il chantait. Mais cette fois, aussitôt que Faraj les avait accueillis dans sa nouvelle kholi, vibrant de tension, la soirée était devenue bizarre. Il avait fait des œufs à la coque, le sel et le poivre étaient prêts, avec un plat de tangdis, et il leur avait versé de grands verres d'alcool. Après quoi, tout s'était brouillé, dans un désordre d'éclats de voix, de blagues obscènes et de colère. Shamsul s'était mis à chanter, avait voulu encore d'autres tangdis. Faraj lui avait dit : Tu n'as qu'à payer les tiens, tu as trop d'argent. Shamsul avait esquivé l'allusion en riant et, pendant un petit moment, Bazil et lui avaient discuté filles. Ils parlèrent de Rani Mukherjee, de Zoya et de Zeenat Aman, et puis Shamsul évoqua la jeune sœur de Faraj, qui s'appelait elle aussi Zeenat, et dont on disait dans le basti qu'elle avait une ressemblance avec la belle Zeenat des années soixante-dix. Ses paroles étaient plutôt innocentes, que notre Zeenat était prête pour un premier grand rôle, maintenant. Mais Faraj était resté silencieux, dans un coin, à boire verre sur verre.

— Espèce de salopard, lui avait-il lancé tout d'un coup, tu as notre argent.

Bazil s'était rendu compte qu'il était saoul lui aussi, probablement encore plus saoul que Shamsul. Il avait essayé de se lever, de venir se planter devant Faraj et de lui rappeler leur plan, sortir et marcher jusqu'au nullah. Mais il était trop tard. Faraj et Shamsul se bousculaient déjà. Bazil avait été sidéré d'entendre Shamsul lui hurler dessus, alors qu'il n'avait rien fait et qu'il en avait dit très peu. Shamsul refusait d'avouer, et Faraj sortit son hachoir de derrière le lit, Bazil avait empoigné le sien, et Shamsul s'était défendu en les frappant, se lacérant les mains pour tenter de sortir de la kholi. Il avait du sang sur la poitrine. Il avait couru le long de la ruelle et ils l'avaient abattu une première, puis une deuxième fois. Il était entré dans une maison, au hasard. Il avait peut-être cru que c'était la sienne. Ils l'avaient encore frappé, et il était tombé. Et c'était fini.

Aadil essuya les larmes de la figure de Bazil, lui donna une chemise propre et le poussa dehors.

— Va-t'en, lui dit-il. Cours.

Mais Bazil restait debout dans la ruelle, aussi désemparé qu'un bœuf aveugle, et Aadil dut lui donner ses instructions : rentre chez toi, prends de l'argent, va-t'en, trouve-toi une petite auberge quelque part loin d'ici et restes-y, on se retrouvera dimanche au Maharaja

Hotel, à Andheri East. À une heure. S'entendre ordonner quoi faire suffit à remettre Bazil en mouvement, et il fila. Aadil nettoya sa kholi. Il prit de l'argent, deux chemises, deux pantalons et une paire de chaussures. En dix minutes, il fut dehors, et il marchait d'un pas égal sans se retourner.

Ce soir-là, il descendit dans une pension derrière la gare de Dadar, puis il changea, dès le lendemain, pour se rendre à Mahim. Il n'avait aucune intention d'aller au Maharaja Hotel le dimanche, et il savait fort bien qu'il devait quitter Mumbai. Où irait-il ? Il y avait d'autres villes, d'autres masses énormes d'hommes et de femmes où se perdre, mais il était ici, à Mumbai, et il s'y était laissé prendre. Il n'avait plus l'énergie de se remettre en mouvement, de voyager vers un nouvel endroit, de découvrir de nouvelles langues et de nouveaux individus. Ici, il était chez lui, et il était ici. C'était décidé. Dans les deux jours, il avait une chambre près de Film City et, le dimanche, il se rendit au Maharaja Hotel. Il se pouvait qu'il commette une erreur, mais les garçons constituaient son équipe. Ils lui rapportaient de quoi vivre. En trouver d'autres, ce serait du travail, cela prendrait du temps, et la fin du mois était proche. Le moment de tenter un autre coup. Donc il repéra un coin près du Maharaja Hotel et il guetta. Faraj et Bazil arrivèrent juste avant une heure, en auto-rickshaw. Ils entrèrent, et Aadil attendit. Ses instructeurs lui avaient appris la patience, et toutes ces embuscades aussi. Une heure s'écoula, et puis une autre. Aucun signe de policiers aux aguets, mais il attendit encore.

Juste après trois heures, Faraj et Bazil descendirent le perron de l'hôtel, l'air démoralisé. Ils s'éloignèrent dans la rue, et il les suivit. Il les laissa prendre du champ, traversa et se rapprocha d'eux, sur le trottoir d'en face. Pas de policiers, d'après ce qu'il pouvait voir. Faraj avait pris son ami par l'épaule, et Bazil paraissait en pleurs. Aadil les rejoignit, prit Bazil par le coude.

— Du calme, dit-il à Faraj. Marche.

Aadil les conduisit dans un petit carré de jardin au milieu de la rue, sur un terre-plein central. Il y avait un arbre, sur ce terre-plein, et il s'accroupit dessous. Les garçons s'assirent dans une position inconfortable, en tailleur, en changeant de jambe, d'un côté, de l'autre. Aadil les laissa transpirer dans le soleil et leur annonça qu'ils étaient des idiots. Il ne les laissait pas parler ; ils n'avaient aucun excuse pour l'acte qu'ils avaient commis. Ils l'avaient mis en péril, lui, et toute l'unité, ainsi que l'ensemble de leurs activités. Leurs actes étaient irresponsables, et leur ivrognerie irréligieuse. Ils n'avaient rien compris à ce qu'il leur avait enseigné sur l'usage de la force.

Bazil se remit à sangloter. Faraj avala sa salive, avant de répondre.

— Je sais que c'était mal.

Il les laissa parler, et leur arracha la promesse qu'ils ne toucheraient plus jamais à l'alcool. Ensuite, il les conduisit hors du terreplein, à travers les cercles successifs de véhicules, et leur acheta un jus de pastèque à chacun. Ils discutèrent de leur prochain coup. Leur meilleure source de renseignements avait été Shamsul, à qui les gens se fiaient en raison de sa modération et de son physique de roseau. Les chefs de famille et les chowkidars le jugeaient inoffensif, lui parlaient sans réserve. L'équipe était handicapée, mais il n'y avait pas d'autre issue que de s'adapter. En moins d'une semaine, ils avaient une cible, et un plan. L'adresse, cette fois, leur venait de Bazil, celle d'une famille, non loin de Sahar Airport. Ils avaient un fils qui travaillait à Dubaï, qui leur envoyait souvent des colis. Aadil retarda l'opération de quatre jours afin de s'assurer de l'exactitude des informations. Ils arpentèrent le quartier, pénétrèrent dans l'enceinte de la résidence avant d'en ressortir. L'opération se déroula sans anicroche, les garçons étaient calmes ; ils partirent avec soixante mille roupies en cash et un sac rempli de bijoux en or, plus des biscuits. Le fils de Dubaï se préparait au mariage de sa sœur. Aadil était ravi.

Faraj avait reçu pour instruction de trouver un receleur digne de confiance, et il en avait repéré un sur Tulsi Pipe Road. Le contact avait été pris par téléphone, les dispositions mises au point, et ils étaient maintenant en chemin pour effectuer leur livraison. Aadil avait décidé qu'ils iraient ensemble pour éviter de futurs malentendus. Ils longèrent la voie ferrée, contournèrent les baraques construites le long de la grille. Le rendez-vous avait été fixé tard dans la soirée, mais il avait été pris d'une migraine qui lui tournoyait dans la colonne vertébrale comme un orage. Il était incapable de voir au-delà des jets de flammes qui lui éclataient dans les yeux. Et même maintenant, à minuit passé depuis longtemps, alors qu'il était rétabli, les réverbères brûlaient, entourés d'un halo orangé d'une froideur spectrale. Un train passa. Dans l'obscurité, chaque grincement de ferraille, chaque claquement d'essieu lui labourait les tympans. Les garçons étaient silencieux et pleins de sollicitudes, et ils marchaient de part et d'autre.

Il se sentait vivant, réveillé par la douleur. Le craquement du sol sous ses pieds lui rappela un souvenir lointain, quelque chose qui lui revenait, puis qui refluait, et qui lui revenait et qui repartait. La terre respirait, il la sentait.

Les hurlements vinrent de derrière eux, puis de devant. De partout. Un éclair de lampe torche se braqua sur lui, et en même temps, ce fut :

— Police.

Il pivota sur la gauche et courut en inclinant le torse. Il y avait des hommes devant lui. Contre son épaule gauche, il vit une cabane en tôle, porte close. Et un espace avant la cabane suivante. Il s'y faufila et attrapa les barreaux de la grille. Les voies ferrées étaient de l'autre côté, mais la grille était haute. Aadil tendit le bras, sa main glissa sur le métal. Il se retourna. Il avait son hachoir en main.

— Sors de là, bhenchod. Et jette-moi ça.

Le policier avait un pistolet. Aadil entrevit le canon, un rai de lumière sur le métal, et les épaules fortes de l'homme, derrière l'arme. Il jeta le hachoir, très bas, sur la chaussée. Un menu fracas métallique. Le policier attendait, le canon du pistolet s'abaissa, juste un peu. Aadil respira une longue goulée d'air sucré, et il eut cette idée absurde qu'ils pouvaient rester comme ça une éternité, aux abois et en paix à la fois. Mais sa main avait trouvé son couteau, elle l'ouvrait, et son corps s'avançait. Le policier n'ouvrit pas le feu, peut-être avait-il perdu Aadil dans l'obscurité. Aadil marcha vers lui, et il frappa comme on le lui avait enseigné, comme il avait appris, comme il s'y était exercé.

Il courait. Les policiers étaient derrière lui, et il courait. Il avait encore le couteau dans sa main et il avait envie de le lâcher, mais il en fut incapable. Il courait. Et puis il n'avançait plus. Il ferma les yeux, les rouvrit, et il comprit qu'il était à terre, face contre terre. La surface de la chaussée s'éloignait de lui en dessinant une courbe, et un filet d'eau miroitait doucement. Il n'y eut aucune douleur, mais il se sentait rêveur et mou, comme s'il venait de se réveiller. Je crois que j'ai tué cet homme, songea-t-il. Puis il lui vint à l'esprit qu'il était lui-même en train de mourir. Il n'avait pas peur, pas peur du tout. Il se sentait envahi d'une immense tristesse, sans savoir pourquoi, ni à cause de quoi, et il s'interrogea, et il attendit. Et puis il était mort.

II

Sharmeen défendait son héros avec loyauté.

— L'ennui, avec toi, Aisha Akbani, dit-elle à son amie, c'est que tu changes d'avis toutes les cinq minutes. Un jour, Chandrachur Singh est tout pour toi, une semaine plus tard, tu racontes que s'il se présentait à ta fenêtre avec des roses, tu ne le regarderais même pas. Tu sais ce que tu es ? Une coquette.

Sharmeen avait lu ce mot, « coquette », dans un texte de son cours de quatrième, et elle en usa avec une grande satisfaction.

Aisha pencha le nez, un très joli nez, il fallait en convenir, et manifesta son dédain pour Chandrachur Singh d'un geste ferme de la main.

— Sharmeen Khan, si c'était l'affaire d'une semaine ou d'un mois, alors d'accord, tu aurais raison. Mais ce type est fini, franchement fini. Il s'en est passé, du temps, depuis *Maachis*, et pas un seul bon film. OK, un ou deux, à la rigueur. Et puis de toute manière, la question, ce n'est pas ses films. Je te le répète, il ne me plaît pas, c'est tout.

Sharmeen et Aisha étaient allongées sur le lit de Sharmeen, dans sa chambre, au deuxième étage d'une maison de Bethesda. Sharmeen adorait cette dénivellation abrupte, cette plongée vers la campagne du Maryland, sous sa fenêtre, qui plaçait un chêne de taille moyenne en surplomb de ce qu'elle appelait une « falaise » et qu'Aisha décrivait comme une « petite descente ». Aisha avait parfois de quoi exaspérer tant elle était contrariante, mais Sharmeen l'adorait. Elle avait été sa première amie, dès son arrivée en Amérique, il y avait deux ans, quand elle disait encore « Amrika », avec son accent moitié punjabi moitié londonien. Aisha – elle n'était pas tout à fait aussi jolie, à l'époque – s'était montrée compréhensive et gentille, et maintenant, embellie, épanouie, et en classe de quatrième, elle restait fidèle à Sharmeen. Elles étaient les deux meilleures amies du monde, inséparables. Aisha aimait se présenter comme une antiromantique, une cynique, et donc refusait d'admettre que la vue était spectaculaire, surtout sous la neige, comme en ce jour de janvier. Il y avait ce chêne, cette falaise et un long pré vallonné qui s'achevait dans un enchevêtrement de hautes broussailles. Par les nuits de pleine lune, la paysage scintillait, désert et sauvage, et Sharmeen restait allongée, les yeux ensommeillés, à demi ouverts, et s'imaginait Chandrachur Singh sur un cheval blanc, galopant dans les ronces jusqu'en haut de la falaise.

— Tu rêves encore, fit Aisha, et elle pinça le bras de Sharmeen.

Sharmeen la pinça à son tour.

— Tourne la page, lui demanda-t-elle.

Elles étaient affalées sur le ventre, en travers de la courtepointe à fleurs, la tête loin des oreillers, le menton au bout du lit. Elles avaient un numéro de *Stardust* ouvert par terre, qu'elle pouvait glisser en vitesse sous le lit au premier craquement dans l'escalier. Les parents de Sharmeen se montraient stricts sur ses lectures, et *Stardust* était si peu autorisé que le titre même n'avait même jamais été mentionné dans la maison. Le père de Sharmeen, en particulier, avait formé et encouragé sa fille à conserver ses valeurs et l'izzat de sa famille. Il s'appelait Shahid Khan. Colonel, il avait été en poste à l'ambassade à Londres, avait voyagé dans le monde entier, sans jamais se relâcher dans ses observances et ses prières ; il était connu parmi ses amis et collègues pour sa piété et la simplicité de son mode de vie. Donc Sharmeen était censée ignorer tout des films et des acteurs pakistanais, sans parler des autres, ceux, franchement obscènes, de l'autre côté de la frontière. Mais Sharmeen et Aisha lisaient quand même *Stardust*. Elles s'intéressaient modérément aux talents nationaux de Noor et de Zara Sheikh, mais elles se passionnaient pour les films indiens. L'article de trois pages écrit sur Chandrachur Singh et illustré de photos en couleurs avait déclenché la dispute, qui avait tourné comme la précédente, et comme celle d'avant. Sharmeen était inébranlable dans sa dévotion pour Chandrachur Singh ; elle le défendait contre les accusations et les attaques injustes d'Aisha avant de partir à la dérive dans sa rêverie. Où elle resterait jusqu'à ce qu'Aisha l'en sorte en la pinçant. Aisha tourna la page, une double page sur Zoya Mirza.

— Ouah, s'écria Aisha, elle est belle !

Cela ne faisait aucun doute. Pelotonnée sur un divan, elle était vêtue d'une minirobe de satin rouge qui laissait nues ses longues jambes dorées, et soulignait la poitrinc largement décolletée.

— Hum, fit Sharmeen.

Face à Zoya Mirza, elle avait une réaction compliquée. Elle aimait sa grande taille et certains rôles, comme celui de cette avocate en croisade qu'elle jouait dans son second film, *Aaj ka Kanoon*, mais elle trouvait qu'une muslimah qui montrait son corps comme ça, ce n'était pas bien. Cela la mettait mal à l'aise. Il n'y avait pas si longtemps, elle aurait même jugé ça mal, très mal. Elle se serait rangée de tout cœur à l'avis d'Abba et Ammi – c'était condamnable, indiscutablement. Mais elle avait passé beaucoup de temps avec Aisha, et Aisha trouvait Zoya Mirza super. Donc Sharmeen se contenta d'un :

— Elle est bien, et essaya de tourner la page.

Mais Aisha posa sa main sur le ventre plat de Zoya Mirza.

— Pourquoi ? Elle est aussi belle que Chandrachur Singh. Beaucoup plus. Tu ne peux pas dire le contraire.

Sharmeen n'avait pas envie de parler de ça, car elle savait où allait la discussion. Les parents d'Aisha s'enorgueillissaient d'être modernes. Sa mère travaillait comme agent immobilier, et son père dirigeait une société d'édition de logiciels. Le frère aîné d'Aisha avait épousé une américaine blanche, qui ne s'était pas convertie, même après le mariage. Et sa sœur et elle se promenaient la tête découverte. Aisha était très fière de ses longs cheveux bruns, et Sharmeen savait qu'elle plaignait son amie d'avoir à porter des vêtements conventionnels dès qu'elle sortait de la maison. Elle refusait l'argument de Sharmeen selon lequel elle se sentait plus en sécurité les cheveux couverts, et plus proche d'Allah. Aisha soutenait qu'elle était victime du conditionnement social, et qu'Allah n'avait jamais rien dit de cette obligation de se couvrir de la tête aux pieds. Ainsi, discuter était inutile, mais la dispute aurait lieu, de toute manière. Sharmeen le sentait bien. Donc elle soupira.

— Pour moi, elle fait toc.

Aisha se retourna sur le dos, se plaqua les mains sur les yeux, et éclata.

— Toc ? Toc ? Sharmeen Khan, depuis tout ce temps que tu es en Amérique, tu es encore totalement fundoo.

— Je ne suis pas une fundoo.

— Si, tu es une fundoo.

Elles se retrouvaient dans leur impasse coutumière, avec une rapidité inhabituelle. Au Pakistan, à Rawalpindi et Karachi, personne n'avait jamais traité Sharmeen de fundoo, aucun de ses amis, aucun de ses ennemis. Elle avait toujours fréquenté des écoles de l'armée, où ses camarades de classe s'habillaient comme elle, où les filles plus âgées portaient le hijab, où tout le monde s'entendait sur ce qui était convenable et ce qui ne l'était pas. Mais elle avait huit et neuf ans. Maintenant, elle en avait presque quatorze, elle était à l'autre bout du monde, Aisha était sa meilleure amie, et tout avait changé. Maintenant, il lui fallait se défendre d'être fondamentaliste.

— Être pudique, insista-t-elle, ce n'est pas être fundoo.

La riposte d'Aisha fut immédiate.

— Et être fière de son corps, ce n'est pas être toc.

Sharmeen sentit ses épaules se rétracter. Cette éternelle dispute lui provoquait une sorte de constriction au creux du ventre.

— Parfait, dit-elle, et elle essaya de tourner la page.

— Parfait quoi ?

— Parfait, elle n'est pas toc. Ouf. On peut passer à autre chose, maintenant ?

Aisha tourna la page, sur deux autres photos de Zoya Mirza. C'était son *Stardust*, et elle l'avait apporté dans son sac noir, donc elle avait un droit de propriété. Elle avait le droit de le lire, chez elle, devant ses parents, qui considéraient sans aucun doute ceux de Sharmeen comme des fundoos. Sharmeen attendit patiemment qu'Aisha ait fini de lire l'article sur Zoya Mirza, tout en pensant à son père, à sa mère et à leur religiosité. Abba était le plus pratiquant, le plus rigoureux. Il avait le front marqué d'un namaaz ka gatta, stigmate laissé par ses cinq prosternations et prières quotidiennes. Chaque fois que Sharmeen prenait l'avion avec lui, elle se sentait réconfortée par le petit coran qu'il lisait lors du décollage et de l'atterrissage. Sa foi l'avait toujours soutenu, lui avait-il raconté, elle avait permis son ascension malgré les difficultés. Il avait combattu la pauvreté et la dépossession, les dissensions et les discriminations familiales, il avait étudié assidûment, il avait prié et il avait gravi les échelons de l'armée. Il avait désormais un poste très important à l'ambassade de Washington, et Sharmeen l'admirait et l'aimait. En dépit de ce qu'Aisha et ses parents émigrés pouvaient penser de lui. Sharmeen s'en moquait.

— OK, fit Aisha. Elle avait terminé l'article, et elle était prête à passer à la suite. – Mais elle ne pouvait pas laisser partir Zoya Mirza sans affirmer une dernière fois son admiration. – Je te le dis, elle a tellement de chic.

Sharmeen tint sa langue, et elles se consacrèrent à la lecture attentive d'un article sur la carrière d'Anil Kapoor, puis à une analyse en règle des vedettes plus anciennes. Sharmeen ne pouvait voir des films que chez Aisha, en DVD, et donc ses connaissances n'étaient pas aussi étendues que celles de son amie, mais elle n'en avait pas moins une intuition fine de ce qui serait un succès et ce qui n'en serait pas un, et elle se rappelait des chansons entières pour les avoir entendues une fois. De tous les grands héros du noir et blanc, Sharmeen préférait Dev Anand. Après, elle avait un faible pour Amitabh Bachchan. Aisha n'avait rien à y redire, ce n'était que sur Chandrachur Singh qu'elles divergeaient. Sharmeen s'était souvent demandé pourquoi les temps modernes les opposaient davantage que les temps anciens. Elles s'accordaient sur Feroz Khan – deux pouces pointés vers le bas, en signe de désapprobation –, mais s'opposaient sur Fardeen, dont les premiers films n'étaient pas encore sortis, alors que ses photos paraissaient subitement partout, et Aisha le trouvait super, alors que Sharmeen le considérait comme un abruti. « Abruti », c'était l'un de ses nouveaux mots.

— Sharmeen. Beta ?

Quand Ammi ouvrit la porte, le numéro de *Stardust* avait disparu très loin sous le lit, en sécurité, et les deux filles étaient assises au milieu du lit, face à face, avec l'air, Sharmeen l'espérait, de deux jeunes filles sages engagées dans une conversation respectable sur un sujet convenable.

— Salaam alaikum, Khaala-jaan, dit Aisha.

Elle était experte en transformations soudaines. Elle avait promptement ramené ses cheveux derrière ses oreilles, mis les bras autour des genoux, et donné à son visage la douce innocence de ces héroïnes des années quarante devant une aînée approbatrice.

Et Ammi approuvait.

— Walaikum as salaam, Aisha, lui répondit-elle, en se tamponnant la bouche avec le bout de son chunni. Tu vas bien ?

— Oui, Khaala-jaan, très bien.

Aisha eut l'oscillation de la tête, de gauche à droite, de droite à gauche, qu'elle réservait à ses oncles et tantes.

— Vous avez le visage très rose. Ce temps froid met vos joues en valeur.

Cette flatterie n'était pas strictement nécessaire. Ammi fut surprise, puis charmée par le très bon urdu d'Aisha, et par ses manières réservées. Elle n'approuvait pas sa famille, mais elle ne voyait aucune objection à ce que cette charmante jeune personne soit la meilleure amie de sa fille. Aisha était en terrain conquis, mais elle ne manquait jamais une occasion de passer de la pommade. Ammi succomba une fois encore au numéro de la jeune fille.

— C'est la chaleur de la cuisine, lui répondit-elle. Sharmeen, va un peu surveiller Daddi. Je ne peux pas tout le temps courir là-haut.

— Tout de suite, Ammi ?

— Non, l'année prochaine.

— Ammi, on parlait de nos examens.

— Eh bien, allez en parler là-haut. Ce n'est pas cette pauvre vieille femme qui va t'en empêcher.

Sharmeen ne pouvait pas avouer à Ammi qu'elle détestait l'odeur de renfermé de cette pièce, que cela lui faisait peur de se retrouver en présence du corps desséché et inerte qui avait jadis été celui de sa Daddi. Elle fit grise mine, puis tressaillit quand Aisha lui pinça l'orteil.

— On y va, Khalla, s'écria Aisha, et puis c'est tout. Deux minutes.

Ammi s'en fut, non sans un regard furieux à Sharmeen, en guise d'avertissement. Aisha rassembla ses affaires, et précéda Sharmeen. Elles traversèrent la cuisine et montèrent l'escalier, jusqu'à la chambre située sur l'arrière. Même la forte odeur de la cuisine d'Ammi ne parvenait pas à masquer la puanteur sinistre du grand âge, cette asphyxie qui sentait le camphre, les remèdes amers et, plus discrète – mais cette discrétion même donnait des haut-le-cœur à Sharmeen –, l'urine. Il faisait chaud, dans la chambre, à cause des tuyaux du chauffage et de la cuisine, et pourtant, Daddi était allongée sous un édredon et une épaisse couche de couvertures. Sharmeen s'assit sur la chaise à côté de la porte, et s'efforça de respirer aussi faiblement que possible. Aisha marcha droit vers le lit, et se laissa tomber dans le canapé installé juste à côté. Daddi avait beau ne plus former qu'une masse informe sous les couvertures, elle prétendit s'intéresser à elle. Elle fit remarquer qu'à chacune de ses visites, elle trouvait Daddi changée, de plus en plus petite, de plus en plus ridée et fripée comme un cornichon. C'était vrai, ce qui restait dans cette pièce n'avait plus rien de la grande femme tapageuse et sarcastique aux immenses yeux noirs dont Sharmeen gardait un vague souvenir, un souvenir de sa petite enfance, mais elle préférait ne pas regarder. Elle aurait préféré abandonner là ce corps qui sentait, sur l'arrière de la maison.

— Elle a deux poils de plus au menton, observa Aisha. – Elle se pencha, plus près. Et puis, de sa voix très hip-hop, elle chuchota : – Hé, Dadds, ça roule ?

Et elle recula en sursaut.

— Quoi ? s'enquit Sharmeen.

— Elle a parlé.

— Ça lui arrive, parfois. Elle se croit à Rawalpindi. Elle cause avec le boucher.

— Non, idiote. Elle parle en anglais. Elle m'a dit : « Je vais très bien, merci. »

— Elle a dû entendre ça quelque part. Viens ici.

Mais Aisha rapprocha le canapé du lit, et tourna le visage de biais, pour plonger le regard dans l'édredon. Sharmeen l'avait déjà vue agir de la sorte – quand quelque chose l'obsédait, elle se concentrait tellement qu'elle n'entendait même plus la personne qui essayait de lui parler, à soixante centimètres d'elle. C'était très agaçant ; si elle faisait une fixation sur Daddi, elles allaient devoir monter ici tous les jours de la semaine. Sharmeen se leva, contourna le pied du lit et posa une main dans le dos de son amie.

— A-isha, lui dit-elle.

— Silence, na. Elle cause.

— Elle passe son temps à ça.

Daddi marmonnait matin, midi et soir, elle parlait aux murs de sa chambre, elle racontait des histoires et proférait parfois des jurons, ce qui faisait rire Ammi, mais assombrissait le visage d'Abba. Cela effrayait Sharmeen, ces yeux à demi aveugles, ces cheveux blancs filasse et cette chair, au-dessous, qui pelait. Elle entendit une voix sous l'édredon, fluette et crispée. Elle aurait aimé être ailleurs, dehors, dans la froidure américaine, tonifiante.

— C'est de l'anglais, insista Aisha.

— Ne sois pas sotte. Daddi ne parle pas l'anglais. Et Dadda était incapable de rien lire. Ils ne parlaient pas l'anglais, c'est une certitude.

Le mari de Daddi était analphabète, et si Daddi lisait l'urdu, elle avait tout sacrifié pour éduquer Abba ; tout le monde le savait, dans la famille. Elle avait décidé que son fils cadet embrasserait une profession libérale, qu'il ne serait pas chauffeur de tempo comme son père. La première épouse de Dadda et ses enfants s'étaient moqués d'elle et, après la mort prématurée de Dadda, ils l'avaient chassée de la maison. Daddi s'était retrouvée dans la rue avec trois enfants et sans argent, rien, mais elle s'était débrouillée. Elle était arrivée à faire d'Abba autre chose qu'un chauffeur de tempo. C'était l'histoire de la famille, que Sharmeen connaissait depuis toujours mais, de toute sa vie, elle n'avait jamais entendu personne raconter que Daddi parlait l'anglais. C'était tout bonnement absurde.

— Viens ici, répéta Aisha, puis elle lui tendit la main, de dos, sans se retourner, et fit asseoir Sharmeen. Écoute !

Sharmeen se retrouva face à face avec Daddi. La peau pâle était marbrée, défigurée par les taches, mais elle savait que cette peau avait été éclatante. Dadda avait épousé Daddi parce qu'il avait été ébloui par cette beauté punjabi, et sa première épouse l'avait méprisée, l'avait traitée de prostituée. Dadda appelait Daddi sa rose, sa zannat ki hoor. À la regarder, c'était difficile à croire, mais c'était ce que tout le monde disait. Dadda avait maintenant l'haleine fétide, comme une odeur de vieux sparadrap. Sharmeen ne se laisserait jamais aller au point de devenir aussi répugnante, elle en était convaincue. Elle préférait mourir avant. Elle fit la moue.

— Ce n'est pas de l'anglais.

— Plus maintenant. Là, elle dit quelque chose en punjabi. C'est quoi ?

Les paroles prononcées par Daddi avaient la cadence d'une mélopée, d'une prière, mais c'était étrange.

— Je ne sais pas, fit Sharmeen.

— J'ai entendu ça quelque part. C'est une chanson.

— Oui, oui, là, elle te chante une chanson pop de Daler Mehendi.

Aisha n'allait pas relever ce pauvre sarcasme de Sharmeen alors qu'elle avait une énigme à élucider. Elle aaprocha la tête tout près de Daddi.

— Elle s'est arrêtée.

— Tant mieux. Alors reviens un peu par ici. Ensuite, dans cinq minutes, on pourra sortir.

Mais Aisha insista pour attendre à côté de Daddi qu'elle reprenne la parole. Il n'y avait pas moyen de la déloger de là. Elle observait Daddi attentivement. Sharmeen détourna le regard de cette bouche humide et ridée, et elle tenta d'amener la conversation sur un autre sujet, n'importe quoi. Elle essaya Chandrachur Singh, Brad Pitt, l'école, les profs. Aisha restait distraite, et ne répondait que par des haan, et des na. Sharmeen avait beau essayer, elle ne parvenait pas vraiment à ignorer le léger bruit de succion que Daddi faisait avec ses lèvres toutes les deux ou trois secondes. Finalement, elle se tut, et les deux jeunes filles attendirent.

Quand Daddi parla, Sharmeen sursauta. Cette fois, la voix était plus timbrée, plus forte, mais elle donnait encore l'impression de venir d'ailleurs, de très loin. C'était de nouveau cette mélopée. *Nanak dukhiya sab sansaar*, et cette fois Sharmeen se dit qu'elle la connaissait.

— Qu'est-ce que c'est ? chuchota-t-elle.

— Je ne sais pas, lui répondit son amie.

Daddi s'interrompit. Dans ce brusque silence, ces mots de punjabi se recomposèrent dans la tête de Sharmeen, et elle comprit.

Elle n'avait aucune intention de le faire savoir, mais elle se raidit, et Aisha saisit instantanément.

— Qu'est-ce que c'est ? s'écria-t-elle.

Elle n'avait pas envie de le lui dire. Rien de tout cela n'avait de sens. Elle haussa les épaules.

— C'est du punjabi.

— Ça, j'entends, moi aussi. Mais tu es assez bonne, en punjabi. Alors, qu'est-ce qu'elle dit ?

Aisha n'allait pas lâcher prise. Sharmeen chuchota.

— C'est une sorte de chanson. Comme celles que chantent les sardars dans leur temple, un truc dans ce genre.

Aisha secoua la tête.

— Ta Daddi chante une prière sikh ?

Sharmeen hocha la tête.

— *Nanak*, ça vient des sardars, non ?

— Oui, fit Aisha.

Elle serra les mains de Sharmeen très fort entre les siennes, et lui posa la question essentielle :

— Mais pourquoi ?

— Je n'en sais rien.

Sharmeen n'en avait aucune idée, en effet. Dadda était punjabi, et Daddi était une réfugiée punjabi venue de l'autre côté de la frontière. Sa famille avait été massacrée par les hindous. Dadda l'avait secourue et l'avait ramenée chez lui. Il l'avait épousée, sa première épouse était furieuse et, après la mort de Dadda, cette chudail de première épouse les avait jetés dehors, Abba et elle. Dadda avait adoré Daddi, et s'il avait vécu, tout aurait été différent. Mais Daddi et Abba – qui n'était alors qu'un petit garçon – avaient souffert, et finalement Abba avait triomphé. Nulle part dans cette histoire, il n'y avait trace de prières sikhs.

— Trouve.

Aisha était empourprée à l'idée des possibilités que recelait ce mystère.

— Comment ?

— Pose des questions.

Poser des questions. C'était facile à dire, de la part d'Aisha. Elle n'avait pas envie de poser à ses parents des questions sur des prières sikhs. Cela échappait un peu à Aisha, mais Sharmeen le savait, dans la moelle de ses os, dans son sang, que ces questions-là étaient impossibles à poser. Abba haïssait les sikhs à peine moins qu'il haïssait les hindous. Il estimait que les sardars étaient un peuple barbare, inculte, rempli de violence et de haine. Les hindous étaient pires, naturellement, ils étaient aussi des menteurs sans scrupules, des lâches et des idolâtres, mais les sikhs étaient à mi-chemin. Abba avait consacré sa vie à lutter contre les uns et les autres, il avait été décoré et promu en récompense de ses succès. Elle n'allait pas se mettre à parler de prières sikhs dans la maison d'Abba. Elle l'adorait, mais c'était un homme austère, rigoureux, au caractère intraitable. Il partait travailler à l'ambassade, il y restait de longues heures ; à son retour, il fallait que la maison soit propre, silencieuse et paisible, remplie de la grâce divine. Elle se garderait de créer du désordre avec des questions stupides sur les ânonnements de cette vieille sénile de Daddi. Quand enfin elle eut réussi à renvoyer Aisha chez elle, elle se retira dans sa chambre, et tâcha de se calmer. Mais l'agitation ne la quittait pas et, après le déjeuner, elle retourna dans la chambre de Daddi.

La vieille femme était recroquevillée, dans la même position, la tête sur la gauche. Elle savait qu'Ammi la levait tous les matins et tous les soirs pour la nourrir et lui donner ses médicaments, et quelquefois même Abba la portait en bas, dans le salon, pour l'asseoir avec la famille. Mais elle passait l'essentiel de son existence ici, dans cette pièce, à somnoler et à soliloquer. Elle frissonna, se jura une fois encore de ne jamais vieillir de manière aussi horrible, et elle attendit que Daddi parle. Mais pour le moment, elle grommelait, marmonnait, il était difficile de saisir quoi que ce soit et, même si c'était du punjabi, ce n'était pas du tout une prière. Sharmeen resta là, à patienter. Elle avait un manuel de maths avec elle. Elle s'installa confortablement dans le profond fauteuil vert et lut. C'était son tour d'être curieuse, pas aussi excitée qu'Aisha, mais pleine d'un étrange mélange d'attente, d'appréhension et de nausée. Elle avait envie que Daddi répète cette chose, cette prière, mais elle n'en fit rien.

Sharmeen sortit lentement de son sommeil, la joue contre l'accoudoir en bois du fauteuil. Un pâle brouillard de neige dérivait devant la fenêtre, la lumière s'était muée en une sorte d'ardoise luminescente, et cela lui rappelait un rêve qu'elle avait fait, un jour. Elle traversait une vaste plaine en direction de hautes montagnes. Quand avait-elle fait ce rêve ? Elle était incapable de s'en souvenir. Elle se leva et se frotta le visage. Elle devait avoir une vilaine marque, là, à cause du bois. Quelquefois, quand Aisha et elle faisaient la sieste, l'après-midi, elles gloussaient de joie devant le spectacle de ces empreintes sur leur visage et leurs bras, s'amusaient à les regarder comme des cicatrices irréversibles. Enfin, Aisha détestait dormir trop longtemps l'après-midi. Elle avait l'impression d'être perdue, disait-elle, de ne pas savoir où elle était, qui elle était. Sharmeen, en revanche, aimait dormir à toute heure, le jour ou la nuit, et dormait quand elle en avait envie. Elle ne le lui avouerait jamais, mais elle trouvait Aisha fragile, à certains égards, en dépit de ses manières extraverties et de son goût du risque. Les examens et les devoirs sur table la rendaient anxieuse, et elle avait peur des lézards. Parfois, Sharmeen avait le sentiment que c'était elle qui protégeait son amie, et non l'inverse.

Sharmeen sursauta. Daddi s'était assise dans son lit. Les couvertures lui étaient retombées autour de la taille et, sous le gilet blanc, sa clavicule était si fine. Elle regardait la jeune fille.

— Nikki, dit-elle. Ramène-moi à la maison.

— Comment, Daddi ? Comment ?

Elle se redressa, vint s'agenouiller près du lit et lui prit la main. Elle ne pesait rien.

— Daddi, qu'est-ce que tu as dit ? Qui est Nikki ? Quelle Nikki ?

Daddi reprit.

— Nikki, où est Mata-ji ? Ramène-moi à la maison, Nikki.

— Quelle Mata-ji ? Tu veux parler d'Ammi ?

Mais Daddi s'était repliée dans son état d'absence habituel. Son regard traversait Sharmeen, et la fenêtre, jusque dehors, et au-delà. On ne pouvait affirmer qu'elle voyait la neige, les arbres, ou quoi que ce soit d'autre. Sharmeen resta assise avec Daddi un moment, puis elle l'allongea et la couvrit de plusieurs édredons. Au dîner, ce soir-là, elle posa la question à Ammi.

— Daddi, d'où vient-elle ?

Ammi haussa les épaules.

— Demande à Abba.

Elle ne réussit pas à en obtenir davantage, à la grande contrariété d'Aisha. Elle lui avait confié au téléphone la demande adressée par Daddi à cette Nikki, dont on ne savait pas qui elle était. Mais Abba n'était pas à la maison, ce soir-là, il travaillait tard, et les questions durent attendre le lendemain matin.

— C'est tellement bizarre, que tu ne puisses questionner que lui, remarqua son amie. Ma mère peut te raconter l'histoire entière de toute la famille de papa.

Elle protesta mollement. Elle n'aimait pas l'idée que ses parents soient bizarres, mais il lui semblait curieux, en effet, qu'Abba parle tant de leurs ancêtres, mais jamais de Daddi. Mais enfin, il n'y avait pas moyen de contourner le silence, donc elle attendit jusqu'au matin, elle attendit qu'Abba ait fini de prendre son bain, achevé ses prières fajr et son petit déjeuner. Tous les jours, avant qu'elle ne parte pour l'école, ils bavardaient, surtout de ses études. Il discutait des sujets abordés en classe, de ce que la religion en disait, et donnait son opinion sur les événements du monde. Il était un spécialiste des affaires internationales, et il était allé presque partout ans le monde – en tout cas, c'était l'impression de sa fille. Elle adorait l'entendre décrire les jungles de Myanmar et les steppes de l'Ukraine. Il lissait sa moustache grisonnante, et évoquait de sa voix profonde les tigres qu'il avait vus au Népal, et les chevaux, en Suède.

Ce jour-là, ils évoquèrent l'Afghanistan et l'Irak, et puis, en réunissant ses manuels, Sharmeen lui posa sa question.

— Abba, d'où vient Daddi ?

Abba arrangea les sets de table.

— Du Punjab. De l'autre côté de la frontière actuelle.

— Oui, mais d'où, exactement ?

— De la région d'Amritsar.

Abba était très détendu, mais elle ne pouvait poursuivre sans que sa curiosité paraisse excessive, elle le sentait. Elle partit pour l'école, calma Aisha l'impatiente et attendit son heure. Au cours des trois journées suivantes, elle posa à Abba des questions qu'elle espérait naturelles chez une jeune fille. Elle apprit qu'avant son mariage, Daddi s'appelait Nausheen Sharif, que oui, elle avait eu des frères et sœurs qui avaient tous disparu dans la fuite vers le Pakistan, qu'il n'y avait plus de parents survivants de son côté à elle, plus du tout, nulle part, qu'elle était allée à l'école, mais qu'elle n'avait pas de diplôme universitaire, qu'elle aimait les jalebis et le khari lassi.

— Et, demanda enfin Sharmeen, qui est Nikki ?

— Nikki ?

— Daddi a dit quelque chose au sujet d'une Nikki, quand j'étais avec elle.

— Tu passes beaucoup de temps avec elle, ces jours-ci.

Sharmeen et Aisha étaient montées dans la chambre de Daddi tous les jours, en effet, guettant d'autres prières sikhs, d'autres phrases en anglais ou d'autres mentions de cette Nikki. Ammi était très contente de ce nouvel attachement de sa fille à ses obligations familiales, mais Abba, lui, restait très neutre. La plupart du temps, il était très difficile de savoir ce qu'il pensait ou ressentait. Il disait quelque chose, il faisait une déclaration d'une voix impassible, puis c'était le silence. Il savait patienter longtemps, plus longtemps que quiconque et, quand vous parliez, vous aviez l'impression qu'il vous perçait à jour. Sharmeen sentit l'anxiété monter dans son échine comme de la lave, et elle reprit, aussi calmement qu'elle put.

— Elle est si vieille. Elle doit se sentir seule.

Et là, il se radoucit, fit asseoir sa fille près de lui, alors qu'elle commençait à être en retard, et il lui parla du clair de lune sur les pics himalayens.

— Il ne t'a parlé d'aucune Nikki ? s'enquit Aisha cet après-midi-là. Ni oui, ni non, rien de rien ?

— Il n'a rien dit.

— Cette expression, là, « Mata-ji », ça vient aussi des sardars, je pense. Il faut que tu en saches plus sur cette Nikki.

— Je ne vais pas lui reposer la question.

— Oui. Il peut être assez effrayant, ton colonel Shahid Khan, avec cette grosse moustache et cette voix. Même quand il dit « Bonne nuit, beta », il me fiche des frissons partout.

Brusquement, dans la tête de Sharmeen, il y eut un vacillement, un rapide déplacement de perspective, un bref vertige – elle avait toujours vu Abba comme étant Abba. Grand, strict, une voix de baryton, il sentait le cuir et l'huile capillaire Arnolive, et il était aussi constant que la mer. Et là, subitement, elle le vit comme le voyait Aisha, ou comme d'autres risquaient de le voir, austère et dangereux, avec ses secrets. Elle se sentit soudain plus vieille, comme si quelque chose en elle venait de changer, et elle n'aimait pas cela.

— Il n'est pas effrayant, dit-elle tranquillement.

Aisha avait eu l'une de ces soudaines sautes d'attention, et elle n'écoutait plus son amie. Elle scrutait Daddi. Elles étaient dans sa chambre, suspendues à ses lèvres. Mais Daddi s'exprimait sobrement en urdu et en punjabi, sans rien évoquer d'autre que des bouchers, des chevaux et des voyages dans un lointain passé.

— Elle est franchement ennuyeuse, se plaignit Aisha. Rien de neuf, non ?

— Non, fit Sharmeen, rien de neuf.

Pas de Nikki, pas de prières, rien. S'il y avait même un mystère, elles n'étaient pas plus près de le résoudre. Peut-être n'y avait-il rien à découvrir. Sharmeen n'était d'ailleurs pas sûre d'avoir encore envie de découvrir quoi que ce soit. L'attitude évasive d'Abba, ce mur – oui, ce n'était rien d'autre – était d'un poids gigantesque, écrasant, une menace, même pour lui-même. Elle ne pouvait s'en expliquer à Aisha, car cela lui faisait peur et elle préférait ne pas y penser. À cette minute, le regard posé sur Daddi, sur l'arc anguleux de ce nez dont Abba et Sharmeen avaient hérité, elle aurait aimé que la vieille femme reste silencieuse, qu'elle se taise. Elle avait envie qu'Aisha s'éloigne, qu'elle quitte cette chambre et tous les souvenirs brisés qu'elle renfermait, mais elle se garda bien de rien dire. Prier Aisha de ne pas faire une chose était le plus sûr moyen pour qu'elle la fasse. Aussi s'imposat-elle l'attente, elle avait de la patience et de l'endurance. Ce n'était qu'une question de temps.

L'intérêt de son amie pour Daddi dura plus longtemps qu'elle ne l'aurait cru. Tout au long des vacances d'hiver, un jour sur deux, elle entraîna Sharmeen là-haut, dans la chambre sombre, à côté de Daddi, et elles discutaient d'acteurs, de musique, des garçons et de l'école. Daddi était retombée dans un silence presque permanent, rompu de temps à autre par des reniflements, des toux et un gargouillement sourd dans le fond de la gorge. En trois semaines, elle n'avait parlé qu'une seule fois, pour demander quand le train partirait. Cela devint une sorte de plaisanterie entre Sharmeen et Aisha, sans qu'elles sachent trop pourquoi, cela les amusait beaucoup que l'une demande à l'autre, de but en blanc, avec un fort accent punjabi :

— Arre, écoute, quand est-ce qu'il part, ce train ?

À la reprise des cours, quand leurs sacs se remplirent de nouveau, quand Aisha choqua Sharmeen avec sa manière de s'adresser aux garçons, elles finirent même par oublier cette réplique de Daddi. Et Sharmeen n'éprouvait le besoin de monter dans la chambre grise, là-haut, que si Ammi le lui rappelait. Aisha n'insistait plus, lors de ses visites, et Sharmeen en était heureuse.

Daddi mourut au début du printemps, un jour où les premiers cerisiers en fleurs s'étalaient dans les pages des journaux. À son retour de l'école, elle trouva Abba assis à la table de la cuisine, et il tenait une tasse de thé fumant. Ammi était restée debout près du plan de travail, les mains sur le ventre. Sharmeen comprit aussitôt qu'il s'était passé quelque chose. Abba ne rentrait jamais si tôt.

Ce fut Ammi qui le lui annonça.

— Beta, ta Daddi s'est éteinte, cet après-midi.

Et là, quand elle vit qu'Abba avait le visage en larmes, ses jambes flageolèrent et elle trembla. Ammi se précipita vers elle, l'étreignit et l'aida à s'asseoir. Abba et Ammi lui firent boire du chai et la serrèrent dans leurs bras. Lors de l'enterrement, le bruit courut que Sharmeen s'était presque évanouie à l'annonce de la mort de Daddi, et des gens qu'elle ne connaissait pas vinrent lui parler du consentement à la volonté d'Allah, d'une longue, longue vie et d'un amour éternel. Elle n'avait jamais révélé à personne que ce qui l'avait effrayée, ce jour-là, ce qui lui avait enfoncé une pointe de terreur dans la poitrine. Ce n'était pas la mort de Daddi, mais cette tristesse d'enfant sur le visage d'Abba, sa tendresse blessée, ce sentiment de perte et d'incertitude qu'elle n'avait jamais vu auparavant et ne voulait jamais plus revoir. Sharmeen garda la tête baissée, resta silencieuse, et attendit que ça passe.

Durant le mois qui suivit la mort de Daddi, son sommeil fut haché ; elle se réveillait plusieurs fois dans la nuit. Elle glissait dans l'insomnie, elle était en nage, prise de bouffées de chaleur et de vertige sous un torrent de pensées, Daddi, une chanson que Daddi avait chantée, et ce jour où elle était allée trois fois changer des sandales au Crystal City Mall, et les vendeuses consternées qui secouaient la tête en la voyant venir. Sharmeen s'asseyait dans son lit, buvait de l'eau, se rallongeait et tentait de se rendormir. Mais elle avait l'impression d'avoir de fins crochets noirs plantés dans le cœur, qui la tiraient vers cet état de veille. Ces minuscules piqûres d'épingles de la culpabilité. Ces menues griffures de douleur, comme autant de grains de sable. Elles ne provenaient pas seulement du sentiment qu'elle, Sharmeen, n'avait pas passé assez de temps avec Daddi. Non, ce n'était pas seulement cela. Il y avait aussi cette amère prise de conscience que, Daddi partie, elle ne saurait jamais ce qu'elle devait savoir à son sujet. Il n'y avait pas si longtemps de cela, les propos de Daddi l'avaient ennuyée, ses récits d'éclairs dans les orages de mousson. Il lui semblait maintenant qu'en un clin d'œil, en ce mardi après-midi d'un printemps américain, tout un monde s'était refermé, un univers entier s'était éteint, comme cela, si facilement. Et Sharmeen n'avait aucune chance de se le voir restituer.

C'était encore un mardi, dans la nuit, un mois jour pour jour après la mort de Daddi, que Sharmeen se réveilla. Elle essaya de ne pas ouvrir les yeux, de ne pas penser qu'elle était éveillée. Ces derniers temps, elle avait décidé que c'était l'incertitude de l'endormissement qui, en réalité, la maintenait éveillée. Donc elle essayait de rester au calme, et de respirer profondément. Elle s'efforçait de n'avoir que des pensées positives, agréables, et elle édifia contre les assauts de la mémoire le brise-lames d'un paysage imaginaire, le flanc d'une colline boisée, non, une plage et une mer bleu-vert qui s'étendait au loin. Puis, avec un soupir, Sharmeen renonça. Elle était éveillée. Elle ouvrit les yeux, et Daddi était assise sur son lit, là, au pied. Elle portait son châle préféré, un pashmina bleu foncé, celui qu'elle avait eu en cadeau trois ans plus tôt, mais elle était très jeune et belle. Elle avait le front haut et ses cheveux noirs cascadaient en voluptueuses arabesques à l'ancienne. Je rêve, songea Sharmeen. Je peux me réveiller. Réveille-toi. Mais elle en fut incapable, et c'était Daddi, à n'en pas douter, qui était assise là, avec la fenêtre et le clair de lune derrière elle. Sharmeen songea : Si je m'assieds et si je bois un peu d'eau, cela va cesser. Mais ses bras restèrent le long de son corps et ses jambes restèrent allongées, ses quatre membres aussi lourds que de la pierre blanche et, en dépit de tous ses efforts, elle ne put bouger. Il lui vint alors à l'esprit qu'elle devait prier, mais elle sentit aussitôt la culpabilité lui pincer le cœur, d'avoir peur de Daddi. Elle n'en détacha plus les yeux et se sentit d'une tristesse terrible, pour Daddi et pour elle-même. Et puis Daddi lui parla, d'une voix qui n'était pas malheureuse, une voix débordante de tendresse.

— Nikki, ramène-moi à la maison.

Alors Sharmeen se réveilla. Elle pouvait bouger, elle s'assit et s'enfouit le visage dans les mains. Elle se sentait à la fois ridicule et soulagée. Elle se dit : Demain, je vais raconter à Aisha ce drôle de rêve, ce rêve filmi, et à quel point cela semblait réel. Peut-être le raconterai-je aussi à Abba et Ammi. Elle pouvait déjà s'imaginer le leur racontant, et les expressions d'étonnement et d'inquiétude, tour à tour, sur leurs visages. Elle se voyait le leur raconter, à eux, à Aisha, et à d'autres personnes dans le futur.

Mais elle n'en parla jamais à personne. Au bout de quelques mois, son souvenir de ce rêve commença de s'estomper, et le noir éclatant, vivant de la chevelure de Daddi, le bleu de son châle se firent poussiéreux, imprécis. À son anniversaire suivant, Aisha lui offrit un journal intime à couverture rose et serrure dorée. Tard ce soir-là, elle se remémora son rêve de Daddi, et se dit qu'elle devait le noter. Mais elle était incapable de se rappeler les paroles exactes de Daddi. Au bout de quelques minutes, elle abandonna et, à la place, écrivit quelque chose sur Aamir Khan. Elle écrivit sur ses films et son jeu et, quand elle eut terminé, elle referma la serrure du journal et le coinça sous son matelas. Ensuite, elle s'endormit, et ne rêva plus jamais de Daddi.

Mere Sahiba

À moitié couverte par les haut-parleurs, la voix mélodieuse lui demanda *Mere sahiba, kaun jaane gun tere ?* « Ô seigneur, qui peut connaître tes qualités ? » Sartaj n'avait pas de réponse à cette question, à ce vers issu du livre sacré des sikhs. Il était assis en tailleur dans une véranda du Temple d'Or, aux abords de la promenade circulaire du parkarma. Il avait sur sa droite l'autel de Baba Deep Singh, et, droit devant lui, l'illustre temple de dieu, le Harimandir Sahib empourpré d'un or cuivré, dans le soleil matinal. Ponctuels, Sartaj et Ma s'étaient présentés au portail du temple à trois heures du matin, ils étaient entrés et ils avaient suivi la procession qui portaient Guru Grant Sahib sur l'eau, vers son siège. Sartaj s'était frayé un chemin dans la foule et, l'espace de quelques secondes, il avait posé son épaule contre le palki, il avait aidé à porter le livre sacré, puis il était revenu auprès de Ma, rêvant très fort de retrouver les bouffées d'excitation et de certitude qu'il avait jadis ressenties en cette terre sacrée. Maintenant, ils étaient assis côte à côte, épaule contre épaule, le soleil était monté haut dans le ciel, le parkarma était noir de monde, et le chanteur lui posait cette question.

Ma et lui étaient arrivés à Amritsar la veille. Lorsqu'ils avaient rejoint la maison du fils de son mausa-ji, Ma était très fatiguée et ils avaient veillé tard, pour un long dîner partagé avec quantité de cousins, de tantes et de lointains parents quasi oubliés. Mais elle lui avait tout de même demandé de régler le réveil à deux heures et demie, et ils s'étaient mis en route pour le Harimandir Sahib dans l'obscurité. Et maintenant, les mains jointes entre les genoux, elle oscillait doucement, en avant, en arrière, et ses lèvres murmuraient.

— As-tu faim, Ma ?

— Non, beta. Va te chercher quelque chose à manger, toi.

— Non, ça va très bien.

Lui, il allait très bien, enfin, plus ou moins, mais il s'inquiétait pour elle. Elle s'était claquemurée dans son monde de souvenirs, de chagrin et de prière, très loin de lui. Elle avait les yeux humides, et elle se tamponnait les commissures des lèvres avec son chunni. Et elle priait, si doucement qu'il était incapable de discerner quel shabad elle récitait. Il ne savait pas ce qu'elle pleurait, ou qui, ou comment la réconforter.

— Tu penses à Papa-ji ? lui demanda-t-il.

Elle releva lentement la tête et se tourna vers lui. Ses yeux étaient bruns, immenses et surpris, et il eut soudain l'impression de regarder quelqu'un qu'il ne connaissait pas.

— Oui, lui répondit-elle. À Papa-ji.

Mais elle ne lui disait pas tout. Il y avait des choses dont elle ne parlerait pas. Il le savait, et il était gêné, comme s'il s'était introduit dans une chambre obscure qu'il n'était pas censé voir.

— J'ai faim, avoua-t-il. Tu vas rester ici.

— Oui. Va.

Alors il la laissa, et contourna le bassin aux eaux ridées, le long du parkarma. Il y avait des pèlerins assis dans les vérandas, et deux petits garçons qui couraient devant lui, pourchassés par leur mère. La femme les rattrapa par les épaules, les ramena vers leur père, et le plus grand adressa un large sourire à Sartaj, révélant le trou laissé par une dent de lait disparue. Il lui sourit à son tour, et poursuivit sa promenade. La pierre se réchauffait sous ses pieds nus. Son plus ancien souvenir du Harimandir Sahib était celui d'orteils froids, de Papa-ji le prenant par la main et le guidant d'un pas rapide dans le pédiluve, à l'extérieur de l'enceinte. Il avait dévalé en sautillant les marches de marbre frais, ébloui par les reflets d'or du sarovar dans l'eau. Il savait qu'on l'avait amené là encore plus tôt, nouveau-né, mais en cet instant, il se souvenait de ce matin hivernal où il marchait entre Papa-ji et Ma, les tenant par la main. À l'époque, il avait été incapable de lire les noms des martyrs et des soldats morts au champ d'honneur, sur les plaques en marbre enchâssées dans les murs et les piliers. À présent, il lui était difficile de les éviter, de détourner le regard de ces listes placées là par les régiments de l'armée indienne et les familles endeuillées. Il y avait une plaque, sur le mur, juste à côté de la chaussée dallée qui conduisait à l'Harimandir. Un capitaine du 8e JAK d'infanterie légère était tombé à Siachen. Deux ans après sa mort, son épouse, également capitaine, avait fait don de sept cent une roupies et fait poser cette plaque en sa mémoire. Plus d'une décennie s'était écoulée, et Sartaj se demandait si cette épouse pleurait encore sa perte. Il en était certain. Il s'imaginait son mari, très loin au-dessus de pics déchiquetés, grimpant une paroi de glace aussi lisse qu'un miroir. Ce mari était très jeune et courageux, il était arrivé très haut, bien au-dessus de toute habitation humaine, et il grimpait vers la mort. Et Sartaj pouvait voir sa femme, dans son uniforme militaire, le visage tourné vers le soleil levant. Sartaj Singh continua sa marche, et il était en larmes.

Pourquoi ? Il pleurait les morts, le capitaine, mais aussi ses ennemis, qui l'avaient attendu sur le champ de bataille gelé, le souffle court, en quête d'oxygène, à s'en abîmer les poumons. Il pleurait pour tous ces noms sur toutes ces plaques, pour les martyrs sikhs sur les tableaux du musée, au premier étage, qui s'étaient levés pour défendre leur foi et que l'on avait torturés, mutilés, exécutés. Il pleurait pour les six cent quarante-quatre noms gravés sur la liste, dans le musée, pour les sikhs tués quand l'armée avait assiégé le temple en 1984, et il pleurait pour les soldats fauchés par les balles sur ces pierres mêmes. Sartaj marcha encore. Il s'essuya le visage, et acheva de décrire un cercle complet autour du sarovar. Ma était encore là, adossée à un pilier, les yeux fermés. Il passa devant elle, entama un nouveau tour du parkarma. Un vieil homme l'observait avec curiosité, gentiment, et Sartaj s'aperçut qu'il pleurait de nouveau. Aucun calcul ne pouvait déterminer précisément la profondeur d'un sacrifice ou l'ampleur d'un gain ; il ne subsistait que cette reconnaissance de la perte, de la douleur subie, absorbée. La chaleur montait dans les pieds de Sartaj, à présent, un picotement bienvenu, et il poursuivit sa marche. Dans cette façon de décrire des cercles autour du Bassin au Nectar, il y avait une forme de paix. Il n'attendait pas de Vaheguru qu'il le pardonne, ni même que sa foi fragmentaire et sceptique l'autorise à demander pardon. Il ne savait pas s'il était un homme bon ou mauvais, si ses actes étaient enracinés dans la foi ou dans la peur. Mais il avait agi, et maintenant cette marche le blessait, et le réconfortait. Donc il continua de marcher, en cercle, il passa devant Dukh Bhanjani Ber, qui soignait toutes les afflictions, et devant la dalle de l'Ath-sath Tirath. Il refit le tour, et encore. Il oublia combien de cercles il avait bouclés, et qu'il marchait, et il n'y eut plus que le mouvement de son corps, le miroitement de l'eau et le chant.

— Sartaj ?

Ma avait une main posée sur son épaule.

— Je marchais, c'est tout, lui dit-il.

Il s'essuya le visage avec sa manche, et la reconduisit dans l'ombre du corridor.

— Que s'est-il passé ? lui demanda-t-elle.

Elle leva la main vers son col, qu'elle remit d'aplomb. Elle était redevenue sa mère, avec son petit pli soucieux au front et son désir de le voir impeccable et élégant. Cette étrangère qu'il avait vue en elle tout à l'heure avait disparu. S'était cachée, peut-être.

— Rien, Ma. Es-tu prête à partir ?

Elle était prête. Ils longèrent le parkarma en direction de la sortie. Mais Sartaj s'arrêta. En cette matinée d'hiver, il y a si longtemps de cela, Papa-ji avait voulu qu'il plonge dans le bassin. Papa-ji avait retiré sa chemise et son pantalon et, dans son kachcha rayé bleu, il était entré dans l'eau.

— Viens, Sartaj, lui avait-il dit, avec un signe de la main.

Mais Sartaj s'était caché derrière Ma, et avait refusé.

— Un sher comme mon fils ne craint pas d'avoir un peu froid, avait insisté Papa-ji. Viens.

Mais ce n'était pas le froid dont Sartaj avait eu peur. Subitement, il s'était senti intimidé. Il avait pris conscience de la masse des épaules brunes de Papa-ji, et il se sentait maigrichon, pas du tout seigneur lion. Il n'avait pas envie que tous ces gens le regardent. Donc il avait secoué la tête et s'était agrippé à Ma, et elle avait cédé.

— Laisse le petit tranquille, ji, il va attraper froid.

Papa-ji avait ri, il était ressorti du bassin, l'eau était tombée en cascade sur les marches, et son kara ressortait vivement sur son poignet.

C'était l'été, à présent, et Sartaj ne conservait en lui aucune timidité.

— Je crois que je vais piquer une tête, annonça-t-il à Ma.

Elle était ravie, mais l'esprit pratique, comme toujours.

— Tu n'as pas de serviette, rien.

Il haussa les épaules. Elle l'attendit près du Dukh Bhanjani Ber, en gardant ses vêtements soigneusement pliés sur son avant-bras. Il descendit les marches, les pieds en biais sur la pierre mouillée. L'eau était étonnamment froide ; elle lui enserrait les flancs. Il y avait plein d'hommes dans l'eau, autour de lui, et le murmure des prières. Il joignit les mains, baissa le visage dans l'eau, et les bruits en furent amortis. Très loin au-dessous de lui, il y avait une source ancienne qui conduisait au souffle du centre du monde. Une longue houle, un lent mouvement de l'eau, remonta vers sa poitrine, le souleva et le soutint. Il avait un doux bourdonnement dans les oreilles, un bruissement, comme les vagues sur une plage, que l'on entendrait de très loin. Il était en lui, ce son. Le temps d'un instant, tout le poids de Sartaj reflua, il sentit ses bras vieillissants et son ventre relâché se soulever, et il flottait. Il remonta, des gouttes scintillantes lui retombèrent des cils, et il souriait à Ma.

Elle leva sa main libre, la paume tournée vers lui, et lui rendit son sourire.

Dans le compartiment, sur le trajet du retour vers Mumbai, ils eurent deux sœurs et leurs parents pour compagnons de voyage. Les jeunes filles, de dix-huit et vingt ans, portaient d'élégantes salwar-kameez dans les rouges et les verts, et elles écoutaient des chansons de Kishore Kumar sur un lecteur de cassettes portable. Polies, elles avaient demandé à Ma si la musique ne la dérangeait pas. Ma les avait rassurées, et donc tout ce petit monde fila dans la campagne du Punjab aux rythmes de *Geet gaata hoon main* et *Aane waala pal*, avec le martèlement régulier des roues en contrepoint. Ma ne tarda pas à entrer en conversation avec la mère, parlant un peu de tout, depuis Amritsar qui avait tellement changé jusqu'à un bijoutier qu'elles connaissaient toutes les deux, à Andheri. Sartaj bavardait avec le père.

— Je suis arrivé à Bombay voilà vingt-trois ans, fit l'homme.

Il s'appelait Satnam Singh Birdi, et il était menuisier. Il était entré dans la ville avec son seul savoir-faire et le nom d'une connaissance de son père inscrit sur un bout de papier. Ce contact n'avait rien donné ; l'ami de son père s'était montré indifférent, et donc, en ces premiers temps, Satnam Singh avait dormi sur les trottoirs et il avait eu faim. Mais c'était un bon ouvrier, il avait trouvé du travail chez des menuisiers et dans des sociétés de décoration d'intérieur. Il s'était spécialisé dans les placards de luxe, les tables ouvragées, les aménagements de bureaux directoriaux. Au bout de sept ans, il avait démissionné pour fonder sa propre entreprise de menuiserie avec deux de ses frères, et, ensemble, ils avaient prospéré. Le plus jeune frère avait passé la moitié de sa vie ou presque en ville. Il était bien habillé, il avait un portable et il parlait l'anglais – il était l'avant-garde, celui qui apportait les affaires et négociait les contrats. Ils avaient embauché plusieurs artisans, à leur tour. Vaheguru avait béni leur famille, et maintenant Satnam Singh et son épouse possédaient un joli appartement à Oshiwara. Les filles avaient grandi ; elles étaient étudiantes, des étudiantes d'exception, le dessus du panier.

— Celle-ci, leur précisa-t-il, souhaite devenir médecin. Et la plus jeune dit qu'elle veut piloter des avions.

L'intéressée réagit aussitôt au soupir indulgent perceptible dans la voix de son père.

— Papa, il y a beaucoup de femmes pilotes, à l'époque actuelle. Cela n'a rien d'extraordinaire.

Et ils entrèrent avec bonheur dans ce qui était à l'évidence une dispute familiale au long cours. Ma – celle de Sartaj – prit le parti de la jeune fille, ce qui surprit sa nouvelle amie, leur mère.

— Pourquoi les filles devraient-elles être tenues en retrait ?

Sartaj les écouta parler, Satnam Singh Birdi et son épouse Kulwinder Kaur, et leurs filles Sabrina et Sonia, et il fut étonné de la joie que la scène lui inspirait, qui se répandait dans sa poitrine comme un sirop bien chaud. Il y résista, car cette espérance était sans fondement. Ce n'était jamais qu'une famille, qu'une histoire. Et pourtant, elle était là : cet homme et cette femme avaient accompli un long périple, ils avaient travaillé, et ils s'étaient créé une existence. Maintenant, leurs filles en espéraient davantage. Ce n'était pas si énorme. Ils avaient connu leur part de tragédie et d'adversité, sans nul doute, et, en leur temps, Sabrina et Sonia connaîtraient leurs propres déceptions, leurs propres échecs. Mais Sartaj riait de bon cœur aux piques que Sabrina lançait à sa mère.

Ils déjeunèrent tous ensemble, partagèrent des paraunthas, du bhindi et des puris, et des fruits achetés dans les gares. Après le déjeuner, les anciens sommeillèrent, et les filles demandèrent des histoires de faits divers mettant en cause des personnalités. Il leur en raconta quelques-unes, qui convenaient à leur âge, au sujet de stars de cinéma et de producteurs, et puis il commença à s'assoupir. Il dut admettre qu'il faisait partie des anciens, grimpa dans sa couchette et s'endormit profondément, bercé par le balancement du train.

Un parfum de chai le réveilla, de chai et de pakora. Il resta allongé, immobile, quelques minutes, s'abandonnant avec délice à la promesse de l'instant, au plaisir de son corps reposé, à l'insistance croissante du sifflet et de la vitesse, au retour, à Mary qui l'attendait. Puis il descendit tant bien que mal, et dîna. Les filles sortirent deux jeux de cartes, et les distribuèrent. Ma dit qu'elle n'avait plus joué au rami depuis des années, prétendit qu'elle était trop vieille, avant de se révéler une joueuse émérite et déchaînée. Elle ramassait les plis avec une lueur dans l'œil, coupait avec férocité, en abattant la carte avec un cognement sourd.

— Vah, ji, s'écria Kulwinder Kaur, vous êtes une véritable experte. Les cartes que vous abattez, chaque fois !

Bien plus tard, une fois que la famille Birdi se fut endormie, Sartaj alla s'asseoir au bout de la couchette du bas, celle de Ma. Il savait qu'elle ne s'endormirait que bien plus tard. Elle était couchée sur le dos, les genoux remontés. Derrière sa tête, les champs défilaient, insolites et beaux, baignés par le clair de lune.

— Ma ? fit-il doucement.

— Oui, beta ?

— Ma, il y a une femme…

— Je sais.

— Tu sais ?

Elle eut un petit rire. Il ne pouvait voir son visage, mais il connaissait cet air-là, quand elle baissait le menton, avec un mouvement de la tête, à droite, à gauche.

— Je suis une police-walli, lui rappela-t-elle. J'ai des amis qui me racontent des choses. Je sais plein de choses.

— C'est vrai. En effet.

Elle changea de position, se mit sur le côté, une main glissée sous la joue.

— C'est bien, beta. – Là, elle ne plaisantait plus. – Un homme se doit d'être avec une femme. C'est ainsi. Tu ne peux pas avancer seul, dans la vie.

— Mais toi, tu apprécies d'être seule, reprit-il.

Peut-être était-ce l'obscurité qui lui permettait de s'exprimer avec tant de franchise, de souligner à quel point elle veillait aussi sur sa propre indépendance.

— C'est différent, lui dit-elle. J'ai tout vu de la vie, Sartaj. J'ai fait mon devoir.

Elle venait d'utiliser le mot anglais, « *duty* », et il se souvenait de Papa-ji s'exclamant, au début de sa journée de policier, *Arre chetti kar, dooty par jaana hai*. « Hé, presse-toi, le devoir m'attend. » Il était étrange de penser à l'amour comme à un devoir, de s'imaginer que la salwar-kameez et le paranda rouge de Ma ait été une sorte d'uniforme, que peut-être les attentions et le dévouement qu'elle leur avait prodigués, à Papa-ji et lui, à leur santé, leur propreté et leur alimentation n'avaient pas été naturels, que, dans une certaine mesure, elle avait cultivé sa dévotion en un sacrifice conscient. Ainsi, cette silhouette familière qui reposait près de lui menait sa vie propre, dans tous les foyers qu'elle avait partagés, pour chaque anniversaire, chaque voyage, elle avait eu sa propre histoire. Là encore, il eut cette sensation troublante que cette femme, sa mère, Prabhjot Kaur, était un être qu'il ne connaissait pas. Cela lui serrait le cœur, un petit peu, mais cette blessure portait en elle une affection nouvelle envers l'étrangère avec laquelle il avait vécu toutes ces années durant. Elle avait travaillé très dur, sans la moindre reconnaissance, ni récompense. Elle était donc peut-être comme une police-walli sous-payée, plus encore qu'elle ne le pensait. Il sourit.

— Tu as mal aux pieds ? lui demanda-t-il.

— Un peu.

Il lui massa les chevilles, lui pétrit les pieds. Le train gagna de la vitesse, franchit un grand pont dans un fracas de métal, mélange d'exubérance et de nostalgie. Qui que soit cette femme, il ne se sentait pas seul à ses pieds, pas solitaire. Elle avait été maintes et maintes choses, pour lui. Ils avaient été mère et fils, mais ils étaient aussi Prabhjot Kaur et Sartaj Singh, ils avaient été le soutien l'un de l'autre pendant tant d'années, et ils étaient deux amis. Dehors, par la fenêtre, la rivière rejoignait l'horizon en un vaste déversement de lumière argentée. Sartaj tenait le pied de sa mère et, éprouvant le poids et la fragilité de ses os contre sa main, il songea : elle est vieille. Il se laissa aller à penser à sa mort, fut pris d'un frisson soudain, mais il n'était pas triste. Les liens naissaient lestés par la perte future, l'attachement avec la possibilité de la trahison. Il n'y avait pas moyen d'échapper à l'énigme, aucun moyen de s'en évader, et aucun intérêt à s'en plaindre. L'amour était un devoir, et le devoir, c'était de l'amour.

Il fut surpris d'avoir eu de ces pensées philosophiques, et il sourit de sa fatuité. Je dois être fatigué, se dit-il. Il tapota les pieds de Ma, puis remonta dans sa couchette. Il se recroquevilla sous un drap blanc qui sentait le propre, et une chanson de leur après-midi monta des roues du wagon. Était-ce une chanson de Kishore Kumar, et laquelle ? Il en retrouvait l'air, mais quelles étaient les paroles ? Il remonta le drap jusqu'à son menton et la fredonna très doucement, tenta de se souvenir.

Mary voulait lui enduire le visage de boue.

— Ce n'est pas de la boue, protesta-t-elle, indignée, et pourtant, cela ne ressemblait à rien d'autre que de la boue dans un petit pot rose.

— Mais si, insista-t-il. Tu es descendue en bas de l'immeuble et tu es allée récupérer ça dans une jardinière.

Ils étaient assis l'un en face de l'autre, sur son lit. C'était la première fois qu'elle venait dans son appartement, et il avait consacré l'après-midi à ranger, à nettoyer la poussière accumulée pendant son voyage à Amritsar. Elle était arrivée à six heures et demie, un petit sac à dos bleu à l'épaule. Il l'avait taquinée sur son air juvénile, l'air d'une étudiante chic, et ils avaient fait l'amour. Après, il lui avait raconté le voyage, et avoué à quel point il se sentait crasseux, et pourtant, il avait fait le trajet dans un compartiment climatisé.

Et là, elle avait sauté du lit, fouillé dans son sac à dos et sorti ce pot de boue.

— C'est un soin du visage qui coûte très cher, Sartaj, s'était-elle écrié. Au salon, les gens paient ça un prix, tu n'imagines pas. Écoute, dedans, il y a des fruits et des essences. Ça va te rajeunir la peau, te supprimer les impuretés du train, toute cette poussière, ces particules. C'est comme du multani mitti, mais en mieux.

Elle se pencha en avant, ses cuisses à cheval sur les siennes. Elle avait un drap autour de la taille, et ses cheveux retombaient sur la courbe de ses épaules nues.

— Arre, ne bouge pas, baba.

Elle trempa deux doigts dans le pot, et lui en badigeonna le front. Cela lui fit un effet de fraîcheur, de frais et de lisse.

— Tire tes cheveux en arrière.

Elle opérait avec lenteur et avec soin, la langue pointée entre les dents. Il tendit le cou, elle rit, et le laissa l'embrasser, puis elle le repoussa, la paume de la main appuyée contre son épaule. Il s'adossa contre un oreiller et observa ses yeux, l'ombre brune de sa peau, ses lèvres striées de fines ridules, la courbe de ses cils. Quand elle eut terminé, avec un mouvement de tête satisfait, il lui retira le pot, y préleva une noisette de crème et le lui passa sur les pommettes. Le produit était rouge et plus lisse que de la boue ordinaire, homogène, d'un grain très fin, et s'étalait facilement. Il lui peignit le visage, du haut vers le bas. Quand il arriva dans son cou, il pencha la tête en arrière, sentit l'argile tirer sur sa peau, et il eut ce moment étonnant où il la vit tout entière, car c'était à la fois Mary et plus tout à fait Mary. La matière rouge la parait d'un masque, de sorte que c'était là des traits qu'il connaissait bien, et pourtant, ce visage était figé, opaque et inconnu.

— Tu n'es plus toi-même, dit-il.

Elle hocha la tête.

— Maintenant, il faut laisser sécher, dit-elle. Quinze-vingt minutes.

Elle avait les mains sur la poitrine de Sartaj, et il la tenait par la taille. Il regarda l'argile changer de couleur, s'éclaircir, et des veines s'y creuser. C'était comme de contempler une vieille statue de pierre, sauf qu'elle était percée de deux yeux en son centre, intenses et lumineux. En un sens, c'était troublant, cette abstraction de Mary en quelque chose d'impersonnel. Il détourna le regard, par-dessus son épaule. La porte de son placard était ouverte et, sur la face intérieure, il vit le miroir qu'il y avait cloué il y avait long-temps de cela, pour vérifier son allure avant de sortir, tous les matins. Il se vit dedans, il vit Mary, tous deux en silhouette et en symétrie, et une partie de son visage à lui, les joues rouges, sous le flou abondant des cheveux. C'était un étranger, un homme, non moins inconnu. Il respira, se tourna de nouveau vers Mary, très calme, et la serra contre lui, tout contre.

Leurs souffles s'entraînèrent dans le silence, plus sonores que la rue, derrière la fenêtre, dehors, et les cris des oiseaux se fondirent vaguement dans leurs deux respirations. Mary lui avait promis que ce soin lui rajeunirait la peau, mais au-delà de la tension de l'épi-derme, cette boue lui semblait exercer ses effets plus en profon-deur. Il était ici avec Mary, et il n'avait peur ni du bonheur ni du chagrin qui les attendaient. Il était revenu à la vie, comme libéré. Il ne comprenait pas pourquoi il fallait qu'il en soit ainsi, mais il se satisfaisait de ne pas tout à fait le comprendre. Être en vie lui suffisait.

— C'est sec, lui dit-elle. On va le retirer.

Il la prit par la main, la conduisit dans la salle de bains, il lui retira le drap, le coinça derrière les serviettes. Elle fit tourner les robinets muraux, et un jet d'eau froissé jaillit dans la pièce exiguë. Elle rit, se tourna vers lui, et son sourire fendilla l'argile. Il rit à son tour, sans raison. Chacun rinça le visage de l'autre, et la boue s'écoula le long de leurs corps, les en couvrit comme un glaçage, et il vit Mary – la Mary dont il n'ignorait pas tout – émerger de cette pellicule boueuse, et il eut envie de toucher toutes les parties de son corps, ce qu'il fit.

Une équipe d'ouvriers municipaux travaillait sur un trou dans la rue. Ils ne travaillaient pas vraiment, ils se tenaient debout autour du trou, le contemplaient, dans l'attente de quelque chose. Entre-temps, une longue file de véhicules s'accumulait en entonnoir en deçà du rétrécissement de la chaussée. Sartaj arriva aux premiers rangs, sur sa moto. Il était bordé par un bus BEST et deux auto-rickshaws, et personne ne pouvait plus passer, donc ils attendirent, sans humeur. Le bus était bourré d'employés qui se rendaient à leur bureau, et les rickshaws emmenaient des étudiants vers leurs cours de la journée. De jeunes garçons profitaient de l'embouteillage pour vendre des magazines, de l'eau et des statuettes chinoises aux couleurs voyantes, figurines d'un homme rieur, les mains sur la tête. Deux mendiants estropiés allaient de voiture en voiture, en tapant un coup sourd de leur moignon contre le parebrise. Deux radios, tout près de là, diffusaient leurs stations mêlées. Sartaj s'imprégna du spectacle, constatant avec incrédulité qu'il lui avait manqué pendant son absence, et qu'il était content d'être de retour. Même cette puanteur particulière de gaz d'échappement et de goudron brûlant, même cela était délectable. Je dois être fou, se dit-il. Et il se remémora Katekar, atteint d'une folie similaire, qui se plaignait sans arrêt, mais qui avait avoué se languir de la ville quand il se rendait dans le village de ses beaux-parents.

— Une fois qu'on est atteint, lui avait-il expliqué, inutile d'aller ailleurs.

Et il s'était pointé un index giratoire vers le front, les épaules secouées de rire.

Le bus avança, et il déboîta pour le doubler, risquant la rencontre avec plusieurs tonnes de métal, puis il passa devant les ouvriers municipaux, effaça le trou béant. Il fonça. Un virage tapissé d'affiches de nouveaux films le conduisit aux abords d'une plage et, au-delà, c'était la mer, plate et brune. Il y avait une nouvelle construction, vers le naka de Kailashpada, un imposant échafaudage d'acier surgissant de terre. Les ouvriers avaient monté leurs tentes rouges et bleues dans l'ombre portée de l'édifice, et des bébés nus rampaient sur les tas de gravier. Il ralentit, car un tandem de chiens blancs traversa la chaussée, l'air décidé, exactement comme s'ils avaient une importante réunion dans les cinq minutes. Une petite brise vint lui caresser la poitrine, et il se sentit heureux.

Il franchit le portail du poste de police en roue libre, avec aisance, et se gara devant le commissariat central de la zone. De là où il se trouvait, il pouvait voir l'accueil, la galerie qui menait au bureau de l'inspecteur chef et à la salle d'interrogatoire. Kamble était assis à son bureau, juste en face de la porte principale, penché sur un registre où il notait quelque chose. Un homme et une femme étaient assis en face de lui, inclinés l'un vers l'autre, épaule contre épaule. Un agent passa devant eux avec un prisonnier enchaîné. Le raclement d'un jhadoo contre la pierre lui parvint du balcon, là-haut, et se répéta lentement. Majid Khan appela un inspecteur, et la spirale tonitruante du juron amical qu'il lui lança fit sourire Sartaj.

Il descendit de sa moto. Il plaça l'une après l'autre ses chaussures sur la pédale, et les frotta avec un mouchoir de rechange jusqu'à ce qu'elles brillent. Puis il glissa un doigt dans la ceinture de son pantalon, en fit le tour. Il se tapota les joues, se lissa la moustache entre le pouce et l'index. Il était magnifique, il en était convaincu. Il était prêt. Il entra, il entamait une nouvelle journée.

Glossaire

Aai Langue : marathi. Mère.

aaiyejhavnaya, aaiyejhavnayi Langue : marathi. Enfoiré, enculé de ta mère.

Aaj ka Kanoon Langue : hindi. « La Loi de notre temps. »

Aaja gufaon mein aa Langue : hindi. C'est un vers d'une chanson tiré du film hindi *Aks* (2001) : « Viens, entre dans la grotte », qui se poursuit par le vers suivant (*Aaja gunaah kar le*) : « Viens, entre dans la grotte, viens commettre un péché. »

aampapads Langue : hindi. Feuilles de pulpe de mangue séchée : elles peuvent être conservées très longtemps et sont consommées en amuse-gueule.

aane wala pal Langue : hindi. Extrait d'un vers d'une chanson du film hindi *Gol Maal* (« Fraude », 1979) : « Le moment qui vient… » Voici le vers complet : « Le moment qui vient passera aussi… »

aatya Langue : marathi. Tante. Sœur du père.

Abhi na jao chhhod kar Langue : hindi. C'est une chanson tirée du film Hindi *Hum Dono* (« Nous Deux », 1961). Voici les paroles :
Abhi na jao chhod kar, ke dil abhi bhara nahin
Abhi abhi to aai ho, bahar ban kar chayi ho.
Hawa zara mahak to le, nazar zara bahak to le
Ye shaam dhal to le zara, ye dil sambhal to le
zara…
Main thodi der jee to loon, nashe ke ghoont pee
to loon
Abhi to kucch kaha nahin, abhi to kucch suna
nahin
Abhi na jao…
« Ne pars pas, ne me quitte pas, mon cœur n'est pas encore comblé. Tu viens d'arriver, tu viens de te poser comme le printemps. Laisse la brise se gorger de parfums, laisse mes yeux s'éblouir,

Laisse cette soirée sombrer dans
l'obscurité, laisse mon cœur s'apaiser un peu,
Laisse-moi un peu vivre, laisse-moi
boire cette ivresse jusqu'à la lie.
Rien ne s'est encore dit, rien ne
s'est entendu.
Ne pars pas, ne me quitte pas. »

achcha Langue : hindi. OK. Oui.

ACP Langue : anglais. *Assistant
Commisioner of Police*. Commissaire divisionnaire adjoint.

addah Langue : hindi. Division
marquant la limite entre deux fermes, consistant en un petit épaulement de terre.

Adhyapika-ji Langue :   hindi.
Manière très formelle de s'adresser
à un professeur : « Respecté professeur ».

adrak Langue : hindi. Gingembre.

agarbatties Langue : hindi. Un
agarbatti est un bâton d'encens.

ah Langue : hindi. Petite voie d'eau
à ciel ouvert. Souvent, les égouts se
déversent dans des *ahs*.

aish Langue : hindi, urdu. Plaisir,
amusement.

akha Langue : argot de Bombay.
Total, absolu.

akharas Langue : hindi. Régiment
(noter que souvent le même mot est
aussi utilisé pour désigner un gym-
nase traditionnel).

almirah Langue : hindi. Placard.

Ambabai Langue : marathi. Déesse
particulièrement populaire au Maharashtra.

amirs Langue : urdu. « Amir » était
un titre aristocratique décerné aux
commandants, aux gouverneurs ou
aux dirigeants des provinces dans
l'Inde avant l'Indépendance. Son
emploi était surtout courant dans
l'empire Moghol (fondé en 1526 ;
les Britanniques achèvent de le
démanteler en 1857).

anda Langue : hindi. Œuf.

angadia Langues : gujarati, hindi.
Coursier indien traditionnel. Les
sociétés d'*angadias* sont souvent
utilisées par les diamantaires, qui
expédient leurs colis en comptant
sur des *angadias* dignes de
confiance. Comme beaucoup de services indiens traditionnels, le système
des *angadias* fonctionne uniquement sur cette confiance.

angula Langue : sanskrit. Littéralement, doigt ou main. Ici, c'est une
mesure de longueur.

antra Langue : hindi. Terme de
musique classique désignant l'introduction de la section principale
d'un morceau. Il est à noter qu'il
diffère de l'*alap*, qui ne fait pas partie de cette section principale.
L'*antra* peut être répété pendant le
cours du morceau.

API Langue : anglais. *Assistant
Police Inspector*. Inspecteur de
police adjoint.

appam Langue : malayalam. Sorte de galette toute plate, aussi fine qu'une crêpe, composée de riz fermenté. Originaire du Kerala.

apradhi Langue : hindi. Criminel, condamné.

apsara Langues : hindi, sanskrit. Nymphe du ciel, souvent cause de la chute des yogis et des maîtres ascètes.

arab Langues : hindi, urdu. Dans le système arithmétique indien, équivalent d'un milliard.

arabpati Langue : hindi. Quelqu'un qui possède un milliard de roupies.

Arre Langue : hindi. « Hé ! », « salut »

Arre chetti kar, dooty par jaana hai Lan-gue : punjabi. Cette formule punjabie se traduit à peu près de la manière suivante : « Hé, presse-toi, le devoir m'attend. » En Inde, effectuer sa journée de travail est souvent évoqué en ces termes : « faire son devoir ».

arthi Langue : hindi. Bûcher funéraire sur lequel le défunt est porté jusqu'au lieu de sa crémation.

ashiana Langue : urdu. Littéralement : nid.

atman Langue : hindi, sanskrit. Âme.

atta Langue : hindi. Farine.

attar Langues : hindi, urdu. Senteurs ou parfums traditionnels.

Avadhi Langue : hindi. Avant la domination britannique, l'Avadhi (également connu sous le nom d'Oude) était un royaume au centre duquel se trouve aujourd'hui l'État moderne de l'Uttar Pradesh. Après l'occupation anglaise, ce territoire fut intégré dans les anciennes Provinces-Unies, devenues depuis l'État de l'Uttar Pradesh.

ay Langue : hindi, marathi. Exclamation destinée à attirer l'attention. « Hé ! »

baan Langue : konkani. Très grand récipient ou une marmite, en métal, où l'on conserve l'eau et où on la fait chauffer.

baap Langues : gujarati, hindi, marathi. Père.

baap re Langue : hindi. Exclamation : « Ô mon père ! »

baba Langue : hindi. Terme affectueux pour s'adresser à quelqu'un (il faut souligner que le même mot peut être employé, selon le contexte, pour signifier jeune enfant ou vieil homme).

babul tree Langue : hindi. *Acacia nilotica*. Il peut pousser à des hauteurs comprises entre 5 et 20 mètres.

BAC (ou ACB) Langue : anglais. *Anti-Corruption Bureau*. Bureau anticorruption de la police de Bombay. Les simples citoyens peuvent porter plainte auprès de cette administration contre les faits de corruption touchant la police. L'ACB a souvent recours à des opérations coups de poing pour épingler les fonctionnaires corrompus.

bachcha Langue : hindi. Enfant.

badams Langue : hindi. Amandes.

badboo Langues : hindi, urdu. Mauvaise odeur.

badmash Langue : hindi. Personnage louche, homme mauvais.

badshah Langues : hindi, urdu. Empereur.

bai Langues : gujarati, hindi, marathi. Titre respectueux accordé aux femmes, mais à Bombay il sert aussi à désigner la femme de ménage, la « bai qui balaie la maison ».

baithak Langue : hindi. Salon.

baja Langue : hindi. Instrument de musique.

bajao Langues : argot de Bombay, hindi. Jouer, et souvent frapper, comme frapper du tambour. De ce fait, *bajao* apparaît aussi souvent dans celui de la violence ou du sexe. *Bajao* quelqu'un (ou quelque chose), cela peut vouloir dire le frapper, ou avoir avec lui ou avec elle un rapport sexuel vigoureux. La connotation est similaire à celle de *to bang* en argot américain, ou « sauter », « défoncer » en français.

bajra Langue : hindi. Millet perle, une graine très dure. En Inde, le *bajra* est souvent utilisé dans la confection des *rotis*, mais il est moins cher que la farine de blé raffinée, et il est donc traditionnellement considéré comme une nourriture de catégorie inférieure. Ces dernières années, il a toutefois été adopté par les classes urbaines soucieuses de nourriture saine, car c'est un féculent pauvre en glucides, qui ne fait pas grossir.

Bakr'id Langues : hindi, urdu. Fête musulmane qui commémore la foi et le sacrifice de Hazrat Ibrahim (Abraham), à qui Allah réclama le sacrifice de son fils. Ce jour est marqué par des sacrifices d'animaux. À l'extérieur du sous-continent, cette fête est connue sous le nom d'Id-ul-Zuha ou Id-ul-Azha.

Bali, Sugreev Langues : hindi, sanskrit. Personnages du *Ramayana*. Ce sont tous deux des singes, et qui sont frères. Bali a usurpé le royaume de Sugreev et enlevé son épouse. Rama se lie d'amitié avec Sugreev, tend une embuscade à Bali et le tue. Sugreev, en sa qualité de souverain des singes, devient ensuite l'allié de Rama dans la grande guerre contre Ravana.

bamboo Langues : argot de Bombay, anglais. De l'anglais *bamboo*, ou bambou, ce long végétal tubulaire. Pénétrer, baiser.

bandh Langue : hindi. Littéralement, fermé. Fermeture d'une ville ou d'une localité, forme de grève. Elle intervient souvent suite à un appel souvent lancé par un parti politique, et le respect en est parfois garanti par la violence.

bandhgalla Langue : hindi. Littéralement, col fermé. Utilisé pour toutes les vestes ou tuniques possédant un col rond, fermé, comme la veste que portait Nehru, qui fut le Premier ministre de l'Indépendance indienne.

bandicoot Langues : anglais, hindi. Le petit rat *bandicoot* (*Bandicota bengalensis*) est un nuisible souvent présent en Inde. Quand il est acculé, il peut devenir très agressif.

bandobats Langue : hindi. Arrangements pratiques, logistique.

bangda Langue : marathi. Maquereau.

bania Langue : hindi. Marchand, commerçant.

banian Langue : hindi. Maillot de corps.

banyan Langue : hindi. Arbre (*Ficus bengalensis*) qui a la faculté de développer des racines adventices à partir de ses branches. Certains de ces arbres peuvent atteindre une très grande taille. En raison de l'ombre abondante qu'ils offrent, ils sont souvent présents sur les places des villages. Mais ils sont aussi, dit-on, la demeure des *chudails* (sorcières) et des fantômes.

bar-balas Langue : hindi. Entraîneuses, femmes qui travaillent dans les bars.

barood Langue : hindi. Poudre à canon.

bas Langue : hindi. Assez ! Stop !

Bas khwab itna sa hai Langue : hindi. Ce sont les paroles d'une chanson du film hindi *Yes, Boss* (1997) :
Bas khwab itna sa hai
Bas itna sa khwab hai...
shaan se rahoon sada...
Bas itna sa khwab hai...
Haseenayein bhi dil hon khotin,
dil ka ye kamal khile...
Sone ka mahal mile,
barasne lagein heere moti
« Je poursuis juste un petit rêve…
Vivre dans le luxe éternel…
Chavirer le cœur des jolies femmes…
Que mon rêve s'épanouisse.
M'offrir un palais en or,
Que les perles et les diamants me tombent du ciel »

basta Langue : hindi. Sac scolaire.

basti Langues : hindi, marathi. Littéralement, village ou bourgade. Ce terme est souvent utilisé pour désigner les quartiers pauvres ou les taudis.

Bataa re. Kaad rela Langue : marathi. « Dis-moi. Accouche. »

batasha Langue : hindi, marathi. Gouttes de sucre candi.

batata-wada Langue : hindi. Petit amuse-gueule grillé composé de patates et de farine de pois chiches.

belan Langue : hindi. Sorte de rouleau à pâtisserie, souvent utilisé dans la confection des *rotis,* ces sortes de galettes de pain roulées ou repliées.

besan Langue : hindi. Farine de pois chiches.

beta, beti Langue : hindi. Fils.

bevda Langue : argot de Bombay. Ivrogne.

Bhabhi Langue : hindi. Terme respectueux pour désigner l'épouse du frère.

bhadvaya Langue : argot de Bombay. Forme de *bhadwa,* de souteneur.

bhadwa, bhadwe Langue : argot de Bombay. Maquereau, souteneur.

bhadwi Langue : argot de Bombay. Forme féminine de *bhadwa,* maquereau. Autrement dit, maquerelle.

Bhai Langue : gujarati, hindi. Littéralement, « frère ». À Bombay, le mot signifie aussi « gangster », désignant un membre d'une *company* du crime organisé. *Bhai* est à peu près l'équivalent de l'américain *made guy,* littéralement l'*uomo fatto,* selon la formule du discours d'admission au sein de la Cosa Nostra, ou « l'affranchi » – ce que le *tapori* veut devenir.

bhaigiri Langue : argot de Bombay. Numéro de celui qui se conduit comme un *bhai.*

bhajan Langues : hindi, punjabi. Chant de prière.

bhajiya Langue : hindi. Amuse-gueule, petit snack grillé.

bhakri Langues : gujarati, marathi. Pain rond, sans levain, que consommaient traditionnellement les fermiers. Fréquent dans le centre et l'ouest de l'Inde.

bhakt Langue : hindi. Adepte, disciple.

bhang Langue : hindi. Dérivé du cannabis, composé de la feuille et de la fleur de la plante femelle. Il peut se fumer, ou se consommer dans une boisson.

bhangad Langue : marathi. Problème, gâchis, embrouille, micmac.

bhangi Langue : hindi. Balayeur.

bhangra Langue : punjabi. Danse énergique et très vivante, originaire du Punjab. Désigne aussi la musique qui accompagne cette danse. La musique *bhangra* a été modernisée, elle a fait l'objet de croisements avec quantité d'influences. Elle est désormais très répandue comme musique de danse dans les clubs du monde entier.

bharat-darshan Langue : hindi. « Tour de l'Inde », voyage dans tout le sous-continent, qui permet au voyageur d'en découvrir l'ensemble des principaux sites.

bhashan Langue : hindi. Sermon, réprimande.

bhat Langue : bengali. Riz.

Bhavani Langues : hindi, marathi. Déesse. Elle a l'allure sévère de Shakti ou de Devi, mais elle est aussi une pourvoyeuse de vie, et Karunaswaroopini, l'incarnation de la miséricorde. Elle était l'*isht-devi*, ou déesse personnelle, de Shiva, et reste immensément populaire dans le Maharashtra.

bheja Langue : argot de Bombay. Cerveau.

bhelpuri Langues : gujarati, hindi, marathi. Amuse-gueule épicé typique de Bombay. Le *bhelpuri* est souvent vendu sur des chariots, dans la rue ou à la plage.

bhenchod Langues : hindi, marathi. Enculé de ta sœur.

bhenji Langue : punjabi. Manière respectueuse de s'adresser à une sœur aînée : « Sœur respectée. »

bhidu Langue : argot de Bombay. Copain, pote.

bhindi Langues : hindi, punjabi. Terme de cuisine : okra, ou doigt de dame.

bhondu Langue : hindi. Idiot.

bhoosa Langue : hindi. Paille et balles de blé, broyées et hachées qui servent d'aliments aux animaux.

bhoot Langue : hindi. Fantôme.

Bhumro bhumro Langue : kashmiri. Paroles d'une chanson du film hindi *Mission Kashmir* (2000) : « Bourdon, ô bourdon… »

bibi Langue : urdu. Terme respectueux pour s'adresser à une femme. Proche de « madame ».

bidi Langue : hindi. Cigarette indienne faite de tabac, roulé dans une feuille. Les *bidis* sont très peu chers, et généralement fumés par les gens pauvres, ou dans les régions rurales.

bigha Langue : hindi. Unité de mesure de la terre. La taille réelle d'une terre mesurée par cette unité varie de région en région, d'environ un sixième d'hectare à un demi-hectare.

biryani Langues : hindi, urdu. Plat à base de riz, parfois servi avec de la viande, et généralement très riche. Il existe plusieurs sortes de *biryanis*.

Bisleri, Bisleri pani Langues : anglais, hin-di. Bisleri est l'une des compagnies qui distribuent de l'eau minérale. Par extension, le nom de la marque sert souvent à désigner toutes les bouteilles d'eau.

bissi Langue : argot de Bombay. *Bissi* désigne en fait la nourriture gratuite fournie par la prison, et le terme s'applique aussi à l'endroit où elle est préparée – la cuisine.

BMC Langue : anglais. *Brihan-mumbai Municipal Corporation.* Administration d'agglomération du Grand Bombay.

bola na Langue : argot de Bombay, hindi. « Je t'ai dit… »

bole to Langue : argot de Bombay. Signifie « Tu sais… » ou « Ce genre-là, quoi ». Ou simplement « genre », comme dans le langage des adolescents : « Bole to, je reviens du centre commercial et il y avait à peu près tout le monde là-bas. »

Bole to voh edkum danger aadmi hai Lan-gue : argot de Bombay. « Cet homme est absolument *dangerous*. » Le mot anglais reste intact dans la phrase.

bolo Langue : hindi. « Raconte », ou « Parle ». Dans ce contexte, le vendeur au marché noir demande aux spectateurs qui veulent des billets au prix qu'il en demande de se manifester.

bombil Langue : marathi. Poisson salé, ou bummalo.

brahmane Selon le système des castes (il y a quatre castes principales ou *varnas*), le brahmane est membre de la caste supérieure, celle des prêtres. Les trois autres castes principales sont celle des kshatriyas (guerriers), celle des vaçyaq (agriculteurs), et celle des çudras (artisans).

BSES Langue : anglais, marathi. *Brihanmumbai Suburban Electric Supply*. Compagnie d'électricité du Grand Bombay.

BSF Langue : anglais. *Border Security Force*. Forces de sécurité frontalières.

budhau Langue : hindi. Vieil homme, Vieux schnock – le mot *budhau* est un terme gentiment condescendant. « Le vieux. »

budhdha Langue : hindi. Vieil homme.

bund Langue : hindi. Talus, remblai.

bundal Langue : argot de Bombay. Mauvais, de qualité inférieure.

burfi Langue : hindi. Plat sucré à base de lait caillé.

carrom Langue : anglais. Jeu de table, qui se joue sur un plateau, sans doute originaire du sous-continent.

CBI Langue : anglais. *Criminal Bureau of Investigation*. Bureau criminel d'investigation. Organisme d'investigation central d'élite, chargé des principales affaires criminelles et des questions de sécurité nationale. Cet organisme traite souvent les dossiers jugés trop importants ou trop sensibles pour être confiés aux forces de l'ordre au plan local. Voir http://cbi.nic.in/

chaas Langue : hindi. Boisson rafraîchissante composée de babeurre.

chaat Langue : hindi. Assortiment de savoureux amuse-gueules.

chaavi, chaava Langue : argot de Bombay. Petit(e) ami(e).

chabbi Langue : argot de Bombay. Littéralement, vingt-six. Terme argotique désignant une jolie fille.

chabutra Langue : hindi. Esplanade, patio.

chacha Langue : hindi. Oncle – frère du père.

chachu Langue : hindi. Oncle – frère du père. C'est une variante affectueuse de *chacha*. On trouve aussi **chach-ji**.

Chainya Chainya Langue : hindi. Paroles d'une chanson du film Hindi *Dil Se* (« Du fond du cœur », 1998) : « L'ombre, dans l'ombre… »

chakkar Langue : hindi. Tourbillon.

chakravartin Langue : hindi, sanskrit. Souverain universel, qui peut être aussi simplement un grand empereur.

Chala jaata hoon kisi ki Langue : hindi. Paroles d'une chanson du film hindi *Mere Jeevan Sathi* (« Mon compagnon d'une vie », 1972) : « Je marche au rythme d'une certaine personne… »

chalo Langue : hindi. *Chalo* peut être utilisé de deux manières. Sa première signification sera « laisse tomber ». L'autre aura le sens de « alors », « Okay, alors, on se reverra à Bombay. » On peut dire aussi : « Très bien, *chalo*, on se retrouve demain matin. »

cham-cham Langue : hindi. Plat sucré à base de fromage.

champa Langue : hindi. Frangipanier, qui produit des fleurs odorantes. Ces fleurs sont tressées en guirlandes ou agrémentent les coiffures.

champi Langue : argot de Bombay. Friction de la tête.

channa Langue : hindi. Pois chiches.

chappal Langue : hindi. Sandalette.

chappan-churi Langue : hindi. Prostituée rusée. Terme inspiré d'une courtisane fameuse, à Allahabad, qui survécut aux 56 coups de couteau de son amant. Littéralement, 56 marques de couteau.

chappati Langue : hindi. Pain sans levain. Aliment de base dans le nord de l'Inde.

charas Langue : hindi. Haschisch.

charbi Langue : argot de Bombay. Gras.

charpai Langue : hindi. Couchette ou lit traditionnel. Le couchage est composé de robustes bandes de tissu ou de cordes qui sont nouées à un cadre en bois. Les *charpais* sont utilisés aujourd'hui par les pauvres ou dans les bourgades et villages les plus modestes.

chaser-panni Langue : argot de Bombay. Un *chaser-panni*, ou *kesar-panni*, est un petit paquet ou emballage qui contient de la poudre – dans ce cas, la poudre est du *brown sugar*, de l'héroïne. Dans la langue de la rue, on emploie d'autres formules pour désigner le chaser-panni : *shakkar ki pudi* (berlingot de sucre), *pudi* (berlingot), poudre, paquet, et *namak* (sel).

chashmu Langues : gujarati, hindi. *Chashma* est le mot hindi pour les « lunettes ». Donc *chashmu* est un terme moqueur pour désigner celui qui porte des lunettes, que l'on pourrait traduire par « quat'-z-yeux ».

chaska Langue : hindi. Penchant obsessionnel, goût pour quelque chose.

chatai Langue : anglais. Natte, faite de bambou ou d'osier. On peut les rouler et les ranger facilement, et elles servent souvent à couvrir le sol, ou à s'asseoir, en y adjoignant des coussins. Ils sont désormais en matière synthétique.

chaunka Langue : punjabi. Cuisine.

chawl Langue : marathi. Immeuble locatif. Très souvent, ils sont construits en forme de U ou de rectangle creux en leur centre. Ils comptent de dix à vingt logements par étage, les moins coûteux – et les plus ordinaires – se limitant à une seule pièce. Les occupants de chaque étage partagent des toilettes et des salles d'eau communes. Ils aspirent à s'installer dans de vrais appartements mais, une fois là, ils y regretteront la solidarité passée.

cheez Langue : hindi. Chose, truc.

cheikh Langue : arabe. Chef tribal ou noble de la péninsule arabique.

chela Langue : hindi. Adepte, disciple. Un gourou a des *chelas*.

chhass Langue : hindi. Boisson rafraîchissante composée de yaourt.

chikniya Langue : argot de Bombay. *Chikna* signifie « doux », comme la peau d'une jeune fille. Donc, dire d'un homme qu'il est *chikna* ou *chikniya* revient à laisser entendre qu'il est trop mignon pour être un homme.

chillar Langue : argot de Bombay. Petite monnaie.

chimta Langue : punjabi. Pince.

chingri macher Langue : bengali. Plat bengali à base de grosses crevettes.

chini bananas Langues : hindi, maithili. *Chini*, c'est le sucre. Il est fait ici référence à une variété de petite banane très sucrée.

Chinki Langue : argot de Bombay. Chinois.

chirote Langue : marathi. Sorte de beignet sucré composé de farine et de sucre.

chodo Langue : hindi. Baiser.

chodu Langue : argot de Bombay. Celui qui se fait baiser.

choklete Langue : argot de Bombay. Chocolat. Code utilisé par la G-Company pour désigner les dollars.

chokra Langue : hindi. Littéralement, garçon. Souvent utilisé pour désigner les gosses des rues.

chole-bature Langue : punjabi. Pois chiches épicés et pain composé de farine blanche. Plat punjabi.

choli Langue : hindi. Un choli est un vêtement, une sorte de haut porté avec un sari ou un *ghagra* (jupe). Les *cholis* sont en général moulants, le dos est quelquefois nu, maintenu par des lacets ou des cordons. Leur longueur est variable.

choola Langue : hindi. Fourneau, cuisinière.

chotta Langue : hindi. Petite, menue.

chotti Langue : hindi. Petit, menu.

chowk Langue : hindi. Carrefour.

chowki Langue : hindi. Poste, station.

chowkidar Langue : hindi. Gardien.

chudails Langue : hindi. Sorcières.

chulah Langue : hindi. Foyer, âtre.

chunni Langue : hindi. Long foulard porté par les femmes, en général avec un ensemble *salwar-kameez*, ou un *ghagra-choli*.

chup Langue : hindi. Calme, du calme.

churi ou (churri) Langue : hindi. Couteau, lame affûtée. Utilisé comme terme argotique par la G-Company pour désigner une belle fille.

chut-chattoing Langues : argot de Bom-bay, hindi. Lécher la chatte.

chutiya Langues : hindi, punjabi. Baiseur. *Chut*, c'est la chatte, le con. *Chutiya* est souvent utilisé comme une injure pour stigmatiser un individu stupide. « C'est un vrai *chutiya* » revient à : « C'est un pauvre connard. »

chutmaari Langue : argot de Bombay. Enfoiré. Un complet trou-du-cul.

chweet Langue : anglais. Indianisation de l'anglais *sweet* (doux, gentil, charmant) – manière excessivement tendre de formuler la chose.

CM Langue : anglais. *Chief Minister*. Le ministre en chef occupe la plus haute fonction élective au sein d'un État de la fédération indienne. Au niveau de l'État, le ministre en chef détient beaucoup de pouvoir, et il est d'accès difficile.

crore Langue : hindi. Unité de compte du système de numération indien, équivalant à dix millions.

crorepati Langue : hindi. Individu qui possède un *crore* de roupies (soit dix millions dans le système de numération indien).

CRP (ou PRC) Langue : anglais. *People's Revolutionary Council*, ou Conseil révolutionnaire du peuple (CRP), une organisation marxiste (fictive). Le CRP est une organisation légitime, déclarée. Le Comité d'action du peuple (CAP) est la branche militaire clandestine du CRP.

cut-to-cut Langue : argot de Bombay. Aller droit au but, sans dispersion d'énergie. Probablement repris au langage du montage de cinéma et de télévision, où le montage *cut-to-cut* fait référence à la méthode traditionnelle du montage sur deux bobines, où un magnétoscope contenant le *master* (bobine maître) reçoit des images de plusieurs autres machines « esclaves » qui lui sont connectées.

daana (ou dana) Langues : argot de Bom-bay, hindi. Littéralement, nodule ou grain. Ici, c'est un terme argotique pour désigner le clitoris.

daane Langue : argot de Bombay. Littéralement un *daana*, grain ou nodule. Ce terme d'argot désigne les couilles.

dabba-ispies Langue : argot de Bombay. Jeu d'enfants : cache-cache, ou *I spy*, en anglais (j'espionne, j'épie). D'où la déformation argotique *ispies*.

dada Langues : argot de Bombay, hindi, marathi. Dur, voyou. Il peut aussi être utilisé comme un terme respectueux pour s'adresser à un homme plus âgé, à un « frère aîné ».

dada-pardada Langues : hindi, punjabi. Ancêtre, ancestral. Littéralement, arrière-grand-père du grand-père.

dak bungalow Langue : hindi. Bungalow ou halte pour les voyageurs.

dakoo Langue : hindi. Bandit.

dal Plat à base de pois, haricots ou lentilles.

dalit Selon le système des castes, les dalits sont les « hors caste » appelés aussi « intouchables » ou « parias ». Ils comptent pour 17 % dans la population de l'Inde, soit 170 millions d'habitants. Ce nom, qui signifie opprimé en marathi, a été choisi par les dalits eux-mêmes. La discrimination dont ils font encore l'objet malgré un essai d'intégration sous la colonisation britannique est remise en cause à la fois par certains mouvements politiques, et par l'ascension sociale induite par l'explosion des nouvelles techniques : il existe des ingénieurs dalits. Le docteur Ambedkar, rédacteur de la constitution indienne, était un dalit. *Cf.* http://www.france-fdh.org. Dans le livre, Kamble, adjoint de Sartaj Singh, est un dalit.

dana Langue : hindi. Variante de *daana*. Grain, nodule. Parfois employé comme un terme vulgaire pour désigner le clitoris.

dandia raas Langue : gujarati. Danse traditionnelle exécutée dans le Gujarat : les danseurs entrechoquent les bâtons (*dandias*) multicolores en tournant sur eux-mêmes et autour les uns des autres.

dandi-swami Langue : hindi. Un *danda* ou *dandi* est un bâton de mendiant, donc un *dandi-swami* est une personne qui a pris le bâton, qui est devenue un ascète. Les *dandi-swami*s ne sont pas des *sanyasis* ni des moines. Ce sont des gens ordinaires qui entrent dans le troisième stade de la vie, *vanaprastha ashrama* ; ils vivent encore au contact des autres, se livrent à la prière et au rituel, et subsistent en mendiant de la nourriture et grâce à des aumônes. Certains d'entre eux atteignent le stade ultime, *sanyas ashrama*, et deviennent des moines. La plupart meurent avant.

dao Langue : angami. Un *dao* est un couteau à lame plate, traditionnellement utilisé par les peuplades du Nagaland.

darbar Langue : urdu. Cour, entourage, mais aussi tribunal. Le Darbar Hall est réservé aux audiences publiques.

darshan Langues : hindi, sanskrit. Littéralement, une vision, la capacité de voir quelque chose ou quelqu'un en face. Dans un contexte religieux, le *darshan* désigne un « voyant » touché par le divin. Les pèlerins parcourent des milliers de kilomètres pour visiter un *darshan*, ou une déesse dans un temple, ou un gourou. C'est dans la vision du gourou, et dans le fait d'être vu par lui, que réside la bénédiction.

Dar-ul-Harb Langue : arabe. Selon l'enseignement fondamentaliste islamique, une terre régie par les lois de la Shari'ah est *Dar-ul-Islam*, un « Séjour-de-Paix ». Un pays ou un territoire qui n'est pas régi par la Shari'ah d'Allah, et qui ne reconnaît pas l'autorité des musulmans à travers le paiement de l'impôt du Jizyah tax, est *Dar-ul-Harb*, le « Séjour-de-la-Guerre ». Selon cette conception islamiste, les musulmans dévôts doivent tenter de convertir le Dar-ul-Harb en Dar-ul-Islam. Il ne

saurait y avoir de compromis ou de coexistence.

Dayavan Langue : hindi. Littéralement, le Miséricordieux. C'est une référence à un film hindi de 1998, un *remake* du film tamil *Nayakan*.

DCP Langue : anglais. *Deputy Commissioner of Police*. Commissaire de police adjoint.

DDLJ Langue : hindi. Acronyme de *Dilwale Dulhaniya Le Jayenge*, un film hindi de 1995 qui a remporté un énorme succès.

deewana Langues : hindi, urdu. Littéralement, homme fou. Souvent utilisé comme synonyme d'« amoureux ».

dehat Langue : hindi. Campagne, régions rurales.

dehati Langue : hindi. Habitant des régions rurales, péquenaud.

desi Langue : hindi. Issu du sanskrit *des*, qui signifie foyer ou nation. Ce terme tend à décrire tout ce qui est de fabrication indienne, traditionnel, fait maison.

devaa Langue : marathi. Dieu, ou un dieu.

devar Langue : hindi. Frère du mari (beau-frère). Les femmes indiennes ont traditionnellement une relation affectueuse avec leurs *devars*, surtout quand ils sont plus jeunes qu'elles.

Devdas Langues : hindi, bengali. C'est une référence à un personnage de fiction très réputé, Devdas. En 1917, le romancier bengali Sharat Chandra Chatterjee publiait un roman du même nom, l'histoire d'un homme qui – le cœur brisé par un amour déçu – boit et se saoule jusqu'à la mort. Le roman a été plusieurs fois adapté au cinéma, la version la plus récente datant de 2002.

DG Langue : anglais. Directeur général (de la police).

dhaansu Langue : argot de Bombay. Bon, excellent, avec la nuance de robuste, solide.

dhaba Langue : hindi, punjabi. Restaurant très peu cher et sans prétention, souvent construit en bordure de route ou de grande route et fréquenté par les chauffeurs de poids lourds et les voyageurs de commerce.

dhad-dhad Langue : hindi. Onomatopée reproduisant le son des coups de feu.

dhakkan Langue : hindi. Littéralement, un couvercle, par exemple celui d'une boîte. Mais dans le langage familier est aussi le synonyme d'« idiot », de « simple d'esprit ».

dhamaka Langue : hindi. Explosion.

dhanda Langue : hindi. Métier, travail.

Dhanwantri Langues : hindi, sanskrit. Le médecin des dieux, et le créateur de l'Ayurveda – qu'il enseigne à Susrutha, le père de la chirurgie ayurvédique.

dharam Langue : hindi. Prononciation familière du mot *dharma*.

Dharamveer Langue : hindi. Film hindi de 1977 réalisé par le célèbre Manmohan Desai. Il se déroule dans un royaume mythique, à une époque indéfinie, antérieure aux temps modernes. L'histoire est fantastique et délirante : elle met en scène un samouraï, un faucon d'une intelligence surnaturelle, une princesse belle mais cruelle et des combats dans une arène de gladiateurs romains.

dharma Langues : hindi, sanskrit. Souvent traduit par « bonne conduite » ou « bonne manière de vivre ». En un sens plus large, il s'agit de l'ordre sous-jacent de l'univers et de la tentative de vivre en harmonie avec cet ordre. Les religions qui placent le *dharma* au centre de leur interrogation sont quelquefois désignées comme des religions dharmiques. L'hindouisme est ainsi *Sanatana Dharma*, ou le « Dharma Éternel ».

Dharmatma Langue : hindi. Grand homme, ou chef spirituel.

dhobi, dhoba Langue : hindi. Celui ou celle qui lave les vêtements, lavandier ou lavandière.

dhoti Langue : hindi. Grande pièce d'étoffe rectangulaire portée par les hommes. On l'enroule autour des jambes et on la noue à la taille.

dhow Langue : arabe. Esquif arabe traditionnel.

dhurrie Langue : hindi. Tapis indien.

diara Langues : hindi, maithili. À mi-cours, le Gange décrit des méandres, de grandes courbes. En cas d'inondations, l'espace de terre mis à nu par le retrait des eaux, où se sont déposés les limons, s'appelle le *diara*. Les terres de *diara* sont extrêmement fertiles et très recherchées par les locaux. Comme le fleuve recouvre et découvre ces bandes de terre, leur propriété est souvent mal définie. Fréquemment, les riverains se battent et même s'entretuent pour cette précieuse ressource.

dibba Langue : hindi. Littéralement, boîte.

Didi Langue : hindi. Sœur aînée – manière respectueuse de s'adresser à une femme, qu'elle soit votre parente ou non.

DIG Langue : anglais. *Deputy Inspector General*. Inspecteur général de la police adjoint.

Dil Diya Dard Liya Langue : hindi. Titre d'un film hindi (*Gave my Heart, Received Pain*, « De la douleur en échange de mon cœur », 1966).

Dil To Pagal Tai Langue : hindi. *The Heart is Crazy* (« Le cœur est fou »), film hindi sorti en 1997.

Dilwale Dulhaniya Le Jayenge Langue : hin-di. Film hindi de 1995, *The Brave Will Take the Bride* (« Le brave enlève la mariée »).

Diwali Langue : hindi. « Fête des lumières », qui se célèbre dans le nord de l'Inde pour marquer le nouvel an hindou. Dans toute l'Inde, ces festivités évoquent la victoire du bien sur le mal. Les gens portent de nouveaux vêtements, s'échangent des friandises, décorent leurs maisons de *diyas*, ou lampes, et allument des pétards. Le jeu – surtout de cartes – fait aussi partie de cette tradition.

diya, diyas Langue : hindi. Un *diya* est une lampe traditionnelle – en général une mèche de coton trempée dans du *ghee* ou de l'huile. Le corps de la lampe est en argile ou en métal.

djinns Langues : hindi, urdu. Les *djinns*, ou génies, sont, dans la mythologie arabe, des créatures surnaturelles aux pouvoirs extraordinaires.

doshas Langues : hindi, sanskrit. Selon la médecine ayurvédique, chaque corps possède en lui trois forces élémentaires : *vata, pitta* et *kapha*. Tout déséquilibre radical de ces forces peut conduire à la maladie et à d'autres problèmes.

dudh-ki-tanki Langue : hindi. « Réservoir » de lait. Employé comme un terme imagé pour désigner des seins généreux.

dum Langue : hindi. Force. Rouste.

dupatta Langues : hindi, punjabi. Longue écharpe portée par les femmes avec l'ensemble *salwar-kameez* ou le *kurta*.

durbar Langues : hindi, urdu. Tribunal, chambre d'audience royale.

dushman Langue : hindi. Littéralement, ennemi. Dans l'armée indienne, ce mot est souvent employé par les officiers et les simples soldats quand ils parlent d'un ennemi. « Le *dushman* est positionné sur cette crête. »

ekdum Langue : hindi. Absolument.

ekfasli Langue : hindi. Récolte unique. Autrement dit, une terre qui ne produit qu'une seule récolte par an.

elaichi Langue : hindi. Cardamome.

eve-teasers Langue : anglais. Euphémisme indien, littéralement les tourmenteurs d'Ève : les hommes qui harcèlent les passantes, verbalement et souvent physiquement.

FA Langue : anglais. FA est l'abréviation de *First Arts*. Lorsqu'on passait cet examen de premier cycle, on était autorisé à entrer à l'université. Ce système et cette nomenclature ne sont plus en vigueur.

fachchad Langue : argot de Bombay. Foiré, foutu.

fajr Langue : urdu. La première prière du matin, pour les musulmans pratiquants. Au sens littéral, *fajr* désigne l'aube.

falooda Langues : hindi, marathi. Boisson sucrée servie en dessert, composée de lait, de sirop (souvent de rose ou de safran) et de vermicelles de farine de maïs. On y ajoute parfois de la glace et diverses variétés de noix. En raison de la présence de ces vermicelles, *falooda* sert aussi dans la langue familière à évoquer la mollesse, la faiblesse, comme dans l'expression : « J'avais les jambes en *falooda*. »

faltu Langues : argot de Bombay, gujarati. Sans utilité, sans but, bon à rien.

faqir Langues : hindi, udu. Homme saint de la tradition soufie, homme itinérant. Souvent crédité de pouvoirs magiques ou surnaturels.

fauji Langue : hindi. Soldat. Dérivé de *fauj*, l'armée.

fida Langue : urdu. Fou de, perdu d'amour pour quelque chose ou quelqu'un.

Filmi Kaliyan Langue : hindi. Littéralement, « Les Amis du Filmi » – magazine du cinéma hindi.

FIR Langue : anglais. *First Information Report*. Rapport d'enquête préliminaire. Il s'agit du document écrit établi par la police quand les premières informations lui parviennent sur un délit. En général, la victime ou une personne agissant pour le compte de cette dernière se rend au poste de police pour y déposer une plainte afférente à un délit connu en tant que tel, et le policier de service dresse ce FIR. Le FIR peut devenir une pièce juridique de grande importance. Il met en branle le processus judiciaire et constitue la base sur laquelle le reste de l'enquête se mènera. Plus tard, au tribunal, beaucoup de choses peuvent dépendre de ce qui est mentionné (ou omis) dans ce document.

firangi Langue : hindi. Étranger. Dérivé de *feringhee*, le mot perse désignant le « Franc ».

Flush Langue : anglais. *Flush* est le terme anglais désignant le jeu de cartes indien du *teen-patti* (« trois cartes »).

FSI Langue : anglais. *Floor-Space Index*, ou coefficient d'occupation des sols. Il s'agit du ratio de la superficie totale au sol d'un bâtiment par rapport à la taille du terrain qu'il occupe. Par conséquent, un FSI de 2 indiquerait que la superficie totale couverte d'un bâtiment est deux fois supérieure au terrain où il est implanté.

fultu Langue : argot de Bombay. À fond, extrême, exagéré.

fundoo Langue : anglais. Abréviation de « fondamentaliste ».

gaadi Langues : argot de Bombay, hindi. Littéralement, voiture ou véhicule. Autrement dit, tout ce qui vous transporte.

gaali Langue : hindi. Terme grossier, langage vulgaire.

gaand Langue : argot de Bombay. Cul, postérieur, derrière.

gaandu Langue : gujarati, hindi. Enculé. Souvent utilisé comme synonyme d'« idiot ».

gadda Langue : hindi. Matelas.

gadha Langue : hindi. Âne.

gadhav Langue : marathi. *Gadhav*, c'est l'âne – un terme injurieux assez amical en marathi. On pourrait dire à son meilleur ami qu'il est *gadhav*, qu'il se comporte parfois stupidement.

gajra Langue : hindi. Un *gajra* est une guirlande de fleurs, souvent du jasmin.

gali Langues : hindi, urdu. Ruelle, voie, allée. **gallis** Langue : hindi. Le même au pluriel.

gamcha Langue : hindi. Vêtement de coton léger, qui tient lieu de foulard, de mouchoir, de serviette ou de turban.

gana, ganas Langues : hindi, sanskrit. Catégorie d'êtres divins qui servent Shiva et son fils, Ganesha.

gandugiri Langue : argot de Bombay. Être un *gaandu*, avoir une attitude, un geste qui constitue le fait d'être *gaandu*. Autrement dit, commettre une idiotie.

Ganga Jamuna Langue : hindi. Titre d'un film hindi de 1961. C'est l'histoire de deux frères : l'aîné, Ganga, se voit accusé à tort d'un crime à cause d'un *zamindar* (propriétaire terrien héréditaire). Il devient un voyou mais assure à son jeune frère Jamuna une éducation à la ville. Jamuna devient officier de police judiciaire. À la fin du film, Ganga est tué par Jamuna. Le titre de ce film s'écrit aussi souvent *Ganga Jumna*.

Gangotiya Langue : hindi. Groupe ethnique originaire du nord de l'Inde. Les Gangotiyas vivent en général sur les rives du Gange.

ganwar Langue : hindi. Individu fruste, péquenaud.

gaon Langue : hindi. Village.

Gar ek baar pyaar kiya to baar baar karna. Langue : hindi. Les distiques de ce style sont souvent peints à l'arrière des camions, des taxis et des auto-rickshaws : « Si tu m'as aimé une fois, aime-moi encore et encore, Et si je suis en retard, attends-moi. »

garara Langues : hindi, urdu. Jupe flottante et fendue.

garba Langue : gujarati. Danse gujaratie traditionnelle.

Gata rahe mera dil, tuhi meri manzil Lan-gue : hindi. Paroles d'une chanson du film hindi *Guide* (1965) : « Laisse ton cœur chanter, je te suis destiné… » ou « Mon cœur chante, et tu es ma seule destination… »

gazali Langue : konkani. Potin, ragot.

Geet gaata hoon main Langue : hindi. Paroles d'une chanson du film hindi *Lal Paththar* (*Red Stones*, « Pierres rouges », 1971) : « Je chante… » Le vers complet est le suivant : « Je chante des chansons, je les fredonne… »

ghaatan Langue : argot de Bombay. Les Ghats de l'Ouest sont une chaîne de montagne qui traverse le Maharashtra. Beaucoup d'immigrants de cette région sont venus à Bombay au cours des dernières décennies, où ils ont souvent accepté des places de journaliers et de domestiques. Le terme *ghaati* a donc fini par désigner, de façon péjorative, un individu simple, illettré, issu des basses classes. *Ghaatan* est la forme féminine de ce mot.

ghagra-choli Langue : hindi. Jupe ample (*ghagra*) portée avec un haut près du corps (*choli*).

ghanta Langues : argot de Bombay, hindi. Grosse cloche. Une petite cloche serait un *ghanti*. Dans le gang de Gaitonde, on use du terme *ghanta* comme synonyme de baisé ou foiré – au lieu de *fachchad*, plus courant. En argot de Bombay, *ghanta* désigne aussi la queue.

Gharala paya rashtrala baya Langue : marathi. C'est un dicton marathi traditionnel : « Les femmes sont à la nation ce que les fondations sont à la maison. » On veut dire ici que les femmes doivent être fermes, pures, vertueuses.

Ghatotkacha Langues : hindi, sanskrit. Ghatotkacha est un personnage du *Mahabharata*, fils du héros Pandava et de la jeune fille Rakshasa Hidimba. En raison de son ascendance maternelle, Ghatotkacha détient quantité de pouvoirs magiques qu'il utilise dans la grande guerre contre Kaurava, au nom de son père Bhima. Il est sur le point d'anéantir l'armée de Kaurava quand le grand héros Karna recourt à l'arme divine Shakti pour le blesser mortellement. Dans sa chute, Ghatotkacha, par magie, rend son corps gigantesque, de sorte qu'il écrase des milliers de soldats de Kaurava sous son torse.

ghavan Langue : marathi. Amuse-gueule épicé à base de farine de maïs.

ghazal Langues : hindi, urdu. Forme poétique composée de couplets rimés et d'un refrain.

ghee Langue : hindi. Beurre clarifié.

ghochi Langue : argot de Bombay. Littéralement, ennuis ; se mettre en fâcheuse posture. Kamble utilise le terme pour désigner le sexe.

ghoda Langue : hindi. Littéralement, cheval. Dans la pègre, c'est l'un des termes qui désignent le pistolet.

ghoonghat Langue : hindi. Voile. Très souvent, l'extrémité d'un sari, qui sert à voiler la tête et le visage.

ghori Langue : hindi. Jument.

ghotala Langues : argot de Bombay, gujarati, hindi, marathi. Gâchis. Dans les journaux, le terme est aussi souvent employé au sens de « scandale ».

GIA Langue : français. Groupe islamique armé, organisation islamiste extrémiste qui veut instaurer un État islamique en Algérie.

gilli-danda Langues : hindi, punjabi. Jeu de rue auquel on joue avec un bâton (le *danda*) et un petit palet (le *gilli*). Les joueurs frappent le *gilli* avec le *danda*.

ginti Langue : hindi. Compte.

giri (comme dans la formule *hero-giri*) Langues : argot de Bombay, hindi. Faire, s'engager dans une activité. Faire *hero-giri* : agir en héros.

gobar Langue : hindi. Bouse de vache. Sert généralement d'engrais. La bouse de vache séchée est brûlée comme combustible. Elle peut aussi servir à l'isolation, à l'alignement des murs des maisons.

goda masala Langue : marathi. Poudre *masala* noire très prisée au Maharashtra.

godown Langue : hindi. Un entrepôt.

Godrej Marque d'armoire de rangement. L'entreprise qui les fabrique est une filiale du Godrej Group, célèbre en Inde.

GOI Langue : anglais. *Government of India*. Gouvernement de l'Inde.

golis Langue : hindi. *Goli* est dérivé de *gol*, rond. Un *goli* est un objet petit et rond, donc les *golis* sont les testicules. L'autre terme pour désigner cet organe sont les *gotis* ou billes.

goondas Langue : hindi. Voyou, gangster, brute.

gora Langue : hindi. Littéralement, *gora* veut dire de complexion claire ou pâle. Ce mot peut être utilisé comme substantif, pour désigner une personne de peau blanche.

gosht Langue : urdu. Viande.

gotra Langues : hindi, sanskrit. Clan ou lignage de la communauté hindoue. Les *gotras* sont généralement exogames, avec quelques exceptions bien spécifiques.

grahastha Langues : hindi, sanskrit. Chef de famille, propriétaire, un individu engagé dans le deuxième stade de l'existence hindoue, ou *grahastha-ashrama*.

GTB Nagar Langues : hindi, punjabi. Guru Tej Bahadur Nagar, un quartier de Bombay où habitent beaucoup de sikhs et de Punjabis immigrés. Parfois dénommé « Mini-Punjab ».

Gudi-Padwa Langue : marathi. Dans le Maharashra, le jour de la nouvelle année, qui célèbre l'arrivée du printemps et de la moisson.

Gujju behn Langues : gujarati, hindi. Littéralement, sœur *gujaratie*. Les Gujaratis emploient sou-vent le terme *behn* – sœur – comme un titre respectueux, donc *Gujju behn* est devenu une manière un peu moqueuse de désigner un être typiquement *gujarati*.

gulal Langue : hindi. Poudre de couleur vive, utilisée surtout lors de la fête de Holi. Les gens s'appliquent mutuellement du *gulal* de teintes diverses ou le lancent en l'air. Traditionnellement, le *gulal* était fabriqué à partir d'herbes et de substances naturelles. Ces dernières années, on a plutôt eu recours à des teintures chimiques.

gullel Langue : hindi. Petite catapulte que l'on tient à la main, avec laquelle jouent les jeunes garçons.

gulmohar trees Langue : hindi. Poinciana royal (*Delonix regia*), ou flamboyant. Les *gulmohar trees* ont des fleurs rouges ou oranges. Également dénommé « flamme de la forêt ».

gur Langue : hindi. Sucre brut. Et aussi : irrégulier.

Guru Gobind Singh Dernier des gourous sikhs.

gurudwara Langues : hindi, punjabi. Sanctuaire sikh.

haan Langue : hindi. Oui.

hadiths Langues : arabe, urdu. Traditions autour de la vie, des paroles et des actes du prophète Mahomet.

hafta Langues : argot de Bombay, hindi. Littéralement, semaine. En langage familier, sert à désigner la somme versée hebdomadairement à titre de protection aux gansgters ou à la police.

hain Langue : hindi. Oui ?

haldi Langue : hindi. Curcuma, safran des Indes.

halwai Langue : hindi. Marchand de sucreries.

Hamari Dharti, Unki Dharti Langue : hin-di. Notre Terre, Leur Terre.

handi Langue : hindi. Récipient rond, comme une casserole.

haraamkhor Langues : hindi, urdu. Individu qui vit de revenus illicites, voleur, escroc.

harami Langue : hindi. Salopard.

haramkhori Langue : hindi. Profiteur, qui use de moyens injustes ou illégaux. Désigne aussi le vol.

haramzada, haramzadi Langues : hindi, urdu. Salopard.

Harmandir Sahib Langue : punjabi. Le Temple d'Or d'Amritsar, le saint des saints du peuple sikh. Le gourou Guru Arjan y a mis en forme en 1604 le *Guru Granth Sahib* (recueil des enseignements spirituels sikhs). Les pèlerins sikhs du monde entier se rendent au Temple d'Or pour se baigner dans les lacs qui entourent le temple et écouter la lecture des écritures saintes. La plongée dans les eaux, ou *dukh bhanjan*, permettrait, croit-on, de chasser la maladie et le chagrin. Voir http://www.harmandirsahib.com/

hathiyar Langue : hindi. Arme.

hatke Langue : hindi. Différent, pas ordinaire, hors du commun. Dans l'industrie du film de Bombay, les gens utilisent ce terme pour définir leurs projets cinématographiques, laissant entendre que leurs films sont originaux, nullement stéréotypés, audacieux. L'emploi de *hatke* est devenu à son tour un cliché.

havaldars Langue : hindi. Agents de police.

haveli Langue : hindi. Vaste résidence privée, demeure.

He, chand taaron ne suna Langue : hindi. Ces paroles et celles d'une autre entrée du présent glossaire (voir *Tu kayan yeh bataa…*) sont extraites du film hindi *Tere Ghar ke Saamne* (*In Front of your House*, « Devant ta maison », 1963) : « Oh, la lune et les étoiles ont entendu, ces paysages magnifiques ont entendu, tous les passants ont entendu le chant de ma douleur. »

hera-pheri Langue : argot de Bombay. Tricherie, habile tromperie.

hijaab Langues : arabe, urdu. Voile recouvrant la tête et le corps, portée par les femmes musulmanes.

hijra Langue : hindi. Eunuque.

HMT Langue : anglais. *Hindustan Machine Tools* (Machines-outils de l'Hindoustan), entreprise de mécanique créée par le gouvernement indien. HMT a commencé par produire des machines-outils avant de se diversifier dans des domaines divers, notamment les montres.

hool Langue : argot de Bombay. Tromperie, bluff.

huggoing Langue : hindi. Chier.

hum Langue : hindi. Nous.

Hum Apke Hain Kaun Langue : hindi. *Who Am I to You ?*, « Pour toi, qui suis-je ? » – titre d'un film hindi sorti en 1994, qui fut un immense succès.

humara pata Langue : hindi. Notre adresse – manière très formelle de s'exprimer. Le pluriel « notre » est ici formel, et non littéral.

hungama Langue : hindi. Vacarme, bruit, tohu-bohu.

IAS Langue : anglais. *Indian Administrative Service*. Services de l'administration indienne. L'IAS est le principal corps administratif public, présent dans tout le pays.

IB Langue : anglais. *Intelligence Bureau*. Bureau du renseignement – organe de renseignement intérieur du gouvernement indien. On le considère comme le plus ancien organisme d'investigation du monde.

idli Langue : tamil. Un *idli* se compose d'une pâte à crêpe cuite à l'étuvée, à base de riz et de légumes secs. Cela ressemble à une rondelle blanche, très légère. On le déguste souvent le matin ou comme amuse-gueule.

Iftekar Acteur très connu, spécialisé dans les rôles de composition, qui a souvent joué les inspecteurs de police dans les films hindis.

IG Langue : anglais. *Inspector General*. Inspecteur général de la police.

IIIA Langue : anglais. Mesure du degré de protection offert par un gilet pare-balles. La protection de niveau IV est considérée comme la plus haute. Un gilet IIIA doit pouvoir arrêter des projectiles de mitraillette 9 mm.

ikka Langues : hindi, urdu. Chariot, ou voiture, tiré par un cheval.

inter Langue : anglais. Abréviation d'« intermédiaire ». Désigne l'examen de niveau intermédiaire, que l'on passait au terme des cycles d'enseignement secondaire et supérieur (onze ou douze années).

IPO Langue : anglais. *Initial Public Offering*. Introduction en Bourse d'une société cotée.

IPS Langue : anglais. *Indian Police Service*. Services de la police indienne.

Ishq, pyaar, muhabbat Langues : hindi, urdu. Amour, amour et amour. Ces trois mots sont tous des synonymes.

ISI Langue : anglais. *Inter-Services Intelligence*. Services de renseignement interservices, l'organe de renseignement le plus vaste et le plus puissant du Pakistan.

izzat Langues : hindi, urdu. Honneur, respect.

jaan Langues : hindi, urdu. Littéralement, vie. Souvent employé au sens de « chéri(e) » ou « cher (chère) », comme peut l'être la vie.

jaat Langue : hindi. Caste.

Jab tak hai jaan jaan-e jahaan Langue : hindi. Paroles d'une chanson du célèbre film *Sholay* (« Braises », 1975). « Tant que je vivrai, que je vivrai la vie de ce monde… » Ce vers se poursuit par : « … je danserai. »

Jai Langue : hindi. Victoire à…

Jai Hind Langue : hindi. « Victoire à l'Inde. » Slogan patriotique, souvent clamé lors des réunions publiques.

JAK Light Infantry Langue : anglais. *Jammu and Kashmir Light Infantry*. Infanterie légère du Jammu et du Kashmir.

jalebis Langue : hindi. Friandise à base de pâte à crêpe imprégnée de sirop, que l'on fait frire. Mets typique du nord de l'Inde.

jaljira Langue : hindi. Boisson épicée composée de feuilles de menthe et de gingembre.

jamun Langue : hindi. Fruit à la saveur astringente, d'un noir violacé quand il est mûr. Les *jamuns* poussent sur un arbre tropical à feuilles persistantes.

Jana Sanghi Langue : hindi. Membre du Jana Sangha, un parti politique qui, en 1980, laissa place au Parti Bhartiya Janata (BJP). Les militants et les dirigeants du Jana Sangh venaient souvent du mouvement nationaliste de droite Rashtriya Swayamsevak Sangh (RSS). Un Jana Sanghi défendait donc en général des idées politiques de centre droit ou de tendance conservatrice.

janampatri Langue : hindi. Thème de naissance, en général dessiné par un astrologue. Les thèmes les plus traditionnels se présentent sous la forme de longs rouleaux de papier couverts de tableaux et de symboles, et peuvent être très beaux. De nos jours, ils sont souvent générés par ordinateur.

Japji Sahib Le *Japji Sahib* est un ensemble de versets saints révéré par les sikhs, que les fidèles récitent tous les matins. *Jap* signifie chanter, psalmodier.

jari Langue : hindi. Broderie de fils d'or et d'argent.

jatas Langue : hindi. Longs cheveux emmêlés, comme dans les dreadlocks.

jawan Langue : hindi. Littéralement, jeune homme ou jeune, mais ce terme est aussi utilisé comme synonyme de « soldat ». Le *jawan* est l'équivalent indien du GI américain.

jehadi Langues : arabe, urdu. Celui qui participe au *jehad*, ou jihad, ce qui, littéralement, signifie « lutter selon la manière d'Allah ». Souvent, ce terme *jehad* sert à décrire des conflits militaires menés contre les ennemis de la foi, mais cette signification du mot reste limitée et partielle.

jhadoo Langue : hindi. Balai.

jhadoo-katka Langue : argot de Bombay. Balayer et passer la serpillière.

jhakass Langue : argot de Bombay. Excellent, formidable.

jhalla Langue : punjabi. Fou, cinglé.

jhalli Langue : punjabi. Folle – peut être employé affectueusement.

jhamoora Langue : hindi. Clown.

jhanjhat Langue : hindi. Tracas, gêne.

jhatak-matak Langue : argot de Bombay. Pétarade et mouvement, éclair et ondoiement. Fait souvent allusion à une femme sexy, qui attire l'œil.

jhav Langue : marathi. Baiser. La baise.

jhinga Langues : hindi, marathi. Crevette.

jhola Langue : hindi. Sac, en général muni d'une bandoulière.

jhopadpatti Langues : argot de Bombay, marathi. Village de baraques, taudis.

ji Langue : hindi. Suffixe dénotant le respect pour la personne à laquelle on s'adresse.

jite raho Langue : hindi. « Longue vie ».

JNU Langue : anglais. *Jawaharlal Nehru University*. Université Jawaharlal Nehru.

jooda Langue : hindi. Cheveux coiffés en chignon.

juhi Langue : hindi. Variété de jasmin.

junglees Langue : hindi. Sauvages.

jyotishi Langue : hindi. Astrologue.

kaande Langue : marathi. Oignon.

kachcha lanes Langue : hindi. Voies sans revêtement. *Kachcha* désigne ce qui n'est pas terminé, ce qui n'est pas définitif – l'inverse de *pucca*.

kachchas Langues : hindi, punjabi. Sous-vêtement (qui ressemble à un caleçon court).

kachoris Langue : hindi. Savoureux amuse-gueules à base de farine, de lentilles, de farine de pois chiches et d'épices. Souvent vendu dans les rues.

kadi Langues : hindi, marathi. Yaourt au curry.

kafila Langue : hindi. Caravane, procession, groupe de voyageurs.

kafirs Langues : arabe, urdu. Infidèles, incroyants. *Kafir* est un terme désobligeant réservé aux non-musulmans.

Kahin beetein na ye raatein, kahin beetein na ye din Langue : hindi. Paroles d'une chanson du film hindi *Le Guide* (1965) : « Puissent ces choses-là ne jamais s'achever, puissent ces jours-là ne jamais s'achever. »

Kahin beetein na ye raatein Langue : hindi. Variante des paroles d'une chanson du film hindi *Le Guide* (1965) : « Puissent ces nuits ne jamais s'achever, puissent ces jours ne jamais s'achever. »

kajus Langue : hindi. Noix de cajou.

kaka Langue : hindi. Oncle, en général le frère du père.

Kakori kebab Langue : hindi, urdu. Variété de kebabs particulièrement moelleuse et délicieuse, originaire de Lucknow. Cette recette a été créée dans l'Inde antérieure à l'Indépendance par un cuisinier de Kakori, un petit village de la périphérie de Lucknow.

Kaku Langues : hindi, marathi. Une variante affectueuse de *Kaka*, ou oncle, en général le frère du père.

kalazar Langue : hindi. Leishmaniose viscérale, maladie parasitaire connue aussi sous le nom de « fièvre noire » ou de « fièvre dum-dum ».

Seule la malaria fait davantage de victimes.

Kalias Langue : hindi. Personnes de peau noire en général, qu'elles soient africaines ou afro-américaines. *Kala* est le terme hindi pour noir, donc *Kalia* (au singulier) en est un dérivé. C'est de l'argot, et très désobligeant.

kaliyuga Langues : hindi, sanskrit. L'« Ère de Kali », ou « Ère de l'Obscurité ». Le quatrième et dernier des *yugas* qui se déroulent dans le cycle éternel de l'existence. De ces quatre périodes, le Kaliyuga est la plus dégénérée et la plus dénuée de toute morale, et elle s'achève avec le *Pralaya*, la grande destruction.

kameez Langue : hindi. Vêtement ample semblable à une chemise, que l'on porte avec un pantalon large, le *salwar*.

kanche, kancha Langue : hindi. Une *kancha* est une bille.

kanjoo Langue : hindi. Grippe-sou.

kanpatti Langue : argot de Bombay. Région de la tête située juste devant les oreilles.

kanya Langue : hindi. Jeune femme.

kapda Langue : hindi. Étoffe, vêtement.

kara Langues : hindi, punjabi. Bracelet en acier porté au bras par les sikhs. Le port du *kara* est l'un des cinq articles de foi respectés par les sikhs.

karak Langue : hindi. Fort. Un *karak chai* sera donc un thé fort.

karamchari Langue : hindi. C'est un terme général qui désigne l'employé de bureau ou le fonctionnaire. Il est souvent employé comme appellation générale pour les fonctionnaires des administrations gouvernementales – le grand public redoute d'avoir à traiter avec les *karamcharis*.

karhai Langue : hindi. Casserole en fonte souvent utilisée pour les fritures. Elle ressemble au wok chinois.

karo Langue : hindi. Verbe – le verbe « faire quelque chose ».

kartiya Langue : marathi. Terme affectueux de la langue marathie, pour désigner un type cinglé. On s'en servira aussi bien avec un ami qu'avec un parent.

Kasam Langue : hindi. Vœu. On l'utilise parfois dans le sens de : « Je te donne ma parole. »

kasht karein Langue : hindi. « Voulez-vous bien vous donner la peine, je vous prie… » Manière très solennelle de prier quelqu'un de faire quelque chose.

katchha Langue : hindi. Voir *pucca*.

katha Langue : hindi. Histoire, raconter une histoire.

kattha Langue : hindi. Mesure de la terre qui équivaut à 0,3 hectare.

kattu Langues : argot de Bombay, hindi. Terme désobligeant pour désigner un musulman. Il signifie à peu près : « Un homme que l'on a coupé », allusion à la circoncision.

Kaun Banega Crorepati Langue : hindi. « Qui veut devenir multimillionaire ? » Équivalent indien de l'émission : « Qui veut gagner des millions ? »

Ke kitni muhabbat hai tumse, to paas aake todekho Langue : hindi. Paroles d'une chanson du film hindi *Kasoor* (« Crime », 2001) : « Pour savoir combien je t'aime, viens, viens plus près, viens voir. »

keeda Langue : hindi. Littéralement, ver. Dans la langue familière, sert à stigmatiser un entêtement inexplicable, un caprice profondément enraciné qui confine à l'obsession.

kelvan Langue : marathi. C'est l'un des rituels du mariage dans le Maharashtra : le dernier repas que la future mariée prend en sa qualité de vierge au domicile de ses parents. Les parents et les familles des deux futurs époux prennent part à ce repas, ainsi que les autres membres de la famille et les amis.

kesar Langue : hindi. Safran.

KG Langue : allemand. *Kindergarten* Jardin d'enfants, crèche.

khaala-jaan Langue : urdu. « Chère tante. » *Khaala* est en général la tante maternelle.

khabari Langue : hindi. Informateur. *Khabar*, ce sont les nouvelles, les informations.

khadda Langue : hindi. Littéralement, trou ou fosse. Utilisé parfois dans un argot très vulgaire pour évoquer le vagin.

khadi-kurta Langue : hindi. Un *khadi-kurta* est une chemise ample coupée dans une étoffe de *khadi* tissée maison. Quand Gaitonde se réfère à ces « enfoirés en *khadi-kurta* », il parle des politiciens, qui affectent de porter de tels vêtements pour donner l'image d'une vie simple.

khajoor Langue : hindi. Datte.

khalsa Langue : punjabi. *Khalsa* se réfère aux sikhs qui ont pris part à la cérémonie d'initiation de l'Amrit Sanchar. Le *khalsa* doit porter les cinq symboles de la foi sikh, et vivre toute son existence dans le respect des enseignements des gourous.

khari lassi Langue : hindi. Variété de *lassi* salé.

khata-khat Langue : hindi. Rapide, efficace. Provient sans doute d'une onomatopée qui évoque la trépidation de la machine.

khatara Langue : argot de Bombay. Une épave.

khattam shud Langue :   urdu. Complètement fini. Souvent utilisé dans le sens de : la fin des fins.

khattia Langue : hindi. Un *khattia* ou *khat* est un lit simple. Le cadre en bois est entouré de cordes ou de rubans plats, sur lesquels on couche parfois un matelas. De nos jours, les *khats* ne se trouvent en général que dans les zones rurales. Le mot anglais *cot* (lit de camp, lit d'enfant) vient de ce terme hindi *khat*.

kheer Langue : hindi. Mets sucré composé de riz, de lait et de sucre.

khichdi Langue : hindi. Plat à base de riz et de lentilles. Comme on y ajoute souvent d'autres ingrédients, le mot a pris la connotation de méli-mélo. Le *khichdi* est considéré comme un plat de diète, et on le sert aux convalescents.

khiladi Langue : hindi. Joueur.

Khilte hain gul yahaan, khilake bikharane ko, milte hain dil yahaan, milke bichhadne ko Langue : hindi. Paroles d'une chanson du film hindi *Sharmilee* (*The Shy One*, « La Jeune fille timide », 1971) : « Les fleurs ne fleurissent, ici, que pour tomber. Les cœurs ne se rejoignent que pour mieux s'éloigner. »

khima Langues :   hindi, urdu. Recette à base de viande hachée, généralement préparée avec du mouton. Peut être très épicée.

khiskela Langue : argot de Bombay. Fou, givré. Littéralement, déplacé, ou dérangé. Par extension, celui qui a le cerveau dérangé, qui n'a pas la tête en place, sera *khiskela*.

khoka Langue : argot de Bombay. Crore (dix millions) de roupies.

kholi Langue : marathi. Une pièce. Celui qui habite dans une *kholi* vit probablement dans une maison d'une ou deux pièces.

khoon Langues : hindi, punjabi. Meurtre.

khuds Langue : hindi. Trous, fosses.

khwab Langue : hindi, urdu. Rêve.

Khwab ho tum ya koi haqiiqat, kaun ho tum batalaao Langue : hindi. Paroles d'une chanson du film hindi *Teen Deviyaan* (*Three Ladies*, « Trois dames », 1965) : « Es-tu un rêve, es-tu réelle ? Dis-moi qui tu es. »

kidi kada Langue : punjabi. Jeu auquel jouent les enfants. On le pratique avec une pierre, dans les limites d'une aire de jeu tracée au sol. Également connu sous son autre nom : *shatapoo*.

kirpan Langue : punjabi. Poignard ou sabre porté par les sikhs. C'est l'une des cinq pratiques ou observances religieuses recommandées aux sikhs.

kirtan Langue : hindi. Hymne.

kismet Langue : hindi. Destin, fortune.

koel Langue : hindi. Chant du coucou koël (*Eudynamys scolopacea*), que l'on trouve dans le sous-continent.

Koi hai Langue : hindi. « Il y a quelqu'un ici ? »

kokum Langue : marathi. Épice amère souvent introduite dans les plats du Maharashtra.

kos Langue : hindi. Mesure indigène de la distance. La distance véritable varie avec les régions, mais l'estimation la plus courante la fait équivaloir à environ trois kilomètres.

kshatriya Langue : hindi, sanskrit. Dans le système des castes hindoues, l'une des quatre *varnas* ou « couleurs » en sanskrit – les castes étant distinguées notamment en fonction de la couleur de la peau. Les *kshatriyas* formaient la caste des guerriers, considérée comme l'une des plus élevées dans la hiérarchie.

kulfi Langue : hindi. Crème glacée indienne à base de lait bouilli.

kulhadi Langue : hindi. Hache, hachette.

Kumbh Langue : hindi. Le *Kumbh mela*, ou fête, a lieu quatre fois tous les douze ans. Tous les trois ans, une rotation s'effectue entre Prayag (Allahabad), Ujjain, Haridwar et Nashik. Tous les douze ans, le

Maha Kumbh mela, le Grand Kumbh, se déroule à Prayag : des millions de pèlerins viennent de toute l'Inde, et de plus loin encore, pour assister à cette fête. Les *melas* du Grand Kumbh sont les rassemblements humains les plus imposants de la planète.

Kumbhkaran L'un des frères de Ravana, l'adversaire, dans le *Ramayana*. Kumbhkaran, grâce à une faveur accordée par Brahma, dormait six mois d'affilée, pendant lesquels il ne se réveillait que pour dévorer de vastes quantités de nourriture.

kumkum Langues : hindi, marathi. Poudre utilisée pour apposer une marque de bon augure sur le front.

kurta Langues : gujarati, hindi, marathi, punjabi. Chemise ample portée par les hommes et par les femmes.

kutiya Langue : hindi. Garce, salope.

kutti Langue : hindi. Pouffiasse.

kya Langue : hindi. Quoi ?

Kya se kya ho gaya Langue : hindi. Paroles d'une chanson d'un film hindi fictif : « Regarde, je ne peux plus rien cacher. Ce cœur est fou de toi. »

laat-saab Langue : hindi. Sahib très haut placé, personnage très important, qui en impose. *Laat* serait une forme indienne corrompue de l'anglais Lord. Cette formule était souvent employée pour désigner les Anglais. Dans l'Inde postérieure à l'Indépendance, elle servait fréquemment à évoquer les Indiens très anglicisés.

laddoo Langue : hindi. Mets sucré. Les *laddoos* peuvent être confectionnés avec des ingrédients divers, mais ils sont toujours ronds.

ladhi Langue : hindi. Le terme désigne les pétards – un *ladhi* est un chapelet de pétards, qui peut être très long.

lafanga Langue : hindi. Un *lafanga* est un rustre, un individu aux mauvaises manières, en général un jeune homme. Les parents dont le fils traîne dans les rues redoutent qu'il ne devienne un *lafanga*.

lakh Langue : hindi. Unité de compte dans le système de numération indien traditionnel, équivalant à cent mille.

lallu Langues : hindi, punjabi. Gringalet, mauviette, un individu mou ou inefficace.

lalten Langue : hindi. Lanterne. C'est ainsi que la G-Company désigne la livre anglaise.

lambi Langues : argot de Bombay, hindi. Littéralement, *lambi* veut dire « long ». Mais, dans une prison, un *lambi* est un couteau ou un poignard, qui est long comparé à une lame de rasoir, autre arme privilégiée en ces lieux. Un *lambi* peut être fabriqué à partir d'une charnière de porte ou de n'importe quel autre morceau de métal de ce style. Le mot sert aussi à désigner une épée ou un sabre.

lance-naik Langues : anglais, hindi. Grade de l'armée indienne, équivalent au caporal de l'armée britannique. Le *naik* désigne le grade immédiatement supérieur.

landyas Langue : argot de Bombay. Terme très désobligeant pour les musulmans.

langda-lulla Langue : hindi. Handicapé.

langotiya yaar Langue : hindi. Sous-vêtement indien traditionnel. Les enfants courent souvent vêtus seulement de *langots*. Donc, un *langotiya yaar* est un ami des temps où vous et lui portiez tous les deux des *langots*. Une version plus récente de la même idée sera le *chaddi friend*, l'ami chaddi – le *chaddi* est un short.

lassi Langue : hindi. Boisson rafraîchissante composée de yaourt battu, d'eau et d'épices. Les *lassis* peuvent être sucrés ou salés.

Lat pat lat pat tujha chalana mothia nakh-riyacha Langue : marathi. C'est un vers extrait d'une vieille chanson marathi, *Laavani* ou chanson populaire, également chantée dans un film. *Lat pat lat pat* est une onomatopée qui évoque la manière de marcher d'une femme, son déhanchement. Le dernier mot du passage cité, *nakhriyacha*, est une forme déclinée de *nakhra*, tra-

duit en général par « poses féminines, flatteries, affectation, coquetterie » ou encore « flirt ». La traduction la moins infidèle serait : « Tu te balades avec une telle allure, un tel style. »

lata-pata Langue : hindi. Herbe et fourrage, ce que l'on donne à manger aux animaux.

lathait Langue : hindi. Celui qui manie le *lathi*, long bâton en bois. Un *lathait* est en général un « dur », un gros bras qui loue ses services.

lathi Langues : hindi, punjabi. Longue matraque en bois que portent les policiers, notamment pour contenir la foule. Voir http://en.wikipedia.org/wiki/Lathi.

lauda Langues : gujarati, hindi, marathi, punjabi. Pénis, dard.

lauda lasoon Langue : argot de Bombay. Le *lauda* (ou *lund*, voir plus bas), c'est la queue, et *lasoon* désigne l'ail. En général, cette formule est employée sur un mode dépréciatif comme synonyme de : « … et patati et patata ». Comme dans la phrase : « Le gouvernement fait vraiment *lauda lasoon* pour régler le problème de la circulation à Bombay. » Gaitonde sait se montrer créatif dans son usage de l'argot. Il parle d'Amit qui veut « trois *lund lassoon* » par jour, autrement dit se faire « tailler le dard », recevoir de multiples fellations. Ses hommes le suivent dans cet usage de l'argot.

leechies Langue : hindi. Letchi ou litchi. Petit fruit à peau rose, à chair blanche.

leela Langue : hindi, sanskrit. Pièce de théâtre, l'univers comme pièce de théâtre divine du Seigneur. Voir http://www.sanatansociety.org/ yoga_and_meditation/hinduism _philosophy_leela_lila_lilla.htm

LLB Langue : latin. *Legum Bacca-laureus*, formule latine pour licencié en droit. Le principal diplôme académique du cursus juridique.

lodu Langue : hindi. Bite, con.

Loksatta Langue : marathi. *Loksatta* est un journal marathi de Bombay, ramifié dans plusieurs rédactions locales à Nagpur, Pune et Ahmednagar.

London mein fielding lagao. Do team bhe-dzjo, Sachin aur Saurav dono. Rcady rehna, instructions baad mein Langues : argot de Bombay, hindi. Ici, Gaitonde s'exprime en langage codé : « Organisez-moi un match de cricket à Londres. Envoyez deux équipes, Sachin et Saurav. Tenez-vous prêts, instructions suivront. » Il veut que ses subordonnés se tiennent prêts à passer à l'action à Londres. La préparation du match de cricket est une fiction. Sachin et Saurav sont les noms de code de deux de ses hommes – en l'occurrence, ceux de deux grands joueurs de cricket, Sachin Tendulkar et Saurav Ganguly.

ludo Langue : anglais. Simple jeu de table pour deux joueurs.

lund Langue : argot de Bombay. Queue, pénis.

lungi Langue : tamil. Vêtement pour homme, composé d'une simple pièce de tissu drapée autour de la taille et des jambes, comme un sarong.

lurkao Langue : hindi. Littéralement, culbuter, plaquer. Par extension, descendre, tuer.

maal Langues : argot de Bombay, hindi. Littéralement, machin, ou matière. Terme désincarné pour parler des femmes comme femmes objets.

machchi Langue : argot de Bombay. Poisson.

maderchod Langues : hindi, punjabi. Enculé de ta (sa) mère, putain de (comme dans putain de bagnole).

maderpat Langue : marathi. Enculé de ta (sa) mère.

madrassa Langues : arabe, hindi, urdu. École. Dans l'usage anglais du terme, désigne en général une école religieuse sunnite.

maghai Langue : hindi. Une variété de feuille qui sert à confectionner le *paan* sucré.

maha Langue : hindi. Ce préfixe signifie généralement grand ou gros.

Maharaja Langue : hindi. Roi.

Maharani Langue : hindi. Reine.

maharathi Langue : hindi. Grand guerrier.

mahatma Langue : hindi. Littéralement, grande âme. Homme sage, grand homme.

mahurats Langue : hindi. Laps de temps particulièrement propice pour engager le début d'une activité bien précise ou pour un rituel ou une occasion particulière. Un *pandit* sera consulté, pour qu'il indique le moment exact d'un *mahurat*. Le *pandit* examinera l'horoscope de son client et tiendra compte du positionnement du soleil et des planètes, mais aussi des buts et de la nature de l'activité envisagée.

Mai re Langue : hindi. Exclamation : « Ô mère ! »

maidan Langues : hindi, urdu. Champ, parc, ou place.

maike Langue : hindi. Domicile des parents d'une femme mariée.

Main zindagi ka saath nibhaata chala gaya Langue : hindi. Réplique extraite d'un film hindi, *Hum Dono* (*Two of Us*, « Tous les deux », 1961) : « J'ai tenu bon, je n'ai pas perdu ma foi en la vie… »

Majnoo Langues : arabe, urdu. Référence à un vieux conte populaire très répandu dans toute l'Asie du Sud et au Moyen-Orient, l'histoire de Laila et Majnoo. *Majnoo* signifie « fou » en arabe. C'est le surnom d'un jeune homme bien-né, Qais, séparé de sa bien-aimée Laila par le père de cette dernière, qui veut la marier à un autre homme. De désespoir, Qais quitte la maison familiale et s'aventure dans le désert, affamé et en guenilles. À cause de cet amour délirant et de cette frénésie, le peuple le surnomme « Majnoo ». Il finit par mourir de faim. Laila, elle, se tuera le jour de ses noces.

makaan Langue : hindi. Maison, foyer.

makhmali andhera Langue : hindi. Paroles d'une chanson du film hindi *Sharmilee* (*The Shy One*, « La Jeune Fille timide », 1971) : « L'obscurité est de velours… » Voir http://imdb.com/title/tt0067742/

makkai Langue : hindi. Maïs.

mala badol Langue : bengali. Mariage.

malai Langue : hindi. Crème.

malang baba Langues : hindi, urdu. Un *malang* est un saint homme que l'on croit touché par la main d'Allah. Un *malang baba* est donc un *malang* plus âgé, moine ou fakir. Certains *malangs* se décrivent comme appartenant à la tradition soufie, quoique ce ne soit pas toujours le cas. Les *malangs* sont quelquefois reconnaissables à leur tenue : une longue tunique, quantité de colliers de perles et de chaînes, un bol en bois ou en métal. Ils revendiquent souvent une victoire sur les êtres surnaturels ; on les dit capables de maîtriser les esprits ou de les exorciser.

malik Langue : hindi. Maître, propriétaire.

mamoo Langues : argot de Bombay, marathi. Crétin, idiot.

Mamta Langues : hindi, sanskrit. Littéralement, l'amour de la mère. Souvent employé comme un nom propre.

Mamu Langues : gujarati, hindi. Manière affectueuse de parler de Mama (le frère du père).

Man ja ay khuda, itni si hai dua Langue : hindi. Ce sont des paroles tirées d'une chanson du film hindi *Yes, Boss* (1997) : « Écoute-moi, mon Dieu, accorde-moi juste ce petit souhait… ». Voir http://imdb.com / title/tt0120540/

mandap Langue : hindi. Dais de mariage.

mandvali Langue : argot de Bombay. Négociation, accord, compromis.

mangalsutra Langues : gujarati, hindi, marathi. Collier de perles noires, que portent les femmes mariées. Voir http://www. shaadi.com/wedding/rituals/customs/ 040906-mangalsutra.php

Mantralaya Langue : hindi. Siège administratif de l'État ou ministère d'État à Bombay (*mantri* signifie le ministre).

Voir http://en.wikipedia.org/wiki/ Mantralaya %2C_Mumbai

mantri Langue : hindi. Ministre.

manuvadi Langue : hindi. Manu était l'auteur du *Manusmriti*, texte d'où l'hindouisme a tiré quantité de ses lois et de ses pratiques, notamment l'exploitation des castes inférieures. Un *manuvadi* est un disciple de Manu, ce qui revient à dire qu'il s'agit d'un membre des castes supérieures.

Marad sala aisaich hota hai Langues : argot de Bombay, hindi. La journaliste s'exprime ici dans un hindi typique de Bombay : « Les hommes, tous des salauds. »

Marathas Langue : marathi. Groupe de castes parlant le marathi, dans l'État du Maharashtra. Ils étaient des guerriers et des cultivateurs, par tradition.

Marwari Langues : hindi, marwari. Individu originaire du Marwar, une région du Rajasthan. Les Marwaris – c'est un stéréotype – sont réputés pour être des marchands coriaces en affaires.

masala Langue : hindi. Épice.

mashooq Langue : urdu. Amoureux.

masjid Langues : hindi, urdu. Mosquée.

masnad Langues : hindi, urdu. Coussin.

masst Langues : argot de Bombay, hindi. Parfait, excellent, très plaisant.

mathadi workers Langue : marathi. Débardeurs, sur les docks. Ouvriers qui portent et déplacent les charges.

matka Langue : argot de Bombay. Jeu de loterie, clandestine et illégale, de Bombay, qui représente une très grosse affaire.

mauj-maja Langues : hindi, marathi. Plaisir et amusement.

maulvi Langues : hindi, urdu. Titre donné aux érudits religieux sunnites.

mausa-ji Langues : hindi, punjabi. Oncle par alliance – le mari de la sœur de votre mère.

mausambi Langue : hindi. Citron doux.

mausi Langues : hindi, punjabi. Tante, sœur de la mère.

MCOCA Langue : anglais. *Maharashtra Control of Organised Crime Act*. Loi réprimant le crime organisé dans l'État du Maharashtra. Le MCOCA a remplacé le TADA (*Terrorist and Disruptive Activities Prevention Act*), loi de répression des activités terroristes et des troubles à l'ordre public, abandonnée en 1995, après de vives protestations. Mais le MCOCA est encore plus draconien ; il permet d'arrêter et de maintenir en détention un accusé pendant six mois sans procès. La condition préalable à la mise en liberté sous caution est que le juge considère, au moment de l'arrestation du prévenu (avant le procès), l'accusé comme n'étant pas coupable. Ainsi ce dernier est-il présumé coupable jusqu'à ce qu'il ait apporté la preuve de son innocence. Beaucoup d'organisations de défense des droits de l'homme ont demandé l'abrogation de cette loi.

MEA Langue : anglais. *Minister of External Affairs*. Ministère des Affaires étrangères (au niveau national), responsable de toutes les affaires indiennes à l'extérieur du pays. Voir http://meaindia.nic.in/

Mehbooba mehbooba Langue : hindi. Paroles extraites d'une chanson du film hindi *Sholay* (« Braises », 1975). « Bien-aimée, ô ma bien-aimée... » Voir http://imdb.com/title/tt0073707/

mehndi Langue : hindi. Henné.

mela Langue : hindi. Fête foraine ou foire.

Mems Langue : hindi. Abréviation de *Mem-sahibs*, ou mesdames.

memsaab Langue : hindi. Madame.

Mere desh ki dharti sona ugle, ugle heere moti Langue : hindi. Paroles d'une chanson du film hindi *Upkar* (*Good Works*, « Bonnes œuvres », 1967) : « La terre de mon pays regorge d'or, elle regorge de perles et de joyaux. » Cette chanson est chantée par un fermier, qui évoque les richesses de sa terre.

Mere sahiba kaun jaane gun tere Langue : punjabi. Il s'agit d'un vers tiré d'un hymne ou d'un verset du *Guru Granth Sahib*, le livre saint des sikhs. Il se traduira, approximativement, par : « Ô Seigneur, qui peut connaître tes qualités ? »

Mere sapnon ki rani kab aaye gi tu, aayi rut mastaani kab aaye gi tu Langue : hindi. Paroles extraites d'une chanson du film hindi *Aradhana* (*Worship*, « Adoration », 1969). « Oh reine de mes rêves, quand viendras-tu ? La saison de l'ivresse est venue, et toi, quand viendras-tu ?... » Voir http://imdb.com/title/tt0065416/

Mir Saab Langue : urdu. Titre aristocratique.

Mishmi Ethnie du nord-est de l'Inde.

mithai Langue : hindi. Sucreries, desserts.

MLA Langue : anglais. *Member of the Legislative Assembly*, Membre de l'assemblée législative – représentant élu par les électeurs d'un district au sein d'un corps législatif de l'État.

mogra Langue : hindi. Fleur, variété de jasmin.

mohalla Langues : hindi, urdu. Quartier, localité.

moksha Langues : hindi, sanskrit. Libération du cycle des morts et des renaissances. Le *mokhsa* est le quatrième des *purusharthas*, ou buts de la vie. Les autres sont *dharma* (le devoir), *artha* (le gain matériel, les moyens de subsistance), et *kama* (le plaisir).

monai Langue : konkani. Tabouret bas.

motu Langu : hindi. Gros, gras.

MP Langue : anglais. *Member of Parliament*. Membre du Parlement – représentant élu au sein du Lok Sabha ou du Rajya Sabha, les deux chambres du pouvoir législatif central indien.

MTNL Langue : hindi. *Maharashtra Telephone Nigam Limited*. Opérateur téléphonique public.

muchchad Langue : hindi. *Much* ou *mooch* est une moustache. Un *muchchad* est un individu à la moustache particulièrement impressionnante.

multani mitti Langues : hindi, urdu. Argile ou terre savonneuse utilisée depuis l'Antiquité comme masque de beauté. En Inde, cette substance riche en chaux provient de la partie nord-ouest du sous-continent, en particulier du Multan. L'argile est mélangée soit avec du miel, soit avec du citron, de l'eau de rose, des amandes ou d'autres ingrédients.

Mumbaikar Langue : marathi. Habitant de Mumbai.

muni Langues : hindi, sanskrit. Sage ou moine, en particulier dans la tradition hindoue. Un homme sage, souvent doté de pouvoirs extraordinaires.

must Langue : argot de Bombay. Super, classe.

mustanda Langue : hindi. Rustre, butor.

muth Langue : hindi. Sanctuaire hindi, auquel sont rattachés quantité de *sadhus* ou *swamis*. Certains *muths* sont très riches en raison des donations faites par leurs fidèles.

na Langue : hindi. Littéralement : non. Souvent employé comme interjection interrogative à la fin d'une phrase : « Tu as lu ce livre, *na* ? »

naamam Langues : hindi, sanskrit. Marque emblématique portée sur le front. Il existe différentes formes de *naamam* en fonction des inclinations religieuses de la personne.

nada Langue : hindi. Cordon.

naga Langue : hindi. Secte de *sadhus*, ou moines. Les *naga sadhus* sont des shaivites, et ils existent sous forme de secte depuis des millénaires. *Sadhus* « guerriers », ils portent des tridents, des sabres, des lances. Leur secte est divisée en *akharas*, ou régiments. Beaucoup d'entre eux ne portent pas de vêtements.

Naga Langue : hindi. Groupe ethnique, les Nagas vivent dans le Nagaland et à Manipur, dans le nord-est de l'Inde.

nagada Langue : hindi. Tambourins indiens. On en joue avec des baguettes.

nagar Langue : hindi. Bourgade, village.

naka Langue : marathi. Intersection, croisement.

nakabandi Langues : hindi, marathi. Opération de police au cours de laquelle les véhicules sont arrêtés en bordure de la route et contrôlés : barrage.

nakhras Langue : urdu. Coquetterie, poses féminines, charme, délicatesse. Il n'existe, ni en anglais ni en français, de mot capable d'exprimer exactement ce comportement typique de l'Asie du Sud, séduction délicate, féminine, comprise par les parties concernées comme relevant de l'artifice.

namaaz Langues : hindi, urdu. Le *namaaz* ou *salat* est l'ensemble des prières auxquelles s'astreignent les musulmans. Il regroupe en général cinq prières journalières.

namaaz ka gatta Langues : hindi, urdu. Marque sombre sur le front des musulmans pieux, qui leur vient à force de toucher le sol avec leur tête, lorsqu'ils s'agenouillent en prière cinq fois par jour.

namaazi Langues : hindi, urdu. Fidèle musulman fervent, qui lit le namaaz, ou les prières.

namaskar, namaste Langue : hindi. Salut respectueux. Les paumes sont jointes devant la poitrine de la personne qui le prononce.

namkeen Langues : hindi, urdu. Savoureux – se dit d'un mets salé ou épicé. Souvent employé pour qualifier les amuse-gueules.

namoona Langue : hindi. Spécimen.

Nanak dukhiya sab sansaar Langue : punjabi. « Nanak, le monde entier est dans la douleur. »

narangi Langue : hindi. Littéralement, orange. Ici, ce mot désigne une liqueur très parfumée.

narial-pani Langue : hindi. Un *narial* est un cocotier, donc le *narial-pani*, c'est l'eau de coco, le liquide que l'on trouve à l'intérieur de la noix. Les gens achètent souvent des noix de coco aux vendeurs de rue, qui en tranchent le bout pour leur permettre d'en boire le liquide.

natevaik Langue : marathi. Parentèle, parents, communauté familiale dont un être fait partie.

nau-numberis Langues : argot de Bombay, hindi. Littéralement, numéro 9. Désigne les policiers.

nawab Langues : hindi, urdu. Titre honorifique d'un noble musulman.

nayakan Langue : tamil. *Nayakan* signifie le héros ou le chef, en langue tamil. Dans ce cas précis, allusion à un film célèbre sorti en 1978, réalisé par Mani Ratnam, avec Kamalahasan dans le rôle principal, celui de Velu Naicker, un jeune garçon devenu caïd de la pègre de Bombay. Le personnage s'inspire de la vie de Varadarajan Mudaliar, ou Varada. Varada, un des hommes les plus puissants de Bombay, est un Tamil qui a lutté contre les préjugés et la discrimination dans Bombay dominée par les *Marathas*. Pour les gangsters de la génération de Gaitonde, Varada est une figure légendaire à placer aux côtés de Haji Mastan et de Yusuf Patel. *Nayakan* fut présenté en sélection officielle dans la catégorie du meilleur film étranger lors de la cérémonie des Oscars en 1987.

nazrana Langues : hindi, urdu. Cadeau.

neem Langue : hindi. Margousier, arbre propre au sous-continent (*Azadirachta indica*). Ses feuilles et ses branches possèdent de nombreuses propriétés médicinales. Les brindilles de *neem* servent de brosse à dents.

neer dosas Langue : kannada. *Neer*, c'est l'eau, les *neer dosas* sont confectionnés avec une pâte à crêpe très liquide.

NEFA Langue : anglais. *North Eastern Frontier Agency*, Administration de la frontière du Nord-Est. L'un des organismes antérieurs à l'Indépendance, sous administration britannique. Cette région est désormais divisée entre les États du Nagaland et de l'Arunachal Pradesh.

Nikki Langue : punjabi. Littéralement, petit. Dans le roman, ce qualificatif s'adresse à Prabhjot Kaur.

nimbu pani Langue : hindi. Eau de citron, similaire à la citronnade.

Nirodh Langue : hindi. Nom d'une marque de préservatifs mis gratuitement sur le marché par le gouvernement de l'Inde voici quelques années. Voir http://en.wikipedia.org/wiki/Nirodh

NRI Langue : anglais. *Non-Resident Indian*. Indien non-résident.

nullah Langue : hindi. Canal.

OBC Langue : anglais. Abréviation de la formule *Other Backward Caste*, ou « autres basses castes », l'une des classifications figurant dans la constitution indienne.

Om Langues : hindi, sanskrit. Fait parfois l'objet d'une translittération sous la forme *aum*. Syllabe sacrée de l'hindouisme, souvent placée au début des textes sacrés.

Om evam saraswatye namah Langue : sans-krit. Invocation extraite d'un texte sanskrit classique : « Om ! J'honore la déesse Saraswati… »

One, two, chal shuru hoja Langue : hindi. Paroles extraites d'une chanson du film hindi, *Humjoli* (*Friend*, « L'Ami », 1970) : « Et un, et deux, et on y va… »

paan Langue : hindi. Dessert ou friandise destinée à rafraîchir le palais, fait de divers ingrédients roulés dans des feuilles de bétel. Les *paans* sont souvent proposés aux convives après le repas. Il en existe quantité de variétés, dont certaines comprennent des brins de tabac.

paaplet Langue : marathi. Réglisse.

padhaku Langue : hindi. Studieux.

paes Langue : konkani. Plat de riz (faisant parfois l'objet d'une translittération sous la forme *pej*).

Pag ghungru baandh Mira naachi thi Lan-gue : hindi. Paroles extraites d'une chanson du film hindi *Namak Halal* (*Faithful*, « Fidèle », 1982) : « Parée de ses bracelets de cheville, Mira dansait… » Voir http://imdb.com/title/tt0084385/

pagdi Langue : hindi, punjabi. Turban.

Paisa phek, tamasha dekh Langue : hindi. « Jette l'argent par les fenêtres, et admire le spectacle. »

paisa vasool Langue : argot de Bombay. En avoir pour son argent.

paise Langue : hindi. Pluriel de *paisa*, une unité monétaire. Cent *paise* font une roupie.

pakoras Langue : hindi. Petit en-cas : légumes ou viandes roulés dans de la farine de pois chiches et frits.

palki Langues : hindi, punjabi. Palanquin. Dans le Harmandir Sahib, à Amritsar, un palanquin d'or et d'argent sert à transporter le *Guru Granth Sahib*, le livre saint.

pallu Langues : hindi, punjabi. Extrémité libre du sari d'une femme, qu'elle rejette en général sur l'épaule. Parfois, pour conserver leur liberté de mouvement, les femmes attacheront le *pallu* autour de la taille, particulièrement celles qui doivent accomplir des tâches pénibles.

paltu Langue : hindi. Docile, apprivoisé.

Carte PAN Langue : anglais. PAN signifie *Permanent Account Number*, ou numéro de compte permanent, que tous les contribuables doivent posséder, enregistré auprès des services de l'impôt sur le revenu.

panchnama Langue : hindi. Première liste des preuves et des découvertes matérielles qu'un officier de police judiciaire relève sur la scène d'un crime. Ce document doit être contresigné par l'officier de police chargé de l'enquête et par deux témoins réputés impartiaux. Voir http://www.mumbaipolice.org/citizens-charter/panchnama.htm

pandhara rassa Langue : marathi. Jus de viande blanche.

pandit Langue : hindi. Prêtre hindou.

pandita Langue : marathi. Forme familière du terme *pandit*.

panga Langue : hindi. Dispute, remue-ménage.

pani Langue : hindi. Eau.

pani-puri Langue : hindi. Savoureux amuse-gueule. Boule de pâte à beignet légère et croustillante fourrée de jus de *masala* épicé et d'une farce de purée de pommes de terre. Également connue sous le nom de *gol gappa* ou *puchka*.

Pankhida tu uddi jaaje Langue : gujarati. Paroles extraites d'une chanson populaire que l'on entend lors des danses *garba* : « Oh l'oiseau, envole-toi... » Elle continue ainsi :
Pawagarh re
Kehje Ma Kali ne re
Garbo ramwa re
« Oh l'oiseau, envole-toi
Vers Pawagarh
Dis à Mère Kali
De danser le garba. »

papad Langue : hindi. Également *papadum*. Petit amuse-gueule plat, aussi mince qu'une hostie, composé de lentilles, de farine de pois chiches ou de farine de riz. Souvent servi en apéritif.

paplu Langue : hindi. Jeu de rami.

papri-chaat Langue : hindi. Amuse-gueule : sorte de crêpe très fine servie avec des pommes de terre, du yaourt et du chutney de tamarin.

paranda Langue : punjabi. Cordons ou glands multicolores que les femmes tressent dans leurs cheveux ou attachent dans leur chignon. Ceux que l'on réserve aux occasions particulières peuvent être en argent ou en or.

paratha Langue : hindi. Pain frit généralement à base de farine de blé complet. La pâte est frite dans le *ghee* ou dans l'huile, et souvent fourrée de légumes.

parauntha Langue : punjabi. Mot punjabi, pour le *paratha*.

parishad Langue : hindi. Conseil.

parkarma Langue : punjabi. Promenade circulaire qui encercle le bassin sacré du Harmandir Sahib, à Amritsar.

pashmina Langues : hindi, urdu. Cachemire de très haute qualité tissé à partir de la laine de chèvre des montagnes de l'Himalaya.

patka Langue : punjabi. Étoffe simple utilisée comme coiffe par les sikhs.

patli Langue : hindi. Mince, maigre. En référence à la terre, quand elle n'est pas riche.

patra Langues : argot de Bombay, marathi. Hachoir.

patta Langues : hindi, marathi. Littéralement, lanière, mais, dans les commissariats de police de Bombay, le terme désigne une longue courroie de toile épaisse comme les courroies de transmission de certaines machines industrielles. Fixée à une poignée en bois, elle sert à frapper les prisonniers lors des interrogatoires. L'avantage, pour les policiers, est que le *patta* ne laisse pas autant de marques que d'autres instruments.

pav Langue : marathi. Pain, issu du mot portugais *pão*.

pav-bhaji Langue : marathi. Plat particulièrement populaire à Bombay. Le *bhaji* est un curry épicé de légumes et pommes de terre, et le *pav* est un pain. Le *pav* est cuit sur le même *tava* ou *pan* sur lequel on prépare le *bhaji*.

paya Langues : hindi, urdu. Curry de pieds de chèvre.

PCO Langue : anglais. *Public Call Office*, ou téléboutique. Dans un PCO, il suffit d'acheter des unités pour obtenir un appel local ou longue distance.

peda Langue : hindi. Plat sucré.

peetal Langue : hindi. Cuivre.

peloed Langues : argot de Bombay, hindi. *Pelo*, c'est peser, influer sur, faire forte impression. Ici, l'allusion est sexuelle.

peri pauna Langue : punjabi. « Je te touche les pieds. » Formule que l'on prononce en touchant les pieds d'un aîné, d'une personne âgée, ou de celui que l'on respecte immensément.

peti Langue : argot de Bombay. Mot pour 100 000 roupies (un *lakh*).

PG Langue : anglais. *Paying Guest*, ou hôte payant. Cette abréviation peut servir à désigner une personne qui vit dans la maison d'une autre (en général en y occupant une pièce) en échange d'un loyer, mais la formule peut aussi désigner le logement lui-même, la chambre meublée. Comme dans la phrase :

« Elle vient de trouver une chambre meublée très bien, à Bandra. »

phachak Langue : hindi. Onomatopée : son d'une explosion.

phat Langue : hindi. Onomatopée. Cela évoque le son d'un ballon que l'on crève d'un coup d'épingle. Parfois employé pour décrire ce qui disparaît, implose.

phataak Langue : argot de Bombay. Explosif, brûlant. Son d'une explosion.

phatakdi Langue : argot de Bombay. Sexy comme un pétard. Un *pataka* est un pétard, donc *phatakdi* désigne l'explosion que peut provoquer ce pétard.

phatkari Langue : hindi. Pierre d'alun.

Phoolon ki Raani Langue : hindi. Ici, c'est le titre d'un film fictif, « La Reine des fleurs ».

phuljadi Langue : hindi. Cierge magique.

phulka Langues : hindi, punjabi. Sorte de pain sans levain, très gonflé, plus petit et plus léger que les *chapatis* ou les *rotis*.

pichkari Langue : hindi. Poire en forme de seringue qu'utilisent les convives lors de la fête du Holi pour s'asperger les uns les autres d'eau colorée. Autrement dit, une variante indienne du pistolet à eau.

pir Langue : urdu. Saint ou maître soufi.

pocha Langue : hindi, punjabi. Balai à franges.

pocket-maar Langue : hindi. *Maar* signifie grosso modo l'accaparement, l'accapareur, ou même le tapeur. Un *pocket-maar* sera donc celui qui s'accapare le contenu de votre poche, qui vous « tape », un pickpocket.

podhina Langue : hindi. Menthe.

poha Langues : hindi, marathi. Amuse-gueule épicé composé de flocons de riz.

pohe Langue : marathi. Autre amuse-gueule composé de flocons de riz.

policiyas Langue : argot de Bombay. Terme d'argot pour « policiers ».

pooja Langue : hindi. Prière.

poora Langue : hindi. Entier, complet.

potli Langue : hindi. Sorte de sac en toile.

prakriti Langue : hindi. Nature.

pralaya Langues : hindi, sanskrit. Dans la mythologie hindoue, la destruction du monde.

pranaam Langue : hindi. Un salut respectueux. S'applique aussi bien lors de la rencontre qu'au moment de prendre congé.

pranayama Langues : hindi, sanskrit. Divers exercices de respiration pratiqués dans le yoga, qui aident le pratiquant à renforcer et à maîtriser son *prana*. Le *prana* est la force de vie, et le *yama* le contrôle, la maîtrise.

prasad Langues : hindi, sanskrit. Nourriture offerte à une divinité, et qui est ensuite consommée dans la conviction que le dieu ou la déesse aura béni l'offrande.

pravachan Langue : hindi. Propos spirituel, sermon.

PSEB Langue : anglais. *Punjab State Electricity Board.* Compagnie d'électricité de l'État du Punjab.

PSI Langue : anglais. *Plolice Sub-Inspector.* Sous-inspecteur de police.

PT Langue : anglais. *Physical Training.* Culture physique.

pucca Langue : hindi. Composé de brique et de ciment. Littéralement, *pucca* veut dire solide ou permanent, par opposition à *kachcha*, mou ou temporaire. Faite de boue ou d'argile et d'autres matériaux de récupération, une construction *kachcha* se délite dès les premières fortes pluies. On préfère s'installer dans une maison *pucca*, mais celle-ci est difficilement abordable.

pudi Langues : argot de Bombay, marathi. Tortillon de papier, petit emballage en papier.

pugree Langues : hindi, punjabi. Turban. Également dénommé *pug*.

pujari Langue : hindi. Prêtre.

puranpoli Langue : marathi. Dessert sucré composé de farine de blé, d'huile, de noix de coco râpée, de *jaggery* (sucre non raffiné indien traditionnel) et parfois de sucre blanc.

purdah Langues : hindi, urdu. Littéralement, rideau. Ici, le terme désigne l'interdiction faite aux hommes de voir les femmes, qui oblige les deux sexes à vivre dans des espaces séparés, et les femmes à se couvrir le corps et le visage.

Puri Pain non levé à base de céréales complètes.

purusha Langue : sanskrit. Littéralement, homme. Dans la construction des autels védiques, un *purusha* était une importante mesure de longueur.

pustakalaya Langue : hindi. Bibliothèque.

put-tru Langues : argot de Bombay, anglais. Passer, brancher, mettre en rapport, déformation de l'anglais, avec un accent propre aux Konkanis catholiques.

PWD Langue : anglais. *Public Works Department.* Ministère des Travaux publics. Organisation gouvernementale chargée de la construction des routes, des ponts et des bâtiments officiels.

Pyaar ka Diya Langue : hindi. C'est le titre d'un film hindi fictif : « La Lampe de l'amour ».

qayamat Langue : urdu. Apocalypse.

quintal Langue : hindi. Mesure de poids. En Inde comme ailleurs, un quintal équivaut à 100 kilogrammes.

Qutub Minar Langue : hindi. Minaret en brique (haut de 237,8 pieds, soit 72,5 mètres). Sa construction a débuté en 1193 et s'est achevée en 1368. Trois empereurs eurent la responsabilité du chantier de ce monument : Qutb-ud-din Aybak, le premier monarque musulman de Delhi ; son successeur, Iltutmish ; et Firuz Shah Tughluq.

raand Langue : hindi. Prostituée, comme la *randi*.

Rabb mehar kare Langue : punjabi. « Seigneur, aie pitié. »

raddi Langue : hindi. Littéralement, usé ou gâché. Par exemple, les gens vendent de vieux journaux et magazines au *raddi-wallah*, qui ensuite recycle le papier. Les vieux vêtements, les ustensiles ménagers, les appareils électroniques, etc., peuvent aussi être vendus au *raddi-wallah* et réutilisés.

Radha game ke game Mira Langue : gujarati. Fragment d'une chanson : « Tu préfères Radha ou tu préfères Mira ? »

ragdo Langue : argot de Bombay. Frotter, gratter, user. Ce terme peut aussi être employé comme substantif : *ragda*, c'est le frottement, la friction.

raita Langue : hindi. Condiment à base de yaourt.

raj Langue : hindi. Royaume, empire.

raja Langue : hindi. Roi.

rajma-chawal Langues : hindi, punjabi. Haricots rouges servis avec du riz.

rakshak Langues : hindi, marathi. Littéralement, protecteur.

rakshasa Langue : hindi. Dans la mythologie hindoue, les *rakshasas* sont une race de démons ou de lutins.

ram-raiya Langue : hindi. Littéralement, la loi de Rama. Il est fait référence ici à la règle mythique du dieu-roi Rama, où coexistaient la justice parfaite, l'équité, la prospérité et la vertu. À l'heure actuelle, la formule est souvent employée pour évoquer l'utopie que cristallisera l'Inde une fois qu'elle sera devenue Hindu Rashtra, ou la nation hindoue. Divers groupes de droite ont recours à cete formule, *ram-raiya*, pour mettre en avant leur programme de nationalisme religieux.

randi Langues : hindi, punjabi. Putain.

rangoli Langues : gujarati, hindi. Décor réalisé au moyen de poudres finement moulues, en général sur des sols. Les *rangolis* peuvent être figuratifs, ou se composer de motifs abstraits. Ils sont souvent créés par des femmes, à proximité de l'entrée des maisons. Le *rangoli* a une signification religieuse, et il est tout particulièrement associé à Diwali, la fête des Lumières, quand on nettoie et embellit un intérieur.

rangroot Langue : hindi. Recrue.

rani Langue : hindi. Reine.

ras Langue : gujarati. Littéralement, le jus. Dans ce cas précis, le terme désigne le jus de mangue : très épais, c'est davantage une purée que le liquide que l'on peut boire au petit déjeuner. Les Gujaratis le prennent avec des *puris*.

rasgulla Langues : hindi, bengali. Dessert à base de *cottage cheese* ou fromage blanc trempé dans un sirop de sucre.

rashtra Langue : hindi. Nation.

Ravana Langue : hindi. Le grand roi Rakshasa de Lanka, un des protagonistes du *Ramayana*, érudit et grand yogi.

RAW Langue : anglais. *Research and Analysis Wing*. Aile de recherche et d'analyse. Services du contre-espionnage indien.

RDX Langue : anglais. Cyclotriméthylènetrinitramine, qui constitue le composant de base de beaucoup d'explosifs à usage militaire. Également connu sous le sigle T4 ou l'appellation cyclonite.

reham Langue : urdu. Miséricorde.

Rehne do, yaaron, main door ja raha hoon Langue : hindi. C'est une chanson extraite du film *International Dhamaka*, le film fictif que produit Gaitonde. « Laissez-moi, les amis. Je m'en vais très loin d'ici. »

reshmi kabab Langues : hindi, urdu. Littéralement, kebab de soie. La viande utilisée dans la confection de ces kebabs est particulièrement tendre, d'où son nom.

Rimzim Langue : hindi. Nom d'une marque de boisson sans alcool qui n'est plus fabriquée.

Rin Langue : anglais. Savon de lessive, généralement présenté sous forme de petits pains bleus.

rishi Langue : hindi. Un sage, un voyant, un prophète.

rogan josh Langue : hindi. Curry d'agneau.

roti (ou rotti, ou même parfois rôti) Lan-gue : hindi. Pain sans levain, qui accompagne d'autres aliments.

RPI Langue : anglais. *Republican Party of India*. Parti républicain de l'Inde. Les racines du RPI plongent dans la Fédération des castes répertoriées (*Scheduled Caste Federation*), fondée en 1942, conduite à l'origine par le Dr Bhim Rao Ambedkar, premier leader intouchable de l'Inde, qui avait créé en 1936 l'*Independant Labour Party*, pour un travaillisme socialisant à l'indienne.

rumali roti Langue : hindi. Pain très plat – *rumal* désigne le mouchoir. On replie le *rumali roti* plusieurs fois, comme un mouchoir, avant de le servir.

Saab Langues : hindi, punjabi, urdu. Monsieur.

saadi Langue : hindi. Littéralement, ordinaire. Ici, une catégorie de liqueur distillée de basse qualité, ou *tharra*, souvent fabriquée et vendue illégalement.

saala Langues : hindi, punjabi. Frère de l'épouse. Peut avoir également une tonalité légèrement insultante.

saali Langue : hindi. Sœur de l'épouse. Peut avoir également une tonalité légèrement insultante.

sabji Langue : hindi. Légume.

Sabse Bada Paisa Langue : hindi. Littéralement : grosse somme. C'est le titre d'une émission de télévision fictive. Après le grand succès de « *Kaun Banega Crorepati?* » (« Qui veut gagner des millions ? »), on a vu apparaître quantité de ces émissions-jeux de questions-réponses.

sabudane ki khichdi Langue : hindi. *Khichdi* confectionné à base de *sabudana* (tapioca) au lieu de riz.

Sachin Tendulkar Célèbre joueur de cricket.

sadhu Langues : hindi, sanskrit. Ascète ou yogi (pratiquant le yoga). Un *sadhu* quitte son domicile et erre de par le monde, en quête de la *moksha*, ou de la libération du cycle des morts et des renaissances.

sadial Langue : hindi. *Sadna* signifie pourrir. Un *sadial* est une personne qui n'est pas drôle, qui croupit dans son malheur, ou qui pourrit les bons moments des autres.

Sadrakshanaya Khalanighranaya Langue : sanskrit. C'est la devise de la police de Bombay : « Protéger la vérité, anéantir le mal. »

sahib Langues : hindi, punjabi. Terme respectueux désignant un homme ; équivalent de l'anglais *sir* (monsieur), il peut vouloir dire maître ou monseigneur.

Sai Baba Sai Baba est un gourou connu pour les miracles qu'il accomplit devant des foules de milliers de fidèles. Même ses photos accomplissent des miracles : ses adeptes placent devant ses portraits des cendres sacrées et autres objets. Voir http://en.wikipedia.org/wiki/Sathya_Sai_Baba

Sakranti Langue : hindi. Fête religieuse. Dans certaines régions du pays, cette fête donne lieu à des lâchers de cerfs-volants.

sala langda-lulla Langues : argot de Bombay, hindi. *Sala* désigne, littéralement, le beau-frère, et peut aussi avoir une nuance légèrement insultante. *Langda* veut dire éclopé, vaseux, minable. *Lulla* signifie muet. La formule dans son ensemble pourrait donc se traduire par « foutu boîteux ».

salaam alaikum Langues : arabe, urdu. C'est la salutation musulmane : une personne en salue une autre, *Salaam alaikum* – « La paix soit sur toi » –, et l'autre répond *Walaikum as salaam* – « Et sur toi également ». Ces salutations ont plusieurs orthographes. Une translittération stricte de l'arabe donnerait *As sala'amu alaikum* et *Walaikum as sala'am*.

salwar-kameez Langues : hindi, punjabi, urdu. Vêtement traditionnel porté par les femmes du sous-continent indien – la *kameez* est une longue chemise, et le *salwar* est un pantalon ample.

sama (comme dans les « hymnes samas ») Langue : sanskrit. Il est fait ici référence aux hymnes issus du Samaveda, le troisième Veda. La partie métrique du Samaveda est composée essentiellement d'hymnes psalmodiés par les prêtres udgatars lors d'importants sacrifices.

samaan Langue : hindi. Vos affaires, vos bagages. Le terme sert aussi dans le milieu de Bombay pour désigner un pistolet.

samadhi Langues : hindi, sanskrit. Dans l'hindouisme et le bouddhisme, l'aboutissement à un état de conscience non dualiste. Les grands maîtres et les yogis qui ont atteint le *samadhi* ont parfois un métabolisme réduit à sa plus simple expression. Ils sont alors capables de survivre pendant de longues périodes de temps sans nourriture, sans boire et même sans respirer.

samagri Langue : hindi. Éléments utilisés lors d'un sacrifice ou d'une prière : le riz, le *kumkum*, les fleurs, les fruits, le bois de santal, etc.

samajwadi Langue : hindi. Socialiste.

saman Langues : argot de Bombay, hindi. Voir *samaan*.

sambhar Langue : tamil. Plat composé de lentilles (en général, de lentilles rouges, ou lentilles corail). Très courant dans le sud de l'Inde.

sanskars Langue : hindi. Traditions, rituels.

sants Langue : hindi. Poètes religieux qui appartiennent à la tradition *bhakti* de l'hindouisme. Ils sont considérés comme des saints.

sanyas, sanyasi Langues : hindi, sanskrit. Le *sanyas*, c'est l'adoption de la vie de l'esprit. En général, cela suppose de renoncer à sa vie de propriétaire, aux « choses de ce monde ». Le *sanyasi* – le pratiquant de cette vie spirituelle – développe un détachement du monde matériel et consacre son temps à la méditation et à d'autres activités spirituelles ou religieuses. Le *sanyasi* recherche l'illumination, l'union avec le divin.

sardar Langues : hindi, punjabi. Sikh.

sarkari Langue : hindi. Gouvernemental.

sarovar Langues : hindi, punjabi. Flaque, mare, bassin.

sarpanch Langue : hindi. Le chef élu d'un *panchayat*, l'institution qui gouverne le village. Aux côtés des autres *panchs* élus, ou membres du *panchayat*, le *sarpanch* gère l'autorité locale.

sarson Langue : hindi, punjabi. Moutarde.

sarvajanik Langue : hindi. Public, pour tout le monde, pour tous.

sasural Langue : hindi. Maison des beaux-parents. Donc une maison qui n'est pas la nôtre, mais avec laquelle nous sommes familiarisés, où nous nous rendons souvent en visite. Les criminels de carrière appellent souvent la prison leur *sasural*.

satrangi Langue : hindi. Littéralement : aux sept couleurs. Liqueur distillée de basse qualité ou *tharra*, souvent fabriquée et vendue illégalement.

sat-sri-akal Langue : punjabi. Salutation punjabi que l'on adresse aux sikhs : « Qu'ils soient bénis, ceux qui disent que Dieu est la vérité. »

sattvic Langue : hindi. Dans la philosophie hindoue (en particulier dans le système Samkhya), tout dans le monde possède trois *gunas*, ou qualités : *sattva*, la pureté ; *rajas*, la chaleur, la passion ; et *tamas*, le froid, l'inertie. Une présence *sattvic* est pure, claire, et elle a pour effet de purifier tout ce qui entre en contact avec elle. Une personne *sattvic* n'est pas égoïste, elle œuvre pour le bien commun, elle s'est affranchie des désirs de ce monde.

Satyanarayan Katha Langues : gujarati, hindi. Cérémonie religieuse hindoue qui comprend le récit d'une histoire.

Satyug Langue : hindi. D'après la mythologie et la philosophie hindoues, le temps est cyclique. La création traverse un cycle composé d'ères, ou âges successifs. À mesure que nous passons d'une ère à l'autre, la moralité ne cesse d'aller déclinant. Il existe ainsi quatre ères, ou *yugas* : *Satyug* (l'âge d'or) ; *Treta* (l'âge d'argent) ; *dwapar* (l'âge de cuivre) ; et *Kaliyug* (l'âge de fer). Dans le *Satyug*, la moralité est intacte et la création est en paix. D'âge en âge, nous avons maintenant atteint la fin de l'âge du *Kaliyug*, où le matérialisme règne et la souffrance abonde.

saunf Langues : hindi, urdu. Graine de fenouil.

seth Langue : hindi. Homme riche.

sethani Langues : hindi, punjabi. L'épouse d'un *seth*, d'un homme fortuné.

seva Langue : hindi. Travail, en particulier celui que l'on accomplit sans goût, sans espoir de récompense. Service désintéressé.

sev-puri Langue : hindi. Petit encas ou *chaat* très courant à Bombay. Ces *puris* croustillants ou *papadis* sont recouverts de *sev*, nouilles croquantes à base de farine de pois chiches. On y ajoute du yaourt, de la sauce de tamarin et d'autres condiments.

shaandaar Langue : hindi. Magnifique.

shaandaar Langues : hindi, urdu. Magnifique, superbe. « Soirée *shandaar* » est une formule que l'on trouve dans beaucoup de films hindis.

shabad Langue : punjabi. Hymne ou fragment d'un des textes religieux sikhs, le *Guru Granth Sahib*.

shabash Langue : hindi. Bravo, ou bon travail.

shagun Langue : hindi. Présage, augure.

shakha Langue : hindi. Un *shakha* est la plus petite unité ou cellule du mouvement nationaliste Rashtriya Swayamsevak Sangh (RSS), fondé en 1925 par Keshaw Baliram Hedgewar, admirateur du fascisme de Mussolini. Interdit en 1948 après l'assassinat de Gandhi, il a été rétabli l'année suivante. Littéralement, *shakha* signifie « branche » en sanskrit. Chaque *shakha* se réunit pour se livrer à des jeux, apprendre des tactiques et le maniement des armes, et s'engager dans des rituels et des débats. Ces rassemblements ont généralement lieu sur des terrains de jeu ou des espaces ouverts.

shamiana Langue : hindi. Grande tente, déployée lors d'un mariage ou de toute autre cérémonie à laquelle sont conviés un grand nombre d'invités.

shammi kebabs Langues : hindi, urdu. Kebabs d'agneau connus pour leur viande à la texture fondante.

shamshan ghat Langue : hindi. Endroit où sont incinérés les cadavres.

Shani Langue : hindi. Saturne.

shanne Langue : argot de Bombay. *Shanne* est l'épithète que l'on réserve à un personnage rusé, sournois ou qui essaie de l'être. Selon l'intonation, un *shanna* peut être aussi quelqu'un qui essaie de se faire passer pour plus intelligent qu'il n'est.

sher Langues : hindi, punjabi. Tigre.

Sheran-walli-Ma Langue : punjabi. Qualificatif réservé à la déesse Durga : « la mère aux Tigres ».

shlokas Langues : hindi, sanskrit. Versets.

SHO Langue : anglais. *Station House Officer*. Chef du poste de police.

shosha Langue : argot de Bombay. Procédé, truc, gadget sans véritable consistance. Vient peut-être de l'anglais *show* – les Indiens aiment bien répéter un son pour en accentuer l'effet. On dira : « C'est quoi, tout ce *show-sha* (ou *shosha*) ? »

Shri Langue : hindi. Titre honorifique, similaire à « monsieur », et réservé aux hommes. Le terme équivalent pour les femmes est *Shrimati*.

sindoor Langue : hindi. Poudre rouge dont les femmes mariées hindoues se colorent traditionnellement la raie des cheveux.

sikhs Ou sardars. Mouvement religieux et politique fondé par le gourou Nanak au XVIe siècle au Pendjab. Opposés au système des castes, les sikhs (mot signifiant « disciples ») suivent les enseignements de dix gourous successifs et respectent cinq préceptes, dont les cheveux longs et le port du turban (signe distinctif religieux qui pose un problème dans les écoles françaises). Les hommes sikhs portent presque tous le nom de famille de Singh (lion) et les femmes celui de Kaur (princesse). Sartaj Singh et toute sa famille sont des sikhs chassés en 1947 de la partie du Pendjab intégrée dans le Pakistan.

slokas. Langue : hindi. Distique d'un texte saint. Dans l'hindouisme, les *slokas* sont souvent issus d'un des Vedas, ou grandes épopées.

SLR Langue : anglais. *Self Loading Rifle*. Fusil automatique.

soma Langue : hindi, sanskrit. Boisson souvent utilisée dans les rituels et les cérémonies religieuses de la culture védique. Le Rigveda, en particulier, contient quantité de références au *soma*, faisant l'éloge de l'ivresse qu'il suscite, qui apporte l'illumination et la connaissance. Le *soma* était composé à partir d'une plante de montagne, mais, avec les siècles, les connaissances précises sur cette plante ont été perdues. On suppose qu'elle incluait dans sa composition des champignons hallucinogènes et du cannabis.

soonti Langue : marathi. Plat de boulettes de mouton et d'oignons finement hachées, que l'on fait frire lentement.

SP Langue : anglais. *Superintendent of Police*. Directeur de la police d'État.

stupas ou stûpas Langues : hindi, sanskrit. Monument funéraire bouddhique en forme de tertre. Les *stupas* contiennent souvent des reliques.

subedar Langue : hindi. Grade de l'armée indienne, qui se situe entre le corps des officiers et celui des sous-officiers. Un *subedar* commande en général un peloton.

suhaag-raat Langue : hindi. Littéralement, première nuit qu'un couple passe ensemble après son mariage : nuit de noces.

supari Langues : argot de Bombay, hindi, marathi. « Contrat », meurtre commandité. Ce mot désigne en réalité les noix de bétel, que l'on croque pour se rafraîchir la bouche. Dans le milieu, le *supari* désigne désormais la proposition et l'acceptation du contrat.

surahi Langue : hindi. Lanceur (au cricket).

surahs Langue : arabe. Section ou chapitre du Coran.

suva Langue : hindi. Aneth.

swami Langue : hindi. Littéralement, ce mot signifie « le seigneur », et il sert de titre honorifique. Souvent employé pour désigner le chef d'une secte religieuse hindoue, ou *ashram*.

taai Langue : marathi. Sœur aînée.

tabla Langue : hindi. Petit tambour dont on joue avec les mains. Les tablas vont par paires.

TADA Langue : anglais. *Terrorist and Disruptive Activities Prevention Act*. Loi de prévention des actes terroristes et des troubles à l'ordre public, dite loi TADA, promulguée en 1985 et que l'on a laissée progressivement tomber en

déshérence en 1995 à cause des abus qu'elle avait entraînés.

tadi Langue : hindi. Boisson alcoolisée composée de la sève de plusieurs variétés de palmiers. Cette sève est recueillie dans des coupelles fixées au tronc de l'arbre, et mise ensuite à fermenter.

tadipaar Langues : hindi, marathi. Personne qui s'est vu interdire l'accès à certains endroits : par exemple, un *tadipaar* peut avoir l'interdiction de pénétrer dans l'enceinte d'une ville.

Tai Langue : marathi. Terme respectueux : sœur aînée.

takath Langue : hindi. Divan indien traditionnel, sans dossier et sans accoudoirs. Selon le contexte, *takath* peut aussi vouloir dire « trône ».

takli Langue : argot de Bombay. Tête chauve.

taklu Langue : argot de Bombay. Celui qui est chauve.

tamasaic Langue : hindi. Voir *sattvic*.

tamasha Langue : hindi. Spectacle, show.

tambi Langues : argot de Bombay, tamil. Tout garçon travaillant à un étal ou dans un restaurant situés en bordure de route. Dérivé du terme tamil pour « garçon ».

tandoori Langue : hindi. Un *tandoor* est un four en argile, donc un plat *tandoori* sera cuisiné dans un *tandoor*.

tanga Langue : hindi. Voiture tirée par un cheval. Les *tangas* servent aussi de taxis, même s'ils sont devenus de plus en rares, sauf dans les petites localités et les villages.

tangdis Langues : argot de Bombay, hindi. Pattes de poulet.

tanki Langue : hindi. Citerne, réservoir.

tantra Langues : hindi, sanskrit. Ensemble hétérogène de pratiques et croyances religieuses ésotériques fondées sur l'hindouisme. Une croyance commune parmi les systèmes tantriques veut que l'univers soit une émanation physique de la divinité, et que les humains fassent partie de cette divinité. Les rituels tantriques visent à permettre aux humains de connaître leur nature divine et leur unité avec l'univers. Le « tantra de la main gauche » se réfère au *Kaula tantra*, qui a recours à des actes d'ordinaire proscrits – notamment l'acte sexuel – au sein de la pratique rituelle.

tapas Langues : hindi, sanskrit. Littéralement, chaleur. Ceux qui pratiquent le yoga ou d'autres disciplines spirituelles ou corporelles, accumulent ce *tapas*, une énergie naturelle qui leur permet de « brûler » du karma et d'accomplir des actes magiques. Dans les légendes, on dit des grands yogis qu'ils accumulent tant de *tapas* qu'ils menacent de « brûler les trois mondes ».

tapasya Langues : hindi, sanskrit. Pratique méditative, impliquant souvent une austérité physique et spirituelle très rigoureuse. Voir http://en.wikipedia.org/wiki/Tapa-sya

tapori Langue : argot de Bombay. Petit voyou des rues, petite frappe.

Tarai gun maya mohi aayi Langue : punjabi. C'est un verset du *Guru Granth Sahib*, le livre sacré des sikhs. Ici, il est chanté comme un *kirtan*, un hymne : « Maya est venue me troubler avec ses trois tentations ; à qui puis-je faire part de ma douleur ? »

tari Langue : marathi. Garniture d'épices que l'on dispose sur le *dal* et d'autres plats une fois qu'ils sont cuits, en guise de finition.

Tathastu Langue : sanskrit. Ainsi soit-il.

tau Langue : hindi. Frère aîné du père.

tava Langue : hindi. Plaque de cuisson ronde, généralement en fer, en acier ou en aluminium.

taveez Langue : urdu. Talisman, souvent béni par un saint homme.

teen-patti Langue : hindi. Littéralement : trois cartes. Jeu de cartes indien connu également sous le nom de *flush*, similaire au jeu anglais de *brag*, proche du poker.

Tehelka Langue : hindi. Littéralement : Sensation ! ou Scandale ! Dans ce cas, il s'agit d'un journal et d'un site Internet indiens réputés pour avoir découvert des affaires de corruption et de concussion en recourant à des coups montés et des caméras cachées.

tempo Langue : anglais. Véhicule similaire à l'auto-rickshaw, tracté par un moteur de scooter ou de motocyclette. À l'inverse des auto-rickshaws, utilisés comme taxis, les *tempos* sont réservés à des usages commerciaux et au transport des marchandises.

thali Langue : hindi. Plat, généralement en acier ou en cuivre.

thana Langue : hindi. Poste de police.

thela Langue : hindi. Petit chariot. Les vendeurs de rue vendent en général leurs marchandises sur des *thelas*, qu'ils poussent ici et là.

thoko Langues : argot de Bombay, hindi. Littéralement, *thoko* signifie « frapper », ou « cogner ». C'est aussi un terme usité dans l'argot du milieu pour tuer, de la même manière que les mafiosi américains peuvent employer *hit*, descendre. Il est aussi utilisé, moins fréquemment, dans le contexte du sexe, où il signifie « baiser ».

thoku Langue : argot de Bombay. Dérivé de *thoko*. Un *thoku* sera donc celui qui frappe, qui cogne. Un partenaire qui est un *thoku* se fait juste sauter, pour le sexe. C'est un terme très vulgaire et très avilissant.

tika Langue : hindi. Marque que les hindous portent sur le front. La forme de cette marque peut indiquer quelles traditions de l'hindouisme suit celui qui la porte.

tikhat Langue : marathi. Plat très relevé, rempli de piments.

tikkar-billa Langues : hindi, marathi. Jeu de marelle.

tilak Langue : hindi. Marque de bon augure sur le front des hindous (tant les hommes que les femmes). Le *tilak* peut être appliqué avec de la poudre de safran indien, qui est rouge, de la pâte de santal ou de la cendre.

tola Langue : hindi. Hameau, village.

tola Langue : hindi. Unité de poids indienne traditionnelle équivalant à 11,6638038 grammes.

toli Langue : hindi. Bande, meute.

toota-phoota Langue : hindi. Cassé, brisé.

tope Langue : hindi. Littéralement, canon. Sert parfois en argot vulgaire à désigner le pénis.

topi Langue : hindi. Casquette, chapeau.

TRP Langue : anglais. Abréviation de *Television Rating Points*, mesure d'audience des chaînes de télévision.

Tu hi meri manzil Langue : hindi. Autre version des paroles extraites d'une chanson du film hindi *Le Guide* (1965) : « Tu es mon but, ma seule destination. » *Le Guide* adaptait librement le roman de R. K. Narayan, *Le Guide*, paru en 1956.

Tu kayan yeh bataa, is nasheeli raat mein… Langue : hindi. Ces paroles sont extraites d'une chanson du film hindi *Tere Ghar ke Samne* (« Devant ta maison », 1963) : « Dis-moi, où-tu, dans cette nuit enivrante ? »

tulsi Langue : hindi. Basilic sacré (*Ocimum tenuiflorum*), plante cultivée notamment autour des temples bouddhistes. Dans l'hindouisme, le *tulsi* occupe une place sacrée ; il est aussi employé dans la médecine ayurvédique.

udipi Langue : kannada. Dans ce cas, il s'agit d'une cuisine propre à l'État de Karnataka. Cette cuisine végétarienne puise ses origines dans la ville d'Udipi, au Karnataka.

UP Langue : hindi. Uttar Pradesh, État d'Inde du Nord.

Us side se wire de, chutiya Langue : hin-di. « Passe-moi le fil de fer, chutiya. »

usal Langues : konkani, marathi. En langage familier, un terme générique désignant différents légumes secs, le *moog*, le *matki*, le *masoor*, le *waal*, le *chavli* et autres, que l'on peut employer pour rendre le plat maharashtrien typique.

uttapam Langue : tamil. Plat méridional, similaire au *dosa*, composé de riz et de lentilles.

vadapau Langue : argot de Bombay. Un *vada* est une croquette de pomme de terre. *Pau* vient du portugais *pão*, qui veut dire le pain. En plaçant la croquette entre deux tranches de pain ou dans un petit pain tranché en deux, vous obtenez une sorte de hamburger végétarien.

vah Langue : hindi. Très bon, bien, excellent.

Vahan kaun hai tera, musafir, jayega ka-han Langue : hindi. Paroles extraites d'une chanson du film hindi *Le Guide* (1965) : « Voyageur, ici, qui t'appartient ? Où iras-tu ? »

Vaheguru Langue : punjabi. Le terme qui désigne Dieu dans le sikhisme. Vaheguru est éternel, sans forme, et au-delà de toutes les qualités et de toutes les descriptions.

ved Langue : hindi. Un praticien de la médecine ayurvédique.

Vallavh re nakhva ho, vallavh re Rama Lan-gue : marathi. Vers d'une chanson traditionnelle marathi : « Rame, ô batelier. Rame, ô Rama. »

vatan Langue : hindi. Foyer, pays. C'est un mot extrêmement chargé au plan émotionnel, qui englobe tous les sentiments passionnés que l'on peut éprouver pour son lieu de naissance, pour les paysages de sa terre natale.

vediya Langue : marathi. Fou, cinglé.

ved-maharaj Langue : hindi. Médecin ayurvédique.

veerji Langue : punjabi. Terme respectueux pour s'adresser au frère aîné.

vihara Langue : hindi. Monastère.

vilayat Langues : hindi, urdu. Emprunté à l'arabe *vilayat*, ou province. En Inde, ce mot désigne l'Angleterre et, dans un sens plus nébuleux, l'Europe.

vilayati Langue : hindi. Anglais, britannique. Parfois employé dans le sens plus général d'étranger.

vira Langues : hindi, sanskrit. Guerrier.

vizier Langues : hindi, urdu. Également *wazir*. Littéralement, ministre ou conseiller. Aux échecs, dans l'Inde contemporaine, c'est aussi la pièce que l'on appelle le fou en Occident.

VT Langue : anglais. Victoria Terminus – une gare immense à Bombay où s'arrêtent aussi bien les trains de banlieue que ceux des grandes lignes. Achevé en 1888, le bâtiment est un exemple extraordinaire d'architecture néogothique. La gare a été rebaptisée Chhatrapati Shivaji Terminus, mais les milliers de banlieusards qui l'empruntent chaque jour l'appellent toujours « VT ». C'est l'une des plus fréquentées de l'Inde.

wallah Langue : hindi. Personne qui se charge d'une tâche précise, ou qui est liée à une activité ou à une situation. Donc, un *paan-wallah* sera celui qui vend des *paans*, et un *soda-wallah*, celui qui vend des sodas.

yaar, yaara Langues : hindi, urdu. Copain, ami. « *Yaar, abhi ek matter ko settle karma hai* » : « Yaar, c'est une affaire que je dois régler tout de suite. »

yagna Langues : hindi, sanskrit. Cérémonie religieuse et spirituelle, ou sacrifice.

yagna-sthal Langue : hindi. Endroit où la cérémonie religieuse, le sacrifice ont lieu.

yajman Langue : sanskrit. Protecteur, parrain, hôte. Dans ce cas, le *yajman* est le protecteur, le parrain du *yagna*, ou sacrifice.

Ye dil na hota bechaara Langue : hindi. Paroles d'une chanson du film hindi *Jewel Thief* (« Le Voleur de bijoux », 1967). « Si ce cœur n'était pas dans un tel dénuement... »

yeda Langue : argot de Bombay. Fou, cinglé.

Yeh shaam mastani, madhosh kiye jaye Lan-gue : hindi. Ce sont les paroles extraites d'une chanson du film hindi *Kati Patang* (*Drifting Kites*, « Cerfs-volants à la dérive », 1970) : « Cette soirée magnifique m'enivre… »

yugas Langue : hindi. Un *yuga* est une époque, une ère ou un âge. La conception hindoue du temps élabore quatre *yugas* ou âges qui se succèdent dans un cycle éternel. Un millier de cycles de quatre *yugas* constituent un *kalpa*, qui dure 4 320 000 000 d'années. Mais pour Brahma, un *kalpa* est l'équivalent d'une seule journée ou d'une seule nuit. Et Brahma vit cent années composées de telles journées et de telles nuits – l'équivalent de 311 trilliards et 40 milliards d'années terrestres. Puis il meurt, et Shiva le destructeur provoque la grande dissolution de l'univers. Ensuite, rien n'existe pendant encore cent « années Brahma », après quoi c'est l'avènement d'un nouveau cosmos, avec son propre Brahma.

zamindar Langue : hindi. Propriétaire terrien héréditaire, équivalent de la noblesse terrienne en Angleterre. Certains *zamindars* étaient d'ascendance aristocratique, d'autres venaient de familles de chefs militaires et spéculateurs fonciers aisés. Tous avaient des prétentions nobiliaires. Les *havelis*, ou demeures des *zamindars*, étaient vastes et bien entretenues, entourées d'immenses domaines, et tenues par quantité de serviteurs et de domestiques.

zannat ki hoor Langue : urdu. Fée du ciel.

Les personnages

Sartaj Singh : un inspecteur chef, un sikh, de la police de Mumbai (Bombay).

Katekar : un officier de police qui travaille avec Sartaj Singh.

Shalini : l'épouse de Katekar.

Mohit et Rohit : les deux fils de Katekar et de Shalini.

Mme Kamala Pandey : une femme mariée, hôtesse de l'air ; et **Umesh**, son amant, un pilote de ligne.

Kamble : un ambitieux sous-inspecteur de police qui opère avec Sartaj Singh.

Parulkar : un commissaire de police adjoint, police de Mumbai.

Ganesh Gaitonde : un gangster hindou notoire, un parrain, chef de la G-Company, à Mumbai.

Suleiman Isa : un gangster musulman, parrain redoutable, chef d'un gang rival à Mumbai.

Paritosh Shah : un manipulateur d'argent, supérieurement doué, une source de financement pour les gangsters, notamment pour Ganesh Gaitonde.

Kanta Bai : une femme d'affaires qui traite avec Paritosh Shah et Ganesh Gaitonde.

Badriya : le garde du corps de Paritosh Shah.

Anjali Mathur : un officier de renseignement du gouvernement qui enquête sur la mort de Ganesh Gaitonde.

Chotta Badriya : le garde du corps de Ganesh Gaitonde, et le frère cadet de Badriya.

Juliet (Jojo) Mascarenas : une productrice de télévision/agent artistique pour actrices et mannequins potentiels… et une maquerelle de haut vol.

Mary Mascarenas : la sœur de Jojo, qui travaille dans un salon de coiffure.

Wasim Zafar Ali Ahmad : travailleur social dans un quartier pauvre de Mumbai, qui nourrit des aspirations politiques.

Prabhjot Kaur, « Nikki » : la mère de Sartaj Singh, originaire du Punjab.

Navneet : la sœur aînée bien-aimée de Nikki.

Ram Pari : la domestique de la mère de Nikki, au Punjab.

Bunty : le bras droit et grand organisateur de Ganesh Gaitonde.

Bipin Bhonsle : un politicien fondamentaliste hindou que Ganesh Gaitonde aide à faire élire, et qui accède à un mandat public.

Sharma (alias Trivedi) : l'alliée de Bipin Bhonsle, qui travaille aussi, *via* certains intermédiaires, pour le compte de Swami Shridhar Shukla.

Swami Shridhar Shukla, « Guru-ji » : un gourou et nationaliste hindou, conseiller spirituel de renom international, qui devient le mentor spirituel de Ganesh Gaitonde.

Subhadra Devalekar : l'épouse de Ganesh Gaitonde, et la mère de son jeune fils.

K.D. Yadav (alias M. Kumar) : un officier de renseignement, pionnier des services du contre-espionnage indien, qui a « piloté » Ganesh Gaitonde, et qui est devenu le mentor d'Anjali Mathur.

M. Kulkarni : l'agent de renseignement chargé de piloter Ganesh Gaitonde à la suite de K.D. Yadav.

Major Shahid Khan : un officier des services de renseignement pakistanais, cerveau d'un trafic de fausses devises dirigé contre l'Inde.

Shambhu Shetty : propriétaire du Delite Dance Bar.

Iffat-bibi : tante maternelle de Suleiman Isa, qui est aussi l'un de ses principaux contrôleurs à Mumbai.

Majid Khan : un inspecteur de police de Mumbai, collègue de Sartaj Singh.

Zoya Mirza : actrice et star montante de l'industrie du cinéma indien.

Aadil Ansari : un homme instruit, mais pauvre, d'une petite ville rurale, qui s'enfuit à Mumbai pour échapper aux violents conflits de son Bihar natal.

Sharmeen Khan : fille du major Shahid Khan, en âge d'être lycéenne, dont le père part s'installer aux États-Unis, pour travailler à Washington, et qui emmène avec lui sa famille – sa femme, sa fille et sa mère.

Daddi : mère de Shahid Khan, originaire du Punjab ; pour sa famille, elle est musulmane, mais elle a un secret.

Remerciements

Une partie des voyages nécessaires à l'écriture de ce livre ont été financés par une bourse de l'University Facilitating Fund de l'université George Washington.

Je veux ici manifester ma reconnaissance à mes anciens collègues de l'université George Washington pour leur soutien et leur patience, surtout envers mes amis du Creative Writing Program : Faye Moskowitz, David McAleavey, Jody Bolz, Jane Shore et Maxine Claire.

S. Hussain Zaidi s'est montré d'une extraordinaire générosité, avec ses vastes connaissances, son amitié chaleureuse et son soutien sans faille. Je lui suis grandement redevable.

Beaucoup d'autres m'ont apporté leur aide, leurs informations et leur hospitalité tout au long de l'écriture de ce roman :

Anuradha Tandon, Arup Patnaik, DIG (inspecteur général adjoint), CBI (Bureau central d'investigation), API Rajan Gule, CID (Brigade des enquêtes criminelles), Fazal Irani, Akbar Irani, API Sanjay Rangnekar, Violet Monis, Iqbal Khan, Imtiaz Khan, Nisha Jamwal, Rajeev Samant, Rakesh Maria, DIG (inspecteur général adjoint), Viral Mazumdar, Bandaana Tewari, Shernaz Dinshaw, Nonita Kalra, A.D. Singh, Sabina Singh, Rajiv Somani, Aftab Khan, Rasna Behl, Ashutosh Sohni, Shruti Pandit, Kalpana Mhatre, Deepak Jog, DCP (commissaire divisionnaire adjoint), Srila Chatterjee, Shetty Zutshi, Namita Waikar, Shashi Tharoor, Julia Eckert, Jaideep et Seema Mehrotra, Dr Ashok Gupta, Namrata Sharma Zakaria, Dr Amiq Gazdhar, Farzand Ahmed, Menaka Rao, Gyan Prakash.

À Delhi, au Punjab, au Jammu et au Kashmir : Harinder Baweja, A.K. Sehgal, Amit Sehgal, Manohar Singh, Agha Shahid Ali, Shafi, Sumit (Surd) Nurpuri, Praveen Swami.

Au Bihar : Sanjay Jha, Vinod Mishra, Ravinder Jadav, Ashok Kumar Singh, SP (police d'État), Gaya, N.C. Dhoundial, DIG (inspecteur général adjoint), Gaya, R.K. Prasad, commissaire de police adjoint, Gaya, Sunit Kumar, IGP (inspecteur général de la police), Patna, Subnath Jha, Bibhuti Nath Jha « Mastan », Gopal Dubey, Surendra Trivedi, Sh. Shaiwal.

Il en est d'autres que je ne peux nommer ici. Ils se reconnaîtront.

Comme toujours, je suis reconnaissant envers mes parents, Navin et Kamna, et mes sœurs, Tanuja et Anupama, mon amie et mon soutien, Margo True, Eric Simonoff, Julian Loose, David Davidar, Terry Karten et Vidhu Vinod Chopra.

Et enfin, envers Melanie, qui a tout changé.

Les strophes du chapitre « Ganesh Gaitonde explore le moi » sont tirés du Rig Veda. J'ai adapté les traductions de Raimundo Pannikar (*The Vedic Experience*, Motilal Banarsidass, 2001).

Table

Faites de nouvelles découvertes sur
www.pocket.fr

- Des 1ers chapitres à télécharger
- Les dernières parutions
- Toute l'actualité des auteurs
- Des jeux-concours

Il y a toujours
un **Pocket** à découvrir

Composé par Nord Compo Multimédi
7, rue de Fives, 59650 Villeneuve-d'Ascq

Impression réalisée par

51666 – La Flèche (Sarthe), le 11-03-2009
Dépôt légal : février 2009

POCKET – 12, avenue d'Italie - 75627 Paris cedex 13

Imprimé en France